Friedrich Glauser
Die Wachtmeister Studer-Romane

FRIEDRICH GLAUSER

Die Wachtmeister Studer-Romane

Wachtmeister Studer

Die Fieberkurve

Matto regiert

Der Chinese

Krock & Co.

ARCHE

Umschlaggestaltung: Hannes Binder
(unter Verwendung eines Fotos von
Heinrich Gretler als Wachtmeister Studer
in dem gleichnamigen Film, 1939)
Druck, Bindung: Clausen & Bosse, Leck
Printed in Germany
ISBN 3-7160-2165-2

Inhalt

Wacht-meister Studer

Einer will nicht mehr mitmachen

Der Gefangenenwärter mit dem dreifachen Kinn und der roten Nase brummte etwas von «ewigem Gstürm», – weil ihn Studer vom Mittagessen wegholte. Aber Studer war immerhin ein Fahnderwachtmeister von der Berner Kantonspolizei, und so konnte man ihn nicht ohne weiteres zum Teufel jagen.

Der Wärter Liechti stand also auf, füllte sein Wasserglas mit Rotwein, leerte es auf einen Zug, nahm einen Schlüsselbund und kam mit zum Häftling Schlumpf, den der Wachtmeister vor knapp einer Stunde eingeliefert hatte.

Gänge ... Dunkle lange Gänge ... Die Mauern waren dick. Das Schloß Thun schien für Ewigkeiten gebaut. Überall hockte noch die Kälte des Winters.

Es war schwer, sich vorzustellen, daß draußen ein warmer Maientag über dem See lag, daß in der Sonne Leute spazieren gingen, unbeschwert, daß andere in Booten auf dem Wasser schaukelten und sich die Haut braun brennen ließen.

Die Zellentüre ging auf. Studer blieb einen Augenblick auf der Schwelle stehen. Zwei waagrechte, zwei senkrechte Eisenstangen durchkreuzten das Fenster, das hoch oben lag. Der Dachfirst eines Hauses war zu sehen – mit alten, schwarzen Ziegeln – und über ihm wehte als blendend blaues Tuch der Himmel.

Aber an der unteren Eisenstange hing einer! Der Ledergürtel war fest verknüpft und bildete einen Knoten. Dunkel hob sich ein schiefer Körper von der weißgekalkten Wand ab. Die Füße ruhten merkwürdig verdreht auf dem Bett. Und im Nacken des Erhängten glänzte die Gürtelschnalle, weil ein Sonnenstrahl sie von oben traf.

«Herrgott!» sagte Studer, schoß vor, sprang aufs Bett – und der Wärter Liechti wunderte sich über die Beweglichkeit des älteren Mannes – packte den Körper mit dem rechten Arm, während die linke Hand den Knoten aufknüpfte.

Studer fluchte, weil er sich einen Nagel abgebrochen hatte. Dann stieg er vom Bett und legte den leblosen Körper sanft nieder.
«Wenn Ihr nicht so verdammt rückständig wäret», sagte Studer, «und wenigstens Drahtgitter vor den Fenstern anbringen würdet, dann könnten solche Sachen nicht passieren. – So! Aber jetzt spring, Liechti, und hol den Doktor!»
«Ja, ja!» sagte der Wärter ängstlich und humpelte davon.
Zuerst machte der Fahnderwachtmeister künstliche Atmung. Es war wie ein Reflex. Etwas, das aus der Zeit stammte, da er einen Samariterkurs mitgemacht hatte. Und erst nach fünf Minuten fiel es Studer ein, das Ohr auf die Brust des Liegenden zu legen und zu lauschen, ob das Herz noch schlage. Ja, es schlug noch. Langsam. Es klang wie das Ticken einer Uhr, die man vergessen hat aufzuziehen; Studer pumpte weiter mit den Armen des Liegenden. Unter dem Kinn durch, von einem Ohr zum andern, lief ein roter Streifen.
«Aber Schlumpfli!» sagte Studer leise. Er nahm sein Nastuch aus der Tasche, wischte sich zuerst selbst die Stirne ab, dann fuhr er mit dem Tuch über das Gesicht des Burschen. Ein Bubengesicht: jung, zwei dicke Falten über der Nasenwurzel. Trotzig. Und sehr bleich.
Das war also der Schlumpf Erwin, den man heut morgen in einem Krachen des Oberaargaus verhaftet hatte. Schlumpf Erwin, angeklagt des Mordes an Witschi Wendelin, Kaufmann und Reisender in Gerzenstein.
Zufall, daß man zur rechten Zeit gekommen war! Vor einer Stunde etwa hatte man den Schlumpf ordnungsgemäß ins Gefängnis eingeliefert, der Wärter mit dem dreifachen Kinn hatte unterschrieben – man konnte getrost den Zug nach Bern nehmen und die ganze Sache vergessen. Es war nicht die erste Verhaftung, die man vorgenommen hatte, es würde auch nicht die letzte sein. Warum hatte man das Bedürfnis verspürt, den Schlumpf Erwin noch einmal zu besuchen?
Zufall?
Vielleicht ... Was ist schon Zufall? ... Es war nicht zu leug-

nen, daß man dem Schicksal des Schlumpf Erwin teilnahmsvoll gegenüberstand. Richtiger gesagt, daß man den Schlumpf Erwin liebgewonnen hatte ... Warum? ... Studer in der Zelle strich sich ein paar Male mit der flachen Hand über den Nacken. Warum? Weil man keinen Sohn gehabt hatte? Weil der Verhaftete auf der ganzen Reise seine Unschuld beteuert hatte? Nein. Unschuldig sind sie alle. Aber die Beteuerungen des Schlumpf Erwin hatten ehrlich geklungen. Obwohl ...

Obwohl der Fall eigentlich ganz klar lag. Den Kaufmann und Reisenden Wendelin Witschi hatte man am Mittwochmorgen mit einem Einschuß hinter dem rechten Ohr, auf dem Bauche liegend, in einem Walde in der Nähe von Gerzenstein aufgefunden. Die Taschen der Leiche waren leer ... Die Frau des Ermordeten hatte behauptet, ihr Mann habe dreihundert Franken bei sich getragen.

Und am Mittwochabend hatte Schlumpf im Gasthof zum «Bären» eine Hunderternote gewechselt ...

Am Donnerstagmorgen wollte ihn der Landjäger verhaften, aber Schlumpf war geflohen.

So war es eben gekommen, daß der Polizeihauptmann am Donnerstagabend den Wachtmeister Studer in seinem Bureau aufgesucht hatte:

«Studer, du mußt an die frische Luft. Morgen früh gehst du den Schlumpf Erwin verhaften. Es wird dir gut tun. Du wirst zu dick ...»

Es stimmte, leider ... Gewiß, sonst schickte man zu solchen Verhaftungen Gefreite. Es hatte den Fahnderwachtmeister getroffen ... Auch Zufall? ... Schicksal? ...

Genug, man war an den Schlumpf geraten, und man hatte ihn liebgewonnen. Eine Tatsache! Mit Tatsachen, auch wenn sie nur Gefühle betreffen, muß man sich abfinden.

Der Schlumpf! Sicherlich kein wertvoller Mensch! Man kannte ihn auf der Kantonspolizei. Ein Unehelicher. Die Behörde hatte sich fast ständig mit ihm beschäftigen müssen. Sicher wogen die Akten auf der Armendirektion mindestens anderthalb Kilo. Lebenslauf?

Verdingbub bei einem Bauern. Diebstähle. – Vielleicht hat er Hunger gehabt? Wer kann das hinterdrein noch feststellen? – Dann ging es, wie es in solchen Fällen immer geht. Erziehungsanstalt Tessenberg. Ausbruch. Diebstahl. Wieder gefaßt. Geprügelt. Endlich entlassen. Einbruch. Witzwil. Entlassen. Einbruch. Thorberg drei Jahre. Entlassen. Und dann hatte es Ruhe gegeben – zwei volle Jahre. Der Schlumpf hatte in der Baumschule Ellenberger in Gerzenstein gearbeitet. Sechzig Rappen Stundenlohn. Hatte sich in ein Mädchen verliebt. Die beiden wollten heiraten. Heiraten! Studer schnaubte durch die Nase. So ein Bursch und heiraten! Und dann war der Mord an dem Wendelin Witschi passiert ...

Es war ja bekannt, daß der alte Ellenberger in seinen Baumschulen mit Vorliebe entlassene Sträflinge anstellte. Nicht nur, weil sie billige Arbeitskräfte waren, nein, der Ellenberger schien sich in ihrer Gesellschaft wohlzufühlen. Nun, jeder Mensch hat seinen Sparren, und es war nicht zu leugnen, daß die Rückfälligen sich ganz gut hielten beim alten Ellenberger ...

Und nur weil der Schlumpf am Mittwochabend eine Hunderternote im «Bären» gewechselt hatte, sollte er den Raubmord begangen haben? ... Der Bursche hatte das so erklärt: es sei erspartes Geld gewesen, er habe es bei sich getragen ...

Chabis! ... Erspart! ... Bei sechzig Rappen Stundenlohn? Das machte im Monat rund hundertfünfzig Franken ... Zimmermiete dreißig ... Essen? – Zwei Franken fünfzig im Tag für einen Schwerarbeiter war wenig gerechnet. Fünfundsiebzig und dreißig macht hundertfünf, Wäsche fünf – Zigaretten, Wirtschaft, Tanz, Haarschneiden, Bad – Blieben im besten Falle fünf Franken im Monat. Und dann sollte er in zwei Jahren dreihundert Franken erspart haben? Unmöglich! Das Geld bei sich getragen haben? Psychologisch undenkbar. Solche Leute können kein Geld in der Tasche tragen, ohne es zu verputzen ... Auf der Bank? Vielleicht. Aber nur so in der Brieftasche? ...

Und doch, der Schlumpf hatte dreihundert Franken bei sich gehabt. Nicht ganz. Zwei Hunderternoten und etwa achtzig Franken. Studer sah das Einlieferungsprotokoll, das er unterzeichnet hatte:
«Portemonnaie mit Inhalt: 282 Fr. 25.»
Also . . . Es stimmte alles! Sogar der Fluchtversuch im Bahnhof Bern. Ein dummer Fluchtversuch! Kindisch! Und doch so begreiflich! Diesmal langte es ja für lebenslänglich . . .
Studer schüttelte den Kopf. Und doch! Und doch! Etwas stimmte nicht an der ganzen Sache. Vorerst war es nur ein Eindruck, ein gewisses unangenehmes Gefühl. Und der Fahnderwachtmeister fröstelte. Diese Zelle war kalt. Kam denn der Doktor nicht bald?
Wollte der Schlumpf eigentlich gar nicht aufwachen? . . .
Ein tiefer Atemzug hob die Brust des Liegenden, die verdrehten Augen kamen in die richtige Stellung und Schlumpf sah den Wachtmeister an. Studer fuhr zurück.
Ein unangenehmer Blick. Und jetzt öffnete Schlumpf den Mund und schrie. Ein heiserer Schrei – Schrecken, Abwehr, Furcht, Entsetzen . . . Viel lag in dem Schrei. Er wollte nicht enden.
«Still! Willst still sein!» flüsterte Studer. Er bekam Herzklopfen. Schließlich tat er das einzig mögliche: er legte seine Hand auf den lauten Mund . . .
«Wenn du still bist», sagte der Wachtmeister, «dann bleib ich noch eine Weile bei dir, und du kannst eine Zigarette rauchen, wenn der Doktor fort ist. Hä? Ich bin doch noch zur rechten Zeit gekommen . . .», und versuchte ein Lächeln.
Aber das Lächeln wirkte auf den Schlumpf durchaus nicht ansteckend. Zwar sein Blick wurde sanfter, aber als Studer seine Hand vom Munde fortnahm, sagte Schlumpf leise:
«Warum habt Ihr mich nicht hängen lassen, Wachtmeister?»
Schwer auf diese Frage eine richtige Antwort zu finden! Man war doch kein Pfarrer . . .
Es war still in der Zelle. Draußen tschilpten Spatzen. Im Hof unten sang ein kleines Mädchen mit dünner Stimme:

«O du liebs Engeli,
Rosmarinstengeli,
Alliweil, alliweil, blib i dir treu . . .»

Da sagte Studer, und seine Stimme klang heiser:
«Eh, du hast mir doch erzählt, daß du heiraten willst? Das Meitschi . . . es wird doch zu dir halten, oder? Und wenn du sagst, du bist unschuldig, so ist's doch gar nicht sicher, daß du verurteilt wirst. Und du kannst dir doch denken, daß ein Selbstmordversuch die größte Dummheit gewesen ist, die du hast machen können. Das wird dir als Geständnis ausgelegt . . .»
«Es war doch kein Versuch. Ich hab wirklich . . .»
Aber Studer brauchte nicht zu antworten. Es kamen Schritte den Gang entlang, der Wärter Liechti sagte:
«Da drin ist er, Herr Doktor.»
«Scho wieder z'wäg?» fragte der Doktor und griff nach Schlumpfs Handgelenk. «Künstliche Atmung? Fein!»
Studer stand vom Bett auf und lehnte sich gegen die Wand.
«Ja, also», sagte der Doktor. «Was machen wir mit ihm? Selbstgefährlich! Suicidal! Na ja, das kennt man. Wir werden eine psychiatrische Expertise verlangen . . . Nicht wahr?»
«Herr Doktor, ich will nicht ins Irrenhaus», sagte Schlumpf laut und deutlich, dann hustete er.
«So? Und warum nicht? Na ja, dann könnte man . . . Ihr habt doch sicher eine Zweierzelle, Liechti, in die man den Mann legen könnte, damit er nicht so allein ist . . . Geht das? Fein . . .»
Dann, leise, so, wie man auf dem Theater flüstert, jedes Wort verständlich: «Was hat er angestellt?»
«Gerzensteiner Mord!» flüsterte der Wärter ebenso deutlich zurück.
«Ah, ah», nickte der Doktor bekümmert – so schien es wenigstens. Schlumpf drehte den Kopf, sah hinüber zum Wachtmeister. Studer lächelte, Schlumpf lächelte zurück. Sie verstanden sich.
«Und wer ist dieser Herr da?» fragte der Arzt. Das Lächeln der beiden brachte ihn in Verlegenheit.

Studer trat so heftig vor, daß der Doktor einen Schritt zurückwich. Der Wachtmeister stand steif da. Sein bleiches Gesicht mit der merkwürdig schmalen Nase paßte nicht so recht zu dem ein wenig verfetteten Körper.
«Wachtmeister Studer von der Kantonspolizei!» Es klang aufrührerisch und bockig.
«So, so! Freut mich, freut mich! Und Sie sind mit der Untersuchung des Falles betraut?» Der blonde Arzt versuchte seine Sicherheit wiederzugewinnen.
«Ich hab' ihn verhaftet», sagte Studer kurz. «Übrigens, ich will gern noch eine Weile bei ihm bleiben bis er sich beruhigt hat. Ich hab Zeit. Der nächste Zug nach Bern fährt erst um halb fünf . . .»
«Fein!» sagte der Arzt. «Wunderbar! Tut das nur, Wachtmeister. Und heut abend legt Ihr mir den Mann in eine Zweierzelle. Verstanden, Liechti?»
«Jawohl, Herr Doktor.»
«Lebet wohl miteinander», sagte der Arzt und setzte den Hut auf. Liechti fragte, ob er schließen solle. Studer winkte ab. Gegen Haftpsychosen waren wohl offene Türen das wirksamste Gegenmittel.
Und die Schritte verhallten im Gang.
Umständlich setzte Studer den Strohhalm in Brand, den er aus der Brissago gezogen hatte, hielt die Flamme unter das Ende derselben, wartete bis der Rauch oben herausquoll und steckte sie dann in den Mund.
Dann zog er ein gelbes Päckli aus der Tasche, sagte: «So, nimm eine!» Schlumpf sog den ersten Zug der Zigarette tief in die Lungen. Seine Augen leuchteten. Studer setzte sich aufs Bett.
– Der Wachtmeister sei ein Guter, sagte der Schlumpf.
Und Studer mußte sich zusammennehmen, um ein merkwürdiges Gefühl im Halse zu unterdrücken. Um es zu vertreiben, gähnte er ausgiebig.
«So, Schlumpfli», sagte er dann. «Und jetzt. Warum hast du Schluß machen wollen?»
– Das könne man nicht so ohne weiteres sagen, meinte der

Schlumpf. Es sei ihm alles verleidet gewesen. Und er kenne ja den Betrieb. Wenn man einmal verhaftet sei, dann käme man nicht mehr los. Vorbestraft! – Und jetzt werde es für lebenslänglich langen ... Und das Meitschi, von dem der Wachtmeister gesprochen habe, das werde wohl auch nicht warten wollen. Es wäre schön dumm, wenn es das täte. – Wer denn das Meitschi sei? – Es heiße Sonja und sei die Tochter vom ermordeten Witschi. – Und ob die Sonja glaube, daß er den Mord begangen habe? – Das wisse er nicht. Er sei einfach fort, damals, als er gehört habe, man beschuldige ihn. – Wie das denn zugegangen sei, daß man gerade auf ihn verfallen sei? – Eh, wegen der Hunderternote, die er im «Leuen» gewechselt habe. – Im «Leuen»? Nicht im «Bären»? – Es könne auch im «Bären» gewesen sein. Natürlich im «Bären»! Der «Leuen» sei die fürnehme Wirtschaft, da hätten sie einmal bei einem Anlaß aufgespielt ...

«Bei welchem Anlaß? Und wer hat aufgespielt?»

«Bei einer Hochzeit. Der Buchegger hat Klarinette gespielt, der Schreier Klavier und der Bertel Baßgeige. Und ich Handharfe ...»

«Schreier? – Buchegger? – Die – die kenn' ich doch!»

Studer runzelte die Stirn.

«Denk wohl!» sagte der Schlumpf, und ein kleines Lächeln entstand in seinen Mundwinkeln. «Der Buchegger hat oft von Euch erzählt und der Schreier auch. Ihr habt ihn vor drei Jahren geschnappt ...»

Studer lachte. So, so! Alte Bekannte! – Und die hätten sich also zu einer Ländlerkapelle zusammengetan?

«Ländlerkapelle?» Schlumpf tat beleidigt. «Nein! Eine richtige Jazzband. Der Ellenberger, unser Meister, hat uns sogar einen englischen Namen gegeben: ‚The Convict Band!' Das soll heißen: Die Sträflingsmusik ...»

Der Bursche Schlumpf schien ganz zufrieden zu sein, von nebensächlichen Dingen zu sprechen. Aber wenn man vom Mord anfing, versuchte er abzubiegen.

Studer war einverstanden. Der Schlumpf sollte nur ab-

schweifen, wenn er Freude daran hatte. Nicht drängen! Es kommt alles von selbst, wenn man genügend Geduld hat ...
«Dann habt Ihr auch in den umliegenden Dörfern gespielt?»
«Sowieso!»
«Und ordentlich Geld verdient?»
«Zünftig ...» Zögern. Schweigen.
«Also, Schlumpfli, ich will dir ja glauben, daß du den Witschi nicht umgebracht hast – um ihm die Brieftasche zu rauben. Dreihundert Franken hast du erspart gehabt?» «Ja, dreihundert Erspartes ...» Schlumpf blickte zum Fenster auf, seufzte, vielleicht weil der Himmel so blau war.
«Du hast also die Tochter vom Ermordeten heiraten wollen? Sonja hieß sie? Und die Eltern, die waren einverstanden?»
«Der Vater schon; der alte Witschi hat gesagt, ihm sei es gleich. Er war oft beim Ellenberger zu Besuch, und dort hat er mit mir gesprochen, der Ermordete, wie Ihr sagt ... Er hat gemeint, ich sei ein ordentlicher Bursch, und wenn ich auch ein Vorbestrafter sei, man solle nicht zu Gericht sitzen, und wenn ich einmal die Sonja zur Frau hätte, dann würde ich keine Dummheiten mehr machen. Die Sonja sei ein ordentliches Meitschi ... Und dann hat mir mein Meister die Obergärtnerstelle versprochen, weil doch der Cottereau schon alt ist und ich tüchtig bin ...»
«Cottereau? Hat er die Leiche gefunden?»
«Ja. Er geht jeden Morgen spazieren. Der Meister läßt ihn machen, was er will. Der Cottereau stammt aus dem Jura, aber man merkt ihm das Welsche nicht mehr an. Am Mittwochmorgen ist er in die Baumschule gelaufen gekommen und hat erzählt, im Walde liege der Witschi, erschossen ... Dann hat ihn der Meister gleich auf den Landjägerposten geschickt, um die Meldung zu machen.»
«Und was hast du gemacht, nachdem du vom Cottereau die Neuigkeit erfahren hast?»
Ach, meinte der Schlumpf, sie hätten alle Angst gehabt, weil der Verdacht auf sie fallen müsse, als Vorbestrafte. Aber den ganzen Tag sei es ruhig gewesen, niemand sei in

die Baumschule gekommen. Nur der Cottereau habe sich nicht beruhigen können, bis ihn der Meister angeschnauzt habe, er solle mit dem G'stürm aufhören ...

«Und am Mittwochabend hast du die hundert Franken im ‚Bären' gewechselt?»

«Am Mittwochabend, ja ...»

Stille. Studer hatte das Päckchen Parisiennes neben sich liegen lassen. Ohne zu fragen, nahm Schlumpf eine Zigarette, der Wachtmeister gab ihm die Schachtel Zündhölzer und sagte:

«Versteck beides. Aber laß dich nicht erwischen!»

Schlumpf lächelte dankbar.

«Wann habt Ihr Feierabend in der Baumschule?»

«Um sechs. Wir haben den Zehnstundentag.» Dann fügte Schlumpf eifrig hinzu: «Überhaupt, in der Gärtnerei kenn ich mich aus. Der Vorarbeiter auf dem Tessenberg hat immer gesagt, ich kann etwas. Und ich schaff' gern ...»

«Das ist mir gleich!» Studer sprach absichtlich streng. «Nach dem Feierabend bist du ins Dorf, in dein Zimmer. Wo hast du gewohnt?»

«Bei Hofmanns, in der Bahnhofstraße. Ihr findet das Haus leicht. Die Frau Hofmann war eine Gute ... Sie haben eine Korberei.»

«Das interessiert mich nicht! Du bist in dein Zimmer, hast dich gewaschen. Dann bist du zum Nachtessen gegangen? Oder?»

«Ja.»

«Also: sechs Uhr Feierabend.» Studer zog ein Notizheft aus der Tasche und begann nachzuschreiben. «Sechs Uhr Feierabend, halb sieben – viertel vor sieben Nachtessen ...» Aufblickend: «Hast du schnell gegessen? Langsam? Hast du Hunger gehabt?»

«Nicht viel Hunger ...»

«Dann hast du schnell gegessen und warst um sieben fertig ...»

Studer schien in sein Notizbuch zu starren, aber seine Augen waren beweglich. Er sah die Veränderung in den Gesichts-

zügen des Schlumpf und unterbrach die Spannung, indem er harmlos fragte:
«Wieviel hast du für das Nachtessen bezahlt?»
«Eins fünfzig. Zu Mittag hab ich immer beim Ellenberger eine Suppe gegessen und Brot und Käs mitgebracht. Der Ellenberger hat nur fünfzig Rappen für den Teller Suppe verlangt, und z'Immis hat er umsonst gegeben, denn der Ellenberger war immer anständig mit uns, wir haben ihn gern gehabt, er hat so kohlig dahergeredet, er sieht aus wie ein uralter Mann, hat keine Zähne mehr, aber . . .», dies alles in einem Atemzug, als ob der Redende vor einer Unterbrechung Angst hätte. Doch Studer wollte diesmal auf das Geschwätz nicht eingehen.
«Was hast du am Mittwochabend zwischen sieben und acht Uhr gemacht?» fragte er streng. Er hielt den Bleistift zwischen den mageren Fingern und blickte nicht auf.
«Zwischen sechs und sieben?» Schlumpf atmete schwer.
«Nein, zwischen sieben und acht. Um sieben warst du mit dem Nachtessen fertig, um acht hast du im ‚Bären' eine Hunderternote gewechselt. Wer hat dir die dreihundert Franken gegeben?»
Und Studer blickte den Burschen fest an. Schlumpf drehte den Kopf zur Seite, plötzlich warf er sich herum, drückte die Augen in die Ellbogenbeuge. Sein Körper zitterte.
Studer wartete. Er war nicht unzufrieden. Mit kleinen Buchstaben schrieb er in sein Notizbuch: «Sonja Witschi» und malte hinter die Worte ein großes Fragezeichen. Dann wurde seine Stimme weich, als er sagte:
«Schlumpfli, wir werden die Sache schon einrenken. Ich hab' dich extra nicht gefragt, was du am Dienstagabend, also am Abend vor dem Mord, getan hast. Da hättest du mich doch nur angelogen. Und dann steht es sicher in den Akten, und ich kann auch deine Wirtin fragen . . . Aber sag mir noch: Was ist die Sonja für ein Meitschi? Ist sie das einzige Kind?»
Schlumpfs Kopf fuhr in die Höhe.
«Ein Bruder ist noch da. Der Armin!»

«Und den Armin magst du nicht?»
Dem habe er einmal zünftig auf den Gring gegeben, sagte Schlumpf und zeigte die Zähne wie ein knurrender Hund.
«Der Armin hat dir die Schwester nicht gönnen mögen?»
«Ja; und mit dem Vater hat er auch immer Krach gehabt. Der Witschi hat sich oft genug über ihn beklagt . . .»
«Soso . . . Und die Mutter?»
«Die Alte hat immer Romane gelesen . . .» («die Alte», sagte der Bursche respektlos.) «Sie ist mit dem Gemeindepräsidenten Aeschbacher verwandt, und der hat ihr den Bahnhofkiosk in Gerzenstein verschafft. Dort ist sie immer gehockt und hat gelesen, während der Vater hausiert hat . . . Nicht gerade hausiert. Er ist mit einem Zehnderli umhergefahren, als Reisender für Bodenwichse, Kaffee . . . Und das Zehnderli hat man ja auch gefunden, ganz in der Nähe, es stand an der Straße . . .»
«Und wo ist der alte Witschi gelegen?»
«Hundert Meter davon, im Wald, hat der Cottereau erzählt . . .»
Studer zeichnete Männlein in sein Notizbuch. Er war plötzlich weit weg. Er war in dem Krachen im Oberaargau, wo er den Burschen verhaftet hatte. Die Mutter hatte ihm aufgemacht. Eine merkwürdige Frau, diese Mutter des Schlumpf! Sie war gar nicht erstaunt gewesen. Sie hatte nur gefragt: «Aber er darf noch z'Morgen essen?» . . .
Ein kleines Mädchen in Gerzenstein, eine alte Mutter im Oberaargau . . . und zwischen beiden der Bursche Schlumpf, angeklagt wegen Mordes . . .
Es kam ganz darauf an, was für ein Untersuchungsrichter den Fall übernehmen würde . . . Man müßte mit dem Mann reden können. Vielleicht . . .
Schritte kamen näher. Der Wärter Liechti erschien in der Tür, und sein rotes Gesicht glänzte boshaft.
«Wachtmeister, der Herr Untersuchungsrichter will Euch sprechen.»
Und Liechti grinste unverschämt. Es war nicht schwer zu erraten, was das Grinsen zu bedeuten hatte. Ein Fahnder

hatte seine Kompetenzen überschritten und wurde eingeladen, den fälligen Rüffel in Empfang zu nehmen . . .
«Leb wohl, Schlumpfli!» sagte Studer. «Mach keine Dummheiten mehr. Soll ich die Sonja grüßen, wenn ich sie seh'? Ja? Also; ich komm dich dann vielleicht einmal besuchen. Leb wohl!»
Und während Studer durch die langen Gänge des Schlosses schritt, konnte er den Blick nicht los werden und den Blick nicht deuten, mit dem ihm Schlumpf nachgeblickt hatte. Erstaunen lag darin, jawohl, aber hockte nicht auch eine trostlose Verzweiflung auf dem Grunde?

Der Fall Wendelin Witschi zum ersten

«Ihr seid . . .» (Räuspern.) «Ihr seid der Wachtmeister Studer?»
«Ja.»
«Nehmt Platz.»
Der Untersuchungsrichter war klein, mager, gelb. Sein Rock war über den Achseln gepolstert und von lilabrauner Farbe. Zu einem weißen, seidenen Hemd trug er eine kornblumenblaue Krawatte. In den dicken Siegelring war ein Wappen eingraviert – der Ring schien übrigens alt.
«Wachtmeister Studer, ich möcht Euch sehr höflich fragen, was Ihr Euch eigentlich vorstellt. Wie kommt Ihr dazu, Euch eigenmächtig – ich wiederhole: eigenmächtig! in einen Fall einzumischen, der . . .»
Der Untersuchungsrichter stockte und wußte selbst nicht weshalb. Da saß vor ihm ein einfacher Fahnder, ein älterer Mann, an dem nichts Auffälliges war: Hemd mit weichem Kragen, grauer Anzug, der ein wenig aus der Form geraten war, weil der Körper, der darin steckte, dick war. Der Mann hatte ein bleiches, mageres Gesicht, der Schnurrbart bedeckte den Mund, so daß man nicht recht wußte, lächelte der Mann oder war er ernst. Dieser Fahnder also hockte auf

seinem Stuhl, die Schenkel gespreizt, die Unterarme auf den Schenkeln und die Hände gefaltet...

Der Untersuchungsrichter wußte selbst nicht, warum er plötzlich vom «Ihr» zum «Sie» überging.

«Sie müssen begreifen, Wachtmeister, es scheint mir, als hätten Sie Ihre Kompetenzen überschritten...» Studer nickte und nickte: natürlich, die Kompetenzen!... «Was hatten Sie für einen Grund, den Eingelieferten, den ordnungsmäßig eingelieferten Schlumpf Erwin noch einmal zu besuchen? Ich will ja gerne zugeben, daß Ihr Besuch höchst opportun gewesen ist – das will aber noch nicht sagen, daß er sich mit dem Kompetenzbereich der Fahndungspolizei gedeckt hat. Denn, *Herr* Wachtmeister, Sie sind schon lange genug im Dienste, um zu wissen, daß ein fruchtbares Zusammenarbeiten der diversen Instanzen nur dann möglich ist, wenn jede darauf sieht, daß sie sich streng in den Grenzen ihres Kompetenzbereiches hält...»

Nicht einmal, nein, dreimal das Wort Kompetenz... Studer war im Bild. Das trifft sich günstig, dachte er, das sind die Bösesten nicht, die immer mit der Kompetenz aufrücken. Man muß nur freundlich zu ihnen sein und sie recht ernst nehmen, dann fressen sie einem aus der Hand...

«Natürlich, Herr Untersuchungsrichter», sagte Studer und seine Stimme drückte Sanftmut und Respekt aus, «ich bin mir bewußt, daß ich wahr- und wahrhaftig meine Kompetenzen überschritten habe. Sie stellten ganz richtig fest, daß ich es bei der Einlieferung des Häftlings Schlumpf Erwin hätte bewenden lassen sollen. Und dann – ja, Herr Untersuchungsrichter, der Mensch ist schwach – dann dachte ich, daß der Fall vielleicht doch nicht so klar liege, wie ich es anfangs angenommen hatte. Es könnte möglich sein, dachte ich, daß eine weitere Untersuchung des Falles sich als nötig erweisen würde und daß ich vielleicht mit deren Verfolgung betraut werden könnte, und da wollte ich im Bilde sein...»

Der Untersuchungsrichter war sichtlich schon versöhnt.

«Aber, Wachtmeister», sagte er, «der Fall ist doch ganz klar. Und schließlich, wenn dieser Schlumpf sich auch erhängt

hätte, das Malheur wäre nicht groß gewesen — ich wäre eine unangenehme Sache los geworden, und der Staat hätte keine Gerichtskosten zu tragen brauchen . . .»
«Gewiß, Herr Untersuchungsrichter. Aber wäre mit dem Tode des Schlumpf wirklich der ganze Fall erledigt gewesen? Denn daß der Schlumpf unschuldig ist, werden auch Sie bald herausfinden.»
Eigentlich war eine derartige Behauptung eine Frechheit. Aber so ehrerbietig war Studers Stimme, so zwingend heischte sie Bejahung, daß dem Herrn mit dem wappengeschmückten Siegelring nichts anderes übrig blieb, als zustimmend zu nicken.
Mit braunem Holz waren die Wände des Raumes getäfelt, und da die Läden vor den Fenstern geschlossen waren, schimmerte die Luft wie dunkles Gold.
«Die Akten des Falles», sagte der Untersuchungsrichter ein wenig unsicher. «Die Akten des Falles . . . Ich habe noch nicht recht Zeit gehabt, mich mit ihnen zu beschäftigen . . . Warten Sie . . .»
Rechts von ihm waren fünf Aktenbündel übereinandergeschichtet. Das unterste, das dünnste, war das richtige. Auf dem blauen Kartondeckel stand:

SCHLUMPF ERWIN
MORD

«Leider», sagte Studer und machte ein unschuldiges Gesicht. «Leider hat man in letzter Zeit ziemlich viel von mangelhaft geführten Untersuchungen gehört. Und da wäre es vielleicht besser, wenn man sich auch bei einem so klaren Fall mit den notwendigen Kautelen umgeben würde . . .»
Innerlich grinste er: Kommst du mir mit Kompetenz, komm ich dir mit Kautelen.
Der Untersuchungsrichter nickte. Er hatte eine Hornbrille aus einem Futteral gezogen, sie auf die Nase gesetzt. Jetzt sah er aus wie ein trauriger Filmkomiker.
«Gewiß, gewiß, Wachtmeister. Sie müssen nur bedenken, es ist meine erste schwere Untersuchung, und da wird mir natürlich Ihre Kompetenz in diesen Angelegenheiten . . .»

Weiter kam er nicht. Studer hob abwehrend die Hand.
Aber der Untersuchungsrichter beachtete die Bewegung nicht. Er hatte zwei Photographien in der Hand und reichte sie über den Tisch:
«Aufnahmen des Tatortes . . .», sagte er.
Studer betrachtete die Bilder. Sie waren nicht schlecht, obwohl sie von keinem kriminologisch geschulten Fachmann aufgenommen worden waren. Auf beiden sah man das Unterholz eines Tannenwaldes, und auf dem Boden, der mit dürren Nadeln übersät war – die Bilder waren sehr scharf –, lag eine dunkle Gestalt auf dem Bauch. Rechts am kahlen Hinterkopf, schätzungsweise drei Finger breit von der Ohrmuschel, gerade über einem dünnen Haarkranz, der zum Teil den Rockkragen bedeckte, war ein dunkles Loch zu sehen. Es sah ziemlich abstoßend aus. Aber Studer war an solche Bilder gewöhnt. Er fragte nur:
«Taschen leer?»
«Warten Sie, ich habe hier den Rapport vom Landjägerkorporal Murmann . . .»
«Ah», unterbrach Studer, «der Murmann ist in Gerzenstein. So, so!»
«Kennen Sie ihn?»
«Doch, doch. Ein Kollege. Hab' ihn aber schon viele Jahre nicht gesehen. Was schreibt der Murmann?»
Der Untersuchungsrichter drehte das Blatt um, dann murmelte er halbe Sätze vor sich hin. Studer verstand:
«. . . männliche Leiche auf dem Bauche liegend . . . Einschuß hinter dem rechten Ohr . . . Kugel im Kopf stecken geblieben . . . wahrscheinlich aus einem 6,5 Browning . . .»
«In Waffen kennt er sich aus, der Murmann!» bemerkte Studer.
«. . . Taschen leer . . .», sagte der Untersuchungsrichter.
«Was?» ganz scharf die Frage. «Haben Sie zufällig eine Lupe?» Alle Höflichkeit war aus Studers Stimme verschwunden.
«Eine Lupe? Ja. Warten Sie. Hier . . .»
Ein paar Augenblicke war es still. Durch einen Spalt der

Fensterläden fiel ein Sonnenstrahl gerade auf Studers Haar. Schweigend betrachtete der Untersuchungsrichter den Mann, der da vor ihm hockte, den breiten, runden Rücken und die grauen Haare, die glänzten, wie das Fell eines Apfelschimmels.
«Das ist lustig», sagte Wachtmeister Studer mit leiser Stimme. (Was, zum Teufel, ist an der Photographie eines Ermordeten lustig! dachte der Untersuchungsrichter.) «Der Rock ist ja ganz sauber auf dem Rücken . . .»
«Sauber auf dem Rücken? Ja, und?»
«Und die Taschen sind leer», sagte Studer kurz, als sei damit alles erklärt.
«Ich versteh' nicht . . .» Der Untersuchungsrichter nahm die Brille ab und putzte die Gläser mit seinem Taschentuch.
«Wenn . . .», sagte Studer und tippte mit der Lupe auf die Aufnahme. «Wenn Sie sich vorstellen, daß der Mann hier im Walde meuchlings überfallen worden ist, daß ihn einer von hinten niedergeschossen hat, so geht aus der Lage der Leiche hervor, daß der Mann vornüber aufs Gesicht gefallen ist. Nicht wahr? Er liegt also auf dem Bauch, rührt sich nicht mehr. Aber seine Taschen sind leer. Wann hat man die Taschen geleert?»
«Der Angreifer hätte den Witschi zwingen können, die Brieftasche auszuliefern . . .»
«Nicht sehr wahrscheinlich . . . Was sagt das Sektionsprotokoll, wann der Tod mutmaßlich eingetreten ist?»
Der Untersuchungsrichter blätterte in den Akten, eifrig, wie ein Schüler, der gerne vom Lehrer eine gute Note bekommen möchte. Merkwürdig, wie schnell die Rollen sich vertauscht hatten. Studer hockte immer noch auf dem unbequemen Stuhl, der sicherlich sonst für die vorgeführten Häftlinge bestimmt war, und doch sah es so aus, als ob *er* die ganze Angelegenheit in die Hand genommen hätte . . .
«Das Sektionsprotokoll», sagte der Untersuchungsrichter jetzt, räusperte sich trocken, rückte an seiner Brille und las: «Zertrümmerung des Occipitalknochens . . . Mesencephalum . . . stecken geblieben in der Gegend des linken . . . Aber

das wollen Sie ja alles nicht wissen ... Hier ... Tod approximativ zehn Stunden vor Auffindung der Leiche eingetreten ... Das wollten Sie wissen, Wachtmeister? Aufgefunden ist die Leiche zwischen halb acht und viertel vor acht Uhr morgens von Jean Cottereau, Obergärtner in den Baumschulen Ellenberger ... Der Mord wäre also ungefähr um zehn Uhr abends verübt worden.»

«Zehn Uhr? Gut. Wie stellen Sie sich die Szene vor? Der alte Witschi kommt von einer Tour zurück, er fährt mit seinem Zehnder ruhig nach Hause. Plötzlich wird er angehalten ... Schon da ist vieles nicht klar. Warum steigt er ab? Hat er Angst? ... Nehmen wir an, er sei angehalten worden. Gut, er wird gezwungen, seinen Karren an einen Baum zu lehnen, man treibt ihn in den Wald ... Warum nimmt ihm der Angreifer nicht auf der Straße die Brieftasche fort und drückt sich? ... Nein! Er zwingt den Witschi, mit ihm hundert Meter – es waren doch hundert Meter? – in den Wald zu gehen. Schießt ihn von hinten nieder. Der Mann fällt auf den Bauch ... Wollen Sie mir sagen, Herr Untersuchungsrichter, wann ihm die Brieftasche mit den verschwundenen dreihundert Franken aus der Tasche genommen worden ist?»

«Brieftasche? Dreihundert Franken? Warten Sie, Wachtmeister. Ich muß mich zuerst orientieren ...»

Stille. Eine Fliege summte dröhnend. Studer hatte sich kaum bewegt, sein Kopf blieb gesenkt.

«Sie haben recht ... Frau Witschi gibt an, ihr Mann habe am Morgen zu ihr gesagt, er werde wahrscheinlich am Abend hundertfünfzig Franken mitbringen. Es seien Rechnungen fällig. Hundertfünfzig Franken habe er noch besessen ... Telephonische Erkundigungen haben ergeben, daß wirklich zwei Kunden des Witschi ihre Rechnungen bezahlt haben. Die eine Rechnung betrug hundert Franken, die andere fünfzig ...»

«Die eine hundert und die andere fünfzig? Merkwürdig ...»

«Warum merkwürdig?»

«Weil der Schlumpf drei Hunderternoten in seinem Besitz

gehabt hat. Eine, die er im ‚Bären' gewechselt hat, und zwei, die ich ihm abgenommen habe. Wo ist die Brieftasche hingekommen?»

«Sie haben recht, Wachtmeister. Der Fall hat einige dunkle Punkte . . .»

«Dunkle Punkte!» Studer zuckte die Achseln.

Ein ungemütlicher Mann, dachte der Untersuchungsrichter. Er war nervös wie seinerzeit beim Staatsexamen. Vielleicht war dieser Wachtmeister für Schmeichelei empfänglich . . . Darum sagte er:

«Ich sehe, Wachtmeister, daß Ihre praktische kriminologische Schulung der meinigen überlegen ist . . .»

Studer brummte irgend etwas.

«Was wollten Sie sagen?» Der Untersuchungsrichter legte die Hand ans Ohr, als wolle er kein Wort seines Gegenübers verlieren.

Aber Studer schien auf einmal vergessen zu haben, wo er sich befand. Denn er zündete umständlich eine Brissago an.

«Rauchen Sie nicht lieber eine Zigarette?» wagte der Untersuchungsrichter schüchtern zu fragen, denn er haßte den Brissagorauch. Er reichte dem Wachtmeister ein geöffnetes Etui über den Tisch. Studer schüttelte ablehnend den Kopf. Ihm, dem Wachtmeister Studer, Zigaretten mit Goldmundstück! . . .

Der Untersuchungsrichter fragte in die Stille:

«Wo haben Sie sich Ihre praktischen Kenntnisse angeeignet, Herr Studer?» Aber nicht einmal der Wechsel in der Anredeform – Herr Studer statt Wachtmeister – vermochte den schweigenden Mann aus seinem Grübeln zu wecken.

«Wie kommt es, daß Sie es mit Ihren Kenntnissen nicht wenigstens zum Polizeileutnant gebracht haben?»

Studer fuhr auf:

«Was? . . . Wie meinen Sie? . . . Haben Sie einen Aschenbecher?»

Der Untersuchungsrichter lächelte und schob eine Messingschale über den Tisch.

«Ich hab seinerzeit beim Professor Groß in Graz gearbeitet.

Und warum ich es nicht weiter gebracht habe? Wissen Sie, ich hab' mir einmal die Finger verbrannt an einer Bankaffäre. Damals war ich Kommissär bei der Stadtpolizei ... Ja, und während des Krieges ... Nach der Bankaffäre bin ich in Ungnade gefallen und hab' wieder von unten anfangen müssen ... Das gibt es ... Aber was ich sagen wollte: wie gedenken Sie die Angelegenheit zu behandeln? Was für Schritte werden Sie unternehmen?»

Zuerst wollte der Untersuchungsrichter den Mann an seinen Platz verweisen, ihm klar machen, hier habe er zu befehlen, *er* trage schließlich die Verantwortung für die Untersuchung ... Aber dann verwarf er diese Aufwallung. Der Blick Studers hatte etwas so Erwartungsvoll-Ängstliches ... Darum sagte er ziemlich versöhnlich:

«Nun, wie gewohnt, denk ich. Die Familie Witschi vorladen, den Meister des ... des ... Angeklagten ...»

«Schlumpf Erwin», unterbrach Studer, «vorbestraft wegen Einbruch, Diebstahl und anderer kleinerer Delikte ...»

«Ganz richtig. Im Grunde also eine Persönlichkeit, der man das Verbrechen gut zutrauen könnte, nicht wahr?»

«Schon ... möglich ...» Pause. «Aber auch ein Vorbestrafter kann nicht zaubern ... Und der Schlumpf wird nicht das Maul auftun ... Sie werden lange fragen können. Der läßt sich lebenslänglich nach Thorberg schicken – und wenn er einmal dort ist, hängt er sich wieder auf. Im Grund ist es schad' um den Burschen ... Ja, es ist schad' um ihn ...»

«Ihre Menschlichkeit in Ehren, Herr Studer, aber ... Wir haben eine Untersuchung zu führen, oder?»

«Ja, ja ... Übrigens ist die Leiche noch in Gerzenstein?»

Wieder blätterte der Untersuchungsrichter in den Akten.

«Sie ist am Mittwochabend ins Gerichtsmedizinische Institut überführt worden. Der Regierungsstatthalter von Roggwil hat das angeordnet ...»

Studer zählte an den Fingern ab:

«Am Mittwoch, dem dritten Mai um halb acht Uhr morgens wird die Leiche gefunden. Gegen Mittag die erste Obduktion von Doktor ... Doktor ... Wie heißt er schon?»

«Dr. Neuenschwander.»
«Neuenschwander. Gut. Mittwochabend wechselt Schlumpf die Hunderternote im ‚Bären'. Donnerstag Flucht. Heute, Freitag, verhafte ich ihn bei seiner Mutter. Wann ist die Leiche ins Gerichtsmedizinische Institut gebracht worden?»
«Mittwochabend . . .»
«Wann glauben Sie, können wir den Rapport vom Institut haben?»
«Ich habe gedacht, wir könnten den Angeklagten mit der Leiche konfrontieren. Was meinen Sie dazu?» Die Frage war höflich, aber der Untersuchungsrichter dachte dabei: Wenn der Kerl nur bald abschieben würde, die Brissago stinkt, er ist aufdringlich, ich werde mich bei der Behörde beschweren, aber was nützt mir das? Deswegen werd' ich ihn doch nicht so bald los. Also seien wir freundlich . . .
«Konfrontieren?» wiederholte Studer. «Damit er wieder einen Fluchtversuch macht?»
«Was? Er hat Ihnen durchbrennen wollen? Und Sie haben mir nichts davon gesagt?»
Studer sah den Untersuchungsrichter mit seinen ruhigen Augen an. Er zuckte die Achseln. Was sollte man auf solche Fragen antworten?
«Ich will ganz offen mit Ihnen sein, Herr Untersuchungsrichter», sagte Studer plötzlich, und seine Stimme klang merkwürdig dumpf und erregt. «Wir haben lange genug herumgeredet. Sie denken bei sich: Dieser alte, abgesägte Fahnder, der knapp vor der Pensionierung steht, will sich wichtig machen. Er drängt sich auf. Ich werd' ihm aber schon aufs Dach geben lassen. Heut am Abend noch, sobald er fort ist, telephoniere ich an die Polizeidirektion und beschwere mich . . .»
Schweigen. Der Untersuchungsrichter hatte einen Bleistift in der Hand und zeichnete Kreise aufs Löschblatt. Studer stand auf, packte die Lehne des Stuhles, schwang den Stuhl herum, bis er vor ihm stand, stützte sich auf die Lehne – und die Brissago qualmte, die zwischen zwei Fingern stak – und dann sagte er:

«Ich will Ihnen etwas sagen, Herr Untersuchungsrichter. Ich reiche gern meine Demission ein, wenn der Fall nicht so untersucht wird, wie ich es wünsche. Aber wenn ich dann demissioniert habe, dann kann ich machen, was ich will. Es wird lustig werden. Ich hab' dem Schlumpf versprochen, seine Sache in die Hand zu nehmen . . .»
«Sind Sie Fürsprech geworden, Wachtmeister?» warf der Untersuchungsrichter spöttisch ein.
«Nein. Aber ich kann ja einen nehmen. Einen, der die ganze Anklage über den Haufen wirft – während der Schwurgerichtsverhandlung. Wenn Sie das lieber wollen? Aber Sie müssen sich das recht lebhaft vorstellen! Sie werden als Zeuge von der Verteidigung vorgeladen werden, und dann wird man Ihnen alle Fehler der Voruntersuchung vorhalten . . . Wird Ihnen das gefallen?»
Der Kerl ist ja ganz verrückt! dachte der Untersuchungsrichter. Der richtige Querulant! Warum hat man gerade diesen Studer zur Verhaftung abkommandiert! Ein Gerechtigkeitsfanatiker! Daß es so etwas noch gibt! Ich habe die ganze Zeit eingelenkt . . . Kann der Mann denn Gedanken lesen? Dumme Geschichte! Und wenn dieser Schlumpf unschuldig ist, dann gibt es womöglich einen Skandal, Leute geraten in Verdacht. Es wird doch besser sein, ich arbeite mit dem Kerl . . . Laut sagte er:
«Das hat ja alles keinen Sinn, Wachtmeister. Ich weiß nur wenig von der Sache. Und drohen? Warum fahren Sie gleich so schweres Geschütz auf? Hab' ich mich geweigert, Sie anzuhören? Sie sind ungeduldig, Herr Studer. Wir können doch ganz ruhig die Sache besprechen. Sie sind sehr empfindlich, Wachtmeister, scheint mir, aber Sie müssen denken, daß andere Leute manchmal auch Nerven haben . . .»
Der Untersuchungsrichter wartete, und während des Wartens starrte er auf die qualmende Brissago in Studers Hand . . .
«Ach so!» sagte Studer plötzlich. «Das also . . .» Er ging zum Fenster, stieß die Läden auf und warf die Brissago hinaus. «Ich hätt' daran denken sollen. Leute wie Sie . . . War das

der Grund? Ich hab's gespürt, daß Sie etwas gegen mich haben, und gedacht, es sei wegen dem Schlumpf... Und dann war's nur die Brissago?»
Studer lachte.
Komischer Mensch! dachte der Untersuchungsrichter. Versteht doch allerhand! ... Der Brissagorauch! Kann so etwas eine feindliche Stimmung auslösen? ... In diese Gedanken hinein sagte Studer:
«Merkwürdig. Manchmal ist es nur eine unbedeutende Angewohnheit, die uns bei einem Menschen auf die Nerven fällt: das Rauchen einer schlechten Zigarre zum Beispiel. Bei mir sind's die teuren Zigaretten mit Goldmundstück . . .»
Und setzte sich wieder:
«So, so», sagte der Untersuchungsrichter nur. Aber innerlich fühlte er allerhand Hochachtung für den Gedankenleser Studer. Und dann meinte er:
«Ich möchte jetzt den Schlumpf, Ihren Schützling, vorführen lassen. Wollen Sie dabei sein?»
«Doch. Gern. Aber vielleicht sind Sie so gut . . .»
«Ja, ja», der Untersuchungsrichter lächelte, «ich werd' ihn schon so behandeln, daß er sich nicht wieder aufhängt, wenigstens vorläufig... Ich kann nämlich auch anders... Und ich will mit dem Staatsanwalt reden. Wenn eine weitere Untersuchung nötig sein sollte, fordern wir *Sie* an . . .»

Billard und Alkoholismus chronicus

Studer stieß zu. Die weiße Kugel rollte über das grüne Tuch, klickte an die rote, traf die Bande und sauste haarscharf an der zweiten weißen Kugel vorbei.
Studer stellte die Queue auf den Boden, blinzelte und sagte ärgerlich:
«Bitzli z'wenig Effet.»
Und gerade in diesem Augenblicke hörte er zum ersten Male die dröhnende Stimme, die er noch oft hören sollte.
Die Stimme sagte:

«Und glaub' mir, in der Affäre Witschi ist auch nicht alles Bock; glaub' mir nur, da stimmt etwas nicht... und das weißt du ja auch. Daß sie den Schlumpf geschnappt haben...» Mehr konnte Studer nicht verstehen. Die Stille, die einen Augenblick über dem Raum geschwebt hatte, zersprang, der Lärm der Gespräche setzte wieder ein. Studer drehte sich um und sah sich an dem Mann mit der merkwürdig dröhnenden Stimme fest.

Der war hochgewachsen, mit einem mageren, zerfurchten Gesicht. Er saß in einer Ecke des Cafés an einem Tischchen zusammen mit einem kleinen Dicken. Der Dicke nickte, nickte ununterbrochen, während der magere Alte den Ellbogen aufgestützt hatte und mit aufgerecktem Zeigefinger weitersprach. Die Lippen waren fast unsichtbar – dem Mann mußten alle Zähne fehlen. Jetzt senkte der Alte die Hand, hob das Glas zerstreut zum Mund, merkte plötzlich, daß es leer war: da zerbrach ein sehr sanftes Lächeln den harten Mund, so, wie einer lächelt, der sich selbst nicht ganz ernst nimmt.

«Rösi», sagte er zur Kellnerin, die gerade vorbeikam, «Rösi, noch zwei Becher.»

«Ja, Herr Ellenberger.» Die rothaarige Kellnerin ließ sich die Hand tätscheln. Sie sah aus wie eine Katze, die gerne schnurren möchte, aber auf der Suche nach einem ruhigen Platz ist, wo sie dies ungestört tun kann.

«Du kommst...», sagte Studers Spielpartner, der Notar Münch, der einen hohen steifen Kragen um seinen dicken Hals trug.

Und während Studer mit verkniffenen Augen die Stellung der Kugeln prüfte, dachte er immerfort: Ellenberger? Ellenberger? Und redet von der Affäre Witschi? Und während er weiter dachte, ob es wohl dieser Ellenberger sei, Baumschulenbesitzer in Gerzenstein, Meister des Schlumpf, verfehlte er natürlich seinen Stoß. Er hatte nicht richtig eingekreidet, die Spitze der Queue sprang mit einem unangenehm hohen Gix von der Kugel ab.

Das Billardtuch, mit der sehr hellen, nach unten abgeblende-

ten Lampe darüber, warf einen grünen Schein in die Luft und gab dem Rauch, der leise durch die Luft wogte, eine kuriose Farbe. Ein Lachen, das wie ein Krächzen klang, kam vom Tisch des alten Ellenberger, aber nicht der Alte hatte gelacht, sondern sein Begleiter, der kleine Dicke. Und in die Stille, die dem Lachen folgte, hörte Studer den alten Ellenberger sagen:
«Ja, der Witschi, der war nicht dumm. Aber der Aeschbacher. Ein zweitägiges Kalb ist minder . . .»
«Was ist los, Studer?» fragte der Notar Münch. Keine Antwort.
Die Affäre Witschi schien wirklich verhext zu sein. Jetzt hatte Studer gemeint, sie diesen Abend wenigstens vergessen zu können.
Aber natürlich: da kam man ins Café zum Billardspielen, und ausgerechnet mußte dieser Ellenberger auch hier hokken und laut über die Affäre Witschi reden. Dann war es natürlich mit der Ruhe vorbei . . .
Der Rücken des Ermordeten auf der Photographie . . . Der Rücken, auf dem *keine* Tannennadeln hafteten . . . Die Wunde im Hinterkopf . . . Die kuriosen Vornamen der Familienmitglieder . . . Wendelin hieß der Vater, die Tochter Sonja, der Sohn Armin. Vielleicht hieß die Mutter Anastasia? . . . Warum nicht?
Witschi . . . der Name klang wie Spatzengetschilp. Der Wendelin Witschi, der auf einem Zehnder den Commis-voyageur machte und in einem Wald erschossen aufgefunden wurde . . . Die Frau Witschi, die im Bahnhofkiosk hockte und Romane las . . .
Und während Studer, auf seine Billardqueue gestützt, dem Spiele des Notars zusah, der heute abend in Form zu sein schien, hörte er wieder die angenehm dröhnende Stimme sagen:
«Was macht wohl unser Schlumpf? Was meinst, Cottereau? Haben sie ihn wohl geschnappt, die Tschucker?»
Das Wort «Tschucker» gab Studer einen Ruck. Er war abgebrüht gegen den Spott, dem man als Fahnder ausgesetzt war. Einzig dieses verfluchte Wort mit dem unangenehmen «U»

machte ihn wild. Es klinge so vollgefressen, hatte er einmal zu seiner Frau geäußert. Und als er es jetzt aus des alten Ellenbergers Munde hörte, riß es ihn herum, und er starrte auf den Mann.
Er begegnete dem Blick eines Augenpaares, und dieser Blick war ungemütlich. Studer hielt ihn nicht lange aus. Merkwürdige Augen hatte der Ellenberger: kalt wirkten sie, die Pupillen waren fast schlitzförmig, wie bei einer Katze. Und die Iris blaugrün, sehr hell.
«Revanche?» fragte der Notar Münch. Er hatte stillschweigend eine Serie gemacht und war jetzt fertig.
Studer schüttelte den Kopf.
«Kennst du den dort drüben?» fragte er und deutete mit dem Daumen über die Schulter. Der Notar Münch schraubte seinen Kopf aus dem hohen Kragen. «Den Alten dort? Den, der mit dem Dicken zusammenhockt? Denk wohl! . . . Das ist der Ellenberger. Er war heut bei mir. Wegen einem gewissen Witschi . . . Eh, du hast doch von den Leuten gehört. Der Witschi, der vor ein paar Tagen umgebracht worden ist. Der war dem Ellenberger Geld schuldig . . . Den Witschi hab' ich auch einmal gesehen . . .»
Der Notar Münch schwieg und machte mit seiner rechten Hand, die wie eine Flosse aussah, beschwichtigende Bewegungen. Und als Studer sich umwandte, gewahrte er den alten Ellenberger, der dem Notar winkte, näherzukommen. Münch ging quer durch den Raum. Drüben, am runden Tischchen, schüttelte er dem alten Ellenberger die Hand und winkte dann Studer näherzukommen. Der Wachtmeister wurde vorgestellt, es erwies sich, daß Ellenberger und Studer sich vom Hörensagen kannten. Übrigens war Ellenbergers Hand mit Tupfen übersät, die in der Farbe an dürres Buchenlaub erinnerten.
«Hat es Euch beleidigt, Wachtmeister Studer, daß ich vorhin ‚Tschucker' gesagt habe? Ich hab' gesehen, wie Ihr gezuckt habt wie ein junges Roß, wenn es die Geißel klepfen hört.»
Das sei so ähnlich, meinte Studer, wie bei den Gärtnern,

die hätten es auch nicht gern, wenn man sie «Krauterer» nenne.
Oder nicht?
Der Ellenberger lachte ein tiefes Baßlachen, zwinkerte mit den faltigen Lidern, saugte die Lippen zwischen die Bilgeren und schwieg. Sein Gesicht blieb eine lange Weile starr; es wirkte uralt und grotesk.
Sie saßen um den kleinen Tisch und hatten nicht richtig Platz. Neben ihnen stand ein Fenster offen, es war schwül, ein heißer Wind strich draußen vorbei, und der Himmel war mit einer giftig-grauen Salbe verschmiert.
Die Kellnerin hatte unaufgefordert vier hohe Gläser mit Bier auf den Tisch gestellt.
«G'sundheit», sagte Studer, hob das Glas, kippte es in den Mund, setzte es ab. Weißer Schaum blieb an seinem Schnurrbart kleben. «Aaah . . .»
Mit Daumen und Zeigefinger ließ der Ellenberger sein Glas langsame Tänze auf der Kartonunterlage ausführen. Dann fragte er plötzlich:
«Wißt Ihr etwas vom Schlumpf?»
– Er habe ihn heut morgen verhaftet . . . sagte Studer leise.
– Wo? Bei der Mutter.
Schweigen. Der alte Ellenberger schüttelte den Kopf, so, als sei ihm irgend etwas nicht klar.
– Die Tschu . . . die Fahnder hätten nicht immer eine schöne Büetz, meinte er dann trocken. Den Sohn von der Mutter wegholen . . . Er, für sein Teil, tue lieber Rosen okulieren oder allenfalls im Winter rigolen.
Der Notar Münch trommelte verlegen auf der Marmorplatte und schraubte an seinem Hals. Der kleine Dicke, der Cottereau hieß und also jener Obergärtner war, der die Leiche gefunden hatte, schneuzte sich in ein großes rotes Taschentuch.
Studer ließ das Schweigen über dem Tisch liegen und blickte am alten Ellenberger vorbei durchs Fenster.
«Und? Wie gehts dem Schlumpf?» fragte der Alte böse.
«Oh», sagte Studer ruhig, «er hat sich aufgehängt.»

Der Notar schmatzte hörbar, er blickte seinen Freund Studer verblüfft an, aber der Ellenberger sprang vom Stuhl auf, stützte die Fäuste auf den Tisch und fragte laut:
«Was sagst du? Was sagst du?»
«Ja», wiederholte Studer friedlich, «er hat sich aufgehängt. Ihr scheint Euch sehr für den Burschen zu interessieren?»
«Ah bah!» wehrte der Ellenberger ab. «Ich hab' ihn nicht ungern gesehen. Er hat sich gut gehalten bei mir . . . Und jetzt ist er tot . . . So, so . . . Der Zweite, den die alte Hex' auf dem Gewissen hat, sie und ihr . . . und ihr . . .» Der Ellenberger unterbrach sich. «Also tot ist er?» fragte er noch einmal.
– Das habe er nicht gesagt, meinte Studer und betrachtete kritisch seine Brissago. Er sei noch zur rechten Zeit gekommen, um den Schlumpf – man könne ja sagen: zu retten, obwohl . . .
«Also ist er nicht tot? Und wo ist er jetzt, der Schlumpf?»
«In Thun», sagte Studer gemütlich und versteckte seine Augen unter seinen Lidern. «In Thun, in der Kischte.» Er, Studer, habe auch mit dem Untersuchungsrichter geredet, ein gäbiger Mann, der Fall sei nicht hoffnungslos, aber dunkel, dunkel . . . Das sei das Elend.
«Und das Gericht will klare Fälle, das gibt schöne Verhandlungen . . . Aber der Schlumpf leugnet alles ab, der Fall kommt vor die Assisen, natürlich . . . Und man weiß ja, wie Geschworene sind . . .» Das alles unterbrochen von langen Zügen, abwechselnd am Bierglas und an der Brissago.
«Aber», fuhr Studer fort, «Ihr habt da einen Satz nicht beendigt. Wen habt Ihr gemeint mit der Hexe? Die Frau Witschi?»
Ellenberger wich der Frage aus.
«Wenn Ihr etwas wissen wollt, Wachtmeister, müßt Ihr nach Gerzenstein kommen, Euch das Kaff anschauen. Es lohnt sich . . .» Dann seufzend: «Ja, der Witschi hat's nicht gut gehabt. Hat mir oft geklagt, der alte Schnapser . . . Aber viele saufen . . . Heiratet nie, Wachtmeister.»
– Er sei schon verheiratet, sagte Studer, und könne nicht

klagen. – So, geschnapst habe der Witschi? – Ja, meinte der Ellenberger, so arg, daß der Aeschbacher, der Gemeindepräsident – der Mann schaue aus wie eine Sau, die den Rotlauf habe – den Witschi habe nach Hansen versenken wollen ... (Hansen nennt man im Kanton Bern die Arbeitsanstalt St. Johannsen).
Nach einer Weile fragte der Ellenberger:
«Hat er von mir gesprochen, der Erwin?»
Studer bejahte. Der Schlumpf habe seinen Meister gerühmt. Seit wann denn der Ellenberger der Fürsorge für entlassene Sträflinge beigetreten sei?
«Fürsorge?» Die Fürsorge könne ihm gestohlen werden. Er brauche billige Arbeitskräfte, voilà tout. Und daß er die Burschen anständig behandle, das gehöre zum Geschäft, sonst würden sie ihm wieder drauslaufen. Er, der Ellenberger, sei zuviel in der Welt herumgekommen, die braven Leute brächten ihn zum Kotzen, aber die schwarzen Schafe, wie man so schön sage, die sorgten für Abwechslung. Von einem Tag auf den andern könne man in der schönsten Kriminalgeschichte drinnen stecken, an einem Mordfall beteiligt sein, par exemple, und dann werde es spaßig.
Der alte Ellenberger stand auf:
«Ich muß heim, Wachtmeister, komm, Cottereau ... Ich denk, wir werden uns noch einmal sehen ... Besuchet mich dann, wenn Ihr nach Gerzenstein kommt ... Läbet wohl ...»
Der alte Ellenberger winkte der Kellnerin, sagte: «Alles», gab ein zünftiges Trinkgeld. Dann schritt er zur Tür. Das letzte, das Wachtmeister Studer an dem Alten feststellte, war sicher merkwürdig genug: Der Ellenberger trug zu einem schlechtsitzenden Anzug aus Halbleinen ein Paar braune, moderne Halbschuhe. Die schwarzen Socken, die unter den zu kurzen Hosen hervorlugten, waren aus schwarzer Seide ...

Am nächsten Morgen schrieb Wachtmeister Studer seinen Rapport. Das Bureau roch nach Staub, Bodenöl und kaltem Zigarrenrauch. Die Fenster waren geschlossen. Draußen regnete es, die paar warmen Tage waren eine Täuschung

gewesen, ein saurer Wind blies durch die Straßen, und Studer war schlechter Laune. Wie sollte man diesen Rapport schreiben? Vielmehr, was schreiben, was auslassen?
Da rief eine Stimme von der Türe her seinen Namen.
«Wa isch los?»
«Der Untersuchungsrichter von Thun hat telephoniert. Du sollst nach Gerzenstein fahren ... Du hast doch gestern den Schlumpf verhaftet! Wie ist's gegangen?»
– Der Schlumpf habe ihm durchbrennen wollen auf dem Bahnhof, sagte Studer, aber es habe nicht gelangt. Dabei blieb er sitzen und schaute von unten her auf den Polizeihauptmann.
«Eh», sagte der Hauptmann, «dann laß den Rapport sein. Kannst ihn später schreiben. Fahr jetzt ab. Am besten wär's, du würdest noch ins Gerichtsmedizinische gehen. Vielleicht erfährst du etwas.»
Das habe er sowieso machen wollen, sagte Studer brummig, stand auf, nahm seinen Regenmantel, trat vor einen kleinen Spiegel und bürstete seinen Schnurrbart. Dann fuhr er zum Inselspital.
Der Assistent, der ihn empfing, trug eine wunderbar rot und schwarz gewürfelte Krawatte, die unter dem steifen Umlegkragen zu einem winzigen Knötchen zusammengezogen war. Wenn er sprach, legte er die Finger der einen Hand flach auf den Ballen der anderen und musterte mit kritischer, leicht angeekelter Miene seine Fingernägel.
«Witschi?» fragte der Assistent. «Wann ist er gekommen?»
«Mittwoch, Mittwochabend, Herr Doktor», antwortete Studer und gebrauchte sein schönstes Schriftdeutsch.
«Mittwoch? Warten Sie, Mittwoch sagen Sie? Ach, ich weiß jetzt, die Alkoholleiche ...»
«Alkoholleiche?» fragte Studer.
«Ja, denken Sie, 2,1 pro Mille Alkoholkonzentration im Blut. Der Mann muß gesoffen haben, bevor er erschossen wurde ... Na, ich sage Ihnen, Herr Kommissär ...»
«Wachtmeister», stellte Studer trocken fest.
«Wir sagen bei uns Kommissär, es klingt besser. Verstehen

Sie, bitte, nicht nur die Alkoholkonzentration, aber der Zustand der Organe, ich sage Ihnen, Herr Kommissär, so eine schöne Lebercirrhose habe ich noch nie gesehen. Fabelhaft, sage ich Ihnen. War der Mann nie in einer Irrenanstalt? Nicht? Nie weiße Mäuse gesehen oder Kinematograph an der Wand? Kleine Männer, die tanzen, wissen Sie? So einen schönen, richtiggehenden Delirium tremens? Nie gehabt? Ah, Sie wissen nicht. Schade. Und ist erschossen worden! Schätzungsweise eine Meter Distanz, keine Pulverspuren auf der Haut, darum ich sage eine Meter. Sie verstehen?»
Studer grübelte während des Wortschwalles über eine ganz nebensächliche Frage nach: welcher Nationalität der junge Mann mit dem kleinen Krawattenknötchen angehören könne ... Endlich, auf das letzte: «Sie verstehen?» war er im Bilde.
«Parla italiano?» fragte er freundlich.
«Ma sicuro!» Der Freudenausbruch des andern war nicht mehr zu bremsen, und Studer ließ ihn lächelnd vorbeirauschen.
Der Assistent war so begeistert, daß er Studers Arm zärtlich unter den seinen nahm und ihn in das Innere führte. Der Professor sei noch nicht da, aber er, der Assistent, sei genau so auf dem laufenden wie der Professor. Er habe selbst die Sektion gemacht. Studer fragte, ob er Witschi noch sehen könne. Das war möglich. Witschi war konserviert worden. Und bald stand Studer vor der Leiche.
Dies also war der Witschi Wendelin, geboren 1882, somit fünfzig Jahre alt: eine riesige Glatze, gelb wie altes Elfenbein; ein armseliger Schnurrbart, hängend, spärlich; ein weiches, schwammiges Doppelkinn ... Am merkwürdigsten aber wirkte der ruhige Ausdruck des Gesichtes.
Ruhig, ja. Jetzt, im Tode. Aber es waren doch viel Runzeln in dem Gesicht ... Gut, daß der Mann Witschi seine Sorgen los war ...
Auf alle Fälle war es aber kein Säufergesicht, und darum sagte Studer auch: «Er sieht eigentlich nicht aus wie ein Wald- und Wiesenalkoholiker ...»

«Wald- und Wiesenalkoholiker! Wunderbarer Ausdruck!»
Die beiden begannen zu fachsimpeln. Zwischen ihnen lag noch immer der Körper des toten Witschi. So wie er dalag, war die Wunde hinter dem Ohr nicht zu sehen. Und während Studer mit dem Italiener über einen Fall von Versicherungsbetrug diskutierte, der in der Fachliteratur Aufsehen erregt hatte (ein Mann hatte sich erschossen und den Selbstmord als Mord kamoufliert), fragte Studer plötzlich:
«So etwas wäre hier nicht möglich, nicht wahr?» und er deutete mit dem Zeigefinger auf die Leiche.
«Ausgeschlossen», sagte der Italiener, der sich inzwischen als Dr. Malapelle aus Mailand vorgestellt hatte. «Ganz absolut unmöglich. Um die Wunde hervorzubringen, müßte er gehalten haben seinen Arm so: . . .» Und er demonstrierte die Bewegung mit ganz zum Schulterblatt hin verdrehtem Ellbogen. Statt des Revolvers hielt er seinen Füllfederhalter in der Hand. Die Spitze des Füllfederhalters war nur etwa zehn Zentimeter von der Stelle hinter dem rechten Ohr entfernt, an der an der Leiche die Einschußöffnung zu sehen war.
«Ausgeschlossen», wiederholte er. «Es hätte Pulverspuren gegeben. Und gerade weil es keine solchen hat gegeben, haben wir geschlossen, die Distanz hat sein müssen mehr als ein Meter.»
«Hm», meinte Studer. Er war nicht ganz überzeugt. Er schlug das Tuch zurück, das über dem Toten lag. Merkwürdig lange Arme hatte der Witschi . . .
«Ergebenheit!» sagte Studer laut, so, als habe er endlich ein lang gesuchtes Wort gefunden. Es bezog sich auf den Gesichtsausdruck des Toten.
«Fatalismo! Ganz richtig! Er hat gewußt, es ist alles aus. Aber ich weiß nicht, ob er hat gewußt, er muß sterben . . .»
«Ja», gab Studer zu, «es kann sein, daß er etwas anderes erwartet hat. Aber etwas, gegen das man nicht ankämpfen kann . . .»

Felicitas Rose und Parker Duofold

Das Mädchen las einen Roman von Felicitas Rose. Einmal hielt sie das Buch hoch, so daß Studer den Umschlag sehen konnte: ein Herr in Reithosen und blanken Stiefeln lehnte an einer Balustrade, im Hintergrunde schwammen Schwäne auf einem Schloßteich, und ein Fräulein in Weiß spielte verschämt mit ihrem Sonnenschirm.
«Warum lesen Sie eigentlich solchen Mist?» fragte Studer. – Es gibt gewisse Leute, die überempfindlich auf Jod und Brom sind, Idiosynkrasie nennt man dies ... Studers Idiosynkrasie bezog sich auf Felicitas Rose und Courths-Mahler. Vielleicht, weil seine Frau früher solche Geschichten gerne gelesen hatte – nächtelang – dann war am Morgen der Kaffee dünn und lau gewesen und die Frau schmachtend. Und schmachtende Frauen am Morgen ...
Das Mädchen sah bei der Frage auf, wurde rot und sagte böse: «Das geht Euch nichts an!» versuchte weiter zu lesen, aber dann schien es ihr doch zu verleiden, sie klappte das Buch zu und steckte es in eine Aktenmappe, in der, wie Studer feststellte, noch zwei schmutzige Taschentücher, ein Füllfederhalter von imposanter Dicke und eine Handtasche verstaut waren. Dann blickte das Mädchen zum Fenster hinaus.
Studer lächelte freundlich und betrachtete es aufmerksam. Er hatte Zeit ...
Der Zug kroch durch eine graue Landschaft. Regentropfen zogen punktierte Linien aufs Glas, dann flossen sie, unten am Fenster, zu kleinen trüben Seelein zusammen. Und andere Regentropfen punktierten aufs neue die Scheibe ... Hügel stiegen auf, ein Wald verbarg sich im Nebel ...
Das Kinn des Mädchens war spitz. Laubflecken auf dem Nasensattel und an den sehr weißen Schläfen ... Die hohen Absätze an den Schuhen waren an der Innenseite schief getreten. Sobald sich der Schuh verschob, ließ er ein Loch im dunklen Strumpf sehen, hinten, über der Ferse.
Das Mädchen hatte ein Abonnement gezeigt. Es mußte die

Strecke oft fahren. Wohin fuhr sie? Etwa auch nach Gerzenstein? Sie trug ein kleines Knötchen im Nacken, eine Baskenmütze über das rechte Ohr gezogen. Das blaue Béret war staubig.
Studer lächelte väterlich milde, als ihn ein Blick des Mädchens streifte. Aber das Väterlich-Milde zog nicht. Das Mädchen starrte zum Fenster hinaus.
Unruhig zuckten die Hände. Die kurzgeschnittenen Nägel hatten einen Trauerrand. Auf der Innenseite des rechten Zeigefingers war ein Tintenfleck.
Noch einmal öffnete das Mädchen die Mappe, kramte darin, fand schließlich das Gesuchte.
Es war ein dicker, echter Parker Duofold, ein ausgesprochen männlicher Füllfederhalter von brauner Farbe.
Das Mädchen schraubte die Hülse ab, probierte die Feder auf dem Daumennagel, holte sich noch einmal Felicitas Rose aus der Mappe, aber nicht, um darin zu lesen: die letzte Seite sollte als Übungsfeld dienen. Sie kritzelte. Studer starrte auf die Buchstaben, die entstanden:
«Sonja . . .» stand da. Und dann formte die Feder andere Buchstaben:
«Deine Dich ewig liebende Sonja . . .»
Studer wandte den Blick ab. Wenn das Mädchen jetzt aufsah, dann wurde es sicher verlegen oder böse. Man soll Leute nicht nutzlos böse oder verlegen machen. Man muß es ohnehin nur allzu oft tun, wenn man den Beruf eines Fahnders ausübt . . .
Der Zugführer ging durch den Wagen. An der Tür, die zum nächsten Abteil führte, wandte sich der Mann um:
«Gerzenstein», sagte er laut.
Das Mädchen behielt den Füllfederhalter in der Hand, ließ Felicitas Rose mit dem schönen Grafen in gewichsten Reitstiefeln in der Mappe verschwinden und stand auf.
Ein Transformatorenhäuschen. Viele Einfamilienhäuser. Dann ein größeres Haus. Ein Schild darauf: «Gerzensteiner Anzeiger. Druckerei Emil Aeschbacher». Daneben, im Garten, ein Käfig aus Drahtgeflecht. Kleine bunte Sittiche hock-

ten verfroren auf Stangen. Die Bremsen schrien. Studer stand auf, packte seinen Koffer am Griff und schritt zur Tür. Seine Gestalt im blauen Regenmantel füllte den Gang aus.
Es tröpfelte noch immer. Der Stationsvorstand hatte einen dicken Mantel angezogen, seine rote Mütze war das einzig Farbige in all dem Grau. Studer trat auf ihn zu und fragte ihn, wo hier der Gasthof zum «Bären» sei.
«Die Bahnhofstraße hinauf, dann links, das erste große Haus mit einem Wirtsgarten daneben . . .» Der Stationsvorstand ließ Studer stehen.
Wo war das Mädchen geblieben? Das Mädchen, das auf die letzte Seite eines broschierten Romans mit kleiner, etwas zittriger Schrift geschrieben hatte: «Deine Dich ewig liebende Sonja . . .» Sonja? Es hießen nicht viele Mädchen Sonja . . .
Dort stand das Mädchen, vor dem Kiosk, dessen Fenster mit farbigen Einbänden tapeziert war. Es beugte sich zum kleinen Schiebfenster, und Studer hörte es sagen:
«Ich geh' jetzt heim, Mutter. Wann kommst du?»
Ein Gemurmel war die Antwort.
Also doch die Sonja Witschi . . . Und die Mutter mußte man sich auch gleich ansehen. Die Mutter, die durch die Vermittlung des Herrn Gemeindepräsidenten Aeschbacher den Bahnhofkiosk erhalten hatte.
Frau Witschi hatte die gleiche spitze Nase, das gleiche spitze Kinn wie ihre Tochter.
Studer kaufte zwei Brissagos, dann schlenderte er über den Bahnhofplatz. Eine Bogenlampe. Um ihren Sockel ein Beet mit roten, steifen Tulpen. Aus einem der oberen Fenster des Bahnhofes schmetterte ein Lautsprecher den Deutschmeistermarsch. Etwa fünfzig Schritte vor dem Wachtmeister ging das Mädchen Sonja.
Vor einem Coiffeurladen stand ein bleicher Jüngling, der einen weißen Mantel mit blauen Aufschlägen trug. Sonja trat auf den Jüngling zu, Studer blieb vor einem Laden stehen. Er schielte zu dem Paar hinüber, das sich flüsternd

unterhielt, dann reichte das Mädchen dem Jüngling einen Gegenstand und trippelte davon. Aus der Tür des Coiffeurladens quoll eine knödlige Stimme: «Sie hören jetzt das Zeitzeichen des chronometrischen Observatoriums in Neuchâtel . . .» Und gedämpft, durch die geschlossene Türe drang aus dem Laden, vor dem Studer stand, der «Sambre et Meuse»-Marsch . . .

«Das Dorf Gerzenstein liebt Musik . . .», stellte der Wachtmeister bei sich fest und betrat den Coiffeurladen.

Er stellte den Koffer ab, hängte seinen blauen Regenmantel an den Ständer und nahm aufseufzend in einem Fauteuil Platz. «Rasieren», sagte er.

Als der Jüngling sich über Studer beugte, sah der Wachtmeister zwischen den blauen Aufschlägen des Friseurmantels, im oberen Westentäschchen, den dicken Füllfederhalter, den das Mädchen Sonja im Zuge aus der Mappe genommen hatte.

Studer fragte aufs Geratewohl:

«Gäbig, he? Wenn man eine Freundin hat, die einem einen teuren Füllfederhalter schenkt?»

Einen Augenblick blieb der schaumige Pinsel über seiner Wange hängen. Studer betrachtete die Hand, die den Pinsel hielt. Sie zitterte. Also stimmte etwas nicht. Aber was? Studer sah im Spiegel das Gesicht des Jünglings. Es war käsig. Die allzu roten Lippen waren geschürzt und ließen die oberen Zähne sehen, die bräunlich und schadhaft waren. Hatte sich Sonja in diesen Ladenschwengel verliebt? Da war doch der Schlumpf ein anderer Bursch, trotz seiner Vergangenheit, trotz seiner Verzweiflung gestern . . . Gestern? War das erst gestern gewesen? – Da hing einer am Fensterkreuz, da schrie einer in der Zelle, in der noch die Kälte des Winters hockte – und draußen vor den Fenstern sang eine Kleinmädchenstimme:

«Allewil, allewil blib i dir treu . . .»

Sanft strich der Pinsel wieder über Studers Wangen.

– Ob er ihn denn so erschreckt habe, fragte Studer den käsigen Jüngling. Der schüttelte den Kopf. Studer beruhigte ihn weiter. – Da sei doch weiter nichts dabei, wenn man von einer Freundin ein Geschenk erhalte. Obwohl es ihn immerhin merkwürdig dünke, daß ein Mädchen, das Löcher in den Strümpfen habe, so teure Füllfederhalter verschenken könne . . .

– Der Füllfederhalter sei eine Erbschaft vom Vater . . . Ja, eine Erbschaft.

Die Stimme des Jünglings war heiser, so, als ob Mund, Zunge, Rachen ausgedörrt seien.

In der Ecke schnatterte der Lautsprecher – und plötzlich gab es Studer einen Ruck. Was der Mann irgendwo, ganz fern, am Mikrophon erzählte, ging auch ihn an. Der Jüngling, der abwesend mit dem Pinsel in dem Becken gerührt hatte, stellte seine Tätigkeit ein und verharrte reglos.

Besonders eindringlich sagte die ferne Stimme:

«Bevor wir unser Mittagskonzert fortsetzen, habe ich Ihnen noch eine kurze Mitteilung der kantonalen Polizeidirektion Bern zu machen: Seit gestern abend wird Herr Jean Cottereau, Obergärtner in den Baumschulen Ellenberger, Gerzenstein, vermißt. Es scheint sich um eine brutale Entführung zu handeln, deren Hintergründe bis jetzt noch nicht aufgehellt sind. Der Vermißte kehrte gestern abend in Begleitung seines Meisters, Herrn Ellenberger, mit dem Zehn-Uhr-Zug von Bern heim. Gerade als beide in den Feldweg einbiegen wollten, der außerhalb des Dorfes Gerzenstein liegt, wurden sie von einem Auto mit gelöschten Lichtern von hinten angefahren. Herr Gottlieb Ellenberger fiel mit dem Kopfe gegen einen Randstein und erlitt eine leichte Gehirnerschütterung. Als er aus einer kurzen Ohnmacht erwachte, sah er, daß sein Begleiter, Herr Jean Cottereau, verschwunden war. Von dem Auto war keine Spur zu entdecken. Trotz heftiger Kopfschmerzen begab sich Herr Ellenberger auf den Posten der Kantonspolizei. Die mit Hilfe des Landjägerkorporals Murmann und einiger Einwohner durchgeführte Streife in die Umgebung des Dorfes verlief resultatlos. Bis jetzt ist von dem Vermißten keine Spur zu entdecken gewesen. Das Signalement des Vermißten gibt die Kantonspolizei wie folgt an:

Größe 1 Meter 60, korpulent, rotes Gesicht, spärliche Haare, schwarzer Anzug... Sachdienliche Mitteilungen sind zu richten...»

Der Jüngling machte einige schleichende Schritte. Ein Knax. Die Stimme verstummte. Dann kam der Jüngling zurück. Das Klappen des Messers auf dem Abziehholz war deutlich zu hören.

«Geht's Messer?» fragte er, als er eine Wange rasiert hatte.

Studer brummte.

Dann wieder Schweigen.

Der Jüngling war fertig, Studer wusch sich über dem Becken.

«Stein?» fragte der Jüngling und drückte rhythmisch auf die Gummiblase eines Zerstäubers.

«Nein», sagte Studer. «Puder.»

Sonst wurde nichts gesprochen.

Beim Fortgehen bemerkte Studer auf einem Tischchen im Hintergrunde einen Stapel broschierter Bändchen. Er sah sich den Titel des obersten an.

«John Klings Erinnerungen», stand darauf. Darunter: «Das Geheimnis der roten Fledermaus.»

Studer grinste unter seinem Schnurrbart, als er den Laden verließ.

Läden, Lautsprecher, Landjäger

«Dieses Gerzenstein!» murmelte Studer. An jedem Haus war ein Schild angebracht, rechts und links der Straße: Metzgerei, Bäckerei, Lebensmittelgeschäft, Ablage des Konsumvereins, Migros; dazwischen eine Wirtschaft, dann noch eine: Zum Klösterli, Zur Traube. Dann weiter: Metzgerei, Drogerie, Tabak und Zigarren; ein großes Schild: Kapelle der apostolischen Gemeinschaft. Dahinter, in einem Garten: Heilsarmee. Eine schmale Wiese unterbrach die Reihe. Aber gleich darauf begann es wieder: Apotheke, Drogerie, Bäckerei. Ein Arztschild: Dr. med. Eduard Neuenschwander. — So, so, der Mann, der die erste oberflächliche Untersuchung der Leiche gemacht hatte ... Dann endlich, Studer dachte schon, er habe den Weg verfehlt, sah er ein breites, behäbiges Haus, aus grauem Stein erbaut, mit einem ausladenden Dach: den Gasthof zum «Bären».

Der Wachtmeister verlangte ein Zimmer und bekam eine Mansarde unterm Dach. Sie war sauber, roch nach Holz, das Fenster ging nach hinten auf eine Wiese, die überzogen war von weißem, blühendem Schaum. Nach der Wiese kam ein Roggenfeld von zart violetter Farbe. Und der Wald als Abschluß zeigte auf einem schwarzen Tannengrund die hellen grünen Flecke einiger Laubbäume. Diese Farben gefielen Studer ausnehmend. Er blieb ein paar Minuten am Fenster stehen, packte seinen Koffer aus, wusch sich die Hände und stieg wieder die Treppen hinunter. Er sagte der Kellnerin, er werde etwa in einer halben Stunde zum Essen kommen. Dann machte er sich auf die Suche nach dem Landjägerposten.

Und als er die Dorfstraße entlangging, vorbei an den vielen Schildern, die sich folgten, fiel ihm eine zweite Eigentümlichkeit dieses Gerzensteins auf. Aus jedem Hause drang Musik; manchmal unangenehm laut aus einem geöffneten Fenster, manchmal dumpfer, wenn die Fenster geschlossen waren.

«Gerzenstein, das Dorf der Läden und Lautsprecher», murmelte Studer, und es war ihm, als sei mit diesen Worten ein Teil der Atmosphäre des Dorfes charakterisiert ...

Landjägerkorporal Murmann sah aus wie ein pensionierter Schwingerkönig. Sein Uniformrock stand offen, auch das Hemd klaffte und ließ eine Brust sehen, auf der die Haare dichter wucherten als auf dem Kopf.

«Salü», sagte Studer.

«Eh, der Studer!» Und ob er noch immer Billard spiele? Er solle abhocken. Dann erhob Murmann die Stimme zu einem tosenden Ruf, mit langgezogenem I-Laut, und der Ruf galt Frau Murmann — aber es war nicht deutlich, ob die Frau

Emmy oder Anny hieß. Das blieb sich ja auch im Grunde gleich.
«Wyße oder Rote?» fragte Murmann.
«Bier», sagte Studer kurz.
Der tosende Ruf erhob sich zum zweiten Male, und zwei I-Laute hallten durchs Haus. Es kam auch Antwort, und der Ruf der Antwort war genau so tosend. Nur eine Tonlage höher. Dann erschien Frau Murmann in der Tür, und sie sah aus wie eine Statue der Helvetia aus den achtziger Jahren. Nur das Gesicht war viel, viel intelligenter als jenes besagter Statue. Von patriotischen Bildnissen wird ja auch keine Intelligenz verlangt. Wozu auch?
Ob sie den Studer noch kenne, wollte der Schwingerkönig wissen, und die intelligente Helvetia nickte. Dann erkundigte sie sich, ob Studer schon gegessen habe. Er habe im «Bären» zu Mittag bestellt, erwiderte der Wachtmeister, worauf die beiden großen Menschen zusammen böse wurden. Das sei nicht recht, es sei doch selbstverständlich, daß Studer hier esse – gegen das dröhnende Duett war nicht aufzukommen. Glücklicherweise begann im oberen Stockwerk eine dritte Stimme zu kreischen, worauf sich Frau Murmann – hieß sie Emmy oder Anny? – empfahl. Studer mußte versprechen, zum Nachtessen ganz bestimmt zu kommen.
«Ja, hmm», sagte Studer, trank sein Glas aus, seufzte: «Ahh» und schwieg.
«Ja», sagte Murmann, trank sein Glas aus, gluckste, bekam Tränen in die Augen von der Kohlensäure, und dann schwieg auch er ...
Es war friedlich in dem kleinen Bureau. In einer Ecke stand eine alte Schreibmaschine, deren Tasten gelb schimmerten: aber sie war groß und solid und paßte zu dem Korporal Murmann. Durchs Fenster, das offen stand, sah Studer in einen Garten: kleine Buchshecken säumten die Beete ein, auf denen der Spinat schon aufgeschossen war. Aber in der Mitte des Gartens, dort, wo die Buchshecken verdrehte Arabesken bildeten, standen durchscheinend rote Tulpen. Die

gelben Pensées, die sie bescheiden umgaben, waren schon am Verblühen. Sie erinnerten an Leute, die keiner Partei angehören, und es deswegen zu nichts gebracht haben...

«Du kommst wegen dem Witschi...», sagte Murmann und dämpfte seine tosende Stimme. Das Gekreisch im oberen Stockwerk war verstummt, und Murmann wollte es wohl nicht wieder zum Erschallen bringen.

«Ja», sagte Studer und streckte die Beine. Der Stuhl war bequem, er hatte Armstützen. Studer ließ sich gehen und blinzelte in den Garten, auf den jetzt die Sonne schien. Aber der Schein blieb nicht lange, das Grau kam wieder – nur die Tulpen leuchteten unentwegt...

Studer dachte an seine Unterredung mit dem Untersuchungsrichter. Wieviel Speuz hatte er dort verschwenden müssen! Der Murmann war entschieden vorzuziehen, obwohl er kein rohseidenes Hemd trug...

– Es sei so still hier, sagte Studer nach einer Weile, worauf Murmann lachte. Er habe eben keinen Lautsprecher wie die andern Gerzensteiner, sagte er. Da lachte auch Studer.

Und dann schwiegen beide wieder.

Bis Studer fragte, ob Murmann den Schlumpf für schuldig halte.

«Chabis!» sagte Murmann nur.

Und dieses einzige Wort gab dem Fahnderwachtmeister Studer mehr Sicherheit als alle kriminologischen und psychologischen Spitzfindigkeiten, die er bis jetzt gesammelt hatte, um in sich die immerhin mehr gefühlsmäßige Überzeugung der Unschuld des Burschen Schlumpf zu festigen.

Studer wußte, Murmann war ein schweigsamer Mensch. Es war nicht leicht, ihn zum Reden zu bringen. Ja, die Worte, die man in den alltäglichen, belanglosen Gesprächen tauscht, die saßen bei ihm locker. Aber sobald es sich um wichtigere Dinge handelte, war ein Wort wie beispielsweise: «Chabis» fast ebensoviel wert wie die kräftigen Ausführungen eines Experten.

–Studer kenne eben noch nicht das Kaff Gerzenstein, sagte

Murmann nach einer Weile. Er hatte sich eine Pfeife gestopft und rauchte langsam.
«Ich bin jetzt bald sechs Jahre hier», sagte Murmann. «Und ich kenne den Betrieb. Ich kann nichts machen. Ich muß aufpassen. Weischt, Diplomatie!» (Er sagte «Diplomaziiie» und drückte das eine Auge zu.) «Gut, daß du gekommen bist. Ich bin nämlich so . . .» Er streckte die Arme waagrecht aus, die mächtigen Handgelenke eng aneinandergepreßt, um recht deutlich zu demonstrieren, wie machtlos er sei . . .
Dann schwieg er wieder.
«Weischt», sagte er nach einer Weile, «der Aeschbacher, der Gemeindepräsident . . .», und schwieg wieder lange. «Aber der alte Ellenberger! . . .» Und zwinkerte mit dem rechten Auge.
«Aber der Cottereau ist verschwunden . . .», warf Studer ein und nahm einen Schluck aus seinem Glas.
«Hab' keinen Kummer», sagte Murmann gemütlich. «Der kommt scho wieder ume . . .»
«Jää . . . aber hast du nicht die Polizeidirektion alarmiert, daß es dann im Radio gekommen ist?»
«Ich?» fragte Murmann und wies mit dem großen behaarten Zeigefinger auf seine nackte Brust. «Ich?» Und ob Studer etwa krank sei, daß er so dumme Fragen stelle?? Das habe doch der Ellenberger gemacht, um sich einen Spaß zu leisten! Beromünster, habe der Ellenberger einmal gemeint, sei auch nicht für die Hunde gebaut worden, man müsse den Leuten etwas zu tun geben. Und die vielen Empfänger . . .
Studer fand bei sich, daß dieses Gerzenstein ein merkwürdiges Dorf sei, und seine Einwohner waren noch merkwürdiger. Aber er beschloß, den Korporal Murmann nicht länger zu belästigen, übrigens wartete das Essen im «Bären» sicher schon auf ihn. So verabschiedete er sich und versprach, am Abend wiederzukommen. Murmann schien diese Diskretion zu schätzen; denn er meinte beim Abschied: zum Reden habe man immer noch Zeit, und so um die Mittagsstunde,

da habe er immer Schlaf. Wenn man jeden Abend die Polizeistunde kontrollieren müsse in allen Beizen, dann habe man tagsüber einen dummen Kopf. Dazu gähnte er ausgiebig.
So stand Studer wieder auf der asphaltierten Straße. Rechts und links, so weit der Blick reichte: Läden, Läden, Läden.
Und die Häuser waren nicht stumm ...
Es war Samstagnachmittag.
Durch die Mauern, durch die geschlossenen Fenster und durch die geöffneten jodelte das Gritli Wenger –
Es jodelte den Sonntag ein ...

Noch einer, der nicht mehr mitmachen will

Der Speck war zäh und der Suurchabis schwamm in allzu viel Flüssigem. Die Gaststube war leer. Am Ausschank polierte die Kellnerin Weingläser. Es hatte endgültig aufgehört zu regnen, aber der Himmel war mit einer weißen Schicht überzogen, die blendete.
Studer spürte ein unangenehmes Beißen in der Nase: es war wohl ein Schnupfen, der sich meldete. Kein Wunder, wenn der Mai so kalt war. Er kostete den Kaffee. Der war ebenso dünn und lau wie derjenige seiner Frau, wenn sie nächtelang gelesen hatte. Studer schüttete den Kirsch in die Brühe, verlangte noch einen und begann dann die Gerzensteiner Nachrichten zu studieren. Seine Stimmung wurde langsam besser, er lehnte sich in die Ecke zurück und rollte mit den Schultern, bis sie bequem der Wand anlagen.
Da betrat ein junger Mann die Gaststube. Zuerst schnitt die Kellnerin mit einer brüsken Handbewegung einer männlichen Stimme das Wort ab, die in einer Ecke sanft über die Entschlüsse plätscherte, an denen der Nationalrat in der letzten Woche erkrankt war, dann sagte die Saaltochter: «Grüeß di!» Es klang wie ein unterdrückter Freudenruf, und Studer wurde aufmerksam, so wie jeder, auch der solideste

Mann aufmerksam wird, wenn sich in seiner nächsten Nähe eine zarte Beziehung bemerkbar macht. «Becher Hell's!» sagte der junge Mann kurz. Es war eine deutliche Ablehnung.

«Ja, Armin», sagte die Saaltochter geduldig, ein wenig vorwurfsvoll.

Armin? Studer sah sich den Burschen näher an. Dieser gehörte zu jener Sorte junger Männer, die über einen sehr reichlichen Haarwuchs verfügen, und diesen in Form von Dauerwellen über der Stirn aufschichten. Der blaue Kittel war in der Taille so eng geschnitten, daß er waagrechte Falten warf, die breiten hellen Hosen verdeckten die Absätze und schleiften fast am Boden nach.

Das Gesicht? Ja, es hatte eine gewisse Ähnlichkeit mit einem andern Gesicht, das Studer heute morgen in einem grausam hellen Raum gesehen hatte. Das Gesicht des Burschen war mager, glatter, der Schnurrbart fehlte, aber das Kinn war dasselbe: weich, leicht verfettet...

Die Glücksfälle mehrten sich. Es war sicher der Armin Witschi. Vielleicht erhielt man die Bestätigung.

Die Kellnerin hatte sich an den Burschen gedrängt. Der Armin ließ es sich gefallen.

– Ob er denn nicht den Laden hüten müsse? fragte sie.

– Die Schwester sei heimgekommen, sie habe frei heute nachmittag, brauche nicht nach Bern zu fahren. Übrigens, fuhr er fort, sei ihm alles verleidet. In das Lädeli komme ohnehin niemand mehr, er werde wohl bald auch hausieren müssen wie der Vater, und vielleicht... Die Pause, die folgte, sollte vielsagend sein.

«Nid, Armin!» sagte die Kellnerin. Sie mochte etwa dreißig Jahre alt sein, hatte müde Züge in einem nicht unschönen Gesicht.

– Auf keinen Fall dürfe er reisen, sagte sie; der Schlumpf sei nicht der einzige gewesen, es seien noch mehr beim alten Ellenberger, die zu allem fähig seien...

Sie merkte plötzlich, daß Studer zuhörte, und dämpfte die Stimme zu einem Flüstern. Der Armin trank einen Schluck aus seinem Glas. Er spreizte dabei den kleinen Finger ab. Das Wispern der Kellnerin wurde eifriger; Armin beteiligte sich am Gespräch nur mit einzelnen Worten. Aber die wenigen Worte, die er einwarf, hatten Gewicht – falsches Gewicht, hätte Studer am liebsten gesagt. Er zog seine Uhr. Es war halb drei. Er war müde, die Glieder taten ihm weh, das Gewisper ging ihm auf die Nerven. Vielleicht sollte er ein wenig spazieren gehen? Zum Ellenberger? Seine alten Bekannten dort besuchen, den Schreier, der jetzt Klavier spielte, und den Buchegger mit der Baßgeige? Die Jazzkapelle genannt: «The Convict Band»!... Ein Humorist, dieser alte Ellenberger. Man wurde nicht klug aus ihm. Für seine Leute schien er gut zu sorgen...

Oder war es besser, die Frau zu besuchen, bei der Schlumpf gewohnt hatte?

Ein ödes Blatt, dieser Gerzensteiner Anzeiger. «Erscheint zweimal wöchentlich mit Beilagen: Für die Frau, Palmblätter, Landwirtschaftliches.» Was hieß das «Landwirtschaftliches»! Aus einem unerfindlichen Grunde ärgerte dieses Wort den Wachtmeister Studer. Aber was war das?

«In letzter Stunde erfahren wir den traurigen Hinschied unseres wohlverdienten Mitbürgers W. Witschi, der in seinem 50. Altersjahre einer ruchlosen Bubenhand zum Opfer gefallen ist. Herr W. Witschi war bekannt als ein Muster von Treue und Pflichterfüllung, sein Andenken wird uns teuer bleiben, bis über das Grab hinaus, denn er war noch einer von jenen immer mehr aussterbenden Charaktern» – Studer streichelte seinen Schnurrbart, die «aussterbenden Charakter» gefielen ihm ausnehmend –, «die nach alter Väter Sitte...» – ja, ja, das kannte man. Studer übersprang ein paar Zeilen.

Aber plötzlich stockte er und las nicht weiter. Etwas hatte ihn gestört: wohl die plötzliche Stille – das Wispern hatte aufgehört. Studer äugte vorsichtig über den Rand der Zeitung. Das Klingen von Geldmünzen war zu hören. Die Kellnerin kramte in dem Ledersack, den sie unter der Schürze trug. Armin tat unbeteiligt und strich dann und wann mit

lässiger Gebärde über seine wohlondulierten Haare. Die linke Hand trommelte auf dem Tisch.
Jetzt verschwand sie unter der Tischplatte. Wieviel Geld gibt sie ihm wohl? fragte sich Studer. Das Rascheln einer Banknote war zu hören.
«Ich möchte zahlen ...», sagte Studer laut. Die Kellnerin fuhr mit rotem Kopf in die Höhe, Armin blickte böse zu dem einsamen Gast hinüber, Studer gab den Blick zurück, der Bursche hielt ihn nicht lange aus, Studer nickte unmerklich. Innerlich formulierte er seine Beobachtung: «Nicht ganz sauber überm Nierenstück.»
«Ein Mittagessen macht ...», die Kellnerin begann die Rechnung herunterzuleiern, Studer schob einen Fünfliber hin, steckte das Usegeld achtlos in die Hosentasche.
«Zahlen, Berta!» rief der junge Mann drüben. Er schwenkte eine Zwanzigernote ...
Wie nannte man in Frankreich die Bürschchen, die sich aushalten ließen? Es war der Name eines Fisches, Studer kam nicht gleich darauf ...
Richtig! Maquereau! ...

Dort, wo der Feldweg rechts von der Automobilstraße abzweigte, stand ein großes Schild:

Baumschulen und Rosenkulturen
Gottlieb Ellenberger

und ein Pfeil wies die Richtung. Studer verschob den Besuch auf später. Er bog lieber links ab, der Weg stieg ein wenig an, aber man kam gleich in den Wald – Nadelhölzer und ganz wenig Laubbäume ... Tannenduft war gesund, besonders für Schnupfen, das hatte schon sein Vater behauptet. Im Vorbeigehen sah er sich den Randstein an, an den offenbar der alte Ellenberger am gestrigen Abend mit seinem Kopf geflogen war. Es war ein gewöhnlicher Randstein, kein Blut klebte daran, am besten, man ließ ihn rechts liegen und stieg das Waldweglein empor ...
Es war nie gut, sich auf einen Fall zu stürzen, wie eine hungrige Sau aufs Fressen. Und man konnte mit dem heutigen

Tag zufrieden sein. Man hatte Bekanntschaften genug gemacht, man hatte Bilder gesammelt, eigentlich nicht anders als ein Fisel Schokoladebildli. Aber die Bilder waren schön: Zuerst der Wendelin Witschi mit einer Alkoholkonzentration von 2,1 pro Mille, was nach Ansicht des italienischen Assistenten mit den kriminologischen Kenntnissen zu den Attributen einer «Alkoholleiche» gehörte. Dann die Sonja mit dem Loch im Strumpf und ihrem sonderbaren Benehmen dem Coiffeurgehilfen gegenüber. Hernach der Maquereau mit seiner Freundin, der Kellnerin ...

Mein Gott, die Menschen waren überall gleich. In der Schweiz versteckten sie sich ein wenig, wenn sie über die Schnur hauen wollten, und solange es niemand merkte, schwiegen die Mitmenschen. Und der Wendelin Witschi, der im Gerichtsmedizinischen Institut konserviert wurde, war ein aussterbender Charakter.

Gut und recht.

Warum nicht? Solche Ausdrücke gehören zum Leben; die Leute, auf die sie angewandt werden, zotteln weiter, niemand regt sich über ihre kleineren oder größeren Sünden auf, wenn nicht ...

Eben, wenn nicht irgendetwas Unvorhergesehenes passiert. Ein Mord zum Beispiel. Zu einem Mord gehört ein Schuldiger, wie der Anken aufs Brot. Sonst reklamieren die Leute. Und wenn dann der sogenannte Schuldige versucht, sich aufzuhängen, und es kommt ein Fahnderwachtmeister dazu, der einen harten Grind hat, dann kann es geschehen, daß alle die kleinen Unregelmäßigkeiten, die im Leben jedes Menschen vorhanden sind, plötzlich wichtig werden; man arbeitet dann mit ihnen, wie ein Maurer mit Backsteinen – um ein Gebäude aufzurichten ... Ein Gebäude? Sagen wir vorläufig: eine Wand ...

Am Waldrand blieb Studer stehen, wischte sich die Stirne und schaute übers Land. Auf einer Telegraphenstange saß ein Mäusebussard und ruhte sich aus. Aber da kam eine Krähe und begann den stillen Vogel zu plagen. Der Bussard flog auf, die Krähe folgte ihm, und sie krahahte dazu mit einer unangenehm heiseren Stimme. Der Bussard schwieg. Er flog immer höher, immer höher, warf sich dem Wind entgegen und bewegte kaum die Flügel. Die Krähe folgte. Sie wollte ihren Krach haben, sie ließ nicht locker, immer wieder stieß sie gegen den stillen Vogel. Aber schließlich mußte sie es aufgeben. Der Bussard hatte eine Höhe erreicht, wo es der Krähe ungemütlich wurde. Krächzend ließ sie sich fallen. Der Bussard flog einen vollkommenen Kreis, und Studer beneidete ihn. Hier unten entkam man den Krähen nicht so mühelos.

Er drang tiefer in den Wald ein. Und der Wald war sehr still ...

Wie weit war der Wachtmeister gegangen? Über seinem Kopf spielte ein kleiner Wind mit den Baumwipfeln. Es rauschte sanft.

Und dann wurde das kühle Rauschen plötzlich von einem anderen Geräusch unterbrochen. Zweige knackten, ein Stöhnen war zu hören – so als ob ein verwundetes Tier sich mühsam weiterschleppen würde ... Hinter einem Gebüsch fand Studer einen Mann, der auf dem Bauch lag und wimmerte. Die Rückennaht seines Rockes war aufgerissen, das Haar zerrauft, die Schuhe waren kotig.

Der Mann hatte das Gesicht auf den Unterarm gelegt und weinte in die Erde hinein.

Einen Augenblick sah Studer ein anderes Bild: den Burschen Schlumpf, der die Augen in die Ellbogenbeuge gepreßt hatte ...

Dann klopfte Studer dem Liegenden auf die Schulter und fragte:

«Was ist los?»

Der Mann drehte sich langsam auf den Rücken, blinzelte und schwieg. Studer erkannte den alten Cottereau, den Obergärtner beim Ellenberger ...

Aber als Studer noch einmal fragte, was denn eigentlich passiert sei, begann das Gewimmer von neuem. Jetzt waren die Worte deutlich zu verstehen:

«Mein Gott! Mein Gott! Herrjeses, ist das gut, daß endlich

ein Mensch kommt. Verrecken könnt' man in dem Wald. O je, o je! ganz trümmelig ist mir, und so haben sie mich abgeschlagen ...»
Wer ihn denn abgeschlagen habe, wollte Studer wissen. Da hörte das Gejammer auf, das linke Auge blinzelte verschmitzt – das andere war blau unterlaufen und die geschwollene Haut verbarg es fast ganz – und mit ganz ruhiger Stimme sagte der Obergärtner Cottereau:
«Das tätet Ihr gern wissen, he? Aber von mir erfahrt Ihr nichts. Es war, vielleicht war es ... Gar nichts war's! Eigentlich könntet Ihr mir aufhelfen und mich dann heimführen, bin ohnehin ganz naß, die Nacht im Wald ... Sie haben mich zwar ... Ja, der Meister wird auf mich warten, hat er große Sorge gehabt um mich?»
«Er hat Euch durchs Radio suchen lassen ...», sagte Studer – da hockte der Mann blitzschnell auf, aber eine Grimasse verzog sein Gesicht. Dann breitete sich ein Ausdruck von Stolz darüber aus:
«Durchs Radio?» fragte er. Darauf bewundernd: «Ja, der Ellenberger! ... Wie geht's ihm, dem Meister? Ist er schwer verletzt worden?»
Studer schüttelte den Kopf und meinte streng, er werde ihn, den Cottereau, liegen lassen, wenn er nicht sagen wolle, wer ihn überfallen habe.
«Das könnt Ihr machen, wie Ihr wollt, Herr Fahnder», sagte der kleine dicke Mann, zog einen Taschenspiegel hervor, einen Kamm und begann sich zu strählen.
«So, und jetzt könnt Ihr mich heimführen ... Ihr seid ohnehin schuld, daß sie mich so abgeschwartet haben. Aber der Cottereau ist zäh, der sagt nichts, der weiß, was er seinem Meister schuldig ist ...»
Und nach einem Schweigen:
«Man wird alt», sagte der Kleine. «Man ist nicht mehr so rüstig wie früher. Schad', daß der Meister gestern nicht mitgekommen ist, der hätt' die Burschen anders traktiert!»
«Die Burschen?» fragte Studer. «Welche Burschen?»
«Hehe», lachte Cottereau. «Das möchtet Ihr gern wissen,

Wachtmeister. Aber ich sag' nichts. Ich mach' nicht mehr mit... Punkt... Schluß... Ich mach' nicht mehr mit!» Und er schüttelte trotz der Schmerzen, die er offenbar verspürte, ganz energisch den Kopf.

Studer bückte sich. Cottereau legte seinen Arm um die Schultern des Wachtmeisters, richtete sich auf, stöhnend, und begann dann langsam zu gehen. Studer stützte ihn.

«Der Rücken!» klagte der Dicke. «Geschlagen haben sie! Und dazu immer gesagt: ‚So!... ein Fahnder von der Stadt will sich in unsere Angelegenheiten mischen! Das ist nur', haben sie gesagt, ‚eine kleine Probe, Cottereau. Damit du 's Maul hältst. Verstanden? Wir haben unsern Landjäger. Wir brauchen keinen Tschucker von der Stadt!' Ja, das haben sie gesagt. Und von mir erfährt niemand nichts. Verstanden, Fahnder? Ich bin still. Ich schweige, ich schweige, wie das Grab...» Dann murmelte der alte Cottereau noch einiges, das nicht zu verstehen war...

Wenn Studer gedacht hatte, den ganzen Vorfall vom Ellenberger erklärt zu bekommen, so wurde er enttäuscht. Ellenberger saß auf einem Bänklein vor seinem Haus. Es war eine Art Villa, noch ziemlich neu, ein Schuppen stand hinterm Haus, die Fenster eines Treibhauses schimmerten. Der Ellenberger hatte um den Kopf einen dicken weißen Verband.

«So», sagte er trocken, «habt *Ihr* den Cottereau gefunden? Dank Euch, Wachtmeister. Ihr seid ja ein richtiger ‚Deus ex machina'.» – Und er lachte schleppend, als er Studers erstauntes Gesicht sah.

«Warum habt Ihr denn den Radio alarmiert?» fragte Studer endlich neugierig.

«Das werdet Ihr später schon verstehen», sagte der alte Ellenberger und strich sich über seinen weißen Turban. «Vielleicht hab' ich Euch damit einen Dienst geleistet...»

«Dienst?» Studer wurde ärgerlich. «Der Cottereau schweigt sich aus. Und Ihr habt ja auch nichts gesagt. Wer hat Euch angefallen, wer Euren Obergärtner verschleppt?»

«Wachtmeister», sagte Ellenberger, und er machte ein sehr ernstes Gesicht. «Es gibt Äpfel und Äpfel. Solche, die könnt

Ihr vom Baum essen, sie sind reif, und andere, die müßt Ihr einkellern, die werden erst im Horner gut, oder im Märzen ... Abwarten, Wachtmeister, bis der Apfel reif wird. Geduld haben. Verstanden?»
Und mit dieser Auskunft mußte sich Studer zufrieden geben. Nicht einmal mit dem Schreier und dem Buchegger konnte er die Bekanntschaft erneuern. Sie arbeiteten noch, hieß es. Eine Baumschule sei kein Staatsbetrieb, sagte der Ellenberger bissig. Am Samstagnachmittag werde hier geschafft ...

Zimmer zu vermieten

Schlumpf hatte dem Wachtmeister erzählt, er habe bei einem Ehepaar gewohnt, das in der Bahnhofstraße ein Korbereigeschäft betrieben habe. Hofmann hätten die Leute geheißen.
Das Haus war nicht schwer zu finden. Auf dem Trottoir, vor dem Laden, standen geflochtene Blumenständer, die sich nach einem Salon und der obligaten Palme zu sehnen schienen. Studer trat ein, eine Klingel schrillte gedämpft in einem hinteren Zimmer, und dann betrat eine Frau den Laden. Sie trug eine blaugestreifte Ärmelschürze, ihre Haare waren grau und ordentlich frisiert. Sie fragte, was der Herr wolle, und ihre Höflichkeit wirkte angelernt.
Er komme, sagte Studer, um über den Schlumpf Erwin, der ja hier gewohnt habe, Auskunft einzuziehen. Wachtmeister Studer von der Kantonspolizei. Man habe ihn mit der Verfolgung des Falles betraut, und er hätte gern etwas über den Burschen erfahren.
Die Frau nickte, ihr Gesicht wurde traurig.
Das sei eine heillose Geschichte, meinte sie. Der Wachtmeister möge doch eintreten, sie sei allein, ihr Mann sei hausieren gegangen, ob der Wachtmeister nicht ein wenig in die Küche kommen wolle, sie habe gerade Kaffee gemacht, er

könne auch eine Tasse trinken, wenn er wolle ... Ganz ungeniert.
Auf Kaffee hatte Studer gerade Lust ...
Und er bereute es nicht, denn der Kaffee war gut, keine laue Brühe wie im «Bären». Die Küche war klein, weiß, sehr sauber. Nur der Stuhl, auf dem Studer Platz genommen hatte, war ein wenig zu schmal ...
Studer begann vorsichtig zu fragen.
– Ob der Schlumpf pünktlich gezahlt habe? – O ja, jeden Monat, am letzten, wenn er Zahltag gehabt hätte, sei er gekommen und habe 25 Franken auf den Tisch gelegt. – Und sei am Abend immer daheim geblieben? – Das erste Jahr schon, aber seit färn sei er am Abend oft spät zurückgekommen. – Aha, meinte Studer, eine Liebschaft?
Frau Hofmann lächelte. Es war ein freundliches, mütterliches Lächeln. Studer freute sich im stillen über die Frau. Sie nickte.
– Aber das Mädchen sei nie zum Schlumpf ins Zimmer gekommen? – Nie, nein. Solche Sachen wolle sie nicht haben. Nicht, daß sie etwas daran finde, aber in einem Dorf! ... Der Wachtmeister werde verstehen ...
Studer verstand. Es war an ihm zu nicken, und er nickte überzeugt. Er saß da in seiner Lieblingshaltung, die Schenkel gespreizt, die Unterarme auf den Schenkeln und die Hände gefaltet. Sein magerer Kopf war gesenkt.
– Das Mädchen sei auch nie gekommen, um den Schlumpf abzuholen? – Nein ... Das heißt, wohl einmal ... am Mittwochabend ...
«Um welche Zeit?»
«Um halb sieben. Der Schlumpf ist gerade von der Arbeit zurückgekommen, hat sich im Zimmer gewaschen ... Er war gerade am Waschen, da ist das Meitschi in den Laden gekommen, ganz blaß war sie, aber das hat mich weiter nicht gewundert, weil doch ihr Vater ermordet aufgefunden worden war ... Sie hat gesagt, sie müsse den Schlumpf sprechen und ob ich ihn rufen wolle. Er ist dann gekommen, ich hab' die beiden in der Küche allein gelassen, aber sie haben

kaum eine Minute miteinander gesprochen. Dann ist das Meitschi wieder fortgegangen. Und der Schlumpf ist erst nach Mitternacht heimgekommen ...»

«Das war am Mittwoch, also am Abend nach der Entdekkung des Mordes, nicht wahr?»

«Ja, Herr Wachtmeister. Ich hab' schlecht geschlafen in der Nacht, um vier Uhr hab' ich den Schlumpf gehört, wie er auf den Socken die Treppe hinuntergeschlichen ist. Um sieben Uhr ist dann schon der Murmann gekommen und hat den Schlumpf verhaften wollen. Aber da war der Erwin schon fort ...»

Der Erwin ... Der Name klang zärtlich im Mund der grauen Frau. Zwei Jahre hatte der Erwin also bei den gleichen Leuten gewohnt, er mußte sich gut aufgeführt haben, sonst hätten sie ihn wohl nicht so lange behalten ...

«Und habt Ihr sein Vorleben gekannt?»

«Ach, Wachtmeister», sagte Frau Hofmann. «Er hat Unglück gehabt, der Erwin. Mein Vater hat immer gesagt: ‚Richtet nicht, auf daß Ihr nicht gerichtet werdet.' Nein, nein, ich geh' nicht zu den Stündelern, aber Ihr wißt ja, Wachtmeister, wie es manchmal gehen kann. Der Erwin hat uns in der zweiten Woche alles erzählt, von seinen Einbrüchen und Thorberg und von der Zwangserziehungsanstalt ... Einmal hat ihn seine Mutter besucht ... Eine gute Frau ... Der Erwin hat viel von seiner Mutter gehalten ... Habt Ihr die Mutter gesehen?»

Studer nickte. Er hörte die alte, ruhige Stimme, die fragte: «Aber er darf noch z'Morgen nehmen?»

Über der Küchentür schrillte die Klingel. Es sei wohl jemand im Laden, meinte die Frau, stand auf, füllte vorsorglich Studers Tasse – mit Zucker und Milch solle er sich nur bedienen, meinte sie –, und dann ging sie ihre Kunden bedienen.

Studer trank die Tasse in kleinen Schlücken leer, zog die Uhr: es war bald sechs. Er hatte noch Zeit.

Er spazierte in der kleinen Küche umher, die Hände auf dem Rücken verschränkt, dachte an nichts und schüttelte

nur von Zeit zu Zeit den Kopf, wenn ihn irgendein Gedanke belästigen wollte. Zweimal, dreimal kam er an dem weißen Küchenschaft vorbei, ohne ihn richtig zu sehen, bis er sich, bei einer brüsken Kehrtwendung, schmerzhaft an einer Ecke stieß. Nun betrachtete er erst das Möbel, aufmerksam und mißbilligend. Es war ein weißer Küchenschaft, unten breit, mit Holztüren; auf diesem breiten unteren Teil erhob sich ein schmäleres Gestell mit Glasfenstern. Ein Stapel Teller, daneben Tassen und Gläser, einige Bratenschüsseln. Auf dem obersten Brett lagen alte Zeitungen, ordentlich aufgeschichtet, und neben ihnen, durcheinander, altes Packpapier. Die Türen waren nur angelehnt. Studer starrte auf den unordentlichen Stoß Packpapier. Und da er sich langweilte, nahm er das Packpapier heraus — er packte es fest mit beiden Händen, damit nicht irgendein kleineres Blatt zu Boden flattere —, legte den Stoß auf den Tisch und begann es sorgfältig zusammenzulegen.
Als er das fünfte Blatt hochhob (noch später erinnerte er sich an die Farbe dieses Papiers, es war blaues Papier, wie man es zum Einwickeln von Zuckerhüten braucht), sah er etwas Schwarzes liegen.
Studer stützte die Fäuste auf den Tisch und besah mit schiefgeneigtem Kopf das schwarze Ding. Kein Zweifel: eine Browningpistole, Kaliber 6,5, eine zierliche Waffe. Aber was hatte dieser Browning in der Küche der Frau Hofmann zu suchen? Wie war er unter dieses Papier gerutscht? Hatte der Schlumpf ...? Eine böse Geschichte. Wenn der Untersuchungsrichter in Thun von diesem Fund erfuhr ...
Studer schwankte. Vielleicht waren Fingerabdrücke auf dem Kolben zu finden, obwohl der Kolben gerippt war und die Abdrücke sicher nicht so klar waren, daß man etwas mit ihnen würde beweisen können ...
Wieder schrillte die Klingel über der Küchentür kurz auf. Die Kunden hatten wohl den Laden verlassen. Frau Hofmann würde gleich zurückkommen.
«Ah bah», sagte Studer laut, nahm das zierliche schwarze Ding — und ganz kurz sah er das Loch, das dies Ding ge-

macht hatte, die Einschußöffnung drei Finger etwa vom rechten Ohr im Hinterkopf des Wendelin Witschi – dann steckte Studer die Pistole in seine hintere Hosentasche ...
Die Küchentür ging auf. Frau Hofmann kam nicht allein zurück. Sonja Witschi begleitete sie.
Er habe ein wenig Ordnung machen wollen zum Dank für den Kaffee, sagte Studer, aber das sei ja nicht mehr nötig. Er nahm den Stoß Packpapier, warf ihn auf das obere Brett des Küchenschaftes und setzte sich wieder. Er schien das Mädchen gar nicht zu beachten.
«Im Dorf wissen sie schon, daß Ihr die Untersuchung führt, Herr Wachtmeister, und da hat die Sonja mit Euch reden wollen», sagte Frau Hofmann. Und zu dem Mädchen gewandt: – Es solle abhocken, Kaffee sei noch da ...
Studer sah das Mädchen an. Das kleine Gesicht mit der spitzen Nase und den Sommersprossen an den Schläfen war bleich und sah verstört aus. Und immer wichen die Augen Studers Blick aus. Diese Augen blickten furchtsam in der Küche umher, wanderten vom Tisch, auf dem das Packpapier gelegen hatte, zum Schaft, in dem der Stapel nun lag. Die Lippen preßten sich aufeinander.
Am liebsten wäre Studer aufgestanden, hätte dem Mädchen die Haare gestreichelt und es beruhigt, wie man einen zitternden Hund beruhigt. Aber das ging nicht. Vielleicht wußte das Mädchen etwas von der versteckten Pistole? Hatte der Schlumpf die Waffe versteckt und am Abend vor seiner Flucht dem Mädchen erzählt, wo sie lag? Warum war dann Sonja nicht früher gekommen, um sie beiseite zu schaffen? Fragen, viele Fragen! ... Studer seufzte.
Nun kam Sonja auf ihn zu, sie schien ihn als denjenigen wiederzuerkennen, der im Zug die Bemerkung über Felicitas Rose gemacht hatte, denn sie wurde rot, als sie Studer die Hand gab. Aber vielleicht hatte die Röte auch eine andere Ursache. Die friedliche Atmosphäre, die vorher in der Küche geherrscht hatte, war gestört. Es war eine Spannung da, die nicht nur von der Verlegenheit (oder war es Angst?) der kleinen Sonja Witschi erzeugt wurde – nein, Studer

schien es, als habe sich auch die Haltung Frau Hofmanns verändert.
Das Schweigen, das über der kleinen Küche lag, wurde nur vom Ticken der Uhr unterbrochen, einer weißen Porzellanuhr mit blauen Ziffern. Und während dieses Schweigens wurde Studers optimistische Stimmung zernagt, und langsam wuchs eine lähmende Mutlosigkeit in ihm. Vielleicht trug zum Wachsen dieser Mutlosigkeit auch das ungewohnte Gewicht bei, das in seiner hinteren Hosentasche lastete.
– Es seien wohl noch andere Kunden dagewesen, meinte Studer plötzlich. – Nein, keine Kunden ... Frau Hofmann schüttelte den Kopf. Zwei Herren seien dagewesen ... – Zwei Herren? Wie sie geheißen hätten? – Der Gemeindepräsident und der Lehrer Schwomm. – Was die Herren denn gewollt hätten?
Frau Hofmann schwieg verstockt. Studer blickte auf Sonja Witschi, die er bei sich Felicitas nannte. Aber das Mädchen zuckte nur die Achseln.
– Ob sie mit den beiden Herren gekommen sei? fragte Studer das Mädchen. – Es habe die beiden geholt, als es den Wachtmeister habe in den Laden gehen sehen.
Studer stand auf, kratzte sich die Stirne – das wurde ja immer komplizierter ... Aus Frau Hofmann war wohl nichts mehr zu holen ... Aber vielleicht aus dem Mädchen? ...
«Adieu, Frau Hofmann», sagte Studer freundlich. «Und du, komm einmal mit. Wir wollen noch ein wenig zusammen reden ...»
Es hatte keinen Sinn, sich Schlumpfs Zimmer anzusehen. Das war sicher geputzt und gefegt worden, und die Sachen, die Schlumpf gehört hatten, waren verpackt und lagen irgendwo ...
Als Studer aus dem Hause trat, wußte er, daß er mit dieser Ansicht recht hatte. Am grünen Laden eines Fensters im oberen Stock baumelte ein weißes Kartonstück.
Darauf stand in ungeschickter Schrift geschrieben:
«Zimmer zu vermieten.»

Der Wachtmeister wandte sich noch einmal an Frau Hofmann, zeigte auf die Ankündigung und fragte, ob sich schon Mieter gemeldet hätten.
Frau Hofmann nickte.
— Wer denn?
Frau Hofmann zögerte mit der Antwort, doch schien ihr die Frage nicht gefährlich. Und sie sagte:
«Der Lehrer Schwomm hätt' das Zimmer gern gehabt für einen Verwandten, der einen Monat zu ihm kommen will. Dann ist der Gerber vorbeigekommen, der ist beim Coiffeur als Gehilfe ... Ja, das wären alle.»
«Und Ihr habt die beiden in die Küche geführt und ihnen Kaffee angeboten?»
Frau Hofmann wurde rot, sie rieb sich verlegen die Hände:
«Wenn man den ganzen Tag allein ist, wißt Ihr ...»
Studer nickte, lüpfte den Hut und ging mit langen Schritten davon. An seiner Seite trippelte Sonja Witschi. Ihre Absätze klapperten auf dem Asphalt. Aber sie hatte die Strümpfe gewechselt. Wenigstens war über der Ferse des rechten Schuhes kein Loch mehr zu sehen ...

Interieur der Familie Witschi

Das Haus stand abseits auf einer Anhöhe, inmitten einer kleinen Wohnkolonie, aber es war älter als die Bauten, die es umgaben. Die Ladentüre war neben der Eingangstüre, links; daneben lag eine Art offene Veranda, an deren Hinterwand sich ein gemalter See vor Schneebergen ausbreitete, und die Schneeberge waren rosa, wie wässeriges Himbeereis. Über der Türe prangte in verschnörkelter Schrift der Spruch:

Grüß Gott, tritt ein, bring Glück herein!

Unter den Fenstern des ersten Stockes in blauer Farbe der Name des Hauses:

«Alpenruh».

Über dem Schaufenster des Ladens, in dem bunte Maggiplakate verblaßten, ein Schild, das ebenfalls verwittert war:

W. Witschi-Mischler, Lebensmittelhandlung.

Der Garten war verlottert, hohes Unkraut stand zwischen den Erbsen, die nicht aufgebunden waren. An einer Hausecke lehnte ein verrosteter Rechen.

Auf dem ganzen Weg hatte Studer geschwiegen und gewartet, ob das Mädchen beginnen würde zu sprechen. Aber auch Sonja hatte geschwiegen. Nur einmal hatte sie schüchtern gesagt: «Ich hab' heut morgen im Zug schon gedacht, daß Ihr von Bern kommt wegen dem Schlumpf, daß Ihr von der Polizei seid...» Studer hatte genickt, gewartet, was noch weiter kommen werde. «Und wie ich gesehen hab', Ihr geht zu der Frau Hofmann in den Laden, hab' ich den Onkel Aeschbacher geholt. Die Frau Hofmann ist eine gar Schwatzhafte...»

Studer hatte schweigend die Achseln gezuckt. Die ganze Geschichte ließ sich plötzlich schlecht an. Er wünschte, er hätte mit dem Landjäger Murmann am Morgen eingehender gesprochen.

Der Lehrer Schwomm und der Coiffeurgehilfe Gerber, dachte er – Gerber hieß also der Jüngling, der John-Kling-Romane las und sich Füllfederhalter schenken ließ –, diese beiden waren in der Küche der Frau Hofmann gewesen. Und Sonja... Und der Schlumpf natürlich.

Wer hatte den Revolver versteckt? Warum war er gerade an diesem Platz versteckt worden? Hatte man gehofft, Frau Hofmann werde ihn finden und damit zur Polizei laufen? Angenommen, Frau Hofmann hätte ihn gefunden, dann hätte sie ihn natürlich in die Hand genommen und neugierig, wie Frauen einmal sind, untersucht. Dann wäre selbstverständlich kein Fingerabdruck mehr festzustellen gewesen. Also war es nicht so arg, so tröstete sich Studer, daß er den Browning so ohne Vorsichtsmaßnahmen einfach eingesteckt hatte... Schade, daß er Frau Hofmann nicht gefragt hatte, wann der Schlumpf am Dienstagabend oder vielmehr in der Dienstagnacht heimgekommen war... Aber eigentlich war diese Frage nicht nötig, die Antwort stand sicher in den Akten, richtig, Studer erinnerte sich an eine Seite, auf der stand: «Frau Hofmann gibt auf Befragen an, der Angeklagte sei in der Mordnacht erst gegen ein Uhr heimgekommen ...» Studer schüttelte den Kopf. Merkwürdig, daß diese belastende Tatsache ihn so gar nicht interessierte. Es war alles zu einfach aufgebaut: Ein Vorbestrafter, der einen Mord begeht, der natürlich kein Alibi hat, bei dem das Geld des Ermordeten gefunden wird, der nicht reden will, aber seine Unschuld beteuert, der einen Selbstmordversuch begeht ... Es schmeckte – ja, das Ganze schmeckte nach einem schlechten Roman ...

Aber natürlich, der unschuldig Schuldige, das war in diesem Fall eine recht reale Figur, ein Mensch, dem es schlecht gegangen war, der wieder eine Zeitlang auf den geraden Weg gekommen war, und der nun ... Was hatte der Schlumpf in der Freizeit gelesen? Etwa auch Felicitas Rose? Oder John Kling? Eigentlich wäre das ganz interessant festzustellen. Das kleine Mädchen wußte es sicher, das Mädchen, das teure Füllfederhalter verschenkte ... Hatte es eine Liebschaft mit dem Coiffeurgehilfen Gerber? Es sah eigentlich nicht so aus ... Aber warum dann das teure Geschenk? ...

Der Füllfederhalter ... Ja ... Man trug den Füllfederhalter gewöhnlich in der linken Brusttasche des Rockes oder in der oberen Westentasche. Man nahm ihn mit, besonders wenn man Bestellungen sammeln ging. Hatte ihn der Wendelin Witschi am Dienstag auch mitgenommen? ... Doch wann hatte er ihn seiner Tochter gegeben? ... Die Taschen des Wendelin Witschi waren leer, und auf dem Rücken seines Rockes hafteten keine Tannennadeln ...

Die beiden betraten die Küche ... Im Schüttstein unaufgewaschenes Geschirr ... Auf dem Tisch stand ein Teller, Butter darauf, daneben lag ein Kamm.

Studer war allein, Sonja war verschwunden ...

Durch eine offene Tür betrat der Wachtmeister das anliegende Zimmer. Die Vorhänge vor den Fenstern waren grau, auf dem Klavier lag eine Staubschicht. Die Tür fiel zu. Es zog in diesem Haus. Durch die Erschütterung des Zuschlagens löste sich von dem Bilde, das über dem Klavier hing, eine graue Wolke ab. Das Bild stellte den seligen Wendelin Witschi vor, in jungen Jahren, und war wohl bei der Hochzeit aufgenommen worden. Zwischen den Spitzen des steifen Umlegkragens lugte ein kleiner schwarzer Kopf hervor. Der Schnurrbart war schon damals traurig gewesen. Und die Augen ...

Auf dem Tische, der eine Decke mit Fransen trug, rot-gelbblau, lagen viele Hefte. Auch das schwere schwarze Büfett war mit Heften überdeckt.

Studer blätterte in den Heften. Sie waren alle von der gleichen Art: Bilder von Hunden oder von Kindern, eine Bergkapelle, ein Roman, Winke für die Hausfrau, graphologische Ecke. Und, auffällig, auf allen Titelblättern:

«Wir versichern unsere Abonnenten ... Bei Ganzinvalidität oder Tod zahlen wir aus ...»

Fünf verschiedene Sorten Hefte. Wenn alle die Versicherung auszahlten, ergab das ... es ergab eine ganz stattliche Summe ... Und was hatte der Notar Münch gesagt? Der alte Ellenberger habe Schuldbriefe und wolle sie kündigen?

Im oberen Stockwerk liefen Schritte auf und ab. Was machte Sonja dort oben, warum ließ sie ihn allein in der Wohnung? Es wurde ein schwerer Gegenstand gerückt. Studer lächelte. Das Mädchen machte wohl die Betten, jetzt am Abend. Eine merkwürdige Ordnung herrschte in der Familie Witschi ...

Studer blätterte weiter in den Heften. Er stieß auf ein paar Stellen, die angestrichen waren, und las:

«Da stieg es in ihr auf, heiß und brennend. Sie warf sich in seine Arme, sie umklammerte seinen Hals, als sollte sie ihn nie, nie mehr loslassen ...»

Und weiter:

«Und wir, Sonja, mein süßes Lieb, mein holdes Weib – wir werden glücklich sein ...»

«Leichenblaß bis in die Lippen, bebend an allen Gliedern, stand Sonja vor ihm ...»

Studer seufzte. Er dachte an lauen Kaffee und an eine Frau,

die am Morgen schmachtend war, weil sie in der Nacht zuviel Romane gelesen hatte ...

Dann trat der Wachtmeister ans schwere Büfett. Gerade unter der Photographie des Wendelin Witschi stand oben auf dem Aufsatz eine Vase mit wächsernen Rosen und einigen Zweigen bunten Herbstlaubs. Und Witschi schien auf diese Vase zu schielen. Gedankenlos hob sie Studer herab, sie war merkwürdig schwer – übrigens war das Herbstlaub auch künstlich. Studer schüttelte die Vase. Es rasselte. Er kehrte die Vase um ...

Zwei, vier, sechs, zehn – fünfzehn Patronenhülsen fielen heraus. Kaliber 6,5 ...

Im oberen Stock war es still geworden. Studer steckte eine der Hülsen in seine Rocktasche, die andern ließ er in die Vase zurückgleiten, ordnete den Strauß und stellte ihn an seine alte Stelle. Es kamen Schritte die Treppe herunter. Studer öffnete die Küchentür und blieb auf der Schwelle stehen.

Der Herr Wachtmeister müsse entschuldigen, sagte Sonja, sie habe oben noch Ordnung machen wollen, wenn er das Haus besichtigen wolle? Die Mutter komme erst nach dem Neun-Uhr-Zug heim, solange müsse sie auf dem Bahnhof bleiben ... Aber der Armin werde bald zurück sein.

Sonja plapperte und wich Studers Blick aus; aber sobald Studer beiseite sah, fühlte er, wie die Augen des Mädchens auf sein Gesicht gerichtet wurden, sah er wieder hin, klappten die Lider über die Augen. Lange Wimpern hatte das Mädchen. Die Stirn war gerundet, sprang ein wenig vor. Die Haare waren gebürstet. Sonja sah viel ordentlicher aus, als heut morgen im Zuge.

– Übrigens lasse der Schlumpf sie grüßen, sagte Studer nebenbei. Er sah zum Fenster hinaus. Am Ende des Gemüsegartens stand ein alter, verfallener Schuppen. Die Tragstützen des Daches waren eingeknickt, einige Ziegel fehlten. Auch die Tür des Schuppens fehlte.

Sonja schwieg. Und als Studer sich umwandte, sah er, daß das Mädchen weinte. Es war ein hemmungsloses Weinen, das kleine Gesicht war verzogen, um die spitz vorspringende Nase gruben sich tiefe Falten ein, die Lippen waren verzerrt, und aus den Augen flossen die Tränen die Wangen herab, blieben am Kinn haften, tropften dann auf die Bluse. Die Hände waren geballt.

«Aber Meitschi», sagte Studer, «aber Meitschi! . . .» Unbehaglich wurde es ihm zumute. Schließlich fiel ihm nichts anderes ein, als sein Schnupftuch aus der Tasche zu ziehen, neben Sonja zu treten und ungeschickt die fließenden Tränen aufzutupfen.

«Komm, Meitschi, komm, hock ab . . .»

Sonja hatte sich an den Wachtmeister gelehnt, ihr Körper zitterte, die Schultern waren weich. Studer seufzte grundlos.

«Komm, Meitschi, komm . . .»

Sonja setzte sich auf einen Stuhl. Ihre Arme lagen lang ausgestreckt auf der Tischplatte neben dem Teller mit dem Anken, neben dem Kamm . . .

Draußen wurde die Dämmerung dicht. Studer hatte wenig Zeit. Um halb acht Uhr sollte er bei Murmann zum Nachtessen sein . . .

Sonja dauerte ihn. Er wollte sie nicht ausfragen . . . Ihr Vater war tot, ihr Liebster saß in einer Zelle, tagsüber ging sie nach Bern schaffen, ihr Bruder ließ sich von einer Kellnerin Geld geben, und ihre Mutter las im Bahnhofkiosk Romane . . .

«Der Erwin», sagte Studer sanft, «der Erwin hat mir gesagt, er lasse dich grüßen . . .»

«Und glaubet Ihr, daß er schuldig ist?»

Studer schüttelte stumm den Kopf. Einen Augenblick lächelte Sonja, dann kamen die Tränen wieder.

«Er wird's nicht beweisen können, daß er unschuldig ist . . .», sagte sie schluchzend.

«Hast du ihm das Geld gegeben?»

Merkwürdig, wie ein Gesicht sich verändern konnte! . . . Sonja blickte starr vor sich hin, zum Fenster hinaus, in die Richtung, wo der alte, verfallene Schuppen stand, dessen Eingang ein schwarzes Rechteck war . . . Und schwieg.

«Warum hast du dem Gerber, dem Coiffeur, den Füllfederhalter geschenkt?»
«Weil ... weil ... er etwas weiß ...»
«So, so», sagte Studer.
Er hatte sich an den Tisch gesetzt, das Hockerli war zu klein für seinen schweren Körper, er fühlte sich ungemütlich.
– Ob sie schon lange in dem Hause wohnten? fragte er. – Der Vater habe es bauen lassen mit dem Geld der Mutter, erzählte Sonja, und es schien, als sei sie froh, sprechen zu können. Der Vater sei bei der Bahn gewesen, als Kondukteur, und dann habe die Mutter eine Erbschaft gemacht. Die Mutter stamme von hier, aus Gerzenstein, der Vater sei aus dem Seeland gewesen. Die Mutter habe den Laden eingerichtet und der Vater habe weiter auf der Bahn geschafft. Während dem Krieg sei das Geschäft gut gegangen, es hätte damals noch wenig Läden gegeben in Gerzenstein. Da habe sich der Vater pensionieren lassen. Vielmehr, er sei einfach ausgetreten und habe auf die Pension verzichtet, weil er einen Herzfehler gehabt habe, und sie hätten ihm auf der Bahn Schwierigkeiten gemacht. Ja, während dem Krieg sei es gut gegangen. Der Armin habe später aufs Gymnasium können nach Bern, nachdem er hätte studieren sollen. Aber dann sei der große Bankkrach gekommen und die Eltern hätten alles verloren. Und dann sei es aus gewesen. Die Mutter sei hässig geworden und der Vater sei reisen gegangen. Aber er habe wenig verdient. Und alles sei so teuer! ... Die Mutter könne nicht mit dem Geld wirtschaften, sie gebe immer alles aus für Medizinen und solches Zeug. Der Onkel Aeschbacher sei ein- oder zweimal eingesprungen ... Die letzten Worte waren sehr stockend herausgekommen.
«Was ist's mit dem Onkel Aeschbacher?» fragte Studer.
Schweigen ...
«Und doch bist du ihn holen gegangen, wie du mich hast zur Frau Hofmann gehen sehen?»
Viel Qual drückte das Gesicht aus. Studer hatte Mitleid. Er wollte nicht weiter fragen. Nur eines noch:

«Wer ist der Lehrer Schwomm?»
Sonja wurde rot, holte Atem, wollte sprechen, die Stimme versagte, sie hustete, suchte nach einem Taschentuch, wischte sich die Augen mit dem Handrücken, stotterte dann:
«Er ist an der Sekundarschule, er ist Gemeindeschreiber, auch Sektionschef, und den gemischten Chor leitet er auch . . .»
«Dann hat er viel mit dem Gemeindepräsidenten zu tun? Mit dem ‚Onkel' Aeschbacher?»
Sonja nickte.
«Leb wohl.» Studer streckte ihr die Hand hin. «Und wein' nicht. Es kommt schon besser.»
«Lebet wohl, Wachtmeister», sagte Sonja und streckte ihre kleine Hand aus. Die Nägel waren sauber.
Sie stand nicht auf und ließ Studer allein hinausgehen. Im Hausgang blieb Studer stehen und suchte nach seinem Schnupftuch, fand es nicht, erinnerte sich, daß er es in der Küche gebraucht hatte, kehrte an der Haustüre um und betrat, ohne anzuklopfen, die Küche.
Sie war leer. Die Tür zum andern Zimmer war offen . . . Vor dem schweren schwarzen Büfett stand Sonja. Sie hielt die Vase mit den Wachsrosen und dem künstlichen Herbstlaub in der Hand und schien das Gewicht der Vase zu prüfen. Ihre Augen waren auf das Bild des Vaters gerichtet.
Auf dem Boden neben dem Küchentisch lag Studers Nastuch.
Studer ging leise zum Tisch, hob es auf, schlich zur Türe zurück:
«Gut' Nacht, Meitschi», sagte er.
Sonja fuhr herum, stellte die Vase ab. Sie riß sich zusammen:
«Gut' Nacht, Wachtmeister . . .»
Merkwürdig, ihr Blick erinnerte Studer an den des Burschen Schlumpf: Erstaunen lag darin und viel verstockte Verzweiflung.

«Nehmet Platz, Studer», sagte Frau Murmann. Auf dem Tisch stand eine große Platte mit Aufschnitt und Schinken, es gab Salat, und an der einen Tischecke, dicht neben Murmanns Platz, standen vier Flaschen Bier.
«Und, Studer, ziehet den Kittel ab», meinte Frau Murmann noch. Dann empfahl sie sich. Sie müsse das Kind stillen, sagte sie.
– Ob Studer etwas gefunden habe, fragte Murmann, ohne aufzublicken. Er war damit beschäftigt, ein Büschel Salatblätter auf seine Gabel zu spießen. Dann kaute er, andächtig und abwesend.
«Ich hab' den Cottereau gefunden . . .», sagte Studer und beäugte prüfend ein Stück saftigen Schinkens.
«So, so», meinte Murmann. «Allerhand . . .» Er leerte sein Bierglas auf einen Zug. Dann schwiegen die beiden.
In einer Ecke des Zimmers stand ein bunter Bauernschrank, dessen Türen Rosengirlanden umrankten . . .
Murmann trug die Teller hinaus. Dann setzte er sich, zündete seine Pfeife an.
«Also, erzähl . . .»
Aber Studer schwieg. Er griff in die hintere Hosentasche, zog die bei Frau Hofmann gefundene Pistole heraus und legte sie auf den Tisch. Dann suchte er in der Rocktasche, ließ die bei Witschis gefundene Patronenhülse im Licht der Lampe glänzen und fragte schließlich:
«Gehören die beiden zusammen?»
Murmann vertiefte sich in die Untersuchung. Er nickte ein paarmal . . .
«Das Kaliber ist das gleiche», sagte er still. «Ob die Hülse von der Waffe da abgeschossen worden ist, kann ich nicht so ohne weiteres sagen. Es sind heikle Sachen. Man müßte den Einschlag prüfen . . . Wo hast du die Hülse gefunden?»
«In einer Vase auf dem Klavier im Wohnzimmer der Witschis. Es waren fünfzehn Hülsen in der Vase. Es hat

so ausgesehen, als ob einer eifrig die Pistole probiert hätte . . .»

«Ja?» sagte Murmann.

«Die Sonja fürchtet sich . . . Ganz sicher vor mindestens vier Leuten: vor dem Coiffeurgehilfen, dem Lehrer Schwomm, vor ihrem Bruder und vielleicht auch vor dem ‚Onkel' Aeschbacher.»

«Ja», sagte Murmann, «das glaub' ich. Die Sonja meint, daß ihr Vater Selbstmord begangen hat. Aber wenn man Selbstmord annimmt, dann werden keine Versicherungen ausgezahlt. Und der Gerber, der Coiffeur, hat bemerkt, daß bei dem sogenannten Mord nicht alles stimmt. Und nun hat die Sonja Angst, er könne etwas sagen . . . Verstehst du?»

«Erzähl' einmal die Geschichte von Anfang an. Ich brauch' weniger die Tatsachen als die Luft, in der die Leute gelebt haben . . . Verstehst? So die kleinen Sächeli, auf die niemand achtgibt und die dann eigentlich den ganzen Fall erhellen . . . Hell! . . . Soweit das möglich ist, natürlich.»

Von großen Pausen unterbrochen, mit vielen Abschweifungen und ungezählten eingeschalteten «Nid?» und «Begriifscht?» erzählte Landjägerkorporal Murmann dem Wachtmeister Studer etwa folgende Geschichte:

— Der Witschi Wendelin hatte vor zweiundzwanzig Jahren geheiratet. Er war damals bei der Bahn gewesen. Das Ehepaar hatte zuerst eine Wohnung im Haus des Aeschbacher innegehabt, dann war eine Tante der Frau Witschi gestorben, die Erbschaft war ziemlich groß gewesen, und da hatten sie sich entschlossen zu bauen . . .

«Wie heißt übrigens die Frau Witschi mit dem Vornamen?» fragte Studer.

«Anastasia . . . Warum?»

Studer lächelte, schwieg eine Weile, dann sagte er:

«Nur so, erzähl' weiter . . .»

— Sie hatten also das Haus gebaut, Kinder waren gekommen, das Ehepaar schien glücklich zu sein. Die Frau war schaffig, sie hielt den Garten in Ordnung, sie bediente im Laden. Am Abend sah man die beiden einträchtig auf einer

Bank vor dem Hause sitzen, der Witschi las die Zeitung, die Frau strickte ...

— — — Studer sah das Bild deutlich vor sich. Unter den Fenstern des ersten Stockes glänzte noch, neu und unverblaßt, der Name des Hauses, «Alpenruh», und über der Tür der Spruch: «Grüß Gott, tritt ein, bring Glück herein». Der Wendelin Witschi hockte auf der Bank, mit aufgekrempelten Hemdsärmeln, bisweilen legte er die Zeitung beiseite (er las sicher nur den Gerzensteiner Anzeiger), stand auf, um ein Zweiglein am Spalier anzubinden, das im Wind schaukelte, kam zurück ... Im Sand krabbelten die beiden Kinder. Die Luft war still. Heugeruch lag schwer in der Luft. Die Frau sagte: ‚Du, loos einisch ...' Sehr viel Frieden. Die Ladenklingel schrillte. Man stand gemütlich auf, ging zusammen in den Laden, besprach mit den Kunden das Wetter, die Politik ... Der Wendelin (wie nannte ihn wohl seine Frau? Das müßte man eigentlich auch wissen ... Vatter? Wahrscheinlich. Das paßte am besten ...), der Wendelin hatte die Daumen in den Ausschnitten der Weste und war ein angesehener Bürger, verwandt mit dem Gemeindepräsidenten, Hausbesitzer ... Und dann, Jahr für Jahr, die Änderungen ... Die Frau, die hässig wird, die Frau, die Romane liest, dann die finanziellen Schwierigkeiten, der Sohn, der sich auf die Seite der Mutter schlägt, der Garten, der verlottert, der Wendelin, der reisen geht, der Wendelin, der Schnaps trinkt, die Zeitschriften mit den Versicherungen ... Bei Ganzinvalidität war die Summe doch gerade so hoch wie bei Todesfall ... Aber als Bild, das sich nicht vertreiben ließ, sah Studer immer die Bank vor dem Haus, die Kinder, die am Boden spielten, das lockere Zweiglein, das im Winde schwankte und das der Wendelin mit einem gelben Bastfaden festband ...

Studer hatte eine Weile nicht mehr zugehört, jetzt horchte er auf, denn Murmann sagte:

«... und einen Hund hat er auch gehabt. Einmal, wie der Witschi halb besoffen nach Haus gegangen ist, haben ihn ein paar Burschen angeödet. Da hat der Hund gebellt und ist auf die Burschen los. Einer hat ihn mit einem Stein totgeschlagen . . .»

Das gehörte natürlich auch dazu. Der Witschi, der sich einsam fühlt und sich einen Hund hält. Wahrscheinlich war der das einzige Wesen, das ihm keine Vorwürfe machte, vor dem er klagen konnte . . . Und wieder versank Studer ins Träumen.

— — — Er sah die Familie Witschi um den Tisch sitzen, im Wohnzimmer, das er kannte. In der Ecke stand das staubige Klavier. Der Witschi versuchte Zeitung zu lesen . . . Und die keifende Stimme der Frau: Versichert seien sie und das viele Geld, das man der Versicherung gezahlt habe! Die Frau dachte nicht daran, daß schließlich sie bis jetzt alle Vorteile genossen hatte von dieser Versicherung, die bunten Heftli mit den Romanen darin . . . Waren diese Romane nicht etwas Ähnliches für die Anastasia Witschi wie für ihren Mann der Schnaps? Eine Möglichkeit, der Öde zu entrinnen, zu fliehen in eine Welt, in der es Komtessen gab und Grafen, Schlösser und Teiche und Schwäne und schöne Kleider und eine Liebe, die sich in Sprüchen Luft machte, wie: «Sonja, meine einzig Geliebte . . .»

Murmann schwieg schon eine geraume Weile. Er wollte den Wachtmeister nicht in seinen Träumen stören. Plötzlich schien Studer das Schweigen aufzufallen. Er schreckte auf.

«Nur weiter, nur weiter . . . Ich hör' schon zu . . .»

— Es scheine nicht, meinte Murmann, über was denn Studer so tief nachgedacht habe? — Er werde es ihm später sagen. Murmann solle jetzt die beiden Tage schildern, die Entdeckung der Leiche, die Untersuchung, die Flucht des Schlumpf . . . — Da sei nicht viel zu sagen, nicht mehr auf alle Fälle, als was in den Akten stünde. Studer solle einen Augenblick warten . . .

Murmann stand auf, um die Akten zu holen . . .

Die Stille im Zimmer war tief . . . Studer ging zum Fenster und öffnete einen Flügel.

Deutlich durch die Nacht drang ein Summen zu ihm. Er

kannte das Lied. Eine Kleinmädchenstimme hatte es gestern vor einem Zellenfenster gesungen:
«O, du liebs Engeli . . .»
Das Summen rieselte von oben durch das Dunkel. Frau Murmann sang ihr Kind in den Schlaf . . .
Der Landjäger kam zurück. Er trug lose Blätter in der Hand, setzte sich, breitete sie vor sich aus und begann zu sprechen. Studer stand am Fenster, gegen die Wand gelehnt.
— Der Cottereau — übrigens, wie habe Studer den Cottereau entdeckt? — Studer winkte ab: Später . . .
— Also der Cottereau sei in den Posten gestürzt gekommen und habe wirres Zeug durcheinandergeredet von einem Toten, der im Wald liege . . . Ein Ermordeter! . . .
«Ich hab' an den Regierungsstatthalter telephoniert, bevor ich aufgebrochen bin, und der hat versprochen zu kommen. Vor der Türe hab' ich den Gemeindepräsidenten Aeschbacher getroffen, der war vom Lehrer Schwomm begleitet. Das war nichts Merkwürdiges, denn der Schwomm ist Gemeindeschreiber. Die beiden haben sich aufgedrängt, der Aeschbacher hat sofort die Untersuchung in die Hand nehmen wollen . . . Da ist er aber schlecht angekommen. Ich laß mir nichts vorschreiben. Aber ich habe den Photographen des Dorfes beigezogen . . .»
— Sie seien dann zu fünft nach dem Tatort gegangen, der Präsident, Schwomm, der Photograph und er, Murmann . . . Cottereau habe sie geführt . . . Am Tatort angekommen, habe Murmann den Photographen angewiesen, ein paar Aufnahmen zu machen, und der Mann habe das ganz richtig gemacht.
«Sicher», sagte Studer, «der hat gut gearbeitet. Hast du auch bemerkt, daß keine Tannennadeln auf dem Rücken des Rockes zu sehen waren?»
Murmann schüttelte den Kopf.
— Das sei ihm nicht aufgefallen. Aber wenn Studer es bemerkt habe, dann sei das ja die Hauptsache . . . Der Gemeindepräsident habe immer dreinreden wollen: das sei ein Mord, habe er gesagt, sicher ein Raubmord, und niemand

anders habe ihn begangen als einer der Verbrecher, die der Ellenberger bei sich angestellt habe ... Natürlich seien ein Haufen Leute bei der Entdeckung dabei gewesen, so daß es dem Statthalter nicht schwer gefallen sei, die Stelle zu finden. Sie hätten dann noch den Dr. Neuenschwander geholt, der den Tod festgestellt und den Witschi ins Gemeindespital habe bringen lassen. Murmann habe verlangt, die Sektion solle im Gerichtsmedizinischen Institut ausgeführt werden. Dr. Neuenschwander sei ärgerlich geworden, habe dann aber auch eingewilligt, nur habe er ein Protokoll aufgesetzt und es «Sektionsprotokoll» getauft, auch mit einer Sonde die Schußwunde untersucht und dann in gelehrten Ausdrücken ihre mutmaßliche Stellung festgehalten ...

«Die Taschen waren leer?»

«Ganz leer», sagte Murmann. «Und das ist mir auch aufgefallen.»

«Warum?»

«Ich weiß selber nicht ...»

«Aber an dem Tag soll der Witschi dreihundert Franken bei sich gehabt haben? Er hat doch Rechnungen einkassiert? Und von daheim noch Geld mitgenommen?»

— Von daheim habe er sicher kein Geld mitgenommen, darauf möchte er, Murmann, schwören. Aber hundertfünfzig Franken habe er wohl gehabt, er habe Rechnungen einkassiert, und die Bauern, bei denen er gewesen sei, hätten telephonisch die Sache bestätigt ...

«Weiter!» sagte Studer. Er hatte eine Brissago angezündet ...

— Der Statthalter sei ein schüchternes Mannli, erzählte Murmann, und habe immer dem Aeschbacher zugestimmt. Der habe betont, es handle sich um einen Mord, und das sei Murmann merkwürdig vorgekommen. Er für sein Teil sei sicher, daß Witschi sich umgebracht habe ...

«Nicht gut möglich», sagte Studer. «Der Assistent im Gerichtsmedizinischen hat's mir vordemonstriert. Es müßten Pulverspuren vorhanden sein. Zugegeben, der Witschi hatte lange Arme, aber stell' dir einmal vor, wie er hätte die Waffe

halten müssen ...» Er trat ins Lampenlicht, nahm den Browning vom Tisch, prüfte, ob er gesichert sei (das Magazin war zwar leer, aber ...) und hob ihn dann ... Studer versuchte jene Stellung nachzuahmen, die ihm der italienische Assistent vordemonstriert hatte. Da sein Arm ziemlich dick war, gelang es ihm nicht.
Murmann schüttelte den Kopf. Witschi sei gelenkig gewesen, so daß eine Möglichkeit immerhin vorhanden sei ...
«Erzähl' weiter!» unterbrach ihn Studer.
– Es sei nicht mehr viel zu erzählen. Auf Befehl des Statthalters habe er, Murmann, am Nachmittag noch die Arbeiter vom Ellenberger einem Verhör unterworfen. Aber es sei nichts dabei herausgekommen. Er sei dann zu den Witschis gegangen, habe aber nur den Sohn daheim angetroffen. Der habe nichts sagen wollen ... Schließlich habe der Armin gemeint, er habe gehört, der Vater sei im Wald ermordet worden, aber das sei Sache der Polizei.
«Nun bin ich doch stutzig geworden. Ich hab' doch am Morgen extra den Photographen hinaufgeschickt, damit er die Familie auf den Todesfall vorbereite ... Und denk' dir, da sagt mir der Bursch, es sei eigentlich ein Glück, daß der Vater tot sei, sonst hätt' man ihn doch in der nächsten Zeit administrativ versorgt ...»
«Und die dreihundert Franken?»
«Ich bin dann zum Bahnhofkiosk gegangen und hab' die Frau Witschi ausgefragt. Die hat mir erzählt, ihr Mann habe am Morgen hundertfünfzig Franken mitgenommen. Ich hab' wissen wollen, warum er so viel Geld mitgenommen hat. Aber sie hat nur immer behauptet, ihr Mann habe das Geld gebraucht. Sonst hat sie nichts sagen wollen. Und dann hat die Frau Witschi weiter gesagt – genau wie ihr Sohn – mit ihrem Mann sei es nicht mehr zum Aushalten gewesen, er habe immer mehr und mehr gesoffen, und der Aeschbacher habe gemeint, man müsse ihn versorgen. Sie habe dem Wendelin kein Geld mehr gegeben, aber der Ellenberger, der habe immer ausgeholfen, sich Schuldscheine ausstellen lassen ... Ja, hab' ich gemeint, aber die hundert-

fünfzig Franken, die der Witschi mit auf die Reise genommen habe, woher denn die seien? Da hat sie gemerkt, daß sie sich widersprochen hat, hat zuerst etwas gestottert, der Mann habe sie notwendig gebraucht, und darum habe sie ihm das letzte Geld gegeben, dann hat sie nichts mehr sagen wollen ...»

«Du meinst also, der Witschi hat die dreihundert Franken für irgend etwas gebraucht?»

«Ja, schau, das wär' dann ganz einfach. Der Witschi erschießt sich im Wald. Er hat den Schlumpf an die gleiche Stelle bestellt, sagen wir um elf Uhr. Der Schlumpf muß den Browning holen, denn wenn die Waffe neben der Leiche bleibt, wird niemand an einen Mord glauben. Der Schlumpf soll die Waffe beiseite schaffen und, wenn es nötig ist, sich anklagen lassen, dafür bekommt er dreihundert Franken, und dann wird ihm versprochen, er darf die Sonja heiraten, wenn die Untersuchung niedergeschlagen worden ist ... Das wird man ihm mundgerecht gemacht haben, der gute Tschalpi hat sich das einreden lassen, und jetzt steckt er im Dreck ...»

«Und du meinst, er darf nichts sagen?»

«Natürlich, sonst reißt er die Sonja in die Geschichte hinein ...»

«Du, Murmann ... Oder nein, sag' mir zuerst, wer hat dir gemeldet, daß der Schlumpf im ‚Bären' eine Hunderternote gewechselt hat?»

«Das kann ich dir nicht einmal sagen. Ich hab' an dem Abend da nebenan meinen Rapport geschrieben. Da hat das Telephon geläutet, ich hab' den Hörer abgenommen, mich gemeldet, aber der andere hat seinen Namen nicht gesagt, nur ganz schnell gemeldet: ‚Der Schlumpf hat im Bären einen Hunderter gewechselt', und wie ich gefragt hab', wer dort sei, hat es geknackt, der andere hat schon eingehängt gehabt ...»

«Und was hast du dann gemacht?»

«Ich hab' nicht pressiert, hab' meinen Rapport fertig geschrieben, dann um Mitternacht hab' ich die Runde ge-

macht durch alle Wirtschaften. Im ‚Bären' hab' ich den Wirt beiseite genommen und ihn gefragt, ob das wahr sei, daß der Schlumpf eine Hunderternote gewechselt habe. ‚Ja', hat der Wirt gesagt. ‚Heut abend, so um neun Uhr. Der Schlumpf hat einen halben Liter Roten bestellt, dann einen Kognak getrunken, nachher zwei große Bier, und auf das Ganze noch einen Kognak! ...' Mich hat's gewundert, daß der Schlumpf so viel getrunken hat, und ich habe den Wirt gefragt, ob der Schlumpf immer so saufe? Nein, hat der Wirt gesagt, sonst nicht, und ihn habe es auch gewundert. Vielleicht, hat der Wirt gemeint, müsse der Schlumpf die Sonja aufgeben, jetzt, wo der Vater tot sei ... Ich hab' dann noch telephoniert, ob ich den Schlumpf verhaften soll, und der Statthalter hat mir den Befehl gegeben ... Aber wie ich dann am Morgen den Burschen hab' holen wollen, war er fort. Dann hab' ich an die Polizeidirektion telephoniert ...»
«Ja», sagte Studer, «und dann durfte ich am Freitag den Schlumpf verhaften ... Und das Zimmer vom Schlumpf, das hast du durchsucht? Und dort etwas gefunden?»
Murmann schüttelte seinen breiten Schädel.
«Nichts», sagte er. «Wenigstens nichts Belastendes.»
«Waren Bücher im Zimmer?»
Murmann nickte.
«Was für Bücher?»
«Ah, weißt du, so Heftli mit bunten Titeln: ‚In Liebe vereint' und ‚Unschuldig schuldig' ...»
«Bist du sicher, daß eins so geheißen hat?»
«‚Unschuldig schuldig'? Ja, ganz sicher. Und dann waren da noch so Detektivgeschichten. John Kling heißen sie, glaub' ich. Weißt, so richtige Räuberromane ...»
«Ja», sagte Studer, «ich weiß ...»
Er stand schon lange wieder im Schatten, beim Fenster. Jetzt drehte er sich um. Vorn auf der Landstraße rasten die Autos vorbei. Und nachdem Studer den Schein von drei Wagen hatte vorbeihuschen sehen, fragte er leise, ohne sich umzuwenden:
«Der Aeschbacher, der hat doch auch einen Wagen?»

«Ja», sagte Murmann. «Du meinst wegen der Geschichte mit dem Cottereau? Aber da irrst du dich . . . Der Ellenberger hat mich doch nach dem Unfall geholt, damals, wie er mit dem Cottereau angefahren worden ist, bös hat der Alte ausgesehen. Ich hab' natürlich sofort den Gemeindepräsidenten angeläutet, und der ist mit dem Wagen gekommen. Er hat sogar noch den Gerber mitgebracht, den Coiffeurgehilfen, weißt du, der hat sein Motorrad mitgenommen. Und ich bin mit Aeschbacher gefahren. Wir haben den Cottereau die ganze Nacht auf den Straßen gesucht. Vorher hab' ich sogar noch in Bern angeläutet, sie sollen auf Strolchenfahrer aufpassen. Aber es ist nichts dabei herausgekommen. Wo hast du den Cottereau gefunden?»
«Im Wald», sagte Studer nachdenklich. «Dort, wo ihr ihn nicht gesucht habt . . . Aber er hat nichts sagen wollen.»
Schweigen. Im Nebenhaus links krächzte ein Lautsprecher. Es klang wie das Bellen eines heiseren Hundes.
«Du», sagte Studer plötzlich. «Der Ellenberger hat dir doch damals gesagt, du solltest seinen Obergärtner durch das Radio suchen lassen? Nicht wahr?»
Murmann nickte:
«Ich hab's nur auf der Polizeidirektion sagen lassen, und die hat dann das Weitere veranlaßt.»
«Ich will einmal schauen, ob wir den Apfel nicht schneller zum Reifen bringen können.»
Murmann starrte seinen Kollegen an. Was machte der Studer für blöde Sprüche? Murmann war eben nicht dabei gewesen damals.
«. . . und andere, die müßt ihr einkellern, die werden erst im Horner gut . . . Abwarten, Wachtmeister, bis der Apfel reif wird . . .»
Aber Studer haßte das allzu lange Warten. Später wäre es ihm lieber gewesen, er hätte auf den alten Ellenberger gehört, denn die beiden Aufträge, die er telephonisch nach Bern erteilte, ergaben so merkwürdige Resultate, daß sie die ohnehin verwirrte Geschichte noch mehr durcheinander brachten. Aber das konnte Studer natürlich nicht wissen . . .

«Morgen ist Musik im ‚Bären', da spielen deine Freunde...», sagte Murmann beim Abschied. «Der Aeschbacher kommt und auch der alte Ellenberger...»
«Das kann lustig werden», sagte Studer. Dann erkundigte er sich, wie Murmanns Frau eigentlich mit dem Vornamen heiße: Anny oder Emmy?
– Nein, sagte Murmann, sie heiße Ida, und er rufe sie Idy. Und ob Studer eigentlich einen Vogel habe, daß er sich so um die Vornamen von Frauen interessiere?
Studer schüttelte den Kopf.
–Das sei nur so eine Angewohnheit, meinte er und grinste auf den Stockzähnen. Gute Nacht.

Nach ein paar Schritten aber kehrte er wieder um.
«Du, Murmann», fragte er. «Hast du auch die Küche bei der Frau Hofmann durchsucht?»
«Oberflächlich. Ich hab' gemeint, ich könnt' den Browning finden...»
«Besinnst du dich, im Küchenschaft, auf dem oberen Brett, da war doch ein Stoß Packpapier...»
«Ja, ja, an das erinnere ich mich gut. Es war darunter ein Bogen blaues Papier, wie man es zum Einwickeln von Zukkerhüten braucht. Ich hab' den Stoß herausgenommen, während die Frau in den Laden gegangen ist, und hab' ihn durchblättert. Es war nichts zu finden. Warum?»
«Weil ich die da», Studer klopfte auf seine hintere Hosentasche, «unter dem blauen Packpapier gefunden hab'...»
«A bah...», sagte Murmann, holte seinen Tabaksbeutel hervor und stopfte seine Pfeife. «A bah...», sagte er noch einmal.
«Und in der Küche sind seither gewesen: Sonja, der Lehrer Schwomm, der Coiffeur Gerber – aber auf alle Fälle nicht der Schlumpf. Ja, und jetzt will ich in den ‚Bären'.»
«Paß dann auf, um elf Uhr», sagte Murmann und stieß Wolken aus seiner Pfeife. «Der Aeschbacher hockt sicher bei seinem Jaß...»

Die Nacht war kühl. Studer fröstelte während der kurzen Strecke vom Posten zum «Bären». Er beschloß, noch einen Grog zu trinken, der Schnupfen meldete sich wieder mit Druck im Kopf und einem unangenehmen Jucken im Hals. Aber der Wachtmeister wollte nicht in der Gaststube sitzen. Er fragte den Wirt, der in der Haustüre stand, ob nicht ein Nebenzimmer da sei. Der Wirt nickte.

Der Raum lag neben der Gaststube, die Verbindungstüre stand offen. Drüben war es ziemlich laut, ein Summen von vielen Stimmen, darüber wogten Melodiefetzen, die der Lautsprecher spuckte (gut ist er eingeschaltet, dachte Studer); dann sagte eine Stimme: «Fünfzig vom Trumpf-As mit Stöck und Dreiblatt vom Nell . . .» Bewundernde Ausrufe wurden laut. Dann sagte die gleiche Stimme: «Und Matsch . . .»

Der Tonfall dieser Stimme erinnerte Studer an irgend etwas. Er kam aber erst darauf, als der Ansager sich im Radio meldete: «Sie hören nun zum Schluß unseres Unterhaltungskonzertes . . .» Ja, der Ansager sprach hochdeutsch, aber sein Tonfall, seine Art zu sprechen, glich der Stimme, die den unerhörten «Wiis» proklamiert hatte . . .

Die Wirtin brachte den Grog, sie setzte sich zu Studer, fragte, wie es gehe, ob die Untersuchung Fortschritte mache, nach ihrer Meinung sei natürlich der Schlumpf der Verbrecher . . . Aber da seien eben noch andere daran schuld, daß solche Verbrechen in einem stillen Dorf wie Gerzenstein passieren könnten . . .

Es war gespenstisch. Die Wirtin redete und Studer hatte den Eindruck, das Gritli Wenger jodeln zu hören. Und als der Wirt auch noch dazu kam (viel jünger schien er als seine Frau, er hatte O-Beine und war, wie sich später herausstellte, Dragonerwachtmeister), ja, als der Wirt zu sprechen begann, hatte er wahr- und wahrhaftig die Stimme des Konditorkomikers Hegetschweiler.

Wo hatten die Leute ihre Stimmen gelassen? Waren sie vom

Radio vergiftet worden? Hatten die Gerzensteiner Lautsprecher eine neue Epidemie verursacht? Stimmenwechsel?
Da, da war es wieder . . .
Draußen beklagte sich einer, er habe nichts mehr zu trinken, und er sprach diese einfachen Worte in so singendem Tonfall, daß Studer meinte, den Schlager zu hören: «Ich hab' kein Auto, ich hab' kein Rittergut . . .»
Der Wachtmeister trat vorsichtig an die Verbindungstür, er hielt sich ein wenig hinter dem Pfosten versteckt und übersah den Raum.
Am Tisch, an dem er zu Mittag gegessen hatte, saßen vier Männer. Am auffälligsten war einer, der sich in die Ecke gedrückt hatte. Es war ein schwerer, dicker Mann. Ein grauer Katerschnurrbart starrte stachelig über seiner Oberlippe, das Gesicht war rot und lief nach oben spitz zu, das Kinn war in Fettfalten eingebettet. Der Kopf glühte, in die Stirne fiel eine einsame, braune Locke.
Wer der Mann dort sei, fragte Studer leise die Wirtin?
Der mit dem spitzen Gring? Das sei der Aeschbacher, der Gemeindepräsident. Studer lächelte, er mußte an den alten Ellenberger denken und an seine kurze, aber treffende Charakterisierung: eine Sau, die den Rotlauf hat . . . Es stimmte aber doch nicht ganz, dachte Studer bei sich. Der Aeschbacher hatte merkwürdige Augen, sehr, sehr merkwürdige Augen. Verschlagen, gescheit . . . Nein, ein zweitägiges Kalb war *der* nicht!
Der Gemeindepräsident hatte als Spielpartner einen Mann, der statt eines Kopfes einen hellgelben, riesigen Badeschwamm zu tragen schien. Studer sah den Mann nur von hinten, jetzt hörte er aber auch dessen Stimme:
«Ich muß leider, leider schieben . . .»
Es war die Stimme, die sich vorher beklagt hatte, es sei nichts mehr zum Trinken da, die Stimme, die wie die eines Coupletsängers klang.
«Und wer spielt mit dem Gemeindepräsidenten?» fragte Studer.
«Das ist der Lehrer Schwomm.»

«Der hat seinen Namen verdient», dachte Studer. Das blonde Haar war gekräuselt. Der Mann trug einen hohen steifen Kragen, sein dunkler Rock war sicher nach Maß gearbeitet... Studer sah noch die Hände. Die Härchen darauf schimmerten im Lampenlicht.

An einem anderen Tisch saßen vier junge Burschen – Armin Witschi war dabei und der Coiffeurgehilfe Gerber, die beiden andern waren erst halberwachsen, sie hatten noch Flaum auf den Wangen, und ihre Hosen waren zu kurz. Jetzt, da sie saßen, endeten sie in der Mitte der Waden –, auch sie spielten. Eben hatte der Lautsprecher verkündet: «Sie haben soeben als Schluß unseres Abendkonzertes gehört...» Niemand blickte auf. Die Stimme fuhr fort: «Bevor wir Ihnen nun die Wettervoraussage mitteilen, haben wir Ihnen noch eine Bekanntmachung der kantonalen Polizeidirektion zu übermitteln: Es handelt sich um den heute mittag als vermißt gemeldeten Jean Cottereau, Obergärtner in den Baumschulen Ellenberger...» Studer kannte die Mitteilung, in Bern hatten sie sich beeilt, sie durchzugeben. Nun war er neugierig, wie sie wirken würde.

«Der Mann ist zurückgekehrt. Er hat weder über seine Angreifer noch über die Ursache seiner Entführung genauere Mitteilungen machen können, jedoch ist Wachtmeister Studer, der mit den Ermittlungen über den schon gemeldeten Mordfall in Gerzenstein betraut ist, der Meinung, daß besagter Mordfall in engem Zusammenhang mit der Entführung des Obergärtners Cottereau und der Verletzung des Herrn Ellenberger steht. Personen, die Näheres über diesen Fall wissen, werden gebeten, sich auf dem Landjägerposten Gerzenstein zu melden oder der kantonalen Polizeidirektion telephonische Mitteilung über ihre Wahrnehmungen zu machen.»

Pause.

Studer war unter die Tür getreten und beobachtete die Wirkung der Worte.

Die vier jungen Burschen schienen erstarrt. Auf dem Jaßdeckli lag der letzte Stich, fast in der Mitte, vier Karten übereinander, aber keine Hand regte sich, um den Stich zu kehren. Die Kartenfächer hielten sie gegen die Brust gepreßt.

Am Tisch des Gemeindepräsidenten schien niemand weiter erschüttert. Das Spiel war eben frisch gegeben worden. Aeschbacher hielt sein Kartenpäckli in der Hand, die andere Hand stützte den riesigen roten Kopf. Der Mund war leicht verzogen, der Schnurrbart sträubte sich. Der Lautsprecher fuhr fort:

«Wahrscheinlich wird die zuständige Staatsanwaltschaft eine Be . . .»

Aeschbacher winkte und sagte mit der Stimme, die große Ähnlichkeit mit der des Ansagers hatte:

«Ich habe genug von dem Geschnörr, abstellen!»

Nur auf diesen Befehl schien die Saaltochter gewartet zu haben. Ein Knacken. Stille.

Die Holztische schimmerten hell, frisch gescheuert, die Spieldecken zeichneten schwarze Rechtecke darauf. Auf den Literkaraffen spiegelte sich der gelbe Schein der zwei Deckenlampen. Deutlich hörte Studer das Anstreichen eines Zündholzes an der gerillten Fläche des porzellanenen Aschenbechers. Gemeindepräsident Aeschbacher zündete seinen erloschenen Stumpen an, dann sagte er laut in die Stille:

«Bringet den Burschen dort einen Liter Roten auf meine Rechnung . . .»

Murmeln am Tisch Armin Witschis:

«Merci, Herr Gemeindepräsident, dank au . . .»

Dann begann sich die Gruppe wieder zu bewegen. Auch das war ein wenig gespenstisch. Es sah aus, als werde bei Automaten ein Schalter gedreht. Sie begannen plötzlich die gewohnten Bewegungen, die Kartenfächer hoben sich vor die Augen, die Karten fielen auf den Tisch.

Aufgereckt an seinem Platz saß Aeschbacher. Immer noch hielt er das Kartenpäckli in der Hand. Sein Blick war starr auf die Gruppe der spielenden Burschen gerichtet, so, als ob er sie zwingen wolle, in seine Richtung zu blicken. Aber die Burschen waren ins Spiel vertieft. Die Saaltochter trat zu

ihnen, sie drückte sich zärtlich an Armin Witschi, während sie langsam den Liter Rotwein auf den Tisch stellte. Das schien Armin zu stören, er wandte sich brüsk um – und da bemerkte er Aeschbachers Starren. Der Gemeindepräsident winkte mit dem Kartenpäckli. Armin stand gehorsam auf, trat an den Tisch der Herren. Der Gemeindepräsident flüsterte Armin eifrige Worte zu. Und da bemerkte Studer plötzlich, daß ihn Aeschbachers Augen nicht losließen. Der Wachtmeister stand allein in der Tür, die Wirtin war fortgegangen, er sah deutlich den Wink, mit dem Aeschbacher den Armin Witschi auf ihn aufmerksam machte. Nun schielte auch Armin zum Wachtmeister. Studer fühlte sich unbehaglich, am liebsten hätte er jetzt seinen Grog getrunken, der wurde sicher kalt . . . Aber er wollte noch das Ende der Pantomime betrachten.
Aber es geschah nichts mehr.
«Aeschbacher, du machst Trumpf», sagte der Mann, der einen Schwamm statt eines Kopfes zu tragen schien, der Mann, dem ein Couplet im Halse sang, der Lehrer Schwomm . . .
«Ja, ja», sagte der Präsident ärgerlich. Aeschbacher winkte Armin, er könne nun gehen. Mit einem einzigen Griff breitete er das Kartenpäckli fächerförmig auseinander: «Geschoben!» schnauzte er. Und zur Saaltochter:
«Berti, mach' Tür zu, es zieht . . .»
Studer kehrte zu seinem Grog zurück. Die Verbindungstür fiel zu.

Im kleinen Zimmer zog sich Studer aus. Dann trat er, im Pyjama, ans offene Fenster und blickte über das stille Land. Der Mond war sehr weiß, manchmal zogen Wolken vor ihm vorbei, das Roggenfeld war merkwürdig bläulich . . .
Und der Wachtmeister erinnerte sich an einen guten Bekannten, mit dem er einmal in Paris zusammengearbeitet hatte. Madelin hieß er und war Divisionskommissär bei der Police judiciaire gewesen. Ein magerer, gemütlicher Mann, der unglaubliche Mengen Weißwein vertilgen konnte, ohne

betrunken zu werden. Als Extrakt seiner zwanzigjährigen Diensterfahrung hatte er Studer einmal folgendes gesagt:
«Studer (er sagte ,Stüdère'), glaub mir: Lieber zehn Mordfälle in der Stadt als einer auf dem Land. Auf dem Land, in einem Dorf, da hängen die Leute wie die Kletten aneinander, jeder hat etwas zu verbergen ... Du erfährst nichts, gar nichts. Während in der Stadt ... Mein Gott, ja, es ist gefährlicher, aber du kennst die Burschen gleich, sie schwatzen, sie verschwatzen sich ... Aber auf dem Land! ... Gott behüte uns vor Mordfällen auf dem Land ...»
Studer seufzte. Der Kommissär Madelin hatte recht.
Und dunkel bohrte in ihm noch der Vorwurf, daß er es unterlassen hatte, den Browning mit der nötigen Vorsicht zu behandeln. Vielleicht hätte man doch Fingerabdrücke darauf feststellen können? Aber was hätte das genützt? Er konnte doch nicht den Lehrer Schwomm oder gar den Gemeindepräsidenten Aeschbacher mit einem Tintenkissen und Formularen besuchen und sie freundlichst bitten, doch die Güte zu haben und ihre werten Fingerspitzen auf diesen amtlichen Papieren zu verewigen ... Gewiß, es gab ja andere Methoden, sich Fingerabdrücke zu verschaffen: Zigarettendosen — aber Studer rauchte keine Zigaretten, und dann waren diese Methoden alle so kompliziert. In Büchern machten sie sich gut, in Spionagebureaux schien man manchmal Erfolg mit ihnen zu haben ... aber in der Wirklichkeit? ... Studer nieste und ging ins Bett ...
— — — Er saß in einem riesigen Hörsaal, eingezwängt in eine schmale Bank. Der Deckel des Pultes vor ihm drückte ihn schmerzhaft auf den Magen, er konnte die Beine nicht strecken. Die Luft im Raum war stickig, er konnte nicht recht atmen. Vor einer schwarzen Wandtafel ging ein Mann in weißem Mantel rastlos auf und ab. Er sprach. Und auf die Wandtafel war mit Kreide ein riesiger Daumenabdruck gezeichnet. Die Linien darin bildeten verrückte Muster, Schleifen, Spiralen, Berge, Täler, Wellen. Gerade Striche waren von den einzelnen Linien aus gezogen, ragten über den Ab-

druck hinaus und trugen an ihrem Ende Nummern. Und der Mann, der vor der Tafel hin und her lief, zeigte auf die Nummern und dozierte: «Von der Wiege bis zum Grabe bleiben die Kapillaren identisch, merken Sie sich das, meine Herren, und wenn zwölf Punkte übereinstimmen, so haben Sie den mathematischen Beweis. Dies ist der Daumen, meine Herren, der Daumenabdruck eines Mannes, der durch die Unachtsamkeit eines Beamten verlorengegangen ist und den ich nach meiner neuen Methode des fernen Wellensehens zur restitutio ad integrum gebracht habe. Der Schuldige sitzt zwischen Ihnen, ich will ihn nicht nennen, denn er ist gestraft genug. Er wird in Pension gehen müssen und in seinem Lebensalter verhungern, denn er hat pflichtvergessen gehandelt. Denn dieser Daumen, meine Herren und Damen . . .» In der ersten Bankreihe saß Sonja Witschi, sie trug ein weißes Kleid und blickte mit Verachtung auf Studer. Das schmerzte Studer sehr. Am meisten aber tat ihm weh, daß der Gemeindepräsident Aeschbacher neben Sonja saß und seinen Arm um die Schultern des Mädchens gelegt hatte. Studer wollte sich unter der Bank verstecken, er fühlte, daß die Blicke aller Zuhörer auf ihn gerichtet waren, er konnte nicht, die Bank war zu eng . . . Da stand plötzlich in der Tür des Saales der Polizeihauptmann und sagte laut: «Hast dich wieder blamiert, Studer? Komm her, komm sofort her . . .» Studer zwängte sich aus der Bank, Sonja und Aeschbacher lachten ihn aus, der Herr im weißen Mantel war plötzlich der Lehrer Schwomm, und er sang: «Das ist die Liebe, die dumme Liebe . . .» Aeschbacher hatte noch immer seinen Daumen aufgereckt, der wuchs und wuchs, schließlich war er so groß wie die Zeichnung auf der Tafel . . . «Poroskopie», rief der Lehrer Schwomm im Arztkittel, «Daktyloskopie!» schrie er. Und am Fenster stand der Kommissär Madelin, sah böse drein und fluchte: «Haben Sie Locard vergessen, Stüdère, fünfzehn und sechs und sechs und elf Punkte, das war zur Überführung genügend im Falle Desvignes. Und im Falle Witschi? . . . Alles vergessen, Stüdère? Schämen Sie sich.» Der Polizeihauptmann aber zog

ein Paar Handschellen aus der Tasche und fesselte Studer. Dazu sagte er: «Aber ich zahl' dir keinen Halben Roten im Bahnhofbuffet. Ich nicht!» Studer weinte, er weinte wie ein kleines Kind, die Nase stach ihm, er zottelte hinter dem Polizeihauptmann her. Auf dem Rücken des Mannes, ganz nah vor Studers Augen, hing eine weiße Tafel. Darauf war wieder der Daumenabdruck. Und darunter stand in dicker Rundschrift: «Keine Tannennadeln, aber ein verlorengegangener Abdruck . . .» Dann saß Studer in einer Zelle, zwei Betten waren darin. Auf dem einen lag der Schlumpf, eine blaue Zunge hing ihm aus dem Mund. Auch er hielt den Daumen der Rechten aufgereckt und blinzelte mit den Lidern. Er erhob sich, immer noch hing die Zunge aus seinem Mund, er schritt auf Studer zu, stand vor ihm und wollte ihm den Daumen ins Auge stoßen. Studer war gefesselt, er konnte sich nicht wehren, er schrie . . . — — —
Der Mond schien ihm in die Augen. Sein Pyjama war feucht, er hatte ausgiebig geschwitzt. Lange blieb er wach liegen. Der Traum wollte sich nicht verscheuchen lassen, und Studer hatte Angst, wieder einzuschlafen. Es war nicht der Daumen, der riesige Daumenabdruck, der ihn beschäftigte. Merkwürdigerweise wurde er das andere Bild nicht los, das er im Traume gesehen hatte: Aeschbacher, der seinen Arm um Sonjas Schultern gelegt hatte und ihn auslachte . . .
Es war still draußen. Gerzensteins Lautsprecher schwiegen.

The Convict Band

Der alte Ellenberger sah mit seinem weißen Verband rund um den Kopf einem Varietéfakir ähnlich, der seinen Vorstellungssmoking versetzt hat und nun in einem geliehenen Anzug spazieren gehen muß. Er spazierte zwar nicht, er saß einsam und still an einem der vielen runden Eisentischchen, die mit ihren roten Decken aussahen wie Fliegenpilze in der Phantasie eines expressionistischen Malers . . .

Das Wetter war heiter, warm, und es schien sogar beständig. Die Kastanienbäume im Garten des «Bären» trugen steife rote Pyramiden an ihren Ästen, und ihre Blüten fielen auf die Tische wie roter Schnee.

Der Garten war groß; hinten, wo er durch einen Zaun abgeschlossen war, war eine Estrade aufgerichtet worden. Zwei Paare tanzten darauf. Fast an den Zaun geklebt spielte die Musik. Handharfe, Klarinette, Baßgeige. Als der Wachtmeister den Garten durchschritt, um den alten Ellenberger zu begrüßen, nickte er der Musik zu. Die drei nickten zurück, erfreut, schien es. Der Handharfenspieler lächelte, nahm einen Augenblick die Hand von den Bässen und winkte. Es war Schreier.

Der Schreier, den Studer vor drei Jahren bei seiner Wirtin verhaftet hatte ... Der Baßgeigenspieler schwenkte den Bogen – auch ein Bekannter, Spezialität Mansardendiebstähle, seit zwei Jahren hatte man auf der Polizei nichts mehr von ihm gehört ...

Studer setzte sich an des alten Ellenbergers Tisch.

Begrüßung ... – Wie geht's ... – Schönes Wetter ...

Dann fragte der Ellenberger:

«Sind die Äpfel schon reif, Wachtmeister?» und grinste mit seinem zahnlosen Mund.

«Nein», sagte Studer.

Das Bier war frisch. Studer nahm einen langen Zug. Die Musik spielte einen Tango.

«Zürcher Strandbadleben ...», sagte der Alte mit der Miene eines Musikkenners. Er schnalzte dabei mit der Zunge. Die Beine hatte er von sich gestreckt. Schwarzseidene Socken und braune Halbschuhe ...

«A la vôtre, commissaire ...», sagte der alte Ellenberger. Dann erkundigte er sich, ob der Wachtmeister auch französisch spreche.

Studer nickte. Er sah dem Alten ins Gesicht – dies Gesicht hatte sich merkwürdig verändert. Die Züge waren noch die gleichen, aber der Ausdruck war ein anderer. So, als ob ein Schauspieler, der täuschend die Rolle eines alten Bauern ge-

spielt hat, nun seine Verstellung plötzlich aufgeben würde. Aber hinter der Maske kam eben nicht ein Schauspielergesicht zum Vorschein, sondern vor Studer saß ein nachdenklicher alter Herr, der das Französische fließend sprach, ohne Akzent, und seine Rede mit zarten Handbewegungen begleitete. Die Haut seiner Hand war mit Tupfen übersät, die in der Farbe an dürres Buchenlaub erinnerten.
Über seine Vorliebe für entlassene Sträflinge müsse sich der Kommissär nicht wundern, führte er aus, immer noch in französischer Sprache. Er habe sein Vermögen in den Kolonien verdient, und da habe er als Arbeitskräfte immer Sträflinge zugewiesen bekommen. Er sei mit dem Residenten gut befreundet gewesen ... Aber man sei eben dumm. Er habe auf das Alter hin Heimweh bekommen nach der Schweiz und habe sich in diesem Gerzenstein angekauft ... Eigentlich, sagte er, sei diese Baumschule, die er eröffnet habe, ein Luxus. Zu verdienen brauche er ja nichts mehr, sein Geld sei sicher angelegt, so sicher, als es in einer unsicheren Zeit, wie der jetzigen, möglich sei.
Studer hörte dem Reden des alten Mannes nur unaufmerksam zu. Er war damit beschäftigt, den alten Ellenberger, der in seiner Erinnerung lebte, mit dem Manne zu vergleichen, der vor ihm saß. Schon am Freitagabend, im Café, am runden Tischchen vor dem Fenster, das auf einen giftig-grauen Abend ging, hatte er dem Baumschulenbesitzer gegenüber ein merkwürdig unsicheres Gefühl gehabt. Es hatte ihm damals geschienen, als sei alles an dem alten Manne falsch. Alles? Nicht ganz. Das Gefühl, das Ellenberger für den Schlumpf zu empfinden schien, war echt, sicher ...
Aber was bezweckte der Ellenberger heute? Warum gab er sich so anders? Studer schüttelte unmerklich den Kopf. Ihm schien es, als sei auch das heutige Gesicht des alten Ellenberger noch nicht das echte. Oder hatte der Mann gar kein wirkliches Gesicht? War er etwas wie ein verfehlter Hochstapler? Man wurde aus ihm nicht klug.
Zwei Burschen und ein Mädchen nahmen in der Nähe Platz. Sonja Witschi grüßte mit einem leichten Nicken. Die beiden

Burschen tuschelten miteinander, grinsten, schielten auf Studer, tauschten Bemerkungen aus. Als die Kellnerin das Bier brachte, legte Armin Witschi herausfordernd den Arm um ihre Hüften. Die Kellnerin blieb eine Weile stehen, sie wurde langsam rot, ihr müdes Gesicht sah rührend freudig aus ... Aber sie wurde gerufen. Sanft machte sie sich los ... Armin Witschi fuhr mit der flachen Hand über seine Haare, die sich in Dauerwellen über der niederen Stirn aufschichteten. Der kleine Finger war abgespreizt ...

«Un maquereau ...», sagte Studer leise vor sich hin; es klang nicht verurteilend, eher gütig-feststellend.

«Mein Gott, ja ...», antwortete der alte Ellenberger und grinste mit seinem zahnlosen Mund. «Sie sind gar nicht so rar, wie man meinen könnte ...»

Armin sah böse zu den beiden. Die Worte hatte er sicher nicht verstanden, aber er hatte wohl gefühlt, daß von ihm die Rede war.

Der andere Bursche am Tische Armins war der Coiffeurgehilfe Gerber. Er trug weite graue Flanellhosen, dazu ein blaues Polohemd ohne Krawatte. Seine Arme waren sehr mager ...

Er stand auf, verbeugte sich vor Sonja. Die beiden stiegen auf den Tanzboden. Schreier, der Handharfenspieler, griff daneben, als er die beiden Tanzenden sah, Studer schaute auf ... Da sah er, daß die Blicke der drei Musikanten auf ihn gerichtet waren ... Er nickte hinüber und wußte selbst nicht, warum er so aufmunternd nickte ...

Die drei trugen einfarbige Kostüme: senffarbige Leinenhosen, senffarbige Pullover ohne Ärmel, und auch die Hemden waren gelb wie Senf.

Der alte Ellenberger schien Studers Gedankengang zu erraten, denn er sagte:

«Ich habe ihnen das Kostüm geschenkt ... Entworfen hab' ich's auch ... Es hat mich gereizt, die guten Bürger hier im Dorf ein wenig zu entsetzen ... Mein Gott, wenn man sonst keinen Spaß hat ...»

Studer nickte. Es war ihm immer weniger ums Reden zu tun.

Er hatte seinen Stuhl zurückgeschoben und saß nun da, in seiner Lieblingsstellung, die Beine gespreizt, die Unterarme auf den Schenkeln, die Hände gefaltet. Vor ihm lag der Garten, durch das dichte Laub brachen da und dort Sonnenstrahlen und malten weiße Tupfen auf den grauen Kies. Wenn die Musik schwieg, zitterte über dem Stimmengesumm das Zwitschern unsichtbarer Vögel in den Baumkronen . . .

Es war ihm nicht recht wohl, dem Wachtmeister Studer . . . Es war im Anfang zu gut gegangen – und sonderbarerweise bedrückte ihn am meisten der Traum der vergangenen Nacht. Am Morgen hatte er die Pistole untersucht. Es war ein billiges Modell, er erinnerte sich dunkel, es in Bern in einer Auslage gesehen zu haben . . . Zwölf oder fünfzehn Franken? Vom Landjägerposten aus hatte Studer gestern telephoniert, die Nummer angegeben und gebeten, man möge sich bei den Waffenhändlern erkundigen . . . Es war fast aussichtslos, sicher, den Käufer festzustellen . . . Aber vielleicht gelang es zu beweisen, daß es dem Schlumpf unmöglich gewesen war, den Browning zu kaufen . . .

Jemand war vor ihm stehen geblieben. Er sah zuerst nur zwei schwarze Hosenbeine, die an den Knien stark ausgebeult waren. Dann wanderte sein Blick langsam aufwärts: ein riesiger Bauch, über den sich ein breiter Stoffgürtel spannte, ein Umlegkragen und der schwarze Knoten einer Krawatte; endlich, eingebettet in Fettwülste, das Gesicht des Gemeindepräsidenten Aeschbacher . . .

Und Studer dachte an seinen Traum . . .

Aber Aeschbacher war die Freundlichkeit selbst. Er grüßte höflich, fragte, ob es erlaubt sei, Platz zu nehmen, er schüttelte Studer herzlich die Hand und nahm dann keuchend Platz . . . Die Kellnerin brachte unaufgefordert ein großes Helles, das Bier verschwand in Aeschbachers Innerem, nur ein wenig Schaum blieb am Boden des Glases kleben . . .

«Noch eins . . .», sagte der Gemeindepräsident und keuchte. Er tätschelte den Arm des alten Ellenberger, der Laute von sich gab, ähnlich denen eines Katers, der nicht weiß, ob er

behaglich schnurren soll oder spuckend auf den Störenfried losfahren.
Aeschbacher rettete die Situation, indem er sich erkundigte, ob man nicht einen «Zuger» machen wolle ...
Die Kellnerin, die das zweite Bier gebracht hatte, flitzte davon, kam mit dem Jaßdeckeli zurück, breitete es aus, legte die gespitzte Kreide auf die sauber geputzte Tafel und verzog sich wieder: drei leere Biergläser nahm sie mit ...
«Drei Rappen der Punkt?» schlug Aeschbacher vor.
Der alte Ellenberger schüttelte den Kopf. Die Maske des weitgereisten Herrn, der ohne Akzent französisch spricht, hatte der andern Platz gemacht. Es war der alte Bauer, der jetzt wieder am Tische saß, und es war auch der alte Bauer, der mit unangenehm krächzender Stimme sagte:
«Drei Rappen sind zu wenig. Unter zehn Rappen spiel' ich nicht mit ...»
Studer wurde es noch unbehaglicher. Der «Zuger» war ein verdammt gefährlicher Jaß. Wenn man Pech hatte, konnte man ohne viel Mühe fünfzehn Franken verlieren ... Und fünfzehn Franken waren eine Summe! ... Es ging nicht gut an, Spielverluste auf die Spesenrechnung zu setzen. Aber dann interessierte ihn wieder das Verhalten seiner beiden Partner beim Spiel so stark, daß er schließlich nickte. Aeschbacher zog die Tafel zu sich heran, zeichnete mit der Kreide auf den oberen Holzrand drei Buchstaben: S. E. A. Dann begann er die Karten zu mischen und auszuteilen. Der alte Ellenberger hatte eine Stahlbrille aus der Rocktasche gezogen und sie auf seine Nase gesetzt ...
Beim ersten Spiel konnte Studer hundertfünfzig weisen. Er atmete auf.
«Wachtmeister», sagte der Gemeindepräsident und kratzte mit dem Fingernagel in seinem Katerschnurrbart, «Ihr geht, hab' ich gehört, bald in Pension? ...»
Studer sagte: «Ja.»
«So», mit einem einzigen Griff breitete Aeschbacher die Karten fächerförmig aus, hielt sie vor die Nase und:
«Ich hätte für Sie ... Ich hätte für Sie eine interessante Be-

schäftigung. Ein Freund von mir», fuhr er vertraulich fort, «hat ein Auskunftsbureau aufgetan und sucht einen tüchtigen Mann, der Sprachen beherrscht, der etwas Verstand im Kopf hat, der Untersuchungen selbständig führen könnte. Eintritt so bald wie möglich. Daß man Sie von der Polizeidirektion ohne weiteres gehen läßt, dafür will ich schon sorgen. Ich habe meine Beziehungen. Einverstanden? Ich telephoniere dann morgen . . .»
— Studer solle sich von dem Schlangenfanger nicht einlieren lassen, meinte der alte Ellenberger. Der Schlangenfanger verspreche immer den Mond, aber wenn man näher hinsehe, sei es nicht einmal ein Weggli.
Aeschbacher blickte böse auf.
— Ellenberger solle so gut sein und die Klappe halten, es gebe sonst Durchzug, meinte er gehässig. — Dann solle der Herr Gemeindepräsident seine Vorschläge machen, wenn er mit dem Studer unter vier Augen sei. Wenn er sie öffentlich mache, so sei es nur recht und billig, wenn auch er seine Meinung sage.
Studer mischte die Karten.
Am Tisch nebenan war Armin Witschi aufgestanden, hatte die Kellnerin um die Taille gefaßt und zog die sich Sträubende zum Tanzboden. Auch der Coiffeurgehilfe mit den roten Lippen war aufgestanden, hatte Sonjas Arm genommen. Sonja schien nicht gern mitzugehen . . .
Studer starrte auf die beiden Paare, wie sie auf dem erhöhten Podium eng aneinandergeschmiegt tanzten. Sonja hatte ihre Hand gegen die Schulter des Coiffeurgehilfen gestemmt, um ein wenig Abstand zu halten. Die Musik spielte und Schreier sang den Refrain mit:
«Grüezi, Grüezi, so sagt man in der Schweiz . . .»
«Allez! allez!» sagte Aeschbacher ungeduldig. «Spiel geben!» Aber auch er drehte sich um und beobachtete die Tanzenden.
«Ja, ja, die Sonja», er nickte. «Ein gutes Meitschi!»
— Der Aeschbacher müsse das ja besser wissen als andere, meinte Ellenberger leise, dann ließ er wieder ein dröhnendes

Lachen hören, das so gar nicht zu seinem mageren Körper paßte . . .
In der Tür, die vom Haus in den Garten führte, erschien die Wirtin, sah sich suchend um, entdeckte den Tisch der drei und kam auf ihn zu.
«Herr Gemeindepräsident», sagte sie mit der Stimme des jodelnden Gritli Wenger, «Ihr werdet am Telephon verlangt.»
«So», sagte Aeschbacher. Vielleicht erhalte er Nachricht von seinem verschwundenen Auto.
Studer wurde aufmerksam.
– Wann denn das Auto fortgekommen sei? erkundigte er sich. – Gestern abend, war die Antwort. Er habe es hier vor dem «Bären» stehen lassen, aber wie er dann um Mitternacht habe heimwollen, sei es fortgewesen. Er habe vergessen, es abzuschließen.
Studer fluchte innerlich. Nicht einmal auf den Murmann war Verlaß. Warum hatte der Landjäger ihm das nicht erzählt?
– Er komme gleich wieder zurück, sagte Aeschbacher und ging mit der Wirtin. Seinen dicken Bauch trug er vor sich her wie ein Hausierer das Brett, auf dem er seine Waren ausgelegt hat.
Der alte Ellenberger war plötzlich wieder der sehr vornehme Freund des Residenten, er redete sein gepflegtes Französisch und gab Studer zu verstehen, er müsse sich vor dem Gemeindepräsidenten in acht nehmen.
Studer erwiderte, er habe gemeint, der Aeschbacher sei dümmer als ein zweitägiges Kalb?
Das sei nur eine Redensart gewesen, meinte Ellenberger und ließ die Karten in einer Kaskade auf den Tisch sprühen. Er sei nicht dumm, der Aeschbacher, oh nein . . . Es würde ihn, Ellenberger, gar nicht wundern, wenn auch der Diebstahl des Autos nichts weiter sei als ein Trick. Da kam aber der Gemeindepräsident schon zurück. Ein unangenehm höhnisches Lächeln zog seinen Katerschnurrbart schief.
«In Thun haben sie den Mann erwischt», sagte er. «Ich muß

es holen gehen. Aber Ihr sollt ans Telephon kommen, Wachtmeister, der Untersuchungsrichter will mit Euch reden . . .»
«Heut? Am Sonntag?»
«Ja . . . Dann könnt Ihr heut abend nach Bern zurückfahren. Der Fall ist erledigt . . .»
«Hä?» sagte der alte Ellenberger.
Aber Aeschbacher drückte seinen breitrandigen Filzhut auf den Kopf, grüßte: «Lebet wohl!» und verließ den Garten.

Der Untersuchungsrichter war wirklich am Telephon.
Seine ersten Worte waren:
«Der Schlumpf hat also gestanden, Wachtmeister . . .»
«Gestanden?» brüllte Studer ins Telephon. Er begann richtig wild zu werden. Es kam auch wirklich zu viel zusammen: Der Traum der vorigen Nacht, der Revolver, die leeren Hülsen in der Vase auf dem Klavier, das Angebot des Gemeindepräsidenten, die Spannung zwischen Ellenberger und Aeschbacher, Sonja Witschi, besonders die Sonja, die mit dem Coiffeurgehilfen tanzte – und dann, vor allem, die Antwort des Landjägers Murmann auf die Frage, ob er den Schlumpf für schuldig halte: «Chabis», hatte der Murmann gesagt . . . und nun flötete der Untersuchungsrichter ins Telephon:
«Der Schlumpf hat also gestanden, Wachtmeister . . .»
«Wann?» fragte Studer böse zurück.
«Heute nach dem Mittagessen, um halb eins, wenn Sie die genaue Zeit interessiert . . .» Auch noch Ironie! Das war zuviel für den Wachtmeister Studer!
«Gut», er sprach ganz leise. «Ich werde morgen früh nach Thun kommen, Herr Untersuchungsrichter.»
«Halten Sie das für opportun?» fragte die Stimme.
Das Wort «opportun» schlug dem Faß den Boden aus. Konnte der Mann nicht deutsch sprechen? Konnte er nicht sagen, wenigstens, ob man es für «gegeben» erachte? Nein, ausgerechnet «opportun»!
«Ja», krächzte Studer, «sogar für notwendig!»
Räuspern am andern Ende des Drahtes.
«Ich meinte nur», sagte der Untersuchungsrichter versöhn-

lich. «Nämlich, ich habe auch mit dem Herrn Staatsanwalt gesprochen, und der meinte auch, eine weitere Untersuchung des Falles erübrige sich. Wir wollten Ihre Abberufung veranlassen ...»
Weiter kam der Untersuchungsrichter nicht.
«Bitte», Studer sprach sein schönstes Hochdeutsch. «Das können Sie ruhig tun. Ich würde Ihnen aber dennoch raten, sich in der Fachliteratur über Geständnisse zu orientieren. Es gibt nämlich diverse Geständnisse ... Übrigens können Sie mich abberufen lassen, wenn es Ihnen Freude macht. Ich habe nämlich daran gedacht, Ferien zu nehmen. Und Gerzenstein gefällt mir ausnehmend. Die Luft ist so gesund ... Vielleicht laß ich meine Frau nachkommen. Wann haben Sie den Autodieb erwischt?»
«Hämhäm», sagte der Untersuchungsrichter. «Den Autodieb? Heut morgen hat ihn ein Polizist angehalten. Ein Vorbestrafter ...»
«Hat er mit Schlumpf gesprochen?»
«Ja ... doch ... ich glaube. Wir haben ihn in die gleiche Zelle gelegt ...»
«Was Sie nicht sagen! Also auf Wiedersehen, Herr Untersuchungsrichter! Auf morgen! Ich bringe vielleicht noch einen wichtigen Zeugen mit ...» Und Studer hängte den Hörer in die Gabel.

Es tanzte niemand mehr. Die Tische waren alle besetzt. Die Kellnerin lief mit Tellern herum, auf denen schlanke Emmentaler-, feiste, fetttropfende Kümmiwürste oder mattschimmernde Cervelats lagen. Vielbegehrt waren die Gläser mit dem hellgelben Senf. Wein erschien auf den Tischen, Flaschenwein. Armin Witschi hatte eine Flasche Neuenburger bestellt. Sonja nippte nur an ihrem Glas. Sie sah verschüchtert und ängstlich aus.
Die drei Mann der «Convict Band» in ihren scharfgelben Uniformen – und aus den kurzen Ärmeln kamen die Arme hervor, sehnig und braun – auch die Gesichter waren braun gegerbt – saßen um einen Tisch, den man ganz nahe an des

alten Ellenbergers Tisch gerückt hatte. Aber Ellenberger thronte allein und steif auf seinem Platz – vor den Burschen standen zwei Flaschen Wein und eine große Platte Schinken.

Studer schritt durch die Reihen der Vespernden, flüchtig bemerkte er, daß Armin Witschi ein höhnisches Lächeln aufgesetzt hatte – Sonja hatte die Wange gegen ihren Handrücken gelegt und starrte ins Leere, ihr Glas war noch voll, unberührt lag die saftschwitzende Kümmiwurst auf ihrem Teller.

Und der Wachtmeister nahm wieder neben dem alten Ellenberger Platz. «The Convict Band» trank einmütig dem Wachtmeister zu. Ein leeres Glas stand plötzlich vor ihm – da erhob sich der Schreier, hielt die Flasche in der Hand und füllte das Glas ...

«In fünf Minuten vor der Post, Wachtmeister», flüsterte der Bursche. «Ich muß Euch etwas zeigen ...»

Studer schielte auf Ellenberger, der nichts gehört zu haben schien, nickte Schreier unmerklich zu – was hatte das wieder zu bedeuten? Was wußte der Bursche? – stieß mit den dreien an, dem Buchegger, einem hagern Menschen mit einem unregelmäßigen Gesicht und schaufelförmigen Zähnen, dem Bertel, dessen Familienname er vergessen hatte, aber an den er sich dunkel erinnerte – hatte er den Burschen auch einmal geschnappt? Jetzt spielte er Baßgeige und hatte sich rangiert, scheinbar ...

Laut sagte der Wachtmeister:

«Ich trinke auf das Wohl der Musik!» und leerte sein Glas. Ein dummes Sprichwort fiel ihm ein: «Wein auf Bier, das rat ich dir, Bier auf Wein, das lasse sein ...» Er wurde die Worte nicht los, sagte sie laut, pflichtschuldigst lachten die drei, aber als das Lachen verklungen war, verkündigte Studer leise:

«Der Schlumpf hat gestanden!»

Es war merkwürdig, die Reaktion der vier am Tisch zu beobachten. Der alte Ellenberger räusperte sich und sagte ebenso leise:

«Vous n'y comprendrez jamais rien, commissaire ...» (er werde nie etwas von der Sache verstehen ...)
Der Bertel fuhr auf – er sah aus wie ein schlaues Äffchen – und schmetterte einen Fluch hervor, in dem viel vom Heiland und von Millionen Sternen die Rede war.
Buchegger, der magere Bär, sagte nur ein Wort:
«Idiot!»
Schreier aber fuhr sich durch das lange schwarze Haar, wandte das Gesicht ein wenig zur Seite, so daß die drei, die am andern Tisch, in etwa zwei Meter Entfernung saßen, es deutlich verstehen mußten:
«So, so, hat das Schlumpfli gestanden!» und deutete dem Wachtmeister mit einem leisen Ruck des Kopfes an, er möge die Sonja, ihren Bruder und den Coiffeurgehilfen beobachten. Und wirklich war die Wirkung auf *diesen* Tisch noch merkwürdiger.
Sonja fuhr zusammen, ihre Hand ballte sich zur Faust, sie setzte sich gerade und starrte ihren Bruder haßerfüllt an. Sie fragte ihn leise etwas. Armin zuckte mit den Schultern. Der Coiffeurgehilfe Gerber war blaß geworden, seine ohnehin käsige Gesichtsfarbe wurde grünlich, er tätschelte beruhigend Sonjas Arm, so, als wolle er andeuten, das Meitschi möge sich nicht aufregen, wenn der Schlumpf verloren sei, so sei *er* immerhin noch da ... Dann wurde Sonjas Ausdruck ängstlich, sie wollte aufstehen, ihr Bruder und Gerber zogen sie auf den Stuhl zurück, drückten ihr das Glas in die Hand. Sonja trank. Sie zog ihr Schnupftuch aus der Handtasche, wischte sich die Augen, blickte in Studers Richtung – ihre Blicke begegneten sich, Studer hob leicht die Hand in einer beschwichtigenden Gebärde – da lächelte Sonja plötzlich voll Vertrauen, und Studer wußte, daß er auf die Hilfe des Mädchens irgend einmal würde zählen können.
«Ich werd' wahrscheinlich den Schlumpf fallen lassen ...», sagte Studer laut, stand auf, grüßte in der Runde und verließ mit großen Schritten den Garten.
Nach fünf Minuten holte ihn Schreier ein. Er hatte seine Uniform abgelegt und trug einen einfachen Anzug.

«Ich kenn' den Schlumpf gut», sagte Schreier und paßte seinen Schritt dem des Wachtmeisters an. «Und ich hab' ihm von Anfang an gesagt, wie er zum Ellenberger gekommen ist: ,Paß auf', hab ich ihm gesagt, ,nur keine Weibergeschichten, das kommt immer schlecht heraus. Eine Kellnerin, das macht nichts. Aber nur kein Meitschi vom Dorf.' Hab' ich nicht recht, Wachtmeister?»
Studer brummte, seufzte. Die Vorbestraften hatten es nicht leicht, wenn sie wieder draußen Arbeit gefunden hatten. Es brauchte sie nur einer wieder zu erkennen, ihnen «Zuchthäusler» nachzurufen – was sollten sie dann machen? Klagen? Man brauchte ja nicht einmal das Wort zu brauchen, das Wort, das als ärgste Beleidigung galt, einfach durch das Verhalten zu ihnen konnte man die Verachtung zeigen, die man für sie empfand. Im Grunde waren es ja meistens gar keine schlechten Teufel . . . Wie Studer damals den Schreier arretiert hatte, mit was war der Bursche beschäftigt? Er half der Frau, bei der er wohnte, Bohnen rüsten . . . Na, ja . . .
«Was willst du mir zeigen?» fragte Studer.
«Das werdet Ihr sehen, Wachtmeister. Der Witschi hat nämlich Selbstmord begangen . . .»
Wieder diese Behauptung! Murmann war der gleichen Meinung . . . Selbstmord! . . . Aber Herrgott noch einmal! Der Witschi hatte doch nicht hexen können! . . .
Er hatte wohl lange Arme gehabt, der Witschi. Aber angenommen, er hätte den Revolver hinter das rechte Ohr halten und den Schuß in dieser Stellung abgeben können, dann blieb dennoch *eine* unerklärliche Tatsache: der Mangel an Pulverspuren. Eine leichtere Ladung? Unwahrscheinlich. Wie dann? Angenommen, der Witschi hätte die Courage gehabt – dann war jemand nach dem Selbstmord gekommen, um den Browning zu holen. Den Browning, der dann unter dem Packpapier in der Küche der Frau Hofmann versteckt worden war. Von wem? Wer hatte den Revolver geholt? Eine abgekartete Sache?

«Wie bist du auf den Gedanken gekommen, daß der Witschi sich selbst erschossen hat?»
«Das will ich Euch gerade zeigen . . .»
Auf der Straße heulten Autos. Motorräder knatterten gehässig. Man spürte den Sonntag. Verlassen sahen die Häuser aus, aber sie waren nicht stumm, nicht einmal heute. Ein Krächzen hier, ein Summen dort, manchmal ein Melodiefetzen . . .
Die Lautsprecher Gerzensteins spielten mit den atmosphärischen Störungen, es war niemand da, der sie beaufsichtigte . . . So trieben sie Schabernack, für sich allein, um die Langeweile des einsamen Nachmittags zu würzen . . . In der Woche gab es so viel zu tun für sie. Sie sangen, sie spielten, sie sprachen. Professoren, Bundesräte, Pfarrer, Psychologen – gehorsam blökten die Lautsprecher die Worte nach, die irgendein bedeutender Herr von seinem Manuskripte ablas – und die Worte drangen in die Ohren der Gerzensteiner, durchweichten die Köpfe . . . Sie wirkten wie ein Landregen auf Moorland . . . Die Lautsprecher waren die Beherrscher Gerzensteins. Redete nicht selbst der Gemeindepräsident Aeschbacher mit der Stimme eines Ansagers? . . .
Da war endlich Witschis Haus. Auch hier krächzte es durch die geschlossenen Läden, so laut, daß Studer zuerst meinte, es sei eine Gesellschaft in einem der Zimmer versammelt . . . Aber es war eben doch nur einer der einsamen Lautsprecher, der sich die Zeit vertrieb . . .

«Alpenruh»

in blauer Farbe, die abzubröckeln begann.

«Grüß Gott, tritt ein, bring Glück herein . . .»

Warum wirkte der Spruch auf Studer wie ein Hohn? Glück? Waren die Witschis wirklich einmal glücklich gewesen? Er sah den Witschi Wendelin in Hemdsärmeln die Zeitung lesen, aufstehen, den losen Trieb eines Spalierbaumes anbinden . . . Die Ladenklingel schrillte . . . Gespräche über Politik . . .
Und jetzt lag Witschi in einem kaltweißen Raum mit einem Schuß hinter dem rechten Ohr . . .

Studer schüttelte sich. Schreier sagte:
«Kommt nur mit, Wachtmeister!» und ging voran durch den Garten, auf den alten, verfallenen Schuppen zu, dessen Dachstützen eingeknickt waren ... Die Tür fehlte, an ihrer Stelle gähnte ein schwarzes Loch.
Aber im Schuppen war es nicht einmal so dunkel. Einige Dachziegel fehlten. Das spärliche Licht, das durch die Löcher drang, vermischte sich mit der Finsternis zu einer grauen Dämmerung ...
Zerbrochene Spaten, ein verbogener Rechen, leere Kisten, Holzwolle, Persilkartons, Packpapier ... Winzige, glänzende Staubteilchen tanzten in den Lichtbalken, die vom Dach zum Boden reichten.
«Und?» fragte Studer. Er mußte husten. Die Luft im Schuppen legte sich ihm auf die Lungen.
Schreier war an einen Stapel Kisten getreten, er räumte ihn vorsichtig beiseite, zog schließlich eine Tür hervor, die Tür des Schuppens offenbar, an der noch die rostigen Angeln hingen.
«Habt Ihr eine Taschenlampe?» fragte der Bursche.
«Ja.»
«Zündet einmal», verlangte Schreier.
Studer ließ den Lichtkegel über die Tür streichen. Er pfiff ganz leise zwischen den Zähnen.
Zwei, vier, sechs, zehn – fünfzehn Einschüsse. Über die Mitte der Türe verteilt. Sie saßen alle in einem Rechteck, das etwa sechzig Zentimeter hoch und vierzig Zentimeter breit war. Und das Rechteck, in dem die Schüsse saßen, war ein heller Fleck in der sonst altersschwarzen Tür. Studer beugte sich tiefer. Richtig, das Rechteck war gehobelt worden. Man sah noch die Spuren des Hobels ...
Aber das Merkwürdigste an diesen Einschüssen war folgendes:
Die ersten Einschüsse, links oben im Rechteck, zeigten deutlich an ihren kreisförmigen Rändern Verbrennungsspuren.
«Deflagrationsspuren!» sagte Studer leise.
Es waren fünf Löcher, die solche Spuren trugen. Beim sechs-

ten Loch waren die Spuren geringer, sie nahmen ab, je weiter unten im Rechteck die Einschüsse saßen. Die letzten drei Einschüsse hatten saubere Ränder, das Holz um sie herum war weiß ...
Die Tür war dick. Alle Kugeln steckten im Holz. Studer nahm den dünnen Bleistift aus seinem Notizbuch und begann die Tiefe der Löcher zu messen. Die Lampe hatte er Schreier in die Hand gedrückt. Er maß verschiedene Male, er gab sich Mühe, er preßte den Daumennagel fest auf den Bleistift, um so genau als möglich – auf den Bruchteil eines Millimeters – den Unterschied festzustellen, der vielleicht in der Tiefe der Löcher bestand. Alle fünfzehn Löcher waren gleich tief. Also waren auch die letzten Schüsse, deren Ränder sauber geblieben waren, aus der gleichen Entfernung abgegeben worden wie die ersten. Warum aber hatten nur die ersten verbrannte Ränder?
«Warum haben nur die ersten Löcher Pulverspuren?» fragte Studer laut.
Schreier kicherte. Es war ein unangenehmes Geräusch. Es erinnerte Studer an Zuchthaus, dieses Kichern. Es klang so verdrückt.
«Red' schon, wenn du etwas weißt», schnauzte er.
«Ich bin ja nicht sicher, Wachtmeister», sagte Schreier. «Aber Ihr wißt es doch auch: wenn man vor die Mündung ein Blatt Papier hält und dann abdrückt, so bleiben alle Pulverteilchen an dem Papier haften und ...»
Studer wurde böse:
«Und du bildest dir ein, der Witschi hat vor die Mündung ein Zeitungsblatt gehalten, mit der linken Hand, und dann den Schuß abgegeben? Mach mir das einmal vor ...»
Schreier schüttelte den Kopf. Er zog etwas aus der Tasche, ließ das Licht darauf fallen. Es war ein rotes Kartonviereck. «Riz La Croix» stand darauf zu lesen. Der Umschlag eines Heftchens Zigarettenpapier.
«Das hab' ich hier im Schuppen gefunden», sagte Schreier bescheiden. «Damals, wie ich hier gestöbert hab'. Am Tag nach der Verhaftung vom Schlumpf. Ja.»

«Und?» fragte Studer.
«Es rollt keiner in der Familie seine Zigaretten selbst. Der alte Witschi hat Stumpen geraucht, in der letzten Zeit Pfeife. Der Armin raucht englische Zigaretten, dieselben, die sie im Laden führen. Also . . .»
«Also?» fragte Studer. Der Schreier begann ihn zu interessieren.
«Ich hab' mir die Sache so vorgestellt: Der alte Witschi hat ein paar Zigarettenblättli genommen und sie, zusammengeknüllt, vorne in den Lauf gestoßen. Er hat ausprobieren müssen, wie viele es braucht, um saubere Einschußöffnungen zu bekommen. Darum hat er so oft geschossen. Bis es gegangen ist . . .»
«Einleuchtend», sagte Studer. «Kompliziert, aber nicht unmöglich.»
Er drehte gedankenvoll den roten Pappdeckel zwischen den Fingern. Ein dünnes weißes Blättchen haftete noch daran. Studer riß es ab, hielt es zwischen den Fingern, zündete es mit einem Streichholz an und ließ es auf seiner Handfläche verbrennen. Es gab eine kurze, sehr helle Flamme. Auf die Asche ließ Studer den Lichtkegel der Lampe fallen. Ein winziger schwarzer Rest. Und doch, angenommen, Witschi hatte ein paar Blättli gebraucht, so war die Asche sicher nicht ganz verschwunden. Spuren davon mußten in der Wunde zu finden sein. Aber der Assistent im Gerichtsmedizinischen hatte von nichts Derartigem gesprochen. Und Studer war sicher, daß die Untersuchung gründlich geführt worden war . . . Man mußte dem Italiener noch einmal anläuten, schade, daß heute Sonntag war . . .
«Das hast du gut gemacht, Schreier, ich wär' nie auf den Gedanken gekommen. Aber ob wir damit ein Geschworenengericht überzeugen können? Und dann der Browning? Der ist doch nicht neben der Leiche gelegen . . . Wer hat den aufgelesen? Fortgebracht?»
«Der Schlumpf natürlich», sagte Schreier. «Aber wollen wir nicht weitergehen, Wachtmeister? Die Alte» – Schreier meinte Frau Witschi – «kann jeden Moment heimkommen.

Von vier bis fünf schließt sie ihren Kiosk. Sogar am Sonntag, und es ist schon fünf Minuten über vier . . .»
«Versorg' noch die Tür», sagte er. Und Schreier nahm die Türe, lehnte sie an die Wand, schichtete Kisten, Schachteln davor auf . . .
«Wenn sie nur nicht verbrannt wird», seufzte Studer. «Dann haben wir keinen Beweis mehr . . . Beweis? . . . Schöner Beweis!»
Sie verließen den Schuppen, gingen durch den Garten, blieben einen Augenblick in der Gartentür stehen und sahen zum Hause zurück. Als sie auf die Straße treten wollten, versperrte ihnen eine magere, schwarze Gestalt den Weg.
«Hat der Herr mich gesucht? Oder was hat er sonst zu suchen? Auf *meinem* Grundstück? Der *Herr Wachtmeister!*»
Nach jeder Frage stieg die Stimme ein wenig höher . . .

Anastasia Witschi, geb. Mischler

Studer hatte Frau Witschi nur flüchtig gesehen, damals, bei seiner Ankunft. Und daß er sie Anastasia getauft hatte, ganz unbewußt (merkwürdigerweise hatte der Name gestimmt), das hatte doch einen ganz verständlichen Grund gehabt.
Frau Witschi sah nämlich aus wie eine Karikatur der Zensur. Und die Franzosen hatten während des Krieges die Zensur «Anastasie» getauft . . .
Nachdem Frau Witschi ihre Fragen abgeschlossen hatte, verschnaufte sie ein wenig. Ihre Blicke ruhten mißbilligend auf Studers Begleiter. Was der da wolle, fragte sie, und diese letzte Frage war ganz besonders giftig; ihre Stimme überschlug sich. Schreier wurde rot.
Studer fühlte sich unbehaglich, aber er ließ sich nichts anmerken. Und daß seine Zehen in den Schuhen kleine Tänze aufführten, das sah niemand.
«Wir haben Sie gesucht, Frau Witschi», sagte Studer, und seine Stimme wurde ganz tief, wahrscheinlich als Ausgleich

gegen die allzu hohe der Frau. «Wir haben uns den Garten angesehen. Ein schöner Garten, wirklich ein wunderbarer Garten. Es fehlt ein wenig an der Pflege, aber natürlich, das ist begreiflich . . .»
«Sind Sie noch nie hier oben gewesen?» fragte Frau Witschi.
Studer sah sie an. War die Frage eine Falle? Nein . . . wahrscheinlich nicht . . . Also hatte Sonja nichts von seinem Besuch erzählt. Übrigens wartete Frau Witschi gar nicht auf eine Antwort.
– Wenn der Wachtmeister etwas zu fragen habe, so solle er nur eintreten . . . «Ich habe nichts zu verbergen», sagte sie. «Nein, gewiß nicht. *Unser* Gewissen ist rein, was nicht alle Leute behaupten können.»
Jetzt wurde Schreier blaß. Er zitterte. Merkwürdig, wie empfindlich diese anscheinend abgebrühten Burschen im Grunde waren! . . .
«Ruhig, ruhig», sagte Studer leise und legte die Hand auf die Schulter des Burschen. «Geh wieder zurück. Ich dank' dir auch. Du hast mir viel geholfen. Leb' wohl.»
Schreier gab dem Wachtmeister schweigend die Hand. Die alte Frau grüßte er nicht.
«*Sie* sind viel zu gut mit diesen Leuten, Herr Wachtmeister.» (Frau Witschi betonte das «Sie», Studer sollte merken, daß sie nicht zu den kommunen Leuten gehöre, die alle Welt «Ihren».) «Treten Sie ein, wir wollen nicht vor der Tür stehenbleiben.»
Die Küche war sauber. Kein schmutziges Geschirr stand mehr im Schüttstein. Der Strähl war verschwunden. Auch das Wohnzimmer war aufgeräumt.
Die Vase unter Wendelin Witschis Bild fehlte.
«Nehmen Sie Platz, Herr Studer. Ich hol' etwas zum Trinken. Sie werden sicher Durst haben.»
Und Frau Witschi kam zurück mit einer Flasche Himbeersirup und zwei Gläsern. Studer mußte wohl oder übel mittrinken. Es schüttelte ihn gelinde.
«Mein armer Mann», sagte Frau Witschi und zog die Luft durch die Nase. Sie wischte sich die Augen mit ihrem Ta-

schentuch. Aber die Augen waren trocken und blieben es.
«Ja, ja», meinte Studer und hielt die Hand über sein Glas, das Frau Witschi wieder mit der klebrigen Flüssigkeit füllen wollte. «Es ist traurig, daß er so hat ums Leben kommen müssen. Aber es war vielleicht doch ein Glück . . .»
«Ein Glück? Wieso ein Glück? Was meinen Sie?»
«Eh, wegen der Versicherung . . .», sagte Studer und zündete umständlich eine Brissago an. Eine Sturzflut von Worten ergoß sich über ihn. Und Studer ließ sie brausen . . .
Es war merkwürdig, fast wie eine Vision:
— — — Das Zimmer ist dunkel, ganz plötzlich. Die Lampe, von einem grünen Schirm verhangen, gibt ein düsteres Licht. Leere Teller stehen auf dem Tisch. Am oberen Ende sitzt der verstorbene Wendelin Witschi. Rechts neben ihm seine Frau, links Sonja, ihm gegenüber der Sohn.
Witschi schweigt, Müdigkeitsfalten liegen um seinen Mund, auf seiner Stirn. Ununterbrochen schwatzt die Frau. Sie klagt. Er sei schuld, nur er allein. Er habe die Familie in Schulden gestürzt, nun sei es an ihm, das gestrandete Schiff wieder flott zu machen. Geld habe er aufgenommen, ohne jemanden zu fragen — und die Kreugeraktien, die habe doch *er* gekauft, oder? Witschi hebt die Hand, die weiße, dürre Hand, so, als wolle er Einspruch erheben. Aber die Frau lafert weiter. Nichts da, er habe zu schweigen, ganz zu schweigen. Und dann flüstert sie plötzlich: Die Versicherungen brächten Geld . . . Ein Unfall . . . Nichts Arges. Aber er müsse so ausgeführt werden, daß er wie ein Überfall aussehe . . . Es seien ja genug Vorbestrafte im Dorf, auf die man die Schuld schieben könne . . .
Der Sohn mischt sich ein. Die Schwester habe ja ein Gescheipf mit so einem, sie müsse die Sache übernehmen. Den Burschen zu einem Rendez-vous bestellen, damit er kein Alibi beibringen könne . . . Dann könne man ihn anklagen, und wenn der Vater ihn wiedererkenne, dann könne der Bursche gar nichts mehr machen . . .
Oben am Tisch hat der Witschi die Hände gefaltet, er schüttelt den Kopf, unaufhörlich, aber kein Mensch sieht

auf ihn. Der Redestrom geht weiter. Der Sohn löst die Mutter ab, die Mutter den Sohn. Sonja sitzt still da, weint in ihr Taschentuch. Es nützt nichts, Sonja findet nirgends Schutz vor den Plänen der beiden andern ... –

Wie oft hatte sich die Szene abgespielt, so wie Studer sie sah und hörte, jetzt, im Wohnzimmer der Familie Witschi, während die alte Anastasia auf ihn einredete und ihre Worte an seinen Ohren vorbeisausten wie ein saurer Biswind?

Studer nickte, nickte ununterbrochen zu den Worten der Frau. Es war ja alles gelogen, warum also zuhören? ...

Er sah den Schuppen vor sich, ganz deutlich.

– – – Die Frau hat eine Stallaterne in der Hand. Und Witschi probiert den Revolver aus. Er schießt auf das weißgehobelte Rechteck der Tür, immer aus einer Entfernung von zehn Zentimeter. Nicht mehr, nicht weniger. Er probiert es mit einem Zigarettenblättchen, dann mit dreien, dann mit fünfen. Bei welcher Zahl gibt es keine Deflagrationsspuren mehr? – – –

Fünfzehn Patronen, dachte Studer ... Wo war wohl die Schachtel? Man sollte sie finden. Und immer das Bild, das sich dazwischenschob:

Der Witschi, der beim Schein der Stallaterne Schießübungen veranstaltet ... Die Frau hält sicher einen Sack, um den Schall abzudämpfen. – – –

War es sonst möglich, daß keiner der Nachbarn etwas gehört hatte? ... Vielleicht hatten sie etwas gehört, das nächste Haus stand in etwa fünfzig Meter Entfernung ... Sollte man dort fragen gehen?

Und wie aus einem Traum heraus, mitten in den Redestrom der Frau Witschi, sagte Studer mit leiser Stimme:

«Wie Ihr Mann auf die Tür im Schuppen geschossen hat, haben Sie da einen Sack gehabt, um den Schall abzudämpfen?»

Das Glas zerschellte auf dem Boden. Frau Witschi hatte die Augen weit aufgerissen, das Häutchen, das über dem einen lag, war weiß.

«Wie? ... Was? ...», stotterte Frau Witschi.
«Nichts, nichts», Studer winkte müde ab. «Es hat ja alles keinen Wert, der Schlumpf hat ja gestanden.» Aber unter den halbgesenkten Lidern beobachtete Studer neugierig die Frau.
Ein Aufatmen. Frau Witschi stand auf, ging in die Küche, kam mit einer Küderschaufel zurück und wischte die Scherben zusammen.
«Scherben bringen Glück», sagte Studer leise.
Ein giftiger Blick der Frau. Dann:
«So! Hat der Mörder endlich gestanden! Ein Glück! Dann habt Ihr ja hier nichts mehr zu tun, Wachtmeister!» («Ihr» statt «Sie»! Studer lächelte.)
«Sie haben ganz recht, Frau Witschi, ich hab' nichts mehr zu tun ...»
Wie spät war es? Draußen war noch heller Tag. Der Schuppen stand am Ende des Gartens, man sah ihn gut durchs Fenster. Studer blickte lange hin. Er dachte: Diese Nacht sollte ich hier in der Nähe Posten stehen, die Mutter und der Sohn werden versuchen, die Tür zu verbrennen. Hätt' ich nichts sagen sollen? Doch, es war ganz gut. So ein Schreckschuß ist manchmal ganz gut. Obwohl der ganze Fall hoffnungslos ist. Düster, düster ... Er hat recht, der Kommissär Madelin! Ein Mordfall auf dem Land! ... Wollen wir den Witschi in Frieden lassen? Er hat sich geopfert für die Familie ... Er hat sich erschossen, damit die Versicherung zahlt ... Hat er wirklich geschossen? ... Mit dem rechtwinklig abstehenden Arm? ... Vielleicht steckt doch mehr hinter dem Fall ... Aber wer hat dann geschossen? ... Der Schlumpf? ... Doch der Schlumpf? ... Kann man einen Mord aus Liebe begehen? ... Warum nicht? Gleichwohl, es ist unwahrscheinlich ... Der Armin? ... Der Maquereau? ... Nein, nein, zu feig ... Die Mutter? ... Chabis! ... Wer dann? Wenn man nur wüßte, wer den Revolver gekauft hat, vielleicht gäbe das einen Anhaltspunkt ...
«Wo schafft Ihre Tochter in Bern?» fragte Studer laut.
«Beim Loeb», die Stimme der alten Frau zitterte. Man sollte

sie in Ruhe lassen, die Frau Anastasia, dachte Studer. Er streckte die Hand aus, um sich zu verabschieden. Aber Frau Witschi sah die Hand nicht. Sie ging mit winzigen Schritten zur Tür, öffnete sie. Auf ihrem Gesicht stand ein gefrorenes Lächeln.
«Auf Wiedersehen, Herr Wachtmeister», sagte sie.
Studer neigte stumm den Kopf . . .

Schwomm

Auf der Straße schon hörte Studer die Musik. Besonders laut tönte die Handharfe. Schreier schien wieder seinen Platz eingenommen zu haben . . .
Und wer saß am Tisch, eifrig auf Armin Witschi einredend, mit hohem Stehkragen und schwarzen, hohen Schnürschuhen zu grauen Flanellhosen?
Der Lehrer Schwomm.
Er sprang auf, als Studer an ihm vorbeiging. Sein Gesicht war ratlos und kindlich. Über der Oberlippe saß ein blondes Schnurrbärtchen.
«Herr Wachtmeister», sagte der Lehrer Schwomm atemlos, «ich habe gehört, daß Sie sich mit dem Fall Witschi beschäftigen. Ich habe lange gezögert, Ihnen anzuvertrauen, was ich von der Sache weiß. Aber nun drängt es mich, der Gerechtigkeit meines Vaterlandes Genüge zu tun, und . . .»
«Red nicht so viel, Schwomm», sagte Armin grob. Studer blickte den Burschen streng an. Der nickte mit dem Kopf, als wolle er sagen: «Du kannst mich lang anstarren, mir machst du keine Angst . . .»
«Wollen Sie nicht an meinen Tisch kommen, Herr Lehrer Schwomm?» fragte Studer höflich und wies mit der Hand gegen den Tisch, an dem noch immer der alte Ellenberger saß und gedankenvoll sein Weinglas zwischen Daumen und Zeigefinger zwirbelte . . .
Schwomm nahm Platz. Das heißt, er setzte sich auf die

äußerste Kante des eisernen Gartenstuhls, zog dann sein Taschentuch heraus und trocknete sich die Stirn. Seine Gesichtshaut war fast so gelb wie seine gelockten Haare.
«Ich habe nämlich am Abend, an dem der arme Witschi durch Mörderhand umgekommen ist», sagte der Lehrer Schwomm und knetete an seinen Händen, «zufällig zwei Schüsse gehört . . .»
«So?» sagte Studer trocken.
«A bah!» meinte der alte Ellenberger und zog die Mundwinkel in die Wangen.
«Ja», der Lehrer nickte. «Zwei Schüsse. Ich bin an jenem Abend zufällig im Wald spazieren gegangen . . . In Begleitung . . . Ich brauche doch nicht anzugeben, mit wem ich im Walde war?»
Ellenbergers dröhnendes Baßlachen machte den Lehrer noch verlegener.
«Könnte ich nicht unter vier Augen mit Ihnen sprechen, Herr Wachtmeister?» fragte er und wurde rot.
Studer schüttelte den Kopf. Ihn interessierte weniger, was der Lehrer ihm zu erzählen hatte, als das, was er offenbar verschweigen wollte. Und man konnte aus dem Verhalten des Mannes auf das schließen, was er zu verbergen hatte.
Der Lehrer Schwomm räusperte sich.
«Es war ungefähr zehn Uhr, als ich die Landstraße verließ und einen Seitenweg einschlug. Ich ging im Walde so für mich hin, wie es im Gedicht heißt, und ich dachte auch an nichts. Der Abend war still und weich, verschlafene Vögel zirpten in den Zweigen . . .»
«A bah!» krächzte wieder der alte Ellenberger, aber Studer winkte ab. Der Tisch Armins war leer. Gerber tanzte wieder mit Sonja, verfolgt von den gehässigen Blicken der «Convict Band», der «Maquereau» tanzte mit der Kellnerin und schien ihr eifrig etwas zu erklären (vielleicht wollte er sie zu etwas überreden?).
«. . . und von Zeit zu Zeit eilte ein flüchtiges Tier seiner Ruhestätte zu. Ich mochte mit meiner . . . mit meinem Begleiter schon ziemlich weit in die sanfte Tiefe des Waldes

eingedrungen sein, als ich das Knattern eines auf der Straße sich nähernden Motorrades vernahm, eines leichten Motorrades möchte ich hinzufügen . . .»

«Fügen Sie nur ruhig hinzu», sagte der alte Ellenberger und krächzte heiser. War es ein Lachen?

Aber der Lehrer ließ sich nicht mehr stören.

«Das Geräusch, wenn ich es so nennen darf, hörte plötzlich auf. Ich hörte Zweige knacken . . .»

«Können Sie etwa die Distanz schätzen, ich meine die Distanz, die Sie von der Straße trennte?» fragte Studer und ließ seine Brissago qualmen.

«Nicht genau», antwortete Schwomm leise. Er schien entrückt zu sein. Seine Augen blickten verschwommen ins Weite – und das Weite war hier ein dichtbesetzter Wirtsgarten. «Vielleicht könnte ich die Stelle wiederfinden, an der ich gestanden bin . . .»

«Gut», sagte Studer. «Weiter, Herr Lehrer Schwomm.»

«Diesen ersten Teil, nämlich das Herankommen des Motorrades und dessen plötzlicher Stillstand, habe ich natürlich im Augenblick nicht beachtet. Es ist mir erst später eingefallen, als im Dorfe von der Auffindung des Leichtmotorrades Marke ‚Zehnder' gesprochen wurde, des Motorrades, das dem verunfallten Wendelin Witschi gehört haben soll . . .»

Verunfallten? dachte Studer. Warum sagt der Mann zuerst durch Mörderhand umgekommen und jetzt verunfallt? Sollte er? Und es fiel ihm ein, wie grob Armin Witschi den Lehrer angelassen hatte.

«Weiter», sagte Studer.

Aber Schwomm bedurfte dieser Aufforderung nicht. Er sprach und begleitete seine Rede mit pathetisch sein sollenden Bewegungen.

«Da, plötzlich, in der Stille des Waldes, erdröhnten zwei Schüsse. Meine . . . mein Begleiter zuckte zusammen. Ich beruhigte ihn. Es werde wohl nichts Schlimmes sein. Aber da ich Angst hatte, oder vielmehr, da meine . . . Begleitung Angst hatte, wir könnten überfallen werden, verließen wir, einen großen Umweg machend, den Wald, gelangten weit

vor dem Dorfe wieder auf die Landstraße und folgten ihr. Nach einiger Zeit sahen wir am Rande der Straße ein verlassenes Motorrad stehen. Es war an einen Baum gelehnt...»
Schwomm machte eine Pause.
«Gesehen haben Sie niemanden?» fragte Studer.
«Gesehen? Nein. Nur gehört. Nach den beiden Schüssen das Geräusch vieler Schritte. Einen dunklen Schatten bemerkten wir auch, aber nicht gegen die Landstraße zu, sondern in der entgegengesetzten Richtung, dort, wo der Wald an die Baumschulen des Herrn Ellenberger grenzt.»
«Einen Schatten?» fragte Studer. «Können Sie den Schatten näher beschreiben?»
Statt einer Antwort fragte Schwomm sehr sanft:
«Der Fall ist doch eigentlich durch das Geständnis des Schlumpf erledigt? Oder?»
«Gewiß, gewiß.» Studer sah auf seine gefalteten Hände. Er lauschte dem Tonfall von des anderen Stimme. Warum wohl hatte der Lehrer mit einem Zeugenbericht begonnen, um plötzlich, noch vor dessen Ende, die Frage zu stellen, ob der Fall nicht erledigt sei? Es gab zwei Möglichkeiten: Entweder der Lehrer wollte sich wichtig machen, um im Prozeß eine Rolle zu spielen, und es war sehr wahrscheinlich, daß diese Möglichkeit stimmte – oder Schwomm wußte etwas, wagte jedoch aus irgendeinem Grunde nicht, die Wahrheit zu sagen, und half sich aus der Klemme, indem er die Hälfte des Wahrgenommenen mitteilte, gewissermaßen als Beruhigungsmittel für sein belastetes Gewissen. Denn der Mann wußte etwas, das war sicher. Nicht umsonst ergeht sich ein immerhin gebildeter Mann – er war Sekundarlehrer – in einer ziemlich öden Phraseologie, wie «verschlafene Vöglein zirpten in den Zweigen». Und dann war das Wort, das dem Lehrer wahrscheinlich ganz unbewußt entschlüpft war: «...verunfallten».
Schweigen am Tisch. Die Musik verstummte, das Stück war zu Ende und lauter ertönte das Stimmengesumm. Die drei am Nebentisch kehrten zurück. Sonja blickte unbeteiligt auf den Lehrer – sie schien also nicht die «Begleitung» des Leh-

rers gewesen zu sein, wenn man überhaupt aus Blicken Schlüsse ziehen konnte. Armins Gesicht hingegen war leicht verzerrt. Er schien jemanden zu suchen. Manchmal streiften seine Blicke über den Lehrer Schwomm, schweiften ab, schienen wieder auf die Suche zu gehen, blieben an der Türe hangen, die aus der Wirtschaft in den Garten führte . . .
Dort stand die Kellnerin. Und Studer fühlte mehr, als daß er richtig gesehen hätte, wie sie ganz unmerklich winkte – eine leichte Bewegung des Kopfes, ein Mundwinkel, der zuckte . . . Armin lehnte sich zurück, gähnte, hielt die Hand vor den Mund. Ein kaum merkliches Nicken – das Gähnen war wohl nur ein Versuch, die Beobachter von der Bewegung des Kopfes abzulenken . . .
Studer war nicht mehr müde. Es kam ihm vor, als stehe er wieder mitten in den Ereignissen. Er war nicht mehr ausgeschaltet. Vor allem: es schien etwas vorzugehen, Ereignisse waren zu erwarten, Studer fühlte es in allen Gliedern. Er blieb ruhig. Zuerst aus diesem badschwammblonden Menschen, diesem Lehrer, alles herausholen, was es herauszuholen gab, und dann . . .
Studer hatte schon sein Programm für morgen.
Aber wieviel konnte noch passieren zwischen heut und morgen! . . . Die ganze Nacht lag dazwischen. Er wußte, der Wachtmeister Studer, daß er die folgende Nacht nicht viel schlafen würde . . . Aber was tat das? Saubere Arbeit! kommandierte er sich. Und wenn die Sache noch so unordentlich und verworren aussieht! Ordnung muß sein. Sauberkeit! Sauberkeit vor allem!
«Und wie sah der Schatten aus?» Die Frage war ein Überfall. Der verträumte Lehrer schreckte auf.
«Er huschte» (‚huschte!' sagte der Lehrer Schwomm), «er huschte in zehn Meter Entfernung an uns . . . eh . . . an mir vorbei. Größe? Mittelgroß . . . Ja, mittelgroß . . .» Der Lehrer schwieg plötzlich.
«Mittelgroß?» fragte Studer freundlich. «Ich müßte Vergleichsmöglichkeiten haben. Ungefähr wie groß war er, der Schatten? Ich will Ihnen zwar verraten, Herr Lehrer

Schwomm, daß der Schatten vielleicht gar keine Wichtigkeit hat, aber möglicherweise bestätigt er unsere Vermutungen. Wäre der Schatten so groß gewesen wie, sagen wir, der Angeklagte Schlumpf, so wäre dies sehr wichtig für die Richter, die ja nichts auf ein Geständnis geben, solange nicht jede Bewegung des Angeklagten vor und nach der Tat samt allen psychologischen Motiven ganz genau festgelegt ist. Ich spreche zu einem Akademiker, nicht wahr, einem einfachen Manne gegenüber würde ich mich weniger gelehrt ausdrükken; also wie groß war der Schatten?»
«Ich habe Erwin Schlumpf eigentlich wenig gesehen. Aber mir scheint, der Schatten war von seiner Größe . . .»
«Es wäre für uns von größter Bedeutung, wenn wir vielleicht die Ansicht Ihrer . . . Ihrer Begleitung hören könnten, aber dies wird wahrscheinlich unmöglich sein . . .»
«Ausgeschlossen, ganz ausgeschlossen . . . Ich könnte es nie und nimmer verantworten . . .»
«Schon gut», schnitt Studer die Beteuerungen ab. Er schielte nach dem Tische Armins. Dort schien etwas los zu sein. Armin flüsterte eifrig auf seine Schwester ein, den Coiffeurgehilfen hatte er mit einer Handbewegung dazu gebracht, nicht zuzuhören. Dann stand Armin auf – die Kellnerin lehnte noch immer am Pfosten der Saaltüre, sie schien plötzlich schwerhörig geworden zu sein und blind obendrein, denn sie kümmerte sich weder um die Rufe noch um das Winken der Gäste. Sie sah aber Armins Aufstehen, drehte sich um und verschwand im Innern des «Bären». Armin schlenderte durch den Garten, den Kopf hielt er gesenkt. Plötzlich beschleunigte er sein Schlendern, er nahm große Schritte – und dann schluckte auch ihn die offene Türe . . .
«Schon gut», wiederholte Studer nach einer Pause – und er konnte den Blick nicht von Sonja wenden. Verzweiflung, Angst, Ratlosigkeit brachten Unruhe in das Kleinmädchengesicht.
Wenn sie nur Vertrauen zu mir hätte, grübelte Studer. Er dachte, während er den nächsten Worten Schwomms zerstreut lauschte, immerfort an seine Frau. Wenn die hier

wäre ... Seit er ihr das Romanlesen abgewöhnt hatte, gelang es dem Hedy (Frau Studer hieß Hedwig) gut, geplagte, schweigsame Menschen zum Reden zu bringen – besonders Frauen.

Der Lehrer Schwomm aber sagte:

«Natürlich will ich nicht behaupten, daß ich Erwin Schlumpf auf der Flucht nach seiner ruchlosen Tat ertappt habe ...» (Verunfallt – ruchlose Tat, ging es Studer durch den Kopf ...) «Aber immerhin schien es mir merkwürdig, daß der Schatten die Richtung nach den Baumschulen des Herrn Ellenberger nahm ...»

«Die Baumschulen als Schattenreich, hehehe ...», meckerte der alte Ellenberger. Studer sah ihn strafend an.

«Und Sie sind ganz sicher, zwei Schüsse gehört zu haben, und nach den zwei Schüssen haben Sie den Schatten in der Richtung der Baumschulen verschwinden sehen?»

«Ich glaube», Schwomm stotterte, «ich glaube, ich habe zwei Schüsse gehört.» Wie hilfesuchend blickte sich der Lehrer um. Aber er vermied es, Studer in die Augen zu sehen.

«Glauben! glauben!» sagte Studer vorwurfsvoll. «Ein Mann wie Sie darf nicht glauben, er muß sicher sein. Also zwei Schüsse? Ja?»

«Jaha», es klang wie ein Seufzer.

Schweigen. Dann begann die Musik wieder zu spielen. Ausgerechnet: «Wenn du einmal dein Herz verschenkst ...» Studer sah den Coiffeurlehrling Sonja zum Tanz auffordern. Das Mädchen schüttelte den Kopf. Sie packte ihre kleine Handtasche unter den Arm, rannte durch den Garten. War es eine Flucht? War es nicht vielmehr ein letzter Versuch, jemanden einzuholen?

«Wer hat Ihnen den Auftrag gegeben, mir von zwei Schüssen zu erzählen, während ich durch fünf Zeugenaussagen erhärten kann, daß nur ein Schuß gefallen ist?» (Das mit den fünf Zeugenaussagen war aufgelegter Schwindel, in Murmanns Protokollen stand nichts dergleichen, aber was tat man nicht alles, um die Wahrheit zu finden?)

«Fünf Zeugenaussagen?» Schwomm war bleich. «Erhärten?»

«Ja, erhärten!» sagte Studer grob. «Übrigens interessiert mich das gar nicht. Sie haben ein schlechtes Gewissen, Herr Lehrer Schwomm. Sie haben versucht, das schlechte Gewissen los zu werden, indem Sie mir nur die Hälfte, was sage ich, die Hälfte! ... nur ein Viertel der Wahrheit erzählt haben. Ich will jetzt nichts mehr hören», Studer winkte ab, denn Schwomm öffnete den Mund, um sich zu rechtfertigen. «Ich glaube Ihnen nichts mehr. Ich habe die Ehre, mich zu empfehlen ...»

Wenn Studer hochdeutsch sprach, und das kam selten genug vor, war die Wirkung immer die gleiche – ob es sich nun um die Wirkung auf Zivilpersonen handelte oder um die auf junge Fahnder. Alle spürten dann, es war am besten, man ließ den Wachtmeister in Ruhe.

«Heiß, heiß!» krächzte der alte Ellenberger. «Vous brûlez, commissaire!» Wie es in jenem Spiel üblich ist, in dem ein versteckter Gegenstand gesucht werden muß und die Wissenden den Suchenden leiten mit Worten wie: «kalt, wärmer, sehr warm, heiß», je nachdem der Suchende sich dem versteckten Gegenstand nähert oder sich von ihm entfernt.

«Ihr werdet auch nicht immer spielen können, Ellenberger», sagte Studer. Sein Gesicht war sehr bleich, er hatte die Hände geballt. Dann zuckte er mit den Achseln und schritt zwischen den lauten Tischen hindurch, auf die Türe zu, in der Armin Witschi verschwunden war.

Im Schieberrhythmus spielte «The Convict Band»: «Muß i denn, muß i denn zum Städtle hinaus ...»

Liebe vor Gericht

Montagmorgen halb acht Uhr im Bureau des Landjägerkorporals Murmann.

Studer saß am Fenster und blickte in den Garten, über den ein feiner Regen niederging. Es war kühl. Der heiße Sonntag war eine Täuschung gewesen.

Der Wachtmeister war allein. Er sah müde aus. Zusammengesunken hockte er auf dem bequemen Armstuhl in seiner Lieblingsstellung: Unterarme auf den Schenkeln, Hände gefaltet. Die Haut seines Gesichtes ließ an verregnetes Papier denken. Er seufzte von Zeit zu Zeit.

In der Hand hielt er einen Brief, drei engbeschriebene Bogen. Er las darin, ließ die Blätter wieder sinken, nahm sie wieder auf, schüttelte den Kopf. Es war ein Brief seines Partners im Billardspiel. Münch, der Notar, schrieb merkwürdige Dinge, Dinge, die vielleicht ... vielleicht die Lösung geben konnten – die Lösung des verkachelten Falles Witschi. «Streng vertraulich» stand auf dem Briefkopf. Wie stellte sich der Münch eigentlich die Sache vor? Erzählte interessante Tatsachen, und man durfte sie nicht verwerten.

Der Brief handelte von Akzepten. Von Akzepten, die zusammen eine beträchtliche Summe ausmachten. Wechsel also, die von einem Gerzensteiner Bürger akzeptiert worden waren und nun der Einlösung harrten. Der Gerzensteiner, um den es sich handelte, hatte mit der Kantonalbank vor einer Woche ein Abkommen getroffen. Die Wechsel waren heute fällig gewesen, die Bank hatte sie vor einer Woche mit Ach und Krach auf acht Tage verlängert (prolongiert schrieb der Notar). Also heute in acht Tagen mußten sie bezahlt werden. Zehntausend Franken. Ein ordentlicher «Schübel» Geld. Münch nannte den Namen des Akzeptanten nicht, er war nicht schwer zu erraten ... Und einkassiert hatte der Witschi das Geld. Vor sechs Monaten ...

Dieser Witschi mußte es faustdick hinter den Ohren gehabt haben, er mußte ordentlich Geld verputzt haben. Wohin war das Geld gekommen? Spekulationen? Vielleicht. Münch schrieb, Witschi sei knapp vor dem Konkurs gestanden (und merkwürdigerweise stand auch der Gerzensteiner Bürger knapp vor dem Konkurs ...). Der Notar erzählte eine merkwürdige Geschichte. Er schrieb:

«Außerdem muß ich dir, lieber Wachtmeister, noch eine sonderbare Geschichte erzählen. Du erinnerst dich doch noch, daß ich dir damals, beim Billardspielen, als wir den alten Ellenberger sahen, erzählte, Ellenberger sei bei mir gewesen, um eine zweite Hypothek, die er auf dem Hause des Wendelin Witschi habe, zu kündigen. Nun stimmt das nicht ganz. Ellenberger war schon einmal bei mir gewesen, eine Woche vorher, und hatte mir eine Schuldverschreibung in der Höhe von fünfzehntausend Franken gebracht, die Witschi ihm ausgestellt hatte. Als Pfand hatte er eine Lebensversicherung hinterlegt, die auf zwanzigtausend Franken lautete. Ellenberger hatte es übernommen, die Prämie zu zahlen. Nun weiß ich nicht, was ihn bewogen hat, aber Ellenberger wollte zurücktreten. Er verlangte die Rückzahlung der betreffenden Summe sowie die Vergütung der gezahlten Prämien und forderte mich auf, dies Witschi mitzuteilen. Ich telephonierte Montagnachmittag (also am 1. Mai) dem Witschi nach Gerzenstein, er möge mich in meinem Bureau aufsuchen. Er kam gegen siebzehn Uhr zu mir. Ich teilte ihm den Entschluß seines Gläubigers mit. Witschi regte sich sehr auf, sagte, er sei ein ruinierter Mann, es bleibe ihm nichts anderes übrig, als sich das Leben zu nehmen. Ich machte ihn darauf aufmerksam, daß dies die Sache nicht ändern werde, sie werde dadurch nur schlimmer, denn die Versicherung würde sich alsdann weigern, die Summe auszuzahlen . . .»

Es kamen einige technische Ausführungen und dann fuhr der Notar Münch fort:

«Witschi begann zu jammern, er schimpfte auf seine Frau und auf seinen Sohn, die ihm das Leben zur Hölle machten, wie er sich ausdrückte. Ich versuchte ihn zu beruhigen. Aber er regte sich immer mehr auf, plötzlich zog er einen Revolver aus der Tasche und drohte mir, er werde sich in meinem Bureau erschießen, wenn ich ihm nicht zu Hilfe käme. Der Mann begann mir auf die Nerven zu fallen, ich wollte ihn los sein, er klagte und jammerte weiter: der Gemeindepräsident wolle ihn internieren lassen . . . Ich schnitt ihm das Wort ab: Das gehe mich gar nichts an, er solle machen, daß er aus meinem Bureau komme, ich könne solchen Lärm nicht brauchen. Da begann er wieder zu weinen, nein, er wolle nicht gehen, bis er nicht einen Rat erhalten habe. Ich konnte ihm aber keinen Rat geben und sagte ihm dies. Jetzt werde er sich also erschießen, sagte Witschi. Ich darauf: Aber nicht in meinem Bureau. Da habe er nicht die rechte Ruhe dazu, aber ich hätte eine leerstehende Kammer, wenn er sich dorthin bemühen wolle, so werde er dort die beste Gelegenheit haben, sich aus der Welt zu schaffen. Du wirst natürlich denken, lieber Wachtmeister, daß ich ein herzloser Mensch bin. Aber das bin ich gar nicht. Nur mußt du bedenken, daß ich in meiner Praxis schon viele derartige Fälle gehabt habe: Selbstmorddrohungen sind bequeme Erpressungsversuche. Die Leute wollen sich gar nicht umbringen, sie wollen nur Eindruck machen und versuchen, etwas herauszuschinden. Ich sage dir das vertraulich und du wirst mich verstehen.»

Studer schüttelte den Kopf. War es bei Witschi nicht doch vielleicht eine echte Verzweiflung gewesen? Er sah den Wendelin vor sich, wie er auf dem Schragen lag im hellen, allzu weißen Raum des Gerichtsmedizinischen ... Der ruhige, schier erlöste Ausdruck auf seinem Gesicht ... Münch schrieb weiter, und was er schrieb, schien eigentlich dem Notar recht zu geben:

«Ich führte den Wendelin in eine abgelegene Kammer und sagte zu ihm: ‚Bitte!' Dann schloß sich die Türe. Ich war noch nicht fünf Schritte weit gegangen, als ich einen Schuß hörte. Nun wurde mir doch ungemütlich zumute. Ich kehrte zurück, öffnete die Türe: Witschi stand in der Mitte des Zimmers. Ein alter Spiegel, der an der Wand hing, hatte daran glauben müssen ... Aber Witschi hatte sich geschont. Merkwürdig scheint mir nur, daß er dann zwei Tage später im Walde erschossen aufgefunden worden ist. Ich kann da keine Meinung äußern ...»

Die Tür ging auf. Zwei Frauen traten ein. Frau Murmann, groß, mütterlich, schützend, führte Sonja ins Zimmer.

Studer sah die beiden Frauen an. Er nickte.

«Danke, Frau Murmann», sagte er. «Ist's ohne Aufsehen gegangen?»

«Wohl, wohl», antwortete die Frau. «Ich hab' sie vor dem Bahnhof erwartet, und sie ist ganz willig mitgekommen.»
«Wir fahren zusammen nach Thun, Meitschi, wir gehen den Schlumpf besuchen. Ist's dir so recht? Ich hab' nur nicht wollen, daß die Mutter etwas davon erfährt, drum hab' ich die Frau vom Landjäger geschickt, damit sie dir's sagt. Verstehst? Es ist weiter nicht gefährlich ...»
«Jawohl, Herr Wachtmeister.» Sonja nickte eifrig.
«Aber die Leute hier brauchen uns nicht zu sehen», fuhr Studer fort. «Murmann leiht mir sein Motorrad, er wird vorausfahren und auf uns warten. Du kannst auf dem Soziussitz hocken, um neun Uhr sind wir in Thun. Vorher hat's keinen Zweck. Geh jetzt mit der Frau Murmann. Ich muß noch arbeiten. Ich sag' dir dann, wann wir gehen. Du gehst voraus, und wir treffen uns. Verstehst?»
Sonja nickte schweigend.
«Komm, Meitschi», sagte Frau Murmann.
Aber Sonja zögerte noch. Endlich stotterte sie (und Studer merkte, daß ihr das Schluchzen zuoberst in der Kehle saß): Ob der Wachtmeister nicht wisse, wo der Armin hin sei?
«So? Ist er nicht daheim?»
– Nein, er sei verschwunden, seit ... ja seit er damals vom Tisch aufgestanden sei; aber die Mutter habe gar keine Sorge gezeigt, sie sei heut morgen wieder zum Kiosk ... Was der Wachtmeister meine?
Der Wachtmeister schien gar nichts zu meinen, denn er schwieg. Er hatte etwas Derartiges erwartet. Die ganze Nacht hatte er in Witschis Garten verbracht, versteckt hinter einem großen Haselbusch, und hatte den Schuppen nicht aus den Augen gelassen. Bevor er die Wache angetreten hatte, war er noch in den Schuppen gegangen. Die Tür mit den Spuren von Witschis Schießversuchen (eigentlich, hatte er gedacht, ist es noch gar nicht bewiesen, daß Witschi sich geübt hat) stand noch an der gleichen Stelle, und während der ganzen Nacht hatte niemand versucht, sie zu holen. Witschis Haus blieb still und dunkel, die alte Frau Anastasia war um zehn Uhr heimgekommen. Eine Stunde lang hatte

Licht in der Küche gebrannt. Dann war das Haus dunkel geblieben bis zum Morgen. Studer war sicher, daß Frau Witschi wußte, wohin ihr Sohn gegangen war. Er tauchte sicher auf, wenn die Luft wieder rein war.
Aber was hatte ihn vertrieben, den Armin Witschi, den Maquereau? Etwa Schreiers, des Handharfenspielers laut gesprochene Worte: «So, so, hat das Schlumpfli gestanden?» War etwa das Geständnis Schlumpfs nicht im Programm vorgesehen gewesen?
Wie leicht hätte Studer den Aufenthaltsort des Armin erfahren können! Aber er wollte ihn vorläufig gar nicht wissen. Heut am Morgen, beim Frühstück, hatte die Berta, die Saaltochter, verweinte Augen gehabt. Sie hatte hin und wieder trocken aufgeschnupft, und Studer hatte sich treuherzig erkundigt, was denn los sei?
– Gar nüd sei los, hatte die Berta gemeint.
Da hatte Studer sich nicht beherrschen können und im gleichen treuherzigen Ton weitergefragt:
– Wieviel Geld sie denn dem Armin habe geben müssen?
– Fünfhundert Franken, ihr ganzes Erspartes! Aber der Wachtmeister müsse das für sich behalten, ja nicht weitersagen! Sobald die Versicherungen ausbezahlt seien, werde der Armin sie heiraten, das habe er ihr versprochen, ja, geschworen habe er es ihr. Sie wisse nicht, warum sie das jetzt dem Wachtmeister erzählt habe, sie hätte nichts sagen sollen, der Armin habe ihr das Versprechen abgenommen ... und weiter in dem Ton. Studer hatte dem Mädchen beruhigend die Hand getätschelt. Diese Saaltochter! Sie war nicht mehr jung, immer mußte sie freundlich sein mit den Gästen, mußte klobige Witze anhören, sich handgreifliche Zärtlichkeiten gefallen lassen ... Und dann kam einer wie der Armin Witschi ... Er war freundlich, rücksichtsvoll, unglücklich, er war ein Studierter ... Was Wunder, daß das Mädchen sich in ihn verliebte? Vielleicht war der Armin gar kein schlechter Kerl. Man müßte mit dem Burschen einmal reden, hatte Studer gedacht und in sich hineingelächelt: Wachtmeister Studer als Heiratsvermittler! ...

Sonja wartete auf eine Antwort. Sie blickte erwartungsvoll auf Studer.
«Der Armin wird schon wieder kommen», sagte er. «Geh jetzt mit der Frau Murmann. In einer Stunde fahren wir.»
Und Sonja ging.
Studer setzte sich an den Schreibtisch. Er nahm ein Folioblatt, legte es vor sich hin und schrieb ganz oben, in die Mitte des Bogens, das Wort:

BILANZ

Dann begann er nachzudenken. Aber auch hier sollte er nicht weiterkommen. Eine der Haupteigenschaften des Falles Witschi schien die zu sein, daß es unmöglich war, irgendeinen Teil zu einem Abschluß zu bringen. Hatte er nicht zum Beispiel gestern das Verhalten Ellenbergers und des Gemeindepräsidenten beim «Zuger» beobachten wollen? Was war dazwischen gekommen? Natürlich ein Telephon, dann die Entdeckung Schreiers.
Und jetzt meldete sich selbstverständlich das Schrillen der Telephonklingel. Studer hob den Hörer ab, sagte, wie er es in seinem Bureau in Bern gewohnt war:
«Ja?»
«Bist du's, Studer?» fragte eine Stimme. Es war der Polizeihauptmann.
«Ja», sagte Studer. «Was ist los?»
«Also paß auf. Der Reinhardt hat heut morgen die Waffengeschäfte abgeklopft. Gleich beim ersten hat er Glück gehabt. Der Besitzer war schon im Laden, und er hat sich gut erinnert, daß er vor vierzehn Tagen einen Browning verkauft hat. Marke stimmt, Nummer stimmt. Er erinnert sich auch an den Mann, der ihn gekauft hat . . .»
«Und?» fragte Studer, da der Hauptmann schwieg.
«Bist ungeduldig? Keine Aufregung, Studer. Du blamierst dich ja doch wieder . . . Hä? . . . Du bist so still, Studer. Also, der Reinhardt hat mir erzählt, der Waffenhändler erinnere sich noch gut an den Käufer. Es war ein alter Mann, dem alle Zähne gefehlt haben, er hat ein halbleiniges Kleid ge-

tragen. Dem Verkäufer ist noch aufgefallen, daß der Mann braune moderne Halbschuhe getragen hat und schwarze seidene Socken. Er hat keinen Namen angegeben . . .»
«Das ist auch nicht nötig gewesen.» Studer sprach stockend. Es war einerseits schwierig, diese Neuigkeit zu verdauen, andererseits hatte man etwas Ähnliches erwartet . . .
«Du, paß gut auf», sagte Studer. «Ich schick' dir einen Browning, ich geb' ihn expreß auf, und dann wird dir das Gerichtsmedizinische die Kugel schicken, die im Schädel vom Witschi steckengeblieben ist. Hast du einen Sachverständigen bei der Hand? Ja? Gut. Du übergibst ihm beides und läßt dir ein Gutachten machen, ob die im Kopfe des Witschi gefundene Kugel aus dem Browning stammt, den ich dir schicke. Und der Reinhardt soll noch die andern Geschäfte abklopfen. Vielleicht ist eine zweite Waffe von der gleichen Marke verkauft worden. Verstanden? – Und das Gutachten brauch' ich heut abend. Spätestens um fünf. Auf Wiedersehen . . .»
Studer hing den Hörer ganz vorsichtig an die Gabel, stützte die Wange auf seine Faust. Dabei fiel sein Blick auf das Wort «Bilanz», das er sorgfältig an den Kopf eines weißen Folioblattes gesetzt hatte. «Das hat Zeit», dachte er, strich das Wort durch, faltete das Blatt vorsichtig zusammen und steckte es in die Rocktasche.

Nasse Socken sind unangenehm. Besonders wenn man fühlt, daß der Schnupfen, der sich vor zwei Tagen gemeldet hat, im Begriffe ist, sich in einen schweren Katarrh zu verwandeln. Schließlich, in einem gewissen Alter, wird man empfindlicher, man hängt mehr am Leben, man fürchtet sich vor einer Lungenentzündung, man möchte trockene Wäsche anziehen, um dieser Gefahr zu entgehen. Aber wenn dies nicht möglich ist (man kann doch einen hocheleganten Untersuchungsrichter mit seidenem Hemd nicht einfach bitten: «Können Sie mir vielleicht ein Paar trockene Socken leihen? . . .»), so beißt man die Zähne zusammen, auch wenn

die Zähne den undisziplinierten Vorsatz gefaßt haben, ein klapperndes Geräusch zu erzeugen ...
Das kam davon, wenn man sich wie ein Zwanzigjähriger auf ein Töff setzte und im strömenden Regen fünfundzwanzig Kilometer fuhr. Und es war eigentlich gar kein Trost, daß Sonjas Strümpfe auch naß waren.
Besagte Sonja wartete draußen im Gang. Sie saß klein und zusammengekauert auf einer Holzbank, und ein Polizist patrouillierte vor ihr auf und ab.
Studer saß wieder auf dem allzu kleinen Stuhl, der sicher für die Angeklagten bestimmt war, saß dem Untersuchungsrichter gegenüber, der an seinem mit einem Wappen geschmückten Siegelring drehte, und sagte:
«Ich begreife Sie nicht, Herr Studer. Die Sache ist doch erledigt. Wir haben das Geständnis des Burschen, es ist vollständig, er gibt an ... er gibt an ...» Der Untersuchungsrichter ließ den Ring sein und suchte nervös auf dem Tisch. Endlich kam der blaue Pappdeckelumschlag zum Vorschein, dessen Etikette die Worte trug: *Erwin Schlumpf, Mord.*
«Er gibt an ...», sagte der Untersuchungsrichter zum drittenmal und kämpfte mit den aufsässigen Seiten, «ah ... hier: Ich habe dem Herrn Witschi abgepaßt, habe ihn mit vorgehaltenem Revolver gezwungen, abzusteigen. Er ist mir in den Wald gefolgt, allwo ich ihn gezwungen habe, mir seine Brieftasche auszuliefern, sowie seine Uhr und sein Portemonnaie. Ich weiß nicht, was mich dazu bestimmt hat, ihn nachher mit einem Schusse niederzustrecken, aber ich denke, ich habe Angst gehabt, daß er mich erkannt hätte, obwohl ich ein schwarzes Tuch über die untere Hälfte meines Gesichtes gebunden hatte ... (Auf Befragen) Ich brauchte notwendig Geld, um mir ein Fahrrad zu kaufen –.»
Der Untersuchungsrichter stockte. Studer schneuzte sich und blies Trompetensignale, unterbrach sie, nieste, aber das Niesen gemahnte an ein unterdrücktes Kichern. Schließlich beruhigte er sich und fragte mit tränenden Augen:
«Hat das Schlumpfli wortwörtlich so gesprochen? Ich meine, Sätze wie: ‚allwo ich ihn gezwungen habe, mir seine Brief-

tasche auszuliefern ...' und: ,... was mich dazu bestimmt hat, ihn nachher mit einem Schusse niederzustrecken ...' Hat er das wirklich so gesagt?»
Der Untersuchungsrichter war beleidigt.
«Sie wissen doch, Wachtmeister», sagte er streng, «daß es uns obliegt, die Aussagen zu formulieren. Wir können doch nicht das ganze Gerede eines Angeklagten stenographieren. Die Akten würden zu Bänden anwachsen ...»
«Ja, sehen Sie, Herr Untersuchungsrichter, das scheint mir immer ein großer Fehler. Ich würde die Worte der Angeklagten sowohl, als auch der Zeugen, nicht nur stenographieren, sondern die Worte auf Platten aufnehmen lassen. Man bekäme dann jeden Tonfall heraus ...»
Schweigen. Der Untersuchungsrichter war anscheinend beleidigt. Studer beschloß, ihn zu versöhnen. Er stand auf, ging zum offenen Kamin, der in einer Ecke des Raumes stand – und ein Holzfeuer flackerte darin, im Mai! – stellte sich mit dem Rücken dagegen und wärmte sich die Schuhsohlen.
«Die Sache ist die, Herr Untersuchungsrichter, daß ich einige Merkwürdigkeiten an dem Falle bestätigt gefunden habe. Darum fällt es mir schwer, an die Schuld des Schlumpf zu glauben. Ich habe einen Zeugen mitgebracht, den ich gerne dem Burschen gegenüberstellen möchte. Er ist draußen im Gang. Nun sollten sich die beiden aber vorerst nicht sehen. Haben Sie nicht einen Raum, in dem mein Zeuge warten könnte? Ich werde ihn rufen, wenn es nötig sein wird.»
Der Untersuchungsrichter nickte. Er drückte auf einen Knopf und gab dem eintretenden Polizisten den Befehl, die Person, die mit dem Wachtmeister gekommen sei, ins Wartzimmer zu tun (wie beim Zahnarzt, dachte Studer) und dann den Schlumpf Erwin vorzuführen. –
Schlumpfs erste Worte waren:
«Aber ich hab' doch gestanden, was wollt Ihr noch?»
Dann erst sah er den Wachtmeister, nickte ihm zu, hob kaum die Augen und wollte sich zu dem Stuhl schleichen;

aber Studer ging ihm entgegen, streckte ihm die Hand hin: «Und, Schlumpfli, wie geht's seit dem letztenmal?»
«Nicht gut, Wachtmeister», sagte Schlumpf und ließ seine Hand bewegungslos in der des anderen liegen. Studer drückte die schlaffe Hand.
«Du hast dich anders besonnen, Schlumpfli, hab' ich gehört?»
«Ja, es hat mich zu arg gedrückt.»
«A bah», machte Studer und lächelte. Schlumpf blickte erstaunt auf.
«Ja, glaubt Ihr mir nicht, Wachtmeister?»
«Ich glaub' noch immer das, was du mir im Zug erzählt hast.» Studer nieste.
«G'sundheit», sagte Schlumpf mechanisch. Er hockte auf dem Angeklagtenstuhl, hielt den Kopf gesenkt, manchmal schielte er nach Studer hin, als ob von dort eine Gefahr drohe. Er sah aus wie ein Schulbub, der das Kommen einer Ohrfeige wittert und nicht den Augenblick verpassen will, sie mit gehobenen Ellenbogen zu parieren.
«Ich will dir nichts tun, Schlumpfli», sagte Studer, «ich will dir nur helfen. Hast du den Mann gekannt, der gestern wegen Autodiebstahl eingeliefert worden ist?»
Es gab Schlumpf einen Ruck. Er riß die Augen auf, riß den Mund auf, wollte sprechen, aber da sagte der Untersuchungsrichter:
«Was soll das, Wachtmeister?»
«Nichts, Herr Untersuchungsrichter. Der Schlumpf hat schon geantwortet.» Dann, nach einer kleinen Pause: «Ich darf doch rauchen?» und zog ein gelbes Päckchen aus der Tasche. Grinsend: «Eine Zigarette. Und auch der Schlumpf wird gern eine nehmen. Es reinigt die Atmosphäre.»
Der Untersuchungsrichter mußte wider Willen lächeln. Ein komischer Kauz, dieser Studer ... In einer Ecke stand ein einsamer Stuhl. Studer packte ihn an der Lehne, schwang ihn ins Zimmer, setzte sich rittlings darauf, stützte die Unterarme auf die Lehne, blickte Schlumpf fest an und sagte:

«Warum schwindelst du den Herrn Untersuchungsrichter an? Das ist doch Chabis, du hast doch den Witschi ganz anders umgebracht. Du hast ihn aufgehalten, das kann vielleicht stimmen, hast ihm gesagt, es wolle ihn jemand sprechen, und wie er dann vor dir hergegangen ist, hast du ihn erschossen. Dann hast du die Leiche umgedreht, die Brieftasche genommen – stimmt's? Wie du die Leiche verlassen hast, ist sie auf dem Rücken gelegen, nicht wahr? Sag' jetzt die Wahrheit. Lügen nützt nichts. Ich weiß es.»
«Ja, Herr Wachtmeister. Auf dem Rücken ist er gelegen, der Mond hat geschienen, und der Witschi hat mich angeglotzt . . . Ich bin gelaufen, gelaufen . . .»
Studer stand auf, er schwenkte die Hand, wie ein Artist im Zirkus: «Quod erat demonstrandum – was zu beweisen war.»
Er war mit zwei Schritten am Tisch, blätterte im Aktenbündel, riß eine Photographie heraus, hielt sie Schlumpf unter die Nase:
«So ist er gelegen, der Witschi, auf dem Bauch ist er gelegen, du Löli, verstehst? Und er hat unmöglich auf dem Rücken liegen können, weil keine Tannennadeln auf seiner Kutte sind. Verstehst du das?»
Und dann, zum Untersuchungsrichter gewandt:
«Ist nicht noch eine Photographie da? Auf der nur der Kopf drauf ist?»
Der Untersuchungsrichter war aus der Fassung geraten. Er stöberte im Aktenbündel. Doch, es war noch eine Photographie da, er wußte es. Zwei, die den ganzen Körper des Witschi zeigten, eine, auf der nur der Kopf war, der Kopf mit der Wunde hinter dem rechten Ohr und rundherum der Waldboden, mit Tannennadeln bedeckt. Er fand sie endlich und reichte sie Studer.
«Die Lupe», sagte der Wachtmeister. Es klang wie ein Befehl.
«Hier, Herr Studer.» Der Untersuchungsrichter wurde ganz ängstlich. Wie lange mußte man sich noch den Anordnungen dieses Fahnders fügen?

Studer ging ans Fenster. Es war still im Zimmer. Der Regen pritschelte eintönig gegen die Scheiben. Studer starrte durch die Lupe, starrte, starrte ... Endlich:
«Ich muß die Photo vergrößern lassen. Darf ich sie mitnehmen?»
«Dies wäre eigentlich Sache der Untersuchungsbehörde», sagte der Untersuchungsrichter und versuchte seiner Stimme einen abweisend sachlichen Ton zu geben.
«Ja, und dann geht es drei Wochen. Ich hab' einen Mann bei der Hand, der es mir bis heut abend macht. Also ich kann sie mitnehmen?» Studer erwischte ein Kuvert auf dem Tisch, riß von einem Block einen Zettel ab, kritzelte ein paar Worte drauf, schloß das Kuvert, drückte auf den Klingelknopf. Der Polizist öffnete die Tür. Studer stand schon vor ihm.
«Nimm dein Velo, fahr auf den Bahnhof, expreß. Da ist Geld. Aber rasch! ...»
Der Polizist schaute erstaunt auf den Untersuchungsrichter. Der nickte, etwas verlegen, dann sagte er:
«Aber zuerst führen Sie die Person herein, die mit dem Wachtmeister gekommen ist. Das haben Sie wohl vergessen, Herr Studer ...»
«Ganz richtig», sagte Studer zerstreut. «Das hab' ich richtig vergessen.»
Er strich sich über die Stirn und massierte die Augendeckel mit Daumen und Zeigefinger.
Die schwarzen Punkte auf dem Nadelboden neben dem Kopf ... was hatten die schwarzen Punkte zu bedeuten? Sie sahen aus wie winzige Teilchen verkohlten Zigarettenpapiers ... Wenn man sie auf der Vergrößerung als solche erkennen könnte! ... Schwierig, doch nicht ganz unmöglich ... Dann ... Dann hatte der Lehrer Schwomm vielleicht doch nicht gelogen, als er von zwei Schüssen sprach ... Dann, ja, dann wurde die Sache bedeutend einfacher ... Kinderleicht ...
Ein kleiner, spitzer Schrei. Sonja stand in der Tür.
Schlumpf war aufgesprungen.

«Gebt euch doch die Hand, Kinder», sagte Studer trocken aus seiner Ecke heraus.
Die beiden standen voreinander, rot, verlegen, mit hängenden Armen. Endlich: «Grüeß di, Erwin.»
Antwort, gewürgt: «Grüeß di, Sonja.»
«Hocked ab!» sagte Studer und stellte seinen Stuhl dicht neben Schlumpf. Sonja nickte dem Wachtmeister dankend zu und setzte sich. Ganz leise sagte sie noch einmal und legte ihre kleine Hand mit den nicht ganz sauberen Nägeln auf Schlumpfs Arm:
«Grüeß di. Wie geht's dir?»
Der Bursche schwieg. Studer stand wieder am Kamin, wärmte sich die Waden und blickte auf die beiden. Der Untersuchungsrichter sah ihn fragend an. Studer winkte beschwichtigend ab: «Nur machen lassen.» Zum Überfluß legte er noch den Zeigefinger auf die Lippen.
Ein Windstoß ließ die Scheiben leicht klirren. Dann rauschte eintönig der Regen. Ein neuer Windstoß fuhr in den Kamin, Studer war plötzlich von einer blauen Wolke umgeben. Er hätte husten sollen, gewaltsam unterdrückte er den Reiz. Er wollte die Stille nicht stören . . .
Sonjas Hand streichelte den Ärmel des Burschen auf und ab, fand das Handgelenk und blieb dort liegen.
«Bist ein Guter», sagte Sonja leise. Ihre Augen waren weit offen und blickten in die Augen ihres Freundes. Und auch Schlumpf schaute und schaute. Studer erkannte sein Gesicht kaum wieder. Es lächelte nicht, das Gesicht. Es war sehr ernst und ruhig. Es sah wirklich aus, als sei das Schlumpfli plötzlich erwachsen geworden.
«War's sehr schwer?» fragte Sonja leise. Beide schienen vergessen zu haben, daß sie nicht allein im Zimmer waren. Plötzlich seufzte Schlumpf tief auf, und dann ließ er den Oberkörper nach vorne fallen. Sein Kopf lag auf dem Schoß des Mädchens. Die kleine Sonja schien zu wachsen. Gerade aufgereckt saß sie da, ihre Hände lagen gefaltet auf dem Kopf des Burschen Schlumpf.
«Ja, du bist ein Guter. Weißt, ich hab' immer an dich ge-

dacht. Immer, immer hab' ich an dich gedacht.» Es klang wie ein Wiegenlied.
Stockend, kaum zu verstehen, denn Schlumpf ließ den Kopf liegen, wo er war, und das Kleid dämpfte noch die Worte:
«Ich hab's gern für dich getan.» Dann fuhr der Kopf in die Höhe, Schlumpf lächelte. Es war ein merkwürdig verkrampftes Lächeln; und er sagte:
«Weißt, ich bin den Betrieb schon gewohnt.»
Wenn auch der Kopf sich freigemacht hatte, Sonjas verschränkte Hände lagen noch immer im Nacken des Burschen. Sie zog ihn näher, küßte ihn auf die Stirn.
«Darfst nicht mehr dran denken, gell? Nie mehr! Das ist vorbei . . .»
Schlumpf nickte eifrig.
Studer hustete. Es ging einfach nicht mehr, der Rauch setzte sich sonst in seiner Lunge fest. Sein Schneuzen klang wieder wie ein Trompetensignal, aber wie ein triumphierendes. Das Gesicht des Untersuchungsrichters war weich geworden. Er spielte mit einem Papiermesser, trommelte auf dem Aktendeckel, auf dem in schöner Rundschrift stand: *«Schlumpf Erwin»* und darunter in Blockbuchstaben: *«Mord»*.
Er legte den Brieföffner leise ab, klopfte das Aktenbündel mit der Kante auf den Tisch. Dann nahm er einen dicken Schmöker, der am Rande seines Schreibtisches lag, schob den Akt Schlumpf darunter und schlug mit der flachen Hand ein paarmal auf den Buchdeckel.
«Ja», sagte er, und es war ein Seufzer. Er war Junggeselle, schüchtern wahrscheinlich. Vielleicht beneidete er den Burschen Schlumpf. «Ja», sagte er noch einmal, diesmal ein wenig fester. «Und was hat das alles zu bedeuten, Herr Studer?»
«Oh, nüt Apartigs», sagte Studer. «Sonja Witschi möchte eine Aussage machen.»
Nun war dies sicher eine Übertreibung, denn Sonja Witschi hatte sich bis jetzt immer standhaft geweigert, eine Aussage zu machen. Sie war sogar stumm gewesen wie ein Fisch.
«Fräulein Witschi», der Untersuchungsrichter war überaus

höflich. «Ich werde sogleich meinen Schreiber rufen lassen, und dann werden Sie uns mitteilen, ob Sie etwas über den Tod Ihres Vaters auszusagen haben.» Er sah nicht auf und ärgerte sich innerlich über die Phrase.
Studer meldete sich. Er wolle gern den Gerichtsschreiber machen, sagte er. Dann sei man mehr unter sich. Und er könne ganz gut mit der Maschine umgehen, wenn es sein müsse. Mit zwei Fingern zwar. Aber es werde wohl langen, wenn Sonja nicht zu schnell erzähle. Der Untersuchungsrichter nickte. Schlumpf mußte aufstehen, er stand an der Wand und starrte auf Sonja. Und Sonja begann zu erzählen.

Der Fall Witschi zum dritten und vorletzten Male

– Hinter allem habe der alte Ellenberger gesteckt . . .
«Das ist der Baumschulenbesitzer in Gerzenstein», warf Studer ein.
«Woher wissen Sie das?» fragte der Untersuchungsrichter.
«Der Vater hat's mir erzählt. Vor vierzehn Tagen, das weiß ich noch genau. Wir sind zusammen spazieren gegangen, es war ein Sonntag, schön war's. Wir sind durch den Wald gelaufen. Der Vater hat gesagt, er halte es daheim nicht mehr aus, die Mutter quäle ihn so, und auch der Armin, wegen der Versicherung, die er verpfändet habe, und da habe der Vater gesagt, hinter allem stecke der alte Ellenberger. Der reize die Mutter immer auf.»
«Versicherung?» fragte der Untersuchungsrichter.
«Wissen Sie, die Heftli! . . .», sagte Studer, als ob damit alles erklärt wäre. «Und . . .»
«Und dann haben wir auch noch eine Unfall- und Lebensversicherung bei einer Gesellschaft gehabt . . .»
Studer unterbrach wieder:
«Und die war dem alten Ellenberger für fünfzehntausend Franken verpfändet worden, nicht wahr?»
Sonja nickte.

«Das war vor zwei Jahren», sagte sie. «Damals hat das ganze Unglück begonnen. Das Vermögen der Mutter war in fremden Aktien angelegt, ich weiß nicht mehr, wie sie geheißen haben, sie haben viel Zinsen gebracht . . .»
«Dividenden ausgezahlt . . .», stellte der Untersuchungsrichter fest.
«Ja, und dann sind die Papiere keinen Rappen mehr wert gewesen. Da hat der Vater seine Lebensversicherung genommen und hat sie beim Ellenberger verpfändet.
Damals war der Vater viel mit dem Schwomm zusammen, mit dem Lehrer Schwomm. Der Lehrer Schwomm hat einen Verwandten gehabt im Elsaß. Und der war bei einer Gesellschaft, einer deutschen, die versprach 10% Zinsen. Ja, ich glaub', so war es. Und der Vater war so froh, er sagte noch, jetzt könne er das verlorene Geld wieder zurückgewinnen, und ist zum Ellenberger gegangen und hat auf seine Versicherung Geld aufgenommen. Das Geld hat der Verwandte vom Lehrer eingesteckt und ist damit nach Deutschland gefahren . . . Aber wir haben nie wieder etwas von ihm gehört – vom Geld mein' ich. Der Mann ist in Basel verhaftet worden. Er hat nicht nur in Gerzenstein die Leute betrogen, auch in den Städten. Die Gesellschaft hat schon bestanden, in Deutschland, er aber hat gar nichts mit ihr zu tun gehabt. Der Lehrer Schwomm hat den Vater gebeten, nichts von der Sache zu erzählen. Und der Vater hat auch geschwiegen . . .»
«Ich glaube, diese ganze Geschichte brauchen wir nicht ins Protokoll aufzunehmen, Herr Studer», sagte der Untersuchungsrichter.
«Gewiß, gewiß . . .», antwortete Studer, drückte ein paarmal auf den Umschalter und faltete dann die Hände. «Jetzt ist es ganz bös geworden», erzählte Sonja weiter. «Es war kaum mehr auszuhalten daheim. Kein Geld, viel Schulden . . . Der Armin, der nicht weiter studieren konnte und jeden Tag hässiger wurde, die Mutter, die vom Morgen bis zum Abend klagte . . . Damals kam der Onkel Aeschbacher oft. Er konnte sehr lieb sein, der Onkel Aeschbacher. Ich hatte ihn fast

so gern wie den Vater. Als er sah, daß ich immer trauriger wurde, verschaffte er mir die Stelle in Bern. Die Mutter bekam den Zeitungskiosk. Mit dem Vater kam der Onkel nicht gut aus. Ich weiß selbst nicht, warum. Und der Vater beobachtete ihn immer, so heimlich; manchmal hatte ich Angst. Für wen? Ich weiß es selbst nicht . . . Er ist ein kurioser Mann, der Onkel Aeschbacher . . .», wiederholte Sonja und schwieg einen Augenblick.
«Gewöhnlich kam der Onkel Aeschbacher am Abend. Dann war ich allein zu Hause. Die Mutter mußte im Kiosk bleiben bis zum letzten Zug, um neun Uhr, der Vater kam auch spät und der Armin . . . Mit dem Armin war schlecht auszukommen.»
Schweigen. Der große Wind vor den Fenstern war still geworden. Das Licht im Zimmer war grau.
«Die andern im Dorf haben das nie gewußt», sagte Sonja, und ihre Stimme war leise, «aber der Onkel Aeschbacher war ein unglücklicher Mann. Ich hab' es gewußt. Und ich hab' ihn gern gehabt, obwohl er den Vater nicht hat leiden können. Auch der Vater . . .»
«Ja, ja, schon gut», sagte der Untersuchungsrichter, und man merkte es ihm an, daß er ungeduldig wurde. «Mich interessiert am meisten, was am Abend des Mordes passiert ist!»
Sonja blickte auf, sie sah den Untersuchungsrichter vorwurfsvoll an, und dann sagte sie mit einer Stimme, die stark an die ihrer Mutter erinnerte:
«Ich muß von dem, was früher geschehen ist, doch auch erzählen, sonst kommt Ihr ja nicht nach!»
«Sowieso», meinte Studer, «nur erzählen lassen. Wir haben ja Zeit. Schlumpfli, eine Zigarette?»
Der Bursche Schlumpf nickte. Sonja erzählte weiter.
«Vor einem halben Jahr etwa ist zwischen dem Vater und dem Onkel Aeschbacher alles anders geworden. Es sah so aus, als ob der Onkel vor dem Vater Angst hätte. Das war . . .», Sonja stockte, «das war nach einem Abend . . .»
Sonja wurde rot und schielte zu Schlumpf hinüber. Der stand

aufrecht da, rauchte schweigend, sichtlich aufgeregt und nahm tiefe Lungenzüge . . .

«An einem Abend, da war ich allein mit dem Onkel Aeschbacher. Er war traurig. Es war Anfang Dezember. Draußen war's dunkel. Ich hab' die Lampe anzünden wollen. Da sagt der Onkel Aeschbacher: ‚Laß die Lampe, Meitschi, mir tun die Augen weh.' Dann schweigt er und hält seine dicke Hand wie einen Schirm über die Augen.

Ich saß am Tisch. ‚Es geht alles schief. Sie haben mich nicht in die Kommission gewählt . . .' In welche Kommission? hab' ich gefragt. ‚Ah, das verstehst du nicht', sagt er drauf. Und ich soll ein wenig zu ihm kommen. Er saß in einem tiefen Lehnstuhl, ganz in einer finsteren Ecke. Ich bin hingegangen, er hat mich auf seine Knie genommen und mich festgehalten. Ich hab' gar keine Angst gehabt, denn er ist immer gut zu mir gewesen, der Onkel Aeschbacher.»

Seufzer.

«Da plötzlich ist die Tür aufgerissen worden, das Licht ist angegangen. In der Tür stehen der Vater und der Armin. ‚So', sagt der Vater, ‚hab' ich dich endlich erwischt, Aeschbacher. Was fällt dir ein, meine Tochter zu karessieren?' Der Onkel hat mich weggestoßen, ist aufgesprungen: ‚Du bist besoffen, Witschi!' hat er gesagt. Und dann hat er mich fortgeschickt. Mehr hab' ich nicht hören können. Sie sind dann noch etwa eine Stunde beisammen gesessen. Der Armin war auch dabei. Von dieser Zeit an hat der Onkel kaum mehr mit mir gesprochen. Aber mit dem Vater ist es immer schlimmer geworden, der alte Ellenberger von der Baumschule hat ihm Papiere gegeben, die hat er in Bern umgewechselt. Dann verschwand der Vater immer auf eine Woche oder zwei aus Gerzenstein, kam dann wieder, müd, traurig. Wenn ich ihn fragte, wo er gewesen sei, sagte er nur: ‚In Genf'. Einmal hab' ich den Vater zufällig in Bern getroffen. Auf der Hauptpost. Ich hab' ein pressantes Paket fürs Geschäft aufgeben müssen. Er hat mich nicht gesehen. Er stand vor einem Postfach, nahm Briefe heraus, riß die Kuverts auf und warf sie dann weg. Er sah traurig aus, der

Vater, er ging aus der Halle wie ein alter Mann. Ich hab' dann ein Kuvert, das er weggeworfen hat, aufgelesen. Es kam von einer Bank in Genf.»
«Spekuliert, weiter spekuliert . . .», sagte Studer leise, und der Untersuchungsrichter nickte.
Man kann den Wendelin entschuldigen, dachte Studer. Er hat's für die Familie getan. Hat das Geld zurückholen wollen, das Geld der Frau . . .
Da sprach Sonja weiter:
«Er ist immer öfter zum Ellenberger gegangen, damals. Er hat auch viel getrunken, der Vater. Nicht regelmäßig. Aber so alle Wochen ein- oder zweimal ist er betrunken heimgekommen. Einmal hab' ich ihm Schnaps holen müssen. Einen halben Liter. Er ist früh in sein Zimmer hinauf. Die Mutter war an dem Abend beim Onkel Aeschbacher eingeladen. Sie ist erst spät heimgekommen. Am nächsten Morgen war die Flasche leer. Ich hab' sie fortgeworfen, damit die Mutter sie nicht sieht.»
Wieder das Schweigen. Man sah es dem Untersuchungsrichter an, daß er ungeduldig wurde. Aber Studer beruhigte den nervösen Herrn mit einer beschwichtigenden Handbewegung.
«Heut vor acht Tagen bin ich wie gewohnt um halb sieben heimgekommen. Der Vater war schon da. Er stand im Wohnzimmer, beim Klavier, und hörte mich nicht kommen. Ich hab' geschaut, was er macht. Er hat die Vase, die immer auf dem Klavier steht, in der Hand gehalten, hat sie geschüttelt, es hat geklirrt, dann hat er sie wieder an ihren Platz gestellt und das Herbstlaub geordnet. ‚Was machst du da, Vater?' hab' ich gefragt. Er ist ein wenig erschrocken. Ich hab' dann nicht weiter gefragt. Am nächsten Morgen bin ich als erste aufgestanden. Es waren fünfzehn Patronenhülsen in der Vase. Ja!»
Sonja sah den Untersuchungsrichter an, sah Schlumpf an. Sie schien auf laute Rufe des Erstaunens zu warten. Aber die beiden blieben stumm. Einzig Studer, vor der Schreibmaschine, auf der er noch kein Wort getippt hatte, winkte ab:

«Das wissen wir. Wir haben auch die Tür gefunden, die deinem Vater als Schießscheibe gedient hat ...»
Da wurde endlich der Untersuchungsrichter doch von Neugierde geplagt. Und Studer mußte von der Entdeckung im dunklen Schuppen erzählen, von dem abgehobelten Rechteck auf der altersschwarzen Tür und von den Einschußöffnungen, die keine Pulverspuren an den Rändern gezeigt hatten.
Der Untersuchungsrichter nickte.
«Und wie war es am Dienstagabend, was haben Sie da getrieben, Fräulein Witschi?»
«Ich bin mit dem Erwin spazieren gegangen», sagte Sonja, und ihr Gesicht blieb bleich. «Wir waren zusammen im Wald, es war ein schöner Abend. Ich bin um elf Uhr heimgekommen. Der Vater war noch nicht zu Hause. Die Mutter ist am Tisch gehockt, in der Küche. Sie schien aufgeregt. Auch der Armin war nicht zu Hause. Ich hab' gefragt, wo die beiden seien. Die Mutter hat die Achseln gezuckt. ‚Draußen', hat sie gesagt. Um halb zwölf ist der Armin heimgekommen. Die Mutter hat gefragt: ‚Hat er? ...' Der Armin hat genickt und begonnen, seine Taschen zu leeren.»
«Halt!» rief der Untersuchungsrichter. «Herr Studer, schreiben Sie bitte.» Und er diktierte nach den einleitenden Floskeln jedes Zeugenverhörs Sonjas Erzählung.
«Weiter», sagte er darauf. «Inhalt der Taschen?»
«Eine Browningpistole, eine Brieftasche, ein Füllfederhalter, ein Portemonnaie, eine Uhr. Das alles legte der Armin auf den Tisch. Ich hab' gezittert vor Angst. ‚Was ist dem Vater passiert?' hab' ich immer wieder gefragt. Aber die beiden gaben keine Antwort. Armin öffnete die Brieftasche und zog eine Hunderter- und eine Fünfzigernote heraus. Die Mutter nahm sie, ging zum Sekretär, versorgte die Fünfzigernote und kam mit drei Hunderternoten zurück. Armin nahm das Geld, legte es auf den Tisch und sagte: ‚So, jetzt mußt du zuhören und morgen genau das tun, was ich dir sage. Der Vater hat sich erschossen.' ‚Nein', hab ich gerufen und hab' angefangen zu weinen. ‚Nein! Das ist nicht wahr!' – ‚Plärr

jetzt nicht und hör' zu. Der Vater hat gefunden, es sei so das beste für ihn. Aber er hat mit uns ausgemacht, mit der Mutter und mir, daß es nicht als Selbstmord gelten darf. Denn wenn es ein Selbstmord ist, so zahlt die Versicherung nichts.' – Ich weinte. Dann sagte ich: ‚Aber das werden die Leute doch merken, daß er sich erschossen hat. Das geht doch in Romanen, aber nicht in der Wirklichkeit!' Hab' ich da nicht recht gehabt, Herr Wachtmeister?»

«Hm, vielleicht, ja . . .», murmelte Studer und beschäftigte sich eifrig mit dem eingespannten Folioblatt. Die Linien waren schief.

«Das hab' ich dem Armin auch gesagt, und ob er es hat übers Herz bringen können, daß sich der Vater für uns umbringt, hab' ich ihn gefragt . . . Da sagte er, sie hätten mit dem Vater ausgemacht, er solle sich nur anschießen, sich eine schwere Verletzung beibringen, dann bekäme er auch die Versicherung für Ganzinvalidität – sich ins Bein schießen zum Beispiel, sagte der Bruder, aber so, daß das Bein amputiert werden müsse . . . Das hat er gesagt, der Bruder . . .»

«Verrückt, idiotisch, hirnverbrannt!» flüsterte der Untersuchungsrichter, streckte die Arme aus, daß die Ärmel seines Rockes fast bis zu den Ellbogen rutschten, fuchtelte mit den Händen in der Luft herum. «Das ist ja . . . Was sagen Sie dazu, Studer? . . .»

«Locard, Doktor Locard in Lyon, Sie wissen, wen ich meine, Herr Untersuchungsrichter, schreibt in einem seiner Bücher – (und mein Freund, der Kommissär Madelin, zitierte diesen Ausspruch mit Vorliebe) – es sei ein Irrtum, zu glauben, es gebe normale Menschen. Alle Menschen seien mindestens Halbverrückte, und diese Tatsache dürfe man in keiner Untersuchung vergessen . . . Erinnern Sie sich vielleicht an den Fall jenes österreichischen Zahntechnikers, der sein Bein auf einen Spaltklotz legte und es mit einer Axt bearbeitete, bis es nur noch an einem Fetzen hing – nur um eine sehr hohe Unfallversicherung einzukassieren . . .? Es gab damals einen großen Prozeß . . .»

«Ja, ja», sagte der Untersuchungsrichter. «In Österreich! Aber wir sind doch in der Schweiz!»
«Die Menschen sind überall gleich», seufzte Studer. «Was soll ich schreiben?»
Stockend diktierte der Untersuchungsrichter, aber seine Sätze verfilzten sich derart, daß Studer Mühe hatte, diese Syntax zu entwirren ...
«Weiter, weiter! Fräulein Witschi!» Der Untersuchungsrichter wischte sich die Stirn mit einem kleinen farbigen Taschentuch, ein Duft von Lavendel schwebte durch den Raum ...
Sonja war verschüchtert. Sie hatte nicht verstanden, was da verhandelt wurde. Verrückt? dachte sie, warum verrückt? Wenn wir doch das Geld so notwendig gebraucht haben! ... Und dann erzählte sie weiter:
«Da fragt die Mutter ganz kalt: ‚Wo sitzt der Schuß?' – Und der Armin antwortet genau so kalt: ‚Hinter dem rechten Ohr.' Da nickt die Mutter, wie anerkennend: ‚Das hat er gut gemacht, der Vater.' Aber dann war's vorbei mit ihrer Ruhe. Ich hab' die Mutter nie weinen sehen, auch damals nicht, als wir das ganze Geld verloren hatten. Sie hat immer nur geschimpft. Aber jetzt legte sie den Kopf auf den Tisch und ihre Schultern zuckten. ‚Aber Mutter!' sagt der Armin. ‚Es ist doch besser so!' – Da wird die Mutter bös, springt auf, läuft im Zimmer hin und her und sagt nur immer: ‚Zweiundzwanzig Jahre! Zweiundzwanzig Jahre!'»
Man fühlte es, Sonja erlebte die ganze Szene noch einmal, sie sah alles vor sich. Ihre Lider waren gesenkt. – Lange Wimpern hatte das Mädchen ...
Studer träumte vor sich hin ... Also war das Bild, das er sich gemacht hatte, damals, als er die Mutter Witschi besucht hatte, doch falsch gewesen ... Er hatte den Tisch gesehen, die Leute darum: Anastasia Witschi redet auf ihren Mann ein, er solle kein Feigling sein ... Gewiß, das war sicher alles so gewesen. Er hatte nur einen Menschen zuviel am Tisch gesehen: Sonja.

Sonja wußte von nichts, man hatte ihr nichts erzählt, bis man sie vor eine vollendete Tatsache hatte stellen können ... Und auch dann hätte sie sich vielleicht geweigert, wenn ... wenn nicht die Romane gewesen wären:
«Unschuldig schuldig» hieß einer – Leute wie der Untersuchungsrichter hatten kein Verständnis für derartige Kompliziertheiten.
Kompliziertheiten? ...
Einfach war es! Überwältigend einfach!
Aber es schien, daß ein einfacher Fahnder solche Kompliziertheiten besser verstand als ein Studierter ... Sonja war zur Gegenpartei übergegangen ... Merkwürdig, es hatte damit begonnen, daß der Wachtmeister dem Mädchen die Tränen getrocknet hatte ... Solche Dinge waren zart wie die Fäden, die im Altweibersommer durch die Luft fliegen; nachdenken durfte man über sie, aber von ihnen sprechen? Sicher, wenn man solches aussprach, bekam man das Zitat von Locard an den Kopf geschmissen ... Mit Recht! Mit Recht! ...
Merkwürdig, wie Stimmen sich verändern konnten! Sonjas Stimme war tief und ein wenig heiser, als sie weiter erzählte: «Da sagt der Bruder: ‚Du stehst ja gut mit dem Schlumpf. Ihr wollt euch ja sogar heiraten. Jetzt kann er zeigen, ob er dich wirklich gern hat. Du sagst ihm morgen, daß er sich verdächtig machen muß. Es muß so aussehen, als ob er den Mord begangen hätte ... Bis wir die Versicherungen ausbezahlt bekommen haben ... Dann werden wir schon sehen, daß wir ihn freibekommen.' Ich hab' mich zuerst geweigert, aber nicht lange. Ich war ja so dumm. Ich hab' zuviel Romane gelesen. Und in den Romanen, da kommt ja immer vor, daß einer sich für eine Frau opfert, freiwillig ins Gefängnis geht, um sie nicht zu verraten. Wir haben dann noch alles besprochen. Ich sollte den Schlumpf am nächsten Abend aufsuchen, ihm die dreihundert Franken geben, dann sollte er in den ‚Bären' und dort etwas trinken und eine Hunderternote wechseln. Der Bruder hat dann dem Murmann angeläutet ...»

Das Telephon, von dem Murmann gesprochen hatte! Die unbekannte männliche Stimme! Es war wirklich alles konstruiert wie in einem Roman ... Man müßte noch mit dem Armin reden ... Und welche Rolle spielte der Coiffeurgehilfe in der ganzen Angelegenheit? Gerber hatte ein Motorrad; ob er wohl auch ein Auto lenken konnte? Sicher! Man müßte wissen, was Cottereau, der Obergärtner beim alten Ellenberger, gesehen hatte, um von ein paar Burschen so übel behandelt zu werden ... Studer geriet mehr und mehr ins Träumen. – Der alte Ellenberger hatte eine Waffe gekauft ... Vielleicht doch zwei Schüsse? Hatte jemand beim Selbstmord nachgeholfen? ... Vielleicht Witschis Arm gehalten? ... Oder hatte Witschi daneben geschossen, und ein anderer ...

«Warum hast du dem Coiffeurgehilfen eigentlich den Füllfederhalter geschenkt?» fragte Studer in die Stille. Und dabei sah er den Gerber vor sich mit seinen allzu roten Lippen und mit seinem Mantel, der blaue Aufschläge trug.

«Er hat uns damals in der Nacht zusammen gesehen, den Schlumpf und mich», sagte Sonja leise. «Und er hat gedroht, er erzähle es dem Statthalter, daß der Schlumpf unschuldig ist ...»

«Wann hat er euch gesehen?» Ganz scharf stellte Studer die Frage.

«Am Unglücksabend, am Dienstag, um zehn Uhr, auf der andern Seite des Dorfes, gar nicht in der Nähe des Ortes, wo man den Vater gefunden hat ...»

«So», sagte Studer. Dann vertiefte er sich wieder ins Schreiben. Der Untersuchungsrichter diktierte langsam. Studer kam gut nach ...

Aber es war dennoch ein mühseliges Tun. Der Untersuchungsrichter begann Fragen zu stellen, kreuz und quer, er wollte alles wissen, er bohrte und bohrte, es ging eine halbe Stunde, es ging eine ganze Stunde. Selbst Studer standen die Schweißperlen auf der Stirn, und Sonja war nahe am Zusammenklappen. Nur der Bursche Schlumpf hielt sich aufrecht. Er stand an der Wand, er antwortete kurz und klar,

wenn eine Frage an ihn gestellt wurde. Dabei schien er gar nicht übermäßig erfreut zu sein, daß er nun bald wieder die Freiheit würde genießen können. Studer verstand ihn so gut. Die Heldenrolle war ausgespielt – und der Bursche Schlumpf hatte sich gar nicht wie ein Romanheld benommen! Er hatte seine Unschuld beteuert, er hatte versucht, sich umzubringen ... Nein, er war durchaus keine leuchtende Gestalt ... Gott sei Dank, dachte Studer; er hatte nichts übrig für Helden. Er fand bei sich, daß es eigentlich gerade die Schwächen waren, die die Menschen liebenswert machten ...
Endlich, endlich war der Untersuchungsrichter fertig. Es war bei der ganzen Fragerei nichts Wichtiges mehr herausgekommen. Hätte man Sonjas Erzählung auf einer Platte aufgenommen, dachte Studer, so wäre der Eindruck lebendiger gewesen, richtiger als das trockene Protokoll in der indirekten Rede ... Sei's drum.
«Ich werde natürlich», sagte der Untersuchungsrichter, nachdem er Sonja («Du wartest auf mich, Meitschi», hatte Studer ihr gesagt, «ich führ' dich heim ...») und Schlumpf gnädigst entlassen hatte, «ich werde natürlich mit dem Herrn Staatsanwalt die Sache besprechen, und dann wird einer Haftentlassung des Schlumpf nichts mehr im Wege stehen ...»
«Hüten Sie sich, das zu tun, Herr Untersuchungsrichter», Studer drohte mit dem Finger, und ein merkwürdiger Ausdruck saß in seinen Augen. «Lassen Sie den Herrn Staatsanwalt vorläufig ganz aus dem Spiel. Sie brauchen doch Bestätigungen, sie müssen doch zuerst den Bruder, die Mutter verhören. Sie müssen den Baumschulenbesitzer vorladen. Sie müssen Bestätigungen haben ...»
«Aber Studer, um Gottes willen, es ist doch ganz klar, daß es sich um einen Selbstmord handelt ...!»
Studer schwieg. Dann sagt er:
«Ich möchte gern den Autodieb sprechen ...»
«Ist das nötig?»
«Ja», sagte Studer.
Der Untersuchungsrichter zuckte die Achseln, als wolle er andeuten, daß man sich allerhand gefallen lassen müsse.

Aber er wollte doch einen kleinen Triumph haben, darum sagte er spitz:
«Sie haben vorhin Doktor Locard zitiert, nicht wahr? Aber ... Sie ...» Vor Studers Blick wußte der Untersuchungsrichter plötzlich nicht weiter. Aber der Wachtmeister sprach den Gedanken seines Gegenübers rücksichtslos aus:
«Sie meinen, ob ich selbst nicht auch ein Halbverrückter bin? Aber mein lieber Herr», dem Untersuchungsrichter gab es ob dieser Anrede einen kleinen Ruck – diese Familiarität! – «wir haben alle einen Vogel im Kopf. Manche haben sogar eine ganze Hühnerfarm ...»
Der Untersuchungsrichter beeilte sich, auf die Klingel zu drücken ...

Der Autodieb

Er sah aus wie eine Kreuzung zwischen Dackel und Windhund. Vom Dackel hatte er die X-Beine und vom Windhund den nach vorne spitz zulaufenden Kopf. Übrigens hieß er Augsburger Hans, fünfmal vorbestraft. Ihm drohte die Versorgung.
Studer kannte ihn, obwohl Augsburger Hans mehr in anderen Kantonen seinem Beruf nachgegangen war – er war Einbrecher, aber ein vom Pech verfolgter, ein kleiner, mieser Dilettant – denn der Wachtmeister hatte ihn auf Anforderung fremder Behörden schnappen müssen ...
«Salü, Augsburger», sagte Studer. Er stand von seinem Platz an der Schreibmaschine auf, ging auf den Eintretenden zu, schüttelte ihm die Hand. Der Polizist an der Tür zeigte ein leichtes Erstaunen, aber Augsburger ließ sich durch die herzliche Begrüßung nicht aus der Ruhe bringen.
«Eh, der Studer!» sagte er. «Grüß-ech, Wachtmeister!»
Dann zum Untersuchungsrichter gewandt:
«Der Wachtmeister ist nämlich ein Gäbige», sagte der Augs-

burger. «Einer, mit dem man reden kann. Wachtmeister, habt Ihr eine Zigarette?»
«Ja, wenn du uns nicht anlügst!» Und Studer blinzelte dem Untersuchungsrichter zu, er solle ihn das Verhör führen lassen. Der Untersuchungsrichter nickte, suchte auf seinem Tisch nach dem Aktendeckel «Augsburger Hans, Autodiebstahl» und reichte ihn dann Studer hin.
Studer blätterte. Nichts Interessantes. «Bei einem vorgeschriebenen Patrouillengang ... vor dem Bahnhof ... Fahrer angehalten ... kein Fahrausweis ... handelt sich um einen im Polizei-Anzeiger Ausgeschriebenen ... Leistete keinen Widerstand ... ließ sich abführ ...»
«Ist das Verzeichnis der Effekten, die dem Augsburger abgenommen worden sind, auch bei den Akten?» fragte Studer.
«Doch, ich glaube», sagte der Untersuchungsrichter und spielte wieder mit seinem Papiermesser.
«Ah, ja, hier», und Studer las:
«Portemonnaie mit 12.50 Fr. Inhalt.
1 Nastuch
1 Hemd
1 Paar Hosen ...»
Und dann stand da:
«1 Browningpistole Kaliber 6,5» ...
Was war das?
«Du, Augsburger, das ist bös. Waffentragen? Seit wann hast du einen Revolver? Willst du lebenslänglich erwischen? Hä?»
Aber Augsburger schwieg.
«Ich möcht' die Pistole gerne sehen», sagte Studer.
Der Polizist brachte sie.
«Sie ist geladen», sagte er.
Studer nahm sie in die Hand, entlud sie. Im Magazin waren noch sechs Patronen, eine im Lauf ...
«Hast du eine gebraucht, Augsburger?»
Augsburger schwieg andauernd. Nur die Haut auf der rechten Seite seines Gesichtes zuckte wie bei einem Pferd, das von den Bremsen geplagt wird.

«Nicht einmal geputzt, der Lauf?» Studer sprach immer gedehnter. Der Untersuchungsrichter wurde aufmerksam.
«Sechs Komma fünf», sagte Studer und nickte. «Das gleiche Kaliber hat die Kugel auch, die in Witschis Kopf steckengeblieben ist . . .»
«Aber Wachtmeister, wir wissen doch jetzt, daß es ein . . .»
«Gar nichts wissen wir, Herr Untersuchungsrichter. Wir haben von einem Plan gehört, um auf möglichst rasche Weise zu Geld zu kommen, aber der Plan ist scheinbar nicht so gelungen, wie er hätte ausgeführt werden sollen.» Da Studer sah, daß Augsburger ihm eines seiner großen Ohren zugekehrt hatte, sprach er so dunkel als möglich.
«Ich denke immer an das, was mir der Assistent im Gerichtsmedizinischen vordemonstriert hat. Die Stellung, die der selige Witschi hat einnehmen müssen, um sich gerade hinter das rechte Ohr zu treffen . . . Das Fehlen von Pulverspuren . . . zugegeben, daß es möglich war mit Zigarettenblättern, ich glaub' es nicht recht, es steckt mehr hinter dem Fall, als wir glauben.»
Studer schwieg unvermittelt. Augsburger hatte die Augen gesenkt.
«Wo warst du die letzten vierzehn Tage?» fragte er plötzlich.
«In . . . in . . .»
«Da, nimm eine Zigarette», sagte Studer freundlich. Es dauerte eine Weile, bis sie brannte.
«Schau, Augsburger», erklärte Studer milde. «Wenn du nicht nachweisen kannst, wo du in der Nacht warst, in der ein gewisser Wendelin Witschi ermordet worden ist, so kann ich dir nur eines sagen: Ich . . . Aber nein, ich habe dann gar nichts mehr mit dir zu tun. Das Schwurgericht wird dann schon wissen, was es zu tun hat. Es war nämlich ein Raubmord . . .»
«Aber den hat der Schlumpf doch gestanden!» rief Augsburger.
«Und hat soeben sein Geständnis widerrufen, vielmehr, ich hab' ihm bewiesen, daß er unmöglich den Mord hat begehen können. Und dann hat sich noch ein Zeuge gefunden,

der beschwört, mit dem Schlumpf zur mutmaßlichen Zeit des Mordes zusammengewesen zu sein.»
«Dann hat er mich angelogen!» sagte Augsburger böse.
«Wer?»
«Der alte Ellenberger.»
«So, und warum hast du in der Samstagnacht das Auto vom Gemeindepräsidenten gestohlen?»
«Es war zu heiß in Gerzenstein», sagte Augsburger, aber die Unbekümmertheit klang ein wenig gedrückt.
«Und warum bist du gerade auf den Bahnhofplatz gefahren, wo du doch ganz sicher warst, daß ein Polizist dich schnappt?»
«Ich hab' mich verirrt, ich wollt nach Interlaken weiterfahren . . .»
«Und da bist du durch die Stadt gefahren, wo doch jedes kleine Kind weiß, daß die Straße oben durchfährt?»
«Ich hab' noch etwas trinken wollen . . .»
Immer zögernder die Antworten.
«Und wo hast du den Browning gestohlen?»
«Den Browning?» Augsburger begann die Fragen zu wiederholen, das war ein gutes Zeichen, Studer wußte, nun hatte er ihn bald. «Den Browning?» Dann sehr schnell:
«Der ist beim alten Ellenberger auf dem Schreibtisch gelegen, dort hab' ich ihn genommen . . .»
«Hm.» Studer schwieg. Es schien zu stimmen. Der alte Ellenberger hatte vor vierzehn Tagen in Bern einen 6,5-mm-Browning gekauft. War es dieser? Den andern hatte der Armin verstecken lassen in der Küche der Frau Hofmann, verstecken durch wen? Das war im Augenblick gleichgültig.
«Du hast beim Ellenberger gewohnt?» fragte Studer wieder.
«Ja.» Augsburger nickte ein paarmal.
«In welchem Zimmer?»
«Oben unter dem Dach.»
«Warum hat dich der Ellenberger aufgenommen?»
«Oh, nur so, aus Mitleid.»
«Hast du die andern gesehen?»

«Selten. Der alte Ellenberger hat mir immer das Essen gebracht.»
«Und er hat dir gesagt, du sollst das Auto vom Gemeindepräsidenten stehlen, dich in Thun erwischen lassen und dann versuchen, den Schlumpf zu bestimmen, ein Geständnis abzulegen?»
«Wie? Was?» fragte Augsburger. Er schien ehrlich erschrokken, und doch kam es Studer je länger je mehr vor, als ob der Bursche ein eingelerntes Theater spiele.
«Du hast doch dem Schlumpf gesagt, er solle sich gestern zum Verhör melden und dann dem Untersuchungsrichter sagen, er habe den Witschi umgebracht. Und du hast ihm doch einen sehr zwingenden Grund für dieses Geständnis angeben müssen. Ihm zum Beispiel sagen, man habe entdeckt, daß mit dem Mord nicht alles stimme, daß man an einen Selbstmord glaube und daß die ganze Familie in Gefahr sei, wegen Versicherungsbetrug verhaftet zu werden. Und daß es deshalb am besten sei, wenn der Schlumpf die Sache auf sich nehme. War's so? Das darfst du ruhig zugeben, wenn's so gewesen ist. Wir brauchen nur den Schlumpf zu fragen.»
«Das hätten wir vorher machen sollen», sagte der Untersuchungsrichter seufzend. «Aber Sie sind immer so stürmisch, mein lieber Studer, ich komme gar nicht zu Worte.»
«Sie haben selbst gar nicht daran gedacht!» antwortete Studer kurz. «Aber wir können den Schlumpf ja immer noch holen lassen. Eine Konfrontation ... Doch bevor wir zu dieser Konfrontation schreiten, habe ich dem Mann da noch ein paar Fragen zu stellen.»
Er schwieg und dachte nach.
«Der Revolver ist bei dir gefunden worden, Augsburger, du wirst nie beweisen können, daß du ihn vom Schreibtisch des alten Ellenberger fortgenommen hast. Das ist dir doch klar, oder? Ellenberger wird es aber leugnen. Du wirst nicht beweisen können, daß du in der Nacht vom Dienstag auf den Mittwoch im Bett gelegen bist. Oder wird der alte Ellenberger dir das bestätigen können?»

«Ich – ich glaub' schon.»
«Gut. Also wer hat dir den Auftrag für den Schlumpf gegeben? Red doch.»
«Der – der Armin Witschi . . .»
«Und du hast sagen sollen, der Auftrag käme von seiner Schwester?»
«Ja.»
«Hast du allein mit ihm gesprochen? Mit dem Armin, mein' ich?»
«Ja, es war niemand anderer dabei.»
«Woher hast du ihn gekannt?»
«Oh, so . . . Ich hab' ihn gesehen . . . Früher schon.»
«Ich hätte gerne noch das gestohlene Auto gesehen; aber vielleicht hat es der Herr Gemeindepräsident schon geholt?»
«Ja, gestern.» Der Untersuchungsrichter nickte.
«Desto besser!» meinte Studer. «Sobald ich Neues weiß, berichte ich Ihnen. Übrigens, Sie können den Schlumpf wieder in eine Einzelzelle tun. Er wird nicht mehr probieren, sich aufzuhängen . . . Wiederluege mitenand!»
Das «Mitenand» bereitete Studer eine besondere Freude.
Er lachte noch still, als er den Gang entlangging, um Sonja abzuholen.

Besuche

Sonjas Hände lagen auf Studers Schultern. Er fand diese Berührung angenehm. Auch hatte es aufgehört zu regnen, der Himmel war weiß. Die Bise wehte kalt, aber Studer fuhr mit dem Wind, da schadete es nicht viel. Ein guter Karren, den sich der Landjäger Murmann da zugelegt hatte. Er machte nicht viel Lärm. Wenn Studer auf die schwarze Asphaltstraße herniedersah, wurde sie von weißen Strichen gemustert. Es wäre alles gut und schön gewesen, aber der Wachtmeister fühlte sich nicht im Blei. Der Kopf schmerzte ihn, außerdem machte sich auf der rechten Seite der Brust,

ziemlich weit unten, ein stechender Punkt bemerkbar. Bei der ersten Wirtschaft stoppte Studer, trat ein und bestellte einen Grog. Es war seine Universalmedizin.
«Von wo ist schon die Saaltochter?» fragte er, und die Worte kamen ein wenig schleppend aus seinem Mund.
«Welche Saaltochter?» fragte Sonja.
«Die vom ‚Bären'. Die Freundin von deinem Bruder.»
«Von Zägerschwil. Warum, Wachtmeister?»
«Zägerschwil? Ist das weit?»
«Nicht gerade sehr weit», sagte Sonja. Aber die Wege seien schlecht. Es sei so ein Krachen im Emmental. Auf einem Hügel . . .
— Woher sie das wisse? — Armin habe einmal davon erzählt, er sei mit der Saaltochter an einem ihrer freien Tage oben gewesen. — Ja, ob der Armin denn das Meitschi heiraten wolle, es sei doch viel älter als der Bruder. Oder? — Das schon, aber die Eltern hätten Geld — und das Berti habe Erspartes. Armin sei schon ein paarmal bei den Eltern gewesen.
«Wollen wir die Eltern besuchen gehen?» fragte Studer und bestellte noch einen Kaffee-Kirsch. Man mußte sich stärken. Der stechende Punkt verschwand langsam, das Kopfweh hob sich ab und schwebte durch die Luft davon wie eine leichte Kappe, die der Wind fortweht.
«Was wollt Ihr dort?» fragte Sonja.
«Du Dumms! Den Armin besuchen. Ich muß ihn doch ein paar Sachen fragen.»
«Meint Ihr, er sei . . .»
«Wo soll er sonst sein? Einen Paß hat er nicht, er ist nicht ins Ausland, vor der Stadt hat er Angst, stimmt's?»
Sonja nickte schweigend.
«Dann bleiben also nur die zukünftigen Schwiegereltern. Wie heißen sie?»
Sie hießen Kräienbühl. Warum auch nicht? Berta Witschi-Kräienbühl, das klang gut, das klang solid. Solider als Witschi-Mischler. Es hing wohl sehr vieles von den Namen ab. Studer riß sich zusammen. Was dachte er da für sturms

Züüg zusammen. Er griff verstohlen mit der linken Hand an den Puls der Rechten. Ein wenig Fieber sicher. Aber jetzt konnte man sich eben nicht zu Bett legen. Zuerst mußte der Tod dieses Witschi Wendelin aufgeklärt werden. Da gab's ke Bire ... Witschi-Kräienbühl oder Kräienbühl-Witschi. Einerlei! Nur los. Der Kaffee war gut, sollte man noch einen trinken? Gut. Und Studer trank einen zweiten Kaffee. Sonja tunkte ein Weggli in ihr Glas, sie aß; natürlich, so ein Meitschi mußte ja Hunger haben.
Sollte man sie zuerst heimfahren? Aber daheim bekam sie doch kein warmes Mittagessen.
«Hast Hunger, Sonja?» fragte Studer. «Wenn du was essen willst, sag's nur! Ein Schinkenbrot?» Sonja schüttelte den Kopf.
«Später», sagte sie.
Kräienbühl-Mischler, Aeschbacher-Ellenberger, Gerber-Murmann ... Halt! Wie hieß die Frau des Landjägers mit dem Mädchennamen? Studer probierte so viele Kombinationen durch, daß ihm ganz sturm wurde. Er stand auf.
«Los, gehen wir.» Er hatte Mühe, das Wechselgeld von der Tischplatte aufzuklauben. Aber Sonja half ihm. Es ging.
Und es ging auch weiter gut, sobald er auf dem Sattel von Murmanns Karren hockte. Sonja dirigierte. Es kamen scheußliche Wege, mit tiefen Furchen, der Karren hopste wie bei einer Springkonkurrenz. Studer kam es vor, als fahre er in einem Traum.
Endlich, eine letzte Steigung (von Bangerten aus hatte sich Studer nach dem Weg erkundigen müssen) und sie waren da. Ein großes Gehöft. Ein altes Einfahrtstor. Es war still. Kein Mensch war zu sehen. Studer ging über den Hof, die Tür zur Küche war angelehnt, er klopfte.
«Ja!» rief eine ungeduldige Stimme.
«Grüeß di, Armin», sagte Studer freundlich. «Die Sonja ist auch mitgekommen.»
Er sah ein wenig zerzaust aus, der Armin Witschi. Die Wellen seiner Haare schichteten sich nicht mehr so triumphierend über der niederen Stirne auf wie früher.

«Der Wachtmeister!» stotterte er.
«Pst!» machte Studer und legte einen Finger auf die Lippen. «Es braucht nicht jedermann zu wissen, daß die Polizei dich besucht. Es ist nur ein Freundschaftsbesuch, weißt, du kannst ruhig da oben bleiben, bis alles sich beruhigt hat. Hört uns niemand?» fragte Studer plötzlich.
Armin schüttelte den Kopf. Jetzt, da er allein war, schien er gar nicht mehr so frech. Kein höhnisches Lächeln war auf seinen Lippen zu sehen. Er war ein gewöhnlicher, ängstlicher Bub, der nur die eine Sehnsucht zu haben schien, eine unangenehme Geschichte so bald als möglich los zu sein.
«Warum bist du fortgelaufen? Weißt, ich hab' es gleich gewußt, schon gestern nachmittag, wie dir die Berta gewunken hat, von der offenen Tür. Aber wozu hast du fünfhundert Franken gebraucht? Hier kannst du doch nichts ausgeben?» — Er habe weiter wollen, sagte Armin. Weit fort. Er wäre schwarz über die Grenze gegangen nach Paris; dort habe er einen Freund, der hätte ihm dann schon einen Paß besorgt. — Wo denn die Kräienbühls seien? — Beim Bohnensetzen, glaube er, sagte Armin. — Gut! meinte Studer. Das, was er wissen wolle, sei mit ein paar Worten gesagt.
Der Wachtmeister zog sein Notizbuch aus der Tasche. Dabei fühlte er, daß sein Herz hart und sehr schnell schlug — aber es war nicht der Fall Witschi, der dem Wachtmeister Herzklopfen verursachte.
«Die Schwester hat schon alles erzählt. Wir wollen schauen, ob wir das mit dem Versicherungsbetrug einrenken können, denn um einen solchen wird es sich wahrscheinlich handeln, wenn ... Eben wenn. Aber du mußt mir jetzt klare Auskunft geben: Was hast du damals mit deinem Vater ausgemacht?»
Und Armin Witschi gab anstandslos Auskunft. Er war sehr zahm, schier zu zahm. Aber das war eben immer so bei derartigen Charakteren, dachte Studer. Sie trumpfen auf, wenn sie in Gesellschaft sind, aber wenn man unter vier Augen mit ihnen spricht, so geben sie klein bei ...
Der Vater habe sich lange geweigert, einen Unfall vorzu-

täuschen. Aber schließlich, als der Ellenberger kein Geld mehr geben wollte, als ihnen das Wasser fast an den Mund gestiegen war, da war schließlich der Vater einverstanden gewesen.

Er sollte sich ins Bein schießen, dann warten, bis er, Armin, den Revolver versteckt habe, und dann schreien. Sicher würde jemand kommen, die Baumschulen vom Ellenberger seien ganz in der Nähe des Platzes gewesen, den sie ausgesucht hätten, und dann solle der Vater behaupten, er sei überfallen worden, beraubt.

«Wir haben gemeint, am besten wird es sein, die Sache» (,die Sache!' sagte Armin) «am späten Abend zu machen. Dann kann der Vater seine Geschichten erzählen, und die Leute werden ihm auch glauben, daß er seinen Angreifer nicht gesehen hat. Dann gibt's kein lästiges Gefrage, der Verdacht fällt auf alle Arbeiter des Ellenberger; und die sind ja vorbestraft. Aber es kann ja keinen treffen, denn sie werden ihre Unschuld beweisen können; die Sache wird niedergeschlagen, und die Versicherung zahlt uns das Geld . . .»

«Hm», brummte Studer. «Aber dann ist es anders gegangen?»

«Wir haben einen Abend festgesetzt, an dem der Vater mit etwas Geld hat heimkommen müssen, und haben sogar davon erzählt, das heißt, der Vater hat beim Ellenberger davon gesprochen, während die Arbeiter dabei waren. Das haben wir so ausgemacht. Der Vater hatte einen Browning.»

«Von wem?»

«Der alte Ellenberger hat ihn in der Stadt gekauft . . .»

«Ist das sicher?»

«Ja. Der alte Ellenberger hat um die Geschichte gewußt. Auch der Onkel Aeschbacher.»

«So?»

«Die Mutter hat's ihm erzählt. Er war doch ein Verwandter von ihr.»

«Und Gemeindepräsident . . .», sagte Studer leise und wiegte den Kopf hin und her, wie ein alter Jude, dem plötzlich die

Bedeutung eines dunklen Talmudsatzes klar geworden ist.
«Ja. Der Vater hat den Browning probiert, Zigarettenblätter in den Lauf geschoppt, bis er gewußt hat, wie man es zu machen hat, daß es keine Pulverspuren gibt. Also, an dem Abend hab' ich ihm abgepaßt. Von zehn Uhr an. Ich hab' das ‚Zehnderli' vom Vater gehört, er ist abgestiegen, wie wir es vereinbart hatten, er hat mich gesehen und mir noch zugewunken, hat neben das Rad seine Brieftasche, seine Uhr, seinen Füllfederhalter . . .»

«Parker Duofold», sagte Studer mit der Stimme eines anpreisenden Verkäufers.

«Richtig. Und dann ist er in den Wald gegangen. Es hat lange gedauert, bis ich den Schuß gehört habe. Und dann war es nicht einer, sondern zwei. Das hat mich gewundert. Denn die Schüsse sind kurz hintereinander gefallen. Ich kam nicht recht draus. Wenn er sich mit dem ersten nicht verwundet hatte, so war es doch eine Dummheit, noch einmal zu schießen, denn das zweite Mal hätte er doch wieder Zigarettenblättli in den Lauf schoppen müssen, und das ging doch auch eine Weile.»

Schweigen. Sonja seufzte kurz auf, zog ihr verknäueltes Taschentuch hervor und wischte sich die Augen. Studer legte seine Hand über die Hand des Mädchens.

«Nicht weinen, Meitschi», sagte er. «Es ist wie beim Zahnarzt, nur wenn er die Zange ansetzt, spürt man's, nachher geht's von selbst.» Sonja mußte ein wenig lächeln.

Im Küchenofen knackte das Holz, von dem Deckel, der eine Pfanne bedeckte, fielen Tropfen auf die Herdplatte und zischten leise. Der Wachstuchüberzug des Tisches, an dem die drei saßen, fühlte sich speckig und kalt an. Durch die offene Tür sah man ein einsames Huhn, das vergebens versuchte, die Pflastersteine wegzukratzen. Es war sehr emsig, das kleine weiße Huhn, und sehr still . . .

«Ich ging dann in den Wald. Ich hab' den Vater gesucht. Wir hatten den Platz ausgemacht, damit ich nicht zu lange nach dem Revolver zu suchen brauchte. Endlich hab' ich den Vater gefunden. Er lag an einer ganz anderen Stelle.»

«An einer andern Stelle? Bist du sicher?»
«Ja, wir hatten eine große Buche als Treffpunkt ausgemacht, aber er lag etwa dreißig Meter davon entfernt unter einer Tanne.»
«Ja, unter einer Tanne. Und das war ein Glück ...», sagte Studer leise.
«Warum ein Glück?» fragte Sonja mit erstickter Stimme.
«Weil ich sonst nicht hätte merken können, daß auf der Kutte des Vaters keine Tannennadeln waren.»
Die beiden blickten ihn erstaunt an, aber Studer winkte ab. Der stechende Punkt in der Brust meldete sich wieder, sein Kopf war heiß. Nur jetzt keine Erklärungen geben müssen! ...
«Er lag unter der Tanne und hatte einen Schuß hinter dem rechten Ohr. Ich hab's gesehen, weil ich eine Taschenlampe mitgenommen hatte. Der Revolver lag neben seiner Hand.»
«Der rechten oder der linken?»
«Wart, Wachtmeister, ich muß nachdenken. Die Arme waren ausgestreckt, zu beiden Seiten des Kopfes, und der Browning lag in der Mitte ...»
«Das bringt uns nicht weiter», sagte Studer.
«Ich hab' die Waffe aufgelesen und bin heim. Unterwegs hab' ich mir dann überlegt, was wir machen sollen. Der Vater war tot. Vielleicht war das besser für ihn. Ich wußte, daß der Onkel Aeschbacher nur eine Gelegenheit abpaßte, um den Vater nach Hansen oder Witzwil zu versorgen.»
«Hast du die Brieftasche und die andern Sachen gleich aufgehoben, nachdem sie der Vater abgelegt hat?»
«Nein, nicht gleich. Es ist nämlich etwas dazwischengekommen. Ich hab' ein Auto näherkommen hören ...»
«Von wo kam das Auto, vom Dorf oder von der andern Richtung?»
«Vom Dorf, glaub ich.»
«Glaub ich! Glaub ich! Weißt du das nicht sicher?»
«Nein, denn wie ich's gehört hab', bin ich tiefer in den Wald ...»

«Bist du auf der Seite gestanden, auf der dein Vater in den Wald ist oder auf der anderen?»
«Auf der anderen, ich hab' dann noch die Straße überqueren müssen.»
«Und da war kein Auto mehr da?»
«Nein. Aber es ist etwas Merkwürdiges mit dem Auto losgewesen. Es ist ganz langsam gefahren, das hab' ich am Geräusch vom Motor gehört, die Scheinwerfer haben die Straße beleuchtet, und auch den Wald, von weither, und ich hab' mich auf den Boden geworfen, um nicht gesehen zu werden. Die Straße macht oben und unten von der Stelle einen Rank, so daß man nicht genau wissen kann, aus welcher Richtung ein Karren kommt», fügte Armin entschuldigend hinzu.
«Und?»
«Ja, plötzlich ist das Licht von den Scheinwerfern ausgegangen, ich hab' den Motor nicht mehr gehört. Ich hab' gewartet eine Zeitlang, dann bin ich langsam näher zur Straße gekrochen. Aber da war das Auto verschwunden.»
Der alte Ellenberger besaß eine Camionette zum Transport seiner Hochstämme. Der Ellenberger hatte die Prämien der Lebensversicherung bezahlt . . .
«Und dann hast du die Sachen, die dein Vater am Waldrand niedergelegt hatte, aufgehoben und bist heimgegangen?»
«Ja.» Armin nickte.
«Willst du mich nach Bern begleiten, Meitschi?» fragte Studer. «Ich glaub, wir haben hier alles erfahren, was nötig war.» Er zog seine Uhr. «Um zwei werden wir wohl dort sein. Wir können dann bei mir daheim essen. Und dann wartest du bei uns zu Hause auf mich. Ich führ' dich dann heut abend wieder heim. Apropos, wer hat den Revolver bei der Frau Hofmann versteckt? Der Gerber? Ich hab's gedacht . . .»

Mikroskopie

Es war etwa zehn Uhr abends, als bei Dr. med. Neuenschwander (Sprechstunden 8–9) die Nachtglocke schellte. Der Arzt war ein großer, knochiger Mann, Ende der dreißiger Jahre, mit einem langen Gesicht und ziemlich weit im Umkreis bekannt und beliebt. Er hatte die merkwürdige Angewohnheit, den reichen Bauern sehr hohe Rechnungen zu stellen. Dafür vergaß er manchmal bei anderen Leuten eine Zwanzigernote oder einen Fünfliber auf dem Küchentisch. Wenn er dabei erwischt wurde, konnte er sehr böse werden.

Als er die Glocke schellen hörte, saß er in Hemdsärmeln an seinem Schreibtisch. Er ging im Geiste die Patienten durch, die ihn vielleicht brauchen könnten, aber er konnte sich auf keinen schweren Fall besinnen.

«Vielleicht ein Unfall», murmelte er. Dann ging er öffnen.

Ein fester Mann in einem blauen Regenmantel stand vor der Tür. Sein Gesicht war nicht recht zu sehen unter dem breitrandigen, schwarzen Filzhut.

«Wa isch los?» fragte der Doktor ärgerlich. – Ob der Herr Doktor ein Mikroskop habe? – Ein was? – Ein Mikroskop. – Doch. Das habe er schon. Aber wozu? Jetzt in der Nacht? Ob das nicht Zeit habe bis morgen? – Nein.

Der Mann im blauen Regenmantel schüttelte energisch den Kopf. Dann stellte er sich vor: Wachtmeister Studer von der Fahndungspolizei.

«Chömmed iche», sagte der Doktor und führte den späten Besuch kopfschüttelnd in sein Sprechzimmer.

«Fall Witschi?» fragte Neuenschwander lakonisch.

Studer nickte.

Der Doktor nahm den hellen Kasten vom Schrank, in dem er sein Mikroskop versorgte, stellte ihn auf den Tisch, ging an den Wasserhahnen, wusch ein Glasplättchen, tauchte es in Alkohol, rieb es ab …

Studer hatte ein Kuvert aus der Tasche gezogen. Er schüttete vorsichtig eine winzige Menge des Inhalts auf das Glasplättchen, ließ einen Wassertropfen darauffallen, legte ein zweites, noch viel dünneres Plättchen darauf.

«Färben?» fragte Dr. Neuenschwander.

Studer verneinte. Sein Kopf war feuerrot, von Zeit zu Zeit drang ein sehr unerfreuliches Krächzen aus seinem Hals, seine Augen waren richtig blutunterlaufen. Der Arzt besah sich den Wachtmeister, kam näher, setzte eine Hornbrille auf die Nase, besah sich Studer noch eingehender, griff dann schweigend nach dessen Handgelenk und sagte trokken:

«Wenn Ihr dann fertig seid, will ich Euch noch untersuchen. Ihr gefallt mir gar nicht, Wachtmeister, aber wirklich kes bitzli.»

Studer stieß ein heiseres Gekrächz aus, hustete – es war ein peinlicher Husten.

«Ihr macht an einer Pleuritis herum. Ins Bett, Mann, ins Bett!»

«Morgen!» ächzte Studer. «Morgen nachmittag, wenn Ihr wollt, Herr Doktor. Aber ich hab' noch soviel zu tun ... Eigentlich, das Wichtigste ist ja gemacht, und wenn das hier ...»

Studer stellte das Mikroskop zurecht, so, daß das Licht der sehr hellen Schreibtischlampe in den kleinen Spiegel fiel, und beugte sich dann über das Okular.

Seine zitternden Finger drehten an der Schraube, aber es gelang ihm nicht, die richtige Einstellung zu finden. Einmal schraubte er so lange, daß der Doktor dazwischenfuhr:

«Ihr zerbrecht noch das Plättli!» sagte er ärgerlich.

«Stellt Ihr ein, Doktor», sagte Studer ergeben. «Das verfluchte Zittern!»

«Was wollt Ihr denn so Wichtiges finden?»

«Pulverspuren», ächzte Studer.

«Aaah!» sagte Dr. Neuenschwander und begann an der Schraube vorsichtig zu drehen.

«Deutlich», sagte er schließlich und richtete sich wieder auf. «Ich bin zwar kein Gerichtschemiker, aber ich erinnere mich

von früher. Da, seht, Wachtmeister, die großen Kreise sind Fetttropfen, und in den Fetttropfen könnt Ihr die gelben Kristalle sehen. Es stimmt wohl. Ob's aber zu einem gerichtlichen Beweis langen wird?»
«Das wird's wohl nicht brauchen», sagte Studer mühsam. «Und verzeiht, Herr Doktor, daß ich Euch so spät noch gestört hab' . . .»
«Dumms Züg!» sagte Dr. Neuenschwander. «Aber Ihr müßt noch sagen, wo Ihr den Staub da», er deutete mit dem Zeigefinger auf das Kuvert, «gefunden habt. Halt, nicht reden jetzt. Zuerst Kittel ausziehen, Hemd, dann legt Ihr Euch dort auf das Ruhebett, damit ich ein wenig hören kann, was in Eurer Brust los ist. Und dann geb' ich Euch etwas für diese Nacht.»
Dr. Neuenschwander horchte, klopfte, klopfte, horchte. Besonders schien ihn die Stelle zu interessieren, an der Studer den stechenden Punkt spürte. Er steckte dem Wachtmeister ein Fieberthermometer in die Achselhöhle, betrachtete nach einiger Zeit kopfschüttelnd den Stand der dünnen Quecksilbersäule, sagte bedenklich: «Achtunddreißig neun!» Er prüfte noch einmal den Puls, brummte etwas, das klang wie: «Natürlich, Brissago!» und ging dann an einen Glasschrank. Während er die kleine Spritze aus einer Ampulle füllte, sagte er:
«Also, Wachtmeister, sofort ins Bett. Ich geb' Euch da ein paar ganz starke Sachen. Wenn Ihr ordentlich schwitzt die Nacht, so könnt Ihr morgen noch zu Ende machen. Aber auf Euer Risiko, verstanden? Und wenn Ihr dann mit Euerm G'stürm fertig seid, so seid Ihr reif fürs Spital. Ich würd' dann an Eurer Stelle ein Auto nehmen und direkt hinfahren. Könnt noch froh sein, daß es eine trockene Brustfellentzündung ist. Aber es kann schon noch böser kommen. Und jetzt möcht ich wirklich gern wissen, warum Ihr mich so spät noch um ein Mikroskop angegangen habt. Wartet noch!» Er schüttete aus etlichen Gutteren verschiedene Flüssigkeiten in ein Glas, füllte heißes Wasser nach und ließ Studer trinken. Es schmeckte gruusig. Studer schüttelte sich.

Dann bekam er noch eine Einspritzung, durfte sich wieder anziehen, wollte aufstehen.
«Liegen bleiben!» schnauzte ihn der Arzt an.
Und Studer blieb liegen. Die Lampe auf dem Schreibtisch hatte einen grünen Blechschirm. Dicke Bücher standen auf den Regalen an der Wand. Im Raum roch es nach Apotheke. Studer lag auf dem Rücken, die Hände hatte er im Nacken verschränkt.
«Also?» fragte der Doktor.
Studer atmete tief. Es war das erste Mal an diesem Tage, daß er wieder so richtig tief atmen konnte.
«Die Pulverspuren», sagte er, «sie waren das letzte Glied, wie es so schön in den Romanen heißt. Ich hätt' es eigentlich nicht gebraucht. Denn es war schon vorher alles klar . . .»
Und er erzählte von der Fahrt nach Thun, von Sonjas Aussage, vom Besuche bei Armin Witschi, von der Fahrt nach Bern.
«Ich hab' heut schon einmal mikroskopiert», sagte er und lächelte gegen die Decke, dicke Schweißtropfen liefen ihm übers Gesicht, hin und wieder fuhr er sich mit dem Handrücken über die Stirn. «Und wissen Sie, Doktor», Studer sprach plötzlich hochdeutsch, aber diesmal war es nicht irgendein Ärger, der ihn den heimatlichen Dialekt vergessen ließ, es war eher das Fieber, «die Kugel, die im Kopfe des Herrn Wendelin Witschi gefunden worden ist – und Herr Wendelin Witschi war nach der Aussage von Dr. Giuseppe Malapelle vom Gerichtsmedizinischen Institut in Bern eine Alkoholleiche mit über 2 Promille im Blut –, die Kugel also, sie stammte aus dem Revolver, den ich bei dem Einbrecherdilettanten Augsburger heute morgen gefunden habe.» Studer kicherte wie ein Schulbub. «Wenn der Untersuchungsrichter wüßte, daß ich ihm den Revolver gestaucht habe! Guter Kerl, der Untersuchungsrichter, aber jung! Und wir so alt! Nicht wahr, Doktor? Uralt. Wir verstehen alles, wir müssen alles verstehen. Wie hat die Frau Hofmann gesagt? Richtet nicht, auf daß ihr nicht gerichtet werdet! Sehr richtig! Ausgezeichnet! Wer hat das schon gesagt? Ich weiß es

nicht mehr. Und dann war doch die Frage leicht zu lösen, woher der Revolver stammte. Aber das verrät der Studer nicht. – Es ist so heiß bei Ihnen, Herr Doktor, haben Sie im Mai auch geheizt? Wie der Untersuchungsrichter? Ich hab' einmal einen großartigen Traum gehabt, von einem Daumenabdruck, von einem riesigen Daumenabdruck. Sie sind doch kein Daumendeuter, eh ... Traumdeuter, Herr Doktor? Ich habe einmal einen Fall bearbeiten müssen, der spielte in einem Irrenhaus. Und da hab' ich es mit einem Herrn zu tun gehabt, der war – warten Sie einmal, wie heißt das schon? – ja, der war Psychoanalytiker. Er deutete die Träume und konnte Ihnen dann ganz genau sagen, was mit Ihnen los war. Ist gestorben, der Herr Analytiker, seine ganze Traumdeutung hat ihm nichts genützt. Aber was wollte ich Ihnen erzählen? Es geht alles durcheinander ... – Sie haben wissen wollen, wo ich den Pulverstaub gefunden hab? Warten Sie noch ... – Kennen Sie den Cottereau? Den Obergärtner? Ja? Was halten Sie von dem Mann? Ein wenig greisenhaft vertrottelt, hab' ich nicht recht? Er wußte etwas, aber ein paar Burschen haben ihn verprügelt. Er hat ihn gesehen, denjenigen, welchen ... Ich will seinen Namen nicht nennen. Er hat ihn gesehen an jenem Abend, oder wenn Sie lieber wollen, in jener Nacht. Wann endet eigentlich der Abend und wann beginnt die Nacht? Können Sie mir das definieren, Herr Doktor? ... – Sie kennen doch die Taschen an den Seitentüren der Autos, dort, wo man gewöhnlich die Landkarte versorgt? Den Staub dort, den hab' ich aus so einer Tasche herausgekratzt. Das letzte Glied, Herr Doktor, der Wachtmeister Studer hat sich nicht blamiert. Aber der Wachtmeister Studer hat keine Ahnung, wie die ganze Geschichte ausgehen wird. Keine Ahnung! Denken Sie! ... Ich will schlafen», sagte plötzlich Studer. Er schloß den Mund, die runzligen Lider fielen ihm über die Augen, er tat einen tiefen Seufzer.

«Armer Kerl!» sagte Dr. Neuenschwander. Er ging einen Nachbarn holen. Zu zweit trugen sie Studer ins Gastzimmer, zogen ihn aus und deckten ihn ordentlich zu. Neuenschwan-

der füllte noch eine Bettflasche mit heißem Wasser, legte sie an Studers Füße, die eiskalt waren. Er ließ die Zimmertüre offen und ging zurück an seinen Schreibtisch. Dort las er bis gegen ein Uhr. Alle Stunden sah er nach dem Wachtmeister. Der mußte schwere Träume haben. Er murmelte oft, fast immer die gleichen Worte:
«Mikroskop», war zu verstehen, «Daumenabdruck». Und noch ein Mädchenname: «Sonja».
Um vier Uhr stand Dr. Neuenschwander noch einmal auf. Studers Temperatur war auf siebenunddreißig gefallen.

Der Fall Wendelin Witschi zum letztenmal

Ein trübes Begräbnis.
Natürlich regnete es wieder. Im Lättboden des Friedhofs füllten sich die Fußstapfen, kaum daß man den Schuh aus der zähen Erde gezogen hatte, mit gelbem Wasser. Wendelin Witschis Grab war nur von zehn Regenschirmen umstanden, und die Tropfen, die auf die zehn gespannten schwarzen Tücher fielen, trommelten einen leisen, traurigen Wirbel.
Der Pfarrer machte es kurz. Sonja schluchzte. Frau Witschi stand aufrecht neben ihrer Tochter. Sie weinte nicht. Armin war nicht gekommen. Nach dem Pfarrer sprach der Gemeindepräsident Aeschbacher ein paar Worte. Sie machten ihm sichtlich Mühe.
Studer stand neben Dr. Neuenschwander und war froh, daß er sich auf den Arm des Arztes stützen konnte. Aber als nun alle langsam auf das Friedhofstor zuschritten, machte sich Studer von seinem Begleiter los, holte den Gemeindepräsidenten ein und sagte:
«Herr Gemeindepräsident, ich sollt' mit Euch reden.»
«Mit mir, Wachtmeister?»
«Ja», sagte Studer.
«So kommt!»
Aeschbachers Auto stand auf der Straße. Der Gemeinde-

präsident öffnete den Schlag, zwängte sich auf den Sitz vor das Steuerrad, winkte Studer. Der Wachtmeister stieg ein. Er schüttelte dem Arzte zum Abschied die Hand, dann schlug er selbst den Schlag zu.

Es war wenig Platz vorhanden, denn beide waren sie nicht gerade mager. Aeschbacher drückte auf den Anlasser. Studer starrte auf die Tasche, die am Wagenschlag angebracht war.

Aeschbacher schwieg. Das Auto kehrte, fuhr ins Dorf zurück, fuhr vorbei an den vielen, vielen Ladenschildern. Gerzenstein, das Dorf der Läden und Lautsprecher! – Wann hatte Studer das Dorf so genannt? War das lange her? Am Samstag. Und heute war Dienstag. Zwei Tage nur lagen dazwischen!

Die Lautsprecher waren nicht zu hören. Entweder war es noch zu früh, oder der Lärm des Autos übertönte ihre Musik, ihre Reden.

Das Dorf Gerzenstein! Ein Dorf? Wo waren die Bauern in diesem Dorfe? Man sah nichts von ihnen. Sie wohnten wohl hinter der Fassade der Läden, irgendwo, in den Hintergründen.

Aeschbacher schnaufte. Den Mann mußte viel bedrücken.

Und während der Wagen in die Bahnhofstraße einbog, auf dem kleinen Stück Weges, der von der Hauptstraße bis zur Druckerei des «Gerzensteiner Anzeigers» führte, erlebte Studer noch einmal den gestrigen Abend.

Der Cottereau, der sich endlich entschlossen hatte zu sprechen. Der Cottereau, der gesehen hatte, wie Aeschbacher den Browning in eine jener Taschen versorgt hatte, die an den Türen der Autos angebracht sind. Cottereau erinnerte sich gut. Er war an jenem Abend spazierengegangen, an jenem Dienstagabend. Übrigens hatte er alle Personen des Dramas gesehen, den Lehrer Schwomm, der mit einer Schülerin aus der dritten Sekundarschulklasse spazierengegangen war (darum das verdächtige Schweigen des Lehrers!), den Wendelin Witschi, der von seinem ‚Zehnderli' abgestiegen und im Wald verschwunden war, er hatte Aeschbachers

Auto wiedererkannt, er hatte den Gemeindepräsidenten gesehen, wie er Witschi gefolgt war...
«Ich glaube, wir gehen zu mir in die Wohnung», sagte Aeschbacher. Das Auto stand still vor einem eisernen Tor, dessen Spitzen vergoldet waren. Da war die Bogenlampe mit den steifen, roten Blumen um ihren Sockel, dort war der Bahnhof mit dem Kiosk, in dem sonst Anastasia Witschi Romane las, während sie auf Kunden wartete. Frau Anastasia Witschi, die mit dem Gemeindepräsidenten verwandt war...
Und als sie damals erfahren hatte, daß ihr Mann tot war, was hatte sie da gesagt?
«Zweiundzwanzig Jahre!»
Und war im Zimmer hin- und hergelaufen.
«Wie Ihr wollt», sagte Studer auf die Frage Aeschbachers, die eigentlich gar keine Frage, sondern eine Aufforderung gewesen war. Der Wachtmeister betrachtete den dicken Mann unauffällig von der Seite.
Bureaux. Mädchen saßen vor Schreibmaschinen und begannen wie wild auf die Tasten loszuhämmern, als Aeschbacher in der Tür auftauchte.
«Guten Tag, Herr Direktor, grüeß-ech, Herr Gemeindepräsident...»
Ein alter Mann, fast ein Zwerg, trat Aeschbacher in den Weg. Er hielt Druckbogen in der Hand. Der Zeigefinger, mit dem er den Linien des Gedruckten folgte, während er eifrig auf Aeschbacher einsprach, hatte eine verkrüppelte Spitze. Studer sah dies alles überdeutlich. Dabei fühlte er sich recht elend. Es war ihm, als bestünden seine Beine aus zusammengenähten Flanellappen, und als seien sie mit Sägespänen gefüllt.
Auf die weitschweifigen Bemerkungen des weißen Zwerges antwortete Aeschbacher nur zerstreut. Er drängte vorwärts, weiter, weiter. Den Hut hatte er abgenommen, die braune Locke klebte noch immer auf seiner Stirn.
Eine kleine Türe. Das Stiegenhaus. Im ersten Stock die Wohnungstür. Neben der Tür ein Messingschild, darauf in

schwarzen Buchstaben: *Aeschbacher.* Kein Vorname, kein Titel, nichts. Es paßte zu dem Manne.
«Tretet ein, Wachtmeister», sagte der Gemeindepräsident. War nicht ein ganz leichter Sprung in Aeschbachers Stimme? Sie klang zwar noch immer wie die Stimme des Ansagers vom Radio Bern, aber etwas hatte sich an ihr geändert. Oder, dachte Studer, bin ich auf einmal hellhörig geworden? Das Fieber? –
Er stand im Gang der Wohnung. Die Küchentüre stand offen. Es roch nach Suurchabis und Speck. Studer wurde es übel. Er hatte seit gestern Mittag keinen Bissen gegessen. Sein Magen hatte Generalstreik proklamiert. Mußte man noch lange in diesem Gang stehen?
Aus der Küche trat eine Frau. Sie war klein und mager, und ihre Haare waren weiß wie Flieder. Ja, wie Flieder. Sie hatte graue Augen, die sehr still blickten. Es war wohl nicht immer einfach, die Frau des Gemeindepräsidenten Aeschbacher zu sein.
«Meine Frau», sagte Aeschbacher. Und: «Wachtmeister Studer.»
Ein leichtes Erstaunen in den grauen Augen. Dann wechselte der Ausdruck, wurde ängstlich.
«Es ist doch nichts Böses passiert?» fragte sie leise.
«Nein, nein», sagte Aeschbacher beruhigend. Dabei legte er seine große dicke Hand auf die schmale Schulter seiner Frau, und die Bewegung war so zart, daß es Studer plötzlich vorkam, als kenne er jetzt den Gemeindepräsidenten viel besser als früher. Es war im Leben eben immer ganz anders, als man meinte. Ein Mensch war nicht nur ein brutaler Kerl, er konnte scheinbar auch anders ...
Ein großes Zimmer, wahrscheinlich als Rauchsalon gedacht. Ein paar Bilder an der Wand, Studer kannte sich in der Malerei nicht aus, aber die Bilder schienen ihm schön. Große Reproduktionen, farbig, Sonnenblumen, eine südfranzösische Landschaft, ein paar Radierungen. Die Tapete war grau, auf dem Boden lag ein weißer Teppich, der mit einem schwarz-roten Muster durchsetzt war.

«Meine Frau hat das eingerichtet», sagte Aeschbacher. «Sitzet ab, Wachtmeister. Was trinket Ihr?»
«Was Ihr wollt», antwortete Studer, «nur nicht Himbeersirup oder Bier.»
«Kognak? Ja? Ihr seht nicht gut aus, Wachtmeister. Wo fehlt's? Soll Euch meine Frau einen Grog machen? Ich glaub' Ihr trinkt Grog gerne?»
Eine unangenehme Situation. Warum war dieser Aeschbacher so höflich? Was steckte dahinter?
Der Gemeindepräsident ging hinaus, nachdem er Studer einen Stumpen angeboten hatte. Es war ein guter Zehner-Stumpen, aber er schmeckte wie verbrannter Kautschuk. Studer zog mit Todesverachtung.
Aeschbacher kam zurück. Er trug drei Flaschen: Kognak, Gin, Whisky. Hinter ihm kam seine Frau. Sie stellte ein Tablett auf den Tisch: Zucker, Zitronenscheiben, eine Kanne mit heißem Wasser, zwei Gläser.
«Wir müssen unsern Wachtmeister kurieren», sagte Aeschbacher und lächelte mit gesträubtem Katerschnurrbart, «er hat sich erkältet. Und ein erkälteter Fahnder kann nur schwer eine Verhaftung vornehmen; nicht wahr, Wachtmeister?»
Und Aeschbacher klopfte Studer aufs Knie. Studer wollte sich die Familiaritäten verbitten, er sah auf – da traf ihn ein Blick des Gemeindepräsidenten. Eine Bitte lag darin.
Studer verstand. Aeschbacher wußte. Er bat für seine Frau.
«Gut, meinetwegen», dachte Studer. Und er lachte.
«Also, auf Wiedersehen, Herr Wachtmeister!» sagte Frau Aeschbacher. Sie hielt die Klinke in der Hand und lächelte. Es war ein mühsames Lächeln. Und Studer verstand plötzlich, daß die beiden da versuchten, sich Theater vorzuspielen. Beide wußten, was los war, aber sie wollten es einander nicht merken lassen.
Eine merkwürdige Ehe, die Ehe des Gemeindepräsidenten Aeschbacher . . .
Die Türe wurde leise geschlossen. Die beiden Männer blieben allein.

Aeschbacher tat Zucker auf den Boden des einen Glases, füllte es zur Hälfte mit heißem Wasser, rührte um, dann goß er aus jeder der drei Flaschen ein ordentliches Quantum nach: Kognak, Gin, Whisky. Studer sah ihm mit weitaufgesperrten Augen zu.
Und als Aeschbacher ihm das Glas präsentierte, fragte er, ein wenig ängstlich:
«Ist das für mich?»
«Ausgezeichnet, Wachtmeister», pries der Präsident seine Mischung, «wenn ich erkältet bin, nehm' ich nichts anderes. Und wenn Ihr es nicht vertragen mögt, so macht Euch meine Frau später einen Kaffee.»
«Auf Eure Verantwortung», sagte Studer und trank das Glas in einem Zuge leer. Dunkel fühlte er, die Sache hier konnte man nüchtern zu keinem guten Ende bringen. «Aber Ihr müßt mir's nachmachen.»
«Sowieso», sagte Aeschbacher und stellte dasselbe Gemisch noch einmal her.
Eine sanfte Wärme kroch über Studers Körper. Langsam, ganz langsam hob sich der dunkle Vorhang. Es war vielleicht alles gar nicht so schrecklich, gar nicht so kompliziert, wie er es sich vorgestellt hatte. Aeschbacher sank in einen tiefen Lehnstuhl, nahm einen Stumpen, zündete ihn an, leerte sein Glas, sagte «Ah», schwieg einen Augenblick und fragte dann mit ganz unbeteiligter Stimme:
«Habt Ihr gestern abend in meiner Garage gefunden, was Ihr gesucht habt?»
Studer nahm einen Zug aus seinem Stumpen (er schmeckte plötzlich viel besser) und antwortete ruhig:
«Ja.»
«Was habt Ihr denn gefunden?»
«Staub.»
«Sonst nichts?»
«Das hat genügt.»
Pause. Aeschbacher schien nachzudenken. Dann sagte er:
«Staub? In der Landkartentasche?»
«Ja.»

«Schade ... Ihr hättet mein Angebot am Sonntag annehmen sollen. Und wenn Ihr wollt, leg ich noch etwas drauf, aus der eigenen Tasche. Sehr gescheit gewesen, in der Tasche nachzugrübeln. Es wär keiner auf den Gedanken gekommen.»
«Angebot?» fragte Studer. «Was meint Ihr eigentlich damit, Aeschbacher?»
Dem andern gab es einen Ruck. Die Anrede ‚Aeschbacher' wahrscheinlich. Nicht mehr ‚Herr Gemeindepräsident', sondern ‚Aeschbacher' ... Wie man ‚Schlumpf' sagt.
«Die Stelle bei meinem Bekannten, mein ich, Studer.»
«Ah, ja, ich besinn mich ... Interessiert mich nicht, Aeschbacher, aber auch gar nicht. Und das Geld? Ihr habt mir Geld angeboten? Ich hab' mir sagen lassen, Ihr steht vor dem Konkurs.»
«Haha», lachte Aeschbacher; es klang wie ein Theaterlachen. «Das hab' ich nur so erzählt, damit mich der Witschi in Ruhe läßt. Ich hab' ihm doch nicht all mein Geld in den Rachen schmeißen wollen, nur weil ich zufällig mit seiner Frau verwandt bin ...»
«So? Ihr habt dem Witschi Geld gegeben?»
«Wachtmeister», sagte Aeschbacher ärgerlich. «Wir sind hier nicht am ‚zugeren'. Wir wollen mit offenen Karten spielen. Wenn Ihr etwas wissen wollt, so fragt, ich will Euch Antwort geben. Mir ist das Ganze schon lang verleidet ...»
«Gut», sagte Studer. Und: «Wie Ihr wollt.»
Er lehnte sich zurück, kreuzte die Beine und wartete.
Und während des langen Schweigens, das nun über dem Raum lag, dachte er an viele Dinge. Aber sie wollten sich nicht ordnen: Gut, der Schuldige war gefunden; aber was nützte das? Niemals würde der Untersuchungsrichter sich dazu hergeben, den Aeschbacher zu verhören. Kein Staatsanwalt würde gegen den Gemeindepräsidenten eine Anklage erheben. Erst wenn die Beweise so überzeugend waren, daß es wirklich nichts anderes gab. Aeschbacher mußte eine große Rolle gespielt haben, früher einmal. Das ergab sich aus allen Erkundigungen, die Studer gestern nachmit-

tag in Bern eingezogen hatte. Man konnte Skandale nicht brauchen. Und was hatte Studer für Beweise? Die Aussage des Cottereau? Mein Gott! Cottereau würde nie wagen, sie aufrechtzuerhalten. Die mikroskopische Untersuchung des Staubes? Für ihn genügte es als Beweis. Für ein Schwurgericht, ein Schwurgericht, an dem die Geschworenen Bauern waren? Auslachen würde man ihn! Schon der Untersuchungsrichter würde ihn auslachen.
Blieb noch übrig, die Sache auf sich beruhen zu lassen. Witschi hatte Selbstmord begangen, das würde zu beweisen sein, leicht zu beweisen sein, der Untersuchungsrichter war überzeugt, Schlumpf kam frei – die Familie Witschi würde ihr Haus verkaufen müssen, die alte Frau würde weiter im Kiosk sitzen und Romane lesen, der Armin würde die Saaltochter heiraten und eine Wirtschaft kaufen, und Sonja? Sonja würde den Schlumpf heiraten, der Erwin würde mit der Zeit Obergärtner werden, und Aeschbacher? Mein Gott, er würde sicher nicht der einzige Mörder sein, der straflos in der Welt umherlaufen würde.
«Ihr habt ganz recht, Wachtmeister», tönte Aeschbachers Stimme in die Stille. «Es hat gar keinen Wert, die Sache weiter zu verfolgen. Ihr blamiert Euch nur. Habt Ihr Euch nicht schon einmal blamiert, damals, in jener Bankaffäre? Glaubet doch dem Polizeihauptmann, folget seinem Rat. Es ist besser, Studer, glaubet mir. Noch einen Grog?»
«Gern», sagte Studer und versank wieder in Schweigen. War es nicht merkwürdig, daß Aeschbacher Gedanken lesen konnte? Studer fröstelte. Der stechende Punkt in der Brust war wieder da, kalter Schweiß brach aus. Draußen vor den Fenstern hockte ein grauer Nebel, es war, als ob die Wolken auf die Erde gefallen wären. Und dann war es kalt im Zimmer. Studers Stumpen war ausgegangen, er hatte nicht den Mut, ihn wieder anzuzünden; er hatte überhaupt keinen Mut mehr, er war krank, er wollte ins Bett, er hatte eine Brustfellentzündung, Herrgott noch einmal! Und mit einer Brustfellentzündung geht man ins Bett und spielt nicht den scharfsinnigen englischen Detektiv mit deduktiven Metho-

den à la Sherlock Holmes. Staub in einer Tasche! Wenn schon! Wenn es so weiterging, würde er bald auf dem Boden herumkriechen mit einer Lupe in der Hand und den Teppich absuchen!
«Trinkt Studer», sagte Aeschbacher und schob das frischgefüllte Glas über den Tisch. Und der Wachtmeister leerte es gehorsam.
Es war doch eine Schweinerei, träumte er weiter. Da hatte man ein Gehalt von ein paar hundert Franken im Monat, es langte wohl, es langte ganz gut. Und für das lumpige Gehalt war man verpflichtet, den Kanalräumer zu spielen. Ärger als das. Man mußte schnüffeln, anderer Leute Missetaten aufdecken, man mußte sich überall hineinmischen, keinen Augenblick hatte man Ruhe, nicht einmal pflegen konnte man sich, wenn man krank war.
Aeschbacher sog hocherfreut an seinem Stumpen. Seine kleinen Äuglein glänzten boshaft, schadenfroh.
Und da tauchte in Studer plötzlich wieder der Traum jener Nacht auf. Der riesige Daumenabdruck auf der Tafel, der Lehrer Schwomm im weißen Kittel und Aeschbacher, der den Arm um Sonja geschlungen hatte und ihn, Studer, auslachte.
Später hätte Studer nie sagen können, ob es wirklich die Erinnerung an diesen Traum war, die ihm plötzlich neuen Mut gab. Oder ob ihm das höhnische Grinsen Aeschbachers auf die Nerven fiel. Genug, er raffte sich auf, legte die Unterarme auf seine gespreizten Schenkel, faltete die Hände und blickte zu Boden. Er sprach langsam, denn er fühlte, daß seine Zunge große Lust zeigte, eigene Wege zu gehen.
«Gut», sagte er, «Ihr habt recht. Ich werde mich blamieren. Aber das steht nicht in Frage, Aeschbacher. Ich tue meine Arbeit, die Arbeit, für die ich bezahlt bin. Ich bin dafür bezahlt, Untersuchungen zu führen. Man hat mich darauf vereidigt, daß ich die Wahrheit sage. Ich weiß, Ihr werdet lachen, Aeschbacher. Wahrheit! Ich bin auch nicht von heute. Ich weiß auch ganz genau, daß die Wahrheit, die ich finde, nicht die wirkliche Wahrheit ist. Aber ich kenne sehr

gut die Lüge. Wenn ich die Sache aufgebe und der Schlumpf wird frei, und das Gericht legt den Fall zu den Akten, wie man sagt, dann ist alles ganz gut und schön. Und schließlich bin ich kein Richter, und Ihr müßt mit Eurer Tat allein fertigwerden.» Immer langsamer sprach Studer. Er sah nicht auf, er wollte den Blicken Aeschbachers nicht begegnen, verzweifelt starrte er auf ein kleines Muster im Teppich: ein schwarzes Rechteck, das von roten Fäden durchzogen war und das ihn, weiß der Himmel warum, an Witschis Hinterkopf erinnerte. Genauer: an die spärlichen Haare, durch die sich Blutfäden zogen.

«Allein fertigwerden, das ist es. Und ich weiß nicht, ob Ihr das könnt. Ihr spielt gerne, Aeschbacher, spielt mit Menschen, spielt an der Börse, spielt mit Politik. Ich habe manches über Euch gehört. Ich würd' Euch gern laufen lassen ... Aber da ist die Geschichte mit der Sonja. Lueget, Aeschbacher, die Sonja! Das Meitschi hat's nicht schön gehabt. Ihr habt es einmal auf die Knie genommen, der Vater ist dann dazu gekommen ... Hat der Wendelin Witschi damals wirklich unrecht gehabt mit seiner Behauptung? Nein, schweigt jetzt. Ihr könnt nachher reden. Ihr müßt nicht meinen, ich sei ein Stündeler. Ich versteh auch Spaß, Aeschbacher; aber irgendwo muß der Spaß aufhören. Ihr habt vieles auf dem Gewissen, nicht nur den Wendelin Witschi. Und ich möcht nicht, daß Ihr auch die Sonja auf dem Gewissen habt. Versteht Ihr?»

Die Wolken draußen sanken immer tiefer, es wurde düster im Zimmer. Aeschbacher saß vergraben in seinem Stuhl, Studer konnte nur seine Knie sehen. Ein heiseres Krächzen war hörbar, man wußte nicht, war es ein Räuspern oder ein unterdrücktes Lachen.

«Was er sonst noch von Euch gewußt hat, der Wendelin Witschi, hab' ich nicht erfahren ...» Das Reden ging jetzt leichter. Aber immer noch sprach Studer langsam, und was das Merkwürdigste war, es war wie eine Spaltung seiner Persönlichkeit: er sah das Zimmer von oben, sah sich selbst, nach vorne gebeugt, mit gefalteten Händen, im Stuhle sitzen und dachte dabei: «Studer, du siehst sicher aus wie ein Pfarrer, wenn er eine Kondolenzvisite macht.» Aber auch das verging wieder, und er sah plötzlich das Zimmer des Untersuchungsrichters und den Schlumpf, der seinen Kopf auf den Schoß des Mädchens gelegt hatte.

«Wenn's darauf ankommt», sagte Studer, «wird auch das noch zu ermitteln sein. Ich habe mir sagen lassen, daß Ihr mit Mündelgeldern spekuliert habt, Aeschbacher; Ihr seid doch hier in der Vormundschaftsbehörde ... und daß Ihr das Geld wieder zurückgezahlt habt, aber, daß der Witschi davon gewußt hat. Er ist doch mit Euch in der Fürsorgekommission gesessen? Oder? Ihr braucht nicht zu antworten. Ich erzähl' Euch das nur, damit Ihr den Studer nicht für einen Löli haltet. Der Wachtmeister Studer weiß auch einiges ...»

Schweigen. Studer stand auf, aber immer noch ohne auf Aeschbacher zu schauen, griff nach einer Flasche, schenkte sich ein, leerte das scharfe Zeug, setzte sich wieder und zog eine Brissago aus dem Etui. Merkwürdig, aber sie schmeckte. Sein Herz machte zwar noch immer Seitensprünge —; aber, dachte er, heut nachmittag werd' ich ins Spital fahren. Dort hat man Ruhe.

«Soll ich Euch erzählen, wie die ganze Geschichte gegangen ist, Aeschbacher? Ihr braucht gar nicht zu sprechen. Ihr braucht weder ja noch nein zu sagen. Ich erzähl' sie so mehr für mich.»

Und Studer faltete wieder die Hände und starrte auf das Muster im Teppich, das ein schwarzes Rechteck darstellte mit roten Fäden darin.

«Eure Base hat Euch erzählt, was der Witschi vorhatte. Von ihr habt Ihr auch erfahren, wann der Witschi seinen Plan ausführen wollte. Aber Ihr trautet dem Witschi nicht. Ihr wußtet, daß er feig war — mein Gott, ein Erpresser ist immer feig — und Ihr dachtet, daß er es nicht einmal wagen würde, sich selbst zu verwunden. Darum seid Ihr mit Eurem Auto an jenen Platz gefahren. Und den Platz habt Ihr ja ganz genau gewußt. Der Augsburger hat damals schon bei Euch gewohnt. Warum habt Ihr den Mann bei Euch aufgenommen? Waret Ihr etwa eifersüchtig auf den Ellenberger? Wolltet Ihr auch Euren entlassenen Sträfling haben? Nun, das ist ja gleich. Ihr seid also mit Eurem Auto zu jenem Platz gefahren und habt darauf gerechnet, daß der Armin sich verdrücken würde, wenn er Euer Auto höre. Das hat er gemacht. Dann habt Ihr schön Zeit gehabt, die Brieftasche des Witschi zu durchsuchen. Das Dokument, mit dem er Euch erpreßt hat, war wohl in der Brieftasche? Und dann seid Ihr weiter in den Wald gegangen. Dem Witschi konnte man leicht folgen, er hat wohl genug Lärm gemacht. Dann ist es still geworden, Ihr habt gewartet. Ihr habt einen Schuß gehört, seid näher gekommen. Der Witschi ist dagestanden, den Browning noch in der Hand – unverletzt. Was Ihr dann mit ihm gesprochen habt, weiß ich nicht. Ich bin sicher, Ihr habt Eure Rolle gut gespielt. Arm um die Schultern gelegt, wahrscheinlich, ihn getröstet, ihn ein wenig weitergeführt. Und Eure Pistole habt Ihr wohl in der Tasche gehabt. Dann habt Ihr Euch von ihm verabschiedet, seid ein paar Schritte von ihm weg, einen Meter vielleicht, und habt ihn von hinten erschossen.»

Pause. Studer nahm noch einen Schluck. Merkwürdig, daß er gar keine Betrunkenheit spürte, im Gegenteil, er wurde nüchterner, es schien ihm, als werde sein Kopf immer klarer, der unangenehme Stich war verschwunden. Er zündete umständlich seine Brissago wieder an, die während des Redens ausgegangen war.

«Zwei Fehler, Aeschbacher, zwei große Fehler!» sagte Studer, wie ein Lehrer, der einen begabten Schüler nicht tadeln, sondern im Gegenteil fördern will.

«Der erste: Warum nicht Witschis Revolver nehmen? Armin hätte ihn gefunden; die ganze Geschichte hätte reibungslos geklappt. Ich wäre höchstens bis zum Selbstmord vorgedrungen, nie weiter. Und der zweite Fehler, aus dem alle übrigen sich dann ergeben haben: Warum den Browning in jener Automobiltasche lassen? Irgendwer hat ihn doch finden müssen. Und daß ihn gerade der Augsburger, der kleine Einbrecherdilettant, hat finden müssen, das war Pech ... Pech? Vielleicht habt Ihr das gerade gewollt?»

Studers Augen hatten sich endlich von dem schwarzen Muster losgerissen. Er starrte nun auf ein anderes, das wie ein Haus aussah, dachte an einen Spruch, der in blauer Farbe an eine Wand gemalt war, und die Farbe begann abzubröckeln: «Grüß Gott, tritt ein, bring Glück herein».

«Es ist merkwürdig mit uns Menschen», fuhr Studer fort, «wir tun manchmal gerade das, was wir vermeiden möchten, das, wovor unser Verstand uns warnt. Ein Bekannter von mir, der nun tot ist, sprach immer von Unterbewußtsein. Als ob das Unterbewußte einen eigenen Willen hätte. Und bei Euch, Aeschbacher, muß ich immer an so etwas denken. Denn Ihr habt doch alles getan, damit man auf Euch aufmerksam wird. Und das kann man nicht nur mit Eurer Spielleidenschaft erklären, es steckt wohl etwas anderes dahinter. Im Grunde habt Ihr doch gewollt, daß der Mord auskommt. Sonst hättet Ihr doch nicht den Gerber und den Armin mit Eurem Auto ausgeschickt, um den Ellenberger und den alten Cottereau zu überfahren. Wer hat Euch erzählt, daß der Cottereau Euch gesehen hatte? Der Augsburger?»

«Ich hab' den Augsburger damals mitgenommen, wie ich den Witschi hab' treffen wollen ...» Ganz ruhig kam die Stimme von drüben. Keine Aufregung brachte sie zum Zittern. Sie klang genau wie die Stimme des Ansagers, wenn er verkündete: «Die Überschwemmungen im unteren Rhonegebiet haben große Ausmaße angenommen.»

«Und Ihr habt nicht Angst gehabt, daß er Euch verraten würde?»

«Er war ein treuer Bursch. Später hätt' ich ihn ins Ausland geschickt ...»

«Aber er wurde gesucht. Und der Autodiebstahl ...»

«Mein Gott», sagte Aeschbacher, «solche Leute gehen nicht so sparsam mit den Jahren um wie wir.»

Studer nickte. Das stimmte.

«Und», fuhr Aeschbacher fort, «den beiden anderen Bur-

schen hab' ich angegeben, ein Tschucker wolle sich in unsere Angelegenheiten mischen ... Sie haben viel Kriminalromane gelesen, die Burschen, sie haben es gerne gemacht. Sie wollten John Kling spielen.»
Einen Augenblick übermannte den Wachtmeister schier der Stolz. Er hatte den Aeschbacher dazu gebracht, zu sprechen; er hatte ihn gezwungen, zuzugeben. Da blickte er zum erstenmal auf, und der Stolz verging ihm. Ihm gegenüber, im tiefen Stuhl, saß ein zusammengesunkener Mann, der schwer atmete. Das Gesicht war rot angelaufen, die Hände zitterten, der Mund stand ein wenig offen. Aber nur einen Augenblick verblieb der Mann so. Dann schloß sich der Mund, die Augen blickten wieder gerade vor sich hin, an Studer vorbei, zum Fenster hinaus.
«Die beiden Burschen», sagte Studer, «haben den armen Cottereau ordentlich durchgeprügelt. Er hat mir nichts sagen wollen. Und auch der alte Ellenberger wußte von der Sache?»
«Vielleicht nachher. Der Cottereau hat auch zuerst gar nicht gewußt, daß ich den Witschi erschossen habe. Ich habe nur vorbeugen wollen, er sollte es Euch nicht gleich erzählen, daß er mich dort gesehen hatte.»
«Wann hat er Euch erkannt?»
«Wie ich ins Auto gestiegen bin. Da hat ihn auch der Augsburger gesehen, den Cottereau nämlich ...»
Jetzt eine Platte da haben! dachte Studer, und das Gespräch aufnehmen!
«Warum habt Ihr den Augsburger im gestohlenen Auto nach Thun geschickt, damit er sich verhaften lassen soll? Denn das habt Ihr doch gewollt?»
«Fragt nicht so dumm, Wachtmeister!» Es war der Gemeindepräsident, der sprach. «Natürlich hab' ich ihn geschickt. Zwei Gründe: Er hätte von der Belohnung hören können, die Ihr habt ausschreiben lassen, und dann wollt ich Euch einen Strich durch die Rechnung machen. Wenn der Schlumpf gestand, so waret Ihr schachmatt, nid? Und Augsburger kannte den Schlumpf. Er sollte versuchen, mit

ihm in Verbindung zu treten und ihm von Sonja ausrichten, es stünde schlecht und er müsse gestehen, sonst würden alle wegen Versicherungsbetruges verhaftet. Ich hab' natürlich nicht erwartet, daß mir die Leute in Thun so entgegenkommen und den Augsburger mit dem Schlumpf in eine Zelle sperren. Wollt Ihr sonst noch etwas wissen? Der Augsburger hat schlecht geschwindelt, ich weiß es. Aber er hat keine große Erfindungsgabe, darum hat er alles auf den Ellenberger gewälzt.»
«Ja, der Ellenberger», sagte Studer, ganz freundschaftlich, so, wie man sich an einen Kollegen um Auskunft wendet. «Was haltet Ihr vom Ellenberger?»
«Eh», sagte Aeschbacher. «Ihr kennt doch diese Sorte Leute. Immer muß etwas gehen, immer müssen sie eine Rolle spielen, weil sie im Innern hohl sind. Das schwätzt, das macht sich interessant, das blagiert von marokkanischen Residenten, von Vermögen, das gründet die ‚Convict Band' — das einzige, was ich am Ellenberger schätze, ist, daß er den Schlumpf gerne gemocht hat.»
Schweigen. Es war fertig. Jetzt kam das Schwerste. Wie sollte man nun die Verhaftung vornehmen? Man war schwach auf den Beinen, man war krank. Der Aeschbacher war ein großer schwerer Mann, das Telephon, mit dessen Hilfe man vielleicht den Murmann hätte herbeirufen können, stand in der andern Ecke, man hatte zwar einen Revolver in der Tasche, auch einen Verhaftbefehl hatte man. Aber —.
«Ihr studiert, Wachtmeister, wie Ihr es am besten machen könnt, um mich zu verhaften? Oder nicht?» sagte da Aeschbacher mit ruhiger Stimme. «Macht Euch keine Sorgen. Ich komm mit nach Thun. Aber wir fahren mit meinem Auto, und ich fahre. Habt Ihr soviel Kurasch?»
Aeschbacher hatte nicht nur Studers Gedanken erraten, er hatte auch des Wachtmeisters empfindliche Stelle getroffen.
«Angst? Ich?» fragte Studer beleidigt. «Fahren wir!»
«Ich . . . will . . . meiner . . . Frau noch Adieu sagen.» Die Worte kamen stockend. Studer nickte.
An der Tür sagte Aeschbacher noch:

«Bedient Euch, Wachtmeister...», und wies auf die Flaschen, die auf dem Tisch standen.
Studer bediente sich. Dann sank er in seinen Stuhl zurück und schloß die Augen. Er war müde, hundsmüde. Er war gar nicht mehr stolz. Er kam nicht recht nach. Warum hatte der Aeschbacher alles zugegeben? Hatte er gemerkt, daß Studer der Einzige war, der von der ganzen Sache wußte? Bezog sich die Frage wegen der Angst auf diese Tatsache? Man würde sehen...
Eigentlich hätte Studer noch ganz gerne einmal mit Frau Aeschbacher gesprochen. Was war das für eine Frau? Sie sprach so merkwürdig. Eine Ausländerin? Wo hatte der grobe Aeschbacher diese feine Frau aufgetrieben... Die las wohl keine Romänli in der Nacht, vielleicht spielte sie Klavier? Oder Geige? Das Kopfweh kam wieder. Aber nun war wohl bald alles zu Ende. Eigentlich hätte man einen Gefreiten von Bern verlangen können, um den Aeschbacher einzuliefern... Dann hätte man gleich ins Bett kriechen können. War es nicht besser, man ging dann heim und legte sich dort ins Bett? Es pflegte nicht schlecht, 's Hedy. Warum wollte er partout ins Spital?
Da ging die Türe auf:
«Wei mer go?» fragte Aeschbacher, so ruhig, als ob es sich um eine Spazierfahrt handle.
Studer stand auf. Sein Mund war trocken. Er fühlte eine merkwürdige Leere im Magen und tröstete sich, das käme vom Fieber, vom Hunger, vom Trinken auf nüchternen Magen. Aber das Gefühl wollte nicht vergehen.

Spritztour und Ende

Wenn nicht die Hände gewesen wären, die großen, dicken Hände auf dem Lenkrad, die von Zeit zu Zeit zuckten, um den Wagen wieder in die Richtung zu bringen, hätte man meinen können, man säße neben einem steinernen Mann. Aeschbacher rührte sich nicht. Sein Mund war fest geschlossen, die Blicke geradeaus gerichtet. Der Scheibenputzer pendelte hin und her und schnitt in die trübe Scheibe eine geometrische Figur, die Studer an die Sekundarschule erinnerte.

«Ist Eure Frau Ausländerin?» fragte er schüchtern, um das Schweigen zu brechen.

Keine Antwort. Studer schielte nach seinem Begleiter. Da sah er, daß zwei große Tränen über die wulstigen Wangen liefen, im Schnurrbart versickerten, zwei neue kamen, verschwanden. Studer blickte scheu beiseite. Es sah tragisch und grotesk aus, wie so vieles im Leben.

Eine Hand ließ das Steuerrad los, suchte in der Tasche. Schneuzen.

«Verdammter Schnupfen», tönte es heiser. «Sie ist in Wien aufgewachsen. Die Eltern waren Schweizer.»

«Und was meint sie?» Studer hätte sich ohrfeigen können. So etwas sagt man doch nicht! Und es war wirklich ein Fehler. Denn plötzlich traf Studer ein Blick ... Er war bösartiger, dieser Blick, als jener, den er damals im «Bären» erhalten hatte. Wie weit war das weg! Studer sah die kurze Bewegung, mit der Aeschbacher die Karten fächerförmig auseinanderbreitete ...

Ganz ruhig kam nun die Stimme:

«Das hättet Ihr nicht sagen sollen, Wachtmeister!»

Die Straße lief am See entlang. Aber der See war fast nicht zu erkennen. Die ganze Straßenbreite lag dazwischen, dann kam eine niedere Mauer, und hinter der niederen Mauer sah man mit Mühe eine große feuchte Ebene, grau, grau, verschwommen, kalt. Das Auto fuhr langsam.

Wie spät war es eigentlich? Studer wollte seine Uhr ziehen, er hatte schon Daumen und Zeigefinger in der Westentasche versenkt, da hörte er eine ganz fremde Stimme sagen — und sie hatte gar keine Ähnlichkeit mehr mit der Stimme des Ansagers vom Radio Bern —:

«Use, los! Sonst ...»

Studers Uhr flog aus der Westentasche, seine rechte Hand umkrampfte den Griff der Türklinke, drückte sie nieder, riß sie in die Höhe (wie funktionierte nur so eine Klinke?), Studer warf seinen massiven Körper mit aller Gewalt gegen die Tür, sie sprang auf, er flog auf die Straße, blieb mit einem Fuß an der unteren Türkante hängen, wurde ein Stück mitgeschleift. Seine Schulter, sein Kopf prallten gegen etwas Hartes, ein riesiger Schatten war über ihm, verschwand ... Und dann wurde es endgültig dunkel.

«Nein, jetzt wird nicht mikroskopiert», sagte eine tiefe Stimme. Es war Nacht. Irgendwo brannte ein grünes Licht. Studer versuchte verzweifelt, sich zu erinnern, wo er die Stimme schon einmal gehört hatte.
«Pikrin ...», flüsterte Studer. Er hörte ein Lachen.
«Der verdammte Fahnder, nie kann er Ruh' geben. Passen Sie auf, Schwester. Wie gesagt, alle Stunden Coramin, alle drei Stunden Transpulmin, verstanden? Gott sei Dank ist er noch ein fester Kerl. Es ist kein Spaß, wenn man zwei Frakturen hat und dazu noch ...»
Weiter hörte Studer nichts. Es war doch einmal ein schwarzer Vorhang dagewesen, jetzt aber senkte sich ein roter über ihn, es rauschte, Glocken läuteten. Der Whisky war scharf. Das gab Durst. Wie hatte doch der See ausgesehen? Eine weite Ebene grau, grau, kalt und feucht ...
Dann war wieder einmal Sonne da und ein ganz bekanntes Geräusch. Studer lauschte. Es klickte ... klickte. Was war das? Früher hatte das Geräusch ihn immer verrückt gemacht, er kannte es gut. Was war es nur? Natürlich! Stricknadeln! Er rief leise: «Hedy!»
«Ja?»
Ein Schatten zwischen ihm und der Sonne.
«Grüeß di», sagte Studer und blinzelte mit den Augen.
«Salü!» sagte Frau Studer, als ob es die natürlichste Sache von der Welt wäre.
– Was denn eigentlich mit ihm los sei? fragte Studer. – Nüt Apartigs, meinte die Frau. Fieber, Brustfellentzündung,

Oberarm gebrochen, Schlüsselbeinfraktur. Er solle froh sein, daß er noch nicht tot sei.
Sie tat dergleichen, als ob sie ärgerlich sei. Aber hin und wieder preßte sie die Lippen zusammen.
«Aebe, jooo», sagte Studer und schlief wieder ein.
Das dritte Mal ging es schon ganz gut. Da war der Punkt, der stechende Punkt in der Brust verschwunden. Aber der rechte Arm war noch schwer. Studer trank eine Tasse Bouillon und schlief wieder ein.
Das vierte Mal wachte er auf, weil ein Heidenkrach vor der Zimmertür stattfand. Eine ärgerliche Stimme verlangte Einlaß, eine andere Stimme (war das nicht der Dr. Neuenschwander?) wurde boshaft und fluchte. Es war alles so unerträglich laut.
«Die Leute sollen still sein!» flüsterte Studer.
Und wirklich schwiegen sie bald darauf.
Und dann kam endlich das große Erwachen. Es war morgens, kühl, das Fenster mußte gerade geöffnet worden sein. Das Zimmer war klein, die Wände mit grüner Ölfarbe gestrichen. Geranien blühten auf dem Fensterbrett.
Eine dicke Schwester war daran, das Zimmer zu kehren.
«Schwester», sagte Studer, und seine Stimme war fest, «ich hab' Hunger.»
«So, so», sagte die Schwester nur, kam näher, beugte sich über Studer. «Geht's besser?»
«Wo bin ich?» fragte Studer und begann zu lachen. So fragten doch immer die Helden in den Romanen von ... von ... wie hieß die alte Trucke nur, die immer Romane schrieb? Felicitas? Ja, Felicitas ...
«Gemeindespital Gerzenstein», sagte die Schwester. Irgendwo spielte Musik.
«Was ist das?» fragte Studer.
«Hafenmusik – Hamburg», sagte die Schwester.
«Gerzenstein und die Lautsprecher», murmelte Studer. Und dann gab es Milch und Weggli und Anken und Konfitüre. Studer bekam Lust nach einer Brissago. Aber als er diesen Wunsch äußerte, kam er bei der Schwester bös an.

Und dann kam ein Nachmittag, an dem er allein im Zimmer lag. Seine Frau war nach Bern zurückgefahren und hatte versprochen, ihn am Ende der Woche holen zu kommen.
Da kam die Schwester herein, eine Dame (sie sagte ‚eine Dame') wolle den Wachtmeister sprechen. Studer nickte.
Die Haare der Dame waren weiß wie ... wie ... Flieder.
Studer wußte, daß Aeschbacher im See ertrunken war. Ein Unglücksfall, war ihm gesagt worden. Studer hatte genickt. Die Dame setzte sich an Studers Bett, die Schwester ging hinaus. Die Dame schwieg.
«Bonjour Madame», sagte Studer mit einem hilflosen Versuch, zu scherzen. Die Dame nickte.
Schweigen. Eine Hummel strich summend durchs Zimmer. Es mußte wohl Ende Juni sein.
«Es war meine Schuld», sagte Studer leise. «Ich hab' ihn nach Ihnen gefragt, Madame, und da hat er geweint. Die Tränen sind ihm über die Wangen gelaufen. Ja. Und dann hab' ich ihn noch gefragt, was Sie gemeint hätten, so, zu der ganzen Sache. Dann hat er mich noch gewarnt. Ich habe gerade Zeit gehabt, aus dem Wagen zu springen. Ich mein', er ist dann über die Mauer ... Glauben Sie nicht, es ist besser so?»
«Ja», sagte die Dame. Sie weinte nicht. Sie hatte die Hand auf Studers Arm gelegt. Eine sehr leichte Hand.
«Ich sage nichts, Madame», sprach Studer ganz leise.
«Danke, Herr Studer.»
Das war alles.
Und einmal kam Sonja Witschi. Sie bedankte sich. Die Versicherung war nicht ausbezahlt worden. Der Untersuchungsrichter hatte sie alle drei vorgeladen, die Mutter, Armin und Sonja. Man hatte davon abgesehen, eine Klage auf Versicherungsbetrug zu stellen. Man war froh, den ganzen Fall Witschi ad acta zu legen ...
– Wie es dem Schlumpf ginge, wollte Studer wissen. – Gut, sagte Sonja und wurde rot.

... Die Sommersprossen auf dem Nasensattel, an den Schläfen ...

– Armin werde auch bald heiraten, sagte sie. Die Mutter habe noch immer den Bahnhofkiosk.

Und zum Schluß kam der Untersuchungsrichter. Sein seidenes Hemd war diesmal cremefarben. Den Siegelring trug er noch immer.

«Ich war schon einmal da, Herr Studer», sagte er. «Aber der Arzt war so grob. Ich wundere mich immer über den Mangel an guter Kinderstube bei akademisch gebildeten Leuten, bei Medizinern vor allem.»

– Das sei nun einmal so, meinte Studer. Er hatte die Hände auf der Bettdecke gefaltet und drehte die Daumen umeinander.

«Warum sind Sie damals mit Aeschbacher gefahren, Herr Studer? Hatten Sie etwas Wichtiges entdeckt? Sie machten damals so merkwürdige Andeutungen? Hat Witschi eigentlich keinen Selbstmord begangen, war es doch ein Mord? Hat Ihnen der selige Herr Gemeindepräsident etwas mitgeteilt? Etwas Wichtiges? Das er auch mir mitteilen wollte? Sie schweigen, Studer? Was hat Ihnen Aeschbacher mitgeteilt, daß Sie es so eilig hatten, mit ihm nach Thun zu fahren?»

Studer starrte zur Decke, schwieg eine Zeitlang. Dann sagte er, und seine Stimme war ausdruckslos:

«Nüt Apartigs ...»

Die Fieber-kurve

Die Geschichte vom Hellseherkorporal

«Da lies!» sagte Studer und hielt seinem Freunde Madelin ein Telegramm unter die Nase. Vor dem Justizpalast war es finster, die Seine rieb sich glucksend an den Quaimauern, und die nächste Laterne war einige Meter weit entfernt.

«das junge jakobli läßt den alten jakob grüßen hedy», entzifferte der Kommissär, als er unter dem flackernden Gaslicht stand. Obwohl Madelin vor Jahren an der Straßburger Sûreté gearbeitet hatte und ihm darum das Deutsche nicht ganz fremd war, machte es ihm doch Mühe, den Sinn des Satzes zu verstehen. So fragte er:

«Was soll das heißen, Stüdère?»

«Ich bin Großvater», antwortete Studer mürrisch. «Meine Tochter hat einen Sohn bekommen.»

«Das muß man feiern!» beschloß Madelin. «Und außerdem trifft es sich günstig. Denn heute hat mich ein Mann besucht, der mit dem Halbelf-Uhr-Zug in die Schweiz reist und mich gebeten hat, ihn an einen dortigen Kollegen zu empfehlen. Ich hab' ihn auf neun Uhr in eine kleine Wirtschaft bei den ‚Hallen' bestellt . . . Jetzt ist es . . .», mit seinen Händen, die in Wollhandschuhen steckten, knöpfte Madelin seinen Überzieher auf, dessen Kragen sich von seinem Halse abwölbte, zog eine alte Silberuhr aus seiner Westentasche und stellte fest, daß es acht Uhr sei. «Wir haben Zeit», meinte er befriedigt. Und während ihm die Bise seine ungeschützten Lippen zerriß, tat er einen tiefsinnigen Ausspruch: «Wenn man alt wird, hat man immer Zeit. Sonderbar! Geht's dir auch so, Stüdère?»

Studer brummte. Doch wandte er sich brüsk um, denn eine hohe, krächzende Stimme sagte:

«Und ich darf doch auch Glück wünschen? Oder? Unserem verehrten Inspektor? Herzlich Glück wünschen?»

Madelin, groß, hager, und Studer, ebenso groß, nur massiger, mit breiteren Schultern, wandten sich um. Hinter den

beiden hüpfte ein winziges Wesen – zuerst wußte man nicht, war es eine Frau oder ein Mann: der lange Mantel fiel bis zu den Knöcheln, das Béret war bis zu den Augenbrauen gezogen, der Wollschal verhüllte die Nase – so daß nur die Augen freiblieben, und auch diese versteckten sich hinter den Gläsern einer riesigen Hornbrille.
«Paß auf, Godofrey!» sagte der Kommissär Madelin. «Daß du dich nicht erkältest! Ich brauch' dich morgen. Die Sache mit Koller ist nicht klar. Aber ich hab' die Papiere erst heute abend bekommen. Morgen mußt du sie untersuchen! Es stimmt etwas nicht mit den Papieren des Koller . . .»
«Danke, Godofrey», sagte Studer. «Aber *ich* lade euch beide ein. Schließlich, wenn man Großvater ist, darf man sich nicht lumpen lassen . . .» Und er seufzte.
Das junge Jakobli läßt den alten Jakob grüßen, dachte er. Nun ist man Großvater und hat die Tochter also endgültig verloren. Wenn man Großvater ist, dann ist man alt – altes Eisen. Aber es ist doch eine Glanzidee gewesen, daß man die Flucht ergriffen hat vor der leeren Wohnung auf dem Kirchenfeld und dem unaufgewaschenen Geschirr im Schüttstein. Besonders aber vor dem grünen Kachelofen im Wohnzimmer, den nur die Frau richtig anheizen kann: versucht man es selbst, so raucht und qualmt der Donner wie eine schlechtgewickelte Brissago – und geht aus. Hier in Paris ist man vor solchen Katastrophen sicher. Man wohnt beim Kommissär Madelin, wird mit Achtung behandelt und ist nicht ein «Wachtmeister», sondern ein «Inspektor». Tagelang kann man bei Godofrey hocken, ganz oben, im Laboratorium unterm Dach des Justizpalastes, und darf dem Kleinen zusehen, wie er Staub analysiert, Dokumente durchleuchtet. Der Bunsenbrenner pfeift leise, der Dampf in den Heizkörpern lauter, es riecht angenehm nach Chemikalien und nicht nach Bodenöl, wie im Amtshaus z'Bärn . . .

Die Marmortische in der Beiz waren rechteckig und mit gerillten Papierservietten gedeckt. Ein schwarzer Ofen stand in der Mitte des Raumes, seine Platte glühte. Die große Kaf-

feemaschine summte auf dem Schanktisch, und der Beizer – Arme hatte er, dick wie die Oberschenkel eines normalen Menschen – servierte eigenhändig.
Man begann mit Austern, und Kommissär Madelin ergab sich seiner Lieblingsbeschäftigung. Er hatte, ohne Studer zu fragen, einen 26er Vouvray bestellt, drei Flaschen auf einmal, und er trank ein Glas nach dem andern. Dazwischen schlürfte er schnell drei Austern und kaute sie, bevor er sie schluckte. Godofrey nippte an seinem Glase wie ein schüchternes Mädchen; seine Hände waren klein, weiß, unbehaart.
Studer dachte an seine Frau, die nach Frauenfeld gefahren war, um der Tochter beizustehen. Er war schweigsam und ließ Godofrey plappern. Und auch Madelin schwieg. Zwei riesige Hunde – eine magere Dogge und ein zottiger Neufundländer – lassen ruhig und unberührt das Gekläff eines winzigen Foxterriers über sich ergehen ...
Der Beizer stellte eine braune Terrine mit Kutteln auf den Tisch. Dann gab es bitteren Salat, drei volle Flaschen standen wieder vor den Dreien und waren plötzlich leer, zu gleicher Zeit wie die Platte mit dem zerfließenden Camembert – er hatte gestunken, aber er war gut gewesen. – Dann öffnete Kommissär Madelin seinen Mund zu einer Rede, wenigstens schien es so. Aber aus der Rede wurde nichts, denn die Tür ging auf, und den Raum betrat ein Mann, der so sonderbar gekleidet war, daß Studer sich fragte, ob man in Paris Fastnacht vor Neujahr feiere ...
Der Mann trug eine schneeweiße Mönchskutte und auf dem Kopfe eine Mütze, die aussah wie ein riesiger, roter Blumentopf, den ein ungeschickter Töpfer verpfuscht hat. An den Füßen – sie waren nackt, wahr- und wahrhaftig blutt – trug er offene Sandalen; die Zehen konnte man sehen, den Rist; die Ferse war bedeckt.
Und Studer traute seinen Augen nicht. Kommissär Madelin, der Pfaffenfresser, stand auf, ging dem Manne entgegen, kam mit ihm zum Tisch zurück, stellte ihn vor: «Pater Matthias vom Orden der Weißen Väter ...» – nannte Studers

Namen: dies also sei der Inspektor der Schweizerischen Sicherheitspolizei.
Weißer Vater? Père blanc? – Dem Wachtmeister war es, als träumte er einen jener merkwürdigen Träume, die uns nach einer schweren Krankheit besuchen kommen. Luftig und lustig zugleich sind sie und führen uns in die Kinderzeit zurück, da man Märchen erlebt ...
Denn Pater Matthias sah genau so aus wie das Schneiderlein, das «Sieben auf einen Streich» erlegt hat. Ein spärliches graues Bärtchen wuchs ihm am Kinn, und am Schnurrbart konnte man alle Haare zählen. Mager war das Gesicht! Nur die Farbe der Augen, der großen, grauen Augen erinnerte an das Meer, über das Wolken hinziehen – und manchmal blitzt kurz ein Sonnenstrahl über die Wasserfläche, die so harmlos den großen Abgrund verbirgt ...
Wieder drei Flaschen ...
Der Pater war hungrig. Schweigsam verzehrte er einen Teller voll Kutteln, dann noch einen ... Er trank ausgiebig, stieß mit den anderen an. Er sprach das Französische mit einem leichten Akzent, der Studer an die Heimat erinnerte. Und richtig, kaum hatte sich der Weißbekuttete am Essen erlabt, sagte er und klopfte dem Berner Wachtmeister auf den Unterarm:
«Ich bin ein Landsmann von Ihnen, ein Berner ...»
«A bah!» meinte Studer, dem der Wein ein wenig in den Kopf gestiegen war.
«Aber ich bin schon lange im Ausland», fuhr der Schneider fort – eh, was Schneider! das war ja ein Mönch! Nein, kein Mönch ... Ein ... ein Pater! Ganz richtig! Ein weißer Vater! Ein Vater, der keine Kinder hatte – oder besser, alle Menschen waren seine Kinder. Aber man selbst war Großvater... Sollte man dies dem Landsmann, dem Auslandschweizer erzählen? Unnötig! Kommissär Madelin tat es:
«Wir feiern unseren Inspektor. Er hat von seiner Frau ein Telegramm erhalten, daß er Großvater geworden ist.»
Der Mönch schien sich zu freuen. Er hob sein Glas, trank dem Wachtmeister zu, Studer stieß an ... Kam nicht bald

der Kaffee? Doch er kam und mit ihm eine Flasche Rum. Und Studer, dem es merkwürdig zumute war – dieser Vouvray! ein hinterlistiger Wein! – hörte den Kommissär Madelin zum Beizer sagen, er solle die Flasche nur auf dem Tisch stehen lassen ...

Neben dem Wachtmeister saß Godofrey, der, wie viele kleine Menschen, übertrieben elegant gekleidet war. Aber das störte Studer nicht weiter. Im Gegenteil, die Nähe des Zwergleins, das eine wandelnde Enzyklopädie der kriminalistischen Wissenschaft war, wirkte tröstend und beruhigend. Der weiße Vater hatte seinen Platz an der anderen Seite des Tisches, neben Madelin ...

Und dann war Pater Matthias mit Essen fertig. Er faltete die Hände vor seinem Teller, bewegte lautlos die Lippen – seine Augen waren geschlossen; er öffnete sie wieder, schob seinen Stuhl ein wenig vom Tisch ab, schlug das linke Bein über das rechte – zwei sehnige, behaarte Waden kamen unter der Kutte zum Vorschein. Er sagte: «Ich muß notwendig in die Schweiz, Herr Inspektor. Ich habe zwei Schwägerinnen dort, die eine in Basel, die andere in Bern. Und es ist gut möglich, daß ich in Schwierigkeiten gerate und die Hilfe der Polizei brauche. Würden Sie dann so freundlich sein und mir beistehen?»

Studer schlürfte seinen Kaffee und fluchte innerlich über Madelin, der das heiße Getränk allzu ausgiebig mit Rum gewürzt hatte; dann blickte er auf und erwiderte (auch er bediente sich der französischen Sprache):

«Die Schweizer Polizei beschäftigt sich sonst nicht mit Familienangelegenheiten. Um Ihnen helfen zu können, müßte ich wissen, worum es sich handelt.»

«Das ist eine lange Geschichte», sagte Pater Matthias, «und ich wage kaum, sie zu erzählen, denn Sie alle», seine Hand machte eine kreisförmige Bewegung, «werden mich auslachen.»

Godofrey protestierte höflich mit seiner Papageienstimme. Er nannte den Mönch «Mein Vater» – «mon père», was Studer aus unerfindlichen Gründen äußerst komisch fand. Er lachte

in seinen Schnurrbart hinein, prustete weiter, während er die wieder gefüllte Tasse zum Munde führte, und ließ das Prusten, um nicht Anstoß zu erregen, in ein Blasen übergehen – so als ob er den heißen Kaffee abkühlen wollte ...
«Haben Sie sich je», fragte Pater Matthias, «mit Hellsehen beschäftigt?»
«Kartenlegen? Kristallsehen? Telepathie? Kryptomnesie?» Godofrey leierte die Fragen ab wie eine Litanei.
«Ich sehe, Sie sind auf dem laufenden. Haben Sie sich viel mit diesen Dingen beschäftigt?»
Godofrey nickte. Madelin schüttelte sein Haupt, und Studer sagte kurz: «Schwindel.»
Pater Matthias überhörte das Wort. Seine Augen waren in die Ferne gerichtet – aber die Ferne, hier in der kleinen Beize, war der Schanktisch mit seinem glänzenden Perkolator. Der Patron saß dahinter, die Hände über dem Bauch gefaltet, und schnarchte. Die vier am Tisch waren seine einzigen Gäste. Das Leben in seiner Beize begann erst gegen zwei Uhr, wenn die ersten Karren mit Treibgemüse eintrafen ...
«Ich möchte», sagte der Weiße Vater, «Ihnen die Geschichte eines kleinen Propheten erzählen, eines Hellsehers, wenn Sie ihn so nennen wollen, denn dieser Hellseher ist daran schuld, daß ich mich hier befinde, anstatt die kleinen Posten im Süden von Marokko abzuklopfen, um dort für die verlorenen Schäflein der Fremdenlegion Messen zu lesen ...
Wissen Sie, wo Géryville liegt? Vier Stunden hinterm Mond, genauer gesagt in Algerien, auf einem Hochplateau, siebzehnhundert Meter über dem Meeresspiegel, wie es die Inschrift auf einem Stein verkündet, der inmitten des Kasernenhofes steht. Hundertvierzig Kilometer von der nächsten Bahnstation entfernt. Die Luft ist gesund, darum hat mich der Prior dort hinauf geschickt im September vorigen Jahres, denn ich habe schwache Lungen. Es ist eine kleine Stadt, dieses Géryville, wenig Franzosen bewohnen sie, die Bevölkerung besteht zum größten Teil aus Arabern und Spaniolen. Mit den Arabern ist nicht viel anzufangen, sie lassen sich nicht gerne bekehren. Sie schicken ihre Kinder zu mir – das

heißt, sie erlauben, daß die Kleinen zu mir kommen...
Auch ein Bataillon der Fremdenlegion lag dort oben. Die Legionäre besuchten mich manchmal; mein Vorgänger hatte eine Bibliothek angelegt – und da kamen sie denn: Korporäle, Sergeanten, hin und wieder auch ein Gemeiner, schleppten Bücher fort oder rauchten meinen Tabak. Manchmal empfand einer meiner Besucher das Bedürfnis zu beichten... Es gehen seltsame Dinge vor in den Seelen dieser Menschen, ergreifende Bekehrungen, von denen jene keine Ahnung haben, welche die Legion für den Abschaum der Menschheit halten.
Gut... Kommt da eines abends ein Korporal zu mir, der kleiner ist als ich; sein Gesicht gleicht dem eines verkrüppelten Kindes, traurig und alt ist es... Er heiße Collani, stockt und beginnt dann fieberhaft zu sprechen. Es ist keine regelrechte kirchliche Beichte, die der Mann ablegt. Einen Monolog hält er eher, ein Selbstgespräch. Allerlei muß er sich von der Seele reden, was nicht zu meiner Geschichte gehört. Er spricht ziemlich lang, eine halbe Stunde etwa. Es ist Abend und eine grünliche Dämmerung füllt das Zimmer; sie kommt vom dortigen Herbsthimmel, der hat manchmal so merkwürdige Farben...»

Studer hatte die Wange auf die Hand gestützt, und so gespannt lauschte er der Erzählung, daß er gar nicht merkte, wie er sein linkes Auge arg verzog: schief sah es aus und geschlitzt, wie das eines Chinesen...
Das Hochplateau!... Die weiten Ebenen!... Das grüne Abendlicht!... Der Soldat, der beichtet!...
Es war doch etwas ganz anderes als das, was man tagtäglich sah! Fremdenlegion! Der Wachtmeister erinnerte sich, daß auch er sich einmal hatte engagieren wollen, zwanzig Jahre war er damals alt gewesen, wegen eines Streites mit seinem Vater... Aber dann war er – um die Mutter nicht zu betrüben – in der Schweiz geblieben, hatte Karriere gemacht und es bis zum Kommissär an der Berner Stadtpolizei gebracht. Später war jene Bankgeschichte passiert, die ihm

das Genick gebrochen hatte. Und auch damals war wieder der Wunsch in ihm aufgestiegen, alles stehen und liegen zu lassen ... Doch da war seine Frau, seine Tochter – und so gab er den Plan auf, fing wieder von vorne an, geduldig und bescheiden ... Nur die Sehnsucht schlummerte weiter in ihm: nach den Ebenen, nach der Wüste, nach den Kämpfen. Da kam ein Pater und weckte alles wieder.

«Er spricht also ziemlich lange, der Korporal Collani. In seiner resedagrünen Capotte sieht er aus wie ein erholungsbedürftiges Chamäleon. Er schweigt eine Weile, ich will schon aufstehen und ihn mit ein paar tröstenden Worten entlassen, da beginnt er plötzlich mit ganz veränderter Stimme, rauh und tief klingt sie, so, als ob ein anderer aus ihm rede, und die Stimme kommt mir sonderbar bekannt vor:

‚Warum nimmt Mamadou das Leintuch vom Bett und versteckt es unter seiner Capotte? Ah, er will es in der Stadt verkaufen, der gemeine Hund! Und ich bin für die Wäsche verantwortlich. Jetzt geht er die Treppen hinunter, quer über den Hof zum Gitter. Natürlich, er wagt sich nicht an der Wache vorbei! Und am Gitter wartet Bielle auf ihn, nimmt ihm das Leintuch ab. Wohin will Bielle? Aha! Er läuft zum Juden in der kleinen Straße ... Er verkauft das Leintuch für einen Duro ...'»

«Ein Duro», erklärte Madelin, «ist ein Fünffrankenstück aus Silber ...»

«Danke», sagte Pater Matthias und schwieg. Er griff unter den Tisch, beschäftigte sich mit seiner Kutte, die irgendwo eine tiefe Tasche haben mußte, und förderte aus ihr zutage: ein Nastuch, ein Vergrößerungsglas, einen Rosenkranz, eine aus roten Lederstreifen geflochtene Brieftasche und endlich eine Schnupftabakdose. Aus dieser nahm er eine gehörige Prise. Dann schneuzte er sich laut und trompetend, der Beizer hinter dem Schanktisch schreckte auf, der Weiße Vater aber fuhr fort:

«Ich sagte zu dem Mann: ‚Collani! Wachen Sie auf, Korporal! Sie träumen ja!' – Aber er plappert weiter: ‚Ich will euch lehren, militärisches Eigentum zu verquanten! Morgen sollt ihr Collani kennenlernen!' – Da packe ich den Korporal an der Schulter und schüttle ihn gehörig, denn es wird mir doch unheimlich zumute. Er wacht wirklich auf und sieht sich erstaunt um. ‚Wissen Sie, was Sie mir erzählt haben?' frage ich. – ‚Doch', erwidert Collani. Und wiederholt mir, was er in der Trance – so nennt man doch diesen Zustand? . . .»

«Sicherlich!» schob Godofrey eifrig ein.

«. . . was er mir in der Trance erzählt hat. Darauf verabschiedet er sich. Am nächsten Morgen um acht Uhr – sehr klar war der Septembermorgen, man sah die Schotts, die großen Salzseen, in der Ferne funkeln – tret' ich aus dem Haus und stoße mit Collani zusammen, der vom Fourier und vom Hauptmann begleitet ist. Hauptmann Pouette erzählt mir, Collani habe ihm gemeldet, daß seit einiger Zeit Leintücher verschwänden. Und Collani kenne sowohl die Diebe als auch den Hehler. Die Diebe seien schon eingesperrt, nun komme der Hehler an die Reihe. – Collani sah aus wie ein Quellensucher ohne Wünschelrute. Seine Augen blickten starr, doch war er bei vollem Bewußtsein. Nur drängte er vorwärts . . .

Ich will Sie nicht weiter langweilen. Bei einem Juden, der Zwiebeln, Feigen und Datteln in einem winzigen Lädlein feilhielt, fanden wir vier Leintücher auf dem Grunde einer Orangenkiste . . . Mamadou war ein Neger aus der vierten Kompagnie des Bataillons, er gestand den Diebstahl ein. Bielle, ein rothaariger Belgier, verlegte sich zuerst aufs Leugnen, dann gestand auch er . . .

Von dieser Stunde an nannte man Collani nur noch den Hellseherkorporal, und der Bataillonsarzt, Anatole Cantacuzène, veranstaltete Séancen mit ihm: Tischrücken, automatisches Schreiben – kurz, all der gottsträfliche Unsinn wurde mit ihm versucht, den hierzulande die Spiritisten betreiben, ohne eine Ahnung von der Gefahr zu haben, in die sie sich begeben.

Sie werden sich fragen, meine Herren, warum ich Ihnen

diese lange Geschichte erzählt habe ... Nur um Ihnen zu beweisen, daß ich nicht gleichgültig bleiben konnte, als Collani mir eine Woche später Dinge erzählte, die mich, *mich* persönlich angingen ...
Es war der 28. September. Ein Dienstag.»
Pater Matthias schwieg, bedeckte seine Augen mit der Hand und fuhr fort:
«Collani kommt. Ich spreche zu ihm, wie es meine Pflicht ist als Priester, beschwöre ihn, die teuflischen Experimente zu lassen. Er bleibt trotzig. Und plötzlich wird sein Blick wieder leer, die Oberlider verdecken halb die Augen, ein unangenehm höhnisches Lächeln zerrt seine Lippen auseinander, so daß ich seine breiten, gelben Zähne sehe, und dann sagt er mit jener Stimme, die mir so bekannt vorkommt: ‚Hallo, Matthias, wie geht's dir?' – Es war die Stimme meines Bruders, meines Bruders, der vor fünfzehn Jahren den Tod gefunden hatte!»
Die drei Männer um den Tisch in der kleinen Beize bei den Pariser Markthallen nahmen diese Mitteilung schweigsam entgegen. Kommissär Madelin lächelte schwach, wie man nach einem schlechten Witz lächelt. Studers Schnurrbart zitterte, und die Ursache dieses Zitterns war nicht recht festzustellen ... Nur Godofrey bemühte sich, die peinliche Unwahrscheinlichkeit der Erzählung etwas zu mildern. Er sagte: «Immer wieder zwingt uns das Leben, mit Gespenstern Umgang zu pflegen ...»
Das konnte tiefsinnig sein. Pater Matthias sagte sehr leise: «Die fremde und doch so vertraute Stimme redete aus dem Munde des Hellseherkorporals zu mir ...»
Studers Schnurrbart hörte auf zu zittern, er beugte sich über den Tisch ... Die Betonung des letzten Satzes! Sie klang unecht, übertrieben, gespielt! Der Berner Wachtmeister blickte zu Madelin hinüber. Das knochige Gesicht des Franzosen war ein wenig verzerrt. Also hatte auch der Kommissär den Mißton empfunden! Er hob die Hand, legte sie sanft auf den Tisch: «Reden lassen! Nicht unterbrechen!» Und Studer nickte. Er hatte verstanden ...

«,Hallo, Matthias! Kennst du mich noch? Hast du gemeint, ich sei tot? Springlebendig bin ich ...' Und da bemerkte ich zum ersten Male, daß Collani Deutsch redete! – ,Matthias, beeil' dich, wenn du die alten Frauen retten willst. Sonst komm' ich sie holen. Sie werden in ...' Da ging die Stimme, die doch nicht Collanis Stimme war, in ein Flüstern über, so daß ich die nächsten Worte nicht verstand. Und dann wieder, laut und deutlich vernehmbar: ,Hörst du es pfeifen? Es pfeift, und dies Pfeifen bedeutet den Tod. Fünfzehn Jahre hab' ich gewartet! Zuerst die in Basel, dann die in Bern! Die eine war klug, sie hat mich durchschaut, die spar' ich mir auf. Die andere hat meine Tochter schlecht erzogen. Dafür muß sie gestraft werden.' Ein Lachen, und dann schwieg die Stimme. Diesmal war Collanis Schlaf so tief, daß ich Mühe hatte, den Mann zu wecken ...»

«Endlich klappen seine Lider ganz auf, er sieht mich an, erstaunt. Da frage ich den Hellseherkorporal: ,Weißt du, was du mir erzählt hast, mein Sohn?' – Zuerst schüttelt Collani den Kopf, dann erwidert er: ,Ich sah einen Mann, den ich in Fez gepflegt hatte vor fünfzehn Jahren. Er ist gestorben, damals, an einem bösen Fieber ... Im Jahre siebzehn, während des Weltkrieges ... Dann sah ich zwei Frauen. Die eine hatte eine Warze neben dem linken Nasenflügel ... Der Mann damals in Fez – wie hieß er? wie hieß er nur?' – Collani reibt sich die Stirne, er findet den Namen nicht, ich helfe ihm auch nicht – ,der Mann in Fez hat mir einen Brief gegeben. Den soll ich abschicken, nach fünfzehn Jahren. Ich hab' ihn abgeschickt. An seinem Todestag. Am 20. Juli. Der Brief ist fort, ja er ist fort!' schreit er plötzlich. ,Ich will mit der Sache nichts mehr zu tun haben! Es ist unerträglich. Jawohl!' schreit er noch lauter, als antworte er dem Vorwurf eines Unsichtbaren. ,Ich habe eine Kopie behalten. Was soll ich mit der Kopie tun?' – Der Hellseherkorporal ringt die Hände. Ich beruhige ihn: ,Bring mir die Abschrift des Briefes, mein Sohn. Dann wird dein Gewissen entlastet sein. Geh! Jetzt gleich!' – ,Ja, mein Vater', sagt Collani, steht auf und

geht zur Türe. Ich höre noch die Nägel seiner Sohlen auf dem Stein vor meiner Haustüre kreischen ...
Und dann hab' ich ihn nie mehr gesehen! Er verschwand aus Géryville. Man nahm an, Collani sei desertiert. Der Fall wurde auf Befehl des Bataillonskommandanten untersucht. Man fand heraus, daß am gleichen Abend ein Fremder in einem Auto nach Géryville gekommen und in der gleichen Nacht wieder abgefahren war. Vielleicht hat er den Hellseherkorporal mitgenommen ...»

Pater Matthias schwieg. Im kleinen Raum war einzig das Schnarchen des dicken Wirtes zu hören und dazwischen, ganz leise, das Ticken einer Wanduhr ...
Der Weiße Vater nahm die Hand vom Gesicht. Seine Augen waren leicht gerötet, und noch immer gemahnte ihre Farbe an das Meer – aber nun lagen Nebelschwaden über den Wassern und verbargen die Sonne. Der alte Mann, der aussah wie der Schneider Meckmeck, musterte seine Zuhörer.
Es war ein schwieriges Unterfangen, drei mit allen Wassern gewaschenen Kriminalisten eine Gespenstergeschichte zu erzählen. Sie ließen ein langes Schweigen walten, dann klopfte der eine, Madelin, mit der flachen Hand auf den Tisch. Der Wirt fuhr auf.
«Vier Gläser!» befahl der Kommissär. Er füllte sie mit Rum, sagte trocken: «Eine kleine Stärkung wird Ihnen guttun, mein Vater.» Und Pater Matthias leerte gehorsam sein Glas.
Studer zog sein längliches Lederetui aus der Busentasche, stellte betrübt fest, daß ihm nur noch eine Brissago verblieb, zündete sie umständlich an und gab auch Madelin Feuer, der eine Pfeife gestopft hatte. Mit dieser gab der Kommissär seinem Schweizer Kollegen einen Wink, eine kleine Aufforderung, mit dem fälligen Verhör zu beginnen.
Studer rückte nun ebenfalls vom Tisch ab, legte die Ellbogen auf die Schenkel, faltete die Hände und begann zu fragen, langsam und bedächtig, während seine Augen gesenkt blieben.
«Zwei Frauen? Ihr Bruder hat sich wohl nicht der Bigamie schuldig gemacht?»

«Nein», sagte Pater Matthias. «Er ließ sich scheiden von der ersten Frau und heiratete dann ihre Schwester Josepha.»

«Soso. Scheiden?» wiederholte Studer. «Ich dachte, das gäbe es nicht in der katholischen Religion.» Er hob die Augen und sah, daß Pater Matthias rot geworden war. Von der sehr hohen Stirne rollte eine Blutwelle über das braungebrannte Gesicht – nachher blieb die Haut merkwürdig grau gefleckt.

«Ich bin mit achtzehn Jahren zur katholischen Religion übergetreten», sagte Pater Matthias leise. «Daraufhin wurde ich von meiner Familie verstoßen.»

«Was war Ihr Bruder?» fragte Studer weiter.

«Geologe. Er schürfte im Süden von Marokko nach Erzen: Blei, Silber, Kupfer. Für die französische Regierung. Und dann ist er in Fez gestorben.»

«Sie haben den Totenschein gesehen?»

«Er ist der zweiten Frau nach Basel geschickt worden. Meine Nichte hat ihn gesehen.»

«Sie kennen Ihre Nichte?»

«Ja, sie wohnt in Paris. Sie war hier bei dem Sekretär meines verstorbenen Bruders angestellt.»

«Nun», meinte Studer und zog sein Notizbüchlein aus der Tasche – es war ein neues Ringbuch, das stark nach Juchten roch, ein Weihnachtsgeschenk seiner Frau, die sich immer über seine billigen Wachstuchbüchli geärgert hatte. Studer schlug es auf.

«Geben Sie mir die Adressen Ihrer beiden Schwägerinnen», bat er höflich.

«Josepha Cleman-Hornuß, Spalenberg 12, Basel. – Sophie Hornuß, Gerechtigkeitsgasse 44, Bern.» Der Pater sprach ein wenig atemlos.

«Und Sie meinen wirklich, mein Vater, daß den alten Frauen Gefahr droht?»

«Ja ... wirklich ... ich glaube es ... bei meiner Seele Seligkeit!» Wieder hätte Studer dem Männlein mit dem Schneiderbart am liebsten gesagt: «Reden Sie weniger geschwollen!» Aber das ging nicht an. Er sagte nur:

«Ich werde hier in Paris noch Silvester feiern, dann den Nachtzug nehmen und am Neujahrsmorgen in Basel ankommen. Wann fahren Sie in die Schweiz?»
«Heut' . . . Heut' nacht!»
«Dann», sagte Godofreys Papageienstimme, «dann haben Sie gerade noch Zeit, ein Taxi zu nehmen.»
«Mein Gott, ja, Sie haben recht . . . Aber wo . . .?»
Kommissär Madelin tauchte ein Stück Zucker in seinen Rum, und während er an diesem «Canard» lutschte, rief er dem schnarchenden Beizer ein Wort zu.
Dieser sprang auf, stürzte zur Tür, steckte zwei Finger zwischen die Zähne. So gellend war der Pfiff, daß sich Pater Matthias die Ohren zuhielt.
Und dann war der Geschichtenerzähler verschwunden.
Kommissär Madelin brummte: «Ich möcht' nur eines wissen. Hält uns der Mann für kleine Kinder? – Stüdère, es tut mir leid. Ich dachte, er hätte Wichtigeres zu erzählen. Und dann war er mir empfohlen worden. Er hat Protektionen, hohe Protektionen! . . . Aber nicht einmal eine Runde hat er bezahlt! Wirklich, er ist ein Kind!»
«Verzeihung, Chef», entgegnete Godofrey. «Das stimmt nicht. Kinder stehen mit den Engeln auf du und du. Aber unser Pater duzt die Engel nicht . . .»
«Hä?» Madelin riß die Augen auf, und auch Studer betrachtete erstaunt das überelegante Zwerglein.
Godofrey ließ sich nicht aus der Ruhe bringen.
«Die Engel duzt man nur», sagte er, «wenn man ein lauteres Gemüt hat. Unser Pater ist voller Ränke. Sie werden noch von ihm hören! Aber jetzt», er winkte dem Wirt, «jetzt trinken wir Champagner auf das Wohl des Enkelkindes unseres Inspektors.» Und er wiederholte die deutschen Worte des Telegramms: «Das junge Schakobli läßt den alten Schakob grißen . . .» Studer lachte, daß ihm die Tränen in die Augen traten, und dann tat er seinen Begleitern Bescheid.
Übrigens war es gut, daß Kommissär Madelin seinen Polizeiausweis bei sich trug. Denn sonst wären die drei Männer um zwei Uhr morgens sicher wegen Nachtlärm arretiert wor-

den. Studer hatte es sich in den Kopf gesetzt, seinen beiden Begleitern das Lied vom «Brienzer Buurli» beizubringen, und ein uniformierter Polizist fand einen Pariser Boulevard ungeeignet für eine Gesangsstunde. Er beruhigte sich jedoch, als er den Beruf der drei Männer festgestellt hatte. Und so konnte Wachtmeister Studer fortfahren, seinen Kollegen von der Pariser Sicherheitspolizei bernisches Kulturgut zu vermitteln. Er lehrte sie: «Niene geit's so schön und luschtig . . .», worauf ihm das Wort «Emmental» Gelegenheit gab, den Unterschied zwischen Greyerzer- und Emmentalerkäse zu erläutern. Denn in Frankreich herrscht die ketzerische Ansicht, jeder Schweizerkäse stamme aus dem Greyerzerlande . . .

Gas

Nachdem Wachtmeister Studer seinen ramponierten Schweinslederkoffer in einem Abteil des Nachtschnellzuges Paris–Basel verstaut hatte, ließ er im Gang das Fenster herab und nahm Abschied von seinen Freunden. Kommissär Madelin zog mit Ächzen und Stöhnen eine in Zeitungspapier verpackte Flasche aus der Manteltasche, Godofrey reichte ein Päcklein zum Waggonfenster hinauf, das ohne Zweifel eine Terrine Gansleberpastete enthielt, und lispelte: «Pour madame!» Dann fuhr der Zug aus der Halle des Ostbahnhofes, und Studer kehrte in sein Drittklaß-Abteil zurück.

Seinem Eckplatz gegenüber hatte ein Fräulein Platz genommen. Pelzjackett, graue Wildlederschuhe, grauseidene Strümpfe. Das Fräulein zündete eine Zigarette an – ausgesprochen männliche Rauchware, französische Regie-Zigaretten: Gauloises. Sie streckte Studer das blaue Päcklein hin, und der Wachtmeister bediente sich. Das Fräulein erzählte, es sei Baslerin und wolle seine Mutter besuchen. Über Neujahr. – Wo wohne die Mutter? – Auf dem Spalenberg. – Soso? Auf dem Spalenberg? – Ja . . .

Studer begnügte sich mit dieser Auskunft. Das junge Meitschi war zwei-, höchstens dreiundzwanzigjährig, und es gefiel dem Wachtmeister ausnehmend. Es gefiel ihm – in allen Ehren. Schließlich hatte man nicht das Recht als Großvater, als solider Mann... Äbe!... Und es war angenehm, mit dem Meitschi z'brichte...
Dann wurde Studer müde, entschuldigte sein Gähnen, er sei sehr beschäftigt gewesen in Paris – das Meitschi lächelte, unverschämt ein wenig –, was tat das? Der Wachtmeister lehnte den schweren Kopf in die Ecke auf seinen grauen Regenmantel und schlummerte ein. Als er erwachte, saß ihm gegenüber immer noch das Meitschi, es schien sich kaum bewegt zu haben. Nur das blaue Päckli mit den Zigaretten, das in Paris noch voll gewesen war, lag als leeres Papier, zusammengeknäuelt, in einer Ecke. Und Studer hatte Kopfweh, weil das Kupee blau von Rauch war...
Er trug seinen Koffer und den seiner Mitreisenden bis an den Zoll, verabschiedete sich dann und stieß mit einem Manne zusammen, der auf dem Kopfe eine Kappe trug, die aussah wie ein von einem Töpfer verpfuschter Blumentopf; eine weiße Mönchskutte hüllte seinen mageren Körper ein und die Füße, die blutten, steckten in offenen Sandalen... Wachtmeister Studer erwartete eine herzliche Begrüßung. Sie erfolgte nicht. Das Gesicht, mit dem Schneiderbärtlein am Kinn, sah ängstlich aus und traurig, der Mund – wie bleich waren die Lippen! – murmelte: «Ah, Inspektor! Wie geht's?» Und ohne eine Antwort abzuwarten, wandte sich Pater Matthias dem jungen Mädchen zu, das mit Studer gereist war, und nahm ihm den Koffer ab. Vor dem Bahnhof stiegen die beiden in ein Taxi und fuhren davon.
Der Wachtmeister hob die mächtigen Achseln. Die Prophezeiungen des Hellseherkorporals, die ein Weißer Vater drei Kriminalisten in einer Beize bei den Pariser Markthallen aufgetischt hatte, schienen jeder Bestätigung zu entbehren. Denn hätte der Pater ihnen Glauben geschenkt, so wäre es seine Pflicht gewesen, Wache zu halten bei der... der... wie hieß sie nur? einerlei!... bei der Frau auf dem Spalenberg,

um sie zu schützen gegen einen Tod, der irgend etwas mit Pfeifen zu tun hatte ... Pfeifen ... Was pfiff? Ein Pfeil ... Der Bolzen eines Blasrohres ... Was noch? Eine Schlange? ... Das waren alles Erinnerungen aus den Detektivgeschichten des Herrn Conan Doyle, der unter die Spiritisten gegangen war. – Es gab da eine Geschichte ... Wie hieß sie? Das getupfte ... getupfte ... Ja, das getupfte Band! Da wickelte sich eine Schlange um eine Klingelschnur. Nun, Herr Conan Doyle besaß Phantasie, aber Studer hatte keine Brissagos mehr. So liebenswürdig und so gastfreundlich die Franzosen auch waren, Brissagos kannten sie nicht ... Und darum ließ sich der Wachtmeister sein längliches Lederetui am Bahnhofkiosk frisch füllen. Aber er versagte sich den Genuß, sogleich einen dieser Stengel anzuzünden, sondern begab sich zuerst ins Buffet, allwo er z'Morgen aß, ausgiebig und friedlich. Und dann beschloß er, einen Freund aufzusuchen, der in der Missionsstraße wohnte.

Unterwegs, zuerst in der Freien Straße, denn es war noch früh am Morgen und Studer machte einen Umweg, um seinen Freund nicht zu früh aufzustören, schüttelte er den Kopf. Das schadete wenig, denn es gab keine Passanten, die sich über dies Kopfschütteln und das nachherige Selbstgespräch hätten aufhalten können. Wachtmeister Studer schüttelte also seinen Kopf und murmelte: «Er duzt die Engel nicht.» Und Pater Matthias schien ein Mann zu sein, der voller Ränke war.

Auf dem Marktplatz schüttelte er noch einmal den Kopf und murmelte dann: «Das junge Jakobli läßt den alten Jakob grüßen.» Das Hedy war doch ein merkwürdiges Frauenzimmer! ... Nun war es nah an den Fünfzig, Großmutter dazu, aber es liebte eine originelle Ausdrucksweise. Früher hätte sich Studer darüber geärgert. Aber nach siebenundzwanzigjähriger Ehe wird man nicht mehr taub ... 's Hedy! ... Die Frau hatte es nicht immer leicht gehabt. Aber ein tapferer Kerl war sie ... Und nun: eine tapfere Großmutter ...

Großmutter ... Studer blickte auf, blieb stehen, denn es

ging bergauf. Richtig: der Spalenberg! Und eine Nummer leuchtete ihm entgegen ...

Da flog das Haustor auf, ein Mädchen stürzte heraus, und da der Wachtmeister der einzige Mensch auf der Straße war, packte es natürlich ihn am Ärmel und keuchte:

«Kommen Sie mit! ... Die Mutter! ... Es riecht nach Gas! ...»

Und Wachtmeister Studer von der Berner Fahndungspolizei folgte seinem Schicksal: diesmal hatte es die Gestalt eines jungen Meitschis angenommen, das gerne starke französische Zigaretten rauchte und ein Pelzjackett, graue Wildlederschuhe und graue Seidenstrümpfe trug.

«Blyb uf dr Loube!» sagte Studer, nachdem er keuchend drei Stockwerke erstiegen hatte. Ohne Zweifel, der Gasgeruch war deutlich! Keine Klinke, kein Schlüssel an der Türe ... Tannenholz – und ein schwaches Schloß ...

Studer nahm sechs Schritte Anlauf, keinen einzigen mehr. Aber eine simple Tannenholztüre vermag dem Anprall eines Doppelzentners nicht standzuhalten. So gab die Türe gehorsam nach – nicht das Holz, sondern das Schloß – und eine Wolke von Gas strömte Studer entgegen. Zum Glück war sein Nastuch groß. Er knotete es im Nacken fest, so daß es Mund und Nase bedeckte.

«Blyb dusse, Meitschi!» rief Studer noch. Zwei Schritte – und die winzige Küche war durchquert; eine Türe wurde aufgestoßen. Das Wohnzimmer war quadratisch, weißgekalkt. Der Wachtmeister riß das Fenster auf und lehnte sich hinaus ... Und das Nastuch ließ sich wie eine Fastnachtsmaske abstreifen ...

Ein Gewirr von Dächern ... Kamine stießen friedlich ihren Rauch in die kalte Winterluft. Reif glänzte auf den dunklen Ziegeln. Und über den höchsten First kroch langsam eine bleiche Wintersonne. Der eindringende Luftzug nahm das giftige Gas mit sich.

Studer wandte sich um und sah einen flachen Schreibtisch, eine Couch, drei Stühle; an der Wand das Telephon. Er durchquerte den Raum, gelangte in die korridorartige Küche. Die beiden Hähne des Réchauds waren geöffnet, das Gas pfiff aus den Brennern. Gedankenlos schloß Studer diese Hähne. Es war nicht sehr einfach, denn ein Lehnstuhl stand im Wege, mit grünem Sammet überzogen. In ihm saß eine alte Frau, sonderbar friedlich, gelöst und schien zu schlafen. Die eine Hand ruhte auf der Armlehne, der Wachtmeister ergriff sie, tastete nach dem Puls, schüttelte den Kopf und legte die kalte Hand vorsichtig auf das geschnitzte Holz zurück.

Winzig war die Küche, wirklich. Anderthalb Meter auf zwei, ein Korridor eher. Über dem Gasréchaud hing an der Wand ein Holzgestell. Blechdosen – ehemals weiß emailliert, jetzt gebräunt, die Glasur abgestoßen: «Kaffee», «Mehl», «Salz» ... Alles war ärmlich. Und durch den leichten Gasgeruch, der noch zurückblieb, stach deutlich ein anderer: Kampfer ...

Es roch nach alter Frau, nach einsamer, alter Frau ...

Es war ein ganz bestimmter Geruch, den Studer kannte; er kannte ihn aus den winzigen Wohnungen in der Metzgergasse, wo es hin und wieder einer alten Frau zu langweilig wurde oder zu einsam und sie dann den Gashahn aufdrehte. Manchmal aber war es weder Einsamkeit noch Langeweile; sondern Not ...

Studer trat vor die Wohnungstür. Links am Türpfosten, unter dem weißen Klingelknopf, ein Schild:

Josepha Cleman-Hornuß
Witwe

Witwe! ... Als ob Witwe ein Beruf wäre! ...

Er rief dem Meitschi, das am Geländer der Laube lehnte – g'späßig war das Haus gebaut: die Laube ging auf ein Gärtlein, obwohl die Wohnung im dritten Stockwerk lag, und das Gärtlein war von einer Mauer umgeben, in die eine Tür eingelassen war; wohin führte die Tür? ... wohl auf eine Nebengasse – er rief dem Meitschi, und es kam näher.

Es war natürlich und selbstverständlich, daß der Wachtmeister das Meitschi sanft zu dem Lehnstuhl führte, in dem eine alte Frau friedlich schlummerte.

Aber während die Tochter ihr winziges Nastuch zog und sich die Tränen trocknete, fiel dem Wachtmeister etwas auf:
Die alte Frau im Lehnstuhl trug einen roten Schlafrock, der mit Kaffeeflecken übersät war. Aber an den Füßen trug sie hohe Schnürstiefel, Ausgehschuhe – nein! keinerlei Pantoffeln!
Dann suchte Studer nach dem Gaszähler: Er hockte oben an der Wand, gleich neben der Wohnungstür, auf einem Brett, und sah mit seinen Zifferblättern aus wie ein grünes und feistes und grimassierendes Gesicht.
Aber der Haupthahn stand schief!...
Er stand schief. Er bildete, wollte man genau sein, einen Winkel von fünfundvierzig Grad...
Warum war er nur halb geöffnet? Warum nicht ganz?
Im Grunde ging einen der ganze Fall ja nichts an. Man war Wachtmeister bei der Berner Fahndungspolizei, da sollten die Basler sehen, wie sie zu Schlag kamen. Übrigens, es schien ein Selbstmord zu sein, ein Selbstmord durch Leuchtgas – nichts Ungewöhnliches. Und nichts Ungewohntes...
Studer ging in den Wohnraum, der zugleich Schlafzimmer war – die Couch in der Ecke! – und suchte nun nach dem Telephonbuch. Es lag auf dem Schreibtisch, neben einem ausgebreiteten Kartenspiel. Während er nach der Nummer der Sanitätspolizei suchte, dachte der Wachtmeister verschwommen, wie ungewöhnlich es eigentlich war, daß eine Selbstmörderin vor dem Freitode noch Patiencen legte...
Da fiel ein Blatt Papier aus dem Telephonbuch zu Boden, Studer hob es auf, legte es neben das ausgebreitete Kartenspiel – merkwürdig, oben in der Ecke links, die Karten waren in vier Reihen ausgelegt, lag der Piquebub, der Schuflebuur... Studer stellte die Nummer ein. Es summte, summte. Der Sanitätspolizist hatte wohl ausgiebig Silvester gefeiert. Endlich meldete sich eine teigige Stimme. Studer gab Auskunft: Spalenberg 12, dritter Stock, Josepha Cleman-Hornuß. Selbstmord... Dann hängte er an.
Er hielt das Papier noch in der Hand, das aus dem Telephonbuch zu Boden geflattert war. Es war vergilbt, zusam-

mengefaltet, die unbeschriebene Seite nach außen. Studer öffnete es. – Eine Fieberkurve ...

Hôpital militaire de Fez

Nom: Cleman, Victor Alois. Profession: Géologue.
Nationalité: Suisse. Entrée: 12/7/1917. – Paludisme.

Ins Deutsche übertragen hieß dies, daß es sich um einen gewissen Cleman Victor Alois handelte; sein Beruf: Geologe; sein Heimatland: die Schweiz; das Datum seines Eintrittes: zwölfter Juli neunzehnhundertsiebzehn. Und erkrankt war der Mann an Sumpffieber, an Malaria.

Die Fieberkurve hatte steile Spitzen, sie lief vom 12. bis zum 30. Juli. Und hinter dem 30. Juli hatte ein Blaustift ein Kreuz gezeichnet. Am 30. Juli war also der Cleman Alois Victor, Geologe, Schweizer, gestorben.

Cleman? ... Cleman-Hornuß? ... Spalenberg 12? ...

Studer zog sein Ringbuch. Da stand es, auf der ersten Seite des Weihnachtsgeschenkes! ...

«Meitschi!» rief Studer; das Fräulein im Pelzjackett schien über die Anrede nicht übermäßig erstaunt zu sein.

«Los' Meitschi», sagte Studer. Und es solle abhocken. Er hatte sein Ringbuch auf den Tisch gelegt und machte sich Notizen, während er das Mädchen ausfragte.

Und es sah wirklich aus, als habe Wachtmeister Studer einen neuen Fall übernommen.

«War das dein Vater?» fragte Studer und zeigte auf den Namen oben am Kopf der Fieberkurve.

Nicken.

«Wie heißest?»

«Marie ... Marie Cleman.»

«Also, ich bin der Wachtmeister Studer von Bern. Und der Mann, der dich heut morgen abgeholt hat, der hat mich zum Schutz gebeten – falls etwas passiert in der Schweiz. Er hat mir ein Märli erzählt, aber an dem Märli ist eins wahr: deine Mutter ist tot.»

Studer stockte. Er dachte an das Pfeifen. Kein Pfeil. Kein

Bolzen. Kein getupftes Band ... Gas! ... Gas pfiff auch, wenn es aus den Brennern strömte ... Item! ... Und vertiefte sich in die Fieberkurve.

Am 18. hatte die Abend- und am 19. Juli die Morgentemperatur 37,25 betragen. Über diesem Strich war vermerkt «Sulfate de quinine 2 km».

Seit wann gab man Chinin kilometerweise? Ein Schreibfehler? Wahrscheinlich handelte es sich um eine Einspritzung und statt 2 ccm, was die Abkürzung für Kubikzentimeter gewesen wäre, hatte irgendein Stoffel «km» geschrieben.

Mira ...

«Dein Vater», sagte Studer, «ist in Marokko gestorben. In Fez. Er hat dort, wie ich gehört habe, nach Erzen geschürft. Für die französische Regierung ... Apropos, wer war der Mann, der dich heut am Bahnhof abgeholt hat?»

«Mein Onkel Matthias», sagte Marie erstaunt.

«Stimmt», sagte Studer. «Ich hab' ihn in Paris kennengelernt.»

Schweigen. Der Wachtmeister saß hinter dem flachen Schreibtisch, bequem zurückgelehnt. Marie Cleman stand vor ihm und spielte mit ihrem Nastuch. In das Schweigen schrillte die Klingel des Telephons; Marie wollte aufstehen, aber Studer winkte ihr zu: sie solle nur sitzenbleiben. Er nahm den Hörer ab, sagte, wie er es von seinem Bureau im Amtshaus gewöhnt war: «Ja?»

«Ist Frau Cleman da?»

Eine unangenehme Stimme, schrill und laut.

«Im Augenblick nicht, soll ich etwas ausrichten?» fragte Studer.

«Nein! Nein! Übrigens weiß ich ja, daß Frau Cleman tot ist. Mich erwischen Sie nicht. Sie sind wohl von der Polizei, Mann? Hahahaha ...» Ein richtiges Schauspielerlachen! Der Mann *sprach* die «Ha». – Und dann knackte es im Hörer.

«Wer war's?» fragte Marie ängstlich.

«En Löli!» sagte Studer trocken. Und fragte gleich dar-

auf – war es die Stimme, die ihn auf den Gedanken gebracht hatte –:
«Wo ist dein Onkel Matthias?»
«Die katholischen Priester», meinte Marie müde, «müssen jeden Morgen ihre Messe lesen ... Wo sie auch sind ... Sonst brauchen sie, glaub' ich, einen Dispens ... Vom Papst – oder vom Bischof – ich weiß nicht ...» Sie seufzte, zog die Fieberkurve zu sich heran und begann sie eifrig zu studieren.
«Was ist das?» fragte sie plötzlich und deutete auf das blaue Kreuz.
«Das?» Studer stand hinter dem Mädchen. «Das wird wohl der Todestag deines Vaters sein.»
«Nein!» Marie schrie das Wort. Dann fuhr sie ruhiger fort: «Mein Vater ist am 20. Juli gestorben. Ich hab' selbst den Totenschein gesehen und den Brief vom General! Am 20. Juli 1917 ist mein Vater gestorben.»
Sie schwieg, und auch Studer hielt den Mund.
Nach einer Weile sprach Marie weiter: Die Mutter habe es oft genug erzählt. Am einundzwanzigsten Juli sei ein Telegramm gekommen, das Telegramm müsse noch bei den Andenken sein, dort im Schreibtisch, in der zweituntersten Schublade. Und dann, etwa vierzehn Tage später, habe der Briefträger die große gelbe Enveloppe gebracht. Nicht viel habe sie enthalten. Den Paß des Vaters, viertausend Franken in Noten der algerischen Staatsbank und den Beileidsbrief eines französischen Generals. Lyautey habe der Mann geheißen. Ein sehr schmeichelhafter Brief: Wie gut Herr Cleman die Interessen Frankreichs vertreten habe, wie dankbar das Land Herrn Cleman sei, daß er zwei deutsche Spione entlarvt habe ...
«Zwei Spione?» fragte Studer. Er saß auf einem Stuhl in der Ecke beim offenen Fenster, hatte die Ellbogen auf die Schenkel gestützt und die Hände gefaltet. Er starrte zu Boden. «Zwei Spione?» wiederholte er.
Marie schloß das Fenster. Sie blickte auf den Hof, ihre Finger trommelten einen eintönigen Marsch gegen die Schei-

ben und ihr Atem ließ auf dem Glase einen trüben Fleck entstehen: Tröpflein bildeten sich, kollerten herab, bis der Fensterrahmen sie aufhielt.

«Ja, zwei Spione.» Maries Stimme war eintönig. «Die Gebrüder Mannesmann ... Mit dem Brief aber war es so: Wir wohnten damals an der Rheinschanze und hatten eine große Wohnung. Dann kam eines Tages der Brief. Ich hatte Ferien ... Der Briefträger brachte die große Enveloppe, sie war rekommandiert, und die Mutter mußte unterschreiben. Es fielen zwei Tränen in das Büchlein des Briefträgers und die Schrift des Tintenstifts lief auseinander. Der Vater hinterließ nicht viel, und nach seinem Tode ging es uns schlecht. Die Mutter wunderte sich später oft, daß so wenig Geld zurückgeblieben war. Die Tante in Bern, die besaß ein Vermögen ...»

Studer blätterte in seinem Notizbuch. Die erste Frau! ... Hatte der Mönch, der Weiße Vater, nicht von ihr gesprochen? Da: «Sophie Hornuß, Gerechtigkeitsgasse 44, Bern.»

«Wie ist der Vater mit den zwei Spionen – mit den ... wie hast du sie genannt? ... ah ja! ... mit den Gebrüdern Mannesmann ausgekommen?»

«Gut. Ganz gut zuerst. Ich weiß das alles nur von der Mutter. Sie hatten Schürfungen gemacht, wie ich Ihnen erzählte. Besonders im Süden von Marokko. Das heißt, der Vater hatte das Vorkommen der Erze entdeckt. Die Brüder Mannesmann gaben sich als Schweizer aus; und dann, während des Krieges, haben sie einigen Deutschen aus der Fremdenlegion zur Rückkehr in die Heimat verholfen. Das hat der Vater erfahren und dem General mitgeteilt. Und dann wurden die beiden ganz einfach an die Wand gestellt. Zum Dank für den Ver ... für die Benachrichtigung ist der Vater bald nachher von der französischen Regierung angestellt worden ...»

– So syg das gsy, nickte Studer. Er stand auf, beugte sich wieder über den Schreibtisch. Die ausgelegten Karten hatten es ihm angetan.

– Und was habe es für eine Bewandtnis mit den Karten?

Marie Cleman stützte die Hände auf das Fensterbrett und saß leicht auf dem vorspringenden Absatz, während ihre Fußspitzen den Rand des abgeschabten Teppichs berührten. Dünne Fesseln hatte das Mädchen! ...

– Die Karten! Das sei eben das Elend gewesen! Darum sei sie von der Mutter fort! erklärte Marie. «Ach!» seufzte sie, «es ist nicht mehr zum Aushalten gewesen, der ganze Schwindel! Die Dienstmädchen, die zehn Franken zahlten, um zu wissen, ob der Schatz ihnen treu sei; die Kaufleute, die Rat wollten für eine Spekulation; die Politiker, denen die Mutter bestätigen mußte, daß sie wieder gewählt würden ... Und zum Schluß kam noch der Bankdirektor. Aber dieser Herr kam wegen mir. Und wissen Sie, Onkel Studer, ich glaub', die Mutter schien nicht einmal etwas dagegen zu haben, daß ich mit dem Bankdirektor ... Da bin ich eines Tages abgereist ...»

Studer war aufgefahren. Er stand dem Meitschi gegenüber. Wie hatte ihn die Marie genannt? Onkel Studer? Das verschlug ihm den Atem ... Aber, b'hüetis, was war dabei? Er hatte das Meitschi geduzt, nach alter Berner Manier. Hatte da die Marie nicht ebenfalls das Recht auf eine gewisse Familiarität? Onkel Studer! Es wärmte ... Exakt wie Bätziwasser.

«Wenn du schon», sagte Studer, und seine Stimme klang ein wenig heiser, «Onkel sagst, dann sag' wenigstens: Vetter Jakob. Onkel! Das sagen die Schwaben ...»

Marie war rot geworden. Sie blickte dem Wachtmeister ins Gesicht, und sie hatte eine besondere Art, die Leute anzusehen: nicht eigentlich prüfend, mehr erstaunt – ruhig erstaunt, hätte man es nennen können. Studer fand, diese Art des Anschauens passe zu dem Mädchen. Aber er konnte sich vorstellen, daß sie anderen Leuten auf die Nerven fiel.

«Gut! Also!» sagte Marie. «Vetter Jakob!» Und gab dem Wachtmeister die Hand. Die Hand war klein, kräftig. Studer räusperte sich.

«Du bist abgereist ... schön. Nach Paris hat mir dein Onkel erzählt. Mit wem?»

«Mit dem ehemaligen Sekretär meines Vaters. Koller hieß er. Er kam uns einmal besuchen und erzählte, er habe sich selbständig gemacht und brauche jemanden, zu dem er Vertrauen haben könne. Ob ich ihn begleiten wolle, als Stenotypistin? Ich hatte die Handelsschule besucht und sagte ja...»

Pelzjackett, seidene Strümpfe, Wildlederschuhe... Langte das Salär einer Sekretärin für so teure Anschaffungen? Studer vergrub die Hände in den Hosensäcken. Ihm war ein wenig traurig zumute; darum rundete er den Rücken und fragte:

«Warum bist du jetzt auf einmal zur Mutter gefahren?»

Wieder der merkwürdig prüfende Blick.

«Warum?» wiederholte Marie. «Weil der Koller plötzlich verschwunden ist. Von einem Tag auf den anderen. Vor drei Monaten, dreieinhalb. Genau: am fünfzehnten September. Viertausend Franzosenfranken hat er mir zurückgelassen, und mit dem Geld hab' ich gelangt – bis Ende Dezember. Da hab' ich grad noch genug gehabt, um nach Basel zu fahren.»

«Warum bist du nicht mit deinem Onkel gefahren?»

«Er hat allein fahren wollen.»

«Hast du das Verschwinden angezeigt?»

«Ja. Auf der Polizei. Sie hat die Papiere beschlagnahmt... Ein gewisser Madelin hat sich um die Sache gekümmert. Einmal hat er mich vorgeladen...»

Ein Satz!... Ein Satz!... War er nicht zu erwischen, der Satz, den Kommissär Madelin gesprochen hatte, an jenem Abend, da Studer ihm das Telegramm vom neuen Jakobli gezeigt hatte? Was hatte Madelin da zum lebendigen Konversationslexikon Godofrey gesprochen:

«... Es stimmt etwas nicht mit den Papieren des Koller...»

Das war es. Handelte es sich um den gleichen Koller?

Studer fragte:

«Wo hat deine Mutter die Andenken an deinen Vater aufbewahrt?»

«Im Schreibtisch», erwiderte Marie und wandte dem Rau-

me wieder den Rücken zu. «In der zweituntersten Schublade.»
In der zweituntersten Schublade ...
Sie war leer. Doch das allein wäre nicht allzu auffällig gewesen.
Auffällig aber war, daß der Einbrecher, der sie aufgebrochen hatte, sorgsam ein abgesplittertes Stück Holz wieder eingesetzt hatte. Studer schob die leere Schublade zu, dann folgte er dem Beispiel seines Vorgängers und paßte das Holzstückchen genau an seinen Platz. Er richtete sich auf, zog sein Nastuch aus der Tasche, beugte sich noch einmal zur Schublade herab und rieb dort alles sauber. Dazu murmelte er: «Man kann nie wissen ...»
«Finden Sie etwas, Vetter Jakob?» fragte Marie, ohne sich umzuwenden.
«Die Mutter hat's wohl an einem andern Ort verräumt ...», brummte Studer. Und lauter fügte er hinzu: «Die erste Frau deines Vaters wohnt also in Bern und heißt ...» Studer schlug sein Notizbuch auf, aber Marie kam ihm zuvor:
«Hornuß heißt sie, Sophie Hornuß, Gerechtigkeitsgasse 44. Sie war die ältere Schwester meiner Mutter und eigentlich meine Tante, wenn Sie so wollen ...»
«G'spässige Familienverhältnisse», stellte Studer trocken fest. Marie lächelte. Dann verschwand das Lächeln, und ihre Augen wurden dunkel und traurig. – Das habe sie manchmal auch gefunden, meinte sie, und Studer schalt sich einen Dubel, weil seine dumme Bemerkung dem Meitschi sicher Kummer gemacht hatte ...
Im Flur kamen Schritte näher. Die aufgesprengte Tür kreischte in ihren Angeln, und eine Stimme erkundigte sich, ob hier jemand Selbstmord begangen habe. – Es müsse wohl hier sein, sagte eine zweite Stimme, es stehe ja am Türpfosten! Cleman! Und fügte hinzu: «Äbe joo», und da habe man die Bescherung.
Studer kehrte in die kleine Küche zurück und stieß dort mit einem Uniformierten zusammen. Der Stoß war weich, denn der Sanitätspolizist war dick, rosig und glatt wie ein Säug-

ling. Er schien ständig ein Gähnen unterdrücken zu müssen, überschüttete den Wachtmeister mit einem Schwall von Fragen, die tapfer mit «Jä» und «Joo» gewürzt waren. Außerdem gurgelte der Mann mit dem «R» wie mit Mundwasser, anstatt sie ordentlich, wie sonstige Schweizer Christenmenschen, mit der Zunge gegen den Vordergaumen zu rollen. Der Herr Gerichtsarzt war alt und sein Schnauz vom vielen Zigarettenrauchen gelb.
Studer stellte sich vor, stellte Marie vor.
Die Tote in ihrem Lehnstuhl schien zu lächeln. Der Wachtmeister blickte ihr noch einmal ins Gesicht. Neben dem linken Nasenflügel saß eine Warze ...
Die Leiche wurde fortgebracht, und zwar durch das Türlein in der Mauer. Es dauerte lange, bis man den Schlüssel zu diesem Mauertor aufgetrieben hatte – in der Wohnung der Toten war kein einziger Schlüssel zu entdecken. Ein Mieter, vom Lärm herbeigelockt, half aus.
Studer war müde. Er hatte keine Lust, seinem Kollegen von der Sanitätspolizei die Merkwürdigkeiten des Falles aufzuzählen: den schiefen Hebel am Gaszähler, die Ausgehstiefel der alten Frau im Schlafrock ... Der Wachtmeister stand und starrte auf das Messingschild: «Josepha Cleman-Hornuß. Witwe.»
Dann lud er Marie zu einem Kaffee ein. Das schien ihm das Vernünftigste ...

Die erste Frau

Bald nach Olten begann es zu schneien. Studer saß im Speisewagen und sah durch die Scheiben. Die Hügel, die vorbeiglitten, waren weich hinter dem weißen Vorhang, der so regelmäßig-ununterbrochen fiel, daß er bewegungslos schien ...
Vor dem Wachtmeister stand blaues Kaffeegeschirr und daneben in Reichweite eine Karaffe mit Kirsch. Studer wandte die Blicke vom Fenster ab und dem neuen Ringbuch zu, das

aufgeschlagen vor ihm lag. Er hielt den Bleistift zwischen Zeige- und Mittelfinger und schrieb in seiner winzigen Schrift, deren Buchstaben selbständig nebeneinander standen, wie beim Griechischen:

«Cleman-Hornuß Josepha, Witwe, 55 Jahre alt. Gasvergiftung. Selbstmord? Dagegen sprechen: schiefe Stellung des Haupthahns am Gasmesser. Fehlen der Schlüssel zur Wohnungstür und zum Gartentor, aufgesprengte Schublade am Schreibtisch ... Und der Telephonanruf ...»

Der Telephonanruf! Studer auf seinem Platz im Speisewagen des Schnellzuges Basel–Bern hörte die Stimme wieder – und wie damals im Wohnraum der Witwe Cleman-Hornuß kam sie ihm bekannt vor. Sie erinnerte ihn an eine andere Stimme, die er vor wenigen Tagen gehört hatte, in einer kleinen Beize bei den Pariser Markthallen – das heißt der *Ton* der Stimme war der gleiche, die Stimmlage ähnlich ...

Und betrunken hatte die Stimme getönt. Atemlos, wie bei einem Mann, der hintereinander ein paar Gläser Kognak hinuntergeschüttet hat. Erste Frage: Was hatte dieser Betrunkene mit seinem Anruf bezweckt? Und die zweite: Wo hatte sich Pater Matthias vom Orden der Weißen Väter in dieser Zeit aufgehalten? In welcher Kirche hatte er seine Morgenmesse gelesen? In jener Zementkirche, die von den Baslern das «Seelensilo» getauft worden war?

Studer starrte gedankenverloren zum Fenster hinaus, streckte die Hand aus, erwischte statt des Kaffeekännlis die Karaffe mit dem Kirsch, goß seine Tasse voll, führte sie zum Mund und merkte den Irrtum erst, als er die Tasse schon geleert hatte. Er sah auf, begegnete dem Grinsen des Kellners, grinste freundlich zurück, zuckte mit den Achseln, hob die Karaffe noch einmal, z'Trotz, leerte den Rest des Schnapses in seine Tasse und begann eifrig zu schreiben.

«Cleman Alois Victor. Geologe im Dienste der Gebrüder Mannesmann. Schürfungen nach Blei, Silber, Kupfer. Seine Brotherren werden 1915 in Casablanca standrechtlich erschossen, weil sie einigen Deutschen zur Desertation aus der

Fremdenlegion verholfen hatten. *Cleman als Denunziant?* Cleman kehrt 1916 nach der Schweiz zurück, reist aber im gleichen Jahre im Auftrag der französischen Regierung wieder nach Marokko. Inspiziert die von den Gebrüdern Mannesmann im Süden des Landes erstellten Bleiöfen. Wird im Juli 1917 schwer erkrankt mit einem Flugzeug nach Fez gebracht. Stirbt nach Aussagen der Tochter, die sich auf ein unauffindbares Telegramm stützen, am 20. Juli alldort. Hinterläßt geringe Erbschaft. War zweimal verheiratet. Erste Frau lebt in Bern, siehe Angaben des Paters. Scheint Vermögen zu besitzen. Ist Schwester der in Basel verstorbenen Josepha Cleman.»

... Herzogenbuchsee ... Es hatte aufgehört zu schneien. Die trockene Hitze im Wagen machte schläfrig, und Studer träumte vor sich hin ...

Fremdenlegion! Marokko! Die Sehnsucht nach den fernen Ländern und ihrer Buntheit, die, schüchtern nur, sich gemeldet hatte, damals, bei Pater Matthias' Erzählung, sie wuchs in Studers Brust. Ja, in der Brust! Es war ein sonderbar ziehendes Gefühl, die unbekannten Welten lockten und Bilder stiegen auf – ganz wach träumte man sie. Unendlich breit war die Wüste, Kamele trabten durch ihren goldgelben Sand, Menschen, braunhäutige, in wallenden Gewändern, schritten majestätisch durch blendendweiße Städte. Von einer Räuberbande wurde Marie geraubt – wie gelangte Marie plötzlich in den Traum? – sie wurde geraubt und man durfte sie befreien. «Danke, Vetter Jakob!» sagte sie. Das war Glück! Das war etwas anderes als das ewige Rapportschreiben im Amtshaus z'Bärn, im kleinen Bureau, das nach Staub und Bodenöl roch ... Dort unten gab es andere Gerüche – fremde, unbekannte. Und in des Wachtmeisters Kopf stiegen Erinnerungen auf: an das «Hohe Lied Salomonis», an die Märchen aus Tausendundeiner Nacht ...

Vielleicht, vielleicht war dies wirklich der große Fall ...

Vielleicht, vielleicht wurde man offiziös nach Marokko entsandt ...

Auf alle Fälle empfahl es sich, gleich morgen zu frühester

Stunde in die Gerechtigkeitsgasse Nr. 44 zu gehen, um die geschiedene Frau des Geologen auszufragen ...

... Burgdorf ... Studer leerte den Rest des kalten Kaffees in seine Tasse, trank das Gemisch, fand seinen Geschmack abscheulich und rief: «Zahlen!» Der Kellner grinste wieder vertraulich. Aber Studer war es nicht mehr ums Lachen zu tun. Er konnte Marie nicht vergessen, die mit dem Sekretär Koller nach Paris gereist war, – Pelzjackett, seidene Strümpfe, Wildlederschuhe! – Es war nicht zu leugnen, daß er Marie liebgewonnen hatte ... Es war ihm, als habe er eine Tochter wiedergefunden. Denn seine Tochter hatte vor einem Jahr einen Landjäger aus dem Thurgau geheiratet – nun war sie Mutter, und dem Wachtmeister war es, als habe er sie endgültig verloren. All diese unklaren Empfindungen waren wohl schuld, daß er dem vertraulichen Kellner nur zwanzig Rappen Trinkgeld gab.

Seine Laune besserte sich auch nicht, als er in Bern ausstieg. Die Wohnung auf dem Kirchenfeld war leer – Studer hatte keine Lust, den Ofen zu heizen. Er ging ins Café, um dort Billard zu spielen, besuchte hernach ein Kino und ärgerte sich über den Film ... Später trank er irgendwo ein paar große Helle, aber auch die bekamen ihm nicht. So legte er sich denn gegen elf Uhr mit einem zünftigen Kopfweh zu Bett. Er konnte lange nicht einschlafen.

Die alte Frau mit der Warze neben dem linken Nasenflügel, die so ruhig und gelöst in ihrem grünen Lehnstuhl saß, neben dem zweiflammigen Gasréchaud, kam in der Dunkelheit zu Besuch ... Marie tauchte auf, verschwand. Dann war der Silvesterabend da, Kommissär Madelin und das Lexikon Godofrey ... Besonders dieser Godofrey, der mit seiner Hornbrille einer noch nicht flüggen Eule glich, ließ sich nicht vertreiben ... «Pour madame!» sagte Godofrey und reichte eine Gansleberterrine durchs Waggonfenster ... Aber da wurde die Terrine riesig groß, grün und feist und grimassierend hockte sie oben auf einem Wandbrett und war ein Gaszähler – ein Kopf war dieser verdammte Gaszähler, ein Traumungetüm, das mit seinem einzigen Arm

signalisierte ... Senkrecht, waagrecht, schief stand der Arm ... Marie ging mit dem Pater Matthias Arm in Arm – aber es war nicht Pater Matthias, sondern der Sekretär Koller, der aussah wie des Wachtmeisters Doppelgänger ... Im Halbschlaf hörte sich Studer laut sagen:
«Da isch einewäg Chabis!»
Seine Stimme dröhnte durch die leere Wohnung, verzweifelt tastete Studer das Bett neben dem seinen ab. Aber das Hedy war noch immer im Thurgau, um das neue Jakobli zu pflegen ... Ächzend zog er den Arm zurück, denn ihn fror. Und dann schlief er plötzlich ein ...

– Ob es in Paris schön gewesen sei, fragte am nächsten Morgen um neun Uhr Fahnderkorporal Murmann, der mit Studer das Bureau teilte. Der Wachtmeister war noch immer schlechter Laune; er grunzte etwas Unverständliches und bearbeitete weiter die Tasten seiner Schreibmaschine. Im Raume roch es nach kaltem Rauch, Staub und Bodenöl. Vor den Fenstern pfiff die Bise, und der Dampf knackte in den Heizkörpern.
Murmann setzte sich seinem Freunde Studer gegenüber, zog den «Bund» aus der Tasche und begann zu lesen. Seine mächtigen Armmuskeln hatten die Ärmel seiner Kutte aus der Façon gebracht.
«Köbu!» rief er nach einer Weile. «Los' einisch!»
«Jaaa», sagte Studer ungeduldig. Er mußte einen Rapport über einen vor undenklichen Zeiten passierten Mansardendiebstahl schreiben, den der Untersuchungsrichter I mit viel Geschrei am Telephon verlangt hatte.
«In Basel», fuhr Murmann gemütlich fort, «hat sich eine mit Gas vergiftet ...»
– Das wisse er schon lange, sagte Studer gereizt.
Murmann ließ sich nicht aus der Ruhe bringen.
– Selbstmord mit Gas sei ansteckend, meinte er. Heut' morgen habe man ihn um sechs Uhr in die Gerechtigkeitsgasse geholt, sie hätten gegenwärtig keine Leute auf der Stadtpolizei, alles sei noch in den Ferien ... Ja ... Und in der

Gerechtigkeitsgasse habe sich auch eine Frau mit Gas vergiftet.
«In der Gerechtigkeitsgasse? Welche Nummer?» fragte Studer.
«Vierevierzig», murmelte Murmann, kaute an seinem Stumpen, kratzte sich den Nacken, schüttelte den «Bund» zurecht und las den Leitartikel weiter.
Plötzlich schrak er auf, ein Stuhl war umgefallen. Studer beugte sich über den Tisch, sein Atem ging schwer. – Wie die Frau heiße? ... Sein sonst bleiches Gesicht war gerötet.
«Köbu», meinte Murmann gemütlich, «hescht Stimme?»
Nein, Studer hatte keine Gehörshalluzinationen, er verwahrte sich mit heftigem Kopfschütteln gegen derartige Zumutungen, aber er wollte den Namen der Toten wissen.
«E G'schydni, e Charteschlägere ...», sagte Murmann. «Hornuß, Hornuß Sophie», und betonte den Vornamen auf der ersten Silbe. Die Leiche sei schon im Gerichtsmedizinischen ...
«So», sagte Studer nur, klapperte noch einen Satz, riß den Bogen von der Walze, malte seine Unterschrift, ging zum Kleiderhaken, zog den Raglan an und schmetterte die Türe hinter sich ins Schloß ...
«Ja, ja, der Köbu!» nickte Murmann und zündete den Stumpen wieder an; dann las er schmunzelnd den Leitartikel zu Ende, der vom Anwachsen der roten Gefahr handelte. Denn Murmann war freisinnig und glaubte an diese Gefahr ...

Gerechtigkeitsgasse 44. Neben der Haustür das Schild einer Tanzschule. Hölzerne Stiegen. Sehr sauber, nicht wie in jenem anderen Haus – am Spalenberg. Im dritten Stock, auf einer gelb gestrichenen Tür, die offenstand, eine Visitenkarte:

Sophie Hornuß

Diese Frau war also nicht von Beruf Witwe gewesen! Studer trat ein.
Auf dem Boden lag das Schloß, das beim Aufsprengen der Tür herabgefallen war.

Stille …
Das Vorzimmer geräumig und dunkel. Links ging eine Glastüre in die Küche. Studer schnupperte: auch hier wieder der Gasgeruch. Das Küchenfenster stand offen, die Lampe, die von der Decke hing, trug über dem Porzellanschirm ein Stück quadratischen Seidenstoffes von violetter Farbe, an dessen Ecken braune Holzkugeln hingen. Sie pendelte hin und her.
Nahe dem Fenster ein solider Gasherd mit vier Brennern, Backröhre, Grill. Und neben dem Gasherd ein bequemer lederner Klubsessel, der sich merkwürdig genug in der Küche ausnahm. Wer hatte ihn aus dem Wohnzimmer in die Küche geschleppt? Die alte Frau?
Auf dem mit Wachstuch überzogenen Küchentisch lagen Spielkarten, vier Reihen zu acht Karten. Die erste Karte der obersten Reihe war der Schaufelbauer, der Pique-Bube.
Studer hatte die Hände auf den Rücken gelegt und ging in der Küche auf und ab, öffnete den Schaft, schloß ihn wieder, nahm eine Pfanne von der Wand, lupfte einen Deckel …
Im Schüttstein stand eine Tasse mit schwarzem Satz auf dem Grunde … Studer roch daran: ein schwacher Anisgeruch. Er kostete.
Der bittere Nachgeschmack, der lange an der Zunge haftete … Der Geruch! – Es war ein Zufall, daß Studer beides kannte. Vor zwei Jahren hatte ihm der Arzt gegen Schlaflosigkeit Somnifen verschrieben.
Somnifen! … Der gallenbittere Geschmack, der Anisgeruch … Hatte die alte Frau auch an Schlaflosigkeit gelitten? Aber warum, zum Tüüfu, hatte sie ein Schlafmittel genommen, hernach einen Klubfauteuil in die Küche geschleppt und schließlich die Hähne des Gasherdes aufgedreht? Warum?
Eine tote Frau in Basel, eine tote Frau in Bern … Als Verbindungsglied zwischen den beiden der Mann: Cleman Alois Victor, Geologe und Schweizer, gestorben im Militärspital zu Fez während des Weltkrieges. Warum begingen die bei-

den Frauen des Mannes Cleman fünfzehn Jahre später Selbstmord? Die eine heute, die andere gestern? Begingen Selbstmord auf eine, gelinde gesagt, merkwürdige Manier? War dies vielleicht der «Große Fall», von dem jeder Kriminalist träumt, auch wenn er nur ein einfacher Fahnder ist? «Einfach!» ... Das Wort paßte eigentlich nicht auf den Wachtmeister. Wäre Studer «einfach» gewesen, so hätten seine Kollegen, vom Polizeihauptmann bis zum simplen Gefreiten, nicht behauptet, er «spinne mängisch».

An dieser Behauptung war zum Teil die große Bankgeschichte schuld, die ihm das Genick gebrochen hatte, damals, als er wohlbestallter Kommissär bei der Stadtpolizei gewesen war. Er hatte den Abschied nehmen und bei der Kantonspolizei als einfacher Fahnder wieder anfangen müssen. In kurzer Zeit war er zum Wachtmeister aufgestiegen; denn er sprach fließend drei Sprachen: Französisch, Italienisch, Deutsch. Er las Englisch. Er hatte bei Groß in Graz und bei Locard in Lyon gearbeitet. Er besaß gute Bekannte in Berlin, London, Wien – vor allem in Paris. An kriminologische Kongresse wurde gewöhnlich *er* delegiert. Wenn seine Kollegen behaupteten, er spinne, so meinten sie vielleicht damit, daß er für einen Berner allzuviel Phantasie besaß. Aber auch dies stimmte nicht ganz. Er sah vielleicht nur etwas weiter als seine Nase, die lang, spitz und dünn aus seinem hageren Gesicht stach und so gar nicht zu seinem massiven Körper passen wollte.

Studer erinnerte sich, daß er einen Assistenten am Gerichtsmedizinischen von einem früheren Fall her kannte. Er ging durch die Wohnung und suchte das Telephon. Im Wohnzimmer – rote Plüschfauteuils mit Deckchen, verschnörkelter Tisch, Säulchenschreibtisch – war das Telephon an der Wand angebracht.

Studer hob den Hörer ab, stellte die Nummer ein.

«Ich möchte Dr. Malapelle sprechen ... Ja? ... Sind Sie's, Dottore? Haben Sie die Sektion schon gemacht? ... Jawohl, von der Gasleiche, wie Sie sagen ... Senta, Dottore! ...» Und Studer sprach weiter Italienisch, erzählte von seinem Ver-

dacht auf Somnifen ... Der Arzt versprach das Protokoll auf den Nachmittag.
Dann blätterte der Wachtmeister weiter im Telephonbuch. Nein, hier war keine Fiebertabelle versteckt. Das Zimmer sah nicht aus, als sei es durchsucht worden. Studer probierte die Schubladen am Schreibtisch, sie waren verschlossen.
Das Schlafzimmer ... Ein riesiges Bett darin und vor dem einzigen Fenster rote Plüschvorhänge. Sie verdunkelten den Raum. Studer zog die Vorhänge auf.
Über dem Bett hing das Bild eines Mannes.
In Bern eine einsame Frau, in Basel eine einsame Frau. – Die Frau in Bern hatte es ein wenig schöner gehabt, Zweizimmerwohnung mit Küche, während die Josepha in Basel den Durchgangskorridor zum Wohn- und Schlafzimmer als Küche benutzt hatte. Aber einsam waren sie beide gewesen. Studer ertappte sich darauf, die alten Frauen bei ihrem Vornamen zu nennen. Die Josepha in Basel und die Sophie in Bern, beide schlürften in Finken in ihren Wohnungen herum, wahrscheinlich gingen sie auch in Finken über die Straße «go poschte» ...
Merkwürdig, daß in der Wohnung der Josepha in Basel kein Bild des verstorbenen Geologen hing. Josepha war doch die rechtmäßige Gattin gewesen, während die Sophie nur eine «G'schydni» war ...
Aber über dem Bett der Geschiedenen hing, mit dicken Holzleisten eingerahmt, die vergrößerte Photographie des Cleman Alois Victor. Denn nur um diesen konnte es sich handeln.
Er trug auf dem Bilde einen dunkeln, gekräuselten Bart, der den hohen Westenausschnitt so vollständig verdeckte, daß die Form der Krawatte nicht festzustellen war. Ein Bart! Zeichen der Männlichkeit vor dem Krieg!
Der Bart mußte dem Geologen und Schweizer heiß gegeben haben, dort unten in Marokko, beim Silber-, Blei- und Kupferschürfen! ... Dazu trug der Mann eine Brille, deren ovale Gläser die Augen verbargen. Verbargen? Es war nicht das richtige Wort! ... Sie ließen nur den Blick sonderbar matt

und unbeteiligt erscheinen – unpersönlich. Und dadurch wurde auch das ganze Gesicht ausdruckslos.
Ein schöner Mann! Wenigstens das, was man in jenen vorsintflutlichen Zeiten unter einem schönen Mann verstanden hatte...
Studer starrte auf das Bild; er schien zu hoffen, daß ihm der Ehemann von zwei Frauen etwas erzählen werde. Aber der weitgereiste Geologe blickte so gleichgültig drein, wie nur ein Wissenschaftler gleichgültig dreinblicken kann. Und der Wachtmeister kehrte ihm endlich verärgert den Rücken zu.
Als er wieder die Küche betrat, war der lederne Klubsessel nicht mehr leer.
Ein Mann saß darin, der ein merkwürdiges Spiel spielte: er hatte seine Mütze, die aussah wie ein vom Töpfer verpfuschter Blumentopf, über den Zeigefinger seiner Rechten gestülpt. Mit seiner Linken gab er dem vertätschten Gebilde kleine Stöße und brachte es zu einem langsamen Kreisen.
Der Mann, der eine weiße Kutte trug, blickte auf:
«Bonjour, inspecteur!» sagte er. Und dann fügte er in einem fremdländisch klingenden Schweizerdeutsch hinzu: «Es guets Neus!»
«Glychfalls!» antwortete Studer, blieb unter der Tür stehen und lehnte sich an den Pfosten.

Pater Matthias

«Der Gründer unseres Ordens, Kardinal Lavigerie», sagte Pater Matthias und fuhr fort, seinem verpfuschten Blumentopf, den sie drüben in Afrika Scheschia nannten, kleine Stöße zu geben, «unser großer Kardinal soll einmal geäußert haben: ‚Ein wahrer Christ kommt nie zu spät.' Ganz sicher ist dieser Ausspruch nur in übertragener Bedeutung richtig, denn auf unser Erdenleben angewandt, kann er nicht stimmen. Dieses ist abhängig von menschlichen Einrichtungen, als da sind: Eisenbahnzüge, Dampfboote, Automobile...

Meine Nichte Marie, die ich gestern abend noch traf, erzählte mir, was in Basel vorgefallen ist. Ich habe darum schleunigst ein Taxi gemietet und bin nach Bern gefahren, denn es fuhr kein Zug mehr. Unterwegs hatten wir eine Panne – auch das kommt vor. Und so bin ich erst jetzt hier angekommen, die Tür war aufgebrochen, das Schloß lag am Boden – es roch noch ganz leicht nach Gas ... Und dann hörte ich Schritte in der Wohnung. ‚Ist vielleicht', dachte ich bei mir selbst, ‚jener sympathische Inspektor anwesend, dessen Bekanntschaft zu machen ich in Paris die Ehre und das Vergnügen hatte? Das wäre eine wahrhaft göttliche Fügung!' Es stimmte ...»

Zuerst hatte Studer überhaupt nicht zugehört, sondern mehr dem Klange der Rede gelauscht und ihn mit dem Tonfall jener anderen Stimme verglichen, die ihn am Telephon ausgelacht hatte. Der Pater sprach ein ausgezeichnetes Hochdeutsch, nur hin und wieder, bei Worten wie «gedacht» und «leicht» klang das «ch» gaumig-schweizerisch ... Die Stimme war eine richtige Kanzelstimme, tief, orgelnd, und sie paßte eigentlich nicht recht zu dem dürftigen Körper. Aber Stimmen kann man verstellen, nicht wahr? In der kleinen Pariser Beize hatte die Stimme etwas anders geklungen, ein wenig höher vielleicht. War die französische Sprache, die der Pater damals gebraucht hatte, an dieser Verschiedenheit schuld?

Studer bückte sich plötzlich und hob das Schloß vom Boden auf. Er betrachtete es aufmerksam, sah dann in die Höhe, und seine Blicke suchten nach dem Gaszähler. Er war nicht in der Küche. Gerade über der Flurtür hockte er und sah genau so grün und feist und grimassierend aus wie sein Bruder in Basel ...

Und der Hebel, der als Haupthahn funktionierte, stand schief. Er stand schief und bildete einen Winkel von fünfundvierzig Grad ...

Studer betrachtete wieder das Schloß in seiner Hand. Da hörte er die Kanzelstimme sagen:

«Falls Sie eine Lupe brauchen sollten, Inspektor, so kann

ich mit einer solchen dienen. Ich beschäftige mich nämlich mit Botanik und Geologie und trage darum immer ein Vergrößerungsglas in der Tasche . . .»
Der Wachtmeister blickte nicht auf, er hörte die Federn des Klubsessels ächzen, dann wurde ihm etwas in die Hand geschoben – er hielt das Glas vors Auge . . .
Kein Zweifel, rund um das Schlüsselloch waren graue Fäserchen zu sehen, besonders am vorstehenden, oberen Rand, so, als habe sich ein Schnürlein an der scharfen Kante gewetzt.
. . . Und der Haupthahn bildete einen Winkel von fünfundvierzig Grad! . . .
Verrückt! . . . Angenommen, die alte Frau hatte ein Schlafmittel genommen und war darauf in ihrem ledernen Klubsessel eingenickt – wäre es da für den mutmaßlichen Mörder nicht einfacher gewesen, im Vorbeigehen den Haupthahn zu öffnen und sich dann still zu entfernen? . . . Wenn nämlich ein Mord vorlag . . .
Warum unnötig komplizieren? Eine Schnur am Haupthahn anbringen, sie oben über die Gasröhre führen, das Ende der Schnur durchs Schlüsselloch stecken und dann von außen ziehen, ziehen, bis die Schlinge vom eisernen Hebelschlüssel abrutschte und man die Schnur hinausziehen konnte? . . .
«Alte Frauen haben einen leisen Schlaf . . .», sagte Pater Matthias. Lächelte er? Es war schwer festzustellen, trotz der spärlichen Schnurrbarthaare, die über seinen Mund fielen wie ein feingehäkelter Spitzenvorhang. Aber er hielt den Kopf gesenkt und ließ seine rote Mütze kreisen. Ein Sonnenstrahl fiel durchs Küchenfenster, und um die Tonsur am Hinterkopf glitzerten die kurzen Haare wie Eis . . .
«Danke», sagte Studer und gab die Lupe zurück. Der Pater ließ sie in seiner grundlosen Kuttentasche verschwinden, zog die Tabaksdose hervor, schnupfte ausgiebig und sagte dann:
«Damals, in Paris, als mir die Ehre zuteil wurde, Ihre Bekanntschaft zu machen, mußte ich so plötzlich aufbrechen, daß es mir versagt geblieben ist, Ihnen andere wichtige De-

tails zu erzählen ...» Stocken ... «... über meinen Bruder, meinen zu Fez verstorbenen Bruder.»
«Wichtiges?» fragte Studer und hielt den angebrannten Strohhalm unter die Brissago.
«Wie man's nimmt.» Der Pater schwieg, spielte mit seiner Scheschia, schien plötzlich einen Entschluß gefaßt zu haben, denn er stand auf, die vertätschte Kappe ließ er auf dem Stuhl liegen und sagte:
«Ich werde Ihnen einen Kaffee brauen ...»
«Mira ...», murmelte Studer. Er saß auf einem weißgescheuerten Küchenhockerli neben der Tür und hatte die Augen bis auf einen schmalen Spalt geschlossen. Nur die Verwunderung verbergen, dachte er, und besonders die Neugierde! Der Mann dort hatte es darauf abgesehen, ihn zu verwirren. Denn: Tatsache war, daß in dieser Küche vor nicht langer Zeit eine alte Frau ums Leben gekommen war. Aber der Pater schien nicht einen Augenblick an diese Tatsache zu denken, er nahm eine Pfanne, füllte sie am Wasserhahn, stellte sie auf einen Brenner. Dann scheuchte er den Wachtmeister von seinem Hockerli auf, bestieg den Schemel, um den Haupthahn ganz aufzudrehen, nun stand er senkrecht, kletterte herab und sagte zerstreut: «Wo mag wohl der Kaffee sein?»
Und Studer sah das Holzgestell über dem Gasréchaud in der Küche am Spalenberg und die Blechdosen mit der abgestoßenen Emailglasur: «Kaffee», «Salz», «Mehl». Hier gab es nichts dergleichen. Im Küchenschaft ein roter Papiersack mit gemahlenem Kaffeepulver.
Ein leiser Knall – der Pater hatte die Flamme unter der Pfanne angezündet. Nun ging er mit weitausholenden Schritten in der Küche auf und ab, die Falten an seiner Kutte zersplitterten, formten sich wieder, und bisweilen, sekundenlang nur, traf den weißen Stoff ein Sonnenstrahl: dann leuchtete die Stelle wie ein frischgeprägter Silberling ...
«Er hat es prophezeit, mein Hellseherkorporal», sagte Pater Matthias. «Er hat es gewußt ... Zuerst die in Basel, dann

die in Bern. Und wir beide haben die beiden alten Frauen nicht mehr retten können. Ich nicht, weil ich jedesmal zu spät gekommen bin. Sie nicht, Inspektor, weil Sie ungläubig waren.»

Schweigen. Die Gasflamme schlug zurück, es pfiff sonderbar dumpf und höhnisch; Pater Matthias behob die Störung.

«Ich hatte den beiden Frauen geschrieben, sie möchten sich in acht nehmen, es drohe ihnen Gefahr. Ich habe Josepha in Basel besucht, gleich nach meiner Ankunft, das war vorgestern – vorgestern morgen. Am Abend wollte ich noch einmal zu ihr, aber es war spät geworden. Um elf Uhr läutete ich an ihrer Wohnung. Alles war dunkel, niemand öffnete mir.»

«Roch es nicht nach Gas?» fragte Studer, und auch er sprach Schriftdeutsch.

«Nein.» Pater Matthias beschäftigte sich mit der Pfanne auf dem Herd. Er hatte dem Wachtmeister den Rücken zugekehrt. Das Wasser kochte. Pater Matthias schüttete das Kaffeepulver darein, ließ die Mischung aufkochen, drehte das Gas ab und schüttete mit einer Kelle ein wenig kaltes Wasser in die Brühe. Dann nahm er Tassen aus dem Schaft, murmelte: «Wo hat die alte Frau ihren Schnaps verwahrt? Wo? – Im untern Küchenschrank! – Wollen Sie wetten, Inspektor, daß er im untern Küchenschrank steht? . . . Sehen Sie!»

Er füllte die Tassen, tat geschäftig mit: «Bleiben Sie nur sitzen! Lassen Sie sich nicht stören!» Und brachte den Kaffee, den er tapfer mit Kirsch verdünnt hatte, dem Wachtmeister. Es war gespenstisch, fand Studer, das Kaffeetrinken um zehn Uhr morgens in der leeren Wohnung. Es kam ihm vor, als hocke die alte Frau, deren Gesichtszüge ihm unbekannt waren, in dem ledernen Klubsessel und sage: «Servieret-ech ungscheniert, Wachtmeischter, aber denn suechet min Mörder!»

Und es war wie ein Weiterspinnen dieser Vision, als Studer fragte:

«Wie sah sie eigentlich aus, die Sophie Hornuß?»
Pater Matthias, der wieder seine Wanderung durch die Küche aufgenommen hatte, blieb stehen. Seine Hand fuhr in die unergründliche Tasche seiner Kutte und brachte ein kleines Ding aus rotem Leder zum Vorschein, das wie ein Taschenspiegel aussah. Aber statt des Spiegels sah man beim Aufklappen zwei Photographien.
Studer betrachtete die Bilder. Das eine stellte die Josepha dar: denn nicht zu verkennen war die Warze neben dem linken Nasenflügel. Nur war das Bild aufgenommen worden, als die Frau noch jung war. Viel Güte lag um den Mund, um die Augen ...
Das andere Bild – Studer wußte gar nicht, daß er sich räusperte, daß er auf die Photographie starrte und starrte ... Die Augen vor allem: verschlagene, stechende Augen. Ein schmaler Mund – nur ein Strich waren die Lippen in dem jugendlichen Gesicht. Jugendlich? Warum nicht gar! Gewiß, die Photographie stellte eine Frau dar, Mitte der Zwanzigerjahre, aber es war eines jener Gesichter, die nie altern – oder nie jung sind. Beides war richtig. Und noch etwas ließ sich aus dem Bild begreifen: daß der Schweizer Geologe Cleman Alois Victor die Scheidung verlangt hatte. Mit solch einer Frau war nicht gut zusammenspannen! ... – Eine hochgeschlossene Bluse, ein Stehkragen mit Stäbli, der das spitze Kinn trug ... Und Studer konnte es nicht verhindern, daß ihm ein Frösteln über den Rücken lief ...
Die Augen! Sie waren geladen mit Hohn, mit höhnischem Wissen. Sie schrien es dem Beschauer entgegen: «Ich weiß, ich weiß viel! Aber ich sage nichts!»
Was wußte die Frau?
«Wann hat sich Ihr Bruder scheiden lassen?» fragte Studer, und seine Stimme war ein wenig heiser.
«1908. Und im nächsten Jahr heiratete er wieder. 1910 wurde Marie geboren ...»
«Und 1917 ist Ihr Bruder gestorben?»
«Ja.»
Pause.

Pater Matthias blieb stehen, blickte zu Boden – und dann begann er seine Wanderung aufs neue.
«Es ist da eine Merkwürdigkeit, die ich vergessen habe, Ihnen mitzuteilen. Mein Hellseherkorporal Collani hat sich 1920 in Oran anwerben lassen – schon das ist sonderbar, daß er auf afrikanischem Boden engagiert hat – und während des großen Krieges soll er sich, Angaben zufolge, die bei seinen Personalakten lagen, als Krankenpfleger in Marokko betätigt haben – in Fez. In Fez ist mein Bruder gestorben, das wissen Sie wohl, Inspektor. Ich war damals auch im Land, ich zog in der Gegend von Rabat herum und wußte nichts davon, daß Victor im Sterben lag ...»
Er gibt also zu, im Lande gewesen zu sein, dachte Studer. Auch er trägt einen Bart. Gekräuselt kann man ihn zwar nicht nennen, es ist ein Schneiderbart. Aber eine Ähnlichkeit mit der Photographie über dem Bette der Sophie ist unverkennbar – wie komm' ich nur auf so verrückte Gedanken? Der Geologe und der Pater ein und dieselbe Person? – Er starrte wieder auf die beiden Frauenbilder, die auf seinem Knie lagen.
«Nicht einmal zum Leichenbegängnis meines Bruders habe ich kommen können ... Als ich nach einem Monat Fez erreichte, war Victor schon unter der Erde. Nicht einmal sein Grab habe ich besuchen können. Man hatte ihn ins Massengrab geworfen, sagte man mir, eine Blatternepidemie wütete damals gerade ...»
Studer zog sein Ringbuch, um dem Absatz über «Cleman Alois Victor» einen Nachtrag zu geben – da flatterte ein zusammengefaltetes Blatt Papier zu Boden. Der Pater war flinker, er hob es auf und gab es dem Wachtmeister zurück – einen kurzen Augenblick behielt er es in der Hand und betrachtete es aufmerksam ... «Danke», sagte Studer und beobachtete zwischen den Wimpern den Weißen Vater. Er trug, gerade jetzt, seinen Namen nicht mit vollem Recht. Denn seine Gesichtshaut, von der Sonne gebräunt, war grau gefleckt.
Und der Wachtmeister hätte jede Wette eingegangen, daß

der Mann mit dem Schneiderbärtchen bleich geworden war...
Warum? Studer steckte das gefaltete Blatt scheinbar achtlos in seine Busentasche. Wie dick sich das Papier anfühlte! Das war ihm in Basel nicht aufgefallen, als er vor der Nase des rosigen Sanitätspolizisten die Fieberkurve kaltblütig eingesackt hatte...
Pater Matthias hatte also die Fieberkurve wiedererkannt? Wo hatte er sie gesehen? Bei seinem «Hellseherkorporal»?
Und zum ersten Male stieg in Wachtmeister Studer die Vermutung auf, daß die Geschichte vom Hellseherkorporal, die er als Märchen abgetan hatte, eine Bedeutung haben könne — keine okkulte, keine metapsychische, keine hellseherische, nein! Die Geschichte vom Hellseherkorporal mußte man werten wie einen scheinbar dummen Schachzug, den ein kluger Gegner gemacht hat. Man tut den Zug mit einem Achselzucken ab — aber siehe da: nach sechs, sieben Zügen merkt man, daß man in eine Falle geraten ist...
Es empfahl sich, alles, was mit dieser Hellsehergeschichte zusammenhing, genau und sorgfältig zu prüfen. Das würde schwierig sein, von hier, von Bern aus. Aber wozu hatte man gute Bekannte in Paris? Madelin, den Divisionskommissär, der von einem Dutzend Inspektoren «Patron» genannt wurde? Wozu hatte man Godofreys, des wandelnden Lexikons Bekanntschaft gemacht? Zwar auf ein Erblassen allein ließ sich keine Theorie aufbauen. Überhaupt Theorien! Zuerst und vor allem hatte man sich in die g'späßigen Verhältnisse der Familie Cleman einzuleben. Ja! *Einzuleben?* Dann konnte man weiter sehen.
Und Studer schrieb unter den Absatz, der von Cleman Victor Alois, handelte, das Wort: «Massengrab» und unterstrich es doppelt.
Der Pater stand am Fenster und blickte in den Hof.
«Eine Blatternepidemie», sagte er. «Ich verlangte, die Krankengeschichte meines Bruders zu sehen. Alle Krankengeschichten des Jahres 1917 waren vorhanden, selbst die eines namenlosen Negerleins, auf dessen Blatte stand: ,Mu-

latte, fünfjährig, eingeliefert – Exitus –.' Die Krankengeschichte meines Bruders fehlte. Jawohl Inspektor, sie fehlte. ‚Wir wissen nicht ...', Wir bedauern ...' Drei Monate nach seinem Tod war die Krankengeschichte nicht mehr zu finden ...
Unwahrscheinlich, nicht wahr?
Und vierzehn Jahre später sagt mir ein hellseherisch veranlagtes Individuum, nachdem ich es aus der Trance geweckt hatte: ‚Der Tote wird die Frauen in den Tod holen. Er will Rache nehmen. Der Tote wird die Frauen in den Tod holen ...' Dies wiederholt der Hellseherkorporal, dann beschreibt er meinen Bruder, seinen gekräuselten Bart, seine Brille ... Ich weiß, Sie können sich nicht vorstellen, wie das auf mich gewirkt hat, dazu müßten Sie Géryville kennen. Sie müßten mein Zimmer gesehen haben, angefüllt mit grüner Abenddämmerung, das Städtchen rund um mein Haus, den Bled ... Bled – das heißt Land auf arabisch. Aber man braucht das Wort auch für die Ebenen, die endlosen, auf denen das dürre Alfagras wächst; nie ist es saftig, es wächst schon als Heu ... Und still ist es auf dem Hochplateau! Still! ... Ich bin die Stille gewohnt; denn ich habe lange genug in der großen Stummheit der Wüste gelebt ... Aber Géryville ist anders. In der Nähe des Städtchens liegt das Grabmal eines Heiligen, eines Marabu, die Hirtenstämme wallfahren zu ihm – schweigend. Sogar die Rufe der Hörner, wenn in der Kaserne die Wache aufzieht, schluckt die große Stille. Die Trommeln dröhnen nicht, sie murmeln nur dumpf unter den Schlegeln ... Und nun stellen Sie sich vor, in meinem grünlich erleuchteten Zimmer beschreibt ein unbekannter Mensch meinen Bruder, spricht mit seiner Stimme ...» Pater Matthias ließ das letzte Wort ausklingen. Plötzlich wandte er sich um – drei weitausholende Schritte – und er stand vor dem Wachtmeister. Dringend fragte er, und sein Atem ging schwer:
«Was glauben Sie, Inspektor? Meinen Sie, mein Bruder sei noch am Leben? Glauben Sie, er stecke hinter diesen beiden düsteren Mordfällen – denn daß es sich um Morde handelt,

werden auch Sie nicht mehr leugnen wollen. Sagen Sie mir ehrlich, was denken Sie?»

Studer saß da und hatte die Unterarme auf die Schenkel gelegt, die Hände gefaltet. Seine Gestalt wirkte massig, schwer und hart wie einer jener Felsblöcke, die man auf Alpwiesen sieht.

«Gar nüt!»

Nach dem langen Redeschwall des Paters wirkten die beiden Worte, gesprochen wie ein einziges, als Punkt.

Und dann stand der Wachtmeister auf. Er hielt seine leere Kaffeetasse in der Hand und ging zum Schüttstein, um sie dort abzustellen. Da packte ihn ein Hustenanfall, der in der kleinen Küche so laut tönte, als habe man in ihr ein Rudel Dorfköter losgelassen. Studer zog sein Nastuch – aber dem Schüttstein hatte er den Rücken zugewandt – und als er das weiße Tuch wieder in der Seitentasche seines Raglan verschwinden ließ, enthielt es einen harten Gegenstand.

Es enthielt die Tasse, auf deren Grunde er einen mit Somnifen vermischten Kaffeerest festgestellt hatte. Aber die Tasse – war ausgespült worden ...

Von wem? Das Inspizieren der Wohnung hatte kaum zehn Minuten gedauert – und hernach saß Pater Matthias im Klubsessel und spielte das Scheschiaspiel ...

Zehn Minuten ... Zeit genug, um eine Tasse auszuspülen. Aber vielleicht ließen sich auf der Tasse Fingerabdrücke feststellen? ...

«Geht's besser, Inspektor?» fragte Pater Matthias. «Sie sollten etwas gegen Ihren Husten tun!»

Studer nickte; sein Gesicht war rot und in seinen Augen glitzerten Tränen. Er winkte ab, schien etwas sagen zu wollen, aber das erwies sich als unnötig, denn es klopfte an der Wohnungstür ...

Es stand aber vor der Tür eine Dame, die sehr dünn war und deren kleiner Vogelkopf eine Pagenfrisur trug. Sie stellte sich vor als Leiterin der im gleichen Hause einquartierten Tanzschule und tat dies mit so ausgesprochen englischem Akzent, daß es dem Wachtmeister schien, als komme in diesem Falle, auch wenn es der von jedem Kriminalisten erhoffte *«Große Fall»* war, sein Berndeutsch zu kurz: Bald mußte man Französisch reden, bald Schriftdeutsch, dann gurgelten die Basler – und nun war also Englisch an der Reihe ... Die ganze Geschichte ist hochgradig unschweizerisch, dachte Studer dunkel, obwohl alle Handelnden Schweizer sind – mit Ausnahme immerhin des Hellseherkorporals, über dessen Nationalität sich der Pater nicht geäußert hat ... Unschweizerisch – genauer: auslandschweizerisch, ein langes und nicht gerade wohltönendes Wort ...

«Ich habe eine Beobachtung mitzuteilen», sagte die Dame, und dazu wand und drehte sie ihren schlanken Körper – unwillkürlich hielt man Ausschau nach der Flöte des indischen Fakirs, deren Töne diese Kobra zum Tanzen brachten. «Ich wohne unten ...» Schlängelnder Arm, der Zeigefinger deutete auf den Fußboden. Und dann schwieg die Dame plötzlich, denn sie beobachtete erstaunt den Pater: dieser saß wieder im Klubsessel und spielte das Scheschiaspiel.

Der Wachtmeister aber stand da, stocksteif, die Hände unter dem Raglan in die Seiten gestemmt: so ähnelte er einer Schildkröte, die auf den Hinterpfoten steht – in Bilderbüchern sieht man die Tiere bisweilen in dieser Haltung abgebildet. Studers schmaler Kopf und magerer Hals unterstrich noch diese Ähnlichkeit.

«Also?» fragte er ungeduldig.

«Gestern abend wurde bei uns geläutet», sagte die dünne Dame, das heißt sie sagte: ‚Göstiörn' und ‚göloouitöt'. «Ein kleiner Mann stand vor der Tür, gekleidet in einen blauen Regenmantel. Er sprach mit undeutlicher Stimme, denn er trug ein Cache-nez ... Ein Foulard ... Wie sagen Sie? Ah

ja! ... Eine wollene Binde um den Hals geschlungen, die auch den unteren Teil des Gesichtes verbarg ...»
Räuspern, trockenes Räuspern. Dann:
«Den Hut ...», ‚den Hiut', «... hatte er tief in die Stirne gezogen. Er fragte nach Frau Hornuß ... ‚Im Stock oben', antwortete ich. Der Mann dankte und ging. Es war ganz still im Haus. So hörte ich ihn an der Wohnungstür hier läuten ...»
«Um wieviel Uhr war das?»
«Um ... um ... elf Uhr ... Ein wenig später, vielleicht. Ich hatte eine Tanzstunde gegeben, die war fertig um fünf Minuten vor elf Uhr. Und dann nahm ich eine Dusche ...»
«Ah», sagte Pater Matthias und rutschte noch tiefer in seinen Klubsessel. «Sie nahmen eine Dusche! ... Hm!»
«Das interessiert mich nicht!» unterbrach Studer.
Die Dame schien die Unhöflichkeit der beiden Männer nicht zu bemerken, denn sie starrte wie verhext auf die Scheschia des Paters, die ihre Drehungen vollführte — bald langsamer, bald schneller ...
«Und dann? Haben Sie sonst noch etwas gehört?» fragte Studer ungeduldig.
«Ja ... Warten Sie ... Ich hörte also läuten, unsere Wohnung liegt gerade unter dieser. Ich hatte unsere Türe nicht geschlossen, ich wollte wissen, ob Frau Hornuß öffnen würde, vielleicht war sie schon zu Bett gegangen ... Aber sie schien den Besuch erwartet zu haben. Der Mann hatte kaum geklingelt, da hörte ich schon die Stimme der alten Frau: ‚Ah! Endlich!' Es klang wie erlöst. ‚Nur herein!' Und dann fiel die Tür wieder ins Schloß.»
«Wir in der Schweiz», unterbrach Studer, «sagen nicht ‚Nur herein!' Wir sagen entweder: ‚Chömmet iche!' oder ‚Chumm iche!' Können Sie sich nicht erinnern, Frau ... Frau ...»
«Frau Tschumi.»
Auch das noch! dachte Studer. Eine Engländerin mit einem Berner Geschlechtsnamen! Laut:
«Also, Frau Tschumi: Können Sie mir nicht sagen, welche

Form der Anrede die Frau gebraucht hat? Ob sie den späten Besucher geihrt oder geduzt hat?»

«Wir in England», es klang wie: ,Ouirninglend', «sagen allen Leuten ,Sie'. Darum, ich denke, die Frau hat gesagt: ,Sie'.»

«Aber sicher sind Sie nicht, Frau Tschumi?»

«Mein Gott! Sicher! Sie müssen bedenken, ich war müde. Sie sind von der Polizei?» fragte die dünne Dame plötzlich.

«Ja ... Wachtmeister Studer ... – Und sonst haben Sie nichts gehört?»

«Oh doch», sagte die Dame lächelnd, «eine ganze Menge ... Aber verzeihen Sie, Herr ... Herr ... Studer ...» Nun, dagegen war nichts zu machen: die Franzosen nannten einen «Ssstüdère» und die englische Dame sagte ein Wort, das klang wie «Stiudaa» – fast wie der Gesang eines zufriedenen Maudis ..., «könnte jener Herr dort nicht aufhören, mit seiner Kappe zu spielen, es macht mich nervös ...»

Pater Matthias errötete wie ein ertappter Schulbube, stülpte rasch die Scheschia über seinen Schädel und steckte die Hände in die Kuttenärmel.

«Ich habe gehört», sagte die Dame und wand sich wieder wie eine Schlange, «Schritte in der Küche. Dann das Schleifen eines schweren Dinges durch die ganze Wohnung. Dann Stimmengemurmel, lange, sehr lange, fast über eine Stunde. Ich sage zu meinem Manne: ,Du, was ist das, die alte Lady, sie hat nie Besuch bekommen so spät, was ist los dort oben ...' – Sie verstehen, Inspektor», das ,S' sprach sie scharf aus, das letzte ,R' verschluckte sie, «wir haben die alte Lady gern gehabt. Sie war ganz allein, manchmal wir haben ihr einen Besuch ... abgestattet, manchmal ist sie gekommen zu uns. Sie immer war traurig ...»

«Jaja», sagte Studer ungeduldig, «weiter!»

«Plötzlich ist es still geworden in der Küche. Jemand ist leise durch die Wohnung gegangen, so leise, als ob jemand seine Schritte bewußt dämpfen wolle. Bei uns unten hören wir sehr deutlich, was in der oberen Wohnung geschieht; der Boden ist wohl hohl ... Dann ist aufgegangen die Wohnungstür, ich habe die unsrige auch geöffnet ... Wissen Sie, Inspektor, die Neugierde! Dann ist ein Schlüssel umgedreht worden im Schloß von die Wohnungstür. Und Stille ... Verstehen Sie wohl, keine Schritte, die sich entfernen, sondern absolute Stille! Ich sage zu meinem Mann, der neben mir steht: ‚Was macht der Besucher dort oben?' Und kaum bin ich fertig mit Flüstern, so höre ich Schritte, die schleichen sich fort. Das Stiegenhaus ist dunkel, der Mann zündet nicht an das Licht, vielleicht weiß er nicht, wo der Schalter ist ... Er schleicht im Dunkel die Treppe herab, auf unsere Tür zu – und da sieht er den hellen Spalt. Er bleibt stehen, wartet. Und dann nimmt er ein paar große Schritte, ganz plötzlich, läuft vorbei, nein, es ist kein Laufen ... er springt ...»

Eine richtige dramatische Erzählung! Warum doch die Weiber immer schauspielern mußten! ... Studer erkundigte sich trocken:

«Schien er erschreckt?»

«Ja ... sehr, sehr erschreckt. Er läßt etwas fallen. Es macht kein Geräusch, wie es berührt den Boden. Ich sehe es nur im Licht, das dringt aus unserer Tür ... Ich höre, wie der Mann in großen Sätzen die Treppe hinunterhaset ...» («Haset!» ... Wo hatte die Dame das Wort aufgeschnappt?) «Und dann ist das Haustor zugefallen.»

«Wird es nicht um zehn geschlossen?» fragte Studer.

«Nein, erst um elf, wegen meiner Schule, und oft wird es vergessen. Es gibt einen Mann, er wohnt im Parterre. Immer vergißt er den Schlüssel und wohnt allein und kommt spät heim, und wenn das Haustor verschlossen ist, läutet er bei uns ... Darum wir lassen gewöhnlich geöffnet das Tor ...»

«Hmmmm ...», brummte Studer. «Und was hat er fallen lassen, Madame?»

«Dies hier», sagte die dünne Dame und streckte Studer die offene Hand hin. Auf ihrer Fläche lag ein Schnürli, dünn, in Form einer Acht zusammengerollt und in der Mitte verknotet. Studer warf einen Blick auf den Weißen Vater, bevor er das Dargereichte in die Finger nahm, und auch nachher sah er wieder auf die Gestalt mit den nackten, sehnigen Waden ... Um des Paters Mund lag ein Lächeln, und es war schwer zu deuten. Hintergründig ... vielleicht höhnisch? Nein, nicht höhnisch – dem widersprach der Ausdruck der Augen, die groß waren und traurig: graues Meer, über dem die Wolken lagern – und selten, ganz selten nur, spielt ein Sonnenstrahl über die glatte Fläche ...

Studer hatte die Schnur aufgeknotet: ihr eines Ende bildete eine Schlaufe. Der Wachtmeister stieg auf das Hockerli, legte die Schlaufe um den Haupthahn, den er zuerst waagrecht gestellt hatte, rückte dann das Hockerli weiter, um die Schnur über die Gasröhre oben an der Eingangstüre zu führen. Ein Ende der Schnur ließ er herabhängen ... Dies fädelte er durch das Loch in der Holztüre, welches für das Schlüsselloch gebohrt worden war, trat auf den Flur hinaus, und während er die Tür mit der Linken zuhielt, begann er mit der Rechten ganz sanft an dem Schnurende zu ziehen. Nach einer Weile fühlte er keinen Widerstand mehr, er zog weiter, die ganze Schnur kam nach – und endlich die Schlaufe, die er so sorgfältig um den Eisenhebel gelegt hatte. Nun erst kehrte er in die Küche zurück.

Der Haupthahn des Gaszählers bildete einen Winkel von fünfundvierzig Grad.

«Was zu beweisen war!» sagte der Pater. «Wissen Sie noch, in den Geometriebüchern, aus denen wir in der Sekundarschule lernten, standen die Worte immer hinter den Lehrsätzen – hinter dem pythagoreischen zum Beispiel ... Nur ist die Art, wie dieser Mord hier begangen worden ist, leichter zu beweisen als besagter pythagoreischer Lehrsatz. Denn dieser Lehrsatz, Inspektor, müssen Sie wissen, ist nicht nur für die Schüler und Schülerinnen ...»

‚Der Mann redet, um zu reden. Leerlauf könnte man sagen, nicht Lehrsatz! ...' dachte Studer. Ihn fröstelte wieder, trotz seines Mantels. Er knöpfte den Raglan zu und stellte den Kragen auf. Pater Matthias plapperte weiter. Vom pythagoreischen Lehrsatz gelangte er zu den Knabenspielen, genannt «Räuberlis», und von diesen Jugenderinnerungen zu den marokkanischen Dschischs – so hießen, erklärte er, die Räuberbanden an den Grenzen der großen Wüste – und auch er sei einmal von einer solchen überfallen worden ... Die Worte rauschten wie ein Bach, der als Kaskade in ein Felsenbecken fällt. Tief und orgelnd blieb die Stimme.

«Sie können gehen», unterbrach Studer den Pater und wandte sich der Dame zu. «Ihre Aussage war aufschlußreich. Vielleicht wird sie uns von Nutzen sein ... Ich danke Ihnen, Madame ... Good bye!» fügte er hinzu, um zu zeigen, daß ihm das Englische geläufig war.

Aber dieser Abschiedsgruß schien der Dame ob seiner Familiarität zu mißfallen. Sie zog die Haut neben der Nase in die Höhe und verließ wortlos die Wohnung. Unten hörte man sie mit schrillem Gekeif etwas erzählen – dazwischen sprach eine tiefe Stimme beruhigende Worte.

«Es stimmt schon: man kann in der einen Wohnung ganz gut hören, was in der anderen vor sich geht. Meinen Sie nicht auch, Pater Matthias?»

Der Pater stand auf. Die Scheschia saß schief auf seinem kleinen Schädel. Seine Augen waren auf Studers breite Brust gerichtet, so, als wollten sie einen stummen Appell an jenes Organ richten, das allgemein als Sitz der Gefühle angesehen wird ... Aber des Wachtmeisters Herz verstand nicht den Sinn dieses lautlosen Rufes.

«Ich bin gleich wieder da, dann können wir gehen», sagte Studer und ließ den Pater stehen. Als er wiederkam, begleitet von der Tanzlehrerin, stand Pater Matthias immer noch mitten in der Küche, und der Ausdruck seines Gesichts war ein geduldig-leidender.

Studer deutete mit einer Kopfbewegung auf den Mann in der weißen Kutte und fragte: «Ja?»

«Yes!» sagte die Dame und verscheuchte mit angeekelter Miene den blauen Rauchwimpel, der an des Wachtmeisters Brissago flatterte. «Die Augen», fügte die Dame hinzu. «Ich glaube, die Augen stimmen ...»

«Määrci ...», sagte Studer breit, und die Dame verschwand.

Das Schweigen in der hellen Küche wurde drückend, aber keiner der beiden Männer schien Lust zu haben, es zu brechen. Umständlich zog Studer seine Handschuhe an – dicke, grauwollene Handschuhe – die Brissago saß ihm im Mundwinkel, und sie war wohl daran schuld, daß die folgenden Worte ziemlich gequetscht klangen:
«Wissen Sie, Pater, daß Sie verdächtig sind? Die Dame glaubt, Sie wiederzuerkennen. Die Gestalt stimme, sagt sie . . . Und auch die Augen . . . Sie werden mir genau beweisen müssen, wann Sie gestern Basel verlassen haben – wann Sie in Bern angekommen sind . . . Und dann muß ich Sie bitten, mir Ihre Papiere zu zeigen.»
Wahrhaftig! In die Augen des alten Mannes traten Tränen! Sie liefen ihm über die Backen, blieben im grauen Schneiderbärtchen hängen, neue kamen, ein feuchtes Aufschlukken, das ganz wie Schluchzen klang, noch eins . . . Und die Rechte fuhr in die tiefe Tasche, während die Linke den Kuttenzipfel festhielt. Ein Nastuch kam zum Vorschein, dessen Gebrauch sich als notwendig erwies, die Lupe, die Schnupftabaksdose – und endlich, endlich der Paß.
«Määrci . . .», sagte Studer, genau so breit wie vor einer kleinen Weile. Aber die Betonung war eine andere. Es schwang eine Entschuldigung in dem Wort mit.
«Passeport Pass Passaporto . . . pour . . . für . . . per . . .»
«Was . . . was . . . bedeutet denn das?» fragte Studer.
Denn hinter den drei Verhältniswörtern stand:
«Koller Max Wilhelm.»
Da streifte Wachtmeister Studer seine grauwollenen Handschuhe wieder ab, stopfte sie in die Tasche, setzte sich auf das Hockerli, zog sein neues Ringbuch aus der Busentasche, und während er, ohne aufzublicken, den Paß mit angefeuchtetem Zeigefinger durchblätterte – mit Bewegungen, wie sie jedem Polizeibeamten, von Kapstadt bis zum Nordpol und von Bordeaux bis San Franzisko, rund um die Erde, eigen sind – sagte er:
«Hocked ab . . .»
Er blickte nicht auf, sondern hörte nur die Federn des Klub-

sessels ächzen – jenes Klubsessels, in dem die alte Frau für ewig eingeschlafen war...

Aber das nun fällige Verhör sollte nicht ganz ungestört vonstatten gehen; denn unter der Küchentüre stand ein ältlicher Mann, der sich auf Bärndütsch erkundigte, ob hier ein Fahnder sei, er habe etwas zu erzählen...

Er sprach viel und lange, der ältliche Mann, aber was er zu sagen hatte, ließ sich in ein paar Sätzen zusammenfassen:

Er hatte, als er spät am Abend heimgekehrt war – er wohne im Parterre, teilte er mit, und somit war es nicht schwer zu erraten, daß es sich um den Herrn handelte, der immer seinen Schlüssel vergaß – vor dem Hause ein wartendes Auto vorgefunden. Auf dem Trottoir sei ein großer Mann auf- und abgegangen. Der Erzähler habe sich bei dem großen Mann erkundigt, ob er auf jemanden warte, sei jedoch mit einer brummigen Antwort abgespeist worden. Gleich darauf sei ein kleiner Mann in einem blauen Regenmantel aus der Haustüre gestürzt – «usecheibet» – habe den Großen am Arm gepackt, ihn ins Auto gestoßen, den Schlag zugeworfen – und fort... Er, der Erzähler – Rüfenacht, Rüfenacht Ernscht – habe gemeint, das könne die Tschuggerei – äksküseeh: die Polizei interessieren, die magere Geiß – äksküseeh: die Tanzlehrerin im ersten Stock habe ihm geraten, seine Beobachtungen mitzuteilen. Das tue er hiemit...

«Määrci!» sagte Studer zum dritten Male – sehr trocken. Aber da er gewissenhaft war, schrieb er den Namen des «Rüfenacht Ernst, Gerechtigkeitsgasse 44» in sein Notizbuch, denn der Mann kam, wie Frau Tschumi, als Zeuge in Betracht.

Und dann blieb der Wachtmeister, abwesenden Geistes, auf seinem Hockerli vor dem mit Wachstuch überzogenen Küchentisch sitzen. Es wuchs der Aschenkegel an seiner Brissago – drückend und schwer lastete die Stille über dem Raum. Manchmal wurde sie durchbrochen von einem schüchternen Schneuzen. Dann schielte Studer unter gesenkten Augendeckeln hinüber zu Pater Matthias, der in seinem Passe

«Koller Max Wilhelm» hieß und dennoch behauptete, der Bruder eines verstorbenen Geologen zu sein. Aber der Name des Toten war «Cleman» gewesen, «Cleman» – und nicht «Koller» ... «Wie reimt sich Stroh auf Weizen?» ... Und wie reimte sich Koller auf Cleman? ...
Zwei Männer, ein kleiner, in einem blauen Regenmantel; ein großer, der vor der Haustür wartet ... Eine alte Frau legt Patiencen in ihrer einsamen Wohnung – oder spielt sie ein weniger harmloses Spiel? Schlägt sie ihrem Besucher die Karten? Oder sich selbst? Dieser Besucher! ... Klein soll er sein – wie der Weiße Vater! Und Augen soll er haben – wie der Weiße Vater! ... Wenigstens hatte Frau Tschumi dies behauptet.
Das Chacheli mit dem Kaffeesatz und dem Reste Somnifen war ausgespült worden. Wann? ... Der Wachtmeister war durch die Wohnung gegangen, und bei seiner Rückkehr in die Küche hatte der Pater im Lederfauteuil gehockt ... Merkwürdig übrigens, wie gut Pater Matthias Bescheid wußte ... Hier der Kaffee! – da der Kirsch! ... War er erstaunt gewesen, daß am Schlüsselloch des herausgebrochenen Schlosses Fasern klebten? – Kes Bitzli! Aber plötzlich war er in Tränen ausgebrochen, wie ein Kind, als man ihn des Mordes beschuldigt und um seine Papiere gebeten hatte ...
Zwiespältigkeit! Das einzig richtige Wort! ...
Es war nicht zu leugnen, der Mann in der weißen Kutte flößte dem Wachtmeister Mißtrauen ein und dann wieder Vertrauen. Zwiespältigkeit: Wenn er Vorträge hielt – über den Kardinal Lavigerie oder über den pythagoreischen Lehrsatz –, war etwas Kindliches in seiner Art zu sprechen; aber wenn er schwieg, lag in seiner Stummheit etwas Schlaues, Verschlagenes ... Das Kindliche, Weltfremde ließ sich leicht erklären: nicht umsonst war der Missionar jahrelang durch die weiten Steppen gewandert, um in verlorenen Posten Messen zu lesen, Beichten zu hören ... Und das Verschlagene? Konnte man diese Art sich zu geben einfach Verschlagenheit nennen? War es nicht eher etwas wie Verlegen-

heit? Verlegenheit: dieses übertrieben-sichere Gebaren in einem Raum, der immerhin der Schauplatz eines Mordes gewesen war. Verlegenheit: die unwahrscheinliche Geschichte vom Hellseherkorporal Collani in Géryville ...

Und während das Schweigen weiter über der Küche lastete, schrieb Wachtmeister Studer in sein neues Ringbüchlein:

«Madelin in Géryville anfragen lassen, ob Korporal Collani wirklich verschwunden ist!»

Er räusperte sich, streifte die Asche von der erkalteten Brissago, zündete sie von neuem an und fragte ohne aufzublicken:

«Warum heißet Ihr anders als Euer Bruder?» Die Worte verhallten in der Küche, und dann fiel es Studer auf, daß er zum Weißen Vater «Ihr» gesagt hatte, wie zu einem gewöhnlichen Angeklagten ...

«Er war ...» – Schlucken – «er war mein Stiefbruder ... aus der ... aus der ... ersten Ehe meiner Mutter ...»

Studer blickte auf und konnte ein Lächeln nicht unterdrükken. Pater Matthias hatte wieder seine Scheschia über den Zeigefinger seiner Rechten gestülpt und brachte sie durch kleine Stöße der Linken zum Kreisen. Die Tränen trockneten von selbst. Aber nach dieser einen Antwort blieb der Mund des Paters verschlossen, und Studer gab das Verhör auf.

Zwei Stunden später – es war inzwischen halb eins geworden – ereignete sich folgender peinlicher Vorgang: Ein Wachtmeister der Berner Kantonspolizei ging mit einem weißbekutteten Pater, dessen nackte Zehen aus offenen Sandalen hervorsahen, unter den Lauben der Stadt Bern spazieren. In diesen zwei Stunden war allerhand Arbeit geleistet worden – und daß diese Arbeit nicht resultatlos verlaufen war, hatte Studer einerseits seinem Glück, andererseits seinen guten Beziehungen zu einem Manne zu verdanken, der statt Briefmarken Fingerabdrücke sammelte – und zwar Fingerabdrücke von allen Schweizer Verbrechern. Wohlgemerkt: Verbrechern ... Um mindere Gesetzesübertreter kümmerte sich der alte Rosenzweig nicht. Die Wände seines Arbeitszimmers waren mit Bildern behangen – unter Glas und Rahmen! – die aussahen wie Reproduktionen surrealistischer Gemälde. Es waren – Vergrößerungen von: Daumen, Zeigefingern, Handballen. Zehnfache, zwanzigfache Vergrößerungen ... Zwischen Wellenlinien, Spiralen und Einbuchtungen schwammen winzige Inseln: die Schweißporen ...

Bevor Studer den Pater in der einsamen Wohnung der Sophie Hornuß zurückließ, sprach er folgende Worte:

«Meinetwegen und wenn Ihr Lust dazu habt, könnt Ihr davonlaufen. Ich rat' es Euch nicht, denn wir würden Euch bald wieder haben. Ich muß notwendig einen Bekannten besuchen. Ihr seid mir von meinem Freunde Madelin empfohlen worden, darum möcht' ich Euch nicht einfach ins Amtshaus mitnehmen und Euch dort einsperren. Laßt mich meinen Besuch machen, dann wird sich vielleicht einiges klären; ich komm' Euch wieder abholen, und dann können wir weiter sehen ...» Dabei dachte Studer: ‚Das klingt ganz schön: weiter sehen ... Aber was wird schon das Weitere sein?'

Der alte Herr Rosenzweig, der die Photographien von Fingerabdrücken so eifrig sammelte wie ein Kunstliebhaber Negerplastiken, wohnte an der Bellevuestraße. Und Studer nahm den Bus.

Ein großer, knochiger Mann, der eine Brille mit Goldfassung auf der Nasenspitze trug, öffnete ihm die Tür. Glattrasiert, das Haar kurzgeschoren – und die Hände waren klein und gepolstert.

«Ah, der Studer!» Herrn Rosenzweigs Begrüßung war herzlich, und dann fragte er im selben Atemzug, ob die Polizei wieder einmal am Hag sei? Das komme so oft vor in der letzten Zeit, fast alle Tage erhalte er Besuch, ob es nicht einfacher wäre, wenn die löbliche Polizeidirektion selbst einmal eine Sammlung von Fingerabdrücken anlegen würde? Hä? ...

«Die Kredite!» sagte Studer entschuldigend. Und: «Die Krise!»

Der alte Herr kolderte los: Ja, da habe man immer die Ausrede mit Krediten! Kredite! Krise! ... Die Krise habe einen breiten Buckel! Was der Wachtmeister Schönes bringe?
Studer packte die Tasse aus, sehr sorgfältig, um nur ja ihre Außenwand nicht zu berühren. Der alte Herr griff selbst nach einer Streubüchse, die ständig auf seinem Schreibtisch stand, wie bei andern Leuten ein Anzünder oder ein Aschenbecher. Herr Rosenzweig rauchte nie.
Die Tasse war hell, sorgfältig wurde das Graphitpulver auf die Flächen verteilt, fortgeblasen: zwei deutliche Fingerabdrücke ...
«Daumen und Zeigefinger», sagte Herr Rosenzweig. Er nahm eine Lupe zur Hand, betrachtete lange die beiden Abdrücke, schüttelte den Kopf, blickte Studer an, fragte schließlich gereizt:
«Woher habt Ihr das, Wachtmeister?»
Studer erzählte seine Geschichte. Der alte Herr stand auf, murmelte etwas von Narbe ... Narbe ... holte einen Briefordner von einem Wandgestell (Studer sah die Jahreszahl 1903), blätterte darin und hielt dem Wachtmeister ein Blatt unter die Nase. Dazu sagte er:
«Es ist natürlich Pfusch ... Aber es könnte stimmen. Wollten wir anständig arbeiten, so müßten wir die Abdrücke auf der Tasse photographieren ... Das können wir später tun. Aber ‚à première vue', wie der welsche Nachbar sagt, auf den ersten Blick, scheint es sich um das gleiche Individuum zu handeln ... Schauen Sie selbst, Wachtmeister ...»
Studer verglich. Eine schwere Arbeit! ... Viel leichter war es, an einem Schlüsselloch Fasern festzustellen. Aber der Daumenabdruck auf der Tasse hatte eine gewisse Ähnlichkeit mit dem Daumenabdruck auf der Photographie. Über der Photographie stand:
«Unbekannt.»
«Was war das für ein Fall?» fragte Studer.
Herr Rosenzweig lehnte sich in seinem Schreibtischstuhl zurück, nahm eine Pfefferminzpastille aus einer kleinen Bon-

bonniere, bot dem Wachtmeister an, der dankend ablehnte, und sagte dann:

«Neunzehnhundertdrei ... Der Beginn der Daktyloskopie ... Wachtmeister Studer, dies ist eine Rarität, die erste in der Schweiz verfertigte Photographie eines Fingerabdrucks ... Sie werden sie nirgends finden – ich meine die Reproduktion dieses Daumenabdrucks. Locard hat einmal eine Stunde lang gebettelt – er ist direkt von Lyon gekommen, Reiß in Lausanne hat mir den Gottswille angehängt – ich habe nein gesagt. Ich bin standhaft geblieben ... Warum? Wenn ich tot bin, wird meine Sammlung an den Kanton Bern übergehen – ich habe ihn als Erben eingesetzt, und dann wird der Vetter irgendeines Rates zum Hüter dieses Schatzes ernannt werden. Er wird sich nicht viel um die Sammlung kümmern, sondern statt dessen jassen gehen, und wenn einmal ein Besucher kommt, wird die Ausstellung geschlossen sein ... Ja! Aber ich soll erzählen ... Gut ...»

Die Geschichte vom ersten Daumenabdruck

«Freiburg ... Sie kennen Freiburg, Wachtmeister? ... Ein hübsches altes Städtchen. Dort wurde am 1. Juli 1903 ein Mädchen vergiftet aufgefunden. Man dachte zuerst an Selbstmord. Auf dem Nachttischli, neben dem Bett, stand ein Glas – es enthielt Blausäure, genauer: KCN, Cyankalium.

Wo hatte sich das Mädchen das Gift verschafft? Rätselhaft ... Um acht Uhr morgens fanden die Eltern die Tote in ihrem Bett; darauf riefen sie die Polizei. Damals amtete in Freiburg ein Kommissär, dem einiges von den neuen Methoden der Kriminalistik zu Ohren gekommen war. Er bemerkte auf dem Glase – es war ein glattwandiges Glas, wie man es gewöhnlich zum Zähneputzen gebraucht – einen deutlichen Fingerabdruck. Darum verpackte er das Glas in Seidenpapier und, da es damals in der Schweiz nur einen

Mann gab, der auf dem ganz neuen Gebiete des Fingerabdruckes Bescheid wußte, telephonierte er mir ...
Ich hatte gerade Zeit – im Juli gibt es für einen Fürsprech nicht viel zu tun. So fuhr ich nach Freiburg, nahm meinen Photographenapparat mit, pulverisiertes Bleikarbonat und pulverisiertes Graphit.
Ich will Sie nicht langweilen. Ich brachte den Fingerabdruck sauber auf die Platte, entwickelte sie, nahm die Fingerabdrücke der Toten, nahm die Fingerabdrücke der Eltern, des Polizeikommissärs – und verglich ...
Es war eine mühsame Arbeit, dieses Vergleichen der Fingerabdrücke. Bald aber war ich sicher, daß irgendein Fremder in das Zimmer eingedrungen war und das Glas mit dem Cyankali auf das Nachttischli des Mädchens gestellt hatte ... Und der Fremde war der Mörder ...»
Herr Rosenzweig, der trotz seines Namens gar nicht jüdisch aussah, nahm ein Wattebäuschlein, um es in seinem Ohr zu versorgen ...
«Die Zähne ...», sagte er entschuldigend. «Die Zähne schmerzen mich. Es ist das Alter, was wollen Sie, Wachtmeister!»
Sein Berndeutsch war gar nicht urchig. Seine Sprache war jenes Bundesschweizerdeutsch, das heutzutage jeder Gebildete in der Schweiz spricht ...
«Ja ... Ein Fremder hatte also das Glas mit dem Cyankalium auf den Nachttisch des Mädchens gestellt. Als nach der Obduktion auch noch bekannt wurde, das Mädchen habe ein Kind erwartet, schien es auf der Hand zu liegen, daß die Tochter einem Mörder zum Opfer gefallen war – einem sehr geschickten Mörder, denn als einzige Spur von ihm war ein Daumenabdruck auf einem Wasserglas zurückgeblieben ...
Sie müssen sich das recht lebhaft vorstellen, Wachtmeister; damals waren die Verbrecher nicht so geschult wie heute; sie wußten nicht, daß sie der Abdruck eines Fingers verraten könne. Sie arbeiteten noch nicht mit Chirurgenhandschuhen. Und es war Zufall, purer Zufall, daß der damalige

Freiburger Polizeikommissär an mich gedacht und mich gerufen hatte. Und Zufall, daß ich gerade Zeit hatte ... So bin ich zu dieser Photographie gekommen, und ich habe sie oft angeschaut, – ich habe sie vergrößert, aber die Vergrößerungen sind mir mißraten. Die Photographie verglich ich mit jedem neuen Fingerabdruck, den ich meiner Sammlung einverleibte. Denn immer hoffte und hoffte ich, daß ich einmal auf den Besitzer jenes Daumens stoßen würde.

Denn dies muß ich meiner Geschichte hinzufügen, die Untersuchung, die damals eingeleitet wurde, verlief im Sand. Das Mädchen genoß viel Freiheit – nach damaligen Begriffen. Zweimal in der Woche fuhr es nach Bern – es nahm hier Klavierstunden. Manchmal blieb es auch über Nacht in unserer Stadt, bei einer Freundin, hieß es.

Der Kommissär von Freiburg setzte sich mit der Berner Polizei in Verbindung. Es gelang festzustellen, daß die Tochter ein paarmal im Hotel ‚Zum Wilden Mann' übernachtet, daß ein junger Mann sie jedesmal begleitet hatte ... Das heißt: das Mädchen nahm stets ein Einzelzimmer, aber am Morgen trafen sich die beiden an der Frühstückstafel, und der junge Mann wohnte ebenfalls im Hotel ...

Nur – der junge Mann blieb verschwunden. Und alle Nachforschungen verliefen resultatlos – wie es immer so schön in den Zeitungen heißt. Der Portier vermochte den jungen Mann zu beschreiben – aber die Beschreibung war so oberflächlich, daß man nichts damit anfangen konnte ... Ein Student? ... Ein Student, der in Bern studierte? Ein Chemiker? Ein Mediziner?

Rätselhaft blieb einzig, warum er nach Freiburg gefahren war – er hätte doch so gut die Pastille Cyankalium dem Mädchen geben und ihm versichern können, es sei ein ausgezeichnetes Mittel gegen Kopfweh! Doch nein – er war nach Freiburg gefahren, er hatte die Tochter in ihrem Zimmer aufgesucht, das Gift im Wasser aufgelöst und die Ahnungslose trinken lassen ... Das war nicht schwer. Ulrike – ja, Ulrike Neumann hieß das Mädchen – also Ulrike be-

wohnte eine Dachkammer, das Tor blieb bis um zehn Uhr offen, drei Familien bewohnten das Haus ... Wer wollte da alle Ein- und Ausgänge kontrollieren? ...
Und heute, Wachtmeister, kommen Sie mit dem vielgesuchten Fingerabdruck zu mir ... Wenigstens glaube ich, daß es sich um den gleichen handelt. Natürlich, beschwören könnte ich nichts. Sie sehen, wie vergilbt, trotz aller Vorsicht, die Photographie ist. Aber die Narbe ... die Narbe ... Sie sehen doch die Narbe? Der Schnitt, der die Haut des Daumens teilt, der die Spiralen zerschneidet? – Wo haben Sie den Fingerabdruck gefunden?»
Studer räusperte sich. Er war nicht gewohnt, so lange zu schweigen. Und dann erzählte er die Geschichte vom Tode der beiden Frauen, vom Auffinden der Tasse im Schüttstein, daß jemand sie geleert und ausgespült hatte, während er sich in der Wohnung umgesehen habe ...
«Es sieht ihm ähnlich», sagte Herr Rosenzweig. «Die gleiche Technik, möchte ich fast sagen, nach zwanzig Jahren ... Und Sie haben keinen Fingerabdruck des Paters?» Kopfschütteln ... «Schade.»
Schweigen. Dann sagte Herr Rosenzweig abschließend und stand auf:
«Lassen Sie mir die Tasse da, Wachtmeister; ich werde den Abdruck vergrößern ...» Er blickte auf die Uhr. «Wenn Sie wollen, können Sie um vier Uhr einen Abzug haben ...»
Auch Studer erhob sich und griff mechanisch in seine Busentasche. Mechanisch: denn er dachte daran, eine Brissago anzuzünden, sobald er das Heiligtum der Fingerabdrücke verlassen haben würde ... Er griff also in die Busentasche – und fühlte etwas rascheln unter seinen Fingern. Er zog das Papier hervor und vergaß dabei gänzlich das längliche Lederetui; denn was er hervorzog, war die Fieberkurve ...
Die Fieberkurve ... Er faltete sie auseinander, betrachtete sie mit gerunzelter Stirn und war plötzlich weit weg ...
– Der weißgekalkte Raum, in dem es noch nach Leuchtgas riecht ... Durch das Fenster sieht man spitze Dächer, Reif

liegt auf ihnen, und über den gegenüberliegenden First schiebt sich eine bleiche Sonne ...
Am Fenster aber steht Marie, sie trägt ein teures Pelzjackett, ihr Atem läßt auf dem Glase einen trüben Fleck entstehen, Tropfen bilden sich ...
«Was habt Ihr da Schönes, Wachtmeister?»
«Eine Fieberkurve ...» Und Studer erzählte, was es mit dem Dokument für eine Bewandtnis hatte ...
«Lassen Sie mir das Papier da», meinte Herr Rosenzweig. «Ich werde es mit Joddämpfen behandeln ... Vielleicht läßt sich ein Fingerabdruck darauf entwickeln ... Auf alle Fälle werde ich Ihnen mitteilen können, von wo es abgeschickt worden ist. Sie wissen, daß ein durch die Enveloppe durchgedrückter Poststempel noch nach Jahren nachweisbar ist ...»
Studer verabschiedete sich dankend. Er versprach, gegen vier Uhr wiederzukommen ...
«Unnötig», sagte Herr Rosenzweig. «Ganz unnötig. Ich komme in die Stadt, wir können uns, wenn Sie wollen, irgendwo treffen – zu einer Partie Billard? Ja?»
«Ich weiß nicht», sagte Studer, «ob mir die Zeit langen wird ... Märci einewäg ...»

Pater Matthias saß im ledernen Klubsessel und las in einem kleinen, schwarzgebundenen Büchlein. Er trug eine verbogene Stahlbrille auf der Nase, und seine Lippen bewegten sich lautlos.
Studer grüßte kurz und verlangte dann die Daumen des Paters zu sehen.
Sie waren glatt. Keine Narbe zerteilte ihre Spiralen ...
Also? ... Also war in den wenigen Minuten, während deren Studer die Küche verlassen hatte, außer dem Pater ein anderer eingedrungen und hatte die Tasse ausgespült ... Das schien fast unmöglich. Einleuchtender war die andere Theorie: der Daumenabdruck, den Herr Altfürsprech Rosenzweig auf der Tasse entdeckt hatte, war am gestrigen Abend vom Mörder zurückgelassen worden. Und Pater Matthias

hatte die Tasse aus einem vorläufig noch undurchsichtigen Grunde ausgespült und damit dem Mörder geholfen... Warum?... Alles schien darauf hinzudeuten, daß Pater Matthias den Mörder kannte, ihn jedoch decken wollte... Und plötzlich – ein Sonnenstrahl brach durchs Fenster – blieb Studer stehen, geblendet, mitten in der Küche.

Koller!... Den Namen kannte er doch!... Den Namen hatte er schon gehört!... Und zwar in Verbindung mit einem Vornamen, der wie der seinige lautete... Gewiß: «Das junge Jakobli läßt den alten Jakob grüßen...» Aber...

Der Sekretär! Der ehemalige Sekretär des verstorbenen Geologen, der Sekretär, der Marie Cleman nach Paris mitgenommen, ihr ein Pelzjackett und seidene Strümpfe gekauft hatte, der Sekretär, der vor drei Monaten verschwunden war und mit dessen Verschwinden sich Kommissär Madelin von der französischen Police Judiciaire beschäftigte! Dieser Mann hieß Koller!...

Nun konnte man ja zugeben, daß der Name Koller ein weitverbreiteter Name war... Immerhin...

Wachtmeister Studer stand inmitten der Küche, in welcher die geschiedene Sophie Hornuß gestorben war, und sein Blick war so abwesend, daß er leer war, wie der eines wiederkäuenden Ochsen. – Und falls es einem Leser einfallen sollte, diesen Vergleich despektierlich zu finden, so sei er daran erinnert, daß Homer die Augen der Göttin Hera, der Gemahlin des blitzeschleudernden Zeus, mit den Augen einer Kuh verglichen und diesen Vergleich sicher nicht beleidigend gemeint hat...

Und wieder wurde das Schweigen in der kleinen Küche drückend, bis Studer seine Uhr aus dem Gilettäschli zog und feststellte, daß es halb eins sei. Was gedenke der Herr Koller zu tun? «Herr Koller!» sagte der Wachtmeister.

«Darf ich Sie begleiten, Inspektor?» fragte Pater Matthias schüchtern. Er schien vor dem Alleinsein Angst zu haben.

«Mynetwäge!»

Das Zwiespältige! Es ließ sich nicht erklären, es gehörte einfach zu der Person des Weißen Vaters... Und um der Er-

klärung dieses Zwiespältigen etwas näher zu kommen, nahm der Wachtmeister auch die Unannehmlichkeit mit in Kauf, an der Seite des Bekutteten durch die Stadt zu wandeln.
«Chömmet!» sagte er. «Wir können zusammen irgendwo essen. Aber zuerst muß ich in meine Wohnung. Vielleicht ist Bericht da von meiner Frau. Sie wissen ja», und plötzlich hörte er auf, seinen Begleiter zu «ihren», «daß ich Großvater bin . . .»
Sie waren auf der Straße angelangt und wandelten langsam unter den Lauben.
«Großvater!» sagte Pater Matthias mit so erstickter Stimme, daß Studer Angst hatte, das Männlein werde wieder anfangen zu weinen. Darum lenkte er ab:
«Ja, es ist ein merkwürdiges Gefühl . . . Als ob man die Tochter verloren habe . . . Sie hat einen Landjäger im Thurgau geheiratet – meine Frau hat mir nach Paris telegraphiert, daß alles gut abgelaufen sei . . . Aber das hab' ich Ihnen schon erzählt.»
«Gratuliere . . . Gratuliere noch einmal aufrichtig! . . .»
«Wozu gratulieren Sie mir?» sagte Studer ärgerlich. «Ich hab' doch mit der ganzen Sache nichts zu schaffen. Die Tochter hat ihr Kind, ich bin Großvater! . . . Gratulieren!»
Er hob seine mächtigen Achseln. Das waren auch so ausländische Komplimente!
So ärgerlich war der Wachtmeister, daß er brüsk stehenblieb und fragte:
«Hören Sie einmal zu, Herr Koller! Sind Sie verwandt mit dem ehemaligen Sekretär Ihres Bruders, der vor ein paar Monaten verschwunden ist und den die Pariser Polizei sucht . . .?»
«Ich . . . wie meinen Sie . . . verwandt? Mit wem verwandt?»
«Mit einem gewissen Jakob Koller, der seinerzeit Ihren Stiefbruder Cleman nach Marokko begleitet hat. Nachher hat er in Paris ein eigenes Geschäft aufgemacht, zu dem er die Marie gebraucht hat – als Sekretärin . . . Sekretärin! . . .»
Schweigen. Es schien, als habe der Wachtmeister auf seine Frage keine andere Antwort erwartet als Schweigen. Pater

Matthias nahm lange Schritte, weitausholende; er drückte das Kinn auf die Brust und steckte die Hände tief in die Kuttenärmel, wie in einen Muff.
Die Sonne schien winterlich. Auf den Trottoirs lag ein wenig Reif als dünner, glitzernder Staub. Die beiden ungleichen Gefährten gingen über die Kirchenfeldbrücke, da blieb der Pater stehen, lehnte sich über das Geländer und blickte lange auf die Aare; ihr Wasser war hell, fast farblos. Die Bise wehte ...
«Es ist alles so anders hier», sagte Pater Matthias. «Auch schön, gewiß; aber ich habe Sehnsucht nach den roten Bergen und den weiten Ebenen.» Er sprach sehr ruhig. Studer stützte die Unterarme aufs Geländer und blickte in die Tiefe. Da wandte sich der Pater um. Studer hörte ein Auto vorbeifahren und – kaum hatte sich das summende Geräusch ein wenig entfernt – einen unterdrückten Ausruf seines Begleiters:
«Inspektor! Schauen Sie! ...»
Studer drehte den Kopf. Aber er sah nur noch die Rückwand eines Autos und die Nummer, die er mechanisch ablas: BS 3437 ... Ein Basler Auto ...
«Was ist los?» fragte er.
«Wenn ich nicht wüßte, daß es unmöglich ist ...», sagte der Pater und rieb sich die Augen.
«Was ist unmöglich?»
«Ich glaube, Collani saß in dem Auto zusammen mit meiner Nichte Marie ...»
«Marie? ... Marie Cleman? ... Chabis!» Studer wurde ärgerlich. Wollte ihn der Schneider Meckmeck zum besten halten? Marie zusammen mit dem Hellseherkorporal? In einem Basler Auto? ...
«Und er trug einen blauen Regenmantel ...», sagte der Pater, mehr für sich.
Studer schwieg. Was hätte es auch für Wert gehabt, Fragen zu stellen? Es war ihm, als werde er in einen Wirbel hineingezogen: man wußte nicht mehr, was Lüge, was Wahrheit war. Halb unheimlich schien ihm der Mann in der wei-

ßen Kutte, und halb lächerlich. Eigentlich hätte man den Pater ins Kreuzverhör nehmen sollen: ‚Warum habt Ihr die Tasse mit dem Somnifen-Kaffeesatz ausgespült? Warum seid Ihr in die Schweiz gekommen? Wann habt Ihr Marie in Basel verlassen?' ... Man sollte sich vergewissern, vor allem, ob der Mann wirklich ein Priester war... Mußten katholische Priester nicht jeden Morgen die Messe lesen? Studer erinnerte sich an diese Tatsache, die ihm Marie erzählt hatte...

«Wann sind Sie eigentlich in Bern angekommen?» fragte Studer.

Er hatte die Frage schon einmal gestellt, er stellte sie wieder – und eigentlich hoffte er nicht, eine Antwort zu erhalten... Er behielt recht. Der Pater sagte:

«Ich habe mit meiner Nichte zu Nacht gegessen. Dann bin ich gefahren...»

«Mit dem Zug?»

«Ich habe Ihnen schon gesagt, daß ich mit einem Taxi gefahren bin.»

«Und wo sind Sie abgestiegen? Wo haben Sie Ihr Gepäck gelassen?»

«Im Hotel ‚zum Wilden Mann' ...»

«Wo?» Studer schrie es fast. Er war mitten auf dem Trottoir stehengeblieben.

«Im ‚Wilden Mann' ...», sagte Pater Matthias und in seine Augen trat eine ratlose Qual, wie früher schon, eine Qual, die sich nur allzuleicht in Tränen auflösen konnte.

«Im ‚Wilden Mann'» wiederholte Studer und setzte sich wieder in Gang. «Im ‚Wilden Mann'!»

«Warum wundert Sie das, Inspektor?» fragte der Pater schüchtern. Merkwürdig heiser war seine Stimme. «Man hat mir das Hotel warm empfohlen. Hat es keinen guten Ruf?»

«Man hat es Ihnen empfohlen? Wer *man!»*

«Ich weiß es nicht mehr ... ein Reisender auf dem Schiff, glaub' ich ...»

«Sie haben das Hotel früher nicht gekannt?»

«Früher? Wann früher? Ich bin schon seit mehr als zwanzig Jahren in Marokko ...»
«Zwanzig Jahre? Und vorher?»
«Früher war ich im Ordenshaus. Es liegt in der Nähe von Oran, in Algerien. Ich bin mit achtzehn Jahren dort eingetreten ...»
«Sie haben nie von einem Mädchen gehört, das Ulrike Neumann hieß? Hä? Und das im Hotel ‚Zum Wilden Mann' abstieg?»
Studer hatte gerade noch Zeit, den Pater aufzufangen – mein Gott, wie mager war das Männlein! – dann stand er da, hielt die spärliche Gestalt in den Armen und blickte in ein Gesicht, das eine grünliche Farbe angenommen hatte, während sich die Haare des Schneiderbartes in des Wortes wahrster Bedeutung sträubten ...
«Sssä sssä!» sagte Wachtmeister Studer, es waren Lockrufe, die er in der Kindheit beim Gustihüten gebraucht hatte. «Ssä ssä!» wiederholte er noch einmal. «Nimm di z'sämme! Bischt chrank?» Und fügte reumütig hinzu, er habe sich dumm benommen und der Pater möge ihm verzeihen, aber er habe nicht gedacht ...
«Schon gut», sagte der Weiße Vater, und es war günstig, daß er zur Aussprache dieser beiden Worte die Lippen nicht brauchte – denn diese waren starr und weiß.
Rufe wurden laut: «Isch er chrank?» – «Was git's?» – «Eh, de arm alt Ma ...» – «Sicher isch er schier verfrore mit syne blutte Scheiche ...» – «Du Lappi, de isch es g'wohnt ...»
Studer wurde böse und forderte die hilfsbereiten Schwätzer auf, sich zum Teufel zu scheren. Er sei Manns genug, mit dem Alten fertig zu werden. Überhaupt wohne er in der Nähe und ...
«Gehen wir weiter», sagte Pater Matthias laut und deutlich. «Und verzeihen Sie die Umstände, Inspektor. Wenn Sie mich ein wenig stützen, wird es schon gehen. Und bei Ihnen daheim werd' ich mich ein wenig wärmen können. Nicht wahr?»

In diesem Augenblick hätte Studer für das Männlein alles getan. Sogar den Ofen angeheizt im Wohnzimmer – den Donner, der nie recht ziehen wollte ... Immerhin, wer hätte glauben können, daß der Name der Ulrike Neumann den Pater so erschüttern würde – ein Name, den der Wachtmeister heute früh zum ersten Male gehört hatte ... War der Mann Priester geworden, um den Mord an dem jungen Mädchen zu ... zu ... sühnen, ja: sühnen! ... So sagte man wohl.
Aber der Daumen auf Herrn Rosenzweigs Photographie hatte eine Narbe gehabt ... und des Paters Daumen waren glatt ...
Cleman – Koller ... Koller – Cleman ... Ein Sohn aus erster Ehe? Wie hatte der Wachtmeister in Basel gesagt? «G'späßige Familienverhältnisse!» Ganz richtig! Die Verhältnisse in der Familie Koller – oder hieß sie Cleman, die Familie? – waren mehr als nur g'späßig! Sie waren sonderbar, merkwürdig, verzwickt, unklar ...
Und die Bise pfiff über die Brücke! Es besserte auch kaum, als die beiden in die Thunstraße einbogen. Studer stützte seinen Begleiter. Nicht nur nebeneinander spazierten sie durch die Stadt Bern – nein, Arm in Arm! Aber der Wachtmeister hatte keine Zeit, sich zu genieren vor den Bekannten, die ihn vielleicht sahen.
Vor seiner Wohnungstür angelangt, schnupperte Studer in der Luft. Es roch nach gebratenen Zwiebeln! Das Hedy war zurückgekehrt! ... Der Wachtmeister stellte diese Tatsache mit ungeheurer Befriedigung fest. Nun war alles gut – und sicher war auch der grüne Sternsdonner im Wohnzimmer geheizt! ...
Frau Studer stand schon bereit, als der Wachtmeister die Türe aufstieß. Sie war nicht weiter erstaunt über den Besuch, den ihr Mann da angeschleppt brachte, sondern harrte geduldig einer Erklärung. Ihre Hände lagen, zwanglos gefaltet, auf ihrer weißen, gestärkten Schürze. Als sie aber sah, daß der merkwürdige kleine Mann, der mit einer weißen Kutte angetan war – und unten ragten die nackten Füße

hervor – sich fest auf den Wachtmeister stützte, um nicht umzufallen, kam sie eilig herbei und fragte, beruhigend und mütterlich:
«Ist er krank? Kann ich helfen?»
Sie wartete eine Bestätigung gar nicht ab, sondern packte den Pater resolut unter den Armen, führte ihn ins Wohnzimmer, legte ihn aufs Ruhebett. Dann waren plötzlich Dekken da, ein frischbezogenes Kissen, eine Wärmflasche, und neben dem Ruhebett dampfte auf einem Küchenstuhl eine Tasse Lindenblusttee. Auf dem Boden standen nebeneinander die beiden Sandalen, ihre Riemen waren dünn und abgewetzt, die Sohlen wölbten sich vorne nach aufwärts. Frau Studer hatte die Hände wieder leicht über der Schürze gefaltet und meinte kopfschüttelnd:
«Wie weit die haben wandern müssen! Gell Vatti, man sieht's ihnen an!»
Studer brummte etwas ... Er haßte es, wenn seine Frau ihn vor fremden Leuten «Vatti» nannte – übrigens machte sie die Sache gleich wieder gut, denn sie sagte:
«Weischt Köbu, ich hab' dir gestern abend zweimal angeläutet und dann noch einmal heut Morgen aufs Amtshaus.»
Aber sie habe ihn nirgends verwütschen können ...
Er habe eben viel Arbeit gehabt, sagte Studer und fand endlich Zeit, seine Frau auf die Stirn zu küssen. Diese Stirn war hoch und glatt, faltenlos, ein Scheitel teilte die Haare, sie bildeten im Nacken einen Knoten und waren braun und glänzend, wie frisch aus der Schale gesprungene Kastanien. Niemand, dachte Studer, würde dem Hedy die Großmutter ansehen ...
Die Scheschia, der rote verpfuschte Blumentopf, lag neben dem Kranken. Frau Studer hob sie zerstreut auf, stülpte sie über den Zeigefinger der Rechten und gab ihr mit der Linken kleine Stöße, bis sie zum Kreisen kam. Als sie aufblickte, sah sie auf dem Gesichte des Paters ein schüchternes Lächeln. Da mußte auch Studer lachen.
«Sehen Sie, Inspektor», sagte Pater Matthias, «es ist wirklich das einzige Spiel, zu dem eine solche Kappe taugt, und

die magere Lady ist ganz zu Unrecht nervös geworden ... Verzeihen Sie, Inspektor, verzeihen Sie die Umstände, Madame, ein Fieberanfall, der mich auf offener Straße gepackt hat ... Der Klimawechsel, wahrscheinlich – die Kälte ...», und das kleine Gesicht mit den fiebrig glänzenden Augen darin schien diese Version des Vorfalls zu bestätigen.

«Fieber!» brummte Studer, als seine Frau das Zimmer verlassen hatte. «Fieber ist eine gute Ausrede ... Warum löst ein Name ...»

«Bitte, Inspektor, schweigen Sie jetzt!» sagte da Pater Matthias, und er sprach energisch, wie einer, der weiß, was er will. «Es ist unchristlich, einen Kranken zu plagen – und vielleicht habe ich Ihr Vertrauen doch nicht ganz verscherzt – vielleicht glauben Sie mir noch, daß ich Ihnen kein Theater vorspiele ...»

«Hm!» brummte Studer, noch nicht völlig versöhnt, noch nicht ganz überzeugt. Aber nicht umsonst wandte man sich an seine menschlichen Gefühle ...

«Wir haben ...», sagte er leise, «in der Schweiz noch nicht die Methoden unserer Nachbarstaaten eingeführt. Schließlich ... Wollen Sie ins Spital, Herr Koll ... eh ... Pater Matthias?»

«Nein, nein, das geht vorüber. Warten Sie, ich muß irgendwo noch pulverisierte Chinarinde haben ... Hab' ich sie im Hotel gelassen? Nein ... Da ist sie ...» Er zog eine runde Blechbüchse – wie sie sonst für Hustenbonbons gebräuchlich ist – aus irgendeiner andern tiefen Tasche, schüttete etwas von dem braunen Pulver in den Tee, rührte um und trank die Mischung ... Plötzlich stellte er die Tasse mit lautem Geklirr wieder ab und starrte auf ein kleines Nähtischchen, das beim Fenster stand. Angst war in seinen Augen zu lesen ...

Aus der Küche kam Frau Studers Stimme: es sei ein Brief gekommen, er liege auf dem Tischli beim Fenster ...

Pater Matthias folgte aufmerksam jeder Bewegung des Wachtmeisters. Studer nahm den Brief, sah ihn an: eine unbekannte Frauenschrift. Poststempel: Transit. Auf dem

Bahnhof aufgegeben, oder direkt in den Zug geworfen ...
Studer riß die Enveloppe auf.
Ein einfaches Blatt:

«Lieber Vetter Jakob!

Beiliegend schicke ich Ihnen meinen Fund. Ich glaube, er wird Sie interessieren. Sie haben das Telephonbuch nicht sorgfältig genug durchsucht. Wie Sie sehen werden, kommt das leere Kuvert, das ich Ihnen schicke, aus Algerien. Aufgegeben wurde der Brief am 20. Juli vorigen Jahres in Géryville. Am 20. Juli! Am Todestage meines Vaters! – wenn auch die Fieberkurve anderer Meinung ist. Ich habe den Tod meiner Tante in Bern schon erfahren – Wie? Das darf ich Ihnen nicht verraten. Ich habe Angst. Darum will ich eine Zeitlang verschwinden. Suchen Sie mich nicht, lieber Vetter Jakob, es würde nichts nützen. Ich habe Ihnen alles erzählt, was ich Ihnen erzählen durfte. Sie müssen die Sache jetzt aufklären. Denn ich bin sicher, daß auch Sie nicht an die beiden Selbstmorde glauben. Sie werden meinen Onkel Matthias noch sehen, das weiß ich; grüßen Sie ihn von mir. Wenn es Sie interessieren kann, so hat er gestern mit mir im Bahnhofbuffet zweiter Klasse zu Nacht gegessen und ist gegen zwölf Uhr mit einem Taxi nach Bern gefahren. Ich wünsche Ihnen viel Glück. Ihre Marie Cleman.»

Die Enveloppe, die dem Briefe beilag, war ziemlich zerknittert. Sie war adressiert an «Madame Veuve Cleman-Hornuß, Spalenberg 12, Bâle». Auf der Rückseite der Absender: «Caporal Collani, 1er Régiment Etranger, 2ème Bataillon, Géryville, Algérie.» Und der Poststempel trug wirklich das Datum des 20. Juli ...
Als Studer aufblickte, begegnete er den ängstlichen Augen des Weißen Vaters. Und ängstlich war auch die Stimme, mit welcher der Priester fragte:
«Schreibt Ihnen meine Nichte?»
Studer nickte nur stumm. Er saß am Fenster, in seiner Lieblingsstellung, die Ellbogen auf die gespreizten Schenkel ge-

stützt, die Hände gefaltet. Und er dachte: «Wenn dies wirklich der ‚Große Fall' ist, von dem ich jahrelang geträumt habe, so ist er unerlaubt verkachelt ... Was verkachelt! ... Verhext ist er! Aber wir werden ihn schon deichseln, und wenn wir nach Algerien fahren müssen oder nach Marokko ...» Zu welchem stummen Selbstgespräch einzig zu bemerken wäre, daß Studer es mit den Königen und andern gekrönten Häuptern hielt ... Er dachte nie «ich», sondern «wir» ...

Frau Studer kam mit der Suppenschüssel.

«Tuets-ech nid störe, Herr Mönch, wenn mr z'Mittag essed?»

Pater Matthias lächelte, und Studer belehrte seine Frau, daß dies kein Mönch, sondern ein Pater sei ... Frau Studer entschuldigte sich. Dann setzte sie sich ihrem Manne gegenüber und begann die Suppe zu schöpfen; gerade als der Wachtmeister den ersten Löffel zum Munde führte, hörte er vom Ruhebett her ein leises Gemurmel. Erstaunt blickte er auf ... Pater Matthias hatte die Hände auf der Decke gefaltet und murmelte ein lateinisches Gebet ...

«Benedicite ...»

Darob wurden die beiden alten Menschen am Tisch so verlegen, daß sie ungeschickt die Hände vor ihren Tellern falteten ...

Das Testament

Um zwei Uhr nachmittags betrat Studer das Bureau des Kommissärs an der Stadtpolizei. Er kannte sich dort aus, denn dies Bureau war während fünfzehn Jahren sein eigenes gewesen, bis ihn jene Bankgeschichte daraus vertrieben hatte. Aber Studer hatte es verstanden, sich die Freundschaft seines Nachfolgers zu erhalten.

Kommissär Werner Gisler bestand aus einem kahlen Kopf, der aussah, als werde er täglich mit Glaspapier geschmirgelt. Dieser Kopf saß auf einem gedrungenen Körper, der in Anzüge aus bäuerischem Stoff gekleidet war. Die Füße waren groß und steckten in Schnürschuhen, die Gisler sich nach Maß anfertigen ließ – denn er hatte Plattfüße ... In Gesprächen liebte er es, die Empfindlichkeit seiner Füße zu erwähnen, ein unerschöpfliches Thema für ihn, denn diese Empfindlichkeit schien ihm ein Beweis seiner aristokratischen Abstammung zu sein. Nun, das war weiter nicht schlimm, manche haben es mit dem Magen, andere mit der Verdauung, die dritten mit der Blutzirkulation – der Stadtkommissär hatte es mit den Füßen ...

Als Studer das Bureau betrat, war Gisler damit beschäftigt, seine Schuhe wieder zuzubinden. Es geschah unter Ächzen und Stöhnen, denn sein Spitzbäuchlein war ihm dabei im Wege. Nach der Begrüßung sagte er:

«Wenn Ihr wüßtet, Studer, wie diffizil das ist! Am Morgen zieht man die Schuhe an, man pressiert, man gibt nicht recht acht – und gleich hat man eine Falte in der Lederzunge. Man hat sie nicht recht gestreckt – und die Falte drückt einen, drückt einen den ganzen Tag! Immer denkt man an den Rumpf und hat dabei soviel Arbeit, daß man gar nicht dazu kommt, die Zunge zu glätten; man leidet, aber man geduldet sich, denn man denkt, einmal, im Lauf vom Tag, wird es schon eine Minute geben, um die Zunge glatt zu strecken ... Man kann nicht intensiv an irgendeine Arbeit gehen, weil der Gedanke an den Falt in der Zunge immer wieder dazwischen kommt. Nun bin ich endlich einen Moment allein, und da kommt Ihr! Da müßt Ihr Euch schon 's Momentli gedulden ... Wißt Ihr, ich hab' so diffizile Füß!»

Studer drückte sein herzlichstes Beileid aus; er war es gewohnt, die Klagen seiner geplagten Mitmenschen, Kollegen, Freunde, Häftlinge, über sich ergehen zu lassen. Die Menschen mußten sich aussprechen, fand er, mußten über ihr Elend klagen dürfen, dann konnte man – wenn sie einmal mit den Klagen zu Rand gekommen waren – auch von ernsteren Dingen mit ihnen sprechen.

«Ich komm' da», sagte er und nahm auf einem Stuhl Platz, «wegen der Geschichte in der Gerechtigkeitsgasse.»

«Gerechtigkeits ... gasse ...», stöhnte Gisler und kämpfte

mit dem Knoten seines Schuhbändels. Seine Glatze war purpurn und kleine Schweißtröpflein glitzerten auf ihr ...
«Ja», sagte Studer geduldig – man muß mit den Menschen Geduld haben, besonders wenn sie dick sind und einen Schuhbändel knüpfen müssen – «Gerechtigkeitsgasse 44 ... Hornuß Sophie ... Leuchtgas ... Ich bin selbst in der Wohnung gewesen und muß mich entschuldigen, daß ich auf eigene Faust eine Untersuchung geführt habe ...»
«Pfuuuh ... ähh ... pfuh ...», machte der Kommissär, richtete sich endlich auf, betrachtete mißtrauisch seinen Schuh und ließ die Zehen darin spielen; endlich sagte er:
«Ich glaub', es wird gehen – wenn nur der Socken keine Rümpf übercho hätt!» Es schien nicht der Fall zu sein, denn Gisler stellte seinen Plattfuß auf den Boden, blickte aus hellblauen Äuglein gar unschuldig in die Welt: «G'wüß!» sagte er und nickte bedeutungsvoll. «G'rechtigkeitsgass' 44. Sophie Hornuß! Äbe ... Äbe ...» Und der Wachtmeister sei also in der Wohnung gewesen und habe gewissermaßen eine kleine Privatuntersuchung – hähähä – geführt ... also geführt. Das solle ihm unbenommen bleiben. Ganz recht habe der Wachtmeister gehabt, und sehr kollegial sei es, daß er die Resultate seiner Untersuchung nun ihm, dem Kommissär Gisler, unterbreiten komme ... Und wie seien diese Resultate?
«Daß es sich um einen Mord handelt ...»
«Ja, ja», seufzte Kommissär Gisler, «ein Mord! Der Reinhard hat etwas Ähnliches behauptet ... Soso, und Ihr meinet, Studer, Ihr meinet auch, daß es ... ääh ... ein Mord ist?»
Ja, sagte Studer, er meine das auch. – Dann könne man vielleicht den Reinhard rufen lassen? Oder? – Doch doch, man könne den Reinhard rufen lassen und vielleicht auch den Murmann. Der sei doch bei der Entdeckung der Leiche dabei gewesen ... – Ganz richtig, den Murmann!
Und Kommissär Gisler hob den Hörer ab, ließ dem Korporal Murmann und dem Gefreiten Reinhard bestellen, sie sollten sofort auf die Stadtpolizei kommen, hängte ab und trocknete sich die Schweißperlen von der Glatze.

Kriegsrat ... Studer wurde merkwürdigerweise von niemandem ausgelacht. Wahrscheinlich war der kleine Reinhard daran schuld, der von Anbeginn zum Wachtmeister hielt. Murmann versuchte zwar zuerst, die Sache ins Lächerliche zu ziehen, und meinte, der Köbu spinne wohl wieder, aber da fuhr ihm der kleine Reinhard elend übers Maul ... Ihm sei es auch vorgekommen, sagte er, als ob beim Fall Hornuß nicht alles mit rechten Dingen zugegangen sei. Er habe die Auffälligkeiten übrigens in seinem Rapport vermerkt: das ausgebreitete Kartenspiel, den Klubsessel in der Küche, den schiefen Hebel am Gaszähler ...

– Wie denn die Polizei benachrichtigt worden sei? wollte Studer wissen, und der Gefreite Reinhard, eifrig an seiner Parisienne saugend, erklärte, ein Arbeiter, der bei der Sophie Hornuß Aftermieter gewesen sei, eine möblierte Mansarde, habe den Gasgeruch gespürt im Vorbeigehen und der Polizei angeläutet. Darauf seien sie zu zweit in die Gerechtigkeitsgasse gegangen. Und Studer solle erzählen, was er Neues entdeckt habe. – Hier unterbrach Murmann, um mitzuteilen, wie aufgeregt der Wachtmeister gewesen sei, am Morgen, als er ... Aber Murmann sprach dem vifen Reinhard viel zu langsam, der Gefreite fuhr seinem Korporal noch einmal übers Maul ... Der Wachtmeister solle jetzt erzählen! – Und auch der Stadtkommissär war dieser Meinung ... Er hatte eine Pfeife angezündet und hockte hinter seinem Schreibtisch. Von Zeit zu Zeit warf er besorgte Blicke auf seinen Schuh.

Und Studer erzählte; er sprach vom Geologen Cleman, der unter den Brüdern Mannesmann in Marokko gearbeitet hatte und seine Arbeitgeber dann verraten hatte, er sprach von der zweiten Frau, die in Basel einen ähnlichen Tod gefunden hatte, vom Somnifen auf dem Boden der Tasse im Schüttstein und von Herrn Rosenzweigs merkwürdigen Mutmaßungen über den Daumenabdruck ... Er erzählte vom Zusammentreffen mit dem Pater Matthias, der in Wirklichkeit Koller hieß, auch die Geschichte vom Hellseherkorporal vergaß er nicht zu erwähnen, – nebenbei nur, um anzudeu-

ten, daß der Fall seine Fäden zog bis in entfernte Länder, – kam noch einmal auf Basel zu sprechen und daß er dort geschwiegen habe; denn schließlich sei er ein Berner Fahnder, und die Basler sollten merken ...
«Daß sie blinde Hüng sind!» unterbrach der kleine Reinhard.
«Exakt!» bekräftigte der Kommissär und: «Sowieso!» brummte Murmann.
Man war einig: Dies war der *Große Fall!* Man war weiter einig: Der «Alte», das war der kantonale Polizeidirektor, mußte aufgereiset werden! Das durften sich die Berner nicht entgehen lassen! ... Hahaha ... Das wäre gelacht! ... Und überhaupt – die Basler! ...
Kommissär Gisler ließ sich nicht mehr halten. Er telephonierte in die Beize nebenan und bestellte vier Flaschen Bier.
«G'sundheit Studer!» – «Ja, der Köbu!»
Das war Balsam!
Neidlos wurde anerkannt, Studer sei der einzige, der diese Sache zu einem guten Ende führen könne ... Wer hatte sonst Sprachkenntnisse, Beziehungen zu den französischen Behörden? Wer war mit einem Kommissär der Police Judiciaire befreundet?
Der Studer Köbu!
Also! ... Was, meinte der mächtige Murmann, in Bern wurde ein seltsamer Mord begangen, und einen solchen sollte man den Baslern zuschanzen? Die einen Sanitätspolizisten geschickt hatten statt eines findigen Fahnders?
Aber wie den «Alten» überzeugen?
Denn– und dies war klar wie Gülle, meinte der kleine Reinhard, die Fäden reichten weit ... Man würde sich in Basel erkundigen müssen, nach Paris telephonieren ... Vielleicht, vielleicht würde es nötig sein, nach Géryville zu fahren, um die Rolle zu untersuchen, die ein gewisser Hellseherkorporal gespielt hatte ... Nach Marokko gar?
Es konnte möglich sein, daß der Mönch, der Pater, der weiße Priester– Stadtkommissär Gisler verhaspelte sich ein wenig – doch der Mörder war. Was dann? War er unschuldig und

die Berner Polizei verhaftete ihn – nicht auszudenken war die Blamage, und vor der Wut des «Alten» hatten sie alle einen Heidenrespekt. Dann würden die lieben Eidgenossen in Luzern und Schwyz über die Berner herfallen, das «Vaterland» würde mit giftigster Feder schreiben!

Darum gab es nur eine Möglichkeit: Studer mußte den Fall übernehmen. Er hatte den Pater bei sich aufgenommen, ihn zurückgelassen unter der Obhut seiner Frau ... Der Pater war die Hauptperson, er war, wie Gisler sagte – der Kommissär hatte das Gymnasium besucht –, der «nervus rerum», der Nerv der Dinge.

Und schleunigst wurde der junge Polizist im Vorraum angewiesen, sich in Zivil zu kleiden und die Wohnung des Wachtmeisters an der Thunstraße zu bewachen ...

Also: den «Alten» überzeugen. Aber wie?

Die Luft im Raume war blau und dick, aber keiner der vier Männer dachte daran, ein Fenster zu öffnen. Sie starrten vor sich hin und studierten, studierten, wie man dem Kollegen Studer Ellbogenfreiheit verschaffen könne ...

Was man wußte, genügte – aber es genügte nur für die drei Männer, die Studer überzeugt hatte. Drei Männer, die nicht viel zu sagen hatten: ein Kommissär von der Stadtpolizei, ein Fahnderkorporal und ein Gefreiter ... Keine Männer, deren Stimmen im Hohen Rat etwas galten – bescheidene Arbeiter, nichts weiter, klug waren sie, das wohl, vertraut auch mit ihrem Beruf ... Sonst nichts.

Es war Herr Rosenzweig, der die Lösung brachte. Er betrat das Bureau und prallte zurück:

«Die Fenster auf, der Lenz ist da!» sang er und mußte husten. Aber da keiner der vier Männer sich roden wollte, so mußte er eigenhändig das tun, wozu er melodisch aufgefordert hatte. Und ein Schwall staubgesättigter Stadtluft reinigte die Atmosphäre.

Nach einer Minute aber schon verlangte Kommissär Gisler, dessen empfindliche Füße die Kälte nicht vertragen konnten, man möge den «status quo» wieder herstellen, und der kleine Reinhard schloß die Flügel.

«Ich habe», sagte Herr Rosenzweig in seinem Bundesschweizerdeutsch, «bei Ihnen angeläutet, Wachtmeister, aber da hieß es, Sie seien fort und wahrscheinlich auf der Stadtpolizei zu finden. Ich bringe Ihnen etwas Merkwürdiges, etwas sehr – sehr – Merkwürdiges.»
Murmann grunzte und meinte, das werde sicher etwas Apartiges sein. Aber Herr Altfürsprech Rosenzweig ignorierte den Fahnderkorporal Murmann. Er zog aus seiner Tasche zwei Blätter und legte sie sanft auf Studers Schenkel.
«Was sagen Sie dazu?» fragte er, und da keine Sitzgelegenheit mehr frei war, lehnte er sich gegen die Wand. Studer nahm die beiden Blätter auf – ein dickes, ein dünnes – und betrachtete sie. Das dickere war die Fieberkurve. Das andere war voll beschrieben, unterzeichnet. An der Ecke oben klebte eine Stempelmarke. Und Wachtmeister Studer überflog das Dokument. Dann hielt er es näher an seine Augen, las es zum zweitenmal, aufmerksamer, und es dauerte eine Weile, bis er mit dem Lesen fertig war.
Im Bureau war die Luft klar und durchsichtig. Durch das Fenster hörte man das Hupen vorüberfahrender Automobile und dazwischen von Zeit zu Zeit das langsame Klappern von Pferdehufen auf dem Asphalt. Sonst herrschte Stille. Kommissär Gisler beschäftigte sich mit einem Aktenumschlag, der kleine Reinhard hatte wieder eine Parisienne angezündet, und Murmann stopfte umständlich seine Pfeife. Aber alle drei hoben die Köpfe, als von der Stelle, an der Studer saß, ein merkwürdiges Geräusch kam, auf das am besten das gut bernische Wort «Grochsen» paßte: ein Tongemisch von Seufzen, Räuspern und verschlucktem Fluchen.
– Was los sei, erkundigte sich Kommissär Gisler und blickte erstaunt auf den Wachtmeister.
An der Wand aber lehnte der alte Herr Rosenzweig, er ließ seine Zähne schimmern, die an vielen Orten mit Goldplomben geschmückt waren. Und nachdem er eine Zeitlang sein Lächeln hatte erstrahlen lassen, setzte er mit Fragen an, akademischen Fragen allerdings, auf die er keine Antwort zu erwarten schien . . .

«Das haben Sie nicht vermutet, Wachtmeister, hä? Das nenn' ich eine Sensation, hä? Das übertrifft die Photographie meines ersten Fingerabdruckes, von dem es keine Doublette gibt, was?»
Er schwieg. Die Spannung der Polizeileute machte ihm Spaß. Als aber keiner der vier reden wollte – sie waren Berner und verstanden es, ihre Spannung unter gleichgültigen Mienen zu verbergen – plapperte er weiter.
«Sie wollen natürlich wissen, wie ich zu dem Dokument gekommen bin, Wachtmeister Studer. Ganz einfach. Sie haben mich gebeten, nachzusehen, ob ich auf dem Papier etwaige Fingerabdrücke feststellen könne. – Es gibt zwei Methoden: Joddämpfe oder ultraviolette Strahlen. Ich habe es mit meinem neuesten Apparat probiert – und was sah ich da? Nicht nur zwei Fingerabdrücke – sie ähnelten übrigens wieder dem Fingerabdruck, mit dem ich meine Sammlung begonnen habe – nein, ich sah etwas anderes. Eine Schrift kam zum Vorschein! Eine Schrift!»
Herr Rosenzweig wartete und hoffte augenscheinlich auf eine Regung der Neugier, wenigstens bei einem seiner Zuhörer. Aber keiner tat einen Wank. Murmann balancierte auf einer Ecke des Schreibtisches, der kleine Reinhard betrachtete das glühende Ende seiner Zigarette, Studer zündete umständlich seine erloschene Brissago an, und Kommissär Gisler machte eifrig Notizen auf den Rand eines Aktenstükkes. In der Stimme des Fürsprechs schwang Enttäuschung mit, als er fortfuhr:
«Eine Schrift! Wo konnte sich die Schrift befinden? Auf der einen Seite des Schriftstückes befand sich eine Fieberkurve, die andere Seite war weiß. Ich prüfte den Rand mit der Hand... Zwei Dokumente waren zusammengeklebt worden. Wasserdampf. Trocknen. Und dann konnte ich das Testament lesen...»
Da kam Leben in die vier.
«Testament?» fragte Gisler. «Chabis!» sagte Murmann. «Das chönnt...», meinte Reinhard, aber er beendete den Satz nicht.

Studer reichte das Schriftstück dem Kommissär Gisler. Ein Kopf links, ein Kopf rechts, im ganzen drei Köpfe beugten sich über das Schriftstück. Zum Überfluß las der Stadtkommissär noch halblaut.

«Mein Testament

Ich Endesunterzeichneter, Cleman Alois Victor, Geologe, von Frutigen, Bern, bestimme folgendes: Mein Vermögen, bestehend aus einem Stück Land in der Größe von acht Hektaren, rund um das im südlichen Marokko gelegene Dorf Gurrama, vermache ich zur Hälfte meiner Tochter Marie Cleman, geboren am 12. Februar 1907 zu Basel, und zur anderen Hälfte dem Kanton Bern zur freien Verfügung. Bei Annahme des Vermächtnisses verpflichtet sich der Kanton Bern, dafür zu sorgen, daß der Erlös, der aus den besagten Grundstücken erzielt werden könnte, zur Hälfte meiner obgenannten Tochter zur freien Verfügung überwiesen wird. Der Kauf besagter Grundstücke ist ordnungsgemäß sowohl nach französischem Recht als auch nach dem in Gurrama geltenden mohammedanischen Recht getätigt worden. Ich habe auf den in den fraglichen Dokumenten näher angegebenen Grundstükken das Vorkommen von Erdöl festgestellt, und wird selbiges Land nach etwa fünfzehn Jahren einen annähernden Wert von zwei bis drei Millionen Franken repräsentieren. Die Dokumente, die meine Rechte auf besagtes Landstück beweisen, sind in einer Eisenkassette vergraben worden an einem Orte, der mit Hilfe des beigehefteten Dokumentes leicht zu entdecken sein wird. Ich habe den Auftrag gegeben, daß besagtes Dokument zusammen mit meinem Testament fünfzehn Jahre nach meinem Tode an meine Gemahlin, Frau Josepha Cleman-Hornuß, Basel, Rheinschanze 12, gesandt wird. Falls an diesem Zeitpunkt meine Frau gestorben sein sollte, so ist Vorsorge getroffen, daß meine Tochter in den Besitz des Dokumentes gelangt.

Fez, 18. Juli 1917 sig. Alois Victor Cleman.»

Stadtkommissär Gisler lehnte sich zurück und begann mit

seinem Bleistift auf seinen Zähnen Xylophon zu spielen. Murmann richtete sich auf und verschränkte die Arme über der Brust, der kleine Reinhard fischte ein kanariengelbes Päckli aus seiner Hosentasche und klopfte gedankenvoll eine Zigarette auf seinem Daumennagel zurecht. Die Stille im Raum wurde durch Altfürsprech Rosenzweig unterbrochen, der trocken meinte:

«Ich weiß nicht, ob die Herren wissen ...» – «Die Herren», sagte er! –, «daß sowohl Shell als auch Standard-Oil um neue Ölfelder kämpfen wie im Mittelalter der Teufel und der liebe Gott um eine arme Seele ... So daß allen menschlichen Berechnungen zufolge die von Herrn Cleman erworbenen Petroleumfelder wahrscheinlich das Drei- oder Vierfache wert sind ... Nicht zwei Millionen – nein, sechs oder acht ... Und zwar Schweizerfranken ... Das brächte dem Kanton Bern drei bis vier Millionen ein ... Und da der Kanton als Testamentsvollstrecker vorgesehen ist, so wird diese Summe noch erhöht durch die Provision, die der Kanton verlangen kann ... Viereinhalb Millionen ... Nicht übel? Was?»

«Und das Testament ist rechtsgültig?» fragte Kommissär Gisler.

«Nach französischem Recht so rechtsgültig als möglich. Es ist olograph. Von der Hand des Testators geschrieben, datiert, signiert. Und da es sich, vom Standpunkt des internationalen Rechtes, besonders um die Haltung Frankreichs handeln wird, so brauchen wir uns keinen Kummer zu machen. Ich glaube, der Kanton wird das Geld brauchen können.»

«Deich wou!» sagte Murmann trocken und zündete seine Pfeife an.

Der kleine Reinhard meinte, mit diesem Dokument werde man den «Alten» schon zur Vernunft bringen.

Studer schwieg. Er dachte verschwommen an viele Dinge. An Marie, die nun reich sein würde, an ein Sprichwort, das von einem Esel handelte, der aufs Eis tanzen ging, weil es ihm zu wohl war – und er verglich sich mit diesem Esel; er dachte weiter an die Bankgeschichte, die ihm den Kragen gekostet hatte: wie schön wäre das, wenn er nun seine Revanche nehmen und dem Staat Bern ein Vermögen zuschanzen könnte ... Dann würden die bösen Mäuler plötzlich verstummen, und seine Ernennung zum Polizeileutnant wäre sicher. Aber bis dahin floß noch viel Wasser d'Aare-n-ab. Es war keine einfache Sache ...

Ein hartes Pochen an der Tür schreckte ihn aus seinem Grübeln. Der Polizeirekrut meldete sich zurück. Er war in Studers Wohnung gewesen, so berichtete er, und Frau Studer habe ihm gesagt, Pater Matthias sei schon um halb drei Uhr fortgegangen. Sein Fieberanfall sei vorbei gewesen.

Dies alles rapportierte der Polizeirekrut mit geschlossenen Absätzen, in tadelloser Achtungstellung, und die Mittelfinger seiner beiden Hände hatte er an die blauen Passepoils seiner Uniformhosen gepreßt.

«Abtreten!» sagte Kommissär Gisler bloß. Aber Studer stand auf. An der Türe sagte er:

«Gisler, du bringst die Sache mit dem ‚Alten' ins reine. Ich möcht' morgen früh mit ihm sprechen. Sag ihm das. Ich hab' heut noch viel zu tun. Und dann Gisler, schau, daß mir der Polizeihauptmann sein Bureau und sein Telephon um sechs Uhr überläßt. Ich werd' eine Stunde zu telephonieren haben. Du stehst ja ganz gut mit ihm.»

Dann fiel die Tür zu. Der Stadtkommissär betrachtete nachdenklich seine empfindlichen Füße. Er studierte, studierte ... Es war das erstemal, daß der Wachtmeister ihn duzte, und Gisler überlegte sich, ob er diese Familiarität als Schmeichelei oder als Beleidigung werten solle. Er entschloß sich zu ersterem: das Duzen war sicher ein Zeichen der Anerkennung für sein diplomatisches Geschick; daß aber der Held des «Großen Falles» so brüderlich zu ihm gesprochen hatte, erfüllte Gislers Herz mit Stolz und verdrängte auf fünf Minuten den anderen Stolz, den Stolz auf die aristokratische Empfindlichkeit seiner Füße ...

«Sicuro», sagte Dr. Malapelle vom Gerichtsmedizinischen. «Barbitursäure. Kein Zweifel! Massive Dosis. Somnifen. Ja ja, ich glaube, obwohl das nicht genau festzustellen ist. Mir schien es, als rieche der Mageninhalt stark nach Anis. Und da ich kein barbitursäurehaltiges Schlafmittel mit Anisgeruch kenne – außer Somnifen –, so ist es erlaubt, den Schluß zu ziehen. Übrigens, die Frau hätte nicht mehr lange gelebt. Schwere Endocarditis – oder, wenn Ihr Laienverstand, Inspektor, dies besser begreift, das Herz der alten Dame war schwach, schwächer, am schwächsten. Eine Aufregung – e poi... Ja... Ob sie es freiwillig geschluckt hat?... Vielleicht, wahrscheinlich. Selbstmord ist wirklich nicht ausgeschlossen. Aber Sie glauben an einen Mord? Romantiker! Wenn's Ihnen Freude macht!»
Da erzählte Studer von der Schnur und von den Spuren an der Kante des Schlüsselloches.
«Fantasmagoria!» meinte Dr. Malapelle ärgerlich. «Sie haben Einbildungskraft, und die Einbildungskraft geht mit Ihnen durch! Nehmen Sie sich zusammen!»
Da zog Studer die Fieberkurve aus der Tasche, das Testament hatte er dem Kommissär gegeben, und zeigte sie dem Arzte. Der runzelte die Stirnhaut und sagte:
«Was ist das? Entweder stimmt die Diagnose nicht, oder... Das ist doch keine Malariakurve! Weder Tertiana noch... Und dann, vede ispettore! – entweder hat die Schwester mangelhaft gemessen, oder... Statt die Zehntelsgrade anzugeben, gibt sie überall nur die Viertel-, Halb- und Ganz-Grade an: Sehen Sie selbst: 36,75, 39,5, 38,0. Das gibt es nicht. Auch wenn man in Betracht zieht, daß diese Fieberkurve aus einem Kolonialspital stammt, das außerdem noch von französischen Ärzten betreut wurde... Immerhin... pure... Merkwürdig... singolare... Es gibt doch nicht mehr Arbeit, die Zehntelsgrade zu notieren...»
Dem Wachtmeister Studer stak ein verstohlenes Lächeln in den Mundwinkeln.

«Danke, Dottore», sagte er, «mille grazie ... Darf ich noch die Leiche der Sophie Hornuß sehen?»
... Ein faltiges Gesicht – und es drückte Schrecken aus. Es war aufgedunsen ... und neben dem linken Nasenflügel saß keine Warze ...

Hotel zum «Wilden Mann». Studer fragte den Portier, ob er Pater Matthias sprechen könne. Hochwürden sei noch nicht heimgekehrt, hieß es. Da sah man wieder einmal, wie wohlerzogen Hotelportiers waren! Natürlich! Einen Priester nannte man Hochwürden. Aber das Hedy sagte: «Herr Mönch!»
Ob er das Zimmer, das der Pater belegt habe, einmal sehen könne, wollte Studer wissen und zeigte seine Legitimation. Sie erwies sich als unnötig. Man kannte ihn. Der Chef de Réception, der in der Halle mit Nichtstun beschäftigt war, wurde herbeigerufen und hatte nichts dagegen, daß Studer das Zimmer des Paters in Augenschein nahm. Erster Stock, zweiter Stock, dritter Stock ... So ein Lift war doch etwas Kommodes. Man brauchte keine Stiegen zu steigen, man brauchte seinen Schnauf nicht unnütz zu verschwenden.
Nummer 63. Der Liftboy kam mit, er wartete, und Studer wäre so gerne allein geblieben! Aber ein Zweifrankenstück wirkte Wunder. Plötzlich war der Gröggu verschwunden.
Auf der Glasplatte über dem weißen Porzellanbecken lehnte eine einsame Zahnbürste im Wasserglas. Daneben lag ein Stück billige Seife. Ein Handtuch war gebraucht worden. Und auf einem Stuhl stand ein mäßig großer Koffer aus brauner Vulkanfiber. Als Studer ihn öffnete, lagen darin, sorgfältig zusammengelegt:
Ein blauer Regenmantel, ein ordinärer grauer Konfektionsanzug, ein gebrauchtes weißes Hemd mit weichem Kragen, eine billige Krawatte und ein paar schwarze Halbschuhe ... Ausgebreitet auf dem Bette war ein blauer Pyjama, wie man ihn für fünf Franken in der Epa kaufen konnte.
Ganz leise pfiff Studer den Bernermarsch. Und dann verließ er das Zimmer. Er warf noch einen Blick zurück, und da fiel

ihm etwas auf. Ein braunes Etwas lugte aus der Falte heraus, die von der Lehne und vom Sitz des Fauteuils gebildet wurde. Der Wachtmeister trat näher. Das Ding war fest eingeklemmt. Studer zog es mit einiger Mühe heraus.
Ein Fläschlein. Somnifen. Leer. Er ließ es in seiner Rocktasche verschwinden ...
«Wann ist der Pater angekommen?»
Der Portier konnte keine Auskunft geben. Wahrscheinlich in der Nacht, meinte er. Sein Kollege werde Bescheid wissen, aber der schlafe jetzt. Ob es nicht Zeit habe bis später?
Studer nickte und verließ das Hotel, begleitet vom Chef de Réception, der ihm den tuusig Gottswille anhing, doch nur ja nichts verlauten zu lassen, wenn das Hotel in irgendeine Kriminalsache verwickelt sei. Er werde sich erkenntlich zeigen, sagte der Chef, der scharf nach Brillantine roch, aber der Herr Wachtmeister müsse begreifen, wie sehr die Geschichte dem Hotel schaden könne ...
Studer bremste den Redefluß, indem er noch einmal umkehrte und das Gästebuch zu sehen verlangte.
«Koller Max Wilhelm, geb. 13. März 1876. Missionar.»
Missionar ... Studer stand da, die Fäuste unter dem Raglan in die Seiten gestemmt, und blickte auf den Namen, den er heute früh, schon einmal, in einem Paß gesehen hatte.
Pater Matthias alias Koller Max Wilhelm besaß einen Bruder, Cleman, Alois Victor, der sich als Geologe und Denunziant betätigt hatte – Schweizer war er auch gewesen – und dann war er an einem malignen Tropenfieber zu Fez gestorben und in einem Massengrab verscharrt worden. Dieser Cleman betätigte sich nun, nach Angaben seines Bruders, als Gespenst. Er sprach durch den Mund eines Hellseherkorporals, er drohte, drei Monate im voraus, seine beiden Frauen zu ermorden – und er beging die Morde auch. Pfeifende Morde, wenn man so sagen durfte. Das Gas pfiff aus den geöffneten Brennern, und der Haupthahn war halb geöffnet, er bildete einen Winkel von fünfundvierzig Grad ... Eine alte Frau in Basel, eine alte Frau in Bern ... Die Sophie war reich gewesen, warum hatte der Geologe der

«G'schydene» mehr Geld gegeben als der Rechtmäßigen? Warum hatte die Rechtmäßige mit ihrer Tochter Not leiden müssen in einer Einzimmerwohnung mit einer winzigen Küche, die eigentlich gar keine Küche war, sondern nur ein Durchgangskorridor, während die «G'schydene» in guten Verhältnissen gelebt hatte – Zweizimmerwohnung, verschnörkelte Möbel, Gasofen mit Grill und Backröhre? ...
In Basel war nur ein zweiflammiger Réchaud vorhanden gewesen, und über ihm hatte ein windschiefes Gestell gehangen mit alten Blechbüchsen, an denen das Email abgebröckelt war: «Salz», «Kaffee», «Mehl». Gutmütige Menschen haben es schwer auf der Welt. Sie werden stets übertölpelt. Während die anderen, mit den schmalen Mündern, mit den höhnischen Augen, ihr Wissen verwerten.
Die Josepha hatte ihren Mann sicher nie geplagt. Aber die Sophie? Warum die Scheidung nach einem Jahr schon? Wissen ist nicht nur Macht, wie der beliebte Gemeinplatz lautet, Wissen bringt auch Geld ein. Wissen ist die Grundlage für eine schlau angelegte Erpressung. *Kann* die Grundlage sein ...
Jede Handlung läßt sich begründen – und wenn der Grund nicht im Bewußten gefunden werden kann, so muß man ihn im Unbewußten suchen. Dies hatte der Wachtmeister von der Berner Fahndungspolizei einmal gelernt, als er einen Fall hatte aufklären müssen, der in einem Irrenhaus spielte. Ein Psychiater hatte es auf sich genommen, ihm den Unterschied zwischen bewußt und unbewußt recht drastisch einzubläuen.
Der Portier des Hotels «zum Wilden Mann» wunderte sich über den schweigsamen Fahnder, der sich an dem Gästebuch festgesehen hatte ...
«Koller Max Wilhelm, geb. 13. März 1876 in Freiburg, Missionar, von Paris nach Paris ...»
Geboren am 13. März 1876, somit sechsundfünfzig Jahre alt, – er sah älter aus, der Pater Matthias mit dem Schneiderbärtchen. Am 13. März. Der Dreizehnte war ein Unglückstag. Mit achtzehn Jahren war er in den Orden der

«Weißen Väter» eingetreten, ein Orden, der vom Kardinal Lavigerie gegründet worden war, um die Mohammedaner zu bekehren. Eine hoffnungslose Angelegenheit, wie der Pater selbst sagte. Im Jahre 1917 war der Pater mithin einundvierzig Jahre alt gewesen ... Und er stammte aus Freiburg ...

Freiburg ... In Freiburg hatte auch die Ulrike Neumann gelebt. Die Ulrike Neumann, die mit einem Unbekannten in Bern ein Verhältnis gehabt hatte und dann gestorben war, nach dem Genuß von KCN, von Cyankalium. Und getroffen hatte sie sich mit ihrem Liebsten im Hotel «zum Wilden Mann» ...

Der Portier mit dem tadellosen Scheitel, der so streng nach Brillantine roch, fuhr zusammen, als der stumme Mann plötzlich den Mund auftat und ein wenig heiser befahl:

«Rufen Sie mir den Direktor!»

«Ich weiß nicht, ob der Herr Direktor augenblicklich zu ...»

«Rufen Sie mir den Direktor!» Ein Widerspruch ließ sich nicht gut anbringen.

«Ich werde sehen, ob es möglich ...»

«Ich erwarte den Direktor in drei Minuten. Führen Sie mich in sein Bureau!» Wachtmeister Studer sprach Schriftdeutsch.

Der Portier verschwand. Und Studer marschierte ruhigen Schrittes auf eine Türe zu; eine Milchglasscheibe im oberen Teil; darauf in schwarzen Buchstaben: «Direktionsbureau». Zwei Minuten und dreißig Sekunden. Dann stand vor ihm ein o-beiniges Männchen mit einem Spitzbauch, das sich unaufhörlich die Hände rieb.

«Ich möchte», sagte Studer und erwiderte die freundliche Begrüßung mit einem zerstreuten Kopfnicken, «die Gästebücher der Jahre 1902 und 1903 sehen.»

«Ich weiß nicht», sagte das spitzbäuchige Männchen, «ob mir dies möglich sein wird. Ich habe das Hotel erst 1920 übernommen, und da wird es ...» Weiter kam er nicht.

«Wenn die verlangten Bücher nicht innerhalb einer Viertelstunde hier auf dem Tisch liegen», sagte Studer und klopfte mit der Hand auf eine rote Plüschdecke, die den Tisch inmitten des Direktionsbureaus überdeckte, «so telephoniere ich an die Stadtpolizei. Sechs Fahnder übernehmen dann die Suche – und ich garantiere Ihnen, daß *meine* Leute die Bücher finden werden. Nur wird das einen kleinen Skandal geben, es wird unmöglich sein, Ihre Gäste in Unwissenheit darüber zu lassen, daß bei Ihnen eine polizeiliche Untersuchung vorgenommen wird. Inwieweit», sagte Studer, «dies Ihrem Kredit nützen oder schaden wird, dies festzustellen überlasse ich Ihnen. Vielleicht wird es eine ausgezeichnete Reklame für Ihr Hotel sein ...» Und schwieg.

Das o-beinige Männlein jammerte, jammerte herzerweichend. Studer hatte seine dicke Silberuhr auf den Tisch gelegt. Nach einer Weile sagte er: «Sie haben noch zehn Minuten.» Das Männchen begann Flüche zu murmeln und Verwünschungen, Drohungen auch mit Großräten und Nationalräten und Ständeräten und Bundes ...

«Sieben Minuten», sagte Studer. Da fiel die Glastüre schmetternd ins Schloß hinter dem O-Beinigen.

Nach fünf Minuten lagen drei verstaubte Bücher vor Studer. Der Wachtmeister zog einen Stuhl heran und begann zu blättern. Jänner 1902 – nichts. Horner – nichts. März – erster, zweiter, dritter ... Am zehnten: Neumann Ulrike, 21. Juni 1883, Freiburg ... Eine Nacht. Kein Männername in der Nähe.

Und im April tauchte die Ulrike Neumann wieder auf, im Mai, im Juni, im Juli ... Immer allein.

Endlich: am 23. September stand gerade unter dem Namen der Ulrike Neumann ein Männername: Koller Victor Alois, 27. Juli 1880, stud. phil., Freiburg ...

Oktober das gleiche, November auch. Im Dezember zwischen dem Namen der Ulrike Neumann und dem Namen des Koller Victor Alois die Namen dreier Gäste. Im Dezember auch. Im Januar 1903 die gleiche Schrift.

Dann, in den folgenden Monaten, fehlte der Name des Mannes. Er tauchte nicht mehr auf. Auch seine Schrift, eine eigenwillige Schrift, mit einem deutlich eingerollten Schnör-

kel – fehlte. Das ganze Jahr 1903 war die Schrift sowohl als auch der Name nicht mehr zu finden. Aber regelmäßig, alle vierzehn Tage, tauchte der Name der Ulrike Neumann auf. Zum letztenmal am 27. Juni. Dann nicht mehr.
Koller, Victor Alois ... Man brauchte kein Graphologe zu sein, um festzustellen, daß der Mann, der seinen Namen ins Gästebuch eingetragen hatte, auch der Verfasser des Testamentes war ... Jenes Testamentes, das ein Vermögen von einigen Millionen zwischen dem Kanton Bern und der Marie Cleman teilte ...
Aber – und dies war das Merkwürdigste – weder die Schrift des Testamentes noch die Schrift im Gästebuch hatte auch nur die geringste Ähnlichkeit mit der Schrift auf der Enveloppe, die an «Madame Josepha Cleman-Hornuß, Spalenberg 12, Bâle» adressiert war.
Sie hätte, die eigenwillige, egoistische Schrift, eher noch der Schrift geglichen, die ins Gästebuch geschrieben hatte: «Koller Max Wilhelm, 13. März 1876 in Freiburg, von Paris nach Paris.» Der Schrift Pater Matthias'!
Außer dieser Ähnlichkeit der Schriften war da noch ein Handkoffer aus Vulkanfiber, enthaltend: einen blauen Regenmantel, einen billigen grauen Konfektionsanzug, ein gebrauchtes weißes Hemd mit weichem Kragen, eine geschmacklose Krawatte, ein Paar Socken, ein Paar schwarze Halbschuhe ...
Pater Matthias alias Koller Max Wilhelm aber war verschwunden. Er hatte sich nach Überwindung eines Fieberanfalls verflüchtigt.
Auf der roten Plüschdecke lag noch immer Wachtmeister Studers dicke Silberuhr. Sie zeigte halb fünf. Auf dem Schreibtisch beim Fenster aber stand ein Telephon. Und in einer Ecke des Zimmers, eingeschüchtert, schweigsam, der Direktor des Hotels «Zum Wilden Mann».
«Sie erlauben?» fragte Studer, trat zum Schreibtisch und stellte auf der Scheibe eine Nummer ein.
«Du, los' einisch», Studer sprach breites Bärndeutsch. Nach einer Pause fuhr er fort: Ob ein Mönch in einer weißen

Kutte sich auf dem Bahnhof gezeigt habe? ... Ja? ... Wann? ... Den Fünfzehn-zweiundzwanzig nach Genf? ... Aha ... Ganz recht! ... Kein Gepäck ... Nur einen Brotsack? ... «Märci denn Fridu!» Der Postenchef vom Bahnhof Bern schien einen Witz gemacht zu haben, denn Studer lachte. Es war ein gezwungenes Lachen und kam nicht von Herzen. Und dann legte der Wachtmeister den Hörer auf die Gabel. Er wandte sich um und teilte dem Direktor trocken mit, ein Gast seines Hotels sei durchgebrannt. Ja, der Missionar. Er habe seine Rechnung nicht bezahlt? ... Keine Sorge darum! ... Der Betrag werde wohl in den nächsten Tagen eintreffen – per Mandat wahrscheinlich – und mit Trinkgeld. Pater Matthias habe nicht den Eindruck eines Zechprellers gemacht? ... Nein, nein, durchaus nicht. Wahrscheinlich habe er ein Telegramm erhalten ... Es sei für ihn kein Telegramm im Hotel abgegeben worden? ... Das habe gar nichts zu sagen. Sicher habe der Missionar es an einer Privatadresse abgeholt ...

Studer schmunzelte über das Gebaren des o-beinigen Männchens. Händereibend trabte es im Zimmer auf und ab, umkreiste den Schreibtisch, zog die Kreise enger und enger um den davorstehenden Armstuhl, den des Wachtmeisters mächtige Gestalt verdeckte, endlich ... endlich schlüpfte das Männchen unter Studers Arm durch und ließ sich aufatmend auf den Sitz plumpsen.

«Ich glaube», sagte der Direktor und zog einen Füllfederhalter aus dem Behälter, der den Schreibtisch zierte, «daß ich der Behörde mein Entgegenkommen genügend bewiesen habe. Darf ich Sie bitten, Wachtmeister, nun mein Bureau zu verlassen?»

Studer schnaufte durch die Nase. Der richtige Bureauhengst, dieser Direktor! Der Schreibtischstuhl mit dem beweglichen Sitz war sein Thron, auf ihm war der Spitzbauch plötzlich unantastbar, Diktator, Herrscher, Kaiser – kleiner Kaiser. Der Stuhl allein gab ihm Würde und Sicherheit ... «Gewiß, Herr Direktor», und Studer verbeugte sich übertrieben tief. Und dann war er plötzlich verschwunden. Der Direktor hatte nicht einmal das Schließen der scheppernden Glastür gehört ...

Der Polizeihauptmann war heimgegangen, und das war günstig. So konnte man nicht nur das Telephon benutzen, sondern auch das weiße Löschblatt der Schreibunterlage. Denn Telephonieren ohne Kritzeln ist kein richtiges Telephonieren ...

Studer brachte das Fräulein vom Fernamt zur Verzweiflung, und so vertieft war er in diese Beschäftigung, daß er für nichts anderes Ohren hatte, weder für das Pfeifen der Bise draußen vor den Fenstern noch für das Pochen an der verschlossenen Tür. Mochten seine Kollegen sich die Knöchel wundklopfen am versperrten Heiligtum des Polizeihauptmanns – mochte der Wind die Ziegel aller Hausdächer in der Bundeshauptstadt auf die Straße blasen – Wachtmeister Studers Linke hatte den Hörer ans Ohr gepreßt, während die Rechte wunderbare Traumlandschaften auf dem Fließband entwarf. Palmen ... Palmen ... Fabeltiere, die vielleicht Kamele darstellten, aber eher buckligen Säuen glichen, und daneben Menschen in wallenden Gewändern mit vertätschten Blumentöpfen auf den Köpfen ...

Durch die Gänge des Amtshauses aber schlich ein Raunen: «Dr Köbu spinnt ...»

«Stadtpolizei Basel ... Dringend ... Autonummer BS 3437 ... Besitzer des Autos feststellen, eventuell an wen vermietet ... Halt, Fräulein, wir sprechen noch ... Nachforschen, in welchem Hotel Pater Matthias – reist mit Paß Koller Max Wilhelm – abgestiegen ist ... An welchem Tage weitergereist ... Garagen, Taxichauffeure anfragen, ob ein Mann mit folgendem Signalement: Klein, weiße Mönchskutte, rote Kappe, Sandalen, graumelierter Bart, ein Auto nach Bern gemietet hat ... Bitte um telephonische Antwort Kantonspolizei Bern ... Ja, Fräulein, mit Basel bin ich fertig. Loset einisch: Priorität Sûreté Paris ... Ihr lütet a? Guet eso ... Märci ...»

Ärzteverzeichnis ... Und während man im Ärzteverzeichnis blättert, denkt man über die Nummer des Autos BS 3437 nach. Das Auto hat man gesehen, der Pater hat behauptet, Marie und der Hellseherkorporal seien darin gewesen ... Hat der Pater geschwindelt? ...

Ärzteverzeichnis: das Quartier um die Gerechtigkeitsgasse ... Junkerngasse, Metzgergasse ... Dr. Schneider ... Dr. Wüst ... Dr. Imboden ...

«Dr. Schneider? Nicht daheim? Märci.» – «Dr. Imboden? – Kantonspolizei. Haben Sie eine Frau Hornuß, Gerechtigkeitsgasse 44, behandelt? ... Ja? ... Nervöse Schlaflosigkeit ... Depressionen ... Was haben Sie verschrieben? ... Somnifen? ... Märci, Herr Doktr ... Datum des letzten Rezepts? ... 30. Dezember ... A bah! Jaja, die Frau, die Selbstmord begangen hat ... Sie haben das vorausgesehen? ... Märci, Herr Doktor, gueten Abig.»

«Katholisches Pfarramt Bern? Eine Frage: Ein ordinierter Priester, auch wenn er einem Orden angehört, ist doch verpflichtet, jeden Morgen die Messe zu lesen ... Ja? ... Hat ein gewisser Pater Matthias vom Orden der Weißen Väter vorgesprochen? Heute morgen? ... Soso ... Um wieviel Uhr? ... Sechs Uhr? Märci, Herr Pfarrer, nüt für unguet ...»

«Angemeldetes Gespräch mit Paris ... Märci, Fräulein ... Nicht unterbrechen, kann bis eine halbe Stunde dauern.»

Verstellen eines unsichtbaren Hebels – Studer schaltete die französische Sprache ein. Eine mürrische Stimme am andern Ende des Drahtes erkundigte sich, was los sei. – Kommissär Madelin solle ans Telephon kommen. – Wieherndes Lachen in Paris. Madelin? Wer denn in Bern spreche? – Das Gelächter machte Studer wild. Er brüllte in die Muschel. Das wirkte. Man werde umstellen nach dem Bureau des Herrn Kommissärs. Studer dankte nicht einmal.

Pause ... Der Wachtmeister vermißte etwas! Die Brissago! Aber das Anbrennen des Stengels erwies sich als schwierig. Man mußte mit dem linken Ellbogen die Muschel ans Ohr drücken, um die Hand frei zu bekommen – aber dann gelang es. Anstrengend war es gewesen; zwei Schweißtropfen fielen auf das Fließblatt und bildeten zwei Kreise. Und während des folgenden Gespräches wurden diese beiden Kreise die Augen eines Gesichtes. Es brauchte nur wenig Bleistiftstriche. Aber merkwürdigerweise ähnelte das Gesicht, das entstand, dem lebenden Konversationslexikon Godofrey. Und als Studer dies bemerkte, seufzte er. Er empfand Sehnsucht nach dem kleinen Mann. Er nahm sich vor, die Fieberkurve so bald als möglich von diesem Freunde begutachten zu lassen...

Madelin!

«...Danke, ja, sehr gut!... Du, Alter, ich brauch' ein Datum. Wann ist die Verlustanzeige des Koller Jakob eingegangen? Koller, ja... K wie Krischnamurti, R wie Rom, L wie Lutetia, E wie Ernest... Börsenmakler, ja... Mitte September... Eine gewisse Cleman Marie... War bei dem Koller Sekretärin... Weißt du übrigens, daß dein Pater Matthias auch Koller heißt? Genau wie der verschwundene Makler, ja. Du hast die Daten? Gut, ich schreibe mit...» Und Studer zog das Weihnachtsgeschenk seiner Frau aus der Busentasche und begann nachzuschreiben. Er murmelte leise dazu: «Spekulationen in nordafrikanischen Minenaktien, verliert beim Krach der Banque Algérienne im Juli... Ja ja, ich verstehe gut, weiter... Meldet am 2. August den Konkurs an... Papiere beschlagnahmt... Aussage der Marie Cleman vom 15. September: Mein Chef war deprimiert, erklärte mir oftmals, er habe keinen Mut mehr, und kündigte mir auf 1. Oktober... Verließ am 13. September abends unsere gemeinsame Wohnung... Gemeinsame Wohnung? Ah... Aaah... Nein, nein, verzeih, Alter, ich hab' mich an meiner Zigarre gebrannt... Nur weiter. Also: aus der gemeinsamen Wohnung fortgegangen... Gut. Ohne Gepäck?... Ohne Gepäck!... Hat mir Geld hinterlassen... Wieviel?... Viertausend Franken... So so, du hast die Papiere beschlagnahmen lassen? Und Godofrey untersucht sie?... Nein, nein, nicht nötig. Ich werde wahrscheinlich selbst nach Paris kommen. Hast du eine Beschreibung des Jakob Koller? Ja? Ich schreibe nach: 1,89 m, gelbe Hautfarbe, glattrasiert, stumpfblondes Haar... Keine Photo? Schade... Keine Leiche, auf welche die Beschreibung passen könnte? . . . Dann wäre das erledigt. Halt, wart noch: Nachforschen, wo Korporal Collani, 1. Fremdenregiment, 2. Bataillon, sich augenblicklich aufhält. Collani, ja. Ähnlich wie Koller, nur mit einem C am Anfang, zwei L, A wie Alfons, N wie Nini, I wie Isidor . . . Über Bel-Abbès? Das weißt du besser als ich. Natürlich, wenn du es machen kannst. Sicher geht es drahtlos schneller. Ausführliche Antwort, ob Collani noch immer als Deserteur gilt, dann: was man von ihm weiß, Datum seines Engagements, Lebenslauf etcetera . . . Nein, nicht telephonisch, ein Telegramm an meine Privatadresse, wenn du meinst, daß du noch diese Nacht Antwort bekommen kannst. Halt, wart noch . . . Woher kennst du den Pater Matthias? . . . Was? Vom Kriegsministerium empfohlen? Und vom Minister der Kolonien? Hm. Er hat damals keine Märchen erzählt, weißt du noch, in der Beize . . . Die beiden Frauen sind wirklich tot. Ein merkwürdiger Fall . . . Leuchtgas, ja . . . Und das Ganze sieht verzweifelt nach einem Doppelmord aus . . . Der Pater hat sich merkwürdig benommen, er ist übrigens nach Genf verreist . . . Nein, nein, keine Angst, ich erwisch ihn schon noch . . . Vorläufig laß ich ihn laufen, glaubst du, ich will mich in einen Konflikt mit dem Papst einlassen? Wann ich komme? Ich weiß noch nicht. Mein Patron muß mir zuerst seinen Segen geben . . . Haha . . . Der Vouvray war gut und meine Frau hat sich über die Gansleberpastete gefreut, das kannst du Godofrey erzählen . . . Ja, Fräulein, wir sind fertig. Geben Sie mir noch einmal die Basler Stadtpolizei . . .»

«Ja? . . . Ich schreibe nach . . . Nr. BS 3437 . . . Buick . . . Garage Agence Américaine . . . Kleiner Mann, mager, gelbe Gesichtshaut, blauer Regenmantel, Wollschal . . . Am ersten Januar achtzehn Uhr . . . Brachte es zurück heute um fünfzehn Uhr . . . In Begleitung einer Dame . . . Danke . . . Ja? Ah . . . Taxichauffeur Adrian gibt an, er sei gestern nacht von einem Priester in weißer Mönchskutte am Bahnhof SBB für eine Fahrt nach Bern gemietet worden . . . Um einundzwanzig Uhr . . . Gepäck? . . . Ein Brotsack . . . Der Chauffeur erklärt, er habe sich gewundert, daß ein Mann, der nicht

einmal Socken trug, so viel Geld bei sich hatte ... Das Geld im Brotsack, gut ... Einige Hunderternoten ... Nein, nichts Besonderes. Aber ich würde vorschlagen, die Leiche der durch Gasvergiftung ums Leben gekommenen Cleman-Hornuß Josepha, Witwe, Spalenberg 12, zu autopsieren. Der Gerichtschemiker soll den Magen- und Darminhalt analysieren – nach Barbitursäure fahnden ... Barbitur, ja ... Schlafmittel, wenn Sie wollen ... Wie haben Sie das alles so schnell finden können? ... So so, ja ja, aber der Witz ist alt, er hat einen Bart. Vielleicht zeigen wir Berner einmal den Baslern, daß wir g'merkiger sind, wenn wir auch langsamer sind, hehehe ... Die Wohnung auf dem Spalenberg? ... Wozu bewachen? ... Machen Sie das, wie Sie wollen ... Die Miete ist bis zum ersten April bezahlt? So ... Danke ...»
Studer stützte die Wange auf die Hand und starrte auf das Löschblatt. Da hatte er, ohne es zu wissen, Berge gezeichnet, und die Berge glichen einer Fieberkurve. Wüst sah das Löschblatt aus, aber die untere Ecke war noch weiß. Und in diesen freien Platz begann der Wachtmeister Mannli zu zeichnen: ein Kreis der Kopf, ein senkrechter Strich der Rumpf, zwei waagrechte die Arme, zwei schiefe die Beine.

Er starrte lange auf seine Zeichnung und grübelte. Dann murmelte er:
«Zusammenfassung ...»
Und die Männer begannen zu tanzen. Sie tanzten als Schatten über das Blatt, Schatten in der Zeit, Schatten im Raum ...
Koller oder Cleman? Cleman oder Koller? Das Männlein auf dem Blatte tanzt, verbeugt sich. Nun steht es aufrecht da. Bart, Brille mit Stahleinfassung, in der Hand einen Hammer, ein Schüfeli: Beides läßt er fallen. Und nun fällt er selber um, der Koller, stud. phil., der Cleman, Dr. phil. ... Fällt um und liegt in einem Spitalbett. Greift nach der Fiebertabelle, die über seinem Kopf hängt und beginnt zu zeichnen. Dann schreibt er, schreibt lange «... in einer Eisen-

kassette vergraben worden an einem Orte, der mit Hilfe des beigehefteten Dokumentes leicht zu entdecken sein wird ...»

Er verdreht die Augen ... Ein Massengrab! – Aber nein! Da sitzt er in einer Küche, mischt die Karten, legt sie aus ... In der obersten Reihe an erster Stelle: der Schaufelbauer! Das Männlein verbeugt sich, legt sich hin, wird flach und kriecht ins Löschblatt hinein.

Jakob Koller steh auf! ... Geschäfte – elegante Geschäfte ... Ein Pelzmantel wird ausgesucht, Wildlederschuhe gekauft, seidene Strümpfe ... Halt! Noch ist nicht die Reihe an dir! Es nützt nichts. Marie ist aufgestanden. Sie geht neben dem Jakob Koller einher, sie wohnt mit ihm in der gleichen Wohnung ... Er? Stumpfblonde Haare, glattrasiert ... Gott sei Dank, nun ist er allein. In einer großen Halle steht er, Geschrei ist um ihn, und Koller Jakob schreit am lautesten. «796 – ich kaufe ... 800 – ich kaufe!» Geschrei, Geschrei! Es wird leiser. Koller Jakob streckt sich aus, auch ihn schluckt das Löschblatt.

Nebel, Nebel, Nebel. Gestalten im Nebel. Ein kleiner Mann, ein großer Mann. Das Auto BS 3437 rollt über den Tisch, es ist nicht der Tisch, die Kornhausbrücke ist es. Muß Marie auch aufstehen? Nein. Sie sitzt im Auto. Nebel, Nebel, Nebel.

Noch einer will aufstehen? Eine weiße Kutte flattert, ein Schneiderbärtchen weht ... Da hebt Studer die flache Hand, läßt sie auf das Löschblatt fallen.

Und der Spuk ist verschwunden.

Noch nicht. Noch nicht ganz. Marie ist aufgestanden. Ein Mann steht vor ihr, breitschultrig, massig, mit einem mageren Gesicht, aus dem eine spitze Nase hervorragt. Und den Mund bedeckt ein dichter Schnurrbart, der schon viele, allzu viele graue Haare hat. Der Breitschultrige verneigt sich vor Marie, zieht die Brieftasche, entnimmt ihr ein Papier. Eine Zahl steht auf dem Papier, die so viel Nullen enthält, daß es dem Manne schwindelt – 15 000 000. Fünfzehn Millionen! «Das gehört dir, Meitschi!» sagt der Mann. «Merci, Vetter Jakob.» – «Isch gärn g'scheh, Meitschi ...»

Ein zweiter Schlag mit der flachen Hand. Und Studer reibt sich die Augen ...
«Nein», sagte Studer laut, «in Bern läßt sich die Lösung nicht finden! Millionen!» und das Wort füllte ihm den Mund aus.
Die Lampe auf dem Schreibtisch hatte einen flachen grünen Schirm, der Dampf knackte in den Röhren, und draußen pfiff die Bise. Der Wachtmeister war weit weg. Er sah Ebenen, die dehnten sich bis zum Horizont, und dann kam das Meer. Grau waren sie, ohne Haus, ohne Hütte, ohne Zelt. Und plötzlich wuchsen Bohrtürme aus der Fläche, Springbrunnen schossen in die Höhe, hoch, immer höher, und oben flatterten sie wie schwarze Fahnen, die der Wind peitscht ... Millionen ... Öl ... Gehaltsaufbesserung an der Kantonspolizei. Und wer hat dies bewirkt? Wachtmeister Studer, der Vetter Jakob, dr Köbu, der spinnt ...

Das Telephon schrillte. Studer hob den Hörer ab.
«Vetter Jakob!» sagte eine Stimme. Und bevor Studer etwas antworten konnte: «Hilf mir, Vetter Jakob. Bitte, hilf mir! Du mußt mir helfen!» Knacken. Der Wachtmeister klopfte aufgeregt auf die Gabel. Keine Antwort. Studer stellte die Nummer der Auskunft ein. «Wer hat zuletzt die Kantonspolizei angerufen?» – «Einen Augenblick ... Sind Sie noch da? ... Basel hat angerufen ... Kabine Bahnhof ...» Studer vergaß zu danken.
Er stand auf, streckte sich; dann ließ er aus einem Blechbehälter, der in einer Ecke des Zimmers an der Wand hing, Wasser über seine Hände fließen, trocknete sie ab, langsam und gewissenhaft, starrte lange auf das verkritzelte Löschblatt. Schließlich löste er es ab und steckte es gefaltet in die Tasche. Die Gänge waren leer. Aus trüben Kohlenfadenlampen tröpfelte spärliches Licht.
Er ging in eine Wirtschaft z'Nacht essen, er hatte keine Lust, das Hedy zu sehen. Vier große Helle trank er – aber eine Erinnerung ließ ihn nicht los:
Das Schlafzimmer seiner Eltern sieht er. An der Wand hängt

ein Quecksilberthermometer. Studer ist sechsjährig, er klettert auf einen Stuhl, um das Thermometer aus der Nähe zu betrachten, er hält es endlich in der Hand – und läßt es fallen. In winzigen Kugeln rollt das Quecksilber über den Boden. Der Bub springt vom Stuhl, er macht Jagd auf die glänzenden Kügeli; sie lassen sich nicht fassen. Schiebt man ein Papier unter sie, um sie aufzufangen, so wollen sie nicht auf dem Papier bleiben, sie vereinigen sich, teilen sich wieder ...

Genau so verhielten sich die Leute, die im Falle «Fieberkurve – Hellseherkorporal» – so hatte der Wachtmeister den Fall bei sich getauft – mitspielten: sie waren spiegelnd, elastisch, schlüpfrig, wie Quecksilberkugeln. Angefangen mit jenem Pater Matthias, der in Ohnmacht fiel, wenn man vor ihm den Namen eines längst verstorbenen Mädchens aussprach, der um elf Uhr abends in Basel ein Taxi mietete, im «Wilden Mann» abstieg und dort ein Köfferchen zurückließ, Inhalt: blauer Regenmantel, grauer Konfektionsanzug, weißes Hemd. Und außer der schiefen Zahnbürste im Wasserglas fand man in dem vom Pater bewohnten Zimmer noch ein Fläschchen Somnifen ... Litt der Pater auch an Schlaflosigkeit? ... Und war der andere Mann, der Mann im blauen Regenmantel, der in der Agence Américaine z'Basel einen «Buick» gemietet hatte, nicht auch ein Quecksilberkügelchen? Nicht zu fassen, nicht zu halten? ... Um sechs Uhr mietet der Mann den «Buick», um neun Uhr mietet der Pater ein Taxi ... Wie kommt der blaue Regenmantel in das Zimmer des Paters?

«Kaffee Kirsch!» sagte Studer laut, da die Saaltochter um ihn herumstrich.

«Gärn, Herr Wachtmeischter ...»

Marie! ... Warum hatte das Meitschi mit diesem Koller zusammengewohnt? ... Hm?

Erst an der Türe gelang es der Saaltochter, den Wachtmeister einzuholen: «Macht drüzwänzig, Herr Wachtmeischter, wenn dr weit so guet sy ... Es Nachtessen, vier ...»

«Ja, ja, sä!» Und Studer schmetterte die Glastüre zu; es war ein Wunder, daß die Scheiben dies aushielten.
Elf Uhr. Der Wachtmeister ging über die einsame Kirchenfeldbrücke. Er schritt langsam daher, sein Raglan stand offen und seine geballten Fäuste lagen auf seinem Rücken.
Er war noch einmal im «Wilden Mann» gewesen. Er hatte erfahren, daß am heutigen Morgen um acht Uhr eine Dame, auf welche das Signalement der Marie Cleman paßte, das Zimmer Nr. 64 genommen hatte, das Zimmer, das neben dem des Paters lag. Sie hatte das Hotel am Nachmittag um drei Uhr in Begleitung eines Herrn verlassen, der einen blauen Regenmantel trug und das Gesicht in einem Wollschal versteckt hatte ...
Wann war Pater Matthias in der Wohnung der Frau Hornuß aufgetaucht? Um neun Uhr. Wann hatte er am Nachmittag Studers Wohnung verlassen? Um zwei Uhr. Um drei Uhr aber holt ein Herr ...
Die Thunstraße. Studer schloß seinen Mantel, denn nun packte ihn der Wind von vorne.
Um fünf Uhr nachmittags war der «Buick» in der Agence Américaine in Basel wieder abgegeben worden. Von einem Mann, der einen blauen Regenmantel trug. Zwei blaue Regenmäntel?
Denn in Pater Matthias' Hotelzimmer lag ebenfalls ein blauer Regenmantel. Aber Pater Matthias hatte den Genfer-Zug um Viertel ab drei genommen ...
Um Viertel ab drei ...

Gangster in Bern und eine vernünftige Frau

Wachtmeister Studer schritt langsam die Thunstraße hinan. Er hatte den Kopf gesenkt, und die Krempe seines breitrandigen Hutes versperrte ihm jegliche Aussicht.
Es kam ihm aber ein Betrunkener entgegen, der sang. Dies war auffallend in einer Stadt wie Bern, in der man auch mäßige Leute gern wegen Trunksucht administrativ versorgt.

Der Mann sang also, und Studer hob den Kopf; nun konnte der Wachtmeister feststellen, daß der Mann auch torkelte. Der Betrunkene war groß und stattlich, soweit in seinem Zustande von Stattlichkeit die Rede sein konnte. Plötzlich stand er – vor drei Sekunden war er noch zehn Meter entfernt gewesen – plötzlich stand er vor Studer, hielt ihm die Faust unter die Nase und sagte mit einer Stimme, die merkwürdig nüchtern klang – und er schwankte gar nicht mehr: «Du verdammter Sauschroter, wart du nur! . . .»
Man kann es nicht anders als einen Reflex bezeichnen, die Bewegung nämlich, die Studer plötzlich machte. Ja, es war ein und dieselbe Bewegung, und sie bewies, daß Studer noch nicht reif für die Pensionierung war. Er schlug aus wie ein junges Füllen, nicht ganz, denn nur sein linker Fuß schnellte nach hinten, während zu gleicher Zeit seine Faust, die mäßig groß war, den Kieferknochen des Betrunkenen gerade unter dem linken Ohr traf. Der Betrunkene sackte ohne einen Laut zusammen, aber in seinem Rücken hörte Studer einen spitzen Schrei. Er wandte sich um. Auf dem Boden krümmte sich ein kleiner Mann, er hielt die Fäuste auf den Bauch gepreßt, und neben seiner rechten Hand lag ein Totschläger . . . Studer nickte. Gar nicht dumm ausgedacht. Der stattliche Betrunkene sollte die Aufmerksamkeit ablenken, mit Geschimpf und wüsten Reden, um dem Kumpan Zeit zu lassen, mit dem Totschläger zu operieren. Die beiden hatten nicht daran gedacht, daß ein Fahnder, wenn er tüchtig ist, ein Auge am Hinterkopf hat . . .
«Gangster in Bern!» Es war ein ehrlicher Kummer in Studers Stimme. «Was glaubst du denn, Blaser? Du bist doch erst im Dezember aus dem großen Moos entlassen worden?» Damit meinte er die Strafanstalt Witzwil. Er kannte den Kleinen. Gewohnheitsdieb.
«Was soll das heißen, Blaser? Bin ich nicht anständig mit dir gewesen, das letztemal? Hab' ich dir nicht einen Becher gezahlt? Hä? Was sind das für Manieren? Und dein Freund da!» Er beugte sich nieder zum stattlichen Betrunkenen. «Der Schlotterbeck! Jetzt aber hört doch alles auf!»

Schlotterbeck: chronischer Alkoholiker, St. Johansen, Witzwil. Das letztemal zwei Jahre Thorberg wegen schwerer Körperverletzung ... Wer hatte die Leute aufgereiset?

«Also», sagte Studer, nachdem der Alkoholiker Schlotterbeck sich mühsam auf sein Hinterteil gesetzt hatte. Er glotzte den Wachtmeister verständnislos an. «Warum habt ihr mich überfallen wollen?» Und er packte den kleinen Blaser mit einer Hand am Nacken, zog ihn in die Höhe und stellte ihn unsanft auf die Beine. «Red du!»

Eine sonderbare Geschichte erzählten die beiden im Duett. Blasers heisere Stimme ergänzte die Erzählung des Alkoholikers Schlotterbeck, der im tiefen Brustton der gekränkten Unschuld sprach ...

Ein Mann sei heute mittag in den Witzwiler Wartsaal gekommen, so nannte sich eine Schnapsbeize in der inneren Stadt, er habe sich zu den beiden gesetzt und eine Runde spendiert. Dann habe er sich erkundigt, ob sie Kurasch hätten. Das hätten sie bejaht. Der Mann habe darauf gesagt, der Wachtmeister Studer trage in der Busentasche ein wertvolles Papier. Ob sie es holen wollten? Er zahle jedem fünfhundert. Hundert als Anzahlung ...

«Wir haben Euch abgepaßt, Wachtmeister ... Aber Ihr habt nie das Tram genommen ... Und da haben wir's hier probiert ...»

«Wann habt ihr den Mann getroffen?»

«Um halb eins.»

«Hat er einen blauen Regenmantel getragen?»

Eifriges Nicken des erstaunten Blaser.

«Wohin hättet ihr das Papier bringen sollen?»

«Er hat uns eine Adresse gegeben ...» Blaser suchte im Hosensack, brachte ein zerknülltes Papier zum Vorschein und reichte es dem Wachtmeister hin. Studer entzifferte:

«30–7 Poste restante. Port Vendres.»

Port Vendres? Wo lag Port Vendres? Port hieß Hafen. Aber Häfen gab es viele, am Mittelmeer sowohl als auch am Atlantischen ...

Die beiden Attentäter standen ängstlich vor dem Wacht-

meister. Er sah sie an. Sie trugen keine Mäntel, und ihre Hände waren blau vor Kälte. Am liebsten hätte sie Studer zu einem heißen Grog eingeladen. Denn er war nicht nachtragend. Aber das ging nicht an. Was würde das Hedy sagen. So bat er die beiden nur, sich zum Teufel zu scheren.
Und weiterstapfend schmunzelte er. Zwei Dinge freuten ihn an dieser Begegnung: erstens bewies der Überfall, daß die Fiebertabelle wirklich einen Wert hatte. Und zweitens waren in dem verkachelten Fall endlich einmal zwei waschechte Berner aufgetaucht. Daß es Vorbestrafte waren und daß sie ihn hatten niederschlagen wollen, tat der Freude keinen Abbruch.

«Und, Hedy, wie hat dir der Pater gefallen?» fragte Studer seine Frau. Er saß neben dem grünen Kachelofen in einem bequemen Lehnstuhl, trug einen grauen Pyjama, und seine Füße steckten in Filzpantoffeln.
«Ein lieber Mann», sagte Frau Studer, die an einem Paar winziger weißer Hosen strickte. «Aber mich dünkt, er hat vor irgend etwas Angst. Ich hab' ihn die ganze Zeit beobachtet. Er hätt' dir gern etwas erzählt, aber die Kurasch hat ihm gefehlt.»
«Ja», sagte Studer und zündete die vierzehnte Brissago des Tages an. Er war hellwach und hatte beschlossen, die Nacht aufzubleiben. Nicht daß er gehofft hätte, aus dem ganzen Fall klug zu werden, dazu fehlten ihm die Schlüsselworte. Aber erstens wollte er auf das Telegramm von Madelin warten, und zweitens gedachte er mit seiner Frau über den Fall zu sprechen – richtiger: einen Monolog zu halten.
«Hast du ihn noch gesehen?» fragte Frau Studer.
«Nein.»
«Warum nicht? Ist er dich nicht besuchen kommen?»
«Er hat den Genferzug genommen, um halb vier . . .» Studer blickte seine Frau nicht an. Auf seinen Knien lag die Fieberkurve, und der Wachtmeister murmelte:
«Am 15. Juli morgens 36,5, abends 38,25; am 16. Juli morgens 38,75, abends 37 . . . Wir hätten also zu Anfang die

Zahlen 3653825387537 ... Hat die Drei etwas zu bedeuten?»
«Wa machscht, Köbu?» fragte Frau Studer.
«Nüt», brummte Studer. Und fuhr fort. «Man könnt's in Brüchen schreiben: $36^1/_2$, $38^1/_4$, $38^3/_4$ ... Himmel ...»
«Fluech nid, Köbu», sagte Frau Studer sanft.
Aber Studer war wild. Er werde wohl noch daheim fluchen dürfen, wenn es ihm darum sei; das lasse er sich von niemandem verbieten ...
– Das Jakobli sei bsunderbar e g'schyts Büebli, lenkte die Frau ab; es werde dem Ätti gleichen.
Studer blickte auf, denn das Hedy hatte es faustdick hinter den Ohren ... Wollte es sich über ihn lustig machen? Aber Frau Studer saß am Tisch, die Lampe schüttete viel Glanz über ihre Haare ... Jung sah sie aus.
«Los' einisch, Frou», sagte Studer und räusperte sich. Ob er schon von der Marie Cleman erzählt habe?
Frau Studer beugte sich tiefer über ihre Arbeit; ihr Mann sollte das Lächeln nicht sehen, das sie nicht unterdrücken konnte. Dreimal hatte der Jakob diese Frage schon gestellt, dreimal in einer Stunde. Diese Marie Cleman schien den Mann arg zu beschäftigen. Der Jakob! Da war voriges Jahr auch so ein Fall gewesen, in dem ein Meitschi eine Rolle gespielt hatte, ein Meitschi, das mit einem entlassenen Sträfling verlobt gewesen war. Und der Jakob hatte natürlich eine Brustfellentzündung erwischt, weil er in strömendem Regen mit dem Meitschi Töff gefahren war. Ganz zu schweigen von dem Autounfall, der den Fall abgeschlossen hatte. Und warum hatte der Jakob sein Leben, seine Gesundheit aufs Spiel gesetzt? Um die Unschuld des entlassenen Sträflings zu beweisen. So war der Jakob, dagegen war nichts zu machen. Und die Bankaffäre? Und der Fall im Irrenhaus? Hatten dort nicht auch Weiber den Ausschlag gegeben? Manchmal schien es Frau Hedwig Studer, als lebe in dem massigen Körper ihres Mannes die Seele eines mittelalterlichen Ritters, der gegen Drachen, Tod und Teufel kämpfte, um die Unschuld zu verteidigen. Ohne Dank zu begehren. Und da war nun diese Marie Cleman ...

«Nei, Vatti», sagte Frau Studer sanft. Was denn mit der Marie los sei?
– Man solle ihn nicht Vatti nennen, brauste Studer auf. Er war überreizt. Ein langer Tag lag hinter ihm, viel war an diesem Tag geschehen, es war begreiflich, daß ihm die Geduld riß – und Frau Studer verstand dies auch.
«Nämlich die Marie ...», sagte Studer und tippte mit dem Strohhalm, der seiner Brissago entragte, auf das Temperaturblatt, «paßt nicht in den Fall. Sie ist damals mit dem ehemaligen Sekretär ihres Vaters nach Paris geflohen – begryfscht, Hedy? – weil die Mutter eine Kartenschlägerin war. Und dann hat der Koller Konkurs gemacht. Koller! Alle heißen Koller in dieser Geschichte ...» Er schwieg, kreuzte die Beine, die Fieberkurve flatterte zu Boden und blieb neben Frau Studers Stuhl liegen. 's Hedy hob das Blatt auf.
Studer erzählte. Und während der Erzählung schien es ihm, als käme Ordnung in das Chaos. Die verschiedenen Koller nahmen Gestalt an: Pater Matthias und jener andere, der Philosophiestudent, der sich mit Ulrike Neumann im Hotel «Zum Wilden Mann» getroffen hatte, damals, im Jahre 1903 ... Und der dritte Koller, Jakob mit Vornamen, der mit dem Geologen nach Marokko gefahren war – als Sekretär ... Sehr verständlich war, daß der zweite Koller, mit Vorname Alois Victor, seinen Namen geändert hatte. Er hatte sich vor einer Entdeckung gefürchtet; war sein Gewissen nicht belastet mit dem Tod der Ulrike Neumann?
Studers Gehirn arbeitete mühelos. Pater Matthias hatte zugegeben, daß der Geologe sein Bruder gewesen war – sein Stiefbruder hatte er gesagt; Stief- oder nicht, Pater Matthias hatte die Verwandtschaft zugegeben.
Blieb die Frage offen: War der Hellseherkorporal identisch mit dem Geologen? Es sprach allerlei gegen eine solche Auffassung des Falles. Welchen Grund hätte der Geologe gehabt, zum zweitenmal seinen Namen zu wechseln und die Persönlichkeit des Sanitäters Collani anzunehmen? Und warum hatte der Schweizer Geologe mit dem gekräuselten

Bart fünfzehn Jahre gewartet, um seiner Frau in Basel Nachricht zu geben?
Nahm man hingegen an, Pater Matthias sei der verstorbene Geologe Cleman, alias Koller Victor Alois, und Gast des Hotels «Zum Wilden Mann», dann kam Vernunft in das Ganze: Ein junger Philosophiestudent tötet seine Geliebte. Um den Nachstellungen durch die Polizei zu entgehen, ändert er seinen Namen, seine Nationalität, und unter dem fremden Namen Cleman erwirbt er von neuem das schweizerische Bürgerrecht. Unter dem neuen Namen, dem Namen Cleman, heiratet er: zuerst die Sophie in Bern. Aber der Tod der Ulrike Neumann bedrückt ihn. Er spricht mit seiner Frau darüber ... Die Sophie ist nicht dumm – nun, da sie etwas weiß, benutzt sie dieses Wissen, um ihren Mann auszubeuten.
«Kannst du dir das vorstellen, Hedy?» fragte Studer, als er seine Mutmaßungen soweit ausgesponnen hatte. «Diese Ehe? Die Frau weiß, daß ihr Gatte ein Mörder ist. Sie verlangt Geld, denn der Koller-Cleman verdient gut. Sie hat ein eigenes Bankkonto. Und die Nächte? Kannst du dir die Nächte der beiden vorstellen? Du hast die Wohnung in der Gerechtigkeitsgasse nicht gesehen: das alte Haus, in dessen Mauern der Schimmel hockt. Und der Schimmel vergiftet die Seele der beiden. Kein Wort darf der Alois Victor sagen, denn sobald er den Mund auftut, heißt es gleich: ‚Schweig, du Mörder!' – Wie lange kann ein Mann eine solche Ehe aushalten? Ein Jahr? Zwei Jahre? In diese Jahre fallen die Reisen nach Marokko, der Kontrakt mit den Brüdern Mannesmann. Nur die Reisen sind daran schuld, daß die Ehe nicht früher geschieden worden ist. Du hättest die beiden Schwestern sehen sollen – ihre Bilder mein' ich. In der Wohnung an der Gerechtigkeitsgasse hat mir der Mönch heute früh die Jugendbilder der beiden Frauen gezeigt. Die Sophie – du kennst doch diese Art Weiber: hochgeschlossene Bluse, ein Stehkragen mit Stäbli, der das spitze Kinn trägt. Und die Augen! Mi hätt's tschudderet, und ich bin doch nicht apartig sensibel, wie die Welschen sagen.»

Studer schwieg. Seine Frau saß still am Tisch, ein Blatt lag vor ihr – die Fieberkurve. Frau Studer hatte schon lange aufgehört zu stricken. Sie nickte nur hin und wieder zu der Erzählung ihres Mannes.

Eine Turmuhr schlug – vier hellere Schläge, dann einen dumpfen. Ein Uhr. Andere Kirchen fielen ein, dazwischen klimperte das nahe Schulhaus eilig und oberflächlich – wie ein Schüler, der ein Versli herunterplappert. Und all die Töne prallten gegen die Fensterscheiben und waren ganz nah, bevor sie irgendwo, fern im dunklen Himmel, verhallten. Dann war die Stille im Zimmer noch tiefer.

«Scheidung . . .», sagte Studer leise. «Der Mann hält die Ehe nicht mehr aus. Er sieht neben seiner Frau die Schwester Josepha. Gell, das kommt vor, Hedy? Daß nämlich zwei Schwestern so grundverschieden sind? Es ist doch manchmal so, daß die eine alle Güte für sich genommen hat und die andere alle Bosheit. Die Josepha war gut. Der Koller-Cleman heiratet die Josepha. Er ist glücklich. Die andere läßt es geschehen. Hat sie sich nicht bezahlen lassen? . . . Und dann kommt der Krieg. Der Geologe hat seine Tochter lieb – aber er muß Geld verdienen. Wahrscheinlich muß er immer noch für das Schweigen der Sophie zahlen, er kann der Josepha, der zweiten Frau, und seiner kleinen Tochter nicht das sorglose Leben bereiten, das er gern möchte. Da bietet sich eine Gelegenheit, auf eigene Faust zu schaffen. Die Gebrüder Mannesmann haben Verrat getrieben – Koller-Cleman denunziert sie. Nun darf er auf eigene Rechnung arbeiten. Und er tut dies auch. Er stellt das Vorkommen von Petroleum fest. Er hört von einem riesigen Projekt: eine große Linie soll von Oran durch die Wüste bis zu den französischen Kolonien in Äquatorialafrika führen. Für diese Linie wird man Brennstoff brauchen. Er kauft Land . . . All sein Erspartes steckt er in diese Spekulation. Und dann wird er krank, kommt ins Spital nach Fez . . .»

Ein Streichholz flammte auf – Studer zündete die erloschene Brissago wieder an.

«Zwei Möglichkeiten», sagte er. «Während der Blattern-

Epidemie in Fez gelingt es dem Koller-Cleman, sich die Papiere des Sanitäters Collani zu verschaffen. Dann ist Collani tot, und der Geologe hat in der Fremdenlegion Dienst genommen. Oder: Der Geologe hat im Fieberdelirium dem Sanitäter Collani seine Geschichte erzählt und ihm die Fieberkurve übergeben, die Fieberkurve, die den Platz der vergrabenen Kassette angeben soll. In diesem Falle gibt es wieder zwei Möglichkeiten: Collani ist der Testamentsvollstrekker des Geologen Koller-Cleman, des Mörders und Besitzers von Petroleumquellen, oder Koller-Cleman lebt noch und dann ist er . . .»

«Der Mönch!»

«Der Mönch, der Pater. Ganz richtig, Frau.»

Frau Studer stand auf, ging zu ihrem Nähtischli am Fenster, warf dort den Inhalt durcheinander und kam zum Tisch zurück. In der Hand hielt sie einen Bogen Papier und einen Bleistift. Sie legte beides nieder, schritt zum Büchergestell in einer Ecke des Zimmers und holte sich dort ein paar Illustrierte. Dann setzte sie sich wieder.

Studer fuhr fort.

«Collani ist wirklich Collani, das heißt ein ehemaliger Sanitäter. Das wäre die erste Möglichkeit. Ihm ist aufgetragen worden, fünfzehn Jahre zu warten. Warum fünfzehn Jahre? Weil nach fünfzehn Jahren Verjährung eintritt. Cleman-Koller hat ganz sicher gehen wollen. Der Mord an der Ulrike Neumann – wenn es wirklich ein Mord war, wir sind nur auf Vermutungen angewiesen – ist 1903 passiert. Vielleicht meint er, nach dreißig Jahren könne man ihm gar nichts mehr anhaben. Denn, wohlgemerkt, er ist ein Geologe und kein Jurist. Wenn er für tot gilt, kann er versichert sein, daß sein Vermögen endlich seiner Tochter zugute kommt. Denn seine Tochter hat er lieb gehabt. Und nach dreißig Jahren kann die Sophie, die von seinem Morde weiß und von seiner Vergangenheit, nichts mehr tun. Nehmen wir diese Möglichkeit an – immer vorausgesetzt, daß der Mönch mir keine Märli erzählt hat –, dann ist Koller-Cleman tot. Aber der Tote hat einen Mitwisser hinterlassen, den andern

Koller, der den gleichen Rufnamen hat wie ich, den Jakob Koller, seinen Sekretär. Der weiß etwas von dem Schatz, von den Landkäufen. Dieser Koller verschwindet im September aus Paris, und ein paar Tage später taucht ein Fremder in Géryville auf, einem verlassenen algerischen Dörflein. Warum ist der Fremde dorthin gefahren? – Um den Collani zu sprechen. Und Collani, der Hellseherkorporal, verschwindet. Die beiden machen sich auf die Suche nach der Fieberkurve. Collani hat sie nach Basel geschickt. Also fahren sie nach Basel. Und eine alte Frau stirbt. Aber sie finden die Fieberkurve nicht. Die Fieberkurve wird von einem Fahnderwachtmeister gefunden, der in dem Rufe steht, zu spinnen. Was tun die beiden? Sie mieten einen ‚Buick' und fahren nach Bern. Vielleicht hat die Josepha die Fieberkurve ihrer Schwester geschickt? Auch das ist bekannt: wenn von zwei Schwestern die eine böse ist, die andere gutmütig, so wird die Gutmütige immer von der Bösen tyrannisiert werden. In Bern geschieht das gleiche wie in Basel . . .

Aber es sind da ein paar Dinge, die ich mir noch nicht erklären kann: Warum sind die beiden Morde, wenn es sich um solche handelt, so kompliziert ausgeführt worden? Warum find' ich jedesmal ein ausgelegtes Kartenspiel mit dem Schaufelbauer in der Ecke oben links? Warum wäscht der Pater die Tasse mit dem Somnifen-Satz aus? Und vor allem: Wieso kommt der erste Daumenabdruck der Sammlung Rosenzweig auf die Tasse? Ein Daumenabdruck mit einer Narbe? Und der Daumen des Paters ist glatt?

Du wirst mir einwenden, Fraueli», dabei dachte Frau Studer keinen Augenblick daran, irgend etwas einzuwenden, «du wirst mir einwenden, daß zu der Zeit, da der Altfürsprech Rosenzweig auf einem Glas in Freiburg einen Daumenabdruck photographiert hat, es mit der Technik der Daktyloskopie nicht weit her war . . . Ja. Aber eine Narbe bleibt eine Narbe. Und der Daumen des Mönchs hatte gar keine Ähnlichkeit mit der Aufnahme des Rosenzweig und auch keine mit dem Abdruck auf der Tasse . . .

Also? . . . Man müßte an Ort und Stelle nachforschen. Bis

jetzt hab' ich nur Geschichten gehört, Märli; der Mönch kann zuverlässig sein – aber wer garantiert mir, daß der Mönch nicht doch der Cleman-Koller ist? Dich stört der Daumenabdruck, Hedy?» Frau Studer schüttelte den Kopf. Sie malte Buchstaben auf das weiße Papier und diktierte sich selbst:

«E, M, O, Q, H, Z, I . . .»

«Wa machscht, Hedy?» fragte Studer. Die Frau winkte ungeduldig ab. Da stand der Wachtmeister auf und trat an den Tisch. Er beugte sich über die Schulter seiner Frau. Sie hatte den weißen Bogen auf den Tisch gelegt und mit vier Gufen die Fieberkurve darauf festgeheftet, so zwar, daß das Blatt mit der Schmalseite nach unten lag und die Striche, welche die Temperaturunterschiede darstellten, senkrecht verliefen. Dann hatte sie jeden dieser Temperaturstriche über die Fieberkurve hinaus mit einem Lineal verlängert und das Ende jedes verlängerten Striches mit einem Buchstaben versehen. So stand am Ende des Striches, der die Temperatur 35,5 angab, der Buchstabe A; das B war der Zwischenraum zwischen 35,5 und 36, während 36 selber C bedeutete. Nun begann sie, die auf der Fieberkurve angegebenen Morgen- und Abendtemperaturen des Cleman, Alois Victor, in Buchstaben zu übersetzen. Am 12. Juli war die Morgentemperatur 36,5 gewesen – Frau Studer schrieb E; abends war 38,25 vermerkt – Frau Studer schrieb M. Am 13. Juli: 38,75; Frau Studer schrieb O. Und endlich entstand folgende Reihe:

«EMOQHZITFIZOZHHMQMIQVR
XSVOZNNUVPHVNIMG»

Studer starrte auf die Buchstabenreihe. Etwas an ihr kam ihm bekannt vor. Sein Ellbogen lag auf der Schulter seiner Frau.

«Jakob!» stöhnte Frau Studer. Er tue sie ja plattdrücken!

Aber Studer war stumm gegen solche Klage. Das . . . das war . . . das war die primitivste Geheimschrift, die es gab! . . . Das umgekehrte Alphabet.

«Steh auf!» kommandierte er. Lächelnd machte Frau Studer Platz.

Und unter die großen, ein wenig unbehilflichen Buchstaben seiner Frau schrieb Studer in seiner winzigen Schrift, die viel Ähnlichkeit mit dem Griechischen hatte:

«VOMKSARGURAMASSOKORKEI
CHEMANNFELSENROT»

Und wiederholte leise:

«Vom Ksar Gurama sso Korkeiche Mann Felsen rot . . .»

Schweigen. Frau Studer hatte den Unterarm auf ihres Mannes Achsel gelegt, sie las die Worte vom Papier ab und fragte:

«SSO? Was heißt das?»

«Südsüdost. Die Himmelsrichtung. Und Ksar? Das wird wohl der Name für ein Dorf sein. Äbe: Das arabische Wort für Dorf.»

– Ja ja, der Köbu syg ganz en G'schyte.

Studer blickte auf. War das wieder einmal Hohn? Aber diesmal war man gegen den Hohn gewappnet. Man erwiderte dem Hedy, die G'schytheit vo der Frou habe auf den Mann abgefärbt. Und durfte es erleben, daß das Hedy rot wurde.

Dann nahm Wachtmeister Studer wieder auf dem Stuhle Platz, der neben dem grünen Ofen stand, dem Sternsdonner, der nie ziehen wollte; er hielt die Fieberkurve und ihre Übersetzung in der Hand und konnte sich nicht satt sehen an dem Dokument. Aber egoistisch, wie Männer sind, vergaß er sogleich den Anteil, den seine Frau an der Entzifferung des Kryptogramms genommen hatte.

«Hab' ich dir schon von der Marie Cleman erzählt?» fragte Studer. Da lachte die Frau, lachte, daß ihr die Tränen in die Augen traten; sie konnte sich nicht beruhigen, auch nicht, als der Wachtmeister ärgerlich fragte:

«Was häscht?»

«Nüt . . . nüt!» Frau Studer schluchzte fast. «Gib mir eine Zigarette!» sagte sie, als sie wieder zu Atem kam. Und wie die Marie Cleman zog das Hedy den Rauch tief in die Lungen.

«Du gleichst ihr», sagte Studer.

«So so . . .» Und ob der Herr Wachtmeister in das Meitschi verschossen sei, wollte Frau Studer wissen.
Verschossen? Chabis! Studer war rot geworden. Nein, er war nicht verliebt. Er mochte die Marie Cleman gern, gewiß, aber wie eine Tochter, und er machte sich Sorge um ihr Wohlergehen. Warum hatte sie ihm heut abend angeläutet? Vom Bahnhof Basel? War sie am Verreisen?
In Studers Wohnung war das Telephon im Schlafzimmer angebracht. Das war eine Notwendigkeit, die der Beruf erforderte. Wie oft hatte die Klingel mitten in der Nacht geschellt! Dann hatte man aufstehen und stundenlang in der Kälte ein Haus bewachen müssen . . . Studer ging in das Schlafzimmer. Er suchte im Telephonbuch nach der Nummer der Cleman-Hornuß, Josepha, Witwe . . . Da . . . Es stimmte: Spalenberg 12.
Es ging gute fünf Minuten, bis er die Verbindung hatte. Und dann hörte er das eintönige Summen, das wie ein leiser Ruf tönte, aufstieg, verhallte, wieder begann. Und Studer glaubte, die leere Wohnung zu sehen, die winzige Küche, die nur ein Durchgangskorridor war, und die vergilbten Emailbehälter auf der schiefen Etagère: «Mehl», «Salz», «Kaffee» . . .
Ganz langsam legte er den Hörer ab, zog das Schnupftuch unter seinem Kissen hervor und schneuzte sich; es dröhnte durch die Wohnung. Und dann läutete die Klingel im Flur . . .

Telegramm:

«Sûreté Paris Inspektor Studer Thunstraße Bern stop Collani Giovanni engagiert 20 Casablanca stop Ausbildung Bel Abbès stop Spitaldienst Saida 21 bis 23 stop 24 Korporal 25 Sergeant stop kassiert 28 wegen unerlaubtem Fernbleiben von 5 Tagen stop 28 Korporal stop 29 Fourier Géryville stop meldet sich August 32 freiwillig nach Gurama-Marokko zu berittener Compagnie desertiert 28 September 32 stop Fehlen jeglicher Spur. Madelin.»

«Fehlen jeglicher Spur», wiederholte Studer und blickte seine Frau an. «Und der Pater hat behauptet, er habe den

Collani hier in Bern gesehen, zusammen mit der Marie Cleman, in einem Auto, das die Nummer trug BS 3437. Und das Auto war ein ‚Buick', gehörend der Agence Américaine in Basel, allwo es ein Mann gemietet hatte . . .»
Frau Studer hielt sich die Ohren zu.
«Hör auf!» rief sie. «Du machst einen ganz sturm!»
Aber unerbittlich fuhr Studer fort, als sage er Auswendiggelerntes auf:
«Ein Mann gemietet hatte, von gelber Gesichtsfarbe, ein Wollschal bedeckte den unteren Teil des Gesichtes. Das Auto wartete vor dem Haus Gerechtigkeitsgasse 44 – Aussage Rüfenacht Ernscht – und bei dem Auto hielt ein Mann Wache, der groß war . . . Nun hat mir Madelin heut am Telephon mitgeteilt, der verschwundene Börsenmakler Koller Jakob, der Mann, der die Marie nach Paris mitgenommen hat, sei 1,89 hoch. 1,89 – das ist hochgewachsen, nid, Hedy?»
«Wowoll!»
«Vielleicht . . .», sagte Studer und kratzte sich an der Stirne. «Vielleicht war es der Koller Jakob, der mich in Basel am Telephon ausgelacht hat . . . Aber welche Rolle spielt das Meitschi? Denn weischt, Hedy, die Marie, die paßt eigentlich gar nicht in den ganzen Fall! Ich glaub' halt immer, sie ist mit dem Koller verheiratet . . . Oder vielleicht ist der Koller ein entfernter Verwandter? Sie hat mit ihm zusammen in der gleichen Wohnung in Paris gelebt . . . Was ist dabei? . . . Die Marie nämlich isch es suubers Meitschi, du kannst sagen was du willst . . . Es suubers Meitschi!» bekräftigte Studer.
Er schwieg. Frau Studer saß wieder an ihrem Platz unter der Lampe, sie hielt den Kopf gesenkt. So konnte der Wachtmeister das kleine Lächeln nicht sehen, das in ihren Mundwinkeln aufblühte.
«Wenn das Meitschi mit dem Koller zusammengelebt hat, mit dem Koller Jakob, mein' ich, so hat die Marie einen stichhaltigen Grund gehabt. Denn wenn sie auch raucht, die Marie, so will das gar nichts sagen! Du rauchst auch manchmal, Hedy . . .», endete er, und es klang wie ein Angriff: er

senkte die Stimme nicht, sondern hielt sie in der Schwebe, so, als erwarte er einen Widerspruch.
Aber es kam kein Widerspruch, nur eine sanfte Antwort. Frau Studer erkundigte sich, ob der Wachtmeister etwa traurig sei, daß er seinen Schatz am Telephon nicht erwischt habe?
«Chabis!» sagte Studer. Doch konnte er es nicht verhindern, daß ihm das Blut in die Wangen stieg. Er stand da, die großen Hände in den winzigen Taschen seines Pyjamakittels, schaukelte sich auf den Fußballen, und die Brissago stach kriegerisch zur Decke. «Ich als Großvater!»
Ein merkwürdiges Geräusch kam vom Tisch her. Und Studer sah mit Erstaunen, daß die Schultern seiner Frau zitterten. Da wurde er ängstlich. Ging die Sache dem Hedy so zu Herzen? Weinte sie etwa, weil sie fühlte, daß der Mann weit fortgehen wollte, weit, sehr weit fort, um sich Gefahren auszusetzen, die ... Studer trat an den Tisch, seine Hand legte sich auf die bebenden Schultern. Und tröstend meinte er, es sei da keine Ursache, traurig zu sein. Millionen! sagte er, Millionen stünden auf dem Spiel. Und Marie dürfe man nicht allein lassen.
Da hob Frau Studer den Kopf, und ärgerlich stellte der Wachtmeister fest, daß das Hedy schon wieder lachte. So hemmungslos lachte sie, daß sie nur mühsam die Worte formen konnte, die den Wachtmeister wie Ohrfeigen trafen:
«O Köbu!» rief sie und fand kaum den Atem wieder. «Du bischt ja so dumm!»
Sie wickelte die weiße Babyhose in Seidenpapier. Und immer noch zuckten ihre Schultern, während sie sachlich erklärte:
«Also, du willst den Collani suchen und feststellen, ob der Hellseherkorporal der Geologe Cleman-Koller ist ... Nid? ... Du hoffst, bei der gleichen Gelegenheit die Marie wiederzufinden – aber erst, nachdem du die Millionen entdeckt hast? Du weißt ja jetzt, wo sie liegen. SSO Gurama Korkeiche, Mann, Felsen rot. Und ich will dir noch etwas verraten. Zwei Kilometer von Gurama entfernt, in südsüdöstlicher Richtung, liegt der Schatz ... Item. Und du hast deswegen Au-

dienz beim Alten verlangt. Gell? Soll ich deinen Koffer pakken? Wenn du am Nachmittag fährst, kannst du noch heimkommen zum Mittagessen. Ich mach' dir Bratwurst mit Härdöpfelsalat und es Zybelisüppli. Das hescht du ja gärn ...»
Studer brummte. Natürlich war er zufrieden mit diesem Menü. Aber es wurmte ihn, daß seine Frau ihn nicht ernst nahm. Darum hüllte er sich in Schweigen und verzog sich ins Schlafzimmer.
«Guet Nacht, Vatti», rief ihm Frau Studer nach.
Auch noch Vatti!
Die Filzpantoffeln flogen in zwei verschiedene Ecken. Und dann löschte Studer das Licht. Mochte die Frau sehen, wie sie in der Dunkelheit z'Schlag kam ...

Kommissär Madelin macht sich unsichtbar

Der Polizeidirektor war ein stiller Mann, der gar nicht nach einem Stubenhocker aussah. Seine Gesichtshaut war braun, weil er sommers und winters auf die Berge stieg. Daneben hatte er eine Hundezucht und war an diesem Morgen guter Laune: eine seiner Hündinnen, Mayfair III, hatte vier Junge geworfen. Studer mußte während einer Viertelstunde andächtig zuhören, was der Direktor über den Unterschied der verschiedenen Pedigrees zu erinnern hatte.
Dann rückte der Wachtmeister mit seinem Hellsehermärli heraus.
In jedem Staatsbetrieb gibt es wenigstens einen Mann, der gewissermaßen das Salz des ganzen Betriebes ist. Von ihm, der als Außenseiter gilt, wird keine allzu regelmäßige Arbeit verlangt; das Alltägliche, mit seinem Stumpfsinn, wird ihm ferngehalten – oder besser, er hält es sich selbst vom Leibe. Dieser Mann findet nur Verwendung – und darin liegt eben sein Wert –, wenn etwas Außergewöhnliches zu tun ist. Dann wird er gebraucht, dann ist er unersetzlich. Wenn er in den flauen Zeiten herumlungert oder spazieren geht,

drücken seine Vorgesetzten beide Augen zu, denn sie wissen, daß dieser Mann sich eines Tages als unersetzlich erweisen wird: er wird Mittel und Wege finden, eine verworrene Situation aufzudröseln, er wird es verstehen, einen andern Betrieb, der üppig und frech geworden ist, in den Senkel zu stellen, er wird – dieser Außenseiter – eine pressante Angelegenheit in zwei Stunden erledigen, mit der ein braver Bureauhengst in zwei Wochen nicht fertig würde.
Wachtmeister Studer war das Salz der Berner Kantonspolizei. Das war wohl der eine Grund, der den Herrn Polizeidirektor dazu veranlaßte, gegen des Wachtmeisters Reisepläne nichts einzuwenden. Der andere war auch nicht schwer zu erraten: Kommissär Gisler von der Stadtpolizei hatte vorgearbeitet. Einen Augenblick schien es Studer, als könne er die Gedanken lesen, die hinter seines Vorgesetzten Stirne träge dahinschlichen. ‚Millionen!' lautete der eine Gedanke. Der andere: ‚Der Studer spinnt ja einewäg. Findet er das Geld, so hab' ich den Ruhm. Findet er es nicht, so pensionieren wir den Mann.' Der dritte: ‚Ob der Studer hier faulenzt oder ob er Ferien nimmt und die Basler blamiert, bleibt sich gleich. Aber keinen Rappen Spesen!'
Und an diesen letzten Gedanken knüpfte Studer an, als er, nach Beendigung seines Exposés, also schloß:
«Hier kann ich nichts mehr ausrichten. Den Pater hätt' ich zur Not zurückhalten können – aber dann hätt' ich ihn einsperren müssen. Und das hab' ich nicht gewollt.» Er wiederholte den Witz vom Vatikan, er wolle keinen Konflikt mit dem Papst. «Die andern kenn' ich nicht. Telephonisch kann ich keine Klarheit bekommen. Ich muß nach Paris – vielleicht weiter. Ich muß den Sekretär Koller finden und den Hellseherkorporal ... Ihr wisset, Herr Direktor, daß man dies alles nur an Ort und Stelle aufklären kann. Ich weiß, wo die Millionen liegen – wenn wirklich Millionen vorhanden sind ...»
«Einerseits Millionen ...», sagte der hohe Vorgesetzte. Er gebrauchte gerne die Form: «einerseits-andererseits». Und Studer grinste auf den Stockzähnen, weil er die vergeblichen

Bemühungen seines Gegenübers sah, den zweiten Teil des Satzes zu finden. Endlich: «Andererseits die Basler Polizei ... Wir wollen es den Baslern zeigen. Wir Berner!» Und er räusperte sich trocken.

«Exakt, Herr Direktor! Die Basler, die einen Tätler schicken, statt eines Fahnders!»

«Also Studer», sagte der Direktor und stand auf. «Macht es gut. Ihr könnt reisen. Aber auf Eure Verantwortung. Gelingt's, so bekommt Ihr Eure Spesen zurück. Seid Ihr der Lackierte, so müßt Ihr halt den Spaß selber bezahlen ... Einverstanden?»

«Einverstanden!» Studer nickte. Der Vorschlag kam nicht unerwartet. Der Wachtmeister hatte in der Nacht berechnet, daß sein Erspartes für die Reise grad langen würde.

«Gut so», sagte der Direktor und schob Studer sanft zur Tür. «Und wenn Ihr zufällig eine neue Hunderasse entdeckt – vielleicht haben die Kabylen Sennenhunde –, so bringt Ihr mir ein paar Junge mit. Aber mit Pedigree!»

Marokkanische Sennenhunde! dachte Studer. Mit Stammbaum! Aber er widersprach nicht, sondern verabschiedete sich von dem hohen Vorgesetzten, der nach des Wachtmeisters bescheidener Ansicht ebenfalls ein wenig lätz gewickelt war ...

Studer hatte beschlossen, diesmal nicht bei Madelin zu wohnen. Er brauchte Ellbogenfreiheit. So stieg er in einem kleinen Hotel ab, das den poetischen Namen: «Au Bouquet de Montmartre» führte. Es lag in der Nähe der Station Pigalle.

Dann nahm er die Untergrundbahn, und wie immer, wenn er nach einiger Zeit den Geruch einatmete, der dort unten herrschte, diesen Geruch nach Staub, erhitztem Metall und Desinfektionsmittel, schlug ihm das Herz ein wenig schneller. Paris war stets etwas Abenteuerliches, auch wenn man wußte, daß man nichts von dem unternehmen würde, was gute Bürger unter Abenteuer verstanden.

In der Police Judiciaire begrüßte Kommissär Madelin seinen

Kollegen Studer mit «Hallo!» und «Wie geht's?» und «Durchgebrannt?», schickte den Bureaudiener sogleich in das nahe Café, eine Flasche Vouvray holen – es war halb neun Uhr morgens – und erkundigte sich dann, was denn diese ganze Geschichte samt Telephon und Pariser Reise zu bedeuten habe.
Studer mußte den ganzen Fall erzählen. Er tat dies mit einer so treuherzigen Diplomatie, daß Madelin gar nicht auf den Gedanken kam, sein Freund Studer verheimliche ihm irgend etwas. Der Berner Wachtmeister erzählte vom Pater Matthias, der durchgebrannt sei, von Marie Cleman, von den beiden alten Frauen, die den Gastod gefunden hatten – genau, wie es jener Hellseherkorporal prophezeit habe. Aber Studer verschwieg den Fund der Fieberkurve, verschwieg deren Entzifferung. Vorsicht, dachte er. Vorsicht! Sonst schnappen dir die Franzosen den Schatz vor der Nase weg.
Madelin hörte zu, unterbrach hin und wieder mit Ausrufen wie: «Nicht möglich!» – im Tonfall des Spaßmachers Grock – und: «Was du nicht sagst!» Als Studer dann noch von dem mißglückten Überfall erzählte, dessen Opfer er fast geworden war, nickte Madelin beifällig mit seinem mageren Büßerschädel: «Allerhand, Stüdère! Die ruhige Schweiz! Was du nicht sagst! Vielleicht erhebt sie sich mit der Zeit auf ein internationales Niveau – kriminalistisch meine ich. Ansätze sind vorhanden!»
Sehr gnädig, sehr spaßig, sehr freundschaftlich war der Divisionskommissär Madelin, den etwa ein Dutzend Inspektoren, die unter seiner Fuchtel standen, mit familiärem Respekt den «Patron» nannten. Denn er war eine Macht, der Kommissär Madelin, der lang und hager und grau einer Steinfigur an einem gotischen Domportal ähnelte – einer Steinfigur, die mit Vorliebe Vouvray trank ...
«Und was kann ich für dich tun?» fragte er. Studer dachte einen Augenblick nach. Es war ihm allerlei in den Sinn gekommen, aber dieses Allerlei ließ sich nur schwer in genaue Fragen zergliedern. In Bern hatte er noch im Zivilstandsregister nachgesehen, mehr aus Gewissenhaftigkeit, als in

der Hoffnung, etwas Neues zu finden. Die Eheschließung zwischen Cleman, Alois Victor, und Hornuß, Sophie, war regelrecht vermerkt worden. Der Geologe gab als Heimatgemeinde Frutigen an. Als dann Studer an die Gemeindekanzlei telephonierte, erfuhr er, Cleman habe sich 1905 eingekauft. Er habe belgische Papiere vorgewiesen. Von einem Bruder des Betreffenden, meldete Frutigen, sei nichts bekannt ...

«Was ich dich fragen wollte», sagte Studer, «wie stehst du mit dem Kriegsministerium?»

«Hm», meinte Madelin, während er eine Zigarette rollte – und Studer bewunderte diese Fertigkeit. «Soso lala. Ich hab' ein paar Kameraden dort, die mich auf dem laufenden halten, wenn etwas los ist. Verstehst du? Politische Veränderungen haben wir genug, einmal bläst der Wind von links, dann wieder von rechts, einmal sollte man Marx auswendig lernen und die Royalisten verhaften, dann wieder die Kommunisten mit Gummiknütteln beaufsichtigen und in die Messe gehen. Zwischenhinein kommt der König der Schimpansen und anderer Gorillas nach Paris, man hat Scherereien mit ihm und mit seiner Suite ... Man muß gedeckt sein ... Verstehst du? Doch, doch. Ich stehe ganz gut mit dem Kriegsministerium!»

«Es handelt sich», erklärte Studer bedächtig, «um einen uralten Fall. Im Jahre 1915, soviel ich weiß, also während der Sintflut, sind in Fez zwei Deutsche standrechtlich erschossen worden. Die Brüder Mannesmann: Louis und Adolf. Kannst du dir die Akten einmal geben lassen und mir sagen, ob in ihnen auch von einem Geologen Cleman die Rede ist?»

«Aber natürlich! Ich kenn' den Archivar dort gut, der leiht mir die Akten. Um elf Uhr mach' ich einen Sprung ins Ministerium, und heute abend, sagen wir um acht Uhr, können wir uns treffen. Bei mir daheim? Das wäre am gescheitesten, dann könnt' ich die Akten gleich mitbringen und du könntest sie durchsehen. Aber jetzt hab' ich zu tun. Leb' wohl!»

«He! Wart doch noch ein wenig! Du hast doch die Untersuchung über das Verschwinden eines gewissen Koller, der Börsenmakler war, geführt. Wir haben vorgestern am Telephon über den Fall gesprochen ... Hast du etwas Neues erfahren über den Mann?»

«Ja», sagte Madelin, und sein Gesicht wurde plötzlich ernst. Er schwieg eine Weile. «Du meinst doch den Mann, dessen Verlustanzeige von seiner Sekretärin gemacht worden ist? Sekretärin!» wiederholte Madelin mit einer merkwürdigen Betonung.

Daraufhin wäre zwischen den beiden Freunden fast ein Streit ausgebrochen, denn Wachtmeister Studer war lächerlich empfindlich, wenn es sich um Marie handelte.

«Sie *war* seine Sekretärin!» sagte er laut und klopfte mit den Fingerknöcheln auf Madelins Schreibtisch. «Wenn ich dir sage, daß sie ein anständiges Mädchen ist! Willst du einen Beweis? Da! Schau!» Und er riß Maries Brief aus der Busentasche. «So schreibt mir das Mädchen! Ich will dir's übersetzen!»

Um Kommissär Madelins Lippen lag ein unverschämtes Lächeln. Aber Studer sah es nicht, denn er war allzusehr mit den weiblichen Schriftzügen beschäftigt. Die Buchstaben tanzten zwar ein wenig vor seinen Augen, aber schließlich standen sie doch still und die Übersetzung ging ohne allzu große Schwierigkeit zu Ende.

«Gut, gut!» lenkte Madelin ein. «Das Mädchen ist ein Ausbund aller Tugenden ... Aber nicht vom Mädchen wollt' ich dir erzählen, sondern von seinem ehemaligen Brotherrn, dem Jacques Koller, der verschwunden ist. Ich glaub', wir haben eine Spur ... Heute früh hab' ich ein Telegramm vom Rekrutierungsbureau in Straßburg erhalten. Der untersuchende Arzt hat zufällig das Signalement gelesen, das wir von dem Verschwundenen verbreitet haben: 1,89 groß, gelbe Hautfarbe, glattrasiert, stumpfblondes Haar ... Und der Arzt behauptet, gestern, also am 4. Januar, habe sich auf dem Rekrutierungsbureau ein Mann gemeldet, auf den dieses Signalement paßt. Der Arzt habe sich verpflichtet gefühlt, die Sûreté von diesem Faktum zu benachrichtigen. Der Mann hat als Namen ‚Despine' angegeben und ist mit einem Transportschein nach Marseille weitergeschickt worden, wo er sich am 5. Januar, also heute, melden wird. Wir können seine Auslieferung nicht verlangen. Die Fremdenlegion liefert nur aus, wenn es sich um Mord oder um eine Summe handelt, die 100 000 Franken übersteigt. Nun hat Godofrey die hinterlassenen Papiere des Koller untersucht, aber keine Fälschungen entdeckt. Der Konkurs war die Folge von Ungeschicklichkeiten und nicht von Unehrlichkeiten ... Was sollen wir nun machen, alter Freund? Den Koller laufen lassen?»

Studer hockte da, die Unterarme auf den Schenkeln, die Hände gefaltet. Fremdenlegion! dachte er. Werd' ich also doch noch im Alter die Fremdenlegion sehen! Nach einer Pause sagte er eifrig: «Jaja, laß den Mann nur dort, wo er ist. Ich werde ...» Aber er vollendete den Satz nicht. War es eine Vorahnung? Plötzlich kam es ihm vor, als sei es eine Unvorsichtigkeit, dem Divisionskommissär Madelin anzuvertrauen, daß er eine Reise nach Afrika zu unternehmen gedachte. Er stand auf.

«Also, heut' abend bei dir ...», und er schüttelte Madelin die Hand. «Wo hat der Koller hier in Paris gewohnt?»

Madelin schaufelte mit beiden Händen einen Wall von Papieren durcheinander. Endlich stieß er auf einen kleinen Zettel:

«Rue Daguerre 18 ... Ganz oben am Montparnasse. Du läufst den Boulevard St. Michel hinauf, immer weiter, bis du zum Löwen kommst. Und die Rue Daguerre ist ganz in der Nähe. Leb wohl, Alter. Auf Wiedersehen.»

Am Abend um acht Uhr war Madelins Wohnung dunkel. Studer läutete, läutete ... Niemand kam ihm öffnen. Da meinte er, daß er den Kommissär falsch verstanden habe und ging zu den Hallen, in jene kleine Beize, in der er die Bekanntschaft des Paters gemacht hatte. Hinter dem Schanktisch stand immer noch der Beizer mit aufgekrempelten Hemdsärmeln, und seine Oberarme waren dick wie die Schenkel eines normalen Menschen. Studer wartete, wartete. Um Mitternacht gab er es auf.

In seinem Hotelzimmer versuchte er vergebens einzuschla-

fen. Die Lampe trug über dem weißen Glasschirm ein violettes Seidenstück von quadratischer Form, an dessen Ecken braune Holzkugeln hingen. Das erinnerte den Wachtmeister an die Küche der Sophie Hornuß in Bern. Er lag im Bett, die Hände im Nacken verschränkt, und starrte ins Licht. Zum erstenmal fiel ihm die zweite Merkwürdigkeit des Falles auf: Die erste war sein unschweizerischer – besser: sein auslandschweizerischer – Aspekt gewesen:
Man kämpfte gegen Schatten! Ein Schatten der Mann, der ihn am Telephon verhöhnte, ein Schatten der Hellseherkorporal, ein Schatten der Geologe Cleman, Alois Victor, der vielleicht – bewiesen war es noch nicht – mit dem Philosophiestudenten Koller aus Freiburg identisch war. Schatten die beiden alten Frauen, die einen so merkwürdigen Tod gefunden hatten.
Schattenhaft waren auch die Dinge, mit denen man sich beschäftigen mußte: die Millionen, in Gurama vergraben, die ausgelegten Kartenspiele mit dem Schaufelbauer, die Briefe – das gelbe Kuvert sowohl, in welchem Korporal Collani die Fieberkurve geschickt hatte, als auch Maries Brieflein. Schattenhaft der Buick BS 3437 mitsamt dem großen Mann, der ihn bewachte, nachts, vor dem Haus in der Gerechtigkeitsgasse. Vom Lampenschirm des Hotelzimmers glitten Studers Gedanken zu den verbeulten Blechdosen ... Zwei Küchen ... Und Studer träumte von diesen Küchen.
Es war ein schauerlicher Traum, schwer und mit Angst geladen. Studer war in einer einsamen Oase, aber er wußte: sie war nicht leer. Ein Geschöpf hauste in ihr, weder Mensch noch Tier, das denen, die sich hierher verirrten, ins Genick sprang und sie zu Tode ritt. Der Wachtmeister ging gebückt und ängstlich unter den giftiggrünen Federpalmen. Da saß ihm das Geschöpf schon im Nacken, es hatte dürre Schenkel, die preßten Studers Hals zusammen. Und Studer ächzte. Pater Matthias tauchte auf, er hielt ein Kreuz in der Hand und rief: «Apage, Satanas!» Aber das Geschöpf kümmerte sich keinen Deut um die Beschwörung, es ritt weiter auf

Studers Nacken, und der Wachtmeister mußte traben. Er hatte Durst. Pater Matthias war verschwunden, dafür standen plötzlich die verstorbenen alten Frauen da, und die eine hatte eine Warze neben dem linken Nasenflügel, während die Lippen der anderen schmal und zu einem höhnischen Lächeln verzogen waren. Sie tanzten wie Hexen einen grausigen Tanz ... Studer fiel zu Boden, es war nicht Erde, auf die er fiel, nein, Fliesen waren es. Und als er aufsah, lag er in der Küche der verstorbenen Sophie. Alles war da: der braune Klubsessel, der Gasherd, der Küchentisch, mit Wachstuch überzogen. Doch im Klubsessel, neben dem Gasherd, saß Marie und schlief. Über die Schlafende beugte sich ein Mann mit gekräuseltem Bart und sagte mit hohler Stimme: «Ich hole sie alle, alle hol' ich zu mir.» Der Mann, der nur der Geologe Cleman sein konnte, beschrieb mit seinen dürren Händen Kreise um den Kopf des Mädchens, die blonden Haare sträubten sich. Dann war es nicht mehr Marie – eine Warze wuchs neben ihrem Nasenflügel – die Küche schrumpfte zusammen und war nur noch ein Durchgangskorridor. Die beiden Flammen des Gasréchauds pfiffen eine Walzermelodie, und auf der Etagere tanzten die Büchsen klappernd einen plumpen Tanz: «Mehl», «Salz», «Kaffee». Und Studer dachte im Traum, daß sie vom Tanz ihr Email verloren hatten ... «Cleman Victor Alois», sagte Studer laut – und immer noch lag er am Boden – «ich verhafte Sie wegen Mordverdachts!» Aber die Küche war leer, wenigstens schien es so. Ein Schatten hüpfte über die Wand. Diesen Schatten verfolgte Studer mit dem Schatten seiner Hand. Da begann der Schatten zu lachen, lauter und lauter, donnernd ...
Studer fuhr auf, die Fenster des Hotelzimmers klirrten, eine Bogenlampe warf ihr kaltes Licht auf die Mauer, und auf der Straße rumpelte ein später Autobus vorbei.

Nein, der Herr Kommissär sei leider nicht da, sagte der Bureaudiener am nächsten Morgen. Er habe einer Untersuchung wegen nach Angers reisen müssen.

– Ob er denn nichts für Inspektor Studer hinterlassen habe?
– Nein, gar nichts ...
Gut, das konnte vorkommen. Ein Polizeikommissär kann nicht immer tun, was er gerne möchte ... Aber eine Nachricht hätte Madelin doch hinterlassen können, dachte Studer, als er an der Seine entlang ging und sich von einem verspäteten Morgenwind anblasen ließ. – Das ist nicht schön von Madelin, er weiß doch, daß ich warte! ... Nun, man kann in diesem Fall einen kleinen Ausflug nach Montparnasse machen und sich das Haus ansehen, in dem Marie gewohnt hat.

Die Rue Daguerre ist eine kleine Straße, die von der Avenue d'Orléans abzweigt. An der Ecke hat Potin, das bekannte Lebensmittelgeschäft, eine Ablage. In den Schaufenstern liegen Gänse, Kaninchen, Gemüse. Neben dem Laden bietet eine Blumenfrau frierende Mimosen zum Kaufe an. Die Nummer 18 ist ein Hof, in dessen Hintergrund ein einstökkiges Gebäude kauert.

– O ja, der Bäcker, dessen Laden dem Haus Nr. 18 gegenüber lag, erinnerte sich noch gut an das Ehepaar Koller. Kollère, natürlich auf der letzten Silbe betont. Anders taten es ja die Franzosen nicht. «Eine so charmante Frau, immer höflich, immer lustig, nie den Mut verloren! Auch als der Mann plötzlich verschwunden war. Und Monsieur! Ein gebildeter Herr! Sah viel Freunde bei sich! Beschäftigte sich mit Philosophie, wissen Sie! Mit den letzten Dingen!»
«Mit den letzten Dingen?» fragte Studer erstaunt.
Der dicke Bäcker, dessen spärliche Haare in der Farbe an Pfälzerrüben erinnerten, blies die Backen auf. «Jaja, mit den letzten Dingen! Monsieur konnte in die Zukunft schauen, die Toten waren ihm gehorsam.»
«Die Toten?»
«Ja! sie kamen und sprachen und erzählten. Ich war selbst einmal anwesend. Es war passionierend! Man konnte sich mit den Toten unterhalten, sie klopften im Tisch, manchmal

sprachen sie auch aus dem Mund des Herrn Kollère. Ja, es gibt merkwürdige Dinge zwischen Himmel und Erde!»

Arme Marie! Mit einem Spiritisten hatte sie also zusammengewohnt! Und das nannte man hier einen Philosophen! Aber die Frau, die das Hofhaus von Nr. 18 betreute, gab tröstlichere Kunde.

Marie nahm an den spiritistischen Séancen, die ihr Gatte, ihr Gatte! ‚Son mari!' sagte die Hausmeisterin! veranstaltete, nie teil. Marie flüchtete sich zu ihr, sagte Madame. Sie sagte immer: «Ich habe solche Angst, Madame!»

Marie und Angst haben? Chabis! Studer ärgerte sich.

Er verließ die mitteilsame Frau und ging mit seinen breiten Schritten durch die laut schwatzende Menge der Fußgänger. Mittag war nahe. Studer fühlte sich allein, einsam, und der Traum der letzten Nacht wirkte dunkel nach. Vielleicht war auch das unangenehme Gefühl, das der Berner Wachtmeister zwischen seinen Schulterblättern und auf dem Nacken spürte, auf diesen Traum zurückzuführen. Einen Augenblick dachte er, jemand verfolge ihn. Als er sich umwandte, sah er nur gewöhnliche Fußgänger, Dienstmädchen, Frauen, Männer, Arbeiter . . .

Er setzte seinen Weg fort. Auf dem Boulevard St. Michel war das Gefühl wieder da, der Wachtmeister blieb vor einer Auslage stehen und beobachtete die Straße . . . Nichts . . . Doch! Auf dem gegenüberliegenden Trottoir flanierte ein Mann mit einem steifen Hut – und blieb auch vor einer Auslage stehen. Studer ging weiter, er kannte ein chinesisches Restaurant in einer kleinen Seitengasse. Dort aß er zu Mittag, trank viele Tassen eines dünnen, erfrischenden Tees, erlabte sich an den gebackenen Keimen von Sojabohnen und an einem Schweinsragoût, das so stark mit Curry gewürzt war, daß es ihm die Zunge verbrannte. Als er aus dem Restaurant trat, stand auf der anderen Seite der Straße der Mann mit dem steifen Hut und blickte ihn fest an. Studer beachtete ihn nicht.

Als der Wachtmeister über die Seine ging, um im Justizpalast noch einmal nach Madelin zu fragen, hatte er wieder das unangenehme Gefühl im Nacken. Er wandte sich um ... Ohne sich weiter zu verstecken, ging zehn Schritte hinter ihm der Mann mit dem steifen Hut. Er grinste unverschämt, als ihn Studers fragender Blick traf.

– – – Und Kommissär Madelin war noch nicht aus Angers zurückgekehrt – – –
Studer verbrachte den Abend in der kleinen Beize an den Hallen. Er schrieb seiner Frau eine Ansichtskarte, und zehn Minuten lang fühlte er sich nicht mehr allein. Aber dann überfiel ihn das Gefühl der Einsamkeit mit verdoppelter Macht. Es war ihm, als werde er von den Gästen verhöhnt und als lache selbst der Beizer ihn aus.
Doch draußen, vor der Kneipe, deutlich zu sehen durch die hohen Fenster, patrouillierte der Mann auf und ab – der Mann mit dem steifen Hut.
In dieser Nacht versuchte Wachtmeister Studer sich einen Rausch anzutrinken. Man braucht dies von Zeit zu Zeit, wenn man müde, nervös, gereizt und verärgert ist. Aber der Rausch wollte nicht kommen. Er wirkte nur an der Oberfläche, die Ruhe drang nicht in die tieferen Schichten von Studers Gemüt; denn dort herrschte Unordnung und Chaos, dort hockte eine kalte Verzweiflung. Der einsame Wachtmeister hatte den Eindruck, daß mit ihm gespielt wurde – und es war ein grausames Spiel, grausam deshalb, weil er die Regeln nicht kannte.
Am späten Vormittag erwachte er, merkwürdigerweise mit ziemlich klarem Kopf. Und da Kommissär Madelin noch immer nicht zu sprechen war, beschloß Studer, Godofrey aufzusuchen. Als er nach ihm fragte, wurde der Bureaudiener verlegen.
«Ja ... vielleicht ... ich weiß nicht ...» Dann Tuscheln hinter einer Tür. Man schien auf diese Frage nicht vorbereitet zu sein.
«Zimmer 138, unterm Dach.»
«Merci», sagte Studer, und er dehnte das Wort nicht mehr, wie er es z'Bärn gewohnt war. –

Lange Gänge, Stiegen voll Staub, wieder ein langer Gang; jetzt war man unterm Dach. Es war dunkel, keine Lampe brannte. Im Flackern eines Streichholzes entdeckte Studer endlich die angegebene Nummer ...

Godofrey bereitete dem Wachtmeister einen rührenden Empfang. Er trug einen alten Labormantel, der vor sehr langer Zeit einmal weiß gewesen war. Jetzt war er bunt: rot, blau, gelb. Und im Laboratorium stank es – aber dieser Gestank war angenehmer als der Geruch nach Staub und Bodenöl.

– Es sei schön, daß der Herr Inspektor wieder in Paris sei! Der Herr Inspektor Stüdère ... «Wie oft hab' ich nach Ihnen gefragt», sagte Godofrey und flatterte herum wie ein farbiger Vogel. «Aber seit vorgestern ist der ‚Patron' wütend über Sie, Inspektor.»

Ja, meinte Studer, das habe er gemerkt. Madelin sei plötzlich verschwunden. Was denn los sei?

«Politik!» flüsterte Godofrey eindringlich. Und setzte noch leiser hinzu: Studer sei selbst an allem schuld.

«Ich?» fragte der Wachtmeister. «Warum denn?»

Man habe Studer im Verdacht, für Deutschland zu spionieren ... Da lachte der Berner Fahnder, aber es war kein herzliches Lachen. Das war ja eine Posse!

Darum die Verfolgung durch den Mann im steifen Hut! Madelin hatte ihn beobachten lassen, ihn, den Wachtmeister Studer! ... Unglaublich! ...

Godofrey schlich zur Tür, lauschte, riß sie auf – es war wie im Kino. Godofrey kam zurück, nachdem er die Tür wieder geschlossen hatte; er winkte, wie ein Verschwörer, und Studer näherte sein Ohr dem Munde des kleinen Mannes. Godofrey flüsterte:

«Sie haben sich nach den Brüdern Mannesmann erkundigt. Das genügte ... genügte vollkommen ... mehr brauchte es nicht ... – Was er sich eigentlich einbilde, hat man Madelin auf dem Kriegsministerium gefragt. Die Akten des Falles Mannesmann? Nicht daran zu denken! ... Wozu er die Akten brauche? Ja, er, der Divisionskommissär Madelin? ...

Ah, für einen Freund? Einen Schweizer Polizisten? Von Bern? ... Natürlich ein Boche! Das gäbe es nicht! Auf keinen Fall! ... – Ja, so haben sie den ‚Patron' auf dem Kriegsministerium abgefertigt.»
Schweigen. Studer dachte verschwommen, daß er ein Wespennest aufgestört habe ... Unangenehm ...
Der Kleine plapperte weiter.
«Setzen Sie sich, Inspektor. Sie haben unüberlegt gehandelt. Warum sind Sie nicht zu Godofrey gekommen? Godofrey weiß alles. Godofrey ist ein wandelndes Lexikon. Godofrey kennt alle Kriminalfälle des In- und Auslandes. Vom Fall Landru bis zum Fall Riieedell-Güala» – er meinte den Fall Riedel-Guala – «und Godofrey sollte den Fall Mannesmann nicht kennen? Inspektor! Warum haben Sie den ‚Patron' mit dieser Sache belästigt?»
Studer zündete eine Brissago an – und sie schmeckte ihm. Das Gescheiteste war wohl, man schwieg und ließ den kleinen Mann ruhig erzählen.
Godofrey fuhr fort:
Er hatte vor einem Jahr wegen eines Spionagefalles im Kriegsministerium gearbeitet. Und da seien ihm durch Zufall die Akten Mannesmann in die Hände gefallen. «Der Name fiel mir auf; denn in meinem Berufe habe ich mit Mannesmannröhren zu tun. So nennt man die Behälter – Sie werden dies wohl wissen –, in denen man Gase unter hohem Druck aufbewahren kann. Ich habe mich damals gefragt, ob es sich um Verwandte *dieses* Mannesmann handelt, und in den Akten geblättert. Ja, zuerst nur geblättert und dann aufmerksam gelesen ... Zwei Brüder, angeblich Schweizer.»
«Das weiß ich alles», unterbrach Studer. «Sie haben nach Blei, Silber, Kupfer geschürft und sind dann erschossen worden, wegen Hochverrat ...»
«Stimmt», sagte Godofrey. «Was Sie aber nicht wissen, ist folgendes: Die beiden wollten Land kaufen und hatten in ihrem Gepäck stets viel Gold- und Silberstücke, denn die Araber dort unten sind mißtrauisch gegen Banknoten. Dann

wurden sie verhaftet, erschossen – man durchsuchte ihr Gepäck. Aber von dem Geld war nichts mehr vorhanden.»
Godofrey machte eine Kunstpause und ließ seine Worte wirken.
«Sie hatten kein Konto auf der Banque Algérienne, da vermutete man, sie hätten das Geld irgendwo versteckt. Ein Offizier vom Zweiten Bureau, Sie kennen das Zweite Bureau, es ist unser Nachrichtenbureau, verkleidete sich als Araber und zog los, um sich an den Geologen Cleman heranzumachen, denn dieser Mann hatte mit den Mannesmann gearbeitet und war auch derjenige, der sie verraten hatte. Lyautey war wütend, denn er brauchte Geld für seine Kolonie. Er fand, man habe das Todesurteil zu schnell vollzogen. Warum kein Verhör? brüllte er. Aber es war zu spät. – Zwei Monate brauchte der Offizier vom Zweiten Bureau, dann fand er den Geologen Cleman. Sie wissen, daß er ein Landsmann von Ihnen war, Inspektor? Ja? . . . Gut. Der Offizier machte sich an den Cleman heran, aber der blieb stumm. Der Geologe war damals in der Gegend von Gurama beschäftigt, er fahndete nach Erdöl und Kohlen. Außerdem waren dort ein paar Bleiöfen in Betrieb, welche die Gebrüder Mannesmann erbaut hatten. Dem Cleman konnte man nichts anhaben. Er hatte einen Schweizer Paß und daneben noch belgische Papiere. Die Belgier waren unsere Verbündeten. Cleman erklärte, er habe sich in der Schweiz angekauft, um ungestört nach Deutschland fahren zu können. Er behauptete, nur in Deutschland gebe es die Maschinen, die er brauche. Da er die beiden Mannesmann entlarvt hatte, glaubte ihm der Offizier alles. Außerdem war Cleman unter den Berbern jener Gegend sehr beliebt . . . Der Offizier vom Zweiten Bureau kam unverrichteter Dinge zurück.
Cleman blieb noch ein Jahr in Gurama, fuhr dann in die Schweiz, wurde von Lyautey zurückgerufen und wieder nach Gurama geschickt. Er hatte es verstanden, sich beim General beliebt zu machen. Als er krank wurde, ließ ihn Lyautey mit einem Flugzeug nach Fez schaffen. Cleman starb dort, während einer Blatternepidemie, an einem Sumpffieber. Der

Sekretär des Cleman, ein gewisser Jacques Koller, siedelte sich in Paris an und gab sich mit Maklergeschäften ab. Als Hilfe – als Sekretärin, wenn Sie wollen – verschrieb er sich die Tochter seines Brotgebers, des verstorbenen Geologen Cleman.
Und nun? Nun scheint die Geschichte, die jahrelang in den Kartons des Kriegsministeriums geschlafen hat, plötzlich wieder aktuell zu werden. Koller, der Sekretär, verschwindet. Clemans zweite Frau findet in Basel einen merkwürdigen Tod. Sie haben dies Madelin erzählt, und er hat es mir wiederholt. Und dann erscheinen Sie, Inspektor, auf einmal in Paris und wollen die Akten Mannesmann sehen ... Genügt das nicht, um Mißtrauen zu erwecken? Können Sie es der französischen Regierung verdenken, wenn sie der Meinung ist, Sie, Inspektor, seien gekommen, um den verschwundenen Schatz der Brüder Mannesmann zu suchen? Es waren immerhin 200 000 Franken in Vorkriegswährung ... Alles in Silber- und Goldstücken! Vielleicht hat der Cleman das Geld vergraben? Nun meint man natürlich, daß Sie sich als Schatzgräber betätigen wollen, und das will man vereiteln. Hat man nicht recht?»
Studer hielt den Kopf gesenkt. Er saß auf einem Tisch, zwischen Eprouvetten, Reagensgläsern, Bunsenbrennern und Glasflaschen. Von einem Dachfenster sickerte spärliches Licht auf seinen Rücken. Godofrey ging auf und ab, mit kleinen steifen Schritten, und als er jetzt anhielt und, die Hände auf dem Rücken, Studer anglotzte, sah er aus wie der Vogel der Weisheit ...
«Meine Frau läßt Ihnen herzlich für die Gansleber danken», sagte Studer, scheinbar zusammenhanglos. Das schien den Kleinen zu freuen, denn er spitzte den Mund und pfiff – ganz leise. Mit steifem Eulenschritt trat er näher, beugte sich zu Studers Ohr und flüsterte:
«Legen Sie Madame meine Verehrung zu Füßen», er grinste, «aber ich, Godofrey, werde Ihnen helfen. Wir beide werden dem ‚Patron' einen Streich spielen, und ich weiß, daß er ihn nicht übelnehmen wird. Denn eigentlich ist er gar nicht

böse auf Sie, sondern er flucht über das Kriegsministerium. Sie müssen verschwinden, Inspektor, denn wenn Sie nach Marokko fahren, wird man Sie unter irgendeinem Vorwand in Marseille verhaften und als unerwünschten Ausländer ausweisen. Das kann lange dauern, die Ausweisung nämlich, und während des Wartens können Sie gut und gerne verfaulen – in einem feuchten Verließ ... Nein, wir machen das anders. Es wird Ihnen doch möglich sein, Ihren Schatten abzuschütteln?»
Godofrey blickte den Wachtmeister treuherzig an und verstand gar nicht, warum sein Freund bei dem Worte «Schatten» zusammengezuckt war. Die Schatten! Der Fall mit den Schatten! ... Unwillig schüttelte Studer den Kopf. Godofrey fuhr fort:
«Der Brigadier Beugnot, der angewiesen ist, Ihnen auf Schritt und Tritt zu folgen, ist nicht der Gescheiteste ...», und schwieg dann, während er seine Wanderung wieder aufnahm.
Ganz zusammengekrümmt saß Studer da und betrachtete mit Interesse seine baumelnden Füße. Konnte man diesem Godofrey, den man nicht weiter kannte, wirklich Vertrauen schenken? Vielleicht ... Man war schließlich nicht vergebens neunundfünfzig Jahre alt geworden, man hatte ein wenig Menschenkenntnis erworben. Der Typus, zu dem Godofrey gehörte, war einem nicht fremd. Sicher war das Männlein Kriminologe geworden, um der Langeweile zu entgehen. Godofrey brauchte Betrieb. Er gehörte zu jenen Leuten, die am liebsten beten würden: «Unser täglich Problem gib uns heute ...» Man fand diesen Typus nicht nur unter Polizeiorganen, auch unter Philosophen, Psychologen, Ärzten, Juristen war er vertreten ... Kein unsympathischer Typus! Ein wenig ermüdend vielleicht, wenn man ständig mit ihm zu tun hatte. Studer beschloß: Man kann es probieren. Seine Stimme war sanft, streichelnd, als er sagte:
«Und wie wollen Sie mir helfen, mein lieber Godofrey?»
Wahrhaftig, dem Männlein traten Tränlein in die Augen. Sicher war der arme Kerl ganz allein, dachte Studer, und

niemand ist freundlich zu ihm, sein ‚Patron' singt ihn nur an oder kommandiert.
«Ich habe hier», sagte Godofrey mit einer komisch-zitternden Stimme, «den Paß eines Freundes. Er sah Ihnen ähnlich, Monsieur Stüdère. Er hat mit mir in Lyon gearbeitet, aber vor einem Jahr ist er bei einer Rafle erschossen worden. Er war Inspektor an der dortigen Sicherheitspolizei. Ich gebe Ihnen seinen Paß. Nur den Schnurrbart müssen Sie sich abrasieren lassen. Dann kaufen Sie sich einen dunklen Mantel mit Sammetkragen, auch einen steifen Kragen müssen Sie anlegen und nicht vergessen, daß Sie von nun an wie der Polizeiminister des *Kaisers* heißen . . .»
«Des Kaisers?»
«Sicher meinte ich nicht Wilhelm II.», sagte Godofrey tadelnd. «Es gibt nur einen Kaiser, den kleinen Korporal, Napoleon I.! Sein Minister hieß . . . – Sie werden doch nicht behaupten wollen, daß Ihnen der Name dieses genialen Menschen unbekannt ist?»
Nun hatte Studer im Gymnasium gerade immer in den Geschichtsstunden geschlafen. Er zuckte darum mit den Achseln und blickte Godofrey fragend an.
«Seine Exzellenz Joseph Fouché von Nantes, Herzog von Otranto . . .»
«Was? Herzog bin ich auch?» meinte Studer entsetzt.
«Sie wollen den armen Godofrey lächerlich machen, Inspektor! Sie heißen von nun an: Joseph Fouché, Inspecteur de la Sûreté. Wir werden übrigens den Paß noch vervollständigen . . .», sagte Godofrey, ging zu einem Wandschrank, entnahm ihm ein Büchelchen, das ziemlich verschmiert aussah, und begann, in der babylonischen Unordnung seines Schreibtisches nach einem bestimmten Objekt zu fahnden. Er fand es endlich, und es war ein Fläschlein grüner Tinte. Mit dieser Tinte malte er heilige bureaukratische Zeichen auf das vorletzte Blatt des Büchleins. Dann holte er aus dem gleichen Wandschrank einen glattpolierten Stein, fettete ihn ein, drückte ihn auf ein bereitgehaltenes Dokument, zog den Stein vorsichtig ab und preßte den

so gewonnenen Stempel ebenfalls auf die vorletzte Seite des Passes. Hierauf trat wieder die grüne Tinte in Aktion, Godofreys Hand mitsamt der Feder beschrieb elegante Kreise in der Luft, bevor sie, einem Habicht gleich, der ein Hühnlein erblickt hat, herab aufs Papier schoß. Dann schwenkte der kleine Mann den präparierten Paß in der Luft, blies auf die noch feuchte Tinte und endlich ... endlich ... hielt er dem Wachtmeister den Beweis seiner Fertigkeit vor die Nase:
«Reist in besonderem Auftrag des Kriegsministers», stand da. Die Unterschrift war unleserlich, wie es sich gehörte, und ein Stempel krönte das Kunstwerk.
«Großartig! Wunderbar!» sagte Studer.
«Wenn wir Kriminalisten nicht einmal fälschen könnten», sagte Godofrey bescheiden, «dann wäre es besser, man bände uns ein Aktenfaszikel um den Hals. Aber es ist ja für eine gute Sache, Herr Inspektor Fouché!»
«Ich danke Ihnen, Godofrey! Mehr kann ich nicht sagen. Aber wenn Sie einmal Hilfe brauchen sollten – Sie wissen, wo ich daheim bin.»
«Gut, gut, Inspektor; das ist alles nicht der Rede wert», sagte der Kleine. «Man hilft sich, nicht wahr ...»
Studer nahm das offen dargereichte Büchlein, blätterte darin und fand ganz vorne eine Paßphotographie. Der Mann, den dieses Bild darstellte, war breitschultrig, es war ein Brustbild, sein Gesicht mager, und eine spitze, schmale Nase sprang daraus hervor. Der Mund? Studer hatte seinen eigenen Mund nie mehr gesehen, seit er einen Schnauz trug.
«Und Sie glauben, daß mir der Mann gleicht?» fragte Studer.
«Wie ein Zwillingsbruder! ... Nur müssen Sie sich den Schnurrbart abrasieren, einen steifen Hut aufsetzen – dann können Sie beruhigt reisen.» Studer wollte den Paß in seiner Busentasche versorgen, da – wie schon einmal – machte sich die Fieberkurve durch Rascheln bemerkbar.
«Hier, Godofrey», Studer hielt dem Kleinen das Dokument hin. «Können Sie das entziffern?»
Godofrey stürzte sich auf das Blatt, schob die Hornbrille in

die Stirn, und da kamen zum Vorschein ein Paar wäßrige, blinzelnde Äuglein. Ihnen näherte er das Blatt etwa auf Handbreite, drehte es hin und her und hielt es endlich so, daß die Achse der Fieberkurve senkrecht stand. Ausrufe platzten auf seinen Lippen:

«Kindisch ... Kindisch einfach! ... Stümperarbeit! ... Freimaurerschrift ... Das kann man vom Blatt lesen ...»

Er flatterte zum Tisch, setzte sich und begann:

«EMOQHZ ...»

«Genug, Godofrey, genug!» rief Studer, der ängstlich wurde. Man konnte sicherlich Vertrauen zu dem Zwerge haben, aber immerhin ... er war Franzose ...

Godofrey jedoch ließ sich nicht stören, sondern diktierte sich die Buchstabenreihe laut in die Feder. Dann machte er eine Pause.

«Umgekehrtes Alphabet», sagte er langsam. «Wahrscheinlich Deutsch. Ich will nicht in Ihre kleinen Geheimnisse eindringen. Aber haben Sie es selbst entziffern können?»

«Nein», sagte Studer und wurde verlegen. «Meine Frau hat die Lösung gefunden.»

«Ah, Madame Stüdère ... Wundert mich nicht. Ein Mann wie Sie, Inspektor, hat überall Glück. Unverdientes Glück. Ein Mann wie Sie muß unbedingt auch eine kluge, eine gescheite Frau haben. Das geht klar hervor aus Ihrem ganzen Aussehen. Madame Stüdère ...», wiederholte Godofrey. «Wird es mir einmal vergönnt sein, ihr meine Bewunderung zu Füßen zu legen?»

«Ich glaube», sagte Studer trocken, «daß meine Frau eine Gansleberpastete mehr schätzt als Bewunderung.»

«Sie sind ein Materialist, Inspektor Fouché.» Das Männlein ging auf den Spaß ein. «Aber ich werde mich an die Pastete erinnern. Und nun – viel Glück. Seien Sie vorsichtig. Hier haben Sie noch eine Erkennungsmarke der französischen Polizei ...»

Godofrey hatte nicht gelogen. Der Brigadier Beugnot, der den Auftrag erhalten hatte, den Berner Wachtmeister zu beaufsichtigen, war nicht der Schlaueste – oder, und das konnte auch als Erklärung für sein Verhalten gelten, er hielt die Schweizer im allgemeinen für dumm und den Inspektor Studer im besonderen für harmlos.
Vor dem Tor des Justizpalastes wartete dieser Brigadier Beugnot, kam mit in die Untergrundbahn und stieg aus an der Station Pigalle; er betrat mit Studer das Hotel und blieb hinter dem Wachtmeister stehen, während dieser seine Rechnung bezahlte. Der Brigadier folgte seinem Schützling auch auf den Ostbahnhof – dies kostete die französische Regierung eine Taxifahrt – und wartete dann auf dem Bahnsteig, bis der Basler Zug aus der Halle fuhr. Studer war guter Laune. Er winkte mit seinem breitrandigen Filzhut aus dem Fenster und mußte lachen, weil der Brigadier Beugnot, dem dieses Winken galt, automatisch das Winken erwiderte. Der französische Polizeibeamte schnitt dazu ein Gesicht, welches durch das Erstaunen, das es ausdrückte, dümmer schien, als es eigentlich vom Reglement vorgesehen war.
Es galt, vorsichtig zu sein, dachte Studer auf seinem Fensterplatz, während die aussätzigen Häuser der Vororte am Zug vorbeihumpelten. Vorsichtig! – Wie anders war er vor einer Woche gereist! Da saß ihm gegenüber ein Mädchen: graue Wildlederschuhe, seidene Strümpfe, Pelzjackett ... Der Wachtmeister riß sich zusammen. Vorsicht! Worin hatte die Vorsicht zu bestehen? Er durfte nicht in die Heimat zurück – die Schweizer Paßkontrolle würde ihn ohne Anstände durchlassen. Aber wie sollte er die Schweiz verlassen? Die französische Kontrolle passieren mit einem falschen Ausweis? Riskant! Gefährlich!
Es empfahl sich, dem Beispiel einiger Mitspieler in diesem verkachelten Falle zu folgen – und zu verschwinden. Studer schmerzte es, daß er nicht einmal seine Frau benachrichtigen konnte. Aber diesmal durfte er keine Unvorsichtigkeiten

begehen, und eine solche wäre es gewesen, wenn er der französischen Post einen Brief anvertraut hätte ...
Er stieg in Belfort aus und übernachtete dort in einem Hotel mitten im Städtlein – nicht in der Nähe des Bahnhofes. Er kaufte einen neuen Koffer, einen steifen Hut, einen dunklen Mantel und ein Paar hohe gelbe Schnürschuhe mit starker Sohle. Dann ließ er sich bei einem Coiffeur den Schnurrbart abrasieren und die Haare, die an den Schläfen bedenklich weiß waren, schwarz färben. Die Polizeimarke wirkte Wunder. Der Coiffeur lächelte geschmeichelt und geheimnisvoll, der Hotelbesitzer nahm den Anmeldeschein schleunigst und unausgefüllt wieder mit. Studer hatte zwei Worte gesagt: «Politische Mission!» und den Zeigefinger auf die Lippen gelegt. «Ich verstehe, verstehe gut!» hatte der Besitzer genau so geheimnisvoll erwidert.
Dann fuhr der Berner Wachtmeister, der plötzlich ein Inspektor der französischen Polizei geworden war, weiter nach Bourg. Dort stieg er um und nahm eine Nebenlinie nach Bellegarde. In Bellegarde wartete er auf den Nachtzug, der von Genf über Grenoble direkt nach Port-Bou an die spanische Grenze führt. Einige Stationen vor Port-Bou lag jenes Port-Vendres, das der Unbekannte den Berner Gangstern angegeben hatte.
Und in Bellegarde, während er auf den Schnellzug wartete, nahm Wachtmeister Studer Abschied von seinem treuesten Reisebegleiter: dem ramponierten Koffer aus Schweinsleder. Es war ein wortloser, aber inniger Abschied. Dinge haben oft mehr Herz als Menschen – der Koffer verzog alle Falten, die ein langer Gebrauch in sein Leder gegraben hatte. Aber er weinte nicht. Koffer weinen nicht. Koffer begnügen sich damit, kummer- und vorwurfsvoll dreinzublicken ...
Port-Vendres ... Auf der einen Seite des Hafens, der nur ein großes Bassin ist, das faulig riecht, steht ein riesiges Hotel, das meistens leer steht. Auch hier wirkte die Erkennungsmarke Wunder. Doch nicht zu vergleichen war diese Wirkung mit jener, welche die Marke auf das kleine Fräulein im Postbureau ausübte.

Studer trat an den Schalter, sagte mit jener Betonung, die er Madelin abgelauscht hatte: «Police!» Hier müssen wir nachtragen, daß Studer das Französische ohne deutsche Färbung sprach – seine Mutter war in Nyon daheim gewesen . . ., und ließ die Marke in der hohlen Hand aufleuchten.
Eifrig und geflissen nickte das schüchterne Fräulein, sie erhob sich halb von ihrem Stuhl und blieb so stehen, mit gebeugten Knien und schiefem Oberkörper . . .
«Was kann . . . womit kann . . . ich dem Herrn Inspektor dienen?»
«Ich möchte die Sendungen sehen, die in den letzten Wochen postlagernd eingetroffen sind», sagte Studer und war genau so verlegen wie das Fräulein. «Ich meine die Sendungen, die noch nicht abgeholt worden sind, mein liebes Kind.»
Das «liebe Kind» wurde rot, und das war eine Katastrophe. Denn die natürliche Röte ihrer Wangen wollte gar nicht zu der künstlichen ihrer Lippen passen.
«Die . . . die . . . Poste-restante-Briefe . . . Ge . . . ge . . . gern, Herr Inspektor!»
Fünf Briefe. «Vergißmeinnicht 28», «Mimose 914», «Einsames Veilchen im Frühlingswind», «Rudolf Valentino 69» und – endlich! – «Port-Vendres 30-7». Die Schrift!
«Ich brauche diesen Brief!» Studer versuchte umsonst seiner Stimme Festigkeit zu geben, sie zitterte, aber das kleine Fräulein merkte es nicht. «Soll ich Ihnen Decharge geben?»
«De . . . De . . . charge? Wenn Sie so freundlich wären . . . Eine Empfangsbestätigung, wenn ich bi . . . bi . . . tten darf, He . . . Herr Inspektor!»
Der Wind kam vom Meer. Er brachte Feuchtigkeit und einen ganz leisen Geruch nach Seetang und Fischen. Studer atmete tief. Dann riß er die Enveloppe auf.

«Lieber Vetter Jakob!

Ich weiß, daß du den Brief erhalten wirst, denn du bist ein kluger Mann. *Er* ist wütend, daß der Überfall nicht gelungen ist, aber ich hab' lachen müssen. Die Panik ist vorbei – denn als ich dich anrief, hatte ich einen Augenblick den Kopf verloren. Jetzt hab' ich ihn wiedergefunden, das war nicht schwer, denn er ist groß genug – der Kopf nämlich. Ich bin sehr froh, daß du die große Reise machst, denn allein kann ich mit der ganzen Sache nicht fertig werden. Und Pater Matthias kann mir gar nicht helfen... Warum? Das wirst du erfahren! Du mußt unbedingt zuerst über Géryville fahren, und wenn ich fahren sage, so ist das ein Verlegenheitsausdruck, denn du wirst kein Gefährt finden. Aber ich gebe dir Rendez-vous in Gurama. Dort werde ich dich notwendig brauchen. Sei also zur Stelle! Aber nicht vor dem 25. Januar. Und mach dir keine Sorgen, wenn du mich dort nicht antriffst. Ich werde erscheinen, wenn es nötig sein wird. Inzwischen kannst du dich dort mit dem Beherrscher des Postens unterhalten. Er heißt Lartigue und stammt aus dem Jura. Vielleicht findet ihr einen Dritten zum ‚Zugere', aber spiel nicht höher als zehn französische Centimes den Punkt. Du hast bis jetzt eine gute Nase gehabt, fahre in dieser nützlichen Beschäftigung fort und sei herzlich gegrüßt von deiner Adoptivnichte Marie.»

«Suumeitschi!» murmelte Studer und blickte sich gleich danach erschreckt um, nein! Niemand konnte diesen Ausruf gehört haben. Der Quai war leer, Gott sei Dank. So las er den Brief noch einmal und versorgte ihn dann bedächtig in seiner Busentasche. Mochte er dort mit der Fieberkurve gute Nachbarschaft halten! Doch seine Zufriedenheit und seine Freude über den Brief erlitt sogleich einen Dämpfer. Dieser Dämpfer nahm die Gestalt eines Windstoßes an, der ihm den steifen Hut vom Kopfe und in das Schwimmbassin blies. Alles Fluchen half da nichts. So kaufte sich Studer ein Béret; dann verließ er das Geschäft und betrachtete sich noch einmal prüfend im Spiegel des Schaufensters: er sah wirklich ganz unschweizerisch aus mit seinem glatten, mageren Gesicht, den massigen Körper eingezwängt in den dunklen Überzieher, der auf Taille geschnitten war; und das Béret gab ihm etwas Abenteuerliches. Er freute sich über sein Aussehen, der Wachtmeister Studer, er freute sich, daß er in eine fremde Haut geschlüpft war ... Aber er wußte nicht, daß diese leise Freude, die in ihm zitterte, auf lange Zeit seine letzte sein sollte. Auf drei Wochen nämlich ... Aber drei Wochen können sich dehnen, als seien sie ebensoviel Jahre. Von Port-Vendres geht zweimal die Woche ein Schiff nach Oran. Am nächsten Tage war eines fällig, und Studer war froh darüber, denn der Miniaturhafen ging ihm auf die Nerven – besonders sein fauliger Geruch nach Gerberlohe und spanischen Nüssen. Das Meer war schmutzig und seine Wellen glichen dicken, alten Frauen, die ein nicht ganz sauberes Kopftuch aus Spitzen auf die fettig-grauen Haare gelegt haben – und nun weht das Tuch, während die Weiber mühsam vorwärts rollen ... Das Meer war also eine Enttäuschung, und die Enttäuschung verflog auch nicht auf dem Schiff. Im Löwengolf machte sich, wie meistens, ein Sturm bemerkbar, der teils mit Hagel, teils mit Schnee vermischt war. Studer wurde nicht seekrank. Aber er war doch unzufrieden: als französischer Polizeiinspektor durfte er keine Brissagos rauchen, Franzosen kennen diese geniale Erfindung nicht, sie rauchen Zigaretten, allenfalls Pfeife. Studer hatte sich eine Pfeife gekauft. Auf dem Schiff übte er sich darin, sie nicht ausgehen zu lassen. Es war schwer. Aber dann schmeckte sie ihm plötzlich – so gut, daß er eine seiner letzten Brissagos, die er verstohlen in der Kabine angezündet hatte, zur Luke hinauswarf. Der Ketzer schmeckte auf einmal nach Leim.

In Oran hatte er nichts zu suchen. So fuhr er weiter nach Bel-Abbès.

Und dort prallte er mit einer derart fremden Welt zusammen, daß ihm der Kopf brummte.

Die Ankunft schon auf dem kleinen Bahnhof! Ein Dutzend Leute in grünen Capottes, die in der Taille von grau-weißen Flanellbinden zusammengehalten wurden, standen da, und die Bajonette an ihren Gewehren schimmerten schwärzlich. Aus einem Waggon hinter der Lokomotive quollen viel unbewaffnete Uniformierte, die sich in Viererreihen aufstellen mußten – dann wurden sie von den Bajonettträgern eingerahmt und trabten ab. Studer folgte ihnen. Eine lange Straße zwischen Feldern, auf denen verkrüppelte Holzstrünke wuchsen. Es waren Reben, aber hier zog man sie anders als im Waadtland. Am Himmel stand ein unwahrscheinlich weißer Mond, der vergebens versuchte, die Wolken fortzuwischen, die immer wieder an seiner platten Nase vorbeistrichen.

Ein Stadttor, aus roten Ziegeln erbaut ... Eine breite Straße ... Ein Gitter und vor dem Gitter ein Wachtposten, auch er in einer resedagrünen Capotte, der den Eingang bewachte ... Und hinter dem Gitter der Kasernenhof, umgeben von trostlosen Gebäuden; sie erinnerten mit ihrem Aufsatz an die Häuser, die in den Vororten von Paris am Zuge vorbeigehumpelt waren.

Studer trat auf den Wachtposten zu und verlangte den Colonel zu sprechen. Der Posten hörte sich Studers Wunsch gelassen an und deutete dann mit einem Kopfruck nach hinten. Studer wurde ungeduldig. Wo er sich denn melden solle, fragte er barsch.

«Postenchef», sagte der Mann und ließ sein Gewehr knallend von der Schulter fallen. Studer sprang erschreckt einen Schritt zurück. Aber der Posten hatte es mit der linken Hand aufgefangen; diese linke Hand lag plötzlich waagrecht – und jetzt erst verstand der Wachtmeister, daß der Posten das Gewehr präsentierte. Ein Offizier ging vorüber, von seiner Frau spazierengeführt, und grüßte nachlässig.

«Was?» fragte Studer, als das Gewehr wieder schief auf der Schulter des Resedagrünen lag.

«Sie müssen beim Postenchef melden!» wiederholte der Legionär. Die Worte waren hart wie Kieselsteine. Aber die Betonung? Die Farbe der Sprache? Wahr- und wahrhaftig! ... Des Resedagrünen Sprache hatte berndeutschen Klang. Studer sah den Mann an. «Steh' ich in finstrer Mitternacht!» ging es ihm durch den Sinn. Aber die heimatlichen Laute machten das Ganze nur gespenstischer. Und es ging ein kalter Wind, der nach Erde und Sand schmeckte ...

Der Postenchef war Russe. Ein Sergeant und sehr wohlerzogen. Er gab sich Mühe, seine Abneigung gegen die Polizei nicht allzu deutlich zu zeigen. Aber seine Blicke waren beredt ... «Wenn ich dich an einer dunklen Straßenecke erwisch'!» schienen sie zu sagen. Fahnder waren nicht beliebt in der Legion.

Colonel Boulet-Ducarreau sei in seiner Wohnung. Man rate dem Herrn Inspektor Fouché jedoch, lieber morgen früh wiederzukommen ...

Studer entfernte sich seufzend. Noch ein Tag! Aber er hatte ja Zeit, Zeit genug. Wenn er nur am 25. Jänner in Gurama war! Heute schrieb man den elften. Er aß in einem hellerleuchteten Restaurant zu Nacht, nicht schlechter als in Paris. Er trank einen süffigen Weißwein, der aber hinterlistig war. Einmal – der Wachtmeister führte gerade die Gabel zum Munde und erschrak dermaßen, daß er sich in die Lippen stach – legte sich eine Hand um seinen Fußknöchel ... War er entlarvt? Wollte man ihn ketten? Zitternd hob er das Tischtuch. Ein winziger Araberjunge grinste ihn mit schneeweißen Zahnreihen an – ein Schuhputzer!

Colonel Boulet-Ducarreau ließ sich am besten mit einem Edamerkäse vergleichen, der im Gleichgewicht auf einem riesigen blauen Stoffballon liegt. Der Edamerkäse war der Kopf, der Stoffball der Rumpf ohne die Beine, diese verbarg der Tisch.

«In Straßburg engagiert?» schnaufte er. «Despine? Ja ja, ich weiß, ich weiß. Hat die Prime touchiert und ist dann desertiert. Wann? Warten Sie. Heut haben wir Samstag, nicht wahr? Am Donnerstag wird die Prime ausbezahlt. 250 Fr. Am Abend war Ihr Despine verschwunden. Wir haben ihn bis jetzt nicht wiedergefunden, suchen Sie ihn selbst. Auf alle Fälle hat er sich nicht in Oran eingeschifft. Vielleicht weiß mein Sekretär Näheres ... Vanagaß!» rief er quäkend.

Vanagaß war Sergeant und hatte O-Beine wie der Direktor des Hotels «Zum Wilden Mann».

«Gehen Sie mit dem Inspektor Fouché, er ist uns vom Kriegs-

minister empfohlen und sucht den Despine ... Sie haben mir jedoch gesagt, daß Despine desertiert ist?»
«Desertiert! Zu Befehl, mein Colonel!»
«Gewöhnen Sie sich ein für allemal dieses blöde ‚zu Befehl' ab! Despine ist nicht ‚zu Befehl' desertiert! Wenn ich frage: ‚Ist Despine desertiert?' so antworten Sie: ‚Ja' ... Zu Befehl! Blödsinn!» Und der Colonel schnaufte erbittert.
«Ab! Abtreten! Beide abtreten! Ich hab' zu tun! Wenn ich wegen jedem Deserteur eine Viertelstunde verlieren sollte, wo käm' ich da hin? Ich bin ein beschäftigter Mann, Inspektor, teilen Sie dies dem Herrn Kriegsminister mit, wenn Sie ihn wieder aufsuchen ... Vielleicht kennen Sie ihn gar nicht wieder, den Herrn Kriegsminister!» Studers Rücken wurde kalt. Hatte der Colonel ihn durchschaut? Ach nein! Er hatte nur einen Witz machen wollen, der dicke Boulet-Ducarreau, Kugel-von-der-Ecken konnte man den Namen übersetzen, denn er beendete seinen Satz: «Frankreich wechselt nämlich seine Minister wie ich meine Rasierklingen. Adieu!»
Vanagaß schien die Abneigung der Legion gegen Polizeipersonen nicht zu teilen. Es stellte sich heraus, daß er eine Art Kollege war, Polizeidirektor von Kiew unter dem Zaren – wenigstens erzählte er dies, während er mit Studer über den zugigen Kasernenhof ging. Er war von einer Höflichkeit, die entweder auf gute Kinderstube schließen ließ oder den Hochstapler verriet ... Studer wurde nicht klug aus dem Mann. Er schien etwas über den gewissen Despine zu wissen, aber nicht mit seiner Weisheit herausrücken zu wollen. Endlich, nach dem vierten Glas Anisette, so nannte sich das Getränk, aber es war eigentlich unverfälschter Absinth, taute Sergeant Vanagaß auf.
Despine sei ihm aufgefallen, als er am Mittwoch mit einem Straßburger Détachement eingetroffen sei. – Nicht wahr, wenn man zwölf Jahre im Betrieb gewesen ist, so hat man Gelegenheit gehabt, physiognomische Studien zu betreiben! ... Despine? Er habe aus der farblosen Masse seiner Kameraden hervorgeleuchtet. Geleuchtet! Jawohl! ... Wie-

so? Ganz einfach: er habe ausgesehen wie das verkörperte schlechte Gewissen. Ein Mann, der sicher etwas Schweres, etwas ganz Schweres ausgefressen hatte. Er, Vanagaß, wette unbedingt auf Mord: scheuer Blick, zitternde Hände, Zusammenzucken, wenn ihn jemand ansprach. Eine schwere Nummer! Kein Wunder, daß er desertiert sei. Die Legion liefere ja nicht aus, wenigstens wenn es sich um kleinere Sachen handle ... Aber Mord? Das sei etwas anderes. Und es handle sich doch um einen Mord? fragte Vanagaß nebenbei, in der Hoffnung, sein Begleiter werde sich verschnappen. Aber Studer war auf der Hut. Dennoch konnte er sich einen kleinen Triumph nicht verkneifen.

«Doppelmord!» sagte er mit tiefer Stimme. Und Sergeant Vanagaß, ehemaliger Polizeidirektor von Odessa, wenn's stimmte, spitzte den Mund und pfiff leise und langgezogen. «Tschortowajamatj!» fluchte er, und Studer fragte: «Wie bitte?»

«Nichts, nichts.» Sergeant Vanagaß ließ es sich nicht nehmen, auch eine Runde zu zahlen, eigentlich nur, um die Hundertfrankennote zu wechseln, die Studer ihm unter dem Tisch zugeschoben hatte. Dann stand er auf, machte zwei Schritte zur Tür, schlug sich demonstrativ mit der flachen Hand auf die Stirn – und kehrte um. Ganz nahe rückte er an Studer heran, gebrauchte die Hand noch, als Schirm vor dem Mund, und flüsterte: «Ich höre viel, Inspektor. Sie hätten keinen Orientierteren finden können als mich. Ist in Paris von dem Verschwinden eines Corporals Collani die Rede gewesen? Collani, ja, er stand mit dem zweiten Bataillon in Géryville. Soll Hellseher gewesen sein, der Mann. Und ist im September verschwunden, entführt worden, besser gesagt. Von einem Fremden, im Auto.» Ganz abgehackt sprach Vanagaß. Das Thema schien ihn arg zu beschäftigen. «Nun, wir haben das genaue Signalement des Fremden erhalten. Der Wirt des Hotels in Géryville hat es uns gegeben, dann ein Mulatte, bei dem der Collani verkehrt hat. Und der Besitzer einer Garage in Oran hat es bestätigt, das Signalement. Leider sind wir überall zu spät gekommen – das heißt, auch

das ist nicht richtig. Das Auto ist in Tunis aufgegeben worden und richtig an den Garagenbesitzer zurückgelangt. Von dem Fremden aber und von dem Korporal Collani – keine Spur. Was ich sagen wollte ... noch einen Wermut? Nein? Ohne Kompliment? Patron! Zwei Cinzano! ... Was ich sagen wollte ... Gesundheit, Inspektor! Ja ... Was ich ...»
«Sagen wollte!» unterbrach Studer. «Sagen Sie es endlich, glauben Sie, ich habe meine Zeit gestohlen?» Der Wachtmeister sprach scharf und übertrieb seinen Zorn.
«Zu Befehl!» sagte Sergeant Vanagaß, dessen Augen zu einem Schlitz zusammengeschrumpft waren. «Zu Befehl! Daite mne papirossu! Geben Sie mir eine Zigarette!» Der Sekretär des Colonel Boulet-Ducarreau war zweifellos betrunken. Aber nachdem ihm Studer den Tabaksbeutel hingeschoben hatte, drehte sich der Sergeant eilig eine Zigarette. Und dann sprach er in einem Zug:
«Das Signalement des Fremden von Géryville stimmt mit dem Signalement des Despine überein. Gehen Sie nach Géryville, Inspektor! Zu Befehl, ich habe die Ehre, auf Wiedersehen!» und schritt zur Tür hinaus, wie ein Seiltänzer, die Unterarme waagrecht vorgestreckt, die Handflächen nach oben, als trüge er eine unsichtbare Balancierstange ...
«Das ist also die Fremdenlegion!» murmelte Studer. Dann aß er zu Mittag, fuhr am Nachmittag nach Oran zurück, übernachtete dort und nahm am nächsten Morgen den Zug, der Oran mit Colom-Béchar verbindet. Bouk-Toub, die Eisenbahnstation, von der aus Géryville am leichtesten zu erreichen ist, liegt an dieser Linie. Ein Auto hätte ein Vermögen gekostet. Autos durften sich nur Privatdetektive in Romanen leisten. Ein Berner Fahnderwachtmeister mußte rechnen ...
Das Dorf Bouk-Toub bestand aus genau fünfundzwanzig Häusern, und Studer nahm sich die Mühe, sie zu zählen, als er nach einem Transportmittel fahndete, das ihn nach Géryville bringen sollte. Eine öde Gegend. Es war nicht recht ersichtlich, warum sich fünfundzwanzig Feuer in dieser Mondlandschaft entzündet hatten.

Vor einem Pferd hatte Studer eingefleischtes Mißtrauen, noch mehr vor dem merkwürdigen Sattel, der ihm angeboten wurde: ein Brett vorne, ein Brett hinten, Steigbügel an einem kurzen Riemen, Steigbügel, breit und lang, wie seine Finken am grünen Kachelofen in der Wohnung auf dem Kirchenfeld. Das Kirchenfeld war weit, und weit das Café mit dem grünen Billardtisch ... Was tat wohl das Hedy? Lachte es? Weinte es? ... Und der Notar Münch, sein Partner im Billardspiel? ...

Endlich fand Wachtmeister Studer ein Maultier. Aber auch dann brauchte es endlose Verhandlungen, bei denen weder die Polizeimarke noch die Empfehlung des Kriegsministers etwas nützte, bis endlich Inspektor Joseph Fouché das Tier besteigen durfte. Auch ein Sattel wurde aufgetrieben und ein Paar lederne Gamaschen, die so uralt waren, daß sich der Kauf von vier Lederriemen als notwendig erwies; denn die Hüllen, die Studers Waden schützen sollten, waren morsch ...

Das Maultier war ein Spaßvogel. Wenn es die Lippen aufstülpte, sah es aus, als habe es soeben einen ausgezeichneten Witz erzählt und warte nur auf das Lachen der andern, um selbst einzustimmen. Seine Lippen waren grau, mit einem talergroßen Fleck und weich wie feinste Seidenmousseline. Studer schenkte dem Tier sogleich sein Vertrauen, und um es günstig zu stimmen, steckte er ihm drei Stück Zucker ins Maul. Der Esel grinste ...

«Nach sechzig Kilometer», sagte der Besitzer, «werden Sie eine Farm erreichen. Sie liegt gerade halbwegs. Dort übernachten Sie. Dann sind Sie am nächsten Abend in Géryville.»

So ließ Studer am nächsten Morgen die fünfundzwanzig Häuser Bouk-Toubs hinter sich. Im Anfang ging es ganz gut. Das Maultier benahm sich gesittet. Es ging seinen klappernden Gang, schnaufte von Zeit zu Zeit, schüttelte den Kopf, als müsse es windige Gedanken verscheuchen. Aber nach vierzig Kilometer war Studer wundgeritten. Er hielt tapfer aus bis zum sechzigsten Kilometer, fand auch die Farm, die in einer kleinen Mulde lag. Abends pflegte er seinen Körper mit Talkpuder und seine Seele mit Rotwein. Der Rotwein war dick und erzeugte Sodbrennen – das Schafsragout jedoch, das man ihm vorsetzte, brannte genau so auf der Zunge wie das Ragout im chinesischen Restaurant in Paris ... Die Abenddämmerung war flaschengrün, dann kam die Nacht – und fremd war der Himmel: durchsichtig war seine Schwärze und später, viel später erst, blinzelten die Sterne. Studer lag in der Küche auf einem Lager aus Alfagras, Schafe bähten, und das feuchte Weinen eines Lammes klang wie Kinderklage ... «Das junge Jakobli läßt den alten Jakob grüßen ...» Strickte das Hedy immer noch an den weißen Babyhosen? Vor dem Einschlafen rauchte es wohl eine Zigarette und fragte sich, was wohl der alte Jakob, der alte, spinnende Jakob tat ...

Der Trott eines Maulesels kann einschläfernd wirken. Aber wenn es kalt ist und immer kälter wird, je näher man dem Hochplateau kommt, dann verdunstet die Schläfrigkeit wie Tau im Heuet ... Und die Gedanken beginnen zu hüpfen – das ist unangenehm, denn es erzeugt einen schwindelerregenden Wirbel ... Das Band der Straße ist immer gleichförmig gelb, an den Rändern raschelt das trockene Alfagras, die schwarzen Wolken am Himmel erinnern an Tod und Trauer ... Ist es ein Wunder, wenn man der alten Frauen gedenkt in ihren Lehnstühlen, der verstorbenen alten Frauen? ... Und weiter reitet man durch den fremden Tag ...

Der Pater ... Der Hellseherkorporal ... Der Geologe ... Der Sekretär – – – Der Pater – der Geologe. Zwei Brüder. Was hinderte den Koller, den Börsenmakler, der als Despine in die Fremdenlegion eingetreten war, ein Bruder dieser beiden zu sein? Drei Brüder: Pater Matthias, Cleman-Koller, Victor Alois, Koller-Despine, Jakob ... Zwei Schwestern: Sophie und Josepha, beide Kartenschlägerinnen ... Kartenschlägerinnen ... Halt! Es gab da noch einen Hellseherkorporal namens Collani, der spiritistische Séancen veranstaltete. Aber es gab auch noch einen Börsenmakler, der sich mit dem gleichen Unsinn beschäftigte! Wie hatte der

Bäcker in der Rue Daguerre gesagt? Der Bäcker, dessen Haare rot wie Pfälzerrüben waren? «Er beschäftigte sich mit den letzten Dingen!» Herr Koller hatte ein Stellenvermittlungsbureau für Abgeschiedene eröffnet. Sie klopften in den Tischen! Nochmals halt! Nicht spotten! Es blieb immerhin die Tatsache, daß dieser Fall ein Fall mit vielen Geschwistern war: die Brüder Mannesmann, die Brüder Koller, die Schwestern Hornuß. Wo zum Tüüfu sollte man den Hellseherkorporal Collani unterbringen? Ein vierter Bruder Koller? Stimmte das, dann ging die Gleichung auf ...

Chabis! Was meinte Dr. Malapelle vom Gerichtsmedizinischen? «Fantasmagoria!» Und wie sagte der Murmann im Amtshaus z'Bärn, und mit ihm alle Kollegen, vom Hauptmann bis herab zum Gemeinen? «Dr Köbu spinnt!»

Und dem Polizeidirektor sollte man ein Paar marokkanische Sennenhunde mitbringen, mit Pedigree, wohlverstanden! Der Herr Direktor würde anders luege, wenn er wüßte, daß sein Wachtmeister Studer plötzlich zum Inspektor Fouché avanciert war. Aber schließlich paßte dies auch zu dem Fall. Die Leute, die darin vorkamen, hießen immer anders als man meinte. Cleman hieß Koller und Koller hieß Despine, wenn er sich nicht den Namen eines Heiligen zulegte und sich Pater Matthias nannte ... Was würde der Herr Polizeidirektor für Augen machen, wenn man ihm zwei weibliche oder zwei männliche Sennenhunde mitbrachte? ... Auch das würde zu dem Fall passen! Geschwister! Geschwister! Hehehehe ...

Es war schwierig zu lachen bei dieser Kälte, es zerriß einem die Lippen, die ohnehin schon gesprungen waren. Nach alter Gewohnheit griff Studer an die Stelle, an der er gewohnt war, die weichen Haare seines Schnurrbartes zu finden ... Die Stelle war kahl ...

«Oeööööóh!» rief Studer und das Maultier stand. Der Wachtmeister stieg ab, es war Mittag, er gedachte etwas zu essen. So setzte er sich auf einen Stein am Wegrand, und während er zähes Schaffleisch verschlang, blickte er um sich.

Ebenen, Ebenen, Ebenen und dann, ganz in der Ferne,

Berge, weiße Schneeberge ... Sie erinnerten gar nicht an die Schweiz. Dort gab es auch am Fuße der Schneeberge Hotels mit Zentralheizung und warmem Wasser, sogar Skihütten gab es dort, heizbare Skihütten! Hier gab es nichts. Weit und breit kein Haus, kein Baum ... Am Ende der Ebenen glänzten die Salzseen, giftig wie Chemikalien in Glasschalen ...

Geschwisterpaare ... Es gab doch auch Sterne, die paarweise am Himmel standen. Dann war Marie ein Komet. Stimmte auch nicht! Marie war kein Komet. Kometen sind Vaganten in der Sternenwelt. Und Marie war keine Landstörzerin, keine Zigeunerin ... Sicher war sie mit dem Koller verheiratet gewesen, mit dem Börsenmakler, der sich in afrikanischen Minenpapieren die Auszehrung geholt hatte ...

«Los' einisch, Fridu!» wandte sich Studer an das Maultier – er hatte beschlossen, es Friedel zu nennen, Fridu, wie sie daheim sagten, «los' einisch!» Aber das Maultier wollte nicht lose, es fraß weiter und riß von Zeit zu Zeit an den Zügeln, in dessen Schlaufe Studers Handgelenk hing. Da zog der Wachtmeister ein paar Stück Zucker aus der Tasche: «Sä!» sagte er. Das Maultier kam näher, reckte den Hals, blies Studer seinen warmen Atem über die Hände, das war wohltuend, nahm mit viel Anstand den Zucker mit den weichen Lippen, kaute andächtig, rollte sittsam die Augen und stieß dann einen Laut aus, der dem Wachtmeister in des Ausdrucks wahrster Bedeutung durch die Gebeine hindurch bis ins Knochenmark fuhr ... Ein Zwitterding war dieser Laut, halb Eselsgeschrei, halb Pferdegewieher – aber das arme Tier konnte nichts dafür ... Es sang, wie es konnte ... Studer stand auf ... Die Glieder schmerzten ihm, er sehnte sich nach seinem Bureau, in dem es nach Bodenöl und Staub roch, in dem der Dampf in den Röhren knackte – in dem es warm war, *warm* ...
«Los' einisch, Fridu», begann Studer von neuem. «Die Marie ... Äbe ... Nei, nid Gras fresse, das isch ug'sund, i gyb dr denn es Stückli Brot! Sssä! Weischt, d'Marie ... Wenn,

äbe, wenn ... denn seyt d'Marie: Märci, Vetter Jakob! U denn isch alls guet ... Ja – du bisch en Guete, Fridu! Chumm ietz ...»

Noch eine Pfeife, das Béret über die Ohren gezogen, dann aufgesessen. Hinten am Sattel war ein gerollter Schlafsack aufgeschnallt. Darin steckten: ein Pyjama, zwei Hemden, zwei Paar Socken, Toilettenzeug ... Man war mit neunundfünfzig Jahren bereit, es den Legionären gleichzutun ... Gott sei Dank setzte der Schneesturm erst ein, als Géryville schon in Sicht war. Das Maultier verstand sein Handwerk, denn der Galopp, in den es überging, war so sanft wie das Fahren auf einer Achterbahn. Dann blieb es vor einem Hause stehen, das offenbar das Hotel von Géryville war; Studer stieg ab, er sah einem verschneiten Weihnachtsmann ähnlich, der sich aus Versehen rasiert hat. Und müde war er! Beim Nachtessen schlief er fast ein, wachte halb auf, nachdem er ein einziges Glas Wein getrunken hatte. Aber dann begann es in seinen Ohren zu brausen. Der Besitzer des Hotels schien an dergleichen Gäste gewöhnt zu sein; denn er führte den schweren Mann in ein Zimmer im oberen Stockwerk, zog ihm den nassen Mantel aus, deckte ihn zu ... Am nächsten Morgen, als Studer angekleidet erwachte, fand er, der Besitzer habe sehr menschlich gehandelt. Die Wanzen hatten dem Wachtmeister nur die Hände verstechen können und ganz wenig die Stirne ...

Der Hellseherkorporal nimmt Gestalt an

Es war merkwürdig, aber doch eine Tatsache: alle höheren Offiziere der Fremdenlegion schienen sich einer behäbigen Körperfülle zu erfreuen. Kommandant Borotra, der das zweite Bataillon des ersten Regimentes befehligte und vier goldene Borten rund um sein Képi trug, hatte mit dem Tennis-Champion nur den Namen gemeinsam. Er war ein gemütlicher Fettwanst mit spärlichen, blonden Härchen über der Oberlippe.

«Collani?» fragte er. «Sie suchen nach Collani? Wie kommt es, daß sich ein Polizist aus Lyon für meinen Korporal interessiert? Meinen Hellseherkorporal?»
Studer schnitt ein geheimnisvolles Gesicht, deutete auf die gefälschte Unterschrift des Kriegsministers. Borotra wurde rot. Die Unterschrift besaß magische Eigenschaften . . .
«Gehen Sie zu unserem Arzt», sagte der dicke Kommandant. «Dr. Cantacuzène wird Ihnen Auskunft geben können. Und dann hoffe ich, werden Sie uns die Freude machen und Ihr Mittagessen bei uns in der Offiziersmesse einnehmen. Wir sind natürlich . . .» Räuspern «. . . soweit es in unserer Kraft steht, immer gerne bereit, dem Herrn . . .», längeres Räuspern, «. . . Kriegsminister zu Diensten zu sein, hoffen aber, daß Sie nicht versäumen werden, seiner Exzellenz in Ihrem Rapport . . .» Räuspern, Räuspern, das nicht aufhören wollte.
«Darüber wollen wir kein Wort verlieren», sagte Studer trocken und kam sich vor wie ein Marschall des großen Kaisers, der einem Präfekten das Kreuz der Ehrenlegion verspricht. War Joseph Fouché nicht Herzog von Otranto gewesen? Studer konnte auch herzoglich tun. Manchmal ist die Demokratie die beste Schule für aristokratisches Benehmen.
Dr. Cantacuzène sah aus wie ein durchtriebener Feuilleton-Redaktor, dem es schwerfallen würde, seine arische Abstammung glaubhaft zu machen. Er trug einen Zwicker mit dikken Gläsern, der ihm ständig vom Nasensattel rutschte und den er, wie ein Jongleur, bald am Bügel über einem Finger, bald auf dem Handrücken, sogar einmal auf der Stiefelspitze auffing.
«Hysteriker», sagte Dr. Cantacuzène, der griechischer Abstammung war, was er zuerst betonte. «Ihr Collani war ein typischer Fall männlicher Hysterie. Was nicht ausschließt, daß vielleicht doch okkulte Fähigkeiten in ihm schlummerten. Die Experimente, die ich mit ihm angestellt habe, lassen sich fast alle auf natürliche Art erklären, immerhin . . .», er hob im richtigen Moment das linke Knie, um dem Zwicker dort einen Augenblick Ruhe zu gönnen, «. . . und auf alle

Fälle hatte der Mann eine schwer belastete Vergangenheit. Und in dieser Vergangenheit gab es sicher *einen* Vorfall, der Collani schwer bedrückte. Mit mir hat er nie über dieses Thema gesprochen. Aber er hat sich eine Zeitlang sehr an einen gewissen Pater angeschlossen. Ich, für meinen Teil, habe es abgelehnt, mich in Beichtstuhlgeheimnisse zu mischen . . .» Der Zwicker fiel auf den Teppich.
«Er rauchte Kif», fuhr der Arzt fort, «und das war ungesund für ihn, denn er war nicht kräftig. Sie wissen, was Kif ist? Haschisch. Cannabis indica . . . Collani ist, wenigstens spricht vieles dafür, von einem Fremden entführt worden. Ich, für meinen Teil, glaube, daß der Mann eine kleine Spritzfahrt unternommen hat und irgendwo zuviel geraucht hat. Ein kleiner Collaps würde sein Verschwinden erklären . . .»
Nein, sein Verschwinden ließ sich nicht so erklären, denn am Mittagstisch in der Offiziersmesse verkündete Kommandant Borotra freudig, Collani sei wohlbehalten in Gurama bei der berittenen Kompagnie des dritten Regimentes eingetroffen. Er habe diesen Morgen vom Befehlshaber des dortigen Postens, dem Capitaine Lartigue, Bericht erhalten. Collani behaupte, er wisse nicht, wo er die letzten Monate zugebracht habe, und Lartigue glaube ihm dies. Er werde veranlassen, daß ein Arzt den Hellseherkorporal untersuche – und dann werde ihm die Entlassung winken. Auf Pension habe der Mann ohnehin Anspruch.
«Existiert kein Bild von diesem Collani?»
«Ich glaube nicht, Inspektor Fouché», sagte Borotra. «Aber wir können ein gutes Signalement von ihm geben. Nicht wahr, meine Herren?»
Drei Capitaines, zwei Leutnants und sechs Unterleutnants sagten im Chor:
«Ja, mein Kommandant!»
Und dann ging es zu wie bei einem Gesellschaftsspiel, in dem jeder Mitspieler ein Wort zu sagen hat – reihum.
«Klein.» – «Mager.» – «Brustumfang 65.» – «Graue Haare.» – «Glattrasiert.» – «Abstehende Ohren.» – «Flach.» –

«Rand fehlte.» – «Dünne Beine.» – «Haut olivenfarben.» – «Augen blau.»
«Danke», sagte Studer. «Das genügt. Wenn ich recht verstanden habe, so sind die Ohren abstehend, flach, ohne Rand? . . . Ja? . . . Danke nochmals. Und wie groß war Collani?»
Ein kleiner Leutnant hob die Hand wie in der Schule.
«Mein Leutnant?»
«1 Meter 61 . . .»
Im Winter schien nicht viel los zu sein in Géryville. Die Offiziere blieben bis halb vier Uhr sitzen. Sie ließen Studer nicht gehen. Er wurde als Fremdling gefeiert und mußte mittrinken. Er dankte Gott, daß keiner der Offiziere aus Lyon stammte. Aber schließlich, der Berner Fahnderwachtmeister, der unerlaubterweise den Namen eines französischen Polizeiministers des I. Kaiserreiches führte, hätte sich vielleicht doch aus der Klemme gezogen . . .
Endlich konnte Studer sich empfehlen. Er wollte den Mulatten Achmed besuchen, bei dem der Hellseherkorporal nach der Erzählung Pater Matthias' allabendlich Kif geraucht hatte.
Achmed, der Mulatte, war ein Riese, der sich ohne Scheu auf jedem Jahrmarkt für Geld hätte zeigen können. Seine Hautfarbe erinnerte an eine mit aller Sorgfalt zubereitete Jubiläumsschokolade schweizerischen Ursprungs . . .
Er rauchte aus einer Pfeife, deren roter Tonkopf nur fingerhutgroß war, ein Kraut, dessen Rauch an den Geruch von Asthmazigaretten erinnerte. Er empfing Studer sitzend; wie ein morgenländischer König saß er auf einem Teppich, mit gekreuzten Beinen. Man vergaß das leere ärmliche Gemach und das grelle Licht, das eine Azetylenlampe im Raume verspritzte.
Kein Mißtrauen dem fremden Besucher gegenüber . . . Eine stille, verhaltene Heiterkeit . . .
Der Corporal Collani? Ein guter Freund. Sehr still, sehr schweigsam. Hatte sich an niemanden angeschlossen, darum kam er immer am Abend zu ihm, Achmed. Rauchte zwei

Pfeifen Kif. «Nein, Inspektor, von diesem Quantum gibt es noch keinen Rausch! Was denken Sie!» Achmed sprach ein gewöhnliches Französisch, und Studer hätte den Mann gern gefragt, wo er sich seine Bildung angeeignet habe. «Man schläft gut nach zwei Pfeifen», erklärte Achmed. «Und der Korporal litt an Schlaflosigkeit. Er seufzte oft – nicht wie einer, den etwas bedrückt, sondern wie ein Mensch, der eine kostbare Perle verloren hat und sie überall sucht ... Diesen Sommer war es besonders arg. Einmal hat er geweint, richtig geweint, wie ein kleines Kind, dem seine liebste Glaskugel gestohlen worden ist ...»
Ein Mulatte! Ein einfacher Mensch und ein armer dazu! Aber welch Verständnis, und wie gut sprach er von den Regungen der Seele!
«Ich hab' ihn zu trösten versucht», fuhr Achmed fort, «hab' ihn gebeten, sich mir anzuvertrauen ... Umsonst. Er wiederholte immer wieder: ‚Wenn ich den Brief öffne, diesen Brief da! ...' und zeigte ihn mir, ‚dann überfällt mich die Vergangenheit – und er kommt mich holen!' – ‚Wer kommt dich holen, Korporal?' wollte ich wissen. – ‚Der Teufel, Achmed! Der alte Teufel! Ich hab' ihn getötet, den Teufel, aber der Teufel ist unsterblich, nie können wir wissen, wann er wieder aufwacht! ...' Und so hat er den Brief fortgeschickt, am 20. Juli vorigen Jahres. ‚Ich hatte noch eine Kopie dieses Briefes', erzählte er mir am nächsten Tage. ‚Aber ich weiß nicht, wo diese Kopie ist. Ich habe meine Sachen durchsucht, aber sie ist nirgends zu finden ... Es ist auch besser so!' Zwei Monate später, am 28. September, ist ein Fremder zu mir gekommen und hat nach dem Korporal Collani gefragt. Er hat gewartet – aber an diesem Abend ist der Korporal spät gekommen. Er hat den Fremden nicht beachtet, sondern nur zu mir gesagt: ‚Jetzt weiß ich, wo die Kopie ist. Ich hatte sie in das Futter einer alten Wollweste eingenäht. Ganz deutlich sah ich's gerade.' – ‚Wo warst du bis jetzt, Korporal?' fragte ich. – ‚Beim Priester', antwortete er. Und dann erblickte er den Fremden ...» Achmed schwieg. Er blickte mit seinen braunen Augen, so dunkel

waren sie, daß sie fast schwarz wirkten, treuherzig zu Studer auf, der neben der pfeifenden Azetylenlampe an der Wand lehnte...

Es gab also eine Kopie der Fieberkurve! ... Wo war diese Kopie zu suchen? Und wenn sie in den Händen der «Widersacher», um den rätselhaften Leuten, mit denen man es zu tun hatte, einen Namen zu geben, wenn sie also in den Händen der Widersacher war – wo mußte man sie suchen? Und wenn die Widersacher die Kurve hatten, warum hatten sie dann zwei Berner Gangster auf den Wachtmeister gehetzt, um ihm das Dokument zu stehlen?

Plötzlich war es Studer, als schnappe in seinem Kopfe etwas ein – es war ein merkwürdiges Gefühl. Ein Zahnrad dreht sich neben einem anderen, das still steht. Ein Hebel wird umgestellt – die Zähne des rotierenden Rades greifen in die Zähne des ruhenden – nun drehen beide sich... Dieses Einschnappen vollzog sich, weil der Berner Wachtmeister plötzlich die beiden Karten sah, die in Bern sowohl, als auch in Basel in der obersten Reihe des ausgelegten Spieles lagen: der Schaufelbauer! der Pique-Bube! Schaufeln – die Unglücksfarbe. Der Schaufelbauer – der Tod. Merkwürdig, dachte Studer, wie unser Gedächtnis manchmal funktioniert: wir speichern Bilder auf und vergessen sie wieder – und plötzlich taucht solch ein vergessenes Bild aus der Versenkung auf, ist entwickelt, kopiert, – ganz scharf...

Mit gekreuzten Beinen saß Achmed in seiner Ecke und stieß Rauchwolken aus. Und so vertieft war Wachtmeister Studer in seine Gedanken, daß er gar nicht merkte, wie er selbst sich zu Boden gleiten ließ, – aber es gelang ihm nicht, kunstgerecht auf seine eigenen Absätze zu hocken. Er streckte die Hand aus – denn er war zu sehr mit seinen Überlegungen beschäftigt, um selbst eine Pfeife zu stopfen – er streckte die Hand aus, und dann zog er träumend an einem Mundstück, atmete den Rauch tief in die Lungen ein und stieß ihn wieder von sich. «Noch eine», murmelte er.

«Bruder», belehrte ihn Achmed, «du mußt sagen: Amr sbsi – das heißt: füll mir die Pfeife...»

Und gehorsam wiederholte Studer: «Amr sbsi!»
Der Rauch kratzte ein wenig im Schlund, aber im Kopfe begann es farbig auszusehen.
«Amr sbsi...» Achmed lächelte. Er hatte breite Zähne. Weiß war das Licht der Azetylenlampe im gekalkten Zimmer. Aber wenn man durch die Wimpern blinzelte, dann tanzten alle Regenbogenfarben Gavotte.
«Mlech?» fragte Achmed. Studer nickte. Es kam ihm vor, als spreche er ausgezeichnet arabisch. «Mlech» – das hieß natürlich: «Gut.» Eifrig nickte der Wachtmeister und wiederholte: «Mlech, mlech!»
Einen Augenblick wurde er wieder nüchtern und versuchte, sich auf das Datum des heutigen Tages zu besinnen. Er wollte diese Frage auf arabisch stellen, aber da war ihm der heimatliche Dialekt im Wege; doch auch dieser wollte nicht über seine Lippen. Es wurde ein brummendes Gestammel aus der Frage, obwohl Studer überzeugt war, sie sehr klar gestellt zu haben.
Achmeds Gesicht drückte lächelndes Erstaunen aus. Und dann machte Achmed drei Gesten, die Studers westeuropäische Einstellung zur Zeit in ihren Grundfesten erschütterte. Ein Vorstrecken der flachen Hände, ein Heben der Arme und die Hände fielen zurück auf die Knie, dann hob sich die Rechte mit aufgerecktem Zeigefinger, während die übrigen Finger sich zur Faust schlossen; der aufgereckte Zeigefinger aber legte sich auf den Mund und nachher deutete er gen Himmel...
Und so ausdrucksvoll waren diese Bewegungen, daß Studer sie mühelos übersetzte:
«Mensch! Bruder! Wie willst du die Zeit halten in deinen offenen Händen, verzweifeln mußt du, wenn du an die Ewigkeit denkst... Er aber, der dort oben thront, der Ewig-Schweigende, was kümmert Er sich um die Zeit, Er, dem die Ewigkeit gehört?»
Der Wachtmeister dachte dunkel, nun, da er diese Bewegungen gesehen und verstanden hatte, würde er unfähig sein, jemals wieder seine Tätigkeit an der Berner Fahndungs-

polizei aufzunehmen. Er sah sich am Morgen aufstehen, sich rasieren ... In der Wohnung duftete es nach Kaffee. Schon halb acht. Um acht mußte er im Amtshaus sein, auf seinem Bureau ... Aber was ist das? Zwei Hände breiten sich flach aus, ein Zeigefinger reckt sich gen Himmel ... Ins Bureau? Wozu? Das Amtshaus, der Dienst, die Segnungen der westlichen Kultur: Betriebsamkeit, Arbeit nach der Uhr, Dienstzeit, der Lohn am Monatsende, wo waren sie geblieben? Wozu dies alles? Um Allah willen, wozu? ... Man versank im Meere der Ewigkeit, man starb. Was nützte alles Tun? Warum nahm man sich so wichtig, reiste mit falschen Pässen, suchte nach verschwundenen Leuten, wollte einen Schatz heben? Nur ein winziger Tropfen war man doch im Nebelschwaden der Menschheit – und verdunstete ...

Immer noch saß der Mulatte dem Wachtmeister gegenüber, und sein Gesicht sah aus, wie das ewig junge Antlitz eines fremden Gottes ...

«Amr sbsi! ... Füll mir die Pfeife!»

Die Pfeife, die winzige, fingerhutgroße Tonpfeife wurde gefüllt, und neben dem Wachtmeister stand plötzlich eine Tasse, der edle Wohlgerüche entströmten. Aber Studer war nicht mehr fähig, festzustellen, daß dieser himmlische Trank ganz einfacher Tee war, in dem ein paar Minzenblätter schwammen. Er trank, trank ...

Woher kam die Musik? Ein toller Tanz stampfte vor seinen Ohren, und er sah Frauen, die ihre Fußspitzen weit über ihren Kopf schleuderten. Dann roch es nach Rosen, nach vielen gelben Rosen, der Wachtmeister legte sich ins feuchte Moos, rings um ihn breitete ein Garten sich aus – der duftete nach Erde und Gewitterregen. Noch einmal wurde ihm die Pfeife in die Hand gedrückt; nun drehten sich Sterne vor seinen Augen und beschrieben riesige Kreise ... Und die Musik? Die Musik, die ertönte?

Sie klang, als werde der Bernermarsch von himmlischen Heerscharen gespielt ...

... Später sollte Studer noch oft, etwa beim Billardspielen, dem Notar Münch, die Wonnen des Haschischrausches

schildern; aber meist gingen ihm nach einiger Zeit die Eigenschaftswörter aus, und er endete dann mit dem stärksten Superlativ, der ihm zur Verfügung stand:
«Suber!» sagte er. «Cheibe suber isch es gsy!» . . .

Achmed, der Mulatte, lächelte. Er breitete zwei Pferdedecken auf dem Boden aus, nahm Studer auf die Arme – die achtundneunzig Kilo des Wachtmeisters störten ihn wenig – bettete ihn sorgfältig auf die warme Unterlage und deckte ihn zu. So schlief denn der Berner Fahnder in einem ärmlichen Raum, weit weg von der Bundeshauptstadt, in einem verlorenen Kaff, das vielleicht gar nicht auf der Karte zu finden war, den schönsten Schlaf seines Lebens, den buntesten auch, der angefüllt war bis zum Rand mit Tönen und Düften . . .
Aber er mußte dieses Geschenk mit einem Katzenjammer bezahlen, der ihn am Tage seines Rückrittes nach Bouk-Toub viel Dankbarkeit empfinden ließ für das Verständnis seines Maultieres Friedel. Dieses setzte seine winzigen Hufe mit aller gebotenen Vorsicht auf den gefrorenen Boden, so, als wisse es um die schauerliche Migräne, die seinen Reiter plagte . . . Man mußte es eben bezahlen, wenn einem die Engel «Träm, träm, träm, deridi . . .» vorspielten . . .

Da redet man so viel von der Wüste, von ihrer Unendlichkeit, von dem Schauer, der von ihr ausgeht . . . Studer wurde in Colom-Béchar schwer enttäuscht. Viel gelber Sand, ja wohl, aber in dem Sand wuchsen merkwürdige Pflanzen: Blechbüchsen, die Sardinen, Thon, Corned-Beef enthalten hatten und mit ihren gezackten Deckeln an unwahrscheinliche Kakteen erinnerten. Der Horizont war verhangen, die Dattelpalmen gemahnten mit ihrer giftig-grünen Farbe an schlecht kolorierte Postkarten – und außerdem war es kalt, ganz unverschämt kalt. Studer fühlte sich betrogen . . . Natürlich war sein Zimmer ungeheizt, man stellte ihm ein offenes Kohlenbecken hinein, was gegen alle Verordnungen der Sanitätsdirektion verstieß. Denn glühende Kohlen son-

dern bekanntlich Kohlenoxyd ab, und das ist ein giftiges Gas. Zum Glück erteilte der Platzkommandant von Colom-Béchar dem Herrn Inspektor Fouché die Erlaubnis zur Weiterreise – am nächsten Tag. Richtiger in der übernächsten Nacht. Fünf Saurer-Camions fuhren über Bou-Denib, Gurama nach Midelt. Und dann fragte der Wachtmeister den Platzkommandanten, es war ein Kommandant und genau so dick wie Borotra, in Géryville, ob ein gewisser Korporal Collani sich auf der Durchreise hier gemeldet habe.
«Denken Sie, Inspektor», sagte der Offizier, «der Korporal hat sich wirklich hier gemeldet. Er hat diese Frechheit besessen. Wenn man bedenkt, daß er sich drei Monate, ohne Urlaub, von der Truppe entfernt hat, wäre es eigentlich meine Pflicht gewesen, den Deserteur einzusperren. Aber der Mann war so krank, er bat mich so dringend, ihn nach Gurama weiterfahren zu lassen, daß ich schließlich einwilligte.»
«War er in Uniform?»
«Ja. Aber nach seiner Abreise hat mir ein Araber erzählt, er habe sich bei ihm umgezogen. Ich wollte die Zivilkleidung sehen, aber die war schon längst weiterverkauft worden . . .»
«Wie sah der Korporal aus?»
«Klein, kleiner als Sie, Inspektor. Sagen Sie, ist der Mann während seiner Abwesenheit in Europa gewesen? Hat er dort etwas ausgefressen, daß Sie ihn suchen?»
Studer legte den Finger auf die Lippen. Dies war immer die bequemste Antwort.
Und um Mitternacht fuhr er ab. Er klammerte sich an das Bild des Mädchens Marie, es war die einzige Wirklichkeit, an der er sich halten konnte, als er, eingeklemmt zwischen bewaffneten Legionären, über Straßen fuhr, die eigentlich gelbe Lehmflüsse waren . . . Die Nacht war klar, bis in den grauen Morgen hinein schien der Mond, und dann kam die Sonne und wärmte ein wenig. Der Wachtmeister saß auf einem Weinfaß, seine Beine schliefen abwechselnd ein, er rauchte seine Pfeife und verhielt sich schweigend. Seine Begleiter trugen jene resedagrünen Capottes, die in den ameri-

kanischen Filmen über die Fremdenlegion nicht malerisch genug wirken würden und daher durch Phantasieuniformen ersetzt werden. Die Gewehre seiner Begleiter waren rostig, und es fragte sich, ob man überhaupt mit ihnen schießen konnte. Richtiggehende französische Unordnung!... Wachtmeister Studer dachte an die ferne Rekrutenschule und war froh, daß er sich ärgern konnte; es verdrängte ein wenig das Bild des Mulatten Achmed, der mit ein paar simplen Bewegungen die Sinnlosigkeit jeglichen Tuns demonstriert hatte. Es kamen kahle Berge zu beiden Seiten der breiten Ebene, es kamen Dörfer inmitten von Olivenwäldern, und Hühnerskelette scharrten im Mist. Kleine Kinder mit glattrasierten Köpfen bohrten in der Nase, die Mütter standen daneben und sagten nicht: «Pfui!» Es zogen kleine Esel vorbei, die ihre Haut auf den bloßen Knochen trugen, und die Weiber, die sie antrieben, waren nicht verschleiert. Darum sah man die blauen Punkte auf den Stirnen, die kreuzförmig angeordnet waren.
Und dann kam Gurama ...

Capitaine Lartigue

Der Posten war viereckig; eine Mauer umgab ihn und drei Reihen Stacheldraht. An der einen Ecke ragte das Rohr einer 7,5-cm-Kanone über die Mauer. Den Eingang ließ der Stacheldraht frei. Und am Torpfeiler lehnte ein Mann in verknitterter Khakiuniform, auf seinem runden Kopf saß schief eine verwaschene Polizeimütze, seine Hosen waren zu kurz und ließen über offenen Sandalen graue Wollsocken sehen.
«Ist Capitaine Lartigue zu sprechen?» fragte Studer, während die Camions, schon weit entfernt, Salven abschossen und Staub aufwirbelten.
Der Mann rührte sich nicht, er hob nur den Blick vom Boden, starrte den Fragenden an und musterte ihn dann eingehend. Er fragte: «Wozu?» und schnalzte mit der Zunge. Eine Gazelle kam hinter der Mauer hervor, lugte zuerst

schüchtern, tänzelte näher und rieb ihre Schnauze an der Hüfte des Mannes in Khaki.
Studer räusperte sich. Der Empfang mißfiel ihm – keine Disziplin! – und der Mann ging ihm auf die Nerven. Vierzehn Stunden Fahrt auf einem Lastcamion wirken nicht wie Brom. Der Wachtmeister zeigte seine französische Polizeimarke: «Police!» sagte er barsch. Der Mann in Khaki zuckte mit den Achseln und kraulte den Kopf der Gazelle. Studer holte seinen Paß hervor, wies auf die Empfehlung des Kriegsministeriums – der Mann verzog die Lippen zu einem unverschämten Grinsen.
«Führen Sie mich zum Capitaine!» schnauzte Studer.
«Und wenn ich selber der Capitaine bin?»
«Dann sind Sie verdammt unhöflich!»
«Wollen Sie mich Höflichkeit lehren?»
«Ich glaube, das würde nichts schaden! Sie sind ein Flegel, mein Herr!»
«Und Sie ein Spion!»
«Wiederholen Sie das!»
«Sie sind ein Spion!»
«Und Sie ein Schwachsinniger!»
«Hören Sie, das ist ein Wort, das man nur gebrauchen darf, wenn man boxen kann. Können Sie boxen, Sie Fettwanst?»
Das traf den Wachtmeister an der empfindlichsten Stelle. Sein dunkler Überzieher flog durch die Luft, daß er am Stacheldraht hängen blieb, kümmerte ihn wenig; die Kutte nahm den gleichen Weg. Und dann tat Wachtmeister Studer – alias Inspektor Fouché – etwas, was er seit den Knabentagen nicht mehr getan hatte. Er begann seine Hemdärmel aufzukrempeln.
Und nahm Kampfstellung an.
Er war untrainiert, das wußte er. Aber er hatte schon andere Leute gebodigt als solch einen kleinen französischen Offizier, der nicht einmal die Abzeichen seines Grades trug.
Plötzlich lachte der Mann; es war ein angenehmes Lachen. «Verzeihen Sie, Inspektor. Ich bin heute schlechter Laune. Sie haben mir Ihren Paß gezeigt. Inspektor Fouché, nicht

wahr? Von der Sûreté in Lyon? Ich bin selbst aus Lyon. Ich erinnere mich gut an Ihren Namen, er wurde zu meiner Zeit oft genannt. Aber man hat Sie doch tot gesagt? Sind Sie nicht in einer Rafle erschossen worden? Scheint nicht, da Sie heut vor mir stehen. Vorwärts, vorwärts, ziehen Sie ihren Rock wieder an, den Mantel auch. Sonst erwischen Sie eine Lungenentzündung. Und ich habe schon genug Kranke im Posten. Kommen Sie lieber etwas trinken.»

Eine richtige schottische Dusche! Eiskalt war es Studer geworden, als der Mann erklärt hatte, er stamme aus Lyon. Und siedendheiß, gleich darauf, als er zu einem Trunke eingeladen worden war. Aber sein Gesicht blieb ausdruckslos, als er sagte:

«Soso? Aus Lyon? Man hatte mir gesagt, Sie stammten aus dem Jura und seien ein Lands-hmhm ... ein halber Schweizer ... Aus Lyon, soso?»

«Teils – teils», sagte Capitaine Lartigue. «Meine Eltern stammten aus St. Immer, aber mein Vater hat in Lyon eine Uhrenfabrik gegründet. Doch ich war manchmal in der Schweiz. Und jetzt bin ich hier ... Aber Sie werden hungrig sein. Kommen Sie mit!»

Höfe, die von Baracken umsäumt waren ... Wellblechdächer, die so glatt waren, daß sie die Sonnenstrahlen zurückwarfen, wie riesige Spiegel. Männer in blauen Leinenanzügen schlichen herum, führten lässig eine Hand an die Stirn – man wußte nicht, war es ein militärischer Gruß oder ein freundschaftliches Winken.

Einer dieser Männer trat dem Capitaine in den Weg und sagte, ohne Achtungstellung anzunehmen: «Ich hab' nämlich Fieber!»

Studers Begleiter blieb stehen, ergriff das Handgelenk des Mannes, ließ es nach einer Weile los, dachte nach und klopfte dann dem Wartenden auf die Schulter:

«Leg dich nieder, mein Kleiner, ich schick' dir dann die Schwester ...»

Dem Wachtmeister Studer gab das Wort «Schwester» einen Ruck. Sollte ... sollte ... Aber er vertrieb den Gedanken

mit jener Bewegung, die ihm eigen war: seine Hand verscheuchte unsichtbare Mücken von seinem Gesicht.
Capitaine Lartigue ging weiter. Studer starrte ihn von der Seite an; was war das für ein Mann? Seine Stimme konnte sanft sein, wie die einer Mutter.
«Wir haben viel Sumpffieber im Posten», sagte der Capitaine traurig. «Die Gegend ist ungesund. Manchmal liegt die halbe Kompagnie auf dem Rücken ... Es ist nicht die gewöhnliche Form der Malaria ... Chinin wirkt kaum ... Es ist ein Elend. Wenn wir nicht eine Pflegerin vom Roten Kreuz hätten, die uns der Resident aus Fez geschickt hat ...»
Studer atmete auf. Marie war keine Pflegerin, sie war Stenotypistin. Aber ... Es gab ein Aber. Wenn es einem Berner Fahnder gelungen war, die Persönlichkeit eines französischen Polizeiinspektors anzunehmen, warum hätte es Marie nicht gelingen sollen, sich in eine Rot-Kreuz-Schwester zu verwandeln?
«Ist die Schwester», fragte Studer, und er konnte es nicht verhindern, daß seine Stimme ein wenig zitterte, «ist die Schwester, die Sie sich verschrieben haben, mein Capitaine, auch tüchtig?»
Ein Blick streifte Studer – und der Blick war ungemütlich.
«Sehr tüchtig», sagte Capitaine Lartigue trocken. «Aber was führt Sie eigentlich in meinen verlassenen Posten, Herr Inspektor Fouché?»
Der Blick ... Die Betonung seines falschen Namens ... Nur gut, daß das Béret die Stirn bedeckte, so sah man die Schweißtropfen nicht! ...
«Es ist eine lange Geschichte», sagte der Berner Wachtmeister.
«Das sind nicht immer die schönsten», meinte der Capitaine. «Ich ziehe Kurzgeschichten vor.»
Schweigend gingen sie weiter. Mitten im Posten erhob sich ein Gebäude, das aussah wie ein sehr breiter Turm. An seiner Außenmauer klebte eine Hühnerleiter.
«Ich zeige Ihnen den Weg, Herr Inspektor Fouché, Herr Inspektor Jakob Fouché, nicht wahr?»

«Nein, Joseph, Joseph Fouché.»
«Ganz richtig, Joseph. Ein kleiner Irrtum. Ich gehe also voraus, Herr Inspektor Joseph Fouché. So ist der Name richtig, nicht wahr?»
«Ja, ganz richtig.» Schnell, während der Ungemütliche den Rücken zeigte, schnell, schnell das Nastuch. Das Leder innen im Béret war pflätschnaß. Und das Nastuch! Das hatte man davon, wenn man eine fleißige Frau hatte, die selber Monogramme stickte. Ganz deutlich in einer Ecke: J. S. – Jakob Studer ... Man konnte eben nicht an alles denken.
Die Stiege hatte kein Geländer, und so wurde es ein unangenehmer Aufstieg ... Droben traten die beiden in ein sehr hohes und sehr helles Zimmer. Quadratisch. Weißgekalkt ... Wie jener Wohnraum im Hause auf dem Spalenberg ...
Der Eingangstüre gegenüber öffnete sich eine riesige Glastür, die auf eine geländerlose Terrasse ging. Die Glastüre stand offen und Sonnenlicht überschwemmte den Raum. An den Wänden hingen marokkanische Teppiche, rot, schwarz, weiß ... Und über diesen Teppichen Gestelle, auf denen Bücher standen ...
«Setzen Sie sich, Herr Inspektor Joseph – so ist's doch richtig? – Herr Inspektor Fouché. Ich freue mich, einen Lyoner begrüßen zu dürfen. Wie geht es Locard?»
Nun ist Dr. Locard eine Leuchte der Kriminalistik – und so konnte Studer Bescheid geben. Er hatte Locard vor einem Jahre gesprochen.
«Danke, gut, er ist immer noch der gleiche ...» Und begann eine Geschichte, die er von Dr. Locard hatte.
«Sie haben aber gar nicht unsere Aussprache», sagte Lartigue, ohne aufzusehen. Er schenkte die Gläser voll.
«Ja ... ganz richtig ...», stotterte Studer. «Ich war ja auch nur abkommandiert nach Lyon. Ursprünglich stamme ich aus Bellegarde. – Ja ...»
«Ah, dann sind Sie auch an der Schweizer Grenze daheim», stellte der Capitaine fest.
«Jaja, gewiß ...» Die Bestätigung kam zu eilig.

«Gut, gut. Und was möchte Seine Exzellenz der Herr Kriegsminister gerne erfahren? Sie müssen nämlich wissen, daß ich sehr schlechte Noten habe, darum hat man mich auch in diesen Posten versetzt. Aber natürlich, wenn ich mich nützlich erweisen kann . . .»
«Es handelt sich . . .», sagte Studer und stockte. Das Schweigen dauerte lange. Schließlich hatte der Capitaine Mitleid mit seinem Gast. «Sie werden müde sein, Inspektor», meinte er und ließ den höhnischen Ton fallen. «Wissen Sie, das beste wird sein, Sie legen sich ein wenig hin. Mein Bett steht Ihnen zur Verfügung, bis wir ein anderes für Sie aufgetrieben haben. Ich habe zu tun und will Sie jetzt allein lassen. Schlafen Sie gut.»
. . . Es gab keinen andern Ausdruck: Man hatte sich in die Nesseln gesetzt. Das Ganze war widerlich. Es war widerlich, unter falschem Namen auftreten zu müssen, man fühlte sich bedrückt, unfrei, auch gehemmt in all seinen Bewegungen. Und es war auch widerlich, diesen Capitaine Lartigue anzuschwindeln. Denn dieser Capitaine war ein feiner Kerl.
. . . Studers Menschenkenntnis war nicht aus Büchern erlernt, sie stützte sich nicht auf Körperformen, Schriftbilder, Typenlehren oder Phrenologien. Er hatte sich angewöhnt, die Menschen einfach auf sich wirken zu lassen – und dann verließ er sich auf seinen Instinkt.
Dieser Lartigue! Nur die Art, wie er zu dem Legionär gesprochen hatte: «Mein Kleiner . . .», hatte er ihn genannt. Und an der Tür des Postens die Aufforderung zum Boxkampf! . . .
Er hatte einen runden Schädel mit kurzen blonden Haaren, dieser Lartigue, dazu blaue Augen in einem breiten Gesicht. Das Kinn sprang vor.
In die Stille tönte von draußen der langgezogene Ruf eines Horns. Drei tiefe Töne, dann, eine große Terz höher, noch einmal vier lange Töne, und der letzte wurde ausgehalten und verhallte traurig . . .
Studer erhob sich, trat hinaus auf die Terrasse, und einen Augenblick schwindelte ihn, denn er vermißte das Geländer.

Aber dann nahm ihn das Schauspiel gefangen, das im großen Hofe aufgeführt wurde.
Die Kompagnie war im Carré angetreten. Ein Mann mit gekräuseltem Bart, der in der Mitte des Vierecks stand, rief ein Kommando, als er den Capitaine um die Ecke einer der Baracken kommen sah. Reglos wie Mauern standen die Fremdenlegionäre. Blaue Leinenanzüge, um die Hüften graue Flanellbinden. Capitaine Lartigue winkte mit der Hand ab, sagte ein paar Worte, die der Wind, der von den roten Bergen im Norden kam, sogleich verwehte. Die Mauern lockerten sich. Da schlüpfte durch einen Zwischenraum die Gazelle, stellte sich neben den Capitaine und ließ sich streicheln. Plötzlich lachte die ganze Kompagnie. Eine schwarze Walze rollte mit rasender Geschwindigkeit heran, Staub wirbelte auf, die Walze kläffte, sprang dann am Capitaine hoch, beschnüffelte die Gazelle und wedelte. Und dann nieste er laut – der schottische Terrier ...
Der Capitaine schritt die Reihen entlang, und Studer begriff zuerst nicht, was er tat. Sobald er vor einem Mann stand, öffnete dieser den Mund, der Capitaine steckte ihm eine kleine weiße Pille in den Mund – ging zum nächsten ...
Ein kurzes Kommando. Die Mauern standen wieder unbeweglich. Ein Wink – sie zerbröckelten.
«Was haben Sie den Leuten in den Mund gesteckt, Capitaine?» fragte Studer, als Lartigue wieder im Turmzimmer erschien. Unter dem Arm hielt der Capitaine den strampelnden Terrier.
«Chinin ... Ich füttere meine Leute mit Chinin, täglich zwei Gramm ... Sie haben alle Ohrensausen, es nützt aber nichts ...»
«Chinin», wiederholte Studer. Und plötzlich schlug er sich klatschend gegen die Stirn.
«Was ist los, Inspektor?»
«Nichts, nichts», sagte Studer gedankenabwesend. Und er sah die Fieberkurve. Was stand vermerkt am Datum des 20. Juli?
«Sulfate de quinine 2 km.»

Seit wann gab man Chinin kilometerweise? Aber stand diese Bemerkung nicht gerade vor oder gerade nach SSO? Also! Der Schatz lag vergraben in der Nähe einer Korkeiche bei einem roten Felsen, der die Gestalt eines Mannes hatte, zwei Kilometer südsüdöstlich von Gurama ...

«Haben Sie einen Kompaß?» fragte Studer und merkte gar nicht, daß er in diesem fremden Zimmer aufgeregt hin und her lief ... Als ihm dies zum Bewußtsein kam, sah er auf und begegnete den Augen des Capitaines, deren Ausdruck nicht recht zu deuten war. Spott? Mitleid? ...

«Sie wollen einen Kompaß, Inspektor Jakob ... pardon: Joseph Fouché?»

Was hatte der Mann nur immer mit seinem Jakob? Wußte er etwas?

«Ja gern», sagte Studer ein wenig gepreßt.

«Hier. Ich denke, Sie möchten einen Spaziergang machen. Nehmen Sie keine Rücksicht auf mich. Jeder Mann im Posten kann Ihnen die Kantine zeigen. Dort holen Sie sich etwas zu essen. Und heut abend speisen Sie bei mir. Ich muß jetzt schlafen. Auf Wiedersehen!»

Und Studer war entlassen. Er stieg die Hühnerleiter hinab, trat in die erste Baracke und verlangte eine Grabschaufel. Dann ließ er sich den Weg zum Ksar zeigen.

Die Grabschaufel hatte einen kurzen Stiel, ihr Metallteil steckte in einem Lederfutteral. Das war praktisch.

Der Ksar war das Eingeborenendorf, turmförmig aus Lehmziegeln errichtet und etwa einen Kilometer vom Posten entfernt. Hinter dem Ksar nahm der Wachtmeister die Richtung Südsüdost und marschierte los. Sein Schritt maß ungefähr achtzig Zentimeter. Machte für zwei Kilometer etwa zweitausendfünfhundert Schritte. Aber schon nach tausend Schritten konnte Studer das Zählen aufgeben. Die Korkeiche war deutlich zu sehen, und neben ihr ragte ein roter Stein auf, der von ferne einem aufrechtstehenden Mann ähnelte.

Aber der Wachtmeister fand keine Verwendung für die Schaufel. Denn neben dem Felsen gähnte ein Loch – und das Loch war leer.

Schlußfolgerung? Jemand war ihm zuvorgekommen. Diese Schlußfolgerung war dermaßen selbstverständlich, daß man darüber die Achseln zucken konnte. Wer war dieser Jemand? Das war vorderhand gleichgültig. Wichtiger war, daß Capitaine Lartigue augenscheinlich alles wußte. Deutlich genug hatte er es gezeigt mit seinen anzüglichen Betonungen. «Herr Inspektor Jakob . . . pardon: Joseph Fouché.»
Gut! Man hieß Jakob! Was war weiter dabei? Man segelte unter falscher Flagge . . . Das war nicht mehr so gleichgültig. Aber: die Suppe, die man sich eingebrockt hatte, mußte man auslöffeln. Es war, wollte man den Fall unvoreingenommen betrachten, immerhin eine ganz neue Situation: In der Schweiz konnte man, wohin immer man auch kam, auf Beistand zählen. Man hatte Freunde bei der Polizei und die Behörde als Rückendeckung. Hier? . . . Hier war man ganz allein, ganz auf sich selbst angewiesen. Von nirgends hatte man Hilfe zu erwarten. Der sympathische Capitaine Lartigue konnte einen beispielsweise ohne weiteres verhaften und unter Bedeckung nach Fez transportieren lassen, wenn er es nicht vorzog, kurzen Prozeß zu machen und einen an die Wand zu stellen . . . Kam man hingegen vors Kriegsgericht, so winkte Cayenne, das Land, wo der Pfeffer wuchs. Erfreulich war es immerhin, sich die Notizen auszudenken, die in den Schweizer Zeitungen erscheinen würden: «Zu unserem Bedauern erfahren wir, daß ein um das Polizeiwesen des Kantons Bern wohlverdienter Fahnder von der französischen Regierung wegen einer schweren Verfehlung gegen das Internationale Recht . . . Die Schritte, die unser Gesandter in Paris im Auftrag unserer hohen Bundesbehörde unternommen hat, sind leider erfolglos geblieben. Der Bundesrat hat in seiner Sitzung vom 2. Februar beschlossen, eine Kommission zu wählen, die die Schritte untersuchen wird, die in dieser betrüblichen Angelegenheit getan werden können. Die Kommission wird sich in den nächsten Wochen konstituieren und vorerst einen Ausschuß wählen, der einen bekannten Kenner des Internationalen Rechtes beauftragen wird, diesen traurigen Fall auf all seine Möglichkeiten hin zu

prüfen. Wie wir in letzter Stunde vernehmen, ist die Kommission bereit, eine Subkommission mit den ersten Ermittlungen zu betrauen. Man hofft, daß die leidige Angelegenheit noch im nächsten Jahre eine Erledigung finden wird ...»
So ging es – und gegen Kommissionen konnte man nichts unternehmen. Aber vielleicht war eine Kommission gar nicht nötig? Vielleicht war eine Rettung gar nicht ferne?
Ganz hinten am Horizont tauchte ein Punkt auf. Winzig klein war er. Studer zog seinen Feldstecher aus der Tasche. Ein Maultier! Und auf dem Maultier ein weißer Fleck. Vielleicht brachte der weiße Fleck Rettung.
Unter diesen Gedanken war Studer im Posten angelangt. Still lag er da, unter den Sonnenstrahlen, die ihn schief trafen. Der Abend war nahe. Neben dem Wachtposten sah der Wachtmeister zwei dicke Bohlentüren – offenbar die beiden Gefängniszellen. Vielleicht schlief diese Nacht ein Berner Fahnder hinter einer dieser Türen?
Studer gab den Spaten zurück. Dann stieg er wieder die Hühnerleiter hinauf, klopfte. Da keine Antwort erfolgte, trat er ein. Auf einem Diwan, in einer Ecke des Raumes, lag Capitaine Lartigue und schlief. Zwischen der Wand und seinem Körper lagen die Gazelle und der schottische Terrier friedlich nebeneinander. Beide blinzelten den Wachtmeister verschlafen an – der Hund hob einen Augenblick den Kopf und legte ihn dann wieder zurück auf seine gestreckten Vorderpfoten. Studer schlich sich zu einem Lehnsessel, setzte sich, nahm ein aufgeschlagenes Buch, das auf dem Tischchen lag und begann zu lesen. Es waren Verse, französische Verse von traurigem Wohllaut. Und sie paßten zu Studers Stimmung. Wahrscheinlich hatte sie ein Gefangener geschrieben.

Der Himmel überm Dach
ist still und leise.
Ein Baum überm Dach
zieht seine Kreise ...

Dem Wachtmeister gingen die Augen über, und er schlief ein ...
Der gemeinsame Schlaf aber legte um diese vier Geschöpfe

ein unsichtbares Band. Als sie nach einigen Stunden erwachten, schienen sie erfreut, beeinander zu sein.
Der Capitaine sagte: «Auch ein Schläfchen getan, Inspektor?» – «Wie wäre es mit einem Wermut, mein Capitaine?» fragte Studer zurück. Die Gazelle und der Hund spielten Fangis im Zimmer, immer rund um den Lehnstuhl des Wachtmeisters; dann blieben die Tiere plötzlich stehen und blickten Studer freundlich an. Die Gazelle hatte feuchte Augen, wie ein verliebtes Frauenzimmer, und der Hund ähnelte einem uralten Neger. Es war sehr gemütlich in dem Turmzimmer.
Und draußen war der Abend kühl und rot wie Himbeereis. Durch die offene Terrassentür wehte ein kleiner Wind. Zwischen Wolken, die aussahen wie Klumpen von Brombeergelee, standen ein paar Sterne, rund und weiß und glänzend wie geschälte Haselnüsse. Ein wenig später kam der Mond, der dieser Zuckerbäckerherrlichkeit ein Ende bereitete. Er kam und war weiß und groß; das Licht, das er über die Baracken und Höfe legte, gemahnte an riesige Leintücher, die von der Bleiche kommen. Ein Horn klagte wieder, es war ein Signal, mit Trillern, Koloraturen – und wie ein großer italienischer Sänger hielt es die vorletzte Note lange aus, so lange, daß man mit Bangen die Rückkehr zum Grundton erwartete ... Und kaum war der Grundton verhallt, begann gedämpft ein Lied ... Es paßte zum Abend, zu der Ebene und zum klaren Lichte des Mondes. Manchmal hob sich eine hohe Männerstimme ab vom Chore, der im Basse die Begleitung brummte ...
«Die Russen singen», sagte der Capitaine leise. Studer hörte andächtig zu. Dies alles war auf eine noch nie erlebte Art ergreifend, so etwas gab es nicht daheim ... Das also war die Legion, die Fremdenlegion: ein Lied vom großen Traum, dem Traum von Pferden, Bergen, Ebenen und Meer.
Immer noch lag Lartigue auf dem Diwan, die Hände im Nacken verschränkt, und atmete die Lieder ein wie einen starken Duft ... Plötzlich brach der Gesang ab. Der Capitaine sprang auf.

«Sie suchen nach dem Hellseherkorporal Collani, Inspektor ... Nein, leugnen Sie's nicht ab!» ... Lartigue ging zur kleinen Tür, die auf die Holzstiege führte, und pfiff. Drunten klapperten Schritte. Der Capitaine gab einen leisen Befehl, dann schloß er die Tür, ging zum offenen Kamin und hielt ein brennendes Zündholz unter das aufgeschichtete Holz. Ein Duft von Thymian breitete sich aus im Raum.

«Soll ich Licht anzünden? Oder genügt Ihnen der Mond?»

Studer nickte. Er konnte nicht sprechen. Der Capitaine schien die Stimmung seines Gastes zu verstehen, denn er füllte schweigend zwei Gläser mit einer wasserklaren Flüssigkeit. Studer trank. Es war verdammt stark, reizte zum Husten, aber gab warm ...

«Dattelschnaps», erklärte der Capitaine. «Der Jude, der mir die Schafherden liefert, hat mich mit drei Flaschen bestochen. Er hat recht daran getan, sonst hätte ich ihn zwei Monate lang Ziegel formen lassen, weil er mich mit seinen Schafen hineinlegen wollte. Sie hatten nur zwölf Kilo Lebendgewicht, und das ist zu wenig ... Aber das interessiert Sie wohl nicht, Herr Inspektor Jakob ... pardon ... Joseph Fouché ...»

Doch! ... Gerade diese Dinge interessierten den Berner Wachtmeister sehr. Was doch solch ein Postenchef alles können mußte! Er mußte Arzt sein, Viehhändler, Veterinär, Stratege, Bürgermeister, Postenchef, Hausvater ...

«Wer ist eigentlich Ihr direkter Vorgesetzter, Capitaine?» fragte er. «Wem unterstehen Sie?»

«Ich?» Capitaine Lartigue schmunzelte – und hätte man das Schmunzeln gutmütig genannt, so wäre es eine Übertreibung gewesen. «Ich?» wiederholte er. «Ich bin ein kleiner König. Mir hat niemand etwas zu sagen, außer dem Residenten in Fez. Offiziell gehört meine Kompagnie dem dritten Regiment an – aber sie gilt als Bataillon. Und der Oberst des dritten Regimentes ist viel zu weit weg ... In Rabat, denken Sie ... Vierhundert Kilometer Luftlinie. Ich bin also Bataillonschef, Platzkommandant, und auch das Land, das uns umgibt, ist mir untertan. Sie sehen also, lieber Inspektor — — Fouché, ganz richtig — — Sie sehen also, lieber Inspektor Joseph Fouché, merkwürdig übrigens, daß Sie wie der Polizeiminister des großen Kaisers heißen, daß mich nichts hindern könnte, kurzen Prozeß mit Ihnen zu machen.»

Das Schmunzeln — gutmütig oder nicht — war von den Lippen des Capitaines verschwunden. Der Mund war schmal, gerade, die Lippen ein wenig bleich.

«Wenn ich den Herrn, der den Namen eines französischen Ministers des Kaiserreichs trägt — mit Recht, wollen wir einmal annehmen, mit vollem Recht — wenn ich diesen Mann ganz einfach an die Wand stellte, niemand würde mich an dieser Säuberungsaktion hindern. Denn Sie werden zugeben, daß das Beiseitebringen eines Spiones sich Säuberungsaktion nennen darf . . . Um der Form Genüge zu tun, würde ich vielleicht ein kleines Kriegsgericht versammeln, bestehend aus einem Leutnant, zwei Sergeanten und zwei Korporalen. Fünf Mann — und einer mehr: Ich, Auditor und Gerichtspräsident in einer Person. Verteidigen dürften Sie sich selbst. Ich, Auditor und Präsident, würde also sprechen: ‚Vor euch steht ein Mann, der in besetztem Gebiet mit einem falschen Passe reist. Ich verdächtige ihn der Spionage. Wir können augenblicklich niemanden entbehren, der ihn mit einer Eskorte nach Fez bringen könnte. Also müssen wir selbst das Urteil fällen. Und wir sind dazu befugt. Da es sich um Spionage handelt und ich die Beweise in öffentlicher Sitzung nicht beibringen darf — die Interessen Frankreichs stehen auf dem Spiel —, gibt es nur eins: den Tod.' Was würden Sie darauf antworten, Herr Inspektor Jakob — pardon Joseph Fouché?»

«Darf ich mir eine Pfeife stopfen?» fragte Studer gelassen; sprach's, zog den Beutel aus der Tasche und begann ruhig den Tabak in den Kopf einzufüllen. Er drückte ihn gewissenhaft mit dem Daumen fest, stand auf, stand da, eine Weile, groß und schwer und breit, ging mit gewichtigen Schritten zum Kamin, beugte sich nieder, nahm Reisig, an dem ein gelbes Flämmchen klebte, zündete das Kraut an,

kehrte an seinen Platz zurück und blies Lartigue Rauchwolken ins Gesicht. «Hätte das Gericht dann meine erste Frage beantwortet, so würde ich fortfahren: ‚Meine Herren! Es ist wahr, daß ich mit einem falschen Paß reise – aber ich habe nie Spionage getrieben. Ich bin ein Schweizer Polizist, der beauftragt worden ist, einen zweifachen Mord zu ... zu ...'» Studer suchte nach dem passenden Wort, es fiel ihm keins ein, so beendete er seinen Satz mit: «‚... enträtseln. Ja.'»
Er schwieg und fingerte über der Oberlippe nach dem Schnurrbart, dessen Trüllen in schwierigen Unterredungen stets sein Beruhigungsmittel gewesen war, fand ihn nicht und nahm zu einem langanhaltenden Räuspern seine Zuflucht. Dann: «Außerdem – und ich will ganz offen mit Ihnen sprechen, Herr Capitaine – habe ich nicht nur die Interessen meines Staates zu vertreten, sondern auch die Interessen eines jungen Mädchens, dessen Vater hier in der Nähe ... Doch ich glaube, dies würde wieder Ihr Gericht nicht interessieren. Und um auf besagtes Gericht zurückzukommen: Erstens würde ich also verlangen, als Vertreter meines Landes behandelt zu werden. Da dies wahrscheinlich nicht geschehen wird, so würde ich mir erlauben, den Notwehrparagraphen zu meinen Gunsten auszulegen. Zwei Browningpistolen enthalten sechzehn Schüsse – falls ich noch rechnen kann.»
«Bravo», sagte Capitaine Lartigue. «Marie hat Sie richtig geschildert.»
«Mar ...», begann Studer, aber da wurde er von einer Frauenstimme unterbrochen:
«Gueten Abig, Vetter Jakob!»
Studer ergriff die Flasche mit dem Dattelschnaps. Er schenkte sein Glas voll, leerte es, stellte es wieder ab.
«Grüeß di, Meitschi!» Seine Stimme war ruhig.

«Vetter Jakob», fragte Marie, «hast du die Fieberkurve?» Studer nickte, nickte lange. Sein Kopf konnte nicht zur Ruhe kommen. Marie hatte sich auf das Ruhebett gesetzt, auf dem, vor gar nicht langer Zeit, der Capitaine, der Hund und die Gazelle in tiefem Schlaf gelegen waren. Und Studer hockte auf dem Stuhl, dessen bequemer Bau auch ihm Ruhe geschenkt und die Augen zugedrückt hatte. Auf dem Tischlein lag immer noch das Buch mit dem Vers:

Der Himmel überm Dach
Ist still und leise ...

Aber die Anwesenheit Maries hatte die Stimmung im Zimmer verändert. Das Mädchen trug einen weißen Leinenschurz, wie er zur Uniform einer Krankenpflegerin gehört, ihre Haare waren eingehüllt in einen dünnen Schleier, dessen Leinenband ihre Stirn umspannte. Und mitten auf dem Leinenbande prangte ein rotes Kreuz. Sehr sittsam saß Marie auf dem Ruhebett, hatte die Hände gefaltet und die Ellbogen auf die Knie gestützt. Neben ihr hockte Capitaine Lartigue in seiner verrumpfelten Khakiuniform, so weit nach hinten gelehnt, daß nur ein dunkelblaues Kissen seine Schulterblätter von der Wand trennte. Ihm zu Füßen waren der Hund und die Gazelle, ein braunschwarzes Wolleknäuel.
Ja, die Fieberkurve habe er, sagte Studer und starrte auf den Boden ... Das heißt, um ganz genau zu sein, er habe nur die Hälfte der Fieberkurve, die andere Hälfte liege wohlverwahrt in einem Notariatsbureau z'Bärn.
Jetzt war es an Marie, zu nicken. Und sie tat dies auch. Ausgiebig und lange. Schließlich erkundigte sie sich, ob es in diesem Zimmer eigentlich gar keine Zigaretten gäbe? Der Vetter Jakob – l'oncle Jacques, sagte sie – rauche Pfeife, und sie? ... Studer seufzte. Wie viele Namen mußte man sich in diesem verkachelten Fall gefallen lassen! Für Madelin war man «Stüdère», für die Tanzlehrerin «Stiudaa», für den Murmann «der Köbu», auf dem Paß hieß man Joseph Fouché, und fürs Hedy war man der «Vatti». Marie hatte

einen «Vetter Jakob» getauft. Das ging noch an. Aber «Oncle Jacques!» Das war zuviel! Und während Capitaine Lartigue ein blaues Päckli, ähnlich dem, das im Schnellzug Paris-Basel neben dem damals noch unbekannten Meitschi gelegen hatte, aus einer seiner Taschen hervorzog und Marie von den Zigaretten anbot, kleidete Wachtmeister Studer von der Fahndungspolizei seinen stillen Protest in laute Worte. Und die Worte waren aus bernischem Stoff.
Der Protest verhallte. Studer hatte den Eindruck, als spräche er zu zwei Puppen. Das gab einen kleinen schmerzhaften Stich. Lartigue sah Marie an, und das Meitschi hatte nur Augen für den Capitaine. Und man war der «Oncle Jacques» ... Es gab eine Redewendung im Französischen, die hieß: «faire le Jacques», was sich am besten mit: «dr Löli sy» übersetzen ließ. Und der Wachtmeister kam von diesem dummen Wortspiel nicht los.
Was ging diese beiden, dort auf dem Ruhebett, die Fieberkurve an! Was ging sie der Schatz bei der Korkeiche, am roten Mannfelsen an! Was kümmerte den Capitaine Lartigue, den Viehhändler, Postenchef, Hausvater, Strategen und Arzt, die Tragödie von zwei alten Frauen, die in ihren Küchen ein trostloses Ende gefunden hatten? Dachten etwa zwei Verliebte an Dinge, bei denen jedem Kriminalisten das Herz höher schlägt, an den «Großen Fall» zum Beispiel? Studer seufzte, und da er, zugleich mit dem Seufzer, seine Pfeife auf dem Rande eines porzellanenen Aschenbechers ausklopfte, so blickten die beiden endlich doch zu ihm herüber. Es war Zeit.
«Wir wollen», sagte Capitaine Lartigue, «die ernsten Geschäfte auf morgen verschieben. Sie sind müde heute, Herr Inspektor, wir werden zu Nacht essen, dann schlafen Sie einmal ordentlich aus, und morgen werden wir sehen, wie wir am besten unsere Angelegenheiten regeln können.»
«Unsere Angelegenheiten», hatte der junge welsche Schnuufer gesagt. Mira! Unsere Angelegenheiten! ... Es war nur gut, daß zu diesen «unseren» Angelegenheiten das Nachtessen gehörte. Es war üppig, und gemütlich wurde es auch.

Die Ordonnanz des Capitaines, ein Ungar mit einem Rübezahlbart, servierte.
Lammkoteletts. Risotto mit Hühnerleber garniert. Artischocken mit Mayonnaise. Salat. Käse. Dazu gab es einen Weißwein, der den Namen «Kébir» trug. Kébir, erklärte der Capitaine, heiße «Der Große». Der Wein verdiente den Übernamen.
Das Feldbett war in einem leeren Offizierszimmer aufgeschlagen worden. Es war schmal. Aber das schadete nichts. Wachtmeister Studer schlief ein, und er schlief tief. Als er erwachte und auf die Uhr blickte, die auf einem Stuhle neben seinem Bette tickte, war es fünf Uhr. Er stand auf und verließ sein Zimmer. Der Himmel war ein riesiges Tuch aus Rohseide, sehr hell, hie und da gefältelt – die Falten waren dunkler ...
Zuerst schien es dem Wachtmeister, als sei der Posten so still wie ein Kirchhof. Fensterlos waren die niederen Baracken, über die sich, fast in der Mitte des Postens, der einstöckige Turm erhob. Fast lautlos ging Studer über den sandigen Boden, er hatte Lederpantoffeln angelegt, deren weiche Sohlen seine Schritte fast unhörbar machten. Er versuchte sich zu orientieren. Dort mußte der Ausgang liegen. Auf ihn ging er zu, er hatte im Sinn, den Posten zu verlassen und noch einmal nachzusehen bei der Korkeiche, ob wirklich nichts zu finden sei.
Da war der Ausgang. Auf einem Prellstein saß ein Legionär, hatte das Gewehr mit aufgepflanztem Bajonett neben sich an die Mauer gelehnt, den Kopf in beide Hände vergraben – und schlief. Rechts vom Eingang kauerte eine Baracke, sie glich so gar nicht den andern Baracken, obwohl sie eigentlich gebaut war wie die andern auch: weißgekalkt die Wände, das Dach aus Wellblech ... Aber da waren zuerst zwei Türen, aus schweren Bohlen zusammengefügt, und starke eiserne Riegel waren daran angebracht. Die Enden der Riegel steckten in der Mauer. Und dann – das war das Auffällige! – die Baracke hatte Fenster. Zwei Fenster! Und die Fenster waren vergittert ...

Die Wache am Tor schlief. Studer schlich sich an eins der Fenster. Es war etwas hoch angebracht, er mußte sich auf die Zehenspitzen stellen, dann konnte er das Innere überschauen.
Eine Zelle ... Schätzungsweise zwei Meter auf anderthalb. In der Ecke ein Zementblock in der Form eines Bettes. Auf dem Block saß ein Mann. Es war dunkel in der Zelle und darum ein wenig schwer zu erkennen, was der Mann tat. Studer beugte sich weiter vor, er gab sich Mühe, mit seinem Kopf keinen Schatten in die Zelle zu werfen. Er wußte selbst nicht, warum es ihm so notwendig schien, daß ihn der Mann nicht erblickte. Jetzt sah man es deutlich: der Mann hielt schmutzige Karten in der Hand, mischte sie, legte sie in einem Päckli neben sich, hob ab – und dann begann er sie reihenweise auszulegen ...
Vier Reihen legte er, das war deutlich zu sehen. Vier Reihen zu neun Karten. Dann schüttelte der Mann den Kopf, schob die Karten zusammen, mischte wieder, hob ab – mit der linken Hand – und spielte sein einsames Spiel anders:
Er zog drei Karten ab, sonderte eine aus, warf zwei beiseite. Nahm wieder drei Karten, blickte sie an, warf sie alle drei beiseite. Nahm wieder drei, behielt von *diesen* dreien eine und warf zwei zum begonnenen Haufen. So fuhr er fort, bis seine Hand leer war. Dann nahm er die beiseitegeworfenen Karten, mischte sie, hob ab und begann das Spiel von neuem. Die ausgesonderten Karten bildeten eine merkwürdige Zeichnung – ein Kreuz hätte man meinen können.
Immer noch schlief die sitzende Wache am Eingangstor. Aber der Posten war nicht mehr stumm. Aus der Ferne dröhnten Pfannen, die gegeneinandergeschlagen wurden. Unsichtbare Hände zogen den Rohseidevorhang vom Himmel. Und nun war er blau wie gefärbtes Glas.
Da fuhr der Wachtmeister zusammen. Ein Horn gellte seinen Morgengesang durch den Posten, keine fünf Schritte von Studer entfernt ... Hinter jener Mauerecke? Der Wachtmeister schlich sich davon. Richtig, da stand einer in resedagrüner Uniform, der Trichter seines Instrumentes war gegen

die Sonne gerichtet, die müde und glanzlos hinter den roten Bergen hervorgekrochen kam – und der Mann blies der müden Sonne sein Morgenlied mitten ins Gesicht ...

Da zerbröckelte das Schweigen in den Baracken, Husten, Fluchen, Schimpfen ... Plötzlich war es, als sei die Luft gesättigt mit Kaffeedampf. Gestalten schlichen vorbei – sie trugen Eimer, die mit einer braunen Brühe gefüllt waren, und ihre Gesichter waren staubig – staubig und mager. Ein paarmal wurde der Wachtmeister unsanft beiseitegeschupft – es war, als seien die Kaffeeträger blind. Aber Studer merkte nichts von diesen unsanften Berührungen. Er sah, und er wurde das Bild nicht los: den einsamen Mann in der Zelle, der sich selbst die Karten legte nach einer Nacht, die er sicher schlaflos verbracht hatte auf dem Zementblock, ohne Decken, in der kalten Zelle – und der nun die erste Morgendämmerung benutzte, um einen Blick zu tun hinter den Vorhang, der ihm die Zukunft verbarg.

... Ein ausgelegtes Kartenspiel in Basel, ein ausgelegtes Kartenspiel in Bern. Wie war es mit dem Hellseherkorporal? Mit dem Giovanni Collani, der am 28. September aus Géryville desertiert war, um dann wohlbehalten am 15. Januar bei seiner berittenen Kompagnie in Gurama einzutreffen? War dieser Schatten, der das erste blasse Licht eines beginnenden Tages dazu benutzte, Karten zu schlagen – ja, wer war der Schatten in der Zelle? Ein unerlaubtes Fernbleiben von dreieinhalb Monaten wird wohl in jeder Armee bestraft – das nannte man Desertion. Gewiß, man würde den Herrn Hellseherkorporal als Kranken behandeln – es gab ja einen wunderbar klingenden wissenschaftlichen Namen für jenen Zustand, von dem Korporal Collani heimgesucht – mira! heimgesucht! – worden war: man nannte das Amnesie. Und wenn man auch nur ein simpler Fahnderwachtmeister war, so konnte es vorkommen, daß man wissenschaftlich auf der Höhe war ...

Amnesie! ... Gut und recht. Aber man hatte doch feststellen können, daß der Hellseherkorporal hinter Schloß und Riegel saß! Wie war es da möglich, daß besagter Collani, auch

wenn er mit dem Cleman, Victor Alois, alias Koller, Mörder der Ulrike Neumann, identisch war, zu dem Mannfelsen bei der Korkeiche hatte gehen können, um den Schatz zu heben? Wie war das möglich? Ganz einfach.
Der Mann hatte einen Komplizen gehabt.
Wie aber – neue Frage – wie aber gedachte der Komplize zusammen mit seinem Auftraggeber den Schatz zu verwerten? Deutlicher gesagt: ihn zu Geld zu machen?
Auf der einen Seite der Geologe Cleman, mochte er nun der Hellseherkorporal sein oder nicht, zusammen mit seinem Komplizen ... Gut! Auf der anderen Seite der Kanton Bern und Marie Cleman, vertreten durch Fahnderwachtmeister Jakob Studer. Zwei Parteien. Sehr sauber. Aber die Rechnung ging nicht auf. Damit sie aufging, brauchte es einen Mittelsmann. Mittelsmann! Schlechtes Wort! Besser: einen Dritten ... Damit das Sprichwort nicht log: Wenn zwei sich streiten, freut sich der Dritte.
Wer war der Dritte? ...
Studer hatte es gar nicht gemerkt, daß er schon siebenmal um die gleiche Baracke geschritten war, daß es oft, sehr oft Zusammenstöße gegeben hatte mit unzufriedenen Leuten ... Mochten sie fluchen! Fluchen hatte den Wachtmeister noch nie beim Denken gestört.
Beim achten Kehr stieß er mit einem Menschen zusammen, der nicht fluchte, und dies weckte den Wachtmeister aus seinem Grübeln. Der Mensch war weiß gekleidet, er trug einen Schleier. Der Mensch sagte: «Vetter Jakob, seid Ihr schon so früh auf?»
Dumme Fragen konnte Studer nicht leiden. Darum antwortete er brummend, wenn er auf seinen beiden Beinen spazierengehe, so sei wohl anzunehmen, daß er aufgestanden sei. – Das sei eine Manier, Damen zu begrüßen! – Damen hin oder her. Soviel er sehe, sei keine Dame umewäg, höchstens es frechs Meitschi; und übrigens wolle er es ein für allemal gesagt haben: er heiße nicht «Oncle Jacques». Das heiße ja Löli auf Französisch. Und wenn er bei sich manchmal finde, er sei ein Löli, so brauche ihm dies nicht von

jungen Göfli bestätigt zu werden ... Und der Wachtmeister wollte auf seinen lautlosen Sohlen weiterstampfen. Marie hielt ihn am Ärmel fest: er möge entschuldigen, sie habe es nicht bös gemeint. Es sei überhaupt alles anders gekommen als sie gedacht habe. Sie habe gemeint, erst viel später nach Gurama kommen zu können, sie habe gehofft, ihren Onkel Matthias, den «Weißen Vater», schon hier anzutreffen – aber, wie es eben immer gehe auf dieser Welt, Pater Matthias sei erst diese Nacht angekommen. Sehr spät übrigens, gegen ein Uhr. Darum habe sie den Capitaine gebeten, den Vetter Jakob nicht im Schlaf zu stören ...
Marie verstummte, ganz erschreckt. Studer hatte sie an beiden Oberarmen gepackt, er hielt sie fest, starrte ihr ins Gesicht, und als Marie ängstlich fragte, was denn los sei, stand sie in einem Kreuzfeuer von Fragen, von leise, aber so zwingend gestellten Fragen, daß ihr ganz schwindelig wurde.
«Denk nach! Denk genau nach! Wie oft ist Pater Matthias deinen Vater besuchen kommen?»
«Aber nie, niemals!»
«Warum?»
«Weil der Onkel Matthias zur katholischen Religion übergetreten ist.»
«Das ist kein Grund.»
«Ich weiß keinen anderen!»
«Wie alt warst du damals, als der Briefträger den Chargébrief gebracht hat?»
«Acht Jahre.»
«Bischt sicher?»
«Ja doch!»
«Wann bist du geboren?»
«Neunzehnhundertneun!»
«Sicher?»
«Eh ja!»
Schweigen, ganz kurz nur. Studer sah die Küche in der Gerechtigkeitsgasse, sah den Pater sein Scheschiaspiel spielen. Er hörte sich fragen: «Wann hat sich Ihr Bruder scheiden lassen?» – Antwort: «1908. Im nächsten Jahr hat er

wieder geheiratet, 1910 ist Marie geboren worden . . .» Neunzehnhundertzehn! Da brauchte man nicht das neue Ringbuch vom Hedy, das stand eingegraben im Schädel! Neunzehnhundertzehn! Und was sagte Marie, die es doch wissen mußte? Marie sagte: 1909. – Irrtum des Paters? Versprechen? So arg verspricht man sich nicht.
«Gut. Neunzehnhundertneun. Wann hast du deinen Onkel zum erstenmal gesehen?»
«Nach Vaters Tod.»
«Im gleichen Jahr?»
«Ich glaub'.»
«Sicher bist nicht?»
«Nei . . . ein.»
«Einmal, zweimal, öfters?»
«Alle Jahre einmal.»
«Regelmäßig, bis in die letzte Zeit?»
«Nein. Vor fünf Jahren haben die Besuche aufgehört. Dann sind noch Briefe gekommen.»
«Ist der Mutter an den Briefen nichts aufgefallen?»
«Doch. Sie hat einmal gemeint, man merke es, daß der Matthias alt werde. Seine Schrift werde so zittrig.»
Die Eintragung im Gästebuch vom Hotel «Zum Wilden Mann» war gar nicht zittrig! Item . . . Weiter . . .
«Und du hast den Onkel wiedererkannt, gleich wiedererkannt, als er dich in Paris aufgesucht hat?»
«Er . . . er . . . ist . . .»
«So red doch, Meitschi!»
«Er ist mir nicht recht bekannt vorgekommen. Der Onkel Matthias, den ich in der Erinnerung gehabt hab', der war größer. Und auch sein Gesicht war ein wenig anders . . .»
«Wo hat die Mutter die Briefe vom Onkel Matthias aufbewahrt?»
«Bei den Andenken vom Vater.»
Studer ließ Marie so plötzlich los, daß das Mädchen ein wenig schwankte. Aber dann stand es wieder fest auf den Füßen und blickte erstaunt den Wachtmeister an. Sein Gesicht hatte sich verändert, und die Veränderung hatte folgen-

den Grund: Es soll einmal jemand versuchen, mit lächelndem Munde zu pfeifen, und sich dann die Grimasse im Spiegel beschauen, die bei einem derartigen Versuch herauskommt. Die Grimasse wirkte auch auf Marie. Sie begann zu lachen.
«Lach du nur, Meitschi! Im Amtshaus z'Bärn sagen sie alle, dr Köbu spinnt. Wir wollen ihnen zeigen, ob der Köbu spinnt! Wie ist es mit dem Capitaine? Seid ihr versprochen? Ja? Und er mag dich? Dumme Frag'», antwortete sich Studer selber. «Wer soll dich nicht gern haben, Meitschi!»
Marie wurde nicht rot, sie spielte nicht verschämt mit ihrem Schürzenzipfel, sie brauchte auch nicht den Schleier. Sie sagte:
«Wenn Ihr mich gern mögt, Vatter Jakob, und der Louis mag mich, was brauch' ich da mehr? Die anderen? . . .» Sie zuckte die Achseln. Und Studer meinte trocken, das sei schön, daß Marie ihn noch vor dem Verlobten genannt habe . . . Es werde schon gut kommen. Nur keinen Kummer! . . .
Kummer habe sie keinen, sagte Marie. Wenigstens für sie nicht. Aber ob der Vetter Jakob nichts riskiere? Er solle bedenken, daß er allein in fremdem Lande sei, sie habe da etwas vernommen von einem Schatz, ob es nicht besser sei, das alles sein zu lassen. Schließlich, wenn sie den Louis heirate, dann lange dem sein Sold schon für beide . . . Und allzuviel Geld? Das schade nur. Das mache nur böse und schlecht!
Studer hörte zerstreut zu. Dann meinte er bissig: Wenn nur sie, die Marie, allein im Spiele wäre, nicht den kleinen Finger tät' er mehr rühren. Aber es stünden Staatsinteressen auf dem Spiel. Staatsinteressen! wiederholte er und fuhr dem Meitschi mit dem Zeigefinger vor der Nase hin und her.
Marie lief davon. Der Wachtmeister aber blieb an derselben Stelle stehen, seine Hände lagen gefaltet auf dem Rücken, und er schüttelte den Kopf, schüttelte ihn lange und ausgiebig, wie ein Roß, das die Bremen plagen . . .
Es war eine Schande. Und eine Schande war's, sich so übers Ohr hauen zu lassen! Eine Entschuldigung hatte man. Es

war das erstemal, daß man mit einem solchen Gegner zu kämpfen hatte. Und glatt wäre man unterlegen – wenn nicht, wenn nicht im letzten Moment etwas Unwägbares, etwas, das zu den Imponderabilien gehörte – Imponderabilien! Das Lieblingswort eines Mannes, von dem man einmal viel gelernt hatte – ja, wenn nicht etwas Unwägbares eingetroffen wäre. Etwas ganz Einfaches: daß der Beherrscher des Postens Gurama sich in ein Mädchen verliebt hatte ...
Noch lange wäre der Wachtmeister am gleichen Platz stehen geblieben, aber Lartigues Stimme weckte ihn.
«Was ist los, Inspektor? Machen Sie Morgengymnastik? Finden Sie, Ihr Hals werde zu dick? Wackeln Sie deswegen mit dem Kopf?»
Studer blickte auf – nein, er blickte nicht, er glotzte. Er hatte den gleichen stumpfen Blick wie schon einmal.
«Eine Frage, Capitaine», sagte er. «Wie haben Sie – wenn ich nicht indiskret bin – Maries Bekanntschaft gemacht?»
«Wir haben uns in Paris kennengelernt, einmal, als ich Urlaub hatte. Kennen Sie Bullier?» Studer nickte. Er kannte den Ballsaal im Montparnasse-Quartier. «Dort haben wir zusammen getanzt. Und auch die nächsten Tage haben wir uns öfters getroffen, bis mein Urlaub zu Ende war ...»
«Gut. Aber wie ist Marie nach Gurama gekommen?»
«Am 2. Januar», sagte Capitaine Lartigue, «habe ich von Marie ein Telegramm erhalten ...» Er zog eine Brieftasche aus der Tasche, entnahm ihr ein zusammengefaltetes Papier und reichte es dem Wachtmeister. Außer der Adresse standen nur drei Worte darauf:
«Brauche fünftausend Marie.»
«Suumeitschi!» murmelte Studer, und Lartigue erkundigte sich, was der Herr Inspektor gesagt habe.
«Ein gutes Mädchen», übersetzte der Wachtmeister das Dialektwort.
«Ja», meinte Lartigue trocken. «Übrigens hätte ich gern dem Gespräch zugehört, das Marie in Fez mit dem Direktor des Sanitätswesens für Marokko gehabt hat. Es stimmt ja, ich habe schon einige Male eine Krankenschwester verlangt.

. . . Aber der Direktor hat Generalsrang und ist als Weiberfeind bekannt . . .»
Studer lachte, lachte lange und laut, schlug sich klatschend auf die Schenkel, so daß ihn der Capitaine erstaunt von der Seite betrachtete. Mit einem Schlag verstummte das Lachen, Studer wandte sich um und sagte mit einer Stimme, die ihm der Capitaine nie zugetraut hätte – sie triefte von süßer Höflichkeit wie ein Ankenbrot, das man zu dick mit Hung bestrichen hat:
«Sie hier, mon père? Wie geht es Ihnen? Haben Sie Ihr Sorgenkind schon gesehen?»
«Ah, Inspektor, wie freue ich mich!» Ganz wenig nur zitterte das Schneiderbärtchen. «Sie müssen verzeihen, wenn ich Ihnen damals in Bern durchgebrannt bin, aber ich habe meine Schulden bezahlt, niemand hat meinetwegen Schaden erlitten. Und ich wußte, daß man mich notwendig in Marokko brauchte . . . All meine verlorenen Schäflein, Inspektor, sie riefen nach mir. Konnte ich da meine Ohren verschließen?»
«Aber, mein lieber Vater! Wer hätte dies von Ihnen verlangt? Habe ich es Ihnen nicht deutlich zu verstehen gegeben, daß wir in der Schweiz immer bestrebt sind . . .»
Weiter kam Studer nicht. Pater Matthias unterbrach ihn mit einer Handbewegung.
«Wie freue ich mich, Sie hier gefunden zu haben. So werden wir gemeinsam den Capitaine aufklären können über die Rolle, die in dieser Affäre ein unglücklicher Mensch gespielt hat, der sich vor der Strafe in die Legion geflüchtet hat. Aber nicht wahr, Capitaine Lartigue, *Mörder* muß auch die Legion ausliefern . . .»
Es war ein Triumph für den Berner Wachtmeister, den Mann, der ihm als Willkommensgruß einen Boxkampf angeboten hatte, unsicher und verlegen zu sehen.
«Einen Mörder? In meiner Kompagnie?» fragte er.
Pater Matthias' Augen standen voll Tränen.
«Leider», sagte er. «Leider ist es so. Und ich bin sicher, unser Schweizer Inspektor hat die lange Reise nur darum

gemacht, um das langwierige Auslieferungsverfahren ein wenig abzukürzen – den Mörder womöglich gleich mitzunehmen, sobald die Bewilligung vom Ministerium in Paris angekommen ist. Nicht wahr?»
Studers Gesicht drückte Trauer aus. Er nickte.
Capitaine Lartigue aber begann:
«Und ich dachte, Inspektor, Sie seien gekommen, um nach . . .»
Die übrigen Worte waren nicht zu verstehen. Ein derart heftiger Hustenanfall zerriß Wachtmeister Studers Brust, immer wieder begann er von neuem – nichts nützte es, daß freundliche Hände ihm den Rücken beklopften, stöhnend konnte er schließlich hervorwürgen:
«Ca . . . pi . . . taine . . . Sie . . . ha . . . ben . . . wohl in Ihrer Apo . . . the . . . ke . . . ein Mi . . . mi . . . ttel . . .»
«Aber natürlich, Inspektor, kommen Sie mit!»
Pater Matthias blieb ziemlich erstaunt allein im Hofe stehen. Immer noch hustend warf Studer einen Blick zurück. Und da beneidete der Wachtmeister den Pater Matthias: der Weiße Vater besaß ein Bärtlein und einen Schnurrbart – zwei unentbehrliche Beruhigungsmittel bei eintretender Ratlosigkeit . . .
Im Krankenzimmer verschluckte Studer schnell die Pille, die ihm der Capitaine gegeben hatte. Dann sagte er, leise und schnell:
«Sagen Sie dem Pater nichts von der Fieberkurve! . . . Nichts von dem Schatz . . .» Studer blickte mißtrauisch zum kleinen Fenster hinaus, das mit einem feinmaschigen Drahtnetz überzogen war – er sah, daß Pater Matthias eilig näherkam, in zwei Sekunden schätzungsweise würde er den Raum betreten . . .
«Sie haben gestern von einem Gericht gesprochen, das Sie einberufen könnten. Guter Gedanke. Tun Sie es heute nachmittag, klagen Sie mich der Spionage an . . .» Draußen hielt ein Mann den Pater an, und obwohl Studer den Mann nicht kannte, war er ihm dankbar und versprach ihm in Gedanken einen Liter Wein . . . «Hören Sie zu! Capitaine! Kommen

Sie näher!» Und Studer flüsterte eifrig und aufgeregt in Lartigues Ohr. Der Capitaine zeigte zuerst Erstaunen, dann nickte er, nickte eifrig ... Die Tür wurde aufgestoßen, Pater Matthias betrat den Raum.

Der Wachtmeister spielte seine Rolle ausgezeichnet. Er hielt den Atem an und preßte die Luft in seine Lungen, sein Kopf war rot. Keuchend schnappte er nach Luft.

«Ich weiß», sagte Pater Matthias, «ein ausgezeichnetes Mittel gegen solch chronische Hustenanfälle. Ich erinnere mich, daß Sie schon einmal in Bern einen derart heftigen Anfall gehabt haben. Sie müssen etwas dagegen tun. Was haben Sie unserem Inspektor verschrieben, Capitaine?»

«Ich hab ihm ein Dowersches Pulver gegeben», brummte der Capitaine und spielte den Mißmutigen. «Aber ich habe jetzt zu tun. Rapport, verstehen Sie? Um halb zwölf ist Mittagessen in der Offiziersmesse. Sie sind alle eingeladen ...»

Lartigue führte zwei Finger an seine Polizeimütze und verließ den Raum. Kaum aber hatte er das Krankenzimmer verlassen, fühlte auch der Wachtmeister das Bedürfnis, ins Freie zu gelangen.

«Auf Wiedersehen, mon père», sagte er. Er fühlte des Paters Blick auf seinem gerundeten Rücken, und das Gefühl war genau so unangenehm wie damals, als der Brigadier Beugnot ihn verfolgt hatte ...

Die Verhaftung

Es war genau wie gestern. Im größten der Höfe die Kompagnie im Viereck ... Die Baracken schienen es zu genießen, endlich einmal ausruhen zu dürfen von dem Lärm, der sonst stets in ihrem Innern tobte. Faul streckten sie sich in der Sonne, die hoch stand. Heiß waren ihre Strahlen, wie die einer schweizerischen Julisonne. An irgend etwas mußte man es fühlen, daß man in Afrika war ...

Studer durchstreifte die leeren Baracken. Rechts und links

von einem Mittelgang lagen Matratzen nebeneinander, flach waren sie und gefüllt mit Alfagras. Die Luft roch streng nach kaltem Rauch und schmutziger Wäsche. Eine Baracke, zwei Baracken ... Da war die Küche. Hier roch es nach Linsen und Schafragoût.

Und dann war man glücklich wieder vor der Baracke angelangt, die so gar nicht den anderen Baracken glich. Da war das vergitterte Fenster. Studer stellte sich auf die Fußspitzen ...

Es war hell im Raum, und der Mann, der auf dem Zementbett hockte, war gut zu erkennen: das war also der Hellseherkorporal, mit dessen Geschichte der ganze verkachelte Fall begonnen hatte. Ein gebeugter Mann, die Haare grau, das Gesicht scharf.

Giovanni Collani oder Cleman Alois Victor?

Bald bald würde man Gewißheit haben.

Und wieder, wie schon einmal, fuhr der Wachtmeister zusammen. Ganz in seiner Nähe bäkte ein Horn. Denn «blasen» konnte man diese Töne nicht nennen ... Noch einen Blick warf der Wachtmeister in die Zelle, und er sah, daß der Mann wieder ein Päcklein Karten in der Hand hielt. Er mischte, hob ab – mit der linken Hand – nahm drei Karten, warf zwei beiseite, nahm wieder drei Karten, sonderte eine ab ... Studer ließ sich auf die Fersen plumpsen und schlich davon. Er trat aus dem Tor. Weit breitete sich die Ebene aus, rechts senkte sie sich, und dort standen Bäume – keine Palmen. Ihr Laub schimmerte silbern.

Jemand stieß ihn in die Seite. Und wieder erschrak der Wachtmeister ... Aber es war nur die Gazelle des Capitaines, die spielen wollte. Studer streichelte den winzigen Kopf, die Schnauze des Tieres war feucht und kühl. Warum werd ich so schreckhaft? fragte er sich. Sonst bin ich's doch nie gewesen. Warum jetzt? Weil ich allein bin? Weil eigentlich auf niemanden Verlaß ist?

Einen Augenblick dachte er daran, den Posten ohne Abschied zu verlassen. Mochten sie da drinnen sehen, wie sie z'Schlag kamen ... Er hatte sein Möglichstes getan. Schließlich war er nicht verpflichtet, mit falschen Pässen in der Welt herumzureisen und sich die unmöglichsten Namen anhängen zu lassen, nur um dem Heimatkanton ein paar Millionen zuzuschanzen. Würde man ihm Dank wissen? B'hüetis! Dank würde der «Alte» einheimsen! Den würde man feiern, weil er die Wichtigkeit des Falles erkannt und seine Dispositionen getroffen hatte!

Dispositionen getroffen! Aber äbe äbe ... Ein Wachtmeister war weiter nichts als ein «ausführendes Organ». – Und wenn er hundertmal die ganze Arbeit getan hatte – er war und blieb ein «ausführendes Organ», das seine Pflicht erfüllt hatte. Weiter nichts. Für sechshundert Franken im Monat – und die Spesen wurden auf den Rappen nachkalkuliert! Wehe, wenn man zuviel berechnet hatte, wehe, wenn man hätte sparen können und es nicht getan hatte! ... Studer hatte es erlebt, daß ihm einmal ein Schnellzugzuschlag Basel-Bern nicht ausbezahlt worden war. «Ein Personenzug hätte es auch getan!» hatte es damals geheißen. Item ... Es gab schöne Büchli, die hießen: «Ohne Kampf kein Sieg.» Die Schreiber hatten es gut: sie erfochten ihre Siege am Schreibtisch. Und jetzt mußte man in der Offiziersmesse zu Mittag essen. Und nachher ...

Capitaine Lartigue stellte vor: Leutnant Mauriot, Leutnant Verdier. Marie saß zwischen dem Capitaine und Pater Matthias. Der Inspektor Joseph Fouché, so war er vorgestellt worden, hockte zwischen den beiden Leutnants.

Die Messe war ein langer Raum und lag in der Baracke, in der Studer geschlafen hatte. Schweigend wurde die Suppe ausgelöffelt. Dann gab es Oliven und Schnaps. Auf einer großen Platte wurde ein ganzes Lamm aufgetragen, garniert mit Pfefferfrüchten und Tomaten – die Ordonnanz mit dem Rübezahlbart servierte. Dann schenkte der Langbärtige die Gläser voll. Capitaine Lartigue stand auf und ließ die Krankenschwester hochleben, deren Anwesenheit wie Arznei auf die Mannschaft wirke. Alle standen auf, leise klingelten die Gläser ... Und in das Klingeln hinein stampften näherkommende Tritte. Ein kurzes Kommando. Die Tür wurde aufgestoßen: ein Korporal, gefolgt von vier Mann, betrat den Raum. Die fünf Mann kamen näher – nur schweres Atmen war zu hören. Plötzlich knallten zwei Schüsse, ein Handgemenge, der Tisch fiel um, drei Körper wälzten sich am Boden ...

Pater Matthias war in eine Ecke geflohen. Er stand dort und versteckte sein Gesicht in den Händen. Dann war Maries Stimme zu hören: «Louis ... Gib mir eine Zigarette ...»

Die drei, die auf dem Boden herumturnten, standen auf. Capitaine Lartigue sagte:

«Abführen!»

Und Wachtmeister Studer, die Hände auf dem Rücken gefesselt, wurde zur Tür hinausgetragen. Leutnant Mauriot bückte sich und hob zwei Browningpistolen auf. «Ein gefährlicher Mann», sagte er.

«Ja», meinte Capitaine Lartigue und ließ sein Feuerzeug aufschnappen, um Maries Zigarette anzuzünden. «Ich hatte gehofft, die Überraschung werde am besten während des Essens gelingen. Aber der Mann war auf seiner Hut. Nur gut, daß ich die Geschicktesten ausgesucht habe ... Ist niemand verletzt? Auch Sie nicht, mein Vater?»

«Nein! Nein!» sagte eine Stimme aus der Ecke.

«Siehst du, Onkel Matthias, daß ich recht gehabt habe», meinte Marie, als der Pater wieder neben ihr saß. «Ich habe dir immer gesagt, du solltest dem Manne nicht trauen. Er ist ein Spion und reist mit einem falschen Paß.»

«Ich ...», antwortete der Pater, «ich ... habe es gemerkt, als man mir den Mann vorstellte. Aber ich wollte nichts sagen. Ich mag mich nicht in fremde Angelegenheiten mischen!»

«Es ist nur gut, daß ich Louis gewarnt habe. Aber nun machst du kurzen Prozeß mit ihm, nicht wahr, Louis? Ein Kriegsgericht – und dann an die Wand. Ich werde als Zeugin erscheinen. Und Onkel Matthias auch.»

«Ja. Mauriot, Sie können den Gerichtsschreiber machen. Wir nehmen noch die Adjutanten Cattaneo, den Sergeant Schützendorf und zwei Korporäle ...»

Der Mann schwieg. Er hockte auf dem Zementblock, der ihm als Bett diente, rutschte ein wenig gegen die Hintermauer und lud Studer mit einer Handbewegung zum Sitzen ein. Dann musterte er ihn genauer, spitzte die Lippen, pfiff, spuckte aus und meinte:
«Ein Zivilist! Was willst du hier?»
Studer zuckte mit den Achseln. Der Mann sprach ein gutes Französisch, aber man merkte es der Sprache dennoch an, daß der Mann Ausländer war.
«Vo wo bisch?» fragte Studer. Der Mann zog die Augenbrauen in die Stirn.
«Vo Bärn», antwortete er kurz.
«Ig au . . .»
«Soso . . . Du au . . .» Schweigen. Zwischen zwei Bohlen der Türe war eine Ritze, und ein Sonnenstrahl drang in die Zelle. Er ließ viel Staubkörnchen tanzen . . .
Das vergitterte Fenster aber lag im Schatten, denn das Wellblechdach sprang vor. Der Mann zog ein Kartenspiel aus der Seitentasche seines Uniformrockes und begann auf dem schmalen Streifen des Zementblockes, der zwischen seinem Körper und der Mauer war, die Karten auszulegen.
Was er da mache? fragte der Wachtmeister. – Eh, Kartenschlagen. Aber es kämen immer schlechte Karten. Immer der Schaufelbauer . . . – Wie damals z'Basel und z'Bärn, meinte Studer nebenbei.
Der Mann zeigte kein Erstaunen. Er nickte nur verträumt.
«Exakt», murmelte er. Damals habe es angefangen.
Und was denn der Schaufelbauer bedeute? Den Tod?
Der Mann schüttelte müde den Kopf.
«Den Tod? Dumms Züüg! I selber bin dr Schuufelbuur.»
Der Mann mischte wieder die Karten. Es war ein seltsames Geräusch in der Stille. Und dann fragte er, ob der Kamerad aufs Maul hocken könne.
«Sowieso», erwiderte Studer. Er saß auf dem Zementblock

in seiner Lieblingsstellung, die Unterarme auf den Schenkeln, die Hände gefaltet, und starrte zu Boden.
Klatschen der Karten, Stille, wieder das Klatschen. Ein paar Worte, Schweigen, Klatschen ... Ein paar Worte, Schweigen. Studer blickte nicht auf, obwohl dieses Stillsitzen ihm Qualen verursachte. Da saß neben ihm ein alter Mann – und der Mensch litt. Es war heillos schwer, sich zu beherrschen, nicht aufzustehen, dem Mann die Hand auf die Schulter zu legen und ihm zu sagen: «Du bist ein armer Kerl, schlecht haben sie es dir gemacht, sie haben dich aufgeweckt aus deinem sechzehnjährigen Schlaf – du hattest vergessen, sie haben dich gezwungen, die Vergangenheit neu zu erleben, nur damit ein Konzern Ölquellen erschließen kann. Und jetzt? Wird man dich jetzt in Ruhe lassen? Nein. Man wird dich weiter quälen, quälen ... Es ist doch besser, daß ich den Zahnarzt mache, bei mir geht's schmerzloser ...»
«Willst du mir einmal die Karten schlagen?» fragte Studer.
«Gärn!» sagte der Mann. Bis jetzt hatte er dem Wachtmeister den Rücken zugewandt, nun drehte er sich um. Ein Gesicht voll Falten ... Der Pater hatte es nicht schlecht beschrieben, damals in der kleinen Beize bei den Pariser Hallen. Ein Gesicht, wie man es manchmal an verkrüppelten Kindern sieht, traurig und alt. Stoppeln am Kinn, einige Borsten über der Oberlippe ... Und ganz verschwommen nur, wie bei einer Aufnahme, auf die durch Zufall Licht gefallen ist, schimmerte durch die vergrämten Züge ein anderes Gesicht hindurch – das Gesicht, dessen vergrößertes Abbild über dem Bette der Sophie Hornuß in der Wohnung an der Gerechtigkeitsgasse gehangen hatte ...
Und der Mann mischte die Karten. Seltsam dünn und wie zerfasert drangen die Geräusche des Postens durch die Ritze zwischen den beiden Bohlen der Tür: Klappern von Mauleselhufen – und Studer dachte an seinen Friedel, mit dem er tiefsinnige Gespräche geführt hatte auf der Straße zwischen Bouk-Toub und Géryville; Schleifen genagelter Schuhe auf der harten Erde – und Studer sah den Weißen Vater auf

dem Ruhebett liegen, in der Wohnung auf dem Kirchenfeld, und die offenen Sandalen hatten Sohlen, die sich nach oben bogen ... «Wie weit die haben wandern müssen, gell Vatti!» sagte Frau Studer – in der Ferne knallten Schüsse, wahrscheinlich war die Kompagnie ausgerückt, und Studer dachte, daß es manchmal viel schwerer sei, ein Ziel willkürlich zu verfehlen, als einen Menschen zu treffen ... Die Schießerei in der Offiziersmesse sollte eine Täuschung sein, und doch war es nicht leicht gewesen, im gegebenen Augenblick in die Luft zu schießen, während man doch so gerne jemanden getroffen hätte ...

Da wurde Studer aus seinen Träumen aufgeschreckt, denn der Mann sprach, und sein Schweizerdeutsch klang so merkwürdig verschollen und fremd, es war so kindlich in seiner Ausdrucksweise, daß der Wachtmeister am liebsten zu dem Mann gesagt hätte: «Schweig! Ruh dich aus! Und wenn du auch früher einmal, vor dreißig Jahren, gesündigt hast, so hast du bezahlt, teuer bezahlt.»

«Kreuz-Nell», murmelte der Alte und strich mit dem Rücken der Finger über die Bartstoppeln. Das gab ein unangenehm kratzendes Geräusch. «Kreuz-Nell – Geld, viel Geld. Und das Kreuz-As. Wieder Geld, noch mehr Geld. Da, der Ecken-König – das bist du, und die Ecken-Dame, das ist deine Frau. Ein Brief ist unterwegs. Der Brief geht verloren. Aber du wirst deine Frau bald wiedersehen. Sie kommt grad nach dir – im Päckli ... Heb ab! Schaufel-Dame, Treff-Dame und das Schaufel-Nell. Es sind zwei Frauen gestorben. Das geht dich etwas an, der Tod der zwei alten Frauen ... Aber schau, da ist wieder Geld, die Kreuz-Acht. Glück, viel Glück. Du hast gute Karten. Aber ich hab' immer schlechte Karten. Bei mir kommt immer der Schaufelbauer heraus und gleich neben ihm die Schaufel-Zehn. Das bedeutet Tod ...» Die alte Hand fuhr über die Zementplatte – da waren die Karten wieder ein Päckli. Der Mann hielt das Päckli in der linken Hand und strich mit dem Daumen und Mittelfinger der Rechten über deren Ränder.

«Du siehst gescheit aus», sagte der Mann mit eintöniger

Stimme. «Ich will dir etwas erzählen ... Du bist nicht der einzige, der es gern hört, wenn man ihm aus den Karten erzählt. Weißt, ich war einmal verheiratet, das erstemal war das, da hat die Sophie immer gesagt: ,Vicki', hat sie gesagt – denn sie hat mich immer Vicki genannt –, ,Vicki, schlag mir die Karten!' – Ich hab's getan schließlich, weil die Frau immer gekärrt hat ... Und dann war's ein Fehler. Denn weißt du, bei mir ist's so, wenn ich Karten schlag', dann muß ich die Wahrheit sagen. Und ich hab' der Sophie die Geschichte erzählt, die Geschichte, die in Freiburg passiert ist ... Weißt, die Freiburgerin ist immer wieder aufgetaucht in den Karten – jetzt weiß ich nicht mehr so genau, wie das damals alles zugegangen ist ... Ich war verliebt, wir haben uns getroffen, in Bern, im Hotel. Wir haben uns heiraten wollen, und ich hab' immer gesagt: ,Meitschi, du mußt warten, ich bin ja nur Student.' – ,Ich will nicht warten', hat sie gesagt. Sie war immer so aufgeregt. Chemie hab' ich studiert damals. Sie hat immer alles von den Giften wissen wollen. Was es für starke Gifte gibt. ,Cyankalium', hab' ich gesagt. Ob ich ihr nicht eine Pille verschaffen könne. Zuerst hab' ich nicht gewollt. Und dann hab' ich mich doch überreden lassen ...»
Drei Karten vom Päckli abgehoben, zwei beiseite geworfen, eine aufgelegt. Wieder drei Karten, zwei beiseite geworfen... Das eintönige Klatschen der Karten in der winzigen Zelle!...
«Schau, da ist sie wieder, die Freiburgerin! Die Schaufel-Dame ... Und daneben der Schaufel-Bauer ... Das bin ich ... Wir können nicht auseinanderkommen. Immer kommen wir zusammen aus dem Päckli heraus. Untrennbar ... Und das alles hab' ich der Sophie erzählt. Dir muß ich es auch erzählen ... Wenn ich Karten schlage, muß ich die Wahrheit sagen ... Wie heißt du eigentlich?»
«Jakob», sagte Studer kurz.
«Jakob? ... So! Merkwürdig ... Wie mein Bruder ... Weißt du, wo mein Bruder ist?»
«Ja», sagte Studer.
Ein ungeheures Erstaunen breitete sich über das alte Gesicht aus.

«Du weißt, wo der Jakob ist?»
«Ja», sagte Studer noch einmal.
«Woher weißt du das?»
«Ich weiß es.»
Der Alte mischte wieder die Karten, um seine Lippen lag ein Lächeln, das wohl niemand verstanden hätte. Studer verstand es.
War es wirklich so schwer zu verstehen, wenn man das Telegramm gesehen hatte, das Capitaine Lartigue von Marie erhalten hatte? Das Telegramm war in Bel-Abbès aufgegeben worden. Wozu hatte Marie in Bel-Abbès fünftausend Franken gebraucht? ... Mit der Hälfte der «Prime», die Despine, alias Koller Jakob, eingesackt hatte, mit den zweihundertfünfzig Franken, kam man nicht weit. Sie war ein tapferes Meitschi, die Marie. Sie hatte sehr gut vorgearbeitet ...
«Gell», sagte Studer. «Du hast der Sophie die ganze Geschichte mit der Ulrike erzählt, und dann hast du ihr Geld geben müssen, damit sie geschwiegen hat ... Obwohl du die Ulrike ...»
«Richtig, Jakob», sagte der alte Mann, «Ulrike hat sie geheißen ... Ulrike Neumann. Jetzt besinn' ich mich ... Und du hast recht, ich hab' sie nicht umgebracht. Sie war ein wenig verrückt, die Ulrike. Wie sie die Pille gehabt hat, ist sie abgereist, mit dem nächsten Zug ... Nach Freiburg. Da hab' ich Angst bekommen. Und bin ihr nachgefahren ... Aber ich bin zu spät gekommen. Niemand hat mich ins Haus gehen sehen. Sie ist auf ihrem Bett gelegen – ein Glas ist auf dem Nachttischli gestanden, ich hab's in die Hand genommen, daran gerochen ... Dann hab' ich Bescheid gewußt ...»
«Zeig einmal deinen Daumen!»
Schade, daß der Altfürsprech Rosenzweig nicht anwesend war ... Er hätte sich gefreut, den Besitzer des Daumens kennen zu lernen, des Daumens, dessen Abdruck eine Rarität war.
Da ging die Türe auf. Ein Korporal – zwei winzige rote Borten trug er auf seinem Ärmel – rief:

«Beide zum Capitaine!»
Der Alte stand auf. Er war klein, kleiner als Pater Matthias, und neben Studer sah er aus wie ein Zwerg.
Vier Mann mit aufgepflanztem Bajonett umgaben die beiden. Einer vorn, einer hinten, einer links, einer rechts. Der Korporal führte die Gruppe an. Der Wachtmeister war nicht gefesselt.
Als der Alte aus der Zelle trat, blinzelte er wie eine Eule. Das harte Nachmittagslicht blendete ihn ...
... Eine Baracke war ausgeräumt worden. Vor der Türe lagen die dünnen Matratzen übereinandergeschichtet. Im Hintergrund des Raumes saßen fünf Männer:
Capitaine Lartigue in der Mitte, ein Adjutant zu seiner Rechten, ein Sergeant zu seiner Linken. Neben dem Sergeanten zwei Korporale, und der kleine Leutnant Mauriot rechts am Ende. Vor ihm stand ein Tischchen, auf dem weiße Blätter lagen.
Im Raum war es so dunkel, daß Studer erst nach einiger Zeit Marie bemerkte, die in einem Lehnstuhl hinter dem Capitaine saß. Und ganz in eine Ecke gezwängt saß Pater Matthias auf einer Matratze, mit untergeschlagenen Beinen, die Hände in den Ärmeln seiner Kutte versteckt.
Studer und der Alte mußten stehen. Der Capitaine begann das Verhör.
Er wandte sich an seine vier Beisitzer und erklärte ihnen, der große Mann, der da vor ihnen stehe, reise mit einem falschen Paß. Er habe sich ausgegeben als französischer Polizeiinspektor. Dann wandte er sich an Studer und forderte diesem die Papiere ab. Studer gab gutwillig den Paß des Inspektors Joseph Fouché ab. Das Papier wurde herumgereicht. Kopfschütteln.
Was er zu seiner Verteidigung zu sagen habe, wollte der Capitaine wissen.
«Viel», sagte der Wachtmeister nur.
Dann solle er erzählen!
Und Studer begann – merkwürdigerweise mit einer Frage. Er wandte sich an den alten Mann, der neben ihm stand,

und fragte, indem er auf den Weißen Vater deutete: «Kennst du den da?»
Der Alte fuhr sich mit der Hand über die Wangen, erkundigte sich dann schüchtern, ob es erlaubt sei, den Mann näher zu betrachten? Der Wunsch wurde ihm vom Capitaine gewährt.
So trat der Alte vor den Pater, blickte ihn lange an, und der Pater hielt dem Blick stand. Der Alte sagte:
«Ich kenn' ihn von Géryville her. Ich hab' ihm gebeichtet.»
«Von früher her kennst du ihn nicht?» fragte Studer.
Der Alte schüttelte den Kopf.
«Hör einmal, mein Alter», sagte Studer freundlich. «Du kannst jetzt die Wahrheit sagen. Wie heißest du in Wirklichkeit?»
«Ich hab' viele Namen gehabt. Zuerst hieß ich Koller, dann nannte ich mich Cleman, und da war ich reich. Schließlich hat mich das Reichsein gelangweilt, da hab' ich einem andern die Papiere abgekauft und bin als Giovanni Collani in die Legion eingetreten. Aber ursprünglich hab' ich Koller geheißen. Victor Alois Koller. Das ist mein richtiger Name.»
«Also hör einmal, Koller», sagte Studer. «Der Mann, vor dem du stehst, behauptet, daß er dein Bruder ist, daß er Max Koller heißt . . .»
Der Alte schüttelte den Kopf, schüttelte ihn lange und nachdrücklich.
«Es stimmt schon», sagte er nach einer Weile, «daß der Max unter die Pfaffen gegangen ist — die Eltern haben ihm das nie verziehen. Aber der da ist nicht der Max . . . Dem da hab' ich gebeichtet in Géryville, das heißt, das stimmt auch nicht. Er hat mich ausgefragt, und dann hab' ich ihm die Geschichte erzählt vom Kartenschlagen, daß ich beim Kartenschlagen nämlich immer die Wahrheit sagen muß — was ich dir erzählt hab', grad vorhin, Jakob. Und da hab' ich auch ihm die Karten schlagen müssen. Das war Anfang September vorigen Jahres. Da hatt' ich den Brief schon abgeschickt an die Josepha. Fünfzehn Jahre nach meinem Tod. Nach fünfzehn Jahren konnte die Sophie, die Hex' in Bern, nichts

mehr unternehmen, und dann wollt' ich der Josepha endlich meine Dankbarkeit zeigen. Das hab' ich dem da erzählt. Ich weiß nicht, was er getan hat, aber eines Abends war plötzlich mein Bruder Jakob da, und der hat mich gezwungen, mit ihm zu fahren. Ich hätt' bei der Josepha sollen die Fieberkurve holen ... Die Fieberkurve, die angegeben hat, wo der Schatz liegt ...»

«Wart jetzt», unterbrach ihn Studer. «Ich verlange, daß das Gepäck jenes Herrn durchsucht wird!» Und der Wachtmeister deutete auf Pater Matthias.

Der Pater sprang auf. Er protestierte laut, seine Stimme überschlug sich, manchmal klangen die Worte nach verhaltenem Weinen. Da wurde Studer grob:

«Sie haben oft genug versucht, uns mit Ihrem Weinen hineinzulegen», sagte er barsch. «Ich verlange, daß Ihr Gepäck untersucht wird.»

Der Capitaine gab mit ruhiger Stimme den Befehl weiter.

Zwei Koffer wurden in den Raum geschleppt. Capitaine Lartigue forderte die Schlüssel. Widerwillig gab sie der Pater. Der eine Koffer enthielt Meßgewänder, Kultgegenstände. Im andern wurde unter einer Kutte und verschiedenen Wäschestücken eine Kassette gefunden. Sie war verrostet. Der Capitaine öffnete sie und schüttete ihren Inhalt über den Tisch.

Papiere, Papiere ... An manchen hingen Siegel. Andere waren in fremdartiger Schrift geschrieben. Eines von diesen griff der Capitaine heraus:

«Vollgültige Kaufverträge», sagte er, während er las. «Landkäufe ... Vom arabischen Bureau beglaubigt ... Ohne Zweifel rechtsgültig. Verkauft an einen gewissen Cleman Alois Victor ...»

«Der bin ich», sagte der Alte. «Und ich habe die Ländereien meiner Tochter Marie vermacht, die meinen zweiten Namen trägt, und meinem Heimatkanton Bern ... Jawohl ... Der dort hat sie stehlen wollen!» Und der Alte wies mit dem Finger auf Pater Matthias.

Der Weiße Vater trat vor.

«Das Land», sagte er, «ist mit gestohlenem Geld gekauft worden. Unser Orden hat durch den Kriegsminister den Auftrag erhalten, nach den Papieren zu forschen. Die Mission ist mir übertragen worden, weil ich den Fall zum Teil kannte. Max Koller, der schon jung in unseren Orden eingetreten ist, war mein Freund. Er hat mir viel erzählt. Darum ist es mir auch gestattet worden, mich seiner Papiere zu bedienen. Ich mußte die Fieberkurve, das echte Dokument, auftreiben. Denn dieser Mann da», Pater Matthias wies auf den Alten, «hat mir erzählt, daß die richtige Fieberkurve zugleich sein Testament enthalte. Mir hat er nur die Kopie geben können. Die Kopie ohne das Testament.»
«Schweigen Sie!» sagte Studer streng, und es war, als ob er, der Angeklagte, plötzlich der Leiter des Prozesses geworden wäre. «Es handelt sich nicht um gestohlenes Geld. Das Geld ist von den Gebrüdern Mannesmann dem Geologen Cleman übergeben worden ... Hast du die beiden verraten?» wandte er sich an den Alten.
Der Mann, der so viele Namen getragen hatte, schüttelte den Kopf. «Sie haben sich selbst verraten», sagte er.
«Und die beiden Frauen haben sich wohl selbst umgebracht?» fragte Pater Matthias boshaft. «Und du bist kein Mörder, Collani?»
Es ging alles so schnell, daß niemand dazwischenspringen konnte. Vielleicht war Studer der einzige, der etwas Derartiges erwartet hatte – aber auch er tat keinen Wank, bis alles fertig war.
Der alte Mann, der so zerbrechlich aussah, hatte dem einen Legionär, der neben ihm stand, das Gewehr aus der Hand gerissen, das Gewehr, das oben am Lauf das Bajonett trug. Und zugeben mußte man, daß der Alte sich noch gut an die Lektionen des Bajonettfechtens erinnerte. Denn das Gewehr schwang vor, allein von seiner Rechten am Kolben gehalten, schwang vor – und zurück. Das schwärzliche Eisen war mit einer dünnen Blutschicht überzogen und Pater Matthias lag auf dem Boden. Vorn an der Kutte wurde ein roter Fleck langsam größer und größer ...

«Jetzt bin ich ein Mörder», sagte der Alte. «Jetzt könnt ihr machen mit mir, was ihr wollt.»
Aber Capitaine Lartigue zuckte nur mit den Achseln.
«Es ist wohl die beste Lösung», sagte er. Und seine vier Beisitzer, die sich ebensowenig wie er gerührt hatten, nickten. Nur Marie, auf ihrem Lehnsessel, hatte die gefalteten Hände vors Gesicht gelegt ...
Der Alte schien auf etwas zu warten. Da ihn aber niemand anrührte, ging er mit kleinen, unsicheren Schritten – richtigen Greisenschritten – auf das Mädchen zu. Sehr sanft legte sich seine Hand auf die verkrampften Hände des Mädchens.
«Weißt du, Marie», sagte er. «Ich hab' deine Mutter nicht umgebracht.»
Marie antwortete leise:
«Das weiß ich schon lange, Vater. Das hast du mir doch schon erzählt. Damals, im Auto, wie wir mit deinem Bruder nach Bern gefahren sind. Du hast doch nichts dafür gekonnt, daß die Mutter so Angst gehabt hat vor dem Gas ...»
Studer stand ganz einsam inmitten des Raumes. Nicht weit von ihm lag der Pater am Boden. Und der Wachtmeister erinnerte sich an seine Wohnung auf dem Kirchenfeld: Da war das Männlein, das dem Schneider Meckmeck glich, auch so still auf dem Ruhebett gelegen, und neben ihm hatte eine Tasse voll Lindenblusttee gestanden – Tee, den 's Hedy bereitet hatte ...
Es war kein großer Fall gewesen, dachte Studer. Man hat wieder einmal danebengegriffen ... An allem waren die Karten schuld. Man sollte nicht Karten schlagen, dachte er dunkel ... Man sollte vieles nicht tun! dachte er weiter. Beispielsweise betriebsam sein, eine Hauptrolle spielen wollen, für ein Meitschi ein Vermögen retten ... Für seinen fernen Heimatkanton Millionen erobern ...
Der Mann, der so viele Namen getragen hatte, hockte auf der Armlehne und hatte sich an Maries Schulter gelehnt; ganz gebückt saß er dort und flüsterte vor sich hin. Aber so

tief war die Stille in der ausgedehnten Baracke, daß jedes Wort zu verstehen war:
«Weißt du, Marie, ich hab' mit deiner Mutter Neujahr feiern wollen. Sie hat mich gebeten, bei ihr Wache zu halten, bis sie eingeschlafen ist. Ich hab' ihre Hand gehalten. Sie hat dann wollen, ich soll ihr Karten schlagen ... Da ist der Schaufelbauer als erster herausgekommen ... Dann haben wir uns einen Kaffee gekocht – und sie hat ihr Schlafmittel nehmen wollen. Ich hab's ihr gegeben. Sie hat gesagt, sie will nicht ins Bett, sie will im Lehnstuhl schlafen. Ich soll ihr die Hand halten, bis sie eingeschlafen ist. Und dann soll ich den Gashahnen zudrehen. Aber dazu hätt' ich sollen auf einen Stuhl steigen. Da hat sie gesagt, ich könne ein Schnürli anbinden an den Hebel und das Schnürli durchs Schlüsselloch führen. Dann brauch' ich nur zu ziehen, hat sie gesagt, und dann schließt es den Hahnen. Und ich weck' sie nicht. Ich hab' mich nicht ausgekannt. Ich hab' an den Hahnen probiert – hab' ich vergessen, einen zu schließen? Draußen vor der Tür hab' ich dann am Schnürli gezogen. Und dann hast du sterben müssen, Josepha! Ich hab's nicht gewußt...»
Schweigen. Der alte Mann war ganz zusammengesunken.
«Sie hat so auf dich gewartet, die Mutter. Warum bist du nicht gekommen? Und der Jakob hat immer die Fieberkurve haben wollen. Ich hab' sie gesucht und hab' sie nicht gefunden. Die Mutter hat mich nicht erwartet. Sie hat schon die Schuhe angehabt, sie hat mit einer Freundin Silvester feiern wollen. Und da bin ich gekommen. Sie hat gelacht und erzählt, sie hätt' gerade heut' ihre Schlüssel verloren ... Sie hat mir zeigen wollen, daß sie noch alle Andenken an mich hat – aber die Schublade war verschlossen, da hab' ich sie aufgesprengt ...»
Studer nickte, nickte ... Da hatte man gemeint, einen weiß Gott wie raffiniert ausgeführten Mord entdeckt zu haben... Und dabei war alles Zufall gewesen ... Ein Zufall, den sich der Pater zunutze gemacht hatte. Schuldig! Wenn man von Schuld reden wollte, so war einzig der Pater schuld, der Theater gespielt hatte, von Anfang bis zu Ende! Aber war es

nicht unverantwortlich, daß man sich so hatte beschwindeln lassen von seinem Theaterspiel? Natürlich, ein Doppelmord paßte in das Spiel des Paters. Wenn man an einen Doppelmord glaubt, dann sucht man einen Täter – wie raffiniert ist das gespielt, wenn man den Verdacht auf sich selbst lenkt! Man weiß dabei ganz genau, daß man ein Alibi hat! Wie hat der Mann über den «Inspektor», wie er ihn nannte, lachen müssen!

«Wissen Sie, Capitaine», sagte Studer, «die Tante der Marie, die Tante, die in Bern gewohnt hat, hat gewußt, daß der Mann, von dem sie sich hat scheiden lassen, nicht tot war. Ihre Schwester in Basel hat ihr von der Fieberkurve geschrieben ... Hab' ich recht, Alter?»

Der Mann nickte. Dann sagte er:

«Mein Bruder, der Jakob, hat gewollt, ich soll sie besuchen, die Sophie. Denn er hat die Fieberkurve haben wollen ...»

Der Alte stand auf, kam nach vorne. Er stellte sich neben Studer. Und dann sprach er:

«Hohes Gericht! Ich muß mich verantworten ... Der Mann, den ich getötet habe, er trägt die Schuld. Er hat alles wieder aufgeweckt, er hat meinen Bruder in Paris benachrichtigt. Sie haben den Schatz finden wollen – und der Mann, der Priester, hat meinem Bruder die Hälfte versprochen von dem Vermögen. Es gibt viel Petroleum hier herum ... Und bald, sehr bald, wird es sehr viel wert sein, das Öl. Der Mann, der da liegt, ist zum Kriegsminister gegangen, er hat es mir selbst erzählt ... Er hat das Testament, mein Testament vernichten wollen ... Darum hat er mich aufgeweckt aus dem fünfzehnjährigen Schlaf ... Mit den Karten! ... Er hat mich nicht in Ruhe gelassen, in Géryville – er hat mich als Hellseher ausgegeben ... Verzeihung, hohes Gericht, ich bringe alles durcheinander. Aber ich bin ein alter Mann, und mein Schicksal war schwer. Ich habe nur gewollt, daß meine Tochter und meine Heimat meinen Reichtum erben. Ich hab' weiterschlafen wollen. Er hat alles aufgeweckt. Er hat die Sophie besucht und ihr erzählt, daß ich noch lebe ... Und er hat den Jakob, meinen Bruder Jakob

gezwungen, mich nach Bern zu führen, im Auto. Sie hat mir gedroht, die Sophie, sie hat gesagt, sie will alles der Polizei erzählen, mich verhaften lassen ... Aber geweint hat sie auch, die Sophie. Ich habe mit ihr sprechen wollen, sie überzeugen wollen. Ich hab' mich erinnert, wie es in Basel gegangen ist mit der Schnur und dem Gashebel. Auch die Sophie hat Angst gehabt vor dem Gas. Da hab' ich ihr den Lehnstuhl in die Küche geschleift, habe Kaffee gekocht – aber das Fläschchen mit den Schlaftropfen der Josepha hab' ich noch in der Tasche gehabt ... Ich hab' in den Kaffee geschüttet, viel, sehr viel ... Sie hat nichts gemerkt, denn ich hab' auch Kirsch dazugegossen ... Und dann bin ich zum Spaß – ich hab' gesagt, es sei Spaß – auf den Stuhl geklettert und hab' das Schnürli befestigt am Hahnen – wie in Basel. Und die Sophie hab' ich getötet. Sie war eine böse Frau ... Sie hat mich ausgesogen ... Sie hat der Josepha nichts gegönnt ... Sie hat mich verraten wollen. Hohes Gericht! Mein Capitaine! Ich habe nicht lange mehr zu leben. Ich weiß, daß Sie die Marie lieb haben ... Und auch du, Jakob», er wandte sich an Studer, «du bist ein besserer Jakob als mein Bruder ... Machet ihr beide, daß die Marie zu ihrem Recht kommt, und meine Heimat auch ... Ich habe geschlossen.»
Es blieb lange still im Raum. Dann stand Marie auf, ging auf ihren Vater zu und führte ihn zum Stuhl, in dem sie gesessen hatte.
«Hock ab, Vatter», sagte sie auf Deutsch. Der Alte ging zum Stuhl, setzte sich, lehnte sich zurück.
«Inspektor Stüdère», fragte der Capitaine. «Warum habe ich Sie eigentlich verhaften müssen?»
Studer räusperte sich. Dann erwiderte er:
«Aus zwei Gründen: Der Pater wäre geflohen oder hätte wenigstens die Kassette versteckt. Denn er hat gemerkt, daß ich Verdacht geschöpft hatte. Und zweitens wollte ich ungestört mit dem alten Mann in der Zelle reden können.»
«Ja», sagte Capitaine Lartigue. «Einleuchtend. Aber Sie

müssen zugeben, daß Sie Glück gehabt haben. Wäre ich nicht mit Marie verlobt gewesen . . .»

«Dann», sagte Studer, «wäre es mir schlecht gegangen. Aber man muß manchmal auch mit den Imponderabilien rechnen.»

«Imponderabilien!» sagte Capitaine Lartigue. «Wie gelehrt Sie sprechen!»

Marie aber ging auf den Wachtmeister zu:

«Märci, Vetter Jakob!» sagte sie.

Der kleine Leutnant, der noch immer vor seinen weißen Blättern saß, fragte laut:

«Was soll ich ins Protokoll schreiben?»

«Schreiben Sie», sagte Capitaine Lartigue, «was Sie wollen. Meinetwegen, daß der Pater schwerverwundet den Posten erreicht hat und hier gestorben ist. Sind alle damit einverstanden?»

Die vier Beisitzer, der Korporal der Wache und seine vier Mann nickten schweigend.

«Wo soll er begraben werden?» fragte der Korporal der Wache. Da sagte Wachtmeister Studer:

«Er hat sich ja sein Grab selbst geschaufelt; bei der Korkeiche, wissen Sie, neben dem roten Mannfelsen . . .»

Der Capitaine nickte. Dann fragte er:

«Eines möchte ich noch wissen. Wo ist Maries Onkel? Der Börsenmakler, bei dem das Mädchen in Paris als Sekretärin angestellt war?»

Sie schritten auf und ab im freien Raum zwischen den Baracken; die Sonne stand tief, und der kalte Wind, der von den Bergen kam, erinnerte die Männer daran, daß es noch Winter war.

«Ich weiß nicht», sagte Studer. «Ich habe nur Vermutungen. Sie sollten Ihre zukünftige Frau fragen; Sie erzählten mir doch, Marie habe Ihnen von Bel-Abbès aus telegraphiert und Geld verlangt? Die Reise von Bel-Abbès bis Gurama kostet nicht fünftausend Franken, auch wenn man den Umweg über Fez nimmt.»

Die beiden kehrten um, traten in die Baracke, in der die

merkwürdige Verhandlung geführt worden war. Die Mitglieder des Gerichtes hatten sich entfernt. Im Lehnstuhl saß der Alte und auf der Armlehne, an ihren Vater gelehnt, Marie.

«Marie», fragte der Capitaine, «wo ist dein Onkel Jakob?»

«Deine Frage klingt, mein lieber Louis», sagte Marie bedächtig, «wie jene andere, schwerwiegendere: ‚Kain, wo ist dein Bruder Abel?' ... Du mußt nicht so mißtrauisch sein, Louis. Du hast mir Geld nach Bel-Abbès geschickt. An einem Abend habe ich dort den Jakob Koller getroffen – und ich bitte dich ernstlich, ihn nie mehr meinen Onkel zu nennen. Du weißt ja selbst, Vetter Jakob, daß Pater Matthias Bern fluchtartig verlassen hat. Wir hörten dann nichts mehr von ihm. Er hatte die Kopie der Fieberkurve – das genügte ihm vorläufig. Aber Jakob Koller war wütend, weil er wußte, daß er nichts mehr von dem großen Vermögen zu erwarten hatte. Er engagierte in Lyon – ich blieb bei meinem Vater. Und ich begleitete ihn bis Colom-Béchar, führte ihn zum dortigen Platzkommandanten; der sollte ihn weiter nach Gurama schicken. Und auch dich, Vetter Jakob, hatte ich ja dorthin bestellt. Uns dreien würde es schon gelingen, den falschen Priester zu überführen ...»

«Falschen Priester! Wie du redest, Marie!» sagte Capitaine Lartigue vorwurfsvoll.

«Ich rede, wie es mir paßt», meinte Marie, und Studer dachte: ‚Im Anfang wird es in dieser Ehe nicht sehr harmonisch zugehen – aber mit der Zeit schleift sich der eine am andern ab. Vielleicht werden die beiden sogar noch glücklich?' Laut sagte er: «Lassen Sie das Mädchen sprechen, Lartigue!»

«Meinetwegen, Stüdère! Ich mache Sie darauf aufmerksam, daß ich nur einen leisen Vorwurf gemacht habe – meine zukünftige Frau soll nicht reden wie die Heldin eines Schundromanes ... Falschen Priester!» brummte er.

«Nun», sagte Marie gereizt. «War er vielleicht ein richtiger Priester? Er war ein falscher Priester.»

«Ja – er war ein falscher Priester und ein falscher

Mensch», sagte der alte Geologe mit scheppernder Stimme. «Gewiß, Vater. Du hast recht und sie auch.» Lartigues Stimme war versöhnlich.

‚Er nennt den Alten: du und Vater!' dachte Studer. ‚Ein merkwürdiger Mann! Kein Wunder, daß man ihm auf dem Kriegsministerium schlechte Noten gibt . . . Aber er ist doch . . . ein Mann.'

Marie fuhr fort:

«Ich hab' ihn auf der Straße in Bel-Abbès getroffen, als ich von Colom-Béchar zurückkam. Wißt ihr, ich habe nie gewußt, was Angst ist . . . Aber als ich Jakob Koller sah, da wußte ich es plötzlich . . . Schließlich, er war gut zu mir gewesen, hatte mich nach Paris mitgenommen, als ich es bei der Mutter nicht mehr aushielt. Und darum fühlte ich mich verpflichtet, ihm zu helfen. Ich fragte ihn, was ich für ihn tun könne. Wir saßen in einem kleinen arabischen Café – und ich erkannte ihn kaum wieder. Man hatte ihm die Haare kurzgeschoren, die Uniform flatterte um ihn, er war mager – seine Augen aber! Sie schossen hin und her . . . Ich hab' als Kind einmal zur Jagdzeit in einer Ackerfurche einen Hasen gesehen – dem seine Augen flitzten genau so ängstlich hin und her, wie die des Jakob Koller . . .

Er sagte: ‚Gib mir Geld, Marie. Damit ich fliehen kann.' – Vielleicht bin ich grausam gewesen, aber der Mann hat mich angeekelt. ‚Jakob Koller', sagte ich, ‚erstens haben Sie mich nicht zu duzen. Ich will Ihnen helfen, obwohl Sie viel auf dem Gewissen haben. Wieviel brauchen Sie?' – ‚Zehntausend Franken.' Da lachte ich ihn aus. Er bekomme viertausend französische Franken, keinen Centime mehr. Morgen um die gleiche Zeit solle er hier ins Café kommen, dann wolle ich ihm das Geld geben. Und dann telegraphierte ich dir, Louis. Am nächsten Abend ist er geflohen. Ich hab' ihm noch Zivilkleider verschafft. Wohin er geflohen ist, weiß ich nicht. Aber wir haben wohl nichts von ihm zu fürchten. Ich habe ihm gesagt, daß ich dir, Vetter Jakob, die ganze Geschichte erzählen werde. Er war dann noch anständig und hat mich vor dem falschen Priester gewarnt. Vor dem fal-

schen Priester!» wiederholte Marie und sah ihren Verlobten kampflustig an.
«Ja, Marie, vor dem falschen Priester», sagte Lartigue sanft. Er stand vor dem Tisch und begann die Dokumente zu sammeln, die dort herumlagen. «Ich habe heute Urlaub verlangt – und ich denke, in acht Tagen können wir in die Schweiz fahren. Und von dort versuchen wir dann, diese Blätter», er klopfte auf die Papiere, «zu verwerten . . .»
Schweigen. Langes Schweigen.
«Und den Vater?» fragte Marie.
«Den nehmen wir mit. Glauben Sie, daß er in der Schweiz . . . Ich meine . . . verstehen Sie . . . ich möchte nicht, daß . . .»
Studer unterbrach das mühselige Stottern.
«Man wird ihn», flüsterte er dem Manne zu, der Postenchef, Arzt, Veterinär, Viehhändler, Stratege und Boxer war, aber trotzdem schüchtern sein konnte und unbeholfen, «man wird ihn wohl in ein Spital tun . . .» Lartigue nickte. Und Studer fuhr fort: «Sie könnten mir nicht ein Paar marokkanische Sennenhunde auftreiben?»
«Marokkanische . . . Sennenhunde . . .?» Der Capitaine blickte den Wachtmeister an, als ob er an dessen Vernunft zweifle.
«Gibt's das nicht?»
«Nei . . . nei . . . ein. Soviel ich weiß . . .»
«Dann bringen wir dem ‚Alten' eben Ihren schottischen Terrier mit.»
«Dem Alten? Welchem Alten?»
«Eh», meinte Studer ungeduldig, «unserem Polizeidirektor.»

Nach dem Nachtessen saßen die beiden Männer auf der Terrasse des Turmes.
«Glauben Sie nicht?» fragte Studer, «daß die ganze Geschichte doch einmal auskommt? Und die Rolle, die Sie dabei gespielt haben?»
Lartigue kicherte leise. Dann – und Studer traute seinen Augen nicht – streckte er die flachen Hände aus, die Handflächen nach oben, ein Heben der Arme, die Hände drehten

sich und fielen klatschend auf die Schenkel zurück. Die rechte Hand löste sich, zur Faust war sie geballt, und nur der Zeigefinger ragte auf, einsam und gerade. Der Finger berührte die Lippen, wies nach oben. Und Studer verstand die dumpf gemurmelten Worte:

«Was sorgst du dich, Bruder, über das, was kommen wird? Wolltest du bedenken, was die Zukunft dir bringen kann – verzweifeln müßtest du. Er aber, der Ewigschweigende, kümmert er sich um Vergangenheit und Gegenwart und Zukunft? Er, dem die Ewigkeit gehört?»

Auf der Ebene, die zwischen dem Posten lag und dem Ksar, bewegte sich ein kleiner Trupp langsam vorwärts. Trommeln dröhnten dumpf herüber. Pater Matthias, der «falsche Priester», wie ihn Marie genannt hatte, wurde dort zu Grabe getragen ...

Aus dem Zimmer kam eine leise Stimme:

«Mußt nicht denken, Meitschi, daß ich dir zur Last fallen will. Mußt das nicht denken ...»

«Aber nein, Vater», sagte Marie.

«Kommen Sie», des Capitaines Stimme war heiser, «wir wollen den dort», er wies auf die Ebene, «zur Korkeiche begleiten. Schließlich hat er das Geld ja nicht für sich gewollt.»

Und Studer war einverstanden. Da er zu frieren vorgab, bat er den Capitaine um einen Mantel. Er bekam eine resedagrüne Capotte aus dickem Stoff und mit weißem Leinen gefüttert; die Aufschläge am Hals trugen das Abzeichen der Fremdenlegion: die rote Granate, aus der Flammen schlagen. Studer zog den Mantel mit Befriedigung an: so konnte er einmal vor seinem Tode die Uniform tragen, von der er so oft geträumt hatte in Bern, an den Tagen, da ihm alles verleidet gewesen war ...

Matto regiert

Da wurde man am Morgen, um fünf Uhr, zu nachtschlafender Zeit also, durch das Schrillen des Telephons geweckt. Der kantonale Polizeidirektor war am Apparat, und pflichtgemäss meldete man sich: Wachtmeister Studer. Man lag noch im Bett, selbstverständlich, man hatte noch mindestens zwei Stunden Schlaf zugut. Aber da wurde einem eine Geschichte mitgeteilt, die nur schwer mit einem halbwachen Gehirn verstanden werden konnte. So kam es, dass man die Erzählung des hohen Vorgesetzten von Zeit zu Zeit unterbrechen musste mit Wie? und mit Was? — und dass man schliesslich zu hören bekam, man sei ein Tubel und man solle besser lose!... Das war nicht allzu schlimm. Der kantonale Polizeidirektor liebte kräftige Ausdrücke und schliesslich: Tubel ... B'hüetis! ... Schlimmer war schon, dass man gar nicht recht nachkam, was man nun eigentlich machen sollte. In einer halben Stunde werde man von einem gewissen Dr. Ernst Laduner abgeholt, so hatte es geheissen, der einen in die Heil- und Pflegeanstalt Randlingen führen werde, wo ein Patient namens Pieterlen — ja: P wie Peter, I wie Ida, E wie Erich ... — kurz ein Patient Pieterlen ausgebrochen war ...
Das kam vor ... Und zu gleicher Zeit, das heisst in der gleichen Nacht, sei auch der Direktor der Spinnwinde — so drückte sich der hohe Vorgesetzte aus, der nicht gut auf die Psychiater zu sprechen war — verschwunden. Alles Nähere werde man von Dr. Laduner erfahren, der gedeckt sein wolle, gedeckt von der Behörde. Und über das Wort «gedeckt» hatte der kantonale Polizeidirektor noch einen Witz gemacht, der ziemlich faul war und nach Kuhstall roch ... Laduner? Ernst Laduner? Ein Psychiater? Studer hatte die Hände hinter dem Kopf verschränkt und starrte zur Decke. Man kannte doch einen Dr. Laduner, aber wo und bei welcher Gelegenheit hatte man die Bekanntschaft dieses Herrn gemacht? Denn — und das war das Merkwürdigste an der Sache — der Herr Dr. Laduner hatte nach

dem Wachtmeister Jakob Studer gefragt, wenigstens hatte der Polizeidirektor dies behauptet. Und am Telephon hatte der Polizeidirektor nach dieser Mitteilung natürlich erklärt, er begreife das gut, Studer sei dafür bekannt, dass er ein wenig spinne, kein Wunder, dass ein Psychiater gerade ihn wolle ... Das konnte man als Schmeichelei auffassen.
Studer stand auf, schlürfte ins Badzimmer und begann sich zu rasieren. Wie hiess nur schon der Direktor von Randlingen? Würschtli? Nein ... Aber ähnlich, es war ein i am Ende ... — Die Klinge schnitt nicht recht, langweilig, denn Studer hatte einen starken Bart — ... Bürschtli? ... Ah ja! Borstli! Ulrich Borstli ... Ein alter Herr, der knapp vor der Pensionierung stand ...
Einerseits der Patient Pieterlen, der entwichen war ... Anderseits der Direktor Ulrich Borstli ... Und zwischen beiden der Dr. Laduner, den man kennen sollte, und der behördlich gedeckt sein wollte. Warum wollte er behördlich gedeckt sein und ausgerechnet durch den Wachtmeister Studer von der kantonalen Fahndungspolizei? ... Immer musste man dem Studer derartig angenehme Aufträge geben. Wie verhielt man sich in einer Irrenanstalt? Was konnte man da machen, wenn die Leute hinter den Gittern hockten und spannen? Eine Untersuchung führen? ... Der Polizeidirektor hatte gut telephonieren und Aufträge geben, spassig war das Ganze sicher nicht ...
Inzwischen war Frau Studer aufgestanden, ihr Mann merkte es, weil der Geruch von frischem Kaffee die Wohnung durchdrang.
«Grüess Gott, Studer», sagte Dr. Laduner. Er war barhaupt, sein Haar zurückgestrichen, vom Hinterkopf stand eine Strähne ab wie die Feder bei einem Reiher. «Wir kennen uns doch, wissen Sie, von Wien her ...»
Studer erinnerte sich immer noch nicht. Die familiäre Anrede erstaunte ihn nicht übermässig, er war sie gewohnt, und er bat den Herrn Doktor sehr höflich und ein wenig umständlich, näher zu treten und abzulegen. Aber Dr. Laduner hatte nichts abzulegen. Darum ging er auch

gleich ins Esszimmer, begrüsste die Frau des Wachtmeisters, setzte sich — all dies mit einer Selbstverständlichkeit und Sicherheit, über die sich Studer wunderte.
Dr. Laduner trug einen hellen Flanellanzug, und zwischen den Kragenspitzen seines weissen Hemdes leuchtete der dick und lasch gebundene Knoten der Krawatte kornblumenblau. Er müsse leider den Herrn Gemahl nun entführen, sagte Dr. Laduner, Frau Studer möge das nicht übelnehmen, er wolle ihn wohlbehalten wieder abliefern. Es sei da eine Sache passiert, kompliziert und unangenehm. Übrigens kenne er den Wachtmeister schon lange und gut — Studer runzelte verlegen die Stirne —, er, Dr. Laduner, habe beschlossen, den Wachtmeister als lieben Gast zu behandeln — übrigens werde es nicht so schlimm werden ...
Dr. Laduners Lieblingswort schien «übrigens» zu sein. Auch sprach er ein merkwürdiges Schweizerdeutsch — Ostschweizerisch, dazwischen schriftdeutsche Worte. Seine Sprache war gar nicht urchig. Ein wenig befremdend war sein Lächeln, das an eine Maske erinnerte. Es bedeckte den untern Teil des Gesichtes bis zu den Wangenknochen. Dieser Teil war starr — und nur die Augen und die sehr hohe und sehr breite Stirne schienen zu leben ...
Danke, nein, er wolle nichts nehmen, fuhr der Arzt fort, seine Frau warte daheim mit dem Frühstück auf ihn, aber jetzt müssten sie pressieren, um acht Uhr sei Rapport, heute morgen müsse er auf die «grosse Visite», das Verschwinden des Herrn Direktor ändere nichts an der Sache, Dienst sei Dienst und Pflicht sei Pflicht ... Dr. Laduner machte mit seiner linken, behandschuhten Hand kleine Bewegungen, stand dann auf, packte Studer sanft am Arm und zog ihn mit sich fort ... Auf Wiedersehen ...
Der Septembermorgen war kühl. Die Bäume zu beiden Seiten der Thunstrasse trugen vereinzelte gelbe Blätter. Dr. Laduners niederer Viersitzer benahm sich gesittet, fuhr ohne Geräusch an; durch die offenen Scheiben drang eine Luft, die leicht nach Nebel roch, und Studer lehnte sich

bequem zurück. Seine hohen schwarzen Schnürstiefel sahen ein wenig sonderbar aus neben den eleganten braunen Halbschuhen des Dr. Laduner.
Zuerst herrschte ein abwartendes Schweigen, und während dieses Schweigens dachte der Wachtmeister angestrengt über Dr. Laduner nach, den er doch kennen musste ... Von Wien her? Studer war ein paarmal in Wien gewesen, in jener fernen Zeit, da er wohlbestallter Kommissar bei der Stadtpolizei gewesen war, damals, als die Geschichte noch nicht passiert war, jene Bankaffäre, die ihn den Kragen gekostet hatte, so dass er wieder von vorne hatte anfangen müssen, als einfacher Fahnder. Es war eben manchmal schwer, wenn man einen zu ausgeprägten Gerechtigkeitssinn hatte. Ein gewisser Oberst Caplaun hatte damals seine Entlassung beantragt, und dem Antrag war «stattgegeben worden». Es handelte sich um jenen Oberst Caplaun, von dem der Polizeidirektor in gemütlichen Stunden manchmal sagte, er würde niemanden lieber in Thorberg wissen; unnötig, an diese alte Geschichte weitere Gedanken zu verschwenden, man war kassiert worden, gut und schön, man hatte wieder von vorne angefangen, bei der Kantonspolizei, und in sechs Jahren würde man in Pension gehen. Eigentlich war alles noch gnädig verlaufen ... Aber seit jener Bankaffäre lief einem der Ruf nach, man spinne ein wenig, und so war eigentlich der Oberst Caplaun daran schuld, dass man zusammen mit einem Dr. Laduner in die Heil- und Pflegeanstalt Randlingen fuhr, um das mysteriöse Verschwinden des Herrn Direktor Borstli und das Entweichen des Patienten Pieterlen aufzuklären ...
«Besinnen Sie sich wirklich nicht, Studer? Damals in Wien?» Studer schüttelte den Kopf. Wien? Er sah immer nur die Hofburg und die Favoritenstrasse und das Polizeipräsidium und einen alten Hofrat, der den berühmten Professor Gross gekannt hatte, die Leuchte der Kriminalistik ... Aber er sah den Dr. Laduner nicht.
Da sagte der Arzt, und seine Augen blickten angestrengt auf die Landstrasse:

«An Aichhorn erinnern Sie sich nicht mehr, Studer?»
«Exakt, Herr Doktor!» sagte Studer, und er war geradezu erleichtert. Darum legte er auch die Hand auf den Arm seines Begleiters. «Aichhorn! Natürlich! Und Ihr seid jetzt bei der Psychiatrie? Ihr wolltet doch damals die Jugendfürsorge in der Schweiz reformieren?»
«Ach, Studer!» Dr. Laduner bremste ein wenig, denn ein Lastauto kam ihnen entgegen und hielt die Mitte der Strasse. «In der Schweiz treffen sie nur Massnahmen, und was das Traurigste ist, sie treffen sie gewöhnlich nicht einmal, sondern schiessen daneben ...»
Studer lachte; sein Lachen war tief. Dr. Laduner stimmte ein: das seine war ein klein wenig höher ...
Aichhorn ...
Studer sah eine kleine Stube vor sich, darinnen acht Buben, zwölf- bis vierzehnjährig. Das Zimmer war ein Schlachtfeld. Der Tisch demoliert, die Bänke zu Brennholz zerkleinert, die Scheiben der Fenster zersplittert. Er stand unter der Tür und sah, wie gerade ein Bub auf einen andern mit dem Messer losging. «Ich mach' dich hin!» sagte der Bub. Und in einer Ecke stand Dr. Laduner und sah zu. Als er Studer in der Türe bemerkte, winkte er ganz sanft mit der Hand ab: Machen lassen! Und der Bub warf plötzlich das Messer von sich, begann zu heulen, traurig und langgezogen, wie ein geprügelter Hund, während Dr. Laduner aus seiner Ecke hervorkam und mit ruhiger, sachlicher Stimme sagte: «Bis morgen ist dann das Zimmer in Ordnung und die Scheiben eingesetzt ... Ja?» Und der Knabenchor sagte: «Ja!»
Das war in der Anstalt für Schwererziehbare in Oberhollabrunn gewesen, sieben Jahre nach dem Krieg. Eine Anstalt ohne Zwangsmittel. Und ein gewisser Aichhorn, ein unscheinbarer, hagerer Mann mit braunem, schlichtem Haar hatte es sich in den Kopf gesetzt, einmal ohne Pfarrer, ohne Sentimentalität, ohne Prügel zu versuchen, ob nicht aus der sogenannten verwahrlosten Jugend etwas herauszuholen sei. Und es war ihm gelungen. Das Erziehungs-

wesen hatte damals gerade ein Mann unter sich, der zufälligerweise Grütze im Kopfe hatte. So etwas kommt vor. In diesem besondern Falle war es also ein Mann gewesen, dem die höchst einfache Idee des Herrn Aichhorn eingeleuchtet hatte. Diese Idee war folgende: Die kleinen Vaganten kennen nur einen ewigen Kreislauf: Verfehlung, Strafe, Verfehlung, Strafe. Durch Strafe wird der Protest gereizt, und der Protest macht sich Luft, indem er zu neuen «Schandtaten» treibt. Wie nun aber, wenn man die Strafe ausschaltet? Muss sich da der Protest nicht einmal leerlaufen? Vielleicht kann man dann von neuem beginnen, vielleicht aufbauen, ohne moralischen Schwindel oder, wie Dr. Laduner damals gesagt hatte: «ohne religiösen Lebertran . . .»

In Fachkreisen hatte man von den Aichhornschen Versuchen viel gesprochen, und als Studer damals nach Wien gefahren war, hatte man ihm empfohlen, sich die Sache einmal anzusehen.

Er war gerade in dem Moment erschienen, als der Protest bei der bösesten Bande «am Ablaufen war». Und das hatte ihm Eindruck gemacht. Am Abend war noch etwas hinzugekommen. Als Landsmann hatte ihn Dr. Laduner, der bei Aichhorn als Volontär arbeitete, zu dem Direktor mitgenommen. Man hatte gesprochen, langsam, bedächtig. Studer hatte von Tessenberg erzählt, der Erziehungsanstalt im Kanton Bern, und wie bös es eine Zeitlang dort zugegangen war . . . Da war es zehn Uhr, und es läutete an der Haustür. Aichhorn ging öffnen und kam mit einem Knaben zurück, sagte zu ihm: «Setzen Sie sich. Haben Sie Hunger?», ging dann selbst in die Küche und brachte belegte Brote. Der Knabe war ausgehungert . . . Bis elf Uhr war er mit den drei Männern zusammen, dann führte ihn Aichhorns Frau ins Gastzimmer. Nachher erzählte Dr. Laduner, der Junge sei schon zum dritten Male durchgebrannt. Diesmal sei er freiwillig zurückgekommen. Darum der freundliche Empfang. Und Studer hatte für die beiden Männer, den

Dr. Laduner und den Herrn Aichhorn, ehrliche Hochachtung empfunden . . .
«Was macht der Herr Aichhorn jetzt?» fragte Studer.
Dr. Laduner zuckte mit den Achseln:
«Verschollen.»
So war das immer! Einer versuchte etwas Neues, Nützliches, etwas Vernünftiges, das ging zwei, drei Jahre . . . Dann war er plötzlich verschwunden, untergegangen. Nun, Dr. Laduner hatte zur Psychiatrie hinübergewechselt . . . Fragte sich nur, wie er mit dem alten Ulrich Borstli ausgekommen war, mit dem Direktor, der verschwunden war.
Einen Augenblick dachte Studer daran, nach den nähern Umständen des Verschwindens zu fragen, liess es aber sein, denn das Bild des jungen Dr. Laduner in der Ecke des demolierten Zimmers vor dem Buben, der auf seinen Kameraden mit gezogenem Messer losging, wollte ihn nicht loslassen . . . Den psychologischen Moment erfassen, in dem eine Situation reif ist! . . . Er hatte damals schon allerhand verstanden, der Dr. Laduner! . . . Und Wachtmeister Studer fühlte sich geschmeichelt, dass er angefordert worden war, und dass er Dr. Laduners Gast sein sollte . . .
Eins war immerhin merkwürdig: Damals in Wien hatte der Arzt noch nicht das Maskenlächeln getragen, das Lächeln, das aussah, als sei es vor einem Spiegel aufgeklebt worden . . . Und dann: vielleicht war der Eindruck falsch, kontrollieren liess er sich nicht, aber es schien doch, als hocke Angst in den Augen des Dr. Laduner.
«Da ist die Anstalt», sagte der Arzt und zeigte mit der rechten Hand durch ein Seitenfenster. Ein roter Ziegelbau, soviel man sehen konnte in U-Form, mit vielen Türmen und Türmchen. Tannen umgaben ihn, viele dunkle Tannen . . . Nun war der Bau verschwunden, er tauchte wieder auf, da war das Hauptportal, und zum Eingangstor führten abgerundete Stiegen empor. Der Wagen hielt. Die beiden stiegen aus.

Auf das erste Fenster rechts vom Eingang wies Dr. Laduner und sagte:
«Das Büro des Direktors . . .»
Ein faustgrosses Loch in der untern Scheibe links . . . Glassplitter lagen auf dem Fenstersims und auf dem Beet verstreut, das die Einfahrt von der roten Mauer trennte.
«Drinnen sieht es ziemlich grausig aus. Blut am Boden, die Schreibmaschine neben dem Fenster streckt alle Tasten von sich, der Bürostuhl ist in Ohnmacht gefallen . . . Wir können uns die Bescherung später ansehen, es pressiert nicht, und dann können Sie ja Ihre kriminologischen Fachstudien in Ruhe betreiben . . .»
Warum klang nur das Witzeln so gezwungen? . . . Gekünstelt? . . . Studer blickte auf Dr. Laduner, so, als müsse er ein Bild festhalten, das im nächsten Augenblick ganz anders aussehen würde . . . Der graue Anzug, das leuchtende Kornblumenblau der Krawatte und die Strähne, die abstand wie der Federschmuck vom Kopfe eines Reihers . . . Das Lächeln: die Zähne des Oberkiefers waren breit, wohlgeformt, elfenbeingelb . . . Sicher rauchte Dr. Laduner viele Zigaretten . . .
«Kommen Sie, Studer, wir wollen nicht anwachsen. Eins will ich Ihnen sagen, bevor wir eintreten durch dieses Tor: Sie kommen zum Unbewussten zu Besuch, zum nackten Unbewussten, oder wie es mein Freund Schül poetischer ausdrückt: Sie werden eingeführt ins dunkle Reich, in welchem Matto regiert. Matto! . . . So hat Schül den Geist des Irrsinns getauft. Poetisch, ge—wiss . . .» — Dr. Laduner betonte das Wort auf der ersten Silbe. — «Wenn Sie aus der ganzen Sache klug werden wollen, und ich habe eine dunkle Ahnung, dass sie komplizierter ist, als wir jetzt meinen, wenn Sie klug werden wollen, so werden Sie in viele Häute schlüfen müssen . . .» («schlüfen» sprach der Arzt wie ein schriftdeutsches Wort aus) . . . «in meine Haut zum Beispiel, in die vieler Pfleger, diverser Patienten

. . . ‚Patienten' sage ich, und nicht ‚Verrückte' . . . Dann dämmert Ihnen vielleicht langsam das Verständnis auf für den Konnex zwischen dem Verschwinden unseres Direktors und der Flucht des Patienten Pieterlen . . . Es sind da Imponderabilien . . .»
«Imponderabilien!» . . . «Konnex!» . . . und «ge—wiss», auf der ersten Silbe betont. Das alles gehörte zur Persönlichkeit, die Laduner hiess.
«Übrigens, die Diskrepanz, die zwischen der realen Welt und unserem Reiche besteht», sagte Dr. Laduner und stieg langsam die Stufen empor, die zum Eingangstor führten, «wird Sie vielleicht am Anfang unsicher machen. Sie werden sich unbehaglich fühlen, wie jeder, der zuerst eine Irrenanstalt besucht. Aber dann wird sich das legen, und Sie werden keinen grossen Unterschied mehr sehen zwischen einem schrulligen Schreiber Ihres Amtshauses und einem wollezupfenden Katatonen auf B.»
An der Mauer rechts vom Eingangstor hing ein Barometer, dessen Quecksilbersäule im Morgenlicht rötlich schimmerte. Eine Turmuhr schlug mit saurem Klange vier Viertel und dann, kaum süsser, die Stunde: sechs Uhr. Der letzte Schlag schepperte. Studer wandte sich noch einmal um. Der Himmel hatte die Farbe jenes Weines, den man Rosé nennt; Vögel schrien in den Tannen, die zu beiden Seiten der Auffahrt hinter eisernen Gittern wuchsen. Der schwarze Kirchturm des Dorfes Randlingen war weit weg . . .
Nach dem Tor, das ins Innere führte, kamen wieder Stufen. Rechts eine Art Opferstock mit einer Tafel: «Gedenket der armen Kranken!» Darüber eine grüne Marmorplatte. In Goldbuchstaben waren die Donatoren der Anstalt verewigt, und man erfuhr, dass die Familie His-Iselin 5000 Franken und die Familie Bärtschi 3000 Franken gestiftet hatten. Auf der Platte war noch Platz für künftige Wohltäter.
Es roch nach Apotheke, Staub und Bodenwichse . . . Ein eigenartiger Geruch, der Studer tagelang verfolgen sollte. Rechts ein Gang, links ein Gang. Beide Gänge waren an

ihren Enden durch massive Holztüren verschlossen. Eine Treppe führte in die höhern Stockwerke des Mittelbaues.
«Ich gehe voraus», sagte Laduner über die Schulter. Er nahm zwei Stufen auf einmal, und Studer folgte keuchend. Im ersten Stock hatte er Zeit, durch ein Gangfenster einen grossen Hof zu überblicken, dessen Rasenflächen von Wegen gleichmässig zerschnitten wurden. Ein niederes Gebäude kauerte in der Mitte des Hofes, und dahinter stach ein Kamin in den Himmel. Rote Backsteinmauern, die Dächer mit Schiefer gedeckt und geschmückt mit vielen Türmen und Türmchen ... Da war der zweite Stock, Dr. Laduner stiess eine Glastüre auf und rief: «Greti!»
Eine dunkle Stimme antwortete. Dann kam eine Frau in einem roten Schlafrock auf die beiden zu. Ihre Haare waren kurz und blond, leicht gewellt, ihr Gesicht breit, fast flach. Sie blinzelte, wie es manche Kurzsichtige tun.
«Studer, das ist meine Frau ... Greti, ist der Kaffee fertig? Ich hab' Hunger ... Den Wachtmeister kannst du dir beim z'Morgen betrachten ... Zeig ihm jetzt sein Zimmer, er wohnt bei uns, das haben wir abgemacht ...» Und dann war Dr. Laduner plötzlich nicht mehr da. Eine Tür hatte ihn verschluckt.
Die Frau im roten Schlafrock hatte eine angenehm warme und weiche Hand. Sie sprach Bärndütsch, als sie Studer mit ihrer tiefen Stimme begrüsste und sich entschuldigte, dass sie nicht angezogen sei, kes Wunder by dem G'stürm, um drei sei der Mann aus dem Schlaf geschellt worden wegen der Flucht des Pieterlen; dann habe man die Blutspuren im Direktionsbüro entdeckt — und der Direktor sei nirgends zu finden gewesen — verschwunden ... Es sei überhaupt eine kurze Nacht gewesen, gestern hätte man d'Sichlete g'ha («Sichlete?» dachte Studer. «Was für eine Sichlete?») und sei erst um halb eins ins Bett gekommen ... Aber der Herr Studer werde sich gern ein wenig süübere welle, er möge so gut sein und mitkommen ... Der lange Gang war mit bunten, gerillten Fliesen belegt. Hinter einer Türe schrie ein Kind, und Studer wagte schüchtern zu be-

merken: ob die Frau Doktor das Kind nicht zuerst beruhigen wolle? — Das habe Zeit, und Schreien sei für Kinder eine gar gesunde Beschäftigung, es stärke die Lungen ...
— — — Da sei das Gastzimmer. — Hier daneben das Bad. Herr Studer möge machen, nume wie daheime ... Da sei Seife und ein frisches Handtuch ... Sie rufe ihn dann, wenn das Morgenessen parat sei ...

Studer wusch sich die Hände, ging hernach in das Gastzimmer, trat ans Fenster. Er sah auf den Hof. Männer mit weissen Schürzen trugen grosse Kannen, einige balancierten Tablette — wie Kellner.

Ein Ebereschenbaum an der Kante eines Rasenvierecks trug leuchtend rote Beerenbüschel, und seine gefiederten Blätter waren goldgelb.

Und hinten, aus einem alleinstehenden, zweistöckigen Gebäude traten zwei Männer. Auch sie hatten weisse Schürzen vorgebunden. Sie gingen hintereinander, im Gleichschritt, und zwischen ihnen schaukelte eine schwarze Bahre, auf der ein Sarg festgebunden war. Da wandte sich Studer ab. Dunkel dachte er, wieviel Menschen wohl in solch einer Anstalt starben, und nach wie vielen Jahren und wie sie den Tod erlebten — aber da rief jene Stimme, die einen so angenehm dunklen Klang hatte:

«Herr Studer, weit-r cho z'Morge näh?»

«Ja, Frau Doktor!» — Und er komme schon.

Das Esszimmer war gefüllt mit Morgensonne. Das kühle Licht brach durch ein grosses Fenster ein, das fast bis zum Boden reichte. Eine Haube, aus bunter Wolle gelismet, war über die Kaffeekanne gestülpt. Honig, Anken, Brot, unter einer Glocke ein rotrindiger Edamerkäse ... Die Wände dunkelgrün. Von der Decke hing ein Lampenschirm herab, der aussah wie eine Kleinmädchenkrinoline aus Goldbrokat. Frau Laduner trug ein helles Leinenkleid. Sie öffnete die Tür zum Nebenzimmer. «Ernscht!» rief sie. Eine ungeduldige Stimme gab Antwort — Knarren und Zurückschieben eines Stuhles ...

«So», sagte Dr. Laduner. Er sass plötzlich am Tisch. Man

konnte sein Gehen und Kommen nie recht feststellen, denn er bewegte sich rasch und lautlos. «Und, Greti, wie gefällt dir der Studer?»

— Nid übel, meinte die Frau. Er habe ein weiches Herz, er könne Kinder nicht schreien hören, und sonst sei er ein gar Stiller, man höre ihn kaum. Aber sie müsse den Herrn Wachtmeister doch etwas näher betrachten.

Sie nahm aus einem Etui, das neben ihrem Teller lag, einen Zwicker, klemmte ihn auf den Nasensattel und musterte Studer mit einem kleinen Lächeln. Ihre Stirnhaut war leicht gekräuselt.

— Ja, es sei, wie sie gedacht habe, sagte sie nach einer Weile. Der Herr Studer sehe gar nicht wie ein Schroter aus, und Ernst habe ganz recht gehabt, ihn mitzubringen ... Und bitte, Herr Studer, servieret Euch ... Eier? Brot? ...

«Ge—wiss», sagte Dr. Laduner. «Ich glaube auch, dass es sehr vernünftig von mir war, den Studer anzufordern ...» Er zerschlug mit einem silbernen Löffelchen die Spitze eines Eies.

Studer wurden Spiegeleier auf den Teller gelegt und braune Butter darüber gegossen. Dann geschah ein merkwürdiger Zwischenfall:

Dr. Laduner sah plötzlich auf, ergriff mit der Linken den Brotkorb, mit der Rechten das facettierte Salzfässchen, das vor seinem Teller stand, streckte beides dem Wachtmeister entgegen und sagte leise — es klang wie eine Frage:

«Brot und Salz ... Wollen Sie Brot und Salz nehmen, Studer?» Dabei sah er dem Wachtmeister fest in die Augen, und sein Mund hatte das Lächeln verloren.

«Ja ... Gärn ... Merci ...» — Studer war ein wenig verwirrt. Er nahm eine der Brotschnitten, streute Salz über die Spiegeleier auf seinem Teller ... Dann nahm Dr. Laduner ein Stück Brot, liess das weisse körnige Pulver in das aufgeschlagene Ei rinnen und murmelte dazu:

«Brot und Salz ... Der Gastfreund ist unverletzlich ...»

Das Maskenlächeln entstand wieder um seinen Mund, und mit veränderter Stimme sagte er:

«Ich habe Ihnen ja noch gar nichts von unserem verschwundenen Direktor erzählt. Dass er Borstli hiess, wissen Sie wohl, mit Vornamen Ulrich ... Ueli, ein hübscher Name, und die Damen nannten ihn auch so ...»
«Aber Ernscht!» sagte Frau Laduner vorwurfsvoll.
«Was hast du zu reklamieren, Greti? Das ist doch kein Werturteil. Eine schlichte, sachliche Feststellung ... Jeden Abend, punkt sechs Uhr ging der Herr Direktor ins Dorf Randlingen zu seinem Freunde, dem Metzger und Bärenwirt Fehlbaum, einer Stütze der Bauernpartei. Dort trank er einen Dreier Wyssen, manchmal zwei, hin und wieder drei. Zweimal im Monat trank sich der Herr Direktor einen Rausch an, aber man merkte es nicht ... Er trug eine grosse Lodenpelerine und einen breitrandigen, schwarzen Künstlerhut ... Übrigens machte er gewöhnlich die Gutachten über die chronischen Alkoholiker. Da war er sicher kompetent ... Das heisst, das stimmt auch nicht ganz. Er begann sie, die Gutachten nämlich, und dann wurde ihm die Sache zu langweilig, und ich durfte sie fertig schreiben. Ich tat es gerne, denn ich kam sonst gut mit dem Herrn Direktor aus. Wenn ich die Sache nicht ganz ernst behandle, Studer, müssen Sie das entschuldigen. Der Herr Direktor hatte nämlich eine Vorliebe für hübsche Pflegerinnen, und die Meitschi waren sehr geschmeichelt, wenn der Herr Direktor ihnen sein Wohlgefallen ausdrückte, etwa mit einem kleinen Kneifen in die Wange oder mit einem sanften Tätscheln, das der Bewunderung für die Rundung ihrer Formen einen adäquaten Ausdruck verleihen sollte ... Item, wie der Erzähler sagt, gestern um zehn Uhr wurde der Herr Direktor während unseres kleinen Festes ans Telephon gerufen, und seither ist er verschwunden. Ein kleiner Seitensprung? Vielleicht. Bedenklich wird die Sache eigentlich nur durch das Entweichen des Patienten Pieterlen, der sein neben dem Wachsaal B liegendes Zimmer verlassen hat unter Hinterlassung eines niedergeschlagenen Nachtwärters. Bohnenblust heisst der Nachtwärter, er hat eine eiergrosse Beule an der Stirn,

Folge eines Zusammenstosses mit dem freiheitssüchtigen Pieterlen, und Sie werden ihn einem Kreuzverhör unterwerfen können ... Wie gesagt, vergessen Sie eines nicht: Der Herr Direktor hat hübsche Wärterinnen gern gehabt ... Aber Diskretion, wenn ich bitten darf, Anstaltsdirektoren sind tabu, ausserdem kleine Päpste und als solche zur Unfehlbarkeit verurteilt ...»

«Aber Ernscht!» sagte Frau Laduner, und dann musste sie lachen. «Er redet so komisch!» entschuldigte sie sich.

Es stimmte nicht ... Dr. Laduner redete gar nicht komisch. Und auch die Bemerkung der Frau war ein Täuschungsmanöver, denn sie musste merken, dass diese witzelnde Art, zu erzählen, falsch klang. Sie war nicht dumm, die Frau Doktor, das sah man ihr an. Auch dass sie das im Dialekt sonst nicht übliche «komisch» brauchte, bestätigte eigentlich den Eindruck, dass irgend etwas nicht stimmte ... Was? ... Es war noch zu früh, um sich auf Kombinationen einzulassen. Vielleicht war Dr. Laduners Rat, sich erst einzuleben, doch ehrlich gemeint; man konnte belanglose Fragen stellen, die aber immerhin dazu dienen mussten, die Atmosphäre, in der man sich bewegen sollte, deutlicher zu machen.

«Ihr habt von einer ‚Sichlete' gesprochen, Herr Doktor, was war das? Ich weiss schon, was eine Sichlete ist, aber ich kann mir nicht vorstellen, dass in einer Anstalt ...»

«Nun, wir sorgen für die Zerstreuung der Patienten. Die Anstalt besitzt einen grossen landwirtschaftlichen Betrieb, und wenn das Korn eingebracht worden ist (‚Korn eingebracht!' dachte Studer. ‚Wie der redet!'), so feiern wir das. Wir haben eine Kapelle, die sonst den sonntäglichen Predigten dient, an den Festabenden jedoch werden Tische aufgeschlagen, Hammen, wie sie hier sagen, und Härdöpfelsalat wird aufgestellt, die Musik spielt, und unsere Patienten tanzen miteinander, Männlein und Weiblein, die Pfleger und Pflegerinnen helfen mit, der Herr Direktor hält eine Rede, es gibt Tee, und erotische Spannungen werden abreagiert ... Jawohl ... Gestern, am 1. September, haben wir also die Sichlete gefeiert ... Wir Honoratioren — das heisst: der Direktor, der Herr Verwalter samt Frau, Dr. Laduner samt Frau, der Ökonom ohne Frau und die andern Ärzte, wir sassen alle auf der Bühne — denn eine Bühne hat die Kapelle auch — und sahen uns den Tanz an. Der Patient Pieterlen war auch anwesend, er sorgte für Tanzmusik, denn er versteht es, der Handharfe Walzer und Tangos zu entlocken. Um zehn Uhr trat der Jutzeler ...»

«Wer ist der Jutzeler?» fragte Studer und zog dabei sein Notizbuch. «Ihr müsst schon entschuldigen, Herr Doktor, aber mit meinem Namensgedächtnis ist es nicht weit her, und so muss ich mir Notizen machen ...»

«Ge—wiss!» sagte Dr. Laduner, warf einen ungeduldigen Blick auf seine Armbanduhr und gähnte. Frau Laduner begann den Tisch abzuräumen.

«Wir haben also», sagte Studer bedächtig und wusste ganz gut, dass er ein wenig Theater spielte, aber das schien ihm gerade günstig in diesem Augenblick. «Wir haben also als handelnde Personen:

Borstli Ulrich, Direktor — verschwunden. Pieterlen ... Wie heisst der Pieterlen mit Vornamen?»

«Peter oder Pierre, wenn Sie lieber wollen, er stammt ursprünglich aus Biel», antwortete Dr. Laduner geduldig.

«Pieterlen Peter, Patient, entwichen ...» diktierte sich Studer langsam und schrieb nach.

«Laduner Ernst, Dr. med., II. Arzt, stellvertretender Direktor!»

«Den brauch' ich nicht aufzuschreiben, den kenn' ich», sagte Studer trocken und ignorierte die versteckte Bosheit. «Aber dann haben wir den Nachtwärter ...»

Und Studer schrieb:

«Bohnenblust Werner, Nachtwärter auf B, Wachsaal.»

«Und», sagte Laduner, «notieren Sie noch:

‚Jutzeler Max, Abteilungspfleger, wir sagen kurz Abteiliger, auf B.'»

«Was heisst der Buchstabe B?»
«B ist die Beobachtungsabteilung. Dorthin kommen alle Aufnahmen, manche Fälle lassen wir aber auch Jahre dort. Es kommt darauf an. R ist die Abteilung für ruhige Patienten. K ist die Abteilung für körperlich Kranke, dann sind noch die beiden unruhigen Abteilungen da: U 1 und U 2. U 2 ist der Zellenbau. Es ist leicht zu merken ... Nach den Anfangsbuchstaben ... Übrigens, der Abteiliger Jutzeler wird Ihnen gefallen, einer meiner tüchtigsten Leute ... Was sonst an Pflegern herumläuft ... Nicht einmal anständig organisieren kann man die Bande!»
«Organisieren?» dachte Studer. «Was hat der alte Direktor zum Organisieren gemeint?» Aber er schwieg und fragte nur, während er die Spitze seines Bleistiftes über dem Notizbuch schweben liess:
«Und was ist eigentlich mit Pieterlen?»
«Pieterlen?» wiederholte Dr. Laduner, und das Lächeln verschwand von seinem Mund. «Über Pieterlen will ich Ihnen heute abend Auskunft geben. Pieterlen ... Um über Pieterlen Auskunft zu geben, braucht es Zeit. Denn Pieterlen, das war kein Direktor, das war kein Pfleger, das war kein x-beliebiger Mensch. Pieterlen, das war ein Demonstrationsobjekt ...»
Es fiel Studer auf, dass Dr. Laduner die Mitvergangenheit brauchte: «Pieterlen war ...» So, wie man sonst nur von einem Toten spricht ... Aber er schwieg. Der Arzt gab sich einen Ruck, stand auf, streckte sich und wandte sich dann zu seiner Frau:
«Ist der Chaschperli schon in der Schule?»
— Ja, er sei schon fort; er habe in der Küche gegessen.
«Der Chaschperli, das ist mein siebenjähriger Sohn, wenn Sie das noch notieren wollen, Studer», sagte Dr. Laduner mit seinem steifen Lächeln. «Übrigens muss ich jetzt zum Rapport, Sie können mit mir hinunterkommen und das Büro ansehen ... Das Direktionsbüro ... Den Tatort, wenn Sie lieber wollen. Obwohl wir ja überhaupt noch nicht wissen, ob eine Tat getätigt worden ist.»

An der Gangtüre gab es noch einen Zusammenstoss. Ein junger Mann stand im Stiegenhaus und wollte unbedingt mit Dr. Laduner sprechen.
«Später, Caplaun, ich habe jetzt keine Zeit. Warten Sie im Salon. Ich werde zwischen Rapport und Visite mit Ihnen sprechen . . .»
Und Laduner begann die Treppe hinunterzuspringen, er nahm drei Stufen auf einmal.
Aber Studer folgte nicht. Er blieb auf dem Vorplatz stehen und starrte den Mann an, den Dr. Laduner Caplaun genannt hatte. Caplaun? Caplaun hatte doch sein alter Freund geheissen, der Oberst, der an jener Schiebung in der Bankaffäre beteiligt gewesen war, jener Bankaffäre, die den damaligen Kommissar Studer von der Stadtpolizei den Kragen gekostet hatte . . . Es gab nicht viele Caplaune in der Schweiz, es war ein seltener Name . . .
Nun, der Herr Oberst war es auf alle Fälle nicht; der Mann, der in Dr. Laduners Wohnung trat und sich in ein Zimmer schlich, so, als wisse er Bescheid, war jung . . . Jung, mager, blond, mit einer hohlen Brust . . . Bleich dazu, mit weit aufgerissenen Augen. Caplaun? . . .
Studer holte Dr. Laduner im Parterre ein. Der Arzt lief ungeduldig hin und her.
«Herr Doktor», sagte Studer, «Ihr habt den jungen Burschen, der zu Euch hineingegangen ist, Caplaun genannt; ist er verwandt . . . ?»
«Mit dem Herrn Obersten, der Ihnen ein Bein gestellt hat, damals? Ja. Der Herr Oberst ist sein Vater. Und der junge Caplaun ist bei mir in Behandlung. Privatpatient. In der Analyse. Ein typischer Fall von Angstneurose. Kein Wunder, bei dem Vater! Und übrigens säuft der Herbert Caplaun. Ja, Herbert heisst er mit Vornamen. Sie können ihn ja noch in Ihr Büchlein notieren . . .»
Wieder überhörte Studer geflissentlich die Ironie. Er fragte mit seiner treuherzigsten Miene:
«Eine Angstneurose? Was ist das, Herr Doktor?»
«Herrgott! Ich kann doch hier kein Kolleg über Neurosen-

lehre lesen. Später will ich es Ihnen erklären ... Dort ist das Direktionsbüro. Daneben das Ärztezimmer. Ich werde jetzt eine Stunde beschäftigt sein; wenn Sie etwas brauchen sollten, so wenden Sie sich an den Portier. Übrigens können Sie sich notieren, dass er Dreyer heisst.»
Und Studer hörte noch das Zuschlagen einer Türe.

Der Tatort und der Festsaal

Der Busch vor dem Fenster trug weisse Beeren, die an Wachskugeln erinnerten. Auf dem Fenstersims, zwischen den Glassplittern, tanzten zwei Spatzen. Sie benahmen sich wie Stehaufmännchen. In kurzen Zwischenräumen tauchten ihre Köpfe über dem untern Rande des Holzrahmens auf, verschwanden, tauchten wieder auf. Als Studer den umgefallenen Bürostuhl wieder auf die Beine stellte, flogen sie fort ...
Zuerst setzte er sich, zog noch einmal sein Wachstuchbüchlein hervor und schrieb in seiner kleinen Schrift, die ein wenig an Griechisch erinnerte:
«Caplaun Herbert, Sohn des Obersten, Angstneurose, Patient des Dr. Laduner.»
Dann lehnte er sich befriedigt zurück und betrachtete die Verwüstung.
Blut am Boden, das stimmte. Aber nur wenig: einzelne Tropfen, die auf dem glänzenden Parkett zu dunklen Plättchen eingetrocknet waren. Sie liefen in einer Linie von der zerbrochenen Fensterscheibe zur Tür. Vielleicht war einer mit der Faust durch die Scheibe gefahren und hatte sich verwundet.
Das kleine Tischchen, links neben dem Fenster, war wohl für die Schreibmaschine bestimmt, während sich der Schreibtisch, gross und breit, verschnörkelt, in der Ecke

rechts vom Fenster breitmachte. Studer stand auf und hob die Schreibmaschine auf. Fingerabdrücke brauchte man hier wohl nicht zu suchen. Und vorläufig wusste man ja noch gar nicht, ob ein Mord passiert war oder ob sich der alte Direktor auf eine kleine Erholungsreise begeben hatte. In letzterem Falle hätte er zwar die Ärzteschaft avisiert, aber alte Herren haben manchmal ihre Mucken ...

Über dem Schreibtisch hing ein Gruppenbild. Da stand inmitten von jungen Männern und von Mädchen in Schwesterntracht ein alter Herr, der auf dem Kopfe einen breitrandigen schwarzen Hut trug. Ein lockiger, grauer Bart wucherte ihm aus Kinn und Wangen, und eine Stahlbrille sass auf seiner Nase.

In weissen Buchstaben stand unter der Photographie: «Unserem verehrten Herrn Direktor zum Andenken an den ersten Kurs.» Ja, ja, die jungen Männer sahen alle sehr brav aus, sie trugen schwarze Anzüge und hohe steife Kragen, und ihre Krawatten sassen ein wenig schief.

«Unserem verehrten Direktor ...» Kein Datum? Doch. In der Ecke unten: 18. April 1927.

Unter dem Bild, auf einem grünen Löschblatt, lag ein in der Mitte zusammengefalteter Brief. Studer las die ersten Zeilen: «... bitten wir Sie dringlichst, die schon seit zwei Monaten fällige Expertise über den Geisteszustand des ...» Hm! Ein bequemer Herr, der Direktor Borstli mit seiner Pelerine und seinem breitrandigen Hut ... Wetten, dass er einen Schwalbenschwanz trug! ... Gewonnen! Auf dem Bilde trug er einen — einen grauen, soviel man sehen konnte, und die Hosen waren an den Knien ausgebeult ... Ein alter Mann, ein Mann der alten Schule ... Wie war er mit dem betriebsamen Dr. Laduner ausgekommen? Eigentlich wusste man noch nicht viel über den Herrn Direktor Ulrich Borstli, ausser dass er an hübschen Pflegerinnen Gefallen fand und sich von ihnen Ueli nennen liess. Warum sollte er auch nicht? Er war niemandem Rechenschaft schuldig, ein kleiner König in — wie hatte Dr. Laduner das gesagt? — ja, richtig: in Mattos Reich. Diesen

Schül, der den Geist Matto erfunden hatte, den musste man auch kennenlernen. Matto! Glänzend! Matto hiess ja verrückt auf italienisch. — Matto! Das hatte Klang!
War er verheiratet gewesen, der alte Direktor? Sicher! Witwer? Wahrscheinlich ...
Es war doch nichts zu holen in dem Büro. Warum war man dann von Dr. Laduner hineingeschickt worden? Der Mann tat nichts ohne Überlegung. Wovor hatte er Angst? ... Man war leicht gehemmt, weil man den Dr. Laduner gern hatte, aufrichtig gern, weil man vor allem das Bild nicht vergessen konnte, das Bild aus der Anstalt von Oberhollabrunn ... Und dann auch, weil er einem Brot und Salz angeboten hatte ... Chabis! Aber es war nun einmal so ...
Wo mochte nur der alte Direktor stecken? Auf alle Fälle war es vielleicht gut, man sprach mit dem Portier. Portiers waren gewöhnlich mitteilsame Menschen, um nicht geradeheraus zu sagen: klatschsüchtige ... Aber auf alle Fälle waren sie immer auf dem laufenden.
Und während aus dem Nebenraum, dem Ärztezimmer, durch die geschlossene Verbindungstür, eine eintönig referierende Stimme sickerte, drückte sich Wachtmeister Studer aus dem Direktionsbüro wie ein Schüler, der sich vor dem Lehrer drücken will. — Der Lehrer? In diesem Falle Dr. med. Ernst Laduner, zweiter Arzt und stellvertretender Direktor ...
Der Portier Dreyer trug eine Weste mit angesetzten Lüsterärmeln und hatte eine grüne Schürze vorgebunden. Er war daran, den Gang z'wüsche. Studer stellte sich breitbeinig vor ihn hin:
«Loset, Dreyer!»
Der Mann sah auf, sein Blick war leer. Die linke Hand, die auf dem Besenstiel ruhte, trug einen Verband.
«Ja, Herr Wachtmeister?» Der Mann kannte ihn also schon. Desto besser!
«Ihr seid verwundet?»
«Nüt vo Belang ...» sagte Dreyer und senkte den Blick.
Bluttropfen im Direktionsbüro ... Der Portier verwundet

— an der Hand! ... Studer nahm sich zusammen. Nid! Nid! Keine verfrühten Hypothesen. Einfach registrieren: Portier Dreyer ist an der Hand verwundet ... Weiter!
«War der Direktor verheiratet?»
Der Portier grinste. Seine beiden Augenzähne trugen Goldplomben, das störte Studer, darum blickte er beiseite.
«Zweimal», sagte Dreyer. «Zweimal war er verheiratet. Und beide Frauen sind tot. Die zweite war zuerst Köchin bei ihm, Haushälterin hat man das genannt. Sie war aus keiner schlechten Familie. Sie hat's dann gut verstanden, ihre Geschwister in der Anstalt unterzubringen: den Bruder als Maschinenmeister, die Schwester als Buchhalterin in der Verwaltung — und ihr Schwager, der Mann ihrer zweiten Schwester, ist vierter Arzt.» Es war zu erwarten gewesen, und die Erwartung hatte nicht getäuscht. Portiers waren wirklich auf dem laufenden. Sie redeten weniger witzig als beispielsweise Dr. Laduner, aber sachlicher.
«Danke», sagte Studer trocken. «Hat der Direktor gestern eine grössere Geldsumme empfangen?»
«Woher wisset Ihr das, Herr Wachtmeister? Vom Mai bis in den August war er krank. Er hat Ferien genommen. Aber dann war der Herr Direktor noch bei einer Krankenkasse. Gestern ist das Geld gekommen: hundert Tage zu zwölf Franken Taggeld machte gerade tausendzweihundert Franken.»
«So», sagte Studer. «Und am Ersten hat er wohl den Lohn bezogen, das war doch auch gestern?»
«Nein, den lässt er immer auf der Verwaltung stehen, und wenn eine grössere Summe beieinander ist, lässt er sie an die Bank schicken. Er hat ja fast nichts gebraucht. Wohnung frei. Eine Haushälterin hat er nicht mehr nehmen wollen. So hat man ihm das Erstklassmenü aus der Küche gebracht.»
«Wie alt war der Direktor?»
«Neunundsechzig. Nächstes Jahr hätte er seinen siebzigsten Geburtstag gefeiert ...»

Dann, als sei die Sache damit erledigt, schob Dreyer den schwarzen Haarbesen vor sich her, und für einen Augenblick herrschte der Geruch von Staub über die beiden andern: Bodenwichse und Apotheke.
«Hat er das Geld bei sich behalten? Ich meine die zwölfhundert Franken . . .»
Der Portier wandte sich um und gab Auskunft:
«Eine Tausendernote und zwei Hunderter. Er hat die drei Noten in seine Brieftasche gesteckt. Er hat zu mir gesagt, dass er das Geld morgen — das heisst also heute — auf die Bank tun wolle. Er fahre sowieso nach Bern . . .»
«Wo ist die Sichlete gefeiert worden?»
«Geht dort zur hintern Tür hinaus. Dann ist grad vor Euch das Kasino. Die Tür ist offen. Ihr werdet ungestört sein . . .»
Das Kasino! Wie in Nizza oder Monte Carlo! Und dabei war man in der Heil- und Pflegeanstalt Randlingen . . .
Es sah aus wie nach einem Vereinsfest: Asche am Boden, zerrissene Papiergirlanden an den Wänden, weisse Tischtücher, auf denen Brotresten herumlagen. Die Luft roch nach erkaltetem Rauch. Im Hintergrund eine Bühne, ein Tisch darauf, Weingläser . . . Die Honoratioren, wie Dr. Laduner sagte, hatten keinen Tee getrunken . . . Spitzbogenfenster mit billigen farbigen Butzenscheiben gaben dem Raum etwas Kirchenähnliches. Eine Kanzel, die an der Seitenwand hing, etwas über dem Boden, verstärkte noch den Eindruck. Vielleicht hatten die Kirchen während der Französischen Revolution so ausgesehen, wenn man in ihnen das Fest der Vernunft gefeiert hatte . . .
Studer nahm einen Stuhl und setzte sich der Bühne gegenüber. Er zündete eine Brissago an, und dann begann er kleine Bewegungen mit seiner rechten Hand zu machen, wie ein Regisseur, der zu Beginn einer Szene den Schauspielern die Plätze anweist . . .
Auf der Bühne der Direktor . . . Wahrscheinlich sass er in der Mitte des Tisches, auf jenem Armstuhl, der ein wenig schief dastand, so, als sei einer hastig aufgesprungen.

Rechts von ihm Dr. Laduner, links von ihm der Verwalter ... Die Assistenzärzte.
Der vierte Arzt, dessen Frau die Schwester der zweiten Frau des Direktors war ... Komplizierte Familiengeschichten. Der vierte Arzt war also sozusagen ein Schwager des Direktors. Wie hiess dieser Herr? Eigentlich hätte man sich gleich nach seinem Namen erkundigen können, auch wenn er das Namensregister verlängerte.
Dort in der Ecke stand ein altes Klavier ... Wer hatte den Patienten Pieterlen, der die Handharfe spielte, begleitet? — Und dann hatte man getanzt ... Hier im freien Raum zwischen den Tischen. Männlein und Weiblein zusammen, Pfleger und Pflegerinnen. Und die Patienten hatten — wie hatte Dr. Laduner das ausgedrückt? — ah ja, «erotische Spannungen abreagiert» ...
Item. Um zehn Uhr wurde der Direktor ans Telephon gerufen. Vom Abteiliger — wie hiess er? — Jutzeler. Wurde vom Abteiliger Jutzeler ans Telephon gerufen. — Schreiben wir in unser Notizbuch, der Abteiliger Jutzeler sei zu fragen, ob eine männliche oder weibliche Stimme den Direktor verlangt habe ... Das Telephon ... Wo war das Telephon? ...
Studer stand auf, er ging zum Klavier hinüber, schlug einige Tasten an ... Arg verstimmt, der Kasten! ... Dann stieg er auf die Bühne — es kostete Mühe — und begann gebückt den Tisch zu umkreisen. In seinem dunklen Anzug, tief gebeugt, sah er aus wie ein riesiger Neufundländer, der eifrig eine Spur sucht. Er hob einen Zipfel des Tischtuches, bückte sich:
Ein Kärtchen, blau, arg beschmutzt. Hulligerschrift ... Eine brave Schülerinnenschrift ...
«Ich läut' Dir dann um zehn Uhr an, Ueli. Wir gehn dann spaziren.» Spaziren ohne e ... — Keine Unterschrift ...
Keine Unterschrift. Wenn das Kärtchen auch nicht gerade unter dem Armstuhl gelegen wäre, so wäre es dennoch nicht schwer zu erraten gewesen, für wen es bestimmt war. Wo war das Telephon? Studer stieg von der Bühne herab,

sah sich um, und da entdeckte er in einer Nebenkammer den Apparat.
Er war schwarz und hatte eine weisse Scheibe mit einstelligen Ziffern, von eins bis neun. Wie ein gewöhnlicher Apparat in der Stadt. In der Mitte der Scheibe stand die Nummer 49. Neben dem Telephon hing an der Wand eine Tabelle. In kleiner Druckschrift war an ihrem Fusse angegeben: «Alle rot gedruckten Nummern haben direkten Anschluss nach auswärts.»
«12 Direktor» war natürlich rot gedruckt, «13 zweiter Arzt» auch, Verwaltungsbüro und so weiter. Aber die Nummern der Abteilungen waren schwarz. Wachsaal B (Männerseite) hatte Nummer 44. Und das Kasino mit Nummer 49 war auch schwarz gedruckt.
Also — logische Feststellung: Der Herr Direktor Borstli war vom Innern der Anstalt aus ans Telephon gerufen worden. Wäre er von auswärts verlangt worden, hätte ihn der Portier Dreyer holen müssen, und der Direktor hätte vom Direktionsbüro aus sprechen müssen oder von seiner Wohnung.
Ein Meitschi hatte ihm angeläutet ... «Ich läut' Dir dann um zehn Uhr an, Ueli ...» Um zehn Uhr geht man mit einem Meitschi spazieren. Vielleicht war der Spaziergang ausgedehnter gewesen, als er zuerst vorgesehen war, man war nicht zurückgekehrt, hatte einen Frühzug genommen nach Thun, nach Interlaken, auch im Tessin war es sicher ganz schön, jetzt, wo der Herbst begann.
Und das verwüstete Büro hatte keine verbrecherische Bedeutung; das Verschwinden des Patienten Pieterlen war ein Zufall, und es bestand kein «Konnex», um mit Dr. Laduner zu reden, von «Imponderabilien» ganz zu schweigen.
Vielleicht war man vom kantonalen Polizeidirektor ganz umsonst zu nachtschlafender Zeit aus dem Bett geschellt worden. Blieb immerhin die merkwürdige Forderung Dr. Laduners, die Forderung, «behördlich gedeckt zu werden» ...
Da konnte vielleicht etwas dahinterstecken. Besonders,

wenn man berücksichtigte, dass der berüchtigte Oberst Caplaun noch in die Geschichte hineinspielte. Sein Sohn ... Angstneurose ... Gut und recht. Aber gebrannte Kinder scheuen das Feuer, und Wachtmeister Studer scheute den Obersten Caplaun ...

«Hulligerschrift!» dachte er. «Das Meitschi ist noch nicht lange aus der Schule.» — Und Studer lächelte ein wenig einfältig, weil er sich den alten Direktor Borstli in Pelerine und schwarzem, breitrandigem Hut vorstellte, Arm in Arm mit einem Mädchen. Der junge Totsch blickte voll Verehrung zu dem Manne auf, der ihm etwas Grosses schien, und träumte sicher davon, in nächster Zeit Frau Direktor zu werden ...

Dr. Laduner würde einen auf die «grosse Visite» mitnehmen wollen. Wahrscheinlich. Dann traf man wohl den Abteiliger Jutzeler und konnte ihn fragen, wie die Stimme am Telephon geklungen hatte ... Man konnte den Nachtwärter Bohnenblust ins Kreuzverhör nehmen und herausbringen, auf welche Art der Patient Pieterlen entwichen war. Dann war alles im Blei, man konnte beruhigten Gemütes zusammen mit dem Dr. Laduner nach Bern zurückfahren, heim in die Wohnung auf dem Kirchenfeld ...

Studer zog noch einmal sein Notizbuch, versorgte die blaue Karte mit der Hulligerschrift darin und begann dann, leise und mit viel künstlerischem Empfinden, das Lied vom Brienzer Buurli zu pfeifen. Er pfiff den Beginn der zweiten Strophe, als er aus der Tür des Kasinos trat, aber dann unterbrach er sein Pfeifen ...

Denn ein sonderbares Gefährt fuhr vorbei. Ein Zweiräderkarren, eine Benne, und zwischen den Stangen tanzte ein Mann. Am andern Ende der Benne aber war eine lange Kette befestigt, mit vier Querhölzern. Jedes dieser Querhölzer wurde von zwei Mannen gehalten, so dass also acht Mann an der Kette die zweirädrige Benne zogen. Neben dem sonderbaren Gefährt schritt ein Mann in blauem Überkleid. Er grüsste lächelnd, rief «Ahalten! Ahalten han i gseit!» Der Mann zwischen den Stangen hörte auf zu

tanzen, die acht Mann an der Kette standen still. Studer fragte mit einer Stimme, die vor Verwunderung ganz heiser war:
«Was isch denn das?»
«Der Radlinger Blitzzug!» lachte der Mann. Und erklärte dann zutraulich, das gehöre zur Arbeitstherapie, das sei, damit die Patienten mehr Bewegung hätten ... Natürlich, nur die ganz Verblödeten brauche man dazu. Aber sie seien dann viel ruhiger ... Und adjö woll!
«Hü, mitenand!» rief er. Und gehorsam fuhr der Blitzzug davon ...
Arbeitstherapie! ... dachte Studer und konnte nicht aufhören mit Kopfschütteln. Heilung durch Arbeit! ... Bei diesen Zugtieren war doch nichts mehr zu heilen! ... Aber: man war ja nicht Psychiater, sondern nur ein einfacher Fahnderwachtmeister ... Gott sei Dank, übrigens ...

Die weisse Eminenz

Die Türe neben dem Direktionsbüro flog auf, prallte gegen die Holzfüllung, und dann erfüllte dumpfes Stimmengemurmel die Parterrehalle des Mittelbaues. Aus dem Gemurmel sonderte sich eine quäkende und hüpfende Stimme ab, die sagte:
«Wi isch daas, Herr Doktr, sött me-n-ächt d'Lumbalpunktionsgrät zwäg mache?»
Dann die Stimme Laduners:
«Für den Schmocker, meinet Sie? Mynetwegen.» Komisches Schweizerdeutsch sprach der Mann. Studer ging näher und prallte fast mit Dr. Laduner zusammen, der einen weissen Mantel trug, die Brust gewölbt, und immer noch stand die braune Haarsträhne ab wie der Federschmuck vom Kopfe eines Reihers. «Ah, Studer, da sind Sie ja. Gut,

dass ich Sie noch treffe ... Sie kommen natürlich mit auf die Visite. Ich werd' Sie schnell vorstellen, und dann können wir losgehen ...»

Vier Gestalten in weissen Mänteln standen hinter ihm, Laduner trat beiseite.

«Wachtmeister Studer, der den Detektiv in unserer Ausbruchkomödie spielen wird. — Dr. Blumenstein, vierter Arzt, weitläufig verwandt mit unserem vermissten Direktor ... Sehr erfreut — gleichfalls. Ihr könnt beide schweigen, ich spreche für alle ...» Dr. Laduner war sichtlich aufgeregt. Blumenstein hiess also der Schwager des Herrn Direktor. Studer sah ihn an: mindestens zwei Meter hoch, ein rosiges Babygesicht und Hände! Das waren keine Hände mehr, das waren kleinere Tennisrackets! Verheiratet war der Blumenstein, soso ... Sah nicht danach aus. Ähnelte ein wenig jenen Riesenkindern, die man auf Jahrmärkten sehen kann.

«Einen Moment!» sagte Dr. Laduner. «Stellt euch einander selbst vor, oder Blumenstein, besorgen Sie das ...»

Und fort war Dr. Laduner, die Treppe hinauf ...

«Er muss mit dem Herbert Caplaun sprechen, mit dem Angstneurotiker, wie er sagt. Wenn man nur zuhören könnte, was die beiden zu verhandeln haben ...» dachte Studer und horchte nur zerstreut auf die Namen, die ihm genannt wurden. Der zweite Weisskittel war offenbar ein Welscher, denn er sagte «Enchanté, inspecteur!», und dann, die zwei andern in weissen Mänteln, das waren ja, my Gotts tüüri, Frauenzimmer! Studer wurde förmlich und kalt. Er hatte eine ausgesprochene Antipathie gegen berufstätige Frauen. Die beiden waren auch nicht weiter interessant. Eher farblos. Trugen grobe Halbschuhe mit Gummisohlen und Baumwollstrümpfe über ziemlich dürren Waden.

Man stand herum und wartete. Man hatte jemanden ausser acht gelassen, und dieser Jemand stellte sich jetzt selber vor. Es war der Besitzer der Stimme, die vom «Lumbalpunktionsgrät» gesprochen hatte.

«Ah, das isch also dr Herr Wachtmeister Studer, freut mi sehr, i bi dr Oberpflägr Weyrauch . . .»
Er hatte ein rotes Gesicht, und lustige Äderchen platzten auf seinen Wangen. Er trug eine Hornbrille, und hinter ihren Gläsern versteckte er kleine, kluge Schweinsäuglein; eine weisse Kutte stand über einem ebenfalls weissen Schurz offen, und der Bauch wölbte sich, wölbte sich so majestätisch, dass er den Schurz straff spannte, und die Uhrkette, die die Weste zieren musste, zeichnete sich durch den Stoff als Relief ab.
Studer holte todernster Miene sein Notizbuch hervor, schrieb mit seiner winzigen Schrift . . .
«Eh, was schrybet dr jetz, Herr Wachtmeister?»
«Euere Name . . .»
«So chumm i einisch do no in die Annalen vo dr Polizei . . .» sagte der Oberpfleger Weyrauch und lachte lange. Dann musste er husten.
«Kostbar ist unsere Oberpfleger, unsere Weyrauch . . .» sagte der Welsche. Er hatte einen sehr weissen Scheitel, der seine schwarzen Haare in der Mitte teilte, und darunter ein kleines, bleiches Gesicht. Er erinnerte an ein Wiesel . . .
«Schrybet dr Herr Dokter Neuville au grad uuf . . .» sagte Weyrauch. Und Studer folgte dem Ratschlag.
«Oberpfleger Weyrauch.
Blumenstein, IV. Arzt, Schwager des Direktors.
Neuville, Assistent . . .»
Wenn das so weiter ging, musste er ein neues Büchlein kaufen. Für die beiden Ärztinnen interessierte er sich nicht. Die eine war gross, die andere klein. Was lag schon an ihren Namen?
Da kam Dr. Laduner zurück. Die Gruppe setzte sich in Bewegung. Niemand schien daran Anstoss zu nehmen, dass Studer sich anschloss. Mit weit ausholenden Schritten ging Dr. Laduner voran, die Zipfel seines Arztkittels flatterten hoch, wenn die Knie gegen sie stiessen. Neben ihm rollte der Oberpfleger Weyrauch. Er steckte jetzt den Schlüssel in die Holztür, die den Mittelbau rechts abschloss:

«Weit-r so guet sy?» sagte er. Und die Gruppe defilierte an ihm vorbei.
Studer ging als letzter. Er hatte sein verbissenstes Gesicht aufgesetzt. Er kam sich überflüssig vor, richtig wie das fünfte Rad am Wagen. Vor ihm gingen die beiden Damen. Sie schritten sehr steif, sie pendelten nicht in den Hüften. Ihre Haare waren kurzgeschnitten und ihr Nacken ausrasiert. Sie wirkten sehr neutral.
Ein langer Gang. In den Geruch von Apotheke, Bodenwichse und Staub mischte sich ein viertes Element: Rauch von schlechtem Tabak . . . Links eine Reihe hoher Fenster. Aber sie waren sonderbar gebaut, diese Fenster: in winzige Scheiben eingeteilt, und die Einfassungen der Scheiben waren eiserne Gitterstäbe. Studer prüfte sie verstohlen. Er warf einen Blick hinaus: der Hof. Der Wachtmeister stand gerade dem Ebereschenbaum gegenüber mit seinen roten Beeren und seinen leuchtend-gelben Blättern. Und der Baum tröstete ihn . . .
Studer hatte sich unter einem Irrenhaus stets etwas Dämonisches vorgestellt — aber von Dämonie war wirklich nichts zu spüren . . . Da war ein Zimmer, in sattem Orange gestrichen, mit Bänken an den Wänden, Tischen davor. Vor den Fenstern mit den winzigen, rechteckigen Scheiben wuchsen Tannen, und sie wiegten sich in einem leichten Winde . . . An den Tischen sassen Männer. Das einzige Auffällige an ihnen war vielleicht, dass sie Bartstoppeln trugen, die wohl mindestens eine Woche alt waren. Ihre Augen waren ein wenig sonderbar, aber eigentlich nicht sonderbarer als die Augen der Leute, die Studer in den Zellen von Thorberg besucht hatte.
Männer mit weissen Schürzen standen herum, sie trugen keine Kragen, dafür kupferne Klappknöpfe, die die Knopflöcher oben am Hemdkragen zusammenhielten. Pfleger anscheinend. Der welsche Assistent hatte sich an den Wachtmeister herangemacht. «Wir sind auf dem R!» flüsterte er wichtig. «Die ruhige Abteilung. Dr. Laduner mag die Pfleger hier nicht, alles Ssstündeler . . .»

Und richtig war Dr. Laduner gerade an einen der Weissbeschürzten herangetreten und kanzelte ihn ab mit leiser Stimme. Dabei wies er nach einer Ecke des Raumes, wo ein Mann sass, in sich zusammengesunken, und nichts tat. Die andern, vor den Tischen, waren damit beschäftigt, Papiersäcke zu kleben. Es standen Teller mit Kleister herum.
«Der alte Herr Direktor, er hat die Ssstündeler sehr gern gehabt, weil sie nie haben reklamiert ... Nur Jutzeler! Er hat wollen organisieren. Letzte Woche, wir haben gehabt fast einen Streik ... Und Jutzeler hat sollen fliegen ... Aber Dr. Laduner hat ihn protégé ... Ich nenne Dr. Laduner immer ‚l'éminence blanche', die ‚weisse Eminenz'. Sie wissen, es hat gegeben in der Geschichte von Frankreich eine graue Eminenz, die aus dem Hintergrund immer gezogen hat die Fäden ... Dr. Laduner, er zieht auch aus dem Hintergrund die Fäden ... Der alte Direktor? ... Pfüüüh ...» Und der welsche Assistent (Neuville hiess er doch?) machte mit der Hand eine wegwerfende Bewegung. Eine der Damen trabte neben Dr. Laduner her, der Hände schüttelte, sich erkundigte, wie es gehe. Das starre Lächeln wich überhaupt nicht mehr von seinen Lippen. Studer war überzeugt, dass Dr. Laduner meinte, sein Lächeln wirke ungemein herzlich, aufmunternd ... Er tätschelte hier eine Schulter, er beugte sich dort tief über einen Schweigsamen, der keine Antwort gab, einer regte sich auf und begann laut zu schreien ... Dr. Laduner wandte sich um, flüsterte dem Weissbeschürzten etwas zu ... Der trat zu dem Aufgeregten — und die Gruppe verliess den Raum ...
Wieder eine Holztüre, ein langer Gang, der Parkettboden glänzte. Und über dem spiegelnden Parkett wandelte ihnen ein kurzes Männchen entgegen, mit O-Beinen und einer dicken Kopfzigarre im Mundwinkel. Das Männchen sah sehr vergnügt aus.
«Was macht der Schmocker auf dem K?» fragte Dr. Laduner laut. Die kleinere der beiden Assistentinnen trat neben

ihn und flüsterte ihm etwas zu. Studer verstand nur das Wort «isolieren».

«Aber, liebes Kind, das geht doch nicht», sagte Dr. Laduner ärgerlich. «Der Mann hat zu arbeiten, wie andere auch, und wenn der Pieterlen mit ihm das Zimmer geteilt hat, so ist das kein Grund . . .»

Da war das dicke Männchen herangekommen und begann mit dröhnender Tribunenstimme eine Rede.

Er verlange, führte er aus, dem Bundesgericht überwiesen zu werden, sein Delikt sei ein politisches, er gehöre nicht in eine Irrenanstalt unter Verrückte und Mörder, er sei zeit seines Lebens ein ehrlicher Mann gewesen, der sich seinen Lebensunterhalt sauer verdient habe, und wenn man seinen berechtigten Reklamationen nicht nachkommen wolle, so werde er andere Wege beschreiten. Er sei immer staatserhaltend gesinnt gewesen, konservativ, denn er finde, das demokratische Regime sei das beste, das es gebe, aber wenn man es ihm so machen wolle, so werde auch er für die Diktatur des Proletariats eintreten . . . Dann würden aber einige hohe Herren etwas erleben . . .

Dr. Laduner stand vor ihm, steif aufgereckt, die Hände in den winzigen Taschen seines weissen Kittels. Er sprach schriftdeutsch, als er antwortete:

«Herr Schmocker, was Sie erzählen, ist uninteressant. Sie werden jetzt ins R gehen und Papiersäcke kleben. Sonst stecke ich Sie ins Bad. Adieu.»

Der kleine Mann schwoll rot an, man fürchtete, er werde im nächsten Moment zerplatzen. Seine Stimme bebte, als er sagte: «Sie werden die Verantwortung tragen, Herr Doktor.» Er zog an seiner Zigarre, aber sie war während der Rede erloschen. «Ge—wiss . . .» sagte Dr. Laduner und schritt durch die nächste Tür, die der Oberpfleger Weyrauch einladend offen hielt . . .

«Wenn dr weit so guet sy . . .»

«Liebes Kind, es ist doch sonst nichts Besonderes auf dem K?»

«Nein, Herr Doktor.» Mit einer Handbewegung war das

Fräulein gnädig entlassen, und Dr. Laduner winkte Studer zu sich heran. Der Oberpfleger Weyrauch schloss sachte die Tür.

Sie standen in einem leeren Gang, der ziemlich finster war. Hier musste der eine Schenkel des u-förmigen Anstaltsbaus aufhören, denn der Gang war durch eine Mauer abgeschlossen. Ein Fenster stand darin offen.

«Übrigens, kommen Sie doch noch einen Augenblick», sagte Dr. Laduner und liess Studer warten, während er sich an das kleine Fräulein wandte. «Hat der Schmocker nichts sagen wollen, ich meine wegen der Entweichung des Pieterlen?»

«Nein, nein, Herr Doktor», das kleine Fräulein wurde rot, ihre Ohren glühten. «Er hat nur heute morgen die Arbeit verweigert auf B, und da habe ich gedacht, es sei besser, ihn ein wenig zu isolieren ...» Sie verhaspelte sich, schwieg. Auch sie sprach schriftdeutsch, aber mit dem harten Akzent der Balten. «Gut, gut, liebes Kind. Regen Sie sich nicht auf. Weyrauch, notieren Sie. Wir stecken den Schmocker doch noch eine Stunde ins Bad, vielleicht klingt dann der manische Erregungszustand leichter ab ... Nein, keine Spritze ... Wollten Sie etwas sagen, Studer?»

Nein, nein, der Wachtmeister dachte nicht im Traum daran, etwas zu sagen. Er schüttelte sehr intensiv den Kopf.

«Wir betrachten nämlich», sagte Dr. Laduner und begann im langen Gang auf und ab zu wandeln, die Hände auf dem Rücken ineinandergelegt, «das Bad nicht als eine Strafe, sondern als ein Mittel, die Anpassung an die Wirklichkeit und an ihre Forderungen zu beschleunigen. Wir haben wenig Möglichkeiten, eine gewisse Arbeitsdisziplin aufrechtzuerhalten. Wir sind nicht in einem Zuchthaus, wir sind in einer Heilanstalt. Aber den kranken Geist können wir nur heilen, wenn wir an die gesunden Teile der Seele appellieren, an den Arbeitswillen, an das Einfügen in eine Kollektivität ... Selbst der Verwirrteste hat einen Punkt ... Übrigens, Studer, kennen Sie die Geschichte des Herrn Schmocker? Ich breche damit nicht mein Berufsgeheimnis, denn die Geschichte stand in allen Zeitungen ...»

«Schmocker?» Studer erinnerte sich dunkel an eine Attentatsgeschichte, wusste aber das Nähere nicht und fragte darum bescheiden, was es mit dem Herrn für eine Bewandtnis habe. Da der Schmocker mit dem entwichenen Pieterlen das Zimmer geteilt habe, werde es sicher interessant sein, zu wissen, was man von der Wahrheitsliebe des besagten Schmocker zu halten habe und deshalb ...

«Ge—wiss ...» Dr. Laduner nahm Studers Arm und zog ihn mit auf seine Wanderung. Er durchmass den Gang, die vier Weissmäntel folgten ihm in einer Reihe, trieben leisen Schabernack, wie unbeaufsichtigte Schüler. Ganz hinten rollte der rundliche Oberpfleger.

«Das Verbrechen des Herrn Schmocker war folgendes: Er trat einem unserer hohen Regierungsräte in den Weg und hielt ihm einen ungeladenen Revolver vor die Nase. Dazu sagte er zitternd: ‚Ich werde Sie töten!' Der betreffende Regierungsrat begann daraufhin auf offener Strasse zu tanzen, denn er wusste nicht, dass der Revolver ungeladen war, und er hatte Angst für sein wertvolles Leben, was sowohl menschlich als auch politisch zu begreifen ist. Nachdem unser Schmocker dem tanzenden Regierungsrat eine Zeitlang zugesehen hatte, steckte er den Revolver wieder ein, begab sich in seine Wohnung zu seiner Frau und ass dort eine Bernerplatte. Bitte, Studer, lachen Sie nicht. Das steht in den Akten. Die Stadtpolizei ist in solchen Dingen genau. Die Stadtpolizei ist auch rührig, denn sie störte Herrn Schmocker beim Vertilgen der Bernerplatte, nahm ihn mit und sperrte ihn ein. Er konnte zwar beweisen, dass sein Revolver ungeladen war — aber er hatte immerhin eine hohe Amtsperson zum Tanzen gebracht — auf offener Strasse noch dazu —, und das ist ein fluchwürdiges Verbrechen in einer friedlichen Demokratie wie der unsrigen ... Einen Regierungsrat tanzen lassen! ... Da man aber Zweifel hegte an der Zurechnungsfähigkeit des Herrn Schmocker, so wurde er uns zur Begutachtung überwiesen.

Er ist ein langweiliger Kerl im Grunde. Sonst fände ich seine Handlungsweise ganz witzig ... Aber wissen Sie, er war Getreideagent, vor dem Monopol, und das Monopol hat ihn ruiniert. Die hohen Herren vom Rate waren so anständig — nein, so dumm —, ihn dafür zu entschädigen. Drei Jahre lang hat Herr Schmocker im Monat fünfhundert Franken bezogen und nichts dafür gearbeitet. Nur weil er ein gutes Maul hatte und zu drohen wusste. Man hat ihm Stellen angeboten ... Er schlug sie aus. Er wolle keine subalterne Stellung bekleiden, sagte er. Und dann ging den Herren die Geduld aus. Da kaufte sich Herr Schmocker einen Revolver bei einem Trödler, denn sein Herz war angefüllt mit Zorn. Patronen erwarb er keine ... Das ist also die Geschichte vom Getreideagenten Schmocker, der sich für den Wilhelm Tell und einen hohen Regierungsrat für den Gessler hielt ...»

Dr. Laduner verstummte. Seine Hand hielt noch immer Studers Arm dicht unter dem Ellbogen gepackt. Die beiden blieben vor dem geöffneten Fenster stehen.

«Dort, der zweistöckige Bau, ist das U 1», sagte Laduner. «Und der niedere dahinter der Zellenbau von U 2. Dort sieht es böser aus als hier im B ... Weyrauch!» rief er.

«Was wünscht dr Herr Doktr?»

«Wartet der Nachtwärter Bohnenblust im Wachsaal?»

«Jawohl, Herr Doktr. I ha Ordere gä, der Bohnenbluescht mög warte, bis dr Herr Doktr ihn gseh häb ... Jawohl, Herr Doktr ...»

Da liess Dr. Laduner Studers Arm los und wandte sich einer Türe zu.

«Paardon ... Äksküseeh, Herr Doktr! ...» Der Oberpfleger Weyrauch steckte den Passe ins Schlüsselloch, riss die Türe auf. Er stand da wie ein wohlerzogener, sehr verfetteter Kammerdiener:

«Wenn dr weit so guet sy ...» Laduner trat ins Stiegenhaus.

Wachsaal B

Die Länge des Wachsaals schätzte Studer auf etwa fünfzehn Meter, die Breite auf acht. Der Raum war weiss gestrichen. Zweiundzwanzig Betten in zwei Reihen ... Am einen Ende war ein erhöhtes Abteil, in dem zwei Badewannen standen. Dahinter war das Fenster geöffnet, und dünne Eisengitter hatte man davor angebracht. Auch durch dieses Fenster sah man den zweistöckigen Bau des U 1.

Neben dem Abteil mit den Badewannen war eine Tür — mit Glasscheiben im obern Teil —, die in ein Nebenzimmer führte. In der Mitte des Saales trat ein Mauerstück aus der Wand hervor und bildete eine Nische. In dieser Nische war ein kleines Tischchen angebracht. Und davor sass der Nachtwärter Bohnenblust, ein älterer Mann mit einem buschigen Schnurrbart. Er trug einen grauen, an vielen Stellen geflickten Sweater. Auf seiner Stirn war eine Beule.

Neben ihm, stramm aufgereckt, stand der Abteiliger Jutzeler in weissem Schurz und weisser Kutte, an deren Revers ein weisses Kreuz in rotem Feld aufgenäht war.

Dr. Laduner trat auf ihn zu, fragte, ob alles in Ordnung sei, erhielt eine bejahende Antwort. Jutzeler sprach im singenden Tonfall der Oberländer. Seine Augen waren braun und sanft wie Rehaugen.

Der Nachtwärter Bohnenblust erhob sich mit der Unbeholfenheit eines Mannes, den zu vieles Sitzen unbeweglich gemacht hat. Wenn er tief atmete, rasselten seine Lungen.

Er solle sitzen bleiben, fauchte ihn Laduner an. Der Nachtwärter Bohnenblust riss die Augen auf, pustete, hockte ab. Laduner nahm hinter einem grössern Tisch Platz, winkte Studer neben sich auf die Bank, stützte dann die Ellbogen auf die Platte. Bohnenblust sass rechts neben ihm, vor seinem Tischchen.

«So, Bohnenblust! Berichtet!»

Die beiden Assistentinnen lehnten sich an die Wand, der welsche Arzt übte Stepschritte. Dr. Blumenstein stand auf einem Bein und sah in seinem weissen Mantel wie ein

Storch aus. In der Stille summte eine Hummel, kam näher, blieb vor Studers Nase einige Augenblicke in der Luft hängen; ihr Bauch schimmerte samten und braun.
«Der Herr Doktor wird wissen . . .» sagte Bohnenblust.
«Der Herr Doktor weiss gar nüt. Der Herr Doktor möchte wissen, woher Ihr die Beule am Gring herhabt!» Das Wort «Gring» klang sehr sonderbar in Laduners Mund.
«Also», sagte der Nachtwärter Bohnenblust, stand auf, setzte sich wieder, rutschte hin und her, als sei sein Stuhl eine heisse Ofenplatte. «Um 1 Uhr, ich hatte gerade gestochen . . .»
«Er muss jede Stunde die Kontrolluhr stechen . . .» erklärte Laduner dem Wachtmeister.
«Um 1 Uhr hab' ich im Nebenzimmer Lärm gehört. Rufen.» Bohnenblust wies nach der Tür, in deren oberm Teil Glasscheiben eingelassen waren. «Ich bin hineingegangen . . .»
«Haben Sie Licht gemacht?»
«Nein, Herr Doktor, der Schmocker reklamiert sonst immer . . .»
Laduner nickte, die zwei Assistenten, die zwei Damen nickten, und es nickte auch der dicke Oberpfleger Weyrauch. Es unterlag keinem Zweifel, dass der Bedroher eines hohen Regierungsrates im Reklamieren Erfahrung und Geschick haben musste . . .
«Ich bin also hineingegangen», sagte Bohnenblust und schnaufte Luft in seinen Schnurrbart. «Und dann weiss ich nichts mehr . . . bis ich wieder aufgewacht bin. Das war gegen halb drei. Dann habe ich die Alarmglocke gedrückt, und dann sind der Jutzeler und der Hofstetter und der Gilgen gekommen. Durch die Mitteltür, und die war verschlossen. Auch die beiden andern Türen waren es, und meinen Passe und meinen Dreikant hab' ich immer noch im Sack gehabt . . .»
«Zum Öffnen der Türen», erklärte Laduner wieder und wandte sich Studer zu, «besitzen unsere Pfleger einen Passepartout und einen Dreikant. Wenn sie fortgehen, müssen sie die Schlüssel beim Portier abgeben — wenigstens

sollten sie es tun. Aber die Hälfte der Zeit behalten sie sie einfach im Sack, weil sie dann später heimkommen können, wenn sie einmal zu lang im Dorf gejasst haben ... Stimmt's, Jutzeler?»

«Diese Art der Aufsagerei!» dachte Studer. «So kommt man doch zu nichts!»

Waren die zwei Ärzte, die zwei Assistentinnen, der Dr. Laduner, waren die fünf Mediziner denn eigentlich blind? Hatten sie noch nie die Spuren eines Schlages auf den Kopf gesehen? Er, der Wachtmeister Studer, ohne sich rühmen zu wollen, brauchte nur einen Blick auf die Beule des Nachtwärters Bohnenblust zu werfen, und dann war er im Bild. Der hatte sich den «Gring» irgendwo angeschlagen, an einer Kante, an einer Türe, an einem Schaft, meinetwegen an einem Mauervorsprung ... Aber einen Schlag hatte der Mann nie erhalten ... Sollte man den gescheiten Dr. Laduner in Ruhe und Frieden sein Frage- und Antwortspiel betreiben lassen und sich unauffällig verhalten?

Dr. Laduner fragte:

«Und der Schmocker ist ob dem Lärm nicht erwacht? Sie sind zwei Stunden ohnmächtig im Nebenzimmer gelegen, und Herr Schmocker ist nicht erwacht? Niemand im Wachsaal hat etwas gemerkt, es sind doch einige Patienten da, die nicht gut schlafen, denen ist nichts aufgefallen?»

Studer griff ein, so kam man nicht weiter ...

Er sagte:

«Wir wollen die Sache auf sich beruhen lassen. Wenn Sie erlauben, will ich versuchen, mir ein Bild von der ganzen Angelegenheit zu machen. Kann ich das Zimmer sehen, in dem Pieterlen zusammen mit dem Regierungsratsattentäter gewohnt hat?»

«Aber bitte, Studer, nur zu, dort ist die Türe ...»

Studer stand auf, trat in den Nebenraum. Zwei Fenster. Das eine sah in den Garten, das andere auf den zweistöckigen Bau des U 1. Zwei Betten. An den Wänden ein Dutzend Kohlezeichnungen. Männerköpfe, sonderbar starr, offenbar nach Photographien gezeichnet. Bäume, die gespenstisch aussahen. Ein grosser Kopf, wie aus einem Traum: breitmäulig, froschhaft. Und ein Mädchenkopf ...

Ein Mädchenkopf. Süsslich, ähnlich, wie man sie auf den vielbegehrten Postkarten sieht, die von Liebesleuten aus dem Volk mit Vorliebe gekauft werden. Aber deutlich war doch, dass das Gesicht nicht nach einer Photographie gezeichnet worden war. Studer zog nacheinander die vier Reissnägel aus der Wand, faltete das Bild zusammen und steckte es in die Tasche. Dann hob er zuerst die eine, dann die andere Matratze. Unter der zweiten fand er ein viereckiges Stück kräftigen grauen Stoffes. Er nahm den Stoff in die Hand, prüfte seine Dicke mit den Fingern, er war solid; Studer schüttelte den Kopf, steckte das Stück in seine Tasche. Sonst war im Zimmer nichts zu finden ... In einer Schublade, die er aufzog, fand er Bleistifte, Kohlenstifte, Kreide, ein Fläschchen, das mit Fixativ gefüllt war ... Er kehrte in den Saal zurück.

Die andern hatten sich nicht von der Stelle bewegt. Nur der welsche Assistent probierte jetzt einen schweren Tangoschritt, eine Wendung, mit gleichzeitigem Vorgehen, und der Schritt wollte ihm nicht recht gelingen. Sein Wieselgesicht war kraus und ernst ...

«Das Stück Stoff ...» sagte Studer. «Kann mir einer sagen, woher der Stoff stammt?»

Es war der schlanke Abteiliger Jutzeler, der zuerst antwortete. — Er wundere sich, sagte er, dass der Wachtmeister diesen Stoffetzen gefunden habe. Ob er ihm Bedeutung beilege? Er stamme von einem der Leintücher, die man auf dem U 1 brauche für Patienten, die gern alles zerreissen. Und man habe dem Patienten Pieterlen das Stück gegeben — es sei übrigens ein grösseres Stück gewesen —, um seine Pinsel damit abzutrocknen ...

Warum den Wachtmeister das Stück so interessiere?

Studer erwiderte, er könne eigentlich keinen Grund angeben, es sei denn, dass er es unter der Matratze gefunden habe, ziemlich gut versteckt, in der Mitte des Bettes ...

Vielleicht sei seine Frage auch eine müssige Frage ...
— Doch weiter. Pieterlen sei gestern an der Sichlete gewesen?
«Wie lange hat das Fest gedauert?»
«Bis Mitternacht», antwortete der Abteiliger Jutzeler und verschränkte die Arme über der Brust, so, als wolle er sagen: «Zum Auskunftgeben bin ich da ...» Es war entschieden eine gewisse Ähnlichkeit zwischen ihm und Dr. Laduner festzustellen.
«Und hat Pieterlen getanzt?»
«Nein. Zuerst hat er sich aufs Tanzen gefreut. Dann aber hat er plötzlich nicht tanzen wollen. Er ist in einer Ecke gehockt, und wir haben ihn nur mit Mühe dazu gebracht, auf der Handharfe zu spielen ... Ein paar Tänze ... Er war sehr verdrossen ... Wahrscheinlich, weil die Wasem nicht ans Fest gekommen ist ...»
— Die Wasem? Studer wurde aufmerksam.
«Was ist das für ein Fräulein Wasem?» fragte er und blickte Dr. Laduner treuherzig an. Er sah, wie der welsche Assistent plötzlich in seinen Tanzversuchen innehielt, auf einem Fussballen balancierte, zwinkerte, grinste, während Dr. Blumenstein, auf einem Bein stehend wie ein Storch, rot wurde. Die beiden Damen blickten zur Erde.
Dr. Laduner räusperte sich. Der Abteiliger wollte Antwort geben, aber der Oberarzt schnitt ihm das Wort ab.
«Wir hatten Pieterlen in die Malergruppe versetzt», sagte er trocken. «Die Malergruppe hat in letzter Zeit auf dem Frauen-B Wände gestrichen. Und der Patient Pieterlen hat sich in die Pflegerin Irma Wasem verliebt. Das kommt vor. Es sind da Imponderabilien ...»
«Imponderabilien ...» sagte die baltische Assistentin und nickte weise, nur Dr. Neuville, der welsche Assistent, meckerte hörbar.
«Wasem ... Irma Wasem ...» sagte Studer verträumt. «Und das Meitschi hat die Neigung des Patienten Pieterlen erwidert?» Dabei betrachtete er aufmerksam seine Fingernägel, die kurz und spachtelförmig waren ...

Verlegenes Schweigen ... Verlegen? ... Nein, nicht ganz. Studer spürte, das Schweigen sollte auch Missfallen ausdrücken, Missfallen über sein respektloses Ausfragen. Was gingen einen Fahnderwachtmeister die internen Angelegenheiten einer Heil- und Pflegeanstalt an, sollte das Schweigen wohl besagen. Und das Missfallen, das ausgedrückt wurde, erstreckte sich auch auf den Dr. Laduner. Sicher war dies wohl der Grund, warum er antwortete:

«In der ersten Zeit sicher ... Ganz bestimmt ... Ich wurde auf dem laufenden gehalten ...»

Aber da unterbrach eine gequetschte, hüpfende Stimme Laduners mühsame Erklärung. Der Oberpfleger Weyrauch, dick, gemütlich, mit Schweinsäuglein hinter einer Hornbrille, brachte sich in Erinnerung, sich und seine Körperfülle ...

— Wenn der Herr Doktor erlaube, so könne er ja mit einer Auskunft aufwarten, sagte er. Man habe an den letzten Abenden die Pflegerin Wasem mit dem Herrn Direktor oft spazieren gehen sehen ...

Dr. Laduner winkte so heftig ab, dass es aussah, als sei er in einen Mückenschwarm geraten. Studer lächelte still vor sich hin ...

... Ein Kärtlein mit Hulligerschrift: «Ich läut' Dir dann um zehn Uhr an. Wir gehn dann spaziren.»

Aber Dr. Blumenstein, der vierte Arzt, gewissermassen der Schwager des Direktors, sagte erbittert:

«Das sind Klatschgeschichten, Weyrauch. Sie sollten sich schenieren, vor Aussenstehenden solche Bemerkungen zu machen!»

Aber der dicke Weyrauch war nicht in Verlegenheit zu bringen. Er antwortete so unbekümmert, wie nur ein Mann antworten kann, dessen Stellung viel gesicherter ist, als die eines vierten Arztes, er antwortete dröhnend und lachte dazu:

«Das wüssed doch alli in dr Aschtalt, dass dr Herr Direktr nid ungärn karessiert hätt!»

Dr. Laduner blinzelte ein wenig, aber sein Maskenlächeln

veränderte sich nicht. Studer zog die Kohlezeichnung mit dem süsslichen Mädchenkopf aus der Tasche, zeigte sie dem Oberpfleger und fragte:
«Ist das die Irma Wasem?»
«Eh, deich woll!»
Und zu Jutzeler, dem Abteiliger, gewandt, fragte Studer:
«Ihr habt gestern das Telephon abgenommen und den Direktor gerufen ... Wer hat ihn verlangt? ... Ich meine, hat eine weibliche Stimme gesprochen?»
«Nein, nein», sagte Jutzeler. «Es war eine Mannenstimme ...»
Studer war verblüfft.
«Eine Mannenstimme?» fragte er ungläubig.
«Ja. Ganz sicher!» Der Abteiliger Jutzeler glaubte sich verteidigen zu müssen.
Studer dachte nach. Da stimmte etwas nicht! ... Man musste weiter fragen. Schwer war es, denn wenn so viele Zuhörer anwesend waren, gingen die Menschen nicht aus sich heraus. Man hätte jeden einzelnen befragen müssen, dann hätte man ihn ausquetschen können ... Der Wachtmeister sah von einem zum andern. Die Gesichter waren leer. Hinten, beim kleinen Tischchen, hockte zufrieden der Nachtwärter Bohnenblust mit dem geflickten Sweater und dem buschigen Schnurrbart und freute sich, dass man ihn vergessen hatte. Er atmete so sanft, dass seine Lungen gar nicht mehr rasselten ... «Dich!» dachte Studer, «dich knöpf' ich mir ein anderes Mal vor ...» Aber vielleicht würde das alles nicht nötig sein ... Studer hatte noch Hoffnung auf einen freundlichen Ausgang, obwohl die Männerstimme ... «Sagt einmal, Jutzeler ... Während des Telephongesprächs seid Ihr in der Nähe geblieben?»
«Ja.»
«Natürlich! Zugehört habt Ihr nicht. Aber ist Euch etwas aufgefallen? Ein Wechsel im Ausdruck des Herrn Direktor ...»
Jutzeler besann sich, nickte.
«Zuerst hat er nur ganz kurz gesprochen und schien wü-

tend zu sein. Er hat den Hörer wieder angehängt. Aber gerade darauf hat es wieder geschellt, der Direktor hat Antwort gegeben, und da hat er gelächelt ...»
Direktor Ulrich Borstli hatte mit zwei Leuten telephoniert. Wennschon ... Sah es nicht aus, als führe man eine Untersuchung über einen Mordfall, obwohl augenblicklich nur das Verschwinden des Patienten Pieterlen zur Diskussion stand? War es nicht immer noch möglich, dass der Direktor einfach verreist war, eine kleine Spritztour unternommen hatte? Aber es sprach so viel dagegen ... Studer ging im Saal auf und ab, viele Blicke folgten ihm ...
Drei Türen an der Längswand. Er rüttelte an den Klinken. Sie waren versperrt. Um sie zu öffnen, brauchte man nur den Passe, nicht den Dreikant.
«Wir müssen weiter, Studer», sagte Dr. Laduner und stand auf. «Ich lass' Ihnen vom Oberpfleger ... — Weyrauch! Geben Sie dem Wachtmeister einen Passe und einen Dreikant, damit er frei zirkulieren kann. Auf die Frauenseite wollen Sie doch nicht, Studer?» fragte er.
Der Wachtmeister schüttelte den Kopf.
«Noch eine Frage», sagte er. «Ist die Irma Wasem in der Anstalt?»
Es war der dicke Oberpfleger Weyrauch, der die Antwort gab.
— Sie habe heute ihren freien Tag, sagte er und zwinkerte hinter seiner Hornbrille.
Also war der Fall auch am Rapport verhandelt worden, dachte Studer und trat zur letzten Tür neben dem Absatz mit den Badewannen, die vom Nebenzimmer kaum drei Meter entfernt war. Stimmengesumm auf der andern Seite.
«Apropos», sagte Studer. «Wo ist eigentlich die Handharfe des Pieterlen?»
Der Abteiliger Jutzeler wurde rot, und das sah ziemlich merkwürdig aus. Er stotterte ein wenig, als er mit leiser Stimme antwortete, die Handharfe sei nicht aufzufinden gewesen.
«Dann hat die Pieterlen auf die Reise mitgenommen?»

stellte Studer kopfschüttelnd fest. Es gelang ihm einfach nicht, sich ein Bild von diesem Pieterlen zu machen, den der Dr. Laduner ein Demonstrationsobjekt genannt hatte. Ein Demonstrationsobjekt! Warum?
«Wenn Sie auf dem B bleiben wollen, Studer», sagte Laduner, «so will ich Sie noch meinem Freunde Schül vorstellen. Ein Dichter, der Schül. Er sieht nicht sehr schön aus, denn eine Handgranate ist während des Krieges gerade vor seiner Nase geplatzt. Das hat ihn ziemlich demoliert. Aber sonst ist er sehr klug. Ich denke, Sie werden gut mit ihm auskommen. Und dann war er ein grosser Freund des verschwundenen Pieterlen . . .»
Mit gewollter Gründlichkeit zog Studer sein Büchlein aus der Tasche und notierte: «Wasem Irma, Pflegerin . . .»
«Wie alt?» fragte er, und nachdem ihm der Oberpfleger Weyrauch Auskunft gegeben hatte, schrieb er: «22jährig.»

Matto und der rothaarige Gilgen

Von dem breiten Gang, der, wie alle Gänge der Anstalt, nach Bodenwichse und Staub roch, zweigte rechts ein schmälerer ab, und dann kam die Küche . . . Sie war hellblau gestrichen, und eigentlich war es gar keine Küche, sondern ein grosser Raum zum Abwaschen. Ein Becken in einer Ecke mit den Hahnen für kaltes und warmes Wasser darüber, zwei riesige Fenster, die rechtwinklig zueinander standen: das eine blickte gegen das Mittelgebäude, das andere auf einen niederen Bau in der Mitte des Hofes, an dessen Ende ein Kamin aufragte.
«Hallo, Schül!» sagte der rothaarige Pfleger Gilgen, dem Studer übergeben worden war.
Ein Mann in einem blauen Schurz, der damit beschäftigt war, Suppenteller auf ein grosses Tablett zu schichten,

wandte sich um. Sein Gesicht war eine einzige Narbe. Die Nase war eingedrückt, statt der Nasenlöcher sah man die Enden eines silbernen Röhrchens. Und der Mund sah aus wie eine schlecht vernarbte Wunde.

«Schül», sagte der Pfleger Gilgen und litzte die Ärmel seines blauen Hemdes noch weiter zurück, «ich bring' dir da Besuch. Der Dr. Laduner lässt dich grüssen, und du sollst dem Wachtmeister ein wenig Gesellschaft leisten.»

Der Mann mit dem Narbengesicht wischte sich die Hände an seiner blauen Schürze ab. Dann reichte er Studer die Hand — auch seine Hand war mit Narben bedeckt. Und seine Augen traten vor, blutunterlaufen.

Er sprach ein geziertes Schriftdeutsch, das eigentlich wenig Dialektfärbung hatte und mehr ans Französische anklang, das war nicht weiter verwunderlich, da Schül, wie er erzählte, zwölf Jahre in der Fremdenlegion gedient und mit dem Régiment de marche unter Oberst Rollet im Weltkrieg mitgefochten hatte.

Er erzählte — und kleine Speichelbläschen bildeten sich in seinen Mundwinkeln —, dass er grosser Kriegsverwundeter sei («un grand blessé de guerre!»). Eine Handgranate — Dr. Laduner habe das wohl erzählt? —, ja, also eine Handgranate sei vor ihm geplatzt und habe ihm nicht nur das Gesicht, nein, auch die Hände und den Körper aufgerissen. Er zog ein Hosenbein hoch, um sein Schienbein zu zeigen, und Studer konnte ihn gerade noch zurückhalten, als er sein Hemd über den Kopf ziehen wollte, um seinen Oberkörper zu entblössen.

«So macht man es den Helden!» klagte Schül. «Gut und Blut gibt man für die Freiheit eines Landes, ich trage die Ehrenlegion und die médaille militaire, und volle Pension beziehe ich auch ... Und wer steckt meine Pension ein?» Schül beugte sich zu Studers Ohr, und der Wachtmeister musste sich zusammennehmen, um nicht mit dem Kopf zurückzuzucken. «Wer steckt die Pension ein? Der Direktor! Aber dieser verfluchte Suppenhändler wird seinen Lohn bekommen, Matto wird es ihm eintränken, nicht ungestraft ist es erlaubt, den Schützling eines hohen Geistes zu qualen . . .»

Er packte Studer plötzlich am Ärmel und zog ihn zum Fenster, das nach dem Mittelbau blickte.

«Sehen Sie dort oben?» flüsterte Schül. «Das Dachzimmerfenster? Gerade über der Wohnung des Doktor Laduner? Sehen Sie, wie er herausschnellt und zurück, heraus und zurück . . . Das ist er, Matto. Er hat mir ein Lied in die Feder diktiert, ich will es Ihnen zeigen, ich werde Ihnen eine Abschrift verfertigen, damit Sie ein Andenken haben an ihn, an Matto!»

Ungemütlich, durchaus ungemütlich! Denn das Dachfenster, auf das Schül gezeigt hatte, es lag gerade über dem Gastzimmer, das Frau Laduner dem Wachtmeister angewiesen hatte . . . Es gehörte wahrhaftig nicht viel Orientierungsgabe dazu, dies festzustellen.

Während Schül das Gedicht suchte in einem Schaft, der mit Papieren überfüllt war, plapperte er weiter.

Letzte Nacht habe Matto geschrien, wieder geschrien und gerufen, lang und klagend. Diesmal in der Ecke, zwischen dem K und dem R. Und er hörte einen Augenblick mit seinem Suchen auf, um dem Wachtmeister die Stelle zu zeigen.

Von dem Fenster, das gegen den Mittelbau ging, konnte man sich gut orientieren. Der Mittelbau zuerst, mit den Wohnungen der Ärzte — am Nachmittag sollte Studer feststellen, dass des alten Direktors Wohnung direkt unter der Wohnung Laduners lag —, dann das R, die ruhige Abteilung, und senkrecht dazu, aber im gleichen Häusertrakt wie das B, in dem man sich befand, das K, die Abteilung der körperlich Kranken. Und in jener Ecke dort, wo eine Tür ins Sous-sol ging — in jener Ecke hatte jemand geschrien. Während Schül wieder in seinen Papieren kramte, fragte Studer den rothaarigen Pfleger Gilgen, ob man die Erzählung glauben könne . . . Gilgen zuckte ein wenig unbehaglich mit den Achseln.

— Schül beobachte sonst ganz gut, meinte er, und es sei nicht unmöglich, dass er etwas gehört habe, denn er schlafe in einem Zimmer, das gerade über dieser Küche liege, und da das Fenster aussen Gitter habe, stehe es die Nacht durch offen.

«Schül», fragte Studer, «um wieviel Uhr hast du den Schrei gehört?»

«Halb zwei», sagte Schül trocken. Gleich nachher habe die Turmuhr geschlagen. Und hier sei das Gedicht . . .

Es war kein Gedicht im gebräuchlichen Sinne des Wortes, es war vielmehr in rhythmischer Prosa abgefasst, und es lautete, geschrieben in der sorgfältigen Schrift des Patienten Schül:

«Manchmal, wenn der Föhn den Nebel spinnt zu weichen Fäden, sitzt er an meinem Bett und flüstert und erzählt. Lang sind die grünen gläsernen Nägel an seinen Fingern, und sie schimmern, fährt er mit seinen Händen durch die Luft . . . Manchmal sitzt er auch oben auf dem Glockenturm, und dann wirft er Fäden aus, bunte Fäden, weit hinaus ins Land über die Dörfer und Städte und die Häuser, die einsam stehen am Hügelhang . . . Weit reicht seine Kraft und seine Herrlichkeit, und niemand entgeht ihm. Er winkt und wirft seine bunten Papiergirlanden, und der Krieg flattert auf wie ein blauer Adler, er schleudert einen roten Ball, und die Revolution lodert zum Himmel und platzt. Ich aber habe den Mord in der Taubenschlucht begangen, wenigstens sagen es die Polizisten, aber ich weiss nichts davon; mein Blut floss auf die Schlachtfelder der Argonnen, aber nun bin ich eingesperrt, und hätte ich meinen Freund nicht, Matto, den Grossen, der die Welt regiert, ich wäre einsam und könnte verrecken. Er aber ist gütig, und mit seinen gläsernen Nägeln fährt er in die Hirne meiner Peiniger, und wenn sie stöhnen im Schlaf, so lacht er . . .»

«Was ist das, Schül, mit dem Mord in der Taubenschlucht?» fragte Studer, denn das war ein Satz, der in sein Wissensgebiet schlug. Das andere klang ganz schön,

besonders der Gedanke, dass Matto den Krieg ausbrechen liess, aber es schien ihm auch reichlich überspannt.
Es war Gilgen, der Wärter mit den nach hinten gelitzten Hemdsärmeln, der antwortete: Das sei so eine Idee vom guten Schül. Schül habe nie einer Fliege etwas zuleide getan. Und dann bat er den Wachtmeister, mitzukommen in den Aufenthaltsraum, es sei 11 Uhr, er müsse einen Kollegen ablösen, um halb zwölf sei Mittagessen, ob der Wachtmeister zusehen wolle bei einem Jass oder gar mithelfen?
Studer schüttelte Schüls narbenbedeckte Hand, dankte für das schöne Gedicht, das ihm für den Nachmittag versprochen wurde, und folgte seinem Begleiter.
Als sie die Schwelle überschritten, rief ihnen Schül noch mit heiserer Stimme nach:
«Ihr werdet Matto noch kennenlernen . . . Pieterlen hat er befreit. Und den Direktor geholt . . .»
— Wennschon! dachte Studer. Unangenehm war vielleicht nur, dass der Geist Matto nach Schüls Behauptung sein Hauptquartier gerade in jener Dachkammer aufgeschlagen hatte, die über dem Gastzimmer lag . . .
Der breite Gang war an seinem einen Ende durch eine Glastür abgeschlossen, und man trat durch sie in den Aufenthaltsraum, der in dunklem Orange gestrichen war: die Tische, die Stühle, die Bänke mit den hohen Lehnen, auf denen Gitterkasten sassen, geschmückt mit Topfpflanzen — grünem Spargel —, und dazwischen standen Vasen mit Dahlien. Obwohl zwei Fenster offen standen — und auch sie blickten aufs U 1 —, war dicker Rauch im Zimmer. Und während Studer sich umblickte, dachte er über seinen Begleiter nach, den Pfleger Gilgen, der in dieser Anstalt der erste Mensch war, zu dem er eine restlose Zuneigung fühlte . . .
Er hätte den Grund nicht angeben können. Gilgen hatte eine grosse Glatze, die bis zur Mitte des Schädels reichte, nachher waren die roten Haare ganz kurz gestutzt und schimmerten wie Kupfer, das man soeben mit Sigolin poliert hat. Der Hals war braun. Und über dem ganzen Ge-

sicht waren Laubflecken verstreut, es war freundlich, dieses Gesicht, trotz den Falten in den Augenwinkeln und auf der Stirn, von denen man annehmen musste, dass sie durch Sorgen entstanden waren. Aber es ging eine angenehme Wärme von dem kleinen Manne aus, der dem Wachtmeister gerade bis zur Schulter reichte, und diese Wärme schienen auch die im Aufenthaltsraum versammelten Patienten zu spüren, denn sie begrüssten den Pfleger mit «Grüess di!» und «Ah, der Gilgen!». Übrigens war auch die Haut seiner nackten Unterarme mit Laubflecken übersät...

— Sie wollten einen Jass machen, sagte Gilgen, das da sei ein Bekannter, der etwas zu verrichten habe in der Anstalt, und er werde gern ein Spiel mithelfen. Wer wolle kommen?

Es meldeten sich zwei. Ein langer, magerer Mensch, dem man den Süffel von weitem ansah, und ein kleines Männchen mit einem unsymmetrischen Gesicht, das nachher äusserst pedantisch, langsam und ärgerlich spielte.

Von der Jasspartie, die Studer mit Gilgen als Partner spielte, ist nur eines zu erwähnen: Gilgen schob einmal mit fünfzig vom Schaufelas, dem Herznell und drei Kreuz. Studer musste Herz Trumpf machen, er konnte Schaufeln bringen, und so gab es einen Match. Aber er fand bei sich, dass Gilgen reichlich frech spiele, was aber seine Zuneigung zu dem kleinen rothaarigen Pfleger noch erhöhte.

Dann erklärte Gilgen, er müsse nun essen gehen. Er könne den Wachtmeister noch ins Parterre hinunter begleiten, zum Weyrauch, um die Schlüssel zu holen. Ein anderer Pfleger kam ablösen. Bevor Gilgen die Tür zum Stiegenhaus öffnete, kam Schül mit einem Tablett, schwerbeladen mit Suppentellern, vorübergehastet.

«Den, wenn ich erwisch', der die Welt erschaffen hat!» rief er den beiden zu und lachte dazu mit seinem zahnlosen, vernarbten Mund...

Und lachend stiegen die beiden ins Parterre hinab, von wo noch einmal eine Treppe tiefer ging. «Ins Sous-sol», erklärte Gilgen. Wieder ein Gang. An dem Ende, das gegen das U ging, war man mit Umbauen beschäftigt, und Gilgen erklärte, dorthin komme auch ein Aufenthaltsraum mit bunten Möbeln. Dr. Laduner habe es durchgedrückt, dass die Anstalt ein wenig erneuert werde, er habe auch die Maler- und Maurergruppen zusammengestellt, gewöhnlich ein Dutzend Patienten mit einem Pfleger, der früher den Beruf ausgeübt habe.

«Und Ihr mochtet Pieterlen gern?» fragte Studer plötzlich.

Gilgen blieb stehen, spielte mit seinem Schlüsselbund.

«Gället, Wachtmeischter», sagte er, und er machte ein Gesicht dazu wie eine ängstliche Maus. «Ihr lasst dem Pieterlen noch Zeit ... Ihr verhaftet ihn nicht gleich ...»

— Verhaften? Wer hatte etwas von Verhaften gesagt? Pieterlen war noch nicht einmal ausgeschrieben ... Einzig, dass er zu gleicher Zeit mit dem Direktor verschwunden sei, habe dazu Anlass gegeben, dass Dr. Laduner ihn, den Wachtmeister, von der Behörde angefordert habe ... Nei, nei! Kei Red vo Verhafte ... Aber was denn der Gilgen vom Pieterlen wisse?

«Nüt, gar nüt!» sagte Gilgen und steckte den Schlüsselbund wieder ein ... Aber der Pieterlen tue ihm leid. Er sei ein guter Tropf gewesen, viel zu gut ...

Sie waren mitten im Gang stehengeblieben. Wie oben, zweigte auch hier ein schmäleres Gänglein ab. Daraus drang Stimmengewirr, eine Stimme sonderte sich ab und sagte:

«Wenn jetzt noch die Schroter auf den Abteilungen herumfuhrwerken, dann kann's ja gut werden ...»

Es war die Stimme des Abteiligers Jutzeler, und sie tönte lange nicht so respektvoll wie vor knapp einer Stunde. Gilgen führte den Wachtmeister schnell weiter, hin zu einer Tür und klopfte. Der Herr Oberpfleger Weyrauch speiste in seinem Zimmer zu Mittag. Er sass da, zufrieden mit sich und der Welt, und der Speck, den er verspeist hatte, hatte einen glänzenden Rand um seinen Mund zurückgelassen ...

«Eh, die Schlüssel für de Herr Wachtmeischter? Selbstverständlich! Eksküseeeh.» Stand auf, suchte herum. «Ja, der Herr Dr. Laduner hätt mr Order gä ... Sooo, Herr Wachtmeischter ... Hier.»
Auf dem Schreibtisch, nahe beim Fenster, zu dem Studer dem Herrn Weyrauch gefolgt war, lagen Hefte über Nacktkultur. «Hähähä», lachte der Herr Oberpfleger. «Öppis fürs Gmüet! Gället, Herr Wachtmeischter?» und stiess Studer sanft in die Seite.
Mira! Fürs Gemüt! Studer hatte eigentlich nichts dagegen. Aber er konnte es nicht verhindern, dass ihm der Oberpfleger Weyrauch eher unsympathisch war. Vielleicht war das auch nur ein Vorurteil.
Draussen wartete geduldig der rothaarige Gilgen. Er folgte dem Wachtmeister bis zur Eingangstür des B, die auf den Hof führte, öffnete sie und blieb dann stehen. Er hatte die Hände in den Schürzenlatz gesteckt, und dort ruhten sie wie in einem dünnen, weissen Muff.
«Apropos», sagte Studer. «Was hat der Schül für eine Krankheit? Hängt die mit seiner Verwundung zusammen?»
Gilgen schüttelte den Kopf wie ein ganz Gescheiter. Nein, die Geisteskrankheit hänge nicht mit der Verwundung zusammen.
— Was es dann sei?
«Eine Schützovrenie ...»
«Was?»
«Eine Schützovrenie», sagte Gilgen laut und deutlich. Sie hätten das im Kurs gelernt.
Und der Pieterlen, was habe er gehabt?
«Eine Schützovrenie ...» wiederholte Gilgen.
— Aber die letzte Zeit habe er doch nicht gesponnen, der Pieterlen. — Nein, er sei ganz normal gewesen. — Wie lange er denn in der Anstalt sei?
«Vier Jahre ...»
«Warum denn so lange?» wunderte sich Studer.
Vorher sei er drei Jahre im Zuchthaus gesessen, und dort sei er «überekeit».

Warum im Zuchthaus?
«Kindsmord!» flüsterte Gilgen. Und Studer solle den Dr. Laduner fragen, der werde ihm Auskunft geben ... Pause. — Dann fragte Studer abschliessend:
«Und was habt Ihr vom Direktor gehalten?»
«Vom Herrn Direktor Borstli? Das war ein alter Bock ...»
So sprach der rothaarige Pfleger Gilgen, der mit fünfzig vom Schaufelas geschoben hatte. Und dann liess er den Wachtmeister auf dem Hofe stehen.

Ein Mittagessen

Als Studer die Mitte des Hofes erreicht hatte, machte er halt und sah sich um. Es stimmte, die Anstalt war in Form eines eckigen U gebaut, und die Gebäude, zwei, auch drei Stockwerke hoch, zusammenhängend untereinander, umgaben ihn von drei Seiten. Hinter dem Wachtmeister erhob sich das Kasino, rechts war der Männerflügel, links der Frauenflügel. Und vor ihm hockte ein flaches Gebäude, langgestreckt, niedrig, an dessen einer Ecke, ganz hinten, ein Kamin aufragte, der schwarzen Rauch träge ausspie.
Durch die weitgeöffnete Türe, die sich vor ihm auftat, sah der Wachtmeister riesige Kessel, die mit Dampf geheizt wurden. Sie standen schief. Küchenmädchen waren damit beschäftigt, grosse Behälter zu füllen, mit Suppe, mit zerkochten Makkaroni und grosse Schüsseln mit Salat. In dem Wirrwarr rollte lautlos eine dicke Person weiblichen Geschlechts über die Fliesen. Lautlos, das heisst: Ihre Schritte waren nicht zu hören. Dafür stiess sie aber von Zeit zu Zeit ein Göissen aus, das die Meitschi in Schwung brachte. Studer sah zu, der Betrieb interessierte ihn, der Wirrwarr dauerte auch nicht lange. Bald traten links und rechts, aus Türen, die Studer nicht sah, weil sie durch eine Mauerecke

verdeckt waren, zwei lange Pilgerzüge hervor. Frauen links, Männer rechts. Die Frauen trugen weisse Hauben, weiche und gestärkte, andere waren barhäuptig. Die Männer trugen fast alle weisse Schürzen ... Die Pfleger und Pflegerinnen gingen, um die Abteilungen vom R bis zum U mit Essen zu versorgen.

Die Küchenmädchen verschwanden, unfeststellbar wohin, und die dicke Person weiblichen Geschlechts, die so unhörbar zu rollen verstand, trat unter die Türe und nickte dem Wachtmeister zu. Studer grüsste lächelnd zurück. Die Wangen der Frau waren rot und glänzend wie reife Tomaten.

— Ob er der neue Schroter sei? fragte die Frau.

— Jawohl, erwiderte Studer, er sei Wachtmeister bei der Fahndungspolizei. Studer sei sein Name.

— Sie sei die Jungfer Kölla, und ob der Wachtmeister nicht eintreten wolle? Sie sei früher auch mit einem Landjäger gegangen, aber das sei schon lange her, der Landjäger sei ein Lumpenhund gewesen, er habe eine reiche Bauerntochter geheiratet und sie sitzen gelassen.

— Eintreten könne er schon, meinte Studer, aber Dr. Laduner erwarte ihn zum Mittagessen, darum könne er nicht lange bleiben. «Mittagessen!» sagte die Jungfer Kölla mit Verachtung. Er solle mit ihr zu Mittag essen, sie werde ihm ein Beefsteak braten, so wie er es gerne habe. Und dann könne man ein wenig miteinander berichten. Sie wisse allerlei, was den Wachtmeister interessieren könne. Besonders über die Ereignisse der letzten Nacht.

— Er danke der Jungfer für die freundliche Einladung, aber er wisse nicht, ob es Dr. Laduner nicht übelnehmen werde ...

«Machet kes Gstürm!» sagte die Jungfer Kölla energisch. Sie werde dem Dr. Laduner anläuten, und dann sei die Sache erledigt. Bei ihr bekomme der Wachtmeister doch einen anständigen Tropfen ... Sie schien zu Dr. Laduners Weinkeller kein grosses Vertrauen zu haben ...

Die Jungfer Kölla hatte eine behende Zunge. Sie begann von ihrer Jugend zu erzählen, von andern Männern, die ...

Der Redestrom musste unterbrochen werden, und so stellte Studer seine erste Frage: Ob sie sich an die Sichlete erinnere?
— Natürlich! — Ob sie den Direktor gesehen habe? — Der sei um zehn Uhr aus dem Kasino gekommen ... — Allein? —
— Ja, zuerst sei er allein gewesen. — Und dann? — Und dann habe er an der Ecke des Frauen-B ein Meitschi getroffen. —
— Was für ein Meitschi? — ...
Ein massloses Erstaunen trat in die kleinen Augen der Jungfer Kölla. Sie habe nie gedacht, meinte sie, dass die Schroterei so dumm sei ...
Studer steckte die Bemerkung kaltblütig ein, widmete sich seinem Beefsteak, das wirklich weich wie Anken war, und fragte dann geduldig weiter:
«Mit wem also?»
— Eh, natürlich mit der Wasem. Das Meitschi sei ja ... und die Köchin brauchte ein Wort, das sonst nur auf einen bestimmten Zustand im Liebesleben der Kühe angewendet wird ...
— Soso ... jaja ... Und der Studer erlaubte sich, zu bemerken, dass er etwas Ähnliches schon vernommen habe ... — Warum er dann so blöd frage? — Hmhm ... Ja, die beiden seien dann miteinander spazieren gegangen?
«Arm in Arm!» sagte die Jungfer Kölla. Sie sei droben an ihrem Fenster gesessen, und es seien einige Bogenlampen im Hofe, man könne sehen wie bei heiterhellem Tage. Sie schichtete dem Wachtmeister einen Haufen grüner Bohnen auf den Teller, die tapfer mit Knoblauch gewürzt waren, schenkte ihm Wein ein, wünschte ihm gute Gesundheit und stiess mit ihm an. Dann leerte sie das Wasserglas auf einen Zug. Studer tat ihr Bescheid. Die Jungfer Kölla gefiel ihm.
— Und wann seien die beiden zurückgekommen? — Gegen halb eins. Das Meitschi habe den Direktor bis an die Türe vom Mittelbau begleitet, der Direktor habe sich aber lange versäumt. Als er nach einer halben Stunde wieder herunter-

gekommen sei, habe er einen Lodenkragen umgehängt gehabt. Die beiden seien zum Frauen-B gegangen, die Wasem sei dort eingetreten. Und dann sei der Direktor weitergegangen. Sie selber sei dann zu Bett. Sie könne also nicht sagen, ob das Meitschi noch einmal heruntergekommen sei. — Und sonst habe sie nichts gehört? «Woll!» sagte die Jungfer Kölla. Sie habe nicht gleich einschlafen können. Darum habe sie noch den Schrei gehört ...

«Den Schrei? Welchen Schrei?»

— Es hätten ihn auch andere gehört. Ein Schrei, der geklungen habe wie ein Hilferuf.

«Wann habt Ihr den Schrei gehört?»

— Gleich nachher habe es halb zwei geschlagen.

Studer senkte den Kopf. Sein Rücken wölbte sich wie ein sanfter, dunkler Hügel ...

«Woher kam der Schrei?»

— Aus der Ecke, wo das Männer-K ans R stosse. — Soso ... Schül hatte also doch recht gehört.

«Ein heiserer Schrei, Wachtmeister. So hat er geklungen ...»

Die Jungfer Kölla versuchte, den Schrei nachzuahmen, und es klang wie das Krächzen einer jungen Krähe, die hungrig ist ... Man konnte es komisch finden ... Studer aber blieb ernst. Man hatte in der Anstalt von dem Schrei gesprochen? Warum hatte dann Dr. Laduner nichts davon erzählt? ... In der Ecke, in der das R ans K stiess! ...

Es schien nichts mit dem kleinen Ausflug zu sein nach dem Thunersee oder ins Tessin. Kein Seitensprung, wie ihn sich alte Herren manchmal leisten, auch wenn sie zufällig Direktoren von Heil- und Pflegeanstalten sind ... Niemand spricht davon ... In Fachkreisen macht man seine Witze, aber tiefer sickert es nicht ... Der Schrei! ... Nein, der Schrei war gar nicht lustig ...

Überhaupt war es, als ob alle Begebenheiten in diesem Falle, die zuerst lustig schienen, bei genauerem Hinhören falsch klangen ... Misstöne ...

Misston: Das verwüstete Büro ... — Misston: Die männ-

liche Stimme am Telephon ... — Misston: Das Verschwinden des Pieterlen. — Misston: Die falsche Beule des Nachtwärters Bohnenblust.
Es tönte alles falsch: das Witzeln des Dr. Laduner, sein Brot- und Salzanbieten, sein eminenzhaftes Benehmen bei der grossen Visite — so, als ob er schon Direktor sei —, und auch mit dem freundlichen Pfleger Gilgen, dem rothaarigen, der mit fünfzig vom Schaufelas schob und so viele Sorgenfalten auf seinem ängstlichen Gesicht hatte, war nicht alles richtig ...
«In der Ecke vom K zum R? ...» fragte Studer gedankenverloren. «Was ist dort?»
«Werkstätten ... Ein Magazin ... Die Heizung ...»
Studer stand auf. Er ging auf und ab, von der Tür zum Fenster. Die Jungfer Kölla hatte ihre wallende Brust auf den Tisch gelegt und folgte ihm mit den Blicken. Der Wachtmeister blieb am Fenster stehen, öffnete die Flügel, beugte sich hinaus. Ein Rasen, frischgemäht, eiserne Stangen, von der einen zur andern waren Drähte gespannt, an denen Leintücher in einem leichten Winde wogten. Das Summen einer Maschine war zu hören.
«Was ist das?» fragte Studer.
Daneben sei die Wäscherei, erklärte die Jungfer Kölla, es sei wohl eine Zentrifuge, die so surre ...
Und Studer dachte, was es wohl alles brauche in solch einer Anstalt: die unzähligen Hemden, Socken, Nastücher, Leintücher, Nachthemden, alles gezeichnet, alles aufgestapelt, alles gezählt ... Er ertappte sich bei dem Wunsch, die Untersuchung möge noch eine Zeitlang dauern, damit er sehen könne, wie solch ein Betrieb funktioniere. Er hatte Lust, eine Weile hier zu bleiben, in diesem Reiche, das beherrscht wurde von einem Geist, Matto geheissen, dem grosse Gewalt gegeben war ... Und dann hätte der Wachtmeister gerne Mattos Bekanntschaft gemacht ...
Er blickte zum Fenster hinaus.
«Ist das das Frauen-B?» fragte er und deutete mit der Hand nach dem gegenüberliegenden Gebäude.

«Ja», hörte er die Jungfer Kölla sagen. Aber da hatte er sich schon weit aus dem Fenster gelehnt; er starrte auf ein Mädchen, das gebeugt, das Schnupftuch vors Gesicht gedrückt, dem Eingangstor der Abteilung zustrebte.
Eine weinende Frau ... Das konnte allerlei bedeuten. Aber Studer musste an das junge Tüpfi denken, an die Pflegerin Irma Wasem, die sich eingebildet hatte, in nächster Zeit Frau Direktor zu werden ...
Er rief der dicken Köchin zu, sie solle schnell ans Fenster kommen, wies auf das Mädchen und fragte, wer das sei.
Das sei eben die, von der sie vorher gesprochen hätten, die Wasem ... Aber die Jungfer Kölla verstummte, begann zu lachen, denn Studer hatte sich über die Fensterbrüstung geschwungen. Er lief über den Rasen, verwickelte sich in ein flatterndes Leintuch, erreichte das Mädchen, gerade als es seinen Schlüssel ins Schloss steckte. Er legte ihr die Hand auf die Schulter und sagte sehr sanft und väterlich:
«Was isch passiert?» Und ob sie nicht ein paar Schritte machen wolle, er habe sie einiges zu fragen.
Das Schnupftuch war nass zum Auswinden. Tränen liefen über die Backen ...
Nur eines konnte das Mädchen beruhigen: Sachlichkeit! ... Es entsprang kaum einer bewussten Überlegung, es war mehr instinktiv: Studer verzichtete auf den üblichen mitleidigen Ton und fragte beintrocken:
«Darf man Euch gratulieren, Fräulein Wasem? Seid Ihr Frau Direktor geworden?»
Aufblicken ... Trotz ... Die Tränen versiegten ...
«Wer sit Ihr?»
«Wachtmeister Studer von der Fahndungspolizei.»
«Um Gottes willen! Ich hab's gewusst! Ist dem Ueli etwas passiert?»
Ueli ... Direktor Dr. med. Ulrich Borstli von der Heil- und Pflegeanstalt Randlingen war einfach der Ueli ... Glücklicher alter Herr ... Eigentlich hätte Studer nichts dagegen gehabt, wenn ihn die Irma «Köbi» genannt hätte, oder besser noch «Köbeli». Des Wachtmeisters Frau hatte sich

angewöhnt, ihn «Vatti» zu nennen. Das ging ihm manchmal auf die Nerven ...

«Wir wissen noch nichts», sagte Studer. «Haben Sie noch niemanden gesprochen?»

Kopfschütteln. Studer entschloss sich:

«Das Direktionsbüro sieht aus, als ob dort ein Kampf stattgefunden hätte ... Blutspuren am Boden ... Die Schreibmaschine streckt alle Tasten von sich ...» Warum gebrauchte er wohl die Redewendung des Dr. Laduner? ... Studer schüttelte über sich selbst den Kopf. Dann beendete er seinen Bericht: «Der Herr Direktor ist verschwunden und der ...»

«Der Jutzeler! Der Abteiliger vom Männer-B!»

Eigentlich hätte Studer den Satz ganz anders beenden wollen, nämlich: «Und der Patient Pieterlen ist durchgebrannt ...» Darum war er im Augenblick über die Unterbrechung erstaunt.

«Der Jutzeler?» wiederholte er und musste sich besinnen, wer dieser Mann war ... Den kannte er doch schon ... Der hohe, schlanke Mann mit dem roten Wappen auf dem Revers seines Kittels, dessen Stimme sich über die Schroter beklagt hatte ...

«Was ist mit dem Jutzeler?» fragte er.

«Sie haben zusammen Krach gehabt. Der Ueli ... der Herr ... Herr Direktor und der Abteiliger ...»

«Wann?»

«Darum hab' ich doch so lange warten müssen, fast dreiviertel Stunden ... Ich hab' sie zuerst durch die Glastüre im Mittelbau gesehen. Das Licht hat in der Halle gebrannt ... Der Jutzeler hielt den Herrn Direktor auf, sprach wütend auf ihn ein. Sie gingen dann zusammen ins Direktionsbüro ... Ich hab's gesehen ... Nach einer halben Stunde kam er dann allein aus der Tür und ging in seine Wohnung hinauf ... Er kam im Lodenkragen zurück. Unter dem Arm hielt er eine Ledermappe. Ich frug ihn: ‚Was willst du mit der Mappe?' ... Er winkte ab. ‚Wir fahren morgen früh. Geh jetzt in dein Zimmer.' Er hat

mich bis zum Frauen-B begleitet und ist dann zurückgegangen!»
«Um halb zwei?»
«Ja, es war etwa halb zwei. Und heut' morgen wollte er mit mir nach Thun ... Ich hab' lang auf dem Bahnhof auf ihn gewartet ...»
«Und Sie haben nachher nichts mehr gehört, Fräulein Wasem?»
«Nein. Das heisst, es ist mir vorgekommen, so um Viertel vor zwei, als ob jemand um Hilfe schreie ... Aber es schreien so viele hier ...»
«Sie schlafen allein? Ich meine ... eh ... Sie haben ein Zimmer für sich allein?»
«Nein, eine Kollegin schläft im gleichen Zimmer.»
«Und niemand kontrolliert die Schwestern, um welche Zeit sie heimkommen?»
«Die andern wohl, aber mich ... Nein!»
Studer seufzte. Ach ja ... Wenn man der Schatz vom Herrn Direktor war, drückte auch die Schwester Oberin oder welchen Titel die alte Schachtel haben mochte, beide Augen zu ...
In der Ecke vom R zum K ... Ein Hilfeschrei ... Vielleicht hatte Matto, wie Schül den grossen Geist nannte, einem seiner Untertanen einen wüsten Alb geschickt, um ihn zu plagen ...
Studer blieb in der Mitte eines Durchgangsweges stehen und blickte um sich; ein unbehagliches Gefühl kroch ihm über den Rücken. Die roten Ziegelmauern der Anstalt Randlingen umgaben ihn von drei Seiten, und auch die vierte war nicht frei. Dort war die Küche. Es war dem Wachtmeister, als seien die vielen Fenster, die mit ihren winzigen Scheiben in den Fronten funkelten, riesige Facettenaugen, die ihn beobachteten. Er hatte nichts zu verbergen, sicher nichts ... Er führte eine Untersuchung, es war sein gutes Recht, mit einem Meitschi, das Aufschluss geben konnte, zusammenzustehen ... Aber ungemütlich war es gleichwohl. Die Fenster warfen schielend-fragende

Blicke: Was treibt der Mann? Was wird er jetzt tun? Besser, man machte sich aus dem Staub und sah sich in jener Ecke um, aus der letzte Nacht ein Hilfeschrei erklungen war, der dem Krächzen einer hungrigen Jungkrähe geähnelt hatte ...

Direktor Ulrich Borstli selig

Dr. Laduner spielte Tennis. Der Platz lag nahe der Bahnlinie, unterhalb des Dorfes Randlingen.
«Game!» rief Dr. Laduner, und seine Stimme klang fröhlich. Er spielte mit einer Frau. Als Studer näher kam, erkannte er die Assistentin, die an der «grossen Visite» kein Wort gesprochen hatte. Ohne Arztkittel sah sie schlank aus, beweglich, nur ihre Waden waren zu dünn ...
«Herr Doktor», rief Studer und steckte seine Nase durch eine Masche des Drahtnetzes.
«Eh! Der Studer! Was gibt's Neues?»
Dr. Laduner kam näher und balancierte seinen Schläger auf dem Handballen. Um seinen Mund lag das Visitenlächeln, und es war wieder wie eine Halbmaske ...
«Ich hab' den Direktor gefunden», sagte Studer leise.
«Tot?»
Studer nickte.
«Haben Sie es schon jemandem erzählt?»
Studer schüttelte den Kopf.
«Liebes Kind», sagte Laduner zu der Dame, die am Netz stand und zu Boden starrte, «ich muss in die Anstalt. Hören Sie, ich sollte meiner Frau noch Bratwürste bringen ... Aber ich habe jetzt keine Zeit ... Würden Sie so gut sein ...»
Die Dame nickte eifrig. Für Studer hatte sie keinen Blick.
Der Wachtmeister dachte: «Er sagt: liebes Kind ... Und denkt an die Bratwürste ... Und in der Heizung, am Fusse der eisernen Leiter, die zum Feuerloch führt, liegt der Direktor mit gebrochenem Genick ... Aber vielleicht ist

die Besorgung nur ein Vorwand, um die Dame loszuwerden ...»

«Gut, auf Wiedersehen ... Nehmen Sie auch mein Racket mit ...»

Weisses Hemd, weisse Leinenhosen, weisse Schuhe ... Nur das Gesicht war braun, vom Hinterkopf stand die Haarsträhne ab ...

«Gehen wir», sagte Dr. Laduner.

Sie schritten durch eine lange Allee, die Äste der Apfelbäume waren mit bleichen Flechten belegt, und an den Zweigen hingen winzige grasgrüne Früchte. Am Ende der Allee ragte der Mittelbau der Anstalt auf, gekrönt von einem Türmchen, darin eine Glocke hing. Ein Schlaghammer hob sich, fiel nieder ... Es tönte sauer, so sauer, wie die Äpfel schmecken mussten ... Und Studer zählte die Schläge. Es war drei Uhr nachmittags. Er dachte wirres Zeug, wie er so neben Dr. Laduner einherschritt. An den ersten Satz in dem noch zu schreibenden Rapport: «Am zweiten September, vierzehn Uhr dreissig nachmittags, entdeckte ich in einem Heizungskeller unter der Abteilung K der Heil- und Pflegeanstalt Randlingen den Körper eines älteren Mannes, dessen Kleidertaschen leer waren ...»

«Wo?» fragte Dr. Laduner plötzlich.

«In der Heizung vom Männer-K.»

«Sie kennen sich schon gut aus in der Anstalt, Studer ... Aber beim Mittagessen haben Sie uns im Stich gelassen! Ich höre zwar gerne die Stimme der Jungfer Kölla, aber nehmen Sie sich vor dem Frauenzimmer in acht. Sie ist gefährlicher als ein Kinovamp ...»

Wieder der Misston. Er war nicht recht zu fassen ... Einen Ton konnte man doch nicht fassen ...

«Und er war tot?»

«Maustot!» sagte Studer.

Dr. Laduner blieb stehen, er atmete tief ein, reckte sich, und der Stoff seines weissen Hemdes spannte sich über seiner Brust.

Leise sagte Studer:

«Der Abteiliger Jutzeler hat gestern mit dem Direktor noch spät in der Nacht Krach gehabt ... Im Direktionsbüro ...»
«Der Jutzeler?»
Dr. Laduners Erstaunen war echt. Dann winkte der Arzt gleichgültig ab:
«Ich weiss. Es kann möglich sein. Aber es handelt sich da um politische Meinungsverschiedenheiten ... Der Jutzeler wollte das Personal organisieren, und der Direktor war stockkonservativ ...»
Am Fusse der Steinstiege, die zum Portal führte, an der gleichen Stelle wie heute morgen, blieb Dr. Laduner stehen. Studer blickte zu Boden. Aber als das Schweigen nicht enden wollte, warf er einen schüchternen Blick auf seinen Begleiter. Dr. Laduner presste die Zähne so fest aufeinander, dass unter der Haut seiner Wangen die Kaumuskeln deutlich sichtbare Stränge bildeten.
«Und nun werden wir wohl den Pieterlen suchen lassen müssen ... Nicht wahr, Herr Doktor?»
«Den Pieterlen? ... Ge—wiss ... Wir werden telephonieren ... Sie glauben an einen Mord?»
Der Wachtmeister hob die Achseln und wackelte dann mit dem Kopf.
«Ich weiss nicht ...» sagte er.
Aber er verschwieg den Fund, den er gemacht hatte; auf dem Absatz, von dem die steile Eisenleiter hinab zum Feuerloch führte, hatte er etwas gefunden, das einem riesigen Schüblig ähnelte: anderthalb Spannen lang, zwei Daumen dick, aus grober, fester Leinwand genäht und prall gefüllt mit feinem Sand. Ein guter Totschläger ...
Und der Stoff war der gleiche wie jener, den er unter der Matratze in Pieterlens Zimmer gefunden hatte ... Und auch von der Enveloppe sprach Studer nicht, die in der Busentasche seines Rockes steckte ... Sie enthielt etwas Staub ... Staub, den er aus den dichten weissen Haaren der Leiche gebürstet hatte. Vielleicht liessen sich unter dem Mikroskop unter den sicher vorhandenen Aschenteilchen kleine, glitzernde Sandkörner feststellen ...

Warum er dem Dr. Laduner den ersten Fund und die zweite Vorkehrung wohl verschwieg? Studer hätte es nicht sagen können. Wenigstens vorläufig nicht. Manchmal war es ihm, als sei ein Kampf auszufechten zwischen ihm und dem schlanken, gescheiten Arzte. — Kampf? ... Das war nicht ganz richtig ... War es nicht eher eine Kraftprobe? Eine kleine freundschaftliche Rache? Dr. Laduner hatte Studer «angefordert», um «behördlich gedeckt zu sein». War es nicht Ehrensache, dem Arzte zu beweisen, dass man etwas mehr war als ein bequemes Schild ... Oder besser: dass man mehr war als ein gewöhnlicher Parapluie, den man aufspannt, wenn es regnet ...
Die Halle des Mittelbaues war kühl, auf dem grünen Marmor der Donatorentafel schimmerten die Goldbuchstaben. Der Portier Dreyer war nirgends zu sehen.
Sie gingen die Stufen hinab, die beiden so ungleich gearteten Gefährten, der Wachtmeister in seinem dunklen Konfektionsanzug neben dem Dr. Laduner, weiss, sauber, federnd und auch jetzt noch angestrengt betriebsam, so, als wollte er sagen: «Vorwärts, vorwärts, ich hab' keine Zeit, ich habe zu tun ... Und wenn der Direktor zehnmal tot ist, was geht das eigentlich mich an ...»
Aber vielleicht ging man fehl, wenn man dem Seelenarzt Laduner derartige Gedanken unterschob ...
Sie liessen das Kasino links liegen, bogen ab zur Ecke, wo das R ans K stiess. Die Sonne war noch hoch und spiegelte sich in den Fenstern, die grell blendeten wie winzige Scheinwerfer ...
Studer rundete ein wenig den Rücken und blickte mit schiefgeneigtem Kopf zu jenem Fenster auf, das über seinem Gastzimmer lag und aus dem, nach der Aussage Schüls, des Kriegsverletzten, Matto vorschoss und zurück, vor und zurück ... Es war Aberglauben, sicherlich ... Am Morgen noch hätte Studer gelacht, wenn man ihm gesagt hätte, er werde sich vor Matto fürchten ... Aber nach dem Fund in der Heizung? ... Es veränderte die Situation wesentlich ...

Sie traten durch die Türe ins Sous-sol. Ein Gang, lang und hallend, mit gewölbter Decke, der Fussboden aus Zement ... Eine Türe mit schmutziggelber Ölfarbe gestrichen ...
«Geben Sie mir Ihren Passe, Studer!» befahl Dr. Laduner. Er fuhr mit dem Schlüssel ins Loch, schlug die Klinke herab, riss die Türe auf, trat ein ... Seine Bewegungen, seine Schritte waren genau so rasch und präzis wie am Morgen ... Er stieg die Eisenleiter hinab. Auf der fünften Sprosse, von unten gezählt, machte er Halt. Die Füsse der Leiche hielten ihn auf. Da stützte Laduner die rechte Hand auf eine Sprosse in der Höhe seiner Schulter, hob sich leicht auf die Fussspitzen, sprang ab und landete in tiefer Kniebeuge. Er stand dann aufrecht, lang, breitschultrig und weiss im grauen Staubdunkel. Studer blieb auf dem oberen Absatz stehen und verfolgte jede Bewegung des schlanken Mannes. Er sah auch die Leiche und dachte, es werde ihm nie gelingen, in einem Rapport den Eindruck zu schildern, den der tote Direktor machte ...
Der alte Mann lag auf dem Rücken, weil er rücklings abgestürzt war, und seine Beine ragten empor, gegen die steile Eisenleiter gelehnt. Die Hosen waren bis zur Mitte der Waden gerutscht ... Graue Wollsocken, leinene Unterhosen, deren weisse Bändel die Socken festhielten ...
Er trug keine eleganten Sockenhalter, der alte Direktor Borstli, der so gerne mit hübschen Pflegerinnen gegangen war. Sein Gesicht war bedeckt mit staubfeiner gelber Asche, und seine Augen waren verdreht unter den halbgeöffneten Lidern ...
Dr. Laduner stand vor der Leiche und hatte die Hände über dem grauen Ledergürtel in die Seiten gestützt. Dann bückte er sich, eine Hand löste sich von der Seite, und ganz sanft hob der Zeigefinger das eine Augenlid des Toten.
«Ge—wiss», sagte er leise. «Er ist tot. Wollen Sie eine Photographie anfertigen?»
Er sprach scharf zischend, und das kam wohl daher, weil die Worte Mühe hatten, zwischen den aufeinandergepress-

ten Zähnen durchzudringen ... Er richtete sich auf und blickte in die Höhe.
«Nein», antwortete Studer. «Ich glaube, das ist unnötig. Wenn ...» — er stockte — «wenn ... wirklich jemand den Herrn Direktor ...»
«Niedergeschlagen hat ...» ergänzte Laduner, «so ist es dort geschehen, wo Sie jetzt stehen. In diesem Falle ist es wirklich unnötig, die Stellung der Leiche zu fixieren ...»
Bewusste Sachlichkeit! Unwillkürlich schüttelte Studer leicht den Kopf. Schliesslich hatte Doktor Laduner mit dem alten Direktor jahrelang zusammengearbeitet, und da klang es ein wenig sonderbar, das «die Stellung der Leiche zu fixieren ...» Etwas reizte den Wachtmeister an dem Dr. med. Ernst Laduner — und wenn er es hätte erklären sollen, so wäre es wohl nicht ganz einfach gewesen ... Einen Reiz übte der Arzt auf den Wachtmeister aus ... Er stiess ab, er zog an ... Er wirkte abstossend, wie manchmal maskierte Gesichter wirken. — Aber dies Gefühl ist ja nicht eindeutig; etwas anderes kommt hinzu: der Wunsch, zu schauen, wie das wahre Gesicht aussieht, das sich hinter der Maske verbirgt. — Die Maske: Laduners Lächeln. Wie sollte man es anstellen, um die Maske zu lüpfen? ... Vor allem, es brauchte Zeit, es brauchte Geduld ... Nun, Wachtmeister Studer konnte sich das Zeugnis ausstellen, dass er geduldig sein konnte, denn das hatte er lernen müssen ...
Laduner hob die Beine des Toten von der Leiter. Er tat es mit sanften Bewegungen, und das gefiel Studer. Endlich lag der Direktor gerade ausgestreckt auf dem staubigen Steinboden. Da hob Laduner noch den dunklen Lodenkragen auf, der verknüllt neben der Leiche lag, rollte ihn zusammen und schob ihn unter den Kopf des Toten. Er nickte, während er diesen Kopf einen Augenblick in der Hand wog, so, als bestätige sich eine Vermutung. Dann nahm er etwas vom Boden auf: Eine alte Brille war es, die Gläser eiförmig, in Stahlfassung. Und Dr. Laduner reichte die Brille dem Wachtmeister, der sich auf die Knie niederlassen musste, um sie zu erreichen. Dabei lag um die Lippen

des Arztes ein Lächeln, das gar nicht mehr dem Visitenlächeln glich, im Gegenteil, es war weich, ein wenig wehmütig ... Ein Lächeln, wie es entsteht, wenn man Dinge aus einer vergangenen Zeit betrachtet, nach der man Sehnsucht hat, weil man meint, sie sei anders gewesen und besser als die unsrige ...

... Wieder der Hof voll Sonne, wieder die glotzenden Fenster, grell blendend wie die Augen von Traumungetümen, und die Stiegen und die Halle des Mittelbaues ... Dr. Laduners weisse Leinenhosen waren beschmutzt, auf der linken Achsel seines Hemdes war ein Russfleck ...

«Seine Taschen waren leer?» fragte der Arzt. «Sie haben sie doch untersucht, Studer ...»

«Sie waren leer ...» sagte Studer.

«Soso ... leer ... merkwürdig ...»

Schweigen.

Dann: «Blumenstein kann die Sektion machen. Es wäre ja Blödsinn, einen Gerichtsarzt zuziehen zu wollen ...»

Studer zuckte die Achseln. Ihm konnte es gleich sein. Aber Blumenstein? Wer war schon Blumenstein? Am liebsten hätte er sein Büchlein zu Rate gezogen, man wurde ja mit Namen überschwemmt hier in der Anstalt ... Blumenstein? ... War das nicht der lange Arzt, der wie ein Storch auf einem Bein gestanden hatte, heute morgen im Wachsaal B? Der Schwager des Direktors? Der vierte Arzt? ... Warum sollte Dr. Blumenstein die Sektion machen? ...

Sie standen vor der Türe des Ärztebüros, und drinnen knallte es. Ein vielstimmiges Gelächter folgte ... Studer begann, Dr. Laduners Eigenheiten zu kennen: den Schlag auf die Klinke, das Aufreissen der Tür ...

Beim Fenster stand der welsche Assistent und hob gerade von neuem eine Kartonmappe, um sie mit aller Wucht auf den kleinen Schreibmaschinentisch niedersausen zu lassen, an dem mit rotem, verängstigtem Gesicht die kleine baltische Ärztin sass, die heute morgen den Rüffel wegen des Regierungsratsattentäters Schmocker hatte einstecken müssen ...

«Neuville! Lassen Sie die Kindereien!» rief Dr. Laduner streng.
Dr. Blumenstein sass ganz in der Nähe der Tür und hatte die Füsse auf den Schreibtisch gelegt. Er sass bequem zurückgelehnt und rauchte eine Zigarette mit Kartonmundstück. Trotzdem ähnelte er einem Riesensäugling.
Auf dem Aufsatz, der den Tisch in der Mitte teilte, stand ein Telephon. Dr. Laduner hob den Hörer ab, stellte eine Nummer ein, wartete. In der Stille war deutlich das Knakken zu hören, als am andern Ende abgehängt wurde.
«Laduner! Ja! Dr. Laduner. Rufet den Jutzeler ans Telephon . . .»
Lautloses Warten. Dr. Blumenstein wagte nicht, seine Füsse von der Tischplatte zu entfernen. Erst als Laduner mit der Linken eine Schachtel aus seiner Hosentasche gefischt hatte und mit der Zigarette eine auffordernde Geste machte, verstaute Dr. Blumenstein seine langen Beine unter dem Tisch und reichte Dr. Laduner ein angezündetes Hölzchen über den Tisch.
«Ja?» fragte Laduner ins Telephon. «Ihr seid's Jutzeler? Nehmet den Gilgen und den Blaser. Holt eine Bahre . . . Ihr geht dann in die Heizung beim K. Dort werdet Ihr den Direktor finden . . . Wie? . . . Ja, er ist tot . . . Gut zudecken, nicht wahr? . . . Es wird ja nichts nützen, in einer Viertelstunde wird es die ganze Anstalt wissen . . . und Ihr bringt ihn ins T . . . Dr. Blumenstein wird die Sektion machen . . . Ihr könnt helfen, Jutzeler . . . Übrigens, der Weyrauch soll ins Büro kommen . . . Ja, das ist alles . . .» Laduner legte den Hörer auf die Gabel und sagte, zu Studer gewandt:
«T ist auch eine Abteilung . . . Im Alphabet kommt das T vor dem U. Bei uns ist das T die letzte Station . . . Die Totenkammer . . . Leicht zu merken, wegen des Anfangsbuchstabens . . .»
Nach einer Pause, in der alle schwiegen, rutschte er vom Tisch.
«Blumenstein, Sie stellen die Todesursache fest. Das Protokoll bringen Sie mir . . . Ein Unglücksfall . . . Unser Direk-

tor ist in der Heizung über eine Leiter hinuntergefallen ...»
Er schwieg. Die Fenster standen offen. Irgendwo draussen wurde Croquet gespielt, es tönte, wie wenn jemand verträumt immer den gleichen tiefen Ton auf einem Xylophon anschlüge ... Und dann begann eine Handharfe zu spielen ... Die Blätter der Büsche vor dem Fenster waren im Schatten so dunkelgrün, dass sie schwarz wirkten ...
«Liebes Kind», sagte Laduner zu der kleinen Baltin am Fenster, die immer noch, töricht und verstört, die Zeigefinger über den Tasten ihrer Schreibmaschine schweben liess. «Suchen Sie mir bitte die Krankengeschichte des Pieterlen heraus. Und stellen Sie ein Signalement zusammen. Die Akten lassen Sie mir in die Wohnung bringen. Heute abend, Studer, wollen wir über Pieterlen sprechen ...»
Er schwieg.
Und dann: «Über Pieterlen Pierre, das Demonstrationsobjekt ...»
Dr. med. Ernst Laduner, II. Arzt an der Heil- und Pflegeanstalt Randlingen, ging zu einem Wandschrank, zog seinen Arztkittel über seinen Tennisdress, und während er bedachtsam mit dem Hörrohr auf den Handteller seiner linken Hand klopfte, sprach er nachdrücklich — und bei den drei letzten Worten hob er den Blick:
«Im übrigen werden Sie sich in allem — an mich wenden!»
Es klang, als ob ein Major der versammelten Mannschaft verkündet:
«Das Bataillon — hört — auf — mein — Kommando!»

Kurzes Zwischenspiel in drei Teilen

1.

«Gehen Sie nur ruhig in die Wohnung hinauf und warten Sie auf mich, Sie brauchen nicht zu läuten ...» hatte Dr. Laduner gesagt.

So stand nun Studer im kühlen Gang. Jemand spielte Klavier, eine einfache Melodie. Studer schlich näher. Die Klänge drangen durch die Tür, die dem Esszimmer gegenüberlag. Studer lauschte. Das Klimpern klang kühl wie Amselsang an einem Aprilmorgen. Das Klavier schwieg, eine Knabenstimme sagte:

«So, Muetti, jitz sing du!»

«Aber, Chaschperli, i cha ja gar nid singe . . .»

«Wowoll, Muetti . . . Weisch, ds französisch Lied . . .»

Stuhlrücken. Ein kurzes Vorspiel . . .

«Plaisir d'amour ne dure qu'un moment
Chagrin d'amour dure toute la vie . . .»

Eine Altstimme . . . Plötzlich war Studer weit weg, obwohl sein Kopf an der Türfüllung lehnte . . . Es versank die Anstalt Randlingen und der alte Mann, der das Genick gebrochen hatte, es versank Pierre Pieterlen, dessen Signalement man verbreiten sollte, es versank Dr. Laduner mit seinem Maskenlächeln, über das man sich den Kopf zerbrechen musste . . .

. . . Und vor Studer breitete sich aus ein Gewirr von Türmen und Dächern, aus dem dumpf ein Summen stieg, unterbrochen bisweilen von kurzen, schrillen Klängen. Nebelfahnen wehten, und glitzernd schlängelte ein Fluss sich durch die Häuserebene. Er stand auf der Höhe von Montmartre und sah auf Paris. Neben ihm sass eine Frau, sie sang und begleitete sich auf der Gitarre:

«J'ai tout quitté pour ma charmante Sylvie . . .»

Ihre Stimme war ungeschult, dunkel und voll Traurigkeit . . . Es gab einen scharfen Knack, Studer stand wieder im Gange der Wohnung. Das Holz der Türfüllung, an der sein Kopf lehnte, hatte nachgegeben . . .

Schritte näherten sich, dann ging die Türe auf.

Frau Laduner trug den Zwicker auf der Nase. Sie blinzelte angestrengt in den dunklen Gang, ihre Augen näherten sich Studers Gesicht auf Handbreite, dann lachte sie . . .

«Der Herr Studer!» Und er solle doch inecho, statt im Gang draussen stehen zu bleiben, und dann abhocken. Es habe noch Tee ... Etwas Kirsch dazu? Ja? ... Und «Chaschperli, säg guete Tag!» Das sei der Herr Studer, der im Gastzimmer wohne ...

Man war der Herr Studer ... Man durfte vergessen, dass man Wachtmeister an der Fahndungspolizei war und dazu verdammt, Verbrechen aufzuklären ... Man wurde in einen grünen Armstuhl gedrückt, ein Servierboy stand plötzlich vor einem, der Tee, der in die Tasse floss, war dunkel wie Mahagoni, es gab einen Gutsch Kirsch darein, und dann musste man geröstetes Brot nehmen, das warm war und auf dem der Anken zerfloss ... Toast nannte man das wohl ...

Ob Frau Doktor so gut sein wolle und eins singen, fragte Studer. Die Tapeten des Zimmers waren von einem dunklen Gelb, aber über dem schwarzen Klavier lag auf der Wand ein Sonnenfleck, der wie Weissgold schimmerte ...

Frau Laduner sagte, sie könne ja gar nicht singen; doch war keine Geziertheit und falsche Bescheidenheit in dieser Behauptung. Überhaupt gehörte diese Behauptung in die gleiche Gruppe wie die Bemerkung am Morgen: Man gefiele der Frau Doktor «nid übel» ... Das war tröstlich.

Das Chaschperli sagte ungeduldig: «So! Muetti!»

Und Frau Laduner setzte sich ans Klavier. Ihre Hände waren kurz und dick, die unteren Gelenke der Finger gepolstert. Sie sang ein Lied, sie sang zwei Lieder. Studer trank Tee.

Die Frau stand auf. — Nun sei es genug, sagte sie, und was es Neues gebe ... — Er habe den Direktor gefunden ...

«Tot?»

Studer nickte schweigend, und Frau Laduner schickte ihren Sohn aus dem Zimmer.

«Soso», sagte sie dann. «Eigentlich hat es ja so kommen müssen ...»

Und Studer war einverstanden: Ja, es hatte so kommen müssen ...

— Sie wisse nicht, sagte Frau Laduner, ob Studer begreifen könne, was das für ihren Mann zu bedeuten habe ... Ob

er sich schon ein Bild habe machen können vom Ernst? ... Von seinem Charakter? Von seiner Art? ... Er habe sehr darunter gelitten, dass er alle Arbeit habe machen müssen. Mein Gott, wie habe die Anstalt ausgesehen bei seiner Ankunft in Randlingen ... «Die Kranken sind herumgehockt auf den Abteilungen ... Im B haben sie den ganzen Tag gejasst, das K sah aus wie ein Museum gotischer Figuren ... Die Kranken sind herumgestanden, mit verrenkten Gliedern, der eine hat wie ein Wasserspeier den ganzen Tag auf dem Heizungskörper im Korridor gehockt, und gestunken hat es! ... Die Badewannen waren den ganzen Tag besetzt. Von den Unruhigen. Die Zellenabteilung war überfüllt ... In der Nacht haben sie geschrien, dass ich mich fast gefürchtet habe, so laut tönte es über den Hof. Wissen Sie, was Arbeitstherapie ist?»
Studer musste lächeln, weil er an den Blitzzug denken musste, der ihm heut' morgen begegnet war.
«Warum lächeln Sie?» fragte Frau Laduner, und Studer gab den Grund an.
«Das ist nur ein Teil, und ich verstehe, dass es Euch komisch vorgekommen ist. Man sucht die Kranken zum Arbeiten anzuhalten ... Mein Mann hat grosse praktische Begabung, er hat Arbeiten direkt erfunden, er hat den Wärtern (damals sagte man noch Wärter) Kurse gegeben, er ist des Tages fünf-, sechs-, zehnmal durch die Abteilungen gegangen; — er, der sonst immer gern flucht, wenn etwas nicht geht, er war geduldig ... Und der Direktor ist jeden Abend zum Bärenwirt seinen Dreier trinken gegangen, hat seine Köchin geheiratet, hat mit sechzig Jahren einen Sohn taufen lassen ... Und als alles im Gang war, als die Anstalt wirklich in Ordnung war, als Leute kamen, um sie zu besichtigen, als die Patienten in den Nächten ruhig waren, die Abteilungen, die früher nach Irrenhaus ausgesehen hatten, nichts anderes waren als Werkstätten, in denen Papiersäcke geklebt, Matten geknüpft wurden — als man Kranke entlassen konnte, die man früher für unheilbar hielt — wer hat den Ruhm eingeheimst? ... Ich

habe einmal zufällig im Direktionsbüro einen Brief gesehen ... Irgendein deutscher Professor schrieb dem Direktor, er habe sich gewundert über die moderne Führung der Anstalt, und er beglückwünsche den Direktor, dass er die neuzeitlichen Errungenschaften der Psychotherapie in seiner Anstalt eingeführt habe ...»
Frau Laduner hatte sich warm geredet. Nun schwieg sie. Ihre Hände ruhten im Schoss, und ihr Leinenrock war fast bis zu den Knien gerutscht. Studer fand, die Füsse der Frau Laduner sähen gutmütig aus. Gutmütig und tatkräftig.
Er dachte: «Das Bataillon hört auf mein Kommando!» und versteckte ein Lächeln unter seinem Schnurrbart ...
«Und jetzt ist der Direktor tot!» sagte Frau Laduner. Sie atmete tief, und der Stoff ihrer Bluse spannte sich über ihrer Brust. Genau so tief hatte Dr. Laduner geatmet, in der Allee unter den Apfelbäumen, an deren Ästen die winzigen, grasgrünen Früchte hingen, die ebenso sauer waren wie der Klang der Stundenglocke im Türmchen der Anstalt Randlingen.
Eine Klinke wurde heruntergeschlagen, eine Türe aufgerissen ...
«Frau Doktr, i glaube, dr Herr Doktr isch cho», sagte Studer und stand auf.
In der Wohnung wurde eine Tür mit lautem Knall zugeschmettert. Sie wolle go luege, sagte Frau Laduner. Und dann verabschiedete sie sich vom Wachtmeister.

2.

Am Türpfosten der Wohnung im ersten Stock war ein Blechschild angebracht, wie man es in jenen Automaten ausstanzen konnte, die früher auf allen Bahnhöfen wuchsen ...
«Dr. med. Ulrich Borstli» stand darauf.
Vorsichtig versuchte Studer, die Türe zu öffnen, sie war unverschlossen, er stand dann in einem Gang, der dem

Gang in der Wohnung Dr. Laduners ähnelte. Ihm war ein wenig beklommen zumute. Aber dann dachte er, dass er schliesslich beauftragt sei, den «Konnex» (wie Dr. Laduner sagte) zwischen dem Verschwinden des Patienten Pieterlen und dem Tode des alten Direktors aufzudecken.
So rief er laut: «Hallo!» Und «Niemer umewäg?» ... Stille. Es roch nach kaltem Stumpenrauch. Studer betrat das erste Zimmer.
Ein Flügel, ein Notenständer, ein Rauchtisch mit einem gefüllten Aschenbecher. Armsessel, ein offener Kamin, davor ein lederner, abgewetzter Klubsessel. Und über dem Klavier hing die vergrösserte Photographie einer Frau. Studer trat näher. Ein spitzes Gesicht, grosse Augen, die schweren Zöpfe waren kunstvoll über dem Hinterkopf aufgetürmt ... Ein altes Bild ... Die erste Frau?
Der Flügel war verschlossen und mit Staub bedeckt. Zu beiden Seiten der Fenster hingen rote Plüschvorhänge, und durch die Scheiben leuchtete der bleiche Stamm einer Birke. An ihren feinen Ästen zitterten zerknitterte Blätter ...
Im Nebenzimmer stand ein Schreibtisch und auf dem Schreibtisch eine Flasche Kognak mit einem gebrauchten Glas daneben. Studer erinnerte sich, dass der Direktor die Gutachten der chronischen Alkoholiker machte — und er musste leise lachen. Neben der Flasche lag ein Buch aufgeschlagen, Studer suchte das Titelblatt.
«Die Memoiren des Casanova.»
Eine etwas sonderbare Lektüre! ... Nun ja ... Aber man musste die Schubladen des Schreibtisches durchsuchen.
Sie waren unverschlossen. Nirgends Geld. Die zwölfhundert Franken, die der Direktor gestern von der Krankenkasse erhalten hatte, waren nicht vorhanden ... Er hatte sie also bei sich getragen? Aber seine Taschen waren leer gewesen ... Und der Sandsack? ...
Das Schlafzimmer: Zwei Betten, das eine war nicht überzogen, das andere ungebraucht, kein Kopfeindruck auf dem Kissen. Die Decke war glattgestrichen ...
Was war es nur, was die ganze Wohnung durchdrang?

Es war nicht allein der kalte Stumpenrauch, obwohl er zu der besonderen Atmosphäre gehörte, es war auch nicht der leichte Kognakgeruch, und doch war auch er nicht wegzudenken. Es war nicht der aufgeschlagene Casanova und das unüberzogene leere Bett und nicht der Staub und nicht der geschlossene Flügel und die Plüschvorhänge und die Birke mit den zerknitterten Blättern . . .
Studer blieb mitten im Arbeitszimmer stehen, vor dem offenen Schrank, in dem wenige Bücher unordentlich herumlagen. Auf dem Schreibtisch war ein dreiteiliger Rahmen aufgestellt: Photographien . . . Mädchen, Männer, ein Brautpaar, Kinder . . . Enkel des alten Direktors? . . .
«Aaahh», machte Studer ganz laut.
Jetzt konnte er ganz genau sehen, was die Wohnung durchdrang:
Einsamkeit . . .
Ein alter Mann, der zum Bärenwirt flieht, weil er die Einsamkeit nicht mehr aushält. Zwei Frauen sind ihm gestorben. Die Kinder weit weg . . . Die Enkel kommen nur in den Ferien . . . Und die jungen Pflegerinnen, mit denen man spazieren geht? . . . Ein alter Mann kämpft gegen die Einsamkeit, und es ist ein hoffnungsloser Kampf . . .
Studer schlich davon, schlüpfte ins Stiegenhaus, hastete in den zweiten Stock, betrat die Wohnung. Frau Laduner kam ihm entgegen. Ein Pfleger habe nach ihm gefragt, sie habe ihn ins Gastzimmer geführt.
Als Studer die Türe öffnete, sass der kleine Gilgen auf dem Rande eines Stuhls, und sein Gesicht war bleich und ängstlich . . .

3.

Gilgen kratzte sich die Glatze. Er hatte einen Rock angelegt, der stark geflickt war. Aus der Tasche des Rockes zog er nun ein Blatt Papier, vierfach zusammengefaltet, und reichte es Studer. Der Titel war mit schöner Rundschrift gemalt, und es war eine Art Widmung:

«Dem sehr verehrten und sehr gütigen und sehr weisen Inspektor Jakob Studer von einem grossen Kriegsverletzten gewidmet im Auftrage Mattos, des grossen Geistes, dessen Reich sich weitet über das Erdenrund.»

Und dann kam das sonderbare Stück Prosa, das Studer am Morgen gelesen hatte, aber es begann ein wenig anders:

«Wenn der Nebel den Regen spinnt zu dünnen Fäden . . .»

Und so weiter . . . und so weiter . . . Es kam der Abschnitt über die bunten Papiergirlanden, die über die Welt flattern, und dann flackern Kriege auf, es kam der Satz über die roten Bälle und die Revolutionen lodern zum Himmel . . . Es war ähnlich und doch anders. Diesmal berührte es Studer merkwürdig, und es fröstelte ihn ein wenig. Es war soviel passiert inzwischen . . . Er hatte den Direktor gefunden am Fusse der Eisenleiter . . . Er hatte die Wohnung gesehen und die Einsamkeit eines alten Mannes begriffen . . . Er hatte das Aufatmen Dr. Laduners gesehen und das Aufatmen seiner Frau . . .

Und Wachtmeister Studer las den letzten Abschnitt von Schüls ungereimtem Gedicht. In diesem hiess es:

«Matto! Er ist mächtig. Alle Formen nimmt er an, bald ist er klein und dick, bald schlank und gross, und die Welt ist ein Puppentheater. Sie wissen nicht, die Menschen, dass er mit ihnen spielt wie ein Puppenspieler mit seinen Marionetten . . . Und dabei sind seine Fingernägel lang wie die eines chinesischen Gelehrten, gläsern und grün . . .»

Der gute Schül! Mattos Fingernägel schienen ihn zu beschäftigen . . . Aber, was war denn los? Studer fühlte sich unbehaglich, doch es war nicht mehr Schüls «Dichtung», es war etwas anderes . . .

«Wer spielt denn da in einem fort Handharfe?» fragte er ärgerlich. Man konnte nicht feststellen, woher der Ton kam. Drunten im Ärztebüro schon hatte er die Musik gehört, fern und leise, hier war sie noch lauter zu hören, sie schien aus den Wänden zu dringen oder von der Decke herabzusickern . . .

Er blickte auf den rothaarigen Gilgen und bemerkte, dass

der kleine Mann bleich geworden war. Das sah sonderbar aus, die Sommersprossen traten so deutlich hervor, wie Rostflecken auf mattem Stahl.
«Was ist los, Gilgen?» fragte Studer.
«Nüt, Herr Wachtmeister . . .» Und ob Studer wirklich wissen wolle, wer spiele? Das werde nicht festzustellen sein. In der Anstalt habe es so viele, die Handharfe spielten, es könne aus irgendeiner Abteilung dringen . . .
Studer gab sich zufrieden, obwohl ihn das Handharfenspiel unleidig machte. Er hätte nicht sagen können, warum. Er versuchte, sich auf etwas zu besinnen, das ihm am Morgen aufgefallen war, es war etwas, das mit dem Handharfenspiel zusammenhing, aber er konnte sich nicht erinnern . . .
«Wachtmeister», sagte der kleine Gilgen und stockte. Dann, als Studer ihm aufmunternd zugenickt hatte, kam die Bitte: — Studer möge doch Dr. Laduner bitten, dass er nicht entlassen werde . . . — Entlassen? Warum sollte er entlassen werden?
Eine traurige Geschichte erzählte Gilgen. Er habe ein Hüüsli gekauft, vor vier Jahren . . . Achtzehntausend Franken. Siebentausend habe er angezahlt, der Rest sei erste Hypothek . . . Und es sei gut gegangen . . . Aber nun sei die Frau krank und in Heiligenschwendi oben, sie habe es auf der Brust . . . Schulden, ja! . . . Und dann habe er immer den Abteiliger Jutzeler vertreten, wenn der frei gehabt habe, und da habe er sich ein paarmal Respekt verschaffen müssen bei den jungen Pflegern, und die seien ihm dann aufsässig geworden . . . Hätten ihn verklagt, er trage die Wäsche und die Schuhe von Patienten . . . Der alte Direktor habe die Sache untersucht, und er habe den andern geglaubt. Er habe den Gilgen entlassen wollen . . . Da habe der Abteiliger Jutzeler gedroht, dem alten Direktor nämlich, man werde den Streik proklamieren, wenn der Gilgen entlassen würde . . . Der Direktor habe nur gelacht . . . Und er habe recht gehabt, zu lachen, denn es sei wenig Einigkeit unter den Pflegern . . . Kaum ein Dutzend, die organisiert seien . . . Der Rest sei froh, überhaupt eine Anstel-

lung zu haben in dieser Krisenzeit ... — Und nun?, fragte Studer. Er hatte Mitleid. — Nun habe er heute mittag, wie er heimgefahren sei, den Betreibungszettel gefunden ... Natürlich, wenn ihm sein Lohn gepfändet werde, dann sei alles verpfuscht ... Die Frau sei in keiner Krankenkasse ... Er habe alles versucht, sagte Gilgen, in der Freizeit habe er für Kollegen geschneidert, obwohl das ja eigentlich verboten sei, Doppelverdienertum ... Bei den Pflegern wenigstens. Wenn die Frau vom Dr. Blumenstein im Dorfe Lehrerin sei und ihr Mann den Lohn ziehe in der Anstalt, so mache das nichts ...

Studer nickte ... Es ging ungerecht zu in der Welt. Er hätte dem kleinen Gilgen von den zwölfhundert Franken erzählen können, die der Direktor von der Krankenkasse gezogen hatte ... Aber er wollte nicht hetzen.

Merkwürdig immerhin, dass der kleine Mann so grosses Vertrauen zu ihm hatte. Der Pfleger Gilgen, den er gestern noch gar nicht gekannt hatte, mit dem er heute morgen einmal gejasst hatte, dem er vielleicht ganz aus Zufall vom Dr. Laduner übergeben worden war, um auf der Abteilung B herumgeführt zu werden.

Studer tröstete, so gut er konnte. Er werde sein möglichstes tun. Dr. Laduner leite ja vorläufig die Anstalt, er werde bei ihm ein gutes Wort einlegen ...

Der Pfleger Gilgen ging ein wenig getröstet fort.

Studer fiel es auf, dass er noch einen furchtsamen Blick nach der Zimmerdecke warf — aber dann vergass er es wieder. Das Handharfenspiel hatte aufgehört ...

Auf dem Rückweg von der Gangtür, zu der er den kleinen Gilgen begleitet hatte, blieb Studer vor der Tür zum Arbeitszimmer stehen. Ihm war eingefallen, dass er an seine Frau telephonieren wollte.

Er klopfte scharf an und öffnete, prallte zurück ...

Auf einem Ruhebett, den Blick zur Tür gewandt, lag ein junger Mann mit angstvoll aufgerissenen Augen. Er hatte die Hände hinter dem Kopf verschränkt, und Tränen liefen über seine Wangen. Ihm zu Häupten aber sass Dr. Laduner

in einem bequemen Lehnstuhl und rauchte. Als er Studer erblickte, sprang er auf, kam an die Tür und flüsterte aufgeregt: «In einer halben Stunde ... Ich bin jetzt beschäftigt ...» Und drückte die Tür ins Schloss.
Studer blieb einen Augenblick stehen und dachte nach. Der junge Mann auf dem Ruhebett war der Herbert Caplaun, Sohn des Obersten ...
Warum lag der Herbert auf einem Ruhebett und weinte?
Frau Laduner kam aufgeregt durch den Gang. Man dürfe ihren Mann jetzt nicht stören, er habe einen Privatpatienten in der Analyse ...
Analyse? Was denn das sei? ...
Frau Laduner winkte ab. Das sei zu schwer zu erklären. Und Studer dachte, das sei ebenso schwer zu erklären wie der Ausdruck Angstneurose.
Still ging er in sein Zimmer zurück und begann seine Taschen zu leeren. Sein ramponierter Lederkoffer war geholt worden und stand auf dem Tisch. Unter seine Wäsche legte Studer den Sandsack, die Enveloppe mit dem Staub, den er aus den Haaren des toten Direktors gebürstet hatte, und das Stück groben Stoffs, das er unter Pieterlens Matratze gefunden hatte.
Dann zog er sein Büchlein aus der Tasche, schlug die Seite mit den Namen auf und begann sie auswendig zu lernen, so, wie ein fleissiger Lateinschüler Vokabeln lernt:
«Jutzeler Max, Abteilungspfleger
Weyrauch Karl, Oberpfleger
Wasem Irma, Pflegerin, 22jährig ...»
Da fiel ihm auf, dass er vergessen hatte, den kleinen Gilgen einzutragen, auch Schül, den Freund Mattos, hatte er vergessen, und auch die Jungfer Kölla von der Küche stand nicht im Büchlein. Aber diese drei liess er sein, denn sie schienen nicht zum Fall zu gehören ...
Leise flüsterte er ein paarmal:
«Pieterlen Pierre, Kindsmord»
und:
«Caplaun Herbert, Angstneurose.»

Dann klappte er das Buch zu, faltete die Hände über der Brust und schloss die Augen. Im Halbschlaf memorierte er noch:

«Dr. Blumenstein, vierter Arzt, macht jetzt die Sektion, er ist Schwager des Direktors, die Frau Schwester der zweiten Frau und Lehrerin in Randlingen . . .»

Die vielen «Frau» störten ihn, er schüttelte den Kopf, so, als ob sich eine Fliege auf seiner Nase niederlassen wollte, und dann schlummerte er ein.

Er träumte, Dr. Laduner zwinge ihn, die Namen aller Patienten, aller Pfleger und Pflegerinnen, aller Kuchimeitschi, Handwerker, Verwalter und Ärzte in ein grosses Buch einzutragen . . .

«Wenn Sie alle Namen auswendig wissen», sagte Dr. Laduner, «dann können Sie statt meiner Direktor werden . . . Gewiss . . .»

Und Studer schwitzte im Traume . . .

Das Demonstrationsobjekt Pieterlen

«Lesen Sie das», sagte Dr. Laduner und reichte Studer ein Blatt Papier über den kleinen runden Tisch. Dann sank er zurück, stützte den Ellbogen auf die Armlehne seines Stuhles, das Kinn auf die Fingerknöchel.

Die Lampe trug einen pergamentenen Schirm, auf welchem Blumen in durchscheinenden Farben gemalt waren. Studer beugte sich vor und las:

«Ld. Unterbricht die Ausfrage des Polizisten mit keinem Blick; wenn man ihn anschaut, zieht ein sonderbar unmotiviertes Lächeln über sein Gesicht. Man fragt ihn, was heute für ein Tag sei, er denkt nach und sagt mit einem seltsamen Vorbei: ‚Donnerstag.' Er habe sich zuerst besinnen müssen. In Haft sei er seit dem Februar, er habe viel Fieber. Auf die Frage, seit wann, sagt er wieder in einem sonderbaren Vorbei: ‚Seit vier Jahren', und meint damit, er habe seit vier Jahren stets im Frühling erhöhte Temperaturen. Gekommen sei er wegen Mord — auch dazu lächelt er, völlig unberührt, sicherlich ganz unbeteiligt. Er verabschiedet sich auch vom Polizisten. Pupillen ohne Befund, Zunge belegt, Hände kein Tremor, Patellarreflex lebhaft . . .»

«Bis dahin», sagte Dr. Laduner und nahm Studer das Blatt aus der Hand.

«Halt, schauen Sie noch das Datum an . . .»

«16. V. 1923 . . . »

Laduner schwieg eine Weile, dann sagte er:

«Dafür habe ich vom Chef den ersten Rüffel bekommen. Er fand, der Aufnahmestatus sei poetisch, nicht sachlich-wissenschaftlich. Sie haben die beiden Buchstaben zu Beginn des Absatzes gesehen? Ld.? Das war der Ernst Laduner, der damals 30 Jahre alt war, jung, sehr jung . . . Und damals machte der junge Laduner die Bekanntschaft des Pierre Pieterlen. Es war sein erstes Gutachten . . .»

Laduner zündete eine Zigarette an, dann hielt er das rote flache Zündholz zwischen Daumen und Zeigefinger und schwenkte es wie einen winzigen, farbigen Dirigentenstab.

«Pieterlen Pierre, damals 26 Jahre alt, angeklagt wegen Mordes, weil er sein Kind bei der Geburt erstickt hatte. Und die Fragen der Bezirksanwaltschaft lauteten (ich kann sie Ihnen aus dem Gedächtnis hersagen), sie lauteten in ihrem verzwickten Deutsch:

1. War die Geistestätigkeit des Angeklagten im Zeitpunkt der Begehung der Tat in dem Masse gestört, dass er die Fähigkeit der Selbstbestimmung oder die zur Erkenntnis der Strafbarkeit der Tat erforderliche Urteilskraft nicht besass?

2. Für den Fall der Verneinung dieser Frage, war der Angeklagte bei Begehung der Tat vermindert zurechnungsfähig und in welchem Grade?

— — — Zwei schöne Fragen ... Glauben Sie, dass ich einmal von zehn Uhr abends bis ein Uhr früh über diesen Fragen gehockt bin, um ganz genau zu verstehen, was die Herrschaften eigentlich meinten? So dumm war ich damals ... So dumm, dass ich nach diesem Fall die Psychiatrie an den Nagel hängen wollte. Aber man entgeht scheinbar nicht einer Auseinandersetzung. Ich sollte den Pieterlen nachher wieder treffen ...

Unzurechnungsfähig und in welchem Grade? ...

Wie soll man so etwas wissen, Studer? Weiss ich, ob Sie Urteilskraft besitzen? Ich kann sehen, wie Sie arbeiten, wenn Sie ein Verbrechen aufdecken, ich kann mir vielleicht eine Meinung bilden, ob Sie logisch denken, wie Sie Fakten feststellen und aneinanderreihen ... Aber Ihre Urteilskraft? Denken Sie, für die Herren Juristen muss man den Besitz oder den Nichtbesitz der Urteilskraft in Prozenten ausdrücken! ‚Seine Urteilsfähigkeit betrug 25 Prozent oder 50 Prozent.' Genau, wie wenn man sagt, die Standard Oil stehen 20 Prozent oder 30 Prozent über oder unter pari ... Die Welt ist komisch.»

Schweigen. Dann war Tellergeklapper aus der Küche zu hören, und der Chaschperli fragte laut, draussen im Gang, ob er dem Vatti gut Nacht sagen dürfe. Darauf antwortete Frau Laduners Stimme, er solle noch ein wenig warten. Der Arzt nahm ein zweites Blatt aus der Mappe, reichte es über den Tisch.

«Schauen Sie zuerst das Datum an ...» Studer tat es.

«2. IX. 26. — *Zweiter September neunzehnhundertsechsundzwanzig.*»

Und er las weiter:

«TW. Aufnahmestatus. Steht mit Vollbart und in Sträflingskleidung, die Mütze auf dem Rücken in der Hand haltend, steif da, kümmert sich aber um seine Effekten, interessiert sich speziell für seine Bleistifte, die wolle er nicht verlieren. Das Geld könne der Direktor von R. behalten, sagt er mit einem steifen Lächeln. Auf Befragen: Er habe sich über nichts zu beschweren, er habe allerdings einen Brief an seinen Vormund, Dr. L., geschrieben. Darüber möchte er sich nicht weiter auslassen. Gehemmt, steif, verweigert dem sich verabschiedenden Arzte von R. die Hand. Nach den Gründen gefragt: Nach seiner Auffassung sei das kein Arzt, das können aber auch Gefühlssachen sein.»

Studer legte das Blatt auf den Tisch. Er wartete. Laduner sagte und bewegte sich nicht, sein Gesicht war im Schatten:

«Es dreht sich alles um den 2. September. Merkwürdig. Am 2. September stirbt Pieterlens Kind, im nächsten Jahre wird Pieterlen am 2. September wegen Mordes zu zehn Jahren Zuchthaus verurteilt. Obwohl unser — das heisst mein Gutachten günstig war, nur weil er sich nach Ansicht des Bezirksanwaltes frech benommen hatte . . .

Gut. Ich habe versucht, dem Herrn Bezirksanwalt, der die Untersuchung führte, die Schlüsse, zu denen ich gekommen war, dass nämlich Pieterlen an einer latenten Geisteskrankheit laboriere, begreiflich zu machen. Wir haben tüchtige Staatsanwälte in der Schweiz, wir haben andere, bei denen ich, müsste ich sie einmal begutachten, ganz unvoreingenommen von moralischer Debilität sprechen würde. Leute, bei denen es klar auf der Hand liegt, dass sie sich mit Verbrechen nur deshalb beschäftigen, damit sie nicht selbst Verbrecher werden. Wir nennen das in unserer Fachsprache: abreagieren . . . Vielleicht kennen Sie auch derartige Typen. Nun, der Bezirksanwalt in jener Industriestadt gehörte zu dieser Sorte. Dick, mit gekräuselten Haaren auf einem spitz zulaufenden Schädel, die Haare eingefettet — ich rieche noch jetzt den Geruch von Brillantine — Sammler von Kupferstichen, und erotisch tätiger als beruflich. Bei jedem Angeklagten, es mochte sich um einen Einbrecher, eine Ladendiebin, einen Taschendieb oder eine Hochstaplerin handeln, erkundigte er sich zuerst nach den Liebeserlebnissen der Vorgeführten. Dicke Lippen, immer feucht.

Wenn Sie sich über das Interesse gewundert hätten, das er

den Leintuchgeheimnissen entgegenbrachte, so hätte er Ihnen geantwortet, er tue dies aus psychologischem Interesse. Von den Ergebnissen einer modernen Schule ist ja allerhand in die Laienwelt durchgesickert. Die Juristen besuchen jetzt auch psychiatrische Vorlesungen, was dabei herauskommt, kann man sich lebhaft vorstellen; zum Beispiel solch ein Bezirksanwalt. Er war schlecht auf den Pieterlen zu sprechen, das merkte ich gleich. Denn der Pieterlen hatte auf alle Alkovenfragen keine Antwort gegeben. Hingegen war der Herr Bezirksanwalt gut auf die Frau zu sprechen. Die hatte wahrscheinlich, verschüchtert wie sie war, weniger Widerstand geleistet und allerhand ausgepackt, was für den Herrn Bezirksanwalt interessanter war als die Kaltschnauzigkeit des Mannes. Der Herr Bezirksanwalt sagte: ‚Was wollen Sie, Herr Doktor, der Pieterlen ist ein frecher Kerl, den sollte man mürbe machen; wie er uns zuerst an der Nase herumgeführt hat! Natürlich sind Sie ihm auf den Leim gekrochen ...' Was sollte ich sagen? Ich versuchte zu erklären, dass Pieterlen ein kranker Mensch sei, dass ich nach bestem Wissen und Gewissen nur sagen könne, dass eine Strafe, eine Zuchthausstrafe, in diesem Falle ungünstig wirken würde ... Vergebene Liebesmüh. Der Herr Bezirksanwalt lachte mich aus. Er werde es dem Pieterlen schon einsalzen, meinte er, und erzählte mir in einem Atemzuge von einer besonders hübschen Kellnerin im Bahnhofbüfett zweiter Klasse und einer Sammlung legerer Gravüren vom Ende des achtzehnten Jahrhundert, die er um ein Spottgeld gekauft habe. Und dann sprach er von einer illustrierten Ausgabe der Memoiren des Marquis de Sade ... Es passte zu ihm ... Ich will nicht verallgemeinern, es gibt hochanständige Leute auch unter den öffentlichen Anklägern, aber es gibt manchmal auch solche Bezirksanwälte ... Was sagte mein alter Chef immer? ‚Wollen Sie mich dafür verantwortlich machen, Laduner, dass es auf der Welt unvernünftig zugeht? Glauben Sie mir, auch das Verständnis entgegengesetzter Standpunkte vermag die Ge-

gensätze nicht aufzuheben ...' Er war klug, mein alter Chef ...

Ich sagte Ihnen, es drehe sich alles um den 2. September. Drei Jahre später, auf den Tag, am zweiten September, wird Pieterlen verrückt aus der Strafanstalt in die Heil- und Pflegeanstalt jenes Kantons eingeliefert, in welchem er verurteilt worden war. Er hatte mir gesagt, noch vor der Verhandlung, er hoffe mit drei Jahren davonzukommen, und ich hoffte es auch. Mein Gutachten hatte auf Totschlag im Affekt gelautet ... Und drei Jahre später ... Ein anderer Arzt hat die Aufnahme gemacht. Aber ich spiele trotzdem noch mit, ich bin der Vormund geworden des Pierre Pieterlen, ja, ich war der Dr. L., dem er von R. geschrieben hatte ...»

«Und heute ist auch der zweite September», sagte Studer. «Fünf und drei sind acht und ein Jahr Untersuchungshaft macht genau neun Jahre. Neun Jahre war er eingesperrt.»

Studer sass da, vorgeneigt, die Unterarme auf den Schenkeln. So konnte er Laduner von unten her ins Gesicht blikken, und er war erstaunt: die Maske nämlich war gefallen. Es sass auf dem Stuhle dort ein jugendlich aussehender Mann, mit einem weichen Munde, die Stimme tönte weder nach: «Das Bataillon hört auf mein Kommando!» noch erinnerte sie an den Ton: «Liebes Kind.» Das Gesicht war weich, der Mund sanft geschwungen, die Stimme warm ...

Und noch ausgeprägter war die Veränderung, als die Türe aufging und der Chaschperli gute Nacht sagen kam. Er gab auch Studer die Hand.

Dann war es wieder still im Zimmer, der Rauch schlängelte sich unter den Rand des Pergamentschirms und quoll dann oben heraus, wie aus einem Kamin.

Laduner sagte:

«Zuerst hat der Pieterlen in der Strafanstalt Schreinerarbeiten verrichten müssen, er machte Särge in seiner Zelle. Glauben Sie nicht, dass ich erfinde, ich kann Ihnen alles in den Akten zeigen. Als er ein Jahr, ganz allein in der

Zelle, Särge angefertigt hatte, durfte er an Militärmänteln die Knöpfe und die Knopflöcher nähen. Zwei Jahre lang. Und dann . . .»

Laduner suchte in der Aktenmappe nach einem Blatt; er las mit der gleichen weichen Stimme:

«Bericht der Strafanstalt, Nr. 76, Pieterlen . . . Auffallende Veränderungen in seinem Verhalten: Arbeiten, die er früher ganz schön gemacht hatte, macht er auf einmal nachlässig und unbrauchbar, zum Beispiel Knopflöcher an Mänteln, statt am linken Teil rechts. Bestandteile an Kleidungsstücken mit der deutlich abstechenden Querseite nach aussen. Er erklärte auf Reklamationen hin, die Sachen ändern zu wollen, machte aber wieder den gleichen Fehler. Am Abend bettete er unter dem Arbeitstisch und schlief auf diesem Lager . . .»

Das Blatt raschelte. Laduner zündete eine frische Zigarette am Stummel der ausgerauchten an, stand auf, ging zum Fenster, sah in die Nacht, die schwer und schwül über dem Land lag.

«Er hat sich verkrochen, er hat Knopflöcher falsch genäht . . . Nach drei Jahren: Das ist zweimal zweiter September . . . Ich bin nicht gefühlvoll, Studer, glauben Sie mir, aber der Pierre Pieterlen, das ist . . . das ist . . . eben, ein Demonstrationsobjekt», und er versuchte ein Lachen, das misslang.

Studer lauschte, lauschte . . . Der Fall des Patienten Pieterlen interessierte ihn — wenn er ehrlich sein wollte — nicht so sehr als der Ton, in dem er erzählt wurde.

«Wie lange tragen Sie schon das Kummet, Studer? Zwanzig Jahre? Ja? Nun, bald winkt Ihnen die Pension . . . Aber in diesen zwanzig Jahren haben Sie viele Akten gelesen, nicht wahr? Viele Berichte verfasst, nicht wahr? Jetzt werden Sie sich wundern, Studer, und ich weiss, dass Sie sich schon die ganze Zeit gewundert haben, warum ich so offen zu Ihnen bin, warum ich Sie zu mir eingeladen habe . . . Geben Sie es zu, es ist Ihnen reichlich sonderbar vorgekommen . . . Aber ich habe Ihre Laufbahn verfolgt, man hat mir von dem Kampfe erzählt, den Sie mit dem Obersten Caplaun ausgefochten haben, und dann habe ich fünf Rapporte von Ihnen gelesen, sie betrafen alle den gleichen Fall. Der Fall tut nichts zur Sache. Aber die Rapporte sind mir aufgefallen, ihr Ton, er war anders, als der Ihrer Kollegen. Zwischen die Floskeln der Amtssprache hatte sich etwas eingeschlichen. Es klang, als ob Sie immer versuchen wollten, zu verstehen, und wenn Sie selbst verstanden hatten, dann wollten Sie auch, dass der Leser verstehen sollte ... Bin ich deutlich? ... Und darum erzähle ich Ihnen vom Pieterlen Pierre, weil er für mich ein Demonstrationsobjekt ist, und weil ich weiss, dass Sie mich nicht auslachen werden ... Früher, mein Gott, früher hat man mich auslachen können, mit Recht, und mein alter Chef hat es auch gründlich getan, damals beim ersten Gutachten. Er hat recht gehabt. Ich bildete mir nämlich ein, man könne den Herren von der Justiz etwas begreiflich machen, aber für sie kommt nur folgendes in Frage ...»

Laduner nahm einen Bogen auf und las: «Hierdurch hat sich der Angeklagte des Mordes im Sinne von Paragraph 130 des Strafgesetzbuches schuldig gemacht, denn er hat vorsätzlich und mit Vorbedacht sein am zweiten September 1923 in seiner Wohnung in Wülflingen von seiner Ehefrau, Klara Pieterlen, lebend zur Welt gebrachtes Kind rechtswidrig getötet, indem er ihm unmittelbar nach der Geburt ein Handtuch auf das Gesicht legte, mit der Hand drückte und es mit den Händen würgte, so dass es erstickte ...»

Das Blatt flatterte zu Boden, Studer hob es auf, legte es auf den Tisch. Laduner verliess das Zimmer, sprach draussen leise mit seiner Frau, kam zurück, blieb in der offenen Türe stehen: «Roten oder Weissen?»

«Weissen!» sagte Studer, ohne den Kopf zu heben. Er kam sich unhöflich vor, aber er konnte nicht anders ...

«Haben Sie Schlaf, Studer?» fragte Laduner und schenkte die Gläser voll. Er stiess mit dem Wachtmeister an, zerstreut, wartete die Antwort gar nicht ab, sondern ging auf und ab: vom flachen Schreibtisch bis zur andern Ecke des Zimmers, wo der Bücherschrank stand.

«Die Frau war Kellnerin gewesen, Saaltochter, wie wir hier sagen. In Sitten. Der Pieterlen war damals Kondukteur an der Lötschbergbahn. Vier Jahre haben sich die beiden gekannt. Dann wollten sie heiraten. Aber der Pieterlen verlor seine Stelle. Er bekam einmal die Grippe; als es ihm besser ging, ist er mit seiner Braut z'Tanz, Kollegen haben ihn gesehen, ihn verrätscht, er wurde entlassen. Er war unbeliebt unter seinen Kollegen, der Pieterlen, man warf ihm seinen Stolz vor. Er ging dann in eine Industriestadt in der Ostschweiz und arbeitete als Handlanger in einer Maschinenfabrik. Vier Wochen vor der Geburt des Kindes heirateten die beiden . . .

Ich habe zwei Kinder, Studer. Der Pieterlen hat kein Kind gewollt. Das hat er offen und deutlich gesagt. Er hat es dem Bezirksanwalt gesagt, er hat es mir gesagt. ‚Vorsätzlich und mit Vorbedacht' . . . Das klingt doch schön? Finden Sie nicht? . . . Neunzehnhundertdreiundzwanzig . . . Fünf Jahre nach dem Krieg . . . Wieviel Menschen sind im Krieg umgekommen. Wissen Sie es? Rund ein Dutzend Millionen; nicht wahr? Und der Pieterlen wollte also kein Kind auf die Welt stellen . . . Nicht aus weltanschaulichen Gründen, obwohl der Pieterlen allerlei gelesen hatte . . . Lesen macht stolz, Studer, und Pieterlen war stolz. Das haben auch seine Kollegen behauptet und seine Vorgesetzen. eSine Kollegen lasen höchstens das Blättli, nicht einmal Detektivromane, sie jassten; Pieterlen aber las Schopenhauer und Nietzsche und dachte über die Welt und die Menschen nach. Er zeichnete in seinen Freistunden . . . Er lernte Englisch, und Französisch konnte er schon . . . Sein Vater stammte aus Biel, dann war er Melker im Oberland, seine Mutter hat er nie gekannt, die war an seiner Geburt gestorben . . .

Pieterlen wollte kein Kind auf die Welt stellen, weil er als Handlanger zu wenig verdiente. Er hatte eine Einzimmer-

wohnung mit Küche im Dorfe Wülflingen gemietet, weil die Wohnungen dort billiger waren als in der Stadt. Der Handlanger Pieterlen verdiente achtzig Rappen Stundenlohn ...
Sie werden mir einwenden, es gäbe soundso viele Handlanger, die auch nicht mehr verdienen, und die doch Frau und Kinder haben ... Sie werden mir einwenden, dass es in den umgebenden Ländern noch ärger zugeht als bei uns, denn wir haben Fürsorgestellen und Armendirektoren und Eheberatungsstellen und Trinkerheilanstalten und Gottesgnadasyle und Heil- und Pflegeanstalten und Armenanstalten und Trinkerfürsorge und Waisenhäuser ... Wir sind sehr human. Wir haben auch Schwurgerichtssäle und Staatsanwälte und ein Bundesgericht — und sogar der Völkerbund tagt bei uns, lieber Studer ... Wir sind ein fortgeschrittenes Land. Warum also hat der Handlanger Pieterlen kein Kind gewollt?
Einfache Antwort: Weil er anormal war. Das sagt sich leicht. Ich habe in meinem Gutachten geschrieben ...»
Laduner griff wieder nach einem Blatt und las:
«Seine Tat entspricht Motiven einer abnormen Charakteranlage. Er stand schon seit Monaten unter dem Einfluss einer heftigen Gemütserregung, die dann schliesslich im gegebenen Moment den letzten Ansporn zum Verbrechen gab. Er kann keineswegs als eine Verbrechernatur bezeichnet werden. Vielmehr handelt es sich bei ihm um eine ausgesprochene, angeborene Charakterabnormität, nämlich um eine schizoide Psychopathie. Es wäre durchaus nicht verwunderlich, wenn später noch eine eigentliche Geisteskrankheit, nämlich eine Schizophrenie, bei ihm ausbräche ...»
«Schizophrenie ...» murmelte Studer. «Was heisst das?»
Die Worte kamen nur undeutlich, weil er das Kinn in die Hände gestützt hatte und seine Finger den Mund verdeckten.
«Eigentlich heisst es: Spaltung, Gespaltensein», sagte Laduner. «Eine geologische Angelegenheit. Sie haben einen

Berg, er wirkt ruhig, geschlossen, er ragt aus der Ebene auf, er atmet Wolken und braut Regen, er bedeckt sich mit Gras und sprossenden Bäumen. Und dann kommt ein Erdbeben. Ein Riss geht durch den Berg, ein Abgrund klafft, er ist in zwei Teile zerfallen, er wirkt nicht mehr ruhig, geschlossen, er wirkt grauenhaft; man sieht sein Inneres, ja, das Innere hat sich nach aussen gestülpt . . . Denken Sie sich eine derartige Katastrophe in der Seele . . . Und wie der Geologe mit Bestimmtheit von den Ursachen spricht, die einen Berg gespalten haben, so sprechen wir mit Bestimmtheit von den psychischen Mechanismen, die eine Seele gespalten haben. Aber wir sind vorsichtig, lieber Studer, und wenn ich ‚wir' sage, so denke ich an die paar Leute in unserer Zunft, die nicht meinen, dass mit einigen griechisch-lateinischen Sprachenmésalliancen das Rätsel der menschlichen Psyche gelöst sei . . .
Der Berg! Studer, denken Sie an den Berg! Sein Inneres ist plötzlich sichtbar . . . Ich werde Sie morgen ins U führen. Dort werden Sie manches verstehen. Unter anderem auch die merkwürdige Scheu, von der viele Menschen, auch die Gesundesten, befallen werden, sobald sie Geisteskranken gegenüberstehen.
Einer von uns hat einmal gesagt, das komme daher, dass man da buchstäblich bei dem Unbewussten zu Besuch sei . . . Unbewusst, Sie werden mich wieder fragen, was unbewusst ist. Unbewusst ist alles, was wir nicht an die Oberfläche gelangen lassen, was wir so schleunigst als möglich beiseiteschieben, sobald es nur den Versuch wagt, eine Ohrenspitze zu zeigen . . . Zeigen Sie mir einen einzigen Menschen, der nie in seinem Leben, sei es als Kind, sei es als Erwachsener, wenigstens in Gedanken einen Mord begangen hat, der nie im Traume getötet hat . . . Sie werden keinen finden . . . Glauben Sie, dass es sonst so ungeheuer leicht wäre, Menschen in den Krieg zu jagen? Bringen Sie mir den gütigsten Vater, die besorgteste Mutter, wenn sie ehrlich sind, werden sie beide mir zugeben müssen, dass sie nicht einmal, nein, oft gedacht haben: ‚Wie leichter

hätt' ich's ohne Kinder!' Aber wie wollen Sie Ihr schon vorhandenes Kind wegbringen, es sei denn, Sie brächten es um? Sie sind Vater, Studer, ehrlich, Hand aufs Herz: Haben Sie früher nicht oft das Kind als eine Last empfunden, als eine Beschränkung Ihrer Freiheit? Nun?»

Studer grunzte. Es war ein böses Grunzen. Er liebte es nicht, dass man ihm so hart auf die Haut rückte. Natürlich hatte er solche Gedanken gehabt, als seine Tochter noch klein war, und er manchmal in der Nacht nicht schlafen konnte, weil das Kind schrie. Vielleicht hatte er sogar laut geäussert, der Teufel möge das verdammte Gof holen ... Aber von einem solchen Ausspruch bis zu einem Kindsmord ... Obwohl ...

«Gedanken sind zollfrei», sagte Laduner, und sein Lächeln war traurig. «Solange es Gedanken sind, solange es Wünsche sind und wir den Wünschen nicht nachgeben, ist alles recht und in Ordnung, und die Gesellschaft ist zufrieden ...

Es darf einer in Büchern verkünden: ‚Das Eigentum ist Diebstahl!' Es wird ihm wenig geschehen, wenigstens heutzutage. Aber leben Sie einmal nach dem Ausspruch, dann werden Sie sich selbst verhaften müssen, nicht? Schreiben Sie und verkünden Sie es in allen Zeitungen: ‚Es ist ein Irrsinn, heutzutage Kinder auf die Welt zu stellen!' und schreiten Sie dann zur Tat. Sie brauchen kein Kind zu töten, nur einen verbotenen Eingriff zu machen. Dann können Sie ein paar Jahre in Thorberg darüber nachdenken, dass Sie irgendeinen Paragraphen übertreten haben. Pieterlen hat eben nicht an den Paragraphen gedacht. Er hat monatelang darüber nachgegrübelt, dass nun ein Kind zur Welt kommen solle, dass er das Kind mit seinen achtzig Rappen Stundenlohn nur schlecht werde erziehen können. Er schlug seiner Frau vor, nach Genf zu gehen ... Sie wollte nicht ... Und dann kam er eines Nachts heim, er hatte Überstunden gemacht, es war kurz nach Mitternacht, und er sah Licht in seiner Wohnung ... Ich bin damals nach Wülflingen gefahren, das ist ein winziges Dorf, Hügel drum herum, und das Haus, in dem Pieterlen gewohnt hatte, lag etwas ausserhalb des Dorfes. Ich musste das Zimmer sehen, ich musste die Frau sehen. Die Frau hätte ich mir ja kommen lassen können, aber ich wollte sie in der Umgebung sehen, in der sie gelebt hatte, vier Wochen lang, mit dem Pieterlen zusammen, ich wollte die Lampe sehen, die Lampe . . .»

Eifrig suchte Laduner nach einem Bogen, hielt ihn dann am unteren Rande, klopfte zweimal kurz mit der Hand auf das Blatt und las:

«Die Frau konnte nicht in den Korb sehen, weil er die Lampe bis zum Boden heruntergezogen und mit Papier umwickelt hatte, so dass es im Zimmer sehr düster war. Nachher nahm er dann eine Pfannenschaufel und vergrub das Kind im Wald. Um sicher zu sein, dass es nicht lebend vergraben würde, hat er dem Kind eine Schnur um den Hals geknotet. Seine Frau wusste von alledem nichts . . .» Pause.

Studer starrte auf den Lampenschirm. Er hatte beide Hände fest um die Armstützen seines Stuhles geschlossen. Es war ihm zumute, wie einmal bei einem Alpenflug: Das Flugzeug rutscht ab, unaufhaltsam, und dann kommt ein Gefühl in der Magengrube auf, nichts steht mehr sicher, alles ist schwankend . . . Auch damals hatte er sich verzweifelt mit beiden Händen festgehalten, obwohl er wusste, es nütze nichts . . . Schreibmaschinenbuchstaben auf weissem Papier . . . Worte, Worte, Sätze . . . Einer, der die Worte vorlas und die Sätze, und dann war das Zimmer da und die Frau im Bett und die Lampe an der langen Schnur, und Pierre Pieterlen hatte einen Mord begangen; «Vorsätzlich und mit Vorbedacht . . .»

«Er hatte seine Frau dermassen in der Gewalt», las Laduner mit eintöniger Stimme, und doch war die Betonung so sonderbar, dass Studer ein wenig stutzte, «und er konnte so stark auf sie einwirken, dass sie nicht versuchte, sich seinem Willen zu widersetzen. Sie war damit einverstanden, weder eine Hebamme noch einen Geburtshelfer beizuziehen . . .»

Laduner räusperte sich trocken. Studer war zerstreut, ein paar Sätze verhallten, dann hörte er:

«. . . um es zu ersticken. Es gab nur einen kleinen Laut von sich, und er glaubte nicht, dass dieser von seiner Frau gehört werden könnte, weil er durch das Handtuch gedämpft war . . . Er zeigte ihr das Kind, ohne dass sie genau sehen konnte, ob es ein Mädchen oder ein Knabe war. In Wirklichkeit handelte es sich um ein lebend geborenes Mädchen, das vollständig ausgetragen war . . .»

Laduner versorgte das Blatt in der Mappe, klopfte die untere Kante auf den Tisch, um die Papiere zu ordnen, dann schob er die Mappe so lange zurecht, bis die Kante der Mappe mit der Tischkante parallel verlief. Er bedeckte die Augen mit der Hand und sprach weiter:

«Das Zimmer . . . Ein Doppelbett. Der Kalkverputz der Wände schmierig, stellenweise abgebröckelt. Drei Stühle; ein Tisch, mit einer giftiggrünen Decke, die mit Fransen gesäumt war . . . Die Frau sah müde aus, sie war ja auch verhaftet worden! Dann hatte man sie wieder laufen lassen, weil der Mann alles auf sich genommen hatte. Sie hockte am Tisch und spielte mit den grünen Fransen. Ich habe wenig mit ihr gesprochen. Ein einfacher Mensch, verstört. Sie hat mir nicht einmal in die Augen geblickt. Unter anderem sagte sie, dass ihr Mann eigentlich nur bei ihr glücklich gewesen und sehr selten aus sich herausgegangen sei, er habe keine Freunde gehabt . . . So 'ne Gschyter!' hat sie gesagt. Und als ich fortging, wusste ich, dass die Frau einverstanden gewesen war — mit der Tat. Sie hat es ziemlich deutlich zu verstehen gegeben. Mir gegenüber. Vor dem Gericht hat sie alles geleugnet. Sie sagte: ‚Mein Mann hat mich ganz in der Gewalt gehabt . . .' Was hätten Sie getan, Studer? Noch einen Menschen unglücklich gemacht? Es im Gutachten gesagt? Ich weiss, mein grosser Kollege zum Beispiel, der aussieht wie der Schauspieler Bassermann, wenn er im Film ‚Alraune' einen geheimnisvollen Sanitätsrat zu spielen hat, mein grosser Kollege ist jederzeit bereit, die Justiz zu unterstützen und ihr nach dem Mund zu reden. Er ist Richter und Arzt in einer Person. Schön! Wenn man so kumulieren kann ... Ich kann es nicht. Ich bin ein bescheidener Mann, Studer, und wenn ich bescheiden sage, so ist das ein Zeichen, dass ich es eigentlich gar nicht bin. Aber ich glaube immer noch, dass jeder Schuster bei seinem Leisten bleiben soll. Schliesslich, ich bin Arzt, Seelenarzt, wie man uns draussen mit einem etwas spöttischen Lächeln nennt, weil wir manchmal ein wenig komisch sind mit unsern Fremdwörtern. Aber das ist ja nebensächlich ...»

Laduner stand auf, ganz plötzlich; da er keinen Rock anhatte, hoben sich seine Hände, als er sie in die Seiten stützte, dunkel und braun vom weissen Stoffe des Hemdes ab.

«Vorbemerkung: Wir haben hier in der Anstalt drei Fälle von chronischem Alkoholismus. Der eine dieser Fälle, ein Mann, vierzigjährig jetzt, hat seine Stelle wegen Trunksucht verloren. Er hat sieben Kinder auf die Welt gestellt, die alle leben, der Staat muss die Kinder und die Frau erhalten, der Staat muss hier für den Mann zahlen. Der zweite Fall: Handlanger, mit den bekannten achtzig Rappen Stundenlohn, hat geheiratet, weil er auch etwas von dem wollte, was wir heutzutage Leben nennen, das heisst: einen Ort, wo er daheim war, eine Frau, die zu ihm gehörte. Mit achtzig Rappen Stundenlohn kann man nicht grosse Sprünge machen, der Mann war ordentlich, zuerst, die Frau auch. Drei Kinder. Es hat nicht gelangt. Der Mann ist saufen gegangen, die Frau hat gewaschen. Noch zwei Kinder. Am billigsten ist Schnaps. Bätziwasser kostet zwanzig Rappen das Glas. Kann man von dem Mann verlangen, er soll Waadtländer zu fünf Franken die Bouteille trinken? Nein, nicht wahr? Der Mann hat ein Heim gehabt. Die Last ist zu schwer geworden, er hat vergessen wollen ... Kann man die Leute zwingen, immer ihr Elend vor Augen zu haben? Ich weiss es nicht. Die Herren vom

Fürsorgeamt sind überzeugt davon, denn sie haben ja ihren Lohn ... Ich möchte nicht so weit gehen ... Aber Bätziwasser ist nicht gesund, es kann einmal ein wunderbares Alkoholdelirium geben, und das hat es auch gegeben. Resultat? Der Mann ist hier, die Frau bekommt eine kleine Unterstützung von der Gemeinde, die Kinder sind verkostgeldet ... Und der dritte Fall ist noch trauriger ... Wir wollen ihn beiseite lassen, denn er würde nur die beiden ersten wiederholen. Kurz, im dritten Fall fünf Kinder. Die Gemeinde, der Staat, sorgen für sie. Zählen Sie zusammen, Studer: sieben Kinder im ersten und fünf im zweiten und fünf im dritten Fall. Macht siebzehn Kinder, dazu sechs Erwachsene, für die auch gesorgt werden muss ...
Und Pierre Pieterlen wurde zu zehn Jahren Zuchthaus verurteilt, weil er vorsätzlich und mit Vorbedacht sein von seiner Frau lebend zur Welt gebrachtes Kind rechtswidrig getötet hat, indem er ihm unmittelbar nach der Geburt ein Handtuch auf das Gesicht legte, mit der Hand drückte und es mit den Händen würgte, so dass es erstickte ...»
Laduner strich sich mit der flachen Hand über die Haare, presste die abstehende Strähne gegen den Hinterkopf, aber sie erwies sich als widersetzlich, richtete sich auf und glich wieder dem Kopfschmuck eines Reihers ... «Ich weiss, ich weiss, Studer», sagte er nach einer Weile, «das sind müssige Gedanken, wir werden die Justiz nicht ändern, wir werden die Menschen nicht ändern, aber vielleicht können wir doch die Verhältnisse anders gestalten. Gerade bei den schizoiden Charakteren, und ich habe Pieterlen zu dieser Gruppe gezählt, obwohl ich zugeben muss, dass die Bezeichnung eine Ausflucht ist, eine Denkbequemlichkeit — gerade bei den schizoiden Charakteren besteht die Möglichkeit, dass die Krankheit überhaupt nicht ausbricht ... Imponderabilien ...»
Studer lächelte, dachte: «Das heisst also Unwägbarkeiten ...» «... spielen da eine grosse Rolle. Und unter Imponderabilien verstehe ich eigentlich das, was man sonst das Schicksal nennt. Wäre es dem Manne gut gegangen,

hätte er sein Auskommen gehabt, so wäre es möglich gewesen, dass er zeit seines Lebens unauffällig geblieben wäre. Vielleicht wäre er pedantisch geworden, vielleicht ein Sonderling, der schliesslich Marken gesammelt hätte oder Weltanschauungen — man kann das nicht so genau sagen. Auf alle Fälle steht fest, dass er geheiratet hat, oder sagen wir noch vorsichtiger, dass er eine Frau gesucht hat, um der Einsamkeit zu entfliehen. Seine Frau hat ja gesagt, dass er nur bei ihr aus sich herausgegangen sei . . . Die Einsamkeit, Studer! Die Einsamkeit! . . .»

War es verwunderlich, dass Studer an seinen Besuch in der leeren Wohnung im ersten Stock dachte? Auch dort war die Einsamkeit zum Greifen gewesen, die Einsamkeit eines alten Mannes, den seine Kinder verlassen hatten . . .

«Die Einsamkeit», sagte Laduner zum drittenmal. «Sie ist auch da, wenn man Handlanger zu achtzig Rappen Stundenlohn ist, und sie ist genau so quälend, wie wenn man besser gestellt ist . . . Pieterlen stand vor einem Gewissenskonflikt: Soll ich mit achtzig Rappen Stundenlohn ein Kind auf die Welt stellen? Die Leute in gesicherten Stellungen werden Ihnen erwidern: früher hätte er nur dreissig Rappen bekommen, und damals waren die Leute auch zufrieden. Gut und recht! Aber wir leben nicht damals, sondern heute. Es ist nicht unser Fehler, wenn die Ansprüche gewachsen sind . . . Und Pieterlen taugte nicht zum Handlanger mit achtzig Rappen und grosser Familie. Vielleicht taugte er überhaupt nicht zum Familienvater. Wenn er dann meinte, er habe das Recht, sein Kind umzubringen, so ist diese Tat, wenn sie auch schwer verständlich ist und Entsetzen erregt, doch durch die Tatsachen bedingt: und die Tatsachen im gegebenen Falle waren eben der Charakter des Pieterlen, seine aus Büchern gewonnene, verschrobene Weltanschauung, seine Unfähigkeit, sich den Regeln einer Gesellschaft anzupassen und eine weniger tragische Lösung seines Konfliktes zu finden. Nur müssen Sie begreifen, Studer, dass mich das Schicksal dieses Mannes beschäftigt hat. Denn trotz dem schizoiden

Charakter, den ich kraft meiner diagnostischen Weisheit feststellen musste, war Pieterlen ein anständiger Mensch. Und als er verlangte, ich solle sein Vormund werden, habe ich angenommen. Vielleicht auch, weil ich damals einfach nicht begreifen konnte, warum eine Tat, deren Erklärung auf der Hand lag, die, wenn ich mich nicht schwer täuschte, so, wie ich sie mit meinen geringen Geisteskräften erklären konnte, auch den Herren Juristen einleuchten musste — dass eine solche Tat (Sie erinnern sich, die Frau im Bett, die Lampe mit Papier umhüllt und bis zum Boden gezogen, das Handtuch) — dass eine solche Tat, begangen in einem Zeitabschnitt von ein paar Minuten, gesühnt werden soll mit einer Einsperrung in einer Zelle von zwei Meter auf drei, dauernd zehn Jahre ... Ein gewisses Gefühl für Gleichgewicht wehrt sich in mir dagegen. Die Waagschale der Strafe sinkt herab, während die Waagschale, die die Tat trägt, in den Himmel schnellt ... Strafe wofür? Dass Pieterlen ein von ihm gezeugtes Kind umgebracht hat, weil er vielleicht Angst vor der Verantwortung hatte? Weil er mehr an sich dachte und an sein Wohlergehen als an seine Nachkommenschaft? — Und, Studer, gestatten Sie mir die Frage, wenn nun ein Süffel sein Kind so verprügelt, dass es stirbt, dann ist es nicht Mord, vorsätzlich und mit Vorbedacht, sondern Körperverletzung mit tödlichem Ausgang! Nicht wahr? Gefängnis bis zu zwei Jahren oder Korrektionsanstalt ... Aber das Kind, das der Süffel totgeprügelt hat, das fühlte schon, das hatte Schmerzen, das hatte Angst, das litt ... Wenn man so einen Menschen zehn Jahre oder lebenslänglich hinter Eisengitter sperren würde, ich hätte weiss Gott nichts dagegen, und auch der Einwand, den Sie wahrscheinlich machen werden, der Mann sei ein Opfer seines Charakters und seines Milieus, lässt mich kalt. Wir wollen nicht sentimental sein ... Übrigens habe ich mich mit dem Falle Pieterlen abgefunden ... Das dürfen Sie mir glauben ... Abgefunden, bis heute abend, und da kommt alles wieder heraus ...

Den zweiten Aufnahmestatus haben Sie gelesen ... Nun, Pieterlen kam hierher, nach zwei Monaten, weil er als unheilbar in seinen Heimatkanton abgeschoben werden musste. Er kam, und ich sah ihn am Abend auf der Visite. Ich werde die Szene nie vergessen. Er erkannte mich, aber er grüsste mich nicht. Ein gefrorenes Lächeln hatte er um die Lippen, er sass auf einer Bank, im langen Gang des B, damals war der Aufenthaltsraum nicht gebaut, er sass da, starrte vor sich hin, dann stand ich vor ihm, er erhob sich, legte die Hände auf den Rücken und machte mir eine zeremoniöse Verbeugung. Er sah schlecht aus. Am nächsten Tag untersuchte ich ihn. Die Lungen waren leicht angegriffen, nichts Erhebliches. Er sprach während drei Tagen mit niemandem ein Wort. Er sass in seiner Ecke, blätterte in Illustrierten, starrte auf den Boden, und wenn ich auf die Visite kam, stand er auf, um sich, Hände auf dem Rücken, zu verbeugen ... Am dritten Tage bekam er Krach mit einem Wärter, er wurde unglaublich massiv. Ich glaube, es war wegen einem Paar Socken, die nicht passten ... Am vierten Tage, am Morgen (da sind die Leute besonders reizbar), zertrümmerte er ein Fenster. Ich liess ihn aufs U versetzen, die Nacht hindurch war er so aufgeregt, dass er ins Bad musste ... Wir haben keine Zwangsjacke, das wissen Sie! Was sollen wir also mit einem Aufgeregten tun? Laues Wasser ist beruhigend. Zwei Pfleger hielten bei ihm Wache, und sie wussten, dass ich scharf auf blaue Flecken sah ... Das ist immer das erste, auf das ich sehe, wenn ich am Morgen Visite mache und weiss, dass ein Aufgeregter die Nacht im Bad hat verbringen müssen ...

Ich muss noch einmal abschweifen, Studer, so leid es mir tut, aber haben Sie sich schon einmal folgende Überlegung gemacht: Wir, oder sagen wir richtiger: ich ... kann die Seelenverfassung eines Mörders im Zeitpunkt der Tat in einem Gutachten darstellen, ich kann die Motive, die Regungen, die Mechanismen blosslegen ... Gut ... Ich weiss und habe es Ihnen auch gesagt, wir alle sind Mörder, in Träumen, in Gedanken, aber die Hemmung ist da ... Wir gelangen nicht bis zur Tat ... Wie aber, wenn wir die Schranke überschreiten und zum Mörder werden? Wirkt die Tat auf den Mörder so stark, dass sein ganzes Weltbild mit ihr zusammenbricht? Ich spreche jetzt nicht von Mord auf Befehl ...»

Wieder war die merkwürdige Betonung festzustellen, wie früher, als Laduner gelesen hatte: «er hatte die Frau ganz in der Gewalt» ... aber dann fuhr er rasch fort, so, als wolle er etwas verwischen:

«... wie im Krieg, wie in der Revolution. Dort tragen die Führer die ganze Verantwortung ... Ich rede vom einmaligen Mord, vom Mord aus Leidenschaft; glauben Sie nicht, dass nach der Tat der Mensch anders denkt, fühlt, handelt, sieht, hört, empfindet, als vor der Tat? ... Abgesehen von der Reue, die eine viel seltenere Regung ist, als man gemeinhin meint ... Sie liegt auf einer andern Ebene, auf der religiösen, meinetwegen, und heutzutage sind die religiösen Menschen ebenso selten wie die Menschen mit Verantwortlichkeitsgefühl. Was unter dem Namen Religion umgeht, ist bestenfalls, wie ich Ihnen in Wien schon sagte, etwas Ähnliches wie Lebertran. Man sagt, es kräftige, aber es ist unangenehm zu schlucken, und es hilft nicht viel. Auf alle Fälle herrscht der Ekel vor, und der Ekel ist sicher stärker als die gesundheitsfördernde Wirkung ...

Zusammenbruch des Weltbildes! ... Wir sprechen vom schizophrenen Weltuntergangsgefühl. Der Berg, der sich spaltete, eine Katastrophe für die Welt des Berges ... Der Mord ... eine Katastrophe für die Ganzheit des Menschen ... Nun nehmen wir an, in unserer psychiatrischen Wissenschaft, und alles scheint darauf hinzuweisen, dass eine Schizophrenie einen organischen Ursprung hat. Unordnung im Drüsensystem, um laienhaft zu sprechen ... In ihren Anfängen ist sie nicht zu erkennen, bestenfalls nur die Anlage dazu. Wir dürfen, wie im Falle Pieterlen, nicht weitergehen, als zu sagen, es werde wahrscheinlich später eine Geisteskrankheit ausbrechen. Weiter nichts. Aber wenn wir doch so g'merkig sind, dann sollten wir doch den Herren von der Justiz begreiflich machen können, dass sie es in einem Falle wie Pieterlen nicht mit einem Verbrecher, sondern mit einem Kranken zu tun haben; dass Pieterlen sein Kind getötet hat, aus Gründen, die wir psychologisch gerade noch verstehen können, aber die doch zeigen, dass jene Hemmung, von der ich sprach, nicht mehr vorhanden war ...

Gut, ich habe versucht, dies dem Herrn Bezirksanwalt begreiflich zu machen ... Der Herr Bezirksanwalt war also einesteils schuld, dass uns Pieterlen in so traurigem Zustande überwiesen wurde. Der Kindsmörder Pieterlen hatte sich in ein fremdes Reich geflüchtet, in das ich ihm nicht zu folgen vermochte, denn mein Gleichnis ist nur zum Teil richtig. Bei einer Schizophrenie denkt man nicht immer an einen gespaltenen Berg, manchmal denkt man an einen Teich, der von einer Quelle in ihm selbst gespeist wird, von aussen aber hat der Teich keinen Zufluss. Manchmal sieht es aus wie eine Flucht in ein fremdes Reich, an dessen Pforten wir pochen (poetisch! nicht wahr, lieber Studer?), und manchmal sieht es auch aus wie eine gewöhnliche Besessenheit, und man denkt an die Hexenprozesse des Mittelalters und an die Teufelsaustreibungen der Franziskaner, und man wünscht eine Herde Säue bei der Hand zu haben, in die man unsaubere Geister jagen könnte. Nun, bei Pieterlen war das Bild ziemlich bunt. Steifheit der Mimik, der Bewegungen, des affektiven Rapports, wenn Sie mich verstehen, das heisst, die Brücke zwischen ihm und mir war zerbrochen, nicht nur zwischen ihm und mir, zwischen der ganzen Wirklichkeitswelt und ihm. Was statt dieser Welt da war, kann ich heute nur erraten. Es waren Särge da, es war sein Kind da, es war der Bezirksanwalt da — und Pieterlen sagte, es röche nach Brillantine —, es tauchten Sätze aus Büchern auf ... Aber das alles existierte nicht wie eine Erinnerung, zu der wir Abstand zu wahren wissen, nein, diese Vergangenheit war jede Minute leibhaftig da, sie sprach zu ihm, sie lebte: Dann war ein Pfleger der Bezirksanwalt, und der Pieterlen tobte, dann war ein Patient seine Frau, und der Pieterlen streichelte den Patienten ... Dann war manchmal der Teufel da, und der Teufel ähnelte dem Goetheschen Mephistopheles, es war ein literarischer Teufel, und Pieterlen wehrte sich gegen die Sätze des Teufels, und manchmal lauschte er ihnen verzückt, und dann sah er aus wie ein Säulenheiliger in Ekstase ... Ich bin Arzt. Ich dachte nicht daran, was mit dem Pieterlen geschehen würde, wenn ich ihn gesund machen konnte. Ich dachte nur, das will ich mit aller nötigen Demut gestehen, ich dachte nur als Arzt daran, den Pieterlen aus seinem Reich herauszuholen, die Stimmen, die ihn plagten, zum Schweigen zu bringen ...

Eine sogenannte Schlafkur schien mir indiziert, obwohl verschiedene Überlegungen dagegen sprachen; aber ich versuchte es doch. Ich fütterte den Patienten Pieterlen mit Schlafmitteln und versenkte ihn in eine zehntägige Dauernarkose. Zweck: Abstoppen des Ablaufs der Bilder, der Stimmen. Die Bilder mussten im Schlafe ersäuft werden. Ich spreche ganz einfach zu Ihnen; Kollegen, die mich hören würden, hätten ihren Spass an mir. Der einzige, der nicht grinsen würde, wäre vielleicht mein alter Chef. Er sah aus wie ein greisenhafter Gnom mit einem Rübezahlbart, und seine Arme waren so lang, dass seine Hände, wenn er gebückt daher lief, an die Knie schlugen.

Während der Dauernarkose (Jutzeler hat mir dabei geholfen, wissen Sie, der Abteiliger vom B, die andern wären ja dazu unfähig gewesen, es herrschte damals in unserer Anstalt ein Chaos, wie vor der Trennung von Erde und Wasser) magerte mir mein Pieterlen ab. Das war vorauszusehen. Als er nach zehntägigem Schlaf erwachte, spuckte er dem Jutzeler ins Gesicht, und mich biss er in die Hand. Nicht stark. Er war zu schwach ... Der Jutzeler musste sich den ganzen Tag um ihn kümmern, immer um ihn sein, mit ihm spielen, mit ihm spazierengehen, ihn

zum Zeichnen anhalten ... Aufs Zeichnen hoffte ich ... So eine Seele, die aus dem fremden Reich kommt, die aus dem Teiche auftaucht, die sieht aus wie ein missratenes Entlein. Schwimmstunden möchte man ihr geben ...
Fiasko, um es kurz zu sagen. Ich fütterte ihn auf. Da verweigerte der gute Pieterlen das Essen. Sondenernährung, langweilig! Ich glaubte, er werde mir unter der Hand kaputt gehen.»
Ein Seufzer. Ein Streichholz flammte auf, Laduner nahm einen langen Zug aus der Zigarette.
«Dann plötzlich begann er zu fressen wie ein Scheunendrescher, wurde dicker, hörte auf zu husten. In zehn Tagen nahm er acht Kilo zu. Sonst war seine Lieblingsbeschäftigung das Zertrümmern von Fenstern. Vielleicht dachte er in seiner Verstörtheit, er könne die gläserne Wand zerbrechen, die zwischen ihm und den Dingen und Menschen stand ... Und die Stimmen plagten ihn weiter. Er hatte ein ganzes Repertoire von ausgefallenen, unanständigen Schimpfnamen, und sie galten alle dem Bezirksanwalt, und ich hatte die Ehre, diesen zu verkörpern. Nach drei Wochen versuchte ich die zweite Schlafkur, denn Pieterlen glänzte feist, und die Rechnung für zerbrochene Fensterscheiben stieg trotz allen Vorsichtsmassregeln. Der Schreiner, der hier die Scheiben einsetzt, arbeitete nur noch fürs B. Ich wollte den Pieterlen nicht ins Bad stecken, ich war eigentlich ganz zufrieden, dass er wenigstens Fensterscheiben zertrümmerte. Er tat immerhin etwas, wenn er auch nur zerstörte. Wie wollen Sie aufbauen, Studer, wenn Sie nicht zuerst zerstören? Fensterscheiben oder andere Hindernisse?
Und die Kur hatte Erfolg. Er erwachte, sah sich um, wie weiland Tannhäuser, als er aus dem Venusberge kam, aber es war ein wirkliches Erwachen, und er blieb wach ... Nun sind es vier Jahre her ...
Ich sehe, Studer, dass meine psychiatrischen Ausführungen nicht allzu einschläfernd gewirkt haben. Darum erlauben Sie mir noch eine bescheidene Zwischenfrage:

Ein Mörder ist von etlichen rechtschaffenen Männern, die auf Ehre und Gewissen geschworen haben, gerecht zu urteilen, auf zehn Jahre ins Zuchthaus geschickt worden. Gut; dort ist besagter Mörder verrückt geworden. Einen Kranken straft man in unserer humanen Zeit nicht mehr. Er wird uns übergeben, wir machen ihn gesund, wenn wir geschickt sind. Gesund! ... Sagen wir, wir versuchen, ihn wieder geradezubiegen. Er wird also unserer Gewalt unterstellt, der Gewalt der vielgelästerten Psychiater. Er ist im Gefängnis wirklich verrückt geworden, es ist also nicht mehr nur die Möglichkeit da, dass er verrückt werden könnte ... Das Urteil ist kassiert worden ... Gut. Wir verlästerten Psychiater halten ihn für sozial gesundet, das heisst, man könnte ihn in Freiheit lassen, die Wahrscheinlichkeit, dass er ein ähnliches Verbrechen begehen würde — in unserem Falle also einen Kindsmord — ist vielleicht, sagen wir, ein Prozent; aber wir dürfen den Mann nicht entlassen. Wir können einen Antrag auf Entlassung erst dann stellen, wenn die Zeit, die er im Zuchthaus hätte verbringen müssen, abgelaufen ist. Wir müssen ihn so lange behalten. Logisch, nicht wahr?
Sie werden mir einwenden, Studer ...»
Studer dachte gar nicht daran, etwas einzuwenden. Er hielt noch immer die Armlehnen seines Stuhles umklammert und dachte nur eines: Wann wird das Abrutschen aufhören? ... Aber er hielt tapfer aus, er biss die Zähne zusammen, ihm war übel.
«Sie werden mir einwenden, dass es interessantere Menschen gibt als zu Zuchthaus verurteilte Kindsmörder. Zugegeben. Wir helfen nicht all denen, die es verdienen. Wir sind nicht daran schuld. Wir tun unser mögliches. Aber die Umstände sind stärker — die Umstände: die Behörden, sollte ich sagen ... Sie können mich nicht dafür verantwortlich machen, dass es auf der Welt unlogisch zugeht ...
Nun, ich habe versucht, dem Pieterlen sein Schicksal zu erleichtern. Er durfte zeichnen, ich sprach oft mit ihm,

manchmal lud ich ihn zu mir in die Wohnung ein. Ich lieh ihm Bücher. Als er nach Arbeit verlangte — das war vor einem Jahr nach unserem Silvesterball — und er gern zur Malergruppe gehen wollte, gab ich auch dazu meine Einwilligung, obwohl ich wusste, warum er gerade in diese Gruppe verlangte. Er hatte sich verliebt ... Der Pieterlen Pierre, das Demonstrationsobjekt. Ja ... Und obwohl ich seinen Geschmack nicht billigen konnte, Sie haben ja scheint's die Bekanntschaft der Pflegerin Wasem gemacht, und Sie werden mich verstehen, also, obwohl und obgleich: ich dachte, es wird ihm gut tun, und er desertiert mir nicht wieder in sein finsteres Reich oder inszeniert mir einen seelischen Bergrutsch ...
Es war rührend, das Ganze. Ich war natürlich immer auf dem laufenden gehalten. Ordnung muss sein. Der Pfleger der Malergruppe rapportierte brav, die Abteilungsschwester auf dem B drückte beide Augen zu, und das Idyll nahm seinen Fortgang. Sagen Sie mir, warum sollen nicht auch wir einmal ein Idyll in unsern roten Mauern haben? Natürlich, ein paar Leute hatten zu reklamieren: ‚Der Laduner unterstützt die Unsittlichkeit' und solche Bemerkungen mehr. Es waren die Bornierten, die solche Reden führten, die Stündeler besonders ... Am Sonntag durfte der Pieterlen mit einem Pfleger spazierengehen. Ich gab ihm gewöhnlich den Gilgen mit. Den kennen Sie ja, den lustigen rothaarigen ...»
Studers Stimme war ein wenig heiser, als er den Redefluss unterbrach mit einem «Deich woll!».
Laduner blickte auf seine Armbanduhr.
«Spät ist es. Wollen wir schlafen gehen?» Er gähnte.
Studer fragte:
«Der Pieterlen war wohl eifersüchtig auf den Direktor?»
«Offenbar ... Die Frau des Pieterlen hatte sich von ihm scheiden lassen, während er im Zuchthaus sass. Es war sein erstes Liebeserlebnis seit seiner Krankheit ...»
Wieder das Schweigen. Dann sagte Laduner, ganz nebenbei:

«Vielleicht begreifen Sie, warum ich es bis jetzt versäumt habe, den Pieterlen ausschreiben zu lassen. Aber morgen will ich es sicher tun. Morgen? Besser gesagt: Heute ... Es ist ein Uhr ... Wollen wir die Sitzung aufheben, Studer? Oder wünschen Sie noch etwas?»
Studer räusperte sich. Es schien ihm, als sei sein Magen noch immer nicht ganz in Ordnung ... Das Abrutschen! ... Er versuchte, so trocken als möglich zu antworten, aber es gelang ihm nicht ganz:
«Ja gern, Herr Doktor ... Einen Kirsch ...»

Überlegungen

In seinem Zimmer angekommen, zündete Studer die Stehlampe auf dem Nachttischchen an und setzte sich ans Fenster. Der Hof war still und schwarz. Vielleicht hatten die Bogenlampen letzte Nacht gebrannt zu Ehren der Sichlete ... Jetzt kam nur von Zeit zu Zeit ein winziger Mond zwischen Wolken hervor, versteckte sich wieder, und sein Licht war in den kurzen Augenblicken seines Auftauchens so schwach, dass man lieber gar nicht davon sprach ...
Der Kirsch brannte im Magen. Studer hatte drei Gläser getrunken, jetzt war er hellwach. Aber er hatte sonderbarerweise gar keine Lust zum Rauchen. Er wollte nachdenken, klar denken. Doch immer ist es so, wenn man an die Scharfheit seines Denkens appellieren will, denkt man unklar, verschwommen und sehr, sehr unzusammenhängend ...
Die Situation hatte sich merklich verändert seit dem Morgen, das war nicht zu bezweifeln ... Dr. Laduner hatte gut reden mit seinem Unfall ... Ge—wiss, wie er sagte, ein Mord in der Anstalt bedeutet einen Skandal, besonders wenn man den Mord mit dem Demonstrationsobjekt Pieterlen in Zusammenhang bringen konnte ... Schien

nicht alles auf diesen Pieterlen hinzudeuten? Das graue Stück Stoff unter der Matratze, der Sandsack, der aus demselben Material gefertigt war ... Der Ausbruch knapp vor dem Augenblick, in dem man Hilfeschreie gehört hatte ... Und dann das Motiv: Eifersucht! Ein starkes Motiv!

Alte Kriminalistenregel, das «Cherchez la femme», und nicht einmal Dr. Locard in Lyon hatte über diese Regel zu spotten gewagt, er, der doch in einem denkwürdigen Aufsatz die Fragwürdigkeit aller Zeugenverhöre scharfsinnig bewiesen hatte . . . Also Pieterlen . . . Nehmen wir einmal an, es sei Pieterlen gewesen ... Er hatte mit dem Mord zwar nichts gewonnen, aber es tat vielleicht gut, sich an die Erziehungsanstalt in Oberhollabrunn zu erinnern, in der man die Bekanntschaft des Dr. Laduner gemacht hatte ...

Besonders sich zu erinnern an jene denkwürdige Szene, da ein Bub auf einen andern mit dem Messer losgegangen war und Dr. Laduner den interessierten Zuschauer gespielt hatte ... Wie lautete die Regel des Herrn Aichhorn? Einen Protest muss man leer laufen lassen ... Gut und schön, solange nicht ein Mord passierte ... Dr. Laduner konnte da lang sinnvolle psychologische Gründe für einen Kindsmord anführen, so sinnvoll, dass einem ganz flau im Magen wurde, und dass man dachte, man befinde sich auf einer Alpenfahrt ...

Aber schliesslich, der Mord an einem alten Manne, der vielleicht vertrauensvoll zu einem Rendezvous gekommen war, liess die Sache doch in etwas anderem Lichte erscheinen. Was hatte übrigens Laduner mit seiner Vorlesung bezweckt? Ge—wiss, wie er sagen würde, er war in Feuer geraten, es war nicht alles Theater gewesen, der Pieterlen war ihm ans Herz gewachsen, man fühlte das, aber immerhin, man hält doch einem einfachen Wachtmeister von der Fahndungspolizei nicht einen dreistündigen Vortrag, wenn man nicht dabei seine kleinen Hintergedanken hat ... Die Menschen sind einmal so — besonders so komplizierte wie der Dr. Laduner —, sie haben

für Taten niemals nur ein einziges Motiv, solchen Blödsinn glaubt vielleicht ein junger Untersuchungsrichter oder ein Bezirksanwalt, wie jener, der in Pieterlens Geschichte vorkam, aber doch kein vernünftiger Mensch, wie beispielsweise ein alter Fahnder ... — Gewiss, man konnte naiv aussehen, aber man war doch genug herumgekommen in der Welt, man hatte die Menschen kennengelernt. Das mit dem Unbewussten hatte vieles für sich, obwohl man es nie so hätte formulieren können ... Übrigens: Die Attacke, ja, die Attacke: ob man nicht in Gedanken manchmal ein Kindsmörder gewesen sei ... Glänzend! Gescheit! Dieser Dr. Laduner! ...
Erstellen! wie das Kommando lautete ... Pieterlen der Mörder? Es sprach eigentlich nur eines dagegen: das Telephongespräch ... Pieterlen hatte nicht um zehn Uhr abends telephonieren können, denn er war ja an der Sichlete ... Und fest stand, dass aus der Anstalt telephoniert worden war ... Der Abteiliger vom B ... (wie hiess der Mann schon? Das nachmittägliche Memorieren hatte nicht viel genützt, man musste doch wieder das Büchlein zu Rate ziehen) Jutzeler! Also, der Jutzeler, der dem Direktor um halb eins abgepasst hatte, der schied auch aus ... Denn der hatte das Telephon abgenommen ... Er konnte nicht zu gleicher Zeit am andern Ende gesprochen haben. Denn leidlich klar ging aus den Aussagen hervor, dass der Direktor die Mappe geholt hatte, um mit jemand zu sprechen ... Sehr merkwürdig. Um halb zwei, in einem dunklen Gang oder vielmehr in einer dunklen Ecke ... Die Mappe ... Sie war verschwunden, wie auch die Brieftasche verschwunden war mit den zwölfhundert Franken ... Warum hatte der Gilgen (komisch, dass man sich diesen Namen ohne weiteres gemerkt hatte), warum hatte der Gilgen ein so ängstliches Gesicht gemacht? Warum hatte er den Wachtmeister besucht, grundlos eigentlich, da er doch wissen musste, dass der Einfluss, den Studer besass, gering genug war ... War Gilgen an der Sich-

lete gewesen? Hatte die Mappe etwas enthalten, das gefährlich werden konnte?
Der rothaarige Gilgen! Der einzige Mensch, den man von Anfang an gern gehabt hatte; dies Gefühl ähnelte gar nicht der etwas scheuen Zuneigung, die man dem Dr. Laduner entgegenbrachte. Es war mehr eine jener Freundschaften, die zwischen zwei Männern entsteht und die deshalb so stark ist, weil sie sich nicht begründen lässt... Solche Dinge gibt es eben, es ist schwer, sie sachlich zu beurteilen... Gilgen... Gut, man musste die Spur Gilgen verfolgen; aber dann musste man damit beginnen, das Ausbrechen des Patienten Pieterlen aufzuklären... Das war notwendig. Bohnenblust, der asthmatische Nachtwärter mit der rasselnden Lunge, machte Dienst, ein Gespräch mit ihm empfahl sich...
Und da war noch die Angst, die in den Augen Dr. Laduners hockte... Am Morgen war sie ziemlich deutlich gewesen, heute abend schien sie verflogen zu sein... Aber es war da immerhin die lange Vorlesung über Pieterlen... Verdächtig...
«Schlafen Sie schon, Studer?» fragte Dr. Laduner draussen vor der Türe.
Es war unmöglich zu schweigen, die Lampe brannte ja.
«Nein, Herr Doktor», antwortete Studer freundlich.
«Wollen Sie ein Schlafmittel?»
Studer hatte in seinem Leben noch nie Schlafmittel genommen, darum dankte er bestens. Hierauf sagte Dr. Laduner, das Badezimmer sei frei, wenn Studer jetzt oder am Morgen ein Bad nehmen wolle, er solle sich nur ja nicht genieren... Und Studer dankte noch einmal. Dr. Laduner fuhrwerkte noch eine Weile im Nebenzimmer, dann entfernten sich seine Schritte, eine Zeitlang war seine Stimme aus der Ferne zu hören, er erzählte wohl seiner Frau noch etwas, kein Wunder nach solch einem Tag...
«Plaisir d'amour ne dure qu'un moment...»
Warum kam ihm das Lied wieder in den Sinn? Um es zu

vertreiben, begann Wachtmeister Studer seine Schnürstiefel auszuziehen, und da fiel ihm ein Satz ein aus der Geschichte des Demonstrationsobjektes Pieterlen, ein Satz, den Dr. Laduner mit merkwürdiger Betonung ausgesprochen hatte . . .

«Er hatte die Frau in seiner Gewalt . . .»

Studer versuchte, den Satz nachzusprechen . . . Dr. Laduner hatte den Akzent auf «Gewalt» gelegt. Gewalt! Jemand in der Gewalt haben . . . Wen? Den Pieterlen hatte Dr. Laduner in der Gewalt gehabt. Sonst noch jemand?

Da tauchte das Bild des jungen blonden Mannes auf: er lag auf dem Ruhebett, und Tränen liefen über seine Wangen. Ihm zu Häupten sass Dr. Laduner und rauchte . . .

Analyse . . . Gut und recht . . . Man hatte auch von dieser Methode der Seelenheilung gehört . . . Aber das war alles vag und vor allem peinlich . . . Peinlich! Ganz richtig. Man heilte die Kranken, ah ja! die Neurotiker! — da hatte man ja das Wort! — Studer richtete sich auf.

Man heilte sie, indem man ihre Träume durchforschte, es kam allerhand Unanständiges zutage . . . Studers Freund, der Notar Münch, besass ein Buch, das von dieser Methode handelte . . . Es hatte allerlei daringestanden, was man sonst nicht einmal an Männerabenden verhandelte, und dort ging es doch wirklich nicht harmlos zu . . . Das war also Analyse . . . Es hiess eigentlich anders, es gehörte noch ein Wort dazu . . . Richtig! Psychoanalyse! Mira, Psychoanalyse . . . Jeder Beruf hat seine Sprache . . . In der Kriminalistik sprach man auch von Poroskopie, und kein Laie verstand, was darunter gemeint war, und in Witzwil nannten die Gefangenen die Wärter «Pföhle» . . . Es ist nun einmal so: jeder Beruf hat seine Sprache, und die Psychiater sprachen eben von Schizophrenie, Psychopathie, Angstneurose und Psycho . . . Psycho . . . Psychoanalyse. Ganz recht . . .

Aber nun war es Zeit, sich auf den Weg zu machen. Studer zog ein Paar enganliegende Lederpantoffeln an, die

durch ein Gummiband über dem Rist des Fusses festgehalten wurden, und dann löschte er die Lampe.
Als er einen Blick aus dem Fenster warf, sah er ein Licht über den Hof kommen. Er blickte aufmerksamer hin. Es war ein Mann in einem weissen Schurz, der eine Stalllaterne schwenkte . . .
Offenbar ein Nachtwächter, der die Runde machte. Und dann schlich sich Wachtmeister Studer auf die Wanderschaft. Es war ihm, als sickere ganz leises Handharfenspiel von der Decke herab, aber er achtete nicht darauf.

Ein Gespräch mit dem Nachtwärter Bohnenblust

Manchmal knackte eine Latte des Parkettfussbodens in einem der langen Gänge. Dann war es wieder still. Ein Schloss schnappte. Man kam an Türen vorbei, die so stumm waren, dass man meinte, ein Toter liege dahinter aufgebahrt. Dann gab es andere, die laut waren: Schnarchen drang durch sie, Traumworte, ein leiser Schrei . . . Spann Matto seine silbernen Fäden? . . . Die Luft war dick, fest geschlossen die Fenster, und die kleinen rechteckigen Scheiben sassen zwischen den eisernen Stäben. Und wieder knarrte eine Latte, wieder schnappte ein Schloss . . . Ein Gang, lang wie die Ewigkeit . . . Ein Stiegenhaus, ein kurzer Gang . . . Und nun schimmerte durch ein Schlüsselloch blaues Licht. Eine Klinke . . . Studer schob vorsichtig den Passe ins Schlüsselloch, tastete mit dem Bart wie ein Einbrecher, der keinen Lärm machen will, der Bart fasste . . . Vorsichtig, vorsichtig drehte Studer den Schlüssel, und so angestrengt bemühte er sich, ganz lautlos zu sein, dass er die Wangenhaut zwischen die Zähne zog . . . Dazu dachte er verschwommen an Dr. Laduner, der von der Behörde gedeckt sein wollte — und der Vertreter der Behörde befand sich augenblicklich auf Schleichwegen . . .

Der Wachsaal ... In der Mitte der Decke eine Birne, umhüllt mit blauem Papier. Sie streute blaues Licht über die weissen Betten und verwandelte die Gesichter der Schlafenden in die Gesichter Ertrunkener. Es stank: nach Menschen, nach Apotheke — und natürlich nach Bodenwichse ...

Noch ein paar Schritte: da war der Mauervorsprung.

Vor seinem kleinen Tischchen, in der Nische, sass der Nachtwärter Bohnenblust. Sein Kopf lehnte an der Wand, seine Lider waren halb geschlossen, und die Haare seines Schnurrbartes wogten wie Wassergras auf dem Grunde eines Baches ...

Studer kannte viele Arten des Erschreckens:

Da gab es das Erschrecken der Ladendiebin, wenn man sie sanft am Arme packt: «Bitte mitkommen, Fräulein ...» Die Tränen, die aus den Augenwinkeln rollen und Streifen durch den Puder der Wangen ziehen ... Da gab es das Erschrecken des Mannes, dem man auf offener Strasse die Hand auf die Schulter legt: «Mitkommen! Kein Krach!» Die Augen sind weit aufgerissen und die Lippen bleich und schmal. Man spürt es, der Mund ist trocken und die Kehle auch, der Mann versucht zu schreien und kann nicht ... Es gab das Erschrecken des Betrügers, den man am Morgen aus einem schweren Schlaf weckt, und dessen Hände so arg zittern, dass sie fünf Minuten brauchen, um die Krawatte schief zu binden ...

Aber des Nachtwärters Bohnenblust Erschrecken über das plötzliche Auftauchen des Wachtmeisters war vollkommen anders. Einen Augenblick hatte Studer Angst, den Mann könne der Schlag treffen. Ganz violett lief das Gesicht an, Blut trat in die Augen, und die Lungen rasselten. Bohnenblust versuchte aufzustehen, sank zurück. Dann lehnte er wieder den Kopf an die Wand, dort, wo ein grosser Fettfleck sich abhob ... Wie viele Stunden hatte des Nachtwärters Kopf an dieser Stelle gelehnt? ...

«Aber Mann!» sagte Studer freundlich. Dann konnte er

gerade noch rechtzeitig Bohnenblusts Hand abfangen, die sich schon in bedenklicher Nähe einer Reihe Klingelknöpfe befand. Der Mann wollte wohl Alarm läuten! ...
«Ich bin's doch, der Wachtmeister Studer!»
«Ja ... Ja ... Herr ... Doktor ... Herr ... Wachtmeister ... Herr ...»
«Sagt doch ruhig Studer!»
«Wollt Ihr mich verhaften, Herr Studer — weil — weil ich schuld bin, dass der Pieterlen entwichen ist und den Direktor erschlagen hat?»
Studer schwieg. Er setzte sich neben den dicken Mann, streichelte beruhigend den wollenen Ärmel des Sweaters und sagte nach einer Weile: er denke gar nicht daran, irgend jemanden zu verhaften ... Und soviel er wisse, sei der Direktor einem Unglücksfall zum Opfer gefallen ...
«Das sagt Ihr so», meinte Bohnenblust, und seine Gesichtsfarbe verlor langsam das Violette. «Der Pieterlen hat sicher den Direktor erschlagen. Das sagen alle in der Anstalt ...»
«Wer zum Beispiel?»
«Der Weyrauch und der Jutzeler und die andern vom K und vom R und vom U. Und der Jutzeler hat gesagt, ich sei schuld ...»
Soso ... Das war also die Version der Anstaltsinsassen ... Interessant ...
Es sah ganz so aus, als wolle der alte Bohnenblust anfangen zu weinen. Seine Augen waren feucht, sein Gesicht verzog sich ... Aber Studers Bedarf an weinenden Männern war gedeckt, er konnte den Blonden nicht vergessen, auf dem Ruhebett in Dr. Laduners Arbeitszimmer ...
«Wieso seid Ihr schuld?»
«Ich habe doch nichts anderes getan als die andern Abende auch. Der Pieterlen hat so schlecht geschlafen, und wenn er zu unruhig war, ist er immer zu mir herausgekommen und hat die Zeitung gelesen, hier am Tisch ...»
Studer sah, dass in dem Mauervorsprung, in Kopfhöhe

eines stehenden Mannes, eine Lampe brannte, die durch einen metallenen Schirm so abgeblendet war, dass ihr Licht nur auf das Tischchen fiel. Der übrige Wachsaal blieb in bläulicher Dämmerung.

«Und dann?»

«Und dann hat er gesagt, wie fast jeden andern Abend auch: ‚Du, Bohnenblust, lass mich noch in den Aufenthaltsraum, ich möcht' noch eine Zigarette rauchen . . .' Er hat gern geraucht, der Pieterlen, und hier im Wachsaal ist es verboten. Da hab' ich ihn dort bei der Tür hinausgelassen, und Feuer hab' ich ihm auch gegeben. Und dann wieder abgeschlossen. Er hat gewöhnlich geklopft, wenn er mit seiner Zigarette fertig war. Manchmal hat er zwei Zigaretten geraucht und ist ein wenig herumgegangen im Saal. Gestern hat's länger gedauert. Dann bin ich nachschauen gegangen, und da war niemand mehr da . . .»

«Und die Beule?» Studer grinste auf den Stockzähnen . . .

«Ich hab' mich angeschlagen, wie ich in der Dunkelheit herumgelaufen bin, an einer Türe oder an einer Mauer, ich weiss nicht mehr. Ich hab' ja dann ruhig erzählen können, dass ich im Nebenzimmer niedergeschlagen worden bin, der Schmocker hatte ein starkes Schlafmittel genommen, das hab' ich ihm um halb zwölf gegeben . . .»

«Aber warum habt Ihr solange gewartet?»

. . . Die Furcht vor der Entlassung war am Schweigen des Nachtwärters Bohnenblust schuld. Eine begreifliche Furcht, obwohl sie eigentlich grundlos war. Wie er mit scharfer Flüsterstimme erzählte — und dazwischen rasselte es in seinen Lungen —, war er schon seit bald fünfundzwanzig Jahren im Dienst.

Als Nachtwärter stand er sich besser als die andern, denn die Kost wurde ihm ausbezahlt, immerhin neunhundert Franken im Jahr, während sonst auch die Verheirateten in der Anstalt essen mussten. Er kam somit auf etwas mehr als dreihundert Franken im Monat. — Miete brauchte er nicht zu zahlen, da er als Abwart im Randlinger Schulhaus angestellt sei.

Und doch . . .
Bohnenblust gehörte zu jenen ängstlichen Menschen, denen es einmal schlecht gegangen ist — «ich hab' mit sechzig Franken Monatslohn angefangen, und damals hatten wir nur einen halben Tag frei in der Woche . . . Ich hab' es noch erleben müssen, dass mein Bub die Mutter gefragt hat, wer der fremde Mann ist, der hin und wieder zu Besuch kommt» — und die Angst haben, die bösen Zeiten könnten wieder kommen. «Jetzt, wo es besser geht und ich ein wenig Geld auf der Sparkasse habe, zehntausend Franken, Wachtmeister . . .» — es war sicher mehr —, «da möcht' ich nicht gern wieder so bös dran sein wie schon einmal . . .»
Aber dabei war der Bohnenblust zugleich ein Mann mit einem weichen Herzen, der niemandem etwas abschlagen konnte — dem Pieterlen zum Beispiel —, der aber in ständiger Angst vor einem Rüffel lebte, denn ein Rüffel war für ihn gleichbedeutend mit einer Katastrophe . . . — Schon die Art, wie er sich plötzlich erschreckt aufrichtet, flüstert: «Ich muss stechen!» und damit steckt er ein dünnes Messingstäbchen in das Loch der Kontrolluhr, dreht um, einmal, fünfmal, schüttelt die Uhr, hält sie ans Ohr, ob sie auch wirklich noch geht — und die Angst, die Angst flackert in seinen Augen . . .
Ein Mann mit einem weichen Herzen . . . Es war doch immer so, wenn Menschen bestimmt wurden, andere Menschen zu bewachen. Es war nicht zu verhindern, dass zwischen Wächtern und Bewachten rein menschliche Beziehungen entstanden, dass man einander «du» sagte, solange kein Vorgesetzter in der Nähe war, dass man sich aushalf mit Rat und Tat, mit Zigaretten oder Schokolade . . . Das gab es in Thorberg, das gab es in Witzwil, und auch im Amtshaus in Bern gab es das . . . Und es war eigentlich erfreulich, dass es das gab, dachte Studer, der nicht viel von einer übertriebenen Disziplin hielt . . . Ihm kam es auch nicht darauf an, einem Verurteilten, den er in die Strafanstalt führen musste, im Bahnhofbüffet noch

ein Bier zu zahlen, so als letzte Freude gewissermassen, vor der langen Einsamkeit der Zelle ...

«Also, Ihr habt den Pieterlen in den Aufenthaltsraum gelassen ... Wie spät ist's gewesen?»

«Halb eins, viertel vor eins ...»

Studer rechnete. Um halb eins war der Direktor von seinem gefühlvollen Spaziergang zurückgekehrt, und er war ins Büro gegangen mit dem Abteiliger Jutzeler. Unterdessen wartete die Irma Wasem im Hof. Viertel nach eins war der Direktor mit einer Mappe unter dem Arm aus seiner Wohnung heruntergekommen — die Mappe hatte also in seiner Wohnung gelegen, was hatte die Mappe enthalten? Sie war verschwunden, genau wie die Brieftasche ... Blieb das verwüstete Büro ... Wie war das in die ganze Geschichte einzufügen?

Zwei Frauen hatten den Direktor ein Viertel nach eins aus dem Mittelgebäude kommen sehen. Zwei Frauen und ein Mann (der Mann war zwar Patient, aber sicher in dieser Beziehung zuverlässig) hatten den Schrei gehört, kurz vor halb zwei ...

War der Direktor ins Büro zurückgekehrt, hatte ihn dort ein Unbekannter niedergeschlagen, die Leiche in die Heizung geschleift und über die Leiter hinuntergeworfen? ... Das war Chabis! Das konnte nicht stimmen ... Und doch hatte merkwürdigerweise das verwüstete Büro den Dr. Laduner dazu bestimmt, die Behörde in der Person des Wachtmeisters Studer anzufordern ... Viertel vor eins verschwindet Pieterlen, halb zwei der Schrei! ... Zeit genug ... Aber wie war Pieterlen aus der Abteilung B entwichen? Denn mit dem Hinauslassen in den Aufenthaltsraum war gar nichts erklärt. Es war noch die Gangtüre da, zu deren Öffnung Passe und Dreikant nötig waren, es gab noch das Tor, das aus dem B in den Hof führte ...

Bohnenblust seufzte tief und rasselnd. Dann stand er auf, schlich leise durch den Saal; in einer fernen Ecke stöhnte ein Mann im Traum. Studer sah den Nachtwärter die Decke aufheben, die zu Boden geglitten war, den Unruhigen zudecken, ihm flüsternd zusprechen ... Ein Mann mit einem weichen Herzen ...

Der Wachsaal mit seinen zweiundzwanzig Betten ... Und in jedem Bette lag ein Mann. Das blaue Deckenlicht grub schwarze Flecken in die stoppligen Gesichter ... Zweiundzwanzig Männer ... Die meisten hatten wohl Familie, eine Frau daheim, Kinder oder eine Mutter, Brüder, Schwestern ... Sie atmeten schwer, manche schnarchten. Die Luft war dick, durchsetzt von Menschendunst — und es nützte nichts, dass ein Fenster offen war, das Fenster mit den feinen Gitterstäben, das nach U 1 ging ...

Zweiundzwanzig Männer! ...

Die Anstalt Randlingen erschien dem Wachtmeister auf einmal wie eine riesige Spinne, die ihre Fäden über das ganze umliegende Land gespannt hat, und in den Fäden zappeln die Angehörigen der Insassen und können sich nicht befreien ...

«Wo ist der Vater?» — «Der Vater ist krank.» — «Wo ist der Vater krank?» — «Im Spital.» Und das Raunen in den kleinen Dörfern, wenn die Frau «poschte» geht: «Ihre Ma isch verruckt! ...» Es war wohl fast noch ärger, als wenn man sagte: «Dr Ma isch im Zuchthuus ...»

Zweiundzwanzig Männer! Ein kleiner Teil.

«Wieviel Patienten sind in der Anstalt?» fragte Studer.

«Achthundert», antwortete Bohnenblust. Sein Kopf ruhte wieder auf dem grossen Fettfleck an der Wand, der Zeugnis ablegte von den anstrengenden Stunden des Nachtdienstes.

Achthundert Patienten! Ärzte, Pfleger, Schwestern wurden mobilisiert, um die Kranken zu pflegen ... Die Kranken! Sie galten ja nicht als Kranke, draussen! ... Wenn man krank war, kam man ins Spital. Ins Irrenhaus kamen die Verrückten ... Und verrückt sein, das war in den Augen der Menge genau so kompromittierend, als wenn man der Kommunistischen Partei angehörte ...

Man war beim Unbewussten zu Besuch, sagte Dr. Laduner. Man war im Reiche Mattos, sagte Schül ...

Und Studer starrte geradeaus, über die Betten hinweg, auf eines der fünf grossen Fenster, die die Breitseite des Saales durchbrachen. Manchmal glitt ein greller Schein draussen vorbei, ein zweiter folgte ihm, dann kam eine Pause, wieder ein Schein, noch einer ... Studer erinnerte sich, dass die grosse Strasse da draussen vorbeigehen musste. Die Lichterblitze waren nichts anderes als die Scheinwerfer der Autos ... Dieses Aufblitzen löste zwei Gedankenverbindungen in Wachtmeister Studers Kopf aus. Die eine liess sich leicht erklären. Sie bezog sich auf den Lichtschein, den er von seinem Zimmerfenster aus gesehen hatte: der Lichtschein war näher gekommen, ein Mann in weissem Schurz hatte eine Stallaterne getragen ... Damals war es schätzungsweise ein Viertel vor zwei gewesen ...
Aber in jener Nacht, in welcher der Direktor verschwunden war, da hatte der Nachtwärter wohl auch seine Runde gemacht. Es war sicher ratsam, einmal mit diesem Manne zu sprechen.
Die zweite Gedankenverbindung liess sich nur symbolisch erklären, aber darüber grübelte Studer nicht nach. Im Augenblick schien sie ihm ein Lichtblitz in umgebender Dunkelheit zu sein, und das genügte ihm. Diese Gedankenverbindung bezog sich auf folgendes: Der asthmatische Bohnenblust hatte beim plötzlichen Erscheinen des Wachtmeisters ein Erschrecken gezeigt, das im Verhältnis zur Geringfügigkeit seines Vergehens übertrieben war. Was steckte noch dahinter? Studer beschloss, weiter zu bohren ...
Nach vielen Fragen, nach Ächzen und Stöhnen liess sich endlich folgender Sachverhalt feststellen:
Bohnenblust besass zwei Passepartouts, und einen davon hatte er verloren. Und er konnte sich nicht erinnern, wann und wo er besagten Passe verloren hatte. Noch nie war ihm derartiges in seiner fünfundzwanzigjährigen Dienstzeit passiert.
— Aber, sagte Bohnenblust, auch wenn Pieterlen den

Passe gefunden habe, so hätte er ihm nichts genützt. Er brauchte noch einen Dreikant dazu . . .

Das wusste Studer.

— Und wenn ein Dreikant verlorengegangen wäre, so wäre das gemeldet worden . . .

«Ihr habt den Verlust des Passe auch nicht gemeldet!» wandte Studer ein.

— Ja, aber das sei denn doch etwas anderes . . . Es sei doch unmöglich, dass einer der jungen Wärter einen Dreikant hergegeben hätte . . . Es sei denn, der Wärter habe mit Pieterlen unter einer Decke gesteckt . . . («Wärter» sagte der dicke Bohnenblust und nicht «Pfleger», er war offenbar noch von der alten Schule . . .)

— Mit welchen Wärtern sei der Pieterlen gut ausgekommen?

— Mit dem Gilgen! Die beiden hätten immer zusammengehockt.

. . . Der Gilgen! Der rothaarige Gilgen, der dem Wachtmeister sein Leid geklagt hatte . . .

— Und Bohnenblust könne sich also nicht besinnen, wo er den Passe habe liegen lassen?

Der Nachtwärter beschäftigte sich so lange mit seinem Schnurrbart, dass man hätte meinen können, er wolle jedes Haar geradebiegen; endlich meinte er grochsend:

— Der Schmocker stecke vielleicht dahinter . . .

— Der Schmocker?

Wer war nur gleich der Schmocker? Ah, der Regierungsratsattentäter! Der hatte ja mit Pieterlen das Zimmer geteilt.

— Und warum Bohnenblust meine, der Schmocker stecke dahinter?

«Man hört manches», sagte Bohnenblust. «Die beiden im kleinen Nebenzimmer haben halbe Nächte lang dischkutiert, das heisst, meistens hat der Schmocker geredet. Wie schlecht man es den Patienten mache, hat er gesagt, das käme alles vom Direktor, und hat den Pieterlen aufgereiset. Er wäre schon lange frei, hat der Schmocker gesagt, wenn nicht immer der Direktor dagegen wäre. Und schliesslich hat auch Dr. Laduner nichts mehr ausrichten können. Der Pieterlen hat fest gemeint, der Direktor sei sein Feind. Und die Geschichte mit der Irma Wasem hat auch nichts gebessert . . .»

Studers erster psychotherapeutischer Versuch

Studer stand auf, zwängte sich hinter dem Tisch hervor, ging auf die Tür zu, die vom Wachsaal ins Nebenzimmer führte, bemerkte einen Lichtschalter, aussen am Türpfosten, drehte ihn . . . Drinnen wurde es hell.
Dann trat er ein.
Des Regierungsratsattentäters spärliche Haare standen nach allen Richtungen vom Kopf ab. Zwischen ihnen schimmerte die Kopfhaut rosa. Unter den Augen hatte Schmocker dicke Säcke, die fast bis zu den Mundwinkeln reichten, und sie schienen mit Gift gefüllt zu sein.
«Herr Schmocker», sagte Studer freundlich und setzte sich auf den Bettrand, «könntet Ihr mir sagen . . .»
Weiter kam er nicht. Mit hoher Stimme kreischte der Mann:
«Weit I—I—hr vo mym Bett achegaaa?»
Gehorsam stand Studer auf. Man darf Verrückte nicht reizen, dachte er. Und dann wartete er, bis der kleine Mann sich abgeregt hatte.
«Ich möcht' gern wissen, Herr Schmocker, ob Ihr den Schlüssel vom Nachtwärter Bohnenblust auch gefunden habt . . .»
«Dr syt en verdammte, windige Schroter, das syt dr. Und machet, dass dr zu myner Bude-n-use chömmet. Dr heit da nüt z'sueche . . . Verschtande?»
Und drohend stand Herr Schmocker auf, seine Kniekehlen fassten Stützpunkt am Bettrand.

«Aber Herr Schmocker», sagte Studer immer noch freundlich; bedenklich war vielleicht nur, dass er begann, Schriftdeutsch zu sprechen. Andere hatten die Bedeutung dieses Vorzeichens unangenehm empfinden müssen. «Ich möchte von Ihnen nur eine kleine Auskunft haben . . .»
Doch der Regierungsratsattentäter fluchte weiter. Seine kleine geballte Faust bewegte sich drohend vor Studers Nase, Schimpfworte drangen zwischen den weisslichen Lippen hervor, ein ganzer Sturzbach, eine Kloake eher.
«Schweigen Sie!» sagte Studer plötzlich ernst und fest.
Der Mann dachte nicht daran, dem Befehl Folge zu leisten. Seine nackten behaarten Beine, die unten aus dem Nachthemd herausragten, vollführten einen Kriegstanz, und wirklich! wahrhaftig! das rechte Knie hob sich, um den Wachtmeister in den Bauch zu stossen.
Das war zuviel! Der Nachtwärter Bohnenblust, der an der Türe stand, kam mit den Augen gar nicht nach. Es klatschte. Einmal. Zweimal. Dann lag der neuzeitliche Tell bäuchlings auf dem Bett, und Studers Hand fiel nieder, zwei-, drei-, viermal. Ein wenig wurde das Klatschen vom Stoff des Nachthemdes gedämpft.
«Brav! . . . So! . . . Ganz brav!» Studer hob die auf den Boden gerutschte Decke auf, deckte Schmocker zu. «Und jetzt antwortet! Habt Ihr den Schlüssel genommen?»
Die Antwort kam wimmernd, wie von einem trotzigen Kind: «Ja . . . a . . . a . . .»
«Warum?»
Unter wütendem Schluchzen:
«Weil ich doch nicht mit einem Mörder das Zimmer teilen wollte . . .»
«De spinnt ja! . . .» sagte Studer erstaunt, wandte sich um und sah den Bohnenblust unter seinem Schnurrbart lächeln. Und plötzlich fiel es ihm wieder ein: Er war ja im Irrenhaus! Und wunderte sich, dass einer sich erlaubte, zu spinnen! Auch er musste lächeln. Dann schritt er zur Tür. Bevor er sie schloss, hörte er noch:
«Und ig appelliere as Bundesg'richt!»

«Das chönnet dr sawft tue...» sagte Studer ganz versöhnt.

Bohnenblust erzählte, er habe sich während der Sichlete auf Schmockers Bett gesetzt, und es sei möglich, dass ihm dabei der eine Passe aus der Tasche gerutscht sei... Niemals sei ihm das passiert... Aber anders könne er sich die Sache nicht erklären... Studer nickte. Soweit war alles in Ordnung. Blieb noch der Dreikant, und dann stand es fest, dass Pieterlen Pierre die Abteilung hatte verlassen können, ohne Hilfe von aussen... Und auch die Heizung hatte er öffnen können.

Studer hob erstaunt den Kopf, weil Bohnenblust neben ihm flüsterte:

«Uns Pflegern ist ein tätliches Vorgehen gegen Patienten streng verboten...»

Studer nickte nachdenklich.

«Weiss ich», sagte er, und um zu zeigen, dass er auf dem laufenden war, fügte er hinzu, er wisse, Dr. Laduner sei scharf auf blaue Mose...

Morgenlicht kämpfte im Saal gegen den blauen Schimmer der Lampe. Studer trat ans Fenster. Zwei Tannen ragten auf, an ihren Wipfeln wehten zwei Wimpel aus zartgelber Seide: Nebelfetzen, durchleuchtet von den Strahlen der aufgehenden Sonne...

Es war Viertel vor sechs. Gerade als Studer fragen wollte, wann Tagwacht sei, sagte Bohnenblust leise: — Es nehme ihn wunder, wieviel heute nacht wieder gestorben seien... — Gestorben? Wo gestorben? — Auf den beiden unruhigen Abteilungen — die beiden letzten Nächte habe es zwar keine Todesfälle gegeben, soviel er wisse, aber vor einer Woche! Jede Nacht mindestens zwei!...

«Woran?» wollte Studer wissen, und er erinnerte sich an den Sarg, den er am ersten Morgen gesehen hatte.

— Man spräche von einer neuen Kur, die Dr. Laduner ausprobiere, sagte Bohnenblust. Aber man könne nicht wissen, was daran Wahres sei. Der Abteiliger vom U 1, Schwertfeger heisse er übrigens, sei gar verschwiegen. Auf alle Fälle seien ziemlich viel Patienten bettlägerig ... Übrigens heisse es, dass der Direktor mit diesen Kuren nicht einverstanden gewesen sei. Er habe sich mit dem Dr. Laduner deswegen gestritten ...

Und wenn man endlich glaubte, den Pieterlen überführt zu haben (es blieb ja nur noch das Telephongespräch, von einer männlichen Stimme geführt ...), dann kam wieder etwas anderes dazwischen! Was war das für ein Kolportageroman? Was für eine Räubergeschichte? Dr. Laduner, der Kuren mit tödlichem Ausgang unternahm? ... Dumms Züüg!

Aber es liess sich nicht so ohne weiteres vergessen, denn man hatte ja schliesslich einen Vortrag gehört, in dem von einer Schlafkur die Rede gewesen war, und man hatte in den Ohren noch die merkwürdige Bemerkung des Arztes: «... Ich glaubte schon, er würde mir unter den Händen sterben ...»

«Um sechs Uhr ist Tagwacht?» fragte Studer.

«Ja», und Bohnenblust empfahl sich. Er holte einen Kessel, füllte ihn mit Wasser, drehte einen Feglumpen unter viel Gestöhn aus, rieb den Boden um die Badwannen mit einer Fegbürste, nahm das Wasser auf ...

Dann kreischten Schlüssel in den Schlössern, Türen wurden geschletzt, schwere Tritte hallten wider. Das Wartepersonal hielt draussen seinen Einzug.

Die mittlere Wachsaaltüre ging auf, eine Stimme sagte, gequetscht, hüpfend und freundlich: «Guete Morge mitenand!»

Es war der Oberpfleger Weyrauch, mit ungestrählten Haaren, ohne Brille ... Er sah aus wie ein verfetteter Kakadu.

«Isch guet gange, Bohnebluescht?» fragte er.

Und dann, ohne auf Antwort zu warten:

«Eh, dr Herr Wachtmeischter Studer! Au scho uuf? Gott grüess-ech wohl ...»

Studer brummte Undeutliches.

«Geit mr das Rapportheft, Bohneblueschtǃ» Und Oberpfleger Weyrauch rollte zur Tür hinaus . . .
Das Bild des erwachenden Wachsaals blieb noch lange in Studers Augen: die Leute, die aus den Betten krochen, zu den Wasserhahnen pilgerten an der Breitseite des Wachsaales, sich mit einem feuchten Handtuch übers Gesicht fuhren, die gähnten und nach den Fenstern schielten, weil sie es schier nicht begreifen konnten, dass sie nun noch einmal einen Tag totschlagen mussten, den sie eigentlich gerade so gut hätten leben können . . . Wenigstens schien dies dem Wachtmeister Studer so. Es zog ihn zur Küche hin und zu Schül, dem grossen Kriegsverletzten mit Ehrenlegion, médaille militaire und Pension. Er schritt leise durch den engen Gang; an der Türe zum blaugestrichenen Raum blieb er stehen.
Schül war damit beschäftigt, ein Fenster zu öffnen. Das Fenster hatte keinen Riegel, es konnte, wie die Gangtüre, nur mit einem Dreikant geöffnet werden. Und einen solchen hielt Schül in der Hand. Es war kein offizieller Dreikant und ähnelte durchaus nicht dem Instrument, das der Wachtmeister in der Tasche trug.
«Zeig mir das, Schül», sagte Studer sanft. Schül drehte sich um, wehrte sich nicht. Freundlich sagte er:
«Guten Morgen, Herr Inspektor . . .» und hielt dem Wachtmeister lächelnd eine Metallhülse hin, die zurechtgeklopft war. «Hast du dem Pieterlen so einen Dreikant geschenkt?»
Ungläubiges Erstaunen.
«Aber natürlich, selbstverständlich. Er hat ihn gebraucht. Und ich habe ja noch ein paar . . . alte Patronenhülsen, die ich gefunden habe auf einem Spaziergang . . .»
«Ich danke dir für das Gedicht, Schül, es war sehr schön. Und dem Pieterlen hast du einen Dreikant geschenkt? Würdest du andern Kranken auch Schlüssel schenken?»
«Andern? Nein! Die andern sind verrückt — complètement fousǃ» bekräftigte er. «Aber Pieterlen war mein Freund. Und darum . . .»

«Ich verstehe dich schon, Schül . . .»
Aber Mattos, des grossen Geistes, Freund liess sich nicht unterbrechen. Er wies zum Fenster hinaus.
«Dort drüben», sagte er, «hat der Pieterlen seinen Schatz gehabt, und oft hat er am Fenster gestanden. Manchmal ist sie auch ans Fenster gekommen und hat gewinkt, die Frau dort drüben . . . Und ich hab' das Fenster aufgemacht, wenn kein Wärter umewäg war (das Wort «umewäg» klang drollig in Schüls Munde), und dann hat auch sie das Fenster drüben aufgemacht . . .»
Richtig! Dort drüben war ja das Frauen-B, wo die Irma Wasem Pflegerin war. Von einem Fenster zum andern waren gut und gerne hundert Meter, vielleicht etwas mehr . . .
«Sie konnten zusammen nicht kommen,
das Wasser war viel zu tief . . .»
Nein, das stimmte nicht. Erstens handelte es sich nicht um zwei Königskinder, sondern um das Demonstrationsobjekt Pieterlen und die Pflegerin Irma Wasem, und zweitens war da kein Wasser, sondern ein Hof . . . Immerhin . . .
«Schül, sag mir einmal, wie sah der Pieterlen aus?»
«Klein, kleiner als ich, gedrungen, stark. Solche Muskeln hatte er an den Armen. Er ist der einzige gewesen, der mich wirklich verstanden hat. Die andern lachen mich aus wegen Matto und wegen des Mordes in der Taubenschlucht . . . Aber Pieterlen hat nie gelacht. Mon pauvre vieux, hat er gesagt, denn er sprach immer französisch mit mir, ich kenn' das alles, ich war selbst in Mattos Reich . . .»
Ja, das stimmte. Pieterlen hatte sich sogar lange in besagtem Reiche aufgehalten . . . Warum kam Studer das Ganze plötzlich so traurig und hoffnungslos vor? Warum holte man die Seelen zurück aus dem Reich, in das sie sich geflüchtet hatten, weil sie nicht mehr zurecht kamen in der Welt, wie sie in Wirklichkeit war? Warum liess man sie nicht in Ruhe? Wäre Pieterlen krank geblieben — wissenschaftlich gesprochen: schizophren —, nie hätte er sich

in die Irma Wasem verliebt, nie hätte er versucht, auszubrechen — und vielleicht wäre auch der alte Direktor noch am Leben ...

«Leb wohl, Schül», sagte Studer heiser. Es sass ihm eine dicke Kugel im Hals.

«Ich muss jetzt das z'Morgen rüschten ...» sagte Schül ernst. Es klang rührend aus seinem durch Narben entstellten Mund ...

Studer traf niemanden auf der Treppe. Als er auf den dünnen Sohlen seiner Lederpantoffeln den Hof überquerte, holte er einen Mann ein, der an einem Riemen eine Kontrolluhr trug, ähnlich die des Nachtwärters Bohnenblust. Studer fragte ihn:

«Seid Ihr der Nachtwärter, der die Runden macht?»

Der Mann nickte eifrig. Er war gross, breit, dick. Nachtwache wirkte günstig auf den Fettansatz ...

«Habt Ihr in der vorletzten Nacht, also in der Nacht vom Mittwoch auf den Donnerstag, bei der Runde um halb zwei etwas in der Ecke dort bemerkt?»

Da räusperte sich der Mann, blickte Studer merkwürdig an, zögerte ...

— Er habe die Runde in jener Nacht etwas später gemacht, sagte er, einige Minuten nach zwei sei er dort vorbeigekommen. Und er habe wirklich zwei Männer gesehen, im Gang nämlich. Der eine sei Dr. Laduner gewesen, und der sei dem zweiten nachgerannt, wenigstens habe es so ausgesehen ... Aber wer der zweite gewesen sei, könne er beim besten Willen nicht sagen: aus dem Sous-sol führe nämlich eine Türe direkt ins Freie, das heisst in den Garten vom R. Durch diese Türe sei der zweite Mann verschwunden und Dr. Laduner hinter ihm her ... — Ob er schwören könne, dass es Dr. Laduner gewesen sei? — Schwören? Nein! Aber es sei seine Gestalt gewesen, sein Gang. Das Gesicht habe er nicht sehen können. Und ob der Wachtmeister meine, dass Dr. Laduner schuld sei am Tode des Herrn Direktors?

Wenn Studer etwas hasste, so war es diese Art vertraulicher Neugierde. Darum fiel seine Antwort scharf aus: «I gloube gar nüt, verschtande?» und schuehnete davon. Der Himmel überzog sich. Der Sonnenstrahl auf den Tannenwipfeln und den zartseidenen Nebelfetzen war ein Trug gewesen …

Studer war froh, ungesehen in Laduners Wohnung zu gelangen. Es war still im Gang. Alle schliefen noch, sogar das Baby, für dessen Lungen das Schreien so gesund sein sollte.

Leise schlich der Wachtmeister ins Badezimmer, sachte öffnete er die Hahnen, liess die Wanne vollaufen. Dann versperrte er die Tür, zog sich aus und legte sich ins heisse Wasser.

Aber wenn er auf eine belebende Wirkung des Bades gehofft hatte, so hatte er sich schwer trompiert … Denn erst ein eindringliches Klopfen an der Türe weckte ihn … Dr. Laduners Stimme erkundigte sich, ob dem Wachtmeister etwas passiert sei.

Studer antwortete mit teigiger Stimme, er sei im Bad eingeschlafen. Draussen hörte er Laduner lachen und seiner Frau die Neuigkeit erzählen …

Die Brieftasche

Die gleiche, aus bunter Wolle gelismete Haube war über die Kaffeekanne gestülpt. Es war der gleiche Tisch, und auch die gleichen Leute sassen an ihm. Studer, am obern Ende des Tisches, hatte das Fenster im Rücken; zu seiner Linken sass Laduner und rechts von ihm die Frau des Arztes. Studer präsidierte also gewissermassen, genau wie am gestrigen Morgen. Nur eben: die Stimmung war merklich anders … Die Sonne fehlte.

Vor dem grossen Fenster stand eine Wolkenwand, wie eine riesige Betonmauer. Graues Licht drang ins Zimmer, und Frau Laduners roter Schlafrock leuchtete nicht mehr.

«Wie hat Ihnen der Wachsaal in blauer Nachtbeleuchtung gefallen, Studer?» fragte Laduner. Er las den «Bund» und blickte nicht auf.

Ausgezeichneter Nachrichtendienst! Sollte man parieren, indem man Herrn Dr. Laduner fragte, was er in der Sichlete-Nacht im Sous-sol bei der Heizung verloren hatte? Nein. Man liess das besser sein und beschränkte sich auf die bescheidene Feststellung:

— Ja, so ein Wachsaal bringe einen auf mancherlei Gedanken.

«Wie ich die eingesperrten Leute gesehen habe, Herr Doktor, habe ich denken müssen, die Anstalt hocke wie eine riesige Spinne inmitten des Landes, und die Fäden ihres Netzes reichten bis in die hintersten Dörfer ... Im Netz, wissen Sie, zappeln die Angehörigen der Patienten ... Und sie spinnt richtige Schicksalsfäden, die Spinne — ich meine die Anstalt — oder Matto, wenn Sie lieber wollen ...»

Laduner blickte von seiner Zeitung auf:

«Sie sind ein Dichter, Studer. Ein heimlicher Dichter. Und das ist vielleicht ungünstig für den Beruf, den Sie nun einmal ausüben müssen. Wären Sie kein Dichter gewesen, hätten Sie sich der Wirklichkeit angepasst, dann wäre Ihnen die Geschichte mit dem Obersten Caplaun nicht passiert ... Aber eben, Sie sind ein poetischer Wachtmeister ...»

— Das habe er mängisch au deicht, sagte Studer trocken. Aber das Dichterische hänge doch mit der Einbildungskraft zusammen, mit der Phantasie, nid? Und die Phantasie sei doch nicht ganz zu verachten. Der Herr Doktor habe ihm auch geraten, sich in verschiedene Personen hineinzudenken, gewissermassen in fremde Häute zu schlüpfen — er tue sein möglichstes. Und hin und wieder habe er damit Erfolg. Er habe da beispielsweise den Regierungsratsattentäter Schmocker dazu bringen können, ein Geständnis abzulegen über den Diebstahl eines Schlüssels. Daran sei auch nur seine poetische Ader schuld. Er habe sich vorgestellt, ganz dunkel ...

«Unbewusst!» unterbrach Dr. Laduner.

... unbewusst, wenn der Herr Doktor wolle, dass besagter Schmocker ein Feigling sei; er habe ihn ein wenig getätschelt, dann habe der Mann ausgepackt ...

«Psychotherapie!» sagte Dr. Laduner und lachte. «Wachtmeister Studer als Psychotherapeut! Wir dürfen nicht tätscheln. Wir müssen streng sachlich vorgehen. Und wenn uns auch unsere Hilfskräfte, die Pfleger, manchmal auf die Nerven gehen, wir müssen ruhig bleiben. Wir lernen ehemalige Metzger, Karrer, Melker, Schuster, Schneider, Maurer, Gärtner, Kommis an, geben ihnen Kurse, trichtern ihnen den Unterschied ein zwischen schizophren und manisch-depressiv, und dann heften wir ihnen, wenn sie eine Prüfung gut bestanden haben, als Orden ein weisses Kreuz in rotem Felde an das Revers ihrer Kutte ... Mehr können wir nicht tun ... Und mit den Patienten? ... Da wird es noch schwieriger ... Wir sprechen, wir suchen zu korrigieren, wir schlagen uns mit kranken Seelen herum, wir überreden ... Aber die Seele? Die ist schwierig zu fassen! ... Sie sollten einmal das Aufatmen eines unserer Assistenten sehen, wenn ein Schizophrener sich entschliesst, an einer Bronchitis oder an einer simplen Angina zu erkranken ... Endlich kann man mit erprobten Mittelchen hinter die Sache, kann einmal ein wenig die Seele vergessen und sich um den Körper kümmern ... Der Körper lässt sich viel einfacher behandeln: Aspirin, Gurgeln, Umschläge, Fieber messen! Aber die Seele! Manchmal versuchen wir ja auch, der Seele auf dem Umweg über den Körper beizukommen, wir versuchen Kuren ...»

«An denen die Leute manchmal sterben ...» unterbrach Studer. «Manchmal zwei bis drei in einer Nacht ...»

Er blickte in seine leere Tasse und wartete, was nun kommen würde.

Die Zeitung raschelte, und dann kam richtig die Antwort, die an Schärfe und Deutlichkeit nichts zu wünschen übrig liess:

«Über therapeutische Massnahmen bin ich keinem Laien

Rechenschaft schuldig, sondern einzig und allein meinem ärztlichen Gewissen . . .»

Sehr schön und klar formuliert. Ärztliches Gewissen . . . Mira . . . Es schloss einem den Mund. Aber man tat ihn trotzdem auf und sagte sehr höflich:

«I hätt' gärn no-n-es Tassli Gaffee, Frou Doktor . . . E nüechtere Mönsch het es kes Gfeel . . .»

Frau Laduner lachte, dass ihr die Tränen in die Augen traten, und auch ihr Mann schnaubte kurz durch die Nase. Dann reichte er Studer die Zeitung. Er solle lesen . . . ja . . . den Absatz da . . .

«Der langjährige verdiente Direktor der Heil- und Pflegeanstalt Randlingen ist einem traurigen Unglücksfall zum Opfer gefallen. Man nimmt an, dass er bei einem nächtlichen Rundgang in einer der Heizungen Lärm gehört hat und dem Lärm nachgegangen ist. In der Finsternis wird er einen Fehltritt getan haben und ist hierauf drei Meter tief abgestürzt. Mit gebrochenem Genick wurde der Bedauernswerte entdeckt. Herr Direktor Ulrich Borstli, der mit eiserner Pflichterfüllung und nie ermüdendem Eifer seinem schweren Dienste . . .»

Studer liess die Zeitung sinken und starrte ins Leere. Er sah die Wohnung unten im ersten Stock, das aufgeschlagene Buch auf dem Schreibtisch, die Kognakflasche und die Photographien der Kinder und Enkel, das grosse Bild der ersten Frau . . .

Die Einsamkeit . . .

Von der Einsamkeit wussten die Zeitungsleute nichts . . . Sie kannten nur die «eiserne Pflichterfüllung» . . .

In der Dunkelheit abgestürzt? . . . Aber die Lampe brannte ja in der Heizung! Die Lampe brannte! . . . — Ich hab' ja selber den Schalter gedreht, um zu löschen! dachte Studer . . .

Natürlich konnte Dr. Laduner nichts von der brennenden Lampe wissen, er wusste ja auch nichts von dem Totschläger auf dem Absatz . . .

Der Wachtmeister fragte ruhig:

«Was hat die Sektion eigentlich ergeben?»
«Nichts Besonderes», antwortete Dr. Laduner. «Unglücksfall . . . Wie ich es der Presse mitgeteilt habe . . .»
«Dann», sagte Studer, «wäre meine Mission eigentlich beendigt. Das Verschwinden des Direktors ist aufgeklärt und sonst . . . Der entwichene Patient Pieterlen wird auch ohne meine Hilfe wieder eingebracht werden . . .»
Bei den letzten Worten blickte Studer auf und dem Arzte fest in die Augen. Dr. Laduner hatte sein Maskenlächeln aufgesetzt.
«Warum brüskieren, Studer?» fragte er. Es sollte herzlich klingen, aber schwang da nicht ein anderer Ton mit? — «Wie mir gemeldet worden ist, haben Sie ja schon Vorzügliches geleistet: Sie haben aufklären können, auf welche Weise der Patient Pieterlen hat entweichen können, Sie haben den Direktor entdeckt . . . Aber es wird Ihnen nicht entgangen sein, dass noch etliche Unklarheiten bestehen: Ich habe erfahren, dass dem verstorbenen Direktor am Mittwochmorgen eine grössere Summe ausbezahlt worden ist. Wohin ist diese Summe verschwunden? Die Taschen des Toten waren leer, daran werden Sie sich erinnern . . . Wo ist das Geld hingekommen? . . . Hat Pieterlen den Direktor getroffen? Hat er ihn hinuntergestossen? — Wissen Sie, die von mir inspirierte Zeitungsnotiz ist eine reine Beruhigungsmassnahme, eine Tarnung, um ein heute viel gebrauchtes Wort zu verwenden. Aber was ist in Wirklichkeit geschehen? . . . Dies herauszufinden ist Ihre Sache, obwohl Sie keinen Ruhm ernten werden . . . Offiziell wird der Direktor immer einem Unglücksfall zum Opfer gefallen sein. Aber ich meine, es kann nichts schaden, wenn wir die Wahrheit entdecken . . . Denn die Wahrheit — Sie wissen, Studer, was ich meine — rein vom wissenschaftlichen Standpunkte aus wäre es von Interesse . . .»
Am liebsten hätte Studer folgendes erwidert:
«Mein lieber Doktor, warum ist Ihre Rede nicht mehr geistreich und witzig? Sie verhaspeln sich ja! Sie sind unsicher! Was ist mit Ihnen los? Mann! Sie haben ja Angst!»

Aber von all dem sagte er nichts, denn er sah in Dr. Laduners Augen, sah, wie der Blick sich veränderte — zwar die Maske, das Lächeln, blieb —, aber nun war es kein unkontrollierbarer Eindruck, jetzt war es festzustellen, jetzt war es zum Greifen deutlich: Dr. Laduner hatte Angst! Jawohl, Angst! . . . Wovor? Man durfte nicht fragen . . .
Den Wachtmeister Studer von der Fahndungspolizei überkam ein seltsames Gefühl. In seinem langen Leben war es ihm nie eingefallen, über seine Gefühlsregungen nachzudenken. Meist handelte er nach dem Instinkt oder dann nach den Prinzipien der Kriminologie, wie sie seine Lehrer in Lyon und in Graz festgelegt hatten. Aber jetzt versuchte er sich Rechenschaft zu geben über das Gefühl, das er diesem Dr. Laduner entgegenbrachte; und er stellte fest, dass es Mitleid war. Vielleicht war der Aufenthalt in einer Anstalt an dieser Klarheit schuld — denn beschäftigte man sich hier nicht ausschliesslich mit den Regungen des Gefühls- und Seelenlebens? Färbte das nicht ab? Genug: er fühlte Mitleid; aber eine besondere Art von Mitleid. Es liess sich schwer in Worte fassen . . .
Brüderliches Mitleid war es, das man zu dem sonderbaren Menschen Laduner fühlte, fast eine Liebe, am ehesten jener zu vergleichen, die ein älterer Bruder, der wenig Erfolg gehabt im Leben, für seinen Benjamin fühlt, der klüger ist und gross und berühmt. Eben deshalb aber ist er von Gefahren bedroht, die gebannt werden müssen . . .
Vor allem, und das sollte man festhalten, hatte Dr. Laduner sicher Angst vor einem Skandal, denn ein Skandal würde seine Wahl zum Direktor vereiteln . . .
Studer lächelte, sagte tröstend:
«Also: die Wahrheit suchen . . . Gut, Herr Doktor . . . Die Wahrheit für uns.»
Und er betonte das «uns».
Es klopfte. Ein junges Mädchen meldete, der Pfleger Gilgen lasse fragen, ob er den Herrn Doktor sprechen könne . . . Sie habe ihn ins Arbeitszimmer geführt.
«Gut», sagte Laduner. Und er komme gleich.

Dann blickte er einige Zeit in seine leere Tasse, als wolle er, wie eine Wahrsagerin, die Zukunft aus dem Kaffeesatz deuten, schliesslich hob er wieder die Augen, sein Blick war ruhig. Und um seinen Mund lag der gleiche weiche Ausdruck wie am Abend zuvor, da er vom Demonstrationsobjekt Pieterlen gesprochen hatte . . .
«Sie sind ein komischer Kerl, Studer», sagte er. «Und Sie scheinen nicht vergessen zu haben, dass ich Ihnen Brot und Salz angeboten habe . . .»
«Vielleicht», meinte Studer und blickte weg, denn er hasste gefühlvolles Gehaben. Darum begann er auch sogleich vom Pfleger Gilgen zu sprechen, der ihn gebeten hätte, beim Herrn Doktor ein gutes Wort für ihn einzulegen, da er entlassen werden solle . . .
«Das kommt doch gar nicht in Frage!» sagte Laduner erstaunt. «Ist der Mann verrückt geworden? Mit dem Jutzeler ist der Gilgen mein bester Pfleger — ich möchte sogar sagen, der Gilgen ist der bessere . . . Er hat zwar die Prüfung schlecht bestanden, aber was hat das zu sagen? Er kann mit den Leuten umgehen, er weiss mehr mit dem Instinkt als wir mit all unserer Wissenschaft . . . Das will ich ehrlich zugeben . . . Sie hätten den kleinen Gilgen sehen sollen, wie er einmal einen erregten Katatoniker beruhigt hat, der um zwei Köpfe grösser war als er. Ganz allein. Ich bin zufällig dazugekommen . . . Sie haben doch schon Melker gesehen, die mit dem störrischen Tier umzugehen wissen . . . Der Muni senkt die Hörner und will auf sie los, und sie locken: Ssä, ssä, ssä . . . Der kleine Gilgen sagte auch ssä, ssä zu dem Katatoniker . . . Und der Erregte wurde ruhig, er liess sich ins Bad führen, und Gilgen blieb ganz allein bei ihm und redete mit ihm, obwohl der andere katzsturm war . . . Aber das störte den Gilgen nicht. Es gibt so Menschen, die ein Gefühl haben für Kranke . . . Nein, den Gilgen wollen wir behalten . . . Ich hab' da dunkle Andeutungen gehört, er soll Patientenwäsche getragen haben, der Direktor war wütend letzte Woche, und der Jutzeler hat sich für seinen Kollegen eingesetzt — obwohl die Kollegia-

lität hier unter den Pflegern ein Kapitel für sich ist ... Schade, dass der kleine Gilgen Sorgen hat ... Ich will mit ihm sprechen gehen ...»
Studer blieb sitzen, liess sich von Frau Laduner bedienen, war zerstreut und hörte nur mit halbem Ohre zu. — Auf morgen sei das Begräbnis festgesetzt, nachher werde es ein wenig stiller, erzählte die Frau Doktor, und das werde gut sein für ihren Mann, der sei dermassen überarbeitet ...
Aber, unterbrach sie sich, der Herr Studer sei sicher müde, sie habe so lachen müssen heute morgen, dass er im Bad eingeschlafen sei, ihrem Manne sei das auch schon zweimal passiert — und ob er nicht noch ein wenig abliegen wolle? Sie wolle schnell go luege, ob das Meitschi das Zimmer schon gemacht habe, inzwischen könne er ja ins Arbeitszimmer hinübergehen. Ihr Mann sei wahrscheinlich zum Rapport gegangen — sie stand auf, öffnete die Tür zum Nebenzimmer —, ja, Studer solle nur hineingehen, sich in einen bequemen Stuhl setzen, Bücher habe es genug ... Und sein Zimmer werde bald fertig sein ... Bald darauf erfüllte das eintönige Summen eines Staubsaugers die Wohnung.
So stand Studer im Arbeitszimmer und blickte mit einer gewissen Scheu auf das Ruhebett, auf dem der Herbert Caplaun geweint hatte — die Tränen waren ihm über die Backen gerollt ... Er dachte an Pieterlen und an die Sitzung vom gestrigen Abend ... Heute war alles anders. Die Blumen des Pergamentschirmes hatten ihre leuchtende Farbe eingebüsst, genau wie der Schlafrock von Frau Laduner ... Studer schritt hin und her, blieb beim Büchergestell stehen, zog ein Buch heraus, dessen Rücken ein wenig vorstand, blätterte darin, las eine angestrichene Stelle: «... die psychogenreaktiven Symptome, die z. T. eine sekundäre Determination der primären Prozess-Symptome, etwa der Parästhesien ...», übersprang ein paar Worte dann: «... katatone Haltungen, Stereotypien, Halluzinationen, Dissoziationen ...» — Das war chinesisch! ... Er blätterte weiter, fand eine andere Stelle, die angestrichen war. Der Wacht-

meister begann zu lesen, wurde aufmerksam, hielt das Buch nahe an seine Augen, setzte sich. Er las die Stelle einmal, las sie ein zweites Mal, sah nach dem Titel des Buches und las die angestrichene Stelle zum drittenmal; diesmal murmelte er die Worte, die er las, vor sich hin, wie ein Schüler der ersten Klasse, der noch Mühe hat, das gedruckte Wortbild in seiner Bedeutung zu erfassen:
«Der Psychotherapeut ist gefühlsmässig am Schicksal seines Patienten beteiligt; daraus entsteht die Gefahr einer zu lebhaften Gegenbindung an den Patienten. Das Verhältnis Arzt-Patient kann sich auf die Ebene einer Freundschaft verschieben; geschieht dies, so hat der Arzt sein Spiel verloren. Denn es darf nie vergessen werden, dass jede seelische Behandlung sich in Form eines Kampfes abspielt. Eines Kampfes zwischen dem Arzt und der Krankheit. Soll dieser Kampf siegreich enden, so darf der Arzt nicht helfender Freund, er muss dauernd Führer bleiben; dies wiederum ist nur möglich bei Innehaltung einer Distanz . . .»
Studer klappte das Buch zu . . .
Distanz!
Das hiess: drei Schritt vom Leib! dachte er . . . Wie macht man das? Man will helfen, aber man muss sich selber immer auf die Finger sehen, damit die Finger hübsch brav bleiben und nicht freundschaftlich tun . . . Studer schnaubte.
Was die Menschen doch alles fanden! Da gab es: Eheberater, bestallte Psychologen, Psychotherapeuten, Fürsorger; es waren erbaut worden: Trinkerheilanstalten, Erholungsheime und Erziehungsanstalten . . . All dies wurde eifrig und bürokratisch betrieben . . . Aber viel eifriger noch und weniger bürokratisch wurden fabriziert: Gasbomben, Flugzeuge, Panzerkreuzer, Maschinengewehre . . . Um sich gegenseitig umzubringen . . . Es war wirklich eine kohlige Sache um den Fortschritt . . . Man war human, mit dem Hintergedanken, sich so schnell als möglich aus der Welt zu schaffen . . . Chabis! Auf was für Gedanken man kam, wenn man eine Untersuchung in einer Heil- und Pflege-

anstalt zu führen hatte, wenn man sich also in jenem Reiche befand, in dem Matto regierte ...
Distanz!
Hatte Dr. Laduner immer Distanz gewahrt? Anscheinend nicht, warum hätte er sonst die Stelle angestrichen? Und während diese Gedanken durch seinen Kopf gingen, wollte der Wachtmeister das Buch an seinen Platz stellen. Aber es gelang ihm nicht. Er griff mit der Rechten hinter die Bücher, fasste einen weichen ledernen Gegenstand, erschrak ein wenig, zog ihn dann hervor ...
Da hatte man die Bescherung! ... Eine Brieftasche ... Eine Tausendernote ... Zwei Hunderternoten ... Ein Pass: «Name: Borstli. Vorname: Ulrich. Beruf: Arzt. Geboren: ...» Doch wozu weiterlesen? Es war klar, klar wie Quellwasser.
Unmöglich zu beantworten aber war die Frage, wie die Brieftasche des alten Direktors sich ausgerechnet hinter den Büchern des Dr. Ernst Laduner versteckt hatte.
Und da die Frage nicht zu beantworten war, beschloss Wachtmeister Studer, sich Zeit zu lassen. Er steckte die Brieftasche ein, ging ans Telephon und liess sich durch den Portier Dreyer mit dem kantonalen Polizeidirektor verbinden. Die Nummer des zweiten Arztes war ja rot und hatte somit Anschluss nach auswärts ...
— ... Studer solle nur ruhig in Randlingen bleiben, solange er es für nötig finde ... Im Büro sei er doch nicht zu brauchen. Ja, er habe erfahren, dass der Direktor Borstli tot sei ... So? Studer habe ihn gefunden? ... Eine blinde Henne finde manchmal auch ein Korn ... Das Signalement des Pieterlen? Ja, das habe er erhalten. Es sei schon telephonisch durchgegeben worden, und heute mittag komme es im Radio ... Wiederluege ... —

Der Entschluss, sich Zeit zu lassen, wurde an diesem Morgen zwei Belastungsproben unterworfen. Die dritte Belastungsprobe erfolgte erst am Nachmittag.
Nachdem das Summen des Staubsaugers verstummt war, kam Frau Laduner den Wachtmeister holen. Er könne jetzt ruhig in sein Zimmer gehen und etwas abliegen. Niemand werde ihn stören.
Als Studer den Sandsack aus seinem Koffer nehmen wollte, um ihn noch einmal zu untersuchen — denn im Laufe des Morgens hatte er gedacht, ein wenig zu mikroskopieren —, war der Sandsack verschwunden. Er hatte sich nicht zwischen der Wäsche verborgen — er war fort, verschwunden . . .
Das konnte vorkommen. Studer machte gute Miene zu bösem Spiel, legte sorgfältig den Inhalt seines Koffers auf den Tisch, fand auf dem Boden der Handtasche etwas körnigen Sand, der von nichts anderem als vom Sandsack herrühren konnte, sammelte ihn in eine Enveloppe und zeichnete diese.
Dann trat er ans Fenster und blickte über den Hof.
Der Ebereschenbaum mit den gelben Blättern . . . Sonst war der Hof grau und leer.
Und da hatte er die zweite Belastungsprobe zu bestehen:
Er sah zwei Männer mit weissen Schürzen, die ganz am Ende des Hofes eine Bahre trugen mit einem Sarg darauf. Er wartete, sie kamen wieder, betraten das U 1. Nach einer Weile traten sie heraus mit einem zweiten Sarg. Im Gleichschritt, ein wenig wiegend, gingen sie auf ein Gebäude zu, das am Ende des Hofes lag, in der Nähe des grossen Kamins, halb verdeckt vom Küchengebäude . . .
Letzte Nacht einen Toten . . . Diese Nacht zwei . . . Bohnenblust hatte recht behalten . . . Aber, war das nicht eine Sache, die das ärztliche Gewissen anging? . . . Schliesslich, nicht jede chirurgische Operation gelingt . . . Warum sollte

es bei seelischen Erkrankungen nicht auch einmal auf Leben und Tod gehen? ... Dr. Laduner hatte recht, was ging das einen Laien an? ...

Am besten, man legte sich etwas hin und dachte nach ... Sollte man vielleicht nach dem Gilgen schauen? Ihn trösten? ...

Studer schnellte auf ...

Das Mädchen machte gerade das Esszimmer.

«Loset, Jungfer!» rief Studer sie leise an. Und ob sie heut' morgen den Pfleger Gilgen direkt ins Arbeitszimmer geführt habe? — Nein. Er habe gesagt, er habe gestern nachmittag im Zimmer des Herrn Studer etwas vergessen, und sie habe ihn hingeführt ... Ob der Herr Wachtmeister etwas vermisse?

— Nei, nei ... Und es sei alles in Ordnung ...

Dann lag Studer wieder auf dem Bett und überlegte sich, was zu tun sei ... Den rothaarigen Gilgen ein wenig über Kreuzfragen rösten? ... Eine unangenehme Beschäftigung! ... Immerhin: Gilgen im Arbeitszimmer — und im Arbeitszimmer war die Brieftasche des Direktors hinter den Büchern versteckt ... Gilgen im Zimmer des Wachtmeisters — und der Sandsack verschwand, und nur einem Zufall war es zu verdanken, dass die erste Enveloppe — die mit dem Haarstaub — unversehrt zurückgeblieben war ...

Gilgen, der jeden Sonntag mit Pieterlen spazieren ging ... Was hatten die beiden auf ihren Wanderungen b'richtet? ... Aber Gilgen hatte Sorgen, Gilgen hatte eine kranke Frau in Heiligenschwendi ...

Es war merkwürdig, wie berufsunlustig man in der Atmosphäre einer Heilanstalt wurde ...

Vielleicht konnte man doch mikroskopieren gehen? ... Später! Vielleicht konnte man den Freund vom seligen Direktor besuchen, den Metzger und Wirt zum «Bären», Fehlbaum mit Namen, der jeden Abend die Einsamkeit des alten Herrn mit einem Dreier Wein gemildert hatte? ... Später, später ...

Der Assistent Dr. Neuville war etwas erstaunt, als gegen

elf Uhr vormittags der Wachtmeister Studer den Raum betrat, der als Apotheke diente, und sich bescheiden erkundigte, ob er nicht vielleicht ein Mikroskop benützen dürfe ...
— Aber natürlich! Selbstverständlich! Bitte! ... Entrez! ... Und als Dr. Neuville mit dem schwarzen Haar und dem Wieselgesicht auch noch festgestellt hatte, dass der Wachtmeister Studer das Französische gerade so gut beherrschte wie ein Genfer, war er von seiner neuen Bekanntschaft begeistert. Er rieb das Okular mit einem weichen Lederstückchen sauber, richtete Plättchen, sah erstaunt zu, als Studer zwei Enveloppen aus der Tasche zog und vorsichtig zwei Präparate machte. Der Wachtmeister schien mit dem Resultat zufrieden, er pfiff vier Takte des Brienzer Buurli, zündete dann umständlich eine Brissago an und fragte den Assistenten Neuville, ob er Lust habe, einen Bummel ins Dorf zu machen. Ein Apéritif könne nichts schaden.
Der Assistent Neuville war begeistert und sprach auf dem ganzen Wege. In seiner Eintönigkeit klang der Redefluss exakt wie das ewig gleiche Rauschen des Wasserfalls von Pisse-vache, obwohl dieser berühmte Wasserfall im Wallis strömte — aber Dr. Neuville ganz sicher aus Genf stammte ...
Es war nicht weiter interessant, was der Assistent zu erzählen hatte. Denn dass er von einer Sonntagsvisite berichtete, die er als jüngster Assistent mit dem Direktor hatte unternehmen müssen, und dass der Direktor auf der ganzen Strecke, vom Mittelbau bis zum U 1, auf dem Hof ... — Doch nein, es liess sich wirklich nur mit den französischen Worten des Assistenten Neuville umschreiben: «Il a, comment vous dire, il a ... oui ... il a ... eh bien, il a pété tout le temps ... Figurez-vous ça? ...»
Nun, das war humoristisch, es gab dem Bilde des alten Herrn einen etwas grellen Farbentupf, nichts weiter ...
Nichts weiter ... Doch, einige Skandalgeschichten. Der jüngste Assistent schien über alle zarten und derben Beziehungen in der Anstalt auf dem laufenden zu sein. Mit wem dieser Pfleger «ging» (und wenn er «ging» sagte,

so ...) und dass diese Pflegerin «facile» sei, während bei andern «rien à faire» war ...
Die Irma Wasem hatte früher nach Angaben des Assistenten zu den «faciles» gehört, zu den «leichten Tüchern», aber ihre Bekanntschaft mit dem Direktor habe sie in die zweite Kategorie versetzt ... Begreiflicherweise ... Aus dem Geschwätz ging eines klar hervor: Unter der Oberfläche ereignete sich allerlei, was in offiziellen Ansprachen besser unerwähnt blieb, in jenen festlichen Ansprachen, in denen sicher allein gedacht wurde: «der Aufopferung, mit der unser verdientes Pflegepersonal der leidenden Menschheit diente ...» Schwer zu rekonstruieren war solch eine Rede nicht. Bei ähnlichen Anlässen wurde den Fahndern auch erzählt, sie seien «die Hüter der Ordnung, die Beschützer des Staates und der Gesellschaft gegen die Übergriffe des Verbrechens und der Anarchie ...» und eine Stunde später fluchte der Redner schon wieder über die verdammten Schroter ... Das war der Welt Lauf ... Übrigens, ging vielleicht in Polizeikreisen nicht auch allerhand vor, von dem die Öffentlichkeit sich nichts träumen liess? ... Die Öffentlichkeit brauchte sich gar nichts träumen zu lassen, das war unnütz und schädlich ...
Studer ertappte sich auf nichtsnutzigen Gedanken. Das kam davon, wenn man von einer psychiatrischen Autorität schonungsvoll und mit viel Umschweifen aufgeklärt wurde, man sei nur deshalb zur Polizei gegangen, weil man verbrecherische Instinkte abreagieren müsse ... Aber, bitte! Warum war dann Dr. Laduner Psychiater geworden? Um der leidenden Menschheit zu helfen oder auch um abzureagieren? Was hatte Dr. Laduner abzureagieren? Hä? ...
Gut, dass man zum Metzger und Wirt Fehlbaum kam und bei ihm in einer mit weissem Holz getäfelten Stube, gemütlich hockend hinter glattgescheuertem Tisch, einen Wermut trinken konnte.
Er war gar nicht so dick, wie er eigentlich als Metzger und Wirt hätte sein sollen, der Herr Fehlbaum. Es stellte sich

heraus, dass er wirklich eine Stütze der Bauernpartei war und den Jungbauern — «dene Herrgottsdonnere!» — bei den letzten Gemeindewahlen einen Strich durch die Rechnung gemacht hatte.
Er war auch schlecht auf Dr. Laduner zu sprechen, weil der früher bei der Partei gewesen war. Und wie er das Wort «Partei» aussprach! Vielleicht sei er jetzt noch dabei. Auf alle Fälle habe er gegen den Willen des Direktors die Pfleger und Pflegerinnen der Anstalt organisieren wollen ... Es sei ihm zwar nicht gelungen. Die meisten hätten sich dem Staatsangestelltenverband angeschlossen, der, wie man ja wisse, Pfarrer und Lehrer gruppiere ... ja gruppiere ... also die staatserhaltenden Elemente. Während der Pfleger Jutzeler, der wie Dr. Laduner bei der Partei sei, versucht habe, die Angestellten zu organisieren. Zu or-ga-ni-sie-ren! ... Aber die meisten Pfleger seien eben religiös gesinnte Leute, die dieses Vorgehen streng verurteilt hätten ... Klassenkampf! In einer staatlichen Anstalt! ... Warum nicht gleich einen Pflegerrat? Hä? ...
Ja, er konnte reden, der Herr Fehlbaum, seine Stimme füllte die Stube, aber sie war doch ganz gut zu ertragen ... einschläfernd ... beruhigend ... Im Gemeinderat hatte der Wirt und Metzger sicher grossen Erfolg mit seinen Reden ...
— Letzthin, das heisst vor zwei Tagen, habe sich der alte Direktor noch beklagt, dass der Jutzeler die Wärter zu einem Streik habe aufreizen wollen wegen einer dunklen Geschichte: Ein Wärter habe verschiedenes gestohlen, und der Direktor habe den Wärter entlassen wollen, aber Dr. Laduner sei anderer Ansicht gewesen ... Wenn da nur nicht mehr dahinter stecke, als man meine! ... Der Tod des Direktors sei vielen Leuten allzu kommod gekommen, denn gerade mit der Streikgeschichte, da wäre der Dr. Laduner bös abgefahren, oha lätz! ... Nicht umsonst habe des Wirtes Fehlbaum Freund, der alte Direktor, gewissermassen seinen Schwager zum Maschinenmeister gemacht. Der habe den Eintritt in den Staatsangestelltenverband durchgedrückt! Jawohl! Gegen den Jutzeler ... Und ge-

heimnisvoll beugte sich Herr Fehlbaum vor und flüsterte: Er habe gehört, die Polizei sei schon in der Anstalt, um eine Untersuchung einzuleiten ... Ob Dr. Neuville nichts Näheres wisse? ...
Aber Dr. Neuville gähnte, er hatte kein Interesse an Politik, er hatte auch sonst nicht gerade viel Interesse, ausser vielleicht an ein wenig Klatsch ... Darum hatte er es auch wohl versäumt, den Wachtmeister vorzustellen. Nun musste Dr. Neuville aber doch plötzlich lachen, als Studer seinen Namen und Beruf nannte ... Der Wirt fuhr zurück, wurde höflich ... Als ihm aber noch mitgeteilt wurde, dass das die Untersuchung führende Polizeiorgan — übrigens sei der Tod des Direktors wirklich nur ein Unglücksfall gewesen — beim Dr. Laduner wohne, zog sich die Stütze der Bauernpartei gekränkt hinter seine Bierhahnen zurück ...
Darauf machte sich Studer mit dem Assistenten Neuville auf den Rückweg, um das Mittagessen nicht zu verpassen. Er fand bei sich, der Wermut habe sich bezahlt gemacht ...
Der Tisch war mittags besetzter als am Morgen. Neben Frau Laduner sass der Chaschperli und erzählte eine lange Geschichte von der Schule, die ziemlich verworren klang, aber sehr lustig zu sein schien, weil er dabei mit dem Suppenlöffel herumfuchtelte und laut lachte ... «Du hast es gut!» dachte Studer und begann zu essen.
Ihm gegenüber sass die Magd, die Jungfer, die heute morgen mit dem Staubsauger gesummt hatte ... Ja, sie sass am Tisch, sie ass nicht in der Küche, sie ass mit der Familie. Der Wachtmeister stellte es erstaunt fest. Und noch etwas fiel ihm auf: Zwei- oder dreimal während des Essens richtete Dr. Laduner das Wort an das Mädchen. «Anna», nannte er es. Und der Ton, mit dem er das Wort aussprach, unterschied sich in nichts vom Ton, mit dem er beispielsweise «Studer» oder «Blumenstein» oder «liebes Kind» sagte. Die Gleichheit der Menschen durch die Betonung der Namen zu unterstreichen — das war eigentlich ganz schön ...
Auch das Mittagessen verlief nicht ganz ohne Störung. Während alle mit dem Dessert beschäftigt waren, läutete

es draussen, Anna stand auf, kam wieder und meldete, der Herr Oberst Caplaun wünsche den Herrn Doktor dringend zu sprechen ... Studer wurde bleich, der Pflaumenkuchen schmeckte ihm plötzlich nicht mehr. Dr. Laduner aber schmiss seine Serviette auf den Tisch, brummte Bösartiges und verschwand durch die Tür des Nebenzimmers ...

Nachdem der Chaschperli das Zimmer verlassen hatte und auch das Mädchen fort war, erkundigte sich Studer mit belegter Stimme, was dieser Besuch zu bedeuten habe. Frau Doktor möge entschuldigen, wenn er aufdringlich sei, aber er nehme Anteil ... Während er sprach, dachte er fortwährend: «Der Feind ist in der Wohnung ...» Dabei kannte er den Herrn Oberst Caplaun kaum, in der Bankaffäre war damals alles hinter den Kulissen vor sich gegangen, Oberst Caplaun hatte sich nie gezeigt ...

«Ihr braucht Euch nicht zu entschuldigen», sagte Frau Laduner. «Es ist eine böse Sache, die sich mein Mann da eingebrockt hat. Er ist viel zu gut. Er will überall helfen.» Sie schwieg einen Augenblick. «Den Sohn habt Ihr ja gesehen, den Herbert Caplaun ...»

Studer nickte schweigend. Er lauschte dem Stimmengemurmel im Nebenzimmer. Fast ununterbrochen worgelte ein tiefer Bass. Dr. Laduners Stimme war selten zu hören.

Frau Laduner spielte mit ihrem Zwicker und starrte bedrückt aufs Tischtuch.

«Mein Mann hat den Herbert in die Analyse genommen, weil der Abteiliger Jutzeler ihn darum gebeten hat ... Seine Frau ist weitläufig mit der verstorbenen Frau des Obersten verwandt ... Der Herbert ist Musiker ... Aber er hat zuviel getrunken, nicht gut getan, der Vater hat ihn einmal wollen versorgen lassen, und nur schwer hat mein Mann ihn von der Notwendigkeit einer Kur überzeugen können. Mein Mann macht sie ganz umsonst, zum Teil auch als Übung ... nid wahr? ... Es sind komplizierte Sachen, derartige Analysen ... Gewöhnlich regen sich die Eltern der Patienten gruusig uuf ... Denn, nid wahr, alle Kindheitserlebnisse werden erzählt, und die Eltern haben ja gewöhnlich ein schlechtes Gewissen, wenn es sich darum handelt, ihre Erziehungssünden aufzudecken . . .»

Analyse? Kindheitserlebnisse? Es war also doch nicht ganz das, was Studer sich darunter vorgestellt hatte, beeinflusst von dem Buche, das ihm seinerzeit der Notar Münch gezeigt hatte . . . Der Oberst Caplaun? Was hatte der Mann, den der kantonale Polizeidirektor so gerne in Thorberg wissen wollte, was hatte der Mann in der letzten Zeit getrieben? Es war etwas durchgesickert von Viehexportgeschäften, von Volksbank . . . Aber niemals war der Herr Oberst zu fassen gewesen . . . Und jetzt sass er also im Nebenzimmer, seine Bassstimme wurde immer lauter, einige Worte waren zu verstehen: «. . . unverantwortliches Benehmen . . . Behörde . . .» Dann wurde die Türe aufgerissen.

Studers Gewissenskonflikt

Ein weisser Patriarchenbart, die Gesichtshaut von ungesunder Blässe und mitten im Gesicht eine rote Gurkennase mit vielen Knospen und Knösplein. Im Bartgestrüpp öffnete sich der Mund und brüllte:

«Sie dort . . . ja . . . Sie meine ich . . . Sie sind ein Vertreter der Behörde, habe ich gehört. An Sie wende ich mich speziell. Ich brauche Ihre Unterstützung . . . Das Benehmen dieses Herrn ist unqualifizierbar . . . Kommen Sie mit!»

Man konnte mit Studer schriftdeutsch sprechen — er hatte nichts dagegen; man konnte ihm sackgrob kommen — er zuckte die Achseln; der Polizeihauptmann konnte ihn ansingen, anpfeifen — Studer schwieg, grinste vielleicht innerlich . . . Aber eines machte ihn böse, fuchtig, renitent, und das war, wenn ihn jemand mit: «Sie dort . . . ja . . . Sie meine ich . . .» anredete. Dann konnte er sogar gefährlich werden . . .

Er stand auf, legte die Hände aufs Tischtuch — und kein

Mensch hätte ihm den einfachen Fahnderwachtmeister angemerkt, als er mit leiser Stimme höflich (und auch er bediente sich des Schriftdeutschen) fragte:
«Mit wem habe ich die Ehre?»
Der Herr Oberst mit dem Patriarchenbart schien nicht auf den Kopf gefallen zu sein. Blitzschnell hatte er erfasst, dass er sich im Ton vergriffen hatte, und gemütlich brummte er jetzt im tiefen Bass:
«Aber, Wachtmeister ... wie war doch Ihr Name ... Studer! ... ganz richtig! Studer! Also Herr Wachtmeister Studer, hören Sie einmal ... Ich bin doch ein alter Freund Ihres Vorgesetzten, des Polizeidirektors, und der hat Sie immer zu rühmen gewusst. ‚Der Studer', hat er gesagt, ‚der ist einer meiner besten Fahnder.'»
Merkwürdig, aber Studer lächelte nicht einmal. Der Herr Caplaun hatte also ganz den Kommissar an der Stadtpolizei vergessen, dem er das Genick gebrochen hatte. Natürlich, der Herr Oberst hatte andere Interessen ... Was war schon so ein kleiner Fahnder, wenn es um Sanierungen, Käseunion und andere wichtige Sachen ging! . . .
«. . . einer meiner besten Fahnder. Und Sie führen hier eine Untersuchung, habe ich beim Portier gehört? Dann werden Sie mir sicher eine Bitte nicht verweigern ... Mein Sohn, Wachtmeister, mein Sohn ist verschwunden . . .»
«Wird nid sy!» sagte Studer ehrlich erstaunt. Gestern nachmittag hatte der Herbert Caplaun noch auf dem Ruhebett gelegen, und Tränen waren ihm über die Backen gerollt ... Und heute sollte er verschwunden sein?
«Wollen wir die Sache nicht in Ruhe besprechen?» worgelte der tiefe Bass. «Kommen Sie mit, Wachtmeister, wir gehen zusammen ins Dorf, ich muss bald auf den Zug . . .» — die typische Geste, mit der beschäftigte Herren die Uhr aus dem Gilettäschli ziehen —, «aber ich habe noch etwas Zeit. Wir können dann die zu unternehmenden Schritte festlegen. Wenn ich mich Ihres Beistandes versichert habe, werde ich beruhigt sein ... Denn das Herz eines Vaters ... Ah, guete Tag, Frau Doktor!» Der Herr Oberst schien plötz-

lich die Anwesenheit Frau Laduners bemerkt zu haben. Er verbeugte sich, und die Verbeugung war steif. Frau Laduner nickte schweigend.
«Also, wie gesagt, Herr Wachtmeister, wollen Sie mitkommen?»
Studer blickte auf Frau Laduner, die ihren Zwicker aufgesetzt hatte und den Wachtmeister gleichfalls anblickte; sie kniff ein wenig die Lider zusammen, und die Haut an der Nasenwurzel war gerunzelt ...
«Plaisir d'amour ne dure qu'un moment ...»
... Sie hatte eine schöne Altstimme, die Frau Laduner, und sie hielt zu ihrem Manne ...
«Nun?» fragte der Oberst.
«Ich glaube, es wäre opportun», sagte Studer, «wenn der den Fall behandelnde Arzt bei unserer Besprechung zugegen wäre. Falls er es als wünschenswert erachtet, dass der Herr Oberst vorläufig den Aufenthalt seines Sohnes nicht erfährt, so ...» Handbewegung: «dann kann man nichts machen ...»
«Opportun? Solch eine Frechheit!» klang es entrüstet in tiefstem Bass. Frau Laduner lächelte, und das Lächeln stand ihr so gut, dass Studer am liebsten die Hand der Frau Doktor zwischen seine Hände genommen und getätschelt hätte — zur Beruhigung gewissermassen ... Aber er tat dies nicht, sondern sagte trocken:
«Bitte, wenn Sie so gut sein wollen ...» und machte eine einladende Bewegung nach der offenen Tür des Arbeitszimmers ... Oberst Caplaun zuckte mit den Schultern. Er trat ins Nebenzimmer, Studer folgte ihm. Dr. Laduner sass auf der Kante des flachen Schreibtisches. Gegen die grelle Weisse des Fensters war seine Silhouette schmal.
Er stand auf, deutete auf zwei Lehnstühle und setzte sich dann auf das Ruhebett.
Studers Blicke wanderten zwischen den beiden Männern hin und her.
Welcher Gegensatz!
Der eine, in hellem Flanellanzug, hatte das linke Bein über

die gefalteten Hände geschlagen, die auf dem Schenkel des rechten ruhten. Kornblumenblau war der lasche Knoten des Selbstbinders zwischen den Spitzen des ungestärkten Hemdkragens. Der andere lag zurückgelehnt in seinem Lehnstuhl, hatte die behaarten Hände auf die Armstützen gelegt und den Kopf Studer zugewandt; so sah man den hohen steifen Umlegekragen, in dem eine schwarze, kleine Masche steckte. Er trug einen dunklen Schwalbenschwanz, dunkle Hosen ohne Bügelfalte und ohne Umschlag über den hohen schwarzen Schnürschuhen ... Eine Ähnlichkeit mit dem verstorbenen Direktor war unverkennbar.

Der Herr Oberst wandte sich ausschliesslich an den Wachtmeister:

«Wenn man wie ich auf ein Leben eiserner Pflichterfüllung im Dienste des Gemeinwohls zurückblicken kann, wenn man, wie ich, mit ruhigem Gewissen sagen kann, dass man für seinen einzigen Sohn die schwersten Opfer gebracht hat, um ihn auf den rechten Weg zu geleiten, wenn man, wie ich, in Ehren weiss geworden ist und es erleben muss, dass der Name, den man trägt, von einem missratenen Element in den Schmutz gezogen wird, dann kann man es nicht genug verurteilen, wenn ein Arzt, ein Seelenarzt, die Partei des Sohnes gegen den Vater ergreift ...»

Studer schnitt ein Gesicht, als ob er Zahnweh habe. Dr. Laduner beugte sich vor, schien etwas sagen zu wollen, gab die Absicht auf, zog die Hände zwischen den übergeschlagenen Beinen hervor und zündete sich eine Zigarette an. Oberst Caplaun nahm ein ledernes Etui zur Hand, und das Inbrandsetzen der Zigarre war eine heilige Handlung ... Studer zündete eine Brissago an ... Die Temperatur des Zimmers schien nahe dem Nullpunkt zu sein ...

«Ich habe eingewilligt», sagte Oberst Caplaun, «dass mein Sohn, der mir nur Kummer bereitet hat, dessen Leichtsinn seiner Mutter ein frühes Grab geschaufelt hat, der mir durch seine Bosheit seit fünfundzwanzig Jahren zu schaffen macht ...»

«Sie müssen, um klar sehen zu können, zwei Dinge wissen,

Studer: Herberts Mutter ist gestorben, als der Bub sechsjährig war, das wäre das eine. Und das zweite: Herbert ist jetzt neunundzwanzig Jahre alt . . . Seit fünfundzwanzig Jahren, sagt der Herr Oberst . . .»

«Ich verbitte mir jegliche Ironie!» brauste der Oberst auf.

Laduner schwieg.

«Herr Dr. Laduner hat sich seinerzeit an mich gewandt und mich angefleht, ihm meinen Sohn in Behandlung zu geben — in die ‚Analyse', wie er sagte . . .» Das Wort «Analyse» sprach er aus, als ob es zwischen sechs Anführungszeichen stünde . . . «Er versprach mir, alle Verantwortung zu übernehmen und mich dadurch zu entlasten. Zuerst erwies sich eine kurze Internierung als notwendig. Ich hätte sie länger gewünscht, aber da Herr Dr. Laduner die Verantwortung zu übernehmen gewillt war, hatte ich nichts einzuwenden. Aber, wie hat er diese Verantwortung gehandhabt? Mein Sohn ist ein Säufer, Wachtmeister, ich sage dies mit blutendem Vaterherzen, er ist aus der Art geschlagen, daheim hatte er immer das leuchtendste Beispiel vor Augen . . .»

Studers Blick sass so auffällig und fest auf der knospend roten Gurkennase, dass der Oberst den Blick nicht gut ignorieren konnte. Er räusperte sich und sagte, merklich weniger pathetisch und schier entschuldigend:

«Es ist eine Hautkrankheit . . .» wozu er mit dem Finger auf seine Nase deutete.

«Ge—wiss!» bekräftigte Dr. Laduner mit todernster Miene.

«Ähämhäm», sagte der Oberst und sog an seiner Zigarre. Er verzog das Gesicht, als sei der Rauch bitter. «Was ich sagen wollte . . . Mein Sohn Herbert hat sich verpflichtet, während der Dauer der . . . ‚Analyse' . . . hier im Dorfe Randlingen bei einem Gärtner zu arbeiten, sich des Alkohols zu enthalten und fleissig in die . . . häm . . . Analyse zu gehen. Er hat mir dies in die Hand versprochen, obwohl er mein Vertrauen bitter getäuscht hat, schon oft . . . Und was muss ich erfahren, wie ich heute nach Randlingen komme und meinen Sohn besuchen will? Dass er seit einer

Woche sein Zimmer aufgegeben hat, dass er nur noch unregelmässig arbeitet ... Niemand weiss, wo er wohnt, und Herr Dr. Laduner verweigert mir jede Auskunft über den Aufenthaltsort meines Sohnes. Und als ich mich mit angstvollem Vaterherzen an den Herrn Doktor wende, was sagt mir der Herr? Was hat er die Stirne ...»

«Dass Aufregung unnötig sei, da ich ja die Verantwortung zu tragen hätte ...»

«Ich bitte Sie, Herr Studer, ist das eine Antwort? Wobei Sie nicht vergessen dürfen, dass sonderbare Dinge in der Anstalt Randlingen vorgehen. Der Herr Direktor, ein alter Freund von mir, der mir in einem vertraulichen Moment seine Zweifel, seine durch lange Erfahrung begründeten Zweifel an der modernen Behandlungsmethode des Dr. Laduner ausgedrückt hat, der Herr Direktor ist tot ... Wie ist er gestorben? ... Geheimnis, das Sie wohl berufener sind als ich, aufzuklären ... Ich denke mir, Dr. Laduner wird durch diese neue Situation sicher nicht mehr die Musse finden, sich meinem Sohne so zu widmen, wie er es sicher gerne möchte, ich komme und biete ihm an, ihm die Verantwortung tragen zu helfen, ich biete ihm die Hand ... Was antwortet mir der Herr Doktor? ...»

Armer Herbert Caplaun, dachte Studer, wenn er nicht hat zurechtkommen können auf der Welt, so ist das weiter nicht erstaunlich bei dem Vater! Und Mitleid für den verpfuschten Herbert ergriff ihn ...

«Was antwortet mir der Herr Doktor? Ich möge die Kur, die sich gut anlasse, nicht mutwillig unterbrechen ... Und ich bitte Sie, worin besteht die Kur? ... Die ‚Aanalyse'? Dass der verdorbene Bursche die grössten Lügen über seinen Vater erzählen darf — Sie dürfen mir glauben, ich habe Erkundigungen eingezogen, bei Fachleuten —, dass er sich als Märtyrer gebärdet ... Und dies alles mit besonderer Erlaubnis eines Seelenarztes ...»

«Ich möchte Sie auf eines aufmerksam machen, Herr Oberst, ich bin stellvertretender Direktor, und die Zeit, die

ich Ihnen widmen kann, ist beschränkt . . .» Blick auf die Armbanduhr.
«O ja, ich werde zum Schluss kommen. Ich habe Herrn Wachtmeister Studer nur eines zu fragen: Gedenkt er den mysteriösen Unglücksfall, dem der langjährige Direktor dieser Anstalt, mein Freund Ulrich Borstli, zum Opfer gefallen ist, gewissenhaft aufzuklären, oder ist er gewillt, sich von Herrn Dr. Laduner, dem stellvertretenden Direktor» (die beiden Worte klangen besonders giftig) «so beeinflussen zu lassen, dass er seine Untersuchung in eine Richtung lenkt, die einer Vertuschung gleichkommen würde . . . Oder ist er gewillt, nach bestem Wissen und Gewissen . . .»
Pause. Dem Herrn Oberst schien plötzlich etwas eingefallen zu sein, denn er beugte sich vor, musterte Studer aufmerksam mit seinen grossen, rotgeäderten Augen — die Iris war von einem unangenehmen Blau, wie bei einer siamesischen Katze —, nickte dann, als sei ihm etwas eingefallen, und mit ganz sanfter Stimme fuhr er fort und senkte seine Blicke nicht mehr:
«Hören Sie, Herr Wachtmeister Studer, ich erinnere mich jetzt an Sie. Es ist Ihnen einmal bitteres Unrecht geschehen. Aber es waren damals so grosse Interessen im Spiel, dass ich unmöglich anders handeln konnte . . . Wollen wir zu einer Einigung gelangen? Ich lasse Ihnen Ferien geben, Sie suchen meinen Sohn, dessen Verbleib ein gewisser Seelenarzt mir nicht verraten will, und Sie beruhigen ein schmerzendes Vaterherz. Die Untersuchung hier werde ich in andere Hände legen lassen — übrigens, geht das an, dass Sie bei einem Arzte wohnen, der an den Vorkommnissen beteiligt ist? —, in die Hände eines Unvoreingenommenen . . . Finden Sie meinen Sohn, so werde ich mein möglichstes tun, Ihnen Ihren weitern Lebensweg angenehm zu gestalten. Sie wissen, ich bin nicht ohne Einfluss . . .» die Rechte fasste den Bart am Kinn und liess ihn sanft durch die geschlossene Hand gleiten, «und Sie können versichert sein . . . Nun?»
Schweigen. Erwartungsvolles Schweigen. Dr. Laduner

blickte angestrengt auf seine Knie. Studer seufzte. Das war gar nicht so einfach ... Diese Irrenhausgeschichte war eine ganz verkachelte Angelegenheit, war es nicht wirklich besser, man liess die Finger davon? ... Gefühle! Mit Gefühlen kam man nicht weiter, auch wenn sie verlockende Formen annahmen wie etwa: der ältere Bruder, der seinen Benjamin schützen will ... Einmal schon hatte es einem den Kragen gekostet, weil man dem Herrn Obersten zu nahe getreten war ... Noch einmal von vorne anfangen? ... Mit fünfzig Jahren? ... Das wollte überlegt sein. Studer sog angestrengt an seiner Brissago, behielt den Rauch lange im Munde, stiess ihn nur widerwillig aus ...

Einerseits: Man gab die Untersuchung auf, überlieferte die Brieftasche (schade, dass man den Sandsack nicht mehr hatte) zusammen mit den Beobachtungen über Pieterlen und den nächtlichen Ausflug Dr. Laduners in den Sous-sol-Gang vom R seinem Nachfolger, widmete sich dem Auffinden Herbert Caplauns ... Dann war man gedeckt, ja ‚gedeckt'. Dann ging man in mindestens fünf Jahren als Polizeileutnant in Pension ... Gut und schön, und die Frau würde sich freuen. Den Herrn Obersten würde niemand nach Thorberg bringen, trotz des kantonalen Polizeidirektors frommem Wunsche ... Anderseits, man half dem Dr. Laduner, man gewann nichts dabei, im Gegenteil, man konnte sich wüscht blamieren, man hatte dann den Herrn Obersten auf dem Buckel.

«Nun?» fragte Caplaun zum zweiten Male.

Polizeileutnant ... Pension ... Gratifikation ... Gratifikation! ... Der Oberst war reich ...

Aber da war zuerst die Anrede: «Sie dort ... ja ... Sie meine ich ...» und die Bankaffäre ... Und da war zweitens ein Lied, das begann: «Plaisir d'amour...» und ein anderes, das die gleiche Stimme gesungen hatte: «Si le roi m'avait donné Paris sa grand' ville ...» Warum gaben die zwei Lieder den Ausschlag? Oder die Frau, die sie gesungen hatte? Logisch lässt sich ein Entschluss nie erklären ...

Genug, Studer sagte plötzlich und wandte sich an Dr. Laduner:
«Wissen Sie, wo sich der Herbert aufhält?» Er vergass sogar das «Ihr».
Laduner nickte schweigend.
«Dann», sagte Studer, stand auf und reckte sich. «Dann muss ich leider das freundliche Anerbieten des Herrn Obersten ablehnen . . .»
«So . . . gut . . . ich verstehe . . . Ich werde die Konsequenzen zu ziehen wissen . . .»
Am liebsten hätte Studer dem Herrn Obersten geantwortet, er könne ihm in die Schuhe blasen. Aber das schickte sich nicht. So verbeugte er sich nur. Dr. Laduner erhob sich, öffnete die Tür . . .
Wie klein war doch der Herr Oberst! . . . Er hatte kurze Beine, die ein wenig nach aussen gebogen waren. Draussen setzte er einen Panamahut mit rotweissem Band auf, hing einen Regenschirm an seinen Arm und verschwand ohne Abschied durch die Gangtür. Der Panamahut und der Regenschirm! dachte Studer. Sie vervollständigten noch das Bild des Mannes.
«Isch er furt?» fragte Frau Laduner. Sie war bleich. Und ob der Wachtmeister bleibe. Sie schien gehorcht zu haben.
«Studer bleibt bei uns», sagte Laduner kurz und blickte in eine Ecke. «Ich schick' ihn dir zum Tee hinauf. Du kannst ihm dann etwas vorsingen, Greti, er hat's verdient . . .»
Studer sah den Arzt mit offenem Munde an . . . War das ein Zufall, oder konnte der Herr Psychiater Gedanken lesen? Laduner zog seinen Rock aus, holte draussen seinen weissen Arztmantel.
«Kommen Sie, Studer, ich will Ihnen etwas zeigen . . .»
Als sie über den Hof gingen, fühlte Studer plötzlich Laduners Hand, die seinen Oberarm packte und drückte. Dann liess der Druck nach, doch die Hand blieb. Und so, sanft geführt, legte Studer den Weg zurück bis zur Tür des U 1.

Er fürchtete die Facettenaugen nicht mehr, er beugte auch nicht den Kopf, als er unter dem Fenster vorbeiging, aus dem, nach Schüls Behauptung, Matto vorschnellte und zurück ... Studer war zufrieden ... Schliesslich, ein Dank braucht ja nicht immer in Worten ausgedrückt zu werden ... Man kann sich auch sonst verständigen ...

Lieb und gut

«Hier morde ich also meine Patienten», sagte Dr. Laduner und schloss die Türe zum U 1 auf. «Aber nicht meine Opfer will ich Ihnen zeigen, sondern etwas anderes ...»
Ein kahler Saal. Holztische, alt, rauh, fettig. Niedere Bänke ohne Lehne. Eine Tür stand offen gegen den Garten. Man war im Parterre.
An den Tischen sassen Männer und zupften an verfilzten Rosshaaren. Ihre Augen waren leer. Manchmal schnellte einer auf, tat, als ob er eine Fliege fangen müsse, sprang hoch in die Luft, kreischte, fiel zu Boden. Ein anderer schlich um Studer herum, näherte sich, seine Augen waren starr, und dann begann er mit flüsternder Stimme und in ganz selbstverständlichem Tone so unglaubliche Obszönitäten zu erzählen, dass Studer unwillkürlich zurückwich. Manche plapperten, es gab eine kleine Schlägerei, die von einem Manne in weissem Schurz besänftigt wurde. «Schwertfeger!» rief Dr. Laduner. Der Mann im weissen Schurz kam näher. Er war klein, mit gut entwickelten Armmuskeln und sah wie ein Melker aus ...
«Das ist der Abteiliger vom U 1», stellte Laduner vor. «Und vom Wachtmeister Studer habt Ihr schon gehört? Bringet mir den Leibundgut ...»
Er zog Studer zur Gartentür, trat hinaus.
«Das wird dann noch geändert», sagte er und zeigte in den Saal zurück. «Frisch gestrichen: bunte Bänke hinein, Bilder

an die Wände ... Aber man kann nicht alles auf einmal machen lassen. Übrigens, Studer, wenn ich Ihnen nun den Leibundgut vorstelle, so geschieht es nur, um Ihnen den Fall Caplaun deutlich zu machen ... Sie werden mich schon verstehen ... Ich habe Vertrauen zu Ihnen, Studer ... Leibundgut — im Dialekt spricht man es aus wie ‚lieb und gut' ...»
Sie gingen um ein vertrampeltes Rasenstück, kamen zu einem Brünnlein, das Wasser stotterte. Die Blätter der Ahornbäume waren traurig, und die Sonne, zwischen Wolken, schien sehr heiss ...
Schwertfeger kam mit einem Mann zurück, der ein verzerrtes Maul hatte. Und seine Augen blickten so grauenhaft angstvoll, dass es Studer fröstelte.
«Guete Tag, Liebundgut», sagte Laduner freundlich. «Wie gaht's Ihne?» Man sah, dass der Mann sich Mühe gab, zu antworten. Die Lider klappten, der Mund arbeitete, aber er brachte nur ein rauhes Stammeln hervor.
Er nahm Laduners Hand, liess sie wieder los. Plötzlich bückte er sich, legte die Hände flach auf den Kies, und so, auf allen vieren, sprach er in den Boden hinein.
«Danke, Herr Doktor», sagte er. Rauh war die Stimme, aber doch deutlich. «Es geit vill besser. Chan i bald wieder hei?» Er stiess sich mit den Händen ab, stand aufrecht und blickte erwartungsvoll in Laduners Gesicht.
— Ob er es denn hier nicht besser habe als daheim bei den Brüdern? fragte Laduner.
Der Mann besann sich, liess sich wieder auf alle viere nieder, und in dieser Stellung sagte er, mit der gleichen rauhen Stimme, er wolle die Freiheit, denn er müsse doch im Stalle arbeiten.
«Noch ein wenig Geduld, Leibundgut; Ihr müsst zuerst ganz gesund werden und sprechen können wie andere Leute auch.»
Trauriges Kopfschütteln. Dann kam die Antwort, wieder gegen den Boden gesprochen, auf allen vieren: Das werde er nie mehr können.

«Geht an die Arbeit», sagte Laduner freundlich. Und der Mann ging fort, mit gesenktem Kopf.
Laduners Gesicht war traurig. Er fasste Studer wieder am Arm und zog ihn zu einer Bank.
«Leibundgut Fritz, aus Gerzenstein, dreiundvierzig Jahre alt. Bewirtschaftet zusammen mit drei Brüdern ein mittelgrosses Heimetli ... Er ist der Schwächste, nicht sehr gescheit. Aber gutmütig. Die Eltern sind gestorben. Die vier Brüder sind Junggesellen geblieben ... Fritz muss schaffen, er ist nicht faul, aber er ist so gutmütig, dass er nie Geld verlangt, nie ins Wirtshaus geht, sondern immer daheim hockt. Sicher hat er nie eine Liebschaft gehabt. Die Brüder sind Sonderlinge. Sie quälen ihn nicht gerade, aber sie tyrannisieren ihn. Er lässt sich alles gefallen. In einer Winternacht vor sieben Monaten kommen sie zu dritt angeheitert heim. Fritz hat den Stall nicht ganz sauber geputzt. Sie holen ihn aus dem Bett, prügeln ihn, schmeissen ihn in den Brunnentrog, ziehen ihn wieder heraus, schlagen ihn noch einmal, lassen ihn dann liegen. Als er später ins Haus kriechen will, ist die Türe versperrt. Er bleibt die ganze Nacht draussen. Da er robust ist, wird er nicht krank. Aber von diesem Tage an kann er zu niemandem mehr sprechen, wenn er auf zwei Beinen ‚aufrecht' steht. Er kann erst sprechen, wenn er sich gegen den Boden neigt und auf allen vieren hockt. Er ist sonst nicht geisteskrank, nur eben, er kann nicht mehr sprechen, wenn er aufrecht steht ... Es ist doch klar, was der Mann in einer simplen Bildersprache ausdrücken will: Ihr habt mich wie einen Hund behandelt, also bleibe ich ein Hund ... Ich rede nur, wenn ich auf allen vieren bin. — Klar! Nicht? — Und das Merkwürdigste ist, dass wir den Mann in den nächsten Tagen entlassen werden, ungeheilt natürlich. Die Brüder weigern sich, weiter für ihn zu zahlen; der Älteste hat mir gesagt, es sei ihm ganz gleich, wenn der Fritz aufrecht nicht sprechen könne, wenn er nur ‚wärche' ... Und der Leibundgut Fritz ist fleissig. Er hat nichts dagegen, zu seinen Brüdern zurückzukehren. Die Freiheit ist ihm wichtiger als ein gutes

Bett und eine anständige Behandlung ... Denn die Brüder sind Menschen und keine Verrückten. Und die Menschen, das wissen Sie ja, die Menschen sind ...» — und Laduner wiederholte das Wortspiel — «die Menschen sind — lieb und guet ...»

Schweigen. Laduner drehte ein gelbes Ahornblatt zwischen Daumen und Zeigefinger. Er starrte auf den Holzzaun, der den Garten des U 1 begrenzte.

«Nicht nur der Körper kann verbogen werden, auch die Seele. Den Herbert Caplaun soll ich auch geradebiegen. Er kann nur auf allen vieren überlegen, handeln, denken, fühlen ... Früher hat man die Leute zur Strafe krumm geschlossen. Die Seele des Herbert Caplaun ist in der Jugend krumm geschlossen worden ... Mehr kann ich Ihnen nicht sagen ... Sie haben ja den Herrn Obersten gesehen ... Und dann ist alles andere nicht schwer zu verstehen ... Beim Herbert Caplaun gebe ich mir Mühe, weil ich glaube, ich könne wirklich etwas wieder gutmachen ... Durch Sachlichkeit. Bei Leibundgut kann ich nichts ändern. Es ist gefährlich, zuviel ändern zu wollen. Die Seelen, die uns zugeführt werden, sind oft nicht anders als verrumpfelte Kleider ... Und ich habe mir oft vorgestellt», meinte Laduner mit einem schwachen Versuch, zu scherzen, «wir seien eine grosse Dampfbügelanstalt ... Wir dämpfen die Seelen auf ...»

Schweigen. Das Brünnlein stotterte laut.

«Der Herbert Caplaun», sagte Dr. Laduner sorgenvoll.

Und Studer war es, als liege aufgeschlagen auf seinen Knien ein Buch. Er las mühelos:

«... ist gefühlsmässig am Schicksal seines Kranken beteiligt. Daraus entsteht die Gefahr einer zu lebhaften Gegenbindung an den Patienten ...»

Wissenschaftlich formuliert! Der Ausspruch wirkt überzeugend.

Aber wie machte man das in der Praxis?

Gegenbindung! Ein prägnantes Wort! ...

Aber wie kam man gegen das Gefühl auf?

Studer fragte nicht, sondern starrte auf den körnigen Kies, den die Sonne beschien.
Und doch hätte Studer vieles fragen wollen:
«Was machten Sie im Gang des R in der Nacht vom Mittwoch auf den Donnerstag? Was wissen Sie vom Verbleib des Demonstrationsobjektes Pieterlen, und wo haben Sie den Herbert Caplaun versteckt?»
Aber der Wachtmeister schwieg. Er kam sich vor wie ein Bankdirektor, der, schweren Herzens und nur aus Mitleid, einem guten Freunde einen hohen Kredit gewährt hat und nun schlaflose Nächte verbringt, weil er nicht weiss, ob der Freund solvent ist oder vielleicht nächstens den Konkurs ansagen wird . . .

Einbruch

Später dachte Studer oft, nichts sei verwirrender, als wenn man an einem Fall persönlichen Anteil nehme. Hätte er, während der Unterredung mit dem Obersten Caplaun, nicht immer an den Entschluss gedacht, den er würde fassen müssen, so wäre ihm ein Satz aufgefallen: Der Oberst hatte ihn nebenbei ausgesprochen, aber er gab so deutlich den Schlüssel des ganzen Geschehens, dass man wahrhaftig blind sein musste, um diesen Passepartout nicht zu gebrauchen . . .
So verbrachte Studer eine schlaflose Nacht, weil er beschlossen hatte, sich Zeit zu lassen; aber seine Gedanken liessen ihm keine Ruhe . . . Gedanken! . . . Es waren eher Bilder, die abrollten, verworren und ohne rechten Zusammenhang, und sie ähnelten einem jener modernen französischen Filme.
Am quälendsten aber war die Handharpfe, die spielte . . .
Sie begann gedämpft gegen elf Uhr, und es liess sich nicht feststellen, woher die Töne kamen. Bald spielte sie ganz leise und fast ohne Begleitung der Bässe: «Im Rosengarten von Sanssouci . . .», einen alten Tango, und dann: «Irgend-

wo auf der Welt gibt's ein kleines bisschen Glück, irgendwo, irgendwie, irgendwann ...», ein schluchzendes Stück ...
Manchmal war Studer überzeugt, der unsichtbare Musikant müsse gerade über seinem Zimmer spielen, er wollte aufstehen und nachsehen, aber dann blieb er doch liegen ... Immer wieder schien es ihm, dass in dem vorliegenden Fall mit den gewohnten kriminalistischen Methoden nichts auszurichten sei, dass man stillhalten und auf den Zufall warten müsse ...
So lauschte Studer dem geheimnisvollen Handharfenspiel (er war übermüdet: die schlaflose Nacht und die vielen fremdartigen Eindrücke) — und es war nicht zu vermeiden, dass ihm schliesslich doch wieder Pieterlen einfiel, der an der Sichlete zum Tanz aufgespielt hatte und nachher verschwunden war mitsamt seinem Instrument.
Und noch etwas plagte Studer in dieser Nacht: Er hatte am Nachmittag den Pfleger Gilgen aufsuchen wollen, aber der hatte Ausgang gehabt.
Endlich brach der Morgen an, ein früher Herbstmorgen mit Regenrieseln, grauem Nebel und feuchter Kälte. Studer konnte sich nicht entschliessen, Dr. Laduners Wohnung zu verlassen. Es war der für das Begräbnis des alten Direktors festgesetzte Tag. Im Mittelbau war Hochbetrieb, wenn man dies so nennen durfte, und als einmal Studer den Versuch machte, das Stiegenhaus zu betreten und die Stufen hinunterzusteigen, machte er auf dem Absatz über dem ersten Stock halt. Damen in schwarzen Schleiern standen in der offenen Tür jener Wohnung, in der ein alter Mann zusammen mit der Einsamkeit gehaust hatte, Herren in schwarzen Gehröcken gingen hin und her, es roch nach Blumenkränzen — Studer trat den Rückzug an. Frau Laduner hatte verweinte Augen, als er ihr im Gang begegnete — ging ihr der Tod des alten Direktors so zu Herzen? Studer wagte nicht, zu fragen ... Er hockte in seinem Zimmer, sah über den grauen Hof und verwünschte auf einmal seine Starrköpfigkeit, die ihn daran gehindert hatte, das Angebot des Herrn Obersten anzunehmen ...

Auch am Nachmittag im Arbeitszimmer wagte er die Frau nicht zu fragen, weswegen sie am Morgen geweint habe. Dr. Laduner war zur Beerdigung gegangen, es war ungefähr ein Viertel vor drei; vor zehn Minuten etwa hatte sich der Trauerzug vor dem Eingangsportal versammelt. Viele Autos waren vorgefahren.

Dann war der Leichenzug davongefahren, die Leidtragenden hatten sich versammelt, es war eine lange, schwarze Schlange, und sie kroch dahin unter einem Wolkenhimmel, der blendete wie weissflüssiges Eisen. Hinter den dunklen Fussgängern krabbelten die Autos wie riesige, erschöpfte Käfer.

Frau Laduner hatte einen grossen Korb voll Flickwäsche vor sich stehen und war gerade daran, ein Loch in der Ferse eines Männersockens zu stopfen ... «Die Aufsichtskommission ist auch gekommen», sagte sie, und ihre Augen lächelten hinter den Zwickergläsern.

— Die Aufsichtskommission, die hätte sich Studer doch ansehen müssen. Ein Pfarrer sei dabei, dessen Gesicht eigentlich nur aus einem Mund bestünde, einem ungeheuren Mund, so dass er aussehe wie ein roter Frosch. Er vertrete manchmal am Sonntag den Anstaltspfarrer, und einen Übernamen habe er auch: Pfarrer Veronal werde er genannt, nach einem bekannten Schlafmittel, weil immer dreiviertel seiner Zuhörer bei seinen Predigten einschliefen. Der kleine Gilgen habe sogar einmal gemeint, man könne vielleicht den Herrn Pfarrer versuchsweise bei den Schlafkuren gebrauchen; da man ja an allem spare, so könne man auch die teuren Medikamente durch Predigten ersetzen ... Die kämen billiger ... Dann gehöre zur Kommission ein ehemaliger Lehrer, der die Schutzaufsicht führe über entlassene Sträflinge und entlassene Patienten, und der wahrscheinlich nur deshalb so schwerhörig sei, weil aus seinen Ohren lange Haarbüschel wüchsen ... Auch die Frau eines Nationalrates sei dabei, eine freundliche, gescheite Dame, die immer die andern in Verlegenheit brächte, weil sie nach jedem Rundgang durch die Anstalt frage: wozu eigentlich eine Aufsichtskommission gewählt worden sei? Damit die Herren ein Taggeld einstreichen könnten? Es ginge alles wunderbar ohne die Kommission ... Dann stelle sich der Fürsorgebeamte extra schwerhörig und frage zwei- oder dreimal: «Wie me-inet I-i-hr?» ...

Die Klingel des Tischtelephons schrillte.

— Ach, Herr Studer solle doch antworten, sie sei so faul, sagte Frau Laduner. Und Studer stand auf, nahm den Hörer von der Gabel und fragte gemütlich: «Ja?»

Die Stimme des Portiers Dreyer ... — Wer am Apparat sei?

«Studer!»

— Der Wachtmeister solle sofort kommen, es sei in der Verwaltung eingebrochen worden ...

«Was?» fragte Studer erstaunt. «Am heiter hellen Tage?»

«Ja», und der Wachtmeister solle gleitig achecho. Es pressiere ...

«Wird nid sy ...» sagte Studer gemütlich, legte den Hörer sanft auf die Gabel und meinte zu Frau Laduner, er müsse schnell ins Parterre, der Portier wolle gern etwas wissen ... Es sei ein Donners Gstürm ... Und ging mit langsamen Schritten zur Tür hinaus, verfolgt von Frau Laduners misstrauischen Blicken.

Er schloss die Gangtüre hinter sich und sprang die Treppen hinab. Er nahm drei Stufen auf einmal und langte ein wenig atemlos im Parterre an.

Der Portier Dreyer, aufgeregt und bleich — noch immer war seine linke Hand verbunden —, empfing ihn am Fusse der Treppe, packte ihn am Arm ...

Im Gang rechts, der zu den Frauenabteilungen führte, stand eine Tür offen. Dreyer schob den Wachtmeister in den Raum. Ein ältliches Fräulein mit zerrauften Haaren lief rund um den Doppelschreibtisch, lief immer im Kreise und gemahnte Studer an eine Katze, der man Baldriantropfen auf die Nase gespritzt hat.

«Hier!» sagte der Portier.

Im anstossenden kleineren Zimmer (es war offenbar das

Privatbüro vom Herrn Verwalter) stand der Kassenschrank offen. Akten lagen darin. Studer trat näher ...
Das ältliche Fräulein hatte seinen Rundlauf unterbrochen, es trat herzu und begann zu klagen.
Mein Gott! Wie schrecklich das sei, der Herr Verwalter sei zur Beerdigung gegangen, und nun müsse in seiner Abwesenheit so etwas passieren ... Kaum fünf Minuten sei das Büro leer gewesen, sie sei nur schnell einmal hinausgegangen, die Hände waschen ...
Sie unterbrach sich, hob ihre Augen gen Himmel, faltete die Hände, löste sie wieder ... — Sechstausend Franken! ... Sechstausend Franken!
— Drei Päckli zu je zwanzig Noten! Einfach verschwunden! ... Innerhalb fünf Minuten! ... Und der Herr Verwalter! Was werde der Herr Verwalter sagen!
Sie ging ins Nebenzimmer zurück, begann ihren Kreislauf von neuem, und dazu murmelte sie ...
Der Portier Dreyer erklärte mit leiser Stimme, der Tod des Herrn Direktor habe das Fräulein Hänni so hergenommen, weil es doch gewissermassen die Schwägerin sei ... Die Schwester der zweiten Frau ...
«Fräulein Hänni!» rief Studer. «War der Kassenschrank versperrt?»
«Äbe nid!» Der Herr Verwalter sei so pressiert gewesen, er habe viel Arbeit gehabt, Vierteljahresabrechnung, und erst im letzten Augenblick habe er in seine Wohnung hinaufgehen können, um sich anders anzuziehen ... Und da habe er vergessen, den Kassenschrank zu schliessen.
Aus den Augen des Fräulein Hänni stürzten die Tränen ... Studer zuckte mit den Achseln ... Eine alte Jungfer, leicht erregbar ... Warum trottete sie nur immer um den Tisch wie ... eben wie eine Katze, die ...
Studer empfahl sich brummend. Sollte man etwa nach Fingerabdrücken suchen an einem so einladend geöffneten Kassenschrank? Draussen fragte er den Portier, wen er seit dem Abmarsch des Trauerzuges im Mittelbau gesehen habe ...

Dreyer dachte nach, kratzte an seinem Verband:
«Niemand . . .» sagte er endlich zögernd.
— Wo er denn gewesen sei? — Hä! In seiner Loge! — Und niemand sei zu ihm gekommen, etwas holen oder kaufen oder fragen? . . .
«Denket nach!»
— Doch! Vor zehn Minuten etwa sei der Pfleger Gilgen vom B gekommen, um ein Päckli Stumpen zu kaufen, und ein wenig später habe die Pflegerin Irma Wasem Schokolade geholt . . . Soso, die Irma war nicht ans Begräbnis gegangen. Wozu brauchte sie Schokolade, wenn sie sonst gesund war? . . . Was fiel dem rothaarigen Gilgen ein, mitten im Nachmittag von der Abteilung fortzulaufen, um Stumpen zu kaufen? Dem kupferhaarigen Gilgen, der mit fünfzig von Schaufelas geschoben hatte — und gestern morgen war er bei Dr. Laduner in der Wohnung gewesen, worauf ein Sandsack . . .
Es geschah ganz plötzlich, genau wie in einem schlechten Film, in dem man die Übergänge aus Bequemlichkeit sabotiert. Studer liess den Portier stehen und lief davon, die Stufen hinab, die in den Hof führten, weiter vorbei am Ebereschenbaum mit den vergilbten Blättern . . . Er lief andere Treppen hinauf, überquerte einen Gang, sperrte die Türe auf zum Wachsaal B und blieb dann schweratmend am Fusse eines der zweiundzwanzig Betten stehen. Die Betten waren alle leer, die ganze Abteilung schien ausgestorben, kein Laut . . . Doch aus dem Garten tönte Lärm herauf.
Studer trat ans Fenster. In der Mitte eines Rasenrunds waren zwei Weissbeschürzte damit beschäftigt, zu schwingen . . . Der eine war der Abteiliger Jutzeler, den andern kannte Studer nicht. Fachmännisch betrachtete der Wachtmeister den Kampf . . . Die beiden konnten etwas . . . Ein Brienzer — der andere parierte, ein Schlungg, gut, der erste ging in die Brücke. . . . Unentschieden . . . Es war, als könne man das Schnaufen der beiden Schwinger bis hier herauf hören . . .

Wo war der Gilgen? Der Gilgen, um dessentwillen in der Anstalt Randlingen fast ein Streik ausgebrochen war? ... Er war nicht im Garten ... Dort liefen die Patienten herum, einer immer im Kreise um das runde Rasenstück ... Andere lagen im feuchten Gras unter den Bäumen ...

Die Stille wurde durch nichts unterbrochen ...

Aber plötzlich war es Studer, als höre er doch ein Geräusch, aber nicht im Wachsaal ... Im Aufenthaltsraum?

Leise ging der Wachtmeister zur Tür, sein Passe drehte sich im Schloss, genau so leise wie in jener Nacht, da er den Nachtwärter Bohnenblust überrascht hatte ... Er riss die Türe auf ...

Am Tische, an dem Studer einmal — vor ewig langer Zeit schien es ihm — eine Jasspartie gespielt hatte, sass zusammengesunken der rothaarige Pfleger Gilgen und starrte auf die Tischplatte. Seine Hemdärmel waren nach hinten gelitzt und die Haut seiner Arme mit Laubflecken übersät ... Zeitlupentempo: Man sieht auf der Leinwand Rennpferde über eine Hürde springen. Die Hinterbeine sollten sich abschnellen, — nein, ganz langsam strecken sie sich, lösen sich vom Boden ... In diesem Tempo etwa überschritt Studer die Schwelle.

Gilgen fuhr bei dem Geräusch nicht auf, eine merkwürdige Ratlosigkeit lag auf seinem Gesicht.

«Wa isch los, Gilge?» fragte Studer. Der andere richtete sich auf, und da stand sein Schürzenlatz von der Brust ab, so, als sei dahinter etwas verborgen.

— Was er da habe? fragte Studer und deutete auf den Wulst. Gilgen zuckte müde mit den Achseln. Sein blaues Hemd war vielfach geflickt, auch mit andersfarbigen Stoffresten, er zuckte mit den Achseln, als wolle er sagen: ‚Was fragst du so dumm?' Seine Hand verschwand unter dem Schürzenlatz, zog etwas hervor, warf es auf den Tisch.

Zwei Bündel Banknoten. Studer hob sie auf, blätterte sie durch. Zwanzig ... vierzig ... Viertausend Franken ...

«Wo ist der Rest?»

Gilgen blickte auf, erstaunt ... Er schwieg.

Studer liess die Bündel in die Seitentasche seiner Kutte gleiten. Dann ging er auf und ab, seine Stirn war gerunzelt. Der Fall mit den Misstönen!
Immer stimmte etwas nicht. Da hatte man nun glücklich innerhalb unwahrscheinlich kurzer Zeit einen Diebstahl aufgedeckt, das Geld beigebracht — und dann war es natürlich nicht vollzählig ... Und Gilgen sollte der Dieb sein ...
Mürrisch erklärte Studer, er müsse nun doch die Sachen des Pflegers durchsuchen. Wo denn sein Zimmer sei.
Gilgen wies auf eine Türe, die der Türe des Wachsaales gerade gegenüberlag. — Da schlafe er, wenn er in der Anstalt bleiben müsse ...
Pieterlen war aus dem Aufenthaltsraum entwichen — zwar die Sache mit den Schlüsseln war aufgeklärt — immerhin ... Gilgen schlief in einem Zimmer, dessen Tür in den Aufenthaltsraum ging ...
Der kleine kupferhaarige Pfleger stand müde auf und betrat vor Studer das Zimmer.
Das Fenster ging auf die Küche und war weit geöffnet ... Zwei Wandschränke, hellblau gestrichen. Gilgen ging auf den einen zu, öffnete die Türe mit einem Schlüssel seines Bundes und setzte sich dann aufs Bett. Das trug einen roten Überwurf, dessen weisse Fransen bis zum Boden reichten ...
Es war still im Zimmer ...
Drei Hemden, ein Schurz, eine Kartonschachtel mit Rasiermesser, Pinsel, Seife, Abziehriemen. Ein alter geflickter Kittel. Ein weisser Kittel, sauber gebügelt, auf dem Revers das weisse Kreuz in rotem Feld, der Orden der diplomierten Pfleger ...
— Armer kleiner Gilgen, dachte Studer, in was hat sich der Mann hineingeritten? Den Pflegerkittel zog er wohl nur an hohen Festtagen an, wenn beispielsweise die Aufsichtskommission durch die Abteilungen lief ... Die Aufsichtskommission mit dem Pfarrer Veronal, den der kleine Gilgen so gerne verspottet hatte ...

«Ihr habt doch nicht nur zwei Päckli Noten genommen, Gilgen», sagte Studer und suchte weiter im Schaft ... Er wusste eigentlich nicht, was er zu finden hoffte. «Wo ist der Rest?»
Schweigen.
«Habt Ihr mir gestern etwas aus dem Zimmer genommen?»
Schweigen. Man konnte es weder trotzig noch verstockt nennen. Es war eher traurig, hoffnungslos ... Es würde ein böser Schlag für die Frau sein, die oben in Heiligenschwendi krank lag, wenn sie erfuhr, ihr Mann sei im Gefängnis ... Studer hätte dem Gilgen gerne geholfen, aber wie sollte man das anstellen? Er setzte sich auf den Bettrand, klopfte dem Gilgen auf die Schulter und sprach Worte, wie sie in derartigen Situationen gebräuchlich sind:
— Gilgen werde seine Lage nur verschlimmern, wenn er nicht gestehen wolle, wo die restlichen Zweitausend hingekommen seien, es werde ihm dann leichter ...
Schweigen.
— Dann solle er doch wenigstens erklären, warum er den Diebstahl begangen habe ... Sein Gewissen erleichtern ...
Und dabei war es dem Wachtmeister wieder einmal unbehaglich zumute — aus dem Unbehagen kam man in der Anstalt gar nicht heraus —, weil er dunkel fühlte, dass sich etwas Beängstigendes, etwas, das sich nicht fassen liess, unter dem scheinbar klaren Tatbestand verbarg.
«Schulden», sagte Gilgen plötzlich leise, und dann schwieg er wieder. Obwohl der Ausdruck seines Gesichtes dem einer verschüchterten Maus ähnelte, war doch eine merkwürdige Entschlossenheit darin ...
Immer noch die Stille im Bau des B ... Alle, die nicht im Garten waren, waren wohl ans Begräbnis gegangen ... Nun redete wahrscheinlich einer von der Aufsichtskommission am offenen Grab ... Mein Gott, etwas mussten die Herren doch einmal zu tun haben ...
«Schulden?» wiederholte Studer fragend.
Gilgen nickte. Und Studer fragte nicht weiter. Er kannte ja die Geschichte mit dem Hüüsli und der ersten Hypothek.

Eintönig klang Gilgens Stimme, als er erzählte:
— Während der Stunde — der Wachtmeister müsse wissen, wenn ein Pfleger bis neun Uhr Dienst habe, so habe er das Recht auf eine Freistunde im Tag —, also während seiner Freistunde sei er zum Dreyer gegangen, um ein Päckli Stumpen zu holen. Dann habe er gedacht, er könne auf der Verwaltung gerade anfragen, wann der nächste Lohnabbau fällig sei — man wisse das nie genau, das käme von einem Tag auf den andern — ja, und mit der Jungfer Hänni komme er gut aus, da habe er gemeint, er könne die Jungfer danach fragen. Der Verwalter sei z'Liech gangen, und auf der Verwaltung könne man immer allerlei erfahren. Die Tür sei offen gestanden, er sei eingetreten, da habe er im Nebenzimmer den offenen Kassenschrank gesehen und dann . . .
«Wieviel Päckli habt Ihr genommen?» fragte Studer.
«Zwei . . .»
«So? Wo sind sie gelegen? Im oberen Fach? Im unteren Fach?»
«Im . . . im . . . ich glaube, im unteren Fach . . .»
«Nicht im mittleren?»
«Doch im mittleren . . .»
«Wieviel Fächer hat der Kassenschrank?»
«Drei . . .»
Studer blickte Gilgen an.
Der Kassenschrank war durch ein einziges Fach in der Mitte seiner Höhe in zwei Teile geteilt.
Das hatte Studer gesehen, das wusste er . . .
Also . . .
Der Gilgen machte Augen wie ein geprügelter Hund. Studer sah weg, da fiel sein Blick auf den offenen Schaft. Ganz zuunterst, hinter den Schuhen, lag etwas Graues. Studer stand auf, bückte sich.
Der Sandsack!
Der Sandsack, der in der Form an einen riesigen Schüblig erinnerte.

«Und das?» fragte Studer. — Ob Gilgen nun endlich auspacken wolle?
— Aber Gilgen schwieg wieder, einmal fuhr er mit der flachen Hand über seine Glatze — seine Finger zitterten deutlich —, dann zuckte er mit den Achseln. Das Achselzucken konnte viel bedeuten.
— Wo er in der Nacht vom Mittwoch auf den Donnerstag gewesen sei? — Hier in der Anstalt . . .
Die Antwort wurde begleitet von einem müden Abwinken mit der Hand: «Es hat ja alles keinen Wert! . . .»
«Ihr schlaft allein hier im Zimmer?»
Nicken.
«Habt Ihr mit Pieterlen gesprochen, wie er draussen im Aufenthaltsraum geraucht hat?»
Breitschultrig, mächtig stand Studer vor dem kleinen Mann. Gilgen blickte furchtsam auf.
«Tüet mi nid plage, Wachtmeischter . . .» sagte er leise.
— Dann müsse er ihn mitnehmen, sagte Studer. Und er solle sich vorher gut besinnen, die Anklage würde vielleicht nicht nur auf Diebstahl lauten, sondern auch auf Mord . . .
Entsetztes Erstaunen!
— Aber der Direktor sei doch verunfallt!
— Das sei eben noch gar nicht gesagt.
«Aufstehen!»
Studer trat an den Mann heran, betastete ihn von oben bis unten, zog aus der einen Tasche das Portemonnaie heraus, den Schlüsselbund aus der anderen und überlegte dabei, wie die Verhaftung ohne allzu grosses Aufsehen zu bewerkstelligen sei. Man konnte beim Portier dem Randlinger Landjäger telephonieren. Das würde das beste sein.
«Schurz abziehen! Kittel anlegen!» befahl Studer. Das Weitere werde sich finden.
Und folgsam ging Gilgen zum Schaft, zog den Kittel an, ohne seine Hemdärmel herabzustreifen . . . Ein armseliger Kittel war es, sicher hatte ihn die Frau geflickt, bevor sie krank geworden war . . .
Im Nachttischli, sagte Gilgen schüchtern, habe er noch die

Photi von seiner Frau mit den beiden Kindern. Ob er die mitnehmen dürfe?
Studer nickte. Der Nachttisch stand eingeklemmt zwischen Fenster und Bett. Gilgen ging um das Bett herum, nahm eine Brieftasche aus der Schublade, zog ein Bild hervor, das er lange betrachtete und dann dem Wachtmeister über das Bett hinreichte.
«Lueget Studer . . .» sagte er. Der Wachtmeister nahm den Karton in die Hand, kehrte sich ab, um das Licht besser auf das Bild fallen zu lassen . . . Die Frau, die es darstellte, hatte ein mageres Gesicht mit einem gutmütigen Lächeln, an jeder Hand hielt sie ein Kind. Und während Studer noch die Photographie betrachtete, war es ihm plötzlich, als habe sich etwas im Zimmer verändert. Er sah sich um . . . Gilgen war verschwunden . . .
Das offene Fenster! Studer stiess das Bett beiseite, beugte sich weit hinaus.
Da unten lag der kleine Gilgen, fast in der gleichen Stellung wie der alte Direktor, am Fusse der Eisenleiter. Kein Blut . . . Aber in der Sonne leuchtete der Kranz der kupferroten Haare . . . Der Hof war leer. Studer ging langsam zum Zimmer hinaus, durch den Glasabschluss, stieg durchs Stiegenhaus hinab, trat hinaus. Und dann hob er den Körper des kleinen Gilgen — leicht war er — sachte vom Boden auf und stieg schweren Schrittes die Stiegen zum ersten Stock wieder hinauf . . .
Im Zimmer angekommen, legte er die Leiche auf die rote Bettdecke und blieb dann vor ihr stehen . . . Und Studers Kopf war von einer dumpfen Wut erfüllt.
Aber da schreckte der Wachtmeister auf. Eine schmalzige Stimme begann im Aufenthaltsraum zu singen, und sie sang:
«Irgendwo auf der Welt fängt der Weg zum Himmel an,
Irgendwo, irgendwie, irgendwann . . .»
Wer hielt ihn da zum besten? . . .
Studer wusste nicht, dass der Portier Dreyer gerade in diesem Augenblick den grossen Empfangsapparat einge-

schaltet hatte, weil es vier Uhr war und es zu seinem Dienst gehörte, die Abteilungen der Anstalt Randlingen mit Radiomusik zu versorgen. Er hatte sich ein wenig verspätet, darum war er mitten in ein Lied geraten. Und so sang der Lautsprecher, oben an der Wand des Aufenthaltsraumes B, dem kleinen Gilgen ganz unschuldigerweise ein groteskes Sterbelied.

Wie gesagt, Studer wusste nichts vom Ursprung des Liedes. Nur wild wurde er. Er trat in den Aufenthaltsraum, sah sich wütend um, suchte nach der Stimme, die ihn zu verhöhnen schien, und entdeckte schliesslich den Kasten oben an der Wand. Gute drei Meter vom Boden hockte er und hatte nur ein riesiges mit Stoff überspanntes Maul. Studer packte einen der Stühle ganz oben an der Lehne. Dann schwang er ihn hoch und traf den Kasten so gut, dass die Stimme nur noch: «Irgend . . .» sang, um dann im Krachen zersplitternden Holzes unterzugehen.

Beruhigt kehrte Studer in das kleine Zimmer zurück. Er drückte dem kleinen Gilgen die Augen zu. Dabei fiel sein Blick in die offengebliebene Nachttischschublade. Dort lag ein Bild . . .

Eine Amateuraufnahme: Dr. Laduner in weissem Arztkittel mit dem Maskenlächeln auf dem Gesicht stand neben seiner Frau. Hinter ihm war das Eingangsportal der Anstalt zu erkennen.

Hinten auf der Aufnahme stand:

«Dem Pfleger Gilgen zur Erinnerung.

Dr. Laduner.»

Wie kam der Arzt dazu, einem Pfleger eine Photographie zu widmen? Studer stand da und studierte. Schliesslich beschloss er, sich auf die Suche zu machen nach dem Abteiliger Jutzeler. Er sehnte sich nach fachmännischem Rat . . .

Dem Abteiliger Jutzeler mit den braunen Rehaugen merkte man es an, dass ihm der Wachtmeister Studer gar nicht willkommen war. Er stand unten im Garten, sein Gesicht war noch rot vom Schwingen, aber er hatte seine weisse Kutte wieder angelegt, und der Pflegerorden leuchtete rot.
— Ob er einen Augenblick mitkommen könne? fragte Studer und sah den Mann so ernst und dringend an, dass Jutzeler nickte.
— Ob etwas passiert sei? fragte der Abteiliger. — Der Gilgen habe sich zum Fenster hinausgestürzt. Er liege jetzt oben, berichtete Studer trocken und fragte, wie man allzu grosses Aufsehen vermeiden könne.
«Der Gilgen!» Jutzeler nickte. «Tot!» ... Dann schüttelte er den Kopf.
Die beiden betraten das Zimmer neben dem Aufenthaltsraum. Eine kurze Zeit stand Jutzeler schweigend vor dem Toten. Dann zog er einen Stuhl heran, deutete darauf, Studer nahm Platz. Der schlanke Jutzeler setzte sich auf den Bettrand neben den Toten und meinte, es sei vielleicht doch besser, dass es so gekommen sei ...
Eines schien festzustehen, man war fatalistisch in der Anstalt Randlingen ...
«Warum?» fragte Studer.
— Ach, seufzte Jutzeler, der Wachtmeister wisse noch gar nicht, wie es in solch einem Betrieb zugehe ...
Er schien nachzudenken, ob er weiter erzählen solle, da unterbrach ihn Studer: Er habe ihn schon lange fragen wollen, warum er eigentlich am Mittwochabend mit dem Direktor Krach bekommen habe ...
Jutzeler wollte wissen, wer dem Wachtmeister das erzählt habe ...
Das sei ja gleichgültig, meinte Studer, übrigens wisse er auch, dass an dem Krach der tote Gilgen schuld gewesen sei ...
Jutzeler hatte sich zurückgelehnt und die Hände gefaltet.

Er betrachtete Studer lange und prüfend, und der Wachtmeister senkte den Blick nicht ... Er wusste, wie das Ergebnis der Prüfung ausfallen würde ...
Wie oft war es ihm ähnlich gegangen! ... Zuerst sahen die Menschen in ihm nur den Fahnder, den Polizisten, vor dem man sich in acht nehmen musste, und schliesslich war dieses Misstrauen verständlich. Wer hatte heutzutage ein ganz reines Gewissen? — Aber wenn es Studer dann gelang, einen Menschen ganz allein vor sich zu haben, schwand gewöhnlich das Misstrauen, der andere spürte, dass da ein Mann vor ihm sass, ein älterer Mann, von dem ein seltsam sicherer Frieden ausging ... Und manchmal, wenn Studer nicht ganz unzufrieden mit sich war, bekam er Grössenideen: Er meinte dann nämlich, er sei eine starke Persönlichkeit; und vielleicht irrte er sich nicht einmal ...
Endlich schien der Abteiliger Jutzeler zu einem Entschluss gekommen zu sein; denn er begann zu erzählen. Es war eine lange Geschichte, die er erzählte, sitzend neben der Leiche des kleinen Gilgen. Mehrmals wurde Jutzeler gerufen, sein Name schallte durch die Gänge des B, aber der schlanke Pfleger bewegte sich nicht, sondern sprach weiter, ein wenig eintönig, die Hände ums Knie gefaltet ... Und obwohl seine Geschichte die Geschehnisse der letzten Tage nur streifte, erklärte sie doch manches ...
Sie begann mit der Gründung der Randlinger Blechmusik. Die Pfleger, die Blasinstrumente spielen konnten, hatten beschlossen, sich zusammenzutun. Ein Dirigent wurde gesucht, gefunden: Knuchel mit Namen, Pfleger auf K. Breites Kinn, Wulstlippen, Bibelleser, Mitglied einer Sekte des Dorfes. Die Bläser hielten eine Versammlung ab. Knuchel verlangte folgendes: Es dürfen nur Choräle und ernste Volkslieder gespielt werden, keine Märsche, keine Tänze. Vor jeder Probe müsse ein Kapitel aus der Bibel vorgelesen, gebetet werden, nach der Probe ebenfalls ... Der kleine Gilgen spielte Posaune. Ausserdem führte er die Opposition ...
Die Opposition setzte sich zusammen aus den weltlich Ge-

sinnten ... Sie wollten das Theater, wie sie sagten, nicht mitmachen. Der kleine Gilgen meinte, eine Musik könne der Beginn einer Organisation sein ... Er wollte klare Stellungnahme. Kein religiöses Theater, sondern Kameradschaft ... Er wurde überstimmt. Die «weltlich Gesinnten» traten gleich bei der ersten Sitzung aus und gründeten ein eigenes Musikkorps. Das sollte Märsche spielen, Walzer und bei den «Anlässen» zum Tanz aufspielen. Aber es fehlte ihnen der Dirigent. Gilgen, obwohl mit Sorgen überhäuft, übte mit den Leuten. Dann spielten sie einmal, am Silvester ... Es war kläglich. Falsch, ohne Rhythmus ... Sogar die Patienten lachten, es wurde gepfiffen, der Direktor wurde wütend, weil einige Gäste anwesend waren und er sich blamiert fühlte ... Die «weltliche Musik» wurde aufgelöst, die paar Bläser, die gern spielen wollten, krochen zu Kreuze und traten in die Kapelle der «Stündeler» über. Knuchel als Dirigent war gut. Sie spielten nach zwei Wochen an einem Sonntagmorgen, brachten dem alten Direktor ein Ständchen, der Direktor beglückwünschte sie, sie erhielten aus dem Unterhaltungsfonds der Anstalt eine Subvention ... Knuchel stellte seine Bedingungen. Er wolle gern mit seinen Leuten an den Anlässen spielen, aber während der Musikstücke dürfe nicht getanzt werden. Die Blechmusik spielte Trauermärsche, so dass das Tanzen ohnehin nicht in Frage kam, Choräle und allenfalls noch das Beresinalied.
Der Wachtmeister werde finden, die Geschichte sei müssig. Im Gegenteil ... Sie erhelle blitzartig die Spannungen unter dem Pflegepersonal ... Studer möge erlauben, dass er ein wenig von sich berichte ...
Jutzeler sprach sehr ruhig, es klang, als ob er in einer Kommissionssitzung ein Referat über einen langweiligen Gegenstand halten müsse ... Immerhin schwang etwas wie verschüttete Bewegung in seinen Worten mit ...
Er sei als Verdingbub aufgewachsen ... Der Wachtmeister wisse, was das heisse ... Im Berner Oberland ... Das bedeute Hunger, Schläge, kein freundliches Wort ... Ein

sattsam bekanntes Thema, unnötig, ein Wort weiter darüber zu verlieren ... Er habe das Glück gehabt, dass er dem Pfarrer des kleinen Dorfes aufgefallen sei, weil er einmal, oben auf einer Matte, einem Touristen ein gebrochenes Bein kunstvoll geschient habe ... Der Arzt habe sich gewundert ... So sei es gekommen, dass er mit achtzehn Jahren in eine Krankenpflegerschule habe eintreten können ... Es sei sehr religiös dort zugegangen, aber der Wachtmeister möge ihm die Schilderung dessen ersparen, was unter der frommen Oberfläche vorgegangen sei. Nichts Erfreuliches ... Er, Jutzeler, habe dann nach bestandener Prüfung in Spitälern als Krankenpfleger gearbeitet. Und einmal auf einer Ferienreise habe er die Anstalt Randlingen besucht. Es habe ihn interessiert, auch sei die Bezahlung als Irrenpfleger besser als die in den Spitälern ... Er habe heiraten wollen ... Der Direktor sei damals gerade in den Ferien gewesen, Dr. Laduner habe den Direktor vertreten und ihn angestellt. Die Anstalt habe damals ausgesehen ... «Ich weiss», sagte Studer. Die Frau Doktor habe ihm das geschildert.

Gut. Jutzeler erzählte Bekanntes: die Schlafkuren, der zähe Kampf um die Seele des Demonstrationsobjektes Pieterlen (merkwürdig war vielleicht nur, dass der Abteiliger den Ausdruck Dr. Laduners gebrauchte: «das Demonstrationsobjekt»), der Versuch, eine gewisse Einmütigkeit unter den Pflegern herzustellen, ein Versuch, der mit Dr. Laduner besprochen worden war ...

«Es war wie in der Krankenpflegerschule ... Die Pfleger konnten sich nur z'leidwärche ... Keine Kameradschaft. Immer reklamieren wegen der langen Dienstzeit — von sechs Uhr morgens bis acht Uhr abends ... Aber kein Versuch, die Lage zu ändern ... Die andern Anstalten organisierten sich — wir blieben immer zurück ... Die andern drohten mit Streik, wenn man ihre Lage nicht bessere ... In Randlingen kuschten sie ... Der Direktor hatte den Bruder seiner zweiten Frau zum Maschinenmeister ernannt, der sabotierte, wo er konnte; ich bin nicht müde geworden

... Ich habe viel gelesen über Taktik, Kampf ... Ich hab' auch andere Bücher gelesen, besonders eines, das ziemlich merkwürdig war. Darin sagt der Autor:
Dein ärgster Feind, Prolet, das ist dein Mitprolet ... Ich hab' das erfahren hier in der Anstalt ... Wenn mich Dr. Laduner nicht immer gedeckt hätte, ich wäre sicher schon lange geflogen ... So habe ich eine Abteilung übernehmen müssen ... Ich trage die Verantwortung für alles, was im B passiert, denn der Oberpfleger Weyrauch ...»
«Hält sich Zeitschriften über Nacktkultur ...»
«Exakt, Wachtmeister ...» und Jutzeler lächelte schwach. «Ich hab' dann doch ein paar Pfleger zusammenbekommen, wir haben Anschluss gesucht mit den organisierten Pflegern aus den andern Anstalten ... Aber die Stündeler und der Maschinenmeister ... Ihr müsst Euch vorstellen, Wachtmeister, es sind nicht nur zwei grosse Gruppen in solch einer Anstalt: die Stündeler und die Organisierten ... Zwischen beiden pendelt der grössere Haufen hin und her ... Kennen Sie die Französische Revolution?»
«Wenig ...»
«Zwischen den beiden extremen Parteien», erklärte Jutzeler, und er sprach schriftdeutsch, aber am singenden Tonfall erkannte man noch immer den Oberländer ... «Zwischen der Rechten und der äussersten Linken, dem ‚Berg', lag das Zentrum — der Sumpf, sagte man damals, ‚le marais' ... Das waren die Leute, die leben wollten, verdienen, es wieder gut haben ... Sie haben den Ausschlag gegeben ... Wir haben auch eine Sumpfpartei ... Das sind die Leute, die zufrieden sind, wenn andere ihnen die Lohnerhöhung verschafft haben, die Geld auf der Sparkasse haben, die um ihre Stelle bangen ...»
«Bohnenblust ...» sagte der Wachtmeister leise.
«Unter andern ... Die gaben den Ausschlag. Wir traten in den Staatsangestelltenverband ein ... Und die Stündeler in die Evangelische Arbeiterpartei ... Nun ja, der Direktor war zufrieden; Dr. Laduner, zu dem ich nach der Sitzung ging, zuckte die Achseln ... Es sei halt nichts zu machen

... In dieser Krisenzeit ... Mich haben die andern nie offen angegriffen, aber die ganze Hetze gegen den Gilgen war eigentlich gegen mich gerichtet ...»
Jutzeler blickte auf den Toten. Der kleine Gilgen schien zu lächeln ...
«Dr. Laduner mochte den Gilgen gern ... Das wussten die andern. Hier auf der Abteilung hab' ich sonst gute Leute, fast alles junge Pfleger, aber ich muss immer hinter ihnen her sein ...
Gilgen war der älteste. Ich nahm ihn als Stellvertreter. Das war ein grosser Fehler ... Gilgen war tüchtig, aber er verstand nichts von Disziplin ... Und schliesslich, auf einer Abteilung muss Ordnung sein. Besonders seit Dr. Laduner die Arbeitstherapie eingeführt hat, ist es nicht wie früher ... Wir müssen uns um die Patienten kümmern, sie beschäftigen, auch in der Freizeit, sie sollen lesen, sie sollen spielen, sie sollen nicht wieder versinken, man soll sie entlassen können ...»
Studer wunderte sich. Ein einfacher Mann, dieser Jutzeler, er war Verdingbub gewesen, er sprach ruhig und überlegt ... er wusste, was er wollte ...
«Ich hab' dem Gilgen Vorwürfe machen müssen. Alle vierzehn Tage habe ich einen freien Tag, in der Woche dazwischen einen halben Tag ... Im Jahr vierzehn Tage Ferien ... Wenn ich zurückkam, war alles in Unordnung ... Der Gilgen verstand nichts vom Befehlen ... Wie alle schüchternen Leute, war er entweder zu grob oder zu weich ... Die andern begannen ihn zu hassen ...
Es wird viel geklatscht in solch einer Anstalt ... Ich habe mich nie daran beteiligt, aber Ihr könnt Euch das vorstellen, Wachtmeister, Ihr seid ja in einem ähnlichen Betrieb ... Und man kann nicht genau sagen, wo Matto aufhört zu regieren — wie Schül sagt ... Item, die jungen Pfleger liefen zum Knuchel auf dem K, dem Dirigenten der Blasmusik, und beklagten sich über Gilgen ... Vielleicht hatte er da ...» Jutzeler klopfte auf den roten Bettüberwurf, unter dem der Tote lag, «wirklich nicht ganz

korrekt gehandelt. Der Knuchel riet ihnen, den Gilgen zu beobachten ... Man wusste allgemein, denn man lebt ja hier in einem Glashause, dass es dem Gilgen schlecht ging ... Man ertappte ihn dabei, dass er einmal zur Feldarbeit ein Paar gebrauchte Schuhe trug, die innen mit dem Namen eines Patienten gezeichnet waren ... Ein junger Pfleger erzählte das dem Knuchel, der Knuchel ging zum Abteiliger des K, auch ein Gesinnungsgenosse, Anabaptist oder Sabbatist oder evangelischer Gemeinschaftler — ich kenn' mich nicht so genau aus bei diesen Sekten —, und der Abteiliger vom K rannte zum Direktor ... Ich wusste von der ganzen Sache nichts ... Der Herr Direktor nahm ein Protokoll auf mit dem Abteiliger vom K, mit dem Knuchel, mit dem jungen Pfleger von meiner Abteilung ... Alles hinter meinem Rücken, hinter dem Rücken des Gilgen ... Dann wurden die andern Pfleger der Abteilung vorgeladen, und dann wurde Gilgens Schaft erlesen ... Es fanden sich noch ein paar Unterhosen, die ebenfalls mit dem Namen eines Patienten gezeichnet waren ... Nun wurde Gilgen vor den Direktor geladen ... Peinliches Verhör ... Ihr habt den Gilgen gekannt; er hat mir auch erzählt, gestern abend, dass er mit Euch gesprochen hat, vorgestern nachmittag ... Er war verwirrt ... Ich bin sicher, er hat weder die Schuhe genommen noch die Unterhose ... Die Unterhose konnte in der Wäsche verwechselt worden sein, und die Schuhe? Ich habe immer den Verdacht gehabt, man hat sie ihm hingestellt, und am Morgen, wenn man zur Feldarbeit geht, ist man pressiert, da schaut man nicht erst lange ... Aber Gilgen konnte sich nicht verteidigen ... Er schwieg ...»
«Ja», sagte Studer seufzend, «schweigen konnte er ...»
«Und dann müsst Ihr bedenken: seine Frau krank, Schulden, Sorgen, seine Kinder bei fremden Leuten ... Es gibt doch viel Gemeinheit auf der Welt ... Der kleine Gilgen hatte niemandem etwas getan ... Dass er mit der Blasmusik nicht einverstanden war, das konnte man ihm doch nicht übelnehmen ... Aber man nahm es ihm übel ... Man

ging ihn verrätschen ... Das Protokoll wurde vom Direktor drei Tage vor der ‚Sichlete' aufgenommen ... Er wollte es an die Aufsichtskommission schicken und die Entlassung Gilgens beantragen ...

Wenn die andere Partei ihre Spione hat, so habe ich auch die meinen ... Am Abend erfuhr ich von der Sache. Gegen sechs Uhr. Ich darf daheim schlafen ... Diese Nacht bin ich in der Anstalt geblieben, ich bin von halb sieben bis elf Uhr herumgelaufen, von einer Abteilung in die andere ... Ich habe geredet ... Wir müssen zusammenhalten, habe ich gesagt, es kann jedem von uns das gleiche passieren, denkt doch, es geht um unsere Freiheit ... Die Leute blieben taub. Hatten Ausreden. Am nächsten Tag machte ich weiter ... Ich ging schärfer vor: Wenn der Gilgen entlassen wird, sagte ich, so proklamieren wir den Streik ... Das war eine Dummheit, wenn Ihr wollt ... Denn der ‚Sumpf', der ‚Sumpf' wollte nicht mitmachen ... Die Frösche im Sumpf sind schreckhaft, sie verkriechen sich im Schlamm, wenn einer am Ufer vorübergeht, und erst, wenn es wieder still geworden ist, dann quaken sie ... Jetzt, nachdem der Direktor tot ist, quaken die Frösche sehr laut ... Sie wissen, unter dem Dr. Laduner wird eine andere Luft wehen ...

So kam der Tag vor der Sichlete heran ... Ich hatte erfahren, dass der Direktor von meinem Streikprojekt wusste ... Es konnte auch mir den Kragen kosten, aber ich hatte keine Angst. Ich konnte immer wieder Arbeit finden, im Spital hatten sie mich ungern gehen lassen ... Mit dem Gilgen war es etwas anderes ... Ich hab' das Telephon abgenommen an jenem Abend und den Direktor gerufen ...»

Studer sass vorgeneigt, die Unterarme auf den Schenkeln. Jetzt hob er den Kopf:

«Eine Frage, Jutzeler, habt Ihr die Stimme im Telephon nicht erkannt?»

Pause, lange Pause. Jutzeler runzelte die Stirn. Dann sprach er weiter, so, als habe der Wachtmeister überhaupt keine Frage gestellt...

«Als der Direktor vom Telephon zurückkam, hielt ich ihn an. Ich müsse ihn heut' abend noch sprechen, sagte ich. Er sah mich spöttisch an: ‚Pressiert's auf einmal?' — Ich blieb ruhig und sagte nur ‚Ja'. Dann, meinte er, solle ich um halb eins vor dem Büro warten. Er liess mich stehen.

Ich habe gewartet, nicht lange. Dann kam er. Wir gingen ins Büro. Ich verlangte die Protokolle zu sehen, er lachte mich aus. Da hab' ich ausgepackt und gedroht. Ich werde ihn in die Zeitung bringen, hab' ich gesagt, es sei eine Sauerei, wie er mit dem Pflegepersonal umgehe! Ich hab' ihm seine Liebeleien vorgehalten ... Da hat er auch angefangen zu brüllen, er werde mir schon das Handwerk legen, er werde mich auf die Schwarze Liste setzen lassen, ich sei entlassen, und er werde schon dafür sorgen, dass ich keine Arbeit mehr bekäme. Ich sprach immer nur von den Protokollen ... Schliesslich sei die Sache mit Gilgen auf dem B passiert, wo ich Abteiliger sei, ich hätte das Recht, Einblick zu verlangen in die Aussagen. Das Ganze sei gegen mich gerichtet, aber ich wisse, dass Dr. Laduner auf meiner Seite stehe ... Das hätte ich nicht sagen sollen, denn da hakte er ein ... Mit dem Dr. Laduner, sagte er, habe er auch noch eine Rechnung zu begleichen, ob ich wisse, wieviel Patienten in den letzten Tagen auf dem U 1 gestorben seien? Er habe sich eine Liste anfertigen lassen, und auch diese Liste werde er der Aufsichtskommission unterbreiten, damit sie sehe, wie ein Arzt hause ... Während er Direktor gewesen sei, sei die Sterblichkeit immer klein gewesen in der Anstalt, erst seit man mit all den modernen Manövern begonnen habe, gebe es so viele Tote. Er habe die Sektionsprotokolle, die Dr. Blumenstein gemacht habe, nachgeprüft, es stimme nicht alles. Er habe selbst zwei Fälle noch nachuntersucht und Blutproben ans Gerichtsmedizinische geschickt. Er warte nur noch auf das Resultat, dann werde er auch gegen Dr. Laduner vorgehen, der Herr gehe ihm schon lange auf die Nerven, alle

Ärzte, alle Assistenten habe er ihm abspenstig gemacht — vorläufig aber sei er, Ulrich Borstli, noch Direktor der Irrenanstalt Randlingen, und da könne auch der grosse Dr. Laduner nichts machen mit all seiner Weisheit und all seinem Einfluss und all seiner Diplomatie ... Hier seien die Sektionsprotokolle — und er klopfte auf den Schreibtisch —, und hier seien auch die Aufzeichnungen, die Gilgen beträfen ... Und ich solle machen, dass ich zum Teufel käme ...

Wir gingen zusammen hinaus. Ich blieb in einer dunklen Ecke des Ganges stehen, der Direktor ging in seine Wohnung, kam wieder herunter und hatte seinen Lodenkragen umgehängt. Bevor er in den Hof hinaustrat, löschte er das Licht im Gang ... Und nun habe ich eine Dummheit gemacht, Wachtmeister; ich wollte die Protokolle sehen, die Gilgen betrafen, aber lieber noch die Sektionsprotokolle ... Ich fand, es sei meine Pflicht, sie Dr. Laduner zu bringen, damit er sich wehren könne. Und so ging ich wieder ins Büro zurück. Ich zündete das Licht an, suchte in allen Schreibtischschubladen und fand nichts.

Da hörte ich Schritte vor der Türe. Ich drehte schnell das Licht ab, denn ich wollte doch nicht im Direktionsbüro überrascht werden wie ein Dieb.

Die Tür ging auf, eine Hand wollte den Lichtschalter andrehen, ich packte die Hand. Und dann gab es einen stummen Ringkampf im Büro. Die Schreibmaschine fiel zu Boden, eine Scheibe klirrte. Endlich hatte ich den Mann auf dem Boden ... Und dann machte ich mich davon ... Ich ging zum Gilgen, der war noch auf, er hatte in dieser Nacht Dienst, aber er war nicht an der ‚Sichlete' gewesen. Er sass hier auf dem Bettrand. Ich sagte zum Gilgen, er solle den Mut nicht verlieren, wir wüssten ja jetzt, was los sei. Am nächsten Morgen wollte ich mit Dr. Laduner sprechen ... — Aber inzwischen war mancherlei passiert ...»

«Wie Ihr auf B zurückgegangen seid, Jutzeler, habt Ihr da niemanden getroffen?»

Jutzeler wich aus. Er sagte:

«Es schlug zwei Uhr, als ich über den Hof ging.»
«Einen Schrei habt Ihr nicht gehört?»
«Nein . . .»
«Gut», sagte Studer. «Und mehr habt Ihr wohl nicht zu sagen . . .»
Jutzeler dachte eine Weile nach, kratzte sich in den Haaren, schüttelte den Kopf, lächelte und meinte:
«Wenn Ihr noch etwas über uns erfahren wollt, über uns Wärter, wie man früher sagte, über uns Pfleger, wie man uns heute nennt, so könnte ich noch lange erzählen . . . Von den langen Tagen und der Zeit, die dahinschleicht, weil man fast nichts zu tun hat; man steht herum, die Hände im Schürzenlatz, und beaufsichtigt und serviert das Essen, beaufsichtigt wieder und ‚hütet' im Garten und kommt wieder herauf . . . Und isst . . . Das Essen spielt eine grosse Rolle, nicht nur bei den Patienten, auch bei uns, den Pflegern. Wir wissen das Menü auf Wochen voraus: den Mais am Montag, den Reis am Mittwoch, die Makkaroni am Freitag und die Samstagswurst. Wir wissen, wann es Rösti gibt am Morgen, und wann Anken . . . Wir gehen über den Hof, und wir haben uns einen besonderen Schritt angewöhnt, langsam, langsam, damit die Zeit vergeht . . . Wir heiraten, damit wir wenigstens in der Nacht irgendwo daheim sind . . . Wir spüren es, wenn das Wetter ändert, dann sind unsere Schützlinge gereizt und wir auch . . . Wir ziehen Lohn, nicht viel . . . Manche bauen sich ein Hüüsli und haben dann Schulden abzuzahlen. Es ist, als ob sie Sehnsucht hätten nach Sorgen, nur um die Leere der Tage auszufüllen . . . Wir stehen herum und warten, dass der Tag herumgeht . . . Man gibt uns Kurse, aber wir dürfen keine Verantwortung tragen . . . Für jedes Aspirin, für jedes Bad müssen wir fragen . . . Warum gibt man uns Kurse, wenn wir doch nicht verwerten dürfen, was man uns gelehrt hat? . . . Kurse! Meine Kollegen, die vor zwei Jahren das Diplom gemacht haben, was wissen die heute noch? Nichts . . . Ich hab's ein wenig besser, ich lese, und dann erklärt mir Dr. Laduner, was ich nicht weiss . . . Aber es ist so

hoffnungslos. Was nützt es schon, dass ich eine Diagnose besser stellen kann als ein Assistent, der eben eingetreten ist? ... Ich muss zuschauen, was der Assistent, der Neuville zum Beispiel, für Dummheiten anstellt, wie er mit einem Gereizten dumme Witze macht, und ich kann's dann ausbaden, wenn der Patient ein paar Fensterscheiben zertrümmert. Ja, wenn alle wären wie der Dr. Laduner!»

Schweigen. Der Tote auf dem Bett lächelte. Draussen war rote Dämmerung ...

«Ich muss jetzt gehen», sagte Studer. «Merci denn, Jutzeler. Und was macht Ihr mit dem ... dem ... Gilgen?»

«Wenn's dunkel ist, bringe ich ihn mit dem Schwertfeger ins T. Wir waren drei, die zusammengehalten haben, der Schwertfeger vom U 1» ... Studer sah den Mann mit den Armmuskeln, der wie ein Melker aussah ..., «der Gilgen und ich. Wir haben zusammengehalten. Jetzt sind wir noch zwei ... Aber schliesslich, jetzt hat Dr. Laduner das Wort ...»

Studer kam an der Loge des Portiers vorbei. Er trat ein, erkundigte sich höflich, ob Dreyer auch Brissagos zu verkaufen habe. Die Frage wurde bejaht, Studer bediente sich, dann wies er auf die verbundene Hand und fragte ganz ruhig:

«Warum habt Ihr mir nicht erzählt, dass Ihr das Fenster im Direktionsbüro eingeschlagen habt? Und Euch dabei verwundet habt?»

Dreyer lächelte ein wenig blöde. Er besann sich, dann entschloss er sich:

Ja, er habe Schritte im Büro gehört und sei nachschauen gegangen, da sei er überfallen worden ... Und habe sich an der Hand verletzt ... — Warum er nichts gesagt habe? ... — Ganz einfach, weil inzwischen der Direktor verschwunden sei und er Angst gehabt habe vor Komplikationen ... Woher habe der Wachtmeister erfahren, dass er im Büro gewesen sei?

«Kombination ...» sagte Studer und hatte den Triumph,

Bewunderung in den Augen des Portiers Dreyer zu lesen . . .
Es konnte stimmen, es konnte auch nicht stimmen . . . Dreyer konnte auch einen persönlichen Grund gehabt haben, im Büro sich umzusehen. Nur war ein solcher Grund schwer zu erraten . . . Man musste wieder einmal warten . . . Aber zum Dr. Laduner ging man nicht z'Nacht essen. Nein, lieber nicht . . . Allein sein tat not. Übrigens schlug die Turmuhr der Anstalt mit ihrem gewohnten sauren Klang sechs Uhr. Studer ging die Stufen vom Hauptportal hinab, ging weiter durch die Allee mit den Apfelbäumen auf das Dorf Randlingen zu.
Da sah er vor sich ein Paar schreiten.
Dr. Laduner hielt seine Frau am Arm, und die beiden gingen im Gleichschritt, langsam, durch den Abend, der kühl und erdbeerfarben war . . . Über den Schneebergen lag eine orangene Wolke.
Die beiden da vorn sprachen nicht. Und Studer fand, dass die beiden durchaus nicht einem Liebespaar glichen. Aber eines war deutlich zu spüren . . . Die beiden gehörten zusammen; sie hielten zusammen. Und Studer hatte das tröstliche Gefühl, dass, was auch passieren mochte, der Dr. Laduner wenigstens nicht allein sein würde. — Denn wahrlich, die Situation war viel weniger rosig als der Abend . . .
Beim Metzger und Wirt Fehlbaum liess sich der Wachtmeister eine Portion Hammen und einen halben Liter Waadtländer bringen. Er ass ein paar Bissen, trank einen Schluck Wein, stand auf und fragte nach dem Telephon.
Frau Laduner gab Bescheid. — Die Frau Doktor möge ihn bitte entschuldigen, sagte Studer, er werde nicht zum Nachtessen kommen, er habe eine wichtige Abhaltung. — Ja, sagte Frau Laduner mit ihrer tiefen, warmen Stimme, die selbst im Telephon angenehm tönte, aber er solle nicht versäumen, um halb neun zu kommen. Er müsse unbedingt die Aufsichtskommission kennenlernen.
Studer versprach, pünktlich zu sein . . .

Am meisten bewunderte Studer den Arzt Laduner. Er verstand es, Mittelpunkt zu sein und zu gleicher Zeit jedem, der sprach, die Überzeugung beizubringen, dass er, der Redende, die Hauptperson sei ... Diplomatisches Geschick ...
Den Herrn Pfarrer Veronal mit dem grossen Mund liess er über die Stellung der Landeskirche zur Oxfordbewegung sprechen und lauschte interessiert den langfädigen Ausführungen, unterbrach ihn dann höflich mit einem «Gestatten Sie bitte, Herr Pfarrer», worauf er sich der Frau Nationalrat zuwandte und lobend von der Armendirektion sprach, die wirklich sehr verständnisvoll auf alle Anregungen eingehe, die von der Heilanstalt ausgingen ... Die Frau Nationalrat strahlte, denn ein Bruder von ihr war Adjunkt an der Armendirektion ... Übrigens kannte Studer diesen Mann, und er fand, Dr. Laduner übertreibe gar nicht ... Beim schwerhörigen Fürsorgebeamten erkundigte sich Laduner nach dem Schicksal eines gewissen Schreier, der zur Begutachtung in Randlingen gewesen und dann ein Jahr in Witzwil versorgt worden war ... Wie gehe es dem Manne? Halte er sich gut? ... Sicher werde es dem Herrn Fürsorger gelingen, dem Mann bei der Entlassung eine gute Stelle zu verschaffen; nein, nein, die Prognose sei gar nicht ungünstig ... Laduner liess sich auch nicht durch das fortwährende: «Wie meinet I—Ihr?» aus der Ruhe bringen, er wiederholte seine Sätze dreimal, wenn es sein musste, und inzwischen unterhielt sich Frau Laduner mit der Frau Nationalrat und schenkte Tee ein. Der Herr Pfarrer Veronal trank ihn mit viel Rum. Und Studer auch.
Der Wachtmeister war vorgestellt worden, nun hockte er in der Ecke beim Fenster, stumm, beobachtend.
Um neun Uhr verabschiedete sich die Kommission, und Studer blieb sitzen. Dr. Laduner erbot sich, die Mitglieder mit dem Auto nach der Station zu bringen, und das Anerbieten wurde dankend angenommen.

Studer wartete auf die Rückkehr des Arztes in seiner Ecke. Frau Laduner fragte, warum der Herr Studer so schweigsam sei, und erhielt als Antwort ein unhöfliches Brummen. So schwieg auch sie, ging zum Fenster, wo in der Ecke, Studer gegenüber, ein glänzend polierter Kasten auf einem kleinen Tischchen stand. Sie drehte an einem Knopf ... Marschmusik. Studer war es zufrieden. Marschmusik war besser als: «Irgendwo auf der Welt ...»
Sie warteten beide schweigend auf Laduners Rückkehr. Als dann der Arzt ins Zimmer trat, schickte er seine Frau ins Bett, sehr freundlich und besorgt übrigens, und meinte schliesslich: «Sie leisten mir doch Gesellschaft, Studer?»
Der Wachtmeister brummte etwas aus seiner Ecke, das man allenfalls als Zustimmung auffassen konnte.
Laduner schwieg zuerst. Dann sagte er:
«Schad um den Gilgen ...» Er schien auf eine Antwort zu warten, aber als es in der Ecke still blieb, fuhr er fort:
«Haben Sie eigentlich darüber nachgedacht, Studer, dass sich niemand unbeschadet lange Zeit mit Irren abgeben kann? Dass der Umgang ansteckend wirkt? Ich habe mich manchmal gefragt, ob es vielleicht nicht umgekehrt ist: dass nur diejenigen als Pfleger, als Ärzte in Irrenanstalten gehen, die ohnehin schon einen Vogel haben, um volkstümlich zu reden. Mit dem Unterschied, dass die Leute, die den Drang verspüren, in Mattos Reich einzudringen, wissen, dass etwas bei ihnen nicht stimmt, unbewusst meinetwegen, aber sie wissen es. Es ist eine Flucht ... Die andern draussen haben manchmal die ausgewachseneren Vögel, aber sie wissen es nicht, nicht einmal unbewusst ... Denken Sie, ich bin einmal um die Mittagszeit am Rathaus vorbeigegangen und habe die Angestellten herausströmen sehen. Ich bin stehengeblieben und habe mir die Leute angesehen ... Es war lehrreich ... Gang, Haltung. Der eine hatte den Daumen im Westenausschnitt und ging mit schlenkernden Tritten, sein Gesicht war rot und steif, und ein einfältiges Lächeln lag auf seinem Gesicht ... Sieh da! sagte ich, eine beginnende Katatonie! ... und versuchte auszurechnen,

wann etwa der Schub fällig sein würde. — Ein anderer hatte starre Blicke, sah sich ständig um, dann blickte er wieder eine Zeitlang zu Boden und balancierte vorsichtig auf dem Trottoirrand ... Neurotisch, vielleicht schizoid, dachte ich ... Ein anderer trug eines jener Lächeln im Gesicht, die man als sonnig zu bezeichnen pflegt, er hatte den Kopf im Nacken, schlenkerte mit dem Stock, grüsste alle Leute ... Natürlich: manische Verstimmung wie mein Regierungsratsattentäter Schmocker.» Immer noch spielte das Radio in der Ecke leise Märsche. Es war eine angenehme Begleitung zu den Ausführungen Dr. Laduners.

«Sie haben mit Schül gesprochen, hab' ich gehört? Und er hat Ihnen sein Gedicht verehrt? Sie werden mir zugeben, dass es nicht dumm ist, dass es voll Symbolgehalt ist ... Manchmal hab' ich ihn beneidet um seinen Matto ... Matto, der die Welt regiert! Matto, der mit roten Bällen spielt und sie wirft, und die Revolutionen flackern auf! ... Und die bunte Papiergirlande flattert, und der Krieg lodert ... Es hat viel für sich ... Wir werden nie die Grenze ziehen können zwischen geisteskrank und normal ... Wir können nur sagen, ein Mensch kann sich sozial anpassen, und je besser er sich sozial anpassen kann, je mehr er versucht, den Nebenmenschen zu verstehen, ihm zu helfen, desto normaler ist er. Darum habe ich immer den Pflegern gepredigt: Organisiert euch, haltet zusammen, versucht miteinander auszukommen! Organisation ist doch der erste Schritt zu einem fruchtbaren Zusammenleben ... Zuerst Interessengemeinschaft, dann Kameradschaft ... Eins geht aus dem andern hervor — sollte wenigstens daraus hervorgehen ... Freiwillig übernommene Verpflichtungen ... Wenn man es nur nicht so oft auf Schützenfesten prostituiert hätte, das Wort: Einer für alle, alle für einen ...»

Ein anderer leiser Marsch ... Es war eine Militärmusik, die spielte ...

«Es wäre schön ... Was tun wir denn eigentlich, wir vielverlästerten Psychiater? Wir versuchen, ein wenig Ordnung zu schaffen, wir versuchen, den Menschen zu zeigen, dass es gar nicht so unnötig ist, ein wenig vernünftig zu sein, nicht allen dunklen Regungen des Unbewussten nachzugehen ... Die Menschen haben eines noch nicht begriffen, dass Leid eben auch Lustgewinn bringt ... verstehen Sie? ... Wenn es einem Volk zu gut geht, dann wird es übermütig und sehnt sich nach dem Leid. Genügsamkeit ist wohl am schwersten zu ertragen ...»

Laduner schwieg. Er schien mehr für sich selbst zu sprechen ... Studer hatte plötzlich das Gefühl, dass er die ganze Rede über Pieterlen falsch beurteilt hatte ...

Auf dem Grunde aller Menschen hockte die Einsamkeit. Vielleicht war Dr. Laduner auch einsam? Er hatte seine Frau ... Aber es gibt gewisse Dinge, die man auch mit einer Frau nicht besprechen kann. — Er hatte Kollegen ... Was kann man schon mit Kollegen sprechen? ... Fachsimpeln! ... Und mit den Ärzten drunten? Für die war man der Lehrer ... Da schneite eines Tages ein einfacher Fahnderwachtmeister in die Wohnung des Dr. Laduner. Und Dr. Laduner ergriff die Gelegenheit und hielt vor besagtem Fahnderwachtmeister Monologe. Warum sollte er nicht?

«Er wirft seine Girlanden, und der Krieg flackert auf ...» wiederholte Laduner. Ein Militärmarsch erklang.

«Wo hört Mattos Reich auf, Studer?» fragte der Arzt leise. «Am Staketenzaun der Anstalt Randlingen? Sie haben einmal von der Spinne gesprochen, die inmitten ihres Netzes hockt. Die Fäden reichen weiter. Sie reichen über die ganze Erde ... Matto wirft seine Bälle und Papiergirlanden ... Sie werden mich für einen dichterischen Psychiater halten ... Das wäre nicht schlimm ... Wir wollen doch nicht viel ... Ein wenig Vernunft in die Welt bringen ... Nicht die Vernunft der französischen Aufklärungszeit, eine andere Art Vernunft, die unserer Zeit ... Die Vernunft, die fähig wäre, wie eine Blendlaterne in das dunkle Innere zu zünden und ein wenig Klarheit zu bringen ... Ein wenig die Lüge zu verscheuchen ... Die grossen Worte beiseite zu schieben: Pflicht, Wahrheit, Rechtschaffenheit ... Bescheidener zu machen ... — Wir sind allesamt Mörder und Diebe und Ehebrecher ... Matto lauert im Dunkeln ... Der Teufel ist schon lange tot, aber Matto lebt, da hat Schül ganz recht ... Es ist schade, dass Schül mir nie die Bitte erfüllt hat, eine Geschichte Mattos zu schreiben ... Ein kleines Gedicht in Prosa bring' ich bei keiner Zeitung an ...»

Er schwieg. Studer gähnte leise. Laduner hörte es nicht. Er sah müde aus. Er legte die Hand über die Augen. «Wir stehen auf verlorenen Posten. Aber wir müssen weitermachen ... Es hilft uns niemand. Vielleicht ist es nicht ganz nutzlos, vielleicht kommen später andere — in hundert, in zweihundert Jahren? —, die bauen dann dort weiter, wo wir aufgehört haben.»

Ein Seufzer. In der Wohnung war es still.

«Trinken Sie noch ein Glas Bénédictine?» fragte Laduner plötzlich. Er ging hinaus, blieb merkwürdig lange fort, kam wieder, mit zwei gefüllten Gläsern auf einem Tablett.

«Prost!» sagte er und stiess mit Studer an. «Sie müssen austrinken!» Studer leerte das Glas. Der Schnaps hatte einen sonderbar bitteren Nachgeschmack. Der Wachtmeister blickte Laduner an, doch der wandte sich ab.

«Gute Nacht, Studer. Und schlafen Sie gut!» sagte er mit seinem Maskenlächeln ...

Man liegt im Bett und weiss nicht, schläft man oder ist man wach ... Der Schlaf ist wie ein schwarzes Tuch, unter dem man liegt, und man kommt aus seinen Falten nicht los ... Man träumt, man sei wach, vielleicht ist man wirklich wach?

Das Zimmer ist doch hell. Unverständlich ist nur, warum die Helligkeit grün ist, obwohl die Nachttischlampe einen gelben Schirm trägt. Und in der grünen Helligkeit sieht man jemanden am Tisch sitzen. Er sitzt zurückgelehnt im Stuhl, hält eine Handharfe auf den Knien und spielt, spielt ...

«Irgendwo auf der Welt fängt der Weg zum Himmel an ...»

Merkwürdig ist nur eines: dass nämlich der Mann (ist es

ein Mann übrigens?), dass der Mann, der am Tisch sitzt, ständig seine Gestalt ändert ... Bald ist er winzig klein, und nur die Nägel seiner Finger sind lang und flaschengrün ... Bald aber ist er gross und dick, sehr dick ... Er sieht aus wie der Regierungsratsattentäter Schmocker, und er handharft zur Melodie: «Im Rosengarten von Sanssouci ...» Dann wachsen dem dicken, kleinen Mann plötzlich ein zweites Paar Arme aus den Schultern, die Arme sind lang und dünn, die Hände spielen mit Bällen und Papiergirlanden. Die Bälle fliegen durch das offene Fenster, die Papiergirlanden zieren die Wände ... Man ist ja im Kasino, mit den Honoratioren sitzt man am gleichen Tisch, Weisswein füllt die Gläser. Aber in einer Ecke der Bühne, baumelnd mit den Beinen, sitzt der Mann mit den vier Armen und spielt Handharfe und jongliert mit Gummibällen ... Es tanzen Paare im freien Raum, am Fusse der Bühne. Da springt der Vierarmige herab, mischt sich unter die Tanzenden, wie ein Primgeiger aus einer Zigeunerkapelle geht er zwischen den Tanzenden umher und neigt sich jedem Pärchen zu, mit einschmeichelndem Spiel ...

«Vernunft!» sagt Dr. Laduner laut. Da ist das Kasino verschwunden. Baracken stehen in ödem Feld. Ein Stern steht am Himmel, sinkt herab und ist eine glühende Fabrik mit vielen, unzählig vielen Bauten. Es stinkt nach Gas, die Augen tränen.

Da stehen sie wie ein stummes, starres Regiment: Bombe an Bombe, langgestreckt, elegant ... «Meine Erfindung», sagt der Vierarmige. Eine Bombe platzt, gelbes Licht strömt heraus, die Luft wird dunkel, die Musik schweigt, laut und deutlich sagt Dr. Laduners Stimme:

«In zweihundert Jahren bauen wir weiter ...»

Dann verfliegt der gelbe Gasvorhang, und auf einer weiten Ebene sind Leichen verstreut, die sonderbar verrenkt daliegen, ähnlich wie der alte Direktor oder wie der kleine Gilgen. Ja, richtig, einer ist der kleine Gilgen. Jetzt richtet er sich auf und sagt: «Irgendwo fängt der Weg zum Himmel an ...» und lacht, und ob dem Lachen erwacht man

... mit schwerem Kopf ... Das Zimmer ist dunkel, durchs Fenster sieht man, dass auch der Hof dunkel ist ...

Herrgottdonner! Warum hat einem der Dr. Laduner ein Schlafmittel in die Bénédictine geschüttet? ...

Ein Geräusch im Gang. Studer fuhr auf. Die Gangtüre schnappte ins Schloss. Mit einem Satz war Studer aus dem Bett ... Wohin schlich Dr. Laduner? ...

War der Vortrag über Mattos Reich nichts anderes gewesen als ein Ablenkungsmanöver, ähnlich dem Vortrag über das Demonstrationsobjekt Pieterlen?

Die Lederpantoffeln. Ein Blick auf die Uhr: zwei Uhr. — Ein Blick in den Hof: Eine Gestalt ging vorsichtig in der Richtung nach der Ecke, in der das K ans R stiess.

Wie hatte Dr. Laduner gesagt? Der Umgang mit Geisteskranken wirke ansteckend? ...

Es sickerte keine Handharfenmusik mehr durch die Decke. Wo mochte Pieterlen sein? Eigentlich hätte man sich schon lange den Estrich ansehen müssen, mit dem Fenster, aus dem nach Schüls Behauptung Mattos Kopf vorschoss und zurück, vor und zurück ... Vielleicht hatte Schül wirklich etwas beobachtet, vielleicht hatte Schül seine Beobachtung nur in ein Bild gekleidet ... Der kantonale Polizeidirektor, dem man angeläutet hatte, gleich nach dem Gespräch mit Frau Laduner, hatte nämlich mitgeteilt, dass man Pieterlens Spur noch nicht gefunden habe ...

Studer schlich über den stillen Hof, trat ins Sous-sol vom R. Die Tür der Heizung war geöffnet, das Licht brannte.

Am Fuss der Treppe, an der gleichen Stelle, an welcher der Wachtmeister den Direktor gefunden hatte, lag Dr. Laduner, und die Tür des Feuerloches stand weit offen.

Dr. Laduner war nicht tot. Nur betäubt. Studer liess ihn vorläufig liegen. Mit seiner Taschenlampe leuchtete er in das Ofenloch. Eine lederne Aktenmappe ... Daneben halb verkohlte Papiere. Vorsichtig zog Studer sie heraus.

Auf den unverbrannten Blattresten konnte er Worte entziffern:

«Pfleger Knuchel gibt an, er habe von Pfleger Blaser erfahren, dass Gilgen ein Paar Unterhosen im Schaft . . .»
Der Rest fehlte.
Auf einem andern Blatt stand:
«Schäfer Arnold † 25. VIII. Embolie. U 1.
Vuillemin Maurice † 26. VIII. Typhus exanthematosus. U 1.
Mosimann Fritz † 26. VIII. Allgemeiner Schwächezustand, Herzkollaps. U 1.»
Die Liste der Toten, die sich der Direktor angelegt hatte. Aber da war ein Blatt, fast unverkohlt . . .
«Sehr geehrter Herr Oberst,
In Beantwortung Ihres Schreibens vom 26. VIII. a. ct. teile ich Ihnen mit, dass ich die von Ihnen gewünschte Untersuchung vorgenommen habe. Ihr Sohn hat in letzter Zeit wieder dem Alkoholgenuss gefrönt, und gelang es mir persönlich, ihn zweimal in einer Wirtschaft in halbbetrunkenem Zustande zu betreffen. Es scheint mir, dass die von Dr. Laduner eingeleitete Kur wirkungslos bleibt, und erlaube ich mir, Sie zu bitten, die nötigen Schritte zu unternehmen, um besagte Kur zu unterbrechen . . .»
«Danke», sagte eine Stimme neben Studer. Der Wachtmeister wandte sich um. Dr. Laduner stand lächelnd neben ihm, nahm ihm die Blätter aus der Hand, steckte sie in den Ofen zurück, entzündete ein Streichholz. Dann flackerten die Papiere auf. Dr. Laduner holte Holz, eine Wädele, legte zuerst dünnes Holz auf das brennende Papier, dann dickeres, schliesslich die Ledermappe zuoberst . . . «Wir wollen die Vergangenheit verbrennen», sagte Dr. Laduner.
Einen Augenblick glaubte Studer, er träume noch immer. Aber dann sah er, wie eine fleckige Blässe Dr. Laduners sonst braunes Gesicht überzog, wie der Arzt wankte. Studer stützte ihn. Der Mann war schwer . . .
«Wer hat Euch niedergeschlagen, Herr Doktor?»
Laduner schloss die Augen, er wollte nicht antworten.
«Und», fuhr Studer fort, «das war nicht recht, mir ein Schlafmittel in den Schnaps zu schütten . . . Warum habt

Ihr das getan? Ich bin doch da, um Euch zu schützen ... Und das kann ich doch nicht, wenn Ihr mich einschläfert ...»

Laduner öffnete die Augen.

«Sie werden später schon noch alles verstehen ... Vielleicht hätte ich mehr Vertrauen zu Ihnen haben sollen ... Aber es ging nicht ...»

Dr. Laduner hatte eine Beule am Hinterkopf, sie war sichtbar unter der Haarsträhne, die wie der Kopfputz eines Reihers abstand, und Blut sickerte darunter hervor ...

«Ich will ein wenig abhocken», sagte Dr. Laduner mit müder Stimme. «Ein wenig Wasser, wenn dr weit so gut sy ...»

Er parodierte lächelnd den Oberpfleger Weyrauch ...

Studer trat aus der Heizung und ging bis zum B, denn es war die einzige Abteilung, die er kannte. Dort brach er in die Küche im Parterre ein, fand einen Milchhafen, der zwei Liter fasste, füllte ihn mit Wasser und machte sich auf den Rückweg. Unterwegs, im Sous-sol, traf er einen Mann, der in der Dunkelheit herumschlich. Studer sah ihn erst, als er das Licht anknipste. Da blieb der Mann stehen, er war untersetzt, muskulös ... Vielleicht ein Pfleger, der von einem kleinen Liebesausflug zurückkam ...

Der gedrungene Mann fragte, was denn los sei.

— Das gehe ihn nichts an, antwortete Studer mürrisch.

— Ob dem Dr. Laduner etwas passiert sei? — Nein, er sei ein wenig sturm, sonst nichts.

Der Mann atmete auf, wie erlöst. Aber als Studer ihn fassen wollte, um ihn wieder auszufragen, war der Mann in einem dunklen Seitengang verschwunden, und auch er musste Finken tragen, denn seine Schritte waren unhörbar ...

Studer wusch Dr. Laduners Wunde aus, verband sie mit seinem sauberen Taschentuch. Dann führte er ihn vorsichtig über den Hof, die Treppen hinauf ...

Es war günstig, dass der Nachtwächter schon seine Runde gemacht hatte.

Im Türmchen der Anstalt schlug der Hammer vier Schläge

und dann, kaum süsser, noch drei Schläge. Der letzte hallte scheppernd nach.
«Aber Ernscht!» sagte Frau Laduner vorwurfsvoll. Sie trug ihren roten Schlafrock. Studer half ihr, Dr. Laduner ins Bett zu legen. Dann empfahl er sich und wünschte gute Nacht. Es freute ihn, dass Frau Laduner ihm dankbar nachblickte ... In seinem Zimmer angekommen, musste er plötzlich an die Szene in der Erziehungsanstalt des Herrn Aichhorn in Oberhollabrunn denken.
Es schien manchmal doch mit Gefahren verbunden zu sein, Proteste ablaufen zu lassen, dachte er. Und ganz verschwommen sah er zum erstenmal etwas, das, übertragen, einem Fadenende glich; jenes Ende des Fadens, das man braucht, um ein Gewirr aufzudröseln ... Aber er konnte es noch nicht fassen ... er sah seine Farbe, weiter nichts ... Vielleicht war auch sein schlafsturmer Kopf an diesem Versagen schuld ...

Sonntägliches Schattenspiel

Es war günstig, dass Dr. Laduner an diesem Sonntag keinen Dienst hatte. So konnte er im Bett bleiben und seinem schmerzenden Kopf Ruhe gönnen. Zwar auch Studers Kopf brummte, aber die Spannung, das Interesse an der Anstalt Randlingen war stärker als die Migräne, die ihn plagte ... Donnerstag, Freitag, Samstag — drei Tage ... Man musste zu einem Ende kommen. Sonst — sonst kam man auch unter die Herrschaft Mattos.
Studer dachte an den Traum der letzten Nacht, als er gegen zehn Uhr früh durch die Abteilungen spazierte. Die Visite war schon vorüber, wie er erfuhr. Die baltische Dame hatte im Laufschritt die Abteilungen passiert. Studer hatte ihre Rückkehr gesehen, als sie allein, in weisswehendem Mantel, über den Hof in den Mittelbau galoppiert war ...

Nun stand er im K, in der Abteilung, in der jene lagen, die nicht nur im Geiste, sondern auch am Körper krank waren. Und Studer suchte nach dem Pfleger Knuchel, dem Dirigenten der Randlinger Blasmusik, der ja auf dem K Dienst tun musste. Er wusste nicht, warum er ihn suchte, warum er ihn zu sehen begehrte, aber es war ihm, als müsse er mit dem Manne sprechen, um mit ihm die Schuld zu teilen, die er sich zumass am Tode des kleinen rothaarigen Gilgen . . .

Die Patienten, die in den Betten lagen, waren meist sehr still. Sie blickten mit grossen, leeren Augen zur Decke, nur in einer Ecke lag einer, der mit zahnlosem Munde immer die gleichen Worte plapperte: «Zweihunderttausend Rinder, zweihunderttausend Schafe, zweihunderttausend Pferde, zweihunderttausend Franken . . .»

Gerade als der Wachtmeister auf den Pfleger Knuchel zutreten wollte (er erinnerte sich jetzt, dass er ihn schon auf der grossen Visite gesehen hatte, es war jener gewesen, den Dr. Laduner abgekanzelt hatte), entstand Geräusch und Füssescharren draussen im Gang. Räuspern. Dann stimmten Frauenstimmen einen Choral an.

Studer trat auf den Gang. Es waren drei alte Fräulein, die vierte war jünger und trug eine Gitarre, auf der sie eine einfache Begleitung spielte . . .

Sie sangen mit schleppenden Stimmen vom Himmelreich und seinem Glanz und von der Sünder Seligkeit. Der Pfleger Knuchel mit dem breiten Kinn und den Wulstlippen stand in der Türe zum Krankensaal und hatte ein einfältiges Lächeln um den Mund. — Vielleicht war das Lächeln auch fromm. Das jüngere Fräulein stimmte die Gitarre, präludierte. Eine frischfröhliche Weise, die sich gar sonderbar ausnahm, gesungen von den verwelkten Lippen:

«Die Sach' ist dein, Herr Jesus Christ . . .»

Und dann wandte sich eines der alten Fräulein an Studer: «Die armen Kranken», sagte sie, «man muss den armen Kranken auch eine Freude bereiten. Sie haben sonst gar keine Abwechslung! . . .»

In seiner Ecke hinten zählte der Kranke immer noch seine Rinder-, Pferde- und Schafherden ... Er hatte dem Gesang nicht zugehört ... Und die andern starrten zur Decke und sabberten auf ihre Leintücher. Die Fräulein verfügten sich eine Abteilung weiter, um andere Seelen zu erquicken ...
«Das ischt werktätiges Christentum», sagte der Pfleger Knuchel, dessen Hemdkragen von einem kupfernen Klappknopf zusammengehalten wurde ... «Die Ärzte mit ihrer Wissenschaft!» meinte er verächtlich. «Nichts für die Seele, nichts für den Geischt ... Arbeitstherapie! ... Ich habe einmal versucht, am Abend regelmässige Bibelstunden einzuführen, aber da hat mich Dr. Laduner bös angefahren ... Er habe nichts gegen die Religion, hat er gesagt, aber hier in der Anstalt sei es von Wichtigkeit, dass die Patienten lernten, der Wirklichkeit furchtlos ins Auge zu schauen.»
Der Pfleger Knuchel sprach wie ein Sektenprediger. Studer hatte einmal solch eine «Stunde» besucht, aus beruflichen Gründen, ein kleiner Hochstapler hatte sich bei den Leuten angebiedert, und fünf Kantone suchten ihn wegen Diebstahls und Betrugs ... Studer kannte die Worte des Liedes, er kannte seine Melodie ... Harmlose Leute, die in diesen «Stunden» verkehrten, stolz auf das, was sie ihr Christentum nannten — und es erlaubte ihnen, auf andere Leute selbstgerecht herabzublicken ...
«Aber», sagte Studer, «mit dem Gilgen habt Ihr Euch nicht gerade anständig benommen ... Nicht einmal christlich ...»
Ein starrer Zug trat in Knuchels Gesicht. Er erwiderte:
«Das weltliche Tun muss ausgerottet werden ... Ich bin nicht gekommen, Frieden zu bringen, sondern das Schwert ...» zitierte er. Und Studer fragte sich, ob man den Klatsch wirklich ein Schwert nennen könne ...
Wieder veränderte sich Knuchels Gesichtsausdruck, er wurde süsslich, ein gütig sein sollendes Lächeln entstand um seinen Mund:
«Wer nicht hören will, muss fühlen ...» meinte er. «Nur an der Religion kann unsere Welt genesen, und ich predige

den guten Geist, aber wenn sie meinen Heiland verspotten», sagte er und runzelte die Brauen, «dann muss man sie züchtigen mit eisernen Ruten . . .»
Armer, kleiner Gilgen mit seiner kranken Frau und seinen Schulden und seinem ganzen traurigen Leben! Ein Mensch immerhin, der an etwas geglaubt hatte, der den Patienten Trost spendete und einem Erregten im Bade Geschichten erzählte, die der Kranke nicht verstand, aber die beruhigend wirkten . . . Nicht sentimental werden! Aber es war nicht zu verhindern, dass man von Anfang an den kleinen Gilgen, der mit fünfzig vom Schaufelas schob, gern gemocht hatte, und dass man mitschuldig war an seinem Tod. Übrigens, warum hatte er sich zum Fenster hinausgestürzt? Wegen des Diebstahls? Chabis! Es war gar nicht erwiesen, dass der kleine Gilgen einen Diebstahl in der Verwaltung begangen hatte . . . Es steckte anderes dahinter . . . Warum hatte man den undeutlichen Eindruck, Gilgen habe jemanden decken wollen, er habe Angst gehabt, jemanden zu verraten, und sei deshalb zum Fenster hinausgesprungen? . . . Dieser Selbstmord wirkte wie eine heroische Geste . . . Furcht steckte vielleicht dahinter, man könne sich doch verraten, im Kreuzverhör . . . Die Leute hatten ja gewöhnlich eine panische Angst vor dem Untersuchungsrichter . . . Mit Recht! Mit Recht! . . .
Wen hatte er decken wollen? Pieterlen? Das Naheliegendste. Er war mit Pieterlen jeden Sonntag spazieren gegangen, die beiden hatten miteinander b'richtet: Gilgen hatte von seinen Schulden erzählt und Pieterlen von seiner Untat . . . Es war schwer, nach den Ausführungen des Dr. Laduner den Kindsmord als eine Untat zu betrachten . . . Immerhin . . . Pieterlen war zu einer kritischen Zeit verschwunden, sein Entweichen fiel mit dem Tod des Direktors zusammen, obwohl man den Beweis hatte, dass bei dem Tod des Direktors auf alle Fälle der Sandsack keine Rolle gespielt hatte . . . Die Präparate, die man angefertigt hatte mit Hilfe des Assistenten Neuville, bewiesen diese Auffassung. Aber

irgend jemand hatte den Direktor die Eisenleiter hinuntergestossen.
Jutzeler? Es sprach manches gegen ihn. Seine Ruhe, seine Abgeklärtheit; aber seine Stellung stand auf dem Spiel. Mit der Schwarzen Liste war nicht zu spassen. Auch in Spitälern nicht. Sie konnte dem tüchtigsten Manne den Hals brechen ... Man war noch nicht so weit, dass berufliche Tüchtigkeit wichtiger war als politische Gesinnung. Es würde lange gehen, bis man so weit war ...
Aber Jutzeler hatte nicht telephonieren können. Wer in der Anstalt hatte telephoniert und weswegen? ... Denn dass der Direktor auf das Telephon hin sich in jener Ecke eingefunden hatte, in jener Ecke, in der der Schrei um halb zwei erklungen war, das deckte sich dermassen mit allen andern Untersuchungsergebnissen, dass es Zeitverschwendung gewesen wäre, nach einer andern Lösung zu suchen ...
Aber wer hatte geschrien? Der Direktor? Oder sein Angreifer? ... Angreifer! ... Billige Benennung. Wer konnte sagen, dass es sich um einen Angreifer gehandelt hatte?
Pieterlen hatte an der «Sichlete» Handharfe gespielt. Pieterlen war mit seiner Handharfe verschwunden. Pieterlen hatte Grund, dem Direktor abzupassen, dachte er doch, seine Entlassung werde durch die Umtriebe des Direktors vereitelt ... Dagegen sprach wieder, dass Dr. Laduner in der Heizung niedergeschlagen worden war ... Dass Dr. Laduner gewusst hatte, dass der Inhalt der Mappe im Ofen versteckt worden war ...
Und das Portefeuille, das man hinter den Büchern in Dr. Laduners Wohnung gefunden hatte, kurz nach Gilgens Besuch? Die Handharfe! ... Studer dachte an die Melodien, die durch die Decke seines Zimmers gesickert waren; dachte an Matto, der aus dem Fenster über seinem Zimmer vorschnellte und zurück ...
Und während der Pfleger Knuchel, Dirigent der Randlinger Blasmusik (wenn sie spielte, durfte nicht getanzt werden, wohlgemerkt!), vom Gottesreich und von der Erlösung sprach, denn er hielt Studers Schweigen für eine

Zustimmung und hoffte, es werde ihm eine Bekehrung gelingen, dachte Studer so intensiv nach, dass seine Stirnhaut sich runzelte — auch dieses wertete der Pfleger Knuchel als Zeichen einer nachdenklichen Besinnlichkeit . . .
Um so erstaunter war er, als Studer plötzlich mit kurzem Gruss sich empfahl und eilig davontrabte. Sein Rücken war rund . . .
Der Gang über Dr. Laduners Wohnung roch nur nach Staub. Der Geruch von Apotheke und Bodenwichse fehlte vollständig. Links eine Reihe Zimmer. Dienstbotenzimmer . . . Einige Türen waren verschlossen, die letzte nur angelehnt . . .
Als Studer sie aufstiess, war das erste, was er sah, eine Handharfe. Dann: auf alten Koffern und Kisten lagen fettige Papiere, Brotresten . . . Jemand musste ziemlich lange in dem Raum gehaust haben . . . Wann hatte er ihn verlassen? Studer betastete die Brotresten . . . Sie waren nicht sehr hart . . . Gestern?
Und ihm fiel wieder ein Einbruchsversuch in der Verwaltung ein, nachdem der Pfleger Gilgen Selbstmord begangen hatte, weil er Angst gehabt hatte, nicht schweigen zu können . . .
Aber ausser dem Pfleger Gilgen war doch noch jemand anders zum Portier gekommen, um etwas zu kaufen . . . Nicht Stumpen, nicht Rauchzeug . . . Schokolade!
Die Irma Wasem . . . Auch sie war in den kritischen fünf Minuten im Mittelbau gewesen . . . Man musste die Irma Wasem fragen, ob sie etwas gesehen hatte . . .
Aber als der Wachtmeister in Laduners Arbeitszimmer die Nummern des Frauen-B eingestellt hatte und sich nach der Pflegerin Irma Wasem erkundigte, hiess es, sie habe heute ihren freien Sonntag und werde vor Abend kaum zurückkommen . . . Und als die Stimme sich weiter erkundigte, wer denn am Apparat sei, hängte Studer kurzerhand ein . . . Sie hatten ein schönes Leben, die Jungfern, ständig frei . . .
Der Nachmittag wurde lang . . . Dr. Laduner war aufge-

standen; mit verbundenem Kopf sass er auf dem Ruhebett im Arbeitszimmer, trank literweise schwarzen Kaffee und begründete diese Beschäftigung mit seinem Kopfweh. Er trug eine dicke Bandage um die Stirne und den Hinterkopf.

Aber auf alle Fragen Studers, wer ihn niedergeschlagen habe, warum er in die Heizung gegangen sei — schwieg er. Es war kein angenehmes Schweigen, sogar sein Maskenlächeln hatte der Arzt verloren. Er sah müde aus und verzagt.

Wie gesagt, der Nachmittag schlich sich hin, ein richtiger Sonntagnachmittag mit Handharfenspiel, das diesmal unzweifelhaft von den Abteilungen herübertönte — mit Gähnen, Unlust ...

Es war Zeit, dass der Fall beendigt wurde ...

Gegen halb sieben Uhr empfahl sich Studer und bat Frau Laduner, sie möge nicht mit dem Nachtessen auf ihn warten. Er könne wirklich nicht genau sagen, wann er zurückkehren werde. Vor der Loge des Portiers hielt Studer an, trat ein und fragte nach Gilgens Haus ... Die Lage wurde ihm beschrieben ... Es lag etwas ausserhalb des Dorfes, ganz in der Nähe des Flusses, der etwa anderthalb Kilometer von Randlingen vorbeifloss.

Und wieder die Allee mit den grünsauren Äpfeln. Die Abenddämmerung war grau ... Es war wohl eine Art Instinkt, die den Wachtmeister zu Gilgens verschuldetem Hüüsli führte ... Es lag am Ende einer Reihe gleichgebauter Einfamilienhäuser mit spitzzulaufenden Dächern. Alle schienen leerzustehen, nur aus dem Schornstein des einen quoll grauer Rauch in die abendliche Dämmerung. Studer sah sich die Namen an den Briefkästen an. Endlich: «Gilgen-Furrer, Pfleger.»

Er strich ums Häuschen, prüfte die Klinken aller Türen ...

Verschlossen ... Im Garten wuchsen Astern, die Sonnenwirbel waren noch klein. Sauber war der Garten, kein Unkraut ... Studer beschloss, zu warten. Er hätte in die Anstalt zurückkehren können, um sich noch einmal nach Irma

Wasem zu erkundigen, er unterliess es. Ge—wiss, wie Dr. Laduner sagte, das Hüüsli schien unbewohnt . . . Schien! . . . An was spürte man, dass doch jemand drinnen hauste? An einem Vorhang, der sich kaum bewegte? . . .
Der Wachtmeister verliess den Garten, ging ein Stück die Strasse entlang, die an der Siedlung vorbeilief. Da war ein Busch, gross genug, um sich dahinter zu verstecken. Noch ein Blick ringsum, Studer trat hinter den Busch, setzte sich . . . Es konnte ein langes Warten werden . . .
Die Abenddämmerung verging, die Nacht stieg auf. Am Himmel, der flaschengrün war wie Mattos Fingernägel, trat zuerst ein Stern hervor, dessen Schein blau war wie die Lampe im Wachsaal B. Und dann kam die Dunkelheit. Sie war schwarz. Kein Mond leuchtete.
Schritte . . . Harte Schritte, wie von Stöckelschuhen. Studer lugte vorsichtig hinter dem Busch hervor. Eine Frau kam das Strässlein entlang, wandte sich oft um, als ob sie Angst habe, verfolgt zu werden. Und vor Gilgens Haus blieb sie stehen, sah nach rechts, sah nach links . . . Dann betrat sie den Garten. Sie klopfte an der Haustüre, wartete. Langsam öffnete sich die Tür. In der stillen Nacht hörte Studer deutlich die Worte der Frau:
«Ich glaub', du kannst ein wenig mit mir spazieren gehen. Es redet sich besser draussen. Und ich hab' dir etwas zum Essen mitgebracht.»
Eine männliche Stimme antwortete: «Wie d'meinscht!»
Das Paar trat aus dem Garten, ging die Strasse entlang in der Richtung zum Fluss. Studer liess es vorausgehen, dann folgte er vorsichtig. Die Vorsicht wäre unnötig gewesen, denn die Nacht war dunkel. Er sah das Paar nur, weil die Frau ein weisses Kleid trug . . . Der Fluss rauschte. Am Horizont ging der Mond auf; er sah aus wie eine riesige Orangenscheibe. Sein Licht war sanft.

«Ist's gut gegangen?» fragte die Frau.
Und der Mann antwortete:
«Der Schroter hat mich nicht erwischt.»
Studer lächelte im Dunkeln. Die Blätter der Erlen und Weiden schimmerten grau im farbigen Licht des Mondes. Träge floss der Fluss und murmelte dunkle Worte, die niemand verstand.
«Was ist gestern gegangen?» fragte die Frau. «Bist du nicht unvorsichtig gewesen, Pierre?»
«Ich hab' den Schroter getroffen, wie ich den Dr. Laduner hab' suchen wollen. Schad, dass der Gilgen tot ist, er war ein feiner Köbi . . .»
Schweigen. Die Frau hatte sich an den Mann gelehnt. Vor den beiden lag eine Fläche Sand, und sie glitzerte unter den Mondstrahlen, die durch die Zweige brachen . . .
«Warst du nie eifersüchtig, Pierre?» fragte die Frau.
Wie eine Stimme sich verändern konnte! Studer hatte sie gehört, als sie von Tränen feucht war . . . Jetzt klang sie energisch, gütig und zärtlich zugleich.
«Eifersüchtig?» Es klang erstaunt. «Warum eifersüchtig? Ich hab' doch Vertrauen zu dir gehabt. Du hast mir doch gesagt, du gehest mit dem Direktor, nur um ihn umzustimmen wegen mir. Weisst, ich bin noch so dumm, dass ich alles glaube . . . Und warum hätte ich dir nicht glauben sollen?»
«Hast recht gehabt, Pierre . . . Weisst, was der Schroter gedacht hat? Er hat gemeint, ich wolle Frau Direktor werden . . . Ja, die Schroter! Es grosses Muul, süscht nüt . . .»
«Ach», sagte das Demonstrationsobjekt Pieterlen, «er ist eigentlich ein anständiger Kerl. Er hat immer zum Laduner gehalten. Wenn er gewollt hätte, hätt' er ihm schon lang Schweinereien machen können . . .»
«Magst den Laduner besser als mich?» fragte die Irma Wasem. Das waren so Fragen, wie sie Frauen gerne stellen. Studer lauschte andächtig. Das Ganze gefiel ihm, er hätte

nicht sagen können warum. Er musste an Dr. Laduners Ausspruch denken: «Sollen nicht auch wir einmal ein Idyll in unsern roten Mauern haben?» In solch einem Falle war es angenehm, sich geirrt zu haben ... Und auch der grosse Psychiater Laduner hatte sich geirrt. Das Meitschi war recht. Es hielt zu seinem Freunde. Zwar, Frauen waren manchmal merkwürdig, man konnte nicht immer alles glauben, was sie erzählten ... Aber in diesem Falle schien die Irma Wasem ehrlich zu sein, und man hatte wüscht daneben gehauen, als man dachte, man habe es mit einem jungen Totsch zu tun, der darauf spekuliere, Frau Direktor zu werden ... Der Angeschmierte war in diesem Falle Herr Direktor Ulrich Borstli, aber da er begraben war, konnte es ihm gleich sein ...

«Weisst», sagte die Irma Wasem, «am besten ist, du bleibst nicht mehr im Hause vom Gilgen. Ich war heut' bei meinem Bruder. Er ist in deinem Alter und ein feiner Kerl. Ich hab' dir seinen Heimatschein mitgebracht. Mit dem fährst du nach Basel, meldest dich unter seinem Namen an, und in einer Woche lässt du dir einen Pass ausstellen und fährst nach Frankreich. Ich hab' eine Schwägerin, die ist in der Provence verheiratet. Zu der kannst du gehen. Ich werd' dir dann noch schreiben ... Schliesslich wirst du nur von der Anstalt gesucht, ich glaub' nicht, dass der Laduner dich als gemeingefährlich bezeichnet hat, und so wird dich die Polizei nicht allzu eifrig suchen ...»

«Es wär' auch nicht mehr gegangen im Haus vom Gilgen. Der andere macht die ganze Zeit Krach ... Ich glaub' nicht, dass ich jemals so verrückt war wie der ... Einen Revolver hat er auch und droht, er will sich erschiessen. Ich dank' dir auch ... Weisst, ich werd' die Nacht durch laufen und dann in Burgdorf den Zug nehmen.»

«Hast Geld?»

«Nein ... Kannst du mir etwas geben? Wenn ich etwas verdien', schick' ich's dir wieder ...»

Er solle keinen Chabis reden, sagte die Irma Wasem. Studer hörte das Rascheln von Banknoten.

«Wenn's geht, komm' ich dich in Basel besuchen . . .» sagte die Irma. Dann war es lange Zeit still, nur der Fluss murmelte. Ein kleiner Wind spielte mit den Blättern der Erlen . . .
«Leb wohl», sagte das Demonstrationsobjekt Pieterlen.
«Mach's gut», sagte die Irma Wasem . . .
Und dann verschwanden die beiden Schatten in der Dunkelheit. Es war die beste Lösung! Das Demonstrationsobjekt Pieterlen verschwand. Es war ihm zu gönnen . . . Neun Jahre! Neun Jahre eingesperrt wegen Kindsmord! Und was lag alles dazwischen? Särge machen in der Zelle, Knopflöcher nähen, bis man verrückt wurde, weil man es nicht mehr aushielt. . . . Glasscheiben zertrümmern, Sondenernährung, Schlafkur. Und das Aufwachen, das Zurückfinden aus einem andern Reich, die Flucht aus dem Land, in dem Matto regierte . . . Aber regierte Matto nicht auf der ganzen Welt? . . .
Glück sollte man dem Pieterlen wünschen, dem Pierre Pieterlen, der wieder einmal seine Haut zu Markte trug . . . Vielleicht gelang es der Irma Wasem, dem Demonstrationsobjekt begreiflich zu machen, dass auch ein Handlanger mit weltanschaulichen Ambitionen das Recht hat, Kinder auf die Welt zu stellen und mit ihnen glücklich zu sein. Glücklich! . . . Das war auch so ein Wort. Vielleicht zufrieden . . .
Nach Frankreich . . . Gut! Studer hatte Frankreich gerne . . . Es war viel Unordnung dort, und eine Politik trieben sie da manchmal, dass Gott erbarm! . . . Aber immerhin, man sagte, es sei das Lieblingsland unseres Herrgotts. Nehmen wir es an, und wünschen wir dem Pierre Pieterlen Glück. Wenn einmal die Irma Wasem ihre Stelle kündigte, dann wusste man, was los war, dann konnte man eine kleine Glückwunschkarte schicken . . .
Und übrigens, es würde nicht schwerfallen, den Dr. Laduner zu überzeugen, dass dies die beste Lösung sei. Der Dr. Laduner hatte einem allerhand zu verdanken — er, der mit dem Brot und mit dem Salz so freigebig umging . . .

Was war Pieterlen gewesen? Ein Aktenbündel. Und Dr. Laduners Worte hatten das Aktenbündel zum Leben erweckt.

Und warum Pieterlen in jener Sichletennacht entflohen war? — Auch das würde sich klären ... Es war ja immer so bei diesen Fällen, man tappte im Dunkel, man strengte sich an, man fand schliesslich das Fadenende ... Aber damit war die Sache erledigt. Der Fall rollte sich von selber auf ...

Pieterlen verhaften? Wozu? Studer hatte, wie man im Bernbiet sagte, einen Steckgring. Er war gebeten worden, den Dr. Laduner behördlich zu decken ... Hatte er das nicht getan? Das Signalement des Pieterlen war verbreitet worden ... Waren die Kollegen in Basel so ungeschickt, das Demonstrationsobjekt durchschlüpfen zu lassen — mira ... Man konnte nicht überall zu gleicher Zeit sein ...

Pieterlen Pierre, schizoider Psychopath, du hast lange genug die Freiheit entbehrt, versuch, dich durchzuschlagen ... Wenn's dir gelingt, desto besser ... Wir sind allesamt arme Sünder. Wie hat einer einmal gesagt? Derjenige, der ohne Schuld sei, werfe den ersten Stein! ...

Studer schritt nachdenklich auf der Strasse zurück. Als er in die Nähe von Gilgens Haus kam, trat er schnell hinter den Busch, der ihm schon einmal als Deckung gedient hatte ... Die Türe stand weit offen, und ein Lichtkegel fiel auf den Gartenweg. Im Parterre waren die Läden eines Fensters geöffnet.

Aber es war nicht die ungewohnte Beleuchtung, die Studer hinter den Busch getrieben hatte. Über den Gartenweg ging ein Mann auf das Haus zu. Der Wachtmeister erkannte den Portier Dreyer ...

Studer schlich sich ans Haus heran. Er blickte durchs erleuchtete Fenster. Drei Personen waren im Zimmer. In einer der Ecken der blonde junge Mann, der auf dem Ruhebett geweint hatte. Er hielt eine Browningpistole in der Hand. Ihm gegenüber, in starrer Haltung, sass der Abteiliger Jutzeler. Dann wurde die Türe leise geöffnet. Der Por-

tier Dreyer trat ins Zimmer, sah sich um, schwang einen Stuhl an der Lehne zu sich heran und setzte sich neben Herbert Caplaun.
Studer betrat das Haus ...

Ein chinesisches Sprichwort

Am Montagmorgen, gegen neun Uhr, kam Studer aus dem Gastzimmer. Er trug seine ramponierte Handtasche aus Schweinsleder. Im Gange traf er Frau Laduner.
— Ob der Herr Wachtmeister verreisen wolle? fragte die Frau. Studer zog die Uhr aus dem Gilettäschli, nickte, meinte dann, soviel er wisse, fahre um elf Uhr ein Zug nach Bern. Den wolle er nehmen. Ob er vorher noch den Herrn Doktor sprechen könne?
— Ihr Mann sei nicht wohl, sagte Frau Laduner. Er liege noch im Bett. Aber wenn es etwas Wichtiges sei, wolle sie ihn rufen gehen. Ihre Augen blickten ängstlich. Ob der Herr Wachtmeister nicht zuerst frühstücken wolle?
Studer besann sich eine Weile. Dann nickte er schwerfällig. Wenn er um eine Tasse Kaffee bitten dürfe ... Und dann möge die Frau Doktor so gut sein und dem Herrn Doktor sagen, er warte im Arbeitszimmer. Er werde etwa eine Stunde zu erzählen haben, und sie möge dem Herrn Doktor sagen, er, Studer, wolle gern die Wahrheit erzählen, falls der Herr Doktor die Wahrheit zu wissen wünsche ... Frau Doktor möge so gut sein, diese Worte genau zu wiederholen ...
— Ja, ja ... Das wolle sie tun. Aber inzwischen möge der Herr Wachtmeister z'Morgen essen ... Der Kaffee stehe noch auf dem Tisch.
Studer hielt noch immer seine Handtasche in der Hand, als er ins Esszimmer trat. Eine bleiche Sonne, die kaum den Nebel zu zerteilen vermochte, schien ins Zimmer. Studer

trank, ass. Dann packte er seine Handtasche, die er neben sich gestellt hatte, stand auf, trat ins Arbeitszimmer, setzte sich in einen Lehnstuhl und wartete. Die Handtasche hielt er auf den Knien . . .

Dr. Laduner trug über einem Pyjama einen grauen Schlafrock. Seine nackten Füsse steckten in Lederpantoffeln.

«Sie wollen mit mir sprechen, Studer?» fragte er. Um seinen Kopf lag ein weisser Verband, der seine Gesichtshaut noch brauner erscheinen liess. Er setzte sich; seine Züge waren schlaff. Er bedeckte die Augen mit der Hand und schwieg.

Studer öffnete die Handtasche und legte nacheinander verschiedene Gegenstände auf den runden Tisch, der einmal, an einem Abend, der fern schien, eine Lampe mit leuchtendem Blumenschirm getragen hatte, und neben der Lampe hatten die Akten des Demonstrationsobjektes Pieterlen gelegen.

Dr. Laduner nahm die Hand von den Augen und blickte auf die Tischplatte. Auf ihr lagen, fein säuberlich, folgende Gegenstände:

Eine alte Brieftasche, ein Sandsack, der aussah wie ein riesiger, grauer Schüblig, ein Stück groben, grauen Stoffes, zwei Enveloppen, ein beschriebenes Blatt und ein Bündel Hunderternoten.

«Nett», sagte Dr. Laduner. «Wollen Sie die Gegenstände einem Polizeimuseum schenken, Studer?»

Bevor Studer antworten konnte, schrillte die Klingel des Tischtelephons. Dr. Laduner stand auf. Eine aufgeregte Stimme sprach am andern Ende. Laduner bedeckte die Muschel mit der Hand und fragte Studer:

«Wissen Sie, wo der Portier Dreyer ist?»

«Wenn der Landjäger von Randlingen meinen Befehl ausgeführt hat, so ist der Dreyer wahrscheinlich jetzt schon im Amtshaus in Bern . . .»

Laduner hielt noch immer die Hand über die Muschel, sein Maskenlächeln erschien wieder.

«Unter welcher Anklage?» fragte er.

Studer sagte trocken:

«Diebstahl und Mord ...»
«Mord? Mord am Direktor?»
«Nein, an Herbert Caplaun ...» Studers Stimme war so ruhig, dass Laduner den Wachtmeister einen Augenblick erstaunt anstarrte. Dann nahm er die Hand von der Muschel und sagte: «Ich komme später selbst. Augenblicklich habe ich eine wichtige Besprechung ... Nein», schrie er plötzlich, und seine Stimme überschlug sich. «Ich habe jetzt keine Zeit!» und schmiss das Hörrohr auf die Gabel. Er setzte sich wieder, lehnte sich zuerst zurück, schloss einen Augenblick die Augen, beugte sich dann vor und nahm, einen nach dem andern, die Gegenstände in die Hand, die auf dem Tisch lagen, Studer gab mit leiser Stimme Erklärungen:
«Das», sagte er, als Laduner den Sandsack aufhob, «habe ich auf der Plattform gefunden, von der die Leiter zum Feuerloch führt ... Das», damit meinte er das Stück Stoff, «lag versteckt unter der Matratze von Pieterlens Bett, und diese Brieftasche lag dort hinter den Büchern, ich hab' sie durch Zufall gefunden ... Sie hat mir schweres Kopfzerbrechen gemacht, denn ich fand sie, gleich nachdem Gilgen bei Euch gewesen war, Herr Doktor ...»
«Und die Enveloppen?»
Studer lächelte.
«Man muss doch zeigen», sagte er, «dass man kriminologisch geschult ist ...» Er hob die eine Enveloppe in die Höhe: «Sand!» sagte er. Dann die andere: «Staub aus den Haaren der Leiche ...» Er schwieg. «Übrigens ist der Direktor nicht mit einem Sandsack niedergeschlagen worden. Er ist ganz einfach ... Aber Ihr könnt das ja selbst lesen, Herr Doktor ...» Damit nahm Studer das handgeschriebene Blatt auf, faltete es auseinander, zögerte einen Augenblick ... «Ich will's Euch lieber selbst vorlesen ...» sagte er, räusperte sich, sagte:
«Geständnis»
machte eine Pause und las dann mit eintöniger Stimme:
«Ich, Endesunterzeichneter, Herbert Caplaun, erkläre hier-

mit, dass ich am Tode des Direktors der Heil- und Pflegeanstalt Randlingen, Herrn Dr. Ulrich Borstli, schuldig bin. Ich habe am 1. September, 20 Uhr, von der Portierloge aus Herrn Dr. Borstli, der sich auf einem Patientenfest befand, angeläutet und ihn unter dem Vorwand, ich hätte ihm Wichtiges mitzuteilen, auf halb zwei Uhr in eine Ecke des Hofes gelockt. Ich hatte ihn zu gleicher Zeit gebeten, die Dokumente, die sich auf die Sterbefälle im U 1 der Anstalt Randlingen bezogen, mitzubringen. Jedoch war dies nur ein Vorwand. Denn ich hatte erfahren, dass Direktor Ulrich Borstli sich mit meinem Vater in Verbindung gesetzt hatte, um meine zeitweilige Internierung in einer Strafanstalt zu erwirken. Ich hatte mir einen Sandsack verschafft und hatte beschlossen, den Direktor niederzuschlagen und seinen Körper in der Heizung zu verstecken. Jedoch kam es anders. Wir gerieten in Streit, und der Direktor wollte mich schlagen. Darauf rief ich um Hilfe. Um einen Skandal zu vermeiden, befahl mir der Direktor, mit ihm in die Heizung zu kommen. Ich folgte ihm. Er zündete das Licht an, öffnete seine Mappe und zeigte mir die Kopie eines Briefes an meinen Vater. Als ich diese gelesen hatte, ergriff mich die Wut, und ich hob den Sandsack. Der Direktor wich zurück, trat ins Leere und fiel rücklings hinab. Ich verschloss die Heizung, vergass aber das Licht zu löschen. In den folgenden Tagen habe ich mich in der Wohnung des Pflegers Gilgen versteckt gehalten.
Randlingen, den 5. September 19 . .

Herbert Caplaun.

Die Echtheit dieser Unterschrift bestätigen:
Jakob Studer, Wachtmeister an der Kantonspolizei
Max Jutzeler, Pfleger.»

Studer schwieg. Er wartete. Das Schweigen dauerte lange.
«Ihr werdet bemerkt haben, Herr Doktor, dass Euer Name in dem Schriftstück nicht vorkommt . . .» sagte Studer endlich. «Ihr habt mich angefordert, um behördlich gedeckt zu sein. Ich habe versucht, meine Mission zu erfüllen . . .»
«Und Caplaun ist tot?» fragte Dr. Laduner. Studer blickte

nicht auf, er hatte Angst vor dem Lächeln, das sicher um des Arztes Mund lag.

«Es war ein Unglücksfall . . .» sagte Studer verlegen.

«Sie sprachen doch von einem Mord?»

«Eigentlich beides . . . Aber es ist eine lange Geschichte. Und ich erzähle sie nicht gerne, weil ich eigentlich selber am Tode des Herbert Caplaun schuldig bin . . .»

«Wenn ich Sie recht verstehe, Studer, so haben Sie also durch Ihre Ungeschicklichkeit zwei Menschen getötet: den Pfleger Gilgen und den Herbert Caplaun . . .»

Studer schwieg. Er presste die Lippen zusammen, sein Gesicht wurde langsam rot.

Die höhnische Stimme fuhr fort:

«Sie haben sich mit mir identifizieren wollen, Studer . . .»

«Identifizieren?»

Was war das wieder für ein Wort?

«Ja, Sie wollten an meine Stelle treten, den Seelenarzt spielen, in meine Haut schlüpfen . . . Verstehen Sie?»

Dr. Laduner war aufgestanden. Er nahm einen Gegenstand nach dem andern vom Tisch — nur das Banknotenbündel liess er liegen —, trat zu einem Schrank in der Ecke, legte die Gegenstände hinein, schloss ab, steckte den Schlüssel in die Tasche seines Schlafrockes und blieb dann neben Studer stehen.

«Das erpresste Geständnis», sagte er, und seine Stimme war scharf, «ist sicher sehr brauchbar. Aber Sie haben gepfuscht, Studer, Sie haben mir ins Handwerk gepfuscht. Verstehen Sie? . . . Ich habe Sie bei mir aufgenommen, ich habe gehofft, Sie würden mir helfen, was haben Sie statt dessen getan? Auf eigene Faust gehandelt! Ohne mich um Rat zu fragen. Ich habe Sie noch gar nicht gefragt, wie Caplaun gestorben ist — das ist ja irrelevant . . . Das hat weiter keine Bedeutung, wenn Sie Mühe haben, Fremdwörter zu verstehen . . .»

Studers mageres Gesicht wurde noch röter, er ballte die Fäuste, er wusste, wenn er nun aufblickte und des Arztes lächelndes Gesicht sehen würde — das Lächeln, das einer

Maske glich —, dann würde er sich nicht zurückhalten können. Dreinschlagen! ... Was bildete sich der Mann eigentlich ein? Man hatte ihn geschont, man hatte sein möglichstes getan, ihm einen Skandal zu ersparen — und das war der Dank dafür?

«Ich will Sie noch auf einige Dinge aufmerksam machen, Studer: Haben Sie mich wirklich für so dumm gehalten, dass ich nicht von Anfang an wusste, was geschehen war? Verstehen Sie eigentlich nur Dinge, die man Ihnen mit klaren Worten auseinandersetzt? Wir haben uns doch in Wien kennengelernt! — Sie waren damals weniger schwerfällig ... Ist das Alter schuld an Ihrem Mangel an Verständnis? Sie haben doch vom Nachtwärter, der die Runden macht, erfahren, dass ich damals Caplaun im Gang vor der Heizung getroffen habe, kurz nach zwei Uhr ... Warum haben Sie mich nie darüber ausgefragt? Warum haben Sie mir verschwiegen, dass Sie den Sandsack gefunden hatten — und die Brieftasche? Warum haben Sie auf eigene Faust Untersuchungen geführt? Ich will es Ihnen sagen: Es war eine Kraftprobe, die Sie ablegen wollten, Sie wollten dem Herrn Psychiater beweisen, dass auch ein einfacher Fahnderwachtmeister psychologisch begabt sein kann ... Aber mit Seelen muss man vorsichtig umgehen — Seelen sind zerbrechlich ... Und von Pieterlen wissen Sie auch nichts? Also sogar kriminologisch haben Sie versagt? Sie sind ein Pfuscher, Wachtmeister Studer, weiter nichts ...»

Studer sprang auf. Das war zu viel!

Er stand Dr. Laduner in Boxerstellung gegenüber und hatte nur den einen Wunsch: mit der Faust das Lächeln zu zerschlagen. Sein rechter Ellbogen fuhr zurück. Dr. Laduner hatte die Hände in den Taschen seines Schlafrockes vergraben, er rührte sich nicht. Ganz leise sagte er, und das Lächeln verschwand nicht von seinen Lippen:

«Wachtmeister Studer, es gibt ein gutes und beherzigenswertes chinesisches Sprichwort ... ‚Eine ärgerliche Faust vermag ein lächelndes Gesicht nicht zu treffen.' Denken Sie darüber nach, Wachtmeister ...»

Studer setzte sich. Er war bleich.
Wirklich, dieser ganze Fall war genau wie ein Alpenflug. Nun war er zu Ende, und er war auf eine beschämende Art zu Ende gegangen.
Der Wachtmeister spürte eine so grosse Müdigkeit, dass er sich am liebsten vier Tage ins Bett gelegt hätte — was, vier Tage! —, dass er am liebsten gar nicht mehr aufgestanden wäre . . .
Wie hatte Dr. Laduner gesagt? Eine ärgerliche Faust vermag ein lächelndes Gesicht nicht zu treffen.
Zwei Tote!
Studer presste die Fäuste auf die Augen, er hätte gern das Bild verjagt, das ihn nicht losliess: Das Ufer des Flusses — ein Mann, der einen andern ins Wasser stösst . . . «Ich hätte dazwischenspringen können!» dachte Studer. «Warum hab' ich's nicht getan? Warum ist der Jutzeler nicht dazwischengesprungen? Hat eigentlich dieser Dr. Laduner uns alle verhext? Den kleinen Gilgen, der die Photographie mit der Widmung im Nachttischlischublädli aufbewahrt hat, den Schwertfeger, das Demonstrationsobjekt Pieterlen und den Angstneurotiker Caplaun? Soll ich dem Dr. Laduner sagen, warum der Herbert Caplaun den Direktor über die Eisenleiter hinuntergestossen hat? Oder weiss er auch das, der Herr Seelenarzt? Ich bin ein Pfuscher! Gut! Es kann nicht jeder mit den Gefühlen der andern umgehen, wie dies ein Chemiker mit seinen Reagenzien tut. Soll ich dem Dr. Laduner das unter die Nase reiben? Nutzlos! Der Mann wird auch auf diese Vorhaltungen eine Antwort wissen, die mir den Mund verschliesst . . . Es ist hoffnungslos . . .»
«Wissen Sie, was Sie jetzt brauchen, Studer?» fragte Dr. Laduner. Der Wachtmeister blickte erstaunt auf. Der Arzt ging zur Türe: «Greti!» rief er, «bring unserem Wachtmeister einen Kirsch. Es ist ihm übel geworden . . .» Er kam zurück, ging ans Fenster und sagte: «Vielleicht kann man den Alkohol auch zu den psychotherapeutischen Mitteln zählen . . . Mein berühmter Kollege hat es wenigstens behauptet. Und ich möchte ihm nicht ganz unrecht geben

... Trinken Sie, Studer, und dann erzählen Sie. Greti, du kannst auch zuhören ...»
Frau Laduner setzte sich auf das Ruhebett. Sie faltete die Hände. Studer schenkte sich ein Glas Schnaps ein, leerte es, füllte es noch einmal, behielt die scharfe Flüssigkeit eine Zeitlang im Munde, schluckte sie, räusperte sich dann und begann.

Sieben Minuten

«Der kleine Gilgen hat Selbstmord begangen ...» sagte Studer, «aus Angst — aber ich konnte keine Erklärung für seine Angst finden. Man will einen Menschen verhaften, weil er Geld gestohlen hat, und er stürzt sich zum Fenster hinaus ...
Gilgen hatte keine Ahnung, wie der Kassenschrank in der Verwaltung aussah. Er hatte zwei Bündel Hunderternoten in seinem Besitz. Er wusste nichts von dem dritten Bündel. Also hatte ein anderer den Diebstahl begangen. Gilgen schwieg. Doch er fürchtete sich vor einer Verhaftung. Warum hatte er Furcht? Weil der Richter ihn wohl gezwungen hätte, auszupacken. Logische Folgerung: Gilgen wollte jemanden decken ... Wer war damals im Gang? Der Portier Dreyer war in seiner Loge. Später kam die Irma Wasem, Schokolade kaufen. Um den Portier Dreyer zu decken, hätte Gilgen wohl nicht geschwiegen. Wen — ausser diesen beiden — hatte er in der Loge getroffen?
Pieterlen?
Pieterlen scheidet aus. Pieterlen hat im Zimmer, aus dessen Fenster nach Schüls Behauptung Matto immer vorschnellte und zurück — Pieterlen hatte in jenem Zimmer Handharfe gespielt. Aber Pieterlen war nicht mehr in diesem Zimmer. Ich hatte ihn getroffen im Gang bei der Heizung, als man

Euch niedergeschlagen hatte, Herr Doktor. Nicht Pieterlen hatte Euch niedergeschlagen — ein anderer schlich in den Gängen der Anstalt umher. Wer war dieser andere?
Die Lösung wäre einfacher gewesen, wenn ich bei der Erzählung des Obersten Caplaun ein wenig besser aufgepasst hätte. Aber ich war — mit einem eigenen Gewissenskonflikt beschäftigt.»
Studer lächelte schüchtern, legte die Hand auf Laduners Arm und fragte, ohne aufzublicken:
«Warum habt Ihr mir nicht gesagt, dass der Herbert Caplaun drei Monate auf dem B war?»
Der Arzt schwieg. Frau Laduner räusperte sich. Studer fuhr fort:
«Sie haben doch alle gewusst auf dem B, dass der Herbert Euer Privatpatient werden sollte. Er hatte es wohl erzählt. Ich kenne ja noch nicht viel von der Anstalt, aber eines kann ich mir gut vorstellen: In den langen leeren Tagen schwatzen die Leute, schwatzen viel, erzählen ihr Leben, sprechen von ihren Hoffnungen . . .»
Pause.
«Zwei Wärter auf dem B . . . Zwei Wärter, die zu Euch gehalten haben, Herr Doktor. Die junge Garde, wenn Ihr wollt. Der Jutzeler Max und der kleine Gilgen. Dem kleinen Gilgen habt Ihr Eure Photi geschenkt. Ich hab' sie gefunden in seinem Nachttischli . . . Glaubt Ihr denn, dass es schwer war, zu erraten, wen der Gilgen beim Portier Dreyer getroffen hat, wen er decken wollte? . . . Der Herbert Caplaun hat erzählt, wie er zum Hauptportal hereingekommen ist, die Loge des Portiers betreten hat . . . Der Dreyer hielt drei Päckli Hunderternoten in der Hand. Das Folgende habe ich rekonstruieren müssen. Sie wollten beide nicht reden. Ich denke mir, der Portier wird dem Herbert gedroht haben, er werde erzählen, wie der Direktor umgekommen sei, und der Herbert hat Angst bekommen. Dann ist der Gilgen eingetreten. Wahrscheinlich hat Caplaun die drei Päckli Hunderternoten gerade in der Hand gehalten . . .»
Auf dem runden Tisch lag das dritte Banknotenpäckli.

Studer nahm es auf und klopfte damit gegen die Tischkante.

«Der Herbert wusste, dass der Gilgen Schulden hatte. Er wusste, dass der Portier ein Dieb war. Er hat dem Gilgen viertausend Franken in die Hand gedrückt ... Und Gilgen ist auf die Abteilung zurückgegangen ...»

Frau Laduner seufzte.

«Und dann ist ein gewisser Wachtmeister Studer ans Telephon gerufen worden. Dann ist diesem Wachtmeister vom Portier mitgeteilt worden, in der Verwaltung sei eingebrochen worden, und der Wachtmeister Studer ist dem Portier Dreyer auf den Leim gegangen. Er hat den Schuldigen nicht gesehen, obwohl er mit ihm gesprochen hat. Er hat dem Schuldigen geglaubt und ist Gilgen nachgerannt ... Wisst Ihr, Frau Doktor, Euer Mann hat mir gesagt, ich sei ein Pfuscher. Er hat wohl recht.»

Studer seufzte.

«Der kleine Gilgen ... Ihr habt den Gilgen auch verhext, Herr Doktor. Ich kann mir gut vorstellen, was sich der Mann gedacht hat. Er hat den Caplaun auf der Abteilung gepflegt, und später an den Sonntagen, an denen er den Pieterlen spazieren führte, hat er den Herbert wieder getroffen. Die ganze Sache wäre leichter für mich gewesen, wenn Ihr mir nur ein wenig mehr erzählt hättet, Herr Doktor, denn die beiden haben doch Freundschaft geschlossen — der Angstneurotiker und der schizoide Psychopath ... Ihr seht, dass ich Fortschritte gemacht habe in der Psychiatrie ... Glaubt mir, Herr Doktor, ich verstehe den kleinen Gilgen jetzt gut. Zwei Sorgenkinder von Euch waren dem Gilgen anvertraut. Das eine geht fort, kommt wieder und gibt ihm viertausend Franken, und der kleine Gilgen versteht nicht ... Dann erscheint ein Fahnderwachtmeister, der ein Pfuscher ist ... Was tut der kleine Gilgen? Er will den Dr. Laduner decken. Eigentlich sollte der Doktor Laduner ja von der Behörde gedeckt werden, aber davon weiss der kleine Gilgen nichts. Der kleine Gilgen in seinem einfachen Kopf hatte nur einen Gedanken: Wenn ich dem

Wachtmeister erzähle, dass ich den Caplaun mit dem Geld in der Hand angetroffen habe, so geht der Schroter hin und verhaftet den Caplaun. Und dann ist der Dr. Laduner blamiert, denn er hat ja den Herbert Caplaun gesund machen wollen ... Aber eine so komplizierte Angelegenheit ist für einen einfachen Kopf unlösbar. Der kleine Gilgen weiss, dass er schweigen muss, aber er weiss auch, dass er schwach ist, dass er endlich doch wird reden müssen vor dem Untersuchungsrichter — und da bricht alles zusammen in ihm. Ich kann mir das vorstellen: Das Hüüsli ist verschuldet und die Frau krank, die Kollegen haben ihn verrätscht, die Aufsichtskommission weiss von seinen Diebstählen, die er nicht begangen hat — es ist zuviel für ihn, und da gibt er mir die Photi von seiner Frau und seinen beiden Kindern, und während ich sie anschaue, springt er zum Fenster hinaus ...»

Doktor Laduner murmelte: «Ich hab' Ihnen schon immer gesagt, Studer, dass Sie ein poetischer Fahnder seien.»

Studer nickte. Nach einer Pause sagte er:

«Die Brieftasche ... Wisst Ihr, Herr Doktor, dass ich die Brieftasche dort hinter den Büchern gefunden habe?»

Frau Laduner fragte erstaunt: «Hinter den Büchern?»

Studer nickte.

«Ja, am Morgen, an dem der kleine Gilgen zu Euch gekommen war, Herr Doktor. Ich wusste, dass der alte Direktor von der Krankenkasse zwölfhundert Franken bekommen hatte, aber wir haben damals beide festgestellt, dass die Taschen der Leiche leer waren. Und dann war die Brieftasche plötzlich hinter Euern Büchern. Wer hatte sie dorthin gelegt? Gilgen? Natürlich habe ich an Gilgen gedacht. Denn an jenem Morgen ist er auch in meinem Zimmer gewesen und hat den Sandsack geholt, den ich in meinem Koffer versteckt hatte. Und wo habe ich den Sandsack wiedergefunden am Samstagnachmittag? Hinter einem Paar alter Schuhe im Schafte des Pflegers Gilgen ... Schliesslich, Herr Doktor, Ihr denkt psychiatrisch, Ihr kennet die Seelen ... Was kenne ich? ... Mein Handwerk. Und zu meinem

Handwerk gehört doch, dass ich auf Grund von Indizien Verhaftungen vornehme. Saget selbst: Waren nicht alle Indizien gegen Gilgen? Ich bin ein Pfuscher, habt Ihr gesagt, aber jeder andere in meiner Lage hätte genau so gehandelt wie ich. Ihr müsst zugeben, dass eine Atmosphäre, wie die Eurer Anstalt, ungewohnt für mich ist. Ich weiss vielleicht ein wenig mehr als meine Kollegen, aber immerhin: Da wird einem von Matto erzählt, Ihr klärt mich einen ganzen Abend darüber auf, dass Kindsmord ein ganz verständliches Verbrechen sei, dass Kindsmord, mit anderen Worten gesagt, eine menschenfreundliche Handlung sei, Ihr verwirrt mich, Ihr erzählet mir nichts, Ihr wollet gedeckt sein — und doch fühle ich gut, dass Ihr Angst habt.

Lange Zeit habe ich gedacht, Ihr habt vor dem Pieterlen Angst. Und dann, so nach und nach, habe ich gemerkt, dass Pieterlen eigentlich ganz harmlos war, dass er probiert hat, Euch zu decken . . . Und jedesmal, wenn Eure beiden Sorgenkinder am Sonntag sich trafen (hat Euch der Herbert das auch in der Analyse erzählt?), haben sie nur über eines gesprochen: wie man Euch dazu verhelfen könne, Direktor zu werden . . . Der Gilgen hat zugehört. Der Gilgen hat wohl auch seine Meinung geäussert, und auch er fand wohl, dass es ungerecht sei: Ihr musstet die ganze Arbeit leisten, und der alte Direktor konnte den Ruhm einheimsen . . .»

Doktor Laduner unterbrach den Redefluss und sagte mit leiser Stimme: «Es gibt noch ein anderes chinesisches Sprichwort: ‚Der Mensch setzt Ruhm an, wie das Schwein das Fett'» . . . Er schnaubte kurz durch die Nase.

«Ihr habt immer ein gutes Wort parat, Herr Doktor, und ein witziges zugleich. Aber mir kommt die Sache gar nicht lustig vor. Ihr habt mir vorgeworfen, ich hätte durch mein Schweigen den Tod zweier Menschen verschuldet. Ich will Euch erzählen, wie der Herbert Caplaun gestorben ist. Aber vorerst müsst Ihr mir eine Frage beantworten: Wisst Ihr, warum der Herbert den Direktor über die Leiter hinuntergestossen hat?»

«Hinuntergestossen?» fragte Doktor Laduner. «Wir wollen sachlich bleiben. In seinem Geständnis hat er angegeben, der Direktor sei ins Leere getreten.»
Studer lächelte schwach:
«Glaubt Ihr das wirklich, Herr Doktor?»
«Es kommt gar nicht darauf an, was ich glaube, Studer. Ich halte mich an Tatsachen. Was der Caplaun in Wirklichkeit getan hat, geht mich nichts an . . .»
«Ich dachte, Herr Doktor, Ihr wolltet die Wahrheit wissen . . . Ich sollte die Wahrheit entdecken — für uns . . .»
«Sie haben ein gutes Gedächtnis, Studer. Scheinbar wissen Sie auch in der Psychologie Bescheid. Aber Sie dürfen mir eines glauben, dass bei Ihnen die Gefahr besteht, dass Sie die psychischen Mechanismen allzusehr vereinfachen . . . Nach Ihrer Meinung hatte Herbert Caplaun Grund und Ursache, den Direktor umzubringen. Ge—wiss . . . Aber welche Rolle spiele ich dabei? Wollen Sie mir Ihre psychologische Erkenntnis nicht anvertrauen?»
Studer blickte auf. Er hatte die Ellbogen auf die Schenkel gestützt und das Kinn in die Hände gepresst . . .
«Er hat aus Dankbarkeit gemordet, der Herbert Caplaun. Er war der merkwürdigen Ansicht, dass er Euch Dank schuldig sei . . . Dank für Eure Behandlung, Dank dafür, dass Ihr ihn gegen seinen Vater schütztet . . . Dankbarkeit! Ein sonderbares Motiv . . .»
Schweigen.
Frau Laduner fragte: «Syt-r sicher, Wachtmeischter?»
«I gloub-e-nes, Frou Dokter.»
«Lieber Studer, ich möchte Ihr Lieblingswort gebrauchen: Was Sie sagen ist Chabis. Ich will ja nicht leugnen, dass es möglich ist, die Dankbarkeit als eine Triebkomponente aufzufassen. Jedoch muss ich nach allem, was ich weiss, feststellen, dass der Hass, den Herbert Caplaun auf den Direktor geworfen hat, doch anders determiniert ist. Die Furcht vor dem Vater spielt hier eine Rolle. Nicht etwa» — Doktor Laduner hob die Hand mit gestrecktem Zeigefinger und sprach in dozierendem Tone —, «dass Herbert

Caplaun Angst vor einer Versorgung gehabt hätte. Er wusste, dass ich nötigenfalls alle Schritte unternommen hätte, um eine derartige Massnahme zu verhindern. Die Sache liegt tiefer. Sie werden wissen, dass die Bilder, die wir in unserer Kindheit aufgenommen haben, in uns ein Leben für sich führen; dass das Bild des Vaters, wie es sich in der Kindheit der Seele eingebrannt hat, im Unterbewusstsein des Erwachsenen weiter wirkt. — Der Direktor war für Herbert Caplaun nichts anderes als ein Bild des Vaters. Ich weiss aus der Analyse, dass der Wunsch zum Vatermord in Herbert Caplaun höchst lebendig war. Aber die Hemmungen, diesen Mordwunsch am eigenen Vater zu verwirklichen, waren so stark, dass sie sich auf eine Person übertrugen, die als Vater gelten konnte. Auf den Direktor also. Vielleicht hat das, was Sie Dankbarkeit nennen, eine Rolle gespielt ...» Doktor Laduner dehnte die Worte — «ich will dies bis zu einem gewissen Grade gelten lassen. Aber ...» Studer unterbrach:
«Dann will ich Euch lieber vom Tode des Herbert Caplaun erzählen.»

Fünfundvierzig Minuten

«Das Haus des Gilgen ... Es dreht sich alles um das verschuldete Hüüsli. Und da müsst Ihr mir Gerechtigkeit widerfahren lassen: Wär' ich dort nicht zur rechten Zeit erschienen, so hätte es noch einen Toten gegeben ...
Ich hab' den Abteiliger Jutzeler am Sonntag besucht. Ich hab' ihn nicht gefunden. Ich hab' das Haus vom Gilgen beobachtet, dann ein Gespräch belauscht ... Aber das Gespräch geht Euch nichts an. — Und nachher bin ich zurückgekommen, ein Fenster war offen. Ich hab' durchs Fenster geschaut. Und was ich da gesehen habe ...
Als ich ins Zimmer trat, sass der Herbert Caplaun in einer

Ecke und ihm gegenüber auf einem Stuhl, starr wie Holz, der Abteiliger Jutzeler. Der Herbert hielt eine kleine Browningpistole in der Hand und wollte den Abteiliger erschiessen. Es war noch ein anderer Mann im Raum, und dem schien der Gedanke sehr einzuleuchten, dass nun der Jutzeler erschossen werden sollte ...

Ihr seid jeden Morgen und während des Tags, ich weiss nicht wie oft, am Portier vorbeigelaufen ... Er hat für Euch die Telephonanschlüsse besorgt, er hockte hinter seinem Gitter, verkaufte Zigarren, Zigaretten, am Morgen wischte er den Gang, blochte die Büroräume ... Ein nützlicher Mensch! ... Er hat gut Bescheid gewusst in der Anstalt ... Wisst Ihr, warum er mir von Anfang an ein wenig unheimlich vorgekommen ist? ... Er hatte ein ähnliches Lächeln wie Ihr, Herr Doktor, und dann, das war das Ausschlaggebende: Er war an der Hand verwundet ... Ihr erinnert Euch an das Büro und an das Fenster ... Dreyer trug einen Verband an der linken Hand. Später erfuhr ich, dass er mit dem Abteiliger Jutzeler im Büro gekämpft hatte. Aber der Grund, den der Portier angab, warum er sich um ein Uhr nachts ins Direktionsbüro geschlichen hatte, dieser Grund wollte mir nicht einleuchten. Und als ich nachdachte, stiess ich immer wieder auf den einen Gedanken: Wer wusste von dem Geld der Krankenkasse? Der Portier Dreyer.

In jenem Zimmer sass er neben dem Herbert Caplaun, und es sah aus, als wolle er den jungen Mann dazu bringen, zu schiessen. Warum sollte der Jutzeler erschossen werden? Höchstwahrscheinlich, weil er etwas wusste ...

In diesem Augenblick betrete ich, der Wachtmeister Studer, das Zimmer. Ich bin nicht ängstlich, Herr Doktor. Ich fürcht' mich nicht einmal vor einer geladenen Pistole ... Wenn Ihr die Szene gesehen hättet, Ihr hättet lachen müssen. Ich bin einfach auf den Herbert zugegangen und hab' ihm gesagt: Gib mir die Pistole. Der Dreyer hat dazwischenfahren wollen. Und da hab' ich ihn ganz leicht unters Kinn gestupft. Dann ist er umgefallen.»

Studer betrachtete nachdenklich seine Faust, blickte auf, und da sah er Frau Laduner lächeln. Das Lächeln tat dem Wachtmeister wohl.

«Auch der Jutzeler hat sich nicht aufgeregt. Er hat nur gesagt: ‚Merci denn, Wachtmeister.' Und dann haben wir den Caplaun in die Mitte genommen, und er hat erzählen müssen . . .

Hat er Euch nie vom Portier erzählt, Herr Doktor?»

«Die Analyse beschäftigt sich nicht mit derart irrelevanten Dingen», sagte Dr. Laduner gereizt. «Es sind gewöhnlich Ausfluchtsmanöver . . .»

«Es wäre vielleicht doch gut gewesen, Ihr wäret auf diese Ausfluchtsmanöver näher eingegangen . . . Irrelevant? Das heisst wohl nebensächlich? . . .»

«Man kann es so übersetzen», sagte Doktor Laduner versöhnlich.

«Ich finde ja, dass der Portier Dreyer durchaus keine nebensächliche Rolle gespielt hat. Wenn der Herr Oberst über seinen Sohn, über die Verhältnisse der Anstalt, über Euch, Herr Doktor, so gut Bescheid wusste, so hatte er das dem Portier zu verdanken . . . Wusstet Ihr, dass der Mann früher in Paris und in England als Portier in grossen Hotels angestellt war? Wusstet Ihr, dass er dort viel gewettet — viel Geld verspielt hat? Er hat sich das nicht abgewöhnt. Ich habe nur zu telephonieren brauchen. Dann habe ich über den Portier Dreyer Bescheid gewusst . . . Der Mann brauchte Geld. Was er im Büro gesucht hat, es ist wohl nicht schwer zu erraten: das Geld, das die Krankenkasse ausbezahlt hatte . . .

Wir haben den Herbert gefragt, der Abteiliger Jutzeler und ich, von wo aus er dem Direktor angerufen habe an jenem Abend, da im Kasino die Sichlete gefeiert wurde . . . Er hatte sich in die Anstalt geschlichen, durch die Türe im Sous-sol des R — ist Euch nie ein Passe abhanden gekommen, Herr Doktor?»

Studer wartete auf eine Antwort, er wartete lange. Dann zuckte er müde mit den Achseln und fuhr fort.

«Ich hab', scheint es, ganz Euer Vertrauen verloren, Herr Doktor ... Kurz, hier ist der Passe; der Herbert Caplaun trug ihn auf sich. Ich habe ihn zu mir gesteckt ... Als Andenken für Euch ...» Und Studer schob den mattglänzenden Schlüssel sachte über den Tisch, aber Dr. Laduner steckte seine Hände nur tiefer in die Taschen seines Schlafrockes. Dann blickte er zum Fenster, als ob von dorther Zugluft drohe.

«Machen Sie kein sentimentales Theater, Studer», sagte er mürrisch ...

«Sentimental?» wiederholte Studer fragend. «Warum sentimental? Es handelt sich schliesslich doch um einen Menschen, der nun tot ist und der Euch seine Dankbarkeit hat bezeigen wollen ... Gestern vor acht Tagen haben sich Pieterlen und Herbert Caplaun getroffen. Der Pieterlen hatte den Sandsack mitgebracht. Sie hatten beide beschlossen, den Direktor aus dem Wege zu räumen, beide aus Dankbarkeit. Und Gilgen stand daneben, Gilgen fand den Plan verrückt, er riet ab, aber mit Herbert Caplaun war einfach nicht zu verhandeln. Herbert hat mir erzählt, er sei wie verrückt gewesen, damals, an jenem Sonntag; und am Sonntag vorher sei es genau so arg gewesen ... Da sei es ihm, dem Herbert, gelungen, den Pieterlen zu überzeugen. Aber Pieterlen wollte dem Caplaun nicht allein den Ruhm lassen — er wollte auch seinen Teil Dankbarkeit dazu beisteuern. Er beschloss zu fliehen. Auch er hatte Grund genug, den Direktor zu hassen ... Hatte ihm der Regierungsratsattentäter nicht eingetrichtert, der Direktor sei daran schuld, dass er, Pieterlen, nicht entlassen werden könne? Dass er frei würde, sobald Ihr, Herr Doktor, Direktor sein würdet? Ich will ja zugeben, dass Ihr recht habt: Nicht nur Dankbarkeit war die Triebfeder des ganzen Mordplans, jeder hatte auch noch seine eigenen privaten Gründe ... Und habt Ihr mir nicht selbst einmal erzählt, Irrsinn sei ansteckend?

... Der kleine Gilgen war ein weicher Mensch, weiche Menschen sind gefährlich, wenn sie einmal wütend werden

... Es war wohl in der ganzen Anstalt bekannt, dass Ihr mit dem Direktor nicht gut standet, dass er Euch gern den Hals brechen wollte ... Oder? ... Mir scheint, Ihr waret in einer ähnlichen Lage, wie seinerzeit der Kommissar Studer, als er gegen den Obersten Caplaun zu Felde zog ... Vielleicht ist Euch deshalb der Wachtmeister Studer wieder eingefallen und Ihr habt ihn verlangt, um gedeckt zu sein ... Stimmt's? ...»

Schweigen. Dann sagte Dr. Laduner langsam:

«Mir scheint, Studer, Sie leiden an Gedankenflucht ... Ich muss ehrlich sagen, die paar Rapporte, die ich von Ihnen kenne, waren bedeutend klarer als die Erzählung, die Sie mir jetzt auftischen ... Sie hüpfen von einem Thema aufs andere, Sie sind undeutlich ... Dürfte ich Sie vielleicht höflich ersuchen, sich ein wenig klarer auszudrücken? Wenigstens eine Geschichte zu beenden? Wer hat nun die Brieftasche mit dem Passe des Direktors und mit dem Geld hinter meine Bücher versteckt?»

«Ich werde darauf zurückkommen», sagte Studer ruhig, «Ihr müsst mich erzählen lassen, so gut ich kann, Herr Doktor, das ist nicht ein einfacher Fall, wie ein anderer, der draussen unter normalen Menschen spielt ... Dort habe ich sogenannte materielle Indizien, die ich so oder so werten kann ... Hier hatte jedes Indizium einen ganzen Zopf von seelischen Komplikationen — wenn Ihr mir den Ausdruck erlauben wollet ...

Gut. Ihr wollt eine Erzählung. Dann will ich Euch die Geschichte von gestern abend erzählen, die fünfundvierzig Minuten gedauert hat ... Nicht länger ...

Könnt Ihr Euch das Zimmer vorstellen im Hüüsli des kleinen Gilgen? Eine Lampe hängt von der Decke herab, die einen grünen seidenen Schirm trägt mit Fransen und Glasperlen ... In der Mitte ein Tisch, ein schwerer Tisch. An den Wänden ein paar Bilder — und Postkarten ... Ihr kennt die Postkarten, auf denen ein schöngestrählter Jüngling mit farbigem Poschettli ein Meitschi küsst, das rosarote Backen hat? Und Versli, in Silberschrift, stehen unter

dem Paar: ‚Lippen schweigen, es flüstern Geigen, hab mich lieb ...' Solche Postkarten waren mit Reissnägeln an den Wänden befestigt. Am Boden lag der Portier Dreyer. Und der Herbert Caplaun sass zwischen mir und dem Jutzeler ... Ich hatte den Jutzeler gefragt, warum er hierher gekommen sei ... Er wollte mir nicht antworten, zuckte mit den Achseln ... Endlich sagte er, er habe den Pieterlen suchen wollen, er sei überzeugt gewesen, Pieterlen habe sich zuerst in der Anstalt versteckt gehalten, aber dann sei es ihm zu unsicher geworden ... Er habe sich gefragt, wohin sich Pieterlen geflüchtet haben könne, und da habe er an das Hüüsli vom Gilgen gedacht. Er sei eingetreten, der Raum hier sei dunkel gewesen, plötzlich aber sei das Licht aufgeflammt, und Herbert Caplaun sei vor ihm gestanden und habe ihn mit dem Revolver bedroht ...
‚Warum hast du den Jutzeler erschiessen wollen?' hab' ich den Herbert gefragt.
‚Weil er mir nachspioniert hat ... Weil er mich an meinen Vater hat verraten wollen ...Weil er mich beim Doktor Laduner verrätscht hat ...'
‚Aber, Herr Caplaun', sagte Jutzeler, ‚das hab' ich doch nie getan ... Wer hat Euch das erzählt?'
Da wurde der Herbert wütend. Er schrie den Jutzeler an: ‚Ihr habt dem Doktor doch gesagt, dass ich in der Heizung bin, wär' er sonst, gleich nachdem ich den Direktor hinuntergestossen habe, schon vor der Türe gestanden, um mir aufzulauern? Aber ich war da schneller ... Ich bin ihm durchgebrannt ... Er hat mich nicht erwischen können .. Doch ich bin auch nicht losgekommen, vom Dr. Laduner ... Am nächsten Morgen bin ich zu ihm in die Wohnung, er hat mich schlecht empfangen, er war so kalt ... Immer hat er wiederholt: Ich will nichts wissen, Caplaun ... Alles, was Sie mir zu sagen haben, muss in der Analyse gesagt werden ... Ausserhalb der Analyse bin ich für Sie nicht zu sprechen! ... — Das hat er mir an dem Morgen gesagt. Und am Nachmittag bin ich auf dem Ruhebett gelegen, er hat wieder nichts gefragt, ich hab' nicht reden können, ich

hab' nur weinen können... Ich hab's doch nur getan, um ihm zu danken, dem Dr. Laduner, aber das hab' ich ihm doch nicht sagen können, er hätt' es mir nicht geglaubt.. Es wird immer alles ganz anders, wenn man so daliegt, und der andere ist unsichtbar und raucht nur und schweigt und schweigt... Ich hab' geweint, aber sprechen hab' ich nicht können... Ich hab' immer an die Mappe denken müssen und an die Liste der Toten... Und an das Protokoll über die Diebstähle des Gilgen... Die Mappe hab' ich gut versteckt gehabt. Im Ofen... Aber ich hab' dem Doktor nicht erzählt, wo ich sie versteckt habe... Ich habe auch nichts vom Direktor erzählt, und ich hab' doch gewusst, dass Sie die Leiche schon gefunden hatten, und dass der Dr. Laduner alles wusste... Aber der Doktor hat geschwiegen, und ich bin auf dem Ruhebett gelegen und hab' geweint... Sie wissen nicht, Wachtmeister, was das ist, eine Analyse!... Lieber drei Lungenentzündungen... Es sollte zu meinem Besten sein, ich sollte ein anderer Mensch werden... Aber alles erzählen müssen!... Man kann doch nicht alles erzählen... Und einen Mord schon gar nicht... Er war doch mein Beichtvater, der Dr. Laduner; wenn ich ihm gesagt hätte: ich hab' den Direktor die Eisenleiter hinuntergestossen, was hätte der Doktor machen können? Mich verhaften lassen? Konnte er doch nicht!... Genau so wenig, wie ein katholischer Pfarrer sein Beichtkind verhaften lassen kann, wenn es ihm einen Mord gesteht...'
Ja, Herr Doktor, so hat der Caplaun geredet, und wir sind neben ihm gesessen, der Abteiliger Jutzeler und ich, und auf dem Boden ist der Portier Dreyer gelegen, immer noch bewusstlos...»
Studer schwieg erschöpft, er hatte sich in Feuer geredet, aber er wagte nicht aufzublicken...
«Und Sie haben das alles geglaubt, Wachtmeister Studer?»
Studer hob den Kopf, ungläubig blickte er dem Arzt in die Augen. Dr. Laduner dachte nicht daran, den Blick zu senken. Seine Augen waren traurig.
Ärgerlich sagte Studer endlich:

«Herr Doktor, Ihr werdet doch nicht einen alten Fuhrmann welle lehre chlepfe? ...» Und vorwurfsvoll fügte er hinzu: «Ihr werdet mir doch nicht wollen beibringen, wann ein Geständnis wahr und wann es falsch ist?»
«Ge—wiss nicht ...» sagte Laduner ruhig. «Erzählen Sie ruhig weiter. Ich werde dann die Schlussfolgerungen ziehen ...»
Studer kratzte verlegen seinen Nacken. Wieder fühlte er sich unbehaglich ... Wie ein Aal war dieser Dr. Laduner, nie konnte man ihn fassen ... Was wusste er noch? ... War wirklich etwas dran an dieser Analyse? War man wirklich auf ein falsches Geständnis hereingefallen? Aber die Erzählung des Herbert Caplaun hatte so ehrlich geklungen ... Weiter, in Gottes Namen, was jetzt kam, war ohnehin schwierig genug zu erzählen ...
«Ihr wolltet doch gedeckt sein, Herr Doktor», sagte Studer vorwurfsvoll, «ich hatte nicht vergessen, dass Ihr mir Brot und Salz angeboten, dass Ihr mir den Leibundgut gezeigt habt, um mir den Fall Caplaun zu erklären, ich hatte nicht vergessen, dass Ihr mich aufgenommen hattet wie einen Freund, und auch die Frau Doktor — sie ist lieb mit mir gewesen und hat mir Lieder vorgesungen ... Da hab' ich gedacht, das beste wäre jetzt, der Caplaun würde ein Geständnis schreiben, und wir beide, der Jutzeler und ich, wir könnten dann unterzeichnen ... Ich hab' wohl achtgegeben, dass Euer Name nicht vorkam. Den Caplaun musste ich ja verhaften, aber ich wollte ihn zuerst zu Euch führen und mit Euch die Sache besprechen, was zu tun sei ... My tüüri Gott Seel!» seufzte Studer aus tiefstem Herzensgrunde. «Ich wollte Euch doch nicht ins Handwerk pfuschen, das dürft Ihr mir glauben, ich bin ein einfacher Mann, Herr Doktor, ich wollte tun, was in meiner Kraft stand, um Euch Sorgen zu ersparen ...»
«Studer! Studer!» unterbrach Dr. Laduner vorwurfsvoll. «Das sind alles Ausflüchte! Sie entschuldigen sich hartnäckig ... Sie haben nachher etwas getan, was Sie nur schwer verantworten können. Erzählen Sie mir das lieber,

so ruhig und sachlich als möglich ... Dann können wir weiter sehen ...»

Studer seufzte wieder ... Noch eine kleine Anstrengung, und dann war alles vorüber ... Dann konnte man Mattos Reich verlassen ...

«Aber Ernst», sagte da plötzlich Frau Laduner, «quäl doch unsern Wachtmeister nicht so ...»

«Merci, Frau Doktor», sagte Studer erleichtert. Und dann fuhr er fort:

«Die ganze Zeit über hatte der Dreyer unbeweglich auf dem Boden gelegen, seine Augen waren immer noch geschlossen. Aber ich merkte gut, dass seine Augendeckel zitterten ... Er war schon lange nicht mehr bewusstlos ... Aber ich liess ihn noch liegen, denn ich hatte noch ein paar Fragen zu stellen. Ich sollte doch die Wahrheit finden, Herr Doktor, die Wahrheit — für uns ... Darum fragte ich den Caplaun: ‚Und die Brieftasche? Warum habt Ihr die Brieftasche hinter den Büchern des Herrn Doktor versteckt?' — Da wurde der Caplaun rot, und schliesslich sagte er stotternd, er habe erwartet, dass Ihr, Herr Doktor, ihm danken würdet für den Dienst, den er Euch erwiesen habe ... Denn er habe erfahren von der Untersuchung, die der Direktor begonnen habe über die Todesfälle im U 1, und da habe der Herbert gemeint, Ihr seiet in einer gruusigen Gefahr ... Und nur darum habe er den Direktor hinuntergestossen ... Aber Ihr hättet nicht dergleichen getan ... Und da sei er toub geworden und habe gedacht, er könne Euch einen Streich spielen — wenn es nämlich eine Untersuchung gäbe und die Brieftasche werde bei Euch gefunden, so würdet Ihr in Verdacht geraten, und dann hätte er, der Herbert, hervortreten und gestehen können, und alle Welt hätte dann erkennen müssen, wieviel Edelmut in einem verkommenen Subjekt stecke ... Das waren etwa seine Worte ... Ich gab mich mit der Erklärung zufrieden ... Dann wollte ich aber noch wissen, warum der Gilgen mir den Sandsack aus dem Koffer gestohlen hatte ...

Da erfuhr ich nun, dass ich beobachtet worden war, und,

so unwahrscheinlich es klingen mag, ich bin vom Pieterlen beobachtet worden ... Pieterlen hatte sich in dem leeren Dachraum über meinem Zimmer versteckt, weil er gefunden hatte, dort sei er am sichersten aufgehoben ... So sicher fühlte er sich dort oben, dass er sogar wagte, Handharfe zu spielen ... Darum ist der Gilgen damals so erschrocken, als ich ihn in meinem Zimmer fragte, wer da spiele ... Es war ein Loch im Fussboden des Estrichs, durch das Loch konnte der Pieterlen alles beobachten, was in meinem Zimmer vorging. Da sah er mich den Sandsack und das Stück grauen Stoffes im Koffer verstecken ... In der Nacht schlich er sich auf die Abteilung und in Gilgens Zimmer und erzählte ihm das. In Eure Wohnung hat sich der Pieterlen nicht getraut ... Darum musste der Gilgen gehen ... Die Angst vor der Entlassung war nur ein Vorwand, er wusste gut, dass er unter Eurer Leitung nichts mehr zu fürchten hatte ...»

Studer schwieg eine Weile, dann fuhr er fort:

«Caplaun hatte sich beruhigt ... Auch sein Hass auf den Abteiliger Jutzeler schien verraucht zu sein ... Ich trat zu dem Dreyer, gab ihm einen Stupf und sagte ihm, er solle aufhören, sich zu verstellen ... Er müsse mitkommen ... Der Mann schlug die Augen auf ... Er hatte einen giftigen Blick ... Ich hätte wirklich mehr aufpassen sollen ... Aber man denkt schliesslich auch nicht immer an alles ...

Wir, der Jutzeler und ich, nahmen die beiden zwischen uns. Neben mir schritt der Caplaun, dann kam der Portier, und ganz zu äusserst links ging der Jutzeler ... Wir gingen auf dem Strässlein, und der Jutzeler meinte, wenn wir den Weg am Fluss entlang nehmen würden, so könnten wir bedeutend abkürzen ...»

«Sind Sie sicher, Wachtmeister, dass der Jutzeler den Vorschlag gemacht hat?» fragte Dr. Laduner. Studer blickte erstaunt auf. «Ja, Herr Doktor, ganz bestimmt ...»

«So», meinte Dr. Laduner nur. Dann zog er die Hände aus seinen Schlafrocktaschen und verschränkte die Arme über der Brust. Studer wurde unsicher.

«Ich weiss nicht», sagte er zögernd, «ob Ihr die Stelle kennt, wo das Ufer neben dem Weg ziemlich steil abfällt ... Dort ist der Fluss tief!»
Laduner nickte schweigend.
«Der Weg ist dort so schmal, dass wir hintereinander gehen mussten. Ich ging voraus, hinter mir schritt der Portier, dann kam der Herbert, und Jutzeler marschierte am Ende. Ich blickte mich von Zeit zu Zeit um, aber Dreyer hatte den Kopf gesenkt. Es war dunkel. Links fiel das Ufer ab, rechts stieg ein Abhang in die Höhe, der mit dichtem Gebüsch bewachsen war. Plötzlich hör' ich Geräusch hinter mir, schwere Atemzüge, trappen. Ich wende mich um: Da halten sich Caplaun und der Portier umklammert, und einer versucht den andern in den Fluss zu stossen. Ich ruf' dem Jutzeler zu, er soll eingreifen, denn ich steh' selbst nicht sicher, ganz am Rande des Weges, unter meinen Sohlen bröckelt die Erde ab, und Klumpen klatschen ins Wasser. Jutzeler rührt sich nicht. Er hat die Arme verschränkt, wie Ihr jetzt, Herr Doktor, und sieht dem Kampf zu ... Es ging dann alles sehr schnell. Ich hatte gerade wieder festen Fuss gefasst, da sah ich, wie der Dreyer den rechten Arm freimachen kann, er holt mit der Faust aus und trifft den Caplaun unter das Kinn ... Der Herbert stürzt rücklings ins Wasser — Ihr könnt es mir glauben oder nicht, Herr Doktor, aber in diesem Augenblick hab' ich an den alten Direktor denken müssen, der rücklings hinuntergefallen ist ... Es kam mir vor ... wie — ja, wie ... ein Gottesgericht ... Vielleicht hätt' ich den Caplaun auffangen können, aber dann wär' ich sicher mit ihm in den Fluss gestürzt ... Man denkt unglaublich schnell in solchen Augenblicken, Herr Doktor ... Ich hab' mich nicht gerührt ... Ihr müsst wissen, ich kann schlecht schwimmen ... Der Caplaun ist gleich untergesunken ... Er hat nicht geschrien ... Der Schlag hat ihn betäubt ... Wir beide, der Jutzeler und ich, haben den Dreyer gepackt und ihn nach Randlingen geführt ... Ich hab' dann Weisung gegeben, dass man ihn heut' morgen nach Bern transportiert ...»

Schweigen. Und in das Schweigen hinein schrillte plötzlich das Tischtelephon. Dr. Laduner stand auf, meldete sich, reichte Studer den Hörer.

«Man will Sie sprechen, Studer. Ich glaub', es ist der Postenchef vom Bahnhof Bern.»

Studer lauschte schweigend, sagte dann «Gut!», legte vorsichtig den Hörer auf die Gabel und wandte sich um. Sein Gesicht war sehr bleich.

«Was ist passiert, Studer?» fragte Dr. Laduner.

«Bei einem Fluchtversuch ist Dreyer in einen Camion gelaufen. Er ist überfahren worden ... Tot ...»

Dr. Laduner schien noch zu lauschen, obwohl das Wort «tot» schon eine ganze Weile verklungen war.

Dann entstand das Maskenlächeln wieder um seinen Mund; er legte den Zeigefinger der Linken auf den abgespreizten Daumen der Rechten:

«Erstens der Direktor», sagte er, dann berührte der Finger die Spitze des rechten Zeigefingers: «Zweitens der Gilgen ...» Nun kam der Mittelfinger an die Reihe: «Drittens Herbert Caplaun ...» und dann der Ringfinger: «Viertens der Portier Dreyer ... Es wird besser sein, Sie geben den Fall auf, sonst langen die Finger der beiden Hände nicht mehr zum Aufzählen ... Aber vielleicht ist es doch gut so ...» Er schwieg, tastete mit den Händen nach dem Verband, der seinen Kopf umgab, rückte ihn zurecht und sagte abschliessend: «Fast wäre ich der fünfte gewesen ...»

«Aber Ernscht!» rief Frau Laduner ängstlich und griff nach der Hand ihres Mannes.

Das Lied von der Einsamkeit

«Lass gut sein, Greti», sagte Dr. Laduner ruhig, stand auf und begann im Zimmer auf und ab zu gehen. Schliesslich blieb er vor Studer stehen, verschränkte wieder die Arme über der Brust: «Sie haben mich noch nicht nach den Toten im U 1 gefragt, Wachtmeister ... Was ist nun Ihr Urteil über mich? Bin ich ein Arzt, der an den ihm anvertrauten Kranken gefährliche Experimente wagt? Oder was meinen Sie?»

Studer riss sich zusammen. Er versuchte, den Arzt fest anzublicken, doch misslang ihm dies. So sprach er gegen den Boden: «Das ist wohl Sache Eurer ärztlichen Verantwortung und geht mich Laien nichts an . . .»

«Gut pariert, Studer!» Laduner nickte anerkennend. «Aber ich bin Ihnen nun doch auch eine Aufklärung schuldig. In unserer Anstalt ist der Typhus endemisch — das heisst, er lässt sich nicht ganz ausrotten ... Immer wieder, von Zeit zu Zeit, treten, trotz allen Vorsichtsmassnahmen, einzelne Fälle auf; dann erlischt die Krankheit wieder, um nach Monaten oder nach Wochen wieder aufzuflackern ... Ich hatte nun beobachtet, dass einige hoffnungslose Fälle, Verblödete, Katatone, nach der Überstehung einer Typhusinfektion sich plötzlich besserten; zwei Fälle, die schon zehn Jahre in der Anstalt waren, Unheilbare, wie es uns schien, konnten sogar, nachdem sie den Typhus überstanden hatten, entlassen werden. Das brachte mich auf die Idee, eine Ansteckung hervorzurufen. Ich habe es nur an Patienten versucht, die mindestens zehn Jahre interniert waren, deren Zustand sich gleichgeblieben war und bei denen auch wirklich kein Funken Hoffnung bestand, dass sie sich jemals bessern würden ...

Ich habe es offen getan, meine Kollegen wussten davon, die Sache wurde vor einem Jahre am Rapport verhandelt ... Der Versuch war nicht gefährlicher als beispielsweise eine Schlafkur ... Bei Schlafkuren rechnen wir mit einer Sterblichkeit von fünf Prozent ... Höher ist sie auch nie bei den Typhusversuchen gewesen ...

Ich habe Ihnen gesagt, dass die Sache am Rapport besprochen worden war: Der verstorbene Direktor hatte sich einverstanden erklärt ... Um Ihnen das Verhalten des Direktors in den letzten Monaten zu erklären, müsste ich Ihnen einen Kurs über Adernverkalkung und Geisteskrankheit halten, die wir senile Demenz nennen — mit deutschen Worten Greisenirrsinn ... In ihrem Anfangsstadium ist diese Krankheit nicht recht zu erkennen ... Sie beginnt schleichend ... Mir war es unmöglich, eine Krankengeschichte des Borstli Ulrich, Dr. med., Direktor der Heil- und Pflegeanstalt Randlingen, anzulegen ... Wir konnten den alten Mann nicht internieren lassen, wir versuchten ihm zuzusprechen, sich doch pensionieren zu lassen ... Er wollte nicht ... Bei der senilen Demenz ist stets Starrköpfigkeit, Uneinsichtigkeit festzustellen — aber auch Verfolgungsideen können auftreten ... Der alte Direktor fühlte sich von mir verfolgt. Früher kamen wir ausgezeichnet miteinander aus. Er war froh, dass ich ihm viel Arbeit abnahm, er war einverstanden, wenn ich Neuerungen vorschlug ... In der letzten Zeit glaubte er, ich wolle ihn blamieren — ihn aus seiner Stelle drängen —, ihn internieren lassen ... Daher sein Hass gegen mich ...

Was sollte ich tun? Gerade zu der Zeit, da die Anzeichen der Geisteskrankheit bei unserem alten Direktor immer deutlicher wurden, machte ich die Bekanntschaft des Herbert Caplaun. Der Jutzeler, der Ihnen gestern geholfen hat, war durch seine Frau weitläufig mit ihm verwandt. Der Jutzeler bat mich, mich des Herbert anzunehmen. Ich wollte es mir überlegen, sagte dem Jutzeler aber, er möge mir den jungen Mann einmal bringen. Er war Musiker, der Herbert. Er hat Lieder komponiert. Damals brachte er ein Lied mit; es waren Verse eines deutschen Dichters, die er vertont hatte ... Das Lied gefiel uns, nicht wahr, Greti?»

Frau Laduner nickte müde.

«Er war wie der Leibundgut, den ich Ihnen gezeigt habe, Studer; er trank, der Herbert; ich liess ihn während drei Monaten auf dem B. Sie haben das ja herausgefunden ... Sie haben seine Freundschaft mit Pieterlen entdeckt, seine Freundschaft mit Gilgen ... Er war ein lieber Mensch, der Herbert Caplaun ... Dann nahm ich ihn in Privatbehandlung. Ich konnte es nicht vermeiden, dass er von der Spannung erfuhr, die zwischen mir und dem Direktor herrschte ... Caplaun hat versucht, so glauben Sie, seine Dankbarkeitsschuld abzutragen, indem er den Direktor ermordete, und alles spricht gegen ihn: der Sandsack, den Pieterlen ihm verschafft hat, das Telephongespräch am Abend der Sichlete ... Aber, Studer, ist Ihnen nicht eines aufgefallen? Glauben Sie wirklich, der alte Direktor, misstrauisch, wie er war (und seine Krankheit hatte ihn noch misstrauischer gemacht), glauben Sie, der alte Direktor wäre so ohne weiteres an ein Rendezvous gegangen? Misstrauisch, wie er war? Glauben Sie das wirklich, Studer?»

Schweigen. Frau Laduner hatte die Augen weit geöffnet und starrte ängstlich auf ihren Mann.

«Es hat einer nachgeholfen ... Wer? Drei Männer kommen in Betracht, drei Männer, die den Direktor zwischen dem Telephongespräch und seinem Gang in die Heizung hatten sprechen können ... Drei Männer — und eine Frau. Nun, die Frau scheidet aus. Bleibt: 1. Ich (bitte wehren Sie nicht ab, ich hatte ein Interesse), 2. Jutzeler und 3. der Portier Dreyer ... Meine Frau wird Ihnen bestätigen können, dass ich in der Nacht vom 1. zum 2. September meine Wohnung ein Viertel vor eins verlassen habe und erst gegen halb drei wieder zurückgekommen bin. Gerade früh genug, um aufs B gerufen zu werden: Der Patient Pieterlen war entwichen. Was habe ich in dieser Zeit gemacht? Ein Nachtwärter hat mich an der Türe der Heizung gesehen, wie ich jemanden verfolgte. Caplaun offenbar ... Eigentlich hätte Ihr Verdacht auf mich fallen sollen, nachdem der Nachtwärter Ihnen dies mitgeteilt hatte ... Sie haben nichts davon wissen wollen ... Gut.

Als zweiter käme Jutzeler in Betracht ... Er hat sich mit dem Direktor gestritten — wegen des kleinen Gilgen. Jutzeler hätte das entscheidende Wort sprechen können, um den Direktor in die Heizung zu locken. Aber er scheidet aus, weil ...»

Dr. Laduner machte eine Kunstpause, zündete langsam eine Zigarette an ...

«Weil ich nach der nutzlos verlaufenen Verfolgung meines Sorgenkindes Caplaun im Gang vom Sous-sol einen Mann getroffen habe, der damit beschäftigt war, die Türe der Heizung zu verschliessen . . . Wissen Sie wen?»
Studer nickte. Plötzlich war alles klar. Er schämte sich. Er hatte gar nichts verstanden . . .
«Den Portier Dreyer», sagte Laduner leise. «Ich bin sicher, dass der Portier den Direktor überredet hat, sich mit Herbert zu treffen — was für Argumente er gebraucht hat, können wir nur erraten. Kurzum, ich wusste nicht, was in der Heizung passiert war, darum liess ich den Mann gehen. Ich folgte ihm leise. Er hat mich nicht gesehen. Als dann die Kunde ging, der Direktor sei verschwunden, das Büro sehe aus, als habe ein Kampf in ihm stattgefunden, dachte ich nach, was am besten zu tun sei. Ich wusste, Caplaun war bei der Sache irgendwie beteiligt . . . Da fiel mir ein Mann ein, den ich von früher her kannte, von dem ich wusste, dass er psychologischen Rätseln Interesse entgegenbrachte, und ich sagte mir: ‚Ich will mir den Mann holen, dann kann ich beruhigt meinen Patienten weiterbehandeln; er ist ein wertvoller Mensch, der Herbert Caplaun, die Gelegenheit, den Protest bei ihm zum Abflauen zu bringen, war nie so günstig, wird nie mehr so günstig sein . . . Sollte es Komplikationen geben, dann habe ich ja einen gewissen Fahnderwachtmeister bei der Hand, der mir helfen wird . . . Caplaun hat Sie von Anfang bis zu Ende angelogen, Wachtmeister. Sein Geständnis war falsch, seine Behauptung, er habe in der Analyse nichts gesagt, war Schwindel. Sie wissen nicht, welch furchtbares Druckmittel das Schweigen sein kann — mein Schweigen, zum Beispiel, wenn ich zu Häupten des Patienten sitze und er mich nicht sieht . . . Am 2. September schon, als Sie die Sitzung störten und den Caplaun weinen sahen, hatte er schon alles gestanden: Dass er den Direktor die Leiter hinuntergestossen habe, dass er das getan habe, um mir zu helfen . . . Ich schwieg . . . Denn ich wusste es besser. Ich wusste, dass Caplaun unfähig war, eine derartige Tat zu begehen, ich wusste, dass seine Hem-

mungen viel zu stark waren. Es war möglich, dass er sich mit dem Direktor in der Heizung getroffen hatte, aber er hatte ihn weder erschlagen (ich wusste damals nichts vom Sandsack) noch hatte er ihm einen Stoss gegeben.

Ich hatte den Dreyer aus der Heizung kommen sehen. Und ich wusste Bescheid . . .

Sie haben immer nur an einen Stoss gedacht, Studer. Ich wusste, als ich die Leiche sah, als ich ihre Stellung näher untersuchte, dass der Direktor hinuntergerissen worden war . . . Die Brille, die neben ihm lag! . . . Denken Sie an die Brille! . . . Bei einem Rücklings-Hinunterstürzen wäre sie nie abgefallen . . . Haben Sie nicht die Abschürfungen an der Nase der Leiche bemerkt? . . . Sein Gesicht hat sich an der Kante der Plattform gestossen, die Brille wurde weggerissen, dann erst ist der Direktor nach hinten gefallen und hat sich dabei das Genick gebrochen . . . Ein Fuss tritt ins Leere, ein Mann, der unter der Plattform verborgen ist, ergreift den Fuss, ein kleiner Ruck . . .

Aber das gehört ins Gebiet der Kriminologie . . . Ich bin Arzt, Studer, das habe ich Ihnen schon einmal gesagt . . . Seelenarzt . . . Können Sie sich vorstellen, welche Macht mir in die Hand gegeben wurde? — Sie verstehen nicht, was ich meine . . . Ein Mensch, der seelisch zerbrochen, verkrüppelt zu mir kommt, dessen Seele ich geradebiegen, heilen soll, dieser Mensch meint, er sei ein Mörder, er gesteht es mir, weil er weiss, ich darf ihn nicht verraten, ich bin sein Beichtiger . . . Ich kann ihn mit einem Worte beruhigen, ich kann ihm beweisen, dass er kein Mörder ist . . . Warum tue ich es nicht? . . . Weil die Idee, Mörder zu sein, den Heilungsprozess beschleunigen kann, weil ich dadurch einen Hebel besitze: Die Seele hängt wie eine Tür an schiefen Angeln — und ich kann die Angeln geradebiegen . . . Und ich dachte, Sie hätten das verstanden . . . Ich dachte, Sie erinnerten sich noch an Aichhorn . . . An die Szene mit dem Messer . . . — Der Dreyer lief mir nicht davon, der konnte warten, bis Sie ihn fanden . . .

Und sogar das haben Sie Caplaun geglaubt, dass er die Brieftasche in meinem Zimmer versteckt hatte ...

Ich selbst habe sie versteckt ... Ich habe sie am Morgen, bevor ich Sie nach Bern holen ging, in einer Schublade des Schreibtisches im Direktionsbüro gefunden ... Der Dreyer hat sie auch gesucht, die Brieftasche, aber er hat sie nicht gefunden ... Ich wollte die Brieftasche in Reichweite haben, um sie Caplaun einmal zu zeigen ... In der Analyse kommt es darauf an, von Zeit zu Zeit Minen springen zu lassen ...

Sie haben leider nichts begriffen, Studer. Darum war ich so ärgerlich ... Nun, Caplauns Tod war wohl Schicksal ... Greti, du musst zum Abschied noch dem Wachtmeister das Lied vorsingen, das Lied ...» Dr. Laduner lächelte müde, dann fügte er leise hinzu:

«Dem Lied verdankte es der Herbert, dass ich ihn in die Analyse nahm ... Kommen Sie, Studer!»

Noch nie hatte der Wachtmeister ein so seltsames Konzert gehört. Der Salon war kalt; sein Fenster ging auf den Hof — und ganz hinten ragte der Kamin auf, rot wie ein riesiger Metzgerdaumen deutete er gen Himmel. Graues Licht drang durch die Scheiben.

Auf dem runden Klavierstuhl sass Dr. Laduner. Vor ihm lag ein handbeschriebenes Notenblatt. Neben ihm, gerade aufgereckt, stand seine Frau. Ihr roter Schlafrock hatte steife Falten. Leise spielte der Arzt die Begleitung, Frau Laduner sang:

«Man kann mitunter scheusslich einsam sein ...»

Und Studer sah die Wohnung im ersten Stock, die Zigarrenstummel im Aschenbecher, die Kognakflasche und das aufgeschlagene Buch ... An den Ästen der Birke vor dem Fenster hingen zerknitterte Blätter ...

«Dann nützt es nichts, mit sich nach Haus zu fliehn, und falls man Schnaps zu Haus hat, Schnaps zu nehmen.»

... Das Küchenfenster im B. Und Pieterlen stand am Fenster; er starrte hinüber zur Frauenabteilung, wo die Irma

Wasem hinter den Scheiben stand und zu ihm hinüberblickte.
«Dann nützt es nichts, sich vor sich selbst zu schämen . . .»
Der kleine Gilgen sass auf dem Bettrand, der kleine Gilgen holte die Photi seiner Frau aus der Nachttischschublade, und dann war er plötzlich verschwunden —
«Dann weiss man, was man möchte, klein zu sein . . .»
Caplaun, Herbert Caplaun, hatte sich im Hüüsli des Gilgen versteckt. Versteckt vor seinem Vater, versteckt vor dem Psychiater . . . Und nun, und nun — Studer bedeckte die Augen mit der Hand — das Aufspritzen des Wassers im matten Sternenlicht . . .
«Dann schliesst man seine Augen und ist blind
Und ist allein . . .»
Die Frau schwieg. Ein paar leise Akkorde. Dann war es sehr still im Zimmer.

Der Chinese

Ein Toter auf einem Grab und zwei streitende Herren

Studer stellte das Gas ab, stieg von seinem Motorrad und wunderte sich über die plötzliche Stille, die von allen Seiten auf ihn eindrang. Aus dem Nebel, der filzig und gelb und fett war wie ungewaschene Wolle, tauchten Mauern auf, die roten Ziegel eines Hausdaches leuchteten. Dann stach durch den Dunst ein Sonnenstrahl und traf ein rundes Schild: es glühte auf wie Gold – nein, es war kein Gold, sondern irgendein anderes, viel unedleres Metall – zwei Augen, eine Nase, ein Mund waren auf die Platte gezeichnet; von seinem Rande gingen steife Haarsträhnen aus. Unter diesem Schild baumelte eine Inschrift: «Wirtschaft zur Sonne»; ausgetretene Steintreppen führten zu einer Tür, in deren Rahmen ein uraltes Mannli stand, das dem Wachtmeister bekannt vorkam. Doch dieser Alte schien Studer nicht kennen zu wollen, denn er wandte sich ab und verschwand im Innern des Hauses. Ein Luftzug brachte den Nebel wieder in Wallung – Haus, Tür und Wirtschaftsschild verschwanden.

Und wieder durchbrach die Sonne das Grau, ein Mäuerlein rechts von der Straße tauchte auf, Glasperlen glänzten auf Kränzen, goldene Buchstaben auf Grabmälern und Buchsblätter funkelten wie Smaragde.

Aber um ein Grab standen drei Gestalten: ihm zu Häupten ein Landjäger in Uniform, rechts ein elegant gekleideter Glattrasierter, der jung schien, links ein älterer Herr, dessen ungepflegter Bart gelblichweiß war. Bis auf die Straße war das erbitterte Gezänke dieser beiden zu hören.

Studer zuckte die Achseln, rollte sein Rad zu der Treppe mit den ausgetretenen Stufen, schob den Ständer unter das Hinterrad, betrat dann den Friedhof und ging auf das Grab zu, über dem zwei Lebende stritten, während ein Dritter es schweigend bewachte.

Und Wachtmeister Studer von der Berner Kantonspolizei seufzte während des Gehens einige Male sehr bekümmert, weil er dachte, er habe es nicht leicht im Leben ...

Heute morgen hatte der Statthalter von Roggwil ins Amtshaus telephoniert: – Auf dem Friedhof des Dorfes Pfründisberg sei die Leiche eines gewissen Farny gefunden worden, der seit neun Monaten in der Wirtschaft «zur Sonne» gewohnt habe. Vom Wirte Brönnimann sei der Tote gefunden und der Landjäger Merz benachrichtigt worden; dieser habe dann gemeldet, die Ursache des Hinschiedes sei ein Herzschuß. «Eine Untersuchung habe ich bis jetzt nicht führen können, doch kommt mir der Fall verdächtig vor. Der Arzt behauptet, es handle sich um einen Selbstmord. Ich bin nicht dieser Meinung! Um Sicherheit zu haben, scheint es mir wichtig, daß ein geschulter Fahnder zugegen ist. Der Friedhof liegt gerade der Wirtschaft gegenüber . . .»
«Das weiß ich», hatte Studer unterbrochen, und ein unangenehmes Frösteln war ihm über den Rücken gelaufen. Eine Julinacht war nämlich in seiner Erinnerung aufgestiegen; ein Fremder hatte ihm damals diesen Mord prophezeit . . .
«Ah, das wissen Sie? Wer spricht eigentlich dort?»
«Wachtmeister Studer. Der Hauptmann ist beschäftigt.»
«Gut, gut! Der Studer! Ausgezeichnet! Kommen Sie sofort! Ich erwarte Sie auf dem Kirchhof . . .»
Studer seufzte zum vierten Male, hob seine mächtigen Schultern, kratzte seine dünne, spitze Nase und fluchte innerlich. Natürlich würde es diesmal gehen wie all die anderen Male. Man war kein berühmter Kriminalist, obwohl man immerhin in früheren Zeiten viel studiert hatte. Wegen einer Intrigenaffäre verlor man die Stelle eines Kommissars an der Stadtpolizei, fing an der Kantonspolizei wieder an – und stieg in kurzer Zeit zum Wachtmeister auf. Obwohl man abgebaut worden war, obwohl man Feinde genug hatte, mußte man stets einspringen, wenn es einen komplizierten Fall gab. So auch diesmal. Nach dem Telephongespräch hatte Studer dem Hauptmann Rapport erstattet und den Vorfall jener Julinacht erwähnt . . . «Geh' nur, Studer! Aber komm' erst zurück, wenn du etwas Sicheres weißt – wenn der Fall aufgeklärt ist. Verstanden?» –

«Mira ... Aaadiö!» Studer hatte sein Töff bestiegen, war losgefahren. Die Julinacht vor haargenau vier Monaten! In ihr hatte er jenen Fremden kennengelernt, der den Schweizer Namen Farny trug – und dieser Fremde war nun also tot ...

«Sie können dem Himmel danken! Ja! Dem Himmel können Sie danken, Herr Statthalter Ochsenbein, daß ich meine Praxis nun bald aufgebe! Denn sonst müßten Sie mir Red' und Antwort stehen! Lachen Sie nur ... Sprengt man für einen offensichtlichen Selbstmord – ähämhäm –, alarmiert man für einen Selbstmord jawohl! die gesamte Kantonspolizei?»

Also sprach der ältere Herr (gelblichweiße Barthaare wucherten um seinen großen Mund); der elegante Glattrasierte hob abwehrend seine Hände, die in braunen Glacéhandschuhen steckten.

«Herr Doktor Buff, mäßigen Sie Ihre Rede! Schließlich bin ich Amtsperson ...»

«Amtsperson! ... Hahaha! ... Da muß ja ein Roß lachen!» Warum sprechen die beiden eigentlich Schriftdeutsch? fragte sich Studer. «Sie halten sich für eine Amtsperson? Eine Amtsperson sieht auf den ersten Blick, daß es sich hier um einen Selbstmord handelt, *um einen Selbstmord,* Herr Statthalter Ochsenbein!»

«Um einen Mord! Jawohl, um einen Mord, Herr Doktor Buff! Wenn Sie in Ihrem Alter nicht einmal einen Mord von einem Selbstmord unterscheiden können ...»

«In meinem Alter! In meinem Alter! Will so ein junges Mondkalb ... Ja! Ein Mondkalb, ich beharre auf diesem Wort ... mir altem Arzt erklären, wo es sich um einen Mord handelt und wo ...»

«In meinen behördlichen Vorschriften steht, daß ich in Zweifelsfällen stets eine kriminalistisch geschulte Autorität ...»

Studer hörte nicht mehr zu. Durch seinen Sinn spazierte ein Verslein:

Dinge gehen vor im Mond,
Die das Mondkalb nicht gewohnt,
Tulemond und Mondamin
Liegen heulend auf den Knien ...

Aber er rief sich selbst zur Ordnung, denn es schickte sich nicht, vor einer Leiche an lustige Gedichtlein zu denken.

Die Leiche: Das Gesicht war alt, ein weißer Schnurrbart fiel über die Mundwinkel, weich, wie eine jener Seidensträhnen, die Frauen zu feinen Handarbeiten gebrauchen. Die Augen geschlitzt ... Es war der Mann, den Studer vor vier Monaten in einer Julinacht kennengelernt und den er vom ersten Augenblick an den «Chinesen» genannt hatte.

Während der alte Landarzt, der in seinem abgetragenen Havelock einen arg verwahrlosten Eindruck machte, mit dem eleganten Statthalter weiter diskutierte, dachte der Wachtmeister zum dritten Male an diesem Morgen an jene Julinacht. Und wenn die Erinnerung an dieses merkwürdige Erlebnis die beiden andern Male noch dunkel gewesen war, so wurde es jetzt klar, farbig, und auch die Worte, die damals gesprochen worden waren, begannen in Studers Ohren zu klingen ...

Er fragte – und wie die Stimme eines Friedensengels klang die seine, als sie die schriftdeutsche Diskussion zweier Berner unterbrach: «Wer liegt hier begraben?»

Dr. Buff antwortete:

«Der Hausvater der Armenanstalt hat vor zehn Tagen seine Frau verloren ...»

«Der Hausvater Hungerlott?»

Der Arzt nickte. Im Nacken und über den Ohren waren seine Haare allzulang.

«Wie wollen Sie erklären, Herr Doktor Buff», sagte der Statthalter, «daß ein Selbstmörder sich ins Herz schießt, während die Kugel weder seinen Mantel noch seine Kutte, nicht einmal Hemd und Weste durchlöchert hat? ... Ist das ein Selbstmord, Wachtmeister? Sie sehen es ja selbst. Die Kleider sind zugeknöpft. So haben wir die Leiche gefunden. Aber der Herzschuß ist da.»

Studer nickte verträumt.
«Und der Revolver?» krächzte Dr. Buff. «Liegt der Revolver nicht neben der rechten Hand des Toten? Ist das nicht ein Selbstmord?»
Studer sah die große Repetierpistole – und erkannte ihn wieder, diesen Colt. Er nickte, nickte –, und dann schwieg er fünf Minuten, weil die Nacht des 18. Juli wie ein Film durch seinen Sinn flimmerte ...

Erinnerungen

Es war ein Zufall, daß Studer an jenem Abend in Pfründisberg abgestiegen war. In Olten hatte er vergessen zu tanken. Deshalb war er damals in der Wirtschaft «zur Sonne» eingekehrt ...
Er trat ein. An der Tür, die ins Nebenzimmer führte, stand ein Eisenofen, der silbern schimmerte, weil er mit Aluminiumfarbe bestrichen war. Vier Männer saßen um einen Tisch und jaßten. Studer schüttelte sich wie ein großer Neufundländer, denn auf seiner Lederjoppe lag viel Staub. Er nahm Platz in einer Ecke ... Niemand kümmerte sich um ihn. Nach einer Weile fragte er, ob man hier eine Kanne Benzin haben könne. Einer der Jasser, ein uraltes Mannli in einer Weste mit angesetzten Leinenärmeln, sagte zu seinem Partner:
«Er wott es Chesseli Benzin ...»
«Mhm ... Er wott es Chesseli Benzin ...»
Schweigen ... Die Luft hockte dumpf und stickig im Raum, weil die Fenster geschlossen waren; durch die Scheiben sah man das grüngestrichene Holz der Läden. Studer wunderte sich, weil keine Serviertochter erschien, um nach seinen Wünschen zu fragen. Der Partner des Alten meinte:
«Du hescht d'Stöck nid g'schrybe.»
Der Wachtmeister stand auf und erkundigte sich, wo es hier auf die Laube gehe, denn in dem Zimmer war es erstens

heiß und zweitens saß an dem Tische, wo gejaßt wurde, ein magerer Spitzbart, den Studer kannte: der Hausvater der Armenanstalt Pfründisberg, Hungerlott mit Namen ... Ein unsympathischer Mensch, den man kennengelernt hatte, früher, als man noch Gefreiter an der Kantonspolizei war und Transporte vom Amtshaus nach Pfründisberg machen mußte. Gerade heut abend hatte man gar keine Lust, mit diesem Hungerlott z'brichten ...

«Nume de Gang hingere ...» sagte der Uralte und: – der Weg sei nicht zu verfehlen.

Als Studer ins Freie trat, atmete er auf, trotzdem die Luft schwül war. Am Horizont kauerten riesige Wolken, im Zenit hing ein winziger Mond, nicht größer als eine unreife Zitrone, und warf sein spärliches Licht über die Landschaft. Dann verschwand auch er, und in der Nähe war einzig hell erleuchtet das Erdgeschoß eines großen Baues, der etwa vierhundert Meter entfernt von der Wirtschaft sich erhob. Der Wachtmeister lehnte sich an das Geländer der Laube und blickte über das stille Land; dicht vor seinen Augen wuchs ein Ahorn – die Blätter des nächsten Astes waren so deutlich, daß man sie einzeln zählen konnte. Als er sich nach der Lichtquelle umwandte, sah er hinter den Scheiben eines Fensters, das auf die Laube ging, eine Lampe, die einen schreibenden Mann beschien. Keine Vorhänge vor den Scheiben ...

Der Mann saß an einem Tisch, ein Stapel von fünf Wachstuchheften erhob sich neben seinem rechten Ellbogen – der Mann war damit beschäftigt, ein sechstes Heft vollzuschreiben. Sonderbar ... Wie kam ein fremder Gast dazu, in dem Krachen Pfründisberg seine Memoiren zu schreiben ...?

Pfründisberg: Eine Armenanstalt, eine Gartenbauschule, zwei Bauernhöfe. Das einzige, was dem Weiler Wichtigkeit gab, war die Tatsache, daß das Dorf Gampligen – zwei Kilometer weit entfernt – seine Toten in Pfründisberg begrub ...

Dies alles ging Studer durch den Kopf, während er vor dem

Fenster stand und dem einsamen Manne zusah, der unermüdlich in sein Wachstuchheft schrieb. Ein weißer Schnurrbart bedeckte seine Mundwinkel, die Backenknochen sprangen vor, und die Augen sahen aus wie geschlitzt. Bevor er noch ein Wort mit dem Fremden gesprochen hatte, nannte ihn Studer bei sich: den «Chinesen».
Und wahrscheinlich hätte der Wachtmeister an diesem Abend des 18. Juli gar nicht die Bekanntschaft des Mannes gemacht, wenn ihm nicht ein kleines Mißgeschick passiert wäre. War es der Staub der Landstraße, war es eine beginnende Erkältung? Kurz, Studer mußte niesen.
Die Reaktion des Fremden auf dieses unschuldige Geräusch war merkwürdig: Der Mann sprang auf, so eilig, daß sein Stuhl umfiel, seine rechte Hand fuhr in die Seitentasche der Hausjoppe aus Kamelhaar. In zwei seitlichen Sprüngen war er am Fenster und suchte dort Deckung in der Mauernische. Seine Linke griff nach dem Fensterriegel, riß die Flügel auf ... Kurzes Schweigen; dann fragte der Mann: «Wer ist da?»
Studer war hell beleuchtet, und seine massige Gestalt warf einen breiten Schatten auf die Laubenbrüstung.
«Ich», sagte er.
«Antworten Sie nicht so dumm», schnauzte der Fremde. «Ich will wissen, wer Sie sind.»
Der Mann sprach das Deutsche mit englischem Akzent. Englisch? Merkwürdig war nur, daß unter dieser fremdländischen Aussprache etwas Heimatliches hervorlugte, das nicht genau zu bestimmen war. Vielleicht lag es an der Betonung des Wortes «will», das der Mann wie «wiu» aussprach.
«Kantonspolizei Bern», sagte Studer gemütlich.
«Legitimation.»
Studer zeigte sie schweren Herzens, denn die Photographie, die auf diesem Ausweis klebte, hatte ihm immer Kummer bereitet. Er fand, er sehe aus auf ihr wie ein Seelöwe, der an Liebesgram leidet.
Der Fremde gab den Ausweis zurück. Die Situation war

immer noch unangenehm, denn der Wachtmeister wußte genau, daß der Fremde in der Seitentasche seiner Joppe einen Revolver trug; und es war unangenehm zu denken, daß ein Bauchschuß drohte. Wie eine lästige Mücke hörte der Wachtmeister das Wort «Laparotomie» in seinem Kopfe surren, und er atmete auf, als der Fremde endlich seine Rechte aus der Kuttentasche zog.

Nun fragte Studer bescheiden und übertrieben höflich, in sauberstem Hochdeutsch:

«Darf *ich* mir jetzt erlauben, *Ihre* Papiere zu verlangen?»

«Surely . . . sicher . . .»

Der Fremde trat an den Tisch, zog eine Schublade auf und kam mit einem Paß zurück.

Ein Schweizer Paß! . . . Ausgestellt für Farny James, heimatberechtigt in Gampligen, Kanton Bern; geboren am 13. März 1878, ausgestellt in Toronto, Kanada, erneuert 1903 in Schanghai, erneuert in Sydney, erneuert in Tokio, erneuert . . . erneuert . . . erneuert . . . erneuert 1928 in Chicago, U. S. A., . . . Grenzübertritt am 18. Februar 1931 in Genf . . .

«Seit fünf Monaten sind Sie wieder in der Schweiz, Herr Farny?» fragte Studer.

«Surely, fünf Monate. Habe die Heimat wieder sehen wollen . . .» Da war er wieder, der Laut! Der «Chinese» sagte: «He-imat» mit scharf getrenntem «e – i», während ein Engländer das «ai» sicher übertrieben hätte. «Sie sind . . . wie sagt man? . . . ein höherer Polizeibeamter? Ein . . . wie sagt man . . . Inspektor, nicht nur ein Policeman?»

«Wachtmeister», sagte Studer gemütlich.

«Dann werden Sie zugezogen, wenn passiert zum Beispiel ein Mord?» – Studer nickte.

«Es kann nämlich möglich sein, daß ich ermordet werde», sagte der «Chinese». «Vielleicht heute, vielleicht morgen, vielleicht in einem Monat – und vielleicht geht es auch länger . . . Sie trinken?»

Stille ... Nun kauerten die Wolken nicht mehr am Horizont. Sie waren höher gestiegen und bedeckten den Himmel. Ein Blitz zerschnitt die Nacht, der Schlag, der folgte, war heftig und ging dann über in ein Poltern und Grollen, das sich hinter den Hügeln verlor. Aber offenbar hatte es Kurzschluß in der Leitung gegeben. Die Lampe im Zimmer des «Chinesen» erlosch, doch auch gegen derartige Störungen war Herr Farny gewappnet, denn es vergingen kaum fünf Sekunden, bis der Lichtkegel einer Taschenlampe die Laube bestrich. Und Studer stellte fest, daß der fremde Gast die Lampe mit der linken Hand hielt, während seine Rechte den Kolben eines Miniaturmaschinengewehres umspannte. Noch ein Blitz – und dann, wie Beilschläge auf einen Buchenklotz, fielen die Tropfen auf die Blätter des Ahorns – zu zählen waren sie: fünf, sechs, sieben – wieder Stille – und endlich rauschte der Regen, auf stieg zur Laube der Geruch nassen Staubes und feuchten Holzes; dann dufteten Blumen.

Das Licht flammte auf; der «Chinese» versorgte seine Waffe in der Schublade des Tisches, spülte das Glas, das auf seinem Waschtisch stand und füllte es mit einer gelben, scharfriechenden Flüssigkeit. Auf der Etikette der Flasche war ein weißes Pferd abgebildet. «Trinken Sie», sagte der «Chinese». «Guter Whisky! Sie können Vertrauen zu ihm haben.» Studer leerte das Glas zur Hälfte, dann mußte er husten, was den «Chinesen» zum Lachen brachte. «Stark? Nicht wahr? Ungewohnt? Aber doch besser als ... wie sagen Sie ... Bätziwasser?» Er nahm Studer das halbvolle Glas aus der Hand, trank es aus und meinte dann: «Jetzt wir haben getrunken Bruderschaft. ‚Bruder-Studer' klingt ganz gut, nicht wahr? Du wirst mich rächen, wenn ich einem Mörder zum Opfer falle.»

Der Berner Wachtmeister dachte, daß dieser Herr Farny ein wenig lätz gewickelt sei. Der Kinderreim ‚Bruder-Studer' ging ihm auf die Nerven. Außerdem war es unmöglich, sich von einem Unbekannten duzen zu lassen. Wie würde er dastehen, er, der Wachtmeister Studer von der kantonalen Fahndungspolizei, wenn sich dieser Farny James als ein Hochstapler entpuppte? Dann mußte er ihn verhaften, natürlich, und der «Chinese» würde nichts Eiligeres zu tun haben, als dem Untersuchungsrichter mitzuteilen, er stünde mit dem Polizisten, der ihn geschnappt habe, auf Du und Du. Als darum der Fremde das Wasserglas von neuem mit Whisky füllte und es dem Wachtmeister zum Trunke anbot, dankte Studer für die Ehre. Der «Chinese» jedoch ließ sich durch diese Widerborstigkeit nicht stören, sondern meinte trocken:

«Du willst nicht trinken, Bruder-Studer? Dann trinke ich allein.» Und er leerte das Glas. «Aber», fuhr der «Chinese» fort, «ich will dich doch mit all jenen Menschen bekannt machen, die als meine Mörder in Frage kommen.»

Einen Augenblick dachte Studer daran, an die Waldau zu telephonieren, denn dieser Herr Farny litt offenbar an Verfolgungswahn. Dann ließ er das Projekt jedoch fallen und erklärte sich bereit, dem «Chinesen» zu folgen. Dieser nahm nicht den natürlichen Weg durch die Zimmertür, sondern turnte durch das Fenster auf die Laube hinaus, packte den Wachtmeister beim Arm und zog ihn mit sich. Und Studer stellte erstaunt fest, daß sein Begleiter aufgeregt war; sehr deutlich fühlte er, daß die Finger seines Begleiters zitterten; sie trommelten leise auf dem Leder seiner Joppe.

Krach

Herr James Farny führte den Wachtmeister in einen andern, ziemlich besetzten Raum. Das Zimmer mit dem silbern schimmernden Aluminiumöfeli war wohl der Privatsalon des Wirtes gewesen. In der Gaststube, welche die beiden jetzt betraten, saßen vier Männer, alt, in schmierigen blauen Überkleidern, in der Nähe der Tür um einen Tisch, auf dem eine Zweideziguttere, gefüllt mit einer hellgelben Flüssigkeit, stand. Beim Fenster hockten fünf andere Gestalten, gleich gekleidet, in verschmierte blaue Overalls, und auch vor diesen Männern standen niedere, dickwandige Gläschen ...

«Bätziwasser», sagte Herr Farny verächtlich.

Um einen runden Tisch, in der Mitte des Raumes, saßen fünf junge Burschen in städtischer Kleidung mit unwahrscheinlich bunten Krawatten unter schiefsitzenden Umlegekragen. Einer war unter ihnen, der Studer von Anbeginn an auffiel. Er sah älter aus als seine Genossen. Aus einem magern Gesicht ragte eine spitze Nase, die so lang war, daß sie wie verzeichnet aussah. Die fünf Burschen tranken Bier. Hinter dem Schanktisch hockte die Serviertochter und lismete. Zwei dicke braune Zöpfe lagen um ihren Kopf wie ein merkwürdiger Kranz. Herr Farny steuerte auf den Tisch zu, der neben dem der jungen Burschen stand. Dort trank ein alter Bauer gemütlich ein Zweierli Wein.

«Und, Schranz? Wie geht's?» fragte der «Chinese» den Alten.

«Mhm!» brummte der Alte.

«Was macht Brönnimann?»

«Jasse ...» Herr Farny nahm Platz, und auch Studer setzte sich. Es war durchaus ungemütlich in dem Raum. Eine Spannung herrschte, deren Ursprung man nicht recht feststellen konnte. Die vier Blaugekleideten an der Tür, die fünf in den schmierigen Überkleidern am Fenster blickten auf die zwei neu Eingetretenen, und ihre Münder waren mit Hohn verschmiert.

Nicht das Gewitter verursachte die Spannung, auch nicht die elegante Kleidung des Herrn Farny. – Deutlich hörte Studer das Wort «Schroterei», aber er wußte nicht, an welchem Tisch es ausgesprochen worden war.

Übrigens, woher hatten die Leute schon erfahren, daß ein Polizist unter ihnen war? Natürlich! Das Polizeischild am Töff. Aber ... Warum fürchteten die Armenhäusler die Polizei? Und warum die städtisch gekleideten Jünglinge mit

den schiefen Umlegekragen, die sicher der Gartenbauschule angehörten?
«Kognak!» rief Herr Farny. «Huldi, zwei Kognak! Aber vom Guten!» Die Saaltochter kam schüchtern näher. Auffallend war die Farbe ihrer Gesichtshaut. Es sah aus, als sei die Haut mit Schimmel überzogen.
«G'wüß, Herr Farny!» und «Gärn!» sagte die Tochter.
Aber es gelang ihr nicht, die Bestellung auszuführen, denn plötzlich begannen die Vier am Tisch bei der Tür nach der Melodie: «Wir wollen keine Schwaben in der Schweiz!» zu grölen: «Wir wollen keine Tschukker uff em Bärg, Tschukker uff em Bärg!» Sie standen auf. Der eine nahm die Zweideziguttere, die anderen bewaffneten sich mit den dickwandigen Schnapsgläslein – und so, von zwei Seiten, rückten sie gegen den Tisch des Wachtmeisters vor und sangen dazu ihr blödes Lied.
Der «Chinese» balancierte auf den Hinterbeinen seines Stuhles, und seine roten Lederpantoffeln baumelten auf den Zehen. Ihm schien die ganze Sache großen Spaß zu machen.
«Angst, Inspektor?» fragte er und streichelte die weiche Seidensträhne, die seinen Mundwinkel verdeckte.
Studer hob seine mächtigen Achseln. Als aber auch die Gartenbauschüler sich am Krach beteiligen wollten, als der Bursche mit der verzeichneten Nase eine Bierflasche packte, um sich den Armenhäuslern anzuschließen, sagte James Farny, befehlend, wie man zu einem Hunde spricht:
«Kusch, Äbi!» Der Bursche setzte sich wieder. Studer hockte auf seinem Stuhl, die Beine gespreizt, die Ellbogen auf den Schenkeln, die Hände gefaltet; sein Rücken war rund. Und in Wirklichkeit hatte er auch nichts zu fürchten, denn plötzlich ging die Tür zum Nebenzimmer auf, und die vier Jasser erschienen.
Es war merkwürdig, sie – einen nach dem andern – eingerahmt von der Türe zu sehen: Jeder wirkte wie ein Bild für sich.
Herr Hungerlott erschien zuerst und zögerte, bevor er die

Schwelle überschritt; der Bocksbart am Kinn machte sein Gesicht spitz.
«Was ist das für ein Krach! Schon wieder schnapsen! Und ich hab's doch streng verboten!»
Die alten Männer mit den schmierigen Überkleidern drückten sich gegen die Türe – nun stand Herr Hungerlott im Schein der Lampe:
«Ah! Der Herr Wachtmeister! Wie geht's, wie geht's?»
Studer murmelte etwas Unverständliches.
Eine zweite Gestalt, massig, mit aufgekrempelten Hemdsärmeln über blondbehaarten Armen, stand im Rahmen der Tür und kolderte los:
«Wie oft habe ich schon gesagt, ihr sollt am Abend nicht in die Wirtschaft kommen? Hä? Könnt Ihr nicht folgen? So, aber jetzt heim! Marsch-marsch!» Das mußte der Direktor der Gartenbauschule sein. Ein dreifaches Kinn sickerte über sein rohseidenes Hemd, auf seinem gewölbten Bäuchlein baumelte eine Kette aus Weißgold, und in den Ringfinger der Rechten war der Ehering tief eingegraben.
Die Schüler verschwanden ...
Und nun erst erschien der Uralte, gebeugt und keuchend. Er krächzte:
«Was hat es gegeben, Huldi? Hast mich nicht rufen können?» Dann machte ein Hustenanfall seinen Fragen ein Ende. Ihm auf dem Fuße folgte sein Partner beim Jassen, der Bauer Gerber, und so unscheinbar war dieses Männlein, daß niemand ihm Beachtung schenkte.
In dem fast leeren Raume schwebte als einzige Erinnerung an die Armenhäusler der Geruch von Bätziwasser und schlechtem Tabak. Aber auch dieser schwand, als die Serviertochter auf den Befehl des Direktors ein Fenster öffnete: Die vom Gewitterregen gereinigte Luft strömte ins Zimmer ...
Und dann geschah ein Wunder. Plötzlich standen auf dem Mitteltisch sechs Gläser aus Kristallglas (Kristallglas in einer kleinen Beiz!). Herr Farny schenkte ein und, mit einem Augenzwinkern zum Wachtmeister, stellte er vor:

«Herrn Hungerlott, den Hausvater der Armenanstalt, kennen Sie schon, Herr Inspektor ... aber hier, darf ich Ihnen vorstellen: Herr Ernst Sack-Amherd, Direktor der Gartenbauschule Pfründisberg. Weiter: Herr Alfred Schranz, Landwirt; Herr Albert Gerber, Landwirt; die Serviertochter Hulda Nüesch. Und als letzter: unser allverehrter Rudolf Brönnimann, Wirt des Gasthofes ‚zur Sonne' ... – Und hier unser Inspektor Jakob Studer ... Wir wollen anstoßen!»
Studer erinnerte sich, damals gedacht zu haben, dieser Herr Farny müsse ein ausgezeichnetes Namensgedächtnis haben, denn: er hatte des Wachtmeisters Legitimation nur kurz gesehen, und nicht nur an seinen Familiennamen erinnerte er sich, sondern auch an seinen Vornamen. Doch seinen Reim: ‚Bruder-Studer' hatte er vergessen, denn er duzte seinen Gast nicht mehr ...
«Es ist ein Elend», sprach der Hausvater Hungerlott, «man kann den Leuten das Schnapsen nicht abgewöhnen. Ich möchte Euch bitten, Wachtmeister, das, was Ihr hier gesehen habt, in Bern nicht weiter zu erzählen ... Schließlich und endlich, die Leute arbeiten die ganze Woche, am Samstag bekommt jeder ein Fränkli und ein Päckli Tabak. Das muß für die nächstfolgenden acht Tage langen. Was tun die Leute, um ihr Elend zu vergessen? ... Kognak ist ihnen zu teuer, darum saufen sie Bätziwasser. Der Pauperismus, Herr Wachtmeister, ist der Aussatz unserer Gesellschaft. Muß ich Ihnen das Wort ‚Pauperismus' erklären?»
Studer blickte vor sich auf den Tisch. Er hatte einen nichtssagenden Gesichtsausdruck aufgesetzt, der wie eine Maske wirkte. Jetzt hob er die Augen, und sein Blick war leer.
«Pauper», dozierte der Hausvater, «heißt ‚arm' auf lateinisch. Der Pauperismus beschäftigt sich mit dem Problem der Armut. Bei uns kommt natürlich noch die ganze Frage des Fürsorgewesens hinzu, die ebenso kompliziert ist wie ...»
«Aber du heschd d'Stöck nid gschriebe, im letschte Gang!» unterbrach hier der Landwirt Gerber. Brönnimann begehrte auf: Woll, er habe sie geschrieben, das sei eine verdammte Lüge ... Und Studer sagte, daß er schon lange eine Kanne

Benzin verlangt habe, ob es nicht möglich sei, sie endlich zu bekommen?
– Exakt! Der Mann habe Benzin verlangt, unterstützte Gerber des Wachtmeisters Reklamation.
Einen Augenblick herrschte Schweigen. Dann sagte der Direktor der Gartenbauschule, Herr Sack-Amherd: – Ja, es sei auch nicht immer einfach mit den angehenden Gärtnern ... meistens hätten die Burschen schon selbständig gearbeitet und keinen Sinn für Disziplin.
«Was soll *ich* aber dann sagen?» mischte der Hausvater Hungerlott sich wieder in das Gespräch. «Alles wird mir zugewiesen, was man nicht gut nach Witzwil, nach Thorberg oder nach Hansen schicken kann. Leute sind darunter, die mindestens zehn Jahre Gefängnis auf dem Buckel haben, beschäftigen muß ich sie, aber Sie sollten die Reklamationen hören, Herr Wachtmeister! – Für nüt müßten sie arbeiten; durch ihre Arbeit könnten die großen Herren ein schönes Leben führen – und dabei, ich will ganz offen zu Ihnen sein, gelingt es uns nicht einmal, die Unkosten herauszuwirtschaften. Jährlich muß der Staat zum mindesten – ich sage zum mindesten! – zwanzigtausend Franken draufzahlen, sonst würde es mit unserer Abrechnung bös hapern. Ich komme mir bald vor wie ein Reisender, sogar ein Auto habe ich mir angeschafft und muß nun die Kundschaft abklopfen. Die Konkurrenz der andern staatlichen Anstalten! Das ist das Übel! Die Irrenanstalten, die Strafanstalten, sie alle liefern Heimarbeit – und so kommen wir zu dem blöden Zustand, daß eine Anstalt der andern versucht, die Kunden wegzu ...»
«Er hed es Chesseli Benzin welle», unterbrach der Bauer Gerber. – Er gehe ja schon, er gehe ja schon! keifte der Wirt Brönnimann und humpelte zum Saal hinaus.
Die Zurückbleibenden stießen miteinander an, tranken, schwiegen; dann begann der Direktor der Gartenbauschule, Herr Sack-Amherd, ebenfalls bitter über die Regierung zu klagen: – Früher, ja früher hätten die Bauern revolutioniert, weil man ihnen den Zehnten abverlangt habe. Und

heutzutage? Da reklamiere niemand, wenn man zwölf bis vierzehn Prozent Einkommenssteuer abladen müsse. Ja: zwölf bis vierzehn Prozent! Das sei nach seiner bescheidenen Ansicht mehr als der Zehnte! Aber wer wage gegen die Übergriffe – die Finanzübergriffe – zu reklamieren? – Niemand! Und warum ...?

In der Tür erschien der Wirt Brönnimann. – Er habe no-nes Chesseli Benzin uftriebe chönne. Der Wachtmeister solle cho luege, aber e chli pressiere ...!

Zugleich mit Studer erhob sich Herr Farny. Er wolle den Gast noch hinausbegleiten, sagte er. Allgemeines Verabschieden ... Der Händedruck des Hausvaters Hungerlott war reichlich klebrig. Es war, als könne er seine Finger gar nicht mehr von Studers Hand lösen. Herr Sack-Amherd verabschiedete sich merklich kürzer, und die beiden Bauern, Gerber und Schranz, ließen nur ein undeutliches Murmeln hören. Dann stand Studer unten an den ausgetretenen Stufen. Der Wirt Brönnimann verschwand in einem Schopf, um, wie er sagte, dort Benzin zu holen – und neben dem Wachtmeister blieb allein der «Chinese» zurück.

«Sie haben sie nun alle gesehen, Inspektor», sagte Herr Farny. «*Fast* alle. Denn so viel ich heute erfahren habe, ist noch ein Bursche im Haus, den ich Ihnen nicht habe vorstellen können. Er fürchtet sich vor der Polizei, verstehen Sie? Aber sonst ... Wie gesagt: Es waren fast alle anwesend.»

Herr Farny schwieg einen Augenblick, dann hob er mit einem Ruck den Kopf und blickte dem Wachtmeister in die Augen. Die Lampe, die über der Eingangstüre zur Wirtschaft hing – und über ihr baumelte und glänzte das Schild, das mit feinen strähnigen Strahlen die Sonne darstellen sollte –, beschien die Gesichter der beiden von oben und warf schwarze Flächen auf sie. Der «Chinese» legte seine leichte Greisenhand auf die mächtige Schulter des Wachtmeisters und sagte:

«Sie werden mich also rächen.»

Schweigen ...! Der Blick des Fremden senkte sich nicht.

«Rächen!» wiederholte Herr Farny. «Sie werden meinen, Inspektor, das sei kindisch. Vielleicht Sie haben recht! Aber ich will nicht, daß *er* hat den Triumph.»
«Er?» wiederholte der Wachtmeister fragend. «Welcher er?»
Da lächelte der Fremde, und es war ein sehr unbernisches Lächeln. – Ein uneuropäisches fast. «Wer? Wenn ich ihn kennen würde! Ich weiß es nicht. *Sie* werden es herausfinden müssen ... Aber ich vertraue Ihnen. Ich kenne mich aus in Menschen. Ich kann taxieren ohne zu sehen Ihre Schrift, ohne zu wissen Ihr Geburtsdatum. Sie, Inspektor, sind wie ein Schwerölmotor. Es braucht lange, bis Sie eine hohe Tourenzahl erreicht haben, aber dann laufen Sie, dann nehmen Sie jedes Hindernis wie ein Traktor, wie ein Tank ... Ich weiß schon, Sie haben gedacht heut' abend, der Farny ist verrückt, er leidet an Verfolgungswahn. Und Sie werden sehen, daß der Farny recht behalten wird. Morgen? Übermorgen? In einem Monat? In zweien? In dreien? Einmal wird er recht haben, und dann werden Sie Arbeit bekommen ... Gute Nacht, Inspektor, schlafen Sie wohl. Ich wünsche Ihnen eine gute Fahrt nach Hause.»
Kein Handdruck, kein Geräusch ... Farny James, der «Chinese», war lautlos verschwunden – die Stufen hinauf? Um die Ecke des Hauses?
Vom Schopf her aber kam hustend und keuchend und spuckend der Wirt Brönnimann und trug eine Fünfliterkanne Benzin. Studer füllte den Behälter auf, zahlte seine Schuld, trat auf den Anlasser und fuhr in die stille Nacht hinein. Einige Gebäude des Weilers Pfründisberg waren noch erleuchtet – er ließ ihre Lichter hinter sich. Die Sommernacht war frisch.
Dies alles war am 18. Juli geschehen.
Und heute schrieb man den 18. November.
Drei Monate hatte der «Chinese» als Höchstfrist für seine Ermordung angegeben. Er hatte einen Monat zu wenig berechnet, denn vier Monate waren seit dem 18. Juli vergangen.

Studers Schweigen vor der Leiche des «Chinesen» – wie er den Fremden stets noch bei sich nannte – war wohl so kurz gewesen, daß es seinen Begleitern nicht aufgefallen war. Das Wiedererleben jener Julinacht hatte vielleicht einige Sekunden gedauert. Der Ablauf der Begebenheiten, die sich in ihr abgespielt hatten, war schnell und für Außenstehende unbemerkt vor sich gegangen. Aber der Wachtmeister wollte weder dem alten Dorfarzte von Gampligen, dem die grauen Haare über Ohren und Sammetkragen wucherten, noch dem eleganten Statthalter, dessen auf Taille geschnittener Überzieher sicher sehr wirkungsvoll war, aber wenig Wärme gab, nichts von jener Julinacht erzählen. Darum stellte er scheinbar naiv folgende Frage:
«Wie heißt der Tote und wo hat er gewohnt?» Der Statthalter räusperte sich.
«Ein Fremder», sagte er, «obwohl er in Gampligen heimatberechtigt war. Als Dreizehnjähriger ist er durchgebrannt und ließ sich als Schiffsjunge anheuern. Später unternahm er alles mögliche – aber soviel ich in Erfahrung bringen konnte, hat er sich besonders in China herumgetrieben. Ich glaube, er besaß sogar das Kapitänspatent. Ursprünglich hieß er mit dem Vornamen Jakob . . .» Dies gab Studer einen kleinen Ruck. «. . . Aber er hat das Jakob anglisieren lassen und sich James genannt. Er wohnte in einem Zimmer beim Sonnenwirt, und niemand wußte, warum er sich dort niedergelassen hatte. Zog ihn die Heimat, das Dorf Gampligen, an? Suchte er nach Verwandten? Die Beantwortung all dieser Fragen wird der Ermordete wohl mit ins Grab nehmen.»
«Und was habe ich Euch gesagt, Wachtmeister? Wird unser Statthalter nicht ein ausgezeichneter Nationalrat werden? Reden kann er, reden! Und was die Hauptsache ist, er lauscht mit Genuß seinem eigenen Geschwätz!»
«Herr Doktor Buff, ich möchte Sie doch sehr bitten . . .»
«Bitten Sie nur, bitten Sie nur!»

«Ich weigere mich, auf weitere Insinuationen einzugehen; ich habe meine Pflicht getan und eine kriminalistisch geschulte Person zugezogen ... der Rest geht mich nichts an!»
«Sie waschen Ihre Hände in Unschuld, Herr Statthalter Ochsenbein! Natürlich, Pilatus war ja auch ein Statthalter ...»
«Aber, meine Herren! ... Aber, meine Herren!» Studer segnete nach beiden Seiten mit seinen in Wollhandschuhen steckenden Händen. «Wenn ich mir erlauben dürfte, eine Merkwürdigkeit dieses Falles aufzuzeigen ...»
«Zeigen Sie nur auf, hihi! Zeigen Sie nur auf!» krächzte Doktor Buff.
«... dann wäre es» – Studer ließ sich nicht aus der Ruhe bringen – «die folgende Tatsache: Dieser Fall scheint in drei Atmosphären zu spielen: In einem Dorfwirtshaus, in einer Armenanstalt, in einer Gartenbauschule. Am stärksten scheint die Armenanstalt in diesen Fall hinein verwickelt zu sein ... Warum finden wir die Leiche des Ermordeten auf dem Grabe der verstorbenen Frau des Hausvaters Hungerlott?»
«Äbe! ... Das verstärkt noch meine Theorie des Selbstmordes», sagte Doktor Buff weise und kratzte sich die Stirne. «Die Liebe! Sie wissen, Herr Wachtmeister, welche Verheerungen die Liebe imstande ist anzurichten – in den Menschenherzen. Die Frau des Hausvaters war eine schöne Dame ... Vielleicht – ich sage vielleicht! – hatte sich der Fremde in sie verliebt ... Vielleicht konnte er ihren Tod nicht überstehen und beging Selbstmord ...» Das Gesicht des Arztes sah aus wie ein Knäuel von Runzeln.
«Da hört Ihr es selbst, Herr Wachtmeister! Seit einer Stunde gebe ich mir Mühe, diesen Arzt hier zu überzeugen, daß wir es mit einem Mord zu tun haben, und was ist seine neueste Entdeckung? – Selbstmord aus Liebesgram!»
Studer hörte dem Gezänk der beiden nicht weiter zu. Er hatte sich über die Leiche gebeugt und begann den Inhalt der Taschen zu prüfen. Aber während er dies tat, konnte er nicht verhindern, daß er mit dem Toten ein stummes

Gespräch hielt: «Du bist mir auf die Nerven gegangen, weil du das Reimlein erfunden hast: ‚Bruder-Studer'. Verzeih ... Ich hab' dich damals nicht ernst genommen, hab' gedacht, du spielest Komödie oder krankest am Größenwahn. Warum hast du mir nicht alles gesagt? Warum hast du mich nicht gebeten, bei dir zu bleiben? Vielleicht hätt' ich dich schützen können. – Ich will gerne zugeben, ich habe gemeint, du habest zu viel Abenteuerromane gelesen. Ich glaubte, irgendeine ‚Späte Rache' spuke in deinem Kopfe. Und jetzt hat dich doch einer erschossen. Denn was dieser Doktor erzählt, ist einewäg Chabis. Der geschniegelte Statthalter ist im Recht – genau so im Recht wie du . . .»
Die Taschen waren leer, und daher wandte sich der Wachtmeister an die anwesende Amtsperson, die graue Gamaschen trug.
«Haben Sie die Taschen durchsucht?»
«Nein! Ich habe nur die Wunde gesehen.»
«Ich auch», krächzte Doktor Buff. «Aber etwas anderes habe ich noch feststellen können: aus der Waffe, die neben der Rechten des Toten liegt, ist ein Schuß abgefeuert worden.»
Studer reckte sich auf und fragte: «Woher wissen Sie das, Herr Doktor?»
«Sie brauchen nur an der Mündung des Laufes zu schmökken, Wachtmeister.»
Studer dachte bei sich: «Lieber verlange ich von Bern ein Sanitätsauto und laß die Leiche ins Gerichtsmedizinische bringen, als daß du mir die Sektion machst!» Laut sagte er: «Ich werde Euch auf dem laufenden halten, Herr Statthalter. Aadiö wou, Herr Doktor!» Er führte zwei Finger zur Krempe seines Hutes und verließ den Friedhof. Als er sich am Tore umwandte, sah er die beiden wieder heftig miteinander streiten, während der uniformierte Landjäger wie eine Statue reglos zu Häupten des Grabes stand. Die drei verbargen die Leiche des «Chinesen», die auf dem frischen Grabe lag.
Der Nebel war dünner geworden, Sonnenlicht durchsetzte ihn, so daß er wie rohe Seide glänzte . . .

Diesmal betrat Studer das richtige Zimmer; er ging an der Türe vorbei, die in den Privatraum des Wirtes führte und sah das mit Aluminiumfarbe bestrichene Öfeli nur in der Erinnerung; dann stand er inmitten der Gaststube. Da hörte er ein Glas zu Boden fallen und zersplittern. Hinter dem Schanktisch bückte sich die Serviertochter Hulda Nüesch, ihre braunen Zöpfe lagen als Kranz um den Kopf, und es kam Studer vor, als sei die Haut ihres Gesichtes noch bleicher als in jener fernen Julinacht.
«Was hescht, Huldi?» Keine Antwort.
– Sie solle ihm einen Dreier Roten und eine Portion Hamme bringen.
«Ja ... Herr ... Herr ... Wachtmeister!» Furchtsam drückte sich das Mädchen zur Tür hinaus.
In der Stube roch es nach erkaltetem Stumpenrauch, nach schalem Bier. Umständlich zündete Studer eine Brissago an, zog ein Notizbüchlein aus der Tasche und netzte die Spitze seines Bleistiftes:
«Farny James Jakob», schrieb er, «geboren am 13. März 1878, heimatberechtigt in Gampligen.»
Einmal nur hatte er diese Daten gesehen, ganz flüchtig, und doch erinnerte er sich ihrer, als ob er die Seite des Passes, auf der sie standen, photographiert in seinem Kopfe trüge. Weiter schrieb er in seiner winzigen Schrift:
«Verwandte des Farny?
Brüder? Schwestern? Nichten?
Warum lag die Leiche auf dem Grab der verstorbenen Frau Hungerlott?
Muß im Pyjama erschossen worden sein! Suchen nach Pyjama!
Telephonieren ans Gerichtsmedizinische ...»
Er sah sich im Raume um; hinter dem Schanktisch stand ein Buffet, dessen oberer Teil mit Flaschen gefüllt war. Auf einer Ecke der Marmorplatte stand ein Telephon. Studer drängte sich an der Saaltochter vorbei, die Gläser putzte,

stellte die Nummer des Gerichtsmedizinischen Institutes ein und verlangte Dr. Malapelle zu sprechen. Halb in italienischer Sprache, halb in deutscher gab er seine Wünsche kund. Die Leiche eines Erschossenen solle so bald als möglich abgeholt werden, eine Sektion sei notwendig, morgen hoffe er nach Bern zu kommen und die Resultate zu vernehmen. Auf Wiedersehen ...

Die Brissago war natürlich ausgegangen. Während er sie von neuem in Brand setzte, blickte Studer durchs Fenster. Ein Hochplateau fiel fünfhundert Meter weiter steil ab, auf der anderen Seite des Tales sah man verschwommen durch den Nebel das herbstlich bunte Laub eines Waldes leuchten, welches abgegrenzt wurde vom dunklen Grün einiger Tannen.

«Hier ... hier ... Herr Wachtmeister!»

«Märci!»

Studer schenkte sein Glas voll – es war rosaroter Landwein – das Mädchen beeilte sich zu verschwinden und der Uralte betrat das Zimmer.

«Ah! ... Der Herr Wachtmeister! ... Schmeckt der z'Immis?»

«Mhm.» Studer kaute und beobachtete unter gesenkten Lidern den Wirt Brönnimann. «Ihr habt», fuhr er fort, «den Toten gefunden?»

«Ich? ... Ja ... Zufällig!»

«Was seid Ihr suchen gegangen auf dem Friedhof am Morgen? He? Es war doch noch dunkel, oder?»

Er habe e chlys ... er habe e paar Schritt ta vors Huus ... Wenn man alt werde, sei frische Luft bsunderbar g'sund ...

«Und da habt Ihr Euern Gast gesehen? Tot?»

«Ganz tot. Ja, Wachtmeister. Aber agrührt han ig en nid!»

«Wer red denn vo Arühre! Aber hocked doch ab. Ihr stafflet i dr Stube umenand, wie ...»

«Äksküseh! Pardon! Wenn's erlaubt ist!» Und dann rief der Uralte: «Huldi! Bring no-n-es Glas!»

Er ließ dem Mädchen keine Ruhe. Nachdem es das Glas gebracht hatte, mußte es springen und einen halben Liter bringen. Der Wirt stieß mit dem Wachtmeister an, wünschte «G'sundheit!» und sein ganzes Gehaben wirkte unecht. Nie kam es vor, daß Brönnimann dem Wachtmeister in die Augen sah – die Blicke des Uralten waren immer zu Boden gesenkt, der Wirt litt an schwerem Atem, er keuchte und knorzte, und seine Rede war unterbrochen von Hustenanfällen.

«Ja, Wachtmeister, wenn Ihr auf mich lose würdet! Aber ein alter Mann wie ich – was hat der schon zu sagen! – khäkhäkhä –. Ja. Er war ein lieber Gast, der Farny, immer ruhig, immer still – lautlos wie-n-es Müüsli ... Ja! Khäkhäkhä ... Und trotzdem ist er ermordet worden.» Husten. Dann: – Wenn er nur reden könnte! meinte der Wirt, aber man sage ja immer: Vorsicht sei die Mutter der Weisheit ... «Khäkhäkhä ...» Noble Leute kämen oft zu ihm, der Hausvater der Armenanstalt, der Direktor der Gartenbauschule, Großräte, Regierungsräte ... Nämlich, wenn sie die Anstalten besuchen kämen. «Khäkhäkhä!» Und mit noblen Leuten sei nicht gut Kirschen essen ...

«Kennt Ihr Verwandte des Toten?» fragte Studer. Er hatte ein Stück Hammen auf die Gabel gespießt und betrachtete es kritisch.

«Verwandte? Ja, von Verwandten könnt ich Euch mänges verzelle! Aber wisset, Wachtmeister, da muß man vorsichtig sein, me cha sich wüescht Zunge verbrönne ... Wenn ich Euch verzelle würd, was alles gseit worde-n-isch bym Tod vo der Anna ...»

«Der Anna Hungerlott? Der Frau vom Hausvater? Wie hat sie geheißen mit dem Mädchennamen?»

«Eh Äbi ...»

«Äbi?» Studer steckte den aufgespießten Schinken in den Mund, kaute und dachte nach. Äbi? Den Namen hatte er schon einmal gehört. Wann nur? Die Julinacht fiel ihm wieder ein und dann zwei Worte des nun toten Farny James: «Kusch Äbi!» hatte der «Chinese» zu einem der Gartenbauschüler gesagt.

«War die Anna mit einem Pfründisberger verwandt?»

Brönnimann nickte, nickte. – Ihr Bruder habe einen Jahreskurs in der Schule absolutiert. Studer lächelte: Jaja, die Fremdwörter! Aber schließlich blieb es sich gleich: Absolviert oder absolutiert – der Unterschied war nicht groß, wichtig war nur, daß man sich verstand.
«Loset Brönnimann, habt Ihr letzte Nacht nichts gehört?»
Schweigen. Dann ein kleiner Schrei – der Laut kam vom Schanktisch her. Nun drehte sich der Uralte um und schnauzte die Serviertochter an:
«Geh an deine Arbeit, Meitschi!» Dann wandte er sich wieder seinem Gaste zu, und seine Augen waren blau wie die Flamme eines Spritbrenners.
«Ja, Wachtmeister», fuhr er fort. «Es ist ein Elend heutzutage mit den Diensten!»
«Ich hab Euch gefragt, ob Ihr keinen Schuß gehört habt...»
«Einen Schuß?» wiederholte der Alte. – Es syg ihm so gsy, so um die halbi drü ... Da häb es en Chlapf gä, aber dann sei ein Töff unter dem Fenster vorbeigefahren und es könne gut möglich sein, daß der Chlapf von dem Töff gekommen sei ... Eine Explosion vom Motor oder so öppis ...
Hinter dem Schanktisch sagte eine Stimme:
«Und es isch doch e Schuß gsy, Brönnima!»
– Das Meitschi solle sich um seine eigenen Angelegenheiten kümmern, begehrte der Alte auf – aber Studer netzte die Spitze seines Bleistifts und machte eine neue Eintragung in sein Notizbüchlein ...
«Um halb drei also?» fragte der Wachtmeister. «Wer war gestern abend bei Euch?»
«Oh ... Khäkhäkhä ... Der Hausvater Hungerlott, der Direktor Sack-Amherd, der Gerber ... Wir haben gejaßt ... Und dann zwei oder drei Schüler ...» Der Alte schwieg.
«Sonst niemand?» wollte Studer wissen. Wieder kam die Antwort hinter dem Schanktisch hervor:
– Es seien noch zwei gewesen; und: warum der Wirt die Namen dieser beiden nicht nennen wolle?
– Das Meitschi solle schwyge! Es sei nicht gut, wenn man zuviel rede. Studer aber beschloß, das Mädchen bei der

nächsten Gelegenheit auszuholen. Vorläufig beschränkte er sich auf die Frage:
«Säg Brönnima ... Warum hescht du Angscht?»
Ein Hustenanfall war die Antwort. Und dann stotterte der Wirt:
«Ig? Wachtmeister, ig Angscht?»
«Ja, du!» sagte Studer trocken und deutete mit seinem Zeigefinger auf die hohle Brust des Alten. Wie verschieden doch die Menschen waren! Die einen mußte man ihren, die anderen siezen – und schließlich gab es solche, die erst auspackten, wenn man sie duzte ...
– Er habe doch keine Angst, protestierte der Wirt. Das wäre ja lächerlich. Angst haben! ... Und dann stand der Uralte auf, trippelte zur Tür, riß sie auf und schmetterte sie von draußen zu ...
Der Gebrauch des familiären Du hatte seine Wirkung verfehlt. Studer stand auf.
«Komm, Huldi!» sagte er. «Zeig mir das Zimmer des Toten.»
«Aber gället, Wachtmeister, Ihr verhaftet ihn nicht?»
Aha! Es war also jemand im Haus, der kein gutes Gewissen hatte ... Nicht der Wirt – die Saaltochter hätte ihn sicher gern einsperren lassen – nein, ein anderer ... Wer? Etwa derjenige, von dem der «Chinese» an jenem Juliabend gesprochen hatte? «Denn soviel ich heute erfahren habe, ist noch ein Bursche im Haus, den ich Ihnen nicht habe vorstellen können ...» Merkwürdig, wie gut man sich noch an den Satz erinnerte ... Studer tat, als habe er das Mädchen mißverstanden:
«Neinei, Meitschi! Tote verhaft' ich nicht!»
«Eh, Ihr wissed schon, Wachtmeister, wen ich meine ...»
«Ich? Ich weiß gar nüt! ...»
Huldi Nüesch, die ihre braunen Zöpfe wie Kränze um den Kopf trug, ging voran. Studer folgte. Es ging durch einen Gang, der mit roten Fliesen belegt war – weißer Sand war darüber gestreut. – Die Serviertochter öffnete eine Türe links; dann traten beide ins Zimmer des toten «Chinesen».

«Finger ab de Röschti!»

– Der Wachtmeister müsse entschuldigen, sagte Huldi –. Bei all dem Gestürm sei sie nicht dazugekommen, das Zimmer zu machen.
Studer pflanzte sich mitten im Raume auf, vergrub die Hände in den Taschen seines Überziehers, blickte um sich und meinte, er sei froh, daß nichts angerührt worden sei ... Das Bett sah aus, als habe ein Kampf auf ihm stattgefunden. Die Leintücher, die Wolldecke lagen auf dem Boden. Die Flügel des Fensters waren geschlossen. Ein Koffer, der mit den Etiketten vieler Hotels aus allen Ländern der Erde beklebt war, stand in der Mitte des Zimmers; aber er war leer.
Auch auf der Tischplatte lag nichts; Studer suchte im Schaft, im Nachttisch, unter der Matratze. – Die Wachstuchhefte, an die er sich gut erinnerte, waren verschwunden.
Warum hatte man diese Hefte gestohlen? Was enthielten sie Wichtiges?
«Huldi», fragte der Wachtmeister sanft, «du erinnerst dich doch an die Hefte, in die der Farny geschrieben hat? Hast du einmal in einem gelesen, und weißt du, was drinnen gestanden ist?»
Das Mädchen nickte, nickte ... und dann sagte es im Tonfall, in dem man eine auswendig gelernte Lektion aufsagt: «Als wir 1912 Hongkong verließen, gerieten wir in einen Taifun. Wir hatten Reis geladen für Bangkok und Kulis für Sumatra. Ich gab meinem ersten Offizier die Weisung, die Kulis unter Deck in einem Raume einzuschließen ...»
«Das langt», sagte Studer. «An etwas anderes erinnerst du dich nicht?»
«Das Heft, in das er zuletzt geschrieben hat, ließ er nie offen herumliegen, sondern schloß es immer in seinen Koffer ein. Aber einmal hab ich doch einen Blick darein werfen können, und da las ich: ‚Wen Gott strafen will, dem schenkt er Verwandte.'»

«Hat der Satz genau so gelautet?» fragte Studer. Die Serviertochter nickte.
Und während ihres Nickens zersplitterte eine Scheibe des Fensters.
«Was ist denn das?» fragte Studer. 's Huldi trat ans Fenster, riß die Flügel auf und blickte in den nebligen Nachmittag. – Sie sehe nichts, behauptete sie. Wütend packte der Wachtmeister sie am Arm und riß sie zurück. – Einer habe ins Zimmer geschossen, erklärte er böse und rückte das Meitschi auf einen Stuhl; dort saß es dann, hatte die Ellbogen auf den Tisch gestützt und das Gesicht in die Hände vergraben.
«G'schosse?» fragte es. «G'schosse!»
«Ja, g'schosse!» bestätigte Studer ungeduldig. Er lief im Zimmer her und hin, die Blicke auf den Boden gerichtet, suchte – und fand nichts. Er bückte sich endlich und entdeckte unter dem Bett eine Bleikugel; er nahm sie in die Hand, sie war rund wie ein Globus, aber statt des Äquators hatte jemand in das Blei eine Rinne eingeschnitten und in sie einen zusammengefalteten Papierstreifen geklemmt. Sorgfältig zog ihn der Wachtmeister aus dieser Rinne und las den Satz, der darauf getippt war:

«Finger ab de Röschti!»

Studer verzog das Gesicht, schüttelte das Haupt und murmelte: «Chabis!»
Aber dieses Wort schien doch nicht seine letzten Gedanken über den Vorfall wiederzugeben, denn der Wachtmeister behielt den Papierstreifen in der Hand, brummte ein paarmal: «Finger ab de Röschti!»
Es war klar: Mit einem Karabiner, oder auch nur mit einem Luftgewehr, war diese Kugel nicht in das Zimmer geschossen worden. Vieles sprach dagegen.
Der Papierstreifen, der in den Äquator der Bleikugel geklemmt worden war, hätte ein Abschießen verunmöglicht.
Was kam noch als Waffe in Betracht?
Einzig eine jener Schleudern, wie er sie als Fisel zum Spatzenschießen verwendet hatte ... Eine Gabel, aus Holz oder Metall, an ihren beiden Enden sind Kautschukschnüre

angebracht, rechteckig im Durchschnitt, zusammengehalten an ihrem andern Ende von einem Lederstück: In dieses wird die Kugel, der Stein, kurz, das Wurfgeschoß gelegt, mit Daumen und Zeigefinger der Rechten festgehalten, während die Linke die Gabel hält; Daumen und Zeigefinger der Rechten ziehen die Gummischnüre, durch die Öffnung der Gabel wird gezielt – die Rechte läßt den Lederplätz los, das Geschoß fliegt davon und trifft den Spatzen oder eine Fensterscheibe ... Heute war es eine Fensterscheibe, und das Geschoß enthielt eine getippte Warnung.
Wer fühlte sich bemüßigt, dem Wachtmeister Studer eine Warnung zukommen zu lassen? Erstens: War sie ernst gemeint? – Wohl kaum, sonst hätte der «Schütze» nicht eine mundartliche Form der Warnung verwendet. Einem, den man erschießen will, schreibt man nicht zuerst: «Finger ab de Röschti». Wenn aber, und dies konnte die zweite Hypothese sein, gerade die Dialektform der Warnung das Mißtrauen des Empfängers einschläfern sollte? ... Item, es empfahl sich, vorsichtig zu sein.

Blinder Passagier

Der Nebel war wohl daran schuld, daß die Dämmerung so eilig über das Land sank. Studer knipste das Licht an und zog den Vorhang vors Fenster. Die Serviertochter saß immer noch vor dem leeren Tisch, das Kinn in die Höhlung ihrer Hände gebettet, aber als der Wachtmeister das Mädchen genauer betrachtete, sah er, daß dicke Tränen ihm über die Wangen liefen. Und ein Satz kam ihm in den Sinn, ein Satz, der eher eine Frage war: «Gälled, Ihr verhaftet ihn nid, Herr Wachtmeister!»
Das Zimmer des James Farny war reichlich möbliert, es befanden sich in ihm wenigstens zwei Stühle. Und da 's Huldi auf dem einen saß, nahm er den andern, schwang

ihn zu sich herüber, setzte sich rittlings auf ihn, legte die Unterarme auf die Lehne und das Kinn auf die gefalteten Hände.

«Wo fehlt's, Meitschi?» fragte er.
Das stumme Weinen ging in ein lautes Schluchzen über: «Der Lu . . . der Ludwig, Herr Wachtmeister!»
«Was ist mit dem Ludwig, und wo ist er?»
«In mym . . . mym Zimmer!»
«Du machscht ja schöni Sache!» meinte Studer. «Wart' hier auf mich, ich will den Ludwig holen gehen.» Er verließ das Zimmer und war eigentlich erstaunt, den alten Wirt nicht hinter der Türe beim Lauschen zu ertappen. So stieg Studer in den ersten Stock – leere Kammern –, stieg höher, gelangte unters Dach. Das Zimmer der Serviertochter war nicht schwer zu finden. Auf den Schwellen der andern Zimmer lag Staub – eine Schwelle jedoch warf das rötliche Licht der Kohlenfadenlampe zurück. Studer klopfte. Keine Antwort . . . Er drückte auf die Klinke und öffnete die Tür.
Links vom Fenster ein Bett, auf den Sprungfedern eine Decke. Rechts eine Matratze auf dem Boden. Ein Bursche, dessen Kopf in den gefalteten Händen lag, sprang auf und starrte den Wachtmeister an. Seine Haare waren gelb wie Roggenstroh und seine Augen von so dunklem Blau, daß sie gar nicht an eine Spritflamme erinnerten, sondern eher an einen Bergsee . . . Der Anzug aus Halbleinen verrumpfelt . . . Und sicher hatte sich der Bursche seit drei Tagen nicht rasiert.
Studer nickte befriedigt, denn das Zimmer bewies deutlich, daß alles in Ehren zugegangen war. Da wurden stets große Sprüche gemacht, in denen von der Unmoral der heutigen Jugend geredet wurde – und hier? Hier hatte eine Serviertochter auf den Sprungfedern geschlafen, um ihrem Freunde mit einer Matratze aushelfen zu können. Ein kleines Lächeln brachte Studers Schnurrbart zum Zittern: Sogar die Leintücher hatten die beiden geteilt – das Meitschi eins, der Bub eins – und auch die Decken . . . Das Mädchen hatte

unter dem Federbett gefroren und der Bursche unter der Wolldecke und unter seinem schäbigen Mantel . . .
«Wie heißest?»
«Ludwig Farny.»
«Bist verwandt mit dem Toten?»
«Dem Toten?»
«Ja, weißt du denn nicht, daß der Chine . . . will sagen: der James Farny gestorben ist?»
«Der Onkel Jakob?»
Studer verzog das Gesicht. Warum nur hatte der «Chinese» den gleichen Vornamen getragen wie ein Berner Fahnderwachtmeister?
«Ja, der Onkel Jakob!»
«Gestorben? Der Onkel Jakob? Was Ihr nicht sagt . . . Er war gut zu mir . . . Und ich hab' sonst niemanden gehabt!»
«Wo hast du gelebt?»
«Im Thurgau.»
«Komm jetzt mit!»
«Gärn, Herr Studer . . .»
«Kennst mich? . . . Kennst mich schon lang?»
Ludwig schwieg, seine Augen waren weit aufgerissen. Der Wachtmeister drehte das Licht ab und trat hinaus auf den Gang. Der Bursche folgte ihm.
Unten im Gang begegneten die beiden dem Wirte. Studer sagte:
«Ich hab' dir da einen neuen Gast, Brönnimaa. Laß noch ein Bett in mein Zimmer stellen, ins Zimmer vom Farny, verstanden? Und laß eine Scheibe einsetzen – ich hab' eine zerbrochen . . .»
«Im Zimmer vom Toten? Im Zimmer vom Toten? Wird nid sy!»
«Wouwou! Und der hat auch keine Angst. Gäll, Ludwig?»
«Nenei!»
Brönnimann hustete, dann wischte er sich mit einem Nastuch die entzündeten Augen und starrte auf den Burschen. Er sagte verächtlich:
«Was wollt Ihr mit einem Armenhüüsler, Wachtmeister?»

Ludwig Farny wurde rot und ballte die Fäuste. Studer packte ihn am Arm und schob ihn ins Zimmer. «Ruhig, Bürschli!» sagte er leise. «Laß den alten Beizer nur reden.»
— Er habe gemeint — und er wandte sich an die Serviertochter —, es sei bequemer, wenn der Ludwig mit ihm zusammenschlafe. Denn es sei ungesund, auf Stahlfedern zu liegen. Man könne sich bös erkälten. Während er sprach, beobachtete Studer das Mädchen und sah, daß es rot wurde. Er fand, diese Farbe stehe der Bleichen gut ...
«Ludwig!» rief 's Huldi.
Nun wurde auch der Bursche rot, und sein Gesicht drückte Verlegenheit aus.
«Äh jaa!» meinte Studer. — Und: was denn dabei sei? «Ich hab' ihn gefunden, ich behalt ihn bei mir, denn ich brauch ihn. Basta!»
«Aber, Herr Studer! Wisset Ihr denn nicht, daß der Ludwig in der vergangenen Nacht, erst gegen Morgen, an mein Fenster gedoppelt hat? Steine hat er geworfen ... Gerade in der Nacht, in der unser Gast erschossen worden ist.»
Ludwig senkte den Kopf. — Ja, das stimme. Aber was denn dabei sei? fragte er. Und leise fügte er hinzu: — Vom Morde wisse er nichts, aber auch gar nichts!
«Darüber reden wir später», sagte Studer. «Laß uns jetzt allein, Meitschi! Wir haben z'brichte ... Gäll, Ludwig?»
«Sowieso, Herr Studer!»
«Setz' dich aufs Bett. Ich muß noch etwas suchen.» Ludwig gehorchte schweigend.
Studer nahm die Wäsche aus dem Schrank — fünf rohseidene Pyjamas, sechs elegante Hemden, ein Dutzend seidener Krawatten, Unterwäsche, wollene und seidene Socken, Nastücher. Die Hausjoppe aus Kamelhaar hing über einem Bügel, neben ihr waren zwei graue Anzüge mit der eingenähten Etikette eines englischen Schneiders zu sehen, und endlich ein pelzgefütterter Wintermantel. All diese Kleidungsstücke legte Studer sorgfältig auf den Tisch und begann ihre Taschen zu durchsuchen. In der Seitentasche der Hausjoppe fand er einen Brief. Er lautete folgendermaßen:

«Amriswil, den 15. Oktober.

Mein Lieber! Gönner und Helfer!
Wie geht es Euch und was macht Ihr immer? Ich hoffe, daß bei Euch stehte Gesundheit und das schöne Wohlsein herrscht. Was bei mir auch ist! Jetzt will ich Euch schreiben, wie es mir gegangen ist bis hierher. Von Gampligen aus ging ich nach Zürich. Dort blieb ich bis am andern Mittwoch und suchte mir Arbeit. Vergeblich. Ich war genöhtigt, auf den 1. August nach Herisau zu gehen. Dort blieb ich nur 14 Tage. Es war ein Egoist wie kein zweiter. Nachher kam ich nach Amriswil, das war was anders. Ich habe jetzt 13 St. Vieh zu besorgen. 70 Fr. im Sommer, 60 Fr. im Winter und Arbeit in Hühle und Fühle. Dieser Sommer konnte ich das Traktorfahren lehren. Da muß man nicht immer jagen, sondern nur auf den Hebel drücken, aber aufgepaßt heißt es, was mann macht, sonst steht es still oder geht zu schnell, aber schön ist es am Steuerrad zu sitzen. Bin viel mit Maschine oder Wagen allein auf die Matten gefahren und große Stüke gekehrt. Wir betreiben auch Gemüsebau. Da weiß man auch was tun. Und noch etwas, hoffentlich werden mir die Hufeisen, die ich unter der Linde ausgegraben habe, ‚Glück bringen', denn ich habe mir erlaubt, ein paar Lose zu kaufen, will sehen, ob mir das Glück einmal blüt, sonst weiß ich nichts mehr zu schreiben.
Also auf Wiedersehen, lieber Onkel und Gönner. Mit den herzlichsten Grüßen schließt

Euer Ludwig.

Wenn Ihr mich braucht, dann schreibt nur nach Amriswil.»

Drei Seiten waren beschrieben. Auf die vierte und letzte Seite hatte das Bürschlein seine Adresse gemalt:

«Herrn Ludwig Farny,
Knecht,
Amriswil, Kt. Thurgau Switzerland
Europa.»

Studer saß da in seiner Lieblingsstellung, die Ellbogen auf den gespreizten Schenkeln, und hielt den Brief in der Hand ... Selbstverständlich: Nicht jeder Mensch konnte wissen, daß Amriswil im Kanton Thurgau lag, im Ausland war es auch eine wenig bekannte Tatsache, daß der Kanton Thurgau zur Schweiz gehörte und – sicher ist sicher – wenn man einen Onkel besaß, der gerne viel reiste, so empfahl es sich, anzugeben, daß Switzerland zu Europa gehörte. Das kleine Lächeln, das des Wachtmeisters Mundwinkel auseinanderzog, konnte das Knechtlein nicht sehen. Aber von diesem Briefe wehte den Wachtmeister eine Ehrlichkeit, eine Redlichkeit an, die wohltat. Wenn ihn sein Gefühl nicht trog, so durfte Studer den Ludwig Farny, Knecht in Amriswil, als Mörder ausschalten. Übrigens, man konnte ja die Probe aufs Exempel machen ...

«Ludwig!» rief Studer. Und als der Bursche näher kam, hielt er ihm den Brief unter die Nase. «Hast du das geschrieben?» Das Knechtlein hatte eine merkwürdige Art zu erröten. Zuerst stieg eine Blutwelle seinen Hals hinauf, überflutete Kinn, Backen und Schläfen. Endlich erreichte die Röte auch die Stirne – und nun sah das Gesicht aus wie eines jener sonderbar geformten Schalentiere, die im Meere wimmeln und eine purpurne Farbe annehmen, sobald man sie ins heiße Wasser wirft ...

«Ja ... ich hab ihm geschrieben ... ist etwas dabei?»

«Nein ... wo denkst du hin ... aber, hat dir dein Onkel geantwortet auf diesen Brief?»

«Deich wou!»

«Zeig mir den Brief!»

Sie hatten alle die gleiche Gewohnheit, die Knechtlein, die wenig Geld besaßen ... Sie trugen die Brieftasche nicht, wie andere elegante Herren, in der Busentasche des Kittels, sondern im Futter des Gilets, ganz innen über dem Herzen. Darum dauerte es auch einige Zeit, bis Ludwig Farny seine verschiedenen Kleidungsstücke aufgeknöpft hatte – nun kam die abgegriffene Brieftasche zum Vorschein, die wohl in einem Handel erstanden worden war. – Aus einem ihrer Fächer zog Ludwig die Antwort des Onkels:

«Pfründisberg, den 15. November.

Mein lieber Ludwig!

Ich komme erst heute dazu, Deinen Brief zu beantworten. Es wäre gut, wenn Du *sogleich* Deine Stelle in Amriswil aufgeben und zu mir kommen würdest. Ich brauche Dich. Warum – erkläre ich Dir hier. Ich denke, Du wirst genug Reisegeld haben. Ich erwarte Dich also spätestens am 18. – Du wirst dann bei mir wohnen. Soviel ich gemerkt habe, trachtet man mir nach dem Leben. Zu Dir habe ich Vertrauen.

Mit herzlichen Grüßen

Dein Onkel James.»

«Hm!» machte Studer und legte die Briefe nebeneinander auf den Tisch. «Am 16. hat dein Onkel geschrieben. Wann hast Du den Brief bekommen?»
«Der Meister hat ihn mir erst am 17. gegeben, beim z'Mittag. Ich hab' ein paar Sachen mitgenommen und bin losgezogen. Am 17. abends war ich in Bern. Dort habe ich einen Freund. Der hat mir sein Velo gelehnt, und ich bin in der Nacht noch weitergefahren, aber es war doch schon 3 Uhr morgens, als ich in Pfründisberg ankam. Auf der Straße ist mir einer begegnet – wie der Teufel ist er gefahren auf seinem Töff. Einen Augenblick hab' ich gemeint, daß ich ihn kenne, aber dann war's doch nicht der, den ich gemeint habe. 's Huldi hat mir dann aufgemacht, weil ich Steine an ihr Fenster geworfen hab', und dann konnte ich in ihrem Zimmer schlafen. – In allen Ehren . . .»
«Versteht sich, versteht sich – in allen Ehren!»
«Jetzt meint 's Huldi natürlich, ich hätt' den Onkel umgebracht – wahrscheinlich, weil ich angekommen bin, gleich nachdem es den Schuß gehört hat. Ich bin froh, Herr Studer, daß ich mit Euch hab' reden können.»
«Reden können! Reden können!» brummte Studer. «Glaubst

du vielleicht, Ludwig, ich hab dich nicht wieder erkannt? Wann ist's gewesen, daß ich dich eingeliefert hab' in Pfründisberg? Vor drei Jahren, vor zwei Jahren?» Studer hatte die Hände gefaltet und blickte zu Boden. Durch die zersplitterte Scheibe sickerte kalte Luft ins Zimmer. «Sag dem Huldi, es soll heizen kommen, und dann bring einen Topf mit Kleister mit, so können wir das Fenster vermachen. Nachher kannst du mir deine Geschichte erzählen.»

Die Geschichte von der Barbara

Die zerbrochene Scheibe war notdürftig vermacht worden, das Öfeli zog nicht schlecht – in ihm knackte das Holz. Studer blickte auf seine Uhr – erst halb sechs. In einer Stunde wollte er dem Hausvater Hungerlott einen Besuch abstatten.

«Erzähl', Ludwig!» sagte Studer, nachdem er dem andern eine Brissago angeboten hatte. Das Knechtlein und der Fahnderwachtmeister rauchten um die Wette.

Es war eine einfache Geschichte. Der Ludwig hatte seinen Vater nie gekannt und war darum auf den Namen seiner Mutter getauft worden. Seine Mutter wieder hatte, als das Büblein sechs Jahre alt war, einen Maurer namens Äbi zum Manne genommen. Zwei Kinder gingen aus dieser Ehe hervor, ein Mädchen Anna, das später den Hausvater Hungerlott heiratete, ein Knabe Ernst, der zurzeit den Jahreskurs der Gartenbauschule Pfründisberg absolvierte – «absolvierte!» sagte Ludwig Farny, und nicht absolutierte –.

«Der Stiefvater wollte mich nicht daheim, da gab mich die Mutter zu Verwandten aufs Land, zu zwei alten Jungfern. Sie waren beide bei der Heilsarmee, die Martha und die Erika, und ich mußte am Sonntag mit in die Versammlung gehen. Dann aber wurde die Erika krank, ich weiß nicht, ob Ihr das kennt, es war keine körperliche Krankheit, die

Erika hat nicht mehr reden wollen und ist schweigsam im Haus herumgeschlichen. Einmal sind ein paar Weiber sie holen gekommen; es hat geheißen, sie habe sich im Walde aufhängen wollen. Dann hat die Mutter nicht gewollt, daß ich noch länger bei der Martha bleibe, und ich bin zu einem Bauern gekommen als Verdingbub ... Geißen hüten. Stall misten. Am Sonntag ging der Bauer ins Wirtshaus, und da er keine Kinder hatte, prügelte er mich, wenn er heimkam. Ich glaube», ein leichtes Lächeln entstand um Ludwigs Mund, «der Bauer hätte ganz gern seine Frau verprügelt, aber die war stärker als er, und so hat er sich hinter mich gemacht. Es ist nicht schön, Herr Studer, wenn man jeden Sonntag verprügelt wird und auch in der Woche, wenn man keine Freude hat das Jahr durch und die Mutter nicht einmal an Weihnachten kommt. Dann wurde ich zwölf Jahre alt. Ich hatte Hunger. Ich nahm da ein Stück Käse, dort ein Stück Fleisch – einfach weil ich Hunger hatte. Ich glaub', der Bauer hätte nichts gesagt – er war froh, daß jemand da war, den er prügeln konnte. Aber die Frau hat mich beim Gemeindepräsidenten angezeigt, ihr Geiz trieb sie dazu, und so hat man mich in die Korrektionsanstalt versenkt. Das war auch nicht schön, Herr Studer, Ihr könnt mir's glauben. Später hab' ich viel Zeitungen gelesen, und einmal habe ich eine Illustrierte gefunden, in der unsere Anstalt abgebildet war. In der Illustrierten haben wir ganz schön ausgesehen, aber viel Rechtes habe ich in der Anstalt nicht gelernt. Sie haben alle gesagt, die Meister und der Direktor, ich sei zu dumm, und dabei bin ich wirklich nicht apartig dumm, Herr Studer ... Ich weiß, ich mache Fehler beim Schreiben, aber schließlich, Fehler beim Schreiben zu machen ist doch keine Sünde, oder? So hab' ich im Landwirtschaftsbetrieb mithelfen müssen. Mir hat es gefallen. Die Tiere mag ich gern, die Kühe, die Geißen, die Rosse. Dann haben sie mich endlich entlassen, und ich suchte mir eine Stelle. Glaubt mir, Herr Studer, ich wollte nicht hoch hinaus: Mein Löhnli haben und meine Arbeit, sonst nichts, aber dann bin ich krank geworden – im Winter ein-

mal –, und es hat sich auf die Lunge geschlagen. Ich hab' Blut gespuckt, war immer müd', schwitzte in der Nacht – da hat mich der Doktor in eine Heilstätte geschickt. Zwei Jahre lang! Und wie ich zurückkam, hatte ich alles verlernt. Bei einem Bauern versuchte ich zu arbeiten, der jagte mich nach zwei Tagen: ich könne ja nichts!
Da hat mich die Regierung nach Pfründisberg getan, in die Armenanstalt. Wißt Ihr, manchmal hab' ich gemeint, das sei ärger als Gefängnis. Der Direktor, vielmehr der Hausvater – er kann b'sunderbar guet Vorträg halte über Pau... Pau...»
«Pauperismus», unterbrach Studer.
«Exakt! Pauperismus! Und dabei ist doch das einzige, was man hier lernt: Schnapsen . . .»
Es lag etwas Quälendes in dieser einfachen Art des Erzählens, und Studer hatte ein weiches Herz. Er fühlte, wie Schweißperlen ihm über die Wangen rannen und gab dem überhitzten Öfeli die Schuld. Einen Augenblick nur – dann wußte er, daß es die Geschichte des Ludwig war, die ihm Wasser in das Gesicht trieb. «Geht es noch lang?» fragte er heiser. «Ich mein', deine Geschichte.»
«Nein, Herr Studer . . .» – Was doch der Bursche für eine sanfte Stimme hatte! – «Ich möcht' Euch nur noch die Geschichte von der Barbara erzählen. Die Barbara hinkte. Sonst sah sie dem Huldi ähnlich. Auch so ein großes Gesicht, wißt Ihr, und so eine blasse Hautfarbe und so lange braune Zöpfe. Die Barbara war auch im Armenhaus, ich traf sie nur am Sonntag, da gingen wir zusammen im Wald spazieren, und sie erzählte mir von daheim, wo sie es auch nicht schön gehabt hatte. An einem Sonntagabend begegneten wir auf dem Heimweg einer Wärterin, und da sagte die Barbara, jetzt wolle sie nicht mehr heimgehen in die Anstalt, denn alle würden sie sonst föppeln, weil sie mit mir gegangen sei. Ich versuchte sie zu beruhigen, aber es war alles umsonst . . . und Ihr wißt ja, es gibt ein Sprichwort: Man muß die Suppe auslöffeln, die man sich eingebrockt hat. Wie ich gesehen hab', daß die Barbara nicht

mehr in die Anstalt zurück will, sind wir zusammen fort. Es war 6 Uhr abends. Am 3. Juni. Ich weiß das noch so gut, weil wir das Auto des Hausvaters trafen, aber er erkannte uns nicht, sondern fuhr an uns vorbei. Wir wanderten und wanderten. Manchmal konnte die Barbara nicht laufen, dann trug ich sie ... Wir kamen in den Jura, in den welschen, und da waren die Bauern besser. Ich fand Arbeit, denn auf den Bergen fängt der Heuet erst Mitte Juli an. Immer ging ich zuerst mich allein vorstellen, arbeitete einen Tag und erzählte dann, meine Frau sei bei mir. Da sagten manche von den Bauern, ich solle sie nur bringen, sie könne im Hause helfen ... Die Barbara war ein schaffiges Meitschi, und manchmal blieben wir acht Tage am gleichen Orte ...
Aber wir hatten keine Papiere, und ohne Papiere seid Ihr verkauft auf dieser Welt. Nicht auf die Menschen schaut man und ob sie schaffen und ob sie ehrlich sind, man schaut darauf, daß sie ein braunes Büechli haben mit Photi, mit Stempeln und Unterschriften ...
Und der Herbst ist gekommen; – er kommt schnell in den Bergen. Da haben wir's so gemacht: Sobald die Weiden schnittreif waren, hab' ich sie gesammelt, und wir flochten Körbe, die Barbara und ich, und verkauften sie in den Dörfern. Gewöhnlich ging *ich*, denn die Barbara konnte ja nicht laufen. Sie blieb daheim ... daheim! Eine Holzfällerhütte mitten im Wald ... Den Sommer hindurch haben wir gespart, so konnten wir Kessel anschaffen und Decken für den Winter; Holz hatten wir genug, und ganz nah an unserer Hütte floß ein Bach vorbei. Die Hütte war immer sauber, und wir haben gelebt, Herr Studer, wie Mann und Frau.
Aber im Horner ist die Barbara krank geworden – und die Krankheit hab' ich gekannt. Sie hat geschwitzt in der Nacht, sie hat gehustet und Blut gespuckt. Ich hab' sie gepflegt, so gut ich's konnte; wir haben auf Tannenkries geschlafen, aber es hat alles nichts genützt. Ende April ist sie dann gestorben.
Wohin hätt' ich gehen sollen? Es war mir alles verleidet!

So hab' ich mir gedacht: du gehst nach Pfründisberg zurück. Ich hab' mich nicht beeilt, hier und dort geschafft, und so ist es Juli geworden. Am 18. Juli bin ich in Pfründisberg angekommen; es war morgens sechs Uhr, und der erste Mensch, den ich traf, war 's Huldi. Hab' ich Euch erzählt, daß die Barbara eine Schulkameradin vom Huldi war? 's Huldi nahm mich auf, gab mir zu essen, lief dann zum Hausvater wegen mir und legte beim Hungerlott ein gutes Wort ein für mich. Der Hausvater hat getobt. Er hat gebrüllt, er avisiere die Polizei, ich gehöre nicht mehr nach Pfründisberg, ich gehöre an einen andern Ort, wo es strenger zugehe. Aber während er so im Hofe Krach schlug, kam plötzlich ein Herr dazu. Sein schneeweißer Schnurrbart verdeckte seine Mundwinkel, und er erkundigte sich auf Schriftdeutsch, warum es hier solch einen Lärm gebe ... ‚Der Farny, der Lump, der verdammte, der uns durchgebrannt ist, kommt einfach wieder zurück!' – ‚Farny?' fragt der alte Herr, und dann fängt er an, mit mir zu sprechen. Da stellt es sich heraus, daß dieser feine Herr mein Onkel ist, der Bruder von meiner Mutter. Da durfte der Hungerlott natürlich nichts mehr sagen. Mein Onkel hat mir eine Stelle verschafft im Thurgau, mir Reisegeld gegeben, und ich bin fortgefahren ...»

«Wär' ich doch nie fortgefahren!» seufzte das Knechtlein und rieb sich die Augen mit den Handballen.

Studer räusperte sich: «Und 's Huldi?» fragte er.

«Ich habe Euch doch schon erklärt, Herr Studer, daß die Barbara mit dem Huldi in die gleiche Klasse gegangen ist ...»

«Und nun ist also das Huldi dein Schatz?» wollte der Wachtmeister wissen.

Wieder stieg die Blutwelle vom Hals über Kinn, Wangen, Schläfen in die Stirn, ganz verlegen murmelte das Knechtlein: «Der Onkel hätt' es nid ungärn gesehen, wenn wir geheiratet hätten.»

Der Wachtmeister stand auf, erhob seine breite Hand und ließ sie auf den Rücken des Ludwig niederfallen.

«Glücksbueb!» sagte er dann: «Es ist also abgemacht: Du hilfst mir bei der Aufklärung des Falles.»

«Pauperismus»

Sie aßen zur Nacht, die beiden ungleichen Gefährten, Wachtmeister Studer, breitschultrig in seinem grauen Konfektionsanzug – Ludwig Farny in seinem halbleinenen Kleid von bäurischem Schnitt ... Sie aßen Geschnetzeltes mit Röschti, und das Knechtlein vertilgte ungeheure Mengen Brot.

«Du hütest das Zimmer, Ludwig», sagte Studer, als die Serviertochter abgetragen hatte. «Ich muß noch einen Besuch machen. Du bist verantwortlich für dieses Zimmer. Du darfst niemanden herein lassen. Verstanden?»

«Ja, Studer», sagte das Knechtlein, und man sah es ihm an, daß es tapfer die Verteidigung übernehmen würde, die ihm aufgetragen worden war. Und Studer, der Wachtmeister, freute sich, weil der Ludwig «Studer» gesagt hatte und nicht «Herr».

Frost lag über dem Land, und der Nebel hatte sich aufgelöst. Dünne Wolkenplatten zogen vorbei, bedeckten den Mond und gaben ihn wieder frei; klein war das Gestirn und grünlich wie eine unreife Zitrone – wahrhaftig, es ähnelte dem Monde jener Julinacht.

Die Anstalt war ein ehemaliges Kloster, das für die Besitzlosen eingerichtet worden war. Dünne Eisdecken bedeckten die Pfützen der Straßen, welche zum Armenhaus führten. Studer gelangte in einen Hof, in dem es finster war. Ein gepflasterter Weg führte zu einer Tür, über der eine rötlichglimmende Birne brannte. Der Wachtmeister trat ein – und lieber wäre er umgekehrt, denn der Geruch, der in diesem Vorraum hockte, verschlug ihm fast den Atem. Es roch nach Armut, es roch nach Unsauberkeit. Hinter einer

Türe links war ein dumpfes Geräusch zu hören, Studer ging auf sie zu und öffnete sie, ohne anzuklopfen.

Drei Stufen führten hinab in einen verliesartigen Raum, schirmlose Birnen baumelten von der Decke und beleuchteten Tische mit dicken Holzplatten, an denen Männer saßen in verschmierten blauen Überkleidern. Zwischen den Türen ging ein Mann auf und ab – wohl der die Aufsicht führende Wärter. Unbemerkt trat Studer ein, schloß die Tür und blieb auf der zweitobersten Stufe stehen. Vor den Männern standen Gamellen und Blechteller. Es roch nach Zichorienkaffee und dünner Suppe. Noch ein anderer Geruch mischte sich darein: der Geruch nach feuchten Kleidern, nach Wäsche.

Die Männer saßen da, die Unterarme auf die Tischplatte gelegt, als Wall gewissermaßen, der die mit Kaffee gefüllte Gamelle und den Teller mit Suppe schützen mußte. Manchmal geschah es, daß der von den Armen gebildete Wall sich auftat; eine Hand griff zum Nebenmann hinüber, um dort ein Stück Brot zu rauben. Dann flackerte Streit auf. Endlich erblickte der Friedensstifter des Wachtmeisters massige Gestalt, mit ein paar Sprüngen gelangte er zu den Stufen und fragte – krächzend war seine Stimme –, was der Mann da wolle.

– Er müsse den Hausvater sprechen, sagte Studer.

– Da könne jeder kommen, meinte der Wärter. Schweigend zog Studer seine Legitimation aus der Tasche und hielt sie dem Mann unter die Nase.

Es war merkwürdig, die Veränderung zu beobachten, die mit dem Wärter vor sich ging. Sein Mund zwang sich zu einem untertänigen Lächeln, ja, der Mann versuchte sogar, sein Krächzen freundlich zu gestalten, als er sagte:

«Der Herr Direktor wird sich sicher freuen ...» Er öffnete die Tür, um Studer den Vortritt zu lassen. Hinter ihm brach ein Hexensabbat aus ... Einige grölten im Chore das Lied, das Studer vor fünf Monaten gehört hatte: «Wir wollen keine Tschucker auf dem Berg, Tschucker auf dem Berg ...»

«Ordnung halten! Ordnung halten, bis ich zurück bin! Sonst

gibt's Strafe.» Aber seine ermahnenden Worte gingen im Toben unter. Man hörte den Lärm der Unbeaufsichtigten durch die geschlossene Tür.

Gänge ... Lange Gänge, bisweilen durchbrach ein Fenster die Mauern, und man sah, wie dick die Wände gebaut waren. Stufen ... Gänge ... Winkel ... in diesem Labyrinth hätte man sich ohne Führer unweigerlich verirrt.

Und dann gelangten die beiden in einen neuen Teil der Anstalt. Der Boden der Gänge war mit Inlaid ausgelegt, außerdem dämpften noch Kokosläufer das Geräusch der Schritte ... Eine Türe. Unter dem Klingelzug ein Messingschild, worauf in verschnörkelten Buchstaben graviert stand: «Vinzenz Hungerlott-Äbi, Hausvater». Der Wärter zog den Klingelzug, und es lag viel Respekt, viel Untertänigkeit in dieser einfachen Bewegung ... In der Wohnung schlug eine Glocke an, ein Mädchen kam die Türe öffnen – sauber war es gekleidet; eine weiße Spitzenschürze hob sich von ihrem schwarzen Kleid ab. Atemlos stieß der Wärter hervor: «Der ... Herr ... Wachtmeister ... Studer möchte gerne den Herrn Direktor sprechen.» Die Jungfer verschwand und kam wieder mit dem Bescheid, der Wachtmeister möge näher treten. Der Wärter empfahl sich überhöflich, und Studer fragte sich, was der Mann wohl auf dem Gewissen habe ...

Aber es blieb ihm nicht Zeit zu langen Überlegungen, denn als er das Arbeitszimmer des Hausvaters Hungerlott betrat, wartete seiner eine Überraschung. Aus einem tiefen Lederfauteuil erhob sich ein Mann, den der Wachtmeister nicht erwartet hatte, hier zu finden. Sein Partner im Billardspiel war es: der Notar Münch. Er trug wie immer einen hohen Stehkragen und schraubte an seinem Hals. Hinter dem Schreibtisch saß Hungerlott, stand auf und sagte:

«Sehr freundlich von Ihnen, Herr Wachtmeister, mich besuchen zu kommen. Wie ich sehe, kennen Sie meinen Freund Münch ...»

– Ja, ja, meinte Studer trocken, den Münch kenne er schon lange. Er wundere sich zwar, ihn hier zu finden.

«Das hat alles seine Gründe», sagte Hungerlott belehrend. «Nicht wahr, Herr Wachtmeister, das hätten Sie sich auch nicht träumen lassen, vor vier Monaten, daß wir uns in so tragischen Umständen wiedertreffen?»
Studer war verlegen – und das war ein Gefühl, das er haßte. Man mußte doch diesem Hungerlott kondolieren, weil er seine Frau verloren hatte.
«Darf ich Sie bitten, Platz zu nehmen, Herr Wachtmeister? Vielleicht gerade Ihrem Freunde Münch gegenüber? Vor dem Kamin? Sie müssen nämlich wissen, daß die Zentralheizung bei uns schlecht funktioniert ... Darum lasse ich am Abend immer ein Feuerlein im Kamin anzünden ... das gibt Wärme und Licht und Gemütlichkeit ... nicht wahr, Münch?»
«Ich muß Ihnen noch», sagte Studer, «zu dem schweren Verluste kondolieren, den Sie ...» Weiter kam er nicht. Der Notar Münch aus Bern hatte einen Augenblick benützt, da der Hausvater mit dem Aussuchen der Getränke beschäftigt war. Und der Wachtmeister erhielt einen Tritt an das Schienbein, den er lautlos in Empfang nahm, über dessen Grund er sich jedoch nicht klar war.
«Ja», sagte Herr Hungerlott, «es war ein schwerer Verlust! Und ein plötzlicher ...»
«Und an was ist Frau Hungerlott ...»
Wieder der Tritt an das Schienbein – ein Glück nur, daß der Wachtmeister Ledergamaschen angelegt hatte ... Natürlich, es ging nicht gut an, den Freund und Notar zu fragen, warum er Fußtritte austeile – aber irgendeinen Grund mußte dies Verhalten wohl haben.
«Woran meine Frau gestorben ist, möchten Sie wissen? Es war eine bösartige Darmgrippe. Doktor Buff war sehr aufopfernd – aber er hat sie leider nicht retten können ...»
Die Blicke des Notars waren beredt, und Studer vermochte sie mühelos zu deuten ... Sie drückten etwa aus: «Was hast du dich in diese Angelegenheit zu mischen? Was geht dich der Tod der Frau Hungerlott an? Oh, Studer!» sagten die

Blicke. «Mußt du immer blöde Fragen stellen und dich blamieren?»
«Was trinken die Herren gerne?» fragte Herr Hungerlott, «Wein? Bier? Kognak?»
Der Notar Münch antwortete für seinen Freund Studer: «Wenn es Ihnen recht ist, Herr Direktor, trinken wir beide ein wenig Kognak.»
In der Stille war deutlich das Herausziehen des Korkens zu hören. Glucksend floß der gelbe, scharf riechende Trank in die Gläser. – Warum mußte der Wachtmeister an die Kristallgläser denken, damals in jener Julinacht, da der «Chinese» auf den Hinterbeinen seines Stuhles balancierte – und seine Lederpantoffeln hatten an seinen Füßen gehangen ...!
«Prost», sagte Herr Hungerlott. Er stand zwischen den beiden Freunden und stieß zuerst mit dem Wachtmeister an, hernach mit dem Notar. Er trug einen Anzug aus dunkelgrauem Stoff, der Kittel war wie eine Litewka geschnitten und bis zum Hals geschlossen; vorne unter dem Kragen kam eine Krawatte zum Vorschein, smaragdgrün mit roten Punkten. Diese Krawatte war aber nur zu sehen, wenn Herr Hungerlott den Kopf beiseite wandte – sonst bedeckte sein Spitzbärtlein diese farbige Herrlichkeit.
«Der Pauperismus – die Wissenschaft von der Armut!» begann der Hausvater der Armenanstalt Pfründisberg zu dozieren.
«Wir wissen viel von der Armut. Wir wissen beispielsweise, daß es Menschen gibt, die nie auf einen grünen Zweig kommen – wenn ich diese Metapher gebrauchen darf. Es ist nicht ihre Schuld. Fast möchte ich sagen – auf die Gefahr hin, für abergläubisch zu gelten –, daß es diesen Menschen bestimmt ist, daß es in ihren Sternen steht, daß sie arm bleiben müssen ...»

Herr Hungerlott schritt auf und ab, die Hände in den Hosentaschen vergraben. Lautlos waren seine Schritte, denn der Boden des Zimmers war mit einem dicken Teppich bedeckt. In der Nähe des Fensters stand ein Diplomatenschreibtisch, dessen Platte leer war – und Studer dachte an den Tisch im Zimmer des ermordeten «Chinesen» –. Im offenen Kamin knallten die Buchenscheiter. Hell war die Flamme des Holzes, und schon ihr Anblick gab warm. Dem Wachtmeister gegenüber, in einem bequemen Klubsessel, saß der Notar Münch und hatte das rechte Bein über das linke geschlagen. Studer saß da in seiner Lieblingsstellung, die Ellbogen auf den gespreizten Schenkeln, die Hände gefaltet, und starrte in die Flammen. Zwei Wände des Zimmers waren mit Gestellen bekleidet, und als der Wachtmeister die Bücherrücken während des nun folgenden Vortrages von ferne prüfte, sah er alte Bekannte wieder: Groß: «Handbuch für Untersuchungsrichter», die Werke Locards, Lombrosos Rhodes' – zwei Etageren waren gefüllt mit Kriminalromanen: Agatha Christie, Berkeley, Simenon ...

«Sie können es nicht einmal zu einem geregelten Leben bringen – zu einem finanziell geregelten Leben, meine ich; alles scheint ihnen unter den Fingern kaputt zu gehen, sie können sich in keiner Stellung halten, und wenn sie zufällig Geld von ihren Eltern geerbt haben, so verlieren sie dieses Geld – und nicht einmal durch eigene Schuld ... Durch einen Bankkrach, durch die Unehrlichkeit eines Notars – dies soll keine Anspielung auf dich sein, lieber Münch ...»

«Hoffentlich!» brummte der Notar und fuhr mit dem Zeigefinger zwischen Kragen und Hals.

«Sie sehen, Studer, wie empfindlich die Menschen sind ... Ich habe versucht, der Regierung einmal meine Theorie des Pauperismus auseinanderzusetzen – der Pauperismus als Schicksal und nicht als Verschuldung –, aber ich bin nicht angehört worden. Und doch könnte ich tagtäglich den Beweis für meine Theorie führen. Wenn Sie wüßten,

Studer, wieviele Schicksale durch meine Hände gehen! ... Ich habe es erlebt, daß Leute in Pfründisberg eingewiesen worden sind, nur weil sie arbeitslos waren! Ich gebe mir die größte Mühe, diesen Individuen zu helfen – aber der Fluch ist eben die Gemeinschaft, in der sie leben müssen. Sie machen sich keinen Begriff, Studer, welchen Einfluß das Milieu hat. Zehn Schnapser und Faulenzer können 100 anständige Menschen schlecht machen. Und der Fluch ist eben, daß wir zehn Schnapser und Faulenzer haben. Vergeblich habe ich versucht, den Behörden begreiflich zu machen, diese Elemente auszuschauben ... Umsonst! Man gibt mir zur Antwort: Die Leute haben nichts verbrochen, sie sind schuldlos in das Unglück geraten. Unsere Armenbehörde hat die Pflicht, diesen Unglücklichen zu helfen. Nun urteilen Sie selbst, Studer, wir erhalten für jeden Zögling ein Taggeld von Fr. 1.17; das muß für alles langen: für Nahrung, für Kleidung, für Arzt. Wie soll ich das nun machen? Ich kann den Leuten kein anständiges Essen vorsetzen – und Sie werden mir zugeben müssen, daß schlechtes Essen auch dem Geist schadet. Ich tue mein möglichstes ...»

«Und schaffst dir ein Auto an!» dachte Studer.

Es waren viele Dinge, die den Wachtmeister an Herrn Hungerlott störten: da war zuerst der aus zwei Ringen zusammengeschweißte Schmuck am Ringfinger – der Ring der verstorbenen Frau an den Ring des Witwers gelötet –, und Herr Hungerlott spielte die ganze Zeit mit diesem Doppelring, der viel zu weit war für seinen mageren Finger. Da war zweitens der Spitzbart – die Wangen waren glatt rasiert, und nur aus dem Kinn wucherten Haare von schmutzig graubrauner Farbe. Und da war drittens der merkwürdige Anzug des Herrn Hungerlott, der litewkaartige Rock mit der farbenprächtigen Krawatte, die nur von Zeit zu Zeit aufleuchtete ... Viertens endlich: Der Hausvater sagte: «Studer ...» und nicht: «Herr» ... Eines aber war sicher sympathisch an dem Mann: er hörte sich gerne sprechen, und da Wachtmeister Studer selbst lieber schwieg, hatte er gegen Leute, die sich gerne reden hörten, nichts einzuwenden. Er durfte dann ruhig in seinem Stuhle hocken, die Worte über sich rinnen lassen und in die Flammen starren ...

Was aber, was zum Teufel, hatten die beiden Fußtritte zu bedeuten, mit denen ihn sein Freund, der Notar, bedacht hatte? Studer schielte aus den Augenwinkeln zu Münch, aber dieser war viel zu beschäftigt mit seinem allzu hohen Stehkragen, der sich an seiner Halshaut wetzte ...

«Ich tue mein möglichstes», dozierte Herr Hungerlott weiter, «aber ich stecke in einem Dilemma, aus dem ich keinen Ausweg finde: Einesteils ist es meine Pflicht, als Hausvater einer Armenanstalt meinen Zöglingen die Liebe zur Arbeit beizubringen, sie zu überzeugen, daß sie nur durch Arbeit wieder ein geregeltes Leben werden führen können ... Demgegenüber steht meine persönliche Überzeugung, mein Glauben fast, möchte ich sagen, daß die Armut gewissen Menschen vorbestimmt ist, daß sie ‚in den Sternen geschrieben steht', und daß nichts ihren Lebenslauf ändern kann, keine Anstrengung, keine Arbeit, keine Pflichterfüllung!»

«An einer Darmgrippe ist Frau Hungerlott gestorben?» fragte Studer, starrte ins Feuer und würdigte Herrn Hungerlott keines Blickes.

Der dritte Fußtritt! Studer verzog keine Miene.

«An ... ja ... an ... einer Darmgrippe ... ganz richtig ... an einer perniziösen Darmgrippe», stotterte der Hausvater.

«Und hat James Farny ein Testament hinterlassen?» fragte Studer trocken.

Der Notar Münch faltete die Hände, sandte einen verzweifelten Blick gen Himmel, denn er verstand seinen Studer nicht mehr.

«Das heißt ... wie meinen Sie das, Herr Studer? Natürlich hat der Ermordete ein Testament hinterlassen, das seine Verwandten bedenkt ... Seine Schwester – meine Schwiegermutter hehe –, die in Bern mit einem düsteren Subjekt verheiratet ist.

... Nun, düsteres Subjekt ist vielleicht zu viel gesagt. Schließlich ist dieser Arnold Äbi mein Schwiegervater. Aber vor meiner Heirat mit der Anna hat die Armenbehörde zweimal den Antrag gemacht – der Äbi sollte versorgt werden. Ein Säufer ist er, früher war er Maurer, aber jetzt ist er ein wenig arbeitsscheu – das darf ich wohl sagen, obwohl ich ja mit ihm verwandt bin. Außer meiner Schwiegermutter kommt natürlich als Erbin meine Frau in Betracht. Sie ist jetzt tot, und ich weiß nicht genau, was in diesem Falle geschehen wird. Auch der Bruder der Anna wird erben – Ernst heißt er und absolviert den Jahreskurs in der Gartenbauschule. Wozu ich bemerken muß, daß James Farny seinem Neffen den Kurs zahlte und ihn auch sonst mit Taschengeld versorgte; während meine Frau keinen Rappen – ich betone: keinen Rappen – von ihrem Onkel erhalten hat. Ich wollte daher meinen Freund Münch um Rat fragen: die Summen, die an diesen Ernst Äbi ausbezahlt worden sind, müssen selbstverständlich von der Erbschaft abgezogen werden, oder? ... Außer diesen Personen ist noch jemand vorhanden, der den Namen Farny trägt: Ein uneheliches Kind der Mutter Äbi, die mit ihrem Mädchennamen also Farny hieß und diesem Kinde natürlich diesen Namen gab. Wer der Vater war, weiß man nicht. Ob nun dieser Ludwig Farny ebenfalls erbberechtigt ist ...»
«Er ist es», knurrte Münch, aber der Hausvater stellte sich schwerhörig und fuhr fort:
«... Darüber muß natürlich das Gericht entscheiden. Ich werde, nach Rücksprache mit meinem Freunde Münch, einen Fürsprech beauftragen, meine Interessen zu wahren ...»
Studer stand auf, streckte sich und gähnte ungeniert. «Das wär alles für heut abend, *Herr* Hungerlott.» Und er betonte das Wort «Herr», unterstrich es sogar mit einer Handbewegung. Er gab keinem der beiden die Hand, sondern schritt zur Tür. Im Vorzimmer nahm er seinen Mantel – und da er genügend Orientierungsvermögen besaß, gelang es ihm, den Ausgang zu finden. Er kehrte in die Wirt-

schaft «zur Sonne» zurück. Im Gastzimmer brannte noch Licht, aber der Wachtmeister sehnte sich nach Einsamkeit. Darum suchte er das Zimmer auf, in dem der ermordete Farny James gehaust hatte. Ein zweites Bett war aufgeschlagen worden. Ludwig Farny, das Knechtlein von Amriswil, schlief darin den Schlaf des Gerechten, das heißt, es schnarchte unerhört. Der Wachtmeister gab ihm eine Kopfnuß, der Bursche fuhr auf, erschreckt, seine Haare, gelb wie Roggenstroh, standen wirr von seinem Kopfe ab, und das Blau seiner weitaufgerissenen Augen leuchtete, leuchtete ...

Brummig sagte der Wachtmeister zu seinem Schützling: «Wenn du so schnarchst, kann ich nicht schlafen!»

«Entschuldigt, Herr Studer ... aber ich schnarch immer, wenn ich müd' bin ...»

«So leg dich auf die Seite! Wenn man auf dem Rücken liegt, schnarcht man immer!»

Gehorsam kehrte Ludwig sein Gesicht der Wand zu und war nach kaum einer Minute wieder eingeschlafen. Nach zwei Minuten begann das Schnarchen von neuem und tönte wie das Kreischen einer Waldsäge ... Studer zog sich aus, dumpfe Flüche murmelnd; dann, bekleidet mit einem Flanellpyjama, Lederpantoffeln an den Füßen, inspizierte er noch einmal das Zimmer; die Wände waren mit Holz getäfelt. Jede Latte untersuchte der Wachtmeister – aber er fand nichts. Endlich kroch er ins Bett, denn ihn fror. Vor dem Einschlafen brummte er noch: «Auf alle Fälle ist der Farny nicht in diesem Zimmer erschossen worden, sonst hätt' ich die Kugel gefunden.»

Einige Minuten noch störte ihn das Schnarchen seines Helfers. Dann hörte er auch dieses nicht mehr und schlief ein, friedlich, den mageren Kopf auf die rechte Hand gebettet.

Wenn Studer in späteren Zeiten die Geschichte des «Chinesen» erzählte, nannte er sie auch die Geschichte der drei Atmosphären. «Denn», sagte er, «der Fall des ‚Chinesen' hat in drei verschiedenen Atmosphären gespielt: in einem Dorfwirtshaus, in einer Armenanstalt, in einer Gartenbauschule. Darum nenn' ich den Fall manchmal die Geschichte der drei Atmosphären.»

Am nächsten Morgen war die dritte Atmosphäre fällig, die Gartenbauschule. Zuerst frühstückte Studer mit seinem zufälligen Gehilfen Ludwig Farny und machte sich dann mit diesem auf den Weg, um dem Direktor Sack-Amherd einen Besuch abzustatten. Es gelüstete ihn, die Bekanntschaft Ernst Äbis zu machen, der des «Chinesen» zweiter Neffe war.

In der Nacht hatte das Wetter umgeschlagen; der Föhn wehte. Sehr klar war der Hügelabhang auf der andern Seite des Tales; die Blätter einiger Birken glänzten in der Sonne wie Goldstücke, und purpurn funkelte der Laubwald in seinem Rahmen von dunkelgrünen Tannen.

Als er das Grundstück der Gartenbauschule betrat, merkte er, daß hier anders gewirtschaftet wurde. Obwohl der Kies zu Haufen lag – damit er wegen der Feuchtigkeit des Winters nicht in die Erde getreten wurde –, merkte man es den Wegen doch an, daß sie über einem Steinbett angelegt worden waren. In der Ferne surrte eine Bodenfräse; neben einer Steinmauer breitete sich eine Zwergobstpflanzung aus, in der eine Gruppe von Schülern stand ... Studers Ankunft brachte Erregung unter sie, der Wachtmeister glaubte Tuscheln und Schwatzen zu hören. Aber unentwegt schritt er vorwärts – fünfzig Meter – dreißig Meter – da hörte er eine bekannte Stimme: «Dort gibt's nichts zu sehen! Wir haben jetzt Stunde! Hier müßt ihr aufpassen!»

Studer erkannte den Sprecher: Herr Direktor Sack-Amherd trug einen mit Pelz gefütterten Mantel – und auch der Kragen war aus Pelz, sowie die Mütze –, die Hände steck-

ten in gefütterten Lederhandschuhen. Über den Schuhen trug er Galoschen, und seine Hosen waren tadellos gebügelt. In der Hand hielt er eine blitzend vernickelte Baumschere, mit der er hier und dort ein Ästlein abzwickte.
«Beim Pyramidenschnitt habt ihr vor allem darauf zu sehen, daß die Konstruktion, daß der Aufbau des Baumes nicht leidet. Natürlich gibt es Gärtner, die drauflos schneiden, so wie es ihnen gerade in den Sinn kommt. Das nenne ich nicht Baumschnitt, sondern Pfusch ... – Aah! Guete Tag, Herr Studer! Freut mich! Freut mich, Sie wieder zu sehen. Natürlich sind Sie wegen dem Mord gekommen! Aber ich hoffe, daß es Ihnen nicht einfällt, einen unserer Schüler zu verdächtigen ... oder?»
Studer schüttelte das Händlein, murmelte dunkle Begrüßungsworte und zog den Direktor beiseite, fern ab von den glotzenden Schülern.
«Ich möchte natürlich», sagte er, «Ihrer Schule so wenig als möglich Unannehmlichkeiten bereiten, Herr Direktor. Doch werde ich es kaum verhindern können, wenigstens einen Ihrer Schüler zu verhören. Er ist, wie mir erzählt wurde, ein Neffe des Ermordeten. Äbi Ernst soll er heißen. Ich glaube, es wird sogar nötig sein, seinen Schrank zu durchsuchen ...»
«Was Sie nicht sagen! Den Schrank erlesen, den Schrank eines meiner Schüler! ... – Äbi!» rief er, und seine Stimme überschlug sich.
Wie alt mochte dieser Schüler sein? Sicher älter als seine Kameraden. Sechsundzwanzig? Achtundzwanzig? Ein alter Bekannter übrigens. Es war der Schüler mit der Nase, die so lang aus dem Gesicht ragte, daß sie wie verzeichnet aussah. Als der Bursche zwischen den beiden Männern stand, schnauzte ihn der Direktor an:
«Nur Unannehmlichkeiten hat man wegen dir. Jetzt will die Polizei deinen Schrank erlesen! Kannst du dir vorstellen, was das für eine Blamage bedeutet für die Schule?»
War es eine Täuschung? Es schien dem Wachtmeister, als

sei der Äbi Ernst erblaßt. Aber Studer gab seiner Stimme einen gewollt gemütlichen Ton, um zu sagen:
«Machen wir's wie beim Zahnarzt, Herr Direktor ... Je schneller, desto besser.»
Er gab Ludwig einen Wink, auf seinen Stiefbruder aufzupassen, und ging dann voraus, neben dem Direktor, auf das Schulhaus zu.
Ein breiter Bau, im Stilgemisch des Kantonsarchitekten ausgeführt: teils Bauernhaus, teils Dorfschulhaus, teils Fabrikgebäude. Die Eingangstür verziert mit Kunstschlosserarbeit. Durch sie gelangte man in eine viereckige Halle, von der aus eine Treppe, zweimal gewinkelt, in das erste Stockwerk führte. Im Raum zwischen diesen beiden Winkeln stand ein moosbewachsenes Brünnlein, umgeben von einigen eingetopften Chrysanthemen, deren Stengel spannen- bis meterhoch waren. Bunt die Blumen, bronzefarben, purpur, goldgelb – und weiß. Als Studer die Treppe neben dem Direktor hinanstieg, wandte er sich um: das Bild, das er sah, sollte ihn lange verfolgen ...
Ludwig Farny hatte seine breite, verarbeitete Rechte auf seines Stiefbruders Schulter gelegt. Besorgt blickten seine Augen, deren Blau so merkwürdig glänzte. Die schützende Gebärde des Knechtleins – viel kleiner war es als der Gartenbauschüler – wirkte so rührend, daß Studer einen Augenblick Gewissensbisse empfand. Aber schließlich: Pflicht ist Pflicht. Bei einer Untersuchung darf man auf Gefühle keine Rücksicht nehmen.
Wenn der Wachtmeister geglaubt hatte, unverzüglich zum Schrank des Äbi Ernst geführt zu werden, hatte er sich getäuscht. Selbst ein Mord kann den Direktor einer Schule nicht davon abhalten, die Herrlichkeiten seines Institutes zu zeigen. Außerdem litt Herr Sack-Amherd an Asthma. Darum führte er auch seinen Gast durch den ganzen ersten Stock, ließ ihn das Krankenzimmer bewundern (zwei Betten standen darin), die Bibliothek, das Museum, das Konferenzzimmer. Beim Betreten des Raumes fiel dem Herrn Direktor plötzlich ein, daß er es versäumt hatte, einem Lehrer die

Aufsicht über die Schüler zu übertragen. Zuerst wollte er den Äbi fortschicken – aber der Wachtmeister protestierte gegen diesen Vorschlag. So wurde das Knechtlein abgesandt, und Studer mußte in dem Raume warten, in welchem sich ein mit grünem Filz bespannter Tisch langweilte, trotzdem ihn sechs hochlehnige Stühle umgaben.

«Geh, Bürschtli!» sagte Herr Sack-Amherd und beschrieb den zu nehmenden Weg. «Sag, ich sei bis elf Uhr beschäftigt. Bis dahin soll er die anderen ins Gewächshaus nehmen und einen Kurs über Topfpflanzen geben. Wottli heißt er. Das Schild mit dem Namen ist auf dem Briefkasten angebracht. Hast verstanden?»

Wieder wurde Ludwig rot, schielte zu seinem Stiefbruder hinüber, der die Stirn an eine Fensterscheibe gelehnt hatte und in den Garten hinausstarrte. Dann ging er. Um nicht mehr auf das Geschwätz des Direktors lauschen zu müssen, setzte sich Studer und blätterte in einem Buche, das auf dem Tische lag. Es war ein merkwürdiges Buch, ein Inder hatte es geschrieben, und es handelte von sonderbaren Versuchen: Der Verfasser hatte mit komplizierten Apparaten den Pulsschlag der Pflanzen festgestellt, der durch Einspritzungen von Chloroform verlangsamt und durch Einspritzungen mit Koffeïn beschleunigt werden konnte ...

Endlich kam Ludwig Farny zurück, und nun stiegen die vier in das zweite Stockwerk hinauf. Auch hier mußte Studer zuerst die Schlafsäle bewundern, ihr spiegelndes Parkett, die weißgestrichenen Eisenbetten, auf denen rotgewürfelte Federdecken und Kissen lagen. Dann endlich trat die Gruppe auf den Gang hinaus (ein Kokosläufer bedeckte seine grauen Fliesen, und der Waschraum enthielt zwei Dutzend weiße Porzellanbecken mit Hähnen darüber für kaltes und warmes Wasser) und blieb vor einem Schrank stehen, der in schwarzer Farbe die Nummer 26 trug.

«Aufmachen!» kommandierte der Direktor, und zum Wachtmeister gewandt, fügte er hinzu: «Ich besitze natürlich einen zweiten Schlüssel für jeden Schrank, aber es scheint mir ...»

Ernst Äbi öffnete seinen Schrank ... Arbeitskleider, ein Sonntagsanzug ... Wäsche, Schuhe ... Studer begann auszuräumen und legte jeden Gegenstand fein säuberlich auf den Kokosläufer. Von Zeit zu Zeit schielte er auf den Äbi Ernst und wunderte sich über die bleiche Nasenspitze des Burschen. Verschwommen dachte der Wachtmeister dabei an das vor kurzem durchblätterte Buch, er hätte gern dem Schüler den Puls gefühlt, um zu wissen, ob er schneller schlug. Wahrscheinlich ... Menschen brauchten eben keinen giftigen Fremdstoff, wie die Pflanzen, um den Blutkreislauf zu beschleunigen ...

«Was ist das?» Studer hatte die Schuhe herausgezogen, nun hielt er ein verschnürtes Päcklein in der Hand und wog es mißtrauisch. «Was ist das?» wiederholte er.

Keine Antwort. Ernst Äbi hatte eine verstockte Miene aufgesetzt. So knüpfte der Wachtmeister den Knoten auf, streifte das Papier ab und betrachtete den Inhalt.

Ein Schlafanzug aus Rohseide. Auf den Hosen ein paar rote Spritzer ... der Kittel jedoch starrte von Blut. Auf der linken Vorderseite ein ausgefranstes Loch.

«Was ist das?» fragte Studer zum dritten Male. Da der Schüler immer noch schwieg, begehrte der Direktor auf:

«So antworte doch!» Aber Ernst Äbi hatte die Lippen zwischen die Zähne gezogen, nun war nicht nur die Nase bleich, sondern das ganze Gesicht. Das Knechtlein aber war puterrot geworden und starrte ängstlich auf seinen Stiefbruder ...

Studer versuchte es noch einmal:

«Wo hast du das gefunden, Ernstli?»

Wieder das verstockte Schweigen. Mit Güte war da auch nichts auszurichten. So ließ Studer die blutbefleckte Wäsche auf den Boden fallen, trat mit dem Packpapier ans Fenster und untersuchte es ... Kein Zweifel: die Adresse, die darauf gestanden hatte, war mit einem Federmesser ausradiert worden. Hielt man jedoch das braune Papier gegen die Glasscheibe, so ließen sich deutlich Buchstaben erkennen:

«Herrn Paul Wottli, Gartenbaulehrer, Pfründisberg bei Gampligen.» Und als Absender:
«Frau Emilie Wottli, Aarbergergasse 25, Bern.»
Es konnte ein Anhaltspunkt sein. Der wohlgenährte Direktor hatte des Wachtmeisters Tun mit glotzenden Blicken verfolgt ...
– Ob Herr Studer etwas gefunden habe, wollte er wissen und spielte mit der Uhrkette aus Weißgold, die über seinem Ränzlein baumelte. Der Gefragte zuckte schweigend mit den Achseln.
Wottli ... Wottli ... Der Name kam ihm bekannt vor. War das Knechtlein Ludwig nicht zu einem gewissen Wottli geschickt worden? Hatte nicht der Lehrer Wottli für den Direktor einspringen müssen?
«Wie heißen Ihre Lehrer, Herr Direktor?»
Sack-Amherd hob seine Rechte und zählte gehorsam die Mitglieder seines Lehrkörpers auf:
«Blumenstein, der den Obstbau gibt – Kehrli, der den Gemüsebau lehrt, und Wottli, der Topfpflanzen, Düngerlehre und Chemie gibt. Ein tüchtiger Lehrer, der Wottli ... Darum hab' ich ihn auch für die Aufsicht bestimmt ...»
«Ist Wottli verheiratet?»
«Nein, Herr Wachtmeister; er sorgt für seine Mutter – und Frau Wottli lebt in Bern. Ein guter Sohn, ein braver Sohn ...» Wie süß klang die Stimme des Direktors! Und seine Lippen bildeten ein Kreislein. «O ja! Der Lehrer Wottli wird es noch weit bringen. Übrigens ... Auch mit dem seligen Farny war mein Lehrer» – «mein Lehrer» ... sagte der dicke Mann! – «war mein Lehrer gut befreundet ... Es würde mich nicht wundern, wenn Wottli etwas erben würde ... Er war ja reich, dieser merkwürdige Gast, der seine Memoiren in einer abgelegenen Beiz schrieb ...»
Auch Direktor Sack-Amherd wußte also, daß der «Chinese» seine Memoiren schrieb.
«Haben Sie diese Memoiren gelesen, Herr Direktor?»
«Zum Teil nur ... Einmal las uns Herr Farny aus ihnen vor.»

Plötzlich wandte sich Studer an den Schüler Äbi: «Wo hast du das Packpapier gefunden?»
Schweigen ... Verstocktes Schweigen. Ludwig Farny, das Knechtlein, versuchte das Schweigen seines Stiefbruders zu brechen.
«So red' doch, Ernst!» sagte er, beschwörend schier, und in seiner Stimme schienen Tränen zu zittern.
Aber Ernst Äbi wollte nicht sprechen. Er hob die Achseln, bis sie seine Ohren berührten, die groß waren und stark gerötet – so, als wolle er mit dieser Bewegung andeuten, daß jede Aussage sinnlos sei. Und eigentlich verstand der Wachtmeister diesen stummen Protest ...
«Wenn Sie nichts dagegen haben, Herr Direktor» (sein schönstes Schriftdeutsch benützte Studer, um diesen Vorschlag zu machen), «dann könnten wir vielleicht – natürlich mit Ihrem Einverständnis, und nur, wenn *Sie* nichts dagegen haben! – zu folgendem Schluß gelangen: Sie werden selbst zugeben müssen, daß das Auffinden dieses sonderbar verdächtigen Päckleins für die Schuld – wenigstens die Mitschuld – eines Ihrer Schüler an dem mysteriösen Morde spricht ...»
«Müschteriös, sehr müschteriös ...» seufzte Sack-Amherd.
«Wissen Sie, was? Sie haben im ersten Stocke ein schönes Krankenzimmer, es ist leer, ganz leer, was ein sicherer Beweis für die äußerst hygienische Führung Ihrer Schule ist ...»
«Hohoho», lachte Sack-Amherd geschmeichelt und bettete sein Kinn verschämt auf die schwarze Plastronkrawatte, welche die gestärkte Hemdbrust bedeckte.
«Ich mag den Ernst Äbi nicht verhaften, bis ich meiner Sache sicher bin», fuhr Studer fort, und er sprach so laut, daß auch die beiden Stiefbrüder jede Silbe seiner Rede verstehen konnten. «Wie wäre es, wenn wir die beiden Brüder in dies Krankenzimmer täten, Ludwig Farny könnte auf Ihren Schüler aufpassen, und ich wäre dann sicher, daß der Verdächtige nicht versuchen würde, zu entfliehen. Zu dem Knechtlein habe ich Vertrauen ...»

«Was?» fauchte der Direktor und schob sein Kinn vor. «Was? Einem ehemaligen Armenhäusler? Einem Burschen, der in Korrektionsanstalten erzogen worden ist, schenken Sie Ihr Vertrauen?»
«Ja», sagte Studer milde. «Ich habe Vertrauen zu ihm, weil auch der Chin . . ., äh . . . sein Onkel, Vertrauen zu ihm gehabt hat . . .»
«*Sie* haben die Verantwortung zu tragen, Herr Wachtmeister Studer. Und wenn Sie von der Kantonspolizei gedeckt werden, so habe ich . . .»
«Woscht, Ludwig?» Das Knechtlein nickte. «Und du. Ernscht?»
«Ja . . . gärn!»
«Dann wäre alles erledigt!» Studer stieß einen Seufzer aus, der seine Zufriedenheit ausdrückte. «Tagsüber können die beiden meinetwegen im Haus herumgehen, aber um sechs Uhr abends schließen Sie, Herr Direktor, die Zimmertüre zu und behalten den Schlüssel bis zum nächsten Morgen. Sie sind mir verantwortlich für Ihren Schüler!»
Sack-Amherd wollte widersprechen – doch dann verschluckte er den geplanten Einwand und gab durch ein Kopfnicken sein Einverständnis kund.
«Läbet wohl, mitenand!» Der Wachtmeister winkte mit der Hand, strich seinem Helfer sanft über das roggenblonde Haar, krümmte dann seine Finger und boxte den Ernst Äbi freundschaftlich gegen die Brust:
«Mach keine Dummheiten, Krauterer!»
Dann stieg er langsam die Stufen hinab und hörte noch des Direktors erboste Stimme. Sack-Amherd regte sich über das Wort «Krauterer» auf. Für einen Studierenden, der im Februar des nächsten Jahres das grüne Diplombüchlein erhalten sollte, war dies Wort eine Beleidigung.

Der Weg, welcher die Gartenbauschule mit der Wirtschaft «zur Sonne» verband, führte am Hofeingang der Armenanstalt vorbei. Unter dem Tore blieb der Wachtmeister stehen und sah einem Weiblein zu, das in einem großen Holzbottich wusch. Verfilzte, weißgraue Haare flatterten auf einem winzigen Köpflein, in der ganz nach rechts gerutschten Nase waren die Löcher groß. Neben der Wäscherin lagen am Boden schmutzige Leintücher, Hemden, Kissenbezüge, Nastücher, und um ihre Beine strich ein junges Hähnlein, das von Zeit zu Zeit versuchte, ein Krähen loszulassen. Doch dies gelang dem Güggeli nicht: der mühsame Kräh zerbrach – wahrscheinlich litt das Tierlein an Stimmbruch.

«Grüeß di, Müetti!» Studer blieb stehen und vergrub die Fäuste in den Manteltaschen. Der rechte Ellbogen preßte das im Schrank des Äbi Ernst gefundene Päcklein gegen die Hüfte ...

«Grüeß di wou, schöne Ma!» Das Weiblein kicherte, hustete, seine zwinkernden Äuglein tränten.

«Gäng wärche?»

«Deich wou! 's Trili-Müetti mueß schaffe, schaffe, nüt as schaffe! ...»

Drei Armenhäusler, in blauen, verwaschenen Überkleidern, tanzten schwerfällig und langsam wie Bären über den Hof. Jeder hielt einen Besen, dessen Reisig den Staub zusammentrieb – doch plötzlich kam ein Windstoß und verwehte das Häuflein. Dann kratzten die Besen wieder über die gestampfte Erde ...

Ob 's Trili-Müetti immer so streng habe schaffen müssen? fragte der Wachtmeister. – Wie die Frau Hungerlott noch dagewesen sei, habe das Müetti wohl weniger Arbeit gehabt? – Die? Die ins Wasser gelangt? Mit ihren bemalten Fingernägeln? Nie habe die Hausmutter ihre Hände in Seifenlauge getaucht. Gäng habe 's Trili-Müetti wäsche müesse ... «Gell Hansli?»

Der Güggel streckte seinen Hals, so, als müsse er seinen Kopf aus einem allzuhohen Stehkragen schrauben – exakt wie der Notar Münch, dachte Studer –, dann legte er seinen purpurnen Kamm auf die Seite und blinzelte. «Go–ogg!» meinte er, was in seiner Sprache sicher die Behauptung des Weibleins bestätigen sollte.
Dann rannte der Hahn durch den Hof, machte vor einem Staubhaufen halt, scharrte, pickte. Die drei Armenhäusler sahen ihm zu, gestützt auf die Stiele ihrer Reisbesen. Dann suchten sie in ihren Taschen und warfen dem Vogel Brotkrumen zu ...
«Hansli!» rief die Wäscherin. Der Hahn trottete näher, versuchte zu krähen, schüttelte sich – und begann an den Leintüchern zu picken, die auf dem Boden lagen.
's Trili-Müetti sang:

«In Muetters Stübeli da goht dr hmhmhm,
In Muetters Stübeli da goht dr Wind.
Mueß fast verfrüüre vor lutter hmhmhm,
Mueß fast verfrüüre vor lutter Wind.
Du nimmscht de Bettelsack und i de hmhmhm,
Du nimmscht de Bettelsack und i de Chorb ...»

Während Studer darüber nachdachte, warum die alte Frau ein Appenzellerlied sang, statt eines bärndeutschen, fühlte er plötzlich, wie das Päckli, das unter seinem Ellbogen eingeklemmt war, auf den Boden fiel. Es ging auf, der Schlafanzug, der mit Blut getränkt war, wurde von der Sonne beschienen, die zwischen zwei Wolken auftauchte. Zuerst war der Güggel zurückgeflattert, nun kam er näher, grub seine Krallen in den dünnen Stoff und pickte, pickte – genau wie er vor kurzem an der schmutzigen Bettwäsche gepickt hatte ...
«Gang awääg ... Ksch ... Woscht! ...» Der Wachtmeister klatschte in die Hände, aber der Hahn blieb hocken und stieß nur einen verfehlten Kräh aus.
Das sei ein zahmer Güggel! meinte Studer erstaunt.
«Ja, gell, Hansli! Mir zweu verstandet üs!» Das alte Weiblein nahm Wäsche aus dem Bottich, rang sie aus und warf

sie neben sich aufs Pflaster. Studer bückte sich, um sein Eigentum aufzuheben – aber der Vogel war ganz aufgeregt. Er sprang in die Höhe, sein Schnabel zerriß das Papier. Dann ließ er ab und beschäftigte sich wieder mit Staub.

Endlich konnte Studer das braune Packpapier wieder um den Schlafanzug wickeln. Nun meinte er, 's Müetti könne für sein Alter gut singen. Und wie das denn gewesen sei mit der Krankheit der Hausmutter?

Das Weiblein schlug mit der flachen Hand in das schaumige Wasser, ein Spritzer erreichte des Wachtmeisters magere Nase.

– Gar gruusam habe sie leiden müssen, die Hausmutter, sagte die alte Frau und schnupfte. Dann rieb sie sich die Augen mit dem feuchten Handrücken.

– Gruusam? Wie das denn gewesen sei mit dieser Krankkeit?

Nun hielt das Weiblein seine Rechte vor den Mund: – Es wäre eben nicht alles richtig gewesen. Aber das Beste sei wohl, man hocke ufs Muul . . .

– Was es denn Geheimnisvolles gegeben habe? Und warum man es nicht erzählen dürfe?

Das Weiblein legte den Zeigefinger auf ihre eingefallenen Lippen.

– Am besten sei immer der dran, meinte es, der nicht zuviel schwätze.

– Schön, nickte der Wachtmeister. Aber zu ihm könne sie doch Vertrauen haben. 's Trili-Müetti könne sicher sein, daß er nichts weiter plappere. Denn ein Fahnder habe das Schweigen gelernt . . .

Doch diese Versicherung schien der alten Frau keinen Eindruck zu machen, sie summte ihr Liedlein:

«Du nimmscht de Bettelsack und i de hmhmhm,
Du nimmscht de Bettelsack und i de Chorb . . .»

Kaum hatte sie ihr Verslein zu Ende gesungen, geschah etwas Merkwürdiges. Das Hähnlein, das in der schmutzigen Wäsche herumgepickt und mit seinem spitzen Schnabel Studers Fund bearbeitet hatte, fiel um. Von unten her schob

sich sein Lid übers Auge, schwach krächzte der Hansli, streckte die Krallen – und dann war er tot.
Nun brach die Alte in Wehklagen aus:
«Hansli, mis Hansli! Was isch dir passiert?» Und Tränen kollerten aus den entzündeten Augen. Sie hob den Vogel auf, wiegte ihn auf den Armen wie ein Kindlein und blickte den Wachtmeister vorwurfsvoll an, so, als wolle sie ihn verantwortlich machen für diesen Tod. Um das Trili-Müetti standen die drei Armenhäusler, gestützt auf ihre Besen; einer in ihrem Rücken, der zweite rechts von ihr, der dritte links. Studer mußte an das Bild denken, das er gestern, bei seiner Ankunft, auf dem Friedhofe gesehen hatte. Drei Männer umstanden eine Leiche ...
Wie überraschend schnell war der Güggel verendet! Der Wachtmeister erinnerte sich, daß der Vogel in der neben dem Bottich liegenden schmutzigen Wäsche gepickt hatte – und Studer bückte sich zu diesem Haufen und begann ihn zu erlesen. Drei Taschentücher – sie rochen unangenehm nach Knoblauch; er drehte und wendete jedes einzelne, bis er das Monogramm entdeckt hatte: zwei verschlungene Buchstaben, A. Ä. – Anna Äbi ...
Knoblauch? Das bewies nicht viel. Übrigens hatte der Hahn mit seinem Schnabel auch das Päckli bearbeitet, das der Wachtmeister zwischen Ellbogen und Hüfte hielt. Nun hob er auch dieses an die Nase – kein Zweifel, das braune Papier roch nach Knoblauch ... Dunkel erinnerte sich Studer an die Untersuchung eines Giftfalles. Damals waren Leintücher und Taschentücher geprüft worden, und sein Freund, der Assistent am Gerichtsmedizinischen, Dr. Giuseppe Malapelle aus Mailand, hatte ihm auseinandergesetzt, daß Knoblauchgeruch fast immer auf das Vorhandensein von Arsen schließen lasse; wenn man dann noch den Marshen-Spiegel finde, so habe man alle Beweise, die man brauche ... Anna Äbi ... Anna Hungerlott-Äbi ... Ihre Wäsche roch nach Knoblauch ... Aber das braune Papier, das an einen gewissen Wottli adressiert war, roch auch nach Knoblauch ... Wottli – ein Lehrer der Gartenbauschule Pfründisberg.

In Studers Kopf war eine große Verwirrung: Der «Chinese» lag auf dem Grab der Anna Hungerlott-Äbi, sein Kittel, sein Mantel, sein Gilet waren unversehrt und zugeknöpft, und dennoch, dennoch hatte ihn eine Kugel ins Herz getroffen ... Der Schlafanzug des Toten war im Schrank eines Gartenbauschülers gefunden worden – verpackt in ein Papier, das nach Knoblauch roch. Und gestern abend? Warum traktierte der Notar Münch, der beim Hausvater zu Gast war, seinen Freund Studer mit Fußtritten in die Schienbeingegend? Drei Fußtritte! Nur weil der Wachtmeister vom Tode der Frau Hungerlott gesprochen hatte.

Wottli ... Wottli ... Warum verfolgte Studer dieser Name? Nur weil er auf dem sonderbar riechenden Packpapier stand? Man mußte feststellen, ob der Güggel sich wirklich vergiftet hatte. Nicht einmal das war sicher, denn es schmeckte allzusehr nach einer überspannten Theorie. Obwohl – und dies durfte man nicht vergessen – die Wirklichkeit manchmal viel unglaubwürdiger ist als die Produkte der Phantasie.

Vielleicht war der Notar Münch auf einer Spur, vielleicht wollte er den Privatdetektiv spielen, weil er einem Giftmord auf der Spur war?

Plötzlich riß der Wachtmeister aus der Innentasche seiner gefütterten Lederjoppe eine Zeitung. Ein Blatt benutzte er, um die drei Nastücher einzupacken, ein zweites und ein drittes, um den toten Güggel dareinzuschlagen. Zwar mußte er schier einen Kampf mit dem Trili-Müetti ausfechten, denn die Alte wollte die Leiche ihres Freundes nicht hergeben. Aber endlich hielt Studer drei Pakete in den Armen, und die Art, wie er sich davonmachte, war fast eine Flucht zu nennen ...

Die drei Armenhäusler starrten ihm nach. Als er die Straße erreichte, die nach der Wirtschaft «zur Sonne» führte, blickte er sich um: Längs der Grenze, welche die Gartenbauschule von der Armenanstalt trennte, standen zwei Dutzend Burschen. Sie lachten mit weit aufgerissenen Mäulern, sie schlugen sich auf die Schenkel, sie deuteten mit gerecktem

Zeigefinger auf den laufenden Fahnder, und ein magerer Mann, der etwas abseits von der Horde stand, groß und glattrasiert war er («Sicher der Lehrer Wottli!» dachte Studer), vermochte nicht, die Höhnenden zu beruhigen. Wieder brach die Sonne durch, sie beleuchtete die Front der Schule – an der äußersten Ecke war ein Fenster geöffnet, und zwei Köpfe hoben sich ab ... Auch von dort klang Lachen, höhnisches Lachen. Das Knechtlein und sein Stiefbruder verspotteten den Fliehenden . . . «Wartet nur!» brummte Studer, «euch will ich!» Er bog um die Ecke der Wirtschaft, hastete die Treppe hinauf, betrat das Gastzimmer und ließ sich auf einen Stuhl fallen. Das Huldi stand hinter dem Schanktisch. Der Wachtmeister wischte sich die Stirne, bestellte ein großes Bier und verlangte eine lange, dicke Schnur. Als er sie erhalten hatte, schlug er sie um die drei Päckli, die vor ihm auf dem Tische lagen. Und sobald diese komplizierte Arbeit beendet war, stand er auf und verließ den Raum. Die Saaltochter hörte noch das Knattern des angelassenen Motors – Wachtmeister Studer fuhr nach Bern ...

In der Bundesstadt

Als der Wachtmeister durch Burgdorf fuhr, kam es ihm auf einmal in den Sinn, daß er vergessen hatte, die Bekanntschaft des Lehrers Wottli zu machen. Und noch etwas anderes war ihm entfallen: Er hätte mit seinem Freunde, dem Notar Münch aus Bern, sprechen müssen; es wäre notwendig gewesen, diesen juristisch geschulten Mann über das Testament, über das Vermögen des Ermordeten auszufragen. Wenn dieser Lehrer Wottli auch beschenkt worden war, dann tauchte in diesem Falle plötzlich eine unbekannte Person auf, die nicht weniger verdächtig war als beispielsweise der Gartenbauschüler Ernst Äbi; dieser hatte des toten «Chinesen» blutbefleckten Schlafanzug in einem

Schranke versteckt, der die Nummer sechsundzwanzig trug ... Sechsundzwanzig ... zweimal dreizehn! ... Warum diese Zahl? Studer schüttelte den Kopf, vielleicht weil er die abergläubischen Gedanken, die sich mit Zahlen beschäftigten, vertreiben wollte; – vielleicht weil der Regen, welchen der Wind ihm ins Gesicht peitschte, seinen Wangen, seiner Nase Schmerzen zufügte.

Er wußte, daß die Leiche des Farny James ins Gerichtsmedizinische geschafft worden war, darum bog er nach dem Bahnhof rechts ab. Dr. Malapelle, den er von einem früheren Falle her kannte, empfing ihn mit einem Schwall von Begrüßungsworten. An der Leiche des Erschossenen, teilte der Assistent mit, sei nicht viel festzustellen gewesen. Studer verlangte, den Toten noch einmal zu sehen, und wurde in einen grellweißen Raum geführt. Das Gesicht des «Chinesen» schien Hohn auszudrücken, vielleicht weil der Schnurrbart nicht mehr die Lippen verdeckte und man somit die Mundwinkel sehen konnte, die, abfallend, gegen das knochigharte Kinn wiesen.

«Ich will Sie mit technischen Ausdrücken verschonen, Ispettore ... Die Kugel hat das Herz durchschlagen, der Mann war tot auf der Stelle.»

«Hat er viel Blut verloren?»

«Sicuro! Innere Verblutung war es keine.»

«Auf welche Distanz wurde geschossen?»

«Das ist zu schätzen sehr schwierig ... Molto difficile ... Keine Deflagrationsspuren ... Wahrscheinlich vier oder fünf Meter.»

«Und das Kaliber?»

«Schätzungsweise sechs fünfunddreißig.»

«Was?» Studer blinzelte erstaunt. «Das war ja eine winzige Kugel. Wissen Sie, Dottore, daß man neben der Leiche einen großkalibrigen Revolver gefunden hat, einen Colt, fast ein Taschenmaschinengewehr – und daß auch aus dieser Waffe ein Schuß abgefeuert worden ist?»

Dr. Malapelle nannte den Wachtmeister nur dann «Ispettore», wenn er mit ihm zufrieden war. Wenn er sich jedoch

über Studer ärgerte, wechselte er die Anredeform und nannte ihn «Sergente», ein Wort, das er mit rollendem «r» aussprach.
«No, Sergente!» sagte der Assistent. Und dann gipfelte er, behauptend, der Wachtmeister sei kein guter, sei kein intelligenter Kriminalist – denn ein solcher hätte schon an der Einschußöffnung erkannt, daß eine kleinkalibrige Waffe an dieser Wunde schuld sei.
Studer kratzte sich am Nacken, und rund um seine spitze Nase runzelte sich die Haut. Er war verlegen und wütend auf sich, weil er die Untersuchung der Leiche nicht genauer vorgenommen hatte. Aber schließlich – ein Fahnderwachtmeister braucht nicht die Kenntnisse eines Arztes zu besitzen, und es wäre die Pflicht des seit langer Zeit nicht geschorenen Mediziners von Pfründisberg gewesen, ihn auf diesen Widerspruch aufmerksam zu machen. Studer hob die Achseln und ließ dann seine Hände gegen die Oberschenkel klatschen.
Aber plötzlich besann er sich an das verschnürte Paket, das er hinten auf dem Soziussitz seines Töffs befestigt hatte. Er kehrte der Leiche des «Chinesen» den Rücken, sprang zur Tür, wo er noch einmal den Kopf wandte, um dem Assistenten zuzurufen, er möge droben im Labor auf ihn warten. Er habe ein paar Dinge mitgebracht, deren Analyse ihm notwendig scheine.
«Bene, bene, Ispettore», sagte Dr. Malapelle, nun ganz versöhnt. Der Mailänder hatte für diesen Fahnderwachtmeister eine große Sympathie, und zwar weil dieser Mann, dessen massiger Körper fast bäuerlich wirkte, so ausgezeichnet italienisch sprach. Und nicht nur das: er stellte keine langweiligen Fragen, sondern war in vielen wissenschaftlichen Dingen beschlagen.
Studer aber erreichte das Laboratorium im zweiten Stock nach kurzer Zeit. Er schnaufte, denn er hatte die Treppe, immer zwei Stufen auf einmal nehmend, erstiegen.
«Hier, Dottore», sagte er, legte das Päckli auf einen Tisch, zog ein Militärmesser und durchschnitt die Schnur.

«Un gallo!» rief der Assistent aus und wog den Güggel in der Hand. «Aber warum? Wozu, Ispettore?»
«Sezieren!» befahl Studer. «Und dann: Eingeweide untersuchen. Ich glaube, Sie werden Arsen finden. Hernach hab' ich noch das (er zeigte die drei Taschentücher), und dies hier (er wies auf das braune Packpapier, das Wottlis Namen trug), und endlich einen Schlafanzug.»
Dr. Malapelles farbige Krawatte bildete zwischen den Spitzen seines steifen Kragens einen winzigen Knoten. Der Assistent hielt dies Knötlein zwischen Daumen und Zeigefinger, während er erstaunt die vielen Gegenstände betrachtete.
«Auf Arsen? Auf A-Es?» fragte er, die chemische Bezeichnung für dieses Element gebrauchend.
«Jawohl», nickte Studer. «Auf A-Es.»
Der Italiener zog eilig seinen Kittel aus, fuhr in einen weißen Labormantel – und begann geschäftig zu tun. Hansli, der geflügelte Freund der alten Armenhäuslerin, wurde mit einer Lanzette geöffnet, der Inhalt des Kropfes in einen Kolben getan, mit Wasser bedeckt. Die Flamme des Bunsenbrenners leckte wie eine bläuliche Zunge an dem Drahtnetz, auf dem die Kugel des Kolbens lag, das Wasser begann zu sieden, der Hals, der mit feuchten Tüchern umhüllt war, füllte sich mit Dampf. Nun drehte Giuseppe Malapelle das Gas ab, der Bunsenbrenner zog seine Zunge zurück, nun wurden die feuchten Tücher entfernt: der Marshen-Spiegel war deutlich.
«Hmmm», brummte Studer langgezogen. «Vergiftung eines Hahnes, wie?»
«Senza dubbio», nickte der Assistent. «Ohne Zweifel.»
Jetzt kamen die Taschentücher an die Reihe. Auch an ihnen war Arsen nachzuweisen. Dann das Packpapier – der Arsenspiegel glänzte. Und Studer war verwirrt. Seine Verwirrung aber steigerte sich, als zum Schlusse der Schlafanzug des verstorbenen Farny James untersucht wurde. Die Hosen waren während einer halben Stunde im Wasser gelegen, und als dies Wasser nun im Kolben erhitzt wurde, blieb der Schnabel rein. Einzig Tropfen setzten sich an der

Innenwand fest – aber kein glänzender Spiegel bildete sich. Als dann die Flüssigkeit erhitzt wurde, in der die Jacke des Pyjamas fast dreiviertel Stunden lang eingeweicht worden war, bildete sich nur ein durchsichtiger Hauch, der kaum glänzte, und Dr. Malapelle meinte, das braune Papier, welches diesen Stoff eingehüllt habe, sei an der schwachen Reaktion schuld.

Als Studer seine Uhr zog, wurde es ihm klar, daß er den armen Mann allzulange aufgehalten hatte – um halb zwölf hatte er das Gerichtsmedizinische betreten, und nun war es schon über zwei. Darum tat der Wachtmeister das einzig Vernünftige und lud den Italiener zum Essen ein. Das Töff ratterte durch die Stadt. Dr. Malapelle saß auf dem Soziussitz und schrie dem Wachtmeister von Zeit zu Zeit treffende Bemerkungen ins linke Ohr. Frau Hedwig Studer aber war an die stets wechselnden Essensstunden ihres Mannes gewöhnt, hatte den Tisch gedeckt und brauchte nicht lange, um für einen Dritten nachzutischen.

Der Assistent rührte mit dem Löffel in der Fleischsuppe, rühmte ihren Duft, bis Studer diesem Loben ärgerlich Einhalt gebot. Nicht um unnötige Schmeicheleien zu hören, sagte er, habe er den Dottore zum Mittagessen eingeladen, sondern um mit ihm zu diskutieren ...

«Jetzt diskutiere ich nicht, jetzt esse ich!» schnitt der Assistent diese Predigt ab.

Erst beim schwarzen Kaffee ließ er Studer endlich zu Worte kommen. Des Wachtmeisters Frau aber verzog sich in die Küche; sie müsse das Geschirr waschen, sagte sie, und sie begehre nicht wieder eine Mordgeschichte erzählen zu hören. Eigentlich sei es ein Jammer, mit einem Fahnder verheiratet zu sein, immer komme so ein Mann zu spät zum Essen, und dann habe er nichts als Todesfälle oder Diebstähle oder Raubmorde im Kopf.

«Diesmal ist es kein Raubmord», sagte Studer ärgerlich und begann den Fall des «Chinesen» aufzurollen. Er erzählte von dem Erschossenen, der auf einem Grabe gelegen sei – und der Mörder habe offenbar einen Selbstmord vortäuschen wollen. Jedoch sei ein solcher unmöglich, da nicht nur die Kleider des Toten unversehrt und zugeknöpft gewesen seien, trotz des Herzschusses, sondern da auch, nach Meinung des Doktors Malapelle, der Schuß in einer Entfernung von mindestens vier Meter abgegeben worden sei...

«Erinnern Sie sich noch, Malapelle, an jenen Fall, der in Gerzenstein passiert ist – damals haben wir einander kennengelernt. Damals war es das genaue Gegenteil. Ein Selbstmord wäre möglich gewesen, weil der Witschi den Lauf der Waffe mit Zigarettenblättli vollgestopft hatte, um die Deflagrationsspuren zu verdecken. Und schließlich fand ich heraus, daß ein anderer von mindestens zwei Meter Entfernung auf den Toten geschossen hatte, während alle im Dorfe glaubten, es sei ein Selbstmord gewesen. Sogar der Untersuchungsrichter, der damals den Fall behandelt hat, meint dies heute noch, und außer Ihnen und mir, Dottore, weiß nur noch eine Frau, was in Wirklichkeit passiert ist.»

«Der Fall Witschi», nickte der Italiener.

«Diesmal ist es noch ärger», seufzte Studer. «Nicht nur ein Familienname endet mit einem i, sondern gleich drei, Äbi, Wottli, Farny ... Farny hieß der Tote. Und Wottli ist Lehrer an einer Gartenbauschule, seine Mutter wohnt in Bern, und das braune Papier, an dem Sie Arsen nachgewiesen haben, brauchte die Mutter, um ihrem Sohne darin wahrscheinlich Wäsche zu schicken. Warum kann man an diesem Papier, an diesem braunen Packpapier Arsenspuren nachweisen? Wenn Sie mir diese Frage beantworten könnten ...»

«Pazienza! Geduld!» predigte Giuseppe Malapelle; dann wollte er wissen, was es mit dem Hahne und mit den Taschentüchern für eine Bewandtnis habe. Studer erzählte, was an diesem Morgen geschehen war.

«Vielleicht», meinte darauf der Assistent des Gerichtsmedizinischen Institutes, «sind Sie ganz auf dem Holzweg, Ispettore. Sie dürfen eines nicht vergessen, daß der ganze Fall in der Nähe einer Gartenbauschule spielt.»

«Was hat eine Gartenbauschule mit Arsen zu tun?»

«Sehr viel. Erstens wird in solch einer Schule sicher ein Chemiekurs gegeben . . .»

«Ah!» sagte Studer erstaunt. «Stimmt. Der Wottli ist auch Chemielehrer, das hat mir der Direktor heut morgen gesagt . . .»

«Sehen Sie. Und zweitens wird den Schülern in solch einer Schule sicher beigebracht, wie man Ungeziefer an Pflanzen vernichtet. Die Mittel, die zur Schädlingsbekämpfung verwendet werden, sind allesamt giftig. Gegen Läuse braucht man Nikotin und zur Raupenvernichtung Arsenpräparate. Vielleicht hat der Lehrer – wie nannten Sie ihn? Wotschli? Namen haben Sie in der Schweiz! – Wie? Ah, Wottli, gut; vielleicht hat der Lehrer Wottli das Paket irgendwo, im Magazin vielleicht, wo die Mittel zur Schädlingsbekämpfung aufbewahrt werden, geöffnet – das Papier ist mit einer solchen Materie in Berührung geraten – und daher haben wir den Marshen-Spiegel entdeckt. Verstanden? Ja?»

Studer nickte. Die Erklärung ließ sich verteidigen, vielleicht stimmte sie sogar – das einzige, was ihr widersprach: Die Taschentücher der verstorbenen Frau Hungerlott. Diese waren sicher nicht mit einem Mittel zur Bekämpfung von Raupen in Berührung geraten. Der Wachtmeister widersprach daher dem Assistenten, und dieser zuckte mit den Achseln.

«Sie müssen weiter suchen, Ispettore; Sie müssen gehen und besuchen die Mutter Wottli und suchen nach der Mutter von Frau Direktor Hungerlott und Schüler Ernst Äbi, welcher gewesen ist der Bruder, nicht wahr?» Studer nickte.

«Vielleicht finden bei beiden Müttern Wichtiges. Hernach Sie müssen zurückfahren nach Fründisbergo, denn dort werden Sie finden die Lösung – wie damals, bei unserem ersten Fall. Da war Lösung auch im Dorf. Und vergessen Sie eine Zeitlang das A-Es . . .»

Während sich der Assistent draußen von Frau Hedwig verabschiedete, blieb Studer in seinem Lehnstuhl sitzen. Er hatte die Hand über die Augen gelegt, schlief aber nicht, sondern grübelte. Was bedeuteten wohl die Fußtritte, mit denen ihn sein Freund Münch bedacht hatte?

Studer erhob sich und ging ins Schlafzimmer, denn das Telephon stand auf dem Nachttisch neben seinem Bett. Er nahm den Hörer ab und stellte die Nummer des Postcheckbüros ein. Er mußte warten. Endlich, nach zehn Minuten, wurde ihm wieder angeläutet, und er erfuhr, die Höhe des Depots von James Farny sei 6325 Fr. Allerhand ... Von welcher Bank überwiesen? – Crédit Lyonnais ... – Nun läutete Studer die Filiale dieses französischen Bankinstitutes in Bern an. Und da erlebte er eine Überraschung. Er hatte gefürchtet, er würde Schwierigkeiten haben – wegen des Bankgeheimnisses. Gerade das Gegenteil ereignete sich. Herr Farny habe Instruktionen hinterlassen: Anfragen der Polizei über sein Vermögen seien sogleich zu beantworten. Der Sicherheit halber – bitte man Herrn Studer, abzuhängen – man werde sogleich wieder anläuten. An seine Privatadresse? Jawohl ... Dann: Das Depot bestehe aus 100 000 amerikanischen Dollars, 10 000 englischen Pfunden. Außerdem habe Herr Farny noch einen Safe gemietet, der Edelsteine enthalte. Diamanten, Smaragde, Rubine.

Vorsichtig und respektvoll legte Studer den Hörer wieder auf die Gabel. In einer Zeitung suchte er nach dem Stande der ausländischen Devisen ... Das Pfund stand auf fünfzehn Komma null drei, der Dollar auf drei fünfundzwanzig ... Allerhand! Der «Chinese» hinterließ ein Vermögen von rund einer halben Million Schweizerfranken. Ohne den Inhalt des Safes, der ungefaßte Edelsteine enthielt ...

Etwas wie Ekel stieg in Studers Hals auf. Plötzlich ging ihm dieser Fall auf die Nerven. Was? ... Es handelte sich nur um eine simple Erbschaftsangelegenheit? Und wenn man den glücklichen Erben – besser: *die* glücklichen Erben entdeckt hatte, dann kannte man den Schuldigen? Chabis! Dann – eben dann hatte man den Schuldigen noch lange nicht ... Nein, der Fall wurde immer uninteressanter. Denn einem Menschen mit einem geringen Gehalt, dem es während seines Lebens nicht immer gut gegangen ist, macht es nie große Freude, für andere Leute ein Vermögen zu retten. ... Und schließlich – wer würde das Vermögen des «Chinesen» nun einsacken?

Der Wachtmeister hockte auf dem Bett, und der trübe Tag draußen ließ nur eine matte Dämmerung ins Zimmer sikkern. Studer ballte die Hand, hob seine Faust vor die Augen und reckte zuerst den Zeigefinger: «Erstens: Die Schwester ...» murmelte er. Der Mittelfinger schnellte auf: «Zweitens: Ihr unehelicher Sohn – das Knechtlein ...» Der Ringfinger kam an die Reihe: «Drittens – der Äbi Ernst, Gartenbauschüler. Viertens seine Schwester, die Frau des Hungerlott ...» Studer starrte auf seine Hand, nur der Daumen haftete noch am Ballen ... Nun schnellte dieser zur Seite und stand rechtwinklig zur Fläche ... «Und der Gatte? Der Gatte der Tochter? Der Hausvater des Pauperismus? He? Und der Maurer Äbi ... Die Finger langen nicht!»

«Köbi, woscht nit es Taßli Gaffee?» fragte Frau Hedwig unter der Tür.

«Nei!» fauchte der Wachtmeister wütend. Er ging zum Kleiderständer, zog Kittel und Mantel an, riß die Wohnungstür auf. Doch als er sie hinter sich zuschmettern wollte, ergriff ihn Reue. – Wahrscheinlich komme er erst am Sonntag zurück, sagte er leise und freundlich. – Es sei ein verteufelter Fall ... Frau Studer nickte traurig ... Am Sonntag? Heute war erst Donnerstag. «Leb' wohl, Hedy ...» Und der Wachtmeister schloß vorsichtig die Türe.

Er stieg auf sein Töff und fuhr in die Aarbergergasse 25; er wollte über den Lehrer Wottli Bescheid wissen, weil dieser Mann einmal ein Packpapier besessen hatte, an dem Arsenspuren nachzuweisen gewesen waren ...

Die Dreizimmerwohnung lag im ersten Stock und war peinlich sauber. Eine Frau, die trotz ihrer weißen Haare noch jung schien (ihr Gesicht war faltenlos), schlurfte in Filzpantoffeln über das glänzende Parkett. Schon an der Türe begann sie zu sprechen, und nichts konnte diesen Redefluß dämmen. Sie bediente sich eines merkwürdigen Basler

Dialekts, der mit bernischen Brocken gewürzt war – denn seit langem hatte sie wohl ihre Heimat verlassen. Sie rühmte ihren Sohn. – Was der für ein Kluger sei und ein Gescheiter ... Oooh ... Als einfacher Handlanger habe er in einer Gärtnerei angefangen – und nie eine Lehre durchgemacht, denn damals sei gerade der Vater gestorben und kein Geld im Haus gewesen. Jäjä ... Mit sechzehn Jahren habe der Paul angefangen und dann alles gelernt, denn er habe oft die Stelle gewechselt. Zuerst Baumschule, dann Gemüse, dann Rosenkultur, endlich Landschaftsgärtnerei – ob der Herr Wachtmeister wisse, was das heiße, auf Landschaft arbeiten ...? Nicht ...? Nun, das sei die Anlage von neuen Gärten ... Jojo ... Pläne habe der Paul gemacht! Dann sei er nach Deutschland, in die Nähe von Berlin, um sich in der Staudenkultur auszubilden ... Denn – nid woohr – in den neuen Gärten würden jetzt nicht mehr Rabatten angelegt, sondern Stauden, Delphinium und Iris, und Narzissen und Phlox und Astern und wie all die Pflanzen hießen. ... Nach den Stauden sei der Paul nach Stuttgart und habe im Palmenhaus des Königlichen Schlosses sich auf Orchideenkultur spezialisiert ... «Nehme Sie Platz, Herr Wachtmeister ...» Und ob er nichts trinken wolle?
Studer schüttelte den Kopf, er wolle eine Frage stellen, aber schon rauschte der Strom weiter: – Ja, in Orchideenkultur ...! Und an den Abenden habe er Bücher gelesen, bis er genug gelernt habe, um Artikel schreiben zu können – joojoo – wissenschaftliche Artikel in Fachzeitschriften, in botanischen Blättern ...
Dem Wachtmeister brummte der Kopf. Man mußte die alte Frau mit den schönen weißen Zähnen weiter erzählen lassen ...
Dann sei der Paul in die Schweiz zurückgerufen worden zu einem reichen Herrn, der ein Schloß besessen habe am Thunersee ... Drei Arbeiter habe Paul unter sich gehabt, und die hätten schaffen müssen – er selbst sei mit dem guten Beispiel vorangegangen und habe manchmal vierzehn Stunden im Tag gearbeitet. Dann sei der reiche Herr

gestorben und habe dem Paul als Dank für seine Arbeit Geld vermacht ...

«Wieviel?» Studers Frage zerschnitt die lange Rede. Aber selbst dies war unfähig, der Rede Einhalt zu tun.

– Fünftausend Franken! Jojojo! Fünftausend Franken! Ein kleines Vermögen, und gleich darauf sei der Paul von der Berner Regierung gewählt worden: Als Lehrer an die Gartenbauschule Pfründisberg ... Oooh! Und beliebt sei der Sohn bei seinen Schülern! Manche – die vom Jahreskurs zum Beispiel –, aber selbst die anderen, die nur den Winterkurs mitmachen täten, selbst diese könnten einfach später den Paul nicht vergessen, wenn sie wieder irgendwo eine Stelle hätten. So beliebt sei der Paul. In allen Sachen kenne er sich aus – in Düngerlehre, in Baumschnitt, in Treibhaus ... Überall, ja, überall sei er daheim, der Paul ...

«Auch in Chemie?» Die zweite Frage klang ebenfalls wie ein scharfer Pfiff.

– Natürlich natüürlig ... Und weiter prasselten die Worte, sie erinnerten an Regentropfen, die an Fensterscheiben trommelten ... Studer neigte den Kopf; er saß in einem Fauteuil, der mit rotem Plüsch überzogen war und dessen Armstützen sicher jeden Tag mit Wichse poliert wurden. Als die Mutter endlich schwieg, erkundigte sich der Wachtmeister, sehr sorgsam und sehr vorsichtig, was denn das Paket enthalten habe, das Frau Wottli ihrem Sohne geschickt habe.

– Eh, Bücher! Vor fünf Tagen habe sie dem Paul Bücher geschickt. Und warum der Herr Wachtmeister dies wissen wolle?

«Numme süscht ...» – Und ob der Paul befreundet gewesen sei mit einem gewissen Farny, der in Pfründisberg ein Zimmer in der Wirtschaft «zur Sonne» bewohnt habe...?

– Farny? Aber nadirlig! Einmal sei der Herr Farny – der Herr Wachtmeister meine wohl den Herrn Farny, der gestern morgen tot aufgefunden worden sei, nid woohr? – Also, dieser Herr Farny habe ein Haus bauen wollen – in Pfründisberg – und den Sohn gefragt, ob er nicht den Plan für den Garten machen wolle ... Pläne mache der Paul! Wunderbare! Der Stadtgärtner selbst sei manchmal ganz erstaunt darüber, was der Paul alles könne, und er habe ihm gesagt, daß er während seiner Ferien in der Gartenbauschule unbedingt einmal nach Bern kommen müsse, um bei den Anpflanzungen im Botanischen Garten mitzuhelfen ... Ja, das sei ... Aber sicher habe der Herr Studer jetzt großen Durst, was er gerne trinken wolle? Sie habe einen extra guten Erdbeerschnaps mit einer ganz neuen Sorte gemacht, die der Paul in Pfründisberg gezüchtet habe. Ob der Gast diesen Likör kosten wolle?

Der Wachtmeister nickte, dankte und sagte, er wolle am Abend nach Pfründisberg zurückfahren.

Frau Wottli ging in die Küche, kam mit einer Flasche zurück, füllte zwei Gläser und stieß mit dem Wachtmeister an.

Gerade als Studer sein Glas auf das runde Tischchen zurücksetzte, begann irgendwo im Hause Lärm. Sie lauschten – Stühle fielen um, Teller zerbrachen knallend auf dem Boden; der ganze Krach erweckte den Eindruck, als praßle ein Hagelwetter ins Zimmer. Und an dies sommerliche Gewitter mußte man deshalb denken, weil der Lärm sicher aus dem zweiten Stock kam ...

«Wer wohnt dort?» fragte Studer und wies mit dem Daumen nach der Zimmerdecke.

Nun schrie eine Frauenstimme, laut und klagend –. Mutter Wottli aber schüttelte den Kopf: Der Äbi sei aber heut früh heimgekommen, meinte sie. Und sicher habe der Mann wieder getrunken. Jetzt prügle er seine Frau ...

«Äbi?» fragte der Wachtmeister. «Haben die Leute etwa Kinder?» – «Ja.»

«En Sohn und e Tochter ...» Die Tochter habe geheiratet und eine glänzende Partie gemacht, der Mann sei ein höherer Staatsangestellter – aber was habe es der Anna genützt? Nichts! Sie sei vor kurzer Zeit gestorben. Der Sohn tauge nicht viel; als Handlanger habe er sein Leben vertrödelt, und erst jetzt, mit fast dreißig Jahren, sei es ihm gelungen, in Pfründisberg einzutreten ... Nur weil ein reicher Onkel aus dem Ausland ihm geholfen habe ...

«Und der Vater?»

– Seit einem Monat habe ihm die Fürsorge eine Aushilfsstelle in einer Kohlenhandlung verschafft ... Dort verdiene er einen Franken Stundenlohn ...

«Nid viel ...» meinte Studer.

... Nei, nei. Aber er mache oft blau, der Arnold Äbi, und nicht nur am Montag. Sicher habe er seine Arbeit heute schon um drei Uhr verlassen, um trinken zu gehen. «Ja, er ist ein anderer Mann als mein Paul. *Mein* Sohn trinkt nicht.»

Der Wachtmeister blickte die alte Frau fest an. Rechts neben ihrer Nase tanzte ein Leberfleck auf und ab, wie ein brauner Angelkorken auf fließendem Wasser. Immer deutlicher sah Studer das Bild des Lehrers Wottli – und die Tatsache, daß der Mann ein «Wissenschafter» war, gab den letzten Tupfen. Der Wachtmeister hatte in seinem Leben viele Menschen kennengelernt, die ihr Wissen aus Büchern – meistens aus einem Konversationslexikon – erlernt hatten («Autodidakten» nannte man sie), und gewöhnlich trugen diese Leute ihre Überzeugung wie einen unsichtbaren Helm auf dem Kopf. Sie wußten in allem und jedem Bescheid – aber jeder ihrer Gedanken war falsch. Sie glaubten sich allwissend, sie waren stolz – und oft, nur allzuoft trieb sie dieser Stolz auf einen falschen Weg. Glücklich waren sie selten ... Gehörte der Lehrer auch zu diesen Leuten? Einmal schon hatte er fünftausend Franken geerbt – hoffte er diesmal auf eine größere Summe? Der Wachtmeister seufzte, weil sein friedlicher Sinn sich nicht gerne mit nutzlosen Streitigkeiten abgab – und solche Streitigkeiten standen ihm bevor; bei der ersten Unterredung mit dem Gartenbaulehrer würden sie erscheinen ... Über seinem Kopfe weinte die Frau lauter, Klatschen war zu hören.

Und Jakob Studer nahm Abschied. Aber es gelang ihm trotzdem nicht, den Arnold Äbi kennenzulernen. Als er im Stiegenhaus stand, hörte er das Haustor unten ins Schloß fallen und im oberen Stockwerk ein Stöhnen. Leise schlich er die Treppen hinauf – von Frau Wottli hatte er nichts zu fürchten, denn sie war ins Wohnzimmer zurückgegangen. Vor der angelehnten Türe lag der Körper einer Frau; die Haare, die wirr vom Kopfe abstanden, waren kurz geschnitten und von fettiggrauer Farbe. Sie trug ein schwarzes Baumwollkleid ... eine blaue Schürze ... Die Füße steckten in braunen Halbschuhen, und die Absätze trommelten auf die roten Fliesen. Über dem verschmierten Klingelknopf am Türpfosten war mit einem Reißnagel ein Visitenkärtlein befestigt:

«Arnold Äbi,
Maurermeister.»

Studer bückte sich, schob seine Arme unter den zitternden Körper, richtete sich auf und trat in die Wohnung. Ein Gang – kein Teppich auf dem staubigen Parkett ... Ein Zimmer – sauber, mit wenig Möbeln. Über dem Ehebett lag eine braune Decke, darauf legte er die Frau, die leise stöhnte. Sie war mindestens sechzig Jahre alt, die Stirne war hoch. Zwischen den halbgeschlossenen Lidern schimmerte die Hornhaut weiß. Die Lippen öffneten sich und ließen zwei Zähne sehen, die breit und lang und gelb waren – wie Roßzähne. Ein Stöhnen zuerst: «Aa-oo-aah!» Nun öffneten sich die Lider ganz, braun und glanzlos war die Iris, wie die Decke, auf welcher der Körper lag. «Wasser!» stöhnte die Frau. Studer trat auf den Gang, schloß zuerst die Wohnungstüre und ging dann in die Küche. Hier war der Boden mit Tellerscherben besät, an der Mauer lag ein Stuhl, der beide Vorderbeine gebrochen hatte; der Tisch war mit Papierfetzen, schmutzigen Gabeln und Löffeln bedeckt. An seinem Rand war ein Schraubstock befestigt, Studer berührte ihn – da blieben Eisenspäne an seinen Fingern kleben ...

Ein Schraubstock ... Eisenspäne ... Was war hier gefeilt worden?

Der Wachtmeister spülte ein Glas, füllte es und kehrte dann

ins Zimmer zurück. Die Frau streckte ihre Hand aus, trank das Wasser und ließ sich wieder zurückfallen.
«Wer seid Ihr?» fragte sie. Studer nannte seinen Namen.
«Was wollt Ihr?»
«Nüt Apartigs . . .»
Die Frau schluckte, und ihr Adamsapfel rollte hin und her wie ein steinernes Kügeli unter einem schlaffen Tuch. Es wurde langsam dunkel im Zimmer; plötzlich flammten auf der Straße die Laternen auf und klebten viereckige, gelbe Lichttücher an die Decke. Die Frau schwieg. Ihr Gesicht lag im Finstern; der Rock hatte lange Risse und ließ einen gemusterten Barchentunterrock sehen.
«Warum hat er Euch geschlagen?» fragte Studer.
Ein Seufzer. Die Nägel der linken Hand kratzten auf der Decke, sonst war kein Geräusch zu hören, denn die Straße unten war still. Dann antwortete die Frau mit einer Frage:
«Geht's Euch etwas an, wenn der Mann mich schlägt?» Sie lachte kurz und schrill.
«Helfen Euch die Kinder nicht, Mutter?» fragte der Wachtmeister. Das Wort «Mutter» brachte Leben in die Liegende. Sie sprang auf, setzte die Füße auf den Boden, schwankte zuerst ein wenig, als sie sich vom Bettrand abstieß und ging dann sicher durchs Zimmer. Der Schalter knallte leise; dann blendete das Licht der Lampe, obwohl die Birne in einem blauen Kreppapier steckte.
«Die Kinder!» sagte die Frau und grub die Finger in ihr kurzgeschnittenes Haar. «Die Kinder!» wiederholte sie. «Ich habe eine Tochter gehabt – aber die ist gestorben. Ich hab' zwei Söhne gehabt – aber der eine ist verschwunden, und der andere will seine Mutter nicht mehr kennen, weil er seinen Vater haßt . . . Ja, ja . . .» Sie seufzte. «Er will seine Mamma nicht mehr kennen – er besucht lieber eine andere Mutter, die im gleichen Hause wohnt. Unten, dort unten . . .» Sie wies mit dem Zeigefinger auf den Boden. «Dort hockt er stundenlang – aber bei mir bleibt er nur fünf Minuten . . .»
«Der Ernst?» fragte Studer.
«So? Hat er Ernst geheißen?» Ein Lächeln ließ den Mund

noch größer scheinen, und die beiden Zähne packten die Unterlippe. «Jaja. Der eine hat Ernst geheißen und der andere Ludwig. Ernst Äbi der eine, Ludwig Farny der andere. Ich habe gehört, daß beide in Pfründisberg sind. Der eine in der Gartenbauschule, der andere im Armenhaus. Stimmt das, Herr ... Herr ...»
«Studer!»
«Richtig ... Stimmt das, Herr Studer? Oder ist der Ludwig noch im Thurgau?»
Der Wachtmeister überlegte: spielte die Frau Theater oder war sie wirklich krank? Vielleicht hatte sie Fieber, denn sie sah nicht gesund aus. Mager war ihr Gesicht, und rote Flecken glänzten über den Backenknochen. Sie begann zu husten, ging keuchend zum Nachttischli, zog die Schublade auf und kramte unter den darinliegenden Gegenständen. Plötzlich schrie sie auf.
«Was ist los?» fragte Studer.
«Nichts ... oh ... nichts!» Sie wurde bleich; einzig die winzigen roten Flecken über den Backenknochen blieben farbig.
«Vielleicht ... ich ... ich ... weiß nicht. Der Doktor hat mir Medizin verschrieben, und die ist fort. Vielleicht hat sie der Noldi mitgenommen ... Aber wozu hat er sie wohl gebraucht, der Noldi?»
Es klang merkwürdig; wie konnte die Frau ihrem betrunkenen Manne, der sie grausam verprügelt hatte, einen zärtlichen Kosenamen geben? Er hieß Arnold – und sie nannte ihn noch immer Noldi ...
«Was war es denn?»
«Ein Beruhigungsmittel ...» sagte die Frau. «Täfeli ... Weiße Täfeli ... Oder vielleicht hat die Frau Wottli die Medizin genommen? Ich hab' ihr einmal davon gegeben, vor einer Woche – und das hat ihr geholfen. Sie konnte schlafen, nachher. Und heut' morgen hat sie mich besucht. Vielleicht ...»
Studer zog seine Uhr. Sechs Uhr! Er mußte sich beeilen, wenn er heut' abend noch in Pfründisberg sein wollte. Dar-

um verabschiedete er sich von der kranken Frau, versprach, bald wieder zu kommen, und fragte, ob er nicht Frau Wottli heraufschicken solle. «Damit Ihr nicht so allein seid, wenn es Euch schlecht geht. Und», fügte der Wachtmeister fragend hinzu, «soll ich vielleicht in eine Apotheke gehen und Euch das Mittel holen, das Euch der Doktor verschrieben hat? Habt Ihr das Rezept noch?»

Die Frau schüttelte den Kopf. Das gehe nicht, meinte sie. Das Rezept habe der Apotheker behalten. Es sei ein Betäubungsmittel.

Betäubungsmittel? Studer pfiff leise. Schade, daß man nicht wußte, was der Arzt der Kranken verschrieben hatte. Es war zu spät, heute abend dem Arzte anzuläuten. Gewiß, man konnte schnell noch ins Amtshaus fahren und dort die nötigen Anweisungen geben. Aber Studer hatte keine Lust, dies zu tun. Wenn in einer Sache alles noch verworren war, so vermied er lieber, Kollegen zur Hilfe beizuziehen. Das ging, wenn man das Ende des Fadens in der Hand hielt. Aber es lohnte sich nicht, wegen eines fehlenden Betäubungsmittels große Geschichten zu machen. Denn in der Wohnung des ehemaligen Maurers herrschte so viel Unordnung, daß die Frau das Mittel ganz gut verlegt haben konnte. Er warf rasch einen Blick in die offene Schublade, sah viele Schächteli, gläserne Tuben, Fläschli: Herzmittel und Schlafmittel und Stärkungsmittel. Die größte Flasche nahm er in die Hand. Sie war leer. Er sah auf die Etiketten – «Gift» stand auf der einen; darüber eine andere: ein Totenkopf mit zwei Knochen. Endlich auf der größten: «Fowlersche Lösung». Schon wieder ein Arsenpräparat!

«Wer hat die Flasche geleert?» fragte Studer.

«Ich», sagte die Frau. Ihre Finger wühlten wieder in den kurzgeschnittenen, weißen Haaren.

Als Studer den Absatz des ersten Stockes erreichte, blieb er kurz vor Frau Wottlis Wohnung stehen. Er horchte. Eine Klingel schrillte drinnen, ein Knacken war zu hören, als der Hörer des Telephons abgenommen wurde ...

«Ah ... ja ... Grüeß di Paul ... Ja, er hat mich besucht. Heut nachmittag ... Er ist schon lange fort, wird bald dort sein ... Nein, nein ... Nein! Ich war nicht oben bei der Äbi. Soll ich gehen? ... Meine Zimmertür ist offen, ich will sie schließen gehen ... Jaja! Ich geh' schon.» Studer vernahm Schritte, die näher kamen – er wartete ruhig. Drinnen fiel eine Türe zu.
Und Studer verließ das kleine Haus.

Jaßpartie mit einem neuen Partner

Der Nebel war dicht. Eine Lampe brannte über der Türe, die in die Wirtschaft führte; ein wenig Licht fiel auf die Treppe, welche den Absatz mit der Straße verband. Und am Fuße dieser steinernen Leiter stand ein wartender Mann.
Sobald Studer den Motor abgestellt hatte, hörte er seinen Namen rufen. «Ja?» brummte er.
«Paul Wottli, Lehrer an der Gartenbauschule Pfründisberg.»
Studer zog den Wollhandschuh ab. Dann ärgerte er sich, denn der Mann, der sich vorgestellt hatte, schüttelte ihm nicht etwa die Hand, sondern reichte ihm nur drei Finger; den Ellbogen hielt er an den Körper gepreßt.
«Ich habe den ganzen Nachmittag auf Sie gewartet, Herr Studer», sagte der Lehrer. «Den ganzen Nachmittag! Wie kommt es, daß Sie eine Untersuchung einfach fallen lassen, um nach Bern zu fahren? Ich dachte, die Aufklärung eines Mordes sei eine ernste Sache. Denn ich bin belesen, auch in diesen Dingen.»
Obwohl Studer an diesem Novemberabend bitter gefroren hatte – trotz seiner warmen Unterhosen und seines wollenen Pullovers –, obwohl er sich nach einem warmen z'Nacht sehnte und nicht gerade guter Laune war, mußte er doch über die Rede lachen.

«Und welche interessanten Werke haben Sie zu einem Sachverständigen in Kriminalistik gemacht, Herr Lehrer?»

«Nun, ich kenne Groß, ich habe Locard auf französisch gelesen, ich bin aufs Kriminalarchiv abonniert und . . .»

«Das genügt, das genügt vollständig. Dann werden Sie auch verstehen, daß ich notwendigerweise in die Stadt mußte, um einige Erkundigungen einzuziehen.»

«Erkundigungen! Erkundigungen! Die nützen gar nichts, Herr Studer, wenn man nicht zuerst die schon gefundenen Prämissen logisch auswertet. Verstehen Sie? Ich finde es durchaus fehlerhaft, einen meiner Schüler unter die Aufsicht eines belastenden Armenhäuslers zu stellen und dann diese beiden in ein Krankenzimmer einzusperren. Deshalb habe ich mir erlaubt, den Ernst Äbi zu befreien, da ich ihn für eine wichtige Arbeit heute abend brauchte. Es war nötig, heute abend das Gewächshaus mit Blausäuregas zu füllen, um das Ungeziefer zu töten, das sich an meinen Orchideen und an meinen Palmenblättern gütlich tut. Darum habe ich meinen Schüler um halb sechs geholt – gerne hätte ich Sie zuerst um Erlaubnis gebeten, aber es pressierte, und darum handelte ich eigenmächtig. Nur schien es notwendig, Sie von diesem meinem Entschluß in Kenntnis zu setzen, um irgendeinen falschen Verdacht, der in Ihnen aufsteigen könnte, von vornherein aus dem Wege zu räumen. Verstehen Sie?»

Studer nickte, nickte ... Merkwürdig, wie alles stimmte. Prämissen ... Produkt ... Der falsche Gebrauch von Fremdwörtern ...

«Ich möchte gern zu Abend essen, Herr Lehrer», sagte Studer und bediente sich ebenfalls des Hochdeutschen. «Darf ich Sie zu einem Kaffee einladen? Bitte . . .»

Die beiden stiegen die Treppe hinauf. Unter der Türe empfing sie der Wirt und fragte, was der Wachtmeister essen wolle. Dann öffnete er die Türe in den Privatraum, in welchem das mit Aluminiumfarbe bestrichene Öfeli stand – es war geheizt und strömte wohlige Wärme aus. Hulda Nüesch

brachte einen Grog, später das z'Nacht und für Herrn Wottli eine schwarze Brühe in einem hohen Glas.
Der Wachtmeister aß gemütlich und versuchte, trotz dem Geschwätz des Gartenbaulehrers, auf kurze Zeit den ganzen Fall zu vergessen. Vier Männer betraten die Stube, grüßten und setzten sich an einen Tisch nahe beim Fenster; Direktor Sack-Amherd, Hausvater Hungerlott, der Bauer Schranz und ein Unbekannter, dessen lange Nase wie verzeichnet aussah und rot glänzte.
«Guten Abend, Herr Äbi ...» Der Lehrer stand auf, bot dem Rotnasigen zwei Finger und setzte sich dann wieder dem Wachtmeister gegenüber.
«Das ist der Vater meines Schülers», flüsterte er, doch so laut, daß alle Anwesenden die Worte verstehen konnten. Studer brummte.
Dies also war der Mann, der sich auf seiner Visitenkarte «Maurermeister» nannte, seine Frau verprügelte und allzuviel trank. Wie war es dem Manne gelungen, so schnell nach Pfründisberg zu kommen? Um Viertel nach fünf hatte er die Tür in der Aarbergergasse ins Schloß geworfen – und jetzt war er schon da. Wann hatte er Pfründisberg erreicht? Es war der Hausvater Hungerlott, der die Erklärung gab. Während er ein Kartenspiel aufnahm und es zu mischen begann, erzählte er und deutete mit gerecktem Zeigefinger auf den Mann, der links neben ihm saß: Heute nachmittag sei er in die Stadt gefahren – Kommissionen, Bestellungen habe er machen müssen, da er am Samstag Besuch erwarte – Kommissionen für eine Kommission, hehehe, denn eine solche werde auf das Wochenende erwartet. Abgesandte der Sanitätsdirektion, Großräte, außerdem zwei Assistenzärzte von irgendeiner Pflegeanstalt kämen nach Pfründisberg, um sich über die Bekämpfung des ‚Pauperismus' zu orientieren ... Ja! ... Und darum sei er heute mit dem Auto nach Bern gefahren – und wen habe er um dreiviertel sechs vor dem Bahnhof getroffen? Den Maurermeister Äbi! Früher, ja früher sei ein paarmal die Rede davon gewesen, den Äbi in Pfründisberg einzuquartieren – hehehe! Aber

als der Hausvater ein Schwiegersohn besagten Äbis geworden sei, habe kein Mensch mehr daran gedacht, die Armenanstalt um einen Insassen zu bereichern ... Hungerlott schielte zum Wachtmeister hinüber, Sack-Amherd krempelte die Ärmel seines violett gestreiften Hemdes auf und warf dann einen Blick in das Kartenbündel, das vor ihm lag. Vater Äbi grochste, der Kartenfächer zitterte in seiner Hand – endlich krächzte er – denn seine Stimme war heiser – und hob den Kopf: «G'schobe!» Und der Bauer Schranz antwortete: «Schufle!»

Zwischen den beiden Fenstern, durch deren Scheiben die Holzläden grün schimmerten, hing eine Uhr. Sie schlug dreimal, und es klang, als sei die Glocke zersprungen. Studer blickte zu ihr empor: Dreiviertel neun. Die Spieler jaßten weiter – Hungerlott und Sack-Amherd rasch und sicher, Äbi und der Bauer langsam und zögernd. Bisweilen brach ein kleiner Streit los, weil sich der Maurermeister zu lange besann. Studer fragte sein Gegenüber:

«Um sechs Uhr haben Sie die Räucherung begonnen, nicht wahr? Und wann waren Sie fertig?»

«Ist das wichtig? Oder wollen Sie mich nur auf die Probe stellen? Wenn dies Ihre Absicht ist, so kann ich Ihnen ganz genau antworten: Um Viertel nach sechs war alles beendet, ich verschloß hernach die Türe, die vom Gewächshaus in den Gang führt. Viertel nach sechs, achtzehn Uhr fünfzehn – wenn Ihnen dies lieber ist.»

Studer nickte, nickte. Er sog an seiner Brissago und las zerstreut im Abendblatt, das er in Bern gekauft hatte.

Der Bauer Schranz stand auf. Er müsse daheim nachschauen gehen, eine Kuh solle diese Nacht kalbern, und ob der Wachtmeister ihn nicht vertreten wolle – eine Viertelstunde, länger würde es nicht dauern.

Studer nickte, setzte sich dem Rotnasigen gegenüber – Hungerlott war am Geben, und Äbi mußte sagen, ob er selbst Trumpf machen oder schieben wolle. Es machte ihm Schwierigkeiten, einen Entschluß zu fassen. Langsam breitete er die Karten aus, unordentlich standen sie dann zwi-

schen Daumen und gekrümmtem Zeigefinger. Er fluchte, kratzte sich die Stirne, jammerte, behauptete, nicht zu wissen, was er machen solle, bis ihn Studer barsch anfuhr: er möge sich endlich entschließen. Den Wachtmeister traf ein giftiger Blick aus den kleinen Augen – glanzlos waren sie, wie die Augen seiner Frau – er maulte: «Ig tue schiebe ...»
– «Krüz!» sagte Studer. Denn er hatte in dieser Farbe die Stöck, das Zehni und Drüüblatt vom Achti ... Dazu das Schaufelaß und zwei kleine Herz.
Sein Partner spielte aus – und Studer wunderte sich, denn statt eines Trumpfes warf dieser die Herzzehn auf das Deckeli. Sack-Amherd nahm mit dem As, Studer stach mit dem Trumpfkönig, und Hungerlott packte den Stich, weil er mit dem Trumpfas überstochen hatte. Es wurde eine böse Partie. So laut war das Gelächter der beiden Sieger, daß der Wirt Brönnimann die Nase zur Tür hereinsteckte, der Lehrer Wottli Witze riß und die beiden Unterlegenen leise, aber überzeugt fluchten.
Obwohl der Wachtmeister fest behauptete, er jasse nur aus psychologischen Gründen, gewissermaßen, um den Charakter seiner Mitspieler zu ergründen, ärgerte es ihn doch – und heute abend besonders –, daß er verloren hatte. Nun mischte der ehemalige Maurermeister (war er nicht jetzt in einer Kohlenhandlung beschäftigt und machte blau – nicht nur am Montag?) die Karten, und schon die Bewegungen, die er beim Austeilen machte, wirkten aufreizend. Er leckte seinen Daumen ab, klebte ihn auf die oberste Karte und zog sie dann vom Haufen ab, schleckte den Finger ein zweites Mal – für die nächste Karte – und so fort, bis das Spiel vergeben war. Hungerlott behauptete, er habe zehn Karten – und das Spiel mußte noch einmal ausgeteilt werden. Endlich stimmte es, und Sack-Amherd machte Trumpf.
Plötzlich war Studers Ärger vergangen. Er starrte nur auf seinen Partner und verlangsamte das Spiel.
Vater Äbi zitterte ja! – Zwar, an diesem Zittern konnte der Alkohol schuld sein. Und doch! Und doch! Es war etwas anderes: Denn der Mann schien die ganze Zeit auf etwas

zu warten. Seine Ohren waren groß und rot, die Muschel oben ganz flach, und senkrecht standen sie vom Kopfe ab. Diese Ohren verrieten, daß Äbi angestrengt lauschte, bald wandte er den Kopf der einen Türe zu, die auf den Gang führte, bald der anderen, die ins Nebenzimmer ging. Und er schloß dazu die Augen. Dies bewies, daß er auf ein Geräusch wartete ... Was für ein Geräusch?

Studer machte einen kleinen Versuch. Nachdem er die eingeheimsten Stiche gezählt hatte, schnauzte er seinen Partner an: – Ob er denn nicht besser spielen könne? – So gut wie ein Schroter spiele er immer noch, war die Antwort.

«Eeh, tue nid eso!» sagte Hungerlott beruhigend. Dann wandte er sich an den Wachtmeister, um ihm zu erklären, er habe seinen Schwiegervater eingeladen, die Nacht über zu bleiben. Er habe ja genug Platz, jetzt, da seine Frau gestorben sei. Äbi könne im gleichen Zimmer schlafen, es stünden zwei Betten darin ... Studer räusperte sich, sein Blick wanderte von einem zum andern, blieb dann am kriminalistisch geschulten Lehrer hängen. Wottli hatte beide Hände auf Äbis Schultern gelegt. Die langen, dünnen Finger gruben ihre Nägel in den Stoff der schmierigen Kutte.

Und plötzlich schien es dem Wachtmeister, als wiederhole sich der Abend des 18. Juli ... Aus dem Nebenzimmer kam Lärm, Gläser zersplitterten; dann hörten die fünf des Wirtes Stimme um Hilfe schreien. Der Wachtmeister schob seinen Stuhl zurück, sprang zur Türe und riß sie auf.

Vier Männer in verschmierten blauen Überkleidern umstanden den Wirt, zwei hielten seine Arme gepackt –, und in einer Ecke wehrte sich Huldi gegen drei andere Armenhäusler. Diese drei erkannte der Wachtmeister wieder – heut morgen hatten sie mit Reisbesen einen Bärentanz aufgeführt.

Studer handelte schnell; den Wirt befreite er, indem er die zwei, die ihn hielten, im Nacken packte und mit den Köpfen gegeneinanderstieß – da flohen die beiden andern. Mit denen, welche die Serviertochter hielten, verfuhr er gleich, nur der dritte, der das Huldi an den Haaren gezerrt hatte, konnte mit der Faust ausholen ... Er wollte Studer eins auswischen, doch dieser konnte sich schnell bücken, und die geballte Hand zerschlug eine Fensterscheibe. Dann verschwanden weitere vier, jeder rieb sich den schmerzenden Schädel, und auch der letzte drückte sich, nachdem er seine blutende Hand mit dem Nastuch umwickelt hatte. Stille. Unter der Tür, die in Brönnimanns Privatraum führte, standen zwei Gestalten: Sack-Amherd ließ seine Uhrkette schwingen, und Hungerlott spielte mit seinem Witwerring.

«Wo sind die anderen?»

«Sie sind grad fortgegangen, Herr Wachtmeister. Mein Lehrer hat gesagt, er wolle nachschauen gehen, ob in der Gartenbauschule alles in Ordnung sei.»

«Hmmm ...» Studer hielt seine magere Nase zwischen Daumen und Zeigefinger und schien zu lauschen. Durch das zerbrochene Fenster hörte er einen merkwürdigen Laut, der klang wie das Murmeln einer Volksmenge. Als er die Flügel aufriß, sah er unten eine Versammlung. Etwa dreißig Gesichter wurden vom Lichte beschienen, das aus dem Zimmer quoll. Und diese Fratzen erkannte der Wachtmeister sogleich: Heute morgen hatten sie ihn ausgegrinst, als er aus dem Hofe der Armenanstalt geflohen war ... Alle Schüler der Gartenbauschule schienen sich eingefunden zu haben und starrten zum Fenster empor.

Wieso kam es Studer vor, als sei das Ganze eine abgekartete Sache? Besser: eine einstudierte Komödie? Die Armenhäusler hatten doch keinen Grund, sich am Wirte und an der Serviertochter zu vergreifen! Es sah ganz so aus, als habe der Krach dazu gedient, die Gartenbauschüler herbeizulocken. Worauf hatte der Schwiegervater des Direktors sonst wohl gewartet? Was bedeutete sein Lauschen? Und: Warum hatte er in Wottlis Begleitung sogleich das Zimmer verlassen? Noch etwas fiel dem Wachtmeister auf, als er sich stumm aufs Fensterbrett lehnte: Das Erdgeschoß der Gartenbauschule war hell erleuchtet, und rechts vom Hauptgebäude, etwa fünfzig Meter von ihm entfernt, schien ein

Würfel, ein gläserner Würfel, zu glühen. Das Gewächshaus ...
Ängstlich suchte Studer die Fenster der Hausfront ab – im ersten Stock waren sie verdunkelt und geschlossen. Wenn man aber genauer hinsah, konnte man die Scheiben erkennen, denn sie warfen, spiegelnd, winzige Lichtfetzen zurück. Das letzte Fenster jedoch war offen, und vom Sims bis zur Erde hing etwas Weißes, das im Föhnwind hin und her pendelte. Denn der zu Mittag eingeschlafene Wind war aufgewacht und hatte den Nebel vertrieben.
Als Studer wieder hinab zu den Schülern blickte, um Ernst Äbi zu finden, den er einem ehemaligen Armenhäusler zur Bewachung übergeben hatte, gelang es ihm nicht, den Verdächtigen zu entdecken. Doch plötzlich drängte sich eine neue Gestalt mühselig durch die Gruppe.
«Wachtmeister!» rief Ludwig Farny. «Wachtmeister Studer! Chömmed, chömmed! Der Brüetsch ligt im Gwächshuus!»
Gedankenverbindungen werden schnell geknüpft. Studer dachte: Gewächshaus – Ausräucherung – Blausäure ... Dann rief er dem Knechtlein zu, es solle zuerst heraufkommen. Er schloß das Fenster; in einer Ecke hockte die Serviertochter auf einem Stuhl, bleicher noch als sonst war die Haut ihres Gesichtes. Stockend fragte sie, ob dem Ludwig etwas passiert sei. «Nein!» brummte der Wachtmeister. «Dein Schatz kommt grad.» Ludwig! Immer der Ludwig! Die Tür zum Nebenzimmer war geschlossen, die Gangtür ging auf, und das Knechtlein betrat den Raum.

«Es ist nicht meine Schuld, Herr Studer! Er ist mir durchgebrannt, der Ernst! Ich weiß schon, ich hätt' aufpassen müssen, aber ich war so müd, Herr Studer, so müd! Den ganzen Tag hab ich mich geplagt, damit Ihr zufrieden seid. Ich bin eingeschlafen, Herr Studer, nachdem uns der Wottli wieder eingeschlossen hat. Auch der Ernst ist ins Bett und hat geschnarcht. Jetzt weiß ich, daß er sich nur verstellt hat – aber damals hab ich geglaubt, er schläft wirklich! *Wirklich!* Ich kann weiß Gott nichts dafür!»

Der Wachtmeister setzte sich rittlings auf einen Stuhl, legte die Unterarme auf die Lehne und schwieg. Wenn alles durcheinander ging, wollte er zuerst das Ganze in Ruhe überdenken, um nachher einen Entschluß fassen zu können. Um sechs Uhr hatte Paul Wottli mit dem Räuchern begonnen, um sechs Uhr fünfzehn war er fertig geworden. Gut. Dann führte er die beiden – übrigens, warum hatte der Lehrer nur vom Ernst gesprochen und den Ludwig gar nicht erwähnt? – führte er also die beiden ins Krankenzimmer zurück und schloß sie dort ein. Ja, aber: er hatte erzählt, daß er seinen Schüler um halb sechs schon geholt habe. Angenommen, er habe eine Viertelstunde für die Vorbereitungen zum Ausräuchern gebraucht, so war da dennoch eine Viertelstunde, deren Inhalt man nicht kannte. Hungerlott behauptete, er habe seinen Schwiegervater viertel vor sechs am Bahnhof getroffen – also war er, wenn er schnell gefahren war, frühestens fünf Minuten nach sechs angekommen. Da aber Nebel herrschte, hatte er sicher länger gebraucht und Pfründisberg erst gegen halb sieben Uhr erreicht. Studer erinnerte sich, daß die Bahnhofsuhr zehn vor sieben zeigte, als er unter ihr vorbeifuhr, und daß es dreiviertel neun geschlagen hatte, als er mit dem Essen fertig war. Also hatte er mit dem Motorrad wenigstens fünfzig Minuten für die Strecke Bern–Pfründisberg gebraucht. Zehn Minuten – Gespräch mit Wottli vor der Haustür. – Dreißig Minuten – z'Nacht essen. Fünfzehn

Minuten – Brissago, Abendblatt. Er war also zwischen halb und dreiviertel acht angekommen ...
«Hock ab, Ludwig», sagte er. Und, zur Saaltochter gewandt, fügte er hinzu: «Huldi! Bring ihm en Becher Hells.»
Und erst nachdem das Knechtli sein Bier getrunken hatte, forderte Studer es auf, sich die Stirn abzuwischen.
«Bist gesprungen?»
«Jaja.» Ludwig nickte ein paarmal. Er habe gemeint, es pressiere. Studer hob seine mächtigen Schultern. Pressieren! Wenn jemand einen Raum betrat, der mit Blausäuregas gefüllt war, so brauchte sicher niemand zu pressieren, um ihn wieder herauszuholen. Drei Minuten genügten, nachher war jeder Rettungsversuch vergeblich.
«Erzähl jetzt, wie's zugegangen ist – deine Eile war unnötig.» Ludwig Farny war erstaunt; er riß die blauen Augen auf und starrte den breiten Mann an. Es war das erste Mal, daß er ihn Schriftdeutsch reden hörte. Und er probierte, dem Wachtmeister dies nachzumachen.
«Ich habe», begann er, zögerte, verbesserte sich dann: «Ich hörte», sprach er, «großen Lärm. Und von diesem Lärm wachte ich auf. Es war dunkel im Zimmer. Wissen Sie, Herr Studer (der Wachtmeister senkte den Kopf, damit niemand ihn beim Lächeln ertappte. Zum Donner! ‚Sie', sagte das Knechtlein, und aus der Schule erinnerte es sich wohl an die Mitvergangenheit), um halb sieben sperrte uns der Wott ... der Herr Wottli ein. Ich begleitete die beiden zuerst, als sie das Gewächshaus räuchern wollten. Denn Sie hatten mir doch gesagt, ich müsse auf meinen Bruder aufpassen ...»
Ludwig Farny schwieg kurze Zeit. Sein Atem ging noch immer schnell, und seine Augen waren weit aufgerissen. Dann fuhr er fort:
«Viertel ab sechs war alles fertig, und der Lehrer drehte den Schlüssel im Schloß. Drinnen brannte noch die Lampe, und ich blickte durch das Glas. Denn wißt Ihr, Herr Studer, im oberen Teil hat die Tür Scheiben, und durch sie kann man gut das Innere des Treibhauses sehen ... Orchideen auf einem Tablett links, in der Mitte hohe Palmen und

kleiner Rittersporn – Delphinium chinense hat ihn der Lehrer genannt, er züchtete ihn für die Festtage. Auf dem Weg zum Schulgebäude hat der Herr Wottli uns noch ausgefragt, er wollte wissen, was Sie gefunden hätten im Schaft vom Ernst – aber mein Bruder hat nichts gesagt. Er schwieg immer, schaute hierhin und dorthin, so als ob er auf etwas warten täte. Ich fragte ihn, ob er jemanden suche – aber er schüttelte nur den Kopf. Dann standen wir im Zimmer und hörten, wie der Lehrer fortging – merkwürdig war nur eins, daß er nicht die Tür verschloß. Der Ernst stellte sich ans Fenster und blickte hinaus. Plötzlich sagte er, er wolle noch schnell etwas aus seinem Pult holen, er ging fort, ich wollte ihm folgen, aber er bat mich, ihn allein zu lassen. Eine halbe Stunde blieb er fort, kam dann mit leeren Händen wieder. Und kaum war er im Zimmer, machte der Lehrer Wottli die Türe auf und sagte: ‚Wenn Sie allein im Hause umhergehen, so muß ich Sie einschließen. Ich werde Ihre Abwesenheit natürlich melden.' Der Ernst zuckte mit den Achseln, und dann hörten wir, wie sich der Schlüssel im Schloß drehte. Der Ernst zog sich aus und legte sich ins Bett. Ich auch. Aber mein Bruder löschte dann das Licht – und ich schlief gleich ein.»

«Was?» fragte Studer erstaunt. «Du bist schon um sieben Uhr eingeschlafen?»

«Es war später, glaub' ich. Genau kann ich's nicht sagen. Denn – etwas hab ich vergessen: Der Lehrer kam noch einmal und brachte uns das Nachtessen: gebratenen Mais mit gedörrten Pflaumen als Kompott und Milchkaffee. Ja. Wir aßen und gingen erst nachher ins Bett . . .»

Warum . . . Warum nur blieben die beiden Direktoren im Nebenzimmer? Die Türe war noch immer geschlossen.

«Weiter!» knurrte Studer. «Und vergiß nicht immer die Hälfte!»

«Jaja . . . Plötzlich hab' ich Lärm gehört und bin aufgeschreckt. Ich sprang aus dem Bett und drehte das Licht an. Da sah ich, daß ich allein im Zimmer war – und das Fenster stand offen. Ich beugte mich über die Brüstung. An der unteren Angel vom grünen Laden war etwas Weißes. Der Ernst hatte zwei Leintücher zusammengeknüpft, die reichten bis zum Boden, und an diesen war er zum Fenster hinausgeklettert. Da dacht' ich: Wenn er's hat können, kann ich's auch! Ich zog mich an und ließ mich hinunter. Dann rannte ich zum Gewächshaus hinunter, denn es fiel mir auf, daß es erleuchtet war. Und doch wußt' ich genau, daß der Lehrer das Licht gelöscht hatte, damals, als wir fortgegangen waren. Ich ging in den Vorraum – da brannte an der Decke eine Lampe, und auch im Abteil, wo wir geräuchert hatten, brannte noch Licht. Dort drin lag der Ernst auf dem Boden, sein Kopf ruhte auf den verschränkten Armen, und seine Beine waren ganz verdreht ... Da bin ich hinausgestürzt, weiter gelaufen und weiter, um Euch zu holen, Herr Studer. Denn etwas ist mir aufgefallen: Ich wollte doch die Tür aufreißen, um dem Ernst zu helfen – aber sie war verschlossen – und der Schlüssel steckte innen. Das kann ich beschwören. Ich dachte, der Ernst habe Selbstmord begangen. Was glaubt *Ihr?* Hat er es getan? Er wußte doch genau, daß das Gewächshaus voll Blausäuregas war, er wußte doch, daß es lebensgefährlich war, einzutreten.»

Schweigen ... Studer hockte rittlings auf dem Sessel und hatte das Kinn auf die Unterarme gestützt, die verschränkt auf der Lehne lagen.

«So ...» Er hob den Kopf und nickte, nickte ...

«So ... ist das Ernstli also tot!» Und er fühlte sich mitschuldig am Tode des Burschen und erinnerte sich an dessen Gesicht: die Nase wuchs daraus hervor und war so lang, daß sie wie verzeichnet aussah. Hatte der Bursche den Tod gesucht, weil ein Fahnder seinen Schrank untersucht und darin einen blutbesudelten Schlafanzug entdeckt hatte?

«Ruf den Direktor, Ludwig!» sagte Studer müde. Er wies mit dem Daumen auf die Tür des Nebenzimmers. Schüchtern klopfte das Knechtlein an. «Herein!»

«Ihr sollet zum Herrn Studer kommen!» Ein Gemurmel war zu hören, das Zurückschieben eines Stuhles, Schritte alsdann, und eine Stimme fragte:

«Was wollt Ihr, Wachtmeister?»
«Ihr müßt mich zum Gewächshaus begleiten ...»
«Ist etwas Ungrades passiert?»
«Ja ... Der Äbi Ernst ist tot. Liegt im Gewächshaus. Habt Ihr eine dünne Zange?»
«Zange?» wiederholte Herr Sack-Amherd. «Ich glaub', es hat eine in der Werkzeugkiste im Gang vor den ... vor den Abteilungen, die ...»
«So kommt», seufzte Studer und stand auf. Ihm war, als liege eine Zentnerlast auf seinen Schultern, und doch fror ihn. Schauer – kalt wie Eiswasser – rieselten ihm über den Rücken. Aber er riß sich zusammen.
«Du begleitest uns, Ludwig!» befahl er und trat auf den Gang. Als er stehenblieb, um auf seine Begleiter zu warten, hörte er die Saaltochter drinnen sagen, Ludwig solle auf sich aufpassen ... Damit ihm nichts geschehe! Aber das Knechtlein blieb stumm.
Am Fuße der Treppe machte Studer noch einmal halt.
«Wo ist der Hausvater?» fragte er.
«Er hat mir gute Nacht gewünscht und ist über die Laube heim. Denn, behauptete er, das Ganze interessiere ihn nicht. Er habe Wichtigeres zu tun. Daheim warte sein Freund Münch auf ihn, und er habe noch eine Besprechung mit ihm vereinbart. Über das Testament vom Farny ...» Sack-Amherd seufzte, und dieser Seufzer klang nach Neid. Sicher mißgönnte der Direktor der Gartenbauschule seinem Freunde Hungerlott das Glück, durch eine Erbschaft reich zu werden. Studer dachte daran, ob er den Seufzer richtig verstanden habe und fragte deshalb im Gehen: «Wissen Sie etwas Näheres über dieses Testament?» Sack-Amherd sog die Föhnluft ein, stieß den Atem rasselnd wieder aus und erzählte dann, der verstorbene Farny James habe nach dem Tode der Frau Hungerlott sein Testament geändert und den Hausvater zum Erben eingesetzt.
«Soo ... soo ...» meinte der Wachtmeister gedehnt.
Da war das Gewächshaus. Drei Stufen führten in einen Gang, dessen linke Seite ein langer Tisch einnahm. Seine

Platte bestand aus Zement und war in die Mauer eingelassen.
Drei Häuflein lagen darauf: Sand, Torfmull, feingesiebter Kompost. Und Studer begann zu spielen: seine Linke nahm Torfmull, seine Rechte Sand – dann spreizte er die Finger; langsam wurden die Hände leichter, es war ein merkwürdiges Gefühl zu spüren, wie das Gewicht schwand. Wann würde die andere Last von seiner Seele fallen, die Schuld, die ihn quälte? War seine Abwesenheit heute nachmittag wirklich ein Fehler gewesen?
Studer wandte dem Tische den Rücken zu und reinigte sich die Hände.
«Wo liegt er?» fragte er; denn zwei Türen sah er vor sich. Schweigend deutete Ludwig auf die eine; ihr oberer Teil war aus Glas, während der untere aus grüngestrichenem Blech bestand. Studer näherte sich, starrte dann lange durch die Scheiben, die leicht angelaufen waren, zog sein Taschentuch, um sie zu putzen – aber die winzigen Tropfen klebten innen. Darum sah auch der Körper, der auf dem Boden lag, so sonderbar verzerrt aus. Der Wachtmeister bückte sich und konnte den Griff des Schlüssels sehen, der innen aus dem Schloß ragte: er war schwarz angelaufen und mit roten Rostpünktchen übersät. Studer wandte sich um und fragte den Direktor:
«Man darf wohl nicht eintreten, weil es gefährlich ist, oder? Kann man den Raum lüften?»
– Doch, doch, man könne lüften, meinte Sack-Amherd und zeigte auf eine Kurbel. Mit dieser sei es möglich, die Oberfenster zu öffnen, die im Dach eingelassen seien. Ein Luftzug entstehe dann. Da aber der Direktor keine Lust zeigte, diese Arbeit zu verrichten, befahl der Wachtmeister dem Ludwig Farny, das Manöver auszuführen.
Die Kurbel kreischte, und dieses Kreischen war gespenstisch in der Stille.
«Jetzt müssen wir fünf Minuten warten», sagte Herr Sack-Amherd.
Studer kehrte zum Zementtisch zurück, und wie ein kleiner

Bub, der gerne sändelet, spielte er mit Kompost und Torfmull. Er glättete die Haufen, zeichnete Runen darein, Kreuze, Kreise, Zickzacklinien – bis von der Türe her eine Stimme rief:
«Wer hat die Fenster aufgemacht? Und meine Orchideen? Und meine Palmen?»
Studer blickte nicht von seiner kindlichen Beschäftigung auf. Ganz leise sagte er:
«Es liegt ein Toter im Raum, Herr Wottli.»
«Ein Toter? Was für ein Toter? Es hat doch niemand den Raum betreten können! ... Ich trag' doch den Schlüssel in der Tasche!»
«So», meinte der Wachtmeister müde, «den Schlüssel tragen Sie in der Tasche? Darf ich ihn sehen?»
«Hier!»
Der Schlüssel, den Studer in der Hand hielt, glich aufs Haar dem Schlüssel, der im Schlosse steckte: Auch er war schwarz und trug einige winzige Rostflecken ...
«Märci!» sagte Studer breit und ließ den Schlüssel in seiner Hosentasche verschwinden. «Besitzen auch Sie einen Schlüssel, Herr Direktor?»
«Ich? Nein!»
«Woher kommen Sie, Herr Lehrer?»
«Interessiert Sie das, Herr Wachtmeister? Nun, ich habe zuerst den Vater des ... des ... Toten da drin in die Armenanstalt geführt. Wir haben aber beide nicht gewußt, daß Ernst Äbi tot war. Woher hätten wir das wissen sollen?»
Studer senkte den Kopf, preßte sein Kinn auf die Brust und schielte von unten auf den Sprecher. Täuschte er sich? Ihm schien, als sei dieser Wottli etwas verschüchtert, mehr noch: ängstlich ... Als wolle der Mann etwas verbergen ...
«Und dann?»
«Dann kam ich zurück und trieb die Schüler, die vor dem Fenster der Beiz standen, ins Hauptgebäude. Sie hatten da nichts zu suchen! Aber ich konnte ihrer nicht Herr werden. Keiner wollte ins Bett. Jetzt hocken sie alle unten im Klassenzimmer und diskutieren, diskutieren! Ich blieb eine Zeit-

lang bei ihnen, dann sah ich, als ich zum Fenster hinausschaute, daß im Gewächshause Licht brannte und kam her, um nachzusehen, was es da gebe. Denn ich erinnerte mich genau – ganz genau –, daß ich das Licht ausgelöscht hatte. Jawohl!»

«Und keiner der Schüler hat Ihnen verraten, daß in dem Gewächshaus ein Toter lag? Das ist merkwürdig. Alle haben sie doch den Ludwig gehört, der mir die Neuigkeit zurief ...»

Der Lehrer war nicht so leicht zu fangen. Ah, meinte er laut, jetzt verstehe er erst ... Jetzt verstehe er, warum alle am Gewächshaus vorbeigehen wollten. «Ich aber wollte nicht, denn ich wußte, daß es gefährlich war, weil es mit Blausäuregas gefüllt war. Darum ging ich auf einem Wege ...»

«Und von diesem Wege konnten Sie nicht sehen, daß das Glashaus erleuchtet war?»

«Es war doch neblig ...»

«Nein!» Studer sprach barsch, wiederholte: «Nein! Der Wind hat den Nebel schon lang auseinandergetrieben.» Dann lächelte er, hob den Kopf, blickte den Lehrer lange an und meinte: «Sie müssen nachlesen, was der alte Groß über Zeugenaussagen sagt!»

Schweigen. Dann tönte es, als ob ein Zicklein zu meckern beginne ... Direktor Sack-Amherd lachte, verschluckte sich und meinte dann: die fünf Minuten seien schon lange vorbei.

Fünf Minuten sind sonst lang, wenn man warten muß. Aber diesmal waren sie schnell vergangen. Studer entdeckte zwar die Werkzeugkiste, doch fehlte die kleine Zange. Merkwürdig ...! Dann gelang es ihm, den Schlüssel aus dem Schloß zu stoßen; drinnen fiel er auf den Boden. Studer nahm Herrn Wottlis Schlüssel, sperrte auf und trat ein.

Ernst Äbi lag auf dem Boden, und seine Schultern waren verkrampft. Der Wachtmeister ließ sich auf ein Knie nieder, drehte den Körper um, fuhr mit der Hand unter die Weste – das Herz schlug nicht mehr. Um ganz sicher zu gehen, hielt Studer noch einen runden Spiegel vor die Lippen des Liegenden – das Glas trübte sich nicht.

Nun erst begann er, die Taschen des Toten zu durchsuchen. In der Kitteltasche fand er eine Schleuder, wie sie Buben zum Schießen auf «Vögel» benutzen. Der Wachtmeister nickte und ließ das Spielzeug in seiner Tasche verschwinden. In der Busentasche ein Portefeuille, abgegriffen, angefüllt mit Zeugnissen; auch dieses steckte Studer ein. In der rechten Hosentasche ein Portemonnaie ... Inhalt: eine Zwanzigernote, ein Fünfliber, Münz. In der linken: eine Schachtel mit weißen Pillen. Studer stand auf. Er roch an den Pillen, nahm eine in die Hand, berührte sie mit der Zungenspitze ... Sie schmeckte bitter. Er hielt dem Direktor die Schachtel hin: «Kennen Sie das?» fragte er. Herr Sack-Amherd schüttelte den Kopf. Da aber mischte sich der Lehrer Wottli ins Gespräch. – Der Herr Direktor werde sich wohl erinnern, es sei Uspulun, das neue Beizmittel für Cyklamensamen, das jene deutsche chemische Fabrik zu Versuchszwecken gesandt habe. Vor drei Wochen ... Ernst Äbi habe den Auftrag erhalten, Versuche mit dem Mittel anzustellen: welche Konzentration am günstigsten sei, wie lange die Samen in der Flüssigkeit liegen bleiben müßten. ... Der ... der Tote habe auch eine Tabelle ausgearbeitet; sicher werde sie in seinem Pulte zu finden sein ...

– Und was, fragte Studer, enthalte nach Herrn Wottlis Ansicht das Mittel?

– «Arsen ... Es ist eine organische Arsenverbindung ...»

«So, so», nickte Studer. «Arsen! Seid Ihr sicher?»

«Ganz sicher, Herr Wachtmeister ...»

Wieder Stille. Das Summen einer Winterfliege war deutlich zu hören. Noch einmal ließ sich Studer aufs Knie nieder, legte Zeige- und Ringfinger auf die Lider des Toten und schloß dem Ernst die Augen.

Dann stand er auf, klopfte sich den Staub von der Hose – und da hörte er hinter sich eine Stimme:

«'s isch nid möglich! Myn Sohn! Myn Sohn!»

Studer wandte sich brüsk um, im Türrahmen stand sein

Partner im Jaßspiel, rot leuchtete seine lange Nase ...
– Was er hier zu suchen habe, schnauzte ihn der Wachtmeister an.
– Es sei sein Sohn! Es sei sein Sohn! ... Der Mann hatte sein Nastuch gezogen, rieb sich die Augen, schneuzte sich ...
– Er solle hier kein Theater aufführen, sagte Studer barsch, denn die Augen des Mannes waren trocken, und auch das Schneuzen wirkte nicht überzeugend. – Wer ihn hier hereingelassen habe?
– Er sei der Gruppe gefolgt, sagte Vater Äbi mit weinerlicher Stimme, und er wisse nicht, wie er die Trauernachricht seiner Frau mitteilen solle ...
– Wenn er sich nicht getraue, es zu tun (Studers Stimme war immer noch ungeduldig), so wolle er gern nach Bern telephonieren und einem Gefreiten der Stadtpolizei den Auftrag geben, in die Aarbergergasse zu gehen und die Mutter schonungsvoll vorzubereiten. Aber vielleicht wolle der Ludwig gehen? He? «Wann warst du zuletzt bei der Mutter?» Das Knechtlein schüttelte gequält den Kopf. Seine Augen waren mit Tränen gefüllt.
«Zuerst der Onkel», sagte es gequält, «dann der Bruder ... Wann kommt die Mutter dran?»
«Red' nid so dumm», brummte Vater Äbi, und Studer drehte erstaunt den Kopf; wann hatte sich der Mann dorthin geschlichen? Vor kurzer Zeit war er im Vorraum gewesen, jetzt stand er zu Häupten des Toten.
«Was habt Ihr dort zu suchen?»
«Suchen? Nüt!» Wieder der giftige Blick; dann schlich Arnold Äbi auf die Stufen zu. Seine Schritte waren unhörbar, weil er auf Gummisohlen lief. Studer trat in den Raum, in dem der Tote lag – und da erlebte er eine Überraschung. Er wollte den Schlüssel aufheben, den er aus dem Schloß gestoßen hatte, bückte sich ... Statt des schwarzen, mit Rostflecken übersäten, fand er auf dem Boden einen neuen, blitzblanken. Der Wachtmeister prüfte die Türe – an ihrer Außenseite steckte immer noch der alte Schlüssel, den ihm Wottli gegeben hatte ...

Studer hielt den glänzenden Schlüssel in der Hand, ließ ihn im Lampenlicht funkeln, packte ihn zwischen Daumen und Zeigefinger und ließ ihn tanzen. Warum war wohl der rostige Schlüssel durch diesen ersetzt worden? Warum? Leicht zu beantwortende Frage, wenn man annahm, daß es sich gar nicht um einen Selbstmord – sondern um einen Mord handelte. Wenn dem aber wirklich so war, so war es schwer, sich vorzustellen, wie er verübt worden war. Ernst Äbi mußte gezwungen worden sein, das Krankenzimmer zu verlassen; die zwei zusammengeknüpften Leintücher blieben hängen – also hatte der Ausbrecher gemeint, er brauche sie, um wieder in sein Zimmer zu gelangen ... Und dann? Wen traf er? Sicher einen Menschen, dem er folgte; einen Mann, der Macht über den jungen Gärtner besaß. Und die Macht mußte groß sein – denn, falls man weiter annahm, der Schüler sei ins Gewächshaus geführt und in den mit Giftgas gefüllten Raum gestoßen worden, so hätte er leicht noch die oberen Scheiben an der Tür mit der Faust zerschlagen können. Eine einzige kurze Bewegung hätte ihn gerettet. Weshalb war er in dem lebensgefährlichen Raum verblieben? Weshalb hatte er sich einschließen lassen ...?

Halt! Man besaß keinen einzigen Beweis, daß Ernst Äbi eingeschlossen worden war ... Keinen Beweis? Einige Vermutungen immerhin. Aus welchem Grunde hatte jemand den rostigen Schlüssel mit einem neuen vertauscht? ... Erste Vermutung. Die zweite: Arnold Äbi, der Vater des Burschen, besaß außerdem einen Schraubstock, der am Küchentisch befestigt war und Eisenspäne enthielt ... Und noch eine dritte gab es. Studer grübelte, seine Stirne runzelte sich, plötzlich glättete sie sich wieder. «Aah!» sagte der Wachtmeister bloß. Er erinnerte sich, daß Frau Äbi sich über das Fehlen eines Medikamentes beklagt hatte; und offenbar handelte es sich um ein «Betäubungsmittel».

Studer blickte den alten Äbi fest an, doch als er den Ausdruck sah, der dieses Gesicht beherrschte, wußte er, daß vorläufig alles vergebens war. Umsonst eine Durchsuchung der Kleidertaschen – der alte Schlüssel war wohl längst irgendwo versteckt worden. Es gab genug Verstecke rundum: große Blumentöpfe, ein Haufen Sand in einer Ecke, in der anderen Torfmull, der Mitteltisch des Gewächsraumes bestand aus zwei Teilen, und der eine war auf vier Seiten mit spannenbreiten Brettern eingehegt und hoch mit Erde bedeckt. Pflanzen wuchsen da, deren Namen der Wachtmeister nicht kannte; Sägespäne lagen herum. Unmöglich festzustellen, ob diese Sägespäne vor kurzem als Versteck gedient hatten. Im Zimmer des Süffels (innerlich vermochte der Wachtmeister nicht, den Mann anders zu nennen), war sicher ebenfalls nichts zu finden ... Wahrscheinlich lag das «Betäubungsmittel» irgendwo auf dem Mist – und Mist war nichts Rares, die drei Atmosphären besaßen ihn im Überfluß ...

Trotz des Ausdruckes, der wie eine Maske auf des Alten Gesicht lag – der Mund, die Augen waren mit Hohn verschmiert –, wagte der Wachtmeister dennoch einen Versuch. Er sagte laut: «Ich möchte gern Ernst Äbis Pult durchsuchen ...»

«Heut nacht noch?» fragte der Direktor, und auch Paul Wottli protestierte. Ja, er widersprach so heftig, daß Studer aufmerksam wurde. Denn ganz deutlich hatte er feststellen können, daß die beiden Sprecher vor und während ihrer Antwort fast fragend auf den ehemaligen Maurermeister geblickt hatten. Arnold Äbis Gesicht veränderte sich ganz plötzlich: es verschwand der Hohn, die Lider senkten sich. Dann schüttelte der Mann den Kopf; seine Wangen waren bleich geworden. Hatte er Angst?

«Ich bestehe darauf», sagte Studer. «Übrigens, Herr Lehrer, ich habe noch eine Frage zu stellen. Wie viele Gewächshausschlüssel gibt es?»

«Welchen Schlüssel meinen Sie? Den zur Haupttür? Von dem gibt es nur einen, diesen hier.» Wottli zog seinen Bund aus der Hosentasche, hielt einen mittelgroßen Schlüssel in die Höhe. Studer schüttelte den Kopf. «Ich meine den

Schlüssel zu *dieser* Tür!» Und er wies mit der Hand auf sie.
«Zwei», sagte der Lehrer leise. Warum schielte er immer auf den alten Äbi? «Einen besitzt der Herr Direktor, den andern ich.»
«Wo ist der Ihre, Herr Direktor?»
«In meinem Bureau, in irgendeiner Schublade des Schreibtisches.»
«Und wem gehört dieser hier?»
Die zwei sprachen zu gleicher Zeit, drängten sich dabei vor – und Arnold Äbi verbarg sich hinter ihnen. Was tat der alte Süffel dort? Warum versteckte er sich? Studer sah gerade noch, daß der Mann Handschuhe trug.
«Das könnte meiner sein . . .» «Das ist der vom Herrn Direktor.» Zweistimmig ist nur schön, wenn es sich um die Melodie eines Liedes handelt, Worte hingegen, zweistimmig gesprochen, schmerzen in den Ohren.
«Bitte!» Studer hob die Hände. «Einer nach dem andern. Sie sind also sicher, daß der Schlüssel Ihnen gehört, Herr Direktor? Ganz sicher? Wann haben Sie ihn zum letzten Male gebraucht?»
«Das weiß ich nicht. Vor ein paar Tagen – vielleicht vor einer Woche . . . Ah, jetzt fällt mir's ein. Vor genau einer Woche, letzten Donnerstag, habe ich ihn dem Ernst Äbi gegeben. Er hat ihn mir erst am Sonntag zurückgegeben und behauptet, seine Vergeßlichkeit sei an dieser Verspätung schuld.»
«Und der Ihre, Herr Lehrer?»
«Der war immer in meiner Tasche.»
«Warum nicht an Ihrem Schlüsselbund?»
«Weil ich ihn hin und wieder auch den Schülern geben muß. Den von der Außentür braucht niemand, denn die bleibt immer offen, ausgenommen wenn Ferien sind.»
«Ludwig», rief Studer. Das Knechtlein hatte sich in einer dunklen Ecke verborgen. Nun kam es näher. «Erinnerst du dich noch, was für einen Schlüssel du innen im Schloß gesehen hast?»

Schweigen. Ludwigs Augen wanderten von einem zum andern, Arnold Äbis Kopf erschien über der Schulter des Direktors, die Lider waren hochgeklappt ... So starrte der Mann auf den Burschen.
«Ich ... i–i–ich weiß nicht ... Er ... er ... schien mir alt ... und rostig.»
«Älter als der da?»
«Der ist ja ganz neu!»
«Schweig!» – «Halt 's Maul!» – «Lügner!» – «Natürlich! So einer aus einer Korrektionsanstalt!»
«Ruhig!» brüllte Studer. Dann meinte er boshaft lächelnd: «Merkwürdig, was doch ein einfacher Schlüssel für Aufregung hervorrufen kann ...»
Arnold Äbis Gesichtshaut war während des Schimpfens knallrot geworden – nach Studers Worten wurde sie bleich. Gerade dies konnte der Wachtmeister noch feststellen, dann versteckte sich der Kopf wieder hinter dem Rücken des Direktors. Auch die beiden anderen schienen zu merken, daß sie einen Fehler begangen hatten, und nun stieg auch die Angst ihnen zu Kopf und veränderte ihre Züge.
«Das ist nicht mehr auszuhalten, Wachtmeister; Ihr macht uns ganz nervös! Glaubt Ihr, das sei angenehm für uns? Zuerst verdächtigt Ihr einen unserer Schüler, untersucht seinen Schaft, findet darin blutgetränkte Wäsche, so daß es klar scheint, daß der Bursche an einem Morde wenigstens mitbeteiligt ist, wenn er nicht selbst der Täter ist ... Ihr reget den Ernst Äbi dermaßen auf, daß mein Schüler am Abend Selbstmord begeht – und was wollt Ihr wieder aus dieser Sache machen? Schon den ersten Fall habt Ihr, trotz der gegenteiligen Meinung unseres Arztes, als Mord hingestellt – ääh einen Mord daraus gemacht, will ich sagen. Und nun soll mein Schüler auch ermordet sein? Von wem? Ich habe selbst den Schlüssel gesehen, der innen im Schloß steckte. Es ist doch unmöglich, daß irgend jemand von außen die Türe absperrt, wenn der Schlüssel innen – ich wiederhole: innen! – im Schlosse steckt! Oder?»
«Warum fehlt dann die Hohlzange?» fragte Studer, so leise,

daß der Direktor sich vorbeugte und seine rechte Hand hinter die Ohrmuschel hielt. Der Wachtmeister wiederholte seine Frage ein wenig lauter.

«Hohlzange? Wir haben doch keine Hohlzange! Und übrigens: Ihr könnt nicht beweisen, Herr Studer, daß irgendein anderer Schlüssel verwendet worden ist – oder wollt Ihr vielleicht behaupten, der Schlüssel, der am Boden lag, sei von irgend jemandem ausgewechselt worden? Gegen diese Behauptung kann ich Ihnen nur einwenden, daß nach meiner Ansicht die Sache klar liegt; Ernst Äbi hat mir den Schlüssel zurückgegeben und gesehen, wo ich ihn versorgt habe – was liegt näher, als daß der Bursche ihn heut abend aus meinem Schreibtisch geholt hat – um Selbstmord zu begehen?»

Die Worte des Direktors waren kaum verklungen, da sah der Wachtmeister den Trinker wieder auftauchen. Direkt unter die Lampe stellte sich der Mann, verschränkte die Arme über der Brust und starrte Studer mit weitgeöffneten Augen an.

Den Wachtmeister ergriffen Zweifel. Merkwürdig: Vater Äbi war anständig gekleidet; man sah, daß seine Frau auf Ordnung hielt ... Der Anzug war zwar abgetragen, doch der Kragen des Kittels nicht speckig, sondern ausgebürstet und das hellblaue Hemd sauber. Und doch ... und doch ... Der Mann hatte jetzt einen Ausdruck im Gesicht ... Nicht höhnisch war er mehr, dennoch erinnerte er an Armenanstalt.

Aber – jemand kann unsympathisch aussehen; dies ist jedoch kein Beweis, daß er seinen Sohn ermordet hat. Denn wollte man diesen Verdacht beweisen, müßte man annehmen, daß der Schlüssel vertauscht worden war. Von wem? Es brauchte nicht der Arnold Äbi zu sein ... Es konnte gerade so gut Direktor Sack-Amherd, Lehrer Wottli, ja selbst das Knechtlein Ludwig sein. Diese drei waren während der ganzen Zeit anwesend gewesen, und zwei von diesen dreien hatten energisch gegen die Möglichkeit eines Umtausches protestiert ... Man mußte ein Motiv finden, das einen der Anwesenden zu einem Morde gezwungen hatte. Gab es ein solches?

B'hüetis! Es war nicht das erste Mal, daß Studer von einem Vater hörte, der seinen Sohn umgebracht hatte ... Der Grund? Ernst Äbi war sicher im Testament des «Chinesen» bedacht worden. Fiel er aus, so profitierten die anderen Erben davon. Die anderen? Nicht nur der Trinker war durch seine Frau an dieser Erbschaft beteiligt, sondern auch der Hausvater Hungerlott – durch seine verstorbene Frau. Ludwig mußte ebenfalls mitgezählt werden. Und endlich der Lehrer Wottli.

Der Wachtmeister war müde. Er stellte fest, daß es schon Viertel nach elf war. Am liebsten hätte er, ohne viele Höflichkeitsformeln, alle, die im Gewächshaus umherstanden, verhaftet – oder zum Teufel gejagt. Aber das ließ sich nicht machen. Darum verlangte er von Sack-Amherd, schnell noch ins Schulhaus geführt zu werden. Zwei Sachen wolle er sehen, erklärte er: die Schublade, in welcher der andere Schlüssel versorgt worden war, und das Pult des Toten. Paul Wottli wurde gebeten, den Vater des Ernst ins Armenhaus zu begleiten und dann heimzugehen.

«Ludwig», sagte er schließlich zum Knechtlein, «Ludwig, du bleibst hier! Du bewachst mir das Gewächshaus, bis ich wieder zurückkomme und dich abhole. Verstanden? Von Euch, Herr Wottli, verlange ich noch den Schlüssel zur Außentür. Nehmen Sie ihn von Ihrem Bund! ... Määrci. Und jetzt kommen Sie, Herr Sack-Amherd ...»

Das Erdgeschoß der Schule war noch hell erleuchtet, und auch oben im zweiten Stock brannte noch Licht. Als Studer mit dem Direktor die Vorhalle betrat, mußte er an einen riesigen Bienenstock denken. Denn das ganze Haus war erfüllt von einem lauten Summen, das nur von den geschlossenen Klassentüren gedämpft wurde.
Sack-Amherd trat in sein Bureau und drehte das Licht an. Ein sogenannter Diplomatenschreibtisch beim Fenster, neben der Tür ein eiserner Geldschrank und an den Wänden Gestelle, gefüllt mit Briefordnern ... Der Direktor setzte sich mürrisch auf den Armstuhl, der vor dem Schreibtisch stand, öffnete eine unverschlossene Schublade und begann zu wühlen. Papiere flatterten auf den Boden, dann wurde eine zweite Schublade geöffnet, durchsucht – eine dritte ...
«Der Schlüssel ist fort», seufzte Sack-Amherd.
Studer nickte schweigend.
«Das ist doch der beste Beweis», fuhr der Direktor fort, «daß der Verstorbene mein Bureau betreten und den Schlüssel geholt hat, weil er Selbstmord begehen wollte. Oder?»
Studer hob die Achseln und vergrub die Fäuste noch tiefer in die Taschen seiner Hose.
«Beweis?» murmelte er. «Ich seh' gar keinen Beweis. Wir müssen zuerst feststellen, wann der Äbi den Schlüssel genommen hat. Heut abend? Oder schon früher? Im Laufe des Tages? Und sind Sie ganz sicher, daß Ihr Schlüssel neu war, Herr Direktor? War es wirklich dieser Schlüssel?» Studer zog den glänzenden Gegenstand aus der Tasche und hielt ihn dem anderen vor die Nase. Sack-Amherd gähnte.
«Wie soll ich das wissen? Ich hab' den Schlüssel schon lang nicht mehr gesehen. Jetzt erinnere ich mich auch: Als ihn der Äbi vorige Woche verlangte, hab' ich ihm ganz einfach gesagt, er soll ihn holen gehen, und ihm erklärt, in welcher Schublade er liegen müsse. Dann hat er ihn zurückgebracht und selbst wieder versorgt. Erst nachdem er ihn versorgt

hatte, meldete er mir, es sei alles in Ordnung. Ich kann mich doch nicht um jeden Dreck kümmern. Wollen Sie noch sein Pult anschauen gehen?»

Sie traten auf den Gang und schritten auf die Türe zu, die dem Direktionsbureau schief gegenüber lag.

«Warten wir ein wenig», sagte Studer leise, legte die Hand auf des Direktors Arm und zwang ihn zum Stehenbleiben.

Im Klassenzimmer sagte eine Stimme:

«Und, Baumann, glaubst du wirklich, daß dieser Wachtmeister, dieser Schroter etwas finden wird? Statt uns zu fragen, ist er nur hinter dem Alten her und dem Wottli. Als ob die beiden eine Ahnung hätten, was mit dem Äbi los ist. Ich weiß über den Äbi besser Bescheid als die ganze Schule. Das kannst du mir glauben!»

«Psch! Pschsch!» tönte es. «Nicht so laut! Wenn jemand zuhört!» «Ich will schnell die Tür aufmachen ...» Studer wartete nicht länger, sondern drückte auf die Klinke.

Im Klassenzimmer war es taghell, die vier Lampen, die von der Decke hingen, mußten wohl starke Birnen haben ... Drei Reihen Pulte, an denen die Bänke befestigt waren. Gerade vor der offenen Tür ein breiter und langer Tisch für den Lehrer, an der Wand die schwarze Tafel mit einigen flüchtigen Kreidezeichnungen; der Plan eines Gebäudes – bei Gott, das war ja der Plan des Treibhauses! Daneben ein kleinerer Entwurf, der Studer neugierig machte.

«Was habt ihr da gezeichnet?» fragte er und trommelte mit den Fingern auf die Tafel. Ein Chor, der aus wenigstens zehn Stimmen bestand, antwortete: «Die Heizung!» – «Welche Heizung?» – «Die vom Gewächshaus!»

Natürlich! Die Burschen waren nicht dumm. Sie hatten an die Heizung gedacht – und ein geschulter Kriminalist mußte sich schämen, weil er diese wichtige Sache vergessen hatte. Studer fackelte nicht lange.

«Ich brauche Sie nicht mehr, Herr Direktor! ... Ich sehe, daß Sie übermüdet sind. Bitte, gehen Sie nur ruhig zu Bett. Mit den Schülern werd' ich schon fertig.» (Studer sprach leise, ganz nahe an Sack-Amherds Ohr, und hielt die flache

Hand neben seinen Mund.) «Ich übernehme die Verantwortung und bring' sie dann hinauf in ihre Schlafräume.»
«Guet, mynetwäge!» Der Direktor gähnte noch einmal herzhaft. So still war es im Raume, daß deutlich ein Klopfen zu hören war; es drang durch die Zimmerdecke. «Jaja ... Meine Frau ruft mich. Sie macht sich gewiß Sorge. Also ... Guet Nacht mitenand. Und: Machet nicht zuviel Lärm!»
Leise drückte Herr Sack-Amherd die Türe von außen zu, seine Schritte verhallten. Im Klassenzimmer herrschte Schweigen ... «So», meinte Studer und zog seinen Mantel aus, «jetzt wollen wir zusammen die Untersuchung führen. Welcher hat vor unserem Eintritt mit dem Baumann gesprochen?»
«Ich!» In der hintersten Bank, ganz oben, stand ein großer Kerl auf. Seine Haare funkelten rot, und sein Gesicht war mit Sommersprossen übersät.
«Wie heißest du?» – «Amstein Walter.» – «Also, Wälti. Ich glaub zwar, daß deine Lehrer dich nicht duzen – aber ich bin's so gewohnt. Macht's dir nichts?» – «Nein, gar nichts. Es ist mir sogar lieber!» Und der Rothaarige lachte. Er zeigte dabei eine Reihe schöner Zähne.
«Was hast du gemeint, Wälti, wie du gesagt hast, du wissest über den Äbi besser Bescheid als die ganze Schule? Den Satz hab ich grad noch gehört.»
«Siehst du, daß ich recht gehabt hab!» rief ein kleiner Braunhaariger dem Amstein zu. Er hatte den Kittel abgelegt und die Hemdärmel aufgelitzt.
«Bist du der Baumann?» fragte Studer.
«Mhm», nickte der Bursche. Die Muskeln am Ellbogen waren gespannt, er hatte das Kinn zwischen die geballten Hände gepreßt. «Ich kenn Euch, Wachtmeister. Am achtzehnten Juli war ich in der Sonne und sah, wie Euch die Armenhäusler vermöbeln wollten ...»
Studer hakte ein und fragte den Baumann aus. Was sei der Grund gewesen, damals? «Ich bin nicht recht nachgekommen. Schließlich war es wirklich ein Zufall, daß ich damals vergessen hab' zu tanken, und ...» – Nun wurde er unter-

brochen, von drei Schülern auf einmal: von Baumann, von Amstein und von einem Dritten, der fast weiße Haare hatte, wie ein Albino ... Er trug eine Hornbrille auf der Nase, deren Gläser so stark geschliffen waren, daß die Augen dahinter ganz verzerrt aussahen ... Popingha hieß er und sprach das Deutsche mit starkem holländischem Akzent. Er gebot seinen Kameraden Schweigen und erzählte folgendes: An jenem Abend sei der Äbi Ernst plötzlich hier im Klassenzimmer aufgetaucht und habe vier Mann gebraucht. Er (Popingha) und Amstein und Heinis und Vonzugarten seien mitgekommen, und der Kamerad («Kam'rat» sagte Popingha) habe ihnen auf dem Wege erzählt, sein Bruder — sein Stiefbruder — sei heute morgen angekommen. Früher habe ihn die Armenbehörde in der Anstalt versorgt, aber er sei geflohen mit einem Mädchen — zwar habe sich der Fremde, der Farny, seiner angenommen, aber bei Hungerlott wisse man ja nie, was der Mann vorhabe. Heut morgen sei er einverstanden gewesen, den Bruder wieder laufen zu lassen und habe dies auch dem Farny versprochen. Aber heut abend sei plötzlich ein Polizist aufgetaucht, und vielleicht habe dieser die Absicht, den Bruder zu verhaften. Nun habe er ein paar Armenhäusler aufgetrieben, aber er brauche noch einige sichere Mithelfer, und darum sei er die Kameraden holen gekommen. Man müsse dem Schroter Angst machen, damit er fortgehe und den Ludwig in Ruhe lasse. «So war das, Wachtmeister. Darum haben wir getan, als wollten wir Euch angreifen ...»
Wie einfach die Geschichte war! Und wie mutig hatte sich doch der Bursche benommen, der nun tot im Treibhaus lag, bewacht von seinem Stiefbruder.
Treibhaus ... Was bedeutete der Plan der Heizung? Diesmal war es Amstein, der Antwort gab. Sein Bett, erzählte er, stehe im Schlafsaal gerade neben dem des verstorbenen Äbi. Es sei ihm aufgefallen, daß Äbi die letzte Zeit so schlecht geschlafen habe — oft sei er fast nächtelang wach gelegen, und wenn er schließlich gegen Morgen Schlaf gefunden, habe er im Traum geredet. Immer und immer sei

von Heizung die Rede gewesen. Heizung und Treibhaus. Ein paarmal sei der Ernst – Baumanns bester Freund – «Gell, Buuma?» – «G'wüß!» – der Ernst also am Abend aus der Arbeitsstunde gelaufen. Arbeitsstunde hätten sie hier in der Schule am Morgen von halb sieben bis zum Frühstück um halb acht (im Sommer früher) und am Abend von fünf bis halb sieben und von halb acht bis zehn Uhr. Er erwähne dies nur, um dem Wachtmeister die Sache klarzumachen ... Da habe nun er (Amstein) von Baumann erfahren, daß Äbi manchmal fehle, und da Baumann ein Schüchterner sei, habe eben er einmal dem Äbi abgepaßt. Und was habe er entdeckt? Der Ernst sei mit seinem Vater draußen auf dem Friedhof zusammengetroffen. «Beide standen am Grab der vor vierzehn Tagen gestorbenen Frau Hungerlott. Nun wußt' ich ja, daß die Frau die Schwester des Ernst war. Nur verstand ich nicht, warum er seinen Vater gerade an dieser Stelle traf. Nachher gingen die beiden ins Treibhaus, ich blieb zuerst draußen stehen, ging dann hinein – da war keiner mehr da. Ich hörte sie aber unten in der Heizung miteinander flüstern. Verstehen konnt' ich nichts. Da hab ich mich wieder gedrückt. Merkwürdig war nur eins: Die Birne, die unten in der Heizung hängt, hat die ganze Nacht nicht gebrannt – und doch sah ich letzten Montag Licht dort unten. Es war um neun Uhr, der Äbi hatte diese Woche Dienst, mußte am Morgen den Rost putzen, am Abend Kohlen nachlegen für die Nacht ... Ich glaubte dann, der Äbi habe eine Extrabirne, die er abschraube, wenn er die Heizung verlasse, und durch eine andere – kaputte – ersetze. Warum er das aber gemacht hat, weiß ich nicht ...»

Zweite Entdeckung. Studer hütete sich, Notizen zu machen. Nichts stößt mehr ab, als ein pedantisches Aufschreiben – während man dies tut, kann man nicht aufblicken und verliert vollkommen den Zusammenhang mit den Menschen, denen man zuhört ... Eine Zeitlang herrschte Schweigen. Alle Schüler hatten rote Köpfe, und ihre Augen funkelten.

«Noch etwas?» Popingha, der Holländer mit der großen

Brille, lachte kurz auf, nickte dann. – Er wisse schon noch etwas, doch glaube er nicht, daß es wichtig sei.
«Nur erzählen!» Eigentlich wunderte sich Studer, daß er mit diesen unbekannten Schülern so gut auskam. Sie hätten ihn doch hassen sollen, weil er am Morgen den Schaft des Äbi durchsucht und ein «Corpus delicti» entdeckt hatte. Der Tod ihres Kameraden schien alle dermaßen erschüttert zu haben, daß sie aus sich herausgingen und helfen wollten ...
Popingha erzählte: – Früher habe er immer den Lehrer Wottli mit der Frau Anna Hungerlott spazieren gehen sehen, und er würde wetten, daß die beiden ineinander verliebt gewesen seien.
Studer wollte lächeln, er fühlte, wie seine Mundwinkel zu zittern begannen – aber plötzlich fröstelte er, obwohl es im Klassenzimmer erstickend heiß war. Es war ihm, als habe er das Ende des Fadens erwischt, als könne er jetzt den verfilzten, den verknoteten Strang aufdröseln.
«Geht jetzt schlafen!» befahl er. «Und steigt ruhig die Treppe hinauf.» Die Schüler folgten ihm, er löschte die Lampen, wartete im zweiten Stock, bis alle im Bett lagen, löschte auch in den Schlafsälen die Lampen.
«Guet Nacht, schlofet gut!»
Als er das Haus verließ, war es dreiviertel eins. Das Gewächshaus war noch hell erleuchtet.

Funde in der Heizung

Als Studer den Gang vor den beiden Treibräumen betrat, sah er Ludwig Farny vor dem Zementtisch stehen. Das Knechtlein schöpfte mit der Rechten Sand und ließ ihn in die Linke rinnen; dabei liefen ihm Tränen über die Backen.
Der Wachtmeister trat neben ihn, klopfte ihm auf die Schulter und fragte: «Was isch los?»
Stockend erzählte Ludwig, der Ernst habe immer zu ihm gehalten; dabei wies er auf den Toten, der im Dunkeln lag.

Einmal, wie es ihm schlecht gegangen und die Barbara krank gewesen sei, habe er dem Ernst geschrieben und um Geld gebeten. Fünfzig Franken habe er verlangt – und der Bruder habe ihm das Geld ohne weiteres geschickt, obwohl er selbst nicht reich gewesen sei. Und dann – der Ernst habe immer die Mutter verteidigt, und wenn er im Haus gewesen sei, habe der Vater – der Stiefvater, verbesserte er sich – nie gewagt, die Mutter anzurühren. Sogar zu einer Schlägerei sei es einmal gekommen, weil der betrunkene Stiefvater angefangen habe, die Mutter zu quälen. Der Ernst sei damals kaum sechzehn gewesen, aber stark wie ein Bär, der Äbi habe am nächsten Tag ein blaues Auge gehabt, und seit dieser Zeit ...

«Das langt», sagte Studer. Konnte man sich ein schöneres Motiv denken? Der Alte mußte den Jungen gehaßt haben – Studer kannte diese Art Männer, die, wenn sie betrunken sind, gerne die Frauen quälen; ein sonderbares Machtbedürfnis mußte dahinter stecken – denn gewöhnlich waren diese Quälgeister auch arme Teufel: sie wurden von oben getreten – war es ein Wunder, daß sie dann ihre Frauen quälten, um ihnen zu zeigen, wie kräftig sie waren?

«Weißt du, wo die Heizung ist, Ludwig?» Das Knechtlein nickte, ging voraus; in einer Ecke führten Stufen in die Erde hinein. Ludwig drehte an einem Schalter – und unten flammte die Lampe auf. Vor seinem Tode hatte der Ernst also die Birne ausgewechselt ... Der Heizungskessel war staubig, rechts von ihm lag ein Haufen Asche, die mit Schlackenstückchen vermischt war. In der Nebenkammer links lag Koks. Studer zog den Mantel aus und hängte ihn an einen Nagel. Unter einigen Overalls fand er einen passenden und zog ihn an. Ein Aschensieb lehnte an der Wand.

«Wir müssen die Asche durchsieben, Ludwig», sagte der Wachtmeister, «zieh auch ein Überkleid an!» Er dachte dabei, daß das Knechtlein wohl seinen einzigen Sonntagsanzug trug.

Es war eine unangenehme Beschäftigung, welche die beiden unternahmen. Die Luft des kleinen Raumes war bald mit Staub gesättigt, das Atmen wurde schwer, Studer mußte husten – aber der Haufen wurde langsam kleiner. Eigentlich wußte der Wachtmeister selbst nicht, was er in der Asche zu finden hoffte ... Ludwig kehrte den Rest der Asche zusammen, die beiden Männer schwangen das Sieb – da endlich, unter einigen Schlackenstücken, fand der Wachtmeister drei Dinge: einen halbverbrannten Knopf, einen ganzen Knopf, eine ausgeglühte Patronenhülse. Studer legte die drei Gegenstände auf seine flache Hand und betrachtete sie.

«Schau, Ludwig», sagte er, «das ist ein Knopf, der aus einem Warenhaus stammt. Der da», und er deutete auf den zweiten, unversehrten, «ist gutes Material, ein Mantelknopf, vielleicht stammt er sogar von einem englischen Schneider ... Und erkennst du das?»

Ludwig nickte. Solche Hülsen, sagte er, hätten sie als Fisel in den Schießständen aufgelesen. Nur seien die Hülsen damals noch größer gewesen ... Wenn er sich eine Meinung erlauben dürfe, so stamme diese Hülse von einer Pistolen-Patrone, von einer großkalibrigen ...

«Recht so, Ludwig, recht so! Wahrscheinlich stammt die Hülse aus dem amerikanischen Revolver, den wir neben der Hand deines Onkels auf dem Friedhof gefunden haben.»

Ludwig nickte weise. Auf seinem knochigen Gesicht entstand ein Lächeln – und stärker leuchtete das Blau seiner Augen.

Studer hatte eine Taschenlampe angeknipst und bestrich mit ihrem Lichtkegel die Wände. Dort, wo der Eingang in den Kohlenkeller war, blieb er stehen, seine Augen näherten sich der Mauer ... «Lueg einisch!» rief er. Ludwig kam, und der Wachtmeister deutete auf einige Spritzer, die sich deutlich von der dunklen Wand abhoben. «Hescht du es alts Messer?» fragte er seinen Gehilfen; das Knechtlein nickte, aber es brauchte Zeit, um aus der Hosentasche ein Messer mit schartiger Klinge zutage zu fördern.

Studer zog eine alte Enveloppe aus seiner Tasche, darein kratzte er den Wandbelag, auf dem er die verdächtigen

Spritzer entdeckt hatte. Dann schloß er das Kuvert und hielt seinem Gehilfen einen Vortrag:

– Er stelle sich die Sache folgendermaßen vor: man habe den Onkel hierher in den Keller gelockt – und zwar habe man ihn aus dem Bett geholt. Beweis: der eine Knopf, der von einem guten Schneider stamme. Wahrscheinlich habe der Onkel rasch einen Überzieher angezogen und sei dem Manne gefolgt, der ihn gerufen habe. Dieser Mann habe gewußt, daß der Onkel stets eine Waffe bei sich trage – wie es dem Mörder gelungen sei, sich dieser Waffe zu bemächtigen, sei ein anderes Rätsel, das wohl erst das Geständnis des Schuldigen lösen würde. Kurz, der Onkel sei hier in diesem Keller erschossen worden mit einer kleinkalibrigen Waffe, aber der große Revolver sei auch losgegangen – und zwar müsse man annehmen, daß nicht nur *ein* Mörder die Tat begangen habe, sondern daß mindestens ein Mitschuldiger anwesend gewesen sei. Dieser Mitschuldige sei ins Zimmer des Onkels gegangen und habe von dort ein Hemd, einen Anzug und einen Kragen mitgebracht. Im Keller sei die Leiche angezogen, auf den Friedhof getragen und auf das Grab der Anna Hungerlott gelegt worden. Ludwig müsse sich das lebhaft vorstellen: die Mörder hätten im Sinne gehabt, der Behörde glauben zu machen, es handle sich um einen Selbstmord aus Liebesgram; wobei ihnen ein Fehler unterlaufen sei: sie hätten nicht daran gedacht, daß Rock, Gilet und Hemd unverletzt geblieben seien. Übrigens habe der Statthalter sogleich festgestellt, daß ein Mann mit einer Kugel im Herzen unmöglich noch seine Kleider zuknöpfen könne ...

«Erster Fehler, Ludwig ... Wenn die Mörder ein wenig nachgedacht hätten, wär' dieser Fehler zu vermeiden gewesen. Vom zweiten Fehler wollen wir nicht sprechen – ich meine den Schlüssel ... Du bist müde und der Wachtmeister Studer ein Schwätzer. Wir wollen schlafen gehen, komm ...» Sie stiegen die Treppe hinauf, Ludwig drehte den Schalter ab; der Gang war leer. Auf dem Torfhaufen, der auf der Zementplatte lag, standen noch die Runen, die

Studer vor Stunden gezeichnet hatte. Er löschte sie aus, und die Kühle tat seinen heißen Handballen wohl. An der Tür, die ins Freie führte, drehte Ludwig den letzten Schalter – nun lag das Glashaus dunkel da, einsam und ungestört schlief der Tote darin, und die beiden Lebenden gingen ihrer Schlafstätte zu, nachdem Studer auch die Außentür verschlossen hatte. Der Himmel schimmerte schwachsilbern, schon war der Mond untergegangen. Als Studer seine Taschenuhr zog, stellte er fest, daß Mitternacht seit zwei Stunden vorüber war.

Notar Münch macht einen nächtlichen Besuch

Gutmütigkeit rächt sich bisweilen. Als Studer Ludwig Farny eingeladen hatte, mit ihm im gleichen Zimmer zu schlafen, wußte er nicht, daß der Bursche schnarchte. Erst am gestrigen Abend hatte er dies festgestellt, und heute begann es von neuem. Kaum hatte der Wachtmeister das Licht gelöscht, begann es im Bette drüben zu stöhnen, zu sägen, zu feilen, zu schnaufen. Studer warf seinen Pantoffel hinüber, eine Minute blieb es still, dann begann der Lärm von neuem. Es flog der zweite Pantoffel, es flog der rechte Schuh, der linke dann, es flog die eine Ledergamasche, dann die andere ... Länger als eine Minute blieb es drüben nie still. Seufzend wälzte sich Studer von einer Seite auf die andere, knirschte mit den Zähnen, begann zu zählen und memorierte laut das kleine Einmaleins ... Ludwig schnarchte. Die Turmuhr der Gartenbauschule von Pfründisberg schlug halb drei, die grelle Glocke des Armenhauses gab ihr Antwort, es schlug dreiviertel, es schlug drei Uhr. Stöhnend zündete der Wachtmeister wieder das Licht an und begann die Zeitung zu Ende zu lesen.

Die Läden des Fensters waren geschlossen, ihr grünes Holz schimmerte durch die Scheiben – das Licht im Zimmer störte das Knechtlein nicht. Plötzlich fuhr Studer auf. Es war ihm, als habe jemand an die Türe gepocht. Er wartete. Da sah er, daß die Klinke von draußen herabgedrückt wurde, jemand versuchte die Türe zu öffnen – Gott sei Dank, sie war verschlossen!

Studer stand auf und schlich zur Tür. Er preßte sein Ohr an die Füllung und hörte nichts. Denn jedes Geräusch wurde von Ludwigs Schnarchen übertönt. Endlich fragte draußen eine leise Stimme: «Studer, bischt no wach?» Die Stimme des Notars Münch! Der Wachtmeister schob den Riegel zurück, drehte den Schlüssel im Schloß und ließ seinen Freund ein. – Er solle nicht so viel Krach machen, schärfte Studer dem Notar ein, es schlafe da einer im andern Bett, ein guter Bursche, der heute viel geleistet und seinen Schlaf verdient habe ... Er schnarche zwar, aber schließlich sei niemand vollkommen!

Während er so sprach, schlüpfte Studer ins Bett zurück, lud den Notar zum Sitzen ein – und Münch nahm die Einladung an. Er verlangte ein Kissen – die Mauer sei hart, behauptete er –, stopfte es sich in den Rücken und sagte: «Leicht ist es nicht gewesen, aus der Anstalt herauszukommen!»

Studer verspürte kein Mitleid, er lachte seinen Freund aus und behauptete, es sei ganz gesund für Notare, wenn sie sich ein wenig bewegten. Sie säßen ohnehin die ganze Zeit auf ihrem Schreibtischstuhl und täten ihre Kunden übers Ohr hauen. – Münch quittierte diesen Angriff, indem er Studer in die Wade klemmte, doch dieser Angriff mißlang; der Wachtmeister streckte plötzlich seine langen Beine, und er drängte den Freund erbarmungslos gegen das Fußende des Bettes. Münch bat um Gnade.

– Was er denn so spät noch hier wolle, fragte Studer flüsternd (das Flüstern wäre unnötig gewesen, denn das Knechtlein sägte unentwegt). Ob denn etwas Besonderes passiert sei, drüben im Armenhaus? Und was denn der Herr Notar beim Hungerlott zu suchen habe? Soviel er (Studer) wisse, sei der Hausvater nicht gerade sauber übers Nierenstück ...

«Gäll, das möchtescht gärn wüsse?» sagte Münch, zwinkerte mit dem rechten Auge und schraubte an seinem Hals. «Wüsse!» Der Herr Notar habe wohl den Privatdetektiv spielen wollen, oder? Denn bis jetzt sei keine Klage eingelaufen gegen den Hungerlott ...

«Aber soviel ich verstanden habe, meinst du, der Hausvater habe seine Frau mit Arsen vergiftet ... Wenn ich dir aber jetzt erzähle, daß wir das Gift bei einem Schüler der Gartenbauschule gefunden haben? Was sagst du dann? Und wenn ich dir weiter erzähle, daß dieser Gartenbauschüler mir gestern eine Warnung durchs Fenster geschossen hat: ‚Finger ab de Röschti'! Wie antwortest du darauf?»

«Daß du ein Mondkalb bist», sagte der Notar trocken.

«Das ist ein alter Witz», meinte Studer griesgrämig. «Mondkälber nennen sich in Pfründisberg Statthalter und Ärzte. Willst du ihrem Beispiel folgen?»

Man merke, meinte der Notar Münch, daß der Herr Wachtmeister schon lange nicht mehr im Billardspiel gewonnen habe; durchs Verlieren werde seine Geistestätigkeit stets ungünstig beeinflußt ... Studer murmelte ein Schimpfwort. Hernach fragte er, was ihm also die Ehre eintrage, einen so späten Besuch empfangen zu dürfen?

«Du bist», sagte der Notar, «heute im Gerichtsmedizinischen gewesen. Was hat die Untersuchung der Nastücher ergeben?»

– Der Herr Notar sei eigentlich viel weniger dumm, als er aussehe, stellte Studer trocken fest, aber nun solle er endlich mit der Sprache herausrücken.

Münch öffnete seinen Rock, entnahm seiner Brieftasche einen Brief ... «Da, lies!» sagte er.

Und Studer las:

«Pfründisberg, den 17. November 19...

Herrn Notar Alfred Münch,

Bern.

Sehr geehrter Herr Notar!

Kurz nach dem Tode meiner Nichte Anna Hungerlott-Äbi änderte ich mein Testament folgendermaßen ab: Das Vier-

tel meines Vermögens, das für meine Nichte bestimmt war, sollte in zwei Hälften geteilt werden: Die eine war für den Gatten der Verstorbenen, den Hausvater der Armenanstalt bestimmt gewesen, die andere für Paul Wottli, Lehrer an der Gartenbauschule Pfründisberg. Diese neue Klausel bin ich gezwungen noch einmal abzuändern, und ich bitte Sie, mich morgen, den 18. November, um 10 Uhr, vormittags, besuchen zu kommen. Ich bitte Sie, mein Testament mitzubringen, da ich gedenke, es neu zu schreiben – einen Entwurf habe ich schon gemacht, so daß wir schnell fertig wären. Ich muß Sie bitten, die von mir angegebene Stunde ja nicht zu verpassen. Die letzten Tage habe ich mich nämlich einem meiner Bekannten gegenüber über mein Projekt geäußert, und ich fürchte, daß dieser nichts Eiligeres zu tun gehabt hat, als diesen Entschluß zu kolportieren. Dadurch aber, daß andere Leute von meinem Vorsatz Kenntnis erhalten haben, ist mein Leben doppelt gefährdet. Vor einigen Monaten machte ich zufällig die Bekanntschaft eines Ihrer Freunde und teilte diesem damals mit, daß mein Leben in Gefahr schwebe. Dieser Freund, Herr Wachtmeister Jakob Studer, stand meinem Berichte ziemlich skeptisch gegenüber. Es kam mir deshalb ratsam vor, mich an Sie zu wenden, da Sie ein Freund dieses Kriminalisten sind. Ich wäre Ihnen sehr dankbar, wenn Sie Herrn Studer beiziehen würden, falls mir etwas geschehen sollte. Es schien mir nur notwendig, Ihnen kurz zu erklären, warum ich mich an Sie gewandt habe, als es galt, mein Testament aufzustellen.
Auf Wiedersehen morgen früh. Mit hochachtungsvollen Grüßen! Ihr ergebener

James Farny.»

Studer besah den Brief von allen Seiten, er war mit der Maschine geschrieben.
«Sicher hat er eine Kopie behalten!»
«Sicher!» bestätigte der Notar.
«Aber die Kopie habe ich unter seinen Sachen nicht gefunden . . .»

«Ich auch nicht», sagte der Notar unschuldig.
«Ja, hast du das Zimmer durchsucht?»
Der Notar zuckte die Achseln: «Ich war eben früher da, als die Fahndungspolizei ... Es kommt manchmal vor, daß Notare früher aufstehen als Fahnder ...»
Studer kratzte sich verlegen im Nacken, sein Nachthemd – der Kragen war mit roten Blümlein bestickt – stand offen und ließ seinen mächtigen Hals frei. Der Wachtmeister fragte:
«Ist der Tote schon auf dem Grab gelegen, wie du angekommen bist?»
Münch zuckte wieder mit den Achseln: «Leider kann ich mit keiner Auskunft dienen. Ich bin direkt in die Wirtschaft gegangen, hab' nach dem Zimmer vom Farny gefragt – die Serviertochter führte mich hin, und dann wartete ich dort ... bis um 12 Uhr. Schließlich ist mir das Warten zu dumm geworden, die Fahndungspolizei hat auch viel Lärm gemacht in der Wirtschaft, und so bin ich hinüber in die Armenanstalt. Wenn du den herzlichen Empfang erlebt hättest! Der Hausvater hat mich gebeten, bei ihm zu wohnen, hat mir ein Zimmer zur Verfügung gestellt und mich zum Mittagessen eingeladen. Ich hätte nie gedacht, daß man in einem Armenhaus so gut zu Mittag ißt ... Er war sehr freundlich, der Hausvater Hungerlott, bitter hat er sich beklagt über den Verlust seiner Gattin – und ich muß ja sagen, daß es schwer ist, seine Frau zu verlieren ...»
Studer sah seinen Freund an: der Notar lächelte – und es wäre eine Übertreibung gewesen, hätte man das Lächeln gütig genannt.
«Darmgrippe!» sagte Münch. «Darmgrippe ...! Unter dem Namen ‚Darmgrippe' kann sich allerlei verbergen ..., meinst du nicht, Studer?»
«Hm, hm», brummte Studer. «Der Marshen-Spiegel war sehr deutlich ... und der Assistenzarzt im Gerichtsmedizinischen war seiner Sache sicher ...»
«Arsen?» fragte Münch – «Hm, hm.»
Wenn nicht das Schnarchen des Ludwig Farny die Luft im

Raume erschüttert hätte, wäre es sehr still im Zimmer gewesen ...

«Du hast da einen guten Wecker», meinte Münch und deutete mit dem Daumen nach dem Bette des Knechtleins.

Studer seufzte: «Weißt, er hat's nicht schön gehabt. Er ist Verdingbub gewesen, dann war er beim Hungerlott in der Kost, ist durchgebrannt und hat mit einem Meitschi zusammen im Wald gelebt ... vielleicht erbt er jetzt ... ich möcht's ihm gönnen.»

«Ich auch», sagte Münch. Dann zog der Notar noch einmal seine Brieftasche, entnahm ihr ein handgeschriebenes Dokument und reichte es Studer. Sein Inhalt lautete, kurz zusammengefaßt: James Farny, geboren dann und dann, heimatberechtigt in Gampligen, vermache sein Vermögen, bestehend aus amerikanischen und englischen Devisen sowie aus Edelsteinen, die in einem Safe des Crédit Lyonnais lägen, zu gleichen Teilen: seiner Schwester Elisa, Ehefrau des Äbi Arnold, ihrem unehelichen Sohne Ludwig Farny sowie ihren ehelichen Kindern Ernst und Anna. Sterbe eine dieser vier Personen vor dem Tode des Erblassers, so sei das Vermögen unter den zurückbleibenden Erben zu verteilen. Keinen Erbanspruch zu erheben habe Arnold Äbi, Ehemann der Elisa geb. Farny. Ein Kodizill, welches mit dem Datum des 10. November versehen war, enthielt folgende Bestimmung: Der Gatte seiner Nichte Anna, Hungerlott Vinzenz, erhalte beim Tode seiner Frau den Anteil seiner verstorbenen Gattin. Von diesem Anteil jedoch habe er die Hälfte an Wottli Paul, Gartenbaulehrer, Pfründisberg, abzugeben. Testamentsvollstrecker sei Notar Münch.

«Das Testament ist datiert vom 25. Juli», sagte Studer. «Warst du dabei, wie er es aufgesetzt hat?»

Münch nickte; seine gefalteten Hände lagen auf den Schienbeinknochen, und sein Kinn wetzte sich an den hohen Kniescheiben.

«Am fünfundzwanzigsten Juli», sagte er verträumt. «Ich konnte mir damals die Sache nicht recht erklären: Warum, zum Beispiel, hatte sich James Farny an mich gewandt?

Warum berief er sich auf dich? Wer hatte ihm von unserer Freundschaft erzählt? – Vielleicht erinnerst du dich, Jakob, daß wir am 20. und 21. Juli zusammen Billard gespielt haben, in unserem gewohnten Café. Ist dir an den beiden Abenden nichts aufgefallen?»

Studer unterdrückte ein Gähnen. Dann schüttelte er den Kopf. «Wenn ich Billard spiele», meinte er gelangweilt, «dann vergeß ich meinen schönen Beruf. Ich werd doch nicht kontrollieren, wer mir zuschaut, wenn mir eine Serie von zehn Punkten gelingt. Oder?»

«Das weiß ich», sagte Münch. «Darum hab ich dir auch nicht erzählt, daß mich der Farny am 25. Juli morgens um elf Uhr besucht und mich zuerst über dich ausgefragt hat. Alles mögliche wollte er wissen: Ob du Erfolg habest in deiner Karriere, warum du es nur bis zum Wachtmeister gebracht habest und anderes mehr. Da sang ich dein Lob und erklärte ihm, daß in unserem Lande nur die Leute Erfolg hätten, die irgendeiner Partei angehörten. Der Studer aber war nie bei einer Partei – im Gegenteil. Einmal hat er sich in einer Bankaffäre, die vertuscht werden sollte, weil einige bekannte Leute darin kompromittiert waren, bös die Finger verbrannt. – ‚Ah!' sagte Farny darauf. ‚Das ist interessant!' – Na, meinte ich, für den Studer sei das nicht interessant gewesen, denn dadurch habe er seine Stelle verloren und von vorne anfangen müssen. Höher als zum Wachtmeister werde er es wohl nicht bringen, denn erstens habe er keine Verwandten (und Protektion nenne man in der Schweiz einfach ‚Vetterliwirtschaft'), und zweitens lasse man allzu gescheite Leute gerne an den unteren Stellen kleben und bediene sich ihrer nur, wenn man sie unbedingt brauche. Dann könne man ihnen befehlen – und alles sei in Ordnung. ‚Wenn also ein komplizierter Fall ist, wird da Herr Studer mit der Untersuchung betraut?' – ‚Ja!' sagte ich, ‚das kann ich Ihnen sogar garantieren. Man nimmt dann nur ihn – und der Fahnderhauptmann sowohl als auch der Polizeidirektor stützen dann den Studer, lassen ihn machen, was er will – bis der Fall beendet ist. Dann wird der Studer wieder in die Rumpelkammer getan und darf sich ausruhen ...' – ‚Oh', sagt der Farny darauf, ‚das ist interessant. So geht es, glaub ich, in allen Ländern zu. Gut; jetzt wollen wir das Testament schreiben.' Er erzählte mir, was er schreiben wolle, ich diktierte ihm, er schrieb nach. Dann ließ er das Testament bei mir. Bevor er fortging, sagte er (und dabei hielt er die Türklinke in der Hand), wahrscheinlich werde er ermordet werden. Von einem seiner Verwandten, von einem seiner Bekannten – das sei alles unsicher. Aber er hätte schon zweimal fast das Leben eingebüßt, wenn er nicht gewohnt wäre, auf sich aufzupassen. Ja ... Das wollte ich dir noch erzählen ...»

«Märci, Hans!» Selten nur nannte der Wachtmeister seinen Freund beim Vornamen – und heute fiel es ihm besonders schwer, denn er erinnerte sich, daß der sezierte Güggel ebenfalls Hans geheißen hatte. Und etwas wie Angst stieg in ihm auf: War nicht schon einer gestorben, der zuviel wußte? Der Gartenbauschüler Äbi? Drohte dem Notar Gefahr? «Und los einisch! Paß dann auf, daß dir nichts passiert, Hans! Hast du verstanden?»

«Äh jaa! Mach dir keine Sorgen!»

«Das Testament bestimmt also, daß Farnys Vermögen in vier Teile zerfallen muß. Nid wahr? Zwei Erben sind gestorben, daher erhält der Ludwig, dem es schlecht gegangen ist im Leben, die Hälfte des Vermögens und seine Mutter die andre.»

«Falsch! Du bist müd, Jakob. Du kannst ja nicht rechnen! In drei Teile wird es geteilt: Ludwig Farny, Elisa Äbi und Vinzenz Hungerlott. Der Teil des Hausvaters zerfällt auch: die Hälfte bekommt der Lehrer Wottli ...»

«Weiß der Wottli das?»

«Nach dem Brief ist es zu vermuten. Aber es kann auch möglich sein, daß nur Hungerlott um die Sache weiß – und der Wottli nichts. So, jetzt will ich gehn. Schlaf wohl!»

– Ob er den Brief und das Testament behalten dürfe, fragte Studer. Münch nickte. Dann sagte er noch, gewissermaßen als Abschluß seiner nächtlichen Visite: «Weißt, Jakob, ich hätt' dich ja nicht besuchen können heut abend. Denn die ganze Zeit, seit ich gestern angekommen bin, hat mich der Hausvater keinen Augenblick aus den Augen gelassen. Ich bekam ein Zimmer, das neben dem Schlafzimmer lag und nur eine Tür hatte. Wenn ich fortgehen wollte, mußte ich an Hungerlotts Bett vorbei. Heut abend bin ich umquartiert worden, weil ein neuer Gast erschienen ist – und der Besuch muß sehr wichtig gewesen sein, denn ich bin vergessen worden. Darum hab' ich mich fortschleichen können . . .!»

Wieder überfiel den Wachtmeister jenes grundlose Angstgefühl. «Hans, paß auf!» sagte er, und der Notar blickte ihn erstaunt an.

«Was soll denn mir passieren?» fragte er erstaunt.

Studer hob die Schultern und brummte etwas. Dann stand er auf und begleitete seinen Freund zur Tür.

«Fall mir nicht die Treppen hinunter, gell?» Münch lachte nur.

Studer lag im Bett (es war angenehm, sich endlich ausstrecken zu können), starrte in das Licht und dachte nach . . . Man mußte sich hüten vor voreiligen Schlüssen. Schließlich, auch wenn die Frau des Armenvaters gestorben war, bedeutete das keinen Gewinn für den Hungerlott . . . Es war eine verkachelte Geschichte. Am Abend hatte man mit dem Vorsteher der Armenanstalt gejaßt und feststellen können, daß der Mann gut spielte; er mußte einen Trumpf, er mußte einen Bock in der Hinterhand haben, denn – und dies war nicht schwer festzustellen gewesen – der Hausvater spielte gut, er spielte mit Überzeugung, nicht aufs Geratewohl . . . Wenn er den Wortlaut des Testamentes kannte, dann hatte er sicher einen Gegenzug parat, um den Wottli aus dem Felde zu schlagen. Schließlich riskiert ein gebildeter Mann nicht zwanzig Jahre Zuchthaus wegen vorsätzlichen Giftmordes, nur um ein Vermögen zu ergattern, von dem er genau weiß, daß er es doch teilen muß. Studer dachte ganz klar, und das Schnarchen seines Zimmergenossen störte ihn

nicht, sondern begleitete seine Denktätigkeit wie ein angenehmes Liedlein ...
Und noch eines durfte man nicht vergessen: Großräte, Ärzte kamen morgen zu Gast. War dieses der Trumpf?
Halt! Obacht! Nicht in den Fehler verfallen, nur einen Schuldigen zu sehen ... Der Gartenbaulehrer Wottli war auch an der Sache interessiert ... Es genügte nicht, daß er kein unsympathischer Mensch war, seine alte Mutter unterhielt und sich hinaufgearbeitet hatte ... Es sprach einiges gegen ihn. Die Erbschaft am Thunersee z. B. Der blutige Schlafanzug war in ein Papier eingewickelt gewesen, auf dem *seine* Adresse gestanden hatte – und die Adresse war ausradiert worden. Wer wußte von der Ausräucherung des Gewächshauses durch Blausäure? Der Lehrer Wottli ... Wer trug den Schlüssel zum Gewächshaus stets bei sich? Der Lehrer Wottli. – Das einzige, was für den Mann sprach, war die Tatsache, daß sein Motiv nicht deutlich zu sehen war. Was konnte den Lehrer zu zwei Morden getrieben haben? Aber schließlich, *er* hatte das neue Präparat zur Samenbeize in seinem Besitz, *er* experimentierte mit ihm ... konnte man sich nicht vorstellen, daß dieser Wottli sich in die junge Frau Hungerlott verliebt hatte, daß er abgewiesen worden war und die Frau aus Rache vergiftet hatte? ... Und wenn einige Schüler Bescheid wußten, so kannte sich Ernst Äbi sicher am besten aus ... – Hatte sich ausgekannt! ... Vielleicht wußte auch das Knechtlein etwas?
«Ludwig!» das Schnarchen wurde schwächer, «Ludwig!»
Der Bursche fuhr im Bett auf: «Hä? Was isch passiert?»
«Los einisch, Bürschtli!» Ob er auch etwas davon gemerkt habe, daß der Lehrer Wottli in die Frau Hungerlott verliebt gewesen sei ...
Das Knechtlein rieb sich die Augen. Zuerst verstand es nicht, wovon die Rede war, und der Wachtmeister mußte seine Frage dreimal wiederholen. Endlich war Ludwig im Bilde. – Ja, an jenem 18. Juli habe er die beiden gesehen; sie seien zusammen spazieren gegangen ...

– Was denn die Frau Hungerlott für eine gewesen sei, wollte der Wachtmeister wissen.
«E schöns Wyb!» Die Augen des Burschen leuchteten. – Eine feste Postur, meinte er, streng sei sie auch gewesen, aber sie habe immer noble Kleider getragen, und häufig sei sie nach Bern zum Coiffeur gefahren, um sich frisieren zu lassen ... und ihri Kralle hett sie agstryche ...
Dem Wachtmeister fiel das Trili-Müetti ein und die Beschreibung, die das Weiblein von der Hausmutter gegeben hatte ...
«Ah, und noch eins: Sie hat immer die Buchhaltung geführt ...»
«So ... so ... die Buchhaltung!» meinte Studer. Diesmal war sein Gähnen herzhaft und echt – ein Gähnen ohne Hintergedanken. Er fühlte, wie seine Lider schwer wurden: «Tue denn nid z'vill schnarche, Ludwig!»
«Ja, Herr Wachtmeister ...»
«Und lösch 's Liecht!» Nach fünf Minuten schliefen beide, und keiner störte den anderen ... Es wäre sogar schwierig gewesen, festzustellen, wessen Schnarchen lauter dröhnte, das des Wachtmeisters oder das des Ludwig Farny ...

Lehrer Wottli will verreisen

Studers letzte Gedanken vor dem Einschlafen waren gewesen: «Der Fall ist so weit fortgeschritten, daß pressieren nur schaden kann.» Deshalb beschloß er auszuschlafen. Erst um 9 Uhr erschien er mit seinem Gehilfen Ludwig im Gastzimmer, wo der Uralte vor einem Tische saß und durch eine verbogene Stahlbrille die Zeitung studierte. Als der Wachtmeister unter der Tür erschien, empfing ihn der Wirt mit einem freundlichen Grinsen:
«Pfründisberg wird berühmt», krächzte er. «Zwei Mordfälle, Wachtmeister, zwei Mordfälle! Ja, ja, Pfründisberg wird berühmt, wie es schon einmal berühmt gewesen ist,

zur Zeit von meinem Großvater ... Da hieß es ‹Bad Pfründisberg›, und die Herren aus der Stadt kamen zur Kur in die ‹Sonne› ... Aber dann hat natürlich die Regierung das alte Kloster aufgekauft und eine Armenanstalt draus gemacht ... Da sind die besseren Herrschaften fortgeblieben. Denn wisset, Wachtmeister, die Reichen sehen nicht gern die Vaganten. Und seither ist die ‹Sonne› eine Schnapsbeiz geworden, wo sich die Armenhäusler ihr Bätziwasser holen ... Hin und wieder gibt's bei mir schon eine Gräbd, wenn ein Bürger von Gampligen stirbt und im Friedhof drüben begraben wird. Sonst kommen noch die Schüler ein Glas Bier trinken, aber der Sack-Amherd sieht's nicht gern – am liebsten kommt er allein und klopft hier einen Jaß mit dem Hausvater und dem Schranz und dem Gerber ... Auch ich helf' manchmal mit, aber wisset Ihr, ich bin schon alt, ich seh' nicht mehr gut die Karten, und zu meiner Zeit hat man den Kreuzjaß gespielt und nicht den dummen Schieber ... Am interessantesten ist es, wenn der Hungerlott, der Direktor und der Schranz ‹zugere› um fünf Rappen den Punkt ... Dann hört man erst, wie so noble Herren fluchen können ... Wißt Ihr schon, daß morgen ein paar Herren die Anstalt inspizieren wollen?»
– Ja, das habe er gehört, brummte Studer. Aber jetzt wolle er einen starken Kaffee, ohne Zichorie, und Anken und Käs'. Wo denn 's Huldi sei ...?
Der Wirt übernahm es selbst, die Serviertochter herbeizurufen, und das Meitschi mit der bleichen Gesichtsfarbe brachte nach fünf Minuten schon das Gewünschte. Dem Ludwig merkte man es an, wie stolz er war, mit dem Wachtmeister zusammen am gleichen Tische zu sitzen ... Er benahm sich gut, der Bursche, aß säuberlich, steckte nicht allzugroße Brocken in den Mund und brauchte nur selten das Messer zum Essen. Auch schlürfte er nicht beim Trinken.
Um halb zehn waren die beiden fertig und brachen auf, nachdem sie sich vom Wirte verabschiedet hatten. Unterwegs hielt der Wachtmeister seinem Schützling eine Rede:

– Da könne der Ludwig sehen, wie alles in der Welt sich verändere. Was sei zum Beispiel diese Beiz für eine schmucke Wirtschaft gewesen, früher! Ludwig solle sich das recht deutlich vorstellen: die Chaisen, die Bernerwägeli, die vorgefahren seien – schöngekleidete Männlein und Weiblein hätten das Haus betreten, in den Zimmern gewohnt, die nun leer stünden, verstaubt, Tummelplätze für Mäuse und Ratten ... Dafür habe der Staat zwei Anstalten eröffnet: ein Neubau sei die eine, die andere aber so geblieben, wie sie von Mönchen aufgerichtet worden sei vor fünf-, wer weiß, vielleicht vor sechshundert Jahren. In der neuen Schule würden Gärtner herangebildet – zukünftige Arbeitslose, und in der anderen die Armen, die man nicht mehr brauchen könne, mit ein wenig Suppe und Kaffee gespiesen, um sie wenigstens nicht auf der Straße verhungern zu lassen ... Sehr philosophisch war an diesem Morgen der Wachtmeister Studer von der kantonalen Fahndungspolizei ... Für ihn, sprach er weiter, hätten solche Armenanstalten immer etwas Trauriges. Er erinnere sich an Frankreich, an Paris besonders, da gebe es auch Arme – aber man lasse ihnen wenigstens das höchste Gut, das ein Mensch besitzen könne: die Freiheit. Die Polizisten drückten beide Augen zu, wenn sie einen betteln sähen; im Winter, wenn es kalt sei, säßen die Armen auf den Stufen der Untergrundstationen, um dort ein wenig Wärme zu ergattern und auf den Tag zu warten. Kurz seien die Nächte in der großen Stadt, schon um vier Uhr könne man die Armen bei den Markthallen sehen: sie hülfen den Gärtnern, die mit Frühgemüse kämen, ihre Wagen abladen, es falle ein wenig Geld für sie ab – und Essen auch. Tagsüber liefen sie durch die Straßen, und eigentlich seien die Menschen – die Arbeiter besonders – nicht geizig, hier ein Fränklein, dort ein paar Sous. Hingegen hier in der Schweiz ... Er, der Wachtmeister, wolle ja nichts gegen sein Heimatland sagen. Aber diese Wohltätigkeit am laufenden Bande sei ihm immer auf die Nerven gegangen.

Winzige weiße Wolken krochen über einen tiefblauen Himmel, ein sachter Wind spielte mit den dürren Gräsern am Wegrand. Der Wachtmeister war guter Laune, Ludwigs Augen, deren Blau so merkwürdig glänzte, waren auf sein Gesicht geheftet, der Junge schien die Worte zu trinken – niemand hatte jemals so zu ihm gesprochen und Gedanken bestätigt, die manchmal in ihm aufstiegen. Und nun ging da neben ihm ein älterer Mann, dessen mageres Gesicht eigentlich nicht zu dem mächtigen Körper paßte, und sprach diese Gedanken aus, die nur wie Larven durch seinen jungen Kopf gekrochen waren, gab ihnen Form, ließ sie flattern und durch die Luft gaukeln wie bunte Schmetterlinge . . .

«Märci», sagte Ludwig. Studer blickte zur Seite, sah das freudige Gesicht und verstand dies Dankeswort, trotzdem es eigentlich keine Beziehung zu seinen Ausführungen hatte.

«Ja, Ludwig, du wirst jetzt reich werden», meinte Studer. «Aber wenn du dann Geld hast, darfst du nicht vergessen, daß du einmal ein Armenhäusler gewesen bist. Du hast im Wald gehaust und Körbe geflochten mit dem Mädchen Barbara – warum? – nur um frei zu sein. Freiheit . . . Heutzutage weiß man ja nicht mehr, was eigentlich Freiheit ist . . .»

«Wart hier auf mich», sagte Studer und stieß die Tür auf, die in die Halle der Gartenbauschule führte. Stille. Nur das Brünnlein murmelte, und die Chrysanthemen rochen nach Friedhof. Kein Mensch im langen Gang; hinter der Türe, gegenüber vom Direktionsbureau, sprach eine eintönige Stimme, und Studer erkannte sie wieder.

«. . . und somit ist Arsen der Grundstoff für einige Schädlingsbekämpfungsmittel. Auch in Beizmitteln läßt er sich nachweisen, in Uspulun . . .» Studer klopfte scharf an und öffnete die Türe.

Auf den Bänken, die sich in drei Reihen aufbauten, saßen Schüler. Sie nickten Studer zu. Dann beugten sich die Köpfe wieder über die aufgeschlagenen Hefte, Füllfederhalter kratzten – die Schüler schrieben nach.

Der Lehrer Wottli wurde rot, und es war nicht ein natürliches Erröten, sondern ein fleckiges.
«Wa . . . wa . . . as wünschet Ihr?»
«Einen Moment nur, wenn Sie so gut sein wollen.»
«Aber gern.»
Der Lehrer folgte dem Wachtmeister auf den Gang hinaus. Studer trat ins Direktionsbureau – es war leer –, bat den Lehrer zu warten, schloß dann die Türe und telephonierte. Das Gespräch dauerte eine Weile, endlich war er fertig und wußte, daß Ernst Äbis Leiche in einer Stunde geholt werden würde. Auf dem Gange rief er nach Ludwig Farny, übergab ihm den Schlüssel zur Eingangstür des Gewächshauses und trug ihm auf, dort zu warten. Niemand dürfe den Raum betreten außer den zwei Sanitätspolizisten. Und nachher solle Ludwig die Türe wieder schließen. Ob er verstanden habe?
«Ja . . . Studer» – «So ist's recht!»
Wottli hatte sein selbstsicheres Wesen ganz verloren. Der große, magere Mann stand mit gesenktem Kopfe mitten im Gang, seine Hände lagen gefaltet auf seiner Brust. Er tat dem Wachtmeister leid – denn Studer hatte ein weiches Herz.
«Zeigt mir zuerst noch das Pult des Verstorbenen», sagte er bittend. «Dann können wir zusammen an irgendeinen Platz gehen, wo wir nicht gestört werden. Welchen schlagt Ihr vor, Wottli?» (Wottli! Ein Versuch war diese Anredeform – wie würde der «Herr Lehrer» darauf reagieren?)
«Mein Zimmer, Studer . . . Wenn Euch das recht ist.»
Der Versuch war gelungen, und der Wachtmeister freute sich. Der knochige Mann war nicht mehr hart – er würde sprechen. Und sicher hatte er viel zu erzählen . . . Nun schwieg er eine Weile, und Studer wartete geduldig. Endlich:
«Macht's Euch nichts aus, Studer, allein ins Klassenzimmer zu gehen? Ich mag nicht mehr. Einer der Schüler wird Euch schon das Pult vom Äbi zeigen. Wollt Ihr?» Der Wachtmeister nickte. Die Durchsuchung des Pultes war sicher

nutzlos – aber man mußte sie dennoch vornehmen, um sagen zu können, man habe seine Pflicht getan.

Er behielt recht. Hefte, Hefte, Hefte – alle glichen sie den Wachstuchheften, die man an einem Juliabend unter einer hellen Lampe gesehen hatte. Und sicher stammten die damals gesehenen Hefte aus dem gleichen Geschäft wie diese hier. Titel: «Gemüsekultur.» – «Düngerlehre.» – «Treibhaus.» – «Obstbaumlehre.» Und so weiter ... Die Buchstaben in Blockschrift ... «Stauden.» Beim rothaarigen Amstein bedankte sich der Wachtmeister. Dann trat er wie ein Lehrer vor die schwarze Tafel und hielt eine Ansprache: – er hoffe, sagte er, die Schüler wüßten Bescheid. Eine Untersuchung sei hier im Gange, und bis diese zu Ende sei, müsse er die Anwesenden bitten, die Schule nicht zu verlassen. Es sei dies zwar nur eine Formsache, aber immerhin ... Jetzt habe er mit dem Lehrer, der draußen auf ihn warte, eine Zeitlang zu sprechen. Während der Abwesenheit Herrn Wottlis bitte er die Klasse, ruhig zu bleiben und sich mit einer anderen Arbeit zu beschäftigen. Vor allem aber müsse er verlangen, daß niemand das Treibhaus betrete, besser noch sei es, wenn es überhaupt nicht aufgesucht werde. Ob man ihm dies versprechen wolle? – Amstein stand auf, erklärte, er sei hier Klassenchef und werde dafür sorgen, daß die Wünsche des Wachtmeisters erfüllt würden. Studer dankte und verließ die Klasse.

«So», sagte Studer draußen auf dem Gang. «Jetzt können wir gehen. Wo wohnt Ihr eigentlich, Wottli?»

«In der Wirtschaft ‚zur Sonne'.»

Studer blieb stehen. «Wo?» fragte er erstaunt.

«In der Wirtschaft; warum erstaunt Euch das?»

«In welchem Stock?»

«Im ersten ... Im Zimmer über dem Farny.»

«Wird nid sy ...»

Sie nahmen den Weg, der am Armenhaus vorbeiführte. Still war es im Hofe – 's Trili-Müetti sang nicht, wusch nicht. Und niemand tanzte mit einem Reisbesen über die festgetretene Erde ...

Hinter Wottli betrat der Wachtmeister das Zimmer – und was er sah, erstaunte ihn wenig. Zwei Koffer standen auf dem Boden, Studer hob sie auf. Sie waren voll gepackt. Auf dem Tische lag ein braunes Heftli – der Schweizer Paß.
«Wollt Ihr verreisen?»
«Ja . . . Aber ich wär' nicht fortgefahren, ohne mit Euch zu sprechen.»
«Und warum wollt Ihr verreisen?»
«Ich hab Angst, Studer.»
«Vor mir?»
Kopfschütteln. Schweigen. Studer griff an:
«Was habt Ihr mit der Frau Hungerlott gehabt, Wottli?»
«Wißt Ihr das auch schon?»
«Denket doch, daß Ihr in einem kleinen Kaff gelebt habt. Meinet Ihr, niemand habe Euch gesehen?»
«Wohl . . . Schon . . . Aber ich hab mir nichts vorzuwerfen. Nur – die Frau war unglücklich. Der Mann quälte sie, und sie hatte niemanden. Einmal habe ich sie getroffen – das ist schon lang her, sechs Monate vielleicht – da sprach sie mich an. Der Hungerlott war nicht daheim, sondern nach Bern gefahren. Und wir sind damals zum erstenmal miteinander spazieren gegangen. Sie hat's nie schön gehabt, die Anna. Daheim nicht – dann nahm sie in einem Bureau eine Stelle an, und dort lernte sie ihren Mann kennen. Eigentlich hat sie ihn nur geheiratet, um aus der Stadt zu kommen und ihren Vater nicht mehr zu sehen. Und hier ist es ihr auch nicht gut gegangen.»
Studer hatte sich auf einen Stuhl gesetzt – und nun hockte er da, in seiner Lieblingsstellung, die Hände gefaltet, die Unterarme auf den Schenkeln.
«Wie ist sie gestorben?»
«Ich darfs nicht sagen . . . Ich darfs nicht sagen!»
«Warum?»
«Weil ich nichts beweisen kann.»
«Mit wem habt Ihr über die Sache geredet?»
«Woher wißt Ihr das? Woher wißt Ihr, daß ich mit jemandem über den Tod der Anna geredet hab?»

Selbst ein gütiger Mensch rächt sich bisweilen gerne.
«Ich hab gemeint, Ihr seid so beschlagen in Kriminologie? Ihr habt doch Werke durchgearbeitet, oder?»
«Aber Studer! Ihr müßt mich nicht verspotten! Es war ein Fehler von mir, gestern so zu sprechen – aber ich hab Angst gehabt, daß Ihr etwas ... etwas ... etwas ... gefunden habt!»
Gefunden? ... Studer grübelte. Was hätte er finden können? Sein Gesicht blieb ausdruckslos, als er sagte:
«Vielleicht hab ich etwas gefunden.»
«Was müßt Ihr dann von mir denken! Glaubt Ihr nicht, daß ich mich dumm benommen hab?»
Dumm benommen ...? Studer versuchte es mit einem Lächeln. Wottli brauste auf: «Natürlich, jetzt lacht Ihr mich aus! Warum? Weil ich Liebesbriefe geschrieben hab? Ich hatte sie doch gern, die Anna! Sie wollte scheiden, wir hätten geheiratet ... Sie behauptete, sie habe meine Briefe versteckt – und jetzt ... jetzt hat sie die Justiz ...» (Wahrhaftig! Wottli sagte «Justiz» ... Und nicht etwa Schroterei ...) «Wer hat Euch die Briefe gegeben? Wenn's der Ernst Äbi war, so hat er seinen Tod verdient. Saget, war's der Ernst Äbi? Oder sein Vater? Oder seine Mutter? Ich konnte nie erfahren, wo die Anna meine Briefe verbarg ... Und Ihr waret doch gestern in der Aarbergergaß. Bei meiner Mutter. Sie hat auch versucht, die Briefe wieder zu finden. Sagt mir doch, von wem Ihr sie habt!»
Studer schwieg. Innerlich freute er sich, weil er sich gestern nicht geirrt hatte: Popingha, der holländische Gartenbauschüler, hatte ihm das Ende des Fadens in die Finger gegeben, mit dem man den Knäuel aufdröseln konnte.
Es lag auf der Hand: Farny James, der «Chinese», hatte die Briefe besessen – darum war das letzte Heft, in das er geschrieben hatte, verschwunden. Das Heft und wahrscheinlich eine Schreibmappe, die Papiere enthielt. Wie war der «Chinese» zu diesen Briefen gekommen?
«Wie ist Frau Hungerlott mit ihrem Onkel ausgekommen?» fragte Studer.

«Ihr beantwortet mir meine Frage nicht, und ich soll Euch Auskunft geben?»
«Wottli! Denkt ein wenig nach! Ich kann nicht antworten, weil ich nicht sicher bin. Ihr könnt mir antworten, um mir zu helfen. Wollt Ihr das tun? Ich tu dann mein möglichstes, um Euch am Sonntag reisen zu lassen. Ist Euch das recht?»
«Erst am Sonntag? Warum nicht heut? Meint Ihr, ich wolle anwesend sein, wenn Ihr Eure Aufklärung erzählt?»
Studer dachte angestrengt nach – welches war die beste Lösung? Sollte er, der einfache Fahnderwachtmeister, den Richter spielen? Er hielt die Lider gesenkt und rührte sich nicht, während Wottli im Zimmer hin und her lief. Der Lehrer schien das Schweigen nicht ertragen zu können, denn er begann wieder aufgeregt zu sprechen:
«Nur einmal in der Woche ist der Hungerlott in die Stadt gefahren – nur einmal konnt ich die Anna sehen. So vorsichtig sind wir gewesen – immer haben wir uns im Wald getroffen. Nie sind wir zusammen in Pfründisberg gesehen worden – aber ein Schüler hat uns einmal im Wald ertappt. Ertappt! Ja ... Er hat gegrinst, der Holländer. Nur einmal hab ich mich mit der Anna hier getroffen – da ließ sie mich rufen. Ihr Mann wollte ihren Stiefbruder verhaften lassen. Sie mochte das Knechtlein gerne und bat mich, auch mit ihrem Mann zu sprechen. Ich tat's dann – aber ungern. Und weil wir uns nicht sprechen konnten, schrieb ich ihr Briefe. Während ihrer Krankheit schrieb ich jeden Tag und gab dem Ernst, ihrem Bruder, der sie jeden Tag besuchen ging, die Briefe mit. Einmal – nein, ein paarmal – bat ich sogar den Onkel darum. Der besuchte sie auch. Einmal hat sie dem Ernst einen Brief mitgegeben. Darin schrieb sie, jemand vergifte sie. Aber ich wollt es nicht glauben .. Trotzdem ... trotzdem ich dem Hausvater einmal ... einmal ... Nein! Ich kann's nicht sagen!»
Schweigen. Studer wartete. Sein Stuhl stand vor dem Tisch, auf dem der Paß lag. Der Lehrer saß hinter ihm auf dem Bett. Der Wachtmeister lauschte, die Muskeln seiner Beine

waren gespannt – beim leisesten Geräusch in seinem Rükken wollte er sich rechts vom Stuhl auf den Boden fallen lassen, um einem Angriff auszuweichen. Erfolgte der Angriff jedoch nicht, so hatte *ein* Mensch seine Unschuld bewiesen. Um ganz sicher zu gehen, fragte er leise:
«Wie hieß die Samenbeize, Wottli?»
Ein Seufzer. Er klang befreit. Feste Schritte waren zu hören – und kein Schleichen. Gerade aufgereckt stand der Lehrer vor dem Wachtmeister: «Also, habt Ihr begriffen? Habt mich verstanden? Wie ich gestern das Uspulun – jawohl Uspulun heißt es – in der Tasche des Toten sah, wußte ich, daß die Anna recht hatte. Sie war von ihrem Bruder vergiftet worden – warum? Weil der Ernst erben wollte. Versteht Ihr? Wie muß einem Lehrer zumute sein, der entdeckt, daß einer seiner Schüler ein Mörder ist? Und der Mörder begeht Selbstmord! Denn Ihr glaubt doch nicht an die Schlüsselverwechslung? Oder?»
Studer blieb regungslos sitzen. Er hob nicht den Kopf, und seine Hände blieben gefaltet.
«Wenn man denkt, wie der Fremde, der doch sein Onkel war, für den Burschen sorgte! Und ich bin sicher, daß dieser Ernst nicht nur seine Schwester, sondern auch seinen Onkel ermordet hat! Ihr nicht auch, Studer? So redet doch endlich! Hocked doch nicht da wie ein Ölgötz! Der Fremde hat sich hier ankaufen wollen – den Garten sollte ich entwerfen, ihn mit meinen Schülern anlegen. Ich schlug ihm vor, einen Wettbewerb zu machen – unter meinen Schülern. Jeder sollte einen Plan zeichnen, für den besten sollte es einen Preis geben von fünfhundert Franken. Das wär doch schön gewesen, und der James („Jammes' sagte der Lehrer) war einverstanden. Ich wollte gar nichts verdienen – und als er mir eine Erbschaft versprach, wurde ich bös und sagte, nie würde ich sie annehmen. ‚Du wirst es schon, wenn ich tot bin, Paul!' antwortete er darauf. Ja, so ist es zugegangen!»
Langsam, ganz langsam entfalteten sich Studers Hände, seine Beine streckten sich, der breite massige Rumpf stieg

in die Höhe, und der Schnurrbart zitterte. Die Augen streiften im Zimmer umher, sahen die Bücher an den Wänden: Groß und Locard und Rhodes, sie erinnerten den Wachtmeister an seine eigene Bibliothek.
«Paul», sprach der Wachtmeister und legte seine Hände auf die Schultern des Lehrers. «Du bist ein großer Kriminalist. Aber tu mir einen Gefallen. Pack' fertig und fahr noch heut über die Grenze. Ans Meer, wenn du willst. Schick mir dann deine Adresse, damit ich dich auf dem laufenden halten kann. Es ist besser, wenn du gleich abreist, verstanden? Ohne die Mutter zu besuchen. Die Aarbergergasse ist nicht gesund für dich. Leb wohl und gute Reis'!»
Studer schritt zur Tür, wandte sich um, winkte mit der Hand. «Leb wohl!» wiederholte er. «Dem Sack-Amherd erklär' ich dann deine ... deine ... Abwesenheit.»
Paul Wottli, Lehrer für Chemie, Düngerlehre, Topfpflanzenkultur, Spezialist für Orchideen, blieb in der Mitte des Zimmers reglos stehen. Er lauschte auf die schweren Tritte, welche die hölzernen Stufen zum Ächzen brachten. Als sie leiser wurden, kam plötzlich Leben in den mageren Mann. Er stürzte zur Tür, riß sie auf und beugte sich über das Geländer:
«Studer! Studer!» Keine Antwort. Wottli seufzte, dann mußte er lachen. Es war ein tiefes und leises Lachen. «Ich schreib ihm dann», flüsterte er. «Der Studer! Und Duzis haben wir auch gemacht!»

Ein leerer Tag

Halb zwölf war es schon, als Studer die Wirtschaft verließ, um Ludwig Farny aufzusuchen. Das Knechtlein stand vor der Tür des Treibhauses und sprach mit zwei Männern. Der eine, klein und vif, rauchte eine Zigarette, der andere, der aussah wie ein pensionierter Schwingerkönig, saugte an einem Stumpen. Sie winkten beide, als sie Studer auftauchen sahen, und kamen gemächlich näher.

«So», meinte der Wachtmeister, «ihr seid schnell gekommen. Und – habt ihr schon die Bekanntschaft meines Helfers gemacht?»
Fahnderkorporal Murmann, der seit einem Jahre den Gerzensteiner Landjägerposten verlassen hatte, weil seine Frau lieber in der Stadt wohnen wollte, nickte und schlug mit dem gestreckten Zeigefinger auf seinen Stumpen. – Ludwig sei ein gäbiges Bürschtli, meinte er. Und der vife Kleine (es war der Gefreite Reinhardt) stimmte diesem Ausspruch zu.
Ob die Leiche schon abgeholt worden sei? fragte Studer. Die beiden nickten – Murmann schritt rechts, Reinhardt links vom Wachtmeister – Ludwig Farny kam auch und überreichte Studer den Schlüssel zur Eingangstür.
«War sonst niemand da?» fragte er. Kopfschütteln. «Gut, dann könnt ihr beide euch heute ausruhen. Ich brauch euch erst morgen. Wenn ihr wollt, könnt ihr nach Gampligen fahren – du bist doch auf dem Töff gekommen, Murmann, oder?» Der pensionierte Schwingerkönig nickte. «In Gampligen bleibt ihr in einer Wirtschaft – die Krone ist glaub' ich ganz gut – und wartet dort. Wenn ich euch heut noch brauche, so läut ich euch an. Morgen mach ich dann Schluß. Es kommt Besuch in die Armenanstalt, und das wird günstig sein. Wir haben dann Zuhörer und Zeugen – ich freu mich ... Kommt jemand von uns?»
«Der Hauptmann hat gesagt, er sei eingeladen. Der Schreiber der Armendirektion nehme ihn im Auto mit.»
«Wer kommt sonst noch?»
«Ein paar Großräte, ein Sekretär vom Departement und zwei Assistenten, einer von Meiringen, von wo der andere kommt, weiß ich nicht. Weißt, es sind so Leut', die Gutachten schreiben ...»
«Mhm ... Also, auf morgen!»
Die zwei empfahlen sich.
«Komm, Ludwig! Hilf mir suchen!» Die Zurückgebliebenen traten ins Gewächshaus, öffneten die Türe, die gestern versperrt gewesen war – von innen –, und Studer schritt

langsam um den viereckigen Tisch, dessen eine Hälfte mit spannenbreiten Brettern umgeben war. Die Erde, die darin aufgeschichtet war, war oben mit einer Schicht von Sägespänen bedeckt; wahrscheinlich sollte sie ein Austrocknen der Pflanzenwurzeln verhindern.

«Hier ist der Ernst gelegen», sagte Studer verträumt. «Und da stand dein Stiefvater ... Oder ist's dir lieber, wenn ich ihn ‚Äbi' nenn'?» Ludwig nickte schweigend. «Wir wollen hier suchen. Da hat's ein ganz kurzstieliges Häueli, das wird uns nützlich sein.» Und der Wachtmeister begann mit den zwei Zacken der Jäthacke die Sägespäne zu bearbeiten. Langsam und methodisch arbeitete er und sprach dazu mit Ludwig.

«Gestern hat euch der Wottli das z'Nacht gebracht; erinnerst du dich noch, ob der Ernst vom Kaffee getrunken hat?» Ludwig blickte erstaunt auf.

«Woher wisset Ihr das, Herr Studer?»

Der Wachtmeister hielt in der Arbeit inne. «Was hast du gesagt, Ludwig?» Das Knechtlein wurde rot.

«Woher wisset Ihr das?» Stocken, dann: «Studer?»

«So ist's besser. Woher ich das weiß? Ich zeig' dir's dann. Jetzt wollen wir weiter suchen ...»

Ludwig grub mit den Nägeln in der aufgehackten Erde. Plötzlich sagte er: «Hier!» und bot Studer einen rostigen Schlüssel. Der Wachtmeister nahm ihn zwischen Daumen und Zeigefinger, ging ans Licht, betrachtete das Ende hinter dem Bart lange und nachdenklich. «Es stimmt. Komm, Ludwig!»

Draußen angekommen, verschloß Studer die Türe und schritt auf die Wirtschaft zu. «Eine Atmosphäre haben wir erledigt», brummte er. «Jetzt wollen wir mit der zweiten Schluß machen. Und die dritte versparen wir uns für morgen.»

Am Fuße der Steintreppe blieb Studer stehen und blickte hinüber auf den Friedhof. Dann zuckte er mit der Schulter. «Komm, Ludwig», sagte er. «Wir müssen uns beide rasieren. Du hast ja einen Bart!»

Er ging in die Küche, verlangte heißes Wasser. Huldi versprach, einen Krug zu bringen. Studer ging in das Zimmer, in dem vor kurzer Zeit noch der «Chinese» gewohnt hatte. Die Serviertochter brachte das Verlangte, und der Wachtmeister begann sich einzuseifen. Dann reichte er dem Ludwig den Pinsel. «Kannst dann den Apparat auch grad gebrauchen – wenn du willst.»
Er sah es dem Knechtlein an, daß diese Aufforderung etwas Ähnliches bedeutete wie ein Ritterschlag. Denselben Apparat brauchen zu dürfen wie der Wachtmeister!
«Märci ... Gärn ... Studer!» stotterte der Bursche, und eine Blutwelle stieg in sein Gesicht.
Es klopfte. «Herein!» ächzte Studer, der sich gerade den Seifenschaum aus den Ohren wusch. Brönnimann erschien.
«Wachtmeister! Der Wottli ist fort!»
«So ...» Studer trocknete sich das Gesicht. «Dann können wir in sein Zimmer hinauf!» Er setzte sich aufs Bett und wartete, bis Ludwig fertig war. «Ich brauch' Euch nicht, Brönnimann. Wann kann man essen? Bald? Sagen wir in einer halben Stunde. Ich will noch einen Freund holen gehen.»
Der Wirt verschwand, dann konnte man ihn hören, wie er in der Küche Befehle gab.
«Komm Ludwig!» Die beiden stiegen die Treppen hinauf, öffneten die Türe des verlassenen Zimmers und traten ein. Die Bücher standen noch auf den Regalen, die an der Wand angenagelt waren. Studer trat davor. Eine kleine Glastube lag am Fuße eines dicken Bandes. Der Wachtmeister nahm sie in die Hand, trat zum Fenster und las die Etikette. Er zog den Zapfen aus dem Glasröhrchen, schüttete eine der winzigen Pillen auf seine Hand, roch daran, berührte sie mit der Zungenspitze und murmelte: «Geruch- und geschmacklos. Eine gute Medizin! Natürlich, unterm Betäubungsmittelgesetz ... War dir nicht ein wenig sturm, wie du gestern abend aufgewacht bist? Sag', Ludwig?»
Ja, erwiderte das Knechtlein. Es sei ihm nicht ganz wohl gewesen ...

«Der gute Wottli! Er muß gesehen haben, wie der Ernst mit seinem Vater zusammengetroffen ist. Vielleicht hat er Verdacht geschöpft ... Und um Ruhe zu haben, hat er euch beide einschläfern wollen. Hätte der Ernst Kaffee getrunken, so wär er nicht gestorben ...»
«Ja, glaubt Ihr ... hm ... Studer, daß der Ernst Selbstmord begangen hat? Hat Euch der Wottli das erzählt?»
«Der Wottli hat's geglaubt – weil er nicht gesehen hat, daß wir den Schlüssel gefunden haben. ... Geh' jetzt ins Gastzimmer und wart' auf mich. Ich will noch den Notar holen ...»
«Welchen Notar?»
«Du hast gut geschlafen, gestern abend ...» Studer lachte, ging zur Tür, blieb noch einmal stehen. «Jetzt sind wir auch mit der zweiten Atmosphäre fertig. Wie wird's in der dritten zugehen?»
Eine Viertelstunde später kam Studer zurück. Sein Gesicht war finster. Er schien Ludwig gar nicht zu sehen, sondern ging ans Telephon, stellte eine Nummer ein, verlangte den Gefreiten Reinhardt an den Apparat und wartete. Dann: «Kommt beide sofort zurück! Lasset das Töff ein paar hundert Meter vor der Wirtschaft stehen. Und dann sucht den Wald ab. Münch ist verschwunden ... Sie sagen zwar, er sei nach Bern ins Bureau gefahren, aber ich weiß, daß es nicht stimmt. Ich hab' den Wärter ausgefragt im Armenhaus und ein paar Insassen. Niemand hat den Münch gesehen heut morgen, und der Hungerlott behauptet, er sei um acht Uhr fortgefahren. Etwas stimmt da nicht.»
Der Wachtmeister behielt recht. Den ganzen Nachmittag hockte er im Gastzimmer. Um sechs Uhr abends läutete das Telephon. Da niemand in der Gaststube war, außer ihm und Ludwig, ging er selbst den Hörer abnehmen. Murmann sprach – und Studer nickte. Dann sagte der Wachtmeister leise: «Laß den Reinhardt zu Fuß gehen und nimm du den Verletzten mit. Pflegt ihn und bringt ihn morgen früh hierher.»
In dieser Nacht schlief Studer tief und fest. Das Knechtlein

aber saß im Dunkeln und bewachte seinen väterlichen Freund ...

Beginn des Endes

Um halb sechs Uhr schon fuhr draußen ein Auto vor, und Studer erwachte. Er zog seinen Mantel an, schlich zur Haustür und stieß den Riegel zurück. Er sah, wie drei Leute dem Auto entstiegen – dann fuhr der Wagen ab. Langsam kamen sie auf die Treppe zu – der in der Mitte Gehende stützte sich schwer auf die beiden andern ...
«Grüeß' di, Hans», sagte der Studer leise.
«Salü!» Münch lächelte.
«Komm mit. Du kannst abliegen auf meinem Bett. Und sprich nicht zuviel. Deine Geschichte kannst du dann nach dem Mittagessen erzählen. Ich glaub', dort drüben wissen sie noch nichts. Der Hungerlott hat mich gestern zum Mittagessen eingeladen ...»
«Studer, paß auf!» murmelte Münch. Er hatte Mühe zu sprechen. «Du weißt nicht, was du riskierst ... Hinterlistig sind sie ... Hast du noch den Brief und das Testament?»
Sie waren in Studers Zimmer angekommen. Der Notar legte sich nieder. Um acht Uhr schickte der Wachtmeister den Ludwig Frühstück holen. «Bring es selbst!» kommandierte er.
Bis elf Uhr hielten die drei Fahnder Kriegsrat. Dann, als Studer alles ausgepackt hatte, stand er auf. Vor dem Fenster fuhren Autos vorbei. Die Besucher der Armenanstalt begannen einzutreffen.
«Du kommst mit, Ludwig!» befahl der Wachtmeister. Und dann brachen die beiden auf ... Sie traten ins Haus, die Halle war leer. Studer stieß die Türe auf, die in den Speisesaal der Armenhäusler führte. Die Tische waren besetzt, und die Insassen trugen frischgewaschene blaue Überkleider; es roch nach Fleischsuppe. Die Gamellen bis zum Rande

gefüllt und ein halber Laib Brot lag vor jedem Platze. Die Armen aßen.
Studer verlangte zum Direktor geführt zu werden. Und der Mann kam mit.
Diesmal zog der Wärter nicht am Klingelzug, ganz tief und untertänig beugte er sich herab bis zur Klinke, lauschte am Schlüsselloch und klopfte dann, leise. Drinnen verstummte ein Gespräch. Die Tür wurde aufgerissen: Vinzenz Hungerlott rief freudig aus:
«Ah, der Herr Wachtmeister!» Studer solle doch nähertreten, er werde Bekannte finden. Dann erst bemerkte der Hausvater Ludwig Farny, sein Gesicht verzog sich, so als ob er Zahnweh habe: der sei doch nicht eingeladen, meinte er und fragte, ob das Knechtlein auch dabeisein müsse!
«Ja!» sagte Studer trocken.
Hungerlott tat, als bemerke er die Unhöflichkeit nicht. Seine einladende Bewegung konnte den beiden gelten – oder nur dem Wachtmeister. Studer schielte auf seinen Begleiter ... Merkwürdig: Der Ludwig war nicht rot geworden.
Die beiden traten ein, durchschritten einen Gang; ein Stubenmädchen öffnete die Tür zu einem Raum, dessen Luft blau war von Zigarrenrauch. Likörgläser standen herum.
«Elsi, bring noch zwei Gläser», befahl Herr Hungerlott.
Es gab keine langen Vorstellungen. Die meisten der Herren kannte Studer – war er doch früher Kommissar an der Stadtpolizei gewesen. Zwei Schreiber der Armenbehörde – jeder von ihnen war stolz, wenn man ihn «Herr Sekretär» nannte –, ein älterer schwerhöriger Mann aus der Fürsorgestelle für entlassene Sträflinge, Großräte in Schwalbenschwänzen. Und noch einer saß da, ein wenig entfernt von den übrigen: Studers Vorgesetzter, der Polizeihauptmann. Seine Gesichtshaut war bleich, sein Schnurrbart lang und grau. «Ah, der Studer!» nickte der wohlgekleidete Herr und winkte mit seiner mageren Hand. «Und? Hast du etwas gefunden?»
«Wir wollen warten bis nach dem Essen», flüsterte der Wachtmeister. – «Gut, gut ... Meinetwegen. Aber bla-

mier' dich nicht.» – Studer schüttelte den Kopf. «Heut nicht», flüsterte er, «heut sicher nicht ... Alles werd' ich nicht erklären können. Aber ich hab noch zwei Leut' eingeladen: Eine Frau und einen Mann. Auch sie werden nach dem Essen kommen.» Studer blickte zu Hungerlott hinüber. Der Hausvater war in ein Gespräch mit einem der jungen Assistenten vertieft. Vater Äbi saß neben ihm – und er fiel nicht besonders auf.

«Was will der Schroter hier?» trompetete einer der Schreiber. Studer blinzelte und sagte, der Statthalter von Roggwil habe ihn rufen lassen, und da die Angelegenheit nun erledigt sei, habe er sich zu einem guten z'Mittag einladen lassen ... Die letzten Worte wurden von einer Gelächterwoge fortgeschwemmt, denn einer der Großräte hatte einen Witz erzählt, und ein anderer begann ein neues G'schichtli.

Wieder Gelächter ... Hungerlott füllte die Gläser ... Anstoßen. Schwatzen ... Dicker wurde der blaue Rauch. Studer stand am Fenster, blickte über das Land und fragte sich, warum die ganze Versammlung ihm gespenstisch vorkam: das Klirren der Gläser, das Trinken der appetitanregenden Schnäpse, das Lachen über die Witze, der Duft der Zehnerstumpen, der Zigaretten ... Durchs Fenster konnte der Wachtmeister rechts den Friedhof sehen mit seinen Grabmählern aus weißem, aus rotem Stein, mit seinen schwarz gestrichenen Holzkreuzen – und seinen frischen Gräbern. Gerade gegenüber erhob sich die Wirtschaft «zur Sonne» und rechts – etwa vierhundert Meter entfernt – stand breit und massig und weiß (nur das Dach trug dunkle Ziegel) die Gartenbauschule. Im Parterre waren die Fenster geöffnet, sie rahmten viele junge Köpfe ein, deren Augen wohl auf den gläsernen Würfel des Treibhauses gerichtet waren, in dem am vorgestrigen Abend einer den Tod gefunden hatte ... Aber nicht die Aussicht auf die beiden nun erledigten Atmosphären quälte den Wachtmeister, auch nicht der Blick auf die vielen Obstbäume, die, korrekt nach der Pfründisbergmethode gestutzt, ein wenig verkrüppelt aussahen. Nein, das Bedrückende, Unheimliche machte sich in seinem Rücken breit – ein Mörder, vielleicht gar zwei, taten unschuldig, um die letzte Partie zu gewinnen. Hatten sie Trümpfe in den Händen? Wollten sie etwas probieren? Glaubten sie, in Sicherheit zu sein, weil sie gestern versucht hatten, den gefährlichsten Zeugen zum Verschwinden zu bringen? Den Notar Münch? Und was drohte ihm, dem anwesenden Fahnder, der kein gutes Leumundszeugnis besaß und wenig Freunde?

Hinter ihm sagte eine Stimme:

«Sie nimmt sich viel zu wichtig, die Schroterei. Viel zu wichtig!»

«Ganz myni Meinig!» antwortete eine zweite. Diese Stimme glaubte der Wachtmeister zu kennen. Er drehte ein wenig den Kopf, schielte aus den Augenwinkeln – natürlich! Der Arnold Äbi mußte seinen Senf geben. Er saß neben dem Ofen in seinem dunklen, ausgebürsteten Sonntagsgewand, nickte von Zeit zu Zeit, sprach ein paar Worte, um den Ausspruch eines anderen zu bestätigen, kurz: Er gab sich Mühe, kein Aufsehen zu erregen; er wagte es nicht, ein Bein übers andere zu schlagen ... Aber während Studer ins Zimmer schielte, fesselte ihn ein anderes Gesicht: Schweigsam in einer Ecke saß das Knechtlein ... Ludwig Farny hatte das rechte Bein über das linke gelegt, und seine gefalteten Hände umspannten sein Knie. Auch sein billiger Anzug war sauber gebürstet – 's Huldi hatte wohl geholfen ... Fast hochmütig wirkte sein starres Gesicht, und die Augen, die so auffallend blau leuchteten, hatten sich an seinem Stiefvater festgesehen ... Verachtung lag in ihnen und Stolz. Und, wahrhaftig, der Ludwig durfte stolz sein. Hatte er nicht aus den Gesprächen der Polizeileute erfahren, daß Farny James' Vermögen ihm zufallen würde und seiner Mutter? Daß die beiden Männer, die ihn gequält hatten, der eine, als er noch klein war, der andere in späteren Jahren, nicht nur leer ausgehen würden, nein, daß ihnen nun auch die Zelle bevorstand, die dünne Suppe, der Zichorienkaffee? Das Knechtlein hob die Augen, seine Blicke blieben an des Wachtmeisters massiger Gestalt hän-

gen, stiegen höher ... Unmerklich nickten sich die beiden zu – eine Lachsalve knatterte wieder. Keiner der Anwesenden hatte das stumme Einverständnis dieser zwei bemerkt ...
Vinzenz Hungerlott trug einen schwarzen Gehrock, in der fertiggebundenen Plastronkrawatte steckte eine Nadel, deren falsche Perle kurz aufschimmerte, wenn der Spitzbart waagrecht stand. Ein Klopfen an der Türe, der Hausvater hob die Hände, um Schweigen zu gebieten ... «Darf ich die Herren zum Essen bitten?» Der Aufbruch vollzog sich in guter Ordnung – aus den vielen Aschenbechern stiegen durchsichtige, schmale Bändchen gegen die Decke. Er ging durch einen Gang, über rote Steinfliesen (Bodenwichse hatte sie zum Glänzen gebracht), das Stubenmädchen öffnete eine andere Tür: «Wenn dr weit so guet sy ...!»

Ein Damasttischtuch spannte sich über die lange Platte, vor jedem Teller funkelten Kristallgläser von verschiedener Form (Studer fielen die Gläser ein, die an jenem Juliabend in der Schnapsbeiz erschienen waren – Erbstücke wohl aus der Zeit, da die «Sonne» noch ein «Bad» gewesen war). Als die Gäste saßen, begann das Meitschi auf der Anrichte die Suppe zu schöpfen – füllte einzeln jeden Teller und brachte ihn einem Gast. Nun klapperten die Löffel gegen die Böden der Porzellanteller, Schlürfen war zu hören ... «Es feins Süppli ...!» – «Usgezeichnet!» – «Ja, er kann sich halt eine gute Köchin leisten ...» Hungerlott nickte dankend und putzte seinen Spitzbart.

Ganz zuunterst am Tisch, dort, wo man gewöhnlich die unwichtigen Gäste hinsetzt, saß Studer neben dem Knechtlein. Der Wachtmeister bewunderte den Anstand, mit dem Ludwig den Löffel hielt ... Er schlürfte nicht – oben am Tisch jedoch ging es bedeutend lauter zu ...

«Nun, Herr Wachtmeister, wollen Sie uns nicht etwas aus Ihrer Karriere erzählen? Zum Beispiel die Geschichte mit der Bank? Damals waren Sie doch Kommissar an der Stadtpolizei und brauchten sich Ihre Freunde nicht unter entlassenen Armenhäuslern zu suchen? Oder?» Das Lachen, das entstand, schien dem Sprecher zu schmeicheln – Hungerlott beugte den Kopf wie ein Schauspieler, der beklatscht wird.

Ludwig Farny zuckte zusammen, er öffnete den Mund – aber Studer stieß ihn mit dem Fuß an: «Ruhig, Bürschtli . . .» flüsterte er, räusperte sich dann.

«Ja, damals interessierte ich mich eben nicht für Pauperismus», meinte er trocken. «Um den Pauperismus kennenzulernen, muß man wohl bei einem Hausvater zu Mittag essen . . .»

Betretenes Schweigen. Die Jungfer begann die Teller abzuräumen – ihr spitzer Ellbogen traf Studers Schläfe. Der Wachtmeister blickte auf – das Mädchen besaß grüne Augen, und sie waren mit Haß geladen. «Mhm», brummte Studer. Münch hatte recht – man mußte aufpassen. Da das Schweigen anhielt, sprach Studer weiter: «Außer dem Ludwig hab' ich übrigens noch einen anderen Freund – und der bereitet mir Sorgen. Ich hoffte, ihn hier zu treffen.

Können Sie mir sagen, wo der Notar Münch ist, Herr Hungerlott?»

Der Hausvater war wirklich ein ausgezeichneter Schauspieler. Sein Gesicht verzog sich und drückte Erstaunen aus: «Ich habe Ihnen schon gestern gesagt, daß der Notar am Morgen nach Bern zurückgefahren ist.»

«Merkwürdig . . . Weder daheim noch in seinem Bureau konnt' ich ihn erreichen. An beiden Orten hab' ich angeläutet . . .»

«Dann wäre es wohl klüger gewesen, Sie wären in die Stadt gefahren, nicht wahr?»

Studer schwieg. Der Polizeihauptmann begann zu sprechen und beendete hiemit das erste Vorpostengefecht.
Das Stubenmädchen schenkte aus einer verstaubten Flasche Rotwein in die Gläser – so zwar, daß der Wachtmeister und sein Schützling zuletzt bedient wurden. Dann wurde vor jeden der Gäste ein angewärmter Teller gestellt und eine Platte herumgereicht, auf der Milkenpasteten lagen. Auch diesmal wurden die beiden unten am Tisch zuletzt bedient ...
War es dem Reinhardt, war es dem Murmann gelungen, ungesehen in die Armenanstalt einzudringen und das Arbeitszimmer des Hausvaters zu durchsuchen? Oder hatte Hungerlott diesen Zug pariert, indem er die Armenhäusler, die vorgestern abend in der Beiz Krach geschlagen hatten – (Studer war sicher, daß er die gleichen Gesichter am 18. Juli gesehen hatte) –, als Wache in den Gängen verteilte?
«Trink' nicht von dem Wein», flüsterte Studer. Aber Hungerlott schien diese Warnung gehört zu haben, denn er stand auf, ging um den Tisch herum, mit jedem anstoßend – und jeder leerte hierauf sein Glas. Der Wachtmeister nippte an dem seinen und stellte es wieder ab, und Ludwig folgte seinem Beispiel. Der Hausvater erkundigte sich besorgt, ob der Wachtmeister krank sei? Auch Vater Äbi fragte seinen Stiefsohn, was denn los sei? Das sei guter Wein! Ludwig gab keine Antwort.
– Ja, das sei immer so, klagte Vater Äbi. Mit Mühe und Not habe man seine Kinder aufgezogen, ihnen eine gute Erziehung gegeben – und wenn man sie dann in Gesellschaft führe, werde man blamiert ...
«Schwyg!» flüsterte Studer seinem Schützling zu, der protestieren wollte – Äbi sei nicht sein Vater! – Es war eine aufregende Situation ... Gewiß, die Herren, die sich zum Zeitvertreib das Armenhaus ansehen wollten, riskierten nichts, aber ein simpler Fahnderwachtmeister, von dem der Täter wußte, daß er nicht an Darmgrippe glaubte, ein solcher Mann war gefährdet. Darmgrippe ist eine ansteckende

Krankheit, besonders, wenn man nicht weiß, wieviel von den Kügeli verschwunden sind, die eine deutsche chemische Fabrik einer Gartenbauschule zur Prüfung geschickt hat. Solche Kügeli lösen sich leicht auf – und wenn man noch in Betracht zieht, daß ein Witwer den Gastgeber spielt, daß besagter Witwer sich von einem Frauenzimmer bedienen läßt ... Ein Witwer ist ein begehrtes Heiratsobjekt ... Um Hausmutter zu werden, wird so ein Stubenmädchen allerlei Befehle ausführen, Befehle, die man ihr mundgerecht machen kann; ein Schabernack sei vorgesehen: man wolle einem überklugen Schroter einen Streich spielen, ihm ein Abführmittel eingeben – eine harmlose Sache, aber wie lustig für die andern Gäste ...! Und wie blamiert würde dann so ein Schroter dastehen! Hatte der Fahnder erst das aufgelöste Kügelchen geschluckt, wurde er krank, dann war es leicht, ihm unter dem Vorwand einer schnellen Hilfeleistung die Brieftasche zu entwenden und mit ihr die Dokumente ... Wem hätte sie der Notar sonst geben können?
Und während Studers Augen träge blickten, stellte er eine Frage: Ob Herr Hungerlott erlaube, daß der Wachtmeister schnell sein Telephon benütze? Vielleicht sei Münch nun daheim – beim Essen. Er müsse ihm etwas mitteilen ... (Dies war eine Ausrede, Studer wollte nur nachsehen, ob die beiden Fahnder das Arbeitszimmer durchsuchten.)
Wenn Studers Augen den trägen Ausdruck eines wiederkäuenden Ochsen hatten, paßte er gewöhnlich scharf auf. Und so entging es ihm nicht, daß Vater Äbi mit Hungerlott einen Blick tauschte ... Furcht? Verlegenheit? Nein, Feindseligkeit ...! Hatten die beiden sich entzweit? Möglich war es. Wenn Geld im Spiele ist, wird manche Freundschaft lahm.
Der Hausvater lächelte sauer: – Aber gewiß! Das Telephon stehe gerne zur Verfügung.
«Komm, Ludwig!» Studer stand auf. Immer mehr bewunderte er die schnelle Auffassungsgabe des Knechtleins. Ludwig wischte sich mit der Serviette ruhig die Lippen ab, legte das Tuch auf den Tisch und folgte seinem Freund.

Als Studer die Türe von draußen schloß, platzte drinnen wieder ein Gelächter. Schnell hatte sich der Wachtmeister orientiert: Dort war die Türe zum Arbeitszimmer, er öffnete sie ... Der Raum war leer!
Also? Wo waren Murmann und Reinhardt geblieben? Was hatte sie abgehalten? Der Wachtmeister versuchte, die Schubladen am Schreibtisch zu öffnen – sie waren alle verschlossen. Er hob die Mappe, die auf dem Schreibtisch lag – sie war leer und enthielt nur ein paar Löschblätter.
«Schau schnell hinter den Büchern nach, Ludwig!» flüsterte der Wachtmeister und stieß eine Türe auf, die in ein Nebenzimmer führte. Zwei Betten standen darin – schöne Möbel aus rotem Holz. Das eine stand beim Fenster, das andere an der hinteren Wand. Früher waren sie wohl nebeneinander gestanden. Drei Türen hatte das Zimmer: die eine, durch die Studer eingetreten war, die andere, dieser gegenüber, führte in ein weiteres Zimmer, und die dritte endlich ging wohl auf den Gang. Im Zimmer daneben hatte Münch wohl geschlafen – im Arbeitszimmer war Hungerlott mit seinem Schwiegervater gehockt –, und der Notar hatte durch die dritte Tür entweichen können. Studer trat ins Arbeitszimmer.
«Hast du etwas gefunden, Ludwig?»
«Nur dies Heft!»
Ein Wachstuchheft ... Ein Tagebuch ... Die Schrift des «Chinesen» wohl. Die letzte Eintragung trug das Datum: 17. XI. Pech! Das war Pech! Farny James hatte in englischer Sprache geschrieben – seine Schrift war nicht leicht zu lesen. Immerhin hatte der Schreiber vier Seiten gefüllt – und merkwürdig sah der Schluß aus. Ein Tintenklecks, ein Loch im Papier ... War die Füllfeder zerbrochen? Studer riß die Blätter aus dem Heft ... «Leg's zurück, Ludwig! Wo hat's gelegen?»
«Hinter den Büchern dort!»
Studer trat näher, und während das Knechtlein das Heft an seinen Platz steckte, las Studer die Titel ... Pfründisberg schien eine große Vorliebe für Kriminalgeschichten zu

haben. Nicht nur Wottli hatte sich für diese Literatur interessiert. Agatha Christie, Wallace ... Studer erinnerte sich, daß er dies schon einmal festgestellt hatte. Damals war Münch in einem Lehnstuhl am Kamin gesessen.
Schritte kamen näher, die Türe wurde aufgestoßen. Hungerlott betrat den Raum.
«Fertig, Herr Wachtmeister?»
«Ja, märci. Ich hab' mit Münch reden können ...»
«So? Wirklich? Das ist merkwürdig ...» Innerlich grinste Studer – aber gleich darauf ärgerte er sich darüber; denn der Hausvater sagte: «Merkwürdig, ja. Weil das Zimmermädchen nicht gehört hat, daß Sie telephonieren. Kommen Sie jetzt zurück. Und du dort auch!» Ludwig fletschte die Zähne wie ein wütender Hund. Aber der Wachtmeister klopfte ihm auf die Schulter. «Geh mir schnell etwas in der Wirtschaft holen. Willst? Spring!» Ludwig verstand – er sollte Murmann und Reinhardt suchen ...

... und seine Fortsetzung

Die beiden Blätter steckten in Studers Brusttasche. Er folgte dem Hausvater und kehrte zu den Tafelnden zurück. Es roch nach Braten und fad nach Härdöpfelstock, den Salat hatte die Gartenbauschule gestiftet. Die Rotweingläser waren leer – nur die des Wachtmeisters und seines Schützlings noch voll –, und das Mädchen ging herum mit einer langhalsigen Flasche und schenkte Weißwein aus. Diesmal stieß der Hausvater nur mit seinem Nachbar an, dem Polizeihauptmann, beide nahmen einen Schluck aus ihrem Glas, ließen die Flüssigkeit schmatzend auf der Zunge zergehen... «Neuenstädter, 28er», sagte der Hauptmann; der Hausvater nickte geschmeichelt. – Ja, der Herr Direktor sei eben ein Weinkenner ...
Studer war es, als erlebe er einen Traum. Zuviel neue Eindrücke waren einander gefolgt, zuviel neue Atmosphären

hatte er kennengelernt. Er sah die Männer, die hier aßen, und zu gleicher Zeit erblickte er den Äbi Ernst, der tot im Gewächshaus der Gartenbauschule lag.
Wie ein Traum ...
In jenem Gewächshaus hatte eine Orchidee geblüht – und, merkwürdig, diese Blume sah der Wachtmeister plötzlich ganz deutlich: wie ein menschliches Gesicht war sie geformt, nein! wie eine Maske eher – und auch das war nicht richtig. Einem wächsernen Kopf ähnelte sie – und auch das war falsch. Sie glich dem Gesichte des toten «Chinesen», denn sie hatte einen Hintergrund, der aus Erde und Moos bestand – und auch auf Moos und Erde war der Kopf des «Chinesen» gelegen ...
Vater Äbi fragte giftig:
«Und? Wo habt Ihr Euren Schützling gelassen, Wachtmeister Studer?» Eine grobe Antwort brannte Studer auf der Zunge, aber er unterdrückte sie und antwortete gelassen:
«Er hat eine Kommission für mich machen müssen ...»
Er streckte die Hand aus, so, als wolle er sein Weinglas packen, fuhr mit der Hand zurück – das Glas zerschellte auf dem Boden. Wortreich entschuldigte er sich: – Es tue ihm leid! So ungeschickt zu sein ...! Als er aufblickte, sah er, daß Hungerlotts Stirnhaut gefurcht war. Der Hausvater trank sein Glas leer, winkte das Stubenmädchen herbei, ließ es sich füllen, leerte es zum zweiten Male ... Auf Vater Äbis Stirne standen Schweißtropfen ...
Der schwerhörige Fürsorgebeamte stand auf, wischte sich die Lippen, räusperte sich und begann eine Rede. In ihr lobte er die gute Administration der Armenanstalt, kondolierte dem Hausvater zu dem schweren Verlust, den er erlitten habe ... Aber da sehe man es wieder: Ein Mann bleibe ein Mann und lasse sich vom Schicksal nicht bodigen. Nach wie vor erfülle der Hausvater seinen schweren Dienst, bringe die Zöglinge dazu, nützliche Arbeit zu tun, verwandle verpfuschte Existenzen in Arbeitskräfte, die der Gesellschaft dienten, kurz: Ein solcher Mann könne der jüngeren Generation als Beispiel vorgehalten werden: durch

Pflichterfüllung zeige er, wie man persönlichen Schmerz unterdrücken könne. Darum schlage er vor, den verdienten Hausvater hochleben zu lassen. Er habe geschlossen.
Stühlerücken ... Das Stubenmeitschi füllte die Gläser mit Schaffiser. Die Herren umdrängten Hungerlott, stießen mit ihm an, lobten, kondolierten ... Ihre Zungen waren ein wenig schwer und die Haut ihrer Gesichter bläulich.
«Wir trinken einen Kaffee im Arbeitszimmer», sagte Hungerlott. «Ich zeige den Herren den Weg.» Und ging voraus.
Studer war es ungemütlich zumute ... Wenn Murmann und der vife Reinhardt gerade diesen Augenblick benützt hatten, um das Zimmer zu durchsuchen, so war ein Skandal fällig. Darum blieb der Wachtmeister zurück und wartete, bis Hungerlott die Tür zu seinem Arbeitszimmer geöffnet hatte. Als er nichts Verdächtiges hörte, schloß er sich mit Ludwig dem letzten an.
Die große Kaffeemaschine war an der elektrischen Leitung angeschlossen, der braune Saft brodelte unter dem Glasdeckel – endlich zog der Hausvater den Steckkontakt heraus – das Brodeln beruhigte sich, die Tassen wurden gefüllt. Bei jedem der Herren fragte Hungerlott: «Kirsch? Rum? Zwetschgenwasser?» Bald waren auch alle die kleinen Gläser voll, die neben den Kaffeetassen standen; einige der Herren kippten sie, andere saugten in kleinen Schlücken die scharfe Flüssigkeit, Zigarren wurden in Brand gesteckt, Stumpen. Nur Ludwig rauchte eine Zigarette, und Studer, dem nichts angeboten worden war, begnügte sich mit seiner Brissago.
Der Hauptmann begann seinen Untergebenen aufzuziehen. Was das denn für ein Mord gewesen sei? Ob der Köbu da nicht wieder einmal spinne? Ohne dem Herrn Hausvater nahetreten zu wollen – vielleicht handle es sich nur um eine simple Liebesaffäre, ein älterer Mann habe sich in seine Nichte verliebt und deren Tod nicht überstehen können ... Selbstmord? Hä? Soviel er wisse, sei auch der hiesige Arzt ein Vertreter der Selbstmordtheorie, und nur ein junger Statthalter, der gern eine Rolle habe spielen wollen, sei

der Meinung gewesen, es handle sich um einen Mord ... Studer bediente sich des Schriftdeutschen, als er antwortete: «Es ist ja möglich, daß ich spinne. Aber vielleicht seid Ihr so gut und erklärt mir, wie ein Mann, der sich ins Herz geschossen hat, ein frisches Hemd anlegen, seine Weste, seinen Rock und seinen Mantel zuknöpfen kann ... Wenn Sie mir diese Anomalien erklären können, dann will ich gerne der These des Selbstmordes zustimmen.»
Schweigen. Es war immer ungemütlich, wenn Studer schriftdeutsch sprach: denn erstens artikulierte er die Worte fehlerlos, er sprach das Schriftdeutsche nicht wie ein Berner mit gaumigen Kehllauten, und dann – das war die Meinung aller Herren – verstand dieser Wachtmeister keinen Spaß ... Schließlich war man zu einem gemütlichen Mittagessen zusammengekommen und nicht, um den Rapport eines Fahnders über einen Mordfall zu hören. Der Hauptmann tat, als ärgere er sich. – Studer fuhr fort:
«Ich hätte gern Ihre Ansicht über Darmgrippe gehört, Herr Hauptmann ...»
«Darmgrippe?» fragte der Vorgesetzte; viele Fältchen durchsetzten die Haut seines Gesichtes.
«Ja, Darmgrippe ...» sagte Studer trocken. – «Ich habe vorgestern durch Zufall ... (er betonte die Worte ‚durch Zufall') ... drei Damennastücher entdeckt, die ich ins Gerichtsmedizinische mitgenommen habe. Die vom dortigen Assistenten vorgenommene Analyse ergab unzweifelhaft folgende Tatsache: Der Auswurf, der die Taschentücher beschmutzt hatte, enthielt Arsen ...» Studers Blicke wanderten im Kreise, er sah, daß alle Herren auf ihn blickten, und zu diesen Herren gewandt, sagte er trocken: «Vielleicht wissen auch Sie, daß Arsen ein Gift ist.»
Das war zuviel! Durfte man sich von einem einfachen Fahnderwachtmeister verhöhnen lassen? Worte schwirrten durcheinander: «Us dr Luft griffe!» – «Chabis!» – «Bewyse! Bewyse söll er syni Behauptige!» Studer dämpfte den Lärm mit erhobener Hand – und dabei kam ihm die Szene wieder in den Sinn, mit welcher der ganze Fall be-

gonnen hatte: Der Landarzt Buff, der sich mit dem Statthalter Ochsenbein über die Leiche des «Chinesen» stritt ...
Eine scharfe Stimme fragte: «Gedenkt Herr Wachtmeister Studer mich zu beschuldigen?» Der Hausvater Hungerlott saß steif aufgereckt in seinem Stuhl – sehr bleich war der Mann ...
«Ich? Sie beschuldigen? Wie käme ich dazu!» Augenscheinlich ging es den Herren auf die Nerven, daß die Diskussion schriftdeutsch geführt wurde ... – «Wie sollte ich Sie beschuldigen? Ich habe ja keine Beweise!»
Der Hausvater Hungerlott ließ sich zurückfallen, er schlug ein Bein übers andere, tauchte ein Stück Würfelzucker in seinen Kirsch, steckte es in den Mund und leerte sein Schnapsglas. Während er knirschend den Zucker zerbiß, sagte er mit vollem Munde: «Ich schlage vor, wir lassen die Diskussion über dieses unerfreuliche Thema fallen und beginnen mit dem Rundgang durch die Anstalt; der Herr Wachtmeister Studer kann sich ja anschließen ...» Obwohl auch der letzte Satz mit Zucker im Munde gesprochen worden war, klang sein Ton bitter.
«Natürlich!» – «Selbstverständlich!» – «Wir wollen die Anstalt sehen!» Studer blieb als letzter zurück, ihm war ungemütlich zumute. Die Durchsuchung des Arbeitszimmers hatte nicht geklappt. Warum waren Reinhardt und Murmann nicht gekommen?
Würdig schritt der Hausvater Hungerlott vor seinen Gästen einher:
«Wir sehen vor allem auf Sauberkeit! Sauberkeit ist unser bestes Kampfmittel gegen den Pauperismus. Sauberkeit und gesundes Essen. Bevor ich die Herren in die Schlafsäle führe, werde ich ihnen zuerst die Küche zeigen und sie bitten, die Suppe zu kosten, die heute den Insassen vorgesetzt worden ist ...»
Ein riesiger Herd ... Pfannen darauf; zwei Männer standen in der Küche, sie hatten saubere weiße Schürzen vorgebunden und trugen niedere weiße Kappen.
«Auch unsere Köche sind Insassen der Anstalt, unsere

Bäcker desgleichen. – Moser, schöpf' einen Teller Suppe, damit die Herren sie probieren können! . . .» Der Blechteller war mit Schmirgelpapier geputzt worden. Fettaugen schwammen auf der dicken Erbsensuppe.

«Wunderbar!» sagte ein Schreiber in tiefstem Baß und versuchte die Suppe. «Ich wär' froh, wenn meine Frau mir jeden Tag solche Suppe kochen würde!»

«Wollen Sie nicht auch probieren, Herr Wachtmeister?» fragte Hungerlott lächelnd. Studer dankte.

Er dachte an den Schnaps, den die Armenhäusler holen gingen am Samstagabend, mit dem Fränkli, das sie für die Arbeit einer Woche erhalten hatten. Ihm war übel.

Die Herren verließen die Küche.

«Ich werde Ihnen jetzt», sagte Hungerlott, «die Schlafsäle der Insassen zeigen, hernach können wir, wenn es den Herren recht ist, die Werkstätten besichtigen, die Gärtnerei, den landwirtschaftlichen Betrieb . . .»

Keiner der Herren hörte die Bemerkung des einen Koches, nur Studer fing sie auf, weil er als letzter ging. Der Koch sagte zu seinem Kameraden: «Lueg . . .» Und es wäre alles nicht so schlimm, wenn nicht so verdammt viel gelogen würde; schließlich, in der Küche sei es noch zum Aushalten, aber die anderen, die einen ganzen Morgen mit einer Gamelle dünnen Kaffees und drei Härdöpfeln werken müßten – für die sei es schlimm!

Der Hof war leer, die Bise pfiff. In einer Ecke stand 's Trili-Müetti vor ihrem Zuber und wusch und wusch . . . Die Lippen waren gesprungen, die Alte sang nicht, ein böser Husten zerriß manchmal ihre Brust. Als sie den Wachtmeister erblickte, winkte sie ihm zu, und als er nahe bei ihr stand, fragte sie: «Was hesch du mit mym Hansli ta?»

Der Wachtmeister hob seine Achseln, es war ihm, als stecke ihm eine große Kugel im Hals, die ihn am Sprechen hinderte . . .

Unter dem Dach eines Schopfes waren vier Alte mit Holzspalten beschäftigt . . .

«Das Gegengift gegen den Pauperismus», dozierte Herr

Hungerlott, «ist Arbeit, Arbeit, Arbeit. Wer nicht arbeitet, soll auch nicht essen. Selbst für den Ältesten, selbst für den Schwächsten finde ich immer noch eine Beschäftigung, die er imstande ist auszuführen ... So fühlt er sich nicht nutzlos und hat den Eindruck, sein Essen zu verdienen, sein Taschengeld als Lohn zu erhalten und nicht als Almosen ...
Ich möchte hiemit der Armendirektion für die Einsicht danken, die sie stets bewiesen hat; durch diese Einsicht ist es mir ermöglicht worden, meine schwere Arbeit nach bestem Wissen und Gewissen zu erledigen und manchen Entgleisten wieder auf den rechten Weg zu führen! Ich weiß, daß ich viele Neider habe (ein giftiger Blick traf den Wachtmeister), aber allen Anfechtungen zum Trotz tue ich meine Pflicht und ...»
Herr Hungerlott verstummte und blickte nach der Hoftür. Die Herren, die seiner Rede mit über dem Bauch gefalteten Händen gefolgt waren – und die brennenden Stumpen hingen in ihren Mundwinkeln –, rieben sich die Augen, als auch sie nach dem Hoftor sahen ...

Ein Notar erscheint

Den rechten Arm um Ludwig Farnys Schulter gelegt, den linken Arm um die des Gefreiten Reinhardt, wankte der Notar Münch durchs Hoftor. Sein Mantel war zerrissen, auf der Stirne hatte er eine Beule, und zwei blutige Taschentücher waren um seinen Hals geschlungen. Studer ging ihm entgegen.
«Salü, Münch», sagte er ruhig.
«Salü, Studer», kam es heiser zurück.
– Ob er nicht abliegen wolle, fragte der Wachtmeister. Der Notar schüttelte müde den Kopf: – Er sehe dort den Hauptmann der Kantonspolizei, das werde wohl der geeignete Mann sein, dem man eine Aussage machen könne ...

«Aber nicht hier», sagte Studer, «du mußt an die Wärme.» Münch nickte.
Hinter sich hörte Studer plötzlich eine bekannte Stimme rufen: «Halt!» Als er sich umwandte, mußte er lächeln. Das Bild, das er sah, ähnelte so sehr der Aufnahme eines amerikanischen Gangsterfilms, daß man es nicht ernst nehmen konnte. Fahnderkorporal Murmann hielt einen Revolver in der Hand und ließ den Vater Äbi nicht aus den Augen.
«Soll ich ihn fesseln, Wachtmeister?» fragte er.
Studer lachte. Es war ein befreites Lachen. Am meisten belustigten ihn die Gesichter der Herren, die gekommen waren, eine Armenanstalt zu inspizieren.
Hausvater Hungerlott sagte mit spitzer Stimme:
«Ich protestiere! Gerichtliche Untersuchungen werden nicht auf diese Art geführt. Ein Fahnderwachtmeister und der Polizeihauptmann sind nicht berechtigt, Aussagen aufzunehmen – ich meine Aussagen, die einen juristischen Wert hätten ...»
Doch wer kam zum Tore herein? Elegant, in einem auf Taille geschnittenen Wintermantel? Herr Statthalter Ochsenbein, gefolgt von einem uniformierten Landjäger. Der Säbelgriff des Polizisten war auf Hochglanz poliert.
«Was ... ist ... das?»
«Ihr habt mir telephonieren lassen, Wachtmeister?» fragte Ochsenbein. Er hob den steifen Hut vom Kopfe und grüßte in der Runde.
«Ich wiederhole meinen Vorschlag», sagte Studer, «wir begeben uns in das Arbeitszimmer des Herrn Hungerlott zurück. Die Herren werden mir dann erlauben, etwas zu erzählen. Ich verzichte auf jegliches Geständnis. – Murmann, du passest auf den Vater Äbi auf!»
Wieder ließ Studer die Herren vorausgehen, vor ihm schritt majestätisch Fahnderkorporal Murmann. Studer beschloß den Zug. Ludwig Farny wich nicht von seiner Seite.
Zuerst gab es ein Durcheinander: Stühle mußten herbeigeschafft werden, es dauerte eine Weile, bis alle Amtsper-

sonen saßen. Für den Notar Münch hatte man den bequemsten Lehnstuhl ausgesucht, ein Hockerli davorgestellt, es mit Kissen bedeckt und die Beine des Verwundeten daraufgebettet. Es muß zugegeben werden, daß der Notar nicht ein übermäßig intelligentes Gesicht machte.
Studer sagte: «Erzähl' jetzt bitte, Münch. Ich kenn' die Geschichte, jetzt mußt du sie den anderen kund und zu wissen tun.»
Und der Notar begann zu sprechen. Sein Gesicht wachte auf. Er fing an von seiner Bekanntschaft mit jenem merkwürdigen Auslandschweizer zu erzählen, von dem Testament, das dieser aufgesetzt habe – und schon damals, bei der ersten Zusammenkunft, habe er den Eindruck gehabt, der «Chinese» (dieser Übername stamme von seinem Freund Studer) fürchte sich, ermordet zu werden. Fürchte ... das sei übertrieben. Angst hat der Mann keine gehabt, im Gegenteil. Er war tapfer. Nur – er wollte nicht, daß sein Vermögen Leuten zufalle, die es nicht verdienten. Wäre er ohne Testament gestorben, so hätte seine Familie geerbt. Gegen seine Verwandten hatte der Farny nichts – aber seine Schwester sowohl als auch seine Nichte waren verheiratet. Die beiden Gatten gefielen ihm nicht.
«Wart' einen Moment, Münch!» unterbrach Studer. «Es wäre gut, wenn Reinhardt den einen Gatten durchsuchen würde. Los!»
Vater Äbi wehrte sich, aber es nützte ihm nicht viel. Studer brauchte nicht einzugreifen. In der Hintertasche der Hose steckte eine kleine Pistole. Der Wachtmeister nahm sie in die Hand. «Sechs fünfunddreißig», nickte er. Dann klappte er den Kolben auf – im Magazin fehlten zwei Kugeln. Als er die Waffe öffnete, fiel oben eine ungebrauchte Patrone heraus. «Eine Kugel ist also abgeschossen worden», sagte Studer und blickte nicht auf. «Weiter, Münch!»
«Mit der Zeit gelang es dem einen Gatten, sich beliebt zu machen. Als seine Frau starb, konnte er meinen Klienten überzeugen, ihm den Anteil, der seiner Frau zufallen sollte, zuzusprechen – aber der Witwer mußte sich verpflichten,

die Hälfte des Anteils einem Freunde des nun Verstorbenen zu übergeben. James Farny wollte dies geheim halten, aber er erzählte gerne. An einem Abend erzählte er diese Änderung des Testamentes dem Freunde – wahrscheinlich drüben im Gastzimmer der Wirtschaft, der Wirt hörte dies und gab die Neuigkeit weiter an den Witwer. Wir nehmen an, daß der Witwer Lärm geschlagen hat – wahrscheinlich war er wütend, daß er um das Geld kommen sollte, obwohl er zu diesem Zwecke ein Verbrechen begangen hatte. Und, so nehmen wir an, James Farny durchschaute den Mann. Wieder glaubte er, für sein Leben fürchten zu müssen. Darum schrieb er mir und bestellte mich auf den 18. November, um 10 Uhr früh. Als ich in Pfründisberg ankam, war Farny tot. Kurz nach meiner Ankunft tauchte ein Fahnder auf – ich ging ihm aus dem Wege, denn plötzlich schien es mir, als hänge der Tod meines Klienten mit dem Tode seiner Nichte zusammen. Darum besuchte ich den Witwer, ließ mich von ihm einladen – in der Nacht schon hatte ich den Beweis, daß ich auf dem richtigen Wege war. Jemand schlich in mein Zimmer, durchsuchte meine Kleider – zum Glück hatte ich vorsichtshalber meine Brieftasche unter meinem Kopfkissen versteckt. Den ganzen folgenden Tag ließ mich der Mann nicht aus den Augen – doch in der folgenden Nacht gelang es mir, meinen Freund Studer zu besuchen. Mit ihm sprach ich über die ganze Angelegenheit – und wir kamen zu einem Schluß. Doch ich gelangte nicht mehr in mein Zimmer zurück. Ich wollte mir die Sache noch einmal durch den Kopf gehen lassen – aber ich hab' auf den Kopf bekommen ... Als ich auf der Straße ging, wurde mir plötzlich ein Sack über den Kopf gestülpt, ein paar Männer packten mich, fesselten mich – dann traf mich ein Schlag ... Ich bin erst um die Mittagszeit aufgewacht, auf dem Grunde eines Steinbruches ... Die zwei dort haben mich dann gefunden ...»

«Das hat mit dem Fall nichts zu tun», meinte Studer. «Dieser Überfall beweist nur eines: Jemand wollte das Testament des James Farny an sich bringen. Nun komme *ich* an die

Reihe. Als ich vor vier Monaten durch Zufall einen Abend in der Wirtschaft ‹zur Sonne› zubrachte, weil ich vergessen hatte zu tanken und mein Töff nicht bis nach Gampligen stoßen wollte – denn es waren immerhin sechs Kilometer und die Sommernacht heiß und gewittrig – gelangte ich in den Privatraum des Wirtes Brönnimann, wo vier Männer um einen Tisch saßen und jaßten. Ich fühlte gleich, daß meine Anwesenheit unerwünscht war und erkundigte mich nach dem Weg zur Laube ... Dort stützte ich mich auf die Brüstung und sah vor mir einen Ahornbaum, dessen Blätter sich fast zählen ließen ... Von irgendwoher mußte der Baum beschienen werden, und als ich nach der Lichtquelle fahndete, sah ich ein hellerleuchtetes Zimmer, in dem ein Mann eifrig in ein Wachstuchheft schrieb. Ein Stoß von fünf anderen Heften lag neben seinem rechten Ellbogen. Ich betrachtete den Fremden – und da passierte mir ein Mißgeschick: ich mußte niesen ... Der Fremde sprang auf, sein Stuhl fiel um, mit drei seitlichen Sprüngen war er am Fenster, und ich war *überzeugt,* daß seine Rechte, die in der Tasche seiner Hausjoppe aus Kamelhaar steckte, einen Revolver hielt, dessen Mündung auf meinen Bauch gerichtet war ... Immerhin drei merkwürdige Tatsachen: Ein Fremder schreibt im Zimmer einer verlassenen Wirtschaft seine Memoiren, er ist bewaffnet, beim geringsten Geräusch ist er bereit, zu schießen ... Ich lernte den Fremden kennen: sein Paß, der in allen Weltteilen erneuert worden war, in Asien, in Amerika, lautete auf den Namen Farny James, geboren am 13. März 1878, heimatberechtigt in Gampligen, Kanton Bern ... Der Mann riß das Fenster auf, ich mußte mich legitimieren, und erst als dieser Farny sah, daß er es mit einem Polizeiwachtmeister zu tun hatte, versorgte er seinen Revolver – einen Colt, eine großkalibrige Waffe. Schon damals, vor fünf Monaten, erzählte mir der Fremde, sein Leben sei bedroht; er hoffe, daß ich die Untersuchung über seinen Mord führen werde ... Natürlich war mein erster Gedanke, daß ich es mit einem Verfolgungswahnsinnigen zu tun habe, und ich überlegte mir, ob ich nicht die

Sanitätspolizei alarmieren solle, um den Mann in die Anstalt überführen zu lassen ... Außerdem fiel mir noch auf, daß der Fremde absolut Bruderschaft mit mir trinken wollte – was ich natürlich ablehnte ... Ich ging dann mit ihm in die Gaststube, wurde Zeuge eines Streites: die Insassen der Armenanstalt, die in diesem Raume schnapsten, sowie einige Gartenbauschüler wollten sich an mir vergreifen, gaben das Projekt jedoch auf. Dieser Farny James schien eine gewisse Macht über die Anwesenden auszuüben. Schließlich mischte sich der Direktor der Gartenbauschule und auch der Hausvater der Armenanstalt (sie jaßten in dem Raum, den ich zuerst betreten hatte) in den Streit, beruhigten die Gemüter und schickten die Armenhäusler sowohl als auch die Gartenbauschüler schlafen. Der Wirt Brönnimann entdeckte zwei Fünfliterkannen Benzin, ich konnte mein Reservoir auffüllen und davonfahren. Hernach vergaß ich die merkwürdige Szene, bis ich vier Monate später, auf den Tag genau, am 18. November, vom Statthalter Ochsenbein aufgefordert wurde, einen geheimnisvollen Mord aufzuklären, der auf dem Friedhof von Pfründisberg passiert war ...
Auf einem frischen Hügel, in dem Frau Hungerlott-Äbi begraben war, lag die Leiche des James Farny, den ich für mich wegen seiner geschlitzten Augen stets den ‚Chinesen' nannte. Der Mann war durch einen Herzschuß getötet worden, jedoch waren weder sein Hemd noch seine Kleidungsstücke mit Blut besudelt. Ich schloß daraus, der Tote sei an einem anderen Orte ermordet, hernach umgekleidet und hierher transportiert worden ... Wichtig war für mich, festzustellen, vor wem der Tote Angst gehabt hatte. Da ich aus seinem Paß ersehen hatte, daß er aus Gampligen stammte, kamen zuerst – ich überzeugte mich, daß er reich war – seine Verwandten in Betracht ...
Der Tote hatte eine verheiratete Schwester in Bern. Bevor sie mit dem Maurer Äbi eine Ehe einging, hatte sie einen unehelichen Sohn zur Welt gebracht, der den Namen der Mutter trug: er sitzt neben mir ... Ludwig Farny heißt er. Dem Äbi gebar die Frau zwei Kinder, ein Mädchen Anna,

das später den Hausvater Hungerlott heiratete, einen Sohn Ernst, der den Jahreskurs der Gartenbauschule Pfründisberg besuchte ...

Herr Notar Münch war von James Farny zu einer Besprechung bestellt worden, die am 18. November stattfinden sollte. An diesem Tag, zu dieser Stunde, war der ‚Chinese' schon tot – Herzschuß ... Die Kugel, die den Tod herbeigeführt hat, ist verloren – ich besitze nur die Hülse, die ich vorgestern gefunden habe.

Meine Herren! Anna Hungerlott-Äbi, die Nichte des ‚Chinesen', ist vor vierzehn Tagen an einer Darmgrippe gestorben. Dieser plötzliche Tod weckte den Verdacht ihres Onkels, und wegen dieses Todes bestellte er Herrn Notar Münch nach Pfründisberg zu einer Besprechung ... James Farny verdächtigte offenbar den Hausvater Hungerlott, den Gatten der Anna, seine Frau mittels Arsen vergiftet zu haben. Münch hat dies fast bewiesen ...

Durch einen Zufall gelang es mir, den Beweis für den Verdacht – ich kann ruhig sagen, meines Freundes – zu erbringen. Drei Taschentücher, die von Frau Hungerlott-Äbi gebraucht worden waren, enthielten deutliche Arsenspuren. ... Den Rapport über diese Angelegenheit wird der Assistent am Gerichtsmedizinischen Institut, Dr. Malapelle, der zuständigen Behörde überreichen.

Herr Hungerlott, Hausvater der Armenanstalt Pfründisberg, gab sich Mühe, das Dokument, das Herrn Notar Münch nach Pfründisberg rief, in seinen Besitz zu bekommen. Zu gleicher Zeit besaß mein Freund, der Notar, ein handgeschriebenes Testament des ermordeten James Farny.

Es ist dem Zufall zuzuschreiben, daß es dem Hausvater nicht gelang, beide Dokumente in seine Hände zu bekommen. Er lud den Notar ein, bei ihm in der Armenanstalt zu wohnen. Notar Münch hat Ihnen erzählt, was in der ersten Nacht vorgefallen ist.

Es war jedoch ein Mitwisser vorhanden, ein Mitwisser an der Ermordung des James Farny. Sie werden zugeben müs-

sen, meine Herren, daß es für einen einzigen Menschen unmöglich war, den ‚Chinesen' zu erschießen, ihn anzuziehen und seine Leiche an einen Ort zu bringen, der die Polizei auf eine falsche Spur führen sollte. Der Mitwisser, der Mithelfer, war Ernst Äbi, Schüler der Gartenbauschule. Es wäre mir nie in den Sinn gekommen, diesen Burschen zu verdächtigen. Doch wurde am ersten Tage meines Hierseins mittels einer Schleuder eine Bleikugel durch eine Fensterscheibe meines Zimmers geschossen, an der eine Warnung angebracht war: ‚Finger ab de Röschti!' Die Warnung, die getippt war, machte mich stutzig: Warnungen werden gewöhnlich nicht so familiär formuliert, werden besonders nicht im Dialekt geschrieben ...
Die Warnung konnte nicht von Vater Äbi stammen, ich wußte, daß er in Bern war, daß er dort in einer Kohlenhandlung eine Aushilfsstelle gefunden hatte.
Schlußfolgerung?
Der Mann, der bei dem Transport der Leiche mitgeholfen hatte, mußte mir diese Warnung zugeschickt haben ... Sie werden mich fragen, warum mein Verdacht nicht auf Ludwig Farny fiel ... Im Augenblick, da ich die Warnung erhielt, lag Ludwig Farny im Zimmer der Serviertochter Hulda Nüesch. Als ich ihm später den Zettel zeigte, wurde er rot: also mußte er den Mann kennen, der mir die Warnung zugeschickt hatte ... Wen kannte Ludwig außer den Armenhäuslern, die, wie alle Alkoholiker, schwatzhaft waren und daher als Komplizen ungeeignet? Seinen Stiefbruder, Ernst Äbi. Später erfuhr ich, daß Äbi Ernst dem Ludwig geholfen hatte, als dieser sich in Not befand. Nun war mir der Fall klar: Der Mann, der hinter den Morden steckte, konnte versuchen, sich seines Mitwissers zu entledigen. Ich gab deshalb Ludwig Farny den Auftrag, auf seinen Stiefbruder aufzupassen ... Denn, meine Herren, Ernst Äbi würde sicher alles versuchen, um seinen Vater zu decken. Inzwischen war ich nach Bern gefahren und lernte dort – wenn auch indirekt – den Charakter des ehemaligen Maurers Äbi kennen. Der Mann besaß Geld, er trank, bru-

talisierte seine Frau – und, was das Merkwürdigste war, er war sehr eng befreundet mit dem Hausvater der Armenanstalt, Herrn Hungerlott.
Ob diese Freundschaft aus der Zeit stammt, da Hungerlott Äbis Tochter heiratete – ob umgekehrt Hungerlott den Vater Äbi von früher her kannte, wird die Untersuchung zeigen. Kurz, Herr Hungerlott nahm seinen Freund, den Hilfsarbeiter Äbi, nach Pfründisberg mit. Auch die zweite Frage: ob Hungerlott oder Vater Äbi den Gartenbauschüler in das mit Blausäuredämpfen gefüllte Gewächshaus gelockt hat, wird ebenfalls bei der Untersuchung zutage kommen. Genug . . .
Dem Schüler Äbi Ernst gelang es, aus dem Krankenzimmer zu fliehen, während Ludwig Farny schlief, er ging zur vorausbestimmten Zusammenkunft, die wohl im Gange vor den Gewächshäusern stattfand . . . Schnell wird eine Türe geöffnet, der Bursche in das Glashaus gestoßen, der Schlüssel von außen mit einer Zange umgedreht – et le tour est joué, wie der welsche Nachbar sagt. Wahrscheinlich hat Hungerlott von einigen Insassen der Armenanstalt in der Gaststube der Wirtschaft ‚zur Sonne' einen Krach inszenieren lassen, der die Schüler vor die Fenster der Wirtschaft lockte und somit eine frühzeitige Entdeckung des Ernst Äbi verhinderte.
Leider wachte Ludwig Farny zu spät auf, er kam mich holen, der Lehrer Wottli gab mir seinen Schlüssel (vorher lüfteten wir das Glashaus), und wir öffneten die von innen verschlossene Türe . . .
Hier hat der Mörder einen Fehler begangen . . . Aber eigentlich blieb ihm keine andere Wahl: Entweder mußte er den Schlüssel mit den Kratzspuren am Metallteil hinter dem Bart finden lassen, oder er mußte einen neuen Schlüssel ins Schloß stecken . . . Wahrscheinlich war ihm nicht genug Zeit geblieben, um den glänzenden Schlüssel zu oxydieren und ihn somit dem anderen gleich zu machen . . . Hätte er dies getan, so wäre es mir unmöglich gewesen, dem Mörder auf die Spur zu kommen. So aber hat er ein Versehen be-

gangen – und durch dies Versehen ist es mir gelungen, den Fall aufzudröseln. Hier ist der fragliche Schlüssel ...
Nicht durch diesen Schnitzer allein: im Testament, das James Farny hinterlassen hatte, war ausdrücklich festgelegt worden, daß die Männer, die Gatten seiner Verwandten (seiner Schwester und seiner Nichte) *nicht* erbberechtigt seien. Ein Kodizill änderte etwas – doch nicht viel. Verschwand dieses Testament, so blieb Herr Hungerlott – wohl durch ein Testament seiner Frau – erbberechtigt.
So, wie ich jetzt die Sache überblicke, scheint es mir, als sei meinem Freunde Münch eine Falle gestellt worden: Vater Äbi wurde nur deshalb nach Pfründisberg geführt, ihm wurde ein Gastzimmer nur deshalb angeboten, um den Notar dazuzubringen, das Haus zu verlassen, mich zu besuchen ... Wahrscheinlich wollte man ihn schon vor seiner Zusammenkunft mit mir niederschlagen und ihm das Testament und James Farnys Brief entwenden ...»
«Ich möchte den Herrn Statthalter fragen, wie lange er noch seinem Untergebenen zu erlauben gedenkt, Märli zu erzählen?» warf in diesem Moment Hungerlott dazwischen. «In Bern ist die Phantasie des Wachtmeisters Studer sprichwörtlich; vom Gefreiten bis hinauf zum Polizeihauptmann wird der Spruch gebraucht: ‚Dr Köbu spinnt!' Oder stimmt's etwa nicht?» Massig und breitbeinig und ruhig stand Studer vor dem Kamin, er zuckte die Achseln ...
Schweigen ... Verlegenes Schweigen ... Des Hauptmanns Gesicht war rot geworden, und auch die Gesichter der übrigen erinnerten in der Farbe an reife Tomaten.
Studer wandte sich an Vater Äbi:
«Auf der Polizei ist auf Euren Namen ein Motorrad, Marke Harley Davidson, eingetragen. Könnt' Ihr mir sagen, mit welchem Geld Ihr das teure Töff gekauft habt? Wer Euch die Steuer gezahlt hat?»
«Mit ... myne ... Ersparnisse ...» stotterte der ehemalige Maurer.
«Reinhardt», sagte Studer, «hol' die Frau!»

Der Gefreite Reinhardt ging zur Tür, öffnete sie, schloß sie von draußen; kam wieder zurück; ihm folgte eine alte Frau, deren graue Haare kurz waren und unordentlich vom Kopfe abstanden. Viele Runzeln durchfurchten ihr Gesicht. Sie trug einen einfachen Hut – und ein Wollschal war über ihre Brust gekreuzt und im Rücken festgebunden.
«Frau Äbi», sagte Studer sanft. «Seit wann besitzt Ihr Mann ein Motorrad?»
«Si Fründ hets ihm g'schenkt ...»
«Welcher Freund?»
«Äh, dr Hungerlott!»
«Wann?»
«Vor sechs Monate!»
– Ob der Mann das Töff viel gebraucht habe? Und man solle der Frau einen Stuhl geben!
Keiner der Herren stand auf, Ludwig Farny aber sagte: «Chumm, Mueter!» Er trat auf die alte Frau zu, nahm sie am Arm, führte sie zu seinem Stuhl, dann stellte er sich neben seinen Freund, den Wachtmeister.
Die Frau erzählte: – Oft sei der Mann in der Nacht fortgefahren. Sie könne nicht sagen wohin. Als man sie heute morgen mit dem Polizeiauto geholt habe, da sei es ihr unverständlich gewesen, was man von ihr wolle ... Sie unterbrach sich, um Ludwig zu fragen, wie es ihm gehe ... Der Bursche nickte: Es gehe ihm gut, er habe Glück gehabt, und wahrscheinlich würden sie beide jetzt reich werden ...
Hungerlotts spitze Stimme unterbrach wieder das Gespräch: – Wegen dem Reichwerden habe wohl das Zivilgericht auch noch ein Wort zu sagen ... Das Mädchen mit der weißen Schürze und dem weißen Häubchen auf dem Bubikopf kam herein und trug vor sich her ein Tablett, auf dem Gläser klingelten. In der Rechten hielt sie am Halse drei Flaschen ... Der Hausvater meinte, die Herren würden wohl gerne eine kleine Erfrischung zu sich nehmen. Es

sei ja unerhört, den Besuch einer Anstalt in ein Verhör ausarten zu lassen ...!
Vater Äbis Gesicht hatte sich verändert; seine Haut war blaß geworden, seit die Frau den Raum betreten hatte ... die Mutter erzählte – und ihre Stimme war gar nicht weinerlich –:
– Ein schönes Leben habe sie nicht gehabt ... und jetzt sei noch der einzige Mensch gestorben, der sie beschützt habe, der einzige, vor dem *der* dort (ihre verarbeitete Hand wies auf Vater Äbi) Angst gehabt hätte. Das schönste Leben habe sie gehabt, wenn der Sohn daheim gewesen sei, der *eine* Sohn, verbesserte sie sich rasch, als sie sah, daß Ludwigs Augen traurig wurden ... – Ja, vor dem Ernst habe der Mann Angst gehabt, und wenn er noch so besoffen gewesen sei, habe er nicht gewagt, sie anzurühren, wenn der Ernst daheim gewesen sei ... Nur, äbe; der Ernst sei viel fort gewesen, aber er habe ihr oft geschrieben. Diesen Brief hier zum Beispiel ... Sie kramte in einer alten Handtasche, zog einen zerlesenen Brief heraus und wollte ihn Studer geben. Um der Frau das Aufstehen zu ersparen, trat der Wachtmeister auf sie zu – aber er war nicht schnell genug ... Vater Äbi sprang auf, wie eine Kralle schnellte seine Hand vor – den Brief! Den Brief wollte er haben!
Und fast wäre es ihm gelungen – wenn nicht der Gefreite Reinhardt gewesen wäre. Vater Äbi hätte den Brief fast erwischt ... Aber der vife Reinhardt stellte ihm ein Bein, Äbi fiel auf die Nase – und ruhig, als ob nichts geschehen wäre, nahm Studer den Brief, entfaltete ihn und fragte: «Darf ich den Brief vorlesen?» Nicken, Nicken allerseits. Studer las:
«Liebe Mutter!
Einem Menschen muß ich beichten. Diese Nacht hat jemand Steine gegen mein Fenster geworfen, ich war wach, die Kameraden hörten nichts. Als ich hinausschaute, erkannte ich den Vater, der mir winkte. In der Nacht ist die Tür der Schule versperrt. Darum ging ich in den ersten Stock, wo ich ein Fenster kenne, neben dem ein dicker Efeuzweig bis zum Boden reicht, ich turnte hinunter und

traf den Vater. Er führte mich in die Heizung. Dort lag der Onkel erschossen am Boden. Er war bekleidet mit einem Nachtanzug, und darüber hatte er einen Mantel gezogen. Der Vater schickte mich in das Zimmer des Onkels, ich solle dort einen Anzug, ein Hemd, Socken und einen Überzieher holen. Wir zogen die Leiche aus und bekleideten sie mit den Kleidungsstücken, die ich mitgebracht hatte. Der Tote war noch nicht steif. Dann befahl mir der Vater, ihm zu helfen, den Toten auf den Friedhof zu tragen. Wir legten die Leiche auf das Grab der Anna. Die Polizei sollte meinen, der Onkel hätte sich wegen Liebesgram erschossen. Dann gingen wir in die Heizung zurück. Es war noch Glut genug vorhanden, um den Mantel zu verbrennen, doch dann wurde das Feuer so schwach, daß es unmöglich war, auch den Schlafanzug zu verbrennen. Der Kittel war ja noch naß von Blut. Der Vater ließ mich schwören, den Kittel bei erster Gelegenheit zu verbrennen. Ich nahm ihn mit, kletterte am Efeu wieder in die Höhe, versteckte das Wäschestück in meinem Schaft und gedachte es am nächsten Tage in die Zentralheizung zu werfen. Nach der Postverteilung sah ich, daß der Lehrer Wottli ein Packpapier fortwarf; das nahm ich und packte den Kittel darein. Ich wollte in der Nacht aufstehen und beides in der Zentralheizung der Schule verbrennen, aber ich kam nicht dazu. Um halb vier Uhr morgens fuhr der Vater auf seinem Töff Bern zu. Ich sah ihm nach, als plötzlich jemand neben mir stand: es war der Ludwig. Da ich ihm schon einmal geholfen hatte, versprach er mir, nichts von dem zu erzählen, was er gesehen hatte.

Ich habe dir das alles erzählen müssen, Mutter, weil ich es sonst nicht aushalte, aber erzähl' niemandem etwas davon, besonders dem Vater nicht.

Muetti, viel Liebes von deinem Sohne Ernst.

Aber erzähl' niemandem etwas von dieser Sache.»

«Und dieser Brief soll echt sein? Hahaha!» Vater Äbi lachte, «ich allein hab' doch den Schlüssel zum Briefkasten!»

Studer blickte die alte Frau an: Sie war ärmlich gekleidet,

ihr Rock war lang, und unter dem Saum sahen grobe Schuhe hervor. Wie viele alte Frauen hielt sie die Arme verschränkt, so zwar, daß ein Ellbogen in der hohlen Hand ruhte. Sie stand auf, ihr gebeugter Rücken streckte sich – wirklich, diese alte Frau, die Studer krank gesehen hatte, sah vornehm aus. Und die Antwort, die sie ihrem Manne gab, war nicht etwa höhnisch, nein, Verachtung lag in ihr, aber eine würdevolle Verachtung.

Der Noldi halte sie für so dumm, sagte sie und wandte sich ausschließlich an den Wachtmeister, daß er meine, sie lasse ihre Briefe nach Hause kommen! Seit Jahren schon habe sie eine Freundin, an die sie die Briefe schicken lasse, von denen sie nicht wolle, daß der Mann sie sehe. Hier sei die Adresse, wenn sie den Wachtmeister interessiere ...

Studer nahm beides an sich: Brief und Enveloppe, übergab die Papiere dem Statthalter und sagte – er bediente sich des Schriftdeutschen –: «Sie lassen beides zu den Akten legen ...»

«Habe ich also doch recht gehabt, Herr Wachtmeister?»

Studer lupfte die Achseln: «Es war nicht schwer zu erraten», meinte er.

Eine Flut von Schimpfworten ergoß sich aus Vater Äbis Mund. Doch schließlich ging dem Manne der Atem aus, und in die Pause hinein sagte die alte Frau: «Ich hätte ihn nie verraten, wenn er nicht den Ernst ...»

Ihre Augen blieben trocken, sie zog aus der abgeschabten Handtasche ihr Nastuch, schneuzte sich.

Die Stille im Raum war so tief, daß man das Summen einer Winterfliege hören konnte ... Was nun ..? Studer erinnerte den Statthalter, daß es an ihm war, einen Entschluß zu fassen.

«Verhaften», sagte Herr Ochsenbein, «beide verhaften ...»

Vater Äbi stand da, die Unterlippe hing ihm aufs Kinn, ratlos starrten seine Schnapseräuglein. Aber der Hausvater Hungerlott entschloß sich schneller: ein Sprung ... Zersplitterndes Glas: Der Hausvater war zum Fenster hinausgesprungen. Alles drängte sich zu den zerbrochenen Scheiben. Unten lag der Mann, mühsam kroch er vorwärts; sicher hatte er ein Bein gebrochen ...

Mutter Äbi stand mitten im Zimmer; ein Wollschal war auf ihrer Brust gekreuzt, und ihre verarbeiteten Hände waren gefaltet. Leise sagte sie:

«Mein ist die Rache, spricht der Herr ...» Dann lösten sich die Finger voneinander, die alte Frau nahm die Handtasche, die sie unter ihren Arm geklemmt hatte, suchte darin und brachte schließlich ein Päckchen Briefe zutage.

«Die hat mir der Ernst gebracht – nach dem Tode der Anna. ‚Behalt sie auf, Mutter', hat er gesagt. ‚Nicht, daß sie in böse Hände kommen. Jemand hat sie der Schwester geschrieben, sie waren der einzige Trost für die Anna! Aber Ihr, Herr Studer, könnt sie behalten, wenn Ihr wollt ...»

Studer blätterte in dem Päckli. «Meine Geliebte!» – «Meine Innigstgeliebte!» – «Liebste! Bist du krank? Ich bin so traurig. Ist dein Mann gut zu dir? Sobald du gesund bist, mußt du die Scheidung einleiten. Ich habe mit deinem Onkel gesprochen, und dieser ist einverstanden ...» Der Wachtmeister setzte sich in einen Stuhl, das Summen im Zimmer störte ihn nicht. Er las weiter: «Meine Mutter hat mir gesagt, sie freue sich, dich begrüßen zu können. Dann wollen wir auch versuchen, deiner Mutter zu helfen. Die arme Frau ...»

«Was liest du da, Studer?» fragte der Polizeihauptmann. «Gehört das nicht auch zu den Akten?»

Der Wachtmeister schüttelte den Kopf. «Das hat nichts mit dem Fall zu tun. Gar nichts. Eine Privatsache, weiter nichts.»

«Dann ist's gut. Wenigstens einmal hast du dich nicht blamiert.»

«Nicht blamiert? Du hast eine Ahnung! Ich hab' nicht herausbringen können, warum ein Packpapier bei der Untersuchung einen Marshen-Spiegel gehabt hat. Und der Mann, der mir das sagen könnte, ist abgereist.»

«Ein Zeuge?» fragte der Hauptmann. «Hast du einen Zeugen verreisen lassen? Was fällt dir ein?»

«Er wird nicht erben können, der Zeuge. Nicht erben können! Zwar – erben wollt er nicht, darum macht es nichts.»
«Du redest wieder einen Chabis zusammen! Ein wenig hat der Hungerlott doch recht gehabt!»
Studers Schnurrbart begann zu zittern. Er wandte den Kopf. Sein Freund, der Notar, stand hinter ihm.
«Münch», fragte der Wachtmeister, «wann spielen wir wieder Billard?»
«Öppe in zwo Woche ...» meinte Münch. Er griff an seinen Schädel, der ihn arg zu schmerzen schien.
«Das kommt davon», sagte Studer, «wenn man mit achtundfünfzig Jahren Räuberlis spielen will ...»

Krock & Co.

Warum war man nachgiebig gewesen? Warum hatte man Frau und Tochter den Willen gelassen? Jetzt stand man da und sollte womöglich die Verantwortung auf sich nehmen, weil man eigenmächtig gehandelt hatte und die Leiche nicht im Gärtlein geblieben war, hinterm Haus, dort, wo sie aufgefunden worden war ...

Der Tote lag auf dem weißgescheuerten Tisch im Vorkeller des Hotels «zum Hirschen», und über das helle Holz schlängelte sich ein schmaler Streifen Blut. Langsam fielen die Tropfen auf den Zementboden – es klang wie das Ticken einer altersmüden Wanduhr.

Der Tote: Ein junger Mann, sehr groß, sehr schlank, bekleidet mit einem dunkelblauen Polohemd, aus dessen kurzen Ärmeln die Arme ragten, lang und blond behaart, während die Beine in hellgrauen Flanellhosen steckten.

Und neben seinem Kopfe lag das Mordinstrument. Kein Messer, kein Revolver ... Eine ungewöhnliche, eine noch nie gesehene Waffe: die Speiche eines Velorades, an einem Ende spitz zugefeilt. Sie war nicht leicht zu entdecken gewesen, denn sie hatte im Körper des Toten gesteckt und kaum aus der Haut herausgeragt. Erst als Studer mit der flachen Hand über den Rücken der Leiche gefahren war, hatte er sie fühlen können. Fast senkrecht war sie in den Körper gestoßen worden, dicht unter dem linken Schulterblatt, und nirgends herausgekommen – weder an der Brust noch am Bauch. Wie viele lebenswichtige Organe dieser Spieß durchbohrt hatte, würde der Arzt erst bei der Leichenöffnung feststellen können ...

So wenig ragte das stumpfe Ende aus dem Rücken heraus, daß es eine Zange gebraucht hatte, um die Mordwaffe aus der Wunde zu ziehen.

Doch – um eine erste Frage aufzuwerfen – wie war der Mörder mit diesem Spieß umgegangen? Es mußte doch ein Griff vorhanden gewesen sein – im Augenblick, da der Stich

ausgeführt worden war. Hatte man ihn abgeschraubt? Nachher? Es schien fast so, denn eine kaum sichtbare, spiralig verlaufende Linie war in den stumpfen Teil eingeschnitten ... Mechanikerarbeit, ohne Zweifel!
Wachtmeister Studer, von der Berner Fahndungspolizei, hätte ums Leben gerne eine Brissago angezündet, aber das ging nicht an, hier, gerade neben dem Toten. So blieb nichts anderes übrig, als hin und her zu laufen im schmalen und kurzen Raum, den eine Birne, baumelnd an einem staubigen Draht, mit einem grausam hellen Licht überschüttete. Und dazu dem Albert Vorträge zu halten ...
Jedes dieser Selbstgespräche begann mit der Feststellung: «Lue Bärtu! Worum, zum Tüüfu, hei mr uff d'Wybervölcher g'lost!»
Albert Guhl, ein kräftiger, breitschultriger Bursche, siebenundzwanzigjährig, Korporal an der Thurgauer Kantonspolizei und in Arbon stationiert, hatte heute Studers Tochter geheiratet.
– Hätte man, fuhr der Berner Wachtmeister zu fragen fort, die Hochzeit nicht gerade so gut in Bern feiern können? Nein, es hatte müssen durchgestiert werden, daß sie in Arbon stattfand. «Weil deine Mutter eine alte Frau ist und sich vor dem Reisen fürchtet? Gut, das ist ein Grund! Ein stichhaltiger?»
Albert Guhl schwieg. Und Studer hob seine mächtigen Schultern – die Hände machten die Bewegung mit und fielen dann klatschend gegen seine Oberschenkel ...
«Und ietz?» fragte er weiter. Langsam näherte er sich dem Tisch, bückte sich und sah dem Toten ins Gesicht ...
Ein unangenehmes Gesicht! Die Nase lang und gebogen, wie ein Geierschnabel, zwei Furchen gruben sich ein von den Nasenflügeln bis zu den Mundwinkeln, die fleischigen Lippen waren geschürzt, entblößten die Zähne – und es sah aus, als lächle der Tote mit all seinen Goldplomben. Und der Blick, bevor dem Toten die Augen zugedrückt worden waren! Studer erinnerte sich an ihn: geladen mit Hohn, im Tode noch!

Sah es nicht aus, als wolle sich der Ermordete lustig machen über die Überlebenden? Kaum hatte der Wachtmeister diese Frage gedacht, stellte er sie laut. Und Albert, der Schwiegersohn, nickte, nickte – aber er tat den Mund nicht auf.
Ob er das Reden verlernt habe, wollte Studer wissen.
Albert sah auf, schüttelte den Kopf, und dann sagte er, bescheiden, ohne jeglichen Vorwurf:
«Wir hätten ihn liegenlassen sollen, Vatter.»
«Liegenlassen! ... Liegenlassen! ...» Studer ahmte gehässig den Tonfall des Jungen nach. «Liegenlassen! Damit die Bauern vom Dorf den Boden vertrampeln? Hä? Damit man gar keine Spuren mehr findet? Hä?»
«Spuren!» meinte Albert leise, mit viel versöhnlichem Respekt, der dem Wachtmeister wohltat. «Ich glaub, Vatter, daß man auf dem Boden nicht viel Spuren entdecken kann ...»
– Weil er trocken sei wie-n-es Chäferfüdle? Hä? Das wolle der Junge wohl sagen? Dann solle er sich merken, daß ihm, dem Wachtmeister Studer («mir, nur em Wachtmeischter Studer», betonte er), die Aufklärung eines ähnlichen Falles gelungen war: da sei der Tote auf einem ebenso trockenen Boden gelegen – auf einem Waldboden! (Doch eigentlich war aller echte Ärger aus Studers Stimme verschwunden. – Der Wachtmeister tat nur so. Und Albert merkte dies ganz gut – er lächelte ...) – Ganz recht! Auf einem Waldboden! Mit Tannennadeln drauf! wiederholte Studer und stieß seine Fäuste so tief in die Hosentaschen, daß in der plötzlichen Stille deutlich das Geräusch zerreißenden Stoffes zu hören war ...
«Sauerei!» murmelte der Wachtmeister. – Nun werde er sein Portemonnaie verlieren ... Und warum, seufzte er weiter, um der Tuusigsgottswille warum hatte man den Ausflug ausgerechnet nach diesem Schwarzenstein machen müssen?
«Aber Vatter!» sagte Albert. «Ihr habt doch selber den Hirschen zu Schwarzenstein vorgeschlagen!»
Studer brummte. Es stimmte, leider! Er hatte das Hotel

vorgeschlagen. An der Mittagstafel in Arbon war von dem alten Brauch die Rede gewesen; am Hochzeitstag, hieß es, sei es Sitte, mit Kutschen irgendein Dörflein im Appenzellerland aufzusuchen ... Und da war dem Wachtmeister eingefallen, daß in Schwarzenstein ein Schulschatz von ihm wirtete. Alte Liebe rostet nicht, sagt man, und somit waren nicht nur zwei Frauen (Studers Gattin und Tochter) am traurigen Ausgang des Festes schuld, sondern drei. Denn das Ibach Anni (jetzt hieß es übrigens Frau Anna Rechsteiner) mußte man dazu zählen, das vor ... – vierzig? – achtunddreißig? – kurz, vor vielen Jahren mit dem Studer Köbu in einem Dorfe des Emmentals zur Schule gegangen war ...
Das arme Anni! Vor zehn Jahren hatte es den Karl Rechsteiner in St. Gallen zum Mann genommen, und das Ehepaar hatte dann das Hotel in Schwarzenstein gekauft, denn viele Feriengäste kamen im Sommer hier herauf. Zuerst war alles gut gegangen. Aber dann war der Mann krank geworden vor drei Jahren, und zwischendrin hatte er ins Südtirol fahren müssen – zur Kur.
«Auszehrung», sagte Dr. Salvisberg, der den Kranken behandelte.
Und wirklich, der Rechsteiner sah schlecht aus. Studer hatte ihm, begleitet vom Anni, am Nachmittag einen Besuch abgestattet, und seither wurde er das Bild des Mannes nicht los. Das Gesicht vor allem: glatt, spitz, die linke Hälfte kleiner als die rechte; die Hautfarbe ... wie Lätt ...
Ja, das Anni hatte es nicht leicht. Es hieß freundlich sein mit den Feriengästen, den kostbaren, damit sie übers Jahr nicht ausblieben! Denn sie brachten Geld ins Haus – und der kranke Rechsteiner brauchte viel! Für Arzt, Apotheke, Kuren.
Und nun dieser Mord! Er konnte die Feriengäste vertreiben – wer wohnt gern in einem Hotel, in dem ein Mord passiert ist? Ein solch geheimnisvoller noch? Für die Zeitungen war solch ein «sensationelles» Verbrechen ein gefundenes Fressen! Und so hatte denn das Anni den Wachtmeister um Beistand gebeten. Konnte man solch eine Bitte abschlagen?

Besonders noch, wenn sie von einem Schulschatz kam? Ja, das Anni! Schon in der Schule hatte das Meitschi viel Mut und Tapferkeit gezeigt. Und wacker war es geblieben. Keine Klage, nur eine schüchterne Bitte, nicht einmal das – eine Behauptung eher: Der Jakob werde schon alles richtig machen ...

Wieder stand Studer neben dem Tisch und betrachtete den Toten ... Kopfschüttelnd nahm er die sonderbare Waffe in die Hand, trat unter die Lampe und untersuchte sie dort eingehend.

Und plötzlich machte er seine erste Entdeckung.

«Bärtu!» rief er leise. Als der Schwiegersohn neben ihm stand, hielt Studer zwischen Daumen und Zeigefinger ein steifes graues Haar. «Lueg einisch!»

«Hm!» meinte Albert.

– Was er mit seinem «Hm» sagen wolle, erkundigte sich Studer gereizt. Ob die Thurgauer alle es vernäits Muul hätten? Was sei das für ein Haar?

«Kein Menschenhaar», sagte der Albert vorsichtig.

Der Wachtmeister schnaufte verächtlich.

– Daß es kein Menschenhaar sei, könne ein zweijähriges Büebli sehen. Aber von was für einem Tier denn? Geiß? Lamm? Küngel? Pferd? Kuh?

Das Haar, das der Wachtmeister noch immer zwischen Daumen und Zeigefinger drehte, war dünn, steif und glänzend. Lang wie Studers Zeigefinger.

Albert meinte schüchtern, es sehe aus wie ein Hundehaar – worauf er zur Antwort erhielt, ein Polizist habe nicht zu raten, sondern er müsse seine Behauptung auch beweisen können. Wie er auf den Gedanken gekommen sei, es könne ein Hundehaar sein?

– Weil bei der Ankunft der Gesellschaft ein langhaariger Hund um die Beine der Pferde gesprungen sei, dessen Fell exakt diese Farbe gehabt habe. Ja, auch die Länge des Haares stimme ...

Studer nickte, klopfte seinem Schwiegersohn auf die Schulter und meinte: – Vielleicht werde doch noch etwas Rechtes aus ihm. Dann ging er zur Türe der Kellerkammer, riß sie auf, und der Zurückbleibende hörte Schritte, die eine Treppe hinanstiegen.

Nach fünf Minuten etwa war der Wachtmeister zurück. Er schob vor sich her ein kleines Männchen mit einer roten Knollennase, deren Gewicht den Kopf des Mannes nach vorne zog.

«Hocked ab», sagte Studer und stellte einen Stuhl in die Mitte des Raumes, so zwar, daß der Sitzende den Toten nicht sehen konnte.

Und Wachtmeister Studer von der Berner Kantonspolizei begann wieder einmal jenes Spiel, von dem er in schwachen Stunden behauptete, es verderbe den Charakter – doch war es ihm dermaßen in Fleisch und Blut übergegangen, daß er die Pensionierung vielleicht nur deshalb abgelehnt hatte, weil er es nicht missen konnte ... Erstens gab es ihm Macht über seine Mitmenschen und zweitens kannte er dessen Regeln besser als mancher Untersuchungsrichter.

Das Spiel begann mit den üblichen Fragen.

«Name?» – «Küng Johannes.» – «Alter?» – «Neunundfünfzig.» – «Beruf?» – «Stallknecht.» – – – Also er habe die Leiche gefunden? – Ja. – Wo? – Im Garten hinterm Haus. – «Um welche Zeit?»

Das Männlein schwieg. Es rieb mit einem schwarzen Zeigefinger an seiner dicken Nase, stellte dann diese Beschäftigung ein, um eine riesige silberne Zwiebel mit viel Mühe – der grüne Schurz war ihm dabei im Weg – aus dem Giletäschli zu ziehen; die Uhr wurde lange angestarrt und dann mit leiser Stimme geantwortet: «Viertel vor zehni!» Hierauf verschwand die Zwiebel.

«Sicher?» fragte Studer. «Wills Gott!» antwortete das Mannli. – Warum es dann bis viertel ab zehn gedauert habe, bis die Wirtin benachrichtigt worden sei? – Er habe, erklärte Küng, zuerst den Pferden noch Haber geben müssen, denn die Gäste hätten doch um halb elf abfahren wollen.

– Und da sei der Tote einfach im Gärtli liegengeblieben?

– – – Nicken, langes, schweigsames Nicken.
«Gut ... – Und habt Ihr den Toten erkannt?»
Wieder das schweigende Nicken, das den Wachtmeister langsam ungeduldig machte.
«So red doch, Küng!» sagte er ärgerlich. «Wer war's?»
«Stieger hat er geheißen. Er ist jemanden besuchen kommen. Über den Sonntag. Der Stieger hat in St. Gallen gearbeitet. – Und die andere auch. Ich glaub», Küng kratzte an seiner Nase, «ich glaub, sie arbeiten beide auf dem gleichen Bureau.»
«Die andere?» fragte Studer. «Wie heißt sie?»
«Loppacher! Martha Loppacher. Sie hat Ferien, Erholungsferien hat sie gemacht – weil sie krank war ... Vier Wochen ist sie schon hier.»
Schweigen. Studer hatte sein Notizbuch gezogen und schrieb die Namen ein mit seiner winzigen Schrift.
«Stieger», schrieb er, malte ein Kreuz hinter den Namen, und «Loppacher Martha». Dann wurde ihm plötzlich bewußt, daß alles bis jetzt wirklich nur ein Spiel gewesen war, denn was er da gefragt hatte, wußte er schon. Aber es war so viel anderes dazugekommen: Aufregung, das Schreien der Frauen, der Transport der Leiche. So fühlte der Wachtmeister das Bedürfnis, Ordnung in seine verwirrten Gedanken zu bringen.
«Vier Wochen?» fragte er gedankenvoll. «Und was hat sie in der Zeit getrieben?»
«Hä ... Spaziergäng g'macht, g'lese ... ond off de Wees g'schlofe ... Ond karisiert ...»
Studer blickte zu seinem Schwiegersohn hinüber, aber dem schien nichts aufgefallen zu sein. So mußte sich denn der Wachtmeister ganz allein an der Ausdrucksweise des Küng Johannes ergötzen.
«Karessiert?» wiederholte er. «Wie meinet Ihr das?»
«Eh de Narre g'macht mit de Mannsbilder.»
«Mit wem? Mit allen? Oder nur mit einem?»
«B'sonders mit's Grofe-n-Ernst. Isch gar en suubere Feger, de Grofe-n-Ernst ...»

— Wie heiße der Mann? Graf Ernst? Und was treibe er? — Er sei Velohändler ... — Was sei er? Velohändler? — Ja, Velohändler. — Und habe der Graf Ernst etwa einen Hund? — «Seb glob i!» — Was für einen Hund? — Die Herren hätten ihn sicher gesehen. Bei der Ankunft sei er um die Beine der Rosse gesprungen ...

Studer sah den Hund deutlich vor sich: Eine Art Spitz, kein reinrassiges Tier, mit einem grauen Fell; dicht standen die starren Haare.

Velohändler? — Die Waffe war die Speiche eines Fahrrades! Und dieser Velohändler hatte auch noch einen Hund? ... Halt! Ein Hundehaar und eine Speiche waren noch keine Beweise? ... Nein! Es gehörte noch mehr dazu ...

Vor allem mußte man diesen Graf Ernst kennenlernen. Was hatte der Küng behauptet? Der Mann sei ein ... ein ... richtig! «En suubere Feger.» Darunter stellte sich Wachtmeister Studer einen Dorfgückel vor, einen hübschen, nicht sehr gescheiten Burschen, der es verstand, den Frauenzimmern schön zu tun. Um so erstaunter war er, als er auf seine Frage nach dem Alter des Graf Ernst die Antwort erhielt, der Mann sei über fünfzig.

«Über fünfzig?» wiederholte Studer erstaunt. Ob das nicht ein wenig alt sei für «en suubere Feger»? Da platzte das Mannli mit der roten Kartoffelnase los, es lachte und lachte. Dies Lachen aber machte den Wachtmeister wild, denn Studer verstand, daß man ihn verspotten wollte ... Es war die Strafe dafür, daß er sich, als Berner Fahnder, in einem fremden Kanton mit einem Mordfall beschäftigte. Aber, weiß Gott, er hatte es ja nur getan, um dem Anni Ibach, dem Schulschatz aus vergangenen Zeiten, zu helfen!

Dieser Küng Johannes war das erste spürbare Hindernis. Wäre es nicht gescheiter, den Schwiegersohn vorzuschicken? Der stammte aus der Nähe und kannte die Gebräuche besser, auch die Sprache ... Nein! Gerade dem Schwiegersohn mußte man zeigen, daß man noch nicht zum alten Eisen gehörte, daß die «Gäng-gäng», wie sie in der Ostschweiz die Berner nannten, keine Dubel waren ...

Die Hitze im Vorkeller war schier unerträglich. Fliegen summten um die Lampe, setzten sich auf das Gesicht des Toten, liefen über seine nackten Arme.
Dem Wachtmeister war das Spiel plötzlich verleidet. Studer hätte keinen Grund für seine plötzliche Müdigkeit angeben können. Er hatte den Verleider! Basta! Morgen kam der Verhörrichter mit seinem Aktuar und dem Chef der Appenzeller Kantonspolizei. Mochten die Herren sich dann weiter um den Fall kümmern. Das einzig Langweilige an der Sache war, daß niemand das Hotel verlassen durfte und die Hochzeitsgesellschaft deshalb hier übernachten mußte... Ein teurer Ausflug würde das werden! Drei Kutscher, sechs Pferde... und die Hochzeitsgesellschaft: die Mutter des Albert, zwei Onkel, drei Tanten... Aus Bern waren nur die Eltern der jungen Frau mitgekommen. Studer nahm sich vor, mit der Mutter seines Schwiegersohnes die Kosten des Ausfluges zu teilen...
Er warf noch einen Blick auf den Toten und jagte den Albert und den Küng zur Tür hinaus; dann verlangte er von der Wirtin ein Leintuch, um die Leiche zuzudecken. Lange, sehr lange starrte er in das Gesicht des Toten. «Gemein!» flüsterte er. «Gemeinheit... Das ist das richtige Wort!» Und bedeckte das Antlitz endlich...
Dann löschte er endgültig das Licht, versperrte die Tür und begab sich in den ersten Stock. Seine Frau lag schon im Bett; darum trat er auf den Balkon hinaus, zündete eine Brissago an und blickte über das stille Land.
Die Straße war ein langes weißes Band, das sich rechts und links in der Dunkelheit verlor. Ein Bach plätscherte... Die Juninacht roch nach gemähten Wiesen, Blumen und verzetteltem Mist. Noch ein anderer Geruch drängte sich auf, den Studer zuerst nicht kannte. Aber dann wußte er plötzlich, was es war: Es roch deutlich nach rostigem, altem Eisen, das die Sonne erhitzt hat und nun die tagsüber aufgespeicherte Wärme ausatmet. Der Wachtmeister beugte sich vor und sah rechts von der Wirtschaft, am Straßenrand, einen baufälligen Schuppen. Und nun – ein Wolkenvorhang zer-

riß plötzlich, der Mond, nicht größer als ein Zitronenschnitz, streute sein Licht über die Landschaft – war rund um den Schuppen ein Gewirr zu sehen: Alte Räder, viel Draht, rostige Faßreifen ... Auf der Schuppenwand aber schimmerte ein weißes Schild, auf dem mit dunklen Buchstaben stand:

«Ernst Graf, Velohändler.»

Soso! «De Grofe-n-Ernst» – wohnte gerade neben dem Hotel «zum Hirschen».

Im Schlafzimmer meinte eine verschlafene Stimme, der Vater solle doch ins Bett kommen. Morgen sei auch noch ein Tag. Da warf Wachtmeister Studer von der Berner Kantonspolizei seufzend die nur halb gerauchte Brissago fort, so daß sie auf der Straße unten wie ein mißratenes Feuerwerk ein paar Funken von sich gab.

– Hoffentlich, meinte das Hedy noch, bringe diese Mordgeschichte den Kindern kein Unglück.

«Chabis!» sagte Studer, der nur im geheimen ein wenig abergläubisch war. Dann legte er den Kopf auf die gefalteten Hände und starrte in die Dunkelheit. Der Mond wanderte – nun schien er ins Zimmer, und der Wachtmeister fand, er gleiche jemandem ... Er grübelte, grübelte. Und plötzlich wußte er es:

Der Rechsteiner, der kranke Wirt des Hotels «zum Hirschen», hatte ein unregelmäßiges Gesicht, wie der Mond, der am Abnehmen war.

Studer erwachte um halb vier. Draußen war es schon hell. Er stand leise auf, um seine Frau nicht zu wecken, nahm dann seine schwarzen Schnürschuhe in die Hand, schlich hinaus und über den Gang die Treppen hinab. An der Tür des Vorkellers blieb er eine Weile stehen, lauschte ... Im ganzen Hause herrschte die gleiche Stille wie hinter der Tür. Sachte schloß Studer auf, trat in den Vorkeller und blieb vor dem Tisch stehen. Er wußte selbst nicht, was er hier wollte. Aber plötzlich kam ihm in den Sinn, daß er am Abend vorher die Kleider der Leiche nicht untersucht hatte.

Er schlug das weiße Leintuch zurück – das Taschendurchsuchen würde nicht schwierig sein. Es kamen ja nur die Hosen in Frage ...
Ein Portemonnaie ... Vier Zwanzigernoten, drei Fünfliber, Münz ... Ein Nastuch. Ein Sackmesser an einer Kette ... In der hinteren Tasche ein dickes Portefeuille.
Briefe, Briefe, Briefe ...
«Herrn Jean Stieger, Sekretär, Bahnhofstraße 25, St. Gallen ...»
Hm. Der Herr Stieger konnte sich nicht Johann oder Hans nennen wie ein gewöhnlicher St. Galler. Sondern «Jean»! Er hatte sich wohl eingebildet, es sei vornehmer.
Auf allen Briefumschlägen die gleiche Schrift. Zwanzig Umschläge – aber alle leer!
Verständnislos schüttelte Studer den Kopf. Was hatte das für einen Sinn, leere Enveloppen mit sich herumzuschleppen? Der Wachtmeister sah sich die Marken näher an: sie trugen den Poststempel von Schwarzenstein. Und als er die Umschläge auf einer freien Ecke des Tisches geordnet hatte, konnte er feststellen, daß der erste am 12. Mai aufgegeben worden war und der letzte am 20. Juni. In neununddreißig Tagen zwanzig Briefe – das machte im Mittel alle zwei Tage einen Brief. Auch der Absender war nicht schwer festzustellen: «Fräulein Martha Loppacher, Hotel zum Hirschen, Schwarzenstein.» Und Studer schüttelte den Kopf. Das mußte eine eingebildete Gans sein, diese Loppacher! Sich auf dem Absender «Fräulein» zu nennen!
Wo aber waren die Briefe hingekommen, die sicher gestern noch in den Enveloppen gesteckt hatten? Studer starrte vor sich hin. Er sah wieder deutlich die Szene im Gärtlein hinterm Haus: Zwei Taschenlampen gaben ein spärliches Licht. Der Stallknecht Küng hielt eine der Lampen, und Albert, der Schwiegersohn, die andere. Der Tote lag auf dem Bauche und – Studer bedeckte seine Augen mit Daumen und Zeigefinger, er wollte das Bild sehen, das Bild des Toten – – – nun sah er es! Sicher, ganz sicher war die hintere Hosentasche, die man gewöhnlich die Revolvertasche nennt, zu-

geknöpft gewesen! Eine Klappe bedeckte ihren oberen Teil, die Klappe hatte ein Knopfloch, und ein dunkelschimmernder Knopf hielt die Klappe fest ...
Das war gestern gewesen, ein Viertel nach zehn. Dann hatte Studer seinen Schwiegersohn gerufen und zusammen mit dem Albert die Leiche in den Vorkeller getragen ...
Und heut morgen war die Tasche aufgeknöpft und die zwanzig Briefumschläge leer ...
Daß der Schlüssel des Vorkellers die ganze Nacht in Studers Tasche geblieben war, hatte nichts zu bedeuten. Es waren wohl noch mehr Schlüssel zu dieser Tür vorhanden. Blieb also nur die Frage offen, welchen Sinn es haben konnte, die Briefe zu entwenden und die leeren Umschläge zurückzulassen. Wäre es nicht einfacher gewesen, gleich beides an sich zu nehmen: Brief und Umschlag? Der Wachtmeister steckte das Portefeuille zurück und ließ die leeren Enveloppen in der Busentasche seines schwarzen Kittels verschwinden. Er dachte daran, daß er seinen Photographenapparat mitgebracht hatte. Das war eine Arbeit für die heutige Nacht – und auf diese Arbeit freute er sich. Aber er brauchte noch Verschiedenes: zwei Schachteln Platten, einen Kopierrahmen, Entwickler, Fixierer, Verstärker ...
Gewissenhaft verschloß Studer die Türe des Vorkellers, strich auf Socken lautlos durch die unteren Gänge des Hotels, bis er endlich eine offene Hintertüre fand. Er hockte ab, zog die Schuhe an und trat hinaus in den Morgen, der frisch war und angefüllt mit dem überlauten Gesang der Vögel. Nach sechs Schritten schon waren seine Schuhe naß. Es lag viel Tau auf den kurzen Gräsern ...
Unter dem Schild «Ernst Graf, Velohändler» befand sich eine Tür, die Flügel mit roter Farbe gestrichen ... Es war ein unangenehmes Rot, das an geronnenes Blut erinnerte. Ein senkrechter, festgeschraubter Griff und darüber ein bewegliches Eisenplättli. Studer drückte es mit dem Daumen herab, während seine Hand den Griff gepackt hielt – die Tür war nicht verriegelt und ging auf.
Das Innere des Hofes war ein getreues Abbild der äußeren

Umgebung des Hauses: altes Eisen lag umher. Irgendwo grunzte ein Schwein, Ziegen meckerten, ein Schaf bähte. Aber dies friedliche Konzert wurde übertönt von einem lauten Bellen, das wütend anschwoll, leiser wurde, weil das Tier entweder heiser geworden war oder ein Halsband es würgte. Der Tür gegenüber stand eine Hütte, an die, doch niederer als sie, ein Stall angebaut worden war. Aus diesem drang der Morgenchor der Tiere und das heisere Bellen. Studer schritt auf das Haus zu, klopfte kurz an und stieß die Türe auf. Auch sie war unverschlossen.

Aber er trat nicht gleich ein, denn die Luft, die ihm entgegenschlug, war zum Schneiden dick: Tabakrauch, Schweiß, Tiergeruch ...

«He! Graf! Syt-r uuf?» Schweigen. Studer lauschte und wurde ganz leicht von einer Angst angerührt: als stimme etwas nicht, auch hier. Aber dann beruhigte ihn wieder ein tiefes, regelmäßiges Schnarchen. Der Velohändler mußte einen tiefen Schlaf haben, und wenn das Sprichwort vom guten Gewissen, das ein sanftes Ruhekissen ist, nicht log, dann hatte Ernst Graf sicher nichts mit dem Morde zu tun. Ein kleiner Morgenwind streichelte Studers Rücken, schlich in die Kammer, tanzte dort umher, wirbelte wieder ins Freie. Und der Wachtmeister war dem Winde dankbar, daß er die verpestete Luft vertrieb ...

Ein schmieriger Tisch inmitten der Stube ... Darüber an einem schwarzen Draht eine Glühbirne ohne Schirm. Der Schaft in der Ecke dort stand schief. Ein Kalender an der Wand – der einzige Wandschmuck – mit einem Helgen inmitten der Monatsreihen. Spinnweben – in den Ecken, um die Lampe am Draht ... Ein rostiger Herd und darauf ein Spritapparat ... Aber wo lag der Mann?

Studer schob die Türe zu, und hinter ihr entdeckte er ein schmieriges Deckenbündel, aus dem das Schnarchen drang. Er trat näher, beugte sich nieder – der Mann hatte sich bis über den Kopf zugedeckt. Nun rüttelte ihn der Wachtmeister. Das Schnarchen hörte auf, Studer rüttelte stärker, und plötzlich flogen die Decken beiseite. Aber nicht den Mann sah der Wachtmeister zuerst, sondern ein winziges Säuli, rosafarben und sauber, blickte zu ihm auf, blinzelte ins Licht und schrie dann hoch und durchdringend. Nun erst erblickte Studer den Mann.

Er war fast schwarz im Gesicht, und an dieser Farbe waren sowohl die Bartstoppeln als auch der Schmutz schuld. Der Mann hatte sich nicht ausgezogen, er trug ein blaues Mechanikergewand, den Kittel über der Brust geöffnet, so daß darunter ein Hemd sichtbar wurde, das sicher einmal, aber vor langen Zeiten, blau gewesen war.

«Hä?» machte der Mann, ballte die Fäuste und rieb sich die Augen. «Hä?» fragte er noch einmal, sah sich in der Küche um, rief laut und krächzend: «Ideli!» Da trabte das Färli herbei, folgsam wie ein Hund, der auf seinen Namen hört, und legte sich, friedlich seufzend, auf die Decken. Und der Mann streichelte das Tier.

Graf tat, als sei er überhaupt allein im Raum. Er stand auf und kratzte sich ausgiebig. Des Mannes Haare waren schwarz, mit einem Stich ins Bläuliche, und wuchsen so weit in die Stirn, daß sie fast die Brauen erreichten. Die Stoppeln bedeckten die Wangen schier bis zur Nase, und aus dem Kinn stachen sie auch ...

Bloßfüßig tappte der Velohändler durchs Zimmer und schien etwas zu suchen, öffnete den Schaft, kramte darin herum – übrigens war das Innere wohlgeordnet, und saubere Wäsche lag, sorgfältig übereinandergeschichtet, auf den Gestellen. Endlich hatte er gefunden, was er suchte. Er hielt in der Rechten einen winzigen runden Taschenspiegel und betrachtete sich eingehend darin. Und Grimassen schnitt er dazu!

Dann trabte er zur Tür hinaus, der Chor der Tiere schwoll an, und Studer sah ein merkwürdiges Schauspiel.

Ein Schaf kam heran und rieb seine Schnauze an den Hosenbeinen des Mannes. «Salü Müüsli!» sagte Graf. Und er erkundigte sich, ob es gut geschlafen habe; dann zwei Ziegen, schneeweiße, ohne Hörner, mit weißen Troddeln zu beiden Seiten des Kopfes. «Jä, Mutschli!» sagte der Mann und

fragte, ob sie Hunger hätten. Die beiden Ziegen nickten weise, trabten davon, gefolgt vom Schaf, fanden eine Öffnung im Hag und begannen das Gras, das zwischen dem alten Eisen hervorschoß, eifrig abzurupfen. «Ond 's Bäärli!» sagte der Mann, während er den tanzenden Hund losband. Um sich aber mit dem Hunde zu verständigen, gebrauchte Graf eine so sonderbare Sprache, daß der Wachtmeister kein Wort verstehen konnte.
Studer stand inmitten des kleinen Hofes und kam sich recht lächerlich vor in seiner schwarzen Festkleidung. Sie paßte weder zur Sonne, deren Strahlen schon gehörig wärmten, noch zum alten Eisen; sie paßte nicht zu der Erscheinung des Grofe-n-Ernst und auch nicht zu den Tieren. Diese schwarze Feiertagskleidung umgab ihn wie ein Panzer und schloß ihn ab von der Außenwelt, von den Bäumen, den Gräsern, den Tieren und von dem bluttfüßigen Mann ...
Dieser pumpte Wasser in ein Becken und spielte dann Seehund. Er steckte den Kopf in die Schüssel, zog ihn heraus, schneuzte, schüttelte sich. Dann zog er die Mechanikerkutte und das Hemd aus, bückte sich ganz tief und pumpte sich Wasser über den Rücken. Kläffend umsprang ihn der Hund, dem plötzlich das volle Becken über den Kopf geschüttet wurde, so daß er es seinem Herrn gleichtat mit Schütteln, Pusten und Niesen. Vor der Haustür aber lag das Färli, hatte alle viere von sich gestreckt und blinzelte in die Sonne.
«Ideli!» rief der Mann, und als das Säuli sich nicht rührte, ging er es holen und wusch es unter der Pumpe mit einer alten Waschbürste.
Gerade als Studer den Graf anrufen wollte – denn langsam wurde er ungeduldig, weil er es nicht gewohnt war, als Luft behandelt zu werden – erkundigte sich der Mann, ob der Wachtmeister eine Tasse Kaffee wolle. Studer gab es einen Ruck. Woher kannte ihn der Velohändler? Wieso kam Graf dazu, ihn bei seinem Titel anzureden? Er habe, erklärte der Mann, eigentlich die ganze Nacht auf den Wachtmeister gewartet, aber als es zwei geschlagen habe, sei ihm das

Warten zu dumm geworden und er sei schlafen gegangen. Und jetzt habe man ja auch noch Zeit... «Komm mit!» sagte der Mann und duzte Studer ganz ungeniert. Nun war das Duzen dem Fahnderwachtmeister ziemlich gleichgültig – im Bernbiet war es eine alte Sitte auf dem Lande... Aber in der Hütte Kaffee trinken? Auf dem schmutzigen Tisch? Womöglich aus ungewaschenen Tassen? Studer hatte Lust, sich zu bedanken, um sein Sonntagsgewand zu schonen und nebenbei auch seinen Magen; gerade wollte er ablehnen, als die Falle am Hoftor mit lautem Geklick in die Höhe schnellte, die Türe aufging und...

... auf der Schwelle stand «Fräulein» Martha Loppacher – und das «Fräulein» dachte sich der Wachtmeister wirklich in Anführungszeichen. Sie hatte sich am gestrigen Abend reichlich überspannt benommen, die Hände gerungen, geschluchzt und geschrien, daß es allen zuviel geworden war und sich Frau Studer entschlossen hatte, das «Fräulein» mit Gewalt ins Haus zu führen.

Nun stand sie auf der Schwelle des Hoftores in einem ärmellosen Rock, der ziemlich kurz war. Die Fingernägel rot bemalt, die Augenbrauen ausrasiert und mit dem Stift nachgezogen, die Lippen genau so rot wie die Fingernägel. Der kleine Morgenwind, der so freundlich das stinkige Zimmer gelüftet und diese nützliche Beschäftigung bis jetzt weiter betrieben hatte, ergriff die Flucht: er fürchtete sich offenbar vor der dicken Puderschicht, die Fräulein Loppachers Wangen bedeckte...

Tränen? Traurigkeit? ... Keine Spur! Lächelnd trat Martha näher, und sie sprach ein Schriftdeutsch, das sie für vornehm hielt.

«Auch schon auf? Guten Morgen, Herr Studer; wie geht es Ihrer lieben Frau? Sie hat sich so mütterlich meiner angenommen, daß ich ihr ewig, ewig Dankbarkeit schuldig bin. Guten Morgen, Herr Graf.» Sie reichte dem schwarzen Mann (denn die Waschung hatte nur wenig genützt – das Gesicht war und blieb schwarz) gnädig die Hand.

Der Velohändler nahm die dargebotenen vier Finger in

seine Pratze und drückte, drückte, bis das Fräulein einen hohen Göiß ausstieß.
«Du Suumage!» sagte das Fräulein. «Wotsch losla!»
Studer nickte. Er war im Bild.
Und er sperrte sich nicht länger, als der Velohändler seine Einladung wiederholte. Er schritt voran, führte seine Gäste aber nicht in sein Schlafzimmer, sondern öffnete eine Tür rechts von diesem. Und der Raum dahinter sah wesentlich anders aus.
Eine Werkstatt, sehr sauber. Unter einem Fenster ein Tisch mit Schraubstöcken. Neben dem Fenster waren Lederstreifen an die Holzwand genagelt, in denen die Werkzeuge steckten: englische Schlüssel, Schraubenzieher, Feilen... Velorahmen, umwickelt mit braunem Packpapier, hingen von der Decke, und eine kleine Feldschmiede stand in einem Winkel. Graf scharrte die Asche von den Kohlen, trat den Blasbalg; er warf Holzkohlen auf die geringe Glut, ging ein Pfännlein mit Wasser am Brunnen füllen und stellte es aufs Feuer. Wieder trat er den Blasbalg, und als das Wasser zu summen begann, holte er einen Sack Kaffee aus einem weißgehobelten Wandschrank.
Dann lag ein Tischtuch auf dem unteren Ende des Werkzeugtisches, und darauf standen drei Tassen, eine Kaffeekanne, Brot, Butter, Honig.
Ernst Graf hatte ein sauberes Hemd angezogen.
Eines war klar: die beiden, der Velohändler und das Bürofräulein, waren ineinander verliebt.
Um dies festzustellen, brauchte es nicht viel Beobachtungsgabe. Die Blicke, der Ton der Worte, das «Du», das sich nicht unterdrücken ließ, sondern immer wieder durchbrach... Studer schmunzelte, und zugleich war es ihm ein wenig eng um die Brust... Denn er hatte, der Himmel mochte wissen warum, zu dem «suubere Feger» eine ehrliche Zuneigung gefaßt. War die Liebe, die der Mann den Tieren entgegenbrachte, an dieser Zuneigung schuld, oder seine rauhbauzige und zugleich doch freundlich-kameradschaftliche Art? Der Wachtmeister schüttelte unmerklich

den Kopf, während er sachte über das Fell des Hundes «Bäärli» fuhr und nachher die Haare betrachtete, die in seiner Hand zurückgeblieben waren. Kein Zweifel – das Haar, das an dem Mordinstrument geklebt hatte, stammte von diesem Hund. Armer Hund! Sein Meister würde diesen Abend wohl im Gefängnis zu Trogen schlafen. Laßt nur erst den Verhörrichter und den Chef der Kantonspolizei kommen! Die Herren würden ohne weiteres den Mann beschuldigen ...

Velohändler – – – und die Mordwaffe war eine Radspeiche, vorn spitz zugefeilt. Zweitens: Das Hundehaar – – – und drittens: Die Herren brauchten sich nur ein wenig den Dorfklatsch anzuhören, dann hatten sie ihr Motiv, den Beweggrund zur Tat, fein säuberlich auf der flachen Hand.

... Eifersucht!

Und Studer fühlte, daß er machtlos war – hier, in diesem fremden Kanton.

Angenommen, er versuchte, den Verhörrichter von der Unschuld des Ernst Graf zu überzeugen. Was würde die Folge sein? Er glaubte, schon jetzt das Lachen zu hören, das die Herren schütteln würde. Was! Ein einfacher Fahnder, ein fremder Schroter – noch dazu aus dem Bärnbiet – wollte klüger sein als ein studierter Herr? Hahahaha ... Er solle heimfahren, würde es heißen, und sich nicht in Angelegenheiten mischen, die ihn nichts angingen! – Denn wer wußte im Kanton Appenzell A.-Rh., daß Wachtmeister Studer früher wohlbestallter Kommissär an der Stadtpolizei in Bern gewesen war? Daß er bei Groß in Graz, bei Reiß in Lausanne und bei Locard in Lyon gearbeitet hatte? Daß man gewöhnlich ihn an die Polizeikongresse delegierte? ...

All das nützte hier nichts. Es handelte sich darum, den Fall anders anzupacken. Erstens: man mußte sich im Hintergrund halten. Zweitens: es war notwendig, alle Mitspieler kennenzulernen, sich einzuschleichen, nach und nach, in ihr Vertrauen, mit ihnen zu leben, eine Zeitlang, um dann die kleinen Beobachtungen, die alltäglichen, zusammenzusetzen, wie man ein Steinbett legt als Fundament einer Straße.

Stein an Stein, geduldig ... Endlich ist der Weg fertig, und er führt zum Schuldigen ...

Das alles aber würde Zeit kosten, viel Zeit!

Mira! dachte Studer. Er hatte eine Woche Ferien genommen, um seine Tochter zu verheiraten, und war gewillt, diese Woche auszunutzen. Die Luft hier war gesund – gesünder sicherlich als in der Thunstraße zu Bern, wo der Wachtmeister in einer Dreizimmerwohnung hauste. Fragte sich nur, ob er allein in Schwarzenstein bleiben oder seine Frau und das junge Ehepaar auch gleich hier behalten sollte ... Nein, dachte er, die Familie war einem doch nur im Weg. Aber den Albert brauchte er! Es würde Tränen geben, Frauen waren in solchen Dingen unvernünftig und unbelehrbar. Aber Studer hatte in den fünfundzwanzig Jahren seiner Ehe gelernt, wie man seinen Willen auch gegen Tränen und Klagen durchsetzen kann. Man rundet den Rükken, zieht den Kopf zwischen die Schultern und vergräbt die Hände tief in die Taschen der Hose oder des Kittels. Und wartet, bis der Regen aufhört ...

Nein, den Albert wollte er hier behalten. Studer spürte es in allen Gliedern – es war ein Gefühl wie vor einem Gewitter, wenn die Luft schwül ist und noch ganz wenig Wolken über dem Horizonte sichtbar sind – er spürte es: der Mord an diesem Jean Stieger war nur ein Anfang ... Doch wozu sich über die Zukunft den Kopf zerbrechen! ...

– Ob er wisse, fragte der Wachtmeister den Graf, daß als Mordwaffe die spitz zugefeilte Speiche eines Velorades benützt worden sei?

Der andere nickte. Er sei ja bei der Entdeckung der Leiche dabeigewesen. – So? – «Wills Gott! Sicher, sicher!» – Wo er denn gestanden sei? – Oh, ganz im Hintergrund, denn er habe nicht gewollt, daß die Wirtin ihn sehe. – Die Wirtin? – Ja, das Rechsteiner Anni. Es werde böse, wenn er sich in der Umgebung der Wirtschaft zeige ... – Warum? – Eh, die beiden, Mann und Frau, behaupteten immer, daß er mit seinem alten Eisen und mit seiner Unordnung die Gäste vertreibe. – Und sei das wahr? – Nein, nein. Ganz im

Gegenteil. Die Kurgäste kämen gern zu ihm in die Werkstatt plaudern ...

«Warum haben Sie dem Verstorbenen alle zwei Tage Briefe geschrieben, Fräulein Loppacher?» fragte Studer plötzlich. Er sah dabei den Velohändler an und nicht die Martha. Graf verzog das Gesicht, als ob er Zahnweh habe, er öffnete den Mund und schien etwas fragen zu wollen. Seine Fäuste lagen geballt auf der Tischplatte, reglos, aber seine Unterarme durchlief ein leises Zittern. «Jeden zweiten Tag?» flötete Fräulein Loppacher. «Sie übertreiben, Herr Studer! Gewiß, ich hab ihm öfters geschrieben, aber meist nur geschäftliche Dinge, wir arbeiten auf dem gleichen Bureau, und da Herr Stieger während meiner Abwesenheit einen Teil meiner Arbeit übernommen hatte, so mußte ich ihm Auskunft geben über manches ... über manches ...», wiederholte sie und trommelte mit ihren bemalten Nägeln auf dem Tisch.

«Das Bureau», fragte Studer, «ist doch in St. Gallen? Ja? Und womit beschäftigt es sich?»

«Es ist», die Antwort kam stockend, «es ist ein juristisches Bureau ... Beratung in geschäftlichen Angelegenheiten, in schwierigen zivilrechtlichen Fällen – Abfassung von Testamenten und Schenkungsurkunden. Daneben haben wir es auch unternommen, in besonders verwickelten Fällen Nachforschungen anzustellen, Verschollene wieder aufzufinden. Schließlich ist noch eine Abteilung angegliedert, die sich mit Auskünften befaßt ...»

«Auskünften?»

«Ja. Eine Art Privatdetektivbureau, verstehen Sie?»

«Und wer ist der Inhaber dieses Bureaus?»

«Joachim Krock. Aber Herr Stieger war daran beteiligt. Er hatte Geld im Geschäft und war darum Leiter des Detektivbureaus. Wir zwei haben dort zusammen gearbeitet.»

«Und waren verlobt?»

«Aber nein! Was denken Sie! Niemals!»

Der Velohändler seufzte tief und erlöst. Es klang, als ob der Blasbalg der Feldschmiede sich leere.

«Und gestern hat Ihnen Herr Stieger einen geschäftlichen Besuch gemacht?»

«J . . . a. Jawohl!» Ganz ehrlich klang die Antwort nicht, aber man mußte sich vorläufig mit ihr begnügen. Denn gleich nach dieser Antwort kam eine Frage: «Woher wußten Sie, Herr Studer, daß ich so eifrig mit Herrn Stieger korrespondierte?»

«Weil ich Ihre Briefe bei ihm gefunden habe.»

«Meine Briefe? Das ist nicht möglich. Die liegen sicher in St. Gallen.»

«Und das hier?» fragte Studer, zog das Paket Umschläge aus der Busentasche und zeigte sie dem Fräulein.

Eigentlich, dachte der Wachtmeister bei sich, sollte es den Frauen polizeilich verboten werden, sich anzumalen und zu pudern. Unter der Schicht, die ihre Wangen bedeckt, können sie leicht, nur allzu leicht, ein Erröten sowohl als auch ein Erblassen verbergen. Wirklich, es war nicht festzustellen, welchen Eindruck die Briefe auf das Fräulein machten, denn zu allem senkte sie noch halb die Oberlider, und den Rest der Augen verdeckten die Wimpern, die lang waren und natürlich geschwärzt . . .

«Darf ich sehen?» fragte Fräulein Loppacher. Und streckte die Hand aus . . . Die Hand zitterte kaum merklich.

«Es tut mir leid», sagte Studer. «Aber ich muß die Briefe der Untersuchungsbehörde übergeben . . . He!» rief er plötzlich, aber es war schon zu spät. Der Velohändler hatte des Wachtmeisters Hand am Gelenk gepackt, eine kurze Drehung, dann hielt er das Päckli triumphierend in der Linken und reichte es seiner Freundin. Martha Loppacher blätterte die Umschläge durch, zuckte mit den Achseln: «Sie sind ja leer!» und gab sie Studer zurück.

Der Wachtmeister war nicht einmal wütend. ‚Du, Ernstli!' dachte er, ‚wirst zur Strafe ein wenig im Chäfi hocken müssen.' Und er steckte wortlos das Päckli wieder in die Tasche.

Es war nicht mehr viel zu holen beim Velohändler Graf . . . Schließlich, dachte der Wachtmeister, war er nicht gekommen, um das Beisammensein zweier Verliebter zu stören ...

Der Graf hielt das Färli auf den Knien, exakt wie einen Säugling, und ließ es aus einer Flasche saugen. Um sich einen unauffälligen Abgang zu sichern, stellte Wachtmeister Studer eine Frage:

«Habt Ihr das Säuli gekauft?»

Die Antwort erstaunte ihn. Der Velohändler erklärte, alle Tiere, die in seinem Stall ständen, seien ihm geschenkt worden. Als Jungtiere habe er sie von den Bauern der Umgegend erhalten, halb krepiert, aber bei ihm seien sie wieder gesund geworden. Er habe sie zu sich ins Bett genommen ...

«Er ist ein heiliger Antonius!» sagte das bemalte Fräulein. Studer blickte sie böse an und verlangte dann, sie solle die Heiligen nicht verwechseln. Soviel er wisse, sei es der heilige Franziskus gewesen, der die Tiere liebgehabt habe ...

Schweigen. Das Färli seufzte tief, wie ein gesättigtes Kindlein. Grofe-n-Ernst ließ es springen. Aber es blieb neben ihm stehen, aufrecht, und legte seine Vorderpfoten auf die Schenkel des Mannes.

«Wiederluege!» sagte der Wachtmeister. Der Hund begleitete ihn bis zum Hoftor, still, fast traurig, so, als fühle er, daß seinem Herrn Gefahr drohe. Studer streichelte den spitzen Kopf, sagte: «Ja, ja, Bäärli!» Aber nur müde wedelte der Hund mit seinem buschigen Schweif.

Als der Wachtmeister über die kleine Wiese ging, die das Hotel von dem Hause des Velohändlers trennte, fielen ihm zwei Dinge auf:

Auf der Straße stand ein niedriges, rotgestrichenes Rennauto ... Und aus den offenen Fenstern des Speisesaales tönte Klavierspiel.

Er zog seine Uhr: es war sechs Uhr morgens.

Die Saaltochter wischte die Steinstiegen, die zum Eingangstor des Hotels führten, mit einem feuchten Feglumpen. Studer fragte, ob seine Frau schon aufgestanden sei. Kopfschütteln, schweigsames Kopfschütteln ... Und die anderen

von der Hochzeitsgesellschaft? – Wieder das Kopfschütteln. – Aber ein Gast sei schon gekommen? ... Nicken.
Genau wie sein Schwiegersohn, genau wie der Stallknecht Küng! ... Hatte die Saaltochter auch einen vernähten Mund? Ungeduldig fragte der Wachtmeister, wer denn der frühe Gast sei ...
«Ein St. Galler ... Ein Freund vom Verstorbenen», sagte die Saaltochter und klatschte dem Wachtmeister den nassen Feglumpen gegen die Hosenbeine. Der neue schwarze Anzug! – Ob sie nicht aufpassen könne? ... Schweigen. Studer mußte lächeln. Er fragte und bediente sich der italienischen Sprache, warum das Fräulein («perchè la signorina») auf ihn böse sei.
Und es ging, wie es immer geht, wenn man es versteht, die Menschen zu nehmen. Die Saaltochter, eine schwarzhaarige robuste Person, reckte sich, wurde rot ... Studer erfuhr, die Signorina heiße Ottilia Buffatto, Otti nenne man sie hier, und es tue ihr leid, o so leid, daß sie ... Den Satz beendete sie nicht, sondern sprang fort, kam mit einem sauberen Lumpen und einem Becken Wasser zurück und begann die Hosen des Wachtmeisters abzureiben. Während dieser Beschäftigung lief das Gespräch weiter.
Ja, die Wirtin! Sie sei eine tapfere Frau («una donna valorosa») trotz dem Unglück, das sie getroffen habe ... Immer auf dem Posten, von morgens früh bis spät in die Nacht ... Jetzt zum Beispiel sei sie schon im Speisesaal und leiste dem frühen Gast Gesellschaft ... – Dem Klavierspieler? – «Già.» Allerdings! – Und wer denn der Klavierspieler sei?
Otti, die Saaltochter, bedauerte unendlich, doch sie wisse es nicht. Der Herr sei noch nie hier gewesen.
Die Hosen waren wieder sauber. «Grazie!» sagte Studer. Im Speisesaal schwieg das Klavier. Aber nur kurz. Dann dröhnte in den Frühlingsmorgen hinaus ein Trauermarsch. Der frühe Gast spielte wohl für den Toten, der unten im Vorkeller auf das Erscheinen der Behörden wartete ...
Sie war schier mit den Händen zu greifen, die Spannung, die im leeren Speisesaal herrschte. Das Ibach Anni (Studer

konnte sich nicht entschließen, seinen ehemaligen Schulschatz «Rechsteiner» zu nennen) stand neben dem Klavierspieler und redete auf ihn ein. Ja, fast sah es so aus, als spiele der Mann nur dann Klavier, um ein Belauschen des Gespräches unmöglich zu machen ...

Die beiden stritten sich! Kein Zweifel. Sie stritten sich mit leiser Stimme, und die Wirtin des Hotels «zum Hirschen» hatte die Hände geballt. Sie fuchtelte mit den Fäusten in der Luft.

Studer versuchte, sich leise zu nähern. Vergebliche Mühe! Der ganze Speisesaal mußte durchquert werden, und nicht nur die Latten des Parkettfußbodens knarrten, sondern auch des Wachtmeisters Stiefel. Und gleich beim ersten Knarren fuhr das Anni herum, stupfte den Spieler mit der Faust ...

Der Trauermarsch brach ab, der Sitz des Hockerli drehte sich, und der Mann stand langsam auf ...

Aus seinem hellen, graublauen Kittel wehte ein langes, zartcremefarbenes Poschettli und am kleinen Finger der Rechten blitzte ein erbsgroßer Diamant. Eine fliehende Stirn mit spärlichen schwarzen Haaren, ein glattes Gesicht mit Wulstlippen über einem Doppelkinn – und zartgelb, wie das Poschettli, waren Hemd und Krawatte.

«Krock.» – «Studer.» – «Sehr erfreut.» – «Gleichfalls.»

Es klang wie eine Kriegserklärung, und vielleicht war es auch eine ... Herr Krock hatte dicke Lider und benutzte sie, um seine Augen darunter zu verstecken.

«Sie sind der Polizist, der die ersten Feststellungen gemacht hat?»

Studer beantwortete die Frage gar nicht, sondern verlangte sein Frühstück.

«Anni», sagte er, «i hätt gärn es Chacheli Gaffee ...» Das Anni nickte majestätisch.

«Otti!» rief es. Die Saaltochter erschien unter der Tür, und die Wirtin gab die Bestellung weiter ...

Also wollte sie den Wachtmeister nicht mit dem Fremden allein lassen! ...

Gut. Mira. Der Wachtmeister nahm die Herausforderung an.

«Sind Sie extra so früh von St. Gallen fortgefahren, um mir bei der Aufklärung des Mordes zu helfen, Herr Krock?» fragte er, setzte sich unaufgefordert an einen Tisch in der Nähe des Klaviers.
«Man hat mir gestern telephoniert, daß hier ein Unglück geschehen ist...» Herr Joachim Krock setzte sich dem Wachtmeister gegenüber. Er sprach ein ganz reines Schriftdeutsch. Anni lehnte sich ans Klavier.
«Man?» fragte Studer.
«Mein Bureaufräulein, wenn es Sie interessiert... Um Mitternacht...»
«Sie haben tüchtige Angestellte.» – «Ja.»
Schweigen. Eine Wespe setzte sich auf den Rand der Konfitürenschale, Herr Krock vertrieb sie aufgeregt mit seiner Serviette. Dann räusperte er sich und meinte:
«Glauben Sie nicht, daß Sie eine zu schwere Verantwortung auf sich genommen haben? Sie sind in einem fremden Kanton. Die hiesige Behörde wird Ihre Selbständigkeit nicht gutheißen!»
Herr Krock sprach durch die Nase, er saß da mit gewölbten Schultern, die Fäuste rechts und links von seinem Teller aufgepflanzt.
«Wenn es so ist, werde ich es selbst tragen müssen», sagte Studer trocken, und auch er sprach schriftdeutsch. «Haben Sie den weiten Weg von St. Gallen bis hierher gemacht, um mir das zu sagen?»
«Nein. Ich habe nur nach einigen Briefen gefahndet, die mein Sekretär mitgenommen hat.»
«Die hier?» fragte Studer, zog die Briefumschläge, die er bei dem Toten gefunden hatte, aus der Tasche und legte sie vor sich auf den Tisch. Dazu machte er ein einfältiges Gesicht.
«Erlauben Sie», sagte Herr Joachim Krock und wollte das Päckli aufnehmen. Aber er war nicht schnell genug. Eine Frauenhand schoß zwischen den Gesichtern der Männer auf den Tisch hinab und packte die Enveloppen.
«Sie sind leer!» sagte die Wirtin enttäuscht.

«Leer?» wiederholte Herr Krock. Studer nickte. – Er habe sie so gefunden, meinte er, und das Anni möge so gut sein und ihm das Päckli wieder umegäh . . .
Es fiel gerade auf die Butter. Der Wachtmeister hob es auf, sein Gesicht blieb ruhig. Nur die unterste Enveloppe war ein wenig fettig. Das schadete nicht viel.
«Aber Anni!» sagte Studer.
Warum interessierte sich die Wirtin für die Briefe, die einer ihrer Kurgäste an einen unbekannten Menschen geschrieben hatte?
«Haben Sie Martha Loppacher nirgends gesehen?» fragte Herr Krock. «Ihr Zimmer war leer, und Frau Rechsteiner hat mir mitgeteilt, daß Fräulein Loppacher immer früh aufstehe . . .»
«Wowoll», sagte Studer mit vollem Mund. Und fügte bei, die Weggli seien gut, ganz frisch. Ah! Und da komme ja auch schon der Gaffee!
– Ob sich Herr Studer schon eine Ansicht über den Fall gebildet habe? wollte Krock wissen. – Ansicht? Der Wachtmeister nahm einen Schluck aus der Tasse, wischte sich umständlich den Schnurrbart und meinte dann: Ansichten habe er nie. Er warte, bis er sich eingelebt habe. Dann ergebe sich die Lösung des Falles von selbst . . .
Da wurde Herr Joachim Krock eifrig: – Wie? Bei einem so klaren Tatbestand wolle Herr Studer noch von «sich einleben» sprechen? Wo es doch auf der Hand liege, daß niemand anders als der eifersüchtige Velohändler den Mord begangen habe! Es sei lächerlich, durchaus lächerlich! . . . Und wischte sich mit dem Poschettli die Stirn. – Verzeihung, meinte Studer darauf. Er habe ganz vergessen, daß er es in Herrn Krock mit einem Kollegen zu tun habe . . . Herr Krock sei doch selber eine Art Fahnder, ein Detektiv? Nid wahr? Und er, Studer, sei froh, mit einem Manne zusammenarbeiten zu dürfen, dessen kriminalistische Kenntnisse den seinen sicher überlegen seien. . . .
Und dann schnappte der Wachtmeister nach seinem bestrichenen Weggli, denn die Konfitüre lief ihm über die Finger.

Als er aufblickte, konnte er feststellen, daß in den Augen seines Gegenübers ein unangenehm drohender Ausdruck lag. Aber das erschütterte ihn weiter nicht, er wandte sich der Wirtin zu und fragte sie, wie es ihrem Manne gehe.
Und Frau Rechsteiner antwortete, der Karl habe ganz ordentlich geschlafen nach der ersten Aufregung. Der Doktor habe ihm ja auch ein Mittel gebracht. Wenn nur der ewige Nachtschweiß nicht wäre! Der schwäche den Karl so. Zwar auch dagegen habe der Doktor etwas verschrieben – und es wirke auch; aber es sei ein starkes Gift . . .
Studer sprach mit vollem Mund auf sein Gegenüber ein: «Der Velohändler also, meinen Sie? Motiv: Eifersucht? Es kann ja stimmen», meinte er gedankenvoll. «Aber dann wird das ein neuer Schlag sein für Ihre Bürolistin, Herr Krock. Denn das Fräulein Loppacher ist augenblicklich in diesen Velohändler verliebt. Ich hab sie vor einer Viertelstunde verlassen, und da saß sie in der Werkstatt vom Graf.»
«Die Gans!» Das Schluß-«s» zischte Herr Krock ganz gewaltig.
«Gans? O nein!» meinte Studer friedlich. «Ich muß zugeben, daß ich im allgemeinen bemalte Frauenzimmer nicht leiden mag. Aber das hat sicher nichts mit den Qualitäten des Fräuleins zu tun. Oder?»
«Nein. Sonst ist Fräulein Loppacher sehr brauchbar.»
«War er tüchtig, der Herr Stieger?» fragte Studer. Doch wartete er die Antwort nicht ab, sondern stand auf und ging auf eine Gruppe zu, die unter der Tür stand.
Unter Herrn Krocks spöttischen Blicken begrüßte er zuerst seine Frau mit zwei lauten Küssen auf beide Wangen, dann mußte seine Tochter die gleiche ungewohnte Zätlichkeit über sich ergehen lassen. Albert, dem Schwiegersohn, schüttelte Studer lange die Hand, und nicht anders erging es der Mutter, den Basen und Vettern. Er war so ganz der biedere, zärtliche Familienvater, daß Herr Krock sich mit einer geflüsterten Bemerkung an Frau Rechsteiner wandte. Beide lachten.
Dem Berner Wachtmeister entging dies nicht. Er nickte

ganz unmerklich seinem Schwiegersohn zu, deutete verstohlen auf das Paar beim Klavier. «Aufpassen!» murmelte er. Albert glotzte verständnislos, und Studer hob die mächtigen Achseln. Er hatte die Landjäger aus dem Thurgau wohl überschätzt.

Um neun Uhr kam Dr. Salvisberg, der Arzt, der den Wirt des Hotels «zum Hirschen» behandelte. Zuerst stieg er in den ersten Stock hinauf, um seinen Patienten zu untersuchen. Dann erst verlangte er die Leiche Jean Stiegers zu sehen. Und um zehn Uhr erschien die Behörde ... Verhörrichter Dr. Schläpfer mit Aktuar. Kantonspolizeichef Zuberbühler mit zwei Fahndern.

Darauf durften die drei Kutschen mitsamt der Hochzeitsgesellschaft – zwei Onkel, drei Tanten, die beiden Mütter und die jungverheiratete Frau – gen Arbon fahren.

Im Hotel «zum Hirschen» blieben zurück: Wachtmeister Studer und sein Schwiegersohn Albert.

Das Hedy, Wachtmeister Studers Frau, hatte versprochen, allerlei zu besorgen und nach Schwarzenstein zu schicken. Platten, Kopierrahmen, Entwickler, Verstärker – und vor allem: Sommerkleidung! Studer hielt es nicht mehr aus in seinem schwarzen Anzug.

Um vier Uhr nachmittags fuhr die Behörde wieder von dannen. Kurz vorher hatte sie Graf Ernst, Velohändler, geboren am 3. März 1887 zu Trogen, Kt. Appenzell A.-Rh., verhaftet, weil er im Verdacht stand, Stieger Jean, Sekretär, geboren 28. August 1900, wohnhaft in St. Gallen, Bahnhofstraße 15, vorsätzlich und mit Vorbedacht ermordet zu haben.

Fräulein Martha Loppacher, Bürolistin in der Auskunftei Joachim Krock, St. Gallen, hatte darauf ihr Zimmer im Hotel «zum Hirschen» aufgegeben und war in die Werkstatt des Velohändlers Graf übergesiedelt. Frau Anni Rechsteiner-Ibach hatte sich bereit erklärt, dem Fräulein ein Bett zu vermieten.

Um sechs Uhr nachmittags erschien in dem Weiler Schwarzenstein Graf Fritz, Bruder des Verhafteten, ein schiefes

Männlein mit einem Buckel und verzerrten Gesichtszügen. Auch Graf Fritz nahm Wohnung im verlassenen Hause seines Bruders.
Um viertel ab acht Uhr aßen drei Herren im großen Speisesaal zu Nacht. Nach dem Essen, punkt halb neun, stand Herr Joachim Krock vom Tische auf, reckte sich und ging zum Klavier. Er spielte vier Takte und fiel dann von seinem Stuhl.
In seinen Mundwinkeln stand Schaum, seine Augen waren weit aufgerissen und die Pupille so groß, daß man die Iris kaum mehr sah. Wachtmeister Studer hob den eleganten Herrn, den Krämpfe schüttelten, vom Boden auf und trug ihn mit Hilfe seines Schwiegersohnes hinauf in das Zimmer Nr. 7, das Herr Krock belegt hatte. Dann rief er den Doktor Salvisberg an, der versprach, zu kommen.
Aber als der Arzt nach einer Viertelstunde erschien, war Joachim Krock schon tot. Dr. Salvisberg stellte eine Vergiftung fest.

Betrat man das Zimmer, so sah man den Kranken zuerst nicht. Denn der Kopf des Bettes stand gerade neben der Tür, von ihr einzig durch ein Nachttischlein getrennt, auf dem Medizingütterli und Pillenschächteli standen. Man öffnete die Tür und hatte den Eindruck, ins Freie zu treten: eine riesige Glastür, die vom Fußboden bis zur Decke reichte, öffnete sich auf einen Balkon, von dem man weithinaus ins Land blicken konnte – und in der Ferne schimmerte der Bodensee.
Studer betrat das Krankenzimmer hinter Doktor Salvisberg, und wie gestern schon erschrak er über das Aussehen des Wirtes.
Ein mageres Gesicht, die rechte Seite kleiner als die linke, wie der Mond, wenn er abnimmt, der Nasenrücken scharf; die Augen glänzten hellbraun wie unreife Haselnüsse. Starr blickten sie geradeaus, unbeweglich – und unbeweglich blieben sie auch. Wollte der Kranke die Richtung seines Blickes ändern, so drehte er den ganzen Kopf: nach rechts,

nach links. Oder er hob und senkte ihn... Seine Stimme war weinerlich.
— Was man denn schon wieder von ihm wolle? «Grüezi, Herr Doktor. Salü Studer! Wend-er Platz neh...» Es sei heut gar nicht gut gegangen... Der Puls!... Und das Herz!... Und auch die Nieren täten ihm wieder weh...
«Jechter o-ond-oh! Han i Schmerze!»
Die Hände krochen auf der Decke herum und erinnerten an Meertiere, Krabben. Undenkbar schien es, daß zwischen Haut und Knochen noch Fleisch vorhanden war — die Haut mußte auf den Knochen liegen, und dann wirkte sie wohl hart und spröde wie ein kalkiger Schalenpanzer.
Dr. Salvisberg setzte sich nicht. Er begann unter den Medikamenten auf dem Nachttisch zu stöbern. Nahm ein Schächteli auf, ein anderes, ein drittes, suchte weiter, öffnete die Schublade, warf auch dort Kartonschachteln durcheinander — schließlich blickte er auf und fragte, wo die Medizin sei, die er Herrn Rechsteiner gegen den Nachtschweiß verordnet habe.
Wie spitz waren die Schultern, die sich unter dem Nachthemd hoben! Dann drehte der Mann im Bett seinen Kopf ganz nach rechts — und weil die Augen nun im Schatten lagen, schienen sie dunkler, dunkel wie angefeuchtete Kleie...
«I-wäß-es-nöd... Nei bym Strohl nöd!»
«Was isch es gsy, Herr Doktr?» erkundigte sich Studer.
Dr. Salvisberg setzte sich, schlug ein Bein übers andere, seine Linke schloß sich um den Fußknöchel, während der rechte Arm schlaff über die Lehne des Stuhles hing.
«Eine Mischung», sagte er leise. «Atropin und Hyoscin...»
«Tollkirsche und Bilsenkraut», murmelte Studer.
Der Arzt blickte den Wachtmeister erstaunt an.
«Potztuusig, Wachtmeister», meinte er. «Ich hab' gar nicht gewußt, daß Sie sich so gut auf Gifte verstehen. Wo haben Sie das gelernt?»
Studer saß da, ein wenig nach vorne geneigt, in seiner Lieblingsstellung, Unterarme auf den Schenkeln, Hände gefal-

tet. – Das tue nichts zur Sache, meinte er. Er wisse es, und beim Anblick der vergrößerten Pupillen des Toten seien ihm die Gifte eingefallen, von denen der Doktor soeben gesprochen habe.

Dr. Salvisberg blickte mißtrauisch auf den Berner Fahnder und erinnerte sich, daß sich dieser Studer heute der Behörde gegenüber etwas reichlich sonderbar benommen hatte. Gewiß, der Verhörrichter hatte den Wachtmeister mit einigem Respekt, auch mit viel Gutmütigkeit behandelt und alles gelten lassen: den Transport der Leiche in den Vorkeller, das eigenmächtige Verhör, das mit Küng Johannes angestellt worden war, den Besuch beim Velohändler Graf. Der Chef der Kantonspolizei hörte sogar aufmerksam zu, als Studer behauptete, der Graf Ernst sei unschuldig. Und fast entschuldigend meinte darauf der Verhörrichter: Der Wachtmeister habe wahrscheinlich recht, auch ihm komme es vor, als stecke mehr hinter dem Fall, als es jetzt den Anschein habe – aber ... aber ... Das Rad, zu dem die Speiche passe, sei in der Werkstatt drüben gefunden worden, das Haar an der merkwürdigen Mordwaffe stamme zweifellos vom Spitz, und der Graf habe ja zugegeben, daß er auf den nun ermordeten Stieger eifersüchtig gewesen sei. Auch könne er kein Alibi beibringen ... «Alibi!» hatte da Studer gesagt, ziemlich verächtlich. «Ihr mit euren Alibis! Wie soll ein einsam wohnender Mann beweisen können, daß er wirklich daheim gewesen ist!» ... Und dann habe der Stallknecht des Hotels den Graf gestern abend ums Haus schleichen sehen. Dies ganze Gespräch ging dem Arzte durch den Sinn, als er auf des Wachtmeisters gesenkten Kopf starrte. Vom Bett her erkundigte sich der Kranke, ob es wieder etwas gegeben habe ... – Nein, nein! beruhigte ihn der Arzt. Sie seien nur zu einem kleinen freundschaftlichen Besuch gekommen – «nöd wohr?» (Studer nickte), und er, der Arzt, habe sich überzeugen wollen, ob das Mittel gegen den Nachtschweiß immer noch vorhanden sei.

«Habt Ihr viel Besuche gehabt heute nachmittag?» fragte Studer, ohne den Kranken anzublicken.

– Die Herren von der Behörde, aber die seien nur kurz dagewesen. Doch ermüdet habe ihn dieser Besuch. Dann sei gegen sechs Uhr Fräulein Loppacher gekommen, um sich zu verabschieden. Sie wolle zügeln, habe sie erzählt, hinüber in des Velohändlers Haus ... *Ein* Mensch müsse sich doch um die armen verlassenen Tiere kümmern.

«War sie lang bei Euch, die Loppacher?» fragte Studer.

– Eine Viertelstunde, lautete die Antwort. Eine Viertelstunde, nicht mehr.

«Wo ist sie gesessen?»

Rechsteiner wies auf den Stuhl, auf dem Studer saß.

«Hat sie sich mit Euren Medizinen beschäftigt?»

– Das könne er nicht sagen, er habe die ganze Zeit zum Fenster hinausgeblickt, die Wolken über den Hügeln seien so schön gewesen, richtig wie geschmolzenes Silber ...

«Und niemand hat Euch sonst besucht?»

– Das Anni sei ein- oder zweimal nach ihm schauen gekommen. Ah! Nun falle es ihm ein! Wowoll, noch ein merkwürdiger Besuch sei dagewesen, ein Mann, den er nie erwartet hätte, hier im Krankenzimmer zu sehen ...

«Der Herr Krock?» fragte Studer, aber Rechsteiner schüttelte langsam den Kopf. – Nein, nein. Der Bruder des Velohändlers sei plötzlich im Zimmer gestanden. «Ich hab nicht einmal die Tür gehen hören, denn ich hatte gerade das Fenster geöffnet, um den Abendwind hereinzulassen. Da beugte sich jemand über mich, und ich erschrak, denn ich erkannte das Gesicht zuerst gar nicht. Es ist so lange her, seit der Fritz Graf Schwarzenstein verlassen hat, ich glaub, er hat vor fünf Jahren – es war noch vor meiner Krankheit – mit dem Ernst Streit gehabt und ist nach St. Gallen. Dort hat er in einer Fabrik gearbeitet. Und plötzlich steht er bei mir im Zimmer. ‚Was willst, Fritz?', hab ich gefragt. ‚Sitz ab. Traurig', sag ich, ‚ist's dem Ernst gegangen. Und alles wegen einem Weibsbild. Schad um ihn, schad um ihn!' Da lacht der Fritz, lacht nur, sagt kein Wort und geht wieder zur Türe. Dort kehrt er sich um: ‚Hab nur sehen wollen', sagt er, ‚wie's dir geht, Rechsteiner. Kannst du noch laufen?'

Und dann macht er die Tür von außen zu, ohne meine Antwort abzuwarten.»
«Zwei Besuche», stellte Studer fest. «Die Loppacher und der Bruder des Verhafteten.» Wieder war der Arzt an das Nachttischli getreten, und plötzlich sagte er: «Sie sollten nicht soviel Schlafmittel brauchen, Rechsteiner. Ich habe es Ihnen schon einmal gesagt. Das ist schädlich! Vorgestern hab ich Ihnen ein Fläschli gebracht, und jetzt ist es schon halb leer. Das ist unvernünftig!» Des Wirtes Gesicht verzog sich, es sah aus, als ob der Mann weinen wolle. Da sagte eine Stimme: «Ach, Herr Doktor, plaget meinen Mann nicht. Wenn Ihr wüßtet, wie schlecht er schläft in der Nacht – und dann ist er nicht allein schuld. Gestern hab ich selbst vom Schlaftrunk genommen, weil ich zu aufgeregt war.»
Das Anni stand im Zimmer, und Studer konnte sich nicht erklären, woher die Frau gekommen war. Denn er saß ganz nahe an der Tür, die in den Gang hinausführte. Doch als er sich weiter im Zimmer umblickte, entdeckte er neben der Balkontüre, an der Wand, die rechtwinklig zu ihr stand, eine Klinke. Also dort war die Tür! Sie war kaum zu sehen, denn sie war von oben bis unten mit der Tapete überzogen, die sich über die Wand spannte. Der Wachtmeister stand auf, drängte sich an der Frau vorbei, drückte die Klinke herab ...
Ein zweites Schlafzimmer, aber dunkel, nur in einer Ecke ein winziges Fenster. Ein schmales Eisenbett davor, ein Tisch mit Kamm und Haarbürste. Daneben ein Buch. Studer nahm es in die Hand. Er lächelte. Es war kein Buch, sondern ein Heftli über Kräuterkunde ... Es war besser, der Doktor sah es nicht, darum legte es der Wachtmeister mit dem Titelblatt nach unten wieder an seinen Platz und verließ auf den Fußspitzen das Zimmer.
Dann empfahlen sich die beiden Männer von dem Kranken. Studer fand gerade noch Zeit, dem Anni zuzuflüstern, er erwarte es in einer Viertelstunde drunten vor dem Haus. Die Wirtin nickte. Ihr Gesicht war bleich und starr. Und dies war vollauf zu begreifen.

Auf dem Gange erkundigte sich der Wachtmeister, ob es möglich sei, daß das verschwundene Medikament zur Vergiftung des Joachim Krock gedient habe.

«Ich präpariere», erwiderte der Arzt, «meine Medizinen gewöhnlich selbst. Bei diesen Kügeli hab ich eine Ausnahme gemacht und das Rezept nach Heiden in die Apotheke geschickt. Wissen Sie, Wachtmeister, es waren winzige Zuckerkügeli, und jedes enthielt etwa ein tausendstel Gramm von jedem der beiden Gifte. Im ganzen waren es etwa hundert Kügeli. Ein Tausendstel mal hundert gibt bekanntlich ein Zehntel. Und ein zehntel Gramm – es hätte vollauf genügt.»

Studer nickte. Blieb die Frage übrig, wie das Gift dem Joachim Krock beigebracht worden war. Im Essen? – Nein. Sonst hätten sie beide, er und Albert, auch daran glauben müssen...

«Soviel ich weiß, ist das Hyoscin geschmacklos. Und das Atropin?»

«Das hat einen ganz schwachen, bitteren Geschmack...»

Bitter?... Hatte der Herr aus St. Gallen etwas Bitteres gegessen?... Bitter! Was gab es Bitteres? – Und plötzlich klatschte sich der Wachtmeister mit der flachen Hand gegen die Stirn.

... Er sieht deutlich ein Bild vor sich: Den Speisesaal, und auf dem Tisch beim Klavier ist für drei Personen gedeckt. Vor jedem Teller steht ein Glas, gefüllt mit einer durchsichtig-braunen Flüssigkeit. «Was ist das?» frägt er die Saaltochter, die heut morgen ihren Feglumpen an seinen schwarzen Sonntagshosen abgewischt hat. «Wermut!» antwortet sie. Am Klavier aber sitzt Herr Joachim Krock und spielt einen Walzer, so langsam und traurig, daß er wie ein Bußlied der Heilsarmee tönt... Ottilia stellt die Suppenschüssel auf den Tisch, tritt neben den Musizierenden und meldet ihm, das Nachtessen sei aufgetragen. Studer steht mit dem Rücken zum Tisch, seine Hände sind beschäftigt. Herr Krock steht auf, er sieht Studer an, sieht den Albert an, ergreift sein gefülltes Glas... «Prost!» – «G'sundheit!» – «G'sundheit!» – Das Klirren der Gläser, einige Tropfen

der braunen Flüssigkeit fallen aufs Tischtuch ... Suppe. Kalter Braten. Salat. Erdbeeren ... In einer Viertelstunde ist das Essen beendet. Herr Joachim Krock steht auf, geht zum Klavier, dessen Deckel er nicht geschlossen hat, so daß die Tasten in der einbrechenden Dunkelheit weiß schimmern. Er setzt sich auf das Drehsesseli ... Wankt er nicht? Nein, das ist wohl Täuschung. Denn kräftig fallen seine unbehaarten weißen Hände auf die Tasten ... Ein Akkord ... Der Trauermarsch von heute morgen ...
Und dann liegt der Mann am Boden, krümmt sich. In seinen Mundwinkeln bildet sich Schaum, und seine Pupillen sind so groß, daß sie die Iris geschluckt haben ... Der Wachtmeister und sein Schwiegersohn tragen den Toten hinauf in sein Zimmer und legen ihn sanft aufs Bett ...
«Aeksküseeh, Herr Doktr!» murmelte Studer. Er müsse hurtig öppis go luege. Er sprang die Treppen hinab, nahm drei Stufen auf einmal, und langte atemlos in der Küche an. Unter der Türe blieb er stehen und überblickte den Raum. Kein Schüttstein ... Studer lief am großen Herd vorbei, und vorbei an der mageren Köchin, die ihn erstaunt anstarrte. Da war die Abwaschkammer.
Schmutziges Geschirr: Teller, Schüsseln ... Und die Gläser? Da standen sie, alle drei, auf einer Ecke des Tisches, in einem Mauerwinkel, wo es dunkel war. Sie waren noch nicht gespült worden. Studer ging in die Küche zurück, verlangte einen Bogen Zeitungspapier und verpackte die Gläser sorgfältig darin. Vorsichtig: denn er gab wohl acht, nur die Füße der Gläser zwischen Daumen und Zeigefinger zu nehmen.
Hernach stieg er langsam die Treppen hinauf, legte das Paket in seinen Koffer ab und begab sich nach dem Zimmer Nr. 7.
Das Bett, auf dem der Tote lag, war ein richtiges Hotelbett, die Bettpfosten aus Messing und oben mit Kugeln gekrönt, in denen sich die Glühlampe spiegelte, die oben an der Decke festgeschraubt war. Albert stand vor dem offenen Koffer und hatte seinen Inhalt auf dem Tisch beim Fenster

fein säuberlich ausgelegt. Studer, die Hände auf dem Rükken, musterte die Gegenstände. Nichts Interessantes: Viele Fläschli und Tuben; ein Giletteapparat, schwer versilbert, Pinsel, Rasiercreme. Nagelfeile, Schere. Was aber den Wachtmeister am meisten wunderte, war die Abwesenheit jeglichen beschriebenen Papiers: keine Akten, keine Briefe, nichts.

... Zu dieser Feststellung wollte eine andere gar nicht passen; auf dem Tisch lag eine Füllfeder, deren Deckel abgeschraubt war, und sie lag neben der Löschblattunterlage so, als habe der Schreiber sie nur für einen kurzen Moment abgelegt ...

Die Löschblattunterlage! Studer trug sie unter die Lampe und ließ das Licht voll darauffallen. Das oberste Blatt war neu und einige Schriftzüge ließen sich darauf erkennen. Schriftzüge von grüner Tinte. Vorsichtig nahm Studer die Füllfeder auf und kritzelte einige Buchstaben auf eine Seite seines Notizbuches. Die Füllfeder enthielt grüne Tinte – es war die gleiche Farbe wie die der abgelöschten Schriftzeichen auf der Schreibunterlage. Der Wachtmeister holte den Spiegel, der über der Waschkommode hing, legte die Schreibunterlage aufs Bett – weil es dort am hellsten war – und hielt den Spiegel senkrecht dahinter.

Diese dicken Buchstaben, die noch dazu unterstrichen waren, mußten zu einer Adresse gehören. Ein «a» ließ sich erkennen, dann eine Gruppe «nhe» und zu demselben Worte gehörend ein «m». Studer schrieb die lesbaren Buchstaben auf und ersetzte die Zwischenräume durch Punkte. Das ergab folgendes Bild:

«.a.nhe.m», wobei die Punkte die fehlenden Buchstaben darstellten.

Und der Wachtmeister starrte weiter in den Spiegel. Über der Buchstabenfolge, die er notiert hatte und die wahrscheinlich den Namen einer Stadt bedeutete, gab es eine andere, ganz schwach war sie, denn die grüne Tinte schien die Eigenschaft zu haben, rasch zu trocknen. Er entzifferte: «..li..ipr.si.ent». Oben in der Ecke des Löschblattes über der

Unterschrift («J. Krock» sehr deutlich, umgeben von einem zügigen Schnörkel) zwei Worte: «Check» .... «Fälschung» und zwei Zahlenreihen: die eine begann mit einer 3 oder 5, das war nicht deutlich zu sehen, und war gefolgt von vier Nullen. Also 30000 oder 50000; die zweite war eine Jahreszahl: 1924, wobei es nicht sicher zu erkennen war, ob die letzte Zahl wirklich eine 4 war oder eine 7.

Schlußfolgerung? Herr Joachim Krock hatte den Nachmittag dazu benutzt, einen Brief zu schreiben. Wo war der Brief? Auf der Post?

Und plötzlich stellte Studer mit einem leichten Erschrecken fest, daß er den Spiegel schon lange nicht mehr hielt. Trotzdem stand der Spiegel aufrecht. Der Wachtmeister hatte ihn, ohne es zu merken, gegen die steifen Beine des Toten gelehnt ...

Auf dem Abhang, der hinter dem Hotel «zum Hirschen» in die Höhe stieg, stand, mitten in der Wiese, eine mächtige Linde. Es war zehn Uhr vorbei und doch schien es, als fiele es dem Tage schwer, der Nacht zu weichen. Immer noch war die Luft durchsetzt von staubfreien Lichtteilchen, und eine Wolke überm Bodensee sah aus wie ein dicker Mann, der zur Feier der Sonnenwende eine dunkelrote Weste angezogen hat, die sich faltenlos über seinen Bauch spannt ...

Das Anni schwieg. Aber jetzt hob es die Hand zum Nacken – es war eine einfache Bewegung, aber sie riß den Wachtmeister zurück in eine ferne Vergangenheit. Eine kleine Schulstube, Buben auf der einen, Mädchen auf der anderen Seite. Und vorn in der ersten Bank beugt sich das Ibach Anni tief über ihre Schiefertafel und schreibt, schreibt. Plötzlich legt sie den Griffel weg, hebt die Hand zum Nacken ... Das Anni war damals sieben Jahre alt gewesen und der Köbu acht. Er war nicht der Hellste gewesen in der Schule, lang nicht so gescheit wie das Anni. Und nun traf man sich wieder ...

«Weischt no, Anni?» fragte Studer. «Wies albe gsy isch z'Rickebach?» Das Anni nickte, und plötzlich begann es zu weinen.

«Eh! Eh!» sagte der Wachtmeister. «Eh, Anni! Wa hescht au? Tue nid eso!» Aber das Schluchzen wollte nicht aufhören. Und Studer seufzte tief, hob die Augen und starrte auf die ersten Sterne, die sich nicht hervortrauten, noch ganz erschreckt vom allzulangen Tag. Das Schluchzen wurde leiser, und der Wachtmeister fragte vorsichtig, was denn dem Anni so zu Herzen gehe. Der neue Todesfall? – Eifriges Nicken der Frau, sie konnte noch nicht sprechen, es war, als habe sich dieser Schmerzensausbruch lange schon vorbereitet.

«Er plagt mich so», sagte die Frau leise. Sie knöpfte den Ärmel überm Handgelenk auf, streifte ihn zurück und zeigte auf zwei Flecke. Sie sahen schwarz aus in der hellen Dämmerung. – Wenn sie nicht alles tue, was der Rechsteiner wolle, so kneife er sie in den Arm.

«Es ist die Krankheit», sagte das Anni. «Die Krankheit macht ihn so unleidig. Früher war er ein fester Mann – wer hätte gedacht, daß es ihn so packen würde? Ich hab ihn kennengelernt in St. Gallen bei einer Hochzeit. Und wir haben einander gern gehabt. Er kam damals gerade aus Deutschland – ich war Gouvernante in einem Hotel, und da frug er mich, ob wir nicht zusammen etwas unternehmen wollten. Ein Hotel aufmachen – irgendwo auf dem Land. In Schwarzenstein sei eins zu verkaufen. Wir waren beide schon gesetzte Leute – aber wir haben uns gern gehabt. Im Anfang ist es ja gut gegangen. Bis er krank geworden ist. Und jetzt ist es nicht zum Aushalten!» Die Frau schwieg, und Studer wagte nicht, Fragen zu stellen. Sie hob das Gesicht – ein breites, volles Gesicht mit einer geraden Stirn, die sehr weiß war.

«Im Deutschen?» fragte Studer nach einer Weile. In welcher Stadt denn der Rechsteiner gewesen sei? – Sie erinnere sich nicht mehr, es sei eine Stadt im Badischen gewesen ... Ach, meinte die Frau dann, das mit dem Rechsteiner wäre nur halb so schlimm, wenn nicht in letzter Zeit die Geschichte mit dem Otti und die Geschichte mit der Loppacher passiert wäre ...

Studer wurde aufmerksam. – Ob sie nicht erzählen wolle?

– Es sei da nicht viel zu erzählen. Mit dem Tschinggemeitschi sei das so gewesen: der Rechsteiner («Der Rechsteiner!» sagte die Wirtin, und nicht: «Mein Mann»), der Rechsteiner habe das Meitschi beauftragt, seine eigene Frau zu beaufsichtigen. Die Ottilia habe jeden Samstagabend mit allen Rechnungen ans Krankenbett kommen müssen, und sie, die angetraute Frau, habe dabeistehen und sich abkanzeln lassen müssen. – Das sei falsch gemacht worden, und jenes lätz. Und warum man diesem Gast nicht mehr aufgeschrieben habe? – Dann habe der Rechsteiner Kassensturz gemacht und hernach seine Frau aus dem Zimmer gejagt – später sei das Otti meistens mit einem Paket Briefe auf die Post. Und als die Loppacher gekommen sei, habe der Rechsteiner sie zu seiner Sekretärin erkoren. Nachmittagelang habe die Schreibmaschine im Krankenzimmer geklappert, und oftmals auch in der Nacht bis elf Uhr, bis Mitternacht. Kein Gedanke an Schlaf! Und doch habe der Rechsteiner sie nachher noch drei- oder viermal aus dem Bett gesprengt; um fünf Uhr habe sie gleichwohl wieder aufstehen müssen. Studer möge bedenken: vier Kühe im Stall, zwei Rosse für die Kutsche, Schweine, Kleinvieh! Manchmal sei sie heuen gegangen, nur um aus dem Unglückshaus herauszukommen – denn das müsse der Köbu wohl verstehen, seit Jahren habe sie keinen Sonntag, keinen Feiertag mehr gehabt.

Ein kühler Wind kam vom See herauf, die Linde rauschte.

– Ob sie sich wirklich nicht erinnern könne, fragte Studer, in welcher Stadt der Rechsteiner gewohnt habe, bevor er nach St. Gallen gekommen sei? Eine Stadt im Badischen? Sie solle nachdenken!

«Er hat erzählt, daß dort zwei Flüsse zusammenfließen – und dann ist dort eine große Brücke, die die Stadt mit einer andern verbindet. Auch einen Hafen hat die Stadt, einen großen Hafen ... Wenn du den Namen sagst, könnt' ich dir sagen, ob er stimmt.»

Der Sommerabend war so still und friedlich, daß man sich zum Denken zwingen mußte.
Zwei Flüsse, ein Hafen, die Rheinbrücke ... Die Stadt sollte man kennen. Offenburg? Nein. Karlsruhe? Nein. Und Mainz lag nicht mehr im Badischen ...
Studer holte sein längliches Lederetui aus der Tasche, zog den Strohhalm aus der Brissago – aber bevor er ihn anzündete, legte er sein Notizbuch geöffnet auf die Knie.
Im Scheine des Zündhölzchens las er:
«.a.nhe.m».
Er hatte über das Rätsel nicht weiter nachgedacht, aber jetzt, plötzlich, sprang ihm im Lichte des brennenden Strohhalms die Lösung in die Augen:
«Mannheim.»
Er rief das Wort so laut, daß die Frau ihm die Hand auf den Ärmel legte. – Natürlich sei es Mannheim gewesen, aber deswegen brauche er doch nicht so laut zu schreien. Studer entschuldigte sich. Er habe nur deswegen so laut gerufen, weil er sich die Finger verbrannt habe. Ja, statt zu fluchen, habe er ... Die Schwaben sagten doch auch: «Herrgott von Mannheim!» Oder?
Mannheim! ... Warum hatte Joachim Krock, Besitzer einer Auskunftei in St. Gallen, an seinem Todestage einen Brief geschrieben, der für jene Stadt im Badischen bestimmt war, in der Karl Rechsteiner, Besitzer des Hotels «zum Hirschen», sein Vermögen erworben hatte? ...
Studer stand auf, streckte sich; er bot der Frau den Arm. Und einträchtig schritten beide auf das große Haus zu, das dunkel vor ihnen lag. Nur im ersten Stock war ein Fenster erleuchtet. Als sie näher kamen, hörten sie das Klappern einer Schreibmaschine. «Fräulein» Loppacher versah ihren Dienst bei dem kranken Manne.
Plötzlich stellte Studer eine Frage (wie eine Fledermaus, lautlos und dunkel, hatte sie ihn gestreift): «Kann der Rechsteiner noch laufen?» Sie standen so nahe beim Haus, daß er nur flüsternd sprach, aus Angst vielleicht, der Kranke könne die Frage hören durch das geöffnete Fenster – und geflü-

stert kam die Antwort: «Er ist an beiden Beinen gelähmt ... Du kannst den Doktor fragen.» Eine Hand griff nach der seinen, drückte sie. «Hab Dank, Köbu.» Und dann war die Frau verschwunden.

Vor der Hintertüre schritt der Wachtmeister auf und ab, auf und ab. Eine halbe Stunde, eine Stunde. Die Turmuhr im Dorfe Schwarzenstein schlug Mitternacht. Da brach das Geklapper oben im Krankenzimmer ab. Studer blieb stehen. Schritte auf der Treppe, die Tür wurde geöffnet. Ein weißes Kleid war ein heller Fleck in der Dunkelheit und verfloß dann mit der gekalkten Mauer.

«Guten Abend, Fräulein Loppacher», sagte Studer, und er sprach sein feinstes Schriftdeutsch. «Darf ich Sie heimbegleiten?»

Ein kleiner, unterdrückter Schrei, dann: «Bitte, wenn es Ihnen Freude macht, Wachtmeister.»

Die Betonung lag auf «Wachtmeister». Nicht: Herr Studer, nein: «Wachtmeister». Wie man sagt: «Portier» oder «Schofför ...»

Während Studer schweigend neben dem Bureaufräulein einherschritt, erinnerte er sich an die zweite Buchstabenfolge, die er in sein Notizbuch eingetragen hatte: «..li..ipr.si.ent». Und am liebsten hätte er sich wieder mit der flachen Hand gegen die Stirne geklatscht. Der zweite Teil des Wortes konnte nichts anderes heißen als «präsident». Und der erste Teil? Ein Drittkläßler hätte es geraten. «Polizei» hieß er! Fragte sich nur, warum Herr Joachim Krock an den Polizeipräsidenten von Mannheim geschrieben hatte. Hing dies mit der eifrigen Korrespondenz zusammen, die ein gewisses Fräulein, das als Kurgast hier oben wohnte, mit Jean Stieger geführt hatte? Unwillkürlich tastete der Wachtmeister nach seiner Brusttasche. Wohl! Die leeren Briefumschläge steckten noch immer darin – und Studer seufzte, denn er dachte, daß er diese Nacht nur wenig schlafen würde. Platten, Kopierrahmen, Fixierer, Verstärker warteten droben in seinem Zimmer auf ihn. Man mußte sich selbst beweisen, daß man noch nichts von dem vergessen hatte, was man im «wissenschaftlichen» Polizeilaboratorium des Doktor Locard in Lyon gelernt hatte...

Was hatte man dort gelernt? Man hatte gelernt, daß jedes beschriebene Blatt, sobald es lange genug auf ein unbeschriebenes gepreßt wird, auf diesem zweiten Blatt Spuren hinterläßt, die man mit dem bloßen Auge nicht sehen kann, die aber nach zehn- bis zwölffachem Kopieren auf der photographischen Platte sichtbar werden. Nur – es war eine Heidenarbeit. Gut, daß man sich noch eine Flasche reinen Alkohols gesichert hatte – zum Plattentrocknen...

Gut, das würde später an die Reihe kommen...

Fritz Graf, der Bruder des unter Mordverdacht Verhafteten, schüttelte dem Wachtmeister lange, sehr lange und eifrig die Hand. Dazu führte er Tänze auf, die einem Derwisch alle Ehre gemacht hätten. Er verrenkte seinen mageren Körper, schnitt unglaubliche Grimassen, während seine Äuglein, klein und verschlagen, immer an Studers Kopf vorbeiblickten. Atemlos war die Begrüßung...

«A.. a.. haha.. de.. he.. er Wahachtme.. hi.. ischte .. her!» Er zog seine Hand zurück, schlich durch den Raum, nicht etwa gerade wie ein gewöhnlicher Christenmensch, sondern seitlich, so, als sei die rechte Schulter die Brust – und beim Gehen kreuzte er mit den Beinen, als wolle er schwierige Tanzschritte üben. Er brachte einen Stuhl. «Ne.. he.. hemet Plaha.. hatz, He.. he.. herr... Soho.. ho isch rehe.. hecht.» Er selbst stützte die Hände auf die Werkbank, stieß sich vom Boden ab und hockte dann oben; seine Füße ließ er baumeln, bald schneller, bald langsamer, die rechte Schulter war immer noch vorgeschoben... Auf der Feldschmiede glühten Kohlen. Fritz Graf schien die Anwesenheit Martha Loppachers nicht zu bemerken. Da er der Jungfer keinen Stuhl angeboten hatte, setzte sich das Bureaufräulein aufs Bett, das in einem Winkel aufgeschlagen worden war, der Feldschmiede gegenüber. Das Köfferchen, das die Schreibmaschine enthielt, stand auf dem Boden.

Und Studer fragte sich, warum die Loppacher wohl dem

Jean Stieger von Hand geschrieben habe, statt mit der Maschine. Er wurde nicht klug aus der bemalten Jungfer. Eine Gans hatte sie Joachim Krock genannt. Schließlich, es war zu verstehen, daß sie sich in den Velohändler verliebt hatte. Zuerst hatte sie wohl nur, wie sie sagen würde, «das Kalb» mit ihm machen wollen. Und dann? Hatte der Mann eines schönen Tages zugegriffen? Zuzutrauen war es ihm schon. Er hatte mit seinen Tieren zusammengelebt, seine Tiere hatten ihn lieb ... Lieb? ... Was hieß das anderes, als daß der schwarze Velohändler eine gewisse Anziehungskraft auf alles Lebende ausgeübt hatte? Was war die Loppacher anders als ein Tierlein? Ein Tierlein mit Handelsschulbildung? Sie klapperte auf der Schreibmaschine nach, was man ihr vorsprach.

Solche Gedanken gingen dem Wachtmeister durch den Kopf, während er auf seinem Stuhle saß und den baumelnden Beinen des Fritz Graf zusah.

«Warum habt Ihr Eure Stelle in St. Gallen verlassen?» fragte Studer.

«Wa ... ha ... Weil» Stocken. Unglaublich, wie der Mann seinen Mund verziehen konnte. Wie rote Kautschukbänder waren die Lippen. Sie dehnten sich aus, schrumpften zusammen ... Manchmal war der Mund so groß, daß man Angst hatte, er werde die Ohren verschlucken, und dann wurde er winzig und rund. «Wa ... ha ... weil ...» Der Mann kam nicht weiter – und doch hatte der Wachtmeister den Eindruck, daß dieses Stakeln unnatürlich war – vielmehr, daß der Mann unter Umständen ganz richtig und ruhig würde sprechen können. Aber unter welchen Umständen?

Endlich, nach vielen Ansätzen, konnte der Fritz erklären, er habe von der Verhaftung seines Bruders durch Herrn Krock erfahren ...

«Durch Herrn Krock?» wiederholte Studer fragend, ungläubig.

Und da kam zum ersten Male vom Bett her Antwort.

– Fritz Graf, teilte Martha Loppacher in ihrem einfälti-

gen Schriftdeutsch mit, sei Ausläufer im Bureau gewesen.
«Ja . . ha . . ha! A . . ha . . hauslö . . hö . .ifer!»
Soso, Ausläufer! Beim Herrn Krock! Studer schneuzte sich geräuschvoll, und dann änderte er seine Taktik. Er ließ den Fritz Graf in Ruhe und wandte sich der Tippmamsell zu. «Fräulein Loppacher», begann er. «Ich habe Sie schon lange Verschiedenes fragen wollen. Aber Sie werden wissen, daß ich dazu kein Recht habe. Wenn ich mich mit dem Fall befasse, so nur deshalb, weil ich es erstens Frau Rechsteiner versprochen habe und weil ich zweitens von der Unschuld Ihres Freundes, des Velohändlers, fest überzeugt bin.»
«Ja . . haha . . . De Ernscht ischt oscholdi!» krächzte Fritz Graf.
«Schwyg jetz, du Laferi!» sagte Studer gemütlich. «Damit ich dies aber beweisen kann, sollten Sie offen zu mir sein und mir ein paar Fragen beantworten. Wollen Sie?»
Martha Loppacher nickte und sagte: «Ja!»
«Gut. Was steht in den Briefen, die Ihnen der Wirt Rechsteiner diktiert?»
Das Mädchen stand auf, öffnete den Koffer ihrer tragbaren Schreibmaschine und reichte dem Wachtmeister einige Blätter. Kopien. Studer las sie schnell durch . . .
Anfragen an Banken, an Vermittlungsbüros, an bekannte Wucherer (ein paar Namen und Adressen kannte Studer), welche die Polizei noch nicht hatte fassen können. Bitten um Darlehen: dreitausend, fünftausend, zweitausend. Als Sicherheit wurde das Haus angeboten. Es sei, so hieß es in den Briefen, nur mit einer ersten Hypothek belastet . . . Warum tat der Rechsteiner dies alles hinter dem Rücken seiner Frau? Wozu brauchte ein kranker Mann soviel Geld?
«Und die anderen Briefe? Die Briefe, die Sie gestern vor einer Woche geschrieben haben?»
— Sie hätten alle den gleichen Inhalt gehabt.
«Und die Briefe, die Sie an den ermordeten Stieger geschrieben haben?»
Schweigen. Studer konnte das Gesicht des Fräuleins nicht recht sehen, denn es war im Schatten. Die einzige Lampe,

eine sehr helle Birne, die über der Werkbank hing, trug einen Schirm, der das Licht ausschließlich auf den Tisch warf und die Winkel des Raumes im Dunkel ließ. Es glänzten die Schraubenschlüssel, die Meißel, die Zangen ... In der Ecke, auf dem Bett, aber war nur ein weißer, verschwimmender Fleck zu sehen: das Kleid der Jungfer.
Sie schwieg lange, die Jungfer. Und endlich verstand Studer den Grund dieses Schweigens. Er schickte den Fritz Graf kurzerhand hinaus: er solle nach den Tieren schauen und dann schlafen gehen. «Wo ... wo ... wohl, Herr Waha ... hachtme ... i ... ischter!» Die Türe ging auf – der Mond schüttete sein gefrorenes Licht über den Hof, und in seinem Lichte nahm das alte Eisen gespenstische Formen an. Die Faßreifen sahen aus wie die Räder eines Märchenwagens und die verwickelten Drähte wie riesige Käfer mit dünnen Beinen und riesigen Fühlern. Die Tür schloß sich – und da fühlte der Wachtmeister eine sanfte Berührung an seinem Knie. Er sah unter den Tisch, zwei Augen schillerten ihm entgegen, eine helle Pfote hob sich und legte sich ganz sanft auf seinen Schenkel. Dann war ein dumpfer Wirbel zu hören: das Bäärli wedelte mit dem Schweif, und der Schweif trommelte gegen eine leere Petrolkanne.
«Ja, du bischt-en guete Hund!» Der Wachtmeister streichelte sanft den spitzen Kopf. Ein Gedanke stieg in ihm auf; er wurde ihn nicht mehr los, und weil er diesen Gedanken nicht mehr los wurde, sagte er zu dem Hund: «Ja, Bäärli! Spöter!»
Sie kam aus ihrer Ecke heraus, die Jungfer Loppacher ... Sie legte, wie vor kurzer Zeit der Fritz Graf, die beiden Hände auf die Werkbank, stieß sich vom Boden ab und saß dann droben. Auch sie schlenkerte die Beine, keinen Meter von Studers Nase entfernt – und das war aufreizend. Denn eines mußte selbst der Neid dem Meitschi lassen: schöne Beine hatte es ...
Der Wachtmeister wiederholte seine Frage, blickte auf und der Martha Loppacher grad in die Augen. Die Jungfer senkte den Blick nicht.

– Sie habe die Kopien der Briefe jeden zweiten Tag nach St. Gallen geschickt, erklärte sie leise. Denn, fuhr sie nach einer Pause fort, die Krankheit und der notwendige Erholungsaufenthalt seien ein Vorwand gewesen. In Wirklichkeit habe sich die Sache folgendermaßen zugetragen: Vor anderthalb Monaten etwa habe Herr Krock vom Rechsteiner einen Brief bekommen ... Inhalt? Fast wortwörtlich wie der Inhalt der heutigen Briefe. Herr Krock habe darauf gemeint, daß hier etwas zu holen sei und habe sie nach Schwarzenstein geschickt als Kundschafterin ...
Herr Krock habe nach dem ersten Brief Erkundigungen über das Hotel eingezogen. Sie lauteten nicht ungünstig. Keine Schulden. Die Zinsen für die erste Hypothek waren der Bank stets prompt bezahlt worden ... Aber Joachim Krock erfuhr, daß der Rechsteiner noch an andere Geldleute in St. Gallen geschrieben und überall ein kleines Darlehen verlangt hatte. Wie in den Briefen da. Zweitausend, dreitausend, an zwei Stellen sogar nur tausend. ‚Da stimmt etwas nicht!' habe Herr Krock gemeint und sie beauftragt, hier ein wenig herumzuspionieren. Damit es aber im Dorfe nicht auffalle, habe Herr Krock ihr aufgetragen, die Briefe an Stieger zu adressieren ...
Immer noch lag der warme Kopf des Hundes auf Studers Knie – und die Schnauze gab kleine Stöße, so, als wolle das Bäärli den großen, schweren Mann an etwas erinnern: «Vergiß meinen Herrn nicht!» Nein, er vergaß ihn so wenig, daß er, völlig unerwartet, seine Taktik änderte und im breitesten Bärndeutsch fragte: «Sägg, Meitschi, worum hescht du mit dem Grofe-n-Ernscht es G'schleipf aagfange?»
Die Haare der Loppacher waren sicher gebleicht. Ein so zartes Blond konnte nicht natürlich sein. Und onduliert waren die Haare auch. Ganz deutlich aber war zu sehen, wie das Blut in die Wangen des Mädchens schoß – jaja, sie hatte sich heut' abend nicht gepudert – wie Angst die Augen füllte ... Und Studer hätte drauf wetten können, daß die Zunge, die über die Lippen strich, trocken war – wie der Gaumen, wie der Schlund ...

Die Antwort kam nicht. Studer ertappte sich bei einem nichtsnutzigen Gedanken: er dachte, das Hirn der Jungfer habe wohl ebenso Dauerwellen wie die Haare ... Die Dauerwellen? Die Gefühlsregungen waren in einer Form erstarrt. Das Mädchen konnte keinen Mann sehen, ohne sogleich, selbsttätig wie ein Automat, «in Liebe zu fallen», wie der Engländer sagte. Mochte es ein Kranker sein (wie der Rechsteiner), oder ein Halbwilder (wie der Velohändler), oder ein Vorgesetzter (wie der ermordete Stieger) ... Wer aber war der Coiffeur, der das Gehirn so behandelt hatte? Den brauchte man nicht weit zu suchen. Kein Mensch war es, ein Geist eher, der verschiedene Formen anzunehmen wußte und in vielen Zungen sprach. Im Kino zitterte er über die Leinwand, in Operetten sang er und in den Schlagern; er redete in den Romanen, sprach aus dem Grafensohn, dem Assessor, der Komtesse. Und dann geschah es wie im Märchen: sein Singen versteinte das Herz, sein Tanzen verhärtete den Geist, sein Schwätzen frisierte die Gefühle – was blieb zurück? Dauerwellen im Hirn ... Und was das Traurigste war an der ganzen Sache: man konnte der Martha keine Schuld geben, daß sie so geworden war, daß sie ihre Seele färbte und polierte wie ihre Fingernägel. Vielleicht hatte die Martha ein paarmal mit dem Stieger getanzt, vielleicht sich küssen lassen (ja küssen! nicht einmal abmüntschele!) – und dann stand sie vor einer Leiche. Und wie ein Automat, der selbsttätig die vorgeschriebenen Bewegungen ausführt, wirft sie sich über den Toten (genau wie sie es soundso oft im Kino gesehen hat): «Mein Geliebter!»
Immerhin, es schien noch Rettung möglich zu sein. Denn daß sie, die abgebrühte Martha Loppacher (denn sie hielt sich für abgebrüht, war sie's auch?), plötzlich errötete, ließ doch darauf schließen, daß ihr der merkwürdige Grofe-n-Ernscht nicht ganz gleichgültig gewesen war.
«Ich ha-n-e gern möge, Herr Studer.»
War es eine Täuschung? Es schien dem Wachtmeister, als begännen die Dauerwellen langsam, langsam die angepreßte Form zu verlieren – nicht die sichtbaren, die blieben –,

die Frisur lag untadelig dem Kopf an, und kein Härchen stand ab. Aber die anderen ... Verzogen die Lippen sich nicht, die bemalten? Senkten sich nicht die Mundwinkel?
Ganz sanft fragte Studer, ob Martha das nicht begreifen könne, daß es für die Wirtsfrau schwer sei, sehr schwer, wenn eine Fremde sich zwischen sie und ihren Mann stelle? Geheimnisse mit ihm habe? Ob sie, die Martha, nicht von morgen an das Sekretärinnenspielen aufgeben wolle?
Eifriges Nicken.
Der Hund trommelte wieder ganz leise mit seinem Schweif gegen die leere Kanne – das Geräusch weckte Studer aus seinen Gedanken. Und da fiel ihm zweierlei auf.
Das erste war etwas scheinbar Nebensächliches: Das Mädchen starrte mit trockenen Augen geradeaus. Aber deutlich, fast zum Greifen deutlich, war die Angst, die das Gesicht verzerrte und in den Augen hockte ...
Das zweite war noch nebensächlicher: Martha Loppacher hatte sich nach hinten gebeugt und aus einer der Lederschlaufen eine Feile genommen. Dann öffnete sie einen Schraubstock, steckte einen Nagel zwischen die Backen, zog den Hebel an. Und dann begann sie zu feilen. Gedankenlos.
Sie hielt die Feile in der Rechten, preßte sie mit der Linken fest und feilte in langen Strichen – wie ein gelernter Mechaniker.
Und Studer dachte, daß auch die Speiche des Velorades, die so tief in Jean Stiegers Körper gesteckt hatte, vorne spitz zugefeilt worden war. Zum ersten Male fiel es ihm auf, daß nicht viel Kraft nötig war, um mit einer solchen Waffe zu töten.
Weiter kratzte die Feile.
«Lassen Sie das!» herrschte Studer das Mädchen an. Das eintönige Kreischen war nicht auszuhalten. Es hatte auch die Stimmung zerstört. Studer stand auf, sagte, ohne aufzublicken – und unwillkürlich bediente er sich wieder des Schriftdeutschen – ziemlich barsch: «Gehen Sie jetzt schlafen! Gute Nacht!»

Er trat in den Hof hinaus, und der Hund folgte ihm, als sei dies selbstverständlich. Der Wachtmeister hatte ihn weder gerufen noch mit einem Fingerschnalzen aufgefordert, mitzukommen ...

Der Spitz führte. Eigentlich wäre es nicht nötig gewesen, denn die Türe war nur angelehnt, und ein schwaches Licht schimmerte durch ihre Ritzen. Als Studer sie aufstieß, erlosch das Licht. Und aus der Ecke, in der am Morgen der Velohändler gelegen hatte, kam eine Stimme. Sie fragte, ob es dem Wachtmeister gleich sei, im Dunkeln zu hocken. Denn, fügte die Stimme hinzu, wenn es dunkel sei, gehe das Reden leichter vonstatten. Nur in der Helligkeit, und wenn ihm einer auf die Lippen schaue – da beginne er zu stottern. Die Behauptung schien zu stimmen. Denn der Mann dort in der finsteren Ecke sprach zusammenhängend, mit einer noch nicht gehörten, weichen Stimme. Kein Gekrächz, kein atemloses Wiederholen der Worte ... Studer tastete sich vorwärts – bis zur Mitte des Raumes hatte ihm der Mond geleuchtet, nun war es pechschwarz – endlich stieß er mit dem Fuße an etwas Weiches. Es piepste, laut und durchdringend. «Bisch still, Ideli!» sagte der Mann im Bett. Das Säuli schnaufte, raschelte im Stroh. Und dann war es still.

Er müsse vorliebnehmen, sagte Fritz Graf. Es sei kein Stuhl im Zimmer. Ob es dem Wachtmeister nichts ausmache, auf dem Boden zu hocken? Nein? Und er danke auch recht schön, daß der Wachtmeister noch gekommen sei. Drüben – ja, er wisse wohl, daß er sich wie ein Kind benehme, aber das sei nicht seine Schuld.

«Wir beide, Wachtmeister», sagte die Stimme in der Dunkelheit, «der Ernst und ich, sind so kurios geworden, weil der Vater uns immer geschlagen hat. Alle hat er geschlagen, wenn er betrunken war. Die Mutter, den Hund, die Pferde, die Kühe. Und uns. Gleichwohl sind wir wackere Arbeiter geworden – aber wir haben Angst vor den Menschen. Ich hab' in Fabriken gearbeitet, in Arbon zuerst, dann in St. Gallen. Aber nie hab' ich's lang ausgehalten. Immer haben mich die Kollegen geföppelt – es war kein

Leben, Wachtmeister! – Da hab' ich zugegriffen, wie mir der Herr Krock die Stelle angeboten hat . . .»

«Wie ist das zustande gekommen?» wollte Studer wissen. Er saß auf einer zusammengelegten Decke, die ihm wortlos zugeschoben worden war, neben ihm lag das Bäärli und hatte den Kopf wieder auf des Wachtmeisters Knie gelegt.

«Das war vor drei Monaten», sagte Fritz Graf. «Da ist an einem Abend, so um acht Uhr, ein Herr zu mir ins Zimmer gekommen. Jung. Mit einer langen Nase . . . Wenn ich offen sein soll, Wachtmeister, so muß ich gestehen, daß mir die Augen des Herrn und sein Mund nicht gefallen haben. Aber er hat gleich angefangen: Er komme von meinem Bruder, der in Schwarzenstein Velohändler sei. Ob ich nicht Ausläufer und Bureaudiener werden wolle? Freie Kost und Logis. Hundert Franken im Monat . . . Ich hab' zugegriffen.»

Studer war nicht ganz bei der Sache. Er sah noch immer den Schraubstock –, und zwei Hände, deren Nägel bemalt waren, hielten eine Feile und feilten, feilten . . .

«Ich war mit der Stellung zufrieden. Oft bin ich fortgeschickt worden: In dieses Dorf, in jenes. Ich sollte mich mit den Wirten unterhalten und aufpassen, was sonst geschwätzt wurde. Natürlich, erzählen hab' ich's nicht können. Aber ich bin immer der Beste gewesen im deutschen Aufsatz in der Schule, das Schreiben macht mir nicht Angst – alles hab' ich dann schriftlich niedergelegt und den Herren gebracht. Die waren zufrieden. Im zweiten Monat hab' ich schon hundertzwanzig Franken bekommen. Dann hab' ich dem Ernst, meinem Bruder, geschrieben und ihm gedankt, daß er mir die Stelle verschafft hat. Aber er hat mir geantwortet, er wisse nichts von der Sache. Das war mir gleich.»

«Was war das für ein Bureau?»

«Ich bin selbst nicht recht drausgekommen, was der Herr Krock eigentlich getrieben hat. Einmal ist eine fremde Dame gekommen (wenn ich nicht unterwegs war, bin ich in meinem kleinen Zimmer gehockt, das lag neben dem Hauptbureau, und wenn die Glocke an der Wand angeschlagen hat, hab' ich gleich hinüberkommen müssen), also eine fremde

Dame ist gekommen, ich hab' ihr die Tür aufgemacht und bin dann wieder in mein Zimmer zurück. Die Dame ist mit Herrn Krock allein geblieben. Plötzlich schellt die Glocke. Ich reiß' die Tür auf, steh' im Bureau. Da seh' ich die Dame, sie kehrt mir den Rücken zu, und in der Hand hält sie eine Pistole. Der Herr Krock sitzt ruhig hinter dem Schreibtisch. Ich pack' den Arm der Dame, und da läßt sie den Revolver fallen. Ich heb' ihn auf und leg' ihn auf den Schreibtisch. Der Herr Krock nimmt ihn, wirft ihn in eine Schublade und sagt: ‚Jetzt ist es dreitausend . . .' Da zieht die Dame ein Heft aus der Tasche, reißt ein Blatt heraus, schreibt. ‚Fritz', sagt der Herr Krock, ‚spring auf die Post. Aufs Postscheckbureau. Dort bekommst du Geld. Sag, Frau... Frau...' – Ich hab' den Namen vergessen, Wachtmeister – ‚sag, daß dich die Frau . . . schickt'. Dreitausend Franken, Wachtmeister. Dreitausend Franken!»

Erpressung? Wucher? Studer dachte nach. War es wirklich so unmöglich, daß ein Erpresser (oder ein Wucherer) in St. Gallen sein Wesen trieb, ohne daß die Polizei etwas davon erfuhr? Oder vielleicht wußte die St. Galler Polizei Bescheid, hatte aber keine Beweise? Und Herr Joachim Krock fuhr fort, den geachteten Bürger zu spielen . . .

«Was hat er sonst getrieben in seinem Bureau?» fragte Studer.

«Viele Briefe hat er bekommen. Von weither. Aus Frankreich, aus England, aus Deutschland. Ich glaub', der Herr Krock war selbst ein Schwab. Auch Häuser hat er gekauft und wieder verkauft. Ein paarmal hab' ich ins St. Galler Oberland fahren müssen – mit dem Velo, Wachtmeister, mit dem Velo! – und Wirten Geld bringen. Auch im Appenzellischen hab' ich Wirte besucht und ihnen Geld gebracht.»

«Beim Rechsteiner warst du nie?» fragte Studer.

«Nein. Nie.» Schweigen. Das Mondlicht war gewandert. Nun lag es nur noch auf der Schwelle. Und dann war ein Trippeln zu hören, das näher kam – ein Trippeln von vielen winzigen Hufen. Weit ging die Türe auf. Die zwei Ziegen kamen herein, und: «Mutschli! Mutschli!» rief der Liegende. Das Schaf folgte zögernd: «Salü Müüsli!» sagte der Fritz.

Sie trippelten im Zimmer herum, die Tiere, die der Grofe-n-Ernscht vom Tode errettet hatte, scharten sich um das Bett und nahmen auch Studer auf in ihren Kreis. Es war wie im Märli ... Zwei Brüder – häßlich alle beide – der zweite womöglich noch unglücklicher als der erste, er konnte nur stottern, wenn man ihm auf die Lippen sah. – Aber was kümmerte das die Tiere, ob einer schön ist oder wüescht? – die Tiere kennen die Menschen besser als die Zweibeiner ihre Brüder. Und Studer fühlte etwas wie Stolz, weil die Ziegen, die Schafe, der Hund ihn aufgenommen hatten in ihren Kreis ...

Fritz Graf wollte wissen, ob die Tiere den Wachtmeister nicht störten. Und Studer schüttelte unwillig den Kopf – stören! – besann sich dann aber, daß der andere sein Kopfschütteln gar nicht sehen konnte. So sagte er mit einer Stimme, die er an sich selbst gar nicht kannte, obwohl sie sein geläufigstes Wort sprach: «Chabis! Störe!» Im Gegenteil, es sei eine merkwürdige Nacht heute, fügte er hinzu. Alles erinnere ihn wieder an die Kindheit. Als Fisel sei er auch immer gut Freund gewesen mit den Tieren – und überhaupt! ... Ziemlich brummig sagte er die letzten Worte und war erstaunt, den Fritz lachen zu hören ...

Eins habe er noch fragen wollen, sagte Studer und lehnte sich bequem zurück. – Das Schaf, das «Müüsli», wie die beiden g'spässigen Brüder das Tier nannten, hatte sich gerade hinter ihm niedergelassen, so daß er eine weiche und warme Lehne hatte. – Wann habe denn dieser Krock sein Bureau verlassen?

Ganz genau könne er es nicht angeben, meinte Fritz Graf. Es sei ihm telephoniert worden gestern nachmittag, so um die fünf herum. Da habe er sein Bureau verlassen und ihm, dem Graf, aufgetragen, am Telephon zu antworten und die Anrufe aufzuschreiben. – Erstaunt erkundigte sich der Wachtmeister, ob denn Fritz telephonieren könne? «Gwüß, Wachtmeischter!» Er sei ja dann allein, und niemand schaue ihm auf die Lippen. – Exakt! ... Und im Hause habe er ja als Bureaudiener auch gewohnt.

«In meinem Zimmer – im Zimmer neben dem Bureau, standen ein Bett und ein kleiner Tisch. Die Kleider hab' ich in einem Schaft draußen auf dem Gang versorgt. Da hab' ich das Läuten vom Telephon ganz gut hören können. Es hat um sieben geläutet – eine Frauenstimme hat nach dem Herrn Krock gefragt. Ich hab' kaum angefangen, zu antworten, hat die Frau abgehängt. Um acht hat Herr Krock angeläutet: ‚Nichts Neues, Fritz?' – ‚Nein, Herr.' Die Nacht durch ist es still gewesen. Heute morgen, um acht Uhr, hat Herr Krock wieder angeläutet: ‚Hör, Fritz, dein Bruder ist verhaftet, weil er den Herrn Stieger umgebracht hat. Schließ das Bureau ab und komm nach Schwarzenstein.' Dann hat er . . .» Studer fuhr so heftig auf, daß das Schaf in seinem Rücken leise und schmerzlich bähte.
«Um wieviel Uhr?» fragte er.
«Heute früh um acht Uhr.»
«Bisch sicher?»
«Sicher, sicher wohr!»
Um zehn Uhr war die Behörde erschienen! Und erst um drei Uhr nachmittags hatte die Behörde den Velohändler verhaftet. Mitgenommen aber hatte sie ihn um vier Uhr! Und um acht Uhr morgens hatte Joachim Krock schon gewußt, wen man als Schuldigen verhaften würde!
Überlegte man sich die Sache genau, so war das Voraussagen der Verhaftung im Grunde keine große Hexerei. Hatte Studer nicht auch diese Schlußfolgerung gezogen? Immerhin . . .
«Ich hab' mich dann gleich auf den Weg gemacht – das heißt, nicht gleich. Ich mußte das Bureau noch in Ordnung bringen, mußte wüsche und mein Bett machen . . . Dann hab' ich mir noch etwas zu Mittag gekocht und bin dann losgefahren. Unterwegs hab' ich zweimal flicken müssen – so ist es sechs Uhr geworden, bis ich in Schwarzenstein angelangt bin.»
«Wer wird jetzt wohl das Bureau vom Herrn Krock weiterführen?» fragte Studer, und er hörte es, wie der andere die Achseln zuckte.

«Ich weiß nicht», sagte Graf. «Nur wir vier waren im Bureau, Stieger und Krock, die Loppacher und ich ...»
«Gut' Nacht, Fritz. Schlaf gut!» Studer stand auf, vorsichtig, sehr vorsichtig, um nicht aus Versehen ein Tier zu treten.
«Guet' Nacht, Wachtmeister. Ond i danke au!»
Der Mond war untergegangen. Der Himmel sah aus wie eine schlecht geputzte Wandtafel und die Sterne wie Kreidepunkte. Im Osten lagerte eine Wolke und erinnerte an einen Feglumpen, mit dem man verschütteten Rotwein aufgenommen hat. Schwer drückte die föhnige Luft auf die Erde. Die Gräser waren trocken. Keuchend stieg der Wachtmeister den Abhang hinauf bis zur Bank unter der Linde, setzte sich und fuhr sich mit dem Nastuch über den Kopf.
Kein Vogel sang. Die Sterne waren verschwunden. Statt ihrer klebten weiße Fetzen am Himmel, beschienen von der aufgehenden Sonne. Der See schillerte wie heißer Teer.
Straßauf, straßab ließ der Wachtmeister seine Blicke wandern. Er vermißte etwas, besann sich, kam nicht darauf. Was fehlte? Er stand wieder auf und schleuderte angeekelt die soeben angezündete Brissago weit von sich. Sie schmeckte nach Stroh und Leim.
Als er die Straße erreicht hatte, folgte er ihr ein kurzes Stücklein, kehrte wieder um, kam am Hause des Velohändlers vorbei. Er suchte, suchte ...
Das rote Rennauto Joachim Krocks war verschwunden! ... Vielleicht hatte man es in die Garage gebracht? ... Die Garage war leer ... In die Scheuer? Nein! – Er stieg die Stufen hinan zur Eingangspforte des Hotels. Sie war verriegelt. So strich er ums Haus, fand die offene Hintertür. Drinnen blieb er stehen und lauschte. Kein Laut. Er zog seine Stiefel aus und begann, langsam hinaufzusteigen. Sorgfältig vermied er jeden Lärm.

Auf dem Absatz zwischen dem Parterre und dem ersten Stock blieb Studer stehen und lauschte wieder. Es war ihm, als habe er das Knarren einer Türe gehört.
Und dann zerriß ein Schrei die Stille. Der Wachtmeister ließ

seine Schuhe fallen, in zwei Sprüngen hatte er den ersten Stock erreicht...

Die Tür zum Krankenzimmer stand weit offen und durch die offene Balkontür floß das Morgenlicht. Auf der Schwelle lag das Anni. Vom rechten Ellbogen bis zum Handgelenk war die Haut aufgerissen. Die Wunde blutete. Studer beugte sich über die reglose Frau. «Anni!» rief er. Die Frau gab keine Antwort. Ihre Augen waren geschlossen... Eine Ohnmacht?

«Was ist passiert?» fragte der Wachtmeister.

Der kranke Rechsteiner hob die Hand – die Hand, die aussah wie ein Meertier in seinem Schalenpanzer – und deutete auf die offene Balkontüre.

«Dort!» flüsterte er. «Dort hinaus!»

Zwei Schritte – und Studer beugte sich über die Brüstung. Der Platz vor dem Hotel war leer und auch auf der Straße niemand zu sehen. Auf dem Abhang, der gäh gegen das Bachbett abfiel, war das Heu geschöchlet. Die Haufen sahen aus wie riesige Schildkröten...

Weit und breit kein Mensch... Neben dem Balkon eine vollständig neue Blechröhre; sie verband die Dachtraufe mit dem Boden und neben ihr lief ein dicker Draht. Der Wachtmeister suchte vergebens nach Spuren an der Wand. Nirgends war der Verputz abgebröckelt.

«Wer?» fragte Studer, als er ins Zimmer trat, und vermied es, dem Rechsteiner in die Augen zu blicken. Er starrte auf den Boden des Zimmers, den ein dünner, abgenutzter Teppich bedeckte... Auch auf dem Teppich waren keine Spuren zu sehen – nicht einmal Blutstropfen...

Da riß der Wachtmeister ein Handtuch vom Ständer, kniete neben der ohnmächtigen Frau nieder und untersuchte zuerst die Wunde. Sie war nicht tief. Kein Schnitt – eher sah es aus, als sei das Anni an einem spitzen Nagel hängengeblieben und... Aber das war Unsinn. Mit einem Kleid konnte man an einem Nagel hängenbleiben – dann gab es einen Riß im Stoff. Aber eine Menschenhaut war doch kein Stück Stoff!... Nun, Gott sei Dank, keine Ader war gerissen, auch keine größere Vene. Die Wunde zog sich über die äußere Seite des Armes – und nicht dort, wo die Pulsader lief. Studer umwickelte den Arm mit dem Handtuch, zerriß dann sein eigenes Nastuch in kleine Streifen und befestigte so den Notverband. Dann hob er die Frau auf und trug sie hinüber auf ihr Bett. Er wunderte sich, daß er nach der ungewohnten Anstrengung nicht *mehr* schnaufen mußte ...

Er setzte sich auf den Bettrand und hielt das Handgelenk der Frau zwischen seinen Fingern. Die Pulsschläge waren regelmäßig, sehr langsam – Studer zählte sie, während er auf seine Uhr blickte. Er zählte leise, gleichsam mit geschlossenen Lippen – aber die Haare seines buschigen Schnurrbartes zitterten. Sehr gründlich prüfte er den Puls – drei Minuten lang hielt er das Handgelenk – und auch, als er endlich wieder seine Uhr in der Westentasche versorgte, ließ er nicht los. Fünfundvierzig bis fünfzig Schläge in der Minute – das war wenig, sehr wenig. Dunkel erinnerte er sich an einen Fall in einem Dorfe, nahe bei Bern. Da hatte ein Mann versucht, Selbstmord zu begehen und zwanzig Pillen eines starken Schlafmittels geschluckt. Der Puls des Mannes schlug damals genau so langsam und schwach wie jetzt Annis Puls ...

Studer blickte sich im Zimmer um. Die Läden des einzigen Fensters waren geschlossen – aber der anbrechende Tag draußen gab genug Licht. Wie bleich war die Frau! Manchmal ging ein Zittern über die geschlossenen Lider, doch starr und reglos, wie der einer Toten, lag der Körper da. Der Atem ging kurz, oberflächlich. Eine Kampfereinspritzung! dachte Studer. Das wäre jetzt das richtige! Aber es war erst fünf Uhr morgens, konnte man da schon den Doktor Salvisberg anläuten?

Der Wachtmeister zog gedankenlos die Schublade des Nachttisches auf – und er pfiff leise durch die Zähne. Eine ganze Schachtel mit Ampullen! Kampferöl! Und die Pravazspritze lag daneben ... Sogar ein kleines Fläschchen mit Äther stand da und Watte war auch vorhanden.

Ganz fachmännisch ging Studer vor, reinigte mit einem Wattebauschen eine Stelle am linken Oberarm, glühte die Hohlnadel aus über einem Streichhölzchen, füllte die Spritze dann mit dem scharfriechenden Öl ...

Nach fünf Minuten hob sich die Brust des Anni tief und regelmäßig. Einen Augenblick blieb Studer noch neben seinem ehemaligen Schulschatz stehen und schüttelte den Kopf. Hatte die Wirtin Selbstmord begehen wollen? Warum?

Der Wachtmeister dachte an den gestrigen Abend. Da war doch das Anni ganz getröstet ins Haus zurückgekehrt? Gewiß, die Loppacher hatte noch Sekretärin gespielt beim Kranken. Aber das war doch nichts Neues! Drei Wochen oder noch mehr hatte die Frau das ertragen – warum hätte sie auf einmal Selbstmord begehen sollen? Studer sah keinen Grund. Immerhin, gestern morgen hatte die Wirtin dem Arzte erzählt, sie habe ein wenig vom Schlaftrunk ihres Mannes genommen. Schade, daß man sich nicht erkundigt hatte, was für ein Schlafmittel das gewesen war.

Ruhelos wanderte Studer im Zimmer umher, öffnete die Schlaftür – Kleider, Mäntel, Wäsche ... Aber die Kleider waren abgenutzt, die Wäsche (Studer nahm einige Stücke in die Hand) an vielen Stellen geflickt. Ärmlich sah alles aus – so ärmlich! Sicher besaß das Otti, die Saaltochter, schönere Kleider, elegantere Wäsche als ihre Meisterin! ...

Wollte es nicht endlich aufwachen, das Anni? Der Wachtmeister trat wieder zum Bett – wie bleich war das Gesicht der Frau! Er hatte sie bis zum Kinn zugedeckt, denn ihre Füße waren kalt gewesen ...

Sollte man die Läden aufstoßen? ... Es wurde eine schwierige Arbeit. Das Holz war aufgequollen, der Riegel saß fest. Es machte d'Gattig, als habe man sie seit Ewigkeiten nicht geöffnet. Endlich gingen sie widerwillig und knarrend auf, schlugen mit Gewalt gegen die Hausmauer.

Es gab sicher ein Gewitter – kein Vogellaut war zu hören. In der Ferne ballten sich Wolken, und der Wind, der auf der Straße herbeigaloppierte, wirbelte Staub auf – nun schwenkte er ab, kam aufs Haus zu, nahm einen gewaltigen

Sprung und war im Zimmer. Er riß an den Vorhängen, blies dem Wachtmeister Sand in die Augen, blätterte im Heilkräuterbüchli, das noch immer auf dem Tisch lag, und warf ein Blatt, das darin verwahrt worden war, auf den Boden, spielte noch eine Weile übermütig mit diesem Blatt und sprang dann wieder zum Fenster hinaus. Studer sah ihn auf der Straße weiterrennen...

Der Wachtmeister rieb sich die Augen – der Staub brannte. Dann bückte er sich und hob das Blatt auf, das im Büchli versteckt gewesen war.

KROCK & CO.
Auskunftei
Vermittlungen aller Art
Bahnhofstr. 65, Tel 37 48

St. Gallen, 20. Juni 19 ..

Frau Anni Rechsteiner-Ibach
Schwarzenstein

In Beantwortung Ihrer gef. Anfrage vom 16. 4. a.c. teilen wir Ihnen höflich mit, daß es uns gelungen ist, auf die uns zum Verkauf übergebenen Aktien ein Darlehen von Fr. 2000.– erhalten zu können. Wir erlauben uns, Sie höflich anzufragen, ob wir die ganze Summe Ihnen, werte Frau Rechsteiner, per Postmandat überweisen sollen oder ob Sie es vorziehen, bis nächsten Samstag zu warten. An diesem Tage würde Ihnen unser Herr Jean Stieger, der geschäftlich in Schwarzenstein zu tun hat, selbige Summe persönlich überbringen. Mit der Bitte, uns Ihren Entschluß telephonisch mitteilen zu wollen, verbleiben wir mit vorzüglicher Hochachtung

Stempel, Unterschrift

Langsam, ganz langsam faltete Studer den Brief wieder zusammen und steckte ihn in die Tasche. Er trat ans Bett, stützte die Fäuste in die Hüften und blieb in dieser Haltung lange stehen. Sein Blick ruhte auf dem bleichen Gesicht der Frau und enthielt eine dringende Frage.

Der ermordete Jean Stieger trug zweitausend Franken bei sich vorgestern abend ... Hatte er das Geld der Wirtin abgegeben? Wenn man Schlüsse ziehen durfte, so war dies nicht geschehen – hätte das Anni sonst, am Sonntagmorgen, mit dem soeben angekommenen Joachim Krock eine so eifrige Diskussion geführt?

Schade, daß das Anni nicht aufwachen wollte. So viele Fragen hatte man an die Frau zu stellen – und es war doch einigermaßen Hoffnung vorhanden, daß die Fragen diesmal wahrheitsgemäß beantwortet würden. Studer lächelte zaghaft und verlegen, denn es wurde ihm klar, daß er die Zusammenkunft auf der Bank, gestern abend, unter dem Blätterdach der Linde, nicht zum Zwecke des Tröstens und zur Auferweckung einer längst vergangenen Freundschaft benutzt hatte – sondern daß sie auch ein diplomatischer Schachzug gewesen war: er wollte eine Verbündete gewinnen, auf die er sich verlassen konnte. Er fragte sich, ob ihm dies gelungen war – aber um dies ganz sicher zu wissen, mußte er das Erwachen der Frau abwarten ...

Leise schiebt der Wachtmeister die Schublade des Nachttisches zu. Und während er einen letzten Blick auf die Schachtel mit den Kampferampullen wirft, beschäftigt ihn ein neues Rätsel: Warum hat das Anni Rechsteiner dieses Mittel, das nur in Notfällen gebraucht wird, neben ihrem Bett und so leicht auffindbar bereitgelegt? Noch dazu mit allem, was zu einem raschen Eingriff nötig ist: mit Äther, Watte, Pravazspritze?

Eine einfache Antwort läßt sich darauf geben: Nebenan liegt ein kranker Mann, es ist bekannt, daß bei Schwindsucht im letzten Stadium das Herz oft aussetzt. Aber ... Alle anderen Medikamente stehen drüben auf dem Nachttischli. Alle – mit Ausnahme dieses Mittels ... Sieht es nicht aus, als habe das Anni den Kampfer für sich parat gestellt? Leidet die Frau an einer Herzkrankheit?

Oder ...

Oder hat die Wirtin erwartet, was heute eingetreten ist? Langweilig, langweilig, daß die Frau immer noch schläft!

Wachtmeister Studer beschließt, hinab in die Küche zu steigen und dort einen sehr starken schwarzen Kaffee zu bestellen. Aber eins ist ihm unangenehm. Er hat nicht den Mut, durch das Krankenzimmer des Rechsteiners zu gehen. Gibt es keinen andern Ausgang aus dem Zimmer? ... Merkwürdig, auch in diesem Schlafzimmer hat es eine Tapetentür. Sie ist nur mit Mühe zu entdecken, denn sie hat keine Klinke. Ein Schlüssel steckt im Schloß, Studer dreht ihn, die Tür geht auf. Wie er sie dann, im dunklen Gang draußen stehend, schließen will, bemerkt er, daß auch hier keine Klinke vorhanden ist. So fest schließt sie sich, daß die Ritzen nicht wahrzunehmen sind in dem braunen Ölanstrich, der die Wände überzieht ... Aber merkwürdig, man braucht nur ganz leicht gegen die Füllung zu drücken, dann geht sie lautlos auf ... Eine merkwürdige Türe ...

Plötzlich überfällt den Wachtmeister die Müdigkeit der durchwachten Nacht. Mit schweren Schritten geht er die Treppe hinunter – seine Augen brennen und schwer dünkt ihn sein Kopf. Er trifft die Saaltochter, die Ottilia Buffatto, auf den Stiegen, die zur Küche führen.

«Laß einen starken Kaffee machen», brummt Studer. «Und bring ihn dann der Frau. Die Frau ist krank. Und wenn die Behörde kommt», des Wachtmeisters Stimme wird schleppend, «dann sag ihr, die Wirtin sei krank. Und du kannst auch sagen, daß ich abgereist bin. Ich will schlafen gehen ...» Er gähnt so ausgiebig, daß es im Kiefergelenk knackt. Dann, ohne eine Antwort abzuwarten – das Meitschi hat genickt, und das genügt ihm – steigt er schwerfällig wieder in den ersten Stock hinauf. Wachtmeister Studer ist müde, er will schlafen, nichts als schlafen. Er ist ein älterer Mann, schon über fünfzig, kein junger Schnuufer mehr wie beispielsweise der Albert ...

Albert? ... Der Schwiegersohn? ... Was hat der die ganze Nacht getrieben? ... Man wird ihn fragen, denn man ist vor der Türe angelangt, der Zimmertüre, die eine schwarze «8» in weißem Felde trägt. Studer stößt die Türe auf – sie ist unverriegelt. Die Läden sind geschlossen, trotzdem ist die

Luft erfüllt vom sommerlichen Fliegengesumm. Aus den Kissen des einen Bettes fährt ein Kopf in die Höhe, die blonden Haare sind verstrubelt ...
– Natürlich, meint Studer mit teigiger Stimme, die Jugend könne nur eines: pfuusen! Während sich ältere Mannen die Nacht um die Ohren schlügen! Aber jetzt solle der Albert aufstehen! «Wach auf mein liebes Schweizerland», singt Wachtmeister Studer und erinnert sich plötzlich, daß im Zimmer nebenan ein Toter liegt. Er schweigt, wirft den Kittel auf einen Stuhl, den einen Schuh hierhin, den andern dorthin. Dann sinkt er aufs Bett zurück, gähnt noch einmal herzerweichend und gibt verschlafen seine Anordnungen: Albert solle sich im Hintergrunde halten, sehen, was die Behörde mache. «Um zwei Uhr kannst du mich wecken», sagt der Wachtmeister, «dann wird das Ärgste vorüber sein. Und kümmere dich ein wenig um die Wirtin, sie ist krank. Die Herren von der Behörde sollen die Frau in Ruhe lassen, verstanden?» «Ja», sagt Albert, der Schwiegersohn. Er zieht sich an, wäscht sich ...
– Albert solle ihm das Handtuch noch zuwerfen, sagt der Wachtmeister mit schon geschlossenen Augen, die donners Flüge seien so lästig ... Dann, als Albert dem Wunsch nachgekommen ist, wickelt Studer seinen Kopf in das Tuch – und plötzlich ist er eingeschlafen. Albert, der Schwiegersohn, schleicht leise zur Tür hinaus ...

Finsternis war um ihn, als Studer erwachte. Es wurde ein wenig heller, als er seinen Kopf vom Handtuch befreit hatte; und dann setzte er sich auf und lauschte dem Klopfen des Regens, der an die Läden poppelte, als wolle er Einlaß begehren ...
Ein Uhr ... Wo mochte Albert sein? Studer legte sich zurück, verschränkte die Hände im Nacken und dachte nach. Sein Kopf war klar – es war, als habe der Schlaf die Nebel, welche die beiden Mordfälle umgaben, gelüftet ...
Zwei Mordfälle? ... Warum zwei? Konnte die Behörde nicht beispielsweise annehmen, Herr Joachim Krock habe einen

sensationellen Selbstmord begehen wollen? Die Gläser, mit Wermut gefüllt, hatten auf dem Tisch gestanden – wäre es dem Besitzer des Auskunfteibureaus nicht möglich gewesen, selbst das Gift in sein Glas zu schütten? Gewiß, es war da noch die Pillenschachtel, die verschwunden war – aber konnte sie nicht ebensogut verräumt worden sein? Man wußte es zwar besser – aber konnte die Behörde nicht zu diesem Schluß gelangen? ...

Etwas anderes war sicher – und Studer wunderte sich selbst, daß er von der Richtigkeit seiner Beobachtung so überzeugt war, daß er sie hätte beschwören können – die Loppacher hatte ihn angelogen! Die Loppacher und der Wirt Karl Rechsteiner hatten es vorausgesehen, daß der Wachtmeister verlangen würde, die Briefe zu sehen, die an jenem Abend diktiert worden waren. So hatten die beiden – deren Vertraulichkeit auffällig und verdächtig war – beschlossen, ihm erdichtete Briefe zu zeigen. Blieb die Frage offen, was für einen Grund die Bürolistin Loppacher gehabt hatte, um in das Haus des Grafen Ernst zu ziehen. In die Werkstatt ...

Es gab eine Erklärung, und sie lag auf der Hand: in der Werkstatt war etwas versteckt, so gut versteckt, daß es die Behörde gestern bei der Hausdurchsuchung nicht gefunden hatte. Was? Und wo war das «Etwas» versteckt? ... Der Wachtmeister sah eine Hand mit bemalten Nägeln, ihr Ballen drückte auf die Spitze einer Feile. Und das Kreischen, Stahl gegen Stahl, klang wieder deutlich in seinen Ohren ...

Die Wunde der Anni? Sah sie nicht aus, als sei sie mit einer Waffe gemacht worden, ähnlich der, die im Rücken Jean Stiegers gesteckt hatte?

Wozu dies alles, wozu? Wozu brauchte das Anni zweitausend Franken? Immerhin eine bedeutende Geldsumme, von der ihr Mann nichts wissen durfte!

Übrigens, hatte Joachim Krock den kranken Rechsteiner besucht? Studer zuckte mit den Achseln. Es war zu früh, viel zu früh noch, um Antwort auf alle Fragen erhalten zu können. Aber er hatte vorgeschafft, der Wachtmeister

Studer von der Berner Fahndungspolizei. Die Vorarbeit war das Wichtige!
Es klopfte, ganz leise und schüchtern. Und leise rief Studer: «Herein!»
Albert kam zum Rapport.
Sein erstes war, die Läden aufzustoßen und die Fenster zu schließen. Grau hockte der Tag draußen vor den Scheiben, und das eintönige Plantschen des Regens wirkte beruhigend. Albert setzte sich auf einen Stuhl neben seines Schwiegervaters Bett und begann zu erzählen. Zuvor zündete er eine Zigarette an, was der Wachtmeister mißbilligend vermerkte. Um zehn Uhr, wie gestern, sei die Behörde erschienen. Aber um zwölf Uhr sei sie wieder abgefahren. Ihre Ansicht? Joachim Krock hatte Selbstmord begangen. Der Herr Verhörrichter sah keine andere Lösung, und der Chef der Kantonspolizei auch nicht. Es war die Rede gewesen, den Graf Ernst, Velohändler, aus der Haft zu entlassen ...
Warum? Weil die Behörde in Studers Fußstapfen gewandelt war und sich bei Fritz Graf, dem Bruder des Velohändlers, erkundigt hatte. Es war nicht ohne Mühe vor sich gegangen, dies Zeugenverhör. Aber Fräulein Loppacher hatte als Dolmetscherin geamtet – sie hatte das mühsame Stakeln des Graf Fritz der Behörde verdeutscht, und so war diese zu dem Schluß gelangt, daß immerhin eine Möglichkeit bestand: Herr Joachim Krock hatte St. Gallen am Samstagabend verlassen – mit dem Auto war es ihm ein leichtes gewesen, gegen neun Uhr Schwarzenstein zu erreichen. Er hatte – wann und bei welcher Gelegenheit kümmerte die hohe Untersuchungsbehörde wenig – die Velospeiche selbst spitz feilen können – nicht unmöglich, daß ein Haar des Bäärli sich am rostigen Stahl festgesetzt hatte – und dann hatte Herr Joachim Krock seinen Sekretär erstochen. Vielleicht wußte er zuviel? «Fräulein» Loppacher hatte etwas in dieser Art angedeutet. Dann war Krock in sein Rennauto gestiegen, hatte vielleicht in Rorschach oder in Heiden übernachtet (das war nachzuprüfen) und hatte sich am Sonntagmorgen zu frühester Stunde eingefunden, um bei der ganzen

Untersuchung zugegen zu sein. Graf Ernst, Velohändler, war verhaftet worden – welche Verhaftung Herr Krock vorausgesehen und seinem Bureaudiener noch vor Ankunft der Behörde mitgeteilt hatte. Aber – das Gewissen! Bei einem Besuch, den er dem kranken Rechsteiner gemacht hatte, nahm er das Schächteli mit den Pillen mit ...

«Herr Krock sitzt also am Klavier», sagte der Wachtmeister.

«Ja», fuhr Albert fort. «Er sitzt am Klavier, der Speisesaal ist leer, dann kommt die Saaltochter und bringt auf einem Tablett die gefüllten Gläser. Sie geht wieder ihrer Arbeit nach, und Herr Krock ist allein im Saal. Er steht auf, nimmt einen Schluck von seinem Wormet, schüttet dann die Pillen ins Glas, kehrt zum Klavier zurück und spielt weiter. Dann kommen wir, du, Vatter, und ich. Herr Krock stößt mit uns an – ein kaltblütiger Kerl muß er ja gewesen sein – leert sein Glas (darin ist doch das Gift aufgelöst!), ißt ruhig z'Nacht und begibt sich nachher zum Klavier zurück. Er begeht also vor unsern Augen Selbstmord. Das ist die Theorie der Behörde.»

«Hm», meinte Studer, «die Theorie wäre so übel nicht, wenn nicht ich mein Glas mit dem des Herrn Krock vertauscht hätte ...»

«Du ... Vatter ... Aber ... warum?»

Studer hob die Achseln. – Warum? Die gefüllten Gläser hätten ihm nicht gefallen, erklärte er. Das sei ihm eine neue Mode! Wenn man, sagte er, vor dem Essen einen sogenannten Appetitanreger serviere, einen ‚Apéritif', wie die welschen Nachbarn sagen, so sei es Sitte, die Flasche zu bringen und vor den Gästen einzuschenken. Aber einfach volle Gläser vor die Teller stellen? Das schicke sich nicht. Man merke gut, daß er, der Albert, noch nicht weit in der Welt herumgekommen sei, sonst wüßte er ein wenig besser Bescheid. Aber dies solle er sich merken: «Hüte dich vor jedem Getränk, das nicht in deiner Gegenwart eingeschenkt worden ist.» Und weise hob Wachtmeister Studer den Zeigefinger seiner Rechten und bewegte ihn langsam von vorne nach hinten und wieder zurück ...

– Dann ... ja dann ... habe eigentlich er, der Schwiegervater, einen Mord begangen?
«Worum nid gar!» tröstete der Wachtmeister. Soviel er bis jetzt gemerkt habe, sei der Krock nicht gerade eine Stütze der Gesellschaft gewesen – geschweige denn ein nützlicher Mitbürger. Ob die Behörde über den Krock nichts in Erfahrung gebracht habe?
Er habe nicht hören können, berichtete Albert, die Herren hätten nur miteinander geflüstert. Das einzige Wort, das er verstanden habe, sei gewesen: «Wucher».
«Suscht nüd?» Und Albert solle nachdenken.
A ja, präzis! Noch ein Wort, ein Fremdwort, der Vatter möge entschuldigen, aber was Fremdworte betreffe, sei er, der Albert, nicht recht auf der Höhe. Aber vielleicht gelinge es dem Vatter, es zu erraten. Es habe angefangen mit ‚Kon' – und dann etwas mit ‚Sozi'. Ob der Vatter meine, der Herr Krock sei bei den Kommunisten gewesen?
Erstens, sagte Studer, seien die Sozi noch lang keine Kommunisten, im Gegenteil, die beiden hätten immer Krach miteinander. Wenn er, Wachtmeister Studer, offen reden solle, so seien ihm ... Doch, das gehörte nicht zur Sache. ‚Kon' und ‚Sozi' – ob das Wort vielleicht ‚Konsortium' gelautet habe?
«Exakt, Vatter! Präzis eso! Wie? Kon-sor-zium?» Was das denn sei?
«Vereinigung», sagte Studer. «Kein Verein, sondern eine Vereinigung. Nicht von einfachen Leuten, wie du und ich, mit dreihundert oder fünfhundert Fränkli Monatsgehalt. Sondern von Leuten, die viel ...» Studer rieb den Daumen am Zeigefinger ... «söttigs hend ...»
«Mhm», sagte der Albert, und er bewunderte seinen Schwiegervater. Und eigentlich hatte Studer gar nichts anderes erreichen wollen. Wer wird ihm dies verargen? Sind wir alle nicht auf die Bewunderung unserer Nächsten angewiesen, brauchen wir sie nicht wie's tägliche Brot? Und käme sie auch nur von einem vierjährigen Kind, von einem Hund oder von einer Katze ...

Studer erhob sich ächzend. Immerhin war das Hotel «zum Hirschen» so modern eingerichtet, daß in ihm heißes Wasser floß. Das war eine Annehmlichkeit. Wachtmeister Studer konnte sich ohne allzu große Mühe rasieren...

Es seien dann noch ein paar Kurgäste eingetroffen, erzählte Albert. Und sie hätten auch nicht die Flucht ergriffen, als von einem Morde die Rede gewesen sei.

Studer, die Lippen mit Schaum bedeckt, was das Sprechen ein wenig mühselig gestaltete, erkundigte sich, ob der Wagen des Krock aufgefunden worden sei.

Albert fragte erstaunt: «Warum? Ist er denn verschwunden?»

«Deich woll!» sagte Studer und betrachtete mit mitleidigem Blick seinen neunundzwanzigjährigen Schwiegersohn. Nun, man durfte nicht alle Hoffnung verlieren.

Es regnete nicht mehr. Und Studer öffnete das Fenster. In der Ferne ratterte ein Auto. Nach dem Lärm, den der Karren machte, mußte der Motor stark sein...

Und während Studer das Rasiermesser spülte, sagte er: «Wucherkonsortium! Gar nicht dumm, das Wort. Es könnte sogar etwas dahinterstecken...»

Ganz nahe war nun das Auto – es fuhr mit offenem Auspuff. Von Zeit zu Zeit klepfte es. Wieder ging Studer ans Fenster und beugte sich hinaus...

Der rote Rennwagen! Eine Dame saß am Lenkrad, ein weißer Schleier bedeckte ihre Haare und wehte hinter ihr. Auf dem Band, das die Stirne umschloß, leuchtete ein rotes Kreuz. Neben der Dame saß ein Mann, den Studer nicht recht erkennen konnte, weil ein grauer Staubmantel ihn einhüllte, dessen aufgestellter Kragen das Gesicht verbarg – und eine Sportmütze war tief in die Stirn gezogen.

«Ein neuer Kurgast», sagte Albert. Studer schwieg. Die Dame stieg aus – eine Krankenschwester offenbar –, eilte die Stufen zum Eingang hinauf. Ottilia erschien unter der Tür, die Schwester sprach auf sie ein, und die Saaltochter lief ins Haus zurück. Sie kehrte zurück in Begleitung des Stallknechtes Küng. Zusammen hoben sie den Herrn aus

dem Auto, trugen ihn ins Haus, während die Schwester mit einer Decke und einer Handtasche folgte. Hinten im Auto war ein Koffer angeschnallt.
Studer beobachtete die Szene mit so großem Interesse, daß der Seifenschaum in seinen Ohrmuscheln mit leisem Knattern trocknete. Er konnte die Augen nicht abwenden vom Auto ...
Ein Rennwagen. Rot gestrichen. Auf dem Nummernschild die St. Galler Buchstaben. Kein Zweifel – auch die Zahlen stimmten. – Es war der Wagen des verstorbenen Joachim Krock. Und auch Albert, der Schwiegersohn, hatte den Wagen wieder erkannt ... «Vatter!» flüsterte er. «Da isch ja ...»
«Schwyg ietz», sagte Wachtmeister Studer und netzte den Waschlumpen unter dem Wasserhahnen (die eingetrocknete Seife begann zu beißen). «Was macht's Anni?»
– Es schlafe noch immer, habe die Saaltochter erzählt. Einen Augenblick sei es aufgewacht, um den Kaffee zu trinken, und dann gleich wieder eingeschlummert. Studer schritt schon zur Tür und erklärte dabei, er habe Hunger ...
Die Tür zum Zimmer Nr. 7 stand offen. Ottilia Buffatto und Johannes Küng setzten den kranken Fremden auf einen Lehnstuhl, der am Fenster stand ...
Nur gut, daß Wachtmeister Studer seines Schwiegersohnes Arm gepackt hielt! So war nur ein fester, überaus fester Druck nötig – der Junge verstand und hielt den Mund.
Der Mann, der im Lehnsessel am Fenster hockte, hatte die Kappe auf das Tischchen neben sich gelegt – gerade auf die Löschblattunterlage, die Studer gestern abend so eingehend untersucht hatte. Aus seinem hellen, graublauen Kittel wehte ein langes, zart-cremefarbenes Poschettli, und am Zeigefinger der Rechten steckte ein schwerer goldener Siegelring. Über einer hohen, etwas fliehenden Stirn wehten schwarze Haare, zart und dünn wie Seide; aus dem glatten Gesicht ragte eine schmale Nase und warf ihre Schatten auf die wulstigen Lippen. Merkwürdig war das Kinn:

in Form und Farbe erinnerte es an einen Baustein aus Zement...

Warum hatte der Wachtmeister nur mit Mühe einen Ausruf seines Schwiegersohnes unterdrücken können? Weil das Gesicht des Fremden auffallend dem des verstorbenen Joachim Krock ähnelte – so zwar, daß das Gesicht des Toten der von einem Bildhauer in Lehm ausgeführte Entwurf schien, während der Kopf des Fremden in Stein gehauen war...

«Wer isch es?» fragte Studer auf der Treppe die Italienerin.

«Un direttore francese... Ein Bankdirektor aus Paris... Gardiny er heißt. Giacomo – Jacques – Jakob Gardiny...»

Wie kam ein Pariser Bankdirektor zu Joachim Krocks Rennwagen?...

Da Studer sich im Hotel «zum Hirschen» daheim fühlte, stieg er, ohne zu fragen, in die Küche hinunter. Dort wußte er die magere Köchin, die trübsinnig vor einem Haufen Buschbohnen saß, so für sich einzunehmen, daß sie ihm Hammen, Anken, Brot und Wein aufstellte. Und so, auf einer Ecke des weißgescheuerten Tisches sitzend (warum erinnerte ihn dieser Tisch an jenen andern – unten im Vorkeller?), aß der Wachtmeister gewöhnlich zu Mittag. Dazwischen plauderte er mit der alten Jungfer, erfuhr nebenbei, der «Wormet» (wie sie den Wermut nannte) werde oben im Speisesaal, im Geschirrschrank, aufbewahrt. Als Studer gesättigt war, setzte er sich noch für ein Viertelstündchen und half Bohnen rüschten. Diese Hilfeleistung brachte die Trübsinnskruste, die über Jungfer Schättis Seele lag, zum Schmelzen. Die Köchin taute auf und teilte dem Wachtmeister – unter dem Siegel tiefster Verschwiegenheit – mit, im Hotel «zum Hirschen» spuke es... – A bah! meinte Studer. Und ob die Jungfer das Gespenst gesehen habe? – Gesehen nicht! Nein! Aber gehört! Es schleiche durch die Gänge und ächze und stöhne ganz leise. Treppauf, treppab... Steige bis in den Estrich hinauf, und einmal – dies mochte vor acht Tagen gewesen sein, und sie habe fast bis Mitternacht in der Küche zu tun gehabt – sei es bis an die Küchentür gekommen. Ganz deutlich habe man es rumoren hören, draußen auf der Treppe – aber das Licht habe es wahrscheinlich vertrieben ... – Schade, meinte der Wachtmeister, daß Gespenster sich so vor dem Lichte fürchteten. Er für seinen Teil täte gern einmal ein solches sehen. Aber da Frau Schätti (Studer sagte «Frau» und stellte mit Befriedigung fest, daß das ohnehin schon vorhandene Rot auf den Backen der Köchin noch dunkler wurde) ein so feines Gehör habe, so könne sie ihm vielleicht eine Auskunft geben: Sei ihr heut' morgen nichts aufgefallen? – Heut' morgen? Sie habe alles gehört, was im Hause vor sich gegangen sei, denn sie habe die Nacht über kein Auge zugetan. Zwei Nächte schon! Und in jeder Nacht ein Toter im Haus! – Ja, meinte Studer, habe sie nicht das Anfahren eines Autos gehört? ... – Eifriges Nicken. – Wann? Wie spät sei es gewesen? – Drei Uhr ...

Studer dachte nach. Um drei Uhr hatte er drüben im Schuppen des Velohändlers gehockt, umgeben von den Tieren, und Fritz Graf, der nur in der Dunkelheit sprechen konnte, hatte ihm erzählt ... Darum wohl war das Geräusch nicht bis zu ihm gedrungen. «Ja?» fragte er erwartungsvoll. «Um drei Uhr hab' ich gehört, wie jemand versucht hat, den Motor in Gang zu setzen. Ich kenn' das Geräusch, denn mein Bruder hat auch einen alten Karren, und manchmal muß er ein dutzendmal auf den Anlasser drücken, bis der Motor anspringt. So war's auch heute morgen. Mein Zimmer, ganz oben unterm Dach, geht auf die Straße. Ich bin aufgestanden und hab' hinausgeschaut. Und wißt Ihr, wen ich gesehen hab'? Das Otti!» Wieder sagte Studer: «A bah!», einfach, weil ihm nichts Besseres einfiel und er doch sein Interesse an der Erzählung bekunden mußte. «Kann das Otti denn Auto fahren?» «Ja, denk dir, Wachtmeister, das hab' ich mich auch gefragt. Sie hat einen blauen Regenmantel getragen – und den Regenmantel hätt' ich nicht kennen sollen? Sie ist abgefahren, und ich bin wach geblieben. Um fünf Uhr hat sie sich leise in ihr Zimmer geschlichen.» – «Syt-r sicher?» Und als die Jungfer Schätti beleidigt schwieg, versicherte Studer, er zweifle keinen Augenblick an der Erzählung, aber ob die Frau auch sicher sei, daß es das Otti gewesen sei und nicht das Gespenst? – «Du bischt en Wüeschte, Wachtmeister!» und dann merkte die Köchin plötzlich, daß sie ihren Gast geduzt hatte, wurde wieder rot und entschuldigte sich. Aber Studer klopfte ihr beruhigend auf die spitze Schulter. Das habe nichts zu sagen, und: «Nimm's nid schwär, Fraueli!» Er winkte ihr mit der Hand, dann verließ er die Küche.

Die Straße war fast trocken, aber der Bach unten im Tobel rauschte laut. Am meisten wunderte sich Studer, daß er keine Miststöcke sah. Die Wände der Häuser waren mit Schindeln belegt – kleinen, unten abgerundeten Holzschindeln – und blauweiß gestrichen. Es gab breit vorstehende Dächer, die an Kopftücher erinnerten, weil sie über die Schmalseite des Hauses hinausragten und so die Stirne der Wand gegen Sonnenstrahlen und Regen schützten. Auf einem Feuerweiher schwamm Entensalat, was der Wachtmeister mißbilligend feststellte. Dann kam die Kirche – der einzige Steinbau des Dorfes – und daneben erhob sich das Pfarrhaus. Ein bescheidener Laden – und Studer dachte an die Dörfer im Bernbiet, an ein Dorf besonders, in dem er einmal einen Fall hatte aufklären müssen (was ihm damals einige Knochenbrüche und eine Brustfellentzündung eingetragen hatte). In jenem Dorf – er sah es genau – hing ein Ladenschild am andern wie in einer Gemäldeausstellung. Und aus den Fenstern blökten, sangen, jodelten die Lautsprecher. In diesem Appenzeller Dörfli aber war es merkwürdig still. Ein Laden und keine Beiz. Im «Hirschen» gab es wohl eine Wirtsstube, und die genügte ...
Die Post ... Studer trat ein. Er verlangte eine Nummer in Bern. Es dauerte fünf Minuten, dann hatte er die Verbindung. Das Hedy, des Wachtmeisters Frau, gab Auskunft: Wohl, es sei alles gut gegangen. Die Marie (das war Studers Tochter) mache in Arbon die Wohnung z'wäg und erwarte mit Ungeduld ihren Mann. Ob der Köbu bald fertig sei,

dort oben in seinem Krachen? Vom Amtshaus habe man schon zweimal angeläutet und gefragt, wo er sei. – Darauf Studer brummig: Er habe doch Ferien, soviel er wisse. – «Ja», meinte das Hedy, und: das stimme schon. Aber soviel sie verstanden habe, sei hier etwas ganz Großes im Gang. Es sei vielleicht besser, er läute dem «Alten» an ... Da unterbrach eine Stimme das Gespräch und bemerkte, daß drei Minuten vorbei seien. «Lebwohl, Hedy», sagte Studer. «Lebwohl!» klang es zurück.
Zufällig war der «Alte» – wie der kantonale Polizeidirektor von seinen Untergebenen genannt wurde – in seinem Bureau, als der Wachtmeister ein paar Minuten später anläutete. Er meldete sich: «Wachtmeister Studer» und fragte, was passiert sei, seine Frau habe ihm mitgeteilt, man brauche ihn in Bern ... – Eine verkachelte Angelegenheit, wurde ihm erwidert, und es sei wirklich schade, daß der Wachtmeister verreist sei, gerade wenn man ihn gut brauchen könne. Gestern sei in Interlaken ein dunkler Geschäftsmann verhaftet worden, auf den man aufmerksam geworden sei durch einige Inserate in Zeitungen: «Darlehen ohne Bürgschaft. Postfach 39, Interlaken.» Man habe den Mann abgefaßt und in seinem Bureau eine große Korrespondenz gefunden. Der Statthalter sei selbst nach Bern gekommen mit allen Akten. Unter dem beschlagnahmten Material seien einige Briefe gewesen, unterzeichnet mit «Joachim Krock»; sie kämen aus St. Gallen. Nun habe der «Bund» heute morgen den Tod dieses Joachim Krock gemeldet – der Mann, so habe es geheißen, habe Selbstmord begangen in einem Dorf Schwarzenstein – und er, der Polizeidirektor, habe durch Frau Studer erfahren, daß der Wachtmeister gerade in Schwarzenstein sei. Was habe es für eine Bewandtnis mit dem Selbstmord? – Das könne er nicht so ohne weiteres am Telephon erzählen, erklärte Studer. Selbstmord oder nicht, tot sei der Mann auf alle Fälle und sein Sekretär ebenfalls. Ob er die Erlaubnis habe, bis zur Aufklärung des Falles in Schwarzenstein zu bleiben? – Der «Alte» war gnädig und gab diese Erlaubnis ...

Studer zog seine Uhr. Das Gespräch hatte zehn Minuten gedauert, aber keine Stimme hatte es unterbrochen, um zu bemerken, daß drei Minuten vorbei seien. So war es immer! ... Mit der Frau durfte man nicht ruhig reden, aber wenn eine Behörde im Spiel war, dann ...
Der Wachtmeister trat aus der Sprechzelle. Hinter dem Schalter saß eine Frau, die ihn mit neugierigen Augen musterte, während sie ins Telephon sprach: «Jawohl, Herr Polizeidirektor, gern, Herr Polizeidirektor ...» Was hatte die Jungfer mit dem «Alten» zu verhandeln? Studer erkundigte sich, wieviel er schuldig sei. – Sie habe Auftrag erhalten, die Rechnung für alle Telephongespräche, die der Wachtmeister führe ... ja, ähäm führe – der Polizeidirektion St. Gallen zu stellen ...
Soso. Da waren also die Ferien zu Ende und man war «in Mission». Mira ... Studer schwieg einen Augenblick, während er die Posthalterin musterte. Dumm schien sie nicht zu sein. Jung war sie auch noch. Studer legte die Unterarme auf das Schalterbrett und bereitete sich auf einen kleinen Schwatz vor.

Er wolle sich nicht eingebildeter geben, als er sei, meinte er. Aber so viel habe er merken können, daß er dem Fräulein telephonisch vorgestellt worden sei. Oder? – «Frau!» berichtigte die Pöstlerin. «Frau Gloor.» Ja, der Herr Polizeiinspektor habe sie über Namen und Beruf des Herrn Wachtmeisters aufgeklärt und sie gebeten, ihm hilfreich zur Seite zu stehen. («Hilfreich zur Seite stehen!» dachte Studer. «Dich brauch' ich grad!») Aber höflich lächelnd fuhr er fort: – Das sei ja gut und schön und somit erlaube er sich, ein paar Fragen zu stellen. Sei letzte Nacht das Hotel «zum Hirschen» antelephoniert worden? – Ja. Etwa um zwei Uhr. – Von wo? – Von Rorschach. – Und wer habe geantwortet im Hotel? – Die Italienerin. – Habe Frau Gloor verstehen können, was gesprochen worden sei?
Die Pöstlerin wurde rot, und das stand ihr nicht übel. Sie habe, erklärte sie, vorgestern schon vom Herrn Verhörrichter den Auftrag erhalten, die Gespräche mit dem Hotel abzu-

horchen. Leider verstehe sie nicht genug Italienisch, und außerdem sei noch im Dialekt gesprochen worden – und der Herr Wachtmeister wisse sicher, wie schwer die italienischen Dialekte zu verstehen seien ...
Studer nickte.
– Ein paar Wörter habe sie gleichwohl verstanden. «Automobile», «rosso», «subito» und «stazione».
– Wer habe gesprochen? Ein Mann oder eine Frau? – Eine Frau ... (Die Krankenschwester, dachte Studer.) Um zwei Uhr! – Hm. Etwa um diese Zeit mußte der Schnellzug Paris–Salzburg–Wien in Rorschach durchfahren ... Aber es war unmöglich, absolut unmöglich, daß Herr Bankdirektor Jacques Gardiny wegen Joachim Krocks Tode gekommen war. Der Auskunfteibesitzer von St. Gallen war gestern abend um neun Uhr gestorben – und um zwei Uhr war der Bankdirektor in Rorschach angekommen ... Warum fuhr der gelähmte Mann eigens von Paris in ein winziges Dorf des Appenzellerlandes? Er würde natürlich behaupten: zur Kur. Und doch mußte sein Erscheinen einen anderen Grund haben ... Den Tod des Jean Stieger? War etwa dieser Jean Stieger, dessen Gesicht eine wahrhaft internationale Gemeinheit ausdrückte, der wahre Besitzer des St. Galler Bureaus, und Joachim Krock nur ein Strohmann? So tief war Studer in seine Gedanken vergraben, daß er es schier vergessen hätte, von der freundlichen Frau Gloor Abschied zu nehmen, und nur ihr Zuruf: «Adie wohl, chönt bald wieder!» ihn an diese Höflichkeitspflicht gemahnte. – «Märci denn, uff Wiederluege, Frau Gloor!»
Wo war es am stillsten zum Nachdenken? Wo wurde man am wenigsten gestört? Auf dem Friedhof ... Er breitete sich aus hinter der Kirche, an deren Rückwand eine Bank lehnte. Studer setzte sich. Einige Gräber sahen aus wie große Maulwurfshaufen, andere wieder waren kleine Beete, so wie Kinder sie manchmal anlegen, wenn sie Gärtner spielen. Hier und dort verdorrten Kränze, und ihre Schleifen glichen verwaschenen Fahnen, die durch viele Schlachten geflattert sind. Die Wolken hatten sich über den Bodensee geflüchtet,

ins Schwäbische hinüber, und nur ein paar dünne, zerfetzte Tücher zurückgelassen, durch die schon der Himmel schimmerte, tiefblau und sommerlich. Aber die Kirchenwand lag nach Norden – das war gut, denn gern verzichtete man heute auf die Sonne und suchte den Schatten auf. Still war es, unwahrscheinlich still. Nur manchmal war es, als hämmere im Grase ein Zwerg auf Silber und Glas – aber es war nur eine Grille oder ein Heugumper.

Jaja, die Toten hatten es besser! Sie hatten alles hinter sich: eigene Hochzeit und Taufe und wieder Hochzeit der Kinder – sie hatten nichts mehr zu tun mit Kriminalistik, einer Wissenschaft, in der man den Maulwurf spielen und dunkle Gänge unter der Erde ausgraben mußte. Sie hatten, die Toten, ein für allemal ihren Hügel aufgeworfen, und darunter schliefen sie nun und warteten ... Warteten sie wirklich? Und worauf?

Doch solche Gedanken waren nach Wachtmeister Studers Ansicht «Chabis». Aber er nahm das Wort sogleich zurück. Nein, solche Gedanken waren richtig und gut, schade nur, daß man ihnen nicht öfter nachhängen konnte. Es wäre nützlich, dachte der einsame Mann, wenn man hin und wieder an den Tod dächte – dann bekäme man Abstand von all der Aufregung, der Hetze ... Man würde lernen, nicht alles so wichtig zu nehmen, weder sich noch seine Arbeit; und Erfolge sowohl als auch Mißgriffe bekämen ein ganz anderes Gesicht – auf einem Friedhof ...

Item. Da war nun der Fall Stieger-Krock. Würden die Gedanken, die dieser Fall weckte, standhalten dem Gerichte der Toten? Wir wollen es versuchen ...

Fall Stieger:

Das Auffallendste an ihm war die Waffe, die zum Mord verwendet worden war. Halt, schon das war falsch ausgedrückt. An und für sich ist eine Velospeiche nicht auffälliger als eine Hutnadel, eine Stricknadel, ein Florett. Sah es nicht aus, als habe man – und lassen wir vorläufig die Persönlichkeit dieses «man» ganz beiseite – als habe man also wirklich gewünscht, Aufsehen zu erregen? Wenn eine Hutnadel gebraucht worden wäre – hätte man zuerst an eine Frau gedacht. Bei einem Florett an einen Fechter. Bei einer eisernen Speiche, der Speiche eines Velorades, dachte man – an einen Velohändler. Er wohnte nebenan, ein Zeuge (Küng Johannes) hatte ihn ums Haus schleichen sehen. Außerdem, der Velohändler besaß einen Hund, und ein Haar vom Felle dieses Hundes klebte an der Speiche ... Die Behörde hatte also ganz korrekt gehandelt, als sie auf Grund dieser Indizien (wie das schöne Wort lautete) den «Grofe-n-Ernscht, de suuber Feger» verhaftete; besonders wenn noch hinzukam, daß besagter Velohändler in eine bemalte Jungfer verliebt war, die den Toten mit den Kinoworten: «Mein Geliebter!» bedacht hatte.

Aber: Jean Stieger sah aus wie die verkörperte Gemeinheit. Halt! Das war der rein subjektive, der persönliche Eindruck eines fünfzigjährigen Fahnderwachtmeisters aus Bern. Ein Fahnderwachtmeister ist nicht unfehlbar. Es konnte möglich sein, daß der plötzliche Überfall das Gesicht des Mannes verzerrt hatte – und der gleich darauf eingetretene Tod konnte die Züge in dieser Verzerrtheit belassen haben. Das war eine Möglichkeit – gegen diese sprachen zwei kleine Vorfälle, die von obgenanntem Berner Fahnder zufällig beobachtet worden waren, aber bis jetzt irgendwo im Hirn dieses Wachtmeisters geschlafen hatten. Nun meldeten sie sich plötzlich.

Studer vergegenwärtigte sich diese zwei Vorfälle noch einmal:

Die Hochzeitsgesellschaft sitzt an einem der Tische im Speisesaal. Niemand hat recht Hunger, weil das Mittagessen üppig gewesen ist. Um halb neun bringt die Saaltochter Kaffee. Das Hedy übernimmt das Einschenken. Da betritt ein Mann den Saal; er ist sehr groß, sicher fast zwei Meter hoch. Bei der Türe nimmt er Platz, die Saaltochter bringt ihm ein hohes Glas, das zu einem Viertel mit einem fremden Schnaps gefüllt ist, und stellt eine Siphonflasche auf den Tisch. Der junge Mann legt seinen Arm um die Hüften der

Kellnerin; diese reißt sich los, geht fort. Der Bursche bleibt sitzen, trinkt langsam seinen Whisky. Viertel vor neun zeigt die Uhr, die über der Tür des Speisesaals angebracht ist. Da steht der junge Mann auf, geht hinaus. Nach drei Minuten erhebt sich auch der Berner Fahnderwachtmeister, es ist so schwül im Saal, obwohl die Fenster offen stehen, er möchte gern ein wenig unverfälscht-frische Luft schnappen. Wenn man aus der Tür tritt, gelangt man auf einen Gang, der sich an der Hinterwand des Hauses entlang zieht. An seinem Ende führt ein Türlein ins Freie. Studer stößt es auf. Draußen ist es dunkel, nur durch die Fenster des vorerwähnten Ganges sickert ein spärliches Licht. Der Wachtmeister tut ein paar Schritte, da hört er ein Fauchen, ein Ächzen, kleine Wutschreie ... Sind's Katzen, die sich balgen? Nein. Der Whiskytrinker hält die Saaltochter in den Armen und versucht sie zu küssen. Das Meitschi wehrt sich, wehrt sich verzweifelt. Der Berner Wachtmeister steht plötzlich neben dem Paar – und wie es immer ist, wenn man zwei raufen sieht, so regt sich auch der Zuschauer auf. Während er noch überlegt, ob er dem jungen Tubel nicht eins putzen soll und schon die Hände zu Fäusten geballt hat, läßt der Bursch das Mädchen los, steckt die Hände in die Hosentaschen – richtig! er trägt keinen Kittel, und sein Hemd hat kurze Ärmel – und geht pfeifend davon.

«Hat er Ihnen weh getan, Fräulein?» erkundigt sich Studer sehr höflich. Kopfschütteln. Aber die Augen! Wut und Haß! ... Vielleicht, vielleicht hat der Berner Wachtmeister den Schlag mit dem Feglumpen, der am nächsten Morgen seine Sonntagshosen trifft, nur dem Zufall zu verdanken, der ihn diese Wut und diesen Haß hat sehen lassen ...

Zweiter Vorfall, am gleichen Abend:

Eine halbe Stunde später; die Uhr im Speisesaal zeigt Viertel nach neun. Da betritt die Wirtin den Saal. Den Burschen bei der Tür bemerkt sie nicht; sie kommt auf den Tisch bei der Hochzeitsgesellschaft zu, erkundigt sich, ob alles gut gewesen sei, sie habe Befehl gegeben, die Pferde noch zu füttern – wenn es den Gästen recht sei, so werde um halb elf angespannt. Das gebe dann eine schöne Nachtfahrt – und sie seien spätestens um Mitternacht in Arbon. Aber – fügt sie lächelnd hinzu – den Neuvermählten müsse man eine eigene Kutsche geben. Albert wird rot, Marie wird rot. Das Hedy lacht, es lachen die Tanten, und die Vettern lachen auch. Der schwerhörigen Frau Guhl wird der Vorschlag ins Ohr geschrien. Studer aber denkt, das Anni sehe müde aus, traurig und ängstlich. Und er frägt seinen Schulschatz leise, ob es dem Rechsteiner wieder schlechter gehe. Schweigendes Kopfschütteln. Die Wirtin verabschiedet sich von allen, geht zur Tür, sieht den einsamen Gast am Tisch – und greift nach dem Herzen. Warum? Ist sie herzkrank? Studer sieht genau, daß der Bursche unverschämt grinst. Das Anni Rechsteiner tritt an seinen Tisch, stellt leise eine Frage. Der Bursche schüttelt den Kopf, triumphierend ist sein Grinsen. Dann flüstert er etwas und pocht mit dem gestreckten Zeigefinger auf den Tisch. Es sieht aus, als stelle er Bedingungen. Die Wirtin schüttelt den Kopf. Studer sieht ihr auf den Mund, und es gelingt ihm, abzulesen: «Das kann ich nicht!» Da erscheint eine dritte Person auf dem Schauplatz (wirklich, der Tisch dort hinten sieht aus, als stände er auf einer Bühne): ein Fräulein in weißem Kleid, Halsausschnitt und Rocksaum mit Pelz verbrämt. – Sie steht unter der Tür, schaut auf die Gruppe – das Anni scheint den Blick zu spüren, denn es kehrt sich um. Was will das Meitschi? Studer kann von seinem Platz aus das Gesicht der Jungfer nicht sehen, aber am Verhalten der Wirtin läßt sich deutlich erkennen, daß die Weißgekleidete böse dreinblickt. Das Anni geht ohne Gruß fort. Sie muß sich an der Frau unter der Tür vorbeidrängen, denn diese gibt den Ausgang nicht frei. Und dann sagt der Bursche laut – im ganzen Saal ist es zu hören: «Salü Martheli, du ...» Ein wüstes Schimpfwort. Frau Studer hat es gehört und der Wachtmeister auch. Beide beginnen laut zu sprechen, während sich die Jungfer im pelzverbrämten Kleid am Tisch des Burschen niederläßt und – als sei es selbstverständlich – das Glas leert, das auf dem Tisch steht. Die beiden tuscheln

miteinander. Die Frau steht auf, winkt, der Bursche folgt ihr. Mechanisch sieht der Wachtmeister nach der Uhr: halb zehn . . .
Wie lange braucht es, um eine Velospeiche spitz zu feilen? Fünf Minuten genügen, falls man einen Schraubstock hat. Aber einen Schraubstock hat es nicht nur drüben beim Velohändler – auch der Küng Johannes, der Stallknecht, besitzt einen. Er soll noch aus der Zeit stammen, da der Rechsteiner gesund war und schaffen konnte. Damals machte der Wirt selbst alle Reparaturen im Hause . . . Das hatte das Anni am nächsten Tag der Behörde erzählt.
Das Anni, die Loppacher Martha und die Ottilia . . . Es war eine Möglichkeit vorhanden, daß eine dieser Frauen den Mord begangen hatte. Motive hatten sie alle drei . . .
Um mit dem Anni zu beginnen . . . Schulschatz hin oder her – vor den Toten hatten Gefühlsregungen keine Geltung. Die Toten waren sachlich. War nicht alles Objektive, alles Unpersönliche so recht eine Angelegenheit der Toten? Die Toten nahmen keine Partei – sie waren die Parteilosen an sich. Während alle Lebenden, solange sie wirklich lebten und nicht als Mumien schon durch die Welt stolperten, Partei zu ergreifen hatten . . . Auf einem Friedhof kam man auf sonderbare Gedanken. Um also mit dem Anni zu beginnen: da war der Brief, in dem sie ihre Aktien zu belehnen verlangte. Jean Stieger hätte das Geld bringen sollen. Damals – am Abend jenes fernen Hochzeitstages – war man aus dem Gebärdenspiel der beiden nicht klug geworden. Aber jetzt, nachdem man den Brief in dem Kräuterbüchli gefunden hatte, konnte man eine Deutung immerhin versuchen.
Die Frau frägt: «Kommen Sie aus St. Gallen? Bringen Sie das Geld?» So angstvoll ist die Frage gestellt, daß der Bursche, der nur eines kann: andern seine Macht zeigen – daß der Jean Stieger natürlich das Bedürfnis fühlt, die Frau zu quälen. Vielleicht sagt er, daß er das Geld nicht geben kann (hat er nicht den Kopf geschüttelt?), ohne vorher die Einwilligung des Ehegatten eingeholt zu haben . . . Vielleicht, fährt er dann fort (hat er nicht mit dem Finger auf den

Tisch gepocht?), können wir zu einer Einigung gelangen. Geben Sie Ihrer Saaltochter morgen frei, ich möchte mit ihr spazierenfahren, mit ihr tanzen gehen – dann können Sie das Geld morgen abend, vor meiner Abreise, haben. ... «Das kann ich nicht!» antwortet das Anni (die Worte hat man von den Lippen ablesen können). Dann unterbricht die Loppacher das Gespräch – die Folge davon ist, daß Jean Stieger ihr ein so arges Schimpfwort zuruft, daß zwei Menschen an der Hochzeitstafel laut zu reden beginnen, um das Wort zuzudecken ...

Anni Rechsteiner aber braucht das Geld. Sie braucht es nicht morgen abend. Sie braucht es heute, heute, am Samstagabend ... Wozu? ... «Der Rechsteiner hat die Saaltochter beauftragt, mich, seine angetraute Frau, zu beaufsichtigen. Die Ottilia hat jeden Samstag alle Rechnungen ans Krankenbett bringen müssen ... Dann hat der Rechsteiner Kassensturz gemacht und mich aus dem Zimmer gejagt ...» Wann hatte das Anni diese Geschichte erzählt? – Gestern abend ... Vielleicht fehlte seit langem schon Geld? Und es hatte verheimlicht werden können. Aber heute mußte die Rechnung stimmen. Die zweitausend Franken waren notwendig – was kann eine Frau nicht alles tun, wenn sie zur Verzweiflung getrieben wird? ... Also das Anni?

Zwei Dinge sprachen dagegen: das Gespräch vom gestrigen Abend – zwar vor den Toten galt es nicht, denn es hing mit dem Gefühl zusammen. Aber die Verwundung von heute morgen, die Schlafmittelvergiftung ließ alles in anderem Licht erscheinen ...

Die Loppacher? Als einziges Motiv konnte man das Wort gelten lassen, das ihr der Jean Stieger zugerufen hatte. Sonst noch etwas? Ja. Warum hatte sie gestern nacht einen stumpfen Nagel in den Schraubstock gespannt und begonnen, daran herumzufeilen? Sie hatte sich nicht einmal ganz ungeschickt angestellt ...

Aber sehr vieles schien sie freizusprechen. Es war undenkbar, daß der Mörder sich nicht irgendwo mit Blut besudelt hatte ... Nun hatte sich zwar die Loppacher über den

Toten geworfen – halt! nein! das stimmte nicht ... *Neben* ihm hatte sie sich auf die Knie geworfen, und dann war sie von Albert zurückgerissen worden:
«Nicht anrühren!»
Und gestern war Studer dabeigewesen, als die Behörde das Zimmer der Jungfrau durchsucht hatte. Alles war noch dagewesen: das pelzverbrämte Kleid, die weißen Strümpfe, die hellen Schuhe ... Auf keinem dieser Kleidungsstücke war auch nur eine Spur von Blut zu entdecken gewesen – Studer hatte selbst nachkontrolliert ...
Warum, warum hatte es dieses Tippfräulein so eilig gehabt, in die Werkstatt des Velohändlers überzusiedeln? Sie waren ineinander verliebt, diese beiden. War das, um sachlich-wissenschaftlich zu reden, ein stichhaltiger Grund für die Übersiedlung? Studer hatte gehört, wie der Ernst Graf, bevor er abgeführt worden war, der bemalten Jungfer zugeflüstert hatte: «Gib auf meine Tiere acht!» Und sie hatte den Wunsch erfüllt, war aus ihrem eleganten Hotelzimmer hinübergezogen in die staubige Werkstatt, hatte sich ein Bett geben lassen und wohnte nun dort – ohne Komfort, ohne fließendes Wasser, ohne Bad, ohne Schminke und Puder ... Aber waren die Tiere wirklich der einzige Grund zur Übersiedlung gewesen? Gab es nicht einen anderen? ...
Studer lehnte sich auf der Bank zurück. Die Wolken gingen vor zu einem neuen Angriff auf den See. Grau wurde der Himmel, ein großer geduldiger Wind begann wieder zu blasen und streichelte mit seiner riesigen Hand die Spitzen der Gräser, die sich neigten vor ihm. Winzig, wie ein Spielzeug, lag auf dem See ein weißer Dampfer, aus seinem Kamin quoll der Rauch, der aussah wie verfilzte graue Metallriemen, wie Abfall von einer Drehbank ...
Ein Gewinde war eingeschnitten worden in das stumpfe Ende der Speiche ... Wozu die spiralige Linie? Um den Griff daran festzuschrauben! Wo war der Griff? ... Vielleicht hatte Martha Loppacher ihr elegantes Zimmer im Hotel «zum Hirschen» nur deshalb verlassen, um in der Werkstatt drüben nach dem versteckten Griff zu suchen ...

Dann – dann war doch der «Grofe-n-Ernscht» der Schuldige? Oder – um die Frage richtiger zu stellen – dann *meinte das Bureaufräulein*, der Ernst sei der Schuldige?
Der Griff! Er war leicht zu verstecken. Natürlich hatte die Behörde eine Haussuchung veranstaltet. Sie war – wie die beliebte Formel lautete – resultatlos verlaufen. So resultatlos, daß die Behörde schon davon sprach, den Velohändler aus der Haft zu entlassen, weil es immerhin möglich war, daß Joachim Krock den Mord begangen hatte ...
Herr Joachim Krock! Er war gekommen, hatte Klavier gespielt, mit der Behörde gesprochen, sich mit Anni, der Wirtin, gezankt, hatte dann ein Glas «Wormet» getrunken und war gestorben ... Und ein Bankier aus Paris, mit Namen Gardiny, beauftragte eine italienische Saaltochter, das Auto des Verstorbenen nach Rorschach zu bringen, erschien dann am Nachmittag vor dem Hotel «zum Hirschen» und verlangte das Zimmer, in dem Joachim Krock, Inhaber eines Auskunfteibureaus in St. Gallen, gewohnt hatte ...
Das nannte man in der Fachsprache: Duplizität der Fälle. Wiederholung ... Martha Loppacher zieht zum Velohändler, um dort etwas zu suchen, Bankier Gardiny verlangt das Zimmer des – sagen wir es ruhig: des Wucherers Krock ... Wahrscheinlich in der Hoffnung, in diesem Zimmer etwas zu finden, was der Behörde sowohl als auch einem Fahnderwachtmeister aus Bern entgangen ist. Denn zweifellos stand eines fest: die Bande – oder wenn man ein weniger hochtrabendes Wort gebrauchen wollte: die Verbündeten – mußte die Persönlichkeit des Wachtmeisters kennen.
Dies war die einzige Erklärung für das vergiftete Wermutglas ...
Deutlich sah Studer die Szene im Speisesaal; ganz genau erinnerte er sich der Gedanken, die ihm durch den Kopf gegangen waren, damals – wann damals? Gestern abend! ... Niemand gab auf ihn acht, als er die Gläser vertauschte – und auch heute, auch jetzt in diesem Augenblick, hätte er keinen zureichenden Grund für diese Handlung angeben können. Ein Mißtrauen vor den schon gefüllten Gläsern,

weiter nichts. Und dieses Mißtrauen hatte einen Menschen das Leben gekostet. Nun, jeder ist sich selbst der Nächste – die Maulwurfshügel der Gräber vor seinen Augen mochten noch so einladend sein, Ruhe verheißen und Frieden – der Wachtmeister hatte keine Lust, jetzt schon in den ewigen Frieden einzugehen ... Darum hatte er die Gläser vertauscht, ahnungslos!

Aber ... Auf eines kann er schwören: weder Joachim Krock noch die Saaltochter und auch nicht der Wachtmeister haben gewußt, daß eines der Wermutgläser vergiftet war.

«Prost!» – «Gesundheit!» «G'sundheit!»

Herr Krock trinkt, stellt das Glas ab. Kein neugieriger Blick streift den Wachtmeister – und mag sich einer noch so sehr in der Gewalt haben, ein Zucken der Gesichtsmuskeln, ein Beben der Lider, einen Ausdruck in den Augen wird er nicht unterdrücken können. Und wenn es ihm gelingt, all diese Regungen zu beherrschen, so wird wenigstens in seiner Stimme ein Zittern festzustellen sein ...

Nichts! Nichts! Auch bei der Otti ist nichts dergleichen zu bemerken gewesen. Und beim Anni? Am gleichen Abend ist er mit seinem ehemaligen Schulschatz unter der Linde gesessen. Und das Anni ist zwar traurig gewesen, hat sich über den Rechsteiner beklagt – aber sonst? ...

Eins nach dem andern! Langsam einen Gedanken nach dem andern prüfen ... Die Toten werden wohl nichts dagegen haben, wenn man, um besser nachdenken zu können, eine Brissago anzündet: Die Atropin-Hyoscin-Kügeli – die Tollkirsche-Bilsenkraut-Medizin – ist auf dem Nachttisch des Rechsteiner gelegen. Betreten haben das Zimmer: Der Bruder des verhafteten Velohändlers, Martha Loppacher, die Wirtin, die Ottilia, der Arzt, Joachim Krock. Wenn wirklich des Rechsteiners Mittel gegen den Nachtschweiß verwendet worden ist – dann ist einer dieser sechs der Schuldige. Einem von diesen muß daran gelegen sein, den Wachtmeister aus der Welt zu schaffen. Der Rechsteiner zählt nicht mit, denn er ist gelähmt ...

Eigentlich, wenn man darüber nachdachte, war diese Lähmung sonderbar. Studer erinnerte sich dunkel, daß bei den Endzuständen der Auszehrung eine große Schwäche auftritt – aber eine Lähmung? Item, der Rechsteiner war gelähmt. Das Anni hatte es behauptet, der Doktor Salvisberg hatte es bestätigt . . .

Von den sechs Personen, die den kranken Wirt besucht hatten, von den sechs Menschen, die die Pillenschachtel hätten entwenden können, waren auszuschalten vier: Der Arzt, die Ottilia, die Wirtin, Joachim Krock.

«Ja, grinset ihr nur in euren Gräbern!» murmelte Studer. Denn es war ihm, als machten sich die Toten lustig über ihn. Und er sprach weiter zu ihnen, den Sachlichen, die keine Partei ergriffen. «Ich weiß wohl, daß es nur gefühlsmäßige Erwägungen sind, die mich die vier ausschalten lassen. Gefühlsmäßig? Doch nicht ganz! Beobachtungen des Mienenspiels, sind das nicht auch sachliche Erwägungen? . . . Gut, nach diesen Erwägungen schalte ich vier aus. Und auf Grund der gleichen Erwägung schalte ich noch einen fünften aus: den Bruder. Hell war sein Gesicht beschienen von der Lampe, die über der Werkbank hängt – und es war ein armes, gequältes Gesicht . . . Ein Mann, der nicht reden kann, nur stakeln, weil der Vater ihn so verprügelt hat, daß ihm die Angst in den Körper gepflanzt worden ist. Warum hätte der Fritz mich umbringen wollen? Er kannte mich nicht. Vielleicht hat man ihm erzählt, ich glaube an die Unschuld seines Bruders – ganz sicher hat man ihm das erzählt! – und da hätte er mir Gift in den Wermut schütten sollen? Niemand hat ihn gesehen in den Speisesaal schleichen . . . Also? . . .

Bleibt Martha Loppacher. Joachim Krock hat seine Bürolistin eine Gans genannt. Vielleicht habe ich das Mädchen unterschätzt? Vielleicht ist sie viel geriebener, als ich es gedacht habe? Sie konnte, ohne daß es irgend jemandem auffiel, den Speisesaal betreten, den ‚Wormet' vergiften und wieder verschwinden. Halt! Noch etwas belastet sie. Vier Wochen lang hat sie volle Pension genommen – das heißt, sie hat morgens, mittags und abends im Speisesaal gegessen.

Sie hat gewußt, wo der Schnaps steht... Und ausgerechnet am gestrigen Abend bleibt sie aus – wo hat sie zu Nacht gegessen? Beim Fritz Graf?
Studer schüttelte den Kopf – und doch! und doch! etwas stimmte da nicht. Wenn auch alle «Indizien» auf die Loppacher hinwiesen – die logische Schlußfolgerung knirschte wie zwei Metalle, die ineinander passen sollten.
Da sind zuerst die leeren Enveloppen in der Revolvertasche des Jean Stieger. Was für einen Zweck hat es gehabt, die Briefe zu nehmen und die Umschläge zurückzulassen? – Halt! gehörte dies nicht in dieselbe Kategorie wie die stählerne Radspeiche, an der ein Hundehaar klebt? Sie war verwendet worden, um den Verdacht auf den Velohändler zu lenken. Das stand einigermaßen fest. Wie aber, wenn der «Täter» die Umschläge nur deshalb zurückgelassen hätte, um demjenigen, der den Fall bearbeitete, einen kleinen Wink zu geben: «Siehst du, alle zwei Tage hat die Loppacher nach St. Gallen geschrieben! Kommt dir das nicht verdächtig vor? Aus den Ferien schreibt man doch nicht so oft! Selbst wenn eine Frau verliebt ist! So dicke Briefe! Geschäftsbriefe? Dann müssen es dunkle Geschäfte sein!»
Zwischen zwölf Uhr nachts und vier Uhr morgens hatte sich jemand in den Vorkeller geschlichen, um die Briefe zu entwenden – nach Aussage der Loppacher waren es nur die Kopien der vom Wirte Rechsteiner in die Schreibmaschine diktierten Briefe – aber die Jungfer hatte gerade so gut lügen können...
Gruppieren! Man mußte die Tatsachen gruppieren! Nach Aussage der Köchin spukte es im Hotel «zum Hirschen». Vom Keller bis zum Estrich schlich in den Nächten stöhnend ein Gespenst. Wenn man als aufgeklärter Fahnder nun nicht an Gespenster glaubte, so konnte man die Behauptung der Köchin dennoch nicht in den Wind schlagen. Ein wenig anders formuliert, würde sie lauten: ein Fremder schleicht im Hotel herum, er sucht etwas, und zum Suchen gebraucht er die Nächte... Dieser Fremde also ist es gewesen, der die Briefe an sich genommen hat. Also müßten sie gefährliche

Angaben enthalten haben. Der Fremde kann sich nicht ohne Mitwisser im Hotel aufhalten – er muß wenigstens einen Helfer haben. Einen Helfer . . . Warum ein Maskulinum? . . . Konnte es nicht gerade so gut eine Helferin sein?
Wer kam in Betracht? Nur die Ottilia. Die Ottilia Buffatto, um die man sich gar nicht gekümmert hatte und die dennoch eine Hauptrolle zu spielen schien. War es eine alltägliche Sache, daß eine Saaltochter sich auf Autolenken verstand? War es alltäglich, daß eine Saaltochter, eine ausländische noch dazu, größeres Vertrauen genoß als die angetraute Frau? Wie kam es, daß ein Pariser Bankier – ein gelähmter überdies – mitten in der Nacht einen Dienstboten in einem unbekannten Hotel anläutete und daß besagter Dienstbote dann ein verlassenes Auto nahm, nach Rorschach fuhr und zu Fuß wieder heimlief? Wie kam es, daß dieses Tschinggemeitschi Verbindungen mit der internationalen Hochfinanz hatte?
Studer kannte sich in Paris aus, der Name «Gardiny» war ihm geläufig. Um den Namen Gardiny spann sich ein Kranz von Sagen. – Er hatte eine holländische, eine belgische und eine französische Bank unter einen Hut gebracht, den Aufbau der durch den Krieg zerstörten Gebiete finanziert, die deutsche Inflation ins Gleiten gebracht und dann aufgehalten, und schließlich mehreren deutschen Städten Kredite verschafft . . . Deutschen Städten, besonders solchen, die nach dem Krieg von Frankreich besetzt worden waren. Ludwigshafen, Mannheim . . .
Mannheim!
Wem hatte Joachim Krock am Nachmittag vor seinem Tode geschrieben? Dem Polizeipräsidenten von Mannheim . . .
Wo hatte der Rechsteiner sein Vermögen verdient?
In Mannheim.
Was hatte man auf der Löschblattunterlage entziffern können (außer dem Namen der Stadt)?
«Checkfälschung.» Eine Ziffer: «30 000» oder «50 000». Und eine Jahreszahl, deren letzte Ziffer nicht genau zu erkennen war: eine 4 oder eine 7 – konnte es nicht auch eine 1 sein?

Vor zehn Jahren hatte der Rechsteiner das Ibach Anni geheiratet. Vor zehn Jahren: 1921. Damals begann die Inflation in Deutschland. Damals galt ein Schweizerfranken zwanzig Mark. Später kletterte das deutsche Geld in die Billionen hinauf ... Nein, es war kein Klettern, es war ein Stürzen ins Bodenlose ... Und vor drei Jahren war der Rechsteiner zur Kur ins Südtirol gefahren ... Warum ins Südtirol? Gab es in der Schweiz nicht Leysin, Davos und Arosa – Stätten, in denen die Lungensanatorien so dicht beieinander standen wie auf der Basler Messe die Jahrmarktsbuden? Warum war der Rechsteiner nicht in einen Schweizer Kurort gefahren? Nein! Ausgerechnet nach Südtirol. Und allein! Für das Alleinfahren hatte er eine gute Ausrede gehabt – seine Frau mußte das Hotel während seiner Abwesenheit führen ...

«E Lugi isch es gsy!» sagte der Wachtmeister laut, und er dachte dabei an die Briefe, die ihm die Loppacher gezeigt hatte. «En elende Lugi!» Nein! Der Rechsteiner brauchte nicht tausend, zweitausend, dreitausend Franken ... Die Briefe waren gefälscht – mit Wissen und Willen des Rechsteiner gefälscht! Gefälscht – um ihn, den Berner Fahnder irrezuführen! ...

Vom Turme der Kirche schlug es sechs Uhr, als Studer den zerkauten Rest seiner Brissago über die Friedhofmauer warf. Ein paar Schritte nur – dann stand er wieder, breit und ruhig, vor dem Schalter und verlangte zwei Telegrammformulare. Er sah die neugierig glänzenden Augen der jungen Posthalterin – und er lächelte. Er trat vor ein Stehpult, zog seine Brieftasche. Aber dem «Wybervolch», dem neugierigen, entging sein Tun. Studers breiter Rücken war ein ausgezeichneter Paravent.

Und des Wachtmeisters Lächeln verstärkte sich noch, als er die beiden Telegramme durch den Schalter gab. Zwar die Adressen waren ohne weiteres verständlich: «Polizeipräsidium Mannheim» und «Madelin Police judiciaire Paris».

Aber die nachfolgenden Wörter und Buchstaben ließen viel

ratlose Enttäuschung auf dem Gesicht des Frauenzimmers entstehen.
«Wrdasi ptamtschisky wontzürabei igbalsgar yolutzibrasch.»
«Was heißt das?» fragte die Pöstlerin.
«Polkod!» antwortete Studer, und seine mächtigen Achseln hoben sich. «Ihr wisset nicht, was Polkod ist? Polizeikode ... Unsere internationale Geheimschrift. Damit nicht jeder hinter unsere Geheimnisse kommen kann. Und schicked die Telegramme gleich ab, Priorität, verstanden? Bezahlte Rückantwort ... Die Rechnung könnt Ihr ja den St. Gallern stellen. Aadieu!»

Als Studer aus der Post trat, kam ihm ein Mann entgegen, der auf seiner ganzen Person so deutlich die Zeichen seines Berufes trug, daß es Zeitverschwendung gewesen wäre, ihn nach diesem zu fragen. Ein schwarzer Gehrock erreichte mit seinem unteren Saume gerade die Kniekehlen des Mannes, die Weste ließ nur ein kleines Dreieck von gestärkter Hemdbrust frei, der steife Kragen mit den geknickten Spitzen trug vorne ein schwarzes Mäschlein, das mittels eines Gummibandes im Nacken festgehalten wurde. Ein Schnurrbart, ähnlich dem des Wachtmeisters, fiel über den Mund, wenn der Mann schwieg, und wenn er sprach, machte sich die Unterlippe von den Falten dieses Borstenvorhanges frei und zeigte sich dann schmal, rot und beweglich.
«Eh, Gott grüeß-ech woll, Wachtmeister!» sagte der Mann im Schwarz. Heimatliche Laute! Wie kam ein Berner Pfarrer in ein Appenzeller Dörfli?
«Grüeß-ech, Herr Pfarrer!» sagte Studer und schüttelte dem Manne die Hand. Sie war trocken und knochig und warm.
«Und, heit'r öppis g'funde?» fragte Herr de Quervain, nachdem er sich vorgestellt hatte. – «Nüd apartigs», meinte Studer, dem der Mann wie gerufen kam. Ein Pfarrer! Der wußte sicher Bescheid im Dörfli.
Sie gingen auf der Straße weiter. Die kleinen Fenster, die stets die ganze Vorderfront der Häuser einnahmen, waren

mit Vorhängen verhangen – aber die Vorhänge bewegten sich. Kein Zweifel: Der Berner Fahnder erregte Aufsehen. Und wenn es auch nur alte Frauen waren, die hinter den Vorhängen lauerten – alte Frauen haben gelenkige Zungen. Sicher würde schon am Abendessen die Anwesenheit des Wachtmeisters und sein Gespräch mit dem Pfarrer bei Tisch verhandelt werden. Übrigens profitierte Studer sogleich von der Einladung Herrn de Quervains, einige seiner Pfarrkinder zu besuchen. Der Wachtmeister hatte beschlossen, das Hotel «zum Hirschen» erst nach Einbruch der Dunkelheit aufzusuchen ... Und bis dahin hatte es Zeit.
Häuser, Häuser, Häuser ... Sie glichen sich alle. Vier, manchmal fünf Stufen führten zur Haustür, dann kam eine Art Vorraum – das Kuchistübli, erklärte der Pfarrer. Hier nehme man die Mahlzeiten im Sommer. Eine Tür führte von diesem Vorraum in die Küche und von dieser – rechtwinklig – eine andere in die richtige Stube. Schön waren diese alten Holzstuben mit ihrer breiten Fensterfront – breit, nicht hoch, sehr niedrig übrigens waren diese Fenster, die, ohne Angeln, in die Holzwand eingelassen waren. Zwei oder drei ließen sich öffnen – besser: aufschieben. Blumentöpfe standen davor: Geranien glühten rot und fingen noch, als hätten sie nicht genug eigene Farbe, die purpurnen Strahlen der sinkenden Sonne auf ...
Alle Mühe gab sich Pfarrer de Quervain, um das Mißtrauen zu zerstreuen, das Studers Erscheinen jedesmal auslöste. Aber allzuviel Mühe brauchte er sich nicht zu geben, der Berner Wachtmeister fand den richtigen Ton, erzählte von Anni Rechsteiner, das ein Schulschatz von ihm gewesen sei – und es war merkwürdig: der Wirtin Name löste die Zungen, verscheuchte den Verdacht ... Die Bäuerin – oder wenn diese noch auf dem Feld war, die Großmutter – taute auf: Ja, das Anni Rechsteiner! Gegen die Frau sei nichts zu sagen. Wacker! Und gut! – Begann jedoch der Wachtmeister vom Hirschenwirt zu reden, so schlossen sich die Münder, Angst trat in die Augen, die Blicke wichen aus, suchten die Winkel und Ecken der Stuben auf ... Dann

war es besser, man empfahl sich. Der Pfarrer gab das Zeichen zum Aufbruch. Und draußen sagte er dann:
– Auch diese Leute seien dem Rechsteiner Geld schuldig. Begreiflich. Das Bauerngewerbe habe hier oben nie viel eingebracht, es sei mehr nebenher betrieben worden. Haupterwerb aber sei die Stickerei gewesen. Und seit der Krise stünden alle Stickmaschinen still. Früher – ja früher! Da sei in allen Häusern gesungen worden – manchmal auch geflucht, natürlich, das gehöre zu jeder ehrlichen Arbeit. Der Mann sei am Pantograph gesessen, die Tochter habe gefädelt, die Frau hie und da ausgeholfen – kurz, es sei gegangen.
Sie traten in ein anderes Haus, da war der Mann daheim. Die Frau saß in der Küche und schälte Erdäpfel, die sie dann in einen Kessel fallen ließ. Der Mann saß am Tisch und studierte die Zeitung. Es lag eine so arge Trostlosigkeit im Raum, daß es Studer unwillkürlich fröstelte.
– So gehe es nicht weiter, meinte der Mann. Er war unrasiert, die Haare, schon lange nicht geschnitten, bedeckten den oberen Teil der Ohrmuscheln und den Nacken. Er schien es selber zu merken, denn er wurde rot. – Nicht einmal einen Franken habe man übrig, um sich beim Coiffeur die Haare schneiden zu lassen, murrte er. Und keine Hoffnung, daß es jemals besser komme. Ob der Herr Pfarrer glaube, daß eine Familie – Frau, Mann und drei Kinder – von vier Jucharten Land leben könnte? Und dazu noch zinsen? Dem Rechsteiner? Wenn er den Mann einmal erwischen könne! sagte der Mann und ballte die Faust. – Wie ein Wohltäter habe er sich das erstemal gegeben: «Lueg, Hans, ich bin ein kranker Mann, was soll ich mit meinem Geld? Ich weiß, daß du's brauchst. Wieviel darf ich dir geben? Dreitausend? Das langt dir nirgends hin. Sagen wir fünftausend. Schau, da ist das Geld.» Und der Wirt habe die Bündel Hunderternoten in der Hand geschwenkt. «Weißt, nur damit Ordnung ist, sollst du mir den Schein da unterzeichnen. Verstehst, daß meine Frau nicht in Not kommt, wenn ich einmal tot bin. Brauchst den Schein gar nicht zu lesen,

hast doch Vertrauen zu mir? Oder?» Und er, sagte der Mann, er Lalli, habe den Schein unterzeichnet. Letzten Samstag sei da ein junger Schnuderi gekommen – nicht einmal einen Kittel habe er angehabt – sei einfach ohne chlopfe i d'Stube g'latschet, frech wie eine Wanze. «So und so ... Der Rechsteiner habe alle seine Forderungen an das Büro Krock in St. Gallen abgetreten. Er sei der Vertreter des Herrn Joachim Krock, und da der Bauer sich verpflichtet habe, am 1. Juli zu zahlen, so sei er hiemit schon einen Monat im Rückstand ...» «Er hat mir den Schein gezeigt, der Lalli ... Sechstausend soll ich schuldig sein! Fünf Prozent für Versäumnis und Spesen und weiß ich, was alles noch ... Kurz, ich bin statt fünftausend – sechstausenddreihundert schuldig. Woher soll ich das Geld nehmen? Und ich hab' unterschrieben, weil ich Vertrauen gehabt hab'. Zu einem, der auf dem Sterbebett liegt, muß man doch Vertrauen haben, nöd wohr, Herr Pfarrer? Was soll ich jetzt machen? Er hat mir mit der Gant gedroht! – Zwar, wie ich gehört hab', soll er inzwischen gestorben sein, der Kerli. Aber hinter ihm sind noch andere, die ich nicht kenn'. Und die schöne Stickmaschine. Chönd no gi luege!»

Die Läden vor den Fenstern waren geschlossen. Der Pantograph sah aus wie der vertrocknete Arm eines Achtzigjährigen. Staub lag auf allem: der Maschine, die schon lang nicht mehr geölt worden war, den Stühlen, und auch auf dem Fensterbrett lag er in einer dicken Schicht – wie ein Stück morscher Stoff sah er aus, und die winzigen Enden von Stickseide darin waren Muster, hineingewebt von der langen, der arbeitslosen Zeit ...

«Und überall ist es gleich», sagte draußen der Pfarrer. «Der Messmer wenigstens ist ehrlich mit Euch gewesen, Wachtmeister. Aber allen Männern hat es der Rechsteiner ähnlich gemacht: Geld vorgeschossen, und dann mußten die Vertrauensvollen einen Schein unterzeichnen, den sie nicht gelesen hatten. Aber glaubt Ihr, ich könne die Männer dazu bringen, eine Kollektivklage wegen Wuchers zu erheben? Unmöglich. Jammern können sie, sonst nichts. Und zahlen

wollen sie, wenn sie können. Sie möchten nicht, wie sie sagen, der Spott der anderen Dörfer werden – lieber lassen sie Haus und Hof und Wälder und Wiesen verganten ... Es sieht ganz so aus, als hätten die Leute, die diese Spekulation gemacht haben, genau gewußt, mit was für einem Menschenschlag sie es zu tun haben. Denn es ist unmöglich, daß der Rechsteiner allein das Geld aufgebracht hat, das nur in diesem Dorfe ausgelehnt worden ist ... Denket doch: dreißig Höfe. Und auf jedem sitzt ein Mann, der zum mindesten fünftausend Franken erhalten hat. Zum mindesten, sag' ich. Bei anderen waren es zehntausend, zwanzigtausend – bei einem (er hat zwei Hektar Wald) waren es sogar vierzigtausend. Nehmt ein Mittel von fünfzehntausend ... fünfzehntausend mal dreißig macht vierhundertfünfzigtausend, rund eine halbe Million. In Grab ist es auch so und in Happenröti und im Rabentobel. Ich übertreibe nicht, wenn ich sage, daß hier in der Umgebung etwa zwei Millionen Schweizerfranken investiert sind – investiert! um das gruusige Finanzwort zu brauchen!»
Pfarrer de Quervain schwieg.
«Herr Pfarrer!» sagte Studer und blieb mitten auf der Straße stehen. Noch hingen ein paar Fetzen des grauen Tages an den Wipfeln der Bäume, an den Firsten der Hausdächer. Aber schon kam die Nacht und sammelte die verstreuten Lumpen. Und hinterher rauschte ihre Schleppe, und der Abendwind, der ihr entgegenflog, blähte die Seide, die silberbestickte. Dann ruhte die Nacht auf den Hügeln, der Wind schlief ein und der schillernde Stoff der Schleppe legte sich über das stille Land ...
«Herr Pfarrer», wiederholte Studer, und sein Begleiter merkte, daß ihm das Reden schwerfiel. «Ich hätt' eine Bitte an Euch. Könnt Ihr morgen beizeiten ins Hotel ‚zum Hirschen' kommen?»
«Beizeiten, Wachtmeister? Was nennt Ihr beizeiten?»
Studer schwieg. Er rechnete, ohne die Lippen zu bewegen. Um sechs Uhr hatte er die Telegramme abgeschickt – reichlich spät, sicher waren alle Bureaus schon geschlossen. Aber in

Paris – das wußte Studer – hatte stets wenigstens ein Mann Nachtdienst. Um sieben Uhr – spätestens – würde sein Telegramm auf der Police judiciaire – auf der «Gerichtspolizei» sein; und um halb acht in den Händen seines Freundes, des Kommissärs Madelin.

Nachforschungen – grob gerechnet: sechs Stunden. Angenommen, daß gewisse Erkundigungen erst morgen, nach der Öffnung der Bureaus, eingeholt werden können – dann wird die Antwort frühestens um zehn Uhr in Schwarzenstein sein. – Und im Polizeipräsidium zu Mannheim wird es ähnlich gehen ...

«Was nennt Ihr beizeiten, Wachtmeister?» wiederholte der Pfarrer seine Frage.

«Sagen wir – um halb elf. Paßt Euch das? Gut! Verlangt nicht nach mir, sondern nach dem Anni – eh ... – nach der Frau Rechsteiner. Die wird Euch sagen können, wo ich zu finden bin.»

«Und glaubt Ihr, Wachtmeister, daß Ihr das alles ...» (der Pfarrer beschrieb mit seiner kleinen Hand einen Kreis, der das ganze Dorf Schwarzenstein umfassen sollte), «... daß Ihr das alles werdet in den Senkel stellen können?»

«I gloube-n-es, Herr Pfarrer!»

Wenn sich in diesem Augenblick jemand eine spöttische Bemerkung oder einen billigen Witz über Pfaffen erlaubt hätte, so wäre er genötigt gewesen, die ganze Nacht seine Wange mit kalten Umschlägen zu behandeln. Pfarrer de Quervain war schon recht. Man sah es ihm an, daß ihm das Elend seiner Pfarrkinder zu Herzen ging. Und es zeugte von einem sonderbaren Vertrauen dieses Männchens, das Studer nur bis zur Schulter reichte und ein wenig lächerlich aussah mit seinem schwarzen, an die Kniekehlen wehenden Gehrock, es zeugte wirklich von einem großen Vertrauen, daß sich Pfarrer de Quervain widerspruchslos in die Anordnung des Wachtmeisters fügte, ohne nach ihrem Grund zu fragen und ohne sich Gedanken zu machen über die Folgen dieser Anordnung.

Die Behörde, die sich in den Gestalten eines Verhörrichters, eines Polizeichefs, etlicher Fahnder und eines Aktuars verkörpert hat, ist nicht allzu aufdringlich gewesen. Darum ist es dem Berner Fahnder gelungen, von den zwanzig Briefumschlägen, die er in einer Tasche des toten Jean Stieger gefunden hat, drei zurückzubehalten. Mit Wissen obgenannter Behörde. Der Wachtmeister hat nicht erzählt, was er mit diesen Umschlägen zu tun gedenkt – es hat ihn auch niemand danach gefragt . . .

Zwei Wolldecken sind mit einer Reihe solider Reißnägel am Fensterrahmen befestigt. Kein Lichtstrahl vermag von außen ins Zimmer zu dringen. Das Nachttischlämpli ist mit einem roten Papier umwickelt, aber das Zimmer ist so dunkel, daß man mindestens drei Minuten die Augen fest schließen muß, um nachher, wenn man sie wieder öffnet, etwas sehen zu können. Auf dem Tisch steht der Photographenapparat, weit ausgezogen, und vor ihm, in einen Kopierrahmen eingespannt, ein Briefumschlag – so zwar, daß die innere Seite der Enveloppe der Linse zugekehrt ist. Nun wird das rote Lämpchen gelöscht, die Finsternis im Zimmer ist zum Greifen dick. Ein Klicken: der Verschluß des Apparates ist offen. Ein Blitz: Magnesium. Nun brennt die rote Lampe wieder. Entwickeln, fixieren. Waschen der Platte mit reinem Alkohol. Albert, der Schwiegersohn, muß den Blasbalg bedienen, den die Jungfer Schätti, Köchin im Hotel «zum Hirschen», dem Wachtmeister Jakob Studer ohne Widerrede zur Verfügung gestellt hat. Herrgott! Geht das lang, bis eine Platte trocken ist! Endlich! – Wieder erlischt das Rotlicht. In den Kopierrahmen wird die getrocknete Platte über eine überempfindliche neue gespannt. Diesmal flammt nur ein Streichholz auf, erlischt. Tastend in der zähen Finsternis werden die Platten ausgespannt, die untere entwikkelt, verstärkt, fixiert. Schon während des Verstärkens hat man wieder das Rotlicht anzünden können. Wieder die gleiche Prozedur wie vorhin: die Platte in Alkohol getaucht, abgeschüttelt, Albert betätigt den Blasbalg so energisch, daß ihm der Schweiß von der Stirn rinnt. Sie ist trocken, endlich,

die Platte. Wieder wird sie über eine hochempfindliche Platte eingespannt – wieder flammt das Zündholz auf – nachdem, selbstverständlich, das Rotlicht gelöscht worden ist. Wie spät ist es? Halb eins. Seit zehn Uhr ist man schon an der Arbeit. Studers Armbanduhr mit dem leuchtenden Zifferblatt ist unter dem Kissen versteckt. Noch dreimal flammt das Zündhölzchen auf – noch dreimal wird der Blasbalg betätigt, nachdem entwickelt, verstärkt, fixiert worden ist. Und nun, bei der letzten Platte – Studer ist stolz.
«Da, Albert, lies!»
Nun kann man die Wolldecken von dem Fenster reißen, auch den roten Schirm von der Lampe nehmen, die Platte vor die Birne halten – Buchstaben, ganz schwache Buchstaben sind auf der Platte zu sehen. Diese Buchstaben bilden nur zwei Sätze – und in diesen Sätzen gibt es Worte, die man erraten muß, aber diese beiden Sätze geben die Lösung des Falles! . . .
Die Platte wird noch einmal in den Rahmen gespannt, aber nicht, ohne ein Kopierpapier unter sie geschoben zu haben. «Eins-zwei-drei-vier-fünf-sechs-sieben» zählt Studer langsam – es klingt wie eine Beschwörungsformel. Dann wird der Rahmen wieder bedeckt und ein wenig abseits von der Lampe geöffnet. Das Papier entwickelt, fixiert, in Alkohol getaucht und dann mit einem Faden an der Stange befestigt, die den linken Fensterladen geschlossen hält. Da der rechte offen ist, flattert das Papier wie ein Fähnlein im Winde . . .
Es ist drei Uhr morgens, über den Hügeln im Osten liegt schon ein grauer Schein. Die beiden Männer sinken auf ihre Betten. Sie sind todmüde . . . Und bald schlafen sie ein.

Der Speisesaal, morgens um halb acht. Auf den weißgedeckten Tischen stehen flache Glasschalen mit gerollten Butterstückchen, Schalen aus glänzendem Weißmetall, gefüllt mit Konfitüre, Honig, Platten mit Käse. Es riecht nach Kaffee und gesottener Milch. Die Tische sind spärlich besetzt: hier ein Gast, dort einer, eine Mutter mit zwei Gofen – und die Gofen löffeln die Konfitüre ohne Brot. Studer denkt, daß die heutigen Kinder schlecht erzogen sind. Er ist frisch rasiert, sein kurzgeschnittenes Haar glänzt wie das Fell eines Apfelschimmels, und sein Schnauz ist so sorgfältig gekämmt, daß er den ganzen Mund frei läßt. Heute ist Wachsein, höchste Aufmerksamkeit nötig. Hat Studer diese Nacht – oder richtiger, diesen Morgen – nicht das Gespenst gesehen, von dem die Jungfer Schätti, die Köchin des Hotels «zum Hirschen», gesprochen hat? ...

Dem Wachtmeister gegenüber sitzt Albert Guhl.

Merkwürdig, wie schlecht die heutige Jugend eine durchwachte Nacht vertragen kann! Albert sieht müde aus und mißmutig. Nur wenn er seinen Schwiegervater ansieht, leuchten seine Augen. Er bewundert diesen älteren Mann, er versteht nicht, warum der Vater seiner Marie sein Leben lang Wachtmeister geblieben ist. Er ist noch jung, der Polizeikorporal Albert Guhl, stationiert in Arbon, er weiß nichts von der großen Bankaffäre, die seinem Schwiegervater das Genick gebrochen hat, damals, als er wohlbestallter Kommissär an der Stadtpolizei Bern gewesen ist. Er weiß noch nicht, dieser junge Schnuufer, daß es im Leben Scheidewege gibt: die bequeme Straße führt zu Ehren und Würden, aber der Zoll, den man entrichten muß, um auf dieser Straße wandeln zu dürfen, heißt Selbstachtung und gutes Gewissen. Studer hat diesen Zoll nicht entrichten wollen – seine Kollegen im Amtshaus z'Bärn behaupten, er habe einen Steckgring ... Nun, der «Bärtu» wird auch einmal am Scheidewege stehen ... Vorläufig ist er noch voll Bewunderung über das Hexenkunststück seines Schwiegervaters, durch das er aus einem weißen Stück Papier Buchstaben hervorgelockt hat.

Herr Bankier Jacques Gardiny betritt den Saal. Seit gestern scheint sich seine Lähmung gebessert zu haben. Denn er vermag, gestützt von seiner Krankenschwester, bis zu seinem Stuhl zu gelangen. Er schreitet einher, gespreizt und steif wie ein Storch ...

Gelbe Vorhänge verhüllen die Fenster, die gen Osten liegen. Darum ist das Licht, das über dem Saal liegt, angenehm gedämpft. Albert hat zwei Tassen Kaffee getrunken, er beginnt aufzuwachen.

In der Tür erscheint Anni Rechsteiner, um ihren Gästen einen guten Morgen zu wünschen. Ihr rechter Arm liegt in einer weißen Binde. Fragen, die sich nach der Ursache der Verwundung erkundigen, versteht sie sanft, aber bestimmt zurückzuweisen. Beim Wachtmeister bleibt sie stehen, stützt die linke Hand auf den Tisch und erkundigt sich, ob Studer gut geschlafen habe. Studer nickt, er kann nicht sprechen, weil er den Mund voll hat. Es gelingt ihm endlich, das widerspenstige Weggli zu schlucken. Dann legt er seine große Hand mit den spachtelförmigen Fingerspitzen auf die kleine Hand des Anni und flüstert der Frau zu:

«Heute mittag bist du frei!» Er fühlt, wie die Frau am ganzen Körper zittert, die Hand krampft sich um die Tischkante, so daß die Knöchel weiß werden. Es ist ihm ganz gleichgültig, daß die Augen aller Gäste auf ihn gerichtet sind. Mögen sie glotzen! Er ist genau so elegant wie sie, sein grauer Flanellanzug sitzt gut, nur an den Oberärmeln ist er schon ein wenig ausgebeult. Dagegen ist nichts zu machen... Entweder hat man Muskeln oder man hat keine – nid wahr?

Ottilia Buffatto kommt mit zwei riesigen Metallkannen: Kaffee, Milch. Sie sammelt die kleinen Kännchen auf den Tischen ein, füllt sie von neuem, verteilt sie. Das hat Studer noch nie gesehen. Darum fragt er das Anni, warum sie sich nicht begnüge, eine Portion zu geben? – Die Leute sollen nicht hungrig und durstig vom Tisch aufstehn, meint die Wirtin. Ein gutes Prinzip, findet der Wachtmeister, aber ob es auch ökonomisch sei?...

Das Anni zuckt die Achseln und geht weiter durch den Saal, grüßt hier, grüßt dort. Wahrlich, eine tapfere Frau! Eine Frau, die sich ohne fremde Hilfe zurechtfindet.

Studer ballt die Serviette zusammen, legt sie auf den Tisch – wie er sieht, daß Albert die seine zusammenlegt und sie in den Ring stößt, winkt er ab: «Unnötig!» Und flüstert, als

er neben Albert steht: – Das Postauto fahre elf Uhr dreißig. Bis dahin werde alles erledigt sein.
Neun Uhr. Ein Gang zur Post. Frau Gloor, hinter ihrem Schalter, nickt freundlich guten Morgen. Dann reicht sie dem Wachtmeister zwei Telegramme durch das Schaltertürlein.
Auf der Bank an der Kirchenmauer, vor den frischen Gräbern, vor den alten, die schon Blumenbeete sind, öffnet sie der Wachtmeister. Aus einem Fach seiner Brieftasche zieht er einen Zettel, über und über bedeckt mit Zahlen und Buchstaben. Albert muß sein Notizbuch zur Hand nehmen, und der Wachtmeister diktiert langsam, Buchstaben nach Buchstaben, die Übersetzung des einen im Polkod verfaßten Telegrammes. Das Mannheimer Telegramm ist lang, Studer diktiert schnell – dennoch beginnen die Augen des jungen Polizeikorporals zu glühen. Der Inhalt scheint ihn doch zu überraschen. Das Pariser Telegramm übersetzt Studer selbst – wenn man denkt, daß man nun einen Schwiegersohn hat, der nicht einmal ordentlich Französisch kann! Zum Güggelpicke isch das!
Halb zehn. Es reicht gerade noch für einen Besuch drüben in der Hütte des Velohändlers ... Das Bäärli kommt traurig einen guten Morgen wünschen, wedelt mit dem Schweif, viele Fragen stehen in seinen Augen. «Ja», sagt der Wachtmeister, «dein Herr wird kommen, heute abend noch ... Oder spätestens morgen früh ... Guten Tag, Fräulein Loppacher. Was ich fragen wollte ... Gedenken Sie nach St. Gallen zurückzukehren?» Schweigen. Langes Schweigen. Dann stockend: «Wenn mich der Ernst will, so bleib' ich hier.» «Das ist vernünftig», meint Studer und fügt hinzu, während er auf den Stockzähnen grinst: «Aber mit Maniküre wird es, fürcht' ich, vorbei sein ...» Statt einer Antwort streckt Martha Loppacher wortlos ihre beiden Hände aus, Rücken nach oben. Die Nägel sind kurz geschnitten, an vielen Stellen ist die künstliche Glasur abgebröckelt. Die Wangen sind rot – aber es ist ein echtes Rot ... Was will man mehr? Am liebsten möchte der Wachtmeister der Mar-

tha Loppacher die Wangen tätscheln wie einem folgsamen Kind. Da dies nicht geht, sagt er bloß: «Recht so, schön! Aber nach all den Lügen, die du mir verzapft hast, Martheli, mußt du mir auch einen Dienst erweisen. Ich erwart' dich um halb elf Uhr drüben im Hotel. Zeig' deine Uhr!» Vergleichen ... Martha Loppachers Armbanduhr geht um fünf Minuten vor. «Also punkt halb elf, droben im Gang, vor dem Zimmer No. 8... Verstanden?» Das ehemalige Bureaufräulein nickt. «Was macht der Fritz?» Der Fritz sitzt auf einem Deckenhaufen im Raume neben der Werkstatt und hält in der rechten Hand eine Milchflasche mit einem ... einem ... Nuckerli nennt man doch diese Kautschukstöpsel? Er ist damit beschäftigt, dem Färli Ideli den Morgenimbiß einzuverleiben. Studer hält sich nicht lange auf, er will den armen Tropf, der ihn einmal, in einer Nacht, so gutmütig unterhalten hat, der ihn aufgenommen hat in den Kreis der Tiere, nicht nutzlos quälen. – Er solle einmal einen Brief schreiben, sagt der Wachtmeister. Adresse: Wachtmeister Jakob Studer, Thunstraße 98, Bern. Ob er sich das merken könne? Ja? Gut. Und den Ernscht, «de suuber Feger», solle er grüßen und viel Glück zur Hochzeit wünschen.
Zehn Uhr. Auf der Wiese hinterm Haus hat der Küng Johannes Gras gemäht. Jetzt zieht er einen Zweiradkarren an den Mahden entlang und lädt auf. Der Mann schafft sorgfältig, das muß man ihm lassen. Nun, ganz allein wird das Anni nicht sein, wenn Studer nach Bern zurückgekehrt ist. Das ist tröstlich.
Über die Wiese kommen vier Herren: Verhörrichter Dr. Schläpfer, Polizeichef Zuberbühler, ein namenloser Aktuar und ein ebenso namenloser Fahnder. Oder sagen sie hier im Appenzellischen Polizist?
«Wir haben», sagt Dr. Schläpfer, «genau nach Ihren Instruktionen gehandelt, Herr Wachtmeister... («Herr! Potztuusig!») ... Übrigens haben wir auch Bericht von der Bundesanwaltschaft erhalten. Im letzten Moment hat sich der Chef der St. Galler Polizei noch anschließen wollen, aber ich habe mich telephonisch für die Begleitung bedankt. Wir

machen die Sache besser entre nous – unter uns.» «Ich verstehe Französisch, Herr Doktor», sagt Studer milde, und da wird der Verhörrichter rot. «Jaja, ich weiß schon, Herr Wachtmeister, in Bern sind die Herren des Lobes voll über Sie und bedauern nur eines, daß Sie immer und immer wieder Anlaß zu ... zu ...» – «A bah!» unterbricht Studer den studierten Herrn, der sich verhaspelt. – Das sei ja gleichgültig! Hauptsache sei, daß man endlich gewissen Herren das Handwerk legen könne. «Mit Vorsicht, Herr Wachtmeister! Mit großer Vorsicht! Es könnten sich sonst diplomatische Komplika ...» – In Bern, sagt Wachtmeister Studer, seien die Herren afa Hosesch ... – «Bsch, Herr Wachtmeister, bsch! Nöd so luut!»

Die Hintertür, die Studer so oft benützt hat ... Er winkt den vier Mannen, zu warten. Dann schleicht er sich ins Haus, späht in den Speisesaal – Jacques Gardiny, Bankier, ist nicht mehr da – kehrt zurück, legt den Zeigefinger auf die Lippen und setzt sich auf eine Treppenstufe. Er zieht seine Schuhe aus, die vier Herren folgen seinem Beispiel, und so, auf bloßen Socken, schleichen sie die Treppen hinauf. Keine Latte knackt im Gang, die Angeln von Türe Nr. 8 kreischen nicht – ungesehen, ungehört gelangt die Gruppe in Studers Zimmer. Albert, der seinen Schwiegervater vor des Velohändlers Haus verlassen hat, steht am Fenster. Er wird vorgestellt. «Sehr erfreut!» – «Gleichfalls!» Alles im Flüsterton.

Was zieht der Wachtmeister unter seiner Matratze hervor? Die Herren stellen erstaunt fest, daß es Stroh ist, feuchtes Stroh.

«Es ist ein alter Trick», flüstert Wachtmeister Studer. «Ich hätte gern den andern angewandt ...»

Eine Stimme auf dem Gange fragt, ob man den Herrn Rechsteiner besuchen dürfe? – Die Wirtin sagt ja. «Der Pfarrer!» flüstert Studer. «Noch eine Minute! Wie gesagt, mein Trick ist alt, ich hab' ihn, wie ich noch jung war, in einem Buche gelesen – in einem sehr bekannten Buch.»

Leise schleicht Studer auf den Gang hinaus. Vor einer Tür,

hinten im Gang, schichtet er das feuchte Stroh auf, kehrt zurück, gibt seine Anordnungen. Dann zieht er eine Schachtel aus der Tasche, reibt ein Zündholz an – in seinem eigenen Zimmer, damit das Geräusch ihn nur ja nicht verrate, ein Stück Zeitungspapier lodert auf (die Herren staunen, wie gelenkig dieser ältere Mann trotz seiner Schwere ist). Studer steckt es unters Stroh, es mottet, raucht – aber die Zugluft kommt von Zimmer Nr. 8 und preßt den Rauch durch die Ritzen der Tür ohne Nummer, der Tür, die in Rechsteiners Schlafkammer führt – und nun brüllen sechs Männer im Chor: «Feuer! Feuer!» Stille. Noch einmal: «Feuer! Feuer!» Ein Klicken ... Aber nicht die Tür, vor der das Stroh raucht, geht auf, sondern eine Tür rechts von ihr, in einem dunklen Gang.

Im Rahmen steht der Rechsteiner. Sein Nachthemd hat er in ein Paar Hosen gestopft, einen Kittel darüber angelegt. Er steht da und blinzelt in den Rauch. Hinter ihm steht Pfarrer de Quervain. Die Türe des Zimmers Nr. 7 geht ebenfalls auf. Herr Gardiny, Bankier aus Paris, tut ein paar zögernde Schritte in den Gang hinaus. Es herrscht ein wenig Verwirrung. Eilige Schritte kommen die Treppe hinauf – zuerst erscheint Ottilia Buffatto, dann Fräulein Loppacher, endlich der Küng Johannes. An ihn wendet sich Studer. Er solle das Stroh zum Fenster hinauswerfen. Dies geschieht. Der Rauch verweht. Dann sagt Wachtmeister Studer von der Fahndungspolizei Bern – und er spricht schriftdeutsch, nicht besser und nicht schlechter als Martha Loppacher:

«Darf ich die Herren bitten, einzutreten?»

Karl Rechsteiner, der Wirt des Hotels «zum Hirschen», wird bleich, wankt. Aber zwei Frauen stützen ihn – das Anni rechts, das Otti links. Und so geführt, gelingt es ihm, sein Bett zu erreichen.

Dr. Salvisberg beugt sich über seinen Patienten. Es ist klar, daß der Rechsteiner kein Theater spielt, sein Gesicht ist grünlich. Studer bringt, ohne daß ihn der Arzt darum gebeten hätte, aus der Nachttischschublade drüben, im Schlafzimmer der Frau, die Schachtel mit den Kampferölampullen,

die Spritze samt Zubehör. Bald kann der Rechsteiner wieder schnaufen. Aber Doktor Salvisberg schüttelt bedenklich den Kopf und flüstert dann: «Er wird nicht mehr lange leben ... Das Herz!» ...
Auch Frau Anni Rechsteiner hat die Worte gehört. Schweigend richtet sie ihrem sterbenden Mann die Kissen – und vergißt ihre eigene Wunde, die Wunde, die ihr der Mann gestern beigebracht hat, wie sie zur Unzeit aus dem Schlaf erwacht ist – trotz des Schlafmittels –, und wie sie ihn gesehen hat, zur Tür hereinkommen und sich über ihr Bett beugen. Den Stich hat sie abwehren können, dann hat sie geschrien, ist schreiend aus dem Bett gesprungen, ihrem Mann nach, ins Nebenzimmer, hat die Tür aufgerissen – und ist in Ohnmacht gefallen, gerade als Studer ihr zu Hilfe eilte ...
Sie schüttelt die Kissen, sie legt ihren Mann zurecht, deckt ihn zu, holt im Nebenzimmer ein Fläschchen, netzt ihr Taschentuch damit und befeuchtet des Kranken Stirne mit dem wohlriechenden Lavendelwasser. Dann setzt sie sich neben ihn, nimmt seine Hand in die ihre – und plötzlich blickt sie auf. Ihre Augen suchen, suchen ... Endlich haben sie Studer gefunden. Der Blick der Frau ist vorwurfsvoll.

Nicht alle haben Platz im Zimmer, darum hat man die Nebenpersonen in Frau Annis Zimmer gesetzt – die Tür bleibt offen, so können auch sie alles hören. Im Zimmer selbst sind anwesend: Verhörrichter und Polizeichef, Wachtmeister Studer und sein Schwiegersohn, Bankier Gardiny aus Paris ... Ottilia Buffatto und Martha Loppacher sitzen im Nebenzimmer, hinter dem Aktuar, der einen Block auf den Knien hält. Dr. Salvisberg sitzt links vom Kranken auf dem Sims des offenen Fensters.
Rechsteiner hat die Augen weit geöffnet, und seine Blicke wandern zwischen dem Wachtmeister und seiner Frau hin und her.

«Versteht Ihr mich, Rechsteiner?» fragte Studer. Der Kranke nickte. «Soll ich erzählen? Und wollt Ihr, wenn ich mich

trompiere, unterbrechen und richtigstellen?» Wieder nickte der Kranke. Und so begann der Berner Fahnder zu sprechen.
«Was mir an dem Fall zuerst auffiel, war die Mühe, die sich der Täter gegeben hatte, den Verdacht auf mehrere Personen zu verteilen. Die Stahlspeiche sollte den Velohändler verdächtigen – die Briefe aber Martha Loppacher. Warum, das war die erste Frage, die ich mir stellte, warum waren nur die Briefe mitgenommen worden und nicht auch die Enveloppen? Einfache Antwort: Ohne die leeren Enveloppen wäre man gar nicht auf den Gedanken gekommen, daß Martha Loppachers Briefe in der Tasche des Ermordeten steckten. Ich nahm die Umschläge an mich und bat die Behörde, mir drei zu überlassen. Sie werden sich erinnern, Herr Verhörrichter, daß ich diese Bitte laut gestellt habe – die Saaltochter war in unserer Nähe, die Wirtin, der Küng... Auch Herr Krock war nicht weit. Wenn ich drei Umschläge zurückbehielt, mußte der Täter denken, daß ich an diesen Enveloppen etwas entdeckt hatte – er mußte also Angst bekommen und in der Angst irgend etwas Dummes tun.
Er vergiftete meinen Wermut...»
Erstaunte Rufe... Dr. Schläpfer wiederholte:
«Ihren Wermut?»
«Ja», sagte Studer trocken. «Ich hab' mein Glas gegen das des Herrn Krock eingetauscht. Und wenn Ihr die Fortsetzung meiner Geschichte hört, werdet Ihr mit dem Joachim Krock kein Mitleid mehr empfinden...
Und übrigens war das Glas dem Krock bestimmt, nid wahr, Rechsteiner?»
Der Kranke nickte, nickte lange. Dann hob sich seine Hand, die einem Meerkrebs mit bleichem Kalkpanzer glich, sie hob sich und deutete in den Hintergrund, auf die Türe zum Nebenzimmer, wo die Saaltochter Ottilia Buffatto neben dem Bureaufräulein Martha Loppacher saß...
«Gegen Abend», sagte Rechsteiner, und er sprach keuchend und rasselnd – Studer mußte an eine Baggermaschine denken, wie man sie braucht, um versandete Häfen und Flüsse

zu reinigen – in ihren riesigen Schöpfern fördern sie alles mögliche zutage: Sand, Unrat und bisweilen Muscheln, deren Außenseite unansehnlich ist, aber innen glänzt und schimmert in allen Regenbogenfarben, der Perlmutter. – «Gegen Abend hat sich das Anni (vorsichtig und zart sprach der Wirt den Namen seiner Frau aus) stets hingelegt. Da bin ich aufgestanden und hab' das Schächteli genommen. Hier», sagte er und zog die Schublade des Nachttisches auf, «hab' ich einen Spritkocher. Und hier einen Eisenlöffel. Und leere Fläschli gibt's genug bei mir . . .», er versuchte zu lachen, aber es kam nur ein Krächzen aus seinem Hals, das in einen breiigen Husten überging, «ich hab' die Kügeli nach und nach in den mit Wasser gefüllten Löffel getan und über der Flamme erhitzt. Dann die Lösung ins Fläschlein geleert. Bin hinuntergeschlichen – durch Annis Zimmer. ‚Schenk Wermut ein!' hab' ich dem Otti befohlen. ‚Wo sitzt der Krock?', hab' ich gefragt. Sie hat mir den Platz gezeigt. Da hab' ich den Inhalt des Fläschlis ins Glas geleert, das Otti hat Wermut nachgefüllt. Aber das Meitschi hat mich betrogen! Betrogen! Nicht dir galt es, Studer! Sicher nicht dir! Sondern dem Hundsfott, dem Krock!»
Erschöpft schwieg er still.
«Ich weiß, Rechsteiner», sagte Studer. «Ihr habt gutmachen wollen. Und die anderen haben nicht gewollt.»
«Woher, wo . . . woher weißt du das, Studer?»
Der Wachtmeister zog eine Photographie aus der Tasche. Sie sah aus wie ein Dokument, das uralt ist, gebleicht von der Sonne, vom Wind, auch im Regen ist es gelegen – aber dennoch, wenn man sich Mühe gibt, läßt es sich entziffern. Ein paar Worte fehlten, aber der Sinn ließ sich ohne weiteres erraten.
«.aß ..r .echst.iner ..denkt, alle S.hulds....ne, .ie .r hat unterschr..ben .asse. zu ..rnichten .nd .r sich z. d.ese. .we.k mit ..r Be.ö.de i. V.rbi..ung setzen ..ll.»
«Daß der Rechsteiner bedenkt, alle Schuldscheine, die er hat unterschreiben lassen, zu vernichten und er sich zu diesem Zweck mit der Behörde in Verbindung setzen will.»

Studer las es laut vor und fragte hinüber zur Türe, ob es richtig sei.
Martha Loppacher nickte.
Am letzten Dienstag habe sie das geschrieben. Aber zwischen Dienstag und Samstag läge eine Ewigkeit ...
«Ewigkeit!» Studer lächelte. «Die Ewigkeit bestand darin, daß sich in dieser Zeit das gute Marthi in ‚de suuber Feger, de Grofe-n-Ernscht' (Studer versuchte dies im Appenzeller Dialekt zu sagen, aber es mißriet ihm so vollkommen, daß alle, trotz des sterbenden Mannes, lachen mußten – übrigens lachte auch der Rechsteiner mit) verliebt hat», beendete Studer den Satz, nachdem das Gelächter sich gelegt hatte.
Die Stimmung im Zimmer war sehr merkwürdig. Es hatte gar nicht den Anschein, als werde die Aufklärung eines Doppelmordes verhandelt – es schien eher, als sei man zusammengekommen, um sich Märli z'verzelle. Und Studer gab sich Mühe, diese Stimmung aufrechtzuerhalten.
«Um alles zu verstehen, müßte man von vorne beginnen», sagte er, legte die Ellbogen auf die gespreizten Schenkel und faltete die Hände. Seine Daumennägel interessierten ihn ungemein – darum hob er den Blick nicht.
«Ein Mann verläßt seine Heimat, damals, als nach vier Jahren Krieg endlich der Frieden geschlossen wurde. Er geht nach Deutschland. In der Schweiz hat er in Hotels geschafft, zuerst als Chasseur, dann als Etagenkellner – und zum Schluß hat man ihm erlaubt, an der Table d'hôte zu servieren. Er geht nach Deutschland, denn er denkt ganz richtig, daß in diesem ausgehungerten Land, das zum Teil von fremden Truppen besetzt ist, ein Rückschlag auf das Elendsleben während des Krieges folgen wird. Er geht aber nicht etwa nach Berlin, sondern nach Mannheim. Die Pfalz ist besetzt, auch Ludwigshafen – wahrscheinlich werden die fremden Offiziere nach Mannheim kommen. Er findet eine Stellung als Maître d'hôtel im Kaiserhof. Dort lernt er das Nachkriegsleben kennen: deutsche Bankiers, französische, amerikanische. Mit einem Franzosen freundet er sich besonders an – soweit von Freundschaft zwischen einem Groß-

kapitalisten und einem Kellner die Rede sein kann. Rechsteiner ist klug, geschickt. Es gelingt ihm, den Franzosen mit dem Bürgermeister der Stadt zusammenzubringen. Wie – ist hier gleichgültig. Ein großer Betrug gelingt – Gold wird verschoben, Rechsteiner hilft. Aber der Franzose ist nicht ein Mann, der sich unbesehen in die Hände eines Untergebenen gibt. Eine dunkle Scheckgeschichte wird inszeniert (Helfer gibt es ja zu dieser Zeit genug), Rechsteiner wird beschuldigt, einen Scheck von 50 000 Mark gefälscht zu haben, er wird verhaftet – der Franzose besticht die Gefangenenwärter (bedenkt, daß dies während des Umsturzes war!). Rechsteiner kann fliehen und kommt in die Schweiz zurück. In Zürich trifft er den Franzosen wieder, der ihm folgendes erklärt: Die Gerichtsverhandlung in Mannheim hat stattgefunden, Rechsteiner ist zu zehn Jahren Zuchthaus verurteilt worden, das Deutsche Reich kann jederzeit die Auslieferung des Verurteilten beantragen – aber: Ihm werde nichts geschehen, solange er sich den Anordnungen des Franzosen füge ... Natürlich, sobald er unfolgsam sei, werde ein Brief abgehen an das Polizeipräsidium in Mannheim, seine Auslieferung werde verlangt werden ... Doch liege diese Möglichkeit durchaus nicht in den Absichten des Franzosen. Im Gegenteil. Hier seien hunderttausend Franken, Rechsteiner möge sich mit dem Gelde ein Hotel kaufen – später werde man weiter sehen ... Übrigens, hier seien Papiere auf den Namen Rechsteiner (der Mann dort im Bett heißt anders, er hat den Namen seiner Mutter angenommen). Rechsteiner ist zufrieden. Er kommt nach St. Gallen, arbeitet dort in einem Hotel als Chef de Réception, lernt die Gouvernante kennen, verliebt sich in sie. Die beiden beschließen, zu heiraten und sich selbständig zu machen. Ankauf des Hotels ‚zum Hirschen' in Schwarzenstein. Fünf Jahre Glück, Rechsteiner hat das deutsche Abenteuer vergessen, da wird es ihm wieder in Erinnerung gebracht.
Langsam beginnt im Appenzellerland die Krise der Stickerei. Plötzlich erhält Rechsteiner einen Brief aus St. Gallen mit der Unterschrift des Franzosen, er habe sich in allem

und jedem nach den Vorschriften des Auskunfteibüros Joachim Krock zu richten.
Die Vorschriften lassen nicht lange auf sich warten. Rechsteiner soll der Vermittler sein. Er soll all seine Nachbarn dahin bringen, daß sie von ihm Geld leihen – er ist beliebt in der Gegend, niemand mißtraut ihm. Es gelingt ihm, die Scheine unterzeichnen zu lassen. Die Zinsen, die jedes Jahr eingehen, führt er an das Bureau in St. Gallen ab.
Der Franzose hat eigentlich seine Methode wenig geändert. Wie er damals ein Land, das durch Krieg, Umsturz, Besetzung kopfscheu geworden war, systematisch ausgesaugt hat – so ‚investiert' er jetzt ein gewisses Kapital – ebenfalls in einem Kanton, in dem die Arbeitslosigkeit die Köpfe verstört. Er wird zuwarten – zwei Jahre, drei Jahre. Dann das Geld einfordern und auf diese Weise billig zu Land kommen. Was er mit dem vielen Land tun wird, weiß ich nicht – und es geht mich gar nichts an.
Ich habe den Mann, der hinter der Auskunftei Krock steht und durch sie den Rechsteiner tyrannisiert, einen Franzosen genannt. Das ist falsch. Soviel ich weiß – und mein Wissen stammt aus sicherer Quelle, ich habe einen guten Freund, der bei der Pariser Police judiciaire eine hohe Stelle bekleidet – ist der Mann genau so wenig Franzose wie die anderen großen Schwindler, die wie Maden auf Frankreichs Land schmarotzen. Aber auf dem Papier ist er Franzose – nicht wahr, Herr Gardiny?»
Der Angriff war so unerwartet, daß alle im Zimmer zusammenzuckten. Nur der Pariser Bankier blieb regungslos sitzen. Nach einem Augenblick führt er die behandschuhte Hand zum Mund, um ein Gähnen zu verbergen.
«Rechsteiner wird krank», fuhr Studer fort. «Da man zu einem Kranken kein Vertrauen haben kann, wird ihm jemand ins Haus gesetzt, der ihn unausgesetzt beobachten muß ... Nicht wahr, Otti?»
«Ich bin für Sie nicht ‚Otti', sondern Fräulein Buffatto!» erklang es gereizt von der Türe her. Lachen, bedrücktes Lachen. Studer fuhr fort:

«Rechsteiner ist wirklich krank, er hat die Auszehrung. Nach Aussage des Doktors hat er noch drei, vier Jahre zu leben. Und um wenigstens in Ruhe sterben zu können, kommt ihm ein glänzender Gedanke. Er wird nicht mehr aufstehen – er wird behaupten, er sei gelähmt. Doktor Salvisberg, der den Kranken behandelt hat, wird mir bestätigen, daß eine Lähmung in dem Zustande, in dem sich der Kranke befindet, nur sehr schwer festzustellen ist. Und dann ist ja ...»
«... für einen hochgradig Tuberkulösen», unterbrach der Arzt den Wachtmeister, «eine horizontale – eine waagrechte Körperlage durchaus indiziert – absolut am Platze!»
«Das wollte ich sagen ... Rechsteiner aber hat Herrn Gardinys Kapital nicht nur in Schwarzenstein investiert, sondern auch in den umliegenden Dörfern. Fräulein Buffatto (die Betonung der beiden letzten Worte trieb der Saaltochter das Blut ins Gesicht) übernahm es, den Kontakt zwischen Gläubigern und Schuldnern aufrechtzuerhalten ...»
Schweigen. Es war ein trübes Schweigen, es wogte durchs Zimmer, bildete Wirbel. Dann räusperte sich vor Ungeduld der eine, der andere, der Aktuar hustete. Herr Gardiny, Bankier aus Paris, zog eine goldene Dose aus der Tasche, entnahm ihr eine Zigarette, zündete sie an einem Feuerzeug an. Wachtmeister Studer stand auf, riß dem Herrn die Zigarette aus dem Mund, warf sie zum Fenster hinaus, setzte sich wieder und sagte trocken: «Gell Rechsteiner, das Rauchen bringt dich zum Husten.» Der Wirt nickte eifrig, ein schüchternes Lächeln entstand in seinen Mundwinkeln, er nahm die Hand seiner Frau.
«Ich bin gleich fertig», sagte Studer. «Martha Loppacher schreibt nach St. Gallen. Dort beschließt man – wie man es im Kriege bei verdächtigen Zivilisten tut –, in den ‚Hirschen' eine Einquartierung zu legen. Jean Stieger übernimmt die Rolle ... Noch eine Zwischenbemerkung: Da dieses ganze Gesindel, Krock, Stieger und Gardiny, wie alle Lumpen, mißtrauisch ist, stellt die Auskunftei in St. Gallen noch den Bruder des Velohändlers als Ausläufer an. Ernst

Graf, der Velohändler, ist der Nachbar des Rechsteiner – durch seinen Bruder hofft man eine zweite Überwachung des ‚Hirschen' zu erlangen. Es gelingt nicht ganz.
Jean Stieger kommt. Fräulein Ottilia Buffatto hat es so gut verstanden, den Kranken mit seiner Frau zu entzweien, daß der Rechsteiner die Kontrolle der Abrechnungen der Italienerin übergibt. Aber die Frau braucht Geld: eine Kuh ist vor drei Monaten zugrunde gegangen, sie ist ersetzt worden, das Anni will dem Mann jede Sorge ersparen – eine neue Kuh wird gekauft, aber nun fehlen zweitausend Franken. Frau Rechsteiner hat noch einiges Erspartes, aber es ist in Aktien eines Bergbähnlis angelegt. Der Kurs der Aktien ist tief. Aber ihr Mann hat so oft vom St. Galler Büro des Krock gesprochen, die Wirtin hat die Adresse so oft gelesen, daß sie sich in aller Unschuld dorthin wendet...»
Anni Rechsteiner sah ihren ehemaligen Schulschatz mit großen Augen an. Woher wußte der Mann das alles? Studer lächelte der Frau freundlich zu und fuhr fort:
«Jean Stieger bringt das Geld. Aber er will der Frau das Geld erst dann geben, wenn sie ihrer Saaltochter einen Tag freigegeben hat... Wozu?... Ich brauche wohl nicht deutlicher zu sein. Dabei weiß der Stieger, der Tubel, gar nicht, daß diese Saaltochter zu seiner Partei gehört. Er ist ein junger Schnuufer, der nur durch Protektion ins Geschäft geraten ist. Die Wirtin weigert sich – es ist ihr Geld, das der Bursche hat, er hat kein Recht, Bedingungen zu stellen.
Aufgeregt erscheint sie im Zimmer ihres Mannes und erzählt ihm die Ankunft eines Vertreters von Joachim Krock. Kaum ist sie fort, erscheint die Buffatto – pardon, Fräulein Buffatto –, und auch diese beklagt sich wild über den jungen Schnuufer...
Dann ist der Rechsteiner wieder allein. Wahrscheinlich hat er nachgedacht: Unter der Fuchtel des Franzosen zu sein, war arg, aber sich nun auch noch von einem grausamen jungen Bürschlein plagen zu lassen – das ist zu viel! Außerdem hat der Rechsteiner ein schlechtes Gewissen – hat er nicht schon begonnen, die Schuldscheine einzusammeln?

Selber kann er's nicht tun. Er muß vorsichtig sein. Freitag hat er die Martha Loppacher bei den Bauern herumgeschickt – und sie hat die Nachricht gebracht, das Büro Krock habe mit den Zahlungsforderungen schon eingesetzt ...
Der Gang ist leer. Es ist halb zehn. Ich habe dem Rechsteiner selbst erzählt, daß wir erst um halb elf mit den Kutschen heimfahren wollten ... Der Wirt denkt, er habe Zeit. Jeden Tag – seit dem Augenblick, da er die Lähmung vorzutäuschen begann – ist er aufgestanden, im Zimmer hin und her gegangen – manchmal auch in der Nacht, wenn die Frau todmüde schlief, ist er bis in die Küche hinab und hinauf zum Estrich gestiegen ... Das kommt ihm heute zugut. Er schleicht sich zur Hintertür hinaus. Welche Waffe wählen? Da sieht er im Gras die rostige Speiche eines Velorades. Der Küng ist im Stall beschäftigt, neben dem Stall liegt die Werkzeugkammer, auch einen Schraubstock hat's dort ... Fünf Minuten und die Speiche ist spitz! ... Weitere fünf Minuten und der Griff ist fertig – ein Schraubengewind ist schnell in das stumpfe Ende geschnitten, den Griff braucht man nur anzubohren, dann greift das Gewinde ohne weiteres in das Holzloch. Der Rechsteiner lauert, er zittert vor Kälte und Angst und Erwartung – zwanzig Minuten vor zehn tritt Jean Stieger aus der Hintertür (wahrscheinlich sucht er nach der Saaltochter) – und Rechsteiner winkt ihm. Die beiden haben sich nie gesehen, aber der Wirt hat zwei Beschreibungen gehört, das genügt. Er stellt sich flüsternd vor, erzählt, er müsse etwas Wichtiges mitteilen, lockt den Jungen ins Gärtli, und dann ...»
«Höör uuuf, Stuuuder! Höör uuuf! Biiitte, hhhör uuf ...»
Das Gewimmer vom Bett war nicht zu ertragen.
«Ich bin fertig», sagte der Wachtmeister. «Ah, noch eins. Wo ist der Herr Pfarrer?»
Aus Annis Schlafkammer kam eine tiefe Stimme: «Hier!»
«Heit-r das Züüg?» fragte Studer.
«Eh natüürli! Wa meinet-r au, Wachtmeister?»
Ungern nur machte «Fräulein» Buffatto Platz. Sie sah aufmerksam auf Herrn Gardiny – aber der Bankier bewegte

sich nicht. So mußte es die Saaltochter geschehen lassen, daß ein Packen Schuldbriefe dem Wachtmeister übergeben wurde. Er zählte sie rasch durch. Dreißig Stück – und gab sie weiter an den Verhörrichter.

«Das ist mein Eigentum», sagte Herr Gardiny mit leiser, schier unbeteiligter Stimme.

«So?» meinte Dr. Schläpfer. «Die Schuldscheine sind alle auf den Namen Rechsteiner ... Rechsteiner, verzichten Sie auf Ihre Ansprüche?»

«I verzichte – no so gärn ...»

«Zu den Akten Krock», sagte Dr. Schläpfer und gab das Päckli seinem Schreiber.

Studer öffnete die Tür. Langsam verließ die Gesellschaft den Raum. Der Wachtmeister hörte noch, wie der Polizeichef Zuberbühler den Doktor Salvisberg fragte:

«Ist er transportfähig?»

«Uusg'schlosse!» sagte Dr. Salvisberg böse. – Wenn der Rechsteiner auch heute und gestern und vorgestern im Haus herumgespenstert sei, so sei er trotzdem ein verlorener Mann. Als Arzt übernehme er keine Verantwortung. Der Polizeichef blickte hinüber zum Verhörrichter – der schüttelte den Kopf. Dann aber machte er dem Polizisten ein Zeichen; der Mann nickte und drängte sich hinter Ottilia zur Tür hinaus.

«Nehmen Sie die Buffatto mit», sagte er draußen.

Zuberbühler pfiff unten, laut und trillernd, mit seiner Polizeipfeife. Die Autos der Behörde fuhren an. «Hat's Platz für mich und meinen Schwiegersohn?» fragte Studer. Natürlich hatte es Platz. Dr. Schläpfer, Verhörrichter in Heiden, konnte dem Berner Wachtmeister gar nicht so recht seine Befriedigung zeigen. «Sie essen heut' abend natürlich bei uns», sagte er, während das Auto anfuhr. Studer schüttelte den Kopf. Er gähnte. Wenn man ihn nur in Arbon absetzen wollte, dann sei er zufrieden; er wolle schlafen, schlafen, schlafen ...

Und heut' abend nach Bern zurückfahren ...

Also geschah es auch.

Eines Mittags – mehrere Wochen waren seither vergangen – fand Studer auf seinem Teller einen Brief. Die Adresse war ein kalligraphisches Meisterwerk – und der Brief nicht minder. Er lautete:

«Sehr verehrter Herr Wachtmeister Studer!

Durch vorliegendes Schreiben erlaube ich mir, Sie mit einigen guten Nachrichten zu belästigen.» (Studer runzelte die Stirn und murmelte ‚Chabis!') «Durch Ihre wertgeschätzte Vermittlung ist es gelungen, meinen Bruder Ernst dem Gefängnis sowohl als auch den Händen der Justiz zu entreißen. Er befindet sich jetzt in gesundem Zustande in seiner Werkstatt in Schwarzenstein, allwohin ihm Fräulein Martha Loppacher als getreue Ehegattin gefolgt ist. Möge der Himmel den beiden Liebenden Glück und Wonne und ein zufriedenes Eheleben schenken. Auch die lieben Tiere erfreuen sich einer prächtigen Gesundheit, was ich auch von mir behaupten kann. Besonders scheint der Hund Bäärli oft nach dem Herrn Wachtmeister zu fragen. Mir hinwiederum ist es gelungen, im Hotel ‚zum Hirschen' eine feste Anstellung zu finden, allwo ich mich betätige in Hof und Garten, in Feld und Wald, in Küche und Keller. Nach dem Tode ihres lieben Mannes ist Frau Anni Rechsteiner-Ibach recht einsam gewesen, doch war ihr der Zuspruch unseres lieben Herrn Pfarrers ein großer Trost. In der Hoffnung, daß dieser Brief den Herrn Wachtmeister und seine liebe Gattin bei guter Gesundheit findet, zeichnet

hochachtungsvoll

Fritz Graf (genannt Grofe-Fritz)»

«Märci Hedy», sagte Wachtmeister Studer, weil seine Frau ihm den Teller vollgeschöpft hatte. «Weißt», meinte er nach einer Weile und rührte in seiner Suppe, «wenn du nid wärescht, so chönnt i hüt Hotelb'sitzer sy!»

Frau Studer seufzte – aber der Seufzer klang nicht echt. Als der Wachtmeister aufblickte, sah er seine Frau lächeln.

«Wa lachescht?»
«Oh, Köbu! Dank du dem Herrgott, daß du kes Hotel hescht!»
Worauf Studer wissen wollte, warum er Gott danken solle.
Die Antwort ließ nicht auf sich warten: – Weil er sonst den ganzen Tag Billard spielen und zuviel Wermut trinken würde.

Anhang

Editorische Notiz

Die fünf Kriminalromane von Friedrich Glauser, *Wachtmeister Studer*, *Die Fieberkurve*, *Matto regiert*, *Der Chinese* und *Krock & Co.*, entstanden zwischen 1934 und 1937. Die hier wiedergegebenen Texte wurden Band 2, 3 und 4 der Ausgabe *Gesammelte Werke* von Friedrich Glauser (Hg. von Hugo Leber. Zürich: Arche 1969 ff.) entnommen.

Eine Nachbemerkung zu *Matto regiert*

1943, mitten im Zweiten Weltkrieg, erschien im Schweizer Druck- und Verlagshaus, Zürich, die 2. Auflage von *Matto regiert* in einer aus politischen Gründen »bereinigten« Fassung. Getilgt waren darin sämtliche aktuellen Bezüge zum Hitler-Deutschland.
Da diese Fassung aus heute nicht mehr erklärbaren Gründen auch in Band 4 der Glauser-Werkausgabe (vgl. Editorische Notiz) abgedruckt worden ist und in der vorliegenden Ausgabe aus technischen Gründen nicht korrigiert werden konnte, wird im folgenden die entsprechende Textpassage (S. 576–579) nach dem Originalmanuskript von Friedrich Glauser wiedergegeben. Die ausgelassenen Sätze sind in kursiver Schrift gesetzt.

»Es wäre schön... Was tun wir denn eigentlich, wir vielverlästerten Psychiater? Wir versuchen, ein wenig Ordnung zu schaffen, wir versuchen, den Menschen zu zeigen, daß es gar nicht so unnötig ist, ein wenig vernünftig zu sein, nicht allen dunklen Regungen des Unbewußten nachzugehen... *das bringt Unordnung.* Die Menschen haben eines noch nicht begriffen, daß Leid eben auch Lustgewinn bringt... verstehen Sie?... Wenn es einem Volk zu gut geht, dann wird es übermütig und sehnt sich nach dem Leid. Genügsamkeit ist wohl am schwersten zu ertragen...«
Laduner schwieg. Er schien mehr für sich selbst zu sprechen... Studer hatte plötzlich das Gefühl, daß er die ganze Rede über Pieterlen falsch beurteilt hatte...
Auf dem Grunde aller Menschen hockte die Einsamkeit. Vielleicht war Dr. Laduner auch einsam? Er hatte seine Frau... Aber es gibt gewisse Dinge, die man auch mit einer Frau nicht besprechen kann. – Er hatte Kollegen... Was kann man schon mit Kollegen sprechen?... Fachsimpeln!... Und mit den Ärzten drunten? Für die war man der Lehrer... Da schneite eines Tages ein einfacher Fahnderwachtmeister in die Wohnung des Dr. Laduner. Und Dr. Laduner

ergriff die Gelegenheit und hielt vor besagtem Fahnderwachtmeister Monologe. Warum sollte er nicht?
»Er wirft seine Girlanden, und der Krieg flackert auf…« wiederholte Laduner.
Er schwieg. Ein Militärmarsch verklang, und dann erfüllte eine fremde Stimme das Zimmer. Sie war eindringlich, aber von einer unangenehmen Eindringlichkeit.
Sie sagte:
»Zweihunderttausend Männer und Frauen sind versammelt und jubeln mir zu. Zweihunderttausend Männer und Frauen haben sich eingefunden als Vertreter des ganzen Volkes, das hinter mir steht. Leicht wird es mir, die Verantwortung zu tragen, wenn ich weiß, und das weiß ich sicher, daß das ganze Volk geschlossen hinter mir steht. Das Ausland wagt es, mich des Vertragsbruchs zu zeihen. Als ich die Macht ergriff, lag das Land verheert, verwüstet, krank… Ich habe es groß gemacht, ich habe ihm Achtung verschafft… Zweihunderttausend Männer und Frauen lauschen meinen Worten, und mit ihnen lauscht das ganze Volk…«
Langsam stand Laduner auf, schritt zum sprechenden Kasten… Ein Knack… Die Stimme verstummte…
»Wo hört Mattos Reich auf, Studer?« fragte der Arzt leise. »Am Staketenzaun der Anstalt Randlingen? Sie haben einmal von der Spinne gesprochen, die inmitten ihres Netzes hockt. Die Fäden reichen weiter. Sie reichen über die ganze Erde… Matto wirft seine Bälle und Papiergirlanden… Sie werden mich für einen dichterischen Psychiater halten… Das wäre nicht schlimm… Wir wollen doch nicht viel… Ein wenig Vernunft in die Welt bringen… Nicht die Vernunft der französischen Aufklärungszeit, eine andere Art Vernunft, die unserer Zeit… Die Vernunft, die fähig wäre, wie eine Blendlaterne in das dunkle Innere zu zünden und ein wenig Klarheit zu bringen… Ein wenig die Lüge zu verscheuchen… Die großen Worte beiseite zu schieben: Pflicht, Wahrheit, Rechtschaffenheit… Bescheidener zu machen… – Wir sind allesamt Mörder und Diebe und Einbrecher… Matto lauert im Dunkeln… Der Teufel ist schon lange tot,

aber Matto lebt, da hat der Schül ganz recht, *und wenn er nicht draußen immer wieder die Behörden langweilen würde mit seiner Taubenschlachtaffäre, so würde ich ihn springen lassen…* Es ist schade, daß Schül mir nie die Bitte erfüllt hat, eine Geschichte Mattos zu schreiben… Ein kleines Gedicht in Prosa bring ich bei keiner Zeitung an…«
Er schwieg. Studer gähnte leise. Laduner hörte es nicht. *»Zweihunderttausend Männer und Frauen – das ganze Volk… Und Kollege Bonhöffer, unser Lehrer, ein Mann, der viel wußte, er ist umgefallen wie ein Kartenhaus… Erinnern Sie sich an den großen Prozeß?… Der Mann, der soeben sprach, hat Glück gehabt… Wäre er zu Beginn seiner Laufbahn einmal psychiatrisch begutachtet worden, die Welt sähe vielleicht ein wenig anders aus… Ich sagte Ihnen schon, der Verkehr mit Geisteskranken ist ansteckend. Es gibt Menschen, die prädisponiert sind, wenn Sie mich verstehen, aufnahmefähig… Ganze Völker können prädisponiert sein… In einem Vortrag habe ich einmal einen Satz gesagt, der mir übelgenommen wurde: Gewisse sogenannte Revolutionen, habe ich gesagt, sind im Grunde nichts anderes als die Revanche von Psychopathen… Worauf ein paar Kollegen demonstrativ den Saal verließen… Aber es ist doch so…« Laduner* sah müde aus. Er legte die Hand über die Augen. »Wir stehen auf verlorenen Posten. Aber wir müssen weitermachen… Es hilft uns niemand. Vielleicht ist es nicht ganz nutzlos, vielleicht kommen später andere – in hundert, in zweihundert Jahren? –, die bauen dann dort weiter, wo wir aufgehört haben.«
Ein Seufzer. In der Wohnung war es still.
»Trinken Sie noch ein Glas Bénédictine?« fragte Laduner plötzlich. Er ging hinaus, blieb merkwürdig lange fort, kam wieder, mit zwei gefüllten Gläsern auf einem Tablett.
»Prost!« sagte er und stieß mit Studer an. »Sie müssen austrinken!« Studer leerte das Glas. Der Schnaps hatte einen sonderbar bitteren Nachgeschmack. Der Wachtmeister blickte Laduner an, doch der wandte sich ab.
»Gute Nacht, Studer. Und schlafen Sie gut!« sagte er mit seinem Maskenlächeln…

Man liegt im Bett und weiß nicht, schläft man oder ist man wach... Der Schlaf ist wie ein schwarzes Tuch, unter dem man liegt, und man kommt aus seinen Falten nicht los... Man träumt, man sei wach, vielleicht ist man wirklich wach?

Das Zimmer ist doch hell. Unverständlich ist nur, warum die Helligkeit grün ist, obwohl die Nachttischlampe einen gelben Schirm trägt. Und in der grünen Helligkeit sieht man jemanden am Tisch sitzen. Er sitzt zurückgelehnt im Stuhl, hält eine Handharfe auf den Knien und spielt, spielt...

»Irgendwo auf der Welt fängt der Weg zum Himmel an...«

Merkwürdig ist nur eines: daß nämlich der Mann (ist es ein Mann übrigens?), daß der Mann, der am Tisch sitzt, ständig seine Gestalt ändert... Bald ist er winzig klein, und nur die Nägel seiner Finger sind lang und flaschengrün... Bald aber ist er *größer* und dick, sehr dick... Er sieht aus wie der Regierungsratsattentäter Schmocker, und er *redet, während er handharft: »Zweihunderttausend Männer und Frauen...« Er singt es zur Melodie:* »Im Rosengarten von Sanssouci...« Dann wachsen dem dicken, kleinen Mann plötzlich ein zweites Paar Arme aus den Schultern, die Arme sind lang und dünn, die Hände spielen mit Bällen und Papiergirlanden. Die Bälle fliegen durch das offene Fenster, die Papiergirlanden zieren die Wände... Man ist ja im Kasino, mit den Honoratioren sitzt man am gleichen Tisch, Weißwein füllt die Gläser. Aber in einer Ecke der Bühne, baumelnd mit den Beinen, sitzt der Mann mit den vier Armen und spielt Handharfe und jongliert mit Gummibällen... Es tanzen Paare im freien Raum, am Fuße der Bühne. Da springt der Vierarmige herab, mischt sich unter die Tanzenden, wie ein Primgeiger aus einer Zigeunerkapelle geht er zwischen den Tanzenden umher und neigt sich jedem Pärchen zu, mit einschmeichelndem Spiel...

»Vernunft!« sagt Dr. Laduner laut. Da ist das Kasino verschwunden. Baracken stehen in ödem Feld. *Schreien.* Ein Stern steht am Himmel, sinkt herab und ist eine glühende Fabrik mit vielen, unzählig vielen Bauten. Es stinkt, *man*

bekommt Tränen in die Augen. Der Vierarmige spielt: »Fridericus Rex unser König und Herr…«
Da stehen sie wie ein stummes, starres Regiment: Bombe an Bombe, langgestreckt, elegant… »Meine Erfindung«, sagt der Vierarmige. Eine Bombe platzt, gelbes *Gas* strömt heraus, die Luft wird dunkel, die Musik schweigt, laut und deutlich sagt Dr. Laduners Stimme:
»In zweihundert Jahren bauen wir weiter…«

Wörterverzeichnis zu *Krock & Co.*

Liebe Nicht-Schweizer-Leserinnen und -Leser,
im Gegensatz zu seinen fünf anderen Kriminalromanen verwendet Friedrich Glauser in *Krock & Co.* ausgesprochen viele Ausdrücke und Redewendungen aus dem Berndeutschen (Wachtmeister Studer) und den Ostschweizer Dialekten. Zum besseren Verständnis wurden hier die wichtigsten ins Hochdeutsche übertragen; fehlte ein adäquates Wort, so wurde die Bedeutung sinngemäß umschrieben.

S. 800 *»Lue Bärtu! Worum, zum Tüüfu, hei mr uff d'Wybervölcher g'lost!«* »Schau, Albert! Warum, zum Teufel, haben wir nur auf das Weibervolk gehört!«
durchgestiert durchgesetzt (gegen Widerstände)
S. 801 *wie-n-es Chäferfüdle* wie der Hintern eines Käfers
Tuusigsgottswille tausendmal um Gottes willen
S. 802 *Lätt* Lehm
S. 803 *Meitschi* Mädchen
»Lueg einisch!« »Schau mal!«
es vernäits Muul einen zugenähten Mund
Küngel Kaninchen
S. 804 *»Hocked ab«* »Setzt Euch hin«
Haber Hafer
S. 805 *»Hä… Spaziergäng g'macht, g'lese… ond off de Wees g'schlofe… Ond karisiert…«* »Natürlich… Spaziergänge gemacht, gelesen… und auf der Wiese geschlafen… Und geflirtet…«
»Eh de Narre g'macht mit de Mannsbilder.« »Ja, mit den Männern Spaß gehabt.«
»B'sonders mit's Grofe-n-Ernst. Isch gar en suubere Feger, de Grofe-n-Ernst…« »Vor allem mit dem Ernst Graf. Er ist ein cleveres Bürschchen, der Ernst Graf…«
S. 806 *»Seb glob i!«* »Aber sicher!«
Dorfgückel Dorfgockel
Dubel Trottel

S. 808 *Chabis* Blödsinn, Quatsch (eigentlich Kohl)
S. 811 *Syt-r uuf?* Seid Ihr auf (wach)?
Helgen Bild
S. 812 *Färli* junges Schwein, Ferkel
Müüsli Mäuschen
Mutschli Kosename für junge Ziegen
S. 813 *Hag* Zaun
»Ond's Bäärli!« »Und das Bärchen!«
S. 815 *»Du Suumage!«* »Du Saumagen!«
»Wotsch losla!« »Willst du wohl loslassen!«
S. 816 *Schroter* Polizist
Bärnbiet Kanton Bern
S. 819 *im Chäfi hocken* im Gefängnis sitzen
S. 820 *Feglumpen* Feudel, Scheuerlappen
S. 822 *Poschettli* seidenes Taschentuch
»i hätt gärn es Chacheli Gaffee...« »ich hätte gern eine Schale Kaffee...«
Mira (von *mirawol*) meinetwegen
S. 824 *umegäh* zurückgeben
Wowoll Doch, doch
S. 827 *Medizingütterli und Pillenschächteli* Medizinfläschchen und Pillenschächtelchen
S. 828 *Wend-er Platz neh...* Wollt Ihr Euch setzen...
»Jechter o-ond-oh! Han i Schmerze!« »O Gott, oh! Hab ich Schmerzen!«
»I-wäß-es-nöd... Nei bym Strohl nöd!« »Ich weiß es nicht... Nein, beim Blitz nicht! (Nein, wirklich nicht!)«
»Was isch es gsi, Herr Doktr?« »Was war es, Herr Doktor?«
S. 830 *zügeln* umziehen
S. 833 *Aeksküseeh* Entschuldigung
hurtig öppis go luege schnell etwas schauen gehen
S. 835 *»Weischt no, Anni?«* »Weißt du noch, Anni?«
»Wies albe gsy isch z'Rickebach?« »Wie es früher war in Rickenbach?«
S. 836 *»... Wa hescht au? Tue nid eso!«* »Was hast du denn?

Hab dich nicht so!«

S. 837 *Tschinggemeitschi* Italienermädchen

lätz falsch

S. 842 *»... De Ernscht ischt oscholdi!«* »... der Ernst ist unschuldig!«

»Schwyg jetz, du Laferi!« »Sei jetzt still, du Schwätzer!«

S. 844 *»Sägg, Meitschi, worum hescht du mit dem Grofe-n-Ernscht es G'schleipf aagfange?«* »Sag mir, Mädchen, warum hast du mit dem Ernst Graf angebändelt?«

S. 845 *»Ich ha-n-e gern möge...«* »Ich mochte ihn gern...«

S. 847 *Bisch still* Sei ruhig

S. 850 *wüescht* häßlich

Fisel Junge, Sohn

S. 851 *Schaft* Schrank

versorgt aufbewahrt

S. 852 *Ond i danke au!* Und ich danke auch!

S. 855 *Es machte d'Gattig* Es hatte den Anschein

S. 858 *junger Schnuufer* unerfahrener junger Mann

S. 859 *pfuusen* schlafen

die donners Flüge diese verfluchten Fliegen

S. 862 *Wormet* Wermut

S. 863 *»Worum nid gar!«* »Das wäre ja noch schöner!«

»Suscht nüd?« »Sonst nichts?«

Präzis eso! Ganz exakt so!

»söttigs hend...« »solches haben...«

S. 864 *»Deich woll!«* »Ich denke schon!« (»Sicher!«)

S. 866 *Hammen, Anken* Bauernschinken, Butter

S. 867 *»Syt-r sicher?«* »Seid Ihr sicher?«

S. 868 *»Du bischt en Wüeschte...«* »Du bist ein Frecher...«

»Nimm's nid schwär, Fraueli!« »Nimm's nicht schwer, Frauchen!«

z'wäg mache herrichten

S. 869 *Krachen* abgelegenes Dorf

S. 871 *»Adie wohl, chönt bald wieder!«* »Lebt wohl, kommt bald wieder!«

»Märci denn, uff Wiederluege…« »Vielen Dank also, auf Wiedersehn…«

S. 874 *…ob er dem jungen Tubel nicht eins putzen soll…* ob er dem jungen Idioten nicht eine kleben soll

S. 884 *»E Lugi isch es gsy!«* »Eine Lüge war's!«

S. 885 *»Und, heit'r öppis g'funde?«* »Und, habt Ihr etwas gefunden?«

»Nüd apartigs« »Nichts Außergewöhnliches«

S. 887 *Erdäpfel* Kartoffeln

S. 888 *Lalli* Dummkopf

ohne chlopfe i d'Stube g'latschet ohne anzuklopfen, in die Stube gelatscht

»… Chönd no gi luege!« »… Kommt nur schauen!«

S. 889 *gruusige* gräßliche

S. 890 *in den Senkel stellen* ins Lot bringen

»I gloube-n-es…« »Ich glaube schon…«

S. 892 *Gofen* Gören

S. 893 *Steckgring* Dickschädel

S. 895 *Zum Güggelpicke* Übertragen für: Zum Weglaufen

S. 896 *verzapft* dahergeredet

S. 897 *afa Hosesch…* allmählich Angsthasen

Nöd so luut! Nicht so laut!

S. 900 *trompiere* täuschen

S. 907 *»Heit-r das Züüg?«* »Habt Ihr die Sachen?«

»Eh natüürli! Wa meinet-r au, …« »Aber natürlich! Was glaubt Ihr denn, …«

S. 909 *»wenn du nid wärescht, so chönnt i hüt Hotelb'sitzer sy!«* »wenn du nicht wärst, dann könnte ich heute Hotelbesitzer sein!«

S. 910 *»Wa lachescht?«* »Warum lachst du?«

FRIEDRICH GLAUSER
SÄMTLICHE KRIMINALROMANE
UND KRIMINALGESCHICHTEN
Mit Einführungen von Frank Göhre
Kassette mit 7 Bänden. 1472 Seiten. Broschur

Mit der vierbändigen Glauser-Werkausgabe, herausgegeben von Hugo Leber, legte der Arche Verlag, Zürich, Ende der sechziger Jahre den Grundstein für die Wiederentdeckung dieses Schweizer Autors. Durch die Arche-Taschenbuchausgaben der achtziger Jahre mit den Cover-Zeichnungen von Hannes Binder und den Einführungen von Frank Göhre wurde aus dem »Geheimtip Glauser« ein vielgelesener Autor, avancierte Glauser zum »Vater der deutschsprachigen Kriminalliteratur«. Jetzt liegen sämtliche Kriminalromane und Kriminalgeschichten in einer Kassette vor. Die Bände sind einzeln erhältlich.

Die ersten Studer-Geschichten, Kurzkrimis aus der Fremdenlegion, die »Vorstudie« zum Kriminalroman *Die Fieberkurve*. Aus dem Glauser-Nachlaß hg. von Frank Göhre.
208 Seiten. Brosch.

Das Buch, das nicht in der Taschenbuch-Kassette enthalten ist, aber Glauser-Krimi-Leserinnen und -Leser gleichermaßen interessiert: DER CHINESE, der Krimi-Comic des Zürcher Cartoonisten Hannes Binder.

»Über 300 Bilder und Bildchen folgen dem Fluß von Glausers Roman; ihre Anordnung entspricht dem Rhythmus des Lesens. Auf eilige Aktionen, zu einem Wirbel von Momentaufnahmen gefaßt, folgen Verweilen und Konzentration bei Großaufnahmen: Binder hat den Roman von den Vorbildern der bekanntesten Glauser-Verfilmungen gelöst.«
Neue Zürcher Zeitung
165 Seiten. Brosch.

WEITERE BÜCHER
VON UND ÜBER FRIEDRICH GLAUSER
IM ARCHE VERLAG:

Glausers berühmter Fremdenlegionsroman. Das ehrlichste, das persönlichste, das packendste Buch, das Friedrich Glauser geschrieben hat. Das Buch, das ihn als großen Erzähler ausweist.
»Ich glaube, daß *Gourrama* eines der besten Bücher ist, das in diesem Jahrhundert in der Schweiz geschrieben wurde.« Peter Bichsel
309 Seiten. 2 Fotos, 1 Karte. Brosch.

Gefängnis, Irrenanstalt, Fremdenlegion, Krankheit, Verbrechen und immer wieder das Mo., das Morphium – das sind Glausers Themen in diesem stark autobiographisch geprägten Erzählungs- und Erinnerungsband.
»So privat manche Texte sind, alle haben sie Glausers literarische Qualitäten: den klaren Stil, den realistischen Blick, das umfassende humane Verständnis des Außenseiters nicht nur für seinesgleichen.«
Frankfurter Allgemeine Zeitung
264 Seiten. Brosch.

ZEITGENOSSE GLAUSER

Ein Porträt
von Frank Göhre

In einer Collage aus knappen Texten aus dem Werk Glausers, zahlreichen, teilweise unbekannten Glauser-Fotos aus dem im Arche Verlag liegenden Glauser-Nachlaß, einem umfangreichen zeitgenössischen Fotomaterial sowie Faksimiles von z. T. bisher unveröffentlichten Gedicht-Typoskripten entfaltet sich das lebendige Bild eines Menschen, dessen Leben von Suche und Sucht bestimmt und dessen Wunsch es war, einmal »wieder ein wenig anders zu leben«, als es die Schweizer Behörden ihm, dem Suchtkranken, verordnet hatten: außerhalb von Anstalt und Reglement, frei, schreibend, in Paris oder anderswo.
»Zeitgenosse Glauser – das ist für mich die Begegnung mit einem Autor, dessen Leben ebenso faszinierend wie tragisch verlief. Das vorliegende Porträt ist der Versuch, seinen Lebensroman von ihm selbst erzählen zu lassen. Ich habe gekürzt, gerafft, meine eigene Fiktion eingebracht, meine Vorstellung von der Person Friedrich Glauser.«
Frank Göhre

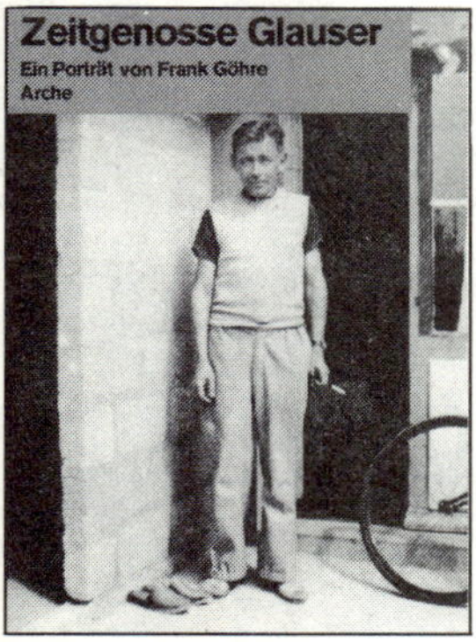

160 Seiten. 140 Abb.
Brosch.